全唐诗

第三卷

[清]彭定求等 编

中州古籍出版社
·郑州·

全唐诗卷二百二十七

杜甫

奉和严中丞西城晚眺十韵

汲黯匡君切,廉颇出将频。直词才不世,雄略动<small>一作用</small>如神。政简移风速,诗清立意新。层城临暇<small>一作媚</small>景,绝域望余春。旗尾蛟龙会,楼头燕雀驯。地平江动蜀,天阔树浮秦。帝念深分阃,军须远算缗。花罗封蛱蝶,瑞锦送麒麟。辞第输高义,观图忆古人。征南多兴绪,事业暗相亲。

严中丞枉驾见过 <small>原注:严自东川除西川,敕令两川都节制。</small>

元戎小队出郊坰,问柳寻花到野亭。川合东西瞻使节,地分南北任流<small>一作孤</small>萍。扁舟不独如张翰,白<small>一作皂</small>帽还应<small>一作应</small>兼似管宁。寂寞<small>一作今</small>日江天云雾里,何人道有少微星。

广州段功曹到,得杨五长史谭书,功曹却归,聊寄此诗

卫青开幕府,杨仆将楼船。汉节梅花外,青城海水边。铜梁书远及,珠浦使将旋。贫病他乡老,烦君万里传。

得广州张判官叔卿书,使还,以诗代意 <small>叔卿,鲁人,见甫《杂述》。</small>

乡关胡骑远<small>一作满</small>,宇宙蜀城偏。忽得炎州信,遥从月峡传。云深骠骑幕,夜隔孝廉船。却寄双愁眼,相思<small>一作望</small>泪点悬。

送段功曹归广州

南海春天外,功曹几月程<small>一作行</small>。峡云笼树小,湖日落<small>一作荡</small>船明。交趾丹砂重,韶州白葛轻。幸君因旅<small>一作估</small>客,时寄锦官城。

绝句漫兴九首

《冷斋诗话》:漫兴当作漫与,言即景率意之作也。

苏轼、黄庭坚、杨廷秀袭用之,俱押入语韵。姜尧章蟋蟀词与段复之词亦然。元以前未有读作兴字者。迨杨廉夫始作漫兴七首,妄云学杜。其徒吴复从而傅会之,于是世人尽改杜集之与为兴矣。

眼见—作前客愁愁不醒,无赖春色到江亭。即遣花开—作飞深—作从造次,便觉—作教莺语太丁宁。

手种桃李非无主,野老墙低还似—作是家。恰似春风相入声欺得,夜来吹折数枝花。

熟—作耐知—作孰如茅斋绝低小,江上燕子故来频。衔泥点污琴书内,更接飞虫打著人。

二月已破三月来,渐老逢春能几回。莫思—作辞身外无穷事,且尽生前有限杯。

肠断春江—作江春欲尽—作白头,杖藜徐步立芳洲。颠狂柳絮随风去,轻薄桃花逐水流。

懒慢无堪不出村,呼儿日在掩柴门。苍苔浊酒林中静,碧水春风野外昏。

糁径杨花铺白毡,点溪荷叶叠—作累青钱—作细。笋—作竹根稚—作雏子无人见,沙上凫雏傍母眠。

舍西柔桑叶可拈,江畔细麦复纤纤。人生几何春已夏,不放香醪如蜜甜。

隔户—作户外杨柳弱袅袅,恰似十五女儿腰。谁谓朝来不作意,狂风挽断最长条。

江畔独步寻花七绝句

江上被花恼不彻,无处告诉只颠狂。走觅南邻爱酒伴,经旬出饮独空床。原注:斛斯融,吾酒徒。

稠花乱蕊畏—作裹江滨,行步欹危实—作独怕春。诗酒尚堪驱使在,未须料理白头人。

江深竹静两三家,多事红花映白花。报答春光知有处,应须美酒送生涯。

东望少城花满烟,百花高楼更可怜。谁能载酒开金盏—作锁,唤取佳人舞绣筵。

黄师塔前江水东,春光懒困倚微风。桃花一簇开无主,可爱深红爱—作映,一作浅红。

黄四娘家花满蹊,千朵万朵压枝低。留连戏蝶时时舞,自在娇莺恰恰啼。

不是爱—作看花即肯—作欲,一作索死,只恐花尽老相催。繁枝容易纷纷落,嫩叶—作蕊商量细细开。

三绝句

楸树馨香倚钓矶,斩新花蕊未应飞。不如醉里风吹—作春风尽,可—作何忍醒时雨打稀。

门外鸬鹚去—作久不来,沙头忽见眼相猜。自今已后知人意,一日须来一百回。

无数春笋满林生,柴门密掩断人行。会须上番去声看成竹,客至从嗔不出迎。

戏为六绝句

庾信文章老更成,凌云健笔意纵横。今人嗤点流传赋,不觉前贤畏后生。

杨王—作王杨卢骆当时体,轻薄为文哂未休。尔曹身与名俱灭,不废江河万古流。

纵使卢王操翰墨,劣于汉魏近风骚。龙文虎脊皆君驭,历块过都见尔曹。

才力应难夸—作跨数公,凡今谁是出群雄。或看翡翠兰苕上,未掣鲸鱼碧海中。

不薄今人爱古人,清词丽句必为邻。窃攀屈宋宜方驾,恐与齐梁作后尘。

未及前贤更勿疑,递相祖述复先谁。别裁伪体亲风雅,转益多师是汝师。

钱谦益曰:当甫之世,群儿之谤伤者或不少矣,故借庾信、四子以发其意。嗤点流传,轻薄为文,皆指并时之人也。卢、王之文,劣于汉、魏,而能江河万古者,以其近于风骚也。况其上薄风骚,而又不劣于汉、魏者乎?凡今谁是出群雄,甫所以自命也。兰苕翡翠,指当时研揣声病、寻摘章句之徒。鲸鱼碧海,则元稹所谓浑涵汪洋,千汇万状,兼古人而有之者,非甫谁足以当之。不薄今人以下,惜时人之是古非今不知别裁而正告之。齐、梁以下,对屈、宋言之,皆今人也。不薄今而爱古，期于清词丽句必与古人为邻则可耳。今人忨言屈、宋，而转作齐、梁之后尘。又曰：今人之未及前贤，以其递相祖述，沿流失源，而不知谁为之先也。骚、雅、汉、魏至于齐、梁、唐初，靡不有真面目，舍是则皆伪体也。别者区别之，裁者裁而去之，果能别裁伪体，则近于风雅矣。自风雅而下，至于庾信、四子，孰非我师，故曰转益多师是汝师。呼之曰汝，所谓尔曹也。

江头四咏

丁香

丁香体柔弱，乱结枝犹垫。细叶带浮毛，疏花披素艳。深栽小斋后，庶近—作使幽人占。晚堕兰麝中，休怀粉身念。

栀子

栀子比众木，人间诚未多。于身色有用，与道气伤—作相和。红取风霜实，青看雨露柯。无情移得汝，贵中映江波。

鸂鶒

故使笼宽织，须知动损毛。看云莫怅望，失水任呼号。六翮曾经剪，孤飞卒—作只未高。且无鹰隼虑，留滞莫辞劳。

花鸭

花鸭无泥滓，阶前—作中庭每缓行。羽毛知独立，黑白太分明。不觉群心妒，休牵众眼惊。稻粱沾—作知汝在，作意莫先鸣。

畏人

早花随处发，春鸟异方啼。万里清江上，三年—作峰落日低。畏人成小筑，褊性合幽栖。门径—作径没从榛草，无心走—作待马蹄。

远游

贱子何人记，迷芳—作方著处家。竹风连野色，江沫拥春沙。种药扶衰病，吟诗解叹嗟。似闻胡骑走，失喜问京华。

野望

西山白雪三奇—作城，一作年戌，在彭州。南浦清江万里桥。海内风尘诸弟隔，天涯涕泪一身遥。唯将迟暮供多病，未有涓埃答圣朝。跨马出郊时极目，不堪人事日—作自萧条。

官池春雁二首

自古稻粱多不足，至今鸂鶒乱为群。且休怅望看春水，更恐归飞隔暮云。

青春欲尽急还乡，紫塞宁论尚有霜。翅在云天终不远，力微缯缴绝须防。

水槛遣心—作兴二首

去郭轩槛敞，无村—作材眺望赊。澄江平少岸，幽树晚多花。细雨鱼儿出，微风燕子斜。城中十万户，此地两三家。

蜀天常夜雨，江槛已朝晴。叶润林塘密，衣干枕席清。不堪祇—作支老病，何得尚—作向浮名。浅把涓涓酒，深凭送此生。

屏迹三首

用拙存—作诚吾道，幽居近物情。桑麻深雨露，燕雀半生成。村鼓时时急，渔舟个个轻。杖藜从白首，心迹喜双清。

晚起家何事，无营地转幽。竹光团—作围野色，舍—作山影漾江流。失学从儿懒，长贫任妇愁。百年浑得醉，一月不梳头。

衰颜—作年甘屏迹，幽事供高卧。鸟下竹根行，龟开萍叶过。年荒酒价乏，日并园蔬课。犹酌甘泉歌—作独酌酣且歌，一作独酌甘泉，歌长击樽破。

奉酬严公寄题野亭之作

拾遗曾奏数行书，懒性从来水竹居。奉引滥骑沙苑马，幽栖真钓锦江鱼。谢安不倦登临费—作赏，阮籍焉知礼法疏。枉沐—作何日旌麾出城府，草茅无—作荒径欲教锄。

中丞严公雨中垂寄见忆一绝，奉答二绝—作严公雨中见寄一绝奉答两绝

雨映行宫—作官，一作云。明皇出蜀，以行宫为道

观。辱赠诗,元戎肯赴野人期一作欲动野人知。江边老病虽无力,强拟晴天理钓丝。

何日雨晴云出溪,白沙青石先一作洗无泥。只须伐竹开荒径,倚一作宽杖穿花听马嘶一作鸟啼。

谢严中丞送青城山道士乳酒一瓶

山瓶乳酒下青云,气味浓香幸见分。鸣鞭走送怜渔父,洗盏开尝对马军。原注:军州谓驱使骑为马军。

严公仲夏枉驾草堂,兼携酒馔得寒字○草堂一作郑公枉驾携馔访水亭

竹里行厨洗玉盘,花边立马簇金鞍。非关使者征求急,自识将军礼数宽。百年地辟一作僻柴门迥,五月江深草阁寒。看弄渔舟移白日,老农何有罄交欢。

严公厅宴,同咏蜀道画图得空字

日临公馆静,画满一作列地图雄。剑阁星桥北,松州雪岭东。华夷山不断,吴蜀水相通。兴与烟霞会,清樽幸不空。

奉送严公入朝十韵

鼎湖时因二圣山陵,召严武为桥道使。瞻望远,象阙宪章新。四海犹多难,中原忆旧臣。与时安反侧,自昔有经纶。感激张天步,从容静塞尘。南图回羽翮,北极捧星辰。漏鼓还思昼,宫莺罢啭春。空留玉帐术,李靖有《玉帐经》一卷。愁杀锦城人。阁道通丹地,江潭隐白蘋。此生那老蜀,不死会归秦。公若登台辅,临危莫爱身。

送严侍郎到绵州,同登杜使君江楼得心字

野兴每难尽,江楼延赏心。归朝送使节,落景惜登临。稍稍烟集渚,微微风动襟。重船依浅濑,轻鸟度层阴。槛峻背幽谷,窗虚交茂林。灯一作花光散远近,月彩静高深。城拥朝来客,天横醉后参。穷途衰谢意,苦调短长吟。此会共能几,诸孙指杜使君贤至今。不劳朱户闭,自待白河沉。

奉济驿重送严公四韵

远送从此别,青山空复情。几时杯重把,昨夜月同行。列郡讴歌惜,三朝出入荣。江村独归处一作去,寂寞养残生。

送梓州李使君之任 原注:故陈拾遗,射洪人也,篇末有云。

籍甚黄丞相,能名自颍川。近看除刺史,还喜得吾贤。五马何时到,双鱼会早传。老思筇竹杖一作杖拄,冬要锦衾眠。不作临歧恨,惟听举最先。火云挥汗日,山驿醒心泉。遇害陈公殒,陈子昂为县令段简所辱,收系狱中而卒。于今蜀道怜。君行射洪县,为我一潸然。

巴西驿亭观江涨,呈窦使君一作窦十五使君

宿雨南江涨,波涛乱远峰。孤亭凌喷薄,万井逼春容。霄汉愁高鸟,泥沙困老龙。天边同客舍,携我豁心胸。

九日登梓州城

伊昔黄花酒,如今白发翁。追欢筋力异,望远岁时同。弟妹悲歌里,朝廷一作乾坤醉眼中。兵戈与关塞,此日意无穷。

九日奉寄严大夫

九日应愁思,经时冒险艰。不眠持汉节,何路出巴山。小驿香醪嫩,重岩细菊一作雨斑。遥知簇鞍马,回首白云间。宝应元年四月,召严武入朝。徐知道反,武阻兵,九月尚未出巴。

黄草

黄草峡西船不归,赤甲山下行人一作人行稀。秦中驿使无消息,蜀道兵一作干戈有是非。万里秋风吹锦水,谁家别泪湿罗衣。莫愁剑阁终堪据,闻道松州已被围。

怀旧

地下苏司业,情亲独有君。那因丧一作衰乱后,便有一作更作死生分。老罢知明镜,悲来望白云。自从失词伯,不复更论文。原注:公前名预,缘避御讳,改为源明。

所思原注：得台州郑司户虔消息

郑老身仍窜，台州信所—作始传。为农山涧曲，卧病海云边。世已疏儒素，人犹乞酒钱。徒劳望牛斗，无计御龙泉。

不见原注：近无李白消息。

不见李生久，佯狂真可哀。世人皆欲杀，吾意独怜才。敏捷诗千首，飘零酒一杯。匡山读书处，头白好—作始归来。

题玄武禅师屋壁屋在中江大雄山

何年顾虎头，满壁—作座画瀛—作沧州。赤日石林气，青天江海—作水流。锡飞常近鹤，杯度不惊鸥。似得庐山路，真随惠远游。

客夜

客睡何曾著，秋天不肯明。卷—作入帘残月影，高枕远江声。计拙无衣食，途穷仗友生。老妻书数纸，应悉未归情。

客亭

秋窗犹曙色，落木—作木落更天—作高风。日出寒山外，江流宿雾中。圣朝无弃物，老病已成—作衰翁。多少残生事，飘零似转蓬。

秋尽

秋尽东行且未回，茅斋寄在少城隈。篱边老却陶潜菊，江上徒逢袁绍袁绍大会宾客，郑玄后至，倾倒一座，甫以玄自比也。杯。雪岭独看西日落—作暮，剑门犹阻北人来。不辞万里长为客，怀抱何时得好开—作好一开。

陪王侍御宴通泉东山野亭

江水东流去，清樽日复斜。异方同宴赏，何处是京华。亭景临山水，村烟对浦沙。狂歌过于—作形胜，得醉即为家。

野望

金华山北—作南涪水西，仲冬风日始凄凄。山连越嶲蟠三蜀，水散巴渝下五溪。独鹤不知何事舞，饥乌似欲向人啼。射洪春酒寒仍绿，目极伤神谁为携。

闻官军收河南河北一作收两河。时史朝义兵败，走死广阳，诸将田承嗣、李怀仙等俱来降。

剑外忽传收蓟北，初闻涕泪满衣裳。却看妻子愁何在，漫卷诗书喜欲狂。白日—作首放歌须纵酒，青春作伴好还乡。即从巴峡穿巫峡，便下襄阳向洛阳。原注：余田园在东京。

涪江泛舟送韦班归京得山字

追饯同舟日，伤春—作心一水间。飘零为客久，衰老羡君还。花远—作杂重重树，云轻处处山。天涯故人少，更益—作忆鬓毛斑。

春日梓州登楼二首

行路难如此，登楼望欲迷。身无却少壮，迹有但—作但有羁栖。江水流城郭，春风入鼓鼙。双双新燕子，依旧已衔泥。

天畔登楼眼，随春—作风入故园。战场今始定，移—作移柳更能存。厌蜀交游冷，思吴胜事繁。应须理舟楫，长啸下荆门。

鄢城西原送李判官兄、武判官弟赴成都府

凭高送所亲，久坐惜芳辰。远水非无浪，他山自有春。野花随处发，官—作妖柳著行新。天际伤愁别，离筵何太频。

泛江送魏十八仓曹还京，因寄岑中允参、范郎中季明

迟日深春—作江水，轻舟送别筵。帝乡愁绪外，春色泪痕边。见酒须相忆，将诗莫浪传。若逢岑与范，为报各衰年。

送路六侍御入朝

童稚情亲四—作三十年，中间消息两茫然。更为后会知何地，忽漫相逢是别筵。不分—作念桃花红胜锦，生憎柳絮白于—作如绵。剑南春色还无赖，触忤愁人到酒边。

泛江送客

二月频送客，东津江欲平。烟花山际重，

舟楫浪前轻。泪逐劝杯下—作落,愁连吹笛生。离筵不隔日,那得易为情。

上牛头寺 牛头山在郪县西南,下有长乐寺。

青山意不尽,衮衮上牛头。无复能拘碍,真成浪出游。花浓春寺静,竹细野池幽。何处莺啼切,移时独未休。

望牛头寺

牛头见鹤林,梯迳绕幽深—作秀丽—作何深。春色浮—作流山外,天河宿—作没殿阴。传灯无白日,布地有黄金。休作狂歌老,回看不住心。

上兜率寺

兜率知名寺,真如会法堂。江山有巴蜀,栋宇自齐梁。庾信哀虽久,何颙当作周颙,周好佛。好不忘。白牛《法华经》:以大白牛驾宝车。车远近,且欲上慈航。

望兜率寺

树密当山径,江深隔寺门。霏霏云气重—作动,闪闪浪花翻。不复知天大,空余见佛尊。时应清盥—作兴罢,随喜给孤园。

甘 古通作柑 **园**

春日清江岸,千甘二顷园。青云羞—作著叶密,白雪避花繁。结子随边使,开筒近至尊。后于桃李熟,终得献金门。

数陪李—作章**梓州泛江,有女乐在诸**—作诸舫**,戏为艳曲二首赠李**—作章

上客回空骑,佳人满近船。江清歌扇底,野旷舞衣前。玉袖凌风并,金壶隐浪偏。竞将明媚色,偷眼艳阳天—作年。

白日移歌袖,清宵近笛床。翠眉萦度曲,云鬓俨分行。立马千山暮,回舟一水香。使君自有妇,莫学野鸳鸯。

登牛头山亭子

路出双林外,亭窥万井中。江城孤照日,山—作春谷远含风。兵革身将老,关河信不通。

犹残数行泪,忍对百花丛。

陪李—作章**梓州、王阆州、苏遂州、李果州四使君登惠义寺**

春日无人境,虚空不住天。莺花随世界,楼阁寄—作倚山巅。迟暮身何得,登临意惘—作寂然。谁能解金印,潇洒共安禅。一作三车将五马,若个合安禅。

送何侍御归朝 李梓州泛舟筵上作○李—作章

舟楫诸侯饯,车舆使者归。山花相映发,水鸟自孤飞。春日垂霜鬓,天隅把绣衣。故人从此去—作远,寥落寸心违。

江亭送眉州辛别驾升之 得芜字

柳影含云幕—作重,江波近酒壶。异方惊会面,终宴惜征途。沙晚低风蝶,天晴喜浴凫。别离伤老大,意绪日荒芜。

涪城县香积寺官阁

寺下春江深不流,山腰官阁迥添愁。含风翠壁孤云细,背日丹枫万木稠。小院回廊春—作清,一作深寂寂,浴凫飞鹭晚悠悠。诸天合在藤萝外,昏黑应须到上头。

戏题寄上汉中王三首 原注:时王在梓州,初至,断酒不饮。篇有戏述。汉中王瑀,宁王宪之子。

西汉亲王子,成都老客星。百年双白鬓,一别五秋—作飞萤。忍断杯中物,祇—作眠看座右铭。不能随皂盖,自醉逐浮萍。

策杖时能出,王门异昔游。已知嗟不起,未许醉相留。蜀酒浓无敌,江鱼美可求。终思一酩酊,净扫雁池 梁王兔园有雁池头。

群盗无归路,衰颜会远方。尚怜诗警策,犹记—作忆酒颠狂。鲁卫弥尊重,徐陈略丧亡。用曹丕与吴质书。空余枚—作故叟在,应念早升堂。

陪章留后侍御宴南楼 得风字

绝域长夏晚,兹楼清宴同。朝廷烧栈北,广德二年,吐蕃入大震关。鼓角满天—作满天。燹道有

大小漏天。东。屡食将军第一作邱,仍骑一作骄御史骢。本无丹灶术一作诀,那免白头翁。寇盗狂歌外,形骸痛饮中。野云低渡水,檐雨细随风。出号江城黑,题诗蜡炬一作烛红。此身醒复醉,不拟哭途穷。

台上得凉字

改席台能一作为迥,留门月复光。云行一作宵遗暑湿,山谷进风凉。老去一杯足,谁怜屡舞长。何须把官烛,似恼鬓毛苍。

送王十五判官扶侍还黔中得开字

大家东征逐子班大家赋:余随乎乎东征。回,风生洲渚锦帆开。青青竹笋迎船出,日日一作白白江鱼入馔来。离别不堪无限意,艰危深仗济时才。黔阳信使应稀少,莫怪频频一作烦劝酒杯。

倦夜吴曾《漫录》云:顾陶《类编》题作倦秋夜。

竹凉侵卧内,野月满一作遍庭隅。重露成涓滴,稀星乍有无。暗飞萤自照,水宿鸟相呼。一作飞萤自照水,宿鸟竟相呼。万事干戈里,空悲清夜徂。

悲秋

凉风动万里,群盗尚纵横。家远传一作待书日,秋来为客情。愁窥高鸟过,老逐众人行。始欲投三峡,何由见两京。

对雨

莽莽天涯雨,江边独立时。不愁巴道路,恐湿汉旌旗。雪岭防秋急,绳桥战胜迟。西戎甥舅礼,未敢背恩私。

警急原注:时高公适领西川节度。

才名旧楚将,妙略拥兵机。玉垒虽传檄,松州会解围。和亲知拙计,公主漫无归。青海今谁得,西戎实饱飞。

王命

汉一作漠北豺狼满,巴西道路难。血埋诸将甲,骨断使臣一作君鞍。广德元年,李之芳等使吐蕃,被留。牢落新烧栈,苍茫旧筑坛。严武入朝,吐蕃陷河西、陇右,又围松州。高适不能制,故思武也。深怀喻蜀意,恸哭望王官一作京峦。

征夫

十室几人在,千山空自多。路衢唯见哭,城市不闻歌。漂梗无安地,衔枚有荷戈。官军未通蜀,吾道竟如何。

有感五首

将帅蒙恩泽,兵戈有岁年。至今劳圣主,可以报皇天。白骨新交战,云台旧拓边。武德以来,开拓边境,地连西域,皆置都督府州县。开元中,置朔方等处节度使以统之。禄山反后数年间,西北数十州相继沦没,尽陷河西、陇右之地。乘槎断消息,无处觅张骞。

幽蓟余蛇一作封豕,史朝义下诸降将仍据幽魏之地。乾坤尚虎狼。诸侯春不贡,使者日相望。慎勿吞青海,无劳问越裳。大君先息战,归马华山阳。

洛下舟车入,天中贡赋均。日闻红粟腐,寒待翠华春。莫取金汤固,长令宇宙新。不过行俭德,盗贼本王臣。钱谦益曰:自吐蕃入寇,车驾东幸,程元振劝帝都洛阳。郭子仪奏请亟还京师,以为东周土地狭厄,险不足恃,适为战场。明明天子,躬俭节用,融素餐,去冗食,抑竖刁、易牙之权,任蓬瑗、史鲋之直,则黎元自理,盗贼自平。甫诗正隐括大意。

丹桂喻王室风霜急,青梧喻宗枝日夜凋。由来强干地,未有不臣朝。受钺亲贤往,卑宫制诏遥。终依古封建,岂独听箫韶。甫与房琯每建分封讨贼之议。

盗灭人还乱,兵残将自疑。登坛名绝假,报主一作执玉尔何迟。领郡辄无色,之官皆有词。愿闻哀痛诏,端拱问疮痍。钱谦益曰:开元以前,有事于外则命使,否则止。自置八节度、十采访,始有坐而为使者。其后名号益广,大抵生于置兵,盛于专利,普于衔命。于是为使则重,为官则轻。天宝末,佩印有至四十。大历中,请俸有至千贯者,宦官内外悉属之使。此诗云登坛名绝假,谓诸将兼官太多,所谓坐而为使也。领郡辄无色,州郡皆权臣所管,不能自达,故曰无色也。之官皆有词,所谓为使则重,为官则轻也。

送元二适江左—本原注：元结也。考《次山集》，未尝入蜀，亦未尝至江左，且与后注应孙吴科举不合，殆非是。

乱后今相见，秋深复远行。风尘为客日，江海送君情。晋室丹阳尹，公孙白帝城。经过自爱惜，取次莫论兵。原注：元尝应孙吴科举。

章梓州水亭原注：时汉中王兼道士席谦在会，同用荷字韵。

城晚通云雾，亭深到芰荷。吏人桥外少，秋水席边多。近属淮王至，高门蓟子过。荆州爱山简，吾醉亦长歌。

玩月呈汉中王

夜深露气清，江月满江城。浮—作游客转危坐，归舟应独行。关山同一照—作点，乌鹊自多惊。欲得淮王术，风吹晕已生。

戏作寄上汉中王二首原注：王新诞明珠。

云里不闻双雁过，掌中贪见—作看一珠新。秋风褭褭吹江汉，只在他乡何处人。

谢安舟楫风还起，梁苑池台雪欲飞。杳杳东山携汉妓—作携妓去，泠泠—作阴阴修竹待王归。时汉中王谪官蓬州。

投简梓州幕府，兼简韦十郎官—本无官字

幕下郎官安稳无，从来不奉—行书。固—作不知贫病人须弃—作关何事，能使韦郎迹也疏。

登高

风急天高猿啸哀，渚清沙白鸟飞回。无边落木萧萧下，不尽长江衮衮来。万里悲秋常作客，百年多病独登台。艰难苦恨繁霜鬓，潦倒新停浊酒杯。

九日

去年登高郪县北，今日重在涪江滨。苦遭白发不相放，羞见黄花无数新。世乱郁郁久为客，路难悠悠常傍人。酒阑却忆十年事，肠断骊山清路尘。

遣愤

闻道花门将，论功未尽归。自从收帝里，谁复总戎—作兵机—作军麾。蜂虿终怀毒，雷霆可震威。莫令鞭血地，再湿汉臣衣。钱谦益曰：回纥既助顺收河北，贼平，恣行暴横，前后赐赍，府藏为竭。初，雍王见回纥可汗，不于帐前舞蹈。引章少华、魏琚等榜笞至死。汉臣鞭血，正记此事。

章梓州—作使君橘亭饯成都窦少尹得凉字

秋日野亭千橘香，玉盘锦席高云凉。主人送客何所作，行酒赋诗殊未央。衰老应为难离—作难为应离别，贤声此去有辉光。预传籍籍新京尹—作兆，青史无劳数—作缺赵张。

送陵州路使君赴—作之任

王室比—作此多难，高官皆武臣。时多以武将领刺史。幽燕通使者，岳牧用词人。国待贤良急，君当拔擢新。佩刀成气象，行盖出风尘。战伐乾坤破，疮痍府库贫。众僚宜洁白，万役但—作物役平均。霄汉瞻佳士—作家事，泥途任此身。秋天正摇落，回首大江滨。

薄暮

江水长流—作最深地，山云薄暮时。寒花隐乱草，宿鸟择—作探深枝。旧国见何日，高秋心苦悲。人生不再好，鬓发白—作自成丝。

西山三首即岷山，捍阻羌夷，全蜀巨障。

彝界荒山顶，蕃州积雪边。筑城依—作连白帝，西方之帝，非白帝城也。转粟上青天。蜀将分旗鼓，羌兵助—作动井泉—作铠铤。西戎背和好，杀气日相缠。

辛苦三城戍，长防万里秋。烟尘侵火井，雨雪闭松州。风动将军幕—作盖，天寒使者裘。漫山贼营—作成壁垒，回首得无忧。广德元年，吐蕃陷松、维、保三城，及云山新筑二城，高适不能救。于是剑南、西山诸州亦入于吐蕃。

子弟犹深入，关城未解围。蚕崖蚕崖关在导江西北五十里铁马瘦，灌口米船稀。辩士安边策，元戎决胜威。今朝乌鹊喜，欲报凯歌归。

薄游

浙浙—作渐渐风生砌，团团日—作月隐墙。

遥一作满空秋雁灭一作过,半岭暮云长一作张。病叶多先坠一作堕,寒花只暂香。巴城添泪眼,今夜复清一作秋光。

赠韦赞善别

扶病送君发,自怜犹不归。只应尽客泪,复作掩荆扉。江汉故人少,音书从此稀。往还二十载,岁晚寸心违。

送李卿晔晔,淮安忠公琦之子,时以罪贬岭南。

王子思归日,长安已乱兵。沾衣问行在,走马向承明。暮景巴蜀僻,春风江汉清。晋山介山在绵上,以子推自比。虽自弃,魏阙尚含情。

绝句

江边踏青罢,回首见旌旗。风起春城暮,高楼鼓角悲。

城上一作空城

草满巴西绿,空城一作城空白日长。风吹花片片,春动一作荡水一作送雨茫茫。八骏随天子,群臣从武皇。遥闻出巡守,早晚遍遐荒。

舍弟占归草堂检校聊示此诗

久客应吾道,相随独尔来。孰知江路近,频为草堂回。鹅鸭宜长数,柴荆莫浪开。东林竹影薄,腊月更须栽。

全唐诗卷二百二十八

杜甫

伤春五首 原注：巴阆僻远，伤春罢，始知春前已收宫阙。

天下兵虽满，春光一作春日自浓。西京疲百战，北阙任群凶。关塞三千里，烟花一万重。蒙尘清路急，御宿且一作有谁供。广德元年，吐蕃陷京师。代宗幸华州，百官奔散，无复供拟。殷复前王道，周迁旧国容。蓬莱足云气，应合总从龙。

莺入新年语，花开满故枝。天青一作清风卷幔，草碧水通一作连池。牢落官军速一作远，萧条万事危。鬓毛元自白，泪点向来垂。不是无兄弟，其如有别离。巴山春色静，北望转逶迤。

日月还相斗，星辰屡合一作亦屡围。不成诛执法，指程元振辈。焉得变危机。大角缠兵气，钩陈出帝畿。烟尘昏御道，耆旧把天衣。一作固无牵白马，几至著青衣。行在诸军阙，来朝大将稀。贤多隐屠钓，王肯载同归。

再有朝廷乱，难知消息真。近传一作闻王在洛，复道使归一作通秦。夺马悲公主，登车泣贵嫔。萧关迷北上，沧海欲东巡。敢料安危体，犹多老大臣。岂一作得无嵇绍血，沾洒属车尘。

闻说初东幸，孤儿却走多。难分太仓粟，竟弃鲁阳戈。胡虏登前殿，王公出御河。得无一作忍为中夜舞，谁一作宜忆大风歌。春色生烽燧，幽人泣薜萝。君臣重修德，犹足见时和。

王阆州筵奉酬十一舅惜别之作

万壑树声满，千崖秋气高。浮舟一作云出郡郭，别酒寄江涛。良会不复久，此生何太劳。穷愁但一作惟有骨，群盗尚如毛。吾舅惜分手，使君寒赠袍。沙头暮黄鹄，失侣自一作亦哀号。

放船

送客苍溪县，山寒雨不开。直愁骑马滑，故作泛舟回。青惜峰峦过，黄知橘柚来。江流大一作天自在，坐稳兴悠哉。

奉待严大夫

殊方又喜故人来,重镇还须济世才。常怪偏裨终日待,不知旄节隔年回。欲辞巴徼啼莺合,远下荆门去鹢催。身老时危思会面,一生襟—作怀抱向谁开。

奉寄高常侍—作寄高三十五大夫

汶上相逢年颇多,飞腾无那故人何。总戎楚蜀应全未,方驾—作价曹刘不啻过。今日朝廷须汲黯,中原将帅忆廉颇。天涯春色催迟暮,别泪遥添锦水波。

奉寄章十侍御

原注:时初罢梓州刺史东川留后,将赴朝廷。章彝初为严武判官,后为武所杀。武再镇蜀,彝已入觐,岂未行而杀之耶?

淮海维扬一俊人,金章紫绶照青春。指麾能事回天地,训练强兵动鬼神。湘西不得归关羽,河内犹宜借寇恂。朝觐从容问幽仄,勿云江汉有—作老垂纶。

将赴荆南,寄别李剑州

使君高义驱今古,寥落三年坐剑州。但见文翁能化俗—作蜀,焉知李广未封侯。路经滟滪双蓬鬓,天入沧浪一钓舟。戎马相逢更何日,春风回首仲宣楼。

奉寄别马巴州 原注:时甫除京兆功曹,在东川。

勋业终—作真归马伏波,功曹非—作无复汉萧何。扁舟系缆沙边久,南国浮云水上多。独把鱼竿终远去,难随鸟—作乌翼一相过。知君未爱春湖色,兴在骊驹白玉珂。

泛江

方舟不用楫,极目总无波。长日容杯酒,深江净绮罗。乱离还奏乐,飘泊且听歌。故国流清渭,如今花正多。

陪王使君晦日泛江就黄家亭子二首

山豁何时断,江平不肯流。稍知花改岸,始验鸟随舟。结束多红粉,欢娱恨白头。非君爱人客,晦日更添—作禁愁。

有径金沙软,无人碧草芳。野畦连蛱蝶,江槛俯鸳鸯。日晚烟花乱,风生锦绣香。不须吹急管,衰老易悲伤。

南征

春岸桃花水,云帆枫树林。偷生长避地,适远更沾襟。老病南征日,君恩北望心。百年歌自苦,未见有知音。

久客

羁旅知交态,淹留见俗情。衰颜聊自哂,小吏最相轻。去国哀王粲,伤时哭贾生。狐狸何足道,豺虎正—作乱纵横。

春远

肃肃花絮晚,菲菲红素轻。日长唯鸟雀,春远独柴荆。数有关中乱,何曾剑外清。故乡—作园归不得,地入亚夫营。

暮寒

雾隐平郊树,风含广岸波。沉沉春色静,惨惨暮寒多。戍鼓犹长击,林莺遂不歌。忽思高宴会,朱袖拂云和。

双燕

旅食惊双—作双飞燕,衔泥入此堂。应同避燥湿,且复过—作遇炎凉。养子风尘际,来时道路长。今秋天地在,吾亦离殊方。

百舌

百舌来何处,重重只报春。知音兼众语,整翮岂多身。花密藏难—作难相见,枝高听转新。过时如发口,君侧有谗人。

地隅

江汉山重阻,风云地一隅。年年非故物,处处是穷途。丧乱秦公子,王粲本秦川贵公子。悲凉—作秋楚大夫。平生心已折,行路日荒芜。

游子

巴蜀愁谁语,吴门兴杳然。九江春草外,

三峡暮帆前。厌就成都卜,休为吏部眠。蓬莱如可到,衰白问群—作神仙。

归梦

道路时通塞,江山日寂寥。偷生唯一老,伐叛已三朝。雨急青枫暮,云深黑水遥。梦归—作魂归未—作亦得,不用楚辞招。

江亭王阆州筵饯萧遂州

离亭非旧国,春色是他乡。老畏歌声断—作短,一作继,愁随—作从舞曲长。二天开宠饯,五马烂生—作辉光。川路风烟接,俱宜—作看下凤皇。

绝句二首

迟日江山丽,春风花草香。泥融飞燕子,沙暖睡鸳鸯。

江碧鸟逾白,山青花欲燃。今春看又过,何是日归年。

滕王元婴亭子 原注:亭在玉台观内。王,高宗调露年中,任阆州刺史。○一本滕王亭二首、玉台观二首,不分题。

君王台榭枕巴山,万丈丹梯尚可攀。春日莺啼修竹里,仙家犬吠白云间。清江锦—作碧石伤心丽,嫩蕊浓花满目班。人到于今歌出牧,来游此地不知还。

玉台观 原注:滕王造

中天积翠玉台—作虚遥,上帝高居绛节朝。遂有冯夷来击鼓,始知嬴女善吹箫。江光隐见鼋鼍窟,石势参差—作差池乌鹊桥。更肯—作有红颜生羽翼—作翰,便应黄发老渔樵。

滕王亭子

寂寞春山路,君王不复行。古墙犹竹色,虚阁自松声。鸟雀荒村暮,云霞过客情。尚思歌吹入,千骑把—作拥霓旌。

玉台观

浩劫因王造—作起,平台访古游。彩云萧史驻,文字鲁恭留。宫阙通群帝,乾坤到十洲。人传有笙鹤,时过此—作北山头。

渡江

春江不可—作用渡,二月已风涛。舟楫欹斜疾—作甚,鱼龙偃卧高。渚花兼—作张素锦,汀草乱青袍。戏问垂纶客,悠悠见—作是汝曹。

喜雨

南国旱—作早无雨,今朝江出云。入空才漠漠,洒迥已纷纷。巢燕高飞尽,林花润色分。晚来声不绝,应得夜深闻。

送韦郎司直归成都

窜身来蜀地,同病得韦郎。天下干—作兵戈满,江边岁月长。别筵花欲暮,春日鬓—作鬓色俱苍。为问南溪竹—作笋,抽梢合过墙。原注:余草堂在成都西郭。

将赴成都草堂途中有作,先寄严郑公五首 宝应二年,严武封郑国公,复节度剑南。

得归茅屋赴成都,直—作真为文翁再剖符。但使闾阎还揖让,敢论松竹久荒芜。鱼知丙穴一在沔阳,一在顺政,一在雅州,一在邛州,一在万州,一在达州。此应指邛州,去成都较近。由来美,酒忆郫筒 郫县酒,以竹筒盛之不用酤。五马旧曾谙小径,几回书札待潜夫。

处处青江带白蘋,故园犹得见残春。雪山斥候无兵马,锦里逢迎有主人。休怪儿童延俗客,不教鹅鸭恼比邻。习池未觉风流尽,况复荆州赏更新。

竹寒沙碧浣花溪,菱—作橘刺藤梢咫尺迷。过客径须愁出入,居人不自解东西。书签药裹封蛛网,野店山桥送马蹄。岂—作肯藉荒庭春草—作新月色,先判一饮醉如泥。

常苦沙崩损药栏,也从江槛落风湍。新松恨不高—作长千尺,恶竹应须斩万竿。生理只凭黄阁老,衰颜—作客欲付—作赴紫金丹。三年奔走空皮骨,信有人间行路难。

锦官—作馆城西生事—作生事城西微,乌皮几在还思归。昔去为忧乱兵入，今来已恐邻人非。侧身天地更怀古，回首风尘甘—作且息机。共说总戎云鸟阵，不妨游子芰荷衣。

别房太尉墓在阆州

他乡复行役，驻马别孤坟。近泪无干土，低空—作空山有断云。对棋陪谢傅，把剑觅徐君。唯见林花落，莺啼送客闻。

自阆州领妻子却赴蜀山行三首

汩汩—作揖揖，一作泄泄避群盗，悠悠经十年。不成向南国，复作游西川。物役水虚照，魂伤山寂然。我生无倚著，尽室畏途边。

长林偃风色，回复—作首意犹迷。衫泡翠微润，马衔青草嘶。栈—作径悬斜避石。桥断却寻溪。何日干—作兵戈尽，飘飘愧老妻。

行色递隐见，人烟时有无。仆夫穿竹语，稚子入云呼。转石惊魑魅，抨聘平声，弹也弓落狖鼯。真供一笑乐，似欲慰穷途。

山馆—作移居公安山馆，编入江陵诗后。

南国昼多雾，北风天正寒。路危行木杪，身远—作迴宿云端。山鬼吹灯灭，厨人语夜阑。鸡鸣问前馆，世乱敢求安。

行次盐亭县，聊题四韵，奉简严遂州、蓬州两使君、咨议诸昆季严震及弟砺皆梓州盐亭人

马首见盐亭，高山拥县青。云溪花淡淡—作漠漠，春郭水泠泠。全蜀多名士，严家聚德星。长歌意无极，好为老夫听。

倚杖原注：盐亭县作。

看花虽郭内—作外，倚杖即溪边。山县早休市，江桥春聚船。狎—作野鸥轻白浪—作日，归雁喜青—作清天。物色兼生意，凄凉忆去年。

陪王汉州留杜绵州泛房公西湖房琯刺汉州时所凿

旧相恩追后，春池赏不稀。阙庭分未到，舟楫有光辉。豉化莼丝熟，刀鸣脍缕飞。使君双皂盖，滩浅正相依。

舟前小鹅儿原注：汉州城西北角官池作。官池即房公湖。

鹅儿黄似酒，对酒爱新鹅。引颈嗔船逼—作过，无行乱眼多。翅开遭宿雨，力小困沧波。客散层城暮，狐狸奈若何。

得房公池鹅

房相西亭鹅一群，眠沙泛浦白于—作如云。凤皇池上应回首，为报笼随王右军。

答杨梓州

闷到房—作杨公池水头，坐逢杨子镇东州。却向青溪不相见，回船应—作因载阿戎游。

登楼

花近高楼伤客心，万方多难此登临。锦江春色来—作水流天地，玉垒浮云变古今。北极朝廷终不改，西北寇盗莫相侵。可怜后主还祠庙，日暮聊为梁甫吟。

春归

苔径临江竹，茅檐覆地花。别来频甲子，倏忽—作归到又春华。倚仗看孤石，倾壶就浅沙。远鸥浮水静，轻燕受风斜。世路虽多梗，吾生亦有涯。此身—作且应醒复醉，乘兴即为家。

归雁

东来万里客，乱定—作走几年归。肠断江城雁，高高正—作向北飞。

赠王二十四侍御契四十韵王契，字佐卿，京兆人。元结有《送契之西蜀序》。

往往虽相见，飘飘愧此身。不关轻绂冕，俱—作但是避风尘。一别星桥夜，三移斗柄春。败亡非赤壁，奔走为黄巾。子—作尔去何潇洒，余藏异隐沦。书成无过雁，衣故有悬鹑。恐惧行装数，伶俜卧疾—作病频。晓莺工迸泪，秋月解伤神。会面嗟黧黑，含凄话苦辛。接舆还入

楚,王粲不归秦。锦里残丹灶,花溪得钓纶。消一作宵中只自惜,晚起索谁亲。伏柱闻周史,乘槎有一作似汉臣。鹓鸿不易狎,龙虎未宜驯。客则一作即挂冠至,交非倾盖新。由来意气合,直取性情真。浪迹同生死,无心耻贱贫。偶然存蔗芋,幸各对松筠。粗饭依他日,穷愁怪此辰。女长裁褐稳,男大卷书匀。漰一作堋,蜀人以堰为堋。口江如练,蚕崖雪似银。名园当翠巘,野棹没青蘋。屡喜王侯宅,时邀一作逢江海人。追随不觉晚,款曲动弥旬。但使芝兰秀,何烦一作须栋宇邻。山阳无俗物,郑驿正留宾。出入并鞍马,光辉参一作忝席珍。重游先主庙,更历少城闉。石镜通幽魄,琴台隐绛唇。送终惟粪土,结爱独荆榛。置酒高林下,观棋积水滨。区区甘累趼,稍稍息劳筋。网聚粘圆鲫,丝繁煮细莼。长一作慨歌敲柳瘿,小睡凭藤轮。农月须知课,田家敢忘勤。浮生难去食,良会惜清晨。列国兵戈暗,今王德教淳。要闻除猰㺄,休作画麒麟。洗眼看轻薄,虚怀任屈伸。莫令胶漆地,万古重雷陈。

寄董卿嘉荣十韵

闻道君牙帐,防秋近赤霄。下临千雪岭一作仞雪,却背五绳桥。海内久戎服,京师今晏朝。犬羊曾烂熳,宫阙尚萧条。猛将宜尝胆,龙泉必在腰。黄图遭污辱,月窟可焚烧。会取干戈利,无令斥候骄。居然双捕虏,自是一嫖姚。落日思轻骑,高一作秋天忆射雕。云台画形像,皆为扫氛妖。

寄司马山人十二韵

关内昔分袂,天边今转蓬。驱驰不可说,谈笑偶然同。道术曾留意,先生早击蒙。家家迎蓟子,处处识壶公。长啸峨嵋北,潜行玉垒东。有时骑猛虎,虚室使仙童。发少何劳白,颜衰肯更红。望云悲坎坷,毕景羡冲融。丧乱形仍役,凄凉信不通。悬旌要路口,倚剑短亭中。永作殊方客,残生一老翁。相哀骨可换,亦遣驭清风。

黄河二首

黄河北岸海西军,椎鼓鸣钟天下闻。铁马长鸣不知一作如数,胡人高鼻动成群。雍王适至陕州,回纥屯于河北。仆固怀恩与回纥左杀为前锋,所谓河北海西军也。

黄河西一作北,一作南,俱非岸是吾一作故蜀,欲须供给家无粟。愿驱众庶戴君王,混一车书弃金玉。

寄李十四员外布十二韵 原注:新除司议郎,兼万州别驾,虽尚伏枕,已闻理装。

名参汉望苑,汉武为太子置博望苑以通宾客。职述景题舆。周景为陈蕃题舆。巫峡将之郡,荆门好附书。远行无自苦,内热比何如。正是炎天阔,那堪野馆疏。黄牛平驾浪,画鹢上凌虚。试待盘涡歇,方期解缆初。闷能过小径,自一作日为摘嘉蔬。渚柳元幽僻,村花不扫除。宿阴繁素柰,过雨乱红蕖。寂寂夏先晚,泠泠风有余。江清心可莹,竹冷发堪一作宜梳。直作移巾几,秋帆发弊庐。

归来

客里有所过一作适,归来知路难。开门野鼠走,散帙壁鱼干。洗杓开新酝,低头拭小盘一作著小冠。凭谁给麹糵,细酌老江干。

王录事许修草堂赀不到,聊小诘

为嗔王录事,不寄草堂赀。昨属愁春雨,能忘欲漏时。

寄邛州崔录事

邛州崔录事,闻在果园坊。坊在成都。久待无消息,终朝有底忙。应愁江树远,怯见野亭荒。浩荡风尘一作烟外,谁知酒熟香。

过故斛斯校书庄二首 原注:老儒艰难时,病于庸蜀,叹其没后方授一官。《英华》注:即斛斯融。

此老已云殁,邻人嗟亦一作叹未休。竟无宣室召,徒有茂陵求。妻子寄他食,园林非昔游。空余纆帷在,淅淅野风秋。

燕入非帝舍,鸥归只故池。断桥无复板,卧柳自生枝。遂有山阳作,多惭鲍叔知。素交零落尽,白首泪双垂。

立秋一本有日字雨院中有作

山云行绝塞,大火复西流。飞雨动华屋,萧萧梁栋秋。穷途愧知己,暮齿借前筹。已费清晨谒,那成长者谋。解衣开北户,高枕对南楼。树湿风凉进,江喧水气浮。礼宽心有适,节爽病微瘳。主将归调鼎,吾还访旧丘。

奉和严大夫军城早秋

秋风袅袅动高旌,玉帐分弓射房营。已收滴博_{岭在维州}云间戍,更夺_{一作次取}蓬婆雪外城。_{雪山外有蓬婆岭。}

院中晚晴怀西郭茅舍

幕府秋风日夜清,澹云疏雨过高城。叶心朱实看_{一作堪}时落,阶面青苔先自_{一作老更}生。复有楼台衔暮景,不劳钟鼓报新晴。浣花溪里花饶笑,肯信吾兼_{一作今}吏隐名。

到村

碧涧虽多雨,秋沙先_{去声,一作亦}少泥。蛟龙引子过,荷芰逐花低。老去参戎幕,归来散马蹄。稻粱须就列,榛草即相迷。蓄积思江汉,疏顽_{一作顽疏}惑_{一作感}町畦。稍_{一作暂}酬知己分,还入故林栖。

宿府

清秋幕府井梧_{一作桐}寒,独宿江城蜡炬_{一作烛}残。永夜角声悲自语,中天月色好谁看。风尘荏苒音书绝,关塞萧条行路难。已忍伶俜十年事,强移栖息一枝安。

遣闷奉呈严一本有郑字公二十韵

白水鱼竿客,清秋鹤发翁。胡为来_{一作居}幕下,只合在舟中。黄卷真如律,青袍也自公。老妻忧坐痹,_{音秘,湿病也。}幼女问头风。平地专欹倒,分曹失异同。礼甘衰力就,义忝上官通。畴昔论诗早,光辉仗钺雄。宽容存性拙,剪拂

念途穷。露裛思藤架,烟霏想桂丛。信然龟触网,直作鸟窥笼。西岭纡村北,南江绕舍东。竹皮寒旧翠,椒实雨新红。浪簸船应坼,杯干瓮即空。藩篱生野径,斤斧任樵童。束缚酬知己,蹉跎效小忠。周防期稍稍,太简遂匆匆。晓入朱扉启,昏归画角终。不成寻别业,未改息微躬。乌鹊愁银汉,驽骀怕锦幪。会希全物色,时放倚梧桐。

送舍弟频一作颖,一作颛赴齐州三首

岷岭南蛮北,徐关东海西。此行何日到,送汝万行啼。绝域惟高枕,清风独杖藜。危时暂相见,衰白意都迷。

风尘暗不开,汝去几时来。兄弟分离苦,形容老病催。江通一柱观,日落望乡台。客意长东北,齐州安在哉。

诸姑今海畔,两弟亦山东。去傍干戈觅,来看道路通。短衣防战地,匹马逐秋风。莫作俱流落,长瞻碣石鸿。

严郑公阶下新松得沾字

弱质岂自负,移根方尔瞻。细声闻_{一作侵}玉帐,疏翠近珠帘。未见紫烟集,虚蒙清露沾。何当一百丈,欹盖拥高檐。

严郑公宅同咏竹得香字

绿竹半含箨,新梢才出墙。色侵书帙晚,阴过酒樽凉。雨洗娟娟净,风吹细细香。但令无剪伐,会见拂云长。

奉观严郑公厅事岷山沱江画图十韵得忘字

沱水流_{一作临}中座,岷山到_{一作对,一作赴}此_{一作北}堂。白波吹_{一作侵}粉壁,青嶂插雕梁。直讶杉松冷,兼疑菱荇香。雪云虚点缀,沙草得微茫。岭雁随毫末,川霓饮练光。霏红洲蕊乱,拂黛石萝长。暗谷_{一作谷暗}非关雨,丹枫_{一作枫丹}不为霜。秋成_{一作城}玄圃外,景物洞庭旁。绘事功殊绝,幽襟兴激昂。从来谢太傅,丘壑道难忘。

晚秋陪严郑公摩诃池泛舟得溪字。池在张仪子城内。

湍驶风醒酒,船回—作行雾起堤。高城秋自落,杂树晚相迷。坐触鸳鸯起,巢倾翡翠低。莫须惊白鹭,为伴宿清溪。

初冬

垂老戎衣窄,归休寒色—作气深。渔舟上急水,猎火著高林。日有习池醉,愁来梁甫吟。干戈未偃息,出处遂何心。

至后

冬至至后日初长,远在剑南思洛阳。青袍白马有何意,金谷铜驼非故乡。梅花欲开不自觉,棣萼一别永相望。愁极本凭诗遣兴,诗成吟咏转凄凉。

正月三日归溪上有作,简院内诸公

野外堂依竹,篱边水向城。蚁浮仍腊味,鸥泛已春声。药许邻人劚,书从稚子擎。白头趋幕府,深觉负平生。

弊庐遣兴,奉寄严公

野水平桥路,春沙映竹村。风轻粉蝶喜,花暖蜜蜂喧。把酒宜—作且深酌,题诗好细论。府中瞻暇日,江上忆词源。迹忝—作寄朝廷旧,情依节制尊。还思长者辙,恐避席为门。

春日江村五首

农务村村急,春流岸岸深。乾坤万里眼,时序百年心。茅屋还堪赋,桃源自可寻。艰难贱—作浅,一作昧生理,飘泊到如今。

迢递来三蜀,蹉跎有—作又六年。客身逢故旧,发兴自林泉。过懒从衣结,频游任履穿。藩篱无限景—作颇无限,恣意买—作向江天。

种竹交加翠,栽桃烂漫红。经心石镜月,到面雪山风。赤管随王命,银章付老翁。岂知牙齿落,名玷荐贤中。

扶病垂朱绂,归休步紫苔。郊扉存—作在晚计,幕府愧群材。燕外晴丝卷,鸥边水叶开。邻家送鱼鳖,问我数能来。

群盗哀王粲,中年召贾生。登楼初有作,前席竟为荣。宅入先贤传,才高处士名。异时怀二子,春日复含情。

绝句六首

日出篱东水,云生舍北泥。竹高鸣翡翠,沙僻舞鹍—作鹍鸡。

蔼蔼花蕊乱,飞飞蜂蝶多。幽栖身懒动,客至欲如何。

凿井交棕叶,旧注:交棕作井绠。一云雨坏盐井,以棕叶覆之。开渠断竹根。扁舟轻袅缆,小径曲通村。

急雨捎溪足,斜晖转树腰。隔巢黄鸟并,翻藻白鱼跳。

舍下笋穿壁,庭中藤刺—作到檐。地晴丝冉冉,江白草纤纤。

江动月移石,溪虚云傍花。鸟栖知故道,帆过宿谁家。

绝句四首

堂西长笋别开门,堑北行椒却背村。梅熟许同朱老吃,松高拟对阮生论。原注:朱、阮,剑外相知。

欲作鱼梁云复—作覆湍,因惊四月雨声寒。青溪先有蛟龙窟,竹石如山不敢安。

两个黄鹂鸣翠柳,一行白鹭上青天。窗含西岭千秋雪,门泊东吴万里船。原注:西山白雪,四时不消。

药条药—作菜甲润青青,色过棕亭入草亭。苗满空山惭取誉,根居隙地怯成形。

全唐诗卷二百二十九

杜甫

哭严仆射归榇

素幔随流水，归舟返旧京。老亲如—作知宿昔，部曲异平生。风送—作逆蛟龙雨—作匝，天长骠骑营。一哀三峡暮，遗后见君情。

宴戎州杨使君东楼

胜绝惊身老，情忘发兴奇。座从歌妓密，乐任主人为。重碧拈—作酤，—作挈，—作拓春—作筒酒，轻红擘荔枝。楼高欲愁思，横笛未休吹。

渝州候严六侍御不到，先下峡

闻道乘骢发，沙边待至今。不知云雨散，虚费短长吟。山带乌蛮阔，江连白帝深。船经一柱观，留眼—作滞共登临。

拨闷—作赠严二别驾

闻道云安麹米春，唐人呼酒为春。才倾一盏即醺人。乘舟取醉非难事，下峡消愁定几巡。长年三老遥怜汝，捩柁开头—作鸣铙捷有神。已办青钱防雇直，当令美味入吾唇。

闻高常侍亡原注：忠州作

归朝不相见，蜀使忽传亡。虚历金华省，何殊地下郎。致君丹槛折，哭友白云长。独步诗名在，只令故旧伤。

宴忠州使君侄宅

出守吾家侄，殊方此日欢。自须游阮巷—作舍，不是怕湖—作溪滩。乐助长歌逸—作送，杯—作林饶旅思宽。昔曾如意舞，牵率强为看。

禹庙此忠州临江县禹祠也。

禹庙空山里，秋风落日斜。荒庭垂橘柚，古屋画龙蛇。云气生虚—作嘘清壁，江声走白沙。早知乘四载，去声，即乘辀等乘字义。疏凿—作流落控三巴。

题忠州龙兴寺所居院壁

忠州三峡内,井邑聚云根。小市常争米,孤城早闭门。空—作色看过客泪,莫觅主人恩。淹泊—作薄仍愁虎,深居赖独园。

旅夜书怀

细草微风岸,危樯独夜舟。星垂—作随平野阔,月涌大江流。名岂文章著,官因—作应老病休。飘飘—作零何所似,天地—作外一沙鸥。

别常征君

儿扶犹杖策,卧病一秋强。白发少新洗,寒衣宽总长。故人忧见及,此别泪相忘。各逐萍流转,来书细作行。

三绝句

前—作去年渝州杀刺史,今年开州杀刺史。群盗相随剧虎狼,食人更肯留妻子。

二十一家同入蜀,惟残一人出骆谷。自说二女啮臂时,回头却向秦云哭。

殿前兵马虽骁雄,纵暴略与羌浑同。闻道杀人汉水上,妇女多在官军中。

十二月一日三首

今朝腊月春意动,云安县前江可怜。一声何处送书雁,百丈谁家上水—作濑船。未将梅蕊惊愁眼,要—作更取楸—作椒花媚远天。明光起草人所羡,肺病几时朝日边。

寒轻市上山烟碧,日满楼前江雾黄。负盐出井此溪女,打鼓发船何郡郎。新亭举目风景切,茂陵著书消渴长。春花不愁不烂漫,楚客唯听棹相将。

即看燕子入山扉,岂有黄鹂历翠微。短短桃花临水岸,轻轻柳絮点人衣。春来准拟开怀久,老去亲知见面稀。他日一杯难强进,重嗟筋力故山违。

又雪

南雪不到地,青崖沾未消。微微向日薄,脉脉去人遥。冬热鸳鸯病,峡深豺虎骄。愁边有江水,焉得北之朝。

奉汉中王手札

国有乾坤大,王今叔父尊。剖符来蜀道,归盖取荆门。峡险通舟过—作峻,江长注海奔。主人留上客,避暑得名园。前后缄书报,分明馈玉恩。天云浮绝壁,风竹在华轩。已觉良—作凉宵永—作逸,何看骇浪翻。入期朱邸雪,朝傍紫微垣。枚乘文章老,河间礼乐存。悲秋宋玉宅,失路武陵源。淹薄俱崖口,东西异石根。夷音迷咫尺,鬼物傍—作倚黄昏。犬马诚为恋,狐狸不足论。从容草奏罢,宿昔奉清樽。

赠崔十三评事公辅

飘飘—作摇西极马,来自渥洼池。飒飒定—作寒,一作邓山桂,低徊风雨枝。我闻龙正直,道屈尔何为。且有元戎命,悲歌识者谁—作知。官聊辞冗长。行路洗欹危。脱剑主人赠,去帆春色随。阴沉铁凤阙,教练羽林儿。天子朝侵早,云台仗数移。分军应供给,百姓日支离。黠吏因封己,公才或守雌。燕王买—作贾骏骨,渭老得熊罴。活国名公在,拜坛群寇疑。冰壶动瑶碧,野水失蛟螭。入幕诸彦集—作聚,渴贤高选宜。骞腾坐可致,九万起于斯。复进出矛戟,昭然开鼎彝。会看之子贵,叹及老夫衰。岂但江曾决,还思雾一披。暗尘生古镜,拂匣照西施。舅氏多人物,无惭困翮垂。

长江二首

众水会涪万,瞿塘争一门。朝宗人共挹,盗贼尔谁尊。孤石隐如马,高萝垂饮猿。归心异波浪,何事即飞翻。

浩浩终不息,乃知东极临—作深。众流归海意,万国奉君心。色借潇湘阔,声驱滟滪深—作沈。未辞添雾雨,接上遇—作过衣襟。

承闻故房相公灵榇自阆州启殡归葬东都有作二首

远闻房太守—作尉,归葬陆浑山。一德兴

王后,孤魂久客间。孔明多故事,_{陈寿等定《诸葛亮故事》二十四篇以进。}安石竟崇班。他日嘉陵涕,仍沾楚水还。

丹旐飞飞日,初传发阆州。风尘终不解,江汉忽同流。剑动新—作亲身匣,书归故国楼。尽哀知有处,为客恐长休。

云安九日,郑十八携酒陪诸公宴

寒花开已尽,菊蕊独盈枝。旧摘人频异,轻香酒暂随。地偏初衣夹,山拥更登危。万国皆戎马,酣歌泪欲垂。

答郑十七郎一绝

雨后过畦润,花残步屐迟。把文惊小陆,好客见当时。

将晓二首

石城除击柝,铁锁欲开关。鼓角悲荒塞,星河落曙—作晓山。巴人常小梗,蜀使动无还。垂老孤帆色,飘飘犯百—作白蛮。

军吏回官烛,舟人自楚歌。寒沙蒙薄雾,落月去清波。壮惜身名晚,衰惭应接多。归朝日簪笏,筋力定如何。

怀锦水居止二首

军旅西征僻,风尘战伐多。犹—作独闻蜀父老,不忘舜讴歌。天险终难立,柴门岂重过。朝朝巫峡水,远逗—作远锦江波。

万里桥南—作西宅,百花潭北庄。层轩皆面水,老树饱经霜。雪岭界天白,锦城曛日黄。惜哉形胜地,回首一茫茫。

子规

峡里云安县,江楼翼瓦齐。两边山木合,终日子规啼。眇眇春风见,萧萧夜色凄—作栖。客愁那听此,故作傍—作傍旅人低。

立春

春日春盘细生菜,忽忆两京梅发时。盘出高门行白玉,菜传纤手送青丝。巫峡寒江那对眼,杜陵远客不胜悲。此身未知归定处,呼儿觅纸一题诗。

漫成一绝—本无一绝二字

江月去人只数尺,风灯照夜欲三更。沙头宿鹭联拳静—作起,船尾跳鱼拨—作跛,一作波刺鸣。

老病

老病巫山里,稽留楚客中。药残他日裹,花发去年丛。夜足沾沙雨,春多逆水风。合分双赐笔,犹作一飘蓬。

南楚

南楚青春异,暄寒早早分。无名江上草,随意岭头云。正月蜂相见,非时鸟共闻。杖藜妨跃马,不是故离群。

寄常征君

白水青山空复春,征君晚节傍风尘。楚妃堂上色殊众,海鹤阶前鸣向人。万事纠纷犹绝粒,一官羁绊实藏身。开州入夏知凉冷,不似云安毒热新。

寄岑嘉州_{原注:州据蜀江外。}

不见故人十年余,不道故人无素书。愿逢颜色关塞远,岂意出守江城居。外江三峡且相接,斗酒新诗终日—作自疏。谢朓每篇堪讽诵,冯唐已老听吹嘘。泊船秋夜经春草,伏枕青枫限玉除。眼前所寄选何物,赠子云安双鲤鱼。

移居夔州郭

伏枕云安县,迁居白帝城。春知催柳别,江与—作已放船清。农事闻人说,山光见鸟情。禹功饶断石,且就土微平。

船下夔州郭宿,雨湿不得上岸,别王十二—作二十判官

依沙宿舸船,石濑月娟娟。风起春灯乱,江鸣夜雨悬。晨钟云外—作岸湿,胜地石堂烟—作偏。柔橹轻鸥外,含凄—作情觉汝贤。

雨不绝

鸣雨既过渐细—作细雨微,映空摇扬如丝飞。阶前短草泥不乱,院里长条风乍稀。舞石旋应将乳子,行去莫自湿仙衣。眼边江舸何匆促,未待—作得安流逆浪归。

崔评事弟许相迎不到,应虑老夫见泥雨怯出,必愆佳期,走笔戏简

江阁要宾许马迎,午时起坐自天明。浮云不负青春色,细雨何孤白帝城。身过花间沾湿好,醉于马上往来轻。虚疑皓首冲泥怯,实少银鞍傍险行。

宿江边阁 即后西阁

暝色延山径,高斋次水门。薄云岩际宿,孤月浪中翻。鹳鹤追飞静—作尽,豺狼得食喧。不眠忧战伐,无力正乾坤。

夜宿西阁,晓呈元二十一曹长

城暗更筹急,楼高雨雪微。稍通绡幕霁,远带玉绳稀。门鹊晨光起—作喜,墙—作檐乌宿处飞。寒江流甚细,有意待人归。

西阁口号呈元二十一

山木抱云稠,寒江绕上头。雪崖才变石,风幔不依楼。社稷堪流涕,安危在运筹。看君话王室,感动几销忧。

西阁雨望

楼雨沾云幔,山寒—作高著水城。径添沙面出,湍减石棱生。菊蕊凄疏放,松林驻远情。滂沱朱槛湿,万虑傍—作倚檐楹。

不离西阁二首

江柳非时发,江花冷色频。地偏应有瘴,腊近已含春。失学从愚子,无家住—作任老身。不知西阁意,肯别定留—作何人。

西阁从人别,人今亦故亭。江云飘素练—作叶,石壁断—作斩空青。沧海先迎日,银河倒列星。平生耽胜事,吁骇—作怪始初经。

西阁三度期大昌严明府同宿不到

问子能来宿,今疑索故要。匣琴虚夜夜,手板自朝朝。金吼霜钟彻,花催腊—作蜡炬销。早鳧江槛底,双影漫飘摇。

西阁二首

巫山小摇落,碧色见—作是松林。百鸟各相命,孤云无—作非自心。层轩俯江壁,要路亦高深。朱绂犹纱帽,新诗近玉琴。功名不早立,衰病谢知音。哀世非—作无王粲,终然—作朝学越吟。

懒心似江水,日夜向沧洲。不道含香贱,其如镊白休。经过调—作凋碧柳,萧索—作瑟倚朱楼。毕娶何时竟,消中得自由。豪—作荣华看古往,服食寄冥搜。诗尽人间兴,兼须入海求。

阁夜

岁暮阴阳催短景,天涯霜雪霁寒宵。五更鼓角声悲壮,三峡星河影动摇。野哭几—作千家闻战伐,夷歌数—作是处起渔樵。卧龙跃马终黄土,人事依依漫—作音尘日,一作音书颇寂寥。

西阁夜

恍惚寒山暮,逶迤白雾昏。山虚风落石,楼静月侵门。击柝可怜子,无衣何处村。时危关百虑,盗贼尔犹存。

瀼西寒望 瀼人以涧水通江者为瀼,大昌县西有千顷池,水分三道,其一南流奉节县,为西瀼水。

水色含群动,朝光切太虚。年侵—作终频怅望,兴远一萧疏。猿挂时相学,鸥行炯自如。瞿唐春欲至,定卜瀼西居。

入宅三首 大历二年春,甫自西阁迁赤甲。

奔峭背赤甲,断崖当白盐。客居愧迁次,春酒—作色渐多添。花亚欲移竹,鸟窥新卷帘。衰年不敢恨,胜概欲相兼。

乱后居难定,春归客未还。水生鱼复浦,

云暖麝香山。半一作判顶梳头白,过眉挂杖斑。相看多使者,一一问函关。

宋玉归州宅,云通白帝城。吾人淹老病,旅食岂才名。峡口风常急,江流气不平。只应与儿子,飘转任浮生。

赤甲

卜居赤甲迁居新,两见巫山楚水春。炙背可以献天子,美芹由来知野人。荆州郑薛郑审、薛据寄书一作诗近,蜀客郗岑郗昂、岑参非我邻。笑接郎中评事饮,病从深酌道吾真。

卜居

归羡辽东鹤,吟同楚执珪。未成游碧海,著处觅丹梯。云障一作嶂宽江左一作北,春耕破瀼西。桃红客若至,定似昔一作晋人迷。

暮春题瀼西新赁草屋五首

久嗟三峡客,再与暮春期。百舌欲无语,繁花能几时。谷虚云气薄,波乱日华迟。战伐何由定,哀伤不在兹。

此邦千树橘,不见比封君。养拙干戈际,全生麋鹿群。畏人江北草,旅食瀼西云。万里巴渝曲,三年实饱闻。

彩云阴复白,锦树晓一作晚来青。身世双蓬鬓,乾坤一草亭。哀歌时自短一作惜,醉舞为谁醒。细雨荷锄立,江猿吟翠屏。

壮年一作志学书剑,他日委泥沙。事主非无禄,浮生即有涯。高斋依药饵,绝域改春华。丧乱丹心破,王臣未一家。

欲陈济世策,已老尚书郎。未息豺虎斗,空惭鸳鹭行。时危人事急一作恶,风逆一作急羽毛伤。落日悲江汉,中宵泪满床。

园

仲夏流多水,清晨向小园。碧溪摇艇阔,朱果烂枝繁。始为江山静,终防市井喧。畦蔬绕茅屋,自足媚盘餐。

竖子至

楂梨且一作才缀碧,梅杏半传黄。小子幽园至,轻笼熟柰香。山风犹满把,野露及新尝。欲寄一作欹枕江湖客,提携日月长。

示獠奴阿段 獠乃南蛮别种。无名字,男称阿蒙、阿段,女称阿夷、阿等之类。

山木苍苍落日曛,竹竿袅袅细泉分。郡人入夜争余沥,竖一作稚子寻源独不闻。病渴三更回白首,传声一注湿青云。曾惊陶侃胡奴异,陶侃有一胡奴,胡僧见之曰:此海山使者也。是夜即失所在。怪尔常穿虎豹群。

秋野五首

秋野日疏一作荒,一作蔬芜,寒江动碧虚。系舟蛮井络一作路,卜宅楚村墟。枣熟从一作行人打,葵荒欲自一作且锄。盘餐老夫食,分减及溪一作樵鱼。

易识浮生理,难教一物违。水深鱼极乐,林茂鸟知归。吾一作衰老甘贫病,荣华有是非。秋风吹几杖,不厌此一作北山薇。

礼乐攻吾短,山林引兴长。掉头纱帽仄,曝背竹书光。风落收松子,天寒割蜜房。稀疏小红翠,驻屐近微香。

远岸秋沙白,连山晚照红。潜鳞输骇浪,归翼会高风。砧响家家发,樵声个个同。飞霜任青女,赐被隔南宫。

身许麒麟画,年衰鸳鹭群。大江秋易盛,空峡夜多闻。径隐千重石,帆留一片云。儿童解蛮语,不必作参军。郝隆诗:蝘蜓跃清池。桓温问是何物。答曰:蛮以鱼为蝘蜓。温曰:何为作蛮语?答曰:千里从公,仅得蛮府参军,安得不作蛮语?

溪上

峡内淹留客,溪边四五家。古苔生迮音谪。一作湿,一作窄地,秋竹隐疏花。塞俗人无井,山田饭有沙。西江使船至,时复问京华。

树间

岑寂双甘树,婆娑一院香。交柯低几杖,

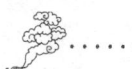

垂实碍衣裳。满岁如松碧,同时待菊黄。几回沾叶—作落露,乘月坐胡床。

课小竖锄斫舍北果林,枝蔓荒秽,净讫移床三首—作秋日闲居三首

病枕依茅栋,荒锄净果林。背堂资僻远,在野兴清深。山雉防求敌,江猿应独吟。泄云高不去,隐几亦无心。

众壑生寒早,长林卷雾齐。青虫悬就日,朱果落封—作成泥。薄俗防人—作狸面,全身学马蹄。吟诗坐—作回首,随意葛巾低。

篱弱门何向,沙虚岸只—作自摧。日斜鱼更食,客散鸟还来。寒水光难定,秋山响易哀。天涯稍曛黑,倚仗更—作独装回。

寒雨朝行视园树

柴门杂—作拥树向千株,丹橘黄甘此—作北地无。江上今朝寒雨歇,篱中秀—作边新色画屏纡。桃蹊李径年虽故—作古,栀子红椒艳复殊。锁石藤稍元自落,倚—作到天松骨见来枯。林香出实垂将尽,叶蒂辞—作离枝—作柯不重苏。爱日恩光蒙借贷,清霜杀气得忧虞。衰颜更—作动觅藜床坐,缓步仍须竹杖扶。散骑未知云阁处,啼猿僻在楚山隅。

季秋江村

乔木村墟古,疏篱野蔓悬。清—作素琴将暇日,白首望霜天。登俎黄甘重,支床锦石圆。远游虽寂寞,难见此山川。

小园

由来巫峡水,本自楚人家。客病留因药,春深买为花。秋庭风落果,瀼岸雨颓沙。问俗营寒事,将诗待物华。

自瀼西荆扉且移居东屯茅屋四首

白盐危峤北,赤甲古城东。平地一川稳,高山四面同。烟霜凄野日,粳稻熟天风。人事伤蓬转,吾将守桂丛。

东屯复瀼西,一种住青溪。来往皆—作兼茅屋,淹留为稻畦。市喧宜近利,原注:西居近市。林僻此无蹊。若访衰翁语,须令剩客迷。

道北冯都使,高斋见一川。子能渠细石,吾亦沼清泉。枕带—作席还相似,柴荆即有焉。斫畬应费日,解缆不知年。

牢落西江外,参差北户间。久游巴子国—作宅,卧病楚人山。幽独移佳境,清深隔远关。寒空见鸳鹭,回首忆—作想朝班。

茅堂检校收稻二首

香稻三秋末,平田百顷间。喜无多屋宇,幸不碍云山。御夹侵寒气,尝新破旅颜。红鲜终日有,玉粒未吾悭。

稻米炊能白,秋葵煮复新。谁云滑易饱,老藉软俱匀。种幸房州熟,苗同伊阙甫有庄墅在河南春。无劳映渠碗,车渠也。《彝碗铭》:珍逾渠碗。自有色如银。

东屯月夜

抱疾漂萍老,防边旧谷屯。春农亲异俗,岁月在衡门。青女霜枫重,黄牛峡水喧。泥留虎斗迹,月挂客愁村。乔木澄稀影,轻云倚细根。数惊闻雀噪,暂睡想猿蹲。日转东方白,风来北斗昏。天寒不成寝,无梦寄—作有归魂。

东屯北崦

盗贼浮生困,诛求异俗贫。空村惟见鸟,落日未—作不逢人。步壑风吹面,看松露滴身。远山回白首,战地有黄尘。

从驿次草堂复至东屯—本有茅屋二字二首

峡—作山内—作里归田客—作舍,江边借马骑。非寻戴安道,似向习家池。峡—作地险风烟僻—作合,天寒橘柚垂。筑场看敛积,一学楚人为。

短景难高卧,衰年强此身。山家蒸栗暖,

野饭射麋新。世路知交薄,门庭畏客频。牧童斯一作须在眼,田父实为邻。

暂往一作住白帝复还东屯

复作归田去,犹残获稻功。筑场怜穴蚁,拾穗许村童。落杵光辉白,除一作殊芒子粒红。加餐可扶老,仓庾一作廪慰飘蓬。

刈稻了咏怀

稻获空云水,川平对石门。寒风疏落一作草木,旭一作晓日散鸡豚。野哭初闻战,樵歌稍出村。无家问消息,作客信乾坤。

上白帝城公孙述僭位于此,自称白帝。

城峻随天壁,城临大江。楼高更一作望女墙。江流思夏后,风至忆襄王。老去闻悲角,人扶报夕阳。公孙初恃险,跃马意何长。

上白帝城二首

江城含变态,一上一回新。天欲今朝雨,山归万古春。英雄余事业,衰迈久风尘。取醉他乡客,相逢故国人。兵戈犹拥蜀,赋敛强一作尚输秦。不是烦形胜,深惭一作愧畏损神。

白帝空祠庙,孤云自往来。江山城宛转,栋宇客裴回。勇略今何在,当年亦壮哉。后人将酒肉,虚殿日尘埃。谷鸟鸣还过,林花落又开。多惭病无力,骑马入青苔。

武侯庙庙在白帝西郊

遗庙丹青落一作古,空山草木长。犹闻辞后主,不复卧南阳。

八阵图诸葛亮八阵图有三,一在夔,一在弥牟镇,一在棋盘市。此在夔之永安宫前者。

功盖三分国,名高八阵图。江流石不转,遗恨失吞吴。

谒先主庙刘昭烈庙在奉节县东六里。

惨淡风云会,乘时各有人。力侔分社稷,志屈偃经纶。复汉留长策,中原仗老臣。杂耕心未已,欧呕同血事酸辛。杂耕、呕血皆诸葛亮事。霸气西南歇,雄图历数屯。锦江元过楚,剑阁复通秦。旧俗存祠庙,空山立一作泣鬼神。虚檐交一作扶鸟道一作过,枯木半龙鳞。竹送清一作青溪月,苔移玉座春。闾阎儿女换,歌舞岁时新。绝域归舟远,荒城系马频。如何对摇落,况乃久风尘。孰一作势与关张并,功临耿邓亲。应一作继天才不小,得士一作土契无邻。迟暮堪帷幄,飘零且钓缗。向来忧国泪,寂寞洒衣巾。

白盐山白盐崖高千余丈,在州城东十七里。

卓立群峰外,蟠根积水边。下临神渊。他皆任厚地,尔一作我独近高天。白榜千家邑,清秋万估一作里,一作古船。词人取佳句,刻画竟谁传一作刷练始堪传。

滟滪堆

巨积一作石水中央,江寒出水长。沈牛答云雨,如马戒舟航。天意存倾覆,神功接混茫。干戈连解缆,行止忆垂堂。

滟滪

滟滪既没孤根深,西来水多愁太阴。江天漠漠鸟双去,风雨时时龙一吟。舟人渔子歌回首,估客胡商泪满襟。寄语舟航恶年少,休翻盐井横一作摸,一作掷黄金。

白帝

白帝城中一作头云出门一作若屯,白帝城下雨翻盆。高江急峡雷霆斗,翠一作古木苍一作长藤日月昏。戎一作去马不如归马逸,千家今有百一作十家存。哀哀寡妇诛求尽,恸哭秋原何处村。

白帝城楼

江度寒山阁,城高绝塞楼。翠屏宜晚对,白谷会深游。急急能鸣雁,轻轻不下鸥。彝陵春色起,渐拟放扁舟。

晓望白帝城盐山

徐步移班杖,看山仰白头。翠深开断壁,

红—作江远结飞楼。日出清—作寒江望,暄和散旅愁。春城见松雪,始拟进归舟。

白帝城最高楼

城尖径仄—作翼旌旆愁,独立缥缈之飞楼。峡坼云霾龙虎卧—作睡,江清日抱鼋鼍游。扶桑西枝对—作封断石,弱水东影随长流。杖藜叹世者谁子,泣血迸空回白头。

白帝楼

漠漠虚无里,连连睥睨侵。楼光去日远,峡影入江深。腊破思端绮,春归待一金。去年梅柳意,还欲揽边心。

陪诸公上白帝城—本有头字,一本有楼字宴越公堂之作越公杨素所建

此堂存古制,城上俯江郊。落构垂云雨,荒阶蔓草茅。柱穿蜂溜蜜,栈缺燕添巢。坐接春杯气,心伤艳蕊梢。英灵如过隙,宴衎愿投胶。莫问东流水—作水清浅,生涯未即抛。

峡隘

闻说江陵府,云沙静—作净眇然。白鱼如切玉,朱橘不论钱。水有远湖树,人何处处船。青山各—作若在眼,却望峡中天。

诸葛庙

久游巴子国,屡入武侯祠。竹日斜虚寝,溪风满薄帷。君臣当共济,贤圣亦同时。翊戴归先主,并吞更出师。虫蛇穿画壁,巫觋醉蛛丝。欻忆吟梁父,躬耕也—作起未迟。

峡口二首

峡口大江间,西南控百—作白蛮。城欹连粉堞,岸断更青山。开辟多—作当天险,防隅一水关。乱离闻鼓角,秋气动衰颜。

时清关失险,世乱戟如林。去矣英雄事,荒哉割据心。芦花留客晚,枫树坐猿深。疲苶烦亲故,诸侯数赐金。原注:主人柏中丞,频分月俸。

天池

天池马不到,岚壁鸟才通。百顷青云杪,

层波白石中。郁纡腾秀气,萧瑟浸寒空。直对巫山出—作峡,兼疑夏禹功。鱼龙开辟有,菱芡—作芰古今同—作丰。闻道奔雷黑,初看浴日红。飘零神女雨,断续楚王风。欲问支机石,如临献宝宫。九秋惊雁序,万里狎渔翁—作樵童。更是无人处,诛茅—作劳任薄躬。

瞿塘两崖

三峡传何处,双崖壮此门。入天犹石色,穿水忽云根。猱玃须髯古,蛟龙窟宅尊。羲和冬—作骖驭近,愁畏日车翻。

夔州歌十绝句

中巴之东巴东山,江水开辟流其间。白帝高为三峡镇,夔州—作瞿唐险过百牢关。关在汉中西南。

白帝夔州各异城,古白帝在夔州城东。蜀江楚峡混殊名。瞿唐旧名西陵峡,与荆州西陵峡相混。英雄割据非天意,霸主—作王并吞在物情。

群雄竞起问—作闻,一作向前朝,音潮。王者无外见今朝。比讶渔阳结怨恨,元听舜日旧箫韶。

赤甲白盐俱刺天,闾阎缭绕接山巅。枫林橘树丹青合,复道重楼锦绣悬。

瀼东瀼西一万家,江北江南—作江南江北春冬花。背飞鹤子遗琼蕊,相趁凫雏入蒋牙。

东屯稻畦一百顷,北有涧水通青苗。晴浴狎鸥分处处,雨随神女下朝朝。

蜀麻吴盐自古通,万斛之舟行若风。长年三老长歌里,白昼—作买摊钱—作白马滩前高浪中。

忆昔咸阳都市合,山水之图张卖时。巫峡曾经宝屏见,楚宫犹对碧峰疑。

武侯祠堂—作生祠不可忘,中有松柏参天长。干戈满地客愁破,云日如火炎天凉。

阆风玄圃与蓬壶,中有高堂—作唐天下无。借问夔州压何处,峡门江腹拥城隅。

上卿翁请修武侯庙,遗像缺落,时崔卿权夔州,崔卿,甫之舅氏。

大贤为政即多闻,刺史真符不必分。尚有西郊诸葛庙,卧龙无首对江濆。

全唐诗卷二百三十

杜甫

偶题

文章千古事,得失寸心知。作者皆殊列,名声岂浪垂。骚人嗟不见,汉道盛于斯。前辈飞腾入,余波绮丽为。后贤兼旧列一作制,一作利,一作例,历代各清规。法自儒家有,心从弱岁疲。永怀江左逸,多病一作谢邺中奇。骅骝皆良马,骐骥带好儿。车轮徒已斲,堂构惜一作肯仍亏。漫作潜夫论,虚传幼妇碑一作词。缘情慰漂荡,抱疾屡迁移。经济惭长策,飞栖假一枝。尘沙傍蜂虿,江峡绕蛟螭。萧瑟唐虞远,联翩楚汉危。圣朝兼盗贼,异俗更喧卑。郁郁星辰剑,苍苍云雨池。两都开幕府,万宇插军麾。南海残铜柱,东风避月支。音书恨乌鹊,号怒怪熊罴。稼穑分诗兴,柴荆学土宜。故山迷白阁,秋水隐一作忆黄一作皇陂。不敢要佳句,愁来赋别离。

秋兴八首

玉露凋伤枫树林,巫山巫峡气萧森。江间波浪兼天涌,塞上风云接地阴。丛菊两一作重开他日泪,孤舟时方叙身以俟出峡一系故园心。寒衣处处催刀尺,白帝城高急暮砧。

夔府孤城落日斜,每依南一作北斗望京华。听猿实下三声泪,奉使虚随八月查。画省香炉违伏枕,山楼粉堞隐悲笳。请看石上藤萝月,已映洲前芦荻花。

千家山郭静朝晖,一日一作百处,一作日日江楼坐翠微。信宿渔人还汎汎,清秋燕子故飞飞。匡衡抗疏功名薄,刘向传经心事违。同学少年多不贱,五陵衣马自轻肥。

闻道长安似弈棋,百年世事不胜一作堪悲。王侯第宅皆新主,文武衣冠异昔时。直北关山金鼓振,征西车马一作骑羽书迟一作驰。鱼龙寂寞秋江冷,鱼龙以秋日为夜。故国平居有所思。

蓬莱宫阙对南山,承露金茎霄汉间。西望瑶池降王母,杨贵妃初度女道士,故唐人多以王母比之。东来紫气满函关。唐以老子为祖,屡征符瑞。云移雉尾开宫扇,日绕龙鳞识圣颜。一卧沧江惊岁晚,几回青琐照—作点朝班。

瞿唐峡口曲江头,万里风烟接素秋。花萼夹城通御气,芙蓉小苑入边愁。朱帘绣柱围黄鹤—作鹄,锦缆牙樯起白鸥。回首可怜歌舞地,秦中自古帝王州。

昆明池水汉时功,武帝旌旗在眼中。织女机丝虚月夜—作夜月,石鲸鳞甲动秋风。波漂菰米沈云黑,露冷莲房坠粉红。关塞极天唯鸟道,江湖满地一渔翁。

昆吾亭名,在蓝田御宿川名,在樊川自逶迤,紫阁峰阴入渼陂—本二句倒转。香稻—作红稻,一作红饭啄余—作残鹦鹉粒,碧梧栖老凤皇枝。佳人拾翠春相问,仙侣同舟晚更移。彩笔昔游—作曾干气象,白头吟望苦低垂。

咏怀古迹五首 吴若本作「咏怀一章、古迹四首」。

支离东北风尘际,漂泊西南天地间。三峡楼台淹日月,五溪衣服共云山。羯胡事主终无赖,词客哀时且未还。庾信平生最萧瑟,暮年诗赋动江关。庾信仕周,年侵二毛,时有乡关之思,乃作《哀江南赋》。

摇落深知宋玉—作为主悲,风流儒雅亦吾师。怅望千秋一洒泪,萧条异代不同时。江山故宅空文藻,云雨荒台岂梦思。最是楚宫俱泯灭,舟人指点到今疑。

群山万壑赴荆门,生长明妃尚有村。一去紫台连朔漠,独留青冢向黄昏。画图省识春风面,环佩空归月夜魂。千载琵琶作胡语,分明怨—作愁恨曲中论。

蜀主窥吴幸三峡,崩年亦在永安宫。刘备改鱼复为永安,仍于州西置永安宫。翠华想像空—作寒山里,玉殿虚无野寺中。古庙杉松巢水鹤,岁时伏腊走村翁。武侯祠屋常邻近,一体君臣祭祀同。原注:殿今为寺,庙在宫之东。

诸葛大名垂宇宙,宗臣遗像肃清高。三分割据纡筹策,万古云霄一羽毛。伯仲之间见伊吕,张辅《乐葛优劣论》:孔明将与伊、吕争俦,岂与乐毅为伍。指挥若定失萧曹。崔浩《典论》云:诸葛亮不能与萧、曹匹亚。福—作运移汉祚难恢—作终难复,志决身歼军务劳。

诸将五首

汉朝陵墓对南山,胡虏千秋尚入关。昨日玉鱼汉楚王戊太子死,天子赐玉鱼一双以敛蒙葬地,早时金碗卢充与崔少府女幽婚,赠充金碗,乃向时殉葬物也出人间。见音现愁汗马西戎逼,曾闪朱旗北斗殿。于颜切,红色也。一作闲。多少材官守泾渭,将军且莫破愁颜。钱谦益曰:安禄山犯阙,继以吐蕃,焚毁不已,必有发掘陵寝之虞,故告戒诸将以守泾渭也。是春,吐蕃请和,郭子仪遣兵屯奉天。

韩公本意筑三城,拟绝天骄拔汉旌。岂谓尽烦回纥马,翻然远救朔方兵。郭子仪以孤军起朔方。沣上之战,克复长安,新店之战,再收东都,皆用回纥之力。胡来不觉潼关隘,龙起犹闻晋水清。唐高祖次龙门,代水清。独使至尊忧社稷,诸君何以答升平。

洛阳宫殿化为烽,休道秦关百二重。沧海未全归禹贡,蓟门何处尽—作觅尧封。时河北幽、瀛皆安史余孽盘据。朝廷衮职虽多预—作谁争补,天下军储不自供。稍喜临边王相国,肯销金甲事春农。广德二年,王缙以同平章事,代李光弼都统行营,岁余,迁河南副元帅。

回首扶桑铜柱标,冥冥氛祲未—作不全销。越裳翡翠无消息,南海明珠久寂寥。殊锡曾为大司马,总戎皆插侍中貂。炎风朔雪天王地,只在忠臣—作良翊圣朝。钱谦益曰:此深戒朝廷,不当使中官出将也。杨思勖讨安南五溪,残酷好杀,故越裳不贡。吕太一收珠南海,阻兵作乱,故南海不靖。李辅国以中官拜大司马,所谓殊锡也。鱼朝恩以中官为观军容使,所谓总戎也。炎风朔雪,皆天王之地,只当精求忠良,以翊圣朝,安得偏信一二中人,据将帅之重任,自取溃偾乎!

锦江春色逐人来,巫峡清秋万壑哀。正忆

往时严仆射,共迎中使望乡台。主恩前后三持节,严武一镇东川,两镇剑南。军令分明数举杯。西蜀地形天下险,安危须仗出群材。

秋日夔府咏怀奉寄郑监审李宾客之芳一百韵
郑审秘书少监,时谪贬江陵。李之芳留吐蕃归,拜礼部尚书,改太子宾客。

绝塞乌蛮北,孤城白帝边。飘零仍百里,消渴已三年。雄剑鸣开匣,群书满系船。一作所向皆穷辙,余生日系船。乱离心不展一作转,衰谢日萧然。筋力妻孥问,菁华岁月迁。登临多物色,陶冶赖诗篇。峡束沧一作苍江起,岩排石一作古树石楠也圆。拂云霾楚气,朝一作潮海蹴一作衬吴天。煮井为盐速,烧畬楚俗烧榛种田曰畬度地偏。有时惊叠嶂,何处觅平川。鸂鶒双双舞,狻猿垒垒悬。碧萝长似带,锦石小如钱。春草何曾歇,寒花亦可怜。猎人吹戍火,野店引山泉。唤起搔头急,扶行几屐穿。两京犹薄产,四海绝随肩。幕府初交辟,郎官幸备员。瓜时犹一作仍,一作拘旅寓,萍泛苦一作若蒙缘。药饵虚狼藉,秋风洒静便。开襟驱一作祛瘴疠,明目扫一作拂云烟。高宴诸侯礼,佳人上客前。哀筝伤老大,华屋艳神仙。南内开元曲,常时弟子传。法歌声变转,满座涕潺湲。原注:都督柏中丞筵闻梨园弟子李仙奴歌。吊影夔州僻,回肠杜曲煎。即今龙厩水,莫带犬戎膻。原注:西京龙厩门,苑马门也。渭水流苑马门内。耿贾扶王室,萧曹拱御筵。乘一作秉威灭蜂虿,戮力效一作教鹰鹯。旧物森犹在,凶徒恶未悛。国须行战伐,人忆止戈鋋。奴仆何知礼,恩荣错与权。胡星一彗孛一作暗,黔首一作首恶遂拘挛。哀痛丝纶切,烦苛法令蠲。业成陈始王,兆喜出于畋。谓代宗践位。宫禁经纶密,台阶翊戴全。熊罴载吕望,鸿雁美周宣。侧听中兴主,长吟不世贤。音徽一柱数,道里下牢千。原注:郑在江陵,李在夷陵。郑李光时论,文章并我先。阴何尚清省,沈宋欻联翩。律比昆仑竹,音知燥湿弦。风流俱善价,惬当久忘筌。置驿常如此,登龙盖有焉。虽云隔礼数,不敢坠周旋。高视收人表,虚心味道玄。马来皆汗血,鹤唳必青田。羽翼商山起,

蓬莱汉阁连。管宁纱帽净,江令锦袍鲜。江总有《山水衲袍赋》。东郡夷陵,在夔州东时题壁,南湖江陵有湖亭日扣舷。远游凌绝境,佳句染华笺。每欲孤飞去,徒为百虑牵。生涯已寥落,国步乃一作迍邅。衾枕成芜没,池塘作弃捐。原注:平生多病,卜筑遣怀。别离忧怛怛,伏腊涕涟涟。露菊班丰镐,秋蔬一作菰影涧瀍。共谁论昔事,几处有新阡。富贵空回首,喧争懒著鞭。兵戈尘漠漠,江汉月娟娟。局促看秋燕,萧疏听晚蝉。雕虫蒙记忆,烹鲤问沈绵。卜羡君平杖,严君平挂百钱杖头事,与阮孚同。岑参卜肆诗亦云:至今杖头钱,时时地下有。偷存子敬毡。囊虚把钗钏,米尽坼花钿。甘子阴凉叶,茅斋八九椽。阵图沙北岸,市暨瀼西巅。原注:峡人目市井处曰市暨。羁绊心常折,栖迟病即痊。紫收一作秩岷岭一作下芋,白种陆池一作家莲。色好梨胜颊,穰多栗过拳。敕厨唯一味,求饱或三鳣。儿去看鱼筍一作俗异邻蛟室,人一作朋来坐马鞯。缚柴门窄窄,通竹溜涓涓。堑抵公畦棱,原注:京师农人指田远近,多云几棱。棱音去声。村依野庙墙。缺篱将棘拒,倒石赖藤缠。借问频朝谒,何如稳醉一作昼眠。谁云行不逮一作达,自觉坐能坚。雾雨银章涩,馨香粉署妍。紫鸾无近远,黄雀任翩翾。困学违从众,明公各勉旃。声华夹宸极,早晚到星躔。恳谏留匡鼎,诸儒引服虔。不逢一作过输鲠直,会是正陶甄。宵旰忧虞轸,黎元疾苦骈。云台终日画,青简为谁编。行路难何有,招寻兴已专。由来具飞楫,暂拟控鸣弦。身许双峰寺,蕲州双峰山有东山寺,曹溪宝林寺后亦有双峰。门求七祖禅。禅门南能、北秀,分列二宗,弟子各立其师为六祖。北宗遂立秀之弟子普寂为七祖,能后无闻焉。甫归心南宗,故曰身许双峰,欲求七祖也。落帆追宿昔,衣褐向真诠。安石名高晋,原注:郑高简得谢太傅之风。昭王客赴燕。原注:李宗亲有燕昭之美。燕,周之裔。途中非阮籍,查上似张骞。披拂一作晤,一作豁云宁在,淹留景不延。风期终破浪,水怪莫飞涎。他日辞神女,伤春怯杜鹃。淡交随聚散,泽国绕回旋。本自依迦叶,天竺二十五祖之首。何曾藉偓佺。偓佺食松实,体生毛数寸,能飞行逐马。炉峰生

转盼,橘井在马岭山尚高寨。东走穷归鹤,南征尽跕鸢。马援曰:我在浪泊西里,仰视飞鸢,跕跕堕水中。晚闻多妙教,卒践塞前愆。顾凯丹青列,头陀琬琰镌。王中头陀寺碑,为世所重。众香深黯黯,几地佛家有十地肃芊芊。勇猛为心极,清羸任体孱。金篦空刮眼,镜象未离铨一作平等未难铨。

赠李八一作公秘书别三十韵

往时中补右,扈跸上元初。钱谦益注:中补右者,必李秘书是时官右补阙,属中书省,故云。上元初,谓上之元初,非若《寄题草堂诗》经营上元始也。反气凌行在,妖星下直庐。六龙瞻汉阙一作殿,万骑略一作集姚一作妫墟。舜居安原,名妫墟,亦名姚墟,在汉中西城县西北。时肃宗在凤翔,与汉中接壤。玄朔回一作巡天步,神都忆帝车。一戎才汗马,百姓免为鱼。通籍蟠螭印,差肩列凤舆。事殊迎代邸,喜异赏朱虚。寇盗方归顺,乾坤欲晏如。不才同补衮,奉诏许牵裾。鵷鹭叨云阁,麒麟滞玉除一作石渠。文园多病后,中散旧交疏。飘泊哀相见,平生意有余。风烟巫峡远,台榭楚宫虚一作除。触目非论故,新文尚起予。清秋凋碧柳,别浦落红蕖。消息多旗帜,经过叹里闾。战连唇齿国,军急羽毛书。幕府筹频问,原注:山剑元帅杜相公,初屈幕府参筹画,相公朝谒,今赴后期也。山家药正锄。原注:秘书比卧青城山中。台星入朝谒,使节有吹嘘。西蜀灾长弭,南翁愤始摅。对敡抏音桓,损敝也。一作坑士卒,干没费仓储。势藉兵须用,功无礼忽诸。御鞍金騕褭,宫砚玉蟾蜍。拜舞银钩落,恩波锦帕舒。此行非不济,良友昔相于。去旆一作棹依颜色,沿流想疾徐。沈绵疲井臼,倚薄似樵渔。乞去声米烦佳客,钞诗听小胥。杜陵斜晚照,潏水带寒淤。莫话清溪发,萧萧白映梳。

寄刘峡州伯华使君四十韵

峡内多云雨,秋来尚郁蒸。远山一作天朝白帝,深水谒一作出彝陵。迟暮嗟为客,西南喜得朋。哀猿更一作劳起坐,落雁失飞腾。伏枕思琼树,临轩对玉绳。青松寒不落,碧海阔逾澄。昔岁文为理,群公价尽增。家声同令闻,刘允济与王勃齐名,又与杜审言同仕则天朝,盖伯华之祖父也。时论以儒称。太后当一作临朝肃,多才接迹升。翠虚捎魍魉,丹极上鵾鹏。宴引春壶满一作酒,恩分夏簟冰。雕章五色笔,紫殿九华灯。学并卢照邻王勃敏,书偕褚遂良薛稷能。老兄真不坠,小子独无承。近有风流作,聊从月继一作峡,一作窟,一作窆,穴也征。放蹄知赤骥,捩翅服苍鹰。卷轴来何晚,襟怀庶可凭。会期吟讽数,益破旅愁凝。雕刻初谁料一作解,纤毫欲自矜。神融蹑飞动,战胜洗侵凌。妙取筌蹄弃,高宜百万层。白头遗恨在,青竹几人登。回首追谈笑,劳歌跼寝兴。年华纷已矣,世故莽相仍。刺史诸侯贵,郎官列宿应。潘生骖一作安云阁远,黄霸玺书增。乳赞胡犬切,有力也。号攀石,饥鼯诉落藤。药囊亲道士,灰劫问胡僧。凭久乌皮折一作绽,簪稀一作闲白一作阜帽棱。林居看蚁穴,野食行去声,一作幸,一作诗鱼罾。筋力交凋丧,飘零免战兢。比一作昔,一作时为百里宰,正似六安丞。桓谭谏用谶,斥为六安丞。姹女即汞也紫新裹,丹砂冷旧秤。但求椿寿永,莫虑杞天崩。炼骨调情性,张兵挠棘矜。《徐乐传》:奋棘矜。棘即戟。矜,戟之把也。养生终自惜,伐数一作版必全惩。政术甘疏诞,词场愧服膺。展怀诗诵鲁,割爱酒如渑。原注:平生所好,消渴止之。咄咄宁书字,冥冥欲避矰。江湖多白鸟,《大戴礼》:丹鸟羞白鸟。丹鸟,丹良也。白鸟,蚊蚋也。凡有翼者为鸟。天地有青蝇。

夔府书怀四十韵

昔罢河西尉,初兴蓟北师。不才名位晚,敢恨省郎迟。扈圣崆峒日,端居滟滪时。萍流仍汲引,樗散尚恩慈。遂阻云一作灵台宿一作伯,常怀湛露诗。翠华森远矣,白首飒凄其。拙被林泉滞,生逢酒赋邹阳为《酒赋》欺。文园终寂寞,汉阁自磷缁。病隔君臣议一作识,惭纡德泽私。扬镳惊主辱,拔剑拨年衰。社稷经纶地,风云际会期。血流纷在眼,涕洒乱交颐。四渎楼船泛,中原鼓角悲。贼壕连白翟,晋文公攘夷狄,居西河圁洛间,号白翟、赤翟。战瓦落丹墀。先帝严灵一作虚寝,肃宗收京哭庙。宗臣切受遗。郭子仪受遗诏,委以河东军事。恒山犹突骑,辽海竞张旗。田父嗟胶漆,用以为弓。行人避蒺藜。总戎存大体,降将饰卑词。楚贡何年绝,尧封旧俗疑。长吁翻北寇,安史余党。一望卷西夷。谓吐蕃。不必陪玄圃,超然待具茨。凶一作休兵铸农器,讲殿辟书帷。庙算高难测,天忧实在兹。形容真潦倒,答效莫支持。使者分王命,群公各典司。恐乖均赋敛,不似问疮痍。万里烦供给,孤城最怨思。绿林宁小患,云梦欲难追。即事须尝胆,苍生可察眉。郤雄能察盗于眉睫之间,见《列子》。议一作乂堂犹集凤,正观是元龟。处处喧飞檄,家家急竞锥。萧车汉使萧育乘三公车,按南郡盗贼。安不定,蜀使下何之。钓濑疏坟籍,耕岩进弈棋。地蒸余破扇,冬暖更纤絺。豺遘一作构哀登楚,王粲《七哀诗》:豺虎方构患。又登荆州城楼作赋,故曰登楚。麒伤泣象尼。衣冠迷适越,藻绘忆游睢。襄邑南有睢、涣二水,能出文章。陈琳书:游睢、涣者,学藻绩之采。赏月延秋桂,倾阳逐露葵。大庭终反朴,京观且僵尸。高枕虚眠昼,哀歌欲和谁。南宫载勋业,凡百慎交绥。《左传》:出战交绥。言战未交而两退也。

解闷十二首

草阁柴扉星散居,浪翻江黑雨飞初。山禽引子哺红果,溪友一作女得钱留白鱼。

商胡离别下扬州,忆上西一作兰陵故驿楼。为问淮南米贵贱,老夫乘兴欲东流一作游。

一辞故国十经秋,每见秋瓜忆故丘一作侯。今日南一作东湖采薇蕨,何人为觅郑瓜一作袁州。原注:今郑秘监审。

沈范早知何水部,曹刘不待薛郎中。原注:水部郎中薛据。独当省署开文苑,兼泛沧浪学钓翁。

李陵苏武是吾师,孟子原注:校书郎云卿。论文更不疑。一本第二句作首句。一饭未曾留俗客,数篇今见古人诗。

复忆襄阳孟浩然,清诗句句尽堪传。即今

耆旧无新语,漫钓槎头缩颈一作项鳊。

陶冶性灵在一作存底物,新诗改罢自长吟。孰一作熟知二谢将能事,颇学一作觉阴何苦用心。

不见高人王右丞,蓝田丘壑漫一作蔓寒藤。最传秀句寰区满,未绝风流相国能。原注:右丞弟,今相国缙。

先帝贵妃今一作俱寂寞,荔枝还复入长安。炎方每续朱樱献,玉座应悲白露团。以下四首,专言荔枝,追感驿送之事,卒致叹于士之不遇,不及一物。隐括张九龄《荔枝赋》意。

忆过泸戎摘荔枝,青峰隐映石逶迤。京中旧一作华应见无颜色,红颗酸甜只自知。

翠瓜碧李沈玉甃,赤梨葡萄寒露成。可怜先不异枝蔓,此物娟娟长远生。

侧生《蜀都赋》:侧生荔枝。野岸及江蒲一作浦,赵注:戎蕚以苗为蒲。《释名》:以草团屋曰蒲。不熟丹宫满玉壶。云壑布衣骀背死,劳生重一作人害马翠眉须。

复愁十二首

人烟生处僻一作远处,虎迹过新蹄。野鹘一作鹤,一作鸱,一作雉翻窥草,村船逆上溪。

钓艇收缗尽,昏鸦一作鸥接翅归一作稀。月生初学扇,云细不成衣。

万国尚防寇,故园今若何。昔归相识少,早已战场多。

身觉省郎在,家须农事归。年深荒草径,老恐失柴扉。

金丝镂一作缕箭镞,皂尾制一作掣旗竿。一自风尘起,犹嗟行路难。

胡虏何曾盛,干戈不肯休。闾阎听小子,谈话一作笑觅封侯。

贞观铜牙弩,开元锦兽张。花门小前一作箭好,此物弃沙场。

今日翔麟马,太宗十骏,九日翔麟紫。先宜驾鼓车。无劳问河北,诸将觉一作角,一作握,一作摄荣华。

任转江淮粟,休添苑囿兵。由来貔虎士,不满凤皇城。

江上亦秋色,火云终不移。巫山犹锦树,南国且黄鹂。

每恨陶彭泽,无钱对菊花。如今九日至,自觉酒须赊。

病减诗仍拙,吟多意有余。莫看江总老,犹被赏时鱼。银鱼也。

承闻河北诸道节度入朝欢喜口号绝句十二首

禄山作逆降天诛,更有思明亦已无。汹汹人寰犹不定,时时斗战欲何须。

社稷苍生计必安,蛮夷杂种错相干。周宣汉武今王是,孝子忠臣后代看。

喧喧道路多歌一作好童谣,河北将军尽入朝。大历二年,淮南李忠臣、汴宋田神功、凤翔李抱玉俱先后入朝。河北诸镇未有入朝者,或传闻未实耳。始一作自是乾坤王室正,却交一作教江汉客魂销。

不一作北道诸公无表来,茫然一作茫庶事遣一作使人猜。拥兵相学干戈锐,使者徒劳百万一作万里回。此追言前此拒顺之事。

鸣玉锵金尽正臣,修文偃武不无人。兴王会静一作尽妖氛气,圣寿宜过一万春。

英雄见事若通神,圣哲为心小一身。燕赵休矜出佳丽,宫闱不拟选才人。

抱病江天白首郎,空山楼阁暮春光。衣冠是日朝天子,草奏何时一作人入帝乡。

澶音惮,纵逸也。《庄子》:澶漫为乐。漫山东一百州,削成如桉抱青丘。苞茅重入归关内,王祭还供尽海头。

东逾辽水北滹沱,星象风云喜一作气共和。紫气关临天地阔,黄金台贮俊贤多。

渔阳突骑邯郸儿,酒酣并辔金鞭垂。意气即归双阙舞,雄豪复遣五陵知。

李相将军谓光弼拥蓟门,白头虽老一作惟有赤心存。竟能尽说诸侯入,知有从来天子尊。

十二年来多战场,天威已息阵堂堂。神灵汉代中兴主,功业汾阳异姓王。

喜闻盗贼蕃寇总退口号五首

萧关陇水入官军,青海黄河卷塞云。北极一作阙转愁一作深龙虎气,西戎休纵犬羊群。大历二年九月,吐蕃入寇灵州。路嗣恭击破之,旋引去。

赞普多教使入秦,数通和好止一作尚烟尘。朝廷忽用哥舒将,杀伐虚悲公主亲。此追言开元末金城公主卒后竟失和亲,及天宝间哥舒翰攻拔石堡城事。

崆峒西极一作北过昆仑,驼马由来拥国门。逆气数年吹路断,蕃人闻道渐星奔。

勃律大小勃律在吐蕃西,去中国九千里。天西采玉河,于阗玉州,乃河源所出。有三玉河:东白玉,西绿玉,又西乌玉。坚昆碧碗坚昆在葱岭北,出琉璃碗。最来多。旧随汉使千堆宝,少一作小答胡一作朝王万匹罗。

今春喜气满乾坤,南北东西拱至尊。大历二一作三年调玉烛,玄元皇帝圣云孙。

洞房

洞房环佩冷,玉殿起秋风。秦地应新月,龙池满旧宫。系舟今夜远,清漏往时同。万里黄山北,园陵白露中。汉黄山宫在武帝茂陵北,借以喻明皇泰陵也。

宿昔

宿昔青门里,蓬莱仗数移。花娇迎杂树,龙喜出平池。落日一作月留王母,微风倚少儿。以卫少儿比贵妃诸姊妹。宫中行乐秘,少有外人知。

能画

能画毛延寿,投壶郭舍人。每蒙天一笑,复似一作以物皆一作初春。政化平如水,皇恩一作明断若神。时时用抵戏,亦未杂风尘。

斗鸡

斗鸡初赐锦,舞马既—作解登床。帘下宫人出,楼前御柳—作曲长。仙游终一阕,女乐久无香。寂寞骊山道,清秋草木黄。

鹦鹉—作鹔羽

鹦鹉含愁思,聪明忆别离。翠衿浑短尽,红觜漫多知。未有开笼日,空残旧宿枝。世人怜复损,何用羽毛奇。

历历

历历开元事,分明在眼前。无端盗贼起,忽已岁时迁。巫峡西江外,秦城北斗边。为郎从白首,卧病数秋天。

洛阳

洛阳昔陷没,胡马犯潼关。天子初愁思,都人惨别颜。清笳去宫阙,翠盖出关山。故老仍流涕,龙髯幸再攀。

骊山

骊山绝望幸,花萼罢登临。地下无朝烛,人间有赐金。鼎湖龙去远,银海雁飞深。万岁蓬莱日,长悬旧羽林。

提封

提封汉天下,万国尚同心。借问悬车—作军守,何如俭德临。时征俊乂入,草窃—作莫虑犬羊侵。愿戒兵犹火,恩加四海深。

覆舟二首

巫峡盘涡晓,黔阳贡物秋。丹砂同陨石,翠羽共沉舟。《张仪传》:积羽沈舟。羁使空斜影,龙居—作宫闷积流。篙工幸不溺,俄顷逐轻鸥。

竹宫时望拜,桂馆或求仙。姹女临波日,神光照夜年。徒闻斩蛟剑,无复爨犀船。使者随秋色,迢迢独上天。

垂白—作白首

垂白—作白首冯唐老,清秋宋玉悲。江喧长

少睡,楼迥独移时。多难身何补,无家病不辞。甘从千日醉,未许七哀诗。曹植、王粲、张载俱有《七哀诗》。

草阁

草阁临无—作芜地,柴扉永不关。鱼龙回夜水,星月动秋山。久—作夕露清—作晴初湿,高云薄未还。泛舟惭小妇,飘泊损红颜。

江月

江月光于—作如水,高楼思杀人。天边长作客,老去一沾巾。玉露团清影,银河没半轮。谁家挑锦字,灭烛—作烛灭翠眉颦。

江上

江上日多雨,萧萧荆楚秋。高风下木叶,永夜揽貂裘。勋业频看镜,行藏独倚楼。时危思报主,衰谢不能休。

中夜

中夜江山静,危楼望北辰。长为万里客,有愧百年身。故国风云气,高堂战伐尘。胡雏负恩泽,嗟尔太平人。

江汉

江汉思归客,乾坤一腐儒。片云天共远,永夜月同孤。落日心犹壮,秋风病欲疏—作苏。古来存老马,不必取长途。

白露

白露团甘子,清晨散马蹄。圃开连石树,船渡入江溪。凭几看鱼乐,回鞭急—作至鸟栖。渐知秋实美,幽径恐多蹊。

孟氏集有过孟十二仓曹十四主簿兄弟诗

孟氏好兄弟,养亲唯小园。承颜胝手足,坐客强盘飧。负米力—作寒,一作夕葵外,读书秋树根。卜邻惭近舍,训子学—作觉谁—作先门。

吾宗 原注:卫仓曹崇简。

吾宗老孙子,质朴古人风。耕凿安时论,衣冠与世同。在家常早起,忧国愿年丰。语及君臣际,经书满腹中。

有叹

壮心久零落,白首寄人间。天下兵常斗,原注:闻蜀官军自围普还。还一作遂。江东客未还。穷猿号雨雪,老马怯一作望,一作泣关山。武德开元际,苍生岂重攀。

冬深一作即日

花叶随天意,江溪共石根。早霞随类一作泪影,寒水各依一作流痕。易下杨朱泪,难招楚客魂。风涛暮不稳,舍棹宿谁门。

不寐

瞿塘夜水黑,城内改更筹。翳翳月沉雾,辉辉星近楼。气衰甘少寐,心弱恨和一作知,一作多,一作客愁。多垒一作叠恨满山谷,桃源无处求。

月圆

孤月当楼满,寒江动夜扉。委波金不定,照席绮逾依。未缺空山静,高悬列宿稀。故园松桂一作菊发,万里共清辉。

中宵

西阁百寻余,中步宵绮疏。飞星过水白,落月动沙虚。择木知幽鸟,潜波想巨鱼。新朋满天地,兵甲少来书。

遣愁

养拙蓬为户,茫茫何所开。江通神女馆,地隔望乡台。渐惜容颜老,无由弟妹来。兵戈与人事,回首一悲哀。

秋清

高秋苏病一作肺,或作肺,非气,白发自能梳。药饵憎加减,门庭闷扫除。杖藜还客拜,爱竹遣儿书。十月江平稳,轻舟进所知。

伤秋

林一作村僻来人少,山长去鸟微。高秋收画一作藏羽扇,久客掩荆扉。懒慢头时栉,艰难

带减围。将军犹一作思汗马,天子尚戎衣。白蒋风飘脆,殷柑晓夜稀。何年减一作灭豺虎,似有故园归。

秋峡

江涛万古峡,肺气久衰翁。不寐防巴虎,全生狎楚童。衣裳垂素发,门巷落丹枫。常怪商山老,兼存翊赞功。

南极

南极青山众,西江白谷分。古城疏落木,荒戍密寒云。岁月蛇常见,风飘虎或一作忽闻。近身皆鸟道,殊俗自人群。睥睨登哀柝,矛一作鼙照夕曛。乱离多醉尉,愁杀李将军。

摇落

摇落巫山暮,寒江东北流。烟尘多战鼓,风浪少行舟。鹅费羲之墨,貂余季子裘。长怀报明主,卧病复高秋。

耳聋

生年鹖冠子,叹世鹿皮翁。眼复几时暗,耳从前月聋。猿鸣秋泪缺,雀噪晚愁空。黄落惊山树,呼儿问朔风。

独坐二首

竟日雨冥冥,双崖洗更青。水花寒落岸,山鸟暮过庭。暖老须燕玉,充饥忆楚萍。胡笳在楼上,哀怨不堪听。

白狗斜临北,黄牛更在东。峡云常照夜,江月一作日会兼风。晒药安垂老,应门试小童。亦知行不逮,苦恨耳多聋。

远游

江阔浮高栋一作冻,云长出断山。尘沙连越巂,风雨暗荆蛮。雁矫衔芦内,猿啼失木间。弊裘苏季子,历国未知还。

夜一作秋夜舍

露下天高一作空山秋水一作气清,空山独夜旅魂惊。疏灯自照孤帆宿,新月犹悬双杵鸣。

南菊－作国再逢人卧病,北书不至－作到雁无情。步蟾－作檐倚杖看牛斗,银汉遥应接凤城。

暮春

卧病拥塞在峡中,潇湘洞庭虚映空。楚天不断四时雨,巫峡常吹千里风。沙上草阁柳新暗,城边野池莲欲红。暮春鸳鹭立洲渚,挟子翻飞还一丛。

晴二首

久雨巫山暗,新晴锦绣文－作纹。碧知湖外－作上草,红见海东云。竟日莺相和,摩霄鹤数群。野花干更落,风处急纷纷。

啼乌争引子,鸣鹤不归林。下食遭泥去,高飞恨久阴。雨声冲塞尽,日气射江深。回首周南客,驱驰魏阙心。

雨

始贺天休雨,还嗟地出雷。骤看浮－作巫峡过,密作－作塞密渡江来。牛马行无色,蛟龙斗不开。干戈盛阴气,未必自阳台。

月三首

断续巫山雨,天河此夜新。若无青嶂月,愁杀白头人。魍魉移深树,虾蟆动半轮。故园当北斗,直指－作想照西秦。

并照－作点巫山出,新窥楚水清。羁栖愁－作秋里见,二十四回明。必验升沉体,如知进退情。不违银汉落,亦伴玉绳横。

万里瞿塘峡－作月,春来六上弦。时时开暗室,故故满青天。爽合风襟静,高当泪脸悬。南飞有乌鹊,夜久落江边。

雨

万木云深隐,连山雨未开。风扉掩不定,水鸟过－作去仍回。鲛馆如鸣杼,樵舟岂伐枚。清凉破炎毒,衰意欲登台。

晚晴

返－作晚照斜初彻－作散,浮云薄未归。江虹明远－作近饮,峡雨落余飞。凫雁－作鹤终高去,熊罴觉自肥。秋分客尚在,竹露夕－作久微微。

夜雨

小雨夜复密,回风吹早秋。野－作夜凉侵闭户,江满带维舟。通籍恨－作限多病,为郎忝薄游。天寒出巫峡,醉别仲宣楼。

更题

只应踏初雪,骑马发荆州。直怕巫山雨,真伤白帝秋。群公苍玉佩,天子翠云裘。同舍晨趋侍,胡为淹此－作此滞留。

归

束带远骑马,东西却渡船。林中才有地,峡外绝无天。虚白高人静,喧卑俗累牵。他乡悦迟暮,不敢废诗篇。

返照

楚王宫北正黄昏,白帝城西过雨痕。返照入江翻石壁,归云拥树失山村。衰年肺病唯高枕,绝塞愁时早闭门。不可久留豺虎乱,南方实有未招魂。

热三首

雷霆空霹雳,云雨竟虚无。炎赫衣流汗,低垂气不苏。乞为寒水玉,愿作冷秋菰。何－作那似儿童岁,风凉出舞雩。

瘴云终不灭,泸水复西来。闭户人高卧,归林鸟却回。峡中都似火,江上只空－作闻雷。想见阴宫雪,风门飒踏－作沓开。

朱李沈不冷,雕胡－作菰炊屡新。将衰骨尽痛,被褐－作褐味空频。歘翕炎蒸景,飘摇征成人。十年可解甲,为尔一沾巾。

日暮

牛羊下来久,各已闭柴门。风月自清夜,江山非故园。石泉流暗壁,草露滴秋根－作满秋原,滴一作满。头白灯明里,何须花烬繁。

八月十五夜月二首

满目飞明镜，归心折大刀。转蓬行地远，攀桂仰天高。水路疑霜雪，林栖见羽毛。此时瞻白兔，直欲数秋毫。

稍下巫山峡，犹衔白帝城。气沈全浦暗，轮仄半楼明。刁斗皆催晓，蟾蜍且自倾—作清。张弓倚残魄，不独汉家营。

十六夜玩月

旧挹金波爽，皆传玉露秋。关山随地阔，河汉近人流。谷口樵归唱，孤城笛起愁。巴童浑不寐—作寐，半夜有行舟。

十七夜对月

秋月仍圆夜，江村独老身。卷帘还照客，倚杖更随人。光射潜虬动，明翻宿鸟频。茅斋依橘柚，清切露华新。

村雨

雨声传两夜，寒事飒高秋。挈—作揽带看朱绂，开箱睹黑裘。世情只益睡，盗贼敢忘忧。松菊新沾洗，茅斋慰远游。

雨晴

雨时—作晴山不改，晴罢峡如新。天路看殊俗，秋江思杀人。有猿挥泪尽，无犬附—作送书频。故国愁眉外，长歌欲损神。

晚晴吴郎见过北舍

圃畦新—作佳雨润，愧子废锄来。竹杖交头拄，柴扉隔—作扫径开。欲栖群鸟乱，未去小童催。明日重阳酒，相迎自酸醅。

暝

日下四山阴，山庭岚气侵。牛羊归径险，鸟雀聚枝深。正枕当星剑，收书动玉琴。半扉开烛影，欲掩见清砧。

云

龙似—作自，一作以瞿唐会，江依白帝深。终年常起峡，每夜必通林。收获辞霜渚，分明在夕岑。高斋非一处，秀气豁烦襟。

月

四更山吐月，残夜水明楼。尘匣元开镜，风帘自上钩。兔应疑鹤发，蟾亦恋貂裘。斟酌姮音恒娥寡，天寒耐九秋。

雨四首

微雨不滑道，断云疏复行。紫崖奔处黑，白鸟去边明。秋日新沾影，寒江旧落声。柴扉临野碓，半得—作湿捣香粳。

江雨旧无时，天晴忽散丝。暮秋沾物冷，今日过云迟。上马迥—作回休出，看鸥坐不辞。高—作层轩当滟滪，润色静旧帷。

物色岁将晏，天隅人未归。朔风鸣澌澌，寒雨下霏霏。多病久加饭，衰容新授衣。时危觉凋丧—作丧乱，故旧短书稀。

楚雨石苔滋，京华消息迟。山寒青兕叫，江晚白鸥饥。神女花钿落，鲛人织杼悲。繁忧不自整，终日洒如丝。

夜

绝岸风威动，寒房烛影微。岭猿霜外宿，江鸟夜深飞。独坐亲雄剑，哀歌叹短衣。烟尘绕阊阖，白首壮心违。

晨雨

小雨晨光内，初来叶上闻。雾交才洒地，风逆—作折旋随云。暂起柴荆色，轻沾鸟兽群。麝香山一半，亭午未全分。

返照

返照开巫峡，寒空半有无。已低鱼复暗，不尽白盐孤。荻岸如秋水，松门似画图。牛羊识僮仆，既夕应传呼。

向夕

畎亩孤城外，江村乱水中。深山催短景，乔木易高风。鹤下云汀—作河近，鸡栖草屋同。

琴书散明烛,长夜始堪终。

晓望

白帝更声尽,阳台曙色分。高峰寒─作初上日,叠岭宿霾─作未收云。地坼江帆隐,天清木叶闻。荆扉对麋鹿,应共尔为群。

雷

巫峡中宵动,沧江十月雷。龙蛇不成蛰,天地划争回。却碾空山过,深蟠绝壁来。何须妒云雨,霹雳楚王台。

雨

冥冥甲子雨,已度立春时。轻箑烦相向,纤绤恐自疑。烟添才有色,风引更如丝。直觉巫山暮,兼催宋玉悲。

朝二首

清旭楚宫南,霜空万岭含。野人时独往,云木晓相参。俊鹘无声过,饥乌下食贪。病身终不动,摇落任江潭。

浦帆去声晨初发,郊扉冷未开。村─作林疏黄叶坠,野静白鸥来。础润休全湿,云晴欲半回。巫山冬可怪,昨夜有奔雷。

晚

杖藜寻晚巷─作巷晚,炙背近墙暄。人见幽居僻,吾知拙养尊。朝廷问府主,耕稼学山村。归翼飞栖定,寒灯亦闭门。

夜二首

白─作向夜月休弦,灯花半委─作委半眠。号山无定鹿,落树有惊蝉。暂忆江东脍,兼怀雪下船。蛮歌犯星起,空─作重觉在天边。

城郭悲笳暮,村墟过翼稀。甲兵年数久,赋敛夜深归。暗树依岩落,明河绕塞微。斗斜人更望,月细鹊休飞。

全唐诗卷二百三十一

杜甫

宗武生日

小子何时见，高秋此日生。自从都邑语，已伴一作律老夫名。诗是吾家事，人传世上情。熟精文选理，休觅彩衣轻。凋瘵筵初秋，欹斜坐不成。流霞分一作飞片一作几片，涓滴就徐倾。

又示宗武

觅句新知律，摊书解满床。试吟青玉案，莫羡一作带紫罗囊。假一作暇日从时饮，明年共我长。应须饱经术，已似爱文章。十五男儿志，三千弟子行。曾参与游夏，达者得升堂。

熟食日秦人呼寒食为熟食示宗文、宗武

消渴游江汉，羁栖尚甲兵。几年逢熟食，万里逼清明。松柏邛一作邙山路，风花一作光白帝城。汝曹催我老，回首泪纵横。

又示两儿

令节成吾老，他时见汝心。浮生看物变，为恨与年深。长葛书难得，江州涕不禁。团圆思弟妹，行坐白头吟。长葛、江州，必弟妹所在。

社日两篇

九农一作秋丰成德业，百祀发光辉。报效神如在，馨香旧不违。南翁巴曲醉，北雁塞声微。尚想东方朔，诙谐割肉归。

陈平亦分肉，太史竟论功。今日江南老，他时渭北一作水童。欢娱看绝塞，涕泪落秋风。鸳鹭回金阙，谁怜病峡中。

九日五首吴若本注：阙一首。赵次公以风急天高一首足之，云未尝阙。

重阳独酌一作少饮杯中酒，抱病起一作独，一作已登江上台。竹叶于人既无分，菊花从此不须开。殊方日落玄猿哭，旧国霜前白雁来。弟妹萧条各何往，干戈衰谢两相催。

旧日重阳日,传杯不放杯。即今蓬鬓改,但愧菊花开。北阙心长恋,西江首独回。茱萸—作萸房赐朝士,难得一枝来。

旧与苏司业,兼随郑广文。采花香泛泛—作簌簌,一作漠漠。坐客醉纷纷。野树歌—作歌还倚,秋砧醒却闻。欢娱两冥漠—作寞,西北有孤云。

故里樊川菊,登高素浐源。他时一笑—作醉后,今日几人存。巫峡蟠江路,终南对国门。系舟身万里,伏枕泪双痕。为客裁乌帽,从儿具绿尊。佳辰对—作带群盗,愁绝更谁—作堪论。

九日—作日高,一作登高诸人集于林

九日明朝是,相要旧俗非。老翁难早出,贤客幸知归。旧采黄花剩,新梳白发微。漫看年少乐,忍泪已沾衣。

大历二年九月三十日

为客无时了,悲秋向夕终。瘴余夔子国,霜薄楚王宫。草敌虚岚翠,花禁冷叶—作蕊红。年年小摇落,不与故园同。

十月一日

有瘴非全歇,为冬亦不—作不亦难。夜郎溪日暖,白帝峡风寒。蒸裹见《齐民要术》如千室,焦糟—作糖幸一盘。兹辰南国重,旧俗自相欢。

孟冬

殊俗还多事,方冬变所为。破甘—作瓜霜落爪,尝稻雪翻匙。巫峡—作岫寒都薄,乌蛮—作沙,一作黔溪瘴远随。终然减滩濑,暂喜息蛟螭。

冬至

年年至日长为客,忽忽穷愁泥杀人。江上形容吾独老,天边—作涯风俗自相亲。杖藜雪后临丹壑,鸣玉—作明主朝来散紫宸。心折此时无一寸,路迷何处见—作是三秦。

小至至前一日,即《会要》小冬日。

天时人事日相催,冬至阳生春又来。刺绣五纹—作文添弱线,吹葭六琯动浮灰。岸容待腊将舒柳,山意冲寒欲放—作破梅。云物不殊乡国异,教儿且覆掌中杯。

览物—作峡中览物

曾为掾吏趋三辅,忆在潼关诗兴多。巫峡忽如瞻华岳,蜀江犹似见黄河。舟中得病移衾枕,洞口经春长薜萝。形胜有余风土恶,几时回首一高歌。

忆郑南玭

玭,蒲眠切,珠也。宋弘曰:淮水出玭珠。吴若本注:玭疑作玼,音泚,玉色鲜洁也。师民瞻及草堂本,俱无玭字。诗中但忆伏毒寺旧游,郑南乃郑县之南也。

郑南伏毒寺,一作守,与上下义多不合。潇洒到江心。石影衔珠阁,泉声带玉琴。风杉曾曙倚,云峤忆春临。万里沧浪—作苍茫外,龙蛇只自深。

怀灞上游

怅望东陵道,平生灞上游。春浓停野骑,夜宿敞云楼。离别人谁在,经过老自休。眼前今古意,江汉一归舟。

愁原注:强戏为吴体。

江草日日唤愁生,巫—作春峡泠泠非世情。盘涡鹭浴底心性,独树花发自分明。十年戎马暗万国,异域宾客老孤城。渭水秦山—作川得见否,人经罢病虎纵横。

昼梦

二月饶睡昏昏然,不独夜短昼分眠。桃花气暖眼自醉,春渚日落梦相牵。故乡门巷荆棘底,中原君臣豺虎边。安得务农息战斗,普天无吏横索钱。

览镜呈柏中丞

渭水流关内,终南在日边。胆销豺虎窟,泪入犬羊天。起晚堪从事,行迟更学—作觉仙。镜中衰谢色,万一故人怜。

即事

　　暮春三月巫峡长,晶晶胡了切行云浮一作无日光。雷声忽送千峰雨,花气浑如百和香。黄莺过水翻回去,燕子衔泥湿不妨。飞阁卷帘图画里,虚无只少对潇湘。

即事一作天畔

　　天畔群山孤草亭,江中风浪雨冥冥。一双白鱼不受钓,三寸黄甘犹自青。多病马卿无日起,穷途阮籍几时醒。未闻细柳散金甲,肠断秦川一作州流浊泾。

闷

　　瘴疠浮三蜀,风云暗百蛮。卷帘唯白水,隐几亦青山。猿捷长难见,鸥轻故不还。无钱从滞客,有镜巧催颜。

戏作俳谐体遣闷二首

　　异俗吁可怪,斯人难并居。家家养乌鬼,一云:川人呼猪为乌鬼声。一云:夔人呼鸬鹚为乌鬼。一云:峡近乌蛮,俗于正月设牲田间,操兵大噪,名养乌鬼,以禳厉气。元稹《江陵》诗:病赛乌称鬼。则乌鬼乃神名。顿顿食黄鱼。旧识能一作难为态,新知已暗疏。治生且耕凿,只有不关一作开渠。

　　西历青羌板一作坂,南留白帝城。原注:顷岁自秦涉陇,从同谷县去游蜀,留滞于巫山。于菟一作谷于,一作毂菟侵客恨,炬粆音巨女,见《招魂》。蜜饵也作人情。瓦卜传神语,畲田费火声一作耕。是非何处定,高枕笑浮生。

得舍弟观书自中都至德二年,以西京为中京已达江陵,今兹暮春月末,行李合到夔州,悲喜相兼,团圆可待,赋诗即事,情见乎词

　　尔到一作过江陵府,何时到峡州。乱离生有别,聚集病应瘳。飒飒开啼眼,朝朝上水楼。老身须付托,白骨更何忧。

喜观即到,复题短篇二首

　　巫峡千山暗,终南万里春。病中吾见弟,书到汝为人。意一作竟答儿童问,来经战伐新。

泊船悲喜后,款款话一作议归秦。

　　待尔嗔乌鹊,抛书示鹡鸰。枝间喜不去,原上急曾经。江阁嫌津柳,风帆数驿亭。应论十年事,愁一作惨绝始星星。

舍弟观归蓝田迎新妇,送示两篇

　　汝去迎妻子,高秋念却回。即今萤已乱,好与雁同来。东望西江水一作永,南游北户开。卜居期静处,会有故人杯。

　　楚塞难为路一作别,蓝田莫滞留。衣裳判白露,鞍马信清秋。满峡重江水,开帆八月舟。此时同一醉,应在仲宣楼。

第五弟丰独在江左,近三四载寂无消息,觅使寄此二首

　　乱后嗟吾在,羁栖见汝难。草黄骐骥病,沙晚一作暖鹡鸰寒。楚设关城险,吴吞水府宽。十年朝夕泪,衣袖不曾干。

　　闻汝依山寺,杭州定越州。风尘淹别日,江汉失一作共清秋。影盖啼猿树,魂飘结蜃楼。明年下春水,东尽白云求一作游。

舍弟观赴蓝田取妻子到江陵,喜寄三首

　　汝迎妻子达荆州,消息真传解我忧。鸿雁影来连峡内,鹡鸰飞急到沙头。峣关险路今虚远,禹凿寒江正稳流。朱绂即当随彩鹢,青春不假报黄牛。

　　马度一作瘦秦关一作山雪正深,北来肌骨苦寒侵。他乡就我生春色,故国移居见客心。剩欲一作欢剧提携如意舞,喜多行坐白头吟。巡檐索共一作近梅花笑,冷蕊一作落疏枝半不禁。

　　庾信罗含俱有宅,俱在江陵。春来秋去作谁家。短墙若在从残草,乔木如存可假花。卜筑应同蒋诩径,为园须似邵平瓜。比年一作因病一作断酒开涓滴,弟劝兄酬何怨嗟。

江雨有怀郑典设

　　春雨暗暗塞一作发峡中,早晚来自楚王宫。

乱波分披已打岸,弱云狼藉不禁风。宠光蕙叶与多碧,点注桃花舒小红。谷口子真正忆汝,岸高瀼滑一作阔限西东。

王十五前阁会

楚岸收新雨,春台引细风。情人来石上,鲜脍出江中。邻舍烦书札,肩舆强老翁。病身虚俊味,何幸饫儿童。

寄韦有夏郎中 颜真卿东方朔碑阴,有朝城主簿韦有夏,疑即此。

省郎忧病士,书信有柴胡。饮子频通汗,怀君想报珠。亲知天畔少,药味峡中无。归楫生衣卧,春鸥洗翅呼。犹闻上急水,早作取平途。万里皇华使,为僚记腐儒。

陪柏中丞观宴将士二首

极乐三军士,谁知百战场。无私齐绮馔,久坐密金章。醉客沾鹦鹉,佳人指凤凰。几时来翠节,特地引红妆。

绣段装檐额,金花帖鼓腰。一夫先舞剑,百戏后歌樵。一作镳,刁斗也。江树城孤远,云台使寂寥。汉朝频选将,应拜霍嫖姚。

七月一日题终明府水楼二首

高栋曾轩已自凉,秋风此日洒衣裳。翛然欲下阴山雪,不去非无汉署香。绝壁过云开锦绣,疏松夹一作隔水奏笙簧。看君宜著王乔履,真赐还疑出尚方。原注:终明府,功曹也,兼摄奉节令,故有此句。仁观奏即真也。

宓子弹琴邑宰日,终军弃繻英妙时。承家节操尚不泯,为政风流今在兹。可怜宾客尽倾盖,何处老翁来赋诗。楚江巫峡半云雨,清簟疏帘看弈棋。

季秋苏五弟缨江楼夜宴崔十三评事、韦少府侄三首

峡险江惊急,楼高月迥明。一时今夕会,万里故乡情。星落黄姑渚,秋辞白帝城。老人因酒病,坚坐看君倾。

明月生长好,浮云薄渐一作暂遮。悠悠照边一作远塞,悄悄忆京华。清动杯中物,高随海上查。不眠瞻白兔,百过落乌纱。

对月那无酒,登楼况有江。听歌惊白鬓,笑舞拓秋窗。尊蚁添相续,沙鸥并一双。尽怜君醉倒,更觉片一作我心降。

九月一日过孟十二仓曹、十四主簿兄弟

藜杖侵寒露,蓬门启曙烟。力稀经树歇,老困拨书眠。秋觉追随尽,来因孝友偏。清谈见滋味,尔辈可忘年。

过客相寻

穷老真无事,江山已定居。地幽忘盥栉,客至罢琴书。挂壁移筐一作留果,呼儿问一作间煮鱼。时闻系舟楫,及此问吾庐。

孟仓曹步趾领新酒酱二物满器见遗老夫

楚岸通秋屐,胡床面夕畦。藉糟《酒德颂》:枕曲藉糟。一作籍。分汁淬,瓮酱落提携。饭粝添香味,朋来有醉泥。理生那免俗,方法报山妻。

柳司马至

有使归三峡,相过问两京。函关犹出一作自将,渭水更屯兵。设备邯郸道,和亲逻些城。吐蕃号其国都为逻些城。幽燕唯鸟去,商洛少人行。衰谢身何补,萧条病转婴。霜天到宫阙,恋主寸心明。

简吴郎司法

有客乘舸自忠州,遣骑安置瀼西头。古堂本买藉疏豁,借汝迁居停宴游。时甫又移居东屯,故以瀼西草堂借吴郎。云石荧荧高叶曙一作晓,风江飒飒乱帆秋。却为姻娅过逢地,许坐曾轩数散愁。

又呈吴郎

堂前扑枣汉王吉妇扑东家枣实被遣任西邻,无食无儿一妇人。不为困穷宁有此,只缘恐惧转须亲。即防一作知远客虽多事,使一作便插疏篱却甚真。已诉征求贫到骨,正思戎马泪盈巾。

覃出人隐居
　　南极老人自有星,北山移文谁勒铭。征君已去独松菊,哀挚无光留户庭。予见乱离不得已,子知出处必须经。高车驷马带倾覆,怅望秋天虚翠屏。

柏学士茅屋
　　碧山学士焚银鱼,白马却走身岩居。古人已用三冬足,年少今—作曾开万卷余。晴云满户团倾盖,秋水浮阶溜决渠。富贵必从勤苦得,男儿须读五车书。

题柏大兄弟山居屋壁二首
　　叔父朱门贵,郎君玉树高。山居精典籍,文雅涉风骚。江汉终吾老,云林得尔曹。哀弦绕白雪,未与俗人操。

　　野屋流寒水,山篱带薄云。静应连虎穴,喧已去人群。笔架沾窗雨,书签映隙曛。萧萧千里足—作马,个个五花文。

戏寄崔评事表侄、苏五表弟、韦大少府诸侄
　　隐豹深愁雨,潜龙故起云。泥多仍径曲,心醉阻贤群。忍待—作对江山丽,还披鲍谢文。高楼忆疏豁—作阔,秋兴坐氛氲。

秋日寄题郑监湖上亭三首
　　碧草逢—作连春意,沅湘万里秋。池要山简马,月净—作静庾公楼。磨灭余篇翰,平生一钓舟。高唐寒浪减—作灭,仿佛识昭丘。

　　新作湖边宅,还闻宾客过。自须开竹径,谁道避云萝。官序潘生拙,才名贾傅多。舍舟应转—作卜地,邻接意如何。

　　暂阻—作住蓬莱阁,终为江海人。挥金应物理,拖玉岂吾身。羹煮秋莼滑—作弱,杯迎—作凝露菊新。赋诗分气象,佳句莫频—作辞频。

谒真谛寺禅师
　　兰若山高处,烟霞嶂—作障几重。冻泉依细石,晴雪落长松。问法看诗忘—作妄,观身向

酒慵。未能割妻子,卜宅近前峰。

别崔潩,因寄薛据、孟云卿　原注:内弟潩赴湖南幕职。
　　志士惜妄动,知深—作深知难固辞。如何久磨砺,但取不磷缁。夙夜听忧主,飞腾急济时。荆州过—作遇薛孟,为报欲论诗。

送李八秘—作校书赴杜相公幕　原注:相公朝调,今赴后期也。杜鸿渐以黄门侍郎同平章事镇蜀。
　　青帝白舫益州来,巫峡秋涛天地回。石出沲濑堆倒听枫叶下,橹摇背指菊花开。贪趋相府今晨发,恐失佳期后命催。南极一星朝北斗,五云多处是三台。

巫峡敝庐奉赠侍御四舅别之澧朗
　　江城秋日落,山鬼闭门中。行李淹吾舅,诛茅问老翁。赤眉犹世乱,青眼只途穷。传语桃源客,人今出处同。

奉送十七舅下邵桂
　　绝域三冬暮,浮生一病身。感深辞舅氏,别后见何人。缥缈苍梧帝,推迁孟母邻。昏昏阻云水,侧望苦伤神。

送覃二判官
　　先帝—作皇弓剑远,小臣余此生。蹉跎病江汉,不复谒承明。饯尔白头日,永怀丹凤城。迟迟恋屈宋,渺渺卧荆衡。魂断航舸失,天寒沙水清。肺肝若稍愈,亦上赤霄行。

季夏送乡弟韶陪黄门从叔即杜鸿渐朝谒
　　令弟尚为苍水使,原注:韶比兼开江使,通成都外江下峡舟船。名家莫出杜陵人。比—作此来相国兼安蜀,归赴朝廷已入秦。舍舟策马论兵地,拖玉腰金报主身。莫度清秋吟蟋蟀,早闻黄阁画麒麟。

送十五弟侍御使蜀
　　喜弟文章进,添余别兴牵。数杯巫峡酒,百丈内江船。未息豺狼斗,空催犬马年。归朝

多便道,搏击望秋天。

送田四弟将军将夔州柏中丞命,起居江陵节度阳城郡王卫公幕 一作夔府送田将军赴江陵

离筵罢多酒,起地发寒塘。回首中丞座,驰笺异姓王。燕辞枫树日,雁度麦城霜。空一作定醉山翁酒,遥怜似葛强。

送王十六判官

客下荆南尽,君今复入舟。买薪犹白帝,鸣橹少一作已沙头。衡霍生春早,潇湘共海浮。荒林庾信宅,为仗主人留。

奉送卿二翁统节度镇军还江陵

火旗还锦缆,白马出江城。嘹唳吟一作鸣笳发,萧条别浦清。寒空巫峡曙,落日渭阳明一作情。留滞嗟衰疾,何时见息兵。

送鲜于万州迁巴州 鲜于炅乃仲通子,有父风。

京兆先时杰,琳琅照一门。朝廷偏注意一作玺,接近与名藩。祖帐排一作维舟数,寒江触石喧。看君妙为政,他日有殊恩。

寄杜位 原注:顷者与位同在故严尚书幕。

寒日经檐短,穷猿失木悲。峡中一作筵为客恨,江上一作并忆君时。天地身何在一作往,风尘病敢辞。封书两行泪,沾洒浥新诗。

奉寄李十五秘书文嶷二首

避暑云安县,秋风早下来。暂留一作之鱼复浦,同过楚王台。猿鸟千崖窄,江湖万里开。竹枝歌未好,画舸莫一作且迟一作轻回。

行李千金赠,衣冠八尺身。飞腾知有策,意度不无神。班秩兼通贵,公侯出异人。玄成负文彩,世业岂沉沦。

奉送韦中丞之晋赴湖南

宠渥征黄渐,权宜借寇频。湖南安背水,峡内忆行春。王室仍多故,苍生倚大臣。还将徐孺子一作榻,处处待高人。

送李功曹之荆州充郑侍御判官重赠

曾闻宋玉宅,每欲到荆州。此地生涯晚,遥悲一作通水国秋。孤城一柱观,落日九江流。使者虽光彩,青枫远自愁。

送孟十二仓曹赴东京选 太宗时,以岁早谷贵,东人选者集洛川,谓之东选。

君行别老亲,此去苦家贫。藻镜留连客,江山憔悴人。秋风楚竹冷,夜雪巩梅春。朝夕高堂念,应宜彩服新。

凭孟仓曹将书觅士娄旧庄

平居丧乱后,不到洛阳岑。为历云山问,无辞荆棘深。北风黄叶下,黄浦白头吟。十载江湖客,茫茫迟暮心。

别苏徯 原注:赴湖南幕。

故人有游子,弃掷傍天隅。他日怜才命,居然屈壮图。十年犹塌翼,绝倒任惊呼。消渴今如在一作此,提携愧老夫。岂知台阁旧,先一作洗拂凤皇雏。得实一作食翻苍竹,栖枝把翠梧。北辰当宇宙,南岳据江湖。国带风尘色,兵张虎豹符。数论封内事,挥发府中趋。赠尔一作汝秦人策,莫鞭辕下驹。

存殁口号二首 每篇一存一殁。是时席谦、曹霸存,毕曜、郑虔殁。

席谦不见近弹棋,毕曜仍传旧小诗。玉局他年无限笑一作事,白杨今日几人悲。原注:道士席谦善弹棋,毕曜善为小诗。

郑公粉绘随长夜,曹霸丹青已白头。天下何曾有山水,人间不解重骅骝。原注:高士荥阳郑虔善画山水,曹霸善画马。

奉汉中王手札报韦侍御、萧尊师亡

秋日萧韦逝,淮王报峡中。少一作小年疑柱史,多术怪仙公。不但时人惜,只应吾道穷。一哀侵疾病,相识自儿童。处处邻家笛,飘飘客子蓬。强吟怀旧赋,已作白头翁。

哭王彭州抡

执友惊沦没,斯人已寂寥。新文生沈谢,异

骨降松乔。北部初高选,东堂早见招。蛟龙缠倚剑,鸾凤夹吹箫。历职汉庭久,中年胡马骄。兵戈暗一作闻两观,宠辱事三朝。蜀路江干一作千戈窄,彭门一作关地里一作理遥。解龟生碧草,谏猎阻清霄。顷壮戎麾出,叨陪幕府要。将军临气候,猛士塞风飙。井漏一作渫,一作满泉谁汲,烽疏火不烧。前筹自多一作多自暇一作假,隐几接终朝。翠石俄双表,寒松竟后凋。赠诗焉敢坠,染翰欲无聊。再哭经过罢,离魂去住销。之官方玉折,寄葬与萍漂。旷望渥洼道,霏微河汉桥。夫人先即世,令子各清标。巫峡长云雨,秦城近斗杓。冯唐毛发白,归兴日萧萧。

见萤火

巫山秋夜萤火飞,帘疏巧入坐人衣。忽惊屋里琴书冷,复乱檐边星宿稀。却绕井阑添个个,偶经花蕊弄辉辉。沧江白发愁看汝,来岁如今归未归。

吹笛

吹笛秋山风一作风山月清,谁家巧作断肠声。风飘律吕相和切,月傍一作倚关山几处明。胡骑中宵堪北走,武陵一曲想南征。故园杨柳今摇一作摧,一作花落,何得愁中曲一作却尽生。

孤雁一作后飞雁

孤雁不饮啄,飞鸣声一作声声飞念群。谁怜一片影,相失万重云。望尽一作断似犹见,哀多如更一作更复闻。野鸦无意绪,鸣噪自一作亦纷纷。

鸥

江浦寒鸥戏,无他亦自饶。却思翻玉羽,随意点春苗。雪暗还须浴一作落,风生一任飘。几群沧海上,清影日萧萧。

猿

袅袅啼虚壁,萧萧挂冷枝。艰难人不见一作免,隐见尔如知。惯习元从众,全生或用奇。前林腾每及,父子莫相离。

黄鱼

日见巴东峡,黄鱼出浪新。脂膏兼饲犬,江陵及彭蠡,俱以鱼饲犬。长大不容身。黄鱼长者二三丈。筒桶一作筩,一作篙相沿久,风雷肯为神一作伸。泥沙卷涎沫,回首怪龙鳞。

白小

白小群分命,天然二寸鱼。细微沾水族,风俗当园蔬。靖州之俗,凶事不食酒肉,以鱼为蔬,名鱼菜。入肆银花乱,倾箱雪片虚。生成犹拾一作舍卵,尽取义何如。

麂

永与清溪别,蒙将玉馔俱。无才逐仙隐,葛仙翁化为白鹿,二足,时出女几山上。不敢恨庖厨。乱世轻全物,微声及祸枢。衣冠兼盗贼,饕餮用斯须。

鸡

纪德名标五,初鸣度必三。夜至鸡三鸣,始为正月一日。殊方听有异,失次晓无惭。问俗人情似,充庖尔辈堪。气交亭育际,巫峡漏司南。

玉腕骝原注:江陵节度卫公马也。

闻说荆南马,尚书玉腕骝。顿骖一作骖骅飘赤汗,蹋踏顾长楸。胡房三年入,乾坤一战收。举鞭如有问,欲伴习池游。

见王监兵马使说,近山有白黑二鹰,罗者久取,竟未能得,王以毛骨有异他鹰,恐腊后春生骞飞避暖,劲翮思秋之甚,眇不可见,请余赋一本有二字诗

雪一作云飞玉立尽清秋,不惜奇毛恣远游。在野只教心力一作胆破,千一作干,一作于人何事网罗求。一生自猎知无敌,百中争能耻下鞲。鹏碍九天须却避,兔藏一作经,一作营三穴一作窟莫深忧。

黑鹰不省人间有,度海疑从北极来。正翻抟风超紫塞,立一作玄冬几夜宿阳台。虞罗自各虚施巧,春雁同归必见猜。万里寒空只一日,金眸玉爪不一作未凡材。

全唐诗卷二百三十二

杜甫

太岁日 _{大历三年，岁次戊申，正月丙午朔，三日为戊申日，乃太岁日也。}

楚岸行将老，巫山坐复春。病多犹是客，谋拙竟何人。阊阖开黄道，衣冠拜紫宸。荣光悬日月，赐与出金银。_{唐制当于是日庆贺。}愁寂鸳行断，参差虎穴邻。西江元下蜀，北斗故临秦。散地逾高枕，生涯脱要津。天边梅柳树，相见几回新。

元日示宗武

汝啼吾手战，吾笑汝身长。处处逢正月，迢迢滞远方。飘零还柏酒_{一作叶}，衰病只藜床。训喻_{一作谕}青衿子，名惭白首郎。赋诗犹落笔，献寿更称觞。不见江东弟，高歌泪数行。_{原注：第五弟丰漂泊江左，近无消息。}

远怀舍弟颖、观等

阳翟空知处，荆南近得书。积年仍远别，多难不安居。江汉春风起，冰霜昨夜除。云天犹错莫，花萼尚萧疏。对酒都疑梦，吟诗正忆渠。旧时元日会，乡党羡吾庐。

续得观书，迎就当阳居止，正月中旬定出三峡

自汝到荆府，书来数唤吾。颂椒添讽咏，禁火卜欢娱_{一作呼}。舟楫因人动，形骸用杖扶。天旋夔子国，春近岳阳湖。发日排南喜，伤神散北吁。飞鸣还接翅，行序密衔芦。俗薄江山好，时危草木苏。冯唐虽晚达，终觊在皇都。

将别巫峡，赠南卿兄瀼西果园四十亩

苔竹素所好，萍蓬无_{一作不}定居。远游长儿子，几地别林庐。杂蕊红相对，他时锦不如。具舟将出峡，巡圃念携锄。正月喧莺末_{一作未}，兹辰放鹢初。雪篱梅可折，风榭柳微舒。托赠卿家有,因歌野兴疏。残生逗一作逼江汉,何处狎樵渔。

送大理封主簿五郎亲事不合却赴通州。主簿前阆州贤子,余与主簿平章郑氏女子垂欲纳,一有采之郑氏伯父京书至,女子已许他族,亲事遂停

禁脔去东床,趋庭赴北堂。风波空远涉,琴瑟几原注:音泊虚张。渥水出骐骥,昆山生凤皇。两家诚款款,中道许苍苍。颇谓秦晋匹,从来王谢郎。青春动才调,白首缺辉光。玉润终孤立,珠明得暗藏。余寒折花卉,恨别满江乡。

人日两篇一作二首

元日到人日,未有不阴时。冰雪莺难至,春寒花较迟。云随白水落,风振紫山悲。蓬鬓稀疏久,无劳比素丝。

此日此时人共得,一谈一笑俗相看。尊前柏叶休随酒,胜里金花巧耐寒。佩剑冲星聊暂拔,匣琴流水自须弹。早春重引江湖兴,直道无忧行路难。

江梅

梅蕊腊前破,梅花年后多。绝知春意好一作早,最奈客愁何。雪树元一作能同色,江风亦自波。故园不可见,巫岫郁嵯峨。

庭草

楚草经寒碧,逢春入眼浓。旧低收叶举,新掩卷牙重。步履宜轻过,开筵得屡供。看花随节序,不敢强为容。

大历三年春,白帝城放船出瞿塘峡,久居夔府,将适江陵,漂泊有诗凡四十韵

老向巴人里,今辞楚塞隅。入舟翻不乐,解缆独长吁。窄转深啼狖,虚随乱一作落浴凫。石苔凌几杖,空翠扑肌肤。叠壁排霜剑,奔泉溅水珠。杳冥藤上下,浓淡树荣枯。神女峰娟妙,昭君宅有无。曲留明怨惜一作别,梦尽失欢娱。摆阖盘涡沸,敧斜激浪输。风雷缠地脉,冰雪耀天衢。鹿角真走一作趋险,狼头原注:鹿角、狼头俱滩名。如跋胡。恶滩宁变色,高卧负微躯。书史全倾挠,装囊半压濡。生涯临臬兀,死地脱斯须。不有平川决一作快,焉知众壑趋。乾坤霾涨海,雨露洗春芜。鸥鸟牵丝扬,骊龙濯锦纡。落霞沉绿绮,残月坏金枢。泥笋苞初荻,沙茸出小蒲。雁儿争水马,《山海经》:诸毗之水,中多水马,即《江赋》骐马也。燕子逐樯乌。绝岛容烟雾,环洲纳晓晡。前闻辨陶牧,《登楼赋》:北弥陶牧。陶,乡名。郭外为牧。转眄拂宜都。县郭南畿好,原注:路入松滋县。津亭北望孤。劳心依憩息,朗咏划昭苏。意遣乐还笑,衰迷贤与愚。飘萧将素发,汨没听洪炉。丘壑曾忘返,文章敢自诬。此生遭圣代,谁分哭穷途。卧疾淹为客,蒙恩早厕儒。廷争酬造化,朴直乞江湖。滟滪险相迫,沧浪深可逾。浮名寻已已,懒计却区区。喜近天皇寺,先披古画图。原注:此寺有晋右军书,张僧繇画孔子泊颜子十哲形像。应经帝子渚,同泣舜苍梧。朝士兼戎服,君王按湛卢。旄头初俶扰,鹢首丽泥涂。甲卒身虽贵,书生道固殊。出尘皆野鹤,历块匪辕驹。伊吕终难降,韩彭不易呼。五云高太甲,太甲疑六甲一星之名。六月旷抟扶。回首黎元病,争权将帅诛。山林托疲苶,未必免崎岖。

巫山县汾州唐使君十八弟宴别,兼诸公携酒乐相送,率题小诗,留于屋壁

卧病巴东久,今年强作归。故人犹远谪,兹日倍多违。接宴身兼杖,听歌泪满衣。诸公不相弃,拥别惜光辉。

春夜峡州田侍御长史津亭留宴得筵字

北斗三更席,西江万里船。杖藜登水榭,挥翰宿春天。白发烦一作须多酒,明星惜此筵。始知云雨峡,忽尽下牢边。

泊松滋江亭

沙帽随鸥鸟,扁舟系此亭。江湖深更白,松竹远微一作还青。一柱全应近,高唐莫再经。

今宵南极外,甘作老人星。

行次古城店泛江作,不揆鄙拙,奉呈江陵幕府诸公

老年常道路,迟日复山川。白屋花开里,孤城麦秀边。济江元自阔,下水不劳牵。风蝶勤依桨,春鸥懒避船。王门高德业,幕府盛才贤。行色兼多病,苍茫泛爱前。

乘雨入行军六弟宅

曙角凌云罢,春城带雨长。水花分堑弱,巢燕得泥忙。令弟雄军佐,凡才污省郎。萍漂忍流涕,衰飒近中堂。

宴胡侍御书堂 原注:李尚书之芳、邓秘监审同集。归字韵。

江湖春欲暮,墙宇日犹微。暗暗春—作书籍满,轻轻花絮飞。翰林名有素,墨客兴无违。今夜文星动,吾侪醉不归。

书堂饮既,夜复邀李尚书下马,月下赋绝句

湖水—作月林风相与清,残尊下马复同倾。久判野鹤如霜鬓,遮莫邻鸡下五更。

上巳日徐司录林园宴集

鬓毛垂领白,花蕊亚枝红。欹倒衰年废,招寻令节同。薄—作荡衣临积水,吹面受和风。有喜留攀桂,无劳问转蓬。

奉送苏州李二十五长史丈之任

星坼台衡地,用张华事。曾为人所怜。公侯终必复,李是适之后。经术昔—作竟相传。食德见从事,克家何妙年。一毛生凤穴,三尺献龙泉。赤壁浮春暮,姑苏落海边。客间头最白,惆怅此离筵。

暮春江陵送马大卿公,恩命追赴阙下

自古求忠孝,名家信有之。吾贤富才术,此道未磷缁。玉府标孤映,霜蹄去不疑。激扬音韵彻,籍甚众多推。潘陆应同调,孙吴亦异时。北辰征事业,南纪赴恩私。卿月升金掌,王春度玉墀。熏风行应律,湛露即歌诗。天意高难问,人情老易悲。尊前江汉阔,后会且深期。

暮春陪李尚书、李中丞过郑监湖亭泛舟 得过字韵

海内文章伯,湖边意绪多。玉尊移晚兴,桂楫带酣歌。春日繁鱼鸟,江天足芰荷。郑庄宾客地,衰白远来过。

奉送蜀州柏二别驾将中丞命赴江陵,起居卫尚书太夫人,因示从弟行军司马佐 别驾乃中丞之弟,卫伯玉时为荆南节度、检校工部尚书。

中丞问俗画熊频,爱弟传书彩鹢新。迁转五州防御使,起居八座太夫人。楚宫腊送荆门水,白帝云偷碧海春。报与惠连诗不惜,知吾斑鬓总如银。

夏日杨长宁宅送崔侍御、常正字入京 得深字韵

醉酒扬雄宅,升堂子贱琴。不堪垂老鬓,还对欲分襟。天地西江远,星辰北斗深。乌台俯麟阁,长夏白头吟。

和江陵宋大少府暮春雨后同诸公及舍弟宴书斋

渥洼汗血种,天上麒麟儿。才士得神秀,书斋闻尔为。棣华晴雨好,彩服暮春宜。朋酒日欢会,老夫今始知。

宇文晁尚书之甥、崔彧司业之孙、中有脱字尚书之子,重泛郑监审前湖

郊扉俗远长幽寂,野水春来更接连。锦席淹留还出浦,葛巾欹侧未回船。尊当霞绮轻初散,棹拂荷珠碎却圆。不但习池归酩酊,君看郑谷去夤缘。

多病执热奉怀李尚书之芳

衰年正苦病侵凌,首夏何须气郁蒸。大水淼茫炎海接,奇峰硉兀火云升。思沾道暍黄梅雨,敢望宫恩玉井冰。不是尚书期不顾,陈遵留北部刺史饮,不遣去,刺史入叩遵母曰:当对尚书,有期会。

乃自后阁逸去。山阴野一作夜雪兴难乘。

水宿遣兴奉呈群公

鲁钝乃多病,逢迎远复迷。耳聋须画字,发短不胜篦。泽国虽勤雨,炎天竟浅泥。小江还积浪,弱缆且长堤。归路非关北,行舟却向西。暮年漂泊恨,今夕一作久客乱离啼。童稚频书札,盘餐讵一作具糁藜。我行何到此,物理直难齐。高枕翻星月,严城叠鼓鼙。风号闻虎豹,水宿伴凫鹥。异县惊虚往,同人惜解携。蹉跎长泛鹢,展转屡鸣鸡。巘巘珊瑚器,阴阴桃李蹊。余波期救涸,费日苦轻赍。支一作杖策门阑邃,肩舆羽翮低。自伤甘贱役,谁愍强幽栖。巨海能无钓,浮云亦有梯。勋庸思树立,语默可端倪。赠粟囷应指,登桥柱必题。丹心老未折,时访武陵溪。

奉贺阳城一作城阳郡王太夫人恩命加邓国太夫人 原注:阳城郡王,卫伯玉也。

卫幕衔恩重,潘舆送喜频。济时瞻上将,锡号戴慈亲。富贵当如此,尊荣迈等伦。郡依封土旧,国与大名新。紫诰鸾回纸,清朝燕贺人。远传冬笋味,更觉彩衣春。奕叶班姑史,芬芳孟母邻。义方兼有训,词翰两如神。委曲承颜体,骞飞报主身。可怜忠与孝,双美画一作映骐骥。

江陵望幸 肃宗上元元年,置南都于荆州,号江陵府。以吕諲为尹,寻薨。广德元年,复以卫伯玉尹江陵。

雄都元壮丽,望幸欻威神。地利西通蜀,天文北照秦。风烟含越鸟,舟楫控吴人。未枉周王驾,终期汉武巡。甲兵分圣旨,居守付宗臣。早发云台仗一作路,恩波起涸鳞。

江边星月二首

骤雨清秋夜,金波耿玉绳。天河元自白,还浦一作渚向来澄。映物连珠断,缘空一镜升。余光隐一作忆更漏,况乃露华凝。

江月辞风缆一作楫,江星别雾一作露船。鸡鸣还曙一作晓色,鹭浴自清一作晴川。历历竟谁种,悠悠何处圆。客愁殊未已,他夕始相鲜。

舟月对驿近寺

更深不假烛,月朗自明船。金刹青枫外,朱楼白水边。城乌啼眇眇,野鹭宿娟娟。皓首江湖客,钩帘独未眠。

舟中

风餐江柳下,雨卧驿楼边。结缆排鱼网,连樯并米船。今朝云细薄,昨夜月清圆。飘泊南庭老,只应学水仙。

遣闷

地阔平沙岸,舟虚小洞房。使尘来驿道,城日避乌樯一作墙。暑雨留蒸湿,江风借夕凉。行云星隐见,叠浪月光芒。萤鉴缘帷彻,蛛丝胃鬓长。哀筝犹凭几,鸣笛竟沾裳。倚著同着如秦赘,过逢类楚狂。气冲看剑匣,颖脱抚锥囊。妖孽关东臭,丘戈陇右创。时清疑武略,世乱跼文场。余力浮于海,端忧问彼苍。百年从万事,故国耿难忘。

江陵节度阳城郡王新楼成,王请严侍御判官赋七字句,同作

楼上炎天冰雪生,高飞燕雀贺新成。碧窗宿雾蒙蒙湿,朱栱浮云细细轻。杖钺褰帷瞻具美,投壶散帙有余清。自公多暇延参佐,江汉风流万古情。

又作此奉卫王

西北楼成雄楚都,远开山岳散江湖。二仪清浊还高下,三伏炎蒸定有无。推毂几年唯镇静,曳裾终日盛文儒。白头授简焉能赋,愧似相如为大夫。

舟一本有中字出江陵南浦,奉寄郑少尹审

更欲投何处,飘然去此都。形骸元土木,舟楫复江湖。社稷缠妖气,干戈送老儒。百年同弃物,万国尽穷途。雨洗平沙静,天衔阔岸纡。鸣将随泛梗,别燕赴秋菰。栖托难高卧,饥寒迫向隅。寂寥相煦沫,浩荡报恩珠。溟涨

鲸波动,衡阳雁影徂。南征问悬榻,东逝想乘桴。滥窃商歌听,时忧卞泣诛。经过忆郑驿,斟酌旅情孤。

江南逢李龟年

岐王范宅里寻常见,崔九原注:殿中监崔涤,中书令湜之弟堂前几度闻。正是一作值江南好风景,落花时节又逢君。

官亭夕坐戏简颜十少府

南国调寒杵,西江浸日车。客愁连蟋蟀,亭古带蒹葭。不返青丝鞚,虚烧夜烛花。老翁须地主,细细酌流霞。

秋日荆南述怀三十韵

昔承推奖分,愧匪挺生材。迟暮宫臣忝,艰危衮职陪。扬镳一作鞭随日驭,折槛出云台。首句起至此,追忆与房琯牵连罢相事。罪戾宽犹活,干戈塞未开。星霜玄鸟变,身世白驹催。伏枕因超忽,扁舟任往来,九钻巴噀火,三蛰楚祠雷。望帝传应实,昭王问不回。蛟螭深作横,豺虎乱雄猜。素业行已矣,浮名安在哉。琴乌曲怨愤,庭鹤舞摧颓。秋雨一作水漫湘水一作竹,阴风过岭梅。苦摇求食尾,常曝报恩腮。结舌防谗柄,探肠有祸胎。苍茫步兵哭,展转仲宣哀。饥籍入声,一作籍家家米,愁征处处杯。休为贫士叹,任受众人咍。得丧初难识,荣枯划易该。差池分组冕,合沓起蒿莱。不必伊周地,皆知一作登屈宋才。汉庭和异域,晋史坼中台。霸业寻常体,忠臣忌讳灾。群公纷戮力,圣虑窅一作睿裴回。数见铭钟鼎,真宜法斗魁。愿闻锋镝铸,莫使栋梁摧。盘石圭多翦,凶门毂少推。垂旒资穆穆,祝网但恢恢。赤雀翻然至,黄龙讵一作不假媒。贤非梦傅野,隐类凿颜坯。自古江湖客,冥心若死灰。

秋日荆南送石首薛明府辞满告别,奉寄薛尚书景仙颂德叙怀斐然之作三十韵

南征为客久,西候别君初。岁满归凫舄,秋来把雁书。荆门留美化,姜被就离居。闻道和亲入,景仙出使吐蕃,同论泣陵入朝。垂名报国余。连枝不日并,八座几时除。往者胡星孛,恭惟汉网疏。风尘相顼洞,天地一丘墟。殿瓦鸳鸯坼,宫帘翡翠虚。钩陈摧徼道,枪櫐《长杨赋》:木拥枪櫐。即栅也。失储胥。文物陪巡守一作狩,亲贤病拮据。公时呵獯貐,首唱却鲸鱼。势愜宗萧相,原注:郭令公。材非一范雎。原注:诸名将。尸填太行道,血走浚仪渠。滏口师仍会,函关愤已摅。追述景仙守扶风事。紫微临大角,皇极正乘舆。赏从频峨冕,殊私一作恩再直庐。原注:公旧执金吾,新授羽林,前后二禁军。岂惟高卫霍,曾是接应徐。降集翻翔凤,追攀绝众狙。侍臣双宋玉,战策两穰苴。鉴澈劳悬镜,荒芜已荷锄。响来披述作,原注:石首处见公新文一卷。卷一作通。重此忆吹嘘。白发甘凋丧,青云亦卷舒。经纶功不朽,跋涉体何如。原注:公顷奉使和蕃,已见上。应讶耽湖橘,常餐占野蔬。十年婴药饵,万里狎樵渔。扬子淹投阁,邹生惜曳裾。但惊飞熠耀,不记改蟾蜍。烟雨封巫峡,江淮略孟诸。汤池虽险固,辽海尚填淤。努力输肝胆,休烦独起予。

哭李尚书之芳

漳滨与蒿里,逝水竟同年。欲挂一作把留徐剑,犹回忆戴船。相知成白首,此别间黄泉。风雨嗟何及,江湖涕泫然。修文将管辂,奉使失张骞。史阁行人在,诗家秀句传。客亭鞍马绝,旅榇网虫悬。复魄一作块昭丘远,归魂素浐偏。樵苏封葬地,喉舌罢朝天。秋色凋春草,王孙若个边。

重题

涕泗不能收,哭君余白头。儿童相识一作顾尽,宇宙此生浮。江雨铭旌湿,湖风井径秋。还瞻魏太子,宾客减应刘。原注:公历礼部尚书,薨于太子宾客。

独坐

悲愁一作秋回白首,倚杖背孤城。江敛洲渚出;天虚风物清。沧溟服一作恨衰谢,朱绂负

平生。仰羡黄昏鸟,投林羽翩轻。

暮归

霜黄碧梧白鹤栖,城上击柝复乌啼。客子入门月皎皎,谁家捣练风凄凄。南渡桂水阙舟楫,北归秦—作洛川多鼓鼙。年过半百不称意,明日看云还杖藜。

移居公安敬赠卫大郎钧

卫侯不易得,余病汝知之。雅量涵高远,清襟照等夷。平生感意气,少小爱文辞。河海由来合,风云若有期,形容劳宇宙,质朴谢轩墀。自古幽人泣,流年壮士悲。水烟通径草,秋露接园葵。入邑豺狼斗,伤弓鸟雀饥。白头供宴语,乌几伴栖迟。交态遭轻薄,今朝豁所思。

公安送韦二少府匡赞

逍遥公后周韦夐,号逍遥公。唐嗣立,号小逍遥公,后世多贤,送尔维舟惜此筵。念我能书—作常能数字至,将诗不必万人传。时危兵甲黄尘里,日短江湖白发前。古往今来皆涕泪,断肠分手各风烟。

赠虞十五司马

远师虞秘监,今喜识玄孙。形像丹青逼,家声器宇存。凄凉怜笔势,浩荡问词源。爽气金天豁,清淡玉露繁。伫鸣南岳凤,欲化北溟鲲。交态知浮俗,儒流不异门。过逢联客位,日夜倒芳尊。沙岸风吹叶,云江月上轩。百年

嗟已半,四座敢辞喧。书籍终相与,青山隔故园。

公安县怀古

野旷吕蒙营,蒙封孱陵侯,即此地。江深刘备城。备奔吴,孙权推为左将军,居此。时人呼为左公,故名公安。寒天催日短,风浪与云平。洒落君臣契,飞腾战伐名。维舟倚前浦,长啸一含情。

公安送李二十九弟晋肃入蜀,余下沔鄂

正解柴桑缆,仍看蜀道行。樯乌相背发,塞雁一行鸣。南纪连铜柱,西江接锦城。凭将百钱卜,飘泊问君平。

宴王使君宅题二首

汉主追韩信,苍生起谢安。吾徒自漂泊,世事各艰难。逆旅招邀近,他乡思—作意绪宽。不材甘朽质,高卧岂泥蟠。

泛爱容霜发—作鬓,留欢卜夜闲—作阑,一作上夜关。自吟诗送老,相劝酒开颜。戎马今何地,乡园独旧—作在山。江湖堕清月,酩酊任扶还。

留别公安太易沙门

隐居欲就庐山远,丽藻初逢休上人。数问舟航留制作,长开箧笥拟心神。沙村白雪仍含冻,江县红梅已放春。先蹋炉峰置兰若,徐飞锡杖出风尘。

全唐诗卷二百三十三

杜甫

晓发公安 原注：数月憩息此县。

北城击柝复欲罢，东方明星亦不迟。邻鸡野哭如昨日，物色生态能几时。舟楫眇然自此去，江湖远适无前期。出门转眄已陈迹，药饵扶吾随所之。

泊岳阳城下

江国逾千里，山城仅百层。岸风翻夕浪，舟雪洒寒灯。留滞才难尽，艰危气益增。图南未可料，变化有鲲鹏。

缆船苦风，戏题四韵，奉简郑十三判官 泛

楚岸朔风疾，天寒鸲鹆呼。涨沙霾草树，舞雪渡江湖。吹帽时时落，维舟日日孤。因声置驿外，为觅酒家垆。

登岳阳楼

昔闻洞庭水，今上岳阳楼。吴楚东南坼，乾坤日夜浮。亲朋无一字，老病有孤舟。戎马关山北，凭轩涕泗流。

陪裴使君登岳阳楼

湖阔兼云雾，楼孤属晚晴。礼加徐孺子，诗接谢宣城。雪岸丛梅发，春泥百草生。敢违渔父问，从此更南征。

过南岳入洞庭湖

洪波忽争道，岸转异江湖。鄂渚分云树，衡山引舳舻。翠牙穿榾柮一作蒋，碧节上一作吐寒蒲。病渴身何去，春生力更无。壤童犁雨雪，渔屋架泥涂。欹侧风帆满，微冥水驿孤。悠悠回赤壁，浩浩略苍梧。帝子留遗恨，曹公屈壮图。圣朝光御极，残孽驻艰虞。才淑随厮养，名贤隐锻炉。邵平元入汉，张翰后归吴。莫怪啼痕数，危樯逐夜乌。

宿青草湖重湖,南青草,北洞庭。

　　洞庭犹在目,青草续为名。宿桨依农事,邮签报水程。寒冰争倚薄,云月递微明。湖雁双双起,人来故北征。

宿白沙驿原注:初过湖南五里。

　　水宿仍余照,人烟复此亭。驿边沙旧白,湖外草新青。万象皆春气,孤槎自客星。随波无限月一作景,的的近南溟。

湘夫人祠即黄陵庙

　　肃肃湘妃庙,空墙碧水春。虫书玉佩藓,燕舞翠帷尘。晚泊登汀树,微馨借一作香惜渚蘋。苍梧恨不尽,染泪在丛筠。

祠南夕望

　　百丈牵江色,孤舟泛日斜。兴来犹杖屦,目断更云沙。山鬼迷春竹,湘娥倚暮花。湖南清绝地,万古一长嗟。

登一作发白马潭

　　水生春缆没,日出野船开。宿鸟行犹去,丛花一作花丛笑不来。人人伤白首,处处接金杯。莫道新知要,南征且未回。

归雁

　　闻道今春雁,南归自广州。见花辞涨海,避雪到罗浮。是物关兵气,何时免客愁。年年霜露隔,不过五湖秋。大历二年,岭南节度使徐浩奏:十一月二十五日,当管怀集县阳雁来。先是五岭之外,翔雁不到,浩以阳为君德,雁随阳者,臣归君之象。诗盖深讥之。

野望

　　纳纳乾坤大,行行郡国遥。云山兼五岭,风壤带三苗。野树侵江阔,春蒲长雪消。扁舟空老去,无补圣明朝。

入乔口原注:长沙北界。

　　漠漠旧京远,迟迟归路赊。残年傍水国,落日对春华。树蜜早蜂乱,江泥轻燕斜。贾生骨已朽,凄恻近长沙。

铜官渚守风渚在宁乡县

　　不一作亦夜楚帆落,避风湘渚间。水耕先浸草,春火更烧山。早泊云物晦,逆行波浪悭。飞来双白鹤,过去杳难攀。

北风原注:新康江口信宿方行。

　　春生南国瘴,气待北风苏。向晚霾残日,初宵鼓大炉。爽携卑湿地,声拔洞庭湖。万里鱼龙伏,三更鸟兽呼。涤除贪破浪,愁绝付摧枯。执热沉沉在,凌寒往往须。且知宽疾肺,不敢恨危途。再宿烦舟子,衰容问仆夫。今晨非盛怒,便道即一作却长驱。隐几看帆席,云山涌坐隅。

双枫浦在浏阳县

　　辍棹青枫浦,双枫旧已摧。自惊衰谢力,不道栋梁材。浪足浮纱帽,皮须截锦苔。江边地有主,暂借上天回。

奉送王信州崟北归

　　朝廷防盗贼,供给愍诛求。下诏选郎署,传声能典一作典信州。苍生今日困一作起,天子向时忧。井屋有烟起,疮痍无血流。壤歌唯海甸,画角自山楼。白发寐常早,荒榛农复秋。解龟逾卧辙,遣骑觅扁舟。徐榻不知一作能倦,颍川何以酬。尘生一作老尘彤管笔,寒腻黑貂裘。高义终焉在,斯文去矣休。别离同雨散,行止各云浮。林热鸟开口,江浑鱼掉头。尉佗当是指崔旰辈虽北拜,太史尚南留。军旅应都息,寰区要尽收。九重思谏诤,八极念怀柔。徒倚瞻王室,从容仰庙谋。故人持雅论,绝塞豁穷愁。复见陶唐理,甘为汗漫游。

江阁卧病走笔寄呈崔、卢两侍御

　　客子庖厨薄,江楼枕席清。衰年病只瘦,长夏想为情。滑忆一作喜雕胡饭,香闻锦带羹。溜匙兼暖腹,谁欲致一作觅杯罂。

潭州送韦员外牧韶州迢

　　炎海韶州牧,风流汉署郎。分符先令望,

同舍有辉光。白首多年疾,秋天昨夜凉。洞庭无过雁,书疏莫相忘。

江阁对雨,有怀行营裴二端公裴虬与讨臧玠,故有行营。

南纪一作极风涛壮,阴晴屡不分。野流行地日,江入度山云。层阁愁雷殷,长空水面一作面水文。雨来铜柱北,应一作意洗伏波军。

酬韦韶州见寄

养拙江湖外,朝廷记忆疏。深惭长者辙,重得故人书。白发丝难理一作并,新诗锦不如。虽无南去雁,看取北来鱼。

千秋节有感二首八月二日为明皇千秋节

自罢千秋节,频伤八月来。先朝常宴会,壮观已尘埃。凤纪编生日,龙池堙劫灰。湘川新涕泪,秦树远楼台。宝镜群臣得,金吾万国回。衢尊不重饮,白首独余哀。

御气云楼敞,含风彩仗高。仙人张内乐,王母献宫桃。罗袜红蕖艳,金鸦白雪毛。舞阶衔寿酒,走索背秋毫。圣主他年贵,边心此日劳。桂江流向北,满眼送波涛。

晚秋长沙蔡五侍御饮筵,送殷六参军归澧州觐省

佳士欣相识,慈颜望远游。甘从投辖饮,肯作置书邮。高鸟黄云暮,寒蝉碧树秋。湖南冬不雪,吾病得淹留。

湖中一作南**送敬十使君适广陵**

相见各头白,其如离别何。几年一会面,今日复悲歌。少壮乐难得,岁寒心匪他。气缠霜匣满,冰置玉壶多。遭乱实漂泊,济时曾琢磨。形容吾校老,胆力尔谁过。秋晚岳增翠,风高湖涌波。骞腾访知己,淮海莫蹉跎。

长沙送李十一衔

与子避地西康州,洞庭相逢十二秋。远愧尚方曾赐履,竟非吾土倦登楼。久存胶漆应难并,一辱泥涂遂晚收。李杜齐名用杜密、李膺、李固、杜乔旧事为喻。真忝窃,朔云寒菊倍离忧。

重送刘十弟判官

分源豕韦派,言刘、杜同出也。范宣子曰:在商为豕韦氏,在周为唐杜氏。别浦雁宾秋。年事推兄忝,人才觉弟忧。经过辨丰剑,意气逐吴钩。垂翅徒衰老,先鞭不滞留。本枝凌岁晚,高义豁穷愁。他日临江待,长沙旧驿楼。

奉赠卢五丈参谋琚原注:时丈人使自江陵,在长沙待恩旨,先支率钱米。

恭惟同自出,甫祖母卢氏,即所志范阳太君者。妙选异高标。入幕知孙楚,披襟得郑侨。丈人藉才地,门阀冠云霄。老矣逢迎拙,相于契托饶。赐钱倾府待,争米驻一作贮船遥。邻好艰难薄,氓心杼轴焦。客星空伴使,寒水不成潮。素发干垂领,银章破在腰。说诗能累夜,醉酒或连朝。藻翰惟牵率,湖山合动摇。时清非造次,兴尽却萧条。天子多恩泽,苍生转寂寥。休传鹿是马,莫信鹏如一作为鴞。未解依依袂,还斟泛泛瓢。流年疲蟋蟀,体物幸鹪鹩。幸一作孤负沧洲愿,谁云晚见招。

登舟将适汉阳

春宅弃汝去,秋帆催客归。庭蔬尚在眼,浦浪已吹衣。生理飘荡拙,有心迟暮违。中原戎马盛,远道素书稀。塞雁与时集,樯乌终岁飞。鹿门自此往,永息汉阴机。

暮秋将归秦,留别湖南幕府亲友

水阔苍梧野一作晚,天高白帝秋。途穷那免哭,身老不禁愁。大府才能会,诸公德业优。北归冲雨雪,谁一作俱悯敝貂裘。

送卢十四弟侍御护韦尚书之晋**灵榇归上都二十韵**

素幕渡江远,朱幡登陆微。悲鸣驷马顾,失涕万人挥。参佐哭辞毕,门栏谁送归。从公伏事久,之子俊才稀。长路更执绋,此心犹倒衣。感恩义不小,怀旧礼无违。墓待龙骧诏,台迎獬豸威。深衷见士则,雅论在兵机。戎狄乘妖气,尘沙落禁闱。往年朝谒断,他日扫除非。但促一作整铜壶箭,休添玉帐旗。动询黄阁老,肯虑白登围。万姓疮痍合,群凶一作雄嗜欲肥。刺规多谏诤,端拱自光辉。俭约前王体,风流后代希。对敭期特达,衰朽再芳菲。空里愁书字,山中疾采薇。拨杯要忽罢,抱被宿何依。眼冷看征盖,儿扶立钓矶。清霜洞庭叶,故就别时飞。

哭韦常侍峙二首

一代风流尽,修文地下深。斯人不重见,将老失知音。短日行梅岭,寒山一作江落桂林。长安若个畔一作伴,犹想映貂金。

青琐陪双入,铜梁阻一辞。风尘逢我地,江汉哭君时。次第寻书札,呼儿检赠诗。发挥王子表,《汉书》有《王子侯表》。不愧史臣词。

哭韦大夫之晋

凄怆郇瑕色一作邑,一作地,差池弱冠年。丈一作大,一作士人叨礼数,文律早周旋。台阁黄图里,簪裾紫盖边。尊荣真不忝,端雅独翛然。贡喜音容间,冯招左思诗:冯公岂不伟,白首不见招。病疾缠。南过骇仓卒,北思悄联绵。鵩鸟长沙讳,犀牛蜀郡怜。素车犹恸哭,宝剑欲高悬。汉道中兴盛,韦经亚相传。冲融标世业,磊落映时贤。城府深朱夏,江湖眇霁天。绮楼关一作高树顶,飞旐泛堂前。帘音亦幕疑一作旋风燕,筵箫急暮蝉。兴残虚白室,迹断孝廉船。童孺交游尽,喧卑俗事牵。老来多涕泪,情在强诗篇。谁寄方隅理,朝难将帅权。春秋褒贬例,名器重双全。

舟中夜雪,有怀卢十四侍御一作郎弟

朔风吹桂水,朔一作大雪夜纷纷。暗度南楼月,寒深北渚云。烛斜初近见,舟重竟无闻。不识山阴道,听鸡更忆君。

对雪

北雪犯长沙,胡云冷万家。随风且间一作开叶,带雨不成花。金错囊从一作徒罄,银壶酒易赊。无人竭浮蚁,有待至昏鸦。

楼上

天地空搔首,频抽白玉簪。皇舆三极北,身事五湖南。恋阙劳肝肺,论一作抡材愧杞楠。乱离难自救,终是老湘潭。

冬晚送长孙渐舍人归州

参卿参谋也休坐幄,荡子不还乡。南客潇湘外,西戎鄠杜旁。衰年倾盖晚,费日系舟长。会面思来札,销魂逐去樯。云晴鸥更舞,风逆雁无行。匣里雌雄剑,吹毛任选将。

暮冬送苏四郎徯兵曹适桂州

飘飘苏季子,六印佩何迟。早作诸侯客,兼工古体诗。尔贤埋照久,余病长年悲。卢绾须征日,楼兰要斩时。岁阳初盛动,王化久磷缁。为人苍梧庙,看云哭九疑。

风疾舟中伏枕书怀三十六韵,奉呈湖南亲友

轩辕休制律,虞舜罢弹琴。尚错雄鸣管,犹伤半死心。四句言风疾。圣贤名古邈,羁旅病年侵。舟泊常依震,湖平早一作半见参。如闻马融笛,若倚仲宣襟。故国悲寒望,群云惨岁阴。水乡霾白屋一作壁,枫岸叠一作尘青岑。郁郁冬炎瘴,蒙蒙雨滞淫。鼓迎非一作方祭鬼,弹落似鸮禽。兴尽才无闷,愁来遽不禁。生涯相汩没,时物自一作正萧森。疑惑尊中弩,淹留冠上簪。牵裾惊魏帝,投阁为刘歆。狂走终奚适,微才谢所钦。吾安藜不糁,汝贵玉为琛。乌几重重缚,鹑衣寸寸针。哀伤同庾信,述作异陈琳。十暑岷山葛,三霜楚户砧。叨陪锦帐座,久放白头吟。反朴时难遇,忘机陆易沈。应过数粒食,得近四知金。春草封归恨,源花费独寻。转蓬忧悄悄,行药病涔涔。瘗夭追潘岳,持危觅邓林。蹉跎翻学步,感激在知音。却假苏张舌,高夸周宋镡。镡,剑鼻也。《庄子》:天子之剑,以周、宋为镡,韩、魏为铗。纳流迷浩汗,峻址得欹嵚。城府开清旭,松筠一作篁起碧浔。披颜争倩倩,逸足竞骎骎。朗鉴存愚直,皇天实

照临。公孙仍恃险,侯景未生擒。书信中原阔,干戈北斗深。畏人千里井,问俗九州箴。战血流依旧,军声动至今。葛洪尸定解,许靖力还一作难任。家事丹砂诀,无成涕作霖。

奉赠萧二十使君

昔在严公幕,俱为蜀使臣。艰危参大府,前后间清尘。原注:严再领成都,余复参幕府。起草鸣先路,乘槎动要津。王凫聊暂出,萧雉只相驯。终始任安义,荒芜孟母邻。联翩匍匐礼,意气死生亲。原注:严公殁后,老母在堂,使君温清之问,甘脆之礼,名数若己之庭闱焉。太夫人顷逝,丧事又首诸孙主典,抚孤之情,不减骨肉,则胶漆之契可知矣。张老晋大夫张孟,语称张老。存家事,嵇康有故人。食恩惭卤莽,镂骨抱酸辛。巢许山林志,夔龙廊庙珍。鹏图仍矫翼,熊轼且移轮。磊落衣冠地,苍茫土木身。埙篪鸣自合,金石莹逾新。重忆罗江外,同游锦水滨。结欢随过隙,怀旧益沾巾。旷绝含香舍,稽留伏枕辰。停骖双阙早,回雁五湖春。不达长卿病,从来原宪贫。监河受贷粟,一起辙中鳞。

奉送二十三舅录事崔伟之摄郴州

贤良归盛族,吾舅尽知名。徐庶高交友,庶与崔平善,盖以平比伟。刘牢出外甥。泥涂岂珠玉,环堵但柴荆。衰老悲人世,驱驰厌甲兵。气春江上别,泪血渭阳情。舟鹢排风影,林乌反哺声。永嘉多北至,句漏且南征。必见公侯复,终闻盗贼平。郴州颇凉冷,橘井尚凄清。从役一作事何蛮貊,居官志在行。

送魏二十四司直充岭南掌选崔郎中判官,兼寄韦韶州岭南交、黔等州,得任土人,以郎中、御史充使选补,谓之南选。

选曹分五岭,使者历三湘。才美膺推荐,君行佐纪纲。佳声斯一作期共一作不远,雅节在周防。明白山涛鉴,嫌疑陆贾装。故人湖外少,春日岭南长。凭报韶州牧,新诗昨寄一作夜将。

送赵十七明府之县

连城为宝重,茂宰得才新。山雉迎舟楫,江花报邑人。论交翻恨晚,卧病却愁春。惠爱南翁悦,余波及老身。

燕子来舟中作

湖南为客动经春,燕子衔泥两度新。旧入故园常识主,如今社日远看人,可怜处处巢君一作居室,何异飘飘托此身。暂语船樯还起去,穿花落水范德机云:善本作帖水。益沾巾。

同豆卢峰知字韵一本作同豆卢峰贻主客李员外子棐知字韵

炼金欧冶子,喷玉大宛儿。符彩高无敌,聪明达所为。梦兰他日应,折桂早年知。烂漫通经术,光芒刷羽仪,谢庭瞻不远,潘省会于斯。倡和将雏曲,田翁号鹿皮。

归雁二首

万里衡阳雁,今年又北归。双双瞻客上,一一背人飞。云里相呼疾,沙边自宿稀。系书元一作无浪语,愁寂一作绝故山薇。

欲雪违胡地,先花别楚云。却过清渭影,高起洞庭群。塞北春阴暮,江南日色曛。伤弓流落羽,行断不堪闻。

小寒食舟中作

佳辰强饭一作饮食犹寒,隐几萧条带鹖冠。春水船如天上坐,老年花似雾中看。娟娟戏蝶过闲一作开幔,片片轻鸥下急湍。云白山青万余里,愁看直一作西北是长安。

清明二首

朝来新火起新烟,湖色春光净客船。绣羽衔一作冲花他自得,红颜骑竹我无缘。胡童结束还难有,楚女腰肢亦可怜。不见定王城汉长沙定王发封此旧处,长怀贾傅井依然。虚沾焦宜作周举为寒食,实藉严君卖卜钱。钟鼎山林各天性,浊醪粗饭任吾年。

此身飘泊苦西东,右臂偏枯半耳聋。寂寂系舟双下泪,悠悠伏枕左书空。十年蹴踘将雏远,万里秋千习俗同。旅雁上云归紫塞,家人钻火用青枫。秦城楼阁烟—作莺花里,汉主山河锦绣中。风水—作春去春来洞庭阔,白蘋愁杀白头翁。

发潭州 时自潭之衡

夜醉长沙酒,晓行湘水春。岸花飞送客,樯燕语留人。贾傅才未有,褚公书绝伦。高名前后事,回首一伤神。

回棹

宿昔试—作世安命,自私犹畏天。劳生系一物,为客费多年。衡岳江湖大,蒸池蒸水在衡阳城北疫疠偏。散才婴薄—作旧俗,有迹负前贤。巾拂那关眼,瓶罍易满船。火云滋垢腻,冻雨泥沉—作尘绵。强饭莼添滑,端居茗续煎。清思汉水上,凉忆岘山巅。顺浪翻堪倚,回帆又省牵。吾家碑杜预碑不昧,王氏井依然。几杖将衰齿,茅茨寄短椽。灌园曾取适,游寺可终焉。遂性同渔父,成名—作功异鲁连。篙师烦尔送,朱夏及寒泉。

赠韦七赞善

乡里衣冠不乏贤,杜陵韦曲未央前。尔家最近魁三象,原注:斗魁下两两相比为三台。时论同归—云因侵尺五天。原注:俚语云:城南韦杜,去天尺五。北走关山—作河开雨雪,南游花柳塞云—作风烟。洞庭春色悲公子,虾菜忘归范蠡—作万里船。

奉—本无奉字酬寇十侍御锡见寄四韵,复寄寇

往别郇瑕地,于今四十年。来簪御府笔,故泊洞庭船。诗忆伤心处,春深把臂前。南瞻按百越,黄帽待君偏。

酬郭十五受判官

才微岁老—作晚尚虚名,卧病江湖春复生。药裹关心诗总废,花枝照眼句还成。只同燕石能星陨,自得隋珠觉夜明。乔口橘洲风浪促,系帆何惜片时程。

衡州送李大夫七丈勉赴广州

斧钺下青溟,楼船过洞庭。北风随爽气,南斗避文星。日月笼中鸟,乾坤水上萍。王孙丈人行,垂老见飘零。

全唐诗卷二百三十四

杜甫 补遗

哭长孙侍御—作杜诵诗○以下四首,他集互见。

道为谋—作谏,一作书重,名因赋颂雄。礼闱曾擢桂,宪府旧—作近乘骢。流水生涯尽,浮云世事空。唯余旧台柏,萧瑟九原中。

虢国夫人—作《张祜集》灵台二首之一

虢国夫人承主恩,平明上马入宫祜集作金门。却嫌脂粉涴颜色,澹扫蛾眉朝至尊。

军中醉饮寄沈八、刘叟—作畅当诗

酒渴爱江清,余甘—作酣漱晚汀。软沙欹坐稳,冷石醉眠醒。野膳随行帐,华音发从伶。数杯君不见,醉—作都已遣沉冥。

杜鹃行—作司空曙诗

古时杜宇称望帝,魂作杜鹃何微细。跳枝窜叶树木中,抢佯—作翔瞥捩雌随雄。毛衣惨黑貌—作自憔悴,众鸟安肯相尊崇。䨥—作陋形不敢栖华屋,短翮唯愿巢深丛。穿皮啄朽嘴欲秃,苦饥始得食一虫。谁言养雏不自哺,此语亦足为愚蒙。声音咽咽如—作哕若有谓,号啼略与婴儿同。口干垂血转迫促,似欲—作欲以上诉于苍穹。蜀人闻之皆起立,至今教学—作相教传遗风,乃知变化不可穷。岂知昔日居深宫,嫔嫱—作妃左右如花红。

闻惠二过东溪特—送—作送惠二归故居。一作闻惠子过东溪。以下七首,吴若本逸诗。

惠子白驹—作鱼,一作驴瘦,归溪唯病身。皇天无老眼,空谷滞—作值斯人。崖蜜松花熟—作白,一作古,山杯—作村醪竹叶新—作春。柴门了无—作生事,黄—作园绮未称臣。

舟泛洞庭—作过洞庭湖

蛟室围青草,龙堆拥—作隐白沙。护江—作堤盘古木,迎棹舞神鸦。破浪南风正,收帆—作回槛，一作归身畏日斜。云山千万叠，底处上仙槎。一作湖光与天远，直欲泛仙槎。

李盐铁二首 一首题作李监宅，已见第九卷中。

落叶一作华馆春风起，高城烟雾开。杂花分户映，娇燕入檐回。一见能倾产一作座，虚怀只爱才。盐官虽绊骥，名是汉庭来。

长吟

江渚翻鸥戏，官桥带柳阴。江飞竞渡日，草见蹋春一作青心。已拨形骸累，真为烂漫深。赋诗歌一作新句稳，不免一作觉自长吟。

绝句九首 前六首已见第十三卷中。

闻道巴山里，春船正好行一作还。都将百年兴，一望九江城一作山。

水槛温江口，茅堂石笋西。移船先主庙，洗药浣沙一作花溪。

设一作谩道春来好，狂风大放颠。吹一作飞花随水去，翻却钓鱼船。

瞿唐怀古 以下草堂逸诗拾遗

西南万壑注，勍敌两崖开。地与山根裂，江从月窟来。削成当白帝，空曲隐阳台。疏凿功虽美，陶钧力大哉。

送司马入京

群盗至今日，先朝忝从臣。叹君能恋主，久客羡归秦。黄阁长司谏，丹墀有故人。向来论社稷，为话涕沾巾。

惜别行，送刘仆射判官 仆射乃其主将，刘乃仆射之判官也。

闻道南行市骏马，不限匹数军一作官中须。襄阳幕府天下异，主将俭省忧艰虞。只收壮健胜铁甲，岂因格斗求龙驹。而今西北自反胡，骐骥荡尽一匹无。龙媒真种在帝都，子孙永落西南隅。向非戎事备征伐，君肯辛苦越江湖。江湖凡马多憔悴，衣冠往往乘蹇驴。梁公疑梁崇义，曾为山南节度。富贵于身疏，号令明白人安居。俸钱时散士子尽，府库不为骄豪虚。以兹

报主寸心赤，气却西戎回北狄。罗网群马籍一作藉马多，气一作用在驱驰出金帛。刘侯奉使光推择，滔滔才略沧溟窄。杜陵老翁秋系船，扶病相识长沙驿。强梳白发提胡卢，手把一作兼菊花路旁摘。九州兵革浩茫茫，三叹聚散临重阳。当杯对客忍流涕一作涕泪，君一无君字不觉老夫神内伤。

呀鹘行 张口貌

病鹘孤一作卑飞俗眼丑，每夜江边宿衰柳。清秋落日一作月已侧身，过雁归鸦错回首。紧脑雄姿迷所向，疏翮稀毛不可状。强神迷复皂雕前，俊才早在苍鹰上。风涛飒飒寒山阴，熊罴欲蛰一作絷龙蛇深。念尔此时有一掷，失声溅血非其心。

狂一作短歌行，赠四兄

与兄行年校一岁，贤者是兄愚者一作是弟。兄将富贵等浮云，弟切功名好权势。长安秋雨十日泥，我曹鞴马听晨鸡。公卿朱门未开锁，我曹已到肩相齐。吾兄睡稳方舒膝，不袜不巾踏晓日。男啼女哭莫我知，身上须缯腹中实。今年思我来嘉州，嘉州酒重一作香花绕一作满楼。楼头吃酒楼下卧，长歌短咏一作歌还相酬。四时八节还拘礼，女拜弟妻男拜弟。幅巾鞶带不挂身，头脂足垢何曾洗。吾兄吾兄巢许伦，一生喜怒长任真。日斜枕肘寝已熟，啾啾唧唧为何一作何为人。右五篇，乃苏州太守裴煜如晦所收，见旧集《补遗》。

逃难

五十头白翁，南北逃世难。疏布缠枯骨，奔走苦不暖。叶去声。已衰病方入，四海一涂炭。乾坤万里内，莫见容身畔。妻孥复随我，回首共悲叹。故国莽丘墟，邻里各分散。归路从此迷，涕尽湘江岸。

寄高适

楚隔乾坤远，难招病客魂。诗名惟我共，世事与谁论。北阙更新主，南星落故园。定知

相见日,烂漫倒芳尊。

送灵州李判官

犬戎腥四海,回首一茫茫。血战乾坤赤,氛迷日月黄。将军专策略,幕府盛材良。近贺中兴主,神兵动朔方。

与严二郎奉礼别

别君谁暖眼,将老病缠身。出涕同斜日,临风看去尘。商歌还入夜,巴俗自为邻。尚愧微躯在,遥闻盛礼新。山东群盗散,阙下受降频。诸将归应尽,题书报旅人。

巴西驿亭观江涨,呈窦使君二首

转惊波作怒—作恶,即恐岸随流。赖有杯中物,还同海上鸥。关心小剡县,傍眼见扬州。为接情人饮,朝来减半—作片愁。

向晚波微—作犹绿,连空岸脚青。日兼春有暮,愁与醉无醒。漂泊犹杯酒,踌躇此驿亭。相看万里外,同是一浮萍。

遣忧

乱离知又甚,消息苦难真。受谏无今日,临危忆古人—作伤故臣。纷纷乘白马,攘攘著黄巾。隋氏留—作营宫室,焚烧何太频。吴曾《漫录》云:见顾陶《类选》。

早花

西京安稳未,不见一人来。腊日—作月巴江曲,山花已自开。盈盈当雪杏,艳艳待春—作香梅。直苦风尘暗,谁忧容—作客鬓催。

巴山

巴山遇中使,云自峡—作陕城来。盗贼还奔突,乘舆恐未回。天寒邵伯树,地阔望仙台。狼狈风尘里,群臣安在哉。

收京—本有阙字

复道收京邑,兼闻杀犬戎。衣冠却扈从,车驾已还宫。克复成如此,安危—作扶持在数公。莫令回首地,恸哭起悲风。

巴西闻收宫阙,送班司马入京

闻道收宗庙,鸣銮自陕归。倾都看黄屋,正殿引朱衣。剑外春天远,巴西敕使稀。念君经世乱,匹马向王畿。

花底

紫萼扶千蕊,黄须照万花。忽疑行暮雨,何事入朝霞。恐是潘安县,堪留卫玠车。深知好颜色,莫作委泥沙。

柳边

只道梅花发,那知柳亦新。枝枝总到地,叶叶自开春。紫燕时翻翼,黄鹂不露身。汉南应老尽,霸上远愁人。

送窦九归成都

文章亦不尽,窦子才纵横。非尔更苦节,何人符大名。读书云阁观,问绢锦官城。我有浣花竹,题诗须一行。

赠裴南部,一本以下作原注闻袁判官自来欲有按问

尘满莱芜甑,堂横单父琴。人皆知饮水,公辈不偷金。梁狱书因上—作应作,秦台镜欲临。独醒时所嫉,群小谤能深。即出黄沙在,何须白发侵。使君传旧德,已见直绳心。

奉使—作送崔都水翁下峡

无数涪江筏,鸣桡总发时。别离终不久,宗族忍相遗。白狗黄牛峡,朝云暮雨祠。所过频问讯,到日自题诗。

题郪县郭三十二明府茅屋壁

江头且系船,为尔独相怜。云散灌坛雨,春青彭泽田。频惊适小国,一拟问高天。别后巴东路,逢人问几贤。

遣闷戏呈路十九曹长

江浦雷声喧昨夜,春城雨色动微寒。黄鹂并坐交愁湿,白鹭群飞大剧干。晚节渐于诗律

细,谁家数去酒杯宽。惟吾最—作君醉爱清狂客,百遍相看—作过意未阑。

随章留后新亭会送诸君

新亭有高会,行子得良时。日动映江幕,风鸣排槛旗。绝辔终不改,劝酒—作醉欲无词—作辞。已堕岘山泪,因题零雨诗。

东津送韦讽摄阆州录事

闻说江山好,怜君吏隐兼。宠行舟远泛,怯—作惜别酒频添。推荐非承乏,操持必去嫌。他时如按县,不得慢陶潜。

客旧馆

陈迹随人事,初秋别此亭。重来梨叶赤,依旧竹林青。风幔何—作前时卷,寒砧昨夜声当作听。无由出江汉,愁绪—作秋渚月—作日冥冥。

阆州奉送二十四舅使自京赴任青城

闻道王乔舄,名因太史传。如何碧鸡使,把诏紫微天。秦岭愁回马,涪江醉泛船。青城漫污杂,吾舅意凄然。

愁坐

高斋常见野,愁坐更临门。十月山寒重,孤城月水—作水气昏。葭萌氐种迥,左担犬戎存—作屯。终日忧奔走,归期未敢论。

陪邓公秋晚北池临眺

北池云水阔,华馆辟秋风。独鹤元依渚,衰荷且映空。采菱寒刺上,踏藕野泥中。素楫分曹往,金盘小径通。萋萋露草碧,片片晚旗红。杯酒沾津吏,衣裳与钓翁。异方初艳菊,故里亦高桐。摇落关山思,淹留战伐功。严城殊未掩,清宴已知终。何补参卿事—作军乏,欢娱到薄躬。

去蜀

五载客蜀郡,一年居梓州。如何关塞阻,转作潇湘游。世—作万事已黄发,残生随白鸥。安危大臣在,不—作何必泪长流。

放船

收帆下急水,卷幔逐回滩。江市戎戎暗,山云淰淰寒。村荒—作荒林无径入,独鸟怪人看。已泊城楼底,何曾夜色阑。

哭台州郑司户苏少监

故旧谁怜我,平生郑与苏。存亡不重见,丧乱独前途。豪俊何人—作人谁在,文章扫地无。羁游万里阔,凶问一年俱。白首中原上,清秋大海隅。夜台当北斗,泉路著—作窅东吴。得罪台州去,时危弃硕儒。移官蓬阁后,谷贵没潜夫。流恸嗟何及,衔冤有是夫。道消诗兴废,心息酒为徒。许与才虽薄,追随迹未拘。班扬名甚盛,嵇阮逸相须。会取君臣合,宁铨品命殊。贤良不必展,廊庙偶然趋。胜决风尘际,功安造化炉。从容拘—作询旧学,惨澹闷阴符。摆落嫌疑久,哀伤志力输。俗依绵谷异,客对雪山孤。童稚思诸子,交朋列友于。情乖清酒送,望绝抚坟呼。疟病—作痾餐巴水,疮痍老蜀都。飘零迷哭处,天地日榛芜。右二十七篇,朝奉大夫员安宇所收。

送王侍御往东川,放生池祖席

东川诗友合,此赠怯轻为。况复传宗近,空然惜别离。梅花交近野,草色向平池。倘忆江边卧,归期愿早知。

惠义寺送王少尹赴成都得峰字

苒苒谷中寺,娟娟林表峰。阑干上处远,结构坐来重。骑马行春径,衣冠起晚—作暮钟。云门青—作春寂寂,此别惜相从。右二篇见王原叔本。

避地

避地岁时晚,窜身筋骨劳。诗书遂—作逐墙壁,奴仆且旌旄。行在仅闻信,此生随所遭。神尧旧天下,会见出腥臊。右一篇见赵次翁本,题云:至德二载丁酉作。

惠义寺园送辛员外

朱樱此日垂朱实,郭外谁家负郭田。万里

相逢贪握手,高才却望足离筵。

又送

　　双峰寂寂对春台,万竹青青照〖小字〗一作送客〖/小字〗杯。细草留连侵坐软,残花怅望近人开。同舟昨日何由得,并马今朝未拟回。直到绵州始分首,江边树里共谁来。〖小字〗右二篇见卞圜本,并见吴若本。〖/小字〗

九日登梓州城

　　客心惊暮序,宾雁下襄〖小字〗一作沧〖/小字〗州。共赏重阳节,言寻戏马游。湖风秋〖小字〗一作扶〖/小字〗戍柳,江雨暗山楼。且酌东篱菊,聊祛南国愁。〖小字〗右一篇见《文苑英华》。〖/小字〗

阙题

　　三月雪连夜,未应伤物华。只缘春欲尽,留著伴梨花。〖小字〗右一首及下逸句,见《合璧事类》。〖/小字〗

句

　　寒食少天气,东风多柳花。

　　小桃知客意,春尽始开花。

全唐诗卷二百三十五

贾至

贾至,字幼邻,洛阳人。父曾,开元初掌制诰。至擢明经第,为单父尉,拜起居舍人、知制诰。父子继美,帝常称之。肃宗擢为中书舍人。坐小法,贬岳州司马。宝应初,召复故官,除尚书左丞。大历初,封信都县伯,迁京兆尹、右散骑常侍。卒,谥曰文。集十卷。今编诗一卷。

自蜀奉册命往朔方途中呈韦左相、文部房尚书、门下崔侍郎

胡羯乱中夏,銮舆忽南巡。衣冠陷戎寇,狼狈随风尘。幽公秉大节,临难不顾身。激昂白刃前,溅血下沾巾。尚书抱忠义,历险披荆榛。扈从出剑门,登翼岷江滨。时望挹侍郎,公才标缙绅。亭亭昆山玉,皎皎无缁磷。顾惟乏经济,扞牧陪从臣。永愿雪会稽,仗一作剑清咸秦。太皇时内禅,神器付嗣君。新命集旧邦,至德被远人。捧册自南服,奉诏趋北军。觐谒心载驰,违离难重陈。策马出蜀山,畏途上缘云。饮啄丛箐间,栖息虎豹群。崎岖凌危机,慄栗一作悚惊心神。峭壁上嵚岑,大江下沄沄。皇风扇八极,异类怀深仁。元凶诱黠虏,肘腋生妖氛。明主信英武,威声赫四一作殊邻。誓师自朔方,旗帜何缤纷。铁骑照白日,旄头拂秋旻。将来一作候荡沧溟,宁止蹴昆仑。古来有屯难,否泰长相因。夏康缵禹绩,代祖复汉勋。于役各勤王,驱驰拱紫宸。岂惟太公望,往昔逢周文。谁谓三杰才,功业独殊伦。感此慰行迈,无为歌苦辛。

赠裴九侍御昌江草堂弹琴

朔风吹疏林,积雪在崖巘。鸣琴草堂响,小涧清且浅。沉吟东山意,欲去芳岁晚。怅望黄绮心,白云若在眼。

巴陵早秋,寄荆州崔司马、吏部阎功曹舍人

谪居潇湘渚,再见洞庭秋。极目连江汉,西南浸斗牛。滔滔荡云梦,澹澹摇巴丘。旷如临渤澥,窅疑造瀛洲。君山丽中波,苍翠长夜浮。帝子去永久,楚词尚悲秋。我同长沙行,时事加百忧。登高望旧国,胡马满东周。宛叶遍蓬蒿,樊邓无良畴。独攀青枫树,泪洒沧江流。故人西掖寮,同扈岐阳蒐。差池尽三黜,蹭蹬各南州。相去虽地接—作近,不得从之游。耿耿云阳台,迢迢王粲楼。跂予暮霞里,谁谓无轻舟。

闲居秋怀,寄阳翟陆赞府、封丘高少府

今日霖雨霁,飒然高馆凉。秋风吹二毛,烈士加慨慷。忆昔皇运初,众宾俱龙骧。解巾佐幕府,脱剑升明堂。郁郁被庆云,昭昭翼太阳。鲸鱼纵大壑,鸳鹭鸣高冈。信矣草创时,泰阶速贤良。一言顿遭逢,片善蒙恩光。我生属圣明,感激窃自强。崎岖郡邑权,连蹇翰墨场。天朝富英髦,多士如圭璋。盛才溢下位,蹇步徒猖狂。闭门对群书,几案在我旁。枕席想远游,聊欲浮沧浪。八月白露降,玄蝉号枯桑。舣舟临清川,迢递愁思长。我有同怀友,各在天一方。离披不相见,浩荡隔两乡。平生霞外期,宿昔共行藏。岂无蓬莱树,岁晏空苍苍。

送友人使河源

送君鲁郊外,下车上高丘。萧条千里暮,日落黄云秋。举酒有余恨,论边无远谋。河源望不见,旌旆去悠悠。

送李侍御

我年四十余,已叹前路短。羁离洞庭上,安得不引满。李侯忘情者,与我同疏懒。孤帆泣潇湘,望远心欲断。

送耿副使归长沙

画舸欲南归,江亭且留宴。日暮湖上云,萧萧若流霰。昨夜相知者,明发不可见。惆怅西北风,高帆为谁扇。

送夏侯子之江夏

扣楫洞庭上,清风千里来。留欢一杯酒,欲别复裴回。相见楚山下,渔舟忆钓台。羡君还旧里,归念独悠哉。

寓言二首

春草纷碧色,佳人旷无期。悠哉千里心,欲采商山芝。叹息良会晚,如何桃李时。怀君晴川上,伫立夏云滋。

凛凛秋闺夕,绮罗早知寒。玉砧调鸣杵,始捣机中纨。忆昨别离日,桐花覆井栏。今来思君时,白露盈阶污。闻有关河信,欲寄双玉盘。玉以委贞心,盘以荐嘉餐。嗟君在万里,使妾衣带宽。

燕歌行

国之重镇惟幽都,东威九夷北制胡。五军精卒三十万,百战百胜擒单于。前临滹沱后—作阻易水,崇山沃野亘千里。昔时燕山重贤士,黄金筑台从隗始。倏忽兴王定—作亡定蓟丘,汉家又以封王—作五侯。萧条魏晋为横流,鲜卑窃据朝五州。我唐区夏余十纪,军容武备赫万祀。彤弓黄钺授元帅,垦耕大漠为内地。季秋胶折边草肥,治兵羽猎因出师。千营万队连旌旗,望之如火忽电驰。匈奴慑窜穷发北,大荒万里无尘飞。君不见—本无君不见三字隋家昔为天下宰,穷兵黩武征辽海。南风不竞多死声,鼓卧旗折黄云横。六军将士皆死尽,战马空鞍归故营。时移—作迁道革天下平,白环入贡沧海清。自有农夫已高枕,无劳校尉重横行。

巴陵寄李二户部、张十四礼部 时贬岳州司马

江南春—作芳草初幂幂,愁杀江南独愁客。秦中杨柳也应新,转忆秦中相忆人。万里莺花不相见,登高一望泪沾巾。

长门怨

独坐思千里,春庭晓景长。莺喧翡翠幕,

柳覆一作暗郁金堂。舞蝶萦愁绪,繁花对靓妆。深情托瑶瑟,弦断不成章。

铜雀台

日暮铜台静,西陵鸟雀归。抚弦心断绝,听管泪霏微。灵几临朝奠,空床卷夜衣。苍苍川上月,应照妾魂飞。

侍宴曲

云陛袭珠一作衣扆一作裳,天一作丹墀覆绿杨。隔帘妆隐一作掩映,向席舞低昂。鸣佩长廊静,开冰广殿凉。欢余剑履散,同辇入昭阳。

对酒曲二首

梅发柳依依,黄鹂一作莺历乱飞。当歌怜景色,对酒惜芳菲。曲水浮花气,流风散舞衣。通宵留暮雨,上客莫言归。

春来酒味浓,举酒对春丛。一酌千忧散,三杯万事空。放歌乘美景,醉舞向东风。寄语尊前客,生涯任转蓬。

送陆协律赴端州

越井人南去,湘川水北流。江边数杯酒,海内一作外一孤舟。岭峤同仙客,京华即旧游。春心将别恨,万里共悠悠。

送王员外赴长沙

携手登临处,巴陵天一隅。春生云梦泽,水溢洞庭湖。共叹虞翻枉,同悲阮籍途。长沙旧卑湿,今古不应殊。

送夏侯参军赴广州

闻道衡阳外,由来雁不飞。送君从此去,书信定应稀。云海南溟远,烟波北渚微。勉哉孙楚吏,彩服正光辉。

长沙别李六侍御

月明湘水白,霜落洞庭干。放逐长沙外,相逢路正难。云归帝乡远,雁报朔方寒。此别盈襟泪,雍门不假弹。

岳阳楼宴王员外贬长沙一题作南州有赠

极浦三春草,高楼万里心。楚山晴霭碧,湘水暮流深。忽与朝中旧,同为泽畔吟。停杯试北望,还欲泪沾襟。

咏冯昭仪当熊

白羽插雕弓,霓旌动朔风。平明出金屋,扈辇上林中。逐兽长廊静,呼鹰御苑空。王孙莫谏猎,贱妾解一作自当熊。

早朝大明宫,呈两省僚友

银烛熏一作朝天紫陌长,禁城春色晓苍苍。千条弱柳垂青琐,百啭流莺绕一作满建章。剑佩声随玉墀步,衣冠身惹一作染御炉香。共沐恩波凤池上一作里,朝朝染翰侍君王。

白马

白马紫连钱一作干,嘶鸣丹阙前。闻珂自蹀躞,不要下金鞭。

赠薛瑶英元载末年,纳薛瑶英为姬,以体轻不胜重衣,于外国求龙绡衣之。惟至及杨炎与载景,得见其歌舞,各赠诗。

舞怯铢衣重,笑疑桃脸开。方知汉成帝,虚筑避风台。

出塞曲

万里平沙一聚尘,南飞羽檄北来人。传道五原烽火急,单于昨夜寇一作知新秦。

春思二首

草色青青柳色黄,桃花历乱李花香。东风不为吹愁去,春日偏能惹恨长。

红粉当垆弱柳垂,金花腊酒解酴醾。笙歌日暮能留客,醉杀长安轻薄儿。

勤政楼观乐

银河帝女下三清,紫禁笙歌出九城。为报延州来听乐,须知天下欲升平。

赠陕掾梁宏

梁子工文四十年,诗颠名过草书颠。白头

仍作功曹掾,禄薄难供沽酒钱。

答严大夫
今夕秦天一雁来,梧桐坠叶捣衣催。思君独步华亭月,旧馆秋阴生绿苔。

送李侍郎—作御赴常州
雪晴云散北风寒,楚水吴山道路难。今日送君须尽醉,明朝相忆路漫漫。

初至巴陵与李十二白、裴九同泛洞庭湖三首
江上相逢皆旧游,湘山永望不堪愁。明月秋风洞庭水,孤鸿落叶一扁舟。

枫岸纷纷落叶多,洞庭秋水晚来波。乘兴轻舟无近远,白云明月吊湘娥。

江畔枫叶初带霜,渚边菊花亦已黄。轻舟落日兴不尽,三湘五湖意何长。

西亭春望
日长风暖柳青青,北雁归飞入窅冥。岳阳城上闻吹笛,能使春心满洞庭。

君山
湘中老人读黄老,手援紫藟坐碧草。春至不知湖水深,日暮忘却巴陵道。

洞庭送李十二赴零陵
今日相逢落叶前,洞庭秋水远连天。共说金华旧游处,回看北斗欲潸然。

江南送李卿
双鹤南飞度楚山,楚南相见忆秦关。愿值回风吹羽翼,早随阳雁及春还。

送王道士还京
一片仙云入帝乡,数声秋雁至衡阳。借问清都旧花月,岂知迁客泣潇湘。

巴陵夜别王八员外—作萧静诗,题云三湘有怀。
柳絮飞时别洛阳,梅花发后到—作在三湘。世情已逐浮云散,离恨空随江水长。

别裴九弟
西江万里向东流,今夜江边驻客舟。月色更添春色好,芦风似胜竹风幽。

送南给事贬崖州
畴昔丹墀与凤池,即今相见两相悲。朱崖云梦三千里,欲别俱为恸哭时。

重别南给事
谪宦三年尚未回,故人今日又重来。闻道崖州一千—作万里,今朝须尽数千杯。

岳阳楼重宴别王八员外贬长沙
江路东连千里潮,青云北望紫微遥。莫道巴陵湖水阔,长沙南畔更萧条。

全唐诗卷二百三十六

钱起

钱起,字仲文,吴兴人。天宝十载登进士第。官秘书省校书郎,终尚书考功郎中。大历中,与韩翃、李端辈号十才子。诗格新奇,理致清赡。集十三卷。今编诗四卷。

紫参歌并序

紫参,幽芳也,五葩连萼,状飞禽羽举,俗名之五鸟花。起故山道人兰若尤丰此药,校书刘公咏歌之,俾予继组。

远公林下满青苔,春药偏宜间石开。往往幽人寻水见,时时仙蝶隔云来。阴阳雕刻花如鸟,对凤连鸡一何小。春风宛转虎溪傍,紫翼红翘翻霁光。贝叶经前无住色,莲花会里暂留香。蓬山才子怜幽性,白雪阳春动新咏。应知仙卉老云—作烟霞,莫赏夭桃满蹊径。

玛瑙杯歌

瑶溪碧岸生奇宝,剖质披心出文藻。良工雕饰明且鲜,得成珍器入芳筵。含华炳丽金尊侧,翠晕琼觞忽无色。繁弦急管催献酬,倏若飞空生羽翼。湛湛兰英照豹斑,满堂词客尽朱颜。花光来去传香袖,霞影高低傍玉山。王孙彩笔题新咏,碎锦连珠复辉映。世情贵耳不贵奇,漫说海底珊瑚枝。宁及琢磨当妙用,燕歌楚舞长相随。

锄药咏

莳药穿林复在巚,浓香秀色深能浅。云气垂来泡露偏,松阴占—作古处知春晚。拂曙残莺百啭催,紫泉带石几花开。不随飞鸟缘枝去,如笑幽人出谷来。对之不觉忘疏懒,废卷荷锄嫌日短。岂无萱草树阶墀,惜尔幽芳世所遗。但使芝兰出萧艾,不辞手足皆胼胝。宁学陶潜空嗜酒,颓龄舍此事东菑。

病鹤篇

独鹤声哀羽摧折,沙头一点留残雪。三山侣—作仙伴能远翔,五里裴回忍为别。惊群各畏野人机,谁肯相将霞水飞。不及川凫长比翼,随波双泛复双归。碧海沧江深且广,目尽天倪安得往。云山隔路不隔心,宛颈和鸣长在想。何时白雾卷青天,接影追飞太液前。

片玉篇

至宝未为代所奇,韫灵示璞荆山陲。独使虹光天子识,不将清韵世人知。世人所贵惟燕石,美玉对之成瓦砾。空山埋照凡几年,古色苍痕宛自然。重溪幂幂暗云树,一片荧荧光石泉。美人之鉴明且彻,玉指提携叹奇绝。试劳香袖拂莓苔,不觉清心皎冰雪。连城美价幸逢时,命代良工岂见遗。试作圭璋礼天地,何如瑞琐在阶墀。

画鹤篇 省中作

点素凝姿任画工,霜毛玉羽照帘栊。借问飞鸣华表上,何如粉缋彩屏中。文昌宫近芙蓉阙,兰室绸缪香且结。炉气朝成缑岭云,银灯夜作华亭月。日暖花明梁燕归,应惊片雪在仙闱。主人顾盼千金重,谁肯裴回五里飞。

秋霖曲

君不见圣主旰食忧元元,秋风苦雨暗九门。凤凰池里沸泉腾,苍龙阙下生云根。阴精离毕太淹度,倦鸟将归不知树。愁阴惨淡时殷雷,生灵垫溺若寒灰。公卿红粒爨丹桂,黔首白骨封青苔。貂裘玉食张公子,炰炙熏天戟门里。且如歌笑日挥金,应笑禹汤能罪己。鹤鸣蛙跃正及—作其时,豹隐兰凋亦可悲。焉得太阿决屏翳,还令率土见朝曦。

白石枕 并序

起与监察御史毕公耀交之厚矣。顷于蓝水得片石,皎然霜明,如其德也,许为枕赠之。及琢磨将成,炎暑已谢,俗曰:犹班女之扇,可退也。君子曰:不然,此真毕公之佳赏也。故珍而赋之。

琢珉胜水碧,所贵素且贞。曾无白圭玷,不作浮磬鸣。捧来太阳前,一片新冰清。沈沈风宪地,待尔秋已至。璞坚难为功,谁怨晚成

器。比德无磷缁,论交亦如此。

赋得青城山歌,送杨、杜二郎中赴蜀军

蜀山西南千万重,仙经最说青城峰。青城嶔岑倚空碧,远压峨嵋吞剑壁。锦屏云起易成霞,玉洞花明不知夕。星台二妙逐王师,阮瑀军书王粲诗。日落猿声连玉笛,晴来山翠傍旌旗。绿萝春月营门近,知君对酒遥相思。

送李大夫赴广州

一贤间气生,麟趾凤凰羽。何意人之望,未为王者辅。出镇忽推才,盛哉文且武。南越寄维城,雄雄拥—作推,一作寄甲兵。鼓门通幕府,天井入军营。厥俗多豪侈,古来难致礼。唯君饮冰心,可酌贪泉水。忠臣感圣君,徇义不邀勋。龙镜逃山魅,霜风破嶂云。征途凡几转,魏阙如—作终在眼。向郡海潮迎,指乡关树远。按节化瓯闽,下车佳政新。应—作当令尉陀俗,还作上皇人。支离交俊哲,弱冠至华发。昔许霄汉期,今嗟鹏鹖别。图南不可御,惆怅守薄暮—作劣。

送崔校书从军

雁门太守能爱贤,麟阁书生亦投笔。宁唯玉剑报知己,更有龙韬佐师律。别马连嘶出御沟,家人几夜望刀头。燕南春草伤心色,蓟北黄云满眼愁。闻道轻生能击虏,何嗟少壮不封侯。

送张将军征西 一作西征

长安少年唯好武,金殿承恩争破虏。沙场烽火隔天山,铁骑征西—作西征几岁还。战处黑云霾瀚海,愁中明月度阳关。玉笛声悲离酌晚,金方路极行人远。计日霜戈尽敌归,回首戎城空落晖。始笑子卿心计失,徒看海上节旄稀。

送修武元少府

寸禄荣色养,此行宁叹惜。自今—作矜黄绶采兰时,不厌丹墀芳草色。百战荒城复井田,几家春树带人烟。黎氓久厌蓬飘苦,迟尔

西南惠月传。

送崔十三东游

千里有同心,十年一会面。当杯缓筝柱,倏忽催离宴。丹凤城头噪晚鸦,行人马首夕阳斜。灞上春风留别袂,关东新月宿谁家。官柳依依两乡色,谁能此别不相忆。

送郢三落第还乡

郢客文章绝世稀,常嗟时命与心违。十年失路谁知己,千里思亲独远归。云帆春水将何适,日爱东南暮山碧。关中新月对离尊,江上残花待归客。名宦无媒自古迟,穷途此别不堪悲。荷衣垂钓且安命,金马招贤会有时。

送马明府赴江陵

陶令南行心自永,江天极目澄秋景。万室遥方——作知犬不鸣,双凫下处人皆静。清风高兴得湖山,门柳萧条双翠——作鹤闲。黄花满把应相忆,落日登楼北望还。

送毕侍御谪居

崇兰香死玉簪折,志士吞声甘徇节。忠荩不为明主知,悲来莫向时人说。沧浪之水见心清,楚客辞天泪满缨。百鸟喧喧噪一鹗,上林高枝亦难托。宁嗟人世弃虞翻,且喜江山得康乐。自怜黄绶老婴身,妻子朝来劝隐沦。桃花洞里举家去,此别相思复几春。

送褚大落第东归

离琴弹苦调,美人惨向隅。顷来荷策干明主,还复扁舟归五湖。汉家侧席明扬久,岂意遗贤在林薮。玉堂金马隔青云,墨客儒生皆白首。昨梦芳洲采白蘋,归期且喜故园春。稚子只思陶令至,文君不厌马卿贫。剡中风月久相忆,池上旧游应再得。酒熟宁孤芳杜春,诗成不枉青山色。念此那能不羡归,长杨——作上阳谏猎事皆违。他日东流一乘兴,知君为我扫荆扉。

送傅管记赴蜀军

终童之死谁继出,燕颔儒生今俊逸。主将早知鹦鹉赋,飞书许载蛟龙笔。峨眉玉垒指霞标,鸟没天低幕府遥。巴山雨色藏征旆,汉水猿声咽短箫。赐璧腰金应可料,才略纵横年且妙。无人不重乐毅贤,何敌能当鲁连啸。日暮黄云千里昏,壮心轻别不销魂。劝君用却龙泉剑,莫负平生国士恩。

送张少府

愁云破斜照,别酌劝行子。蓬惊马首风,雁拂天边水。寸暮如三岁,离心在万里。

行路难

君不见明星映空月,太阳朝升光尽歇。君不见凋零委路蓬,长风飘举入云中。由来人事何尝定,且莫骄奢笑贱穷。

卢龙塞行,送韦掌记

雨雪纷纷黑山外,行人共指卢龙塞。万里飞沙咽鼓鼙,三军杀气凝旌旆。陈琳书记本翩翩,料敌张兵夺酒泉。圣主好文兼好武,封侯莫比汉皇年。

效古秋夜长

秋汉飞玉霜,北风扫荷香。含情纺织孤灯尽,拭泪相思寒漏长。檐前碧云静如水,月吊栖乌啼鸟起。谁家少妇事鸳机,锦幕云屏深掩扉。白玉窗中闻落叶,应怜寒女独无衣。

卧病,李员外题扉而去

僻陋病者居,蒿莱行径失。谁知簪绂贵,能问幽忧疾。珂声未驻门,兰气先入室。沉痾不冠带,安得候蓬荜。清扬——作青阳去莫寻,离念顷来侵。雀栖高窗静,日出修桐阴。枕上忆君子,悄悄唯苦心。

酬王维春夜竹亭赠别

山月随客来,主人兴不浅。今宵竹林下,谁觉花源远。惆怅曙——作晓莺啼,孤云还绝巘。

山中寄时校书

蓬莱紫气——作之子温如玉,唯予知尔阳春

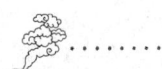

曲,别来几日芳荪绿。百花酒满—作满眼不见君,青山一望心—作肠断续。

送李四擢第归觐省

当年贵得意,文字各争名。齐唱阳春曲,唯君金玉声。悬黎宝中出,高价世难掩。鸿羽不低飞,龙津徒自险。直矜鹦鹉赋,不贵芳桂枝。少俊蔡邕许,长鸣唐举知。梁城下熊轼,朱戟何晖耀。才子欲归宁,棠花已含笑。高门知庆大,子孝觉亲荣。独揽还珠美,宁唯问绢情。离筵不尽醉,掺—作操袂一何早。马蹄西别轻,树色东看好。行尘忽不见,惆怅青门道。

过曹钧隐居—作者

荃蕙有奇性,馨香道为人。不居众芳下,宁老空林春。之子秉高节,攻文还守真。素书寸阴尽,流水怨情—作声新。济济振缨客,烟霄各致身。谁当举玄晏,不使作良臣。

哭曹钧

苦节推白首,怜君负此生。忠荩名空在—作立,家贫道不行。朝来相忆访蓬荜,只谓渊明犹卧疾。忽见江南吊鹤来,始知天上文星失。尝恨知音千古稀,那堪夫子九泉归。一声邻笛残阳里,酹酒空堂泪满衣。

东阳郡斋中诣南山招韦十—作东阳郡斋书事

霁来海半—作畔山,隐映城上—作中起。中峰落照时,残雪翠微里。同心久为别,孤兴那对此。良会何迟迟,清扬—作阳瞻则迩。

清—作青泥驿迎献王侍御

候馆扫清昼,使车出明光。森森入郭树,一道引飞霜。仰视骢花白,多惭绶色黄。鹡鸰无羽翼,愿假宪乌翔。

沭阳古渡作

日落问津处,云霞残碧空。牧牛避田烧,退鹢随潮风。回首故乡远,临流此路穷。翩翩青冥去,羡彼高飞鸿。

卧疾,答刘道士

白露蚕—作虫已丝—作急,空林日凄清。寥寥昼扉掩,独卧秋窗明。宝字比仙药,羽人寄柴荆。长吟想风驭,怳若升蓬瀛。

梦寻西山准上人

别处秋泉声,至今犹在耳。何尝梦魂去,不见雪山子。新月隔林时,千峰—作灯翠微里。言忘心更寂,迹灭云自起。觉来缨上尘,如洗功德水。

长安旅宿

九秋旅夜长,万感何时歇。蕙花渐寒暮,心事犹楚越。直躬遭世道,咫步隔天阙。每闻长乐钟,载泣灵台月。明旦北门外,归途堪白发。

过桐柏山

秋飞过楚山,山静秋声晚。赏心无定极,仙步亦清远。返照云窦空,寒流石苔浅。羽人昔已去,灵迹欣方践。投策谢归途,世缘从此遣。

李士曹厅对雨

春雨暗重城,讼庭深更寂。终朝人吏少,满院烟云集—作积。湿鸟压花枝,新苔宜砌石。掾曹富文史,清兴对词客。爱尔蕙兰丛,芳香饱时泽。

登胜果寺南楼雨中望严协律

微雨侵晚阳,连山半藏碧。林端陟香榭,云外迟来客。孤村凝片烟,去水生远白。但佳川原趣,不觉城池夕。更喜眼中人,清光渐咫尺。

冬夜题旅馆

退飞忆林薮,乐业羡黎庶。四海尽穷途,一枝无宿处。严冬北风急,中夜哀鸿去。孤烛思何深,寒窗坐难曙。劳歌待明发,惆怅盈百虑。

自终南山晚归
　　采苓日往还，得性非樵隐。白水到初阔，青山辞尚近。绝境胜无倪，归途兴不尽。沮溺时返顾，牛羊自相引。逍遥不外求，尘虑从兹泯。

早渡伊川见旧邻作
　　鸲鸡鸣早霜，秋水寒旅涉。渔人昔邻舍，相见具舟楫。出浦兴未尽，向山心更惬。村落通白云，茅茨隐红叶。东皋满时稼，归客欣复业。

夕发箭场岩下作
　　行役不遑安，在幽机转发。山谷无明晦，溪霞自兴没。朝枻杉下风，夕饮石上月。懿尔青云士，垂缨朝凤阙。宁知采竹人，每食惭薇蕨。

同李五夕次香山精舍访宪上人
　　彼岸闻山钟，仙舟过苔水。松门入幽映，石径趋迤逦。初月开草堂，远公方觏止。忘言在闲夜，凝念得微理。泠泠功德池，相与涤心耳。

雨中望海上，怀郁林观中道侣
　　山观海头雨，悬沫动烟树。只疑苍茫里，郁岛欲飞去。大块怒天吴，惊潮荡云路。群真俨盈想，一苇不可渡。惆怅赤城期，愿假轻鸿驭。

广德初銮驾出关后登高愁望二首
　　长安不可望，望处边愁起。辇毂混戎夷，山河空表里。黄云压城阙，斜照移烽垒。汉帜远成霞，胡马来如蚁。不知涿鹿战，早晚蚩尤死。渴日候河清，沉忧催暮齿。

　　愁看秦川色，惨惨云景晦。乾坤暂运行，品物遗覆载。黄尘涨戎马，紫气随龙旆。掩泣指关东，日月妖氛外。臣心寄远水，朝海去如带。周德更休明，天衢伫开泰。

独往覆釜山，寄郎士元
　　赏心无远近，芳月好登望。胜事引幽人，山下复山上。将寻洞中药，复爱湖外嶂。古壁苔入云，阴溪树穿浪。谁言世缘绝，更惜知音旷。莺啼绿萝春，回首还一作远惆怅。

送王季友赴洪州幕下
　　列郡皆用武，南征所从谁。诸侯重才略，见子如琼枝。抚剑感知己，出门方远辞。烟波带幕府，海日生红旗。问我何功德，负恩留玉墀。销魂把别袂，愧尔酬明时。

客舍赠郑贲
　　结交意不薄，匪席言莫违。世义随波久，人生知己稀。先鸣誓相达，未遇还相依。一望金门诏，三看黄鸟飞。暝投同旅食，朝出易儒衣。稍向林庐接，携手行将归。

山中春仲寄汝上王恒、颍川沈冲一作中
　　隐者守恬泊，春山日深净。谁知蟠木材，得性无人境。座隅泉出洞，竹上云起岭。饥狖入山厨，饮虹过药井。前溪堪放逸，仲月好风景。游目来远思，摘芳寄汝颍。

南中春意一作思
　　入仕无知言，游方随世道。平生愿开济，遇物干怀抱。已阻青云期，甘同散樗老。客游南海曲，坐见韶阳早。旧国别佳人，他乡思芳草。惜无鸿鹄翅，安得凌苍昊。

东陵药堂寄张道士
　　木落苍山空，当轩秋水色。清旦振衣坐，永吟意何极。愿言金丹寿，一假鸾凤翼。日夕开真经，言忘心更默。玄都有仙子，采药早相识。烟霞一作路难再期，焚香空叹息。

苦雨忆皇甫冉
　　凉雨门巷深，穷居成习静。独吟愁霖雨，更使秋思永。疲疴苦昏垫，日夕开轩屏。草木森已悲，衾裯清且冷。如何游宦客，江海随泛梗。延首长相思,忧襟孰能整。

寄任山人
天阶崇黼黻,世路有趋竞。独抱中孚爻,谁知苦寒咏。行潦难朝海,散材空遇圣。岂无鸣凤时,其如问津命。所思青山郭,再梦绿萝径。林泉春可游,羡尔得其性。

登秦岭半岩遇雨
屏翳忽腾气,浮阳惨无晖。千峰挂飞雨一作瀑,百尺摇翠微。震电一作霓闪云径,奔流翻石矶。倚岩假松盖,临水羡荷衣。不得采苓去,空思乘月归。且怜东皋上,水一作黍色侵荆扉。

杪秋南山西峰题准上人兰若
向山看霁色,步步豁幽性。返照乱流明,寒空千嶂净。石门有余好,霞残月欲映。上诣远公庐,孤峰悬一径。云里隔窗火。松下闻一作间下山磬。客到两忘言,猿心与禅定。

田园雨后赠邻人
安排常任性,偃卧晚开户。樵客荷蓑归,向来春山雨。残云虹未落,返景霞初吐。时鸟鸣村墟,新泉绕林圃。尧年尚恬泊,邻里成太古。室迩人遂遥,相思怨芳杜。

天门谷题孙逸人石壁
崖石一作口乱流处,竹深斜照归。玉人卧磻石,心耳涤清晖。春雷近作解,空谷半芳菲。云栋彩虹宿,药圃蝴蝶飞。恶嚣慕嘉遁,几夜瞻少微。相见竟何说,忘情同息机。

蓝溪休沐,寄赵八给事
虫鸣归旧里,田野秋农闲。即事敦夙尚,衡门方再关。夕阳入东篱,爽气高前山。霜蕙后时老,巢禽知暝还。侍臣黄枢宠,鸣玉青云间。肯想观鱼处,寒泉照发斑。

游辋川至南山,寄谷口王十六
山色不厌远,我行随处一作趣深。迹幽青萝径,思绝孤霞岑。独鹤引过浦,鸣猿呼入林。寒裳百泉里,一步一清心。王子在何处,隔云鸡犬音。折麻定延伫,乘月期招寻。

蓝田溪与渔者宿
独游屡忘归,况此隐沧处。濯发清泠泉,月明不能去。更怜垂纶叟,静若沙上鹭。一论白云心,千里沧洲一作浪趣。芦中夜火尽,浦口秋山曙。叹息分枝禽,何时更相遇。

淮上别范大
悲风陨凉叶,送归怨南楚。穷年将别离,寸暑申宴语。长淮流不尽,征棹忽复举。碧落半愁云,黄鹤时顾侣。游宦且未达,前途各修阻。分袂一相嗟,良辰更何许。

离居夜雨,奉寄李京兆
永夜不可度,蛩吟秋雨滴。寂寞想章台,始叹云泥隔。雷声匪君车,犹时过我庐。电影非君烛,犹能明我目。如何琼树枝,梦里看不足。望望佳期阻,愁生寒草绿。

叹毕少府以持法无隐见系
用法本禁邪,尽心翻自极。毕公在图圉,世事何纠缠。翠凤呈其瑞,虞罗寄铩翼。囚中千念时,窗外百花色。落景闭圜扉,春虫网丛棘。古人不念文,纷泪莫沾臆。

小园招隐
支离鲜兄弟,形影如手足。但遂饮冰节,甘辞代耕禄。斑衣在林巷,始觉无羁束。交柯低户阴,闲鸟将雏宿。穷通世情阻,日夜苔径绿。谁言北郭贫,能分晏婴粟。

过温逸人旧居
返真难合道,怀旧仍无吊。浮俗渐浇淳,斯人谁继妙。声容在心耳,宁觉阻言笑。玄堂闭几春,拱木齐云峤。鹤传居一作士舞,猿得苏门啸。酹酒片阳微,空山想埋照。

县内水亭晨兴听讼
晨光起宿露,池上判黎氓。借问秋泉色,

何如拙宦情。磨铅辱利用,策蹇愁前程。昨夜明月满,中心如鹊惊。负恩时易失,多病绩难成。坐惜寒塘晚,霜风吹杜蘅。

海畔秋思

匡济难道合,去留随兴牵。偶为谢客事,不顾平子田。魏阙贲翘楚,此身长弃捐。箕裘空在念,咄咄一作拙诎谁推贤。无用即明代,养疴仍壮年。日夕望佳期,帝乡路几千。秋风晨夜起,零落愁芳荃。

太子李舍人城东别业一作李祭酒别业俯视川林前带雷岫

南山转群木,昏晓拥山翠。小泽近龙居,清苍常雨气。君家北原一作源上,千金买胜事。丹阙退朝回,白云迎赏至。新晴村落外,处处烟景异。片水明断岸一作崖,余霞入古寺。东皋指归翼,目尽有余意。

谷口新居寄同省朋故

种黍傍烟溪,榛芜兼沮洳。亦知生计薄,所贵隐身处。橡栗石上村一作林,莓苔水中路。萧然授衣日,得此还山趣。汲井爱秋泉,结茅因古树。闲云与幽鸟,对我不能去。寄谢鸳鹭群,狎鸥拙所慕。

京兆尹厅前甘棠树降甘露

内史用尧意,理京宣惠慈。气和祥则降,孰谓天难知。济旱露为兆,有如埙应篪。岂无夭桃树,洒此甘棠枝。玉色与人净,珠光临笔垂。协风与之俱,物性皆熙熙。何必凤池上,方看作霖时。

秋夜作

万计各无成,寸心日悠漫。浮生竟何穷,巧历不能算。流落四海间,辛勤百年半。商歌向秋月,哀韵兼浩叹。寤寐怨佳期,美人隔霄汉。寒云度穷水,别业绕垂幔。窗中问谈鸡,长夜何时旦。

观村人牧山田

六府且未盈,三农争务作。贫民乏井税,瘠土皆垦凿。禾黍入寒云,茫茫半山郭。秋来积霖雨,霜降方铚获。中田聚黎氓,反景空村落。顾惭不耕者,微禄同卫鹤。庶追周任言,敢负谢生诺。

裴侍郎湘川回,以青竹筒相遗,因而赠之

楚竹青玉润,从来湘水阴。缄书取直节,君子知虚心。入用随宪简,积文不受金。体将丹凤直,色映秋霜深。宁肯假伶伦,谬为龙凤吟。唯将翰院一作苑客,昔一作惜秘瑶华音。长跪捧嘉贶,岁寒惭所钦。

东城初陷,与薛员外、王补阙暝投南山佛寺

日昃石门里,松声山寺寒。香云空静影,定水无惊澜。洗足解尘缨,忽觉天形一作影宽。清钟扬虚谷,微月深重峦。噫我朝露世,翻浮一作波与波一作浮澜。行运遭忧患,何缘亲盘桓。庶将镜中象,尽作无生观。

奉和张荆州巡农晚望

太清霁云雷,阳春陶物象。明牧行春令,仁风助升长。时和俗勤业,播殖农阙壤。阴阴桑陌连,漠漠水田广。郡中忽无事,方外还独往。日暮驻归轩。湖山有佳赏。宣城传逸韵,千载谁此响。

送包何东游

水国尝独往,送君还念兹。湖山远近色,昏旦烟霞时。子好谢公迹,常吟孤屿诗。果乘扁舟去,若与白鸥期。野趣及春好,客游欣此辞。入云投馆僻,采碧过帆迟。江上日回首,琴中劳别思。春鸿刷归翼,一寄杜蘅枝。

酬陶六辞秩归旧居见柬

靖节昔高尚,令孙嗣清微。旧庐云峰下,献岁车骑归。去俗因解绶,忆山得采薇。田畴春事起,里巷相寻稀。渊明醉乘兴,闲门只掩扉。花禽惊曙月,邻女上鸣机。毕娶愿已果,养恬志宁违。吾当挂朝服,同尔缉荷衣。

奉使采箭竿竹谷中晨兴赴岭

孤客倦夜坐,闻猿乘早发。背溪已斜汉,

登栈尚残月。重峰转森爽,幽步更超越。云木耸鹤巢,风萝扫虎穴。人群徒自远,世役终难歇。入山非买山,采竹异采蕨。谁见子牟意,悁劳书魏阙。

同严逸人东溪泛舟

子陵江海心,高迹此闲放。渔舟在溪水,曾是敦夙尚。朝霁收云物,垂纶独清旷。寒花古岸傍,唳鹤晴沙上。纷吾好贞逸,不远来相访。已接方外游,仍陪郢中唱。欢言尽佳酌,高兴延秋望。日暮浩歌还,红霞乱青嶂。

过沈氏山居

鸡鸣孤烟起,静者能卜筑。乔木出云心,闲门掩山腹。贫交喜相见,把臂欢不足。空林留宴言,永日清耳目。泉声泠尊俎,荷气香童仆。往往仙犬鸣,樵人度深竹。酒酣出谷口,世网何羁束。始愿今不从,区区折腰禄。

赠柏岩老人

日与麋鹿群,贤哉买山叟。庞眉忽相见,避世一何久。林栖古崖曲,野事佳春后。瓠叶覆荆扉,栗苞垂瓮牖。独歌还独酌,不耕亦不耦。硗田隔云溪,多雨长稂莠。烟霞得情性,身世同刍狗。寄谢营道人,天真此翁有。

送薛判官赴蜀

横笛一作吹声转悲,羽觞酣欲别。举目叩关远,离心不可说。边陲劳帝念,日下降才杰。路极巴水长,天衔剑峰缺。单车动夙夜,越境正炎节。星桥过客稀,火井蒸云热。阴符能制胜,千里在坐决。始见儒者雄,长缨系余孽。

诏许昌崔明府拜补阙

儒者久营道,诏书方问贤。至精一耀世,高步谁同年。何树可栖凤,高梧枝拂天。脱身凫舄里,载笔虎闱前。日月传轩后,衣冠真列仙。则知骊龙珠,不秘清泠泉。才子贵难见,郢歌空复传。惜哉效颦客,心想一作赏劳婵娟。

仲春晚寻覆釜山

蝴蝶弄和风,飞花不知晚。王孙寻芳草,步步忘路远。况我爱青山,涉趣皆游践。萦回必中路,阴晦阳复显。古岸生新泉,霞峰映雪巘。交枝花色异,奇石云根浅。碧洞志忘归,紫芝行可搴。应嗤嵇叔夜,林卧方沉湎。

赠东邻郑少府

一闻白雪唱,愿见清扬久。谁谓结绶来,得陪趋府后。小邑蓝溪上,卑栖惬所偶。忘言复连墙,片月亦携手。草色同春径,莺声共高柳。美景百花时,平生一杯一作盖酒。圣朝法天地,以我为刍狗。秩满归白云,期君访谷口。

谢张法曹万顷小山暇一作假景见忆

乐道随去处,养和解朝簪。茅堂近丹阙,佳致亦一作何深。退食不趋府,忘机还入林。清风乱流上,永日小山阴。解箨雨中竹,将雏花际禽。物华对幽寂,弦酌兼咏吟。自昔仰高步,及兹劳所钦。郢歌叨继组,知己复知音。

罢章陵令山居过中峰道者二首

宁辞园令秩,不改渊明调。解印无与言,见山始一笑。幽人还绝境,谁道苦奔峭。随云剩渡溪,出门更垂钓。吾庐青霞里,窗树玄猿啸。微月清风来,方知散发妙。

丘壑趣如此,暮年始栖偃。赖遇无心云,不笑归来晚。鸣鸠拂红枝,初服傍清甽。昨日山僧来,犹嫌嘉遁浅。托君紫阳家,路灭心更远。梯云刱其居,抱犊上绝巘。杏田溪一曲,霞境一作径峰几转。路一作跋石挂飞泉,谢公应在眼。愿言携手去,采药长不返。

登覆釜山遇道人二首

晨策趣无涯,名山深转秀。三休变覆景,万转迷宇宙。攀崖到天窗,入洞穷玉溜。侧径蹲怪石,飞萝挪惊狖。花间炼药人,鸡犬和乳窦。散发便迎客,采芝仍满袖。郭璞赋游仙,始愿今可就。

真气重嶂里,知君嘉遁幽。山阶压丹穴,药井通泒一作伏流。道者带经出,洞中携我游。欲骖白霓去,且为紫芝留。忽忆武陵事,别家疑数秋。

寻华山云台观道士

秋日西山明,胜趣引孤策。桃源数曲尽,洞口两岸坼。还从罔象来,忽得仙灵宅。霓裳谁之子,霞酌能止客。残阳在翠微,携手更登历。林一作竹行拂烟雨,溪望乱金碧。飞鸟下天窗,袅松际云壁。稍寻玄踪远,宛入寥天寂。愿言葛仙翁,终年炼玉液。

海上卧病寄王临

离客穷海阴,萧辰归思结。一随浮云滞,几怨黄鹄别。妙年即沉痾,生事多所阙。剑中负明义,枕上惜玄发。之子良史才,华簪偶时哲。相思千里道,愁望飞鸟绝。岁暮冰雪一作霜寒,淮湖不可越。百年去心虑,孤影守薄劣。独余慕侣情,金石无休歇。

登玉山诸峰偶至悟真寺

郭南云水佳,讼简野情发。紫芝每相引,黄绶不能绁。稍入石门幽,始知灵境绝。冥搜未寸晷,仙径俄九折。蟠木盖石梁,崩岸一作崖露云穴。数峰拔昆仑一作峤,秀色与空澈一作彻。玉气交晴虹,桂花留曙月。半岩采珉者,一点如片雪。真赏无前程,奇观宁暂辍。更闻东林磬,可听不可说。兴中寻觉化,寂尔诸象灭。

长安客舍,赠李行父明府

藏器待一作偶时少,知人自古难。遂令丹穴凤,晚食金琅玕。谁谓兵戈际,鸣琴方一弹。理烦善用简,济猛能兼宽。夙夜念黎庶,寝兴非宴安。洪波未静蛰,何树不惊鸾。鳬鹥傍京辇,氓心悬灌坛。高槐暗苦雨,长剑生秋寒。旅食还为一作时客,饥年亦尽欢。亲劳携斗水,往往救泥蟠。但恐酬明义,蹉跎芳岁阑。

美杨侍御清文见示

伯牙道丧来,弦绝无人续。谁知绝唱后,更有难和曲。层峰与清流,逸势竞奔蹙。清文不出户,仿像皆在目。雾雪看满怀,兰荃坐盈掬。孤光碧潭月,一片昆仑玉。初见歌阳春,韶光变枯木。再见吟白雪,便觉云肃肃。则知造化源,方寸能展缩。斯文不易遇,清爽心岂足。愿言书诸绅,可以为佩服。

山居新种花药,与道士同游赋诗

自乐鱼鸟性,宁求农牧资。浅深爱岩壑,疏凿尽幽奇。雨花相助好,莺鸣春草时。种兰入山翠,引葛上花枝。风露拆红紫,缘溪复映池。新泉香杜若,片石引一作隐江蓠。宛谓武陵洞,潜应造化移。杖策携烟客,满袖掇芳蕤。蝴蝶舞留我,仙鸡闲傍篱。但令黄精熟,不虑韶光迟。笑指云萝径,樵人那得知。

初黄绶赴蓝田县作

蟠木无匠伯,终年弃山樊。苦心非良知,安得入君门。忽忝英达顾,宁窥造化恩。萤光起腐草,云翼腾沉鲲一作鹍。片石世何用,良工心所存。一叨尉京甸,三省惭黎元。贤尹正趋府,仆夫俨归轩。眼中县胥色,耳里苍生言。居人散山水,即景一作境真桃源。鹿聚入田径,鸡鸣隔岭村。餐和俗久清一作静,到邑政空论。且嘉讼庭寂,前阶满芳荪。

归义寺题震上人壁 寺即神尧皇帝读书之所,龙飞后创为精舍。

入谷逢雨花,香绿引幽步。招提饶泉石,万转同一趣。向背森碧峰,浅深罗古树。尧皇未登极,此地曾隐雾。秘谶得神谋,因高思虎踞。太阳忽临照,物象俄光煦。梵王宫始开,长者金先布。白水入禅境,砀山通觉路。往往无心云,犹起潜龙处。仍闻七祖后,佛子继调御。溪鸟投慧灯,山蝉饱甘露。不作解缨客,宁知舍筏喻。身世已悟空,归途复一作独何去。

全唐诗卷二百三十七

钱起

奉和圣制登会昌山应制 一作赵起诗

睿想入希夷,真游到具茨。玉銮登嶂远,云辂出花迟。泉壑凝神处,阳和布泽时。六龙多顺动,四海正雍熙。

省中对雪寄元判官、拾遗昆季 一作寄谢舍人昆季

万点瑶台雪,飞来锦帐前。琼枝应比净,鹤发敢争先 一作妍。散影成花月,流光透竹烟。今朝谢家兴,几处郢歌传。

山斋独坐,喜玄上人夕至 一作见访

舍下虎溪径,烟霞入暝开。柴门兼竹静,山月与僧来。心莹红莲 一作莲花水,言忘绿茗杯。前峰曙更好 一作早,斜汉欲西回。

秋夜寄张、韦二主簿

凉夜褰帘好,轻云 一作风过月初。碧空河色 一作汉浅,红 一作松叶露 一作落,一作雨声虚。道

阻 一作隔天难问,机忘世易 一作久疏。不知双翠凤,栖棘复何如。

归故山路逢邻居隐者

握手云栖路,潸然恨几重。谁知绿林盗,长占彩霞峰。心死池塘草,声悲石径松。无因芳杜月,琴酒更相逢。

落第,刘拾遗相送东归

不醉百花酒,伤心千里归。独收和氏玉,还采旧山薇。出处离心尽,荣枯会面稀。预愁芳草色,一径入衡闱。

和刘七读书

夜雨深馆静,苦心黄卷前。云阴留墨沼,萤影傍华编。梦鸟富清藻,通经仍妙年。何愁丹穴凤,不饮玉池泉。

早下江宁

暮天微雨散,凉吹片帆轻。云物高秋节,山川孤客情。霜蘋留楚水,寒雁别吴城。宿浦

有归梦,愁猿莫夜鸣。

登复州南楼

孤树延春日一作色,他山卷曙霞。客心湖上雁,归思日边花。行李迷方久,归期涉岁赊。故人云路隔,何处寄瑶华。

江陵晦日陪诸官泛舟

节物堪为乐,江湖有主人。舟行深更好,山趣久弥新。尊酒平生意,烟花异国春。城南无夜月,长袖莫留宾。

县城秋夕

山城日易夕,愁生一作坐先掩扉。俸薄不沽酒,家贫忘授衣。露重蕙花落,月冷莎鸡飞。效拙惭无补,云林叹再归。

秋夜梁七兵曹同宿二首

一笑不可得,同心相见稀。摘菱频贳酒,待月未扃扉。星影低惊鹊,虫声傍旅衣。卑栖岁已晚,共羡雁南飞。

好欲一作饮弃吾一作真道,今宵又遇君。老夫相劝酒,稚子待题文。月下谁家笛,城头几片云。如何此幽兴,明日重离群。

和万年成少府寓直

赤县新秋夜,文人藻思催。钟声自仙掖,月色近霜台。一叶兼萤度,孤云带雁来。明朝紫书下,应问长卿才。

春夜过长孙绎别业

佳期难再得,清夜此云林。带竹新泉冷,穿花片月深。含毫凝逸思,酌水话幽心。不觉星河转,山枝惊曙禽。

题温处士山居

谁知白云外一作里,别有绿萝春。苔绕溪边径,花深一作侵洞里人。逸妻看种药,稚子伴垂纶。颍上逃尧者,何如此养真。

题陈季壁

郢人何苦调,饮水仍布衾。烟火昼不起,蓬蒿春欲深。前庭少乔木,邻舍闻新禽。虽有征贤诏,终伤不遇心。

赠邻居齐六司仓

沉冥众所遗,咫尺绝佳期。始觉衡门下,悠然太古时一作姿。鸡声共邻一作村巷,烛影隔茅茨。坐惜牛羊径,芳荪白露滋。

送征雁

秋空万里净一作静,嘹唳独一作雁南征。风急一作凌翻霜冷,云开见月惊。塞长怯一作怜去翼,影灭有余声。怅望遥天外,乡愁满目生。

宴郁林观张道士房

灭迹人间世,忘归象外情。竹坛秋月冷,山殿夜钟清。仙侣披云集,霞杯达曙倾。同欢不可再,朝暮赤龙迎。

秋夕与梁锽文宴

客到衡门一作闲林下,林一作秋香蕙草一作芳蕙时。好风能自至,明月不须期。秋日一作水,又作月翻荷影,晴光一作霜脆柳枝一作丝。留欢美清夜,宁觉晓钟迟。一作微官是底物,许日废言诗。

哭空寂寺玄上人一作少林寺哭晖上人

凄然双树下,垂泪远公房。灯续生前火,炉添没后香。阴阶明片雪一作古松韵旧槚,寒竹响空廊。寂灭应为乐,尘心徒自伤。

题精舍寺

胜景不易遇,入门神顿清。房房占山色,处处分泉声。诗思竹间得,道心松下生。何时来此地,摆落世间情。

开元观遇张侍御

碧落忘归处,佳期不厌逢。晚凉生玉井,新暑避烟松。欲醉流霞酌,还醒度竹钟。更怜琪树下,历历见遥峰。

和人秋归终南山别业

旧居三顾后,晚节重幽寻。野径到门尽,山窗连竹阴。昔年莺出谷,今日凤归林。物外凌云操,谁能继此心。

故相国苗公挽歌

灞—作霸陵谁宠葬,汉主念萧何。盛业留青史,浮荣逐逝波。陇云仍作雨,薤露已成歌。凄怆平津阁,秋风吊客过。

酬刘员外雨中见寄

苦雨滴兰砌,秋—作凄风生葛衣。潢污三径绝,砧杵四邻稀。分与玄豹隐,不为湘燕飞。惭君角巾折,犹肯问衡闱。

赋得归云送李山—作友人归华山

秀色横千里,归云积几重。欲依毛女岫,初卷少姨峰。盖影随征马,衣香拂卧龙。祇应函谷上,真气日溶溶。

过裴长官新亭

茅屋多新意,芳林昨试移。野人知石路,戏鸟认花枝。慢—作漫水萦蓬户,闲云挂竹篱。到家—作来成一醉,归马不能骑。

寄郢州郎士元使君

龙节知无事,江城不掩扉。诗传过客远,书到—作别故人稀。坐啸看潮起,行春送雁归。望舒三五夜,思尽谢玄晖。

过长孙宅与朗上人茶会

偶与息心侣,忘归才子家。玄谈兼藻思,绿茗代榴花。岸帻看云卷,含毫任景斜。松乔若逢此,不复醉流霞。

下第题长安客舍

不遂青云望,愁看黄鸟飞。梨花度寒食,客子未春衣。世事随时变,交情与我违。空余主人柳,相见却依依。

陪考功王—作韦员外城东池亭宴

无双锦帐郎,绝境—作景有林—作池塘。鹤静疏群羽,莲开失众芳。晴—作青山看不厌,流水趣何长。日晚催归骑,钟声下—作促夕阳。

过孙员外蓝田山居

不知香署客,谢病翠微间。去幄兰将老,辞车雉亦闲。近窗云出洞,当户竹连山。对酒溪霞晚,家人采蕨还。

秋园晚沐

黄卷在穷巷,归来生道心。五株衰柳下,三径小园深。倒薤翻成字,寒花不假林。庞眉谢群彦,独酌且闲吟。

穷秋对雨

晦日连苦雨,动息更遭回。生事萍无定,愁心云不开。翟门悲瞑雀,墨灶上寒苔。始信宣城守,乘流畏曝鳃。

裴迪南门秋夜对月—作裴迪书斋玩月之作

夜来诗酒兴—作意,月满—作独上谢公楼。影闭重门静,寒生独树秋。鹊—作鹤惊随叶散,萤远入烟流。今夕遥天末,清光—作晖几处愁。

和蜀县段明府秋城望归期

制锦蜀江静,飞凫汉阙遥。一兹风靡草,再视露盈条。旅望多愁思,秋天更沈寥。河阳传丽藻,清韵入歌谣。

晚归蓝田,酬王维给事—作中书常舍人赠别

卑栖却得性,每与白云归。徇禄仍怀橘,看山免采薇。—作别山如昨日,春露已沾衣。采蕨频盈手,看花空厌归。暮禽先去马,新月待开扉。霄汉时回首,知音青琐闱。

再得毕侍御书,闻巴中卧病—作疾

芳信来相续,同心远更亲。数重云外树,不隔眼中人。梦寐花骢色,相思黄鸟—作蕙草春。更闻公幹病,一夜二毛新。

宿新里馆

愁人待晓鸡,秋雨暗凄凄。度烛萤时灭,传书雁渐低。客来知计误,梦里泣津迷。无以逃悲思,寒螀处处啼。—本作十句,从迷字下云:每食皆弹铗,归山耐杖藜。叔牙先得路,何日救沈泥。

谷口书斋寄杨补阙
　　泉壑带茅茨,云霞生薜帷。竹怜新雨后,山爱夕阳时。闲鹭栖常早,秋花落更迟。家童扫萝径,昨与故人期。

衡门春夜
　　不厌晴林下,微风度葛巾。宁唯北窗月—作客,自谓上皇人。丛筱轻新暑,孤花占晚春。寄言庄叟蝶,与尔得天真。

题吴通微主人
　　食贫无尽日—作不知青云器,有—作良愿几时谐。长啸秋光晚,谁知志士怀。朝烟不起灶,寒叶欲连阶。饮水仍留我,孤灯点—作吟诗静夜斋。

晚次宿预馆
　　乡心不可问,秋气又相逢。飘泊方千里,离悲复几重。回云随去雁,寒露滴鸣蛩。延颈遥天末,如闻故国钟。

蓝上茅茨期王维补阙
　　山中人不见,云去夕阳过。浅濑寒鱼少,丛兰秋蝶多。老年疏世事,幽性乐天和。酒熟思才子,溪头望玉珂。

春宵—作夜寓直
　　养拙—作性惯云卧,为郎如鸟栖。不知仙阁峻,惟觉玉绳低。帐喜香烟暖,诗惭赐笔题。未央春漏促,残梦谢—作讶晨鸡。

新昌里言怀
　　性拙偶从宦,心闲多掩扉。虽看北堂草,不望旧山薇。花月霁来好,云泉堪梦归。如何建章漏,催著早朝衣。

秋夜—作晚秋寄袁—作王中丞、王—作袁员外
　　一夕盈千念,方知别者劳。衰荣难会面,魂梦暂同袍。片月临阶—作城早,晴河度雁高。应怜蒋生径,秋露满蓬蒿。

九日闲居寄登高数子
　　初服栖穷巷,重阳忆旧游。门闲谢病日,心醉授衣秋。酒尽寒花笑,庭空暝雀愁。今朝落帽客,几处管弦留。

晚入宣城界—作春江晚行
　　斜日片帆阴,春风孤客心。山来指樵路—作火,岸去惜花林。海气蒸云黑,潮声隔雨深。乡愁不可道,浦宿听猿—作草色晚莺吟。

静夜酬通上人问疾
　　东林生早凉,高枕远公房。大士看心后,中宵清—作滴漏长。惊蝉出暗柳,微月隐回廊。何事沈痾久,舍毫问药王。

奉陪使君十四叔晚憩大云门寺
　　野寺千家外,闲行晚暂过。炎氛临水尽,夕照傍林多。境对知心安,人安觉政和。绳床摇麈尾,佳趣满沧波。

省中春暮酬嵩阳焦道士见招—作中书省言怀因酬嵩阳张道士见寄
　　朝花飞暝林,对酒伤春心。流年催索发,不觉映华簪。垂老遇知己—作明代,酬恩看寸阴。如何紫芝—作多惭紫阳客,相忆白云深。

酬苗发员外宿龙池寺见寄
　　宁知待漏客,清夜此从容—作在云松。暂别迎车雉,还随护法龙。香烟轻上月,林岭—作栖鹘静闻钟。郢曲传甘露,尘心洗几重。

贞懿皇后挽词
　　淑丽诗传美,徽章礼饰—作节哀。有恩加象服,无日祀高禖。晓月孤秋殿,寒山出夜台。通灵深眷想,青鸟独飞来。

岁初归旧山—本题下有酬寄皇甫侍御六字。又作献岁初归旧居酬皇甫侍御见寄
　　欲知愚谷好,久别与春还。莺暖初归树,云晴却恋山。石田耕种少,野客性—作旧情闲。求仲应难见,残阳且掩关。

銮驾避狄岁寄别韩云卿

白发壮心死，愁看国步移。关山—作河惨无色，亲爱忽惊离。影绝龙分剑，声哀鸟恋枝。茫茫云海外，相忆不相知。

咏白油帽送客

薄质惭加首，愁—作微阴幸庇身。卷舒无定日，行止必依人。已沐脂膏惠，宁辞雨露频。虽同客衣色，不染洛阳尘。

蓝上采石芥寄前李明府

渊明遗爱处，山芥绿芳初。玩此春阴色，犹滋夜雨余。隔溪烟叶小，覆石雪花舒。采采还相赠，瑶华信不如。

送赞法师往上都

远近化人天，王城指日边。宰君迎说法，童子伴随缘。到处花为雨，行时杖出泉。今宵松月下，门闭想安禅。

送沈少府还江宁

远宦碧云外，此行佳兴牵。湖山入闾井，鸥鸟傍神仙。斜日背乡树，春潮迎客船。江楼新咏—作兴发，应与政声传。

送虞说擢第东游

湖山不可厌，东望有余情。片玉登科后，孤舟任兴行。月中严子濑，花际楚王城。岁暮云皋鹤，闻天更一鸣。

送少微师西行—作送僧自吴游蜀

随缘忽西去，何日返东林。世路宁嗟—作无期别，空门久息—作不住心。人烟一饭少，山雪独行深。天外猿啼处，谁闻清梵音。

送昆山孙少府

徇禄近沧海，乘流看碧霄。谁知仙吏去，宛与世尘遥。远帆背归鸟，孤舟抵—作低上潮。悬知讼庭静，窗竹日萧萧。

送屈突司马充安西书记

制胜三军劲，澄清万里余。星飞庞统骥，箭发鲁连书。海月低云旆，江霞入锦车。遥知太阿剑，计日斩鲸鱼。

送时暹避难适荆南

三叹把离袂，七哀深我情。云天愁远别，豺虎拥前程。驻马恋携手，隔河闻哭声。相思昏若梦，泪眼几时明。

送边补阙东归—本无此二字省觐—作觐省

东去有余意—作景，春风生赐—作风生赐锦衣。凤凰衔诏下，才子采兰归。斗酒百花里，情人—作人情一笑稀。别离须计日，相望在彤闱。

送弹琴李长史往—作赴洪州

抱—作携琴为傲吏，孤棹复南行。几度—作处秋江水，皆添白雪声。佳期来客梦，幽思—作兴缓王程。佐牧无劳问，心和政自平。

送宋徵君让官还山

至人无滞迹，谒帝复思玄。魏阙辞花绶，春山有杏田。紫霞开别酒—作酌，黄鹤舞离弦。今夜思君梦，遥遥入洞天。

送陈供奉恩敕放归觐省

得意今如此，清光不可攀。臣心尧日下，乡思楚云间。杨柳依归棹，芙蓉栖旧山。采兰兼衣锦，何以买臣还。

送外甥范勉赴常州长史兼觐省

怜君展骥去，能解倚门愁。就养仍荣禄，还乡即昼游。橘花低客舍，莼菜绕归舟。与报垂纶叟，知吾世网留。

陇右送韦三还京

春风起东道，握手望京关。柳色从乡至，莺声送客还。嘶骖顾近驿，归路出他山。举目情难尽，羁离失志间。

送元评事归山居

忆家望云路，东去独依依。水宿随渔火，山行到竹扉。寒花催酒熟。山犬喜人归。遥羡书窗下,千峰出翠微。

送武进韦明府
理邑想无事,鸣琴不下堂。井田通楚越,津市半渔商。卢橘垂残雨,红莲拆早霜。送君催白首,临水独思乡。

送上官侍御
执简朝方下,乘轺去不赊。感恩轻远道,入幕比还家。碣石春云色,邯郸古树花。飞书报明主,烽火—作戍静天涯。

送郭秀才制举下第南游
失志思浪迹,知君晦近名。出关尘渐远,过郢兴弥清。山尽溪初广,人闲舟自行。探幽无旅思,莫畏楚猿鸣。

送夏侯审校书东归
楚乡飞鸟没—作外,独与碧云—作片帆还。破镜催归客,残阳见旧山。诗成流水上,梦尽落花间。倘寄相思字,愁人定解颜。

送卫功曹赴荆南
汉家仍用武,才子晚成名。惆怅江陵去,谁知魏阙情。碧云愁楚水,春酒醉宜城。定想褰帷政,还闻坐啸声。

送马使君赴郑州
东土忽无事,专城复任贤。喜观班瑞礼,还在偃兵年。膏雨带荥水,归人耕圃田。遥知下车日,万井起新烟。

送郎四补阙东归
无事共干世,多时废隐沦。相看恋簪组,不觉老风尘。劝酒怜今别,伤心倍去春。徒言树萱草,何处慰离人。

送陆三出尉
春草晚来色,东门愁送君。盛才仍下位,明代负奇文。且乐神仙道,终随鵷鹭群。梅生寄黄绶,不日在青云。

送安都秀才北还
年少工文客,言离却解颜。不嗟荆宝退,能喜彩衣还。新月来前馆,高阳出故关。相思东北望,燕赵隔青山。

送褚十一澡擢第归吴觐省
林表吴山色,诗人思不忘。向家流水便,怀橘彩衣香。满酌留归骑,前程未夕阳。怆兹江海去,谁惜杜蘅芳。

送费秀才归衡州
南望潇湘渚,词人远忆家。客心随楚水,归棹宿江花。不畏心期阻,惟愁面会赊。云天有飞翼,方寸伫瑶华。

送陆郎中
事边仍恋主,举酒复悲歌。粉署含香别,辕门载笔过。莺声出汉苑,柳色过漳河。相忆情难尽,离居春草多。

送僧归日本—作东
上国随缘住—作至,—作去,来—作东途若梦行。浮天—作云沧海远,去世法舟—作船轻。水月通禅观,鱼龙听梵声。惟怜——作慧灯—作塔影,万里眼中明。

送杨皞擢第游江南
行人临水去,新咏复新悲。万里高秋月—作色,孤山远别时。挂帆严子濑,酹酒敬亭祠。岁晏无芳杜,如何寄所思。

送田仓曹归觐
青丝络骢马,去府望梁城。节下趋庭处—作出,秋来怀橘情。别筵寒日晚,归路碧云生。千里相思夜,愁看新月明。

送张管书记—作送张管记从军
边事多劳役,儒衣逐鼓鼙。日寒关树外,峰尽塞云西。河广篷难度,天遥雁渐低。班超封定远,之子去思齐。

送萧常侍北使

绛节引雕戈,鸣驺动玉珂。戎城去日远,汉使隔年多。雁宿常连雪,沙飞半渡河。明光朝即迩,杖杜早成歌。

送李栖桐道举擢第还乡省侍

几年深道要,一举过贤关。名与玄珠出,乡宜昼锦还。莲舟同宿浦,柳岸向家山。欲见宁亲孝,儒衣稚子斑。

送柳道士

去世能成道,游仙不定家。归期千岁鹤,行迈五云车。海上春应尽,壶中日未斜。不知相忆处,琪树几枝花。

送陆班侍御使新罗

衣冠周柱史,才学我乡人。受命辞云陛,倾城送使臣。去程沧海月,归思上林春。始觉儒风远,殊方礼乐新。

重送陆侍御使日本

万里三韩国,行人满目愁。辞天使星远,临水涧一作简霜秋。云佩迎仙岛,虹旌过蜃楼。定知怀魏阙,回首海西头。

送陆赞擢第还苏州

乡路归何早,云间喜擅名。思亲卢橘熟,带雨客帆轻。夜火临津驿,晨钟隔浦城。华亭养仙羽,计日再飞鸣。

送虞说擢第南归觐省

南风起别袂,心到衡湘间。归客一作客路楚山一作天远,孤舟云水闲。爱君采莲一作兰处,花岛连家山。得意且宁省,人生难此一作能几还。

送原公南游

有意兼程去,飘然二一作两翼轻。故乡多久别,春草不伤情。洗钵泉初暖,焚香晓更清。自言一作嫌难解缚,何日伴师行。

送万兵曹赴广陵

秋日思还一作远客,临流语别离。楚城将坐啸,郢曲有余悲。山晚桂花老,江寒蘋叶衰。应须杨得意,更诵长卿辞。

送李判官赴桂州幕

欲知儒道贵,缝掖见诸侯。且感千金诺,宁辞万里游。雁峰侵瘴远,桂水出云流。坐惜离居晚,相思绿蕙秋。

题苏公林亭

平津东阁在,别是竹林期。万叶秋声里,千家落照时。门随深巷静,窗过远钟迟。客位苔生处,依然又赋诗。

赋得寒云轻重色,送子恂入京

无限寒云色,苍茫浅更深。从龙如有瑞,捧日不成阴。积翠全低岭,虚明半出林。帝乡遥在目,铁马又骎骎。

赋得丛兰曙后色,送梁侍御入京

曙色传芳意,分明锦绣丛。兰生霁后日,花发夜来风。不向三峰里,全胜一县中。遥知大一作天苑内,应待五花骢。

赋得余冰一本题下有送人二字

晓日一作月余冰上,春池一镜明。多从履处薄,偏向饮时清。比雪光仍在,因风片不成。更随舟楫去,犹可助坚贞。

赋得浦口望斜月,送皇甫判官

起见西楼月,依依向浦斜。动摇生浅浪,明灭照寒沙。水渚犹疑雪,梅林不辨花。送君无可赠,持此代瑶华。

赋得绵绵思远道,送岑判官入岭

极目烟霞外,孤舟一使星。兴中寻白雪一作碧落,梦里过沧溟。夜月松江戍,秋风竹坞亭。不知行远近,芳草日青青。

江宁春夜裴使君席送萧员外

花院日扶疏,江云自卷舒。主人熊轼任,归客雉门车。曙月稀星里,春烟紫禁余。行看石头戍,记得是南徐。

送薛八谪居
　　东水将孤客,南行路几千。虹翻潮一作潮上雨,鸟落瘴中天。谪去宁留恨,思归岂待年。衔杯且一醉,别泪莫潸然。

送衡阳归客
　　归客爱鸣榔,南征忆旧乡。江山追宋玉,云雨忆荆王。醉里宜城近,歌中郢路长。怜君从此去,日夕望三湘。

送员外侍御入朝
　　别思乱无绪,妖氛犹未清。含香五夜客,持赋十年兄。霜拂金波树,星回玉斗城。自怜江上鹤,垂翅羡飞鸣。

送李谏议归荆州
　　归舟同不系,纤草剩忘忧。禁掖曾通籍,江城旧列侯。暮帆依夏口,春雨梦荆州。何日朝云陛,随君拜冕旒。

送元中丞江淮转运一作王维诗
　　薄税归天府,轻徭赖使臣。欢沾赐帛老,恩及卷绹人。去问殊一作珠官俗,来经几劫一作石砝春。东南御,一作高,又作卸亭上,莫问一作使有风尘。

送唐别驾赴郢州
　　少年从事好,此去别愁轻。满座诗人兴,随君郢路行。兼葭侵驿树,云水抱山城。遥爱下车日,江皋春草生。

送郑巨及第后归觐
　　多才白华子,初擅桂枝名。嘉庆送归客,新秋带雨行。离人背水去,喜鹊近家迎。别赠难为此,衰年畏后生。

宿远上人兰若
　　香花闭一林,真士此看心。行道白云近,燃灯翠壁深。梵筵清水月,禅坐冷山阴。更说东溪好,明朝乘兴寻。

酬元秘书晚出蓝溪见寄
　　野兴引才子,独行幽径迟。云留下山处,鸟静出溪时。拙宦不忘隐,归休常在兹。知音倘相仿,炊黍扫茅茨。

别张起居时多故
　　有别时留恨,销魂况在今。风涛初振海,鹓鹭各辞林。旧国关河绝,新秋草露深。陆机婴世网,应负故山心。

郭司徒厅夜宴一本题下有别字
　　秋堂复夜阑,举目尽悲端。霜堞鸟一作乌声苦,更楼月色寒。美人深别意,斗酒少留欢。明发将何赠,平生双玉盘。

初至京口示诸弟
　　还家百战后,访故几人存。兄弟得相见,荣枯何处论。新诗添卷轴,旧业见儿孙。点检一作检点,一作感慨平生事,焉能出荜一作不杜门。

月下洗药
　　汲井向新月,分流入众芳。湿花低桂影,翻叶静泉光。露下添余润,蜂惊引暗香。寄言养生客,来此共提一作盈筐。

晚春永宁墅小园独坐,寄上王相公
　　东阁一何静,莺声落日愁。夔龙暂为别,昏旦思兼秋。蕙草出篱外,花枝寄竹幽。上方传雅颂,七夕让风流。

岁暇题茅茨
　　谷口逃名客,归来遂野心。薄田供岁酒,乔木待新禽。溪路春云重,山厨夜一作野火深。桃源应渐好,仙客许相寻。

九日登玉山
　　霞景青山上,谁知此胜游。龙沙传往事,菊酒对今秋。步石随云起,题诗向水流。忘归更有处,松下片云幽。

宴崔驸马玉山别业
　　金榜开青琐,骄奢半隐沦。玉箫惟送酒,

罗袖爱留宾。竹馆烟催暝,梅园雪误一作映春。
满朝辞赋客,尽是入林人。

春谷幽居

黄鸟鸣园柳,新阳改旧阴。春来此幽兴,
宛是谢公心。扫径兰芽一作芳出,添池山影深。
虚名随振鹭,安得久栖林。

赋得池上双丁香树

得地移根远,交柯绕指柔。露香浓结桂,
池影斗蟠虬。黛叶轻筠绿,金花笑菊秋。何如
南海外,雨露隔炎洲。

题樊川杜相公别业

数亩园林好,人知贤相家。结茅书阁俭,
带水槿篱斜。古树生春藓,新荷卷落花。圣恩
加玉铉,安得卧青霞。

酬卢十一过宿

乞还方未遂,日夕望云林。况复逢青草,
何妨一作劳问此心。闭门公务散,枉策故情深。
遥夜他乡宿,同君梁甫吟。

崔十四宅问候

晓日早莺啼,江城旅思迷。微官同寄傲,
移疾阻招携。远水间阎内,青山雉堞西。王孙
莫久卧,春草欲萋萋。

山路见梅,感而有作

莫言山路僻,还被好风催。行客凄凉过,
村篱冷落开。晚溪寒水照,晴日数蜂一作峰来。
重忆江南酒,何因把一杯。

泳门上画一本有小字松、上元、王、杜三相公一作崔峒诗

昔闻生涧底,今见起毫端。众草此时没,
何人知岁寒。岂能裨栋宇,且欲出门阑。只在
丹青笔,凌云也不难。

早发东阳

信风催过客,早发梅花桥。数雁起前渚,
千艘争便潮。将随浮云去,日惜故山遥。惆怅
烟波末,佳期在碧霄。

舟中寄李起居

南一作雨行风景好,昏旦水皋闲。春色郢
中树,晴霞湖上山。去家旅帆远,回首暮潮远。
蕙草知一作欲何赠,故人云汉间。

夜雨寄寇校书

秋馆烟雨合,重城钟漏深。佳期阻清夜,
孤兴发离心。烛影出绡幕,虫声连素琴。此时
蓬阁友,应念昔同衾。

喜李侍御拜郎官入省

粉署花骢入,丹霄紫诰垂。直庐惊漏近,
赐被觉霜移。汉主前瑶席,穰侯许凤池。应怜
后行雁,空羡上林枝。

苏端林亭对酒喜雨

小雨飞林顶,浮凉入晚多。能知留客处,
偏与好风过。濯锦翻红蕊,跳珠乱碧荷。芳尊
深几许,此兴可酣歌。

见上林春雁翔青云,寄杨起居、李员外

上林春更好,宾雁不知归。顾影怜青籞,
传声入紫微。夜陪池鹭宿,朝出苑花飞。宁忆
寒乡侣,鸾凰一见稀。

偶成

含毫意不浅,微月上帘栊。门静吏人息,
心闲图圆空。繁星入疏树,惊鹊倦秋风。始觉
牵卑剧,宵眠亦在公。

渔潭值雨

日入林岛异,鹤鸣风草间。孤帆泊枉渚,
飞雨来前山。客意念留滞,川途忽阻艰。赤亭
仍数里,夜待安流还。

题萧丞小池

莺鸣蕙草绿,朝与情人一作人情期。林沼忘
言处,鸳鸿养翮时。春泉滋药暖,晴日度花迟。
此会无辞醉,良辰难再追。

全唐诗卷二百三十八

钱起

送集贤崔八叔承恩括图书

雨露满儒服,天心知子虚。还劳五经笥,更访百家书。赠别倾文苑,光华比使车。晚一作晚云随客散,寒树出关疏。相见应朝夕,归期在玉除。

送张五员外东归楚州

缨珮不为美,人群宁免辞。杳然黄鹄去,未负白云期。此别清兴尽,高秋临水时。好山枉帆僻,浪迹到家迟。他日诏书下,梁鸿安可追。

闲居寄包何

去名即栖遁,何必归沧浪。种药幽不浅,杜门喧自忘。林眠多晓梦,鸦散惊初阳。片雪幽云至,回风邻果香。佳期碧天末,惆怅紫兰芳一作房。

津梁寺寻李侍御

禅林绝过客,柱史正焚香。驯鸽不猜隼,慈云能护霜。骢声隔暗竹,吏事散空廊。霄汉期鹓鹭,狐狸避宪章。绕阶春色至,屈草待君芳。

山园秋晚寄杜黄裳少府

惆怅佳期阻,园林秋景闲。终朝碧云外,唯见暮禽还。泉石思携手,烟霞不闭关。杖藜仍把菊,对卷也看山。望望离心起,非君谁解颜。

东溪杜一作社野人致酒

万重云树下,数亩子平居。野院罗泉石,荆扉背里闾。早冬耕凿暇,弋雁复烹鱼。静扫寒花径,唯邀傲吏车。晚来留客好,小雪下山初。

忆山中寄旧友

数岁白云里,与君同采薇。树深烟不散,溪静鹭忘飞。更忆东岩趣,残阳破翠微。脱巾花下醉,洗药月前归。风景今还好,如何与世一作此兴违。

东皋早春寄郎四校书

禄微赖学稼,岁起归衡茅。穷达一作途恋明主,耕桑亦一作迹近郊。夜来霁山雪,阳气动林梢。兰一作萌蕙暖初吐,春鸠鸣欲一作始巢。蓬莱时入梦,知子忆贫一作与平交。

玉山东溪题李叟屋壁

霞景已斜照,烟溪方暝投。山家归路僻,辙迹乱泉流。野老采薇暇,蜗庐招客幽。麏麚突荒院,鸲鹆步闲畴。偶此惬真性,令人轻宦游。

温泉宫礼见

新丰佳气满,圣主在温泉。云暖一作暖龙行处,山明日驭前。顺风求至 道,侧席问遗贤。灵雪瑶墀降,晨霞彩仗一作旆悬。沧溟不让水,疵贱也朝天。

游襄阳泉石晚归

游目随山胜,回桡爱浦长。往来幽不浅,昏旦兴难忘。木末看归翼,莲西失夕阳。人声指间井,野趣惜林塘。稍近垂杨路,菱舟拥岸香。

夏日陪史郎中宴杜郎中果园

何事重逢迎,春醪晚更清。林端花自老,池上月初明。路入仙郎次,乌连柱史名。竹阴疏柰院一作苑,山翠傍芜城。引满不辞醉,风来待曙更。

南溪春耕

荷蓑趣一作越南径,戴胜鸣条枚。溪雨有余润,土膏宁厌开。沟塍落花尽,耒耜度云回。谁道耦耕倦,仍兼胜赏催。日长农有暇,悔不带经来。

省试湘灵鼓瑟

善鼓一作栟云和瑟,常闻帝子灵。冯夷空一作徒自舞,楚客不堪听。苦调凄金石,清音入杳冥。苍梧来一作成怨慕,白芷动芳馨。流水传潇一作湘浦,悲风过洞庭。曲终人不见,江上数峰青。

观法驾自凤翔回

搀抢一扫灭,阊阖九重开。海晏鲸鲵尽。天旋日月来。圣情苏品物,龙御一作驭辟云雷。晓漏移仙仗,朝阳出帝台。周惭散马出,禹让潜川回。欲识封人愿,南山举酒杯。

题玉村叟屋壁一本无屋字

谷口好泉石,居人能陆沈。牛羊下一作上山小一作去,烟火一作雨隔云一作林深。一径入溪色,数家连竹阴。藏虹辞晚雨,惊隼落残禽。涉趣皆流一作留目,将归羡一作必在林。却思黄绶事,辜负紫芝心。

县中池竹言怀

官小志已足,时清免负薪。卑栖且得地,荣耀不关身。自爱赏心处,丛篁流水滨。荷香度高枕,山一作春色满南邻。道在即为乐,机忘宁厌贫。却愁丹凤诏,来访漆园人。

山园栖隐

守静信推分,灌园乐在兹。且忘尧舜力,宁顾尚书期。晚景采兰暇,空林散帙时。卷荷藏露滴,黄口触虫丝。三径与嚣远,一瓢常自怡。情人半云外,风月讵相思。

送王谏议任东都居守

车徒凤掖东,去去洛阳宫。暂以青蒲隔,还看紫禁同。经过乘雨露,萧洒出鹓鸿。官署名台下,云山旧苑中。暮天双阙静,秋月九重一作门空。且喜成周地,诗人播国风。

送郑书记

决胜无遗策,辞天便请缨。出身唯殉死,

报国且能兵。受命麒麟殿,参谋骠骑营。短箫催别酒,斜日驻前旌。义勇千夫敌,风沙万里行。几年丹阙下,侯印锡书生。

送族侄赴任一作之郡

林下不成兴,仲容微禄牵。客程千里远,别念一一作片帆悬。欲叹卑栖去,其如胜趣偏。云山深郡郭,花木净潮田。坐啸帷应下,离居月复圆。此时知小阮,相忆绿尊前。

长安落第作

始愿今如此,前途复若何。无媒献词赋,生事日蹉跎。不遇张华识,空悲宁戚歌。故山归梦远,新岁客愁多。刷羽思乔木,登龙恨失波。散才非世用,回首谢云萝一作罗。

酬长孙绎蓝溪寄杏

爱君蓝水上,种杏近成田。拂径清阴合,临流彩实悬。清香和宿雨,佳色出晴烟。懿此倾筐赠,想一作相知怀橘年。芳馨来满袖,琼玖愿酬篇。把玩情何极,云林若眼前。

药堂秋暮

隐来未得道,岁去愧云松。茅屋空山暮,荷衣白露浓。唯怜石苔色,不染世人踪。潭静宜孤鹤,山深绝远钟。有时丹灶上,数点彩霞重。勉事壶公术,仙期待赤龙。

哭常徵君

万化一朝尽,穷泉悲此君。如何丹灶术,能误紫芝焚。不遂苍生望,空留封禅文。远年随逝水,真气尽浮云。山闭龙蛇蛰,林寒麋鹿群。伤心载酒地,仙菊为谁薰。

送鲍中丞赴太原军营

年壮才仍美,时来道易行。宠兼三独任,威肃贰师营。将略过南仲,天心寄北京。云旄临塞色,龙笛出关声。汉月随霜去,边尘计日清。渐知王事好,文武用书生。

奉送刘相公江淮催转运

国用资戎事,臣劳为主忧。将征任土贡,更发济川舟。拥传星还去,过池凤不留。唯高饮水一作冰节,稍浅别家愁。落叶淮边雨,孤山海上秋。遥知谢公兴,微月上一作在江楼。

送李秀才落第游荆楚

翠羽虽一作难成梦,迁莺尚后群。名逃郄诜策,兴发谢玄文。昏旦扁舟去,江山几路分。上潮吞海日,归雁出湖云。诗思应须苦,猿声莫厌闻。离居见新月,那得不思君。

奉陪郭常侍宴浐川山池

掖垣携爱客,胜地赏年光。向竹过宾馆,寻山到妓堂。歌声掩金谷,舞态出平阳。地满簪裾影,花添兰麝香。莺啼春未老,酒冷日犹长。安石风流事,须归问一作骑省郎。

寇中送张司马归洛

戎狄寇周日,衣冠适洛年。客亭新驿骑,归一作关路旧人烟。吾道将东矣,秋风更飒然。云愁百战地,树隔两乡天。旅思蓬飘陌,惊魂雁怯弦。今朝一尊酒,莫惜醉离筵。

奉和宣城张太守南亭秋夕怀友

池馆蟪蛄声,梧桐秋露晴。月临朱戟静,河近画楼明。卷幔浮凉入,闻钟永夜清。片云悬曙斗,数雁过秋城。羽扇扬风暇,瑶琴怅一作寄别情。江山飞丽藻,谢朓让前名。

过山人所居因寄诸遗补

空谷春云满,愚公晦迹深。一随玄豹隐,几换绿萝阴。绝径人稀到,芳荪我独寻。厨烟住峭壁,酒气出重林。蝴蝶晴还舞,黄鹂晚暂吟。所思青琐客,瑶草寄幽心。

过鸣皋隐者

磻石老红鲜一作藓,征君卧几年。飞一作百泉出林下,一径过一作穷崖巅。鸡犬逐人静,云霞宜地偏。终朝数峰胜,不远一壶前。仲月霁春雨,香风生药田。丹溪不可别,琼草色芊芊。

送杨锷归隐

悔作扫门事,还吟招隐诗。今年芳草色,

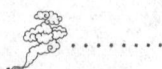

不失故山期。遥想白云里，采苓春日迟。溪花藏石径，岩翠带茅茨。九转莫飞去，三回良在兹。还嗤茂陵客，贫病老明时。

酬刘起居卧病见寄

承颜看彩服，不觉别丹墀。味道能忘病，过庭更学诗。缭垣多画戟，还岫入书帷。竹静携琴处，林香让果时。声同叨眷早，交澹在年衰。更枉兼金赠，难为继组词。

陪南省诸公宴殿中李监宅

将门高胜霍，相子宠过韦。宦贵攀龙后，心倾待士时。壶觞开雅宴，鸳鹭眷相随。舞退燕姬曲，歌征谢朓诗。晚钟过竹静，醉客出花迟。莫惜留余兴，良辰不可追。

山斋读书寄时校书杜叟

日爱蘅茅—作芳下，闲观山海图。幽人自守朴，穷谷也名愚。倒—作隔岭和溪雨，新泉到户枢。丛兰齐稚子，蟠木老潜夫。忆戴差过剡，游仙惯入壶。濠梁时一访，庄叟亦吾徒。

晚归蓝田旧居

云卷东皋下，归来省故蹊。泉移怜石在，林长—作近觉原低。旧里情难尽，前山赏未迷。引藤看古木，尝酒咒春鸡。兴—作性与时髦背，年将野老齐。才微甘引退，应得遂霞栖。

寄袁州李嘉祐员外

谁谓江山阻，心亲梦想偏。容辉常在目，离别任经年。郡国通流水，云霞共远天。行春莺几啭，迟客月频圆。雁有归—作还乡羽，人无访戴船。愿征黄霸入，相见玉阶前。

禁闱玩雪寄薛左丞

玄云低禁苑，飞雪满神州。虚白生台榭，寒光入冕旒。粉凝宫壁静，乳结洞门幽。细绕回风转，轻随落羽浮。怒涛堆砌石，新月孕帘钩。为报诗人道，丰年颂圣猷。

春暮过石龟谷题温处士林园—作送温逸人

隐几—作垂白无名老—作者，何年此陆沈。丘园自—作应得性，婚嫁不婴—作关心。岁计因山薄，霞栖在谷深。设置—作卢连草色，晒—作曝药背—作避松阴。触兴云生岫，随耕鸟下林。搘颐笑来客，头上有朝簪。

宿毕侍御宅

交情频更好，子有古人风。晤语清霜里，平生苦节同。心惟二仲合，室乃一瓢空。落叶寄—作绕秋菊—作竹，愁云低夜鸿—作丛兰思暗虫。薄寒灯影外，残漏雨声中。明发南昌去，回看御史骢。

中书遇雨

济旱惟宸虑，为霖即上台。云衔七曜起，雨拂九门来。纶阁飞丝度，龙渠激雷回。色翻池上藻，香裛鼎前杯。湘燕皆舒翼，沙鳞岂曝腮。尺波应万—作为假，虞海载沿洄。

适楚次徐城

去家随旅雁，几日到南荆。行迈改乡邑，苦辛淹晦明。畏途在淫雨，未暮息趋程。穷木对秋馆，寒鸦愁古城。迷津坐为客，对酒默含情。感激念知己，匣中孤剑鸣。

经李蒙颍阳旧居

同心而早世，天道亦何论。独有山阳宅，平生永不谖。青溪引白鸟，流涕吊芳荪。蔓草入空室，丛篁深毁垣。旧游还在眼，神理更忘言。唯见东山月，人亡不去门。

赠汉阳隐者

当年不出世，知子餐霞人。乐道复安土，遗荣长隐身。衡茅古林曲，秔稻清江滨。桂棹为渔暇，荷衣御暑新。款颜行在—作在行役，幽兴惜今晨。分首天涯去，再来芳杜春。

巨鱼纵大壑

巨鱼纵大壑，遂性似乘时。奋跃风生鬣，腾凌浪鼓鳍。龙摅回地轴，鲲化想天池。方快吞舟意，尤殊在藻嬉。倾危嗟幕燕，隐晦诮泥龟。喻士逢明主，才猷得所施。

送李九归河北

　　文武资人望,谋猷简圣情。南州初卧鼓,东土复维城。寄重分符去,威仍出阃行。斗牛移八座,日月送双旌。别恋瞻天起,仁风应物生。伫闻收组练,锵玉会承明。

送丁著作佐台郡

　　多年金马客,名遂动归轮。佐郡紫书下,过门朱绶新。扬舲望海岳,入境背风尘。水驿偏乘月,梅园别受春。带经临府吏,鲙鲤待乡人。始见美高士,逍遥在搢绅。

送王使君赴太原行营

　　太白明无象,皇威未戢戈。诸侯持节钺,千里控山河。汉驿双旌度,胡沙七骑过。惊蓬一作烽连雁起,牧马入云多。不卖卢龙塞,能消瀚海波。须传出师颂一作表,莫奏式微歌。

送王使君移镇淮南

　　共许徐方牧,能临河内人。郡移棠转茂,车至鹿还驯。吏事嘉师旅,驾行惜搢绅。别心倾祖席,愁望尽征轮。紫诰一作诏徵黄晚,苍生借寇频。愿言青琐拜,早及上林春。

李四劝为尉氏尉,李七勉为开封尉惟伯与仲有令誉,因美之

　　美政惟兄弟,时人数俊贤。皇枝双玉树,吏道二梅仙。自进尧唐俗,唯将礼让传。采兰花萼聚,就日雁行联。黄绶俄三载,青云未九迁。庙堂为宰制,几日试龙泉。

春夜宴任六昆季宅

　　际晚绿烟起,入门芳树深。不才叨下客,喜宴齿诸簪。夜月仍携妓,清风更在林。彩毫挥露色,银烛动花阴。自接通家好,应一作因知待士心。向隅逢故识,兹夕愿披襟。

闲居酬张起居见赠

　　在林非避世,守拙自离群。弱羽谢风水一作木,穷愁依典坟。良知不遐弃,新咏独相闻。能使幽兴苦,坐忘清景曛。前山带乔木,暮鸟联归云。向夕野人思,难忘骑省文。

奉和王相公秋日戏赠元校书

　　才妙心仍远,名疏迹可追。清秋闻礼暇,新雨到山时。胜事唯愁尽,幽寻不厌迟。弄云怜鹤去,隔水许僧期。贤相敦高躅,雕龙忆所思。芙蓉洗清露,愿比谢公诗。

过杨驸马亭子

　　衣冠在汉庭一作京,台榭接天成。彩凤翻箫曲,祥鳣入馆名。歌钟芳月曙,林嶂碧云生。乱水归潭净,高花映竹明。退朝追宴乐,开阁一作沈辖醉簪缨。长袖留嘉客,栖乌下禁城。

山下别杜少府

　　把手意难尽,前山日渐低。情人那忍别,宿一作夕鸟尚同栖。寸晷恋言笑,佳期欲阻暌。离云愁出岫,去水咽分溪。庄叟几虚说,杨朱空自迷。伤心独归路,秋草更萋萋。

晚出青门望终南别业

　　能清一作捐谢朓思一作府,暂下承明庐。远山新水一作水断山下,寒皋微雨余。更怜归鸟去,宛到卧龙居。笑指丛一作家林上,闲云自卷舒。宁心鸣凤一作凤鸣日,却意一作忆钓璜初。处贵有余兴,伊周位不如。

送严士良侍奉詹事南游

　　疏傅独知止,曾参善爱亲。江山侍行迈,长幼出器一作风尘。握手想千古,此心能几人。风光满长陌一作路,草色傍征轮。日夕望荆楚,莺鸣芳杜新。渔一作汀烟月一作日下浅,花屿一作岛水中春。点翰遥一作时相忆,含情向一作寄白蘋。

题秘书王迪城北池亭

　　子乔来魏阙,明主赐衣簪。从宦辞人事,同尘即道心。还追大隐迹,寄此凤城阴。昨夜新烟雨。池台清且深。伏泉通粉壁,迸笋出花林。晚沐常多暇,春一作香醪时独斟。西南汉

宫月，复对绿窗琴一作吟。

过王舍人宅

入门花柳暗，知是近臣居。大隐心何远，高风物自疏。翛然静者事，宛得上皇余。鸡犬偷仙药，儿童授一作受道书。清吟送客后，微月上城初。彩笔有新咏，文星垂太虚。承恩金殿宿，应荐马相如。

过瑞龙观道士

不知谁氏子，炼魄家洞天。鹤待成丹日，人寻种杏田。灵山含道气，物性皆自然。白鹿顾瑞草，骊龙蟠玉泉。得兹象外趣，便割区中缘。石窦采云母，霞堂陪列仙。主人善止客，柯烂忘归年。

送沈仲一作冲

天朴非外假，至一作志人常晏如。心期邈霄汉，词律响琼琚。举酒常叹息，无人达子虚。夜光失隋掌，骥骜舣伏盐车。考室晋山下，归田秦岁初。寒云随路合，落照下城余。千里还同术，无劳怨索居。

和韦侍御寓直对雨

名贯四科首，班宜二妙齐。如何厌白简，未得步金闺。寓直晦秋雨，吟余闻远鸡。漏声过旦冷，云色向窗低。谁谓霄汉近，翻嗟心事暌。兰滋人未握，霜晓鹗还栖。伫见田郎字，亲劳御笔题。

奉和圣制登朝元阁

六合纡玄览，重轩启上清。石林飞栋出，霞顶泰阶平。拂曙銮舆上，晞阳瑞雪晴。翠微回日驭，丹巘驻天行。御气升银汉，垂衣俯锦城。山通玉苑迥，河抱紫关明。感物乾文动，凝神道化成。周王陟乔岳，列辟让英声。

奉和杜相公移长兴宅，奉呈元相公

守贵常思俭，平津此意深。能卑丞相宅，何谢故人心。种蕙初袖带，移篁不改阴。院梅朝助鼎，池凤夕归林。觉路经中得，沧洲梦里寻。道高仍济代，恩重岂投簪。报国谁知己，推贤共作霖。兴来文雅振，清韵掷双金。

送任先生任唐山丞

再命果良愿，几年勤说诗。上公频握发，才子共垂帷。琢玉成良器，出门偏怆离。腰章佐墨绶，耀锦到茅茨。树老见家日，潮平归县时。衣催莲女织，颂听海人词。鸿鹄志应在，荃兰香未衰。金门定回首，云路有佳期。

送外甥怀素上人归乡侍奉

释子吾家宝，神清慧有余。能翻梵王字，妙尽伯英书。远鹤无前侣，孤云寄太虚。狂来轻世界，醉里得真如。飞锡离乡一作江久，宁亲喜一作是腊初。故池残雪满一作在，寒柳霁烟疏。寿酒还尝药，晨餐不荐鱼。遥知禅诵外，健笔赋闲居。

送张中丞赴桂州

出守求人瘼，推贤动圣情。紫台初下诏，皂盖始专城。宠借飞霜简，威加却月营。云衢降五马，林长一作桂水，一作秋水引双旌。凤仰敦诗礼，尝闻偃甲兵。戍楼云外静，讼阁竹间清。化伫还珠美，心将片玉贞。寇恂朝望重，计日谒承明。

送王相公赴范阳

翊圣衔恩重，频年按节行。安危皆报国，文武不缘名。受脉仍调鼎，为霖更洗兵。幕开丞相阁，旗总贰师营。料敌知无战，安边示一作自有征。代云横马首，燕雁拂筇声。去镇关河静，归看日月明。欲知瞻恋一作望切，迟暮一书生。

送蒋尚书居守东都

凤辇幸秦久，周人徯帝情。若非君敏德，谁镇洛阳城。前席命才彦，举朝推令名。纶言动北斗，职事守东京。郑履下天去，蓬轮满路声。出关秋树直，对阙远山明。肃肃保釐处，水流宫苑清。长安日西笑，朝夕衮衣迎。

送李兵曹赴河中

能荷钟鼎业,不矜纨绮荣。侯门三事后,儒服一书生。昔志学文史,立身为士英。骊珠难隐耀—作曜,皋鹤会长鸣。休命且随牒,候时常振缨。寒蝉思关柳,匹马向蒲城。秋日黯将暮,黄河如欲清。黎人思坐啸,知子树佳声。

罢官后酬元校书见赠

心期怅已阻,交道复何如。自我辞丹阙,惟君到故庐。忘机贫负米,忆戴出无车。一作未忘金马诏,犹负茂陵书。邻犬吠初服,家人愁斗储。秋堂入闲夜,云月思离居。穷巷闻砧冷,荒枝应一作映鹊疏。宦名随落叶,生事感枯鱼。临一作流水仍挥手,知音未弃余。

同邹戴关中旅寓

文士皆求遇,今人谁至公。灵台一寄宿,杨柳再春风。更惜忘形友,频年失志同。羽毛一作衣齐燕雀,心事阻鸳鸿。留滞惭归养,飞鸣恨触笼。橘怀乡梦里,书去客愁中。残雪迷归雁,韶光弃断蓬。吞悲问唐举,何路出屯蒙。

新丰主人

明代少知己,夜光频暗投。迍邅终薄命,动息尽穷愁。自欲归飞鹬,当为不系舟。双垂素丝泪,几弊皂貂裘。暮鸟栖幽树,孤云出旧丘。蛩悲衣褐夕,雨暗转蓬秋。客里冯谖剑,歌中宁戚牛。主人能纵酒,一醉且忘忧。

夕游覆釜山道士观因登玄元庙

冥搜过物表,洞府次溪傍。已入瀛洲远,谁言仙路长。孤烟出深竹,道侣正焚香。鸣磬爱山静,步虚宜夜凉。仍同象帝庙,更上紫霞冈。雾月悬琪树,明星映碧堂。倾思丹灶术,愿采玉芝芳。倘把浮丘袂,乘云别旧乡。

陪郭常侍令公东亭宴集

盛业山河列,重名剑履荣。珥貂为相子,开阁引时英。美景池台色,佳期宴赏情。词人载笔至,仙妓出花迎。暗竹朱轮转,回塘玉佩鸣。舞衫招戏蝶,歌扇隔啼莺。饮德心皆醉,披云兴转清。不愁欢乐尽,积庆在和羹。

太子李舍人城东一作中别业与二三文友逃暑

下马失炎暑,重门深绿筵。宫臣礼嘉客,林表开兰堂。兹夕一作日兴难尽,澄叠照墨场。鲜风吹印绶,密坐皆馨香。美景惜文会,清吟迟羽觞。一本无上四句。东林晚来好,目极一作极目趣何长。鸟道挂疏雨,人家残夕阳。城隅拥归骑,留醉一作酌恋琼一作群芳。

柏崖老人号无名先生,男削发,女黄冠,自以云泉独乐,命予赋诗

古也忧婚嫁,君能乐性肠一作道场。长男栖月宇,少女炫一作被霓裳。问尔餐霞处,春山芝桂旁。鹤前飞九转,壶里驻三光。与我开龙峤,披云静药堂。胡麻兼藻绿,石髓隔花香。帝力言何有,椿年喜渐长。窅然高象外,宁不傲羲皇。

赠李十六

半面喜投分,数年钦盛名。常思梦颜色,谁忆一作意访柴荆。忽听款扉响,欣然倒屣迎。蓬蒿驻驷马,鸡犬傍簪缨。酌水即嘉宴,新知甚故情。仆夫视日色,栖鸟催车声。自尔宴言后,至今门馆清。何当更乘兴,林下已苔生。

裴仆射东亭

凤辰任匡济,云溪难退还。致君超列辟,得道在荣班。朱戟缭垣下,高斋芳树间。隔花开远水,废卷爱晴山。晚沐值清兴,知音同解颜。藉兰开赐酒,留客下重关。仙犬逐人静,朝车映竹闲。则知真隐逸,未必谢区寰。轩后三朝顾,赤松何足攀。

中书王舍人辋川旧居

几年家绝塞,满径种芳兰。带石买松贵,通溪涨水宽。诵经连谷响,吹律灭云寒。谁谓桃源里,天书问考槃。一从解蕙带,三入偶蝉冠。今夕复何夕,归休寻旧欢。片云一作霞隔

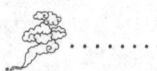

苍翠,春雨半林湑。藤长穿松盖,花繁压药栏。景深青眼下,兴绝彩毫端。笑向同来客,登龙此地难。

送襄阳卢判官奏开河事

千里趋魏阙,一言简圣聪。河流引关外,国用赡秦中。有诏许其策,随山兴此功。连云积石阻,计日安波通。飞棹转年谷,利人胜岁丰。言归汉阳路,拜手蓬莱宫。紫殿赐衣出,青门酹酌同。晚阳过微雨,秋水见新鸿。坐惜去车远,愁看离馆空。因思郢川守,南楚满清风。

奉送户部李郎中充晋国副节度出塞

德佐调梅用,忠输击虏年。子房推庙略,汉主托兵权。受命荣中禁,分麾镇左贤。风生黑山道,星下紫微天。始愿文经国,俄看武定边。鬼方尧日远,幕府代云连。汗马将行矣,卢龙已肃然。关防驱使节,花月眷离筵。自忝知音遇,而今感义偏。泪闻横吹落,心逐去旌悬。帝念夔能政,时须说济川。劳还应即尔,朝暮玉墀前。

奉和中书常舍人晚秋集贤院即事寄徐薛二侍御

文星垂太虚,辞伯综群书。彩笔下鸳掖,褒衣来石渠。典坟探奥旨,造化睹权舆。述圣鲁宣父,通经汉仲舒。窗明宜缥带,地肃近丹除。清昼删诗暇,高秋作赋初。露盘侵汉耸,宫柳度鸦疏。静对连云阁,晴闻过阙车。旧僚云出矣,晚岁复何如。海峤瞻归路,江城梦直庐。含毫思两凤,望远寄双鱼。定笑巴歌拙,还参丽曲余。

和范郎中宿直中书,晓玩清池,赠南省同僚两—作西垣遗补

青琐留才子,春池静禁林。自矜仙岛胜,宛在掖垣深。引派彤庭里,含虚玉砌阴。涨来知圣泽,清处见天心。兰气飘红岸,文星动碧浔。凤栖长近日,虬卧欲为霖。席宠虽高位,流谦乃素襟。焚香春—作残漏尽,假寐晓莺吟。丹地宜清泚—作切,朝阳复照临。司言兼逸趣,鼓兴接—作属知音。六义惊—作先摛藻,三台响—作向掷金。为怜风水外,落—作鳞羽此漂—作失飞沉。

全唐诗卷二百三十九

钱起

同程九早入中书 一作钱珝诗

汉家贤相重英奇,蟠木何材也见知。不意云霄能自致,空惊鹓鹭忽相随。腊雪初明柏子殿,春光欲上万年枝。独惭皇鉴明如日,未厌春一作萤光向玉墀。

仲春宴王补阙城东小一作山池

王孙兴至幽寻好,芳草春深景气和。药院爱随流水入,山斋喜与白云过。犹嫌巢鹤窥人远,不厌丛花对客多。醉来倚玉无余事,目送归鸿笑复歌。

夜宿灵台寺寄郎士元

西日横山含碧空,东方吐月满禅宫。朝瞻双顶青冥上,夜宿诸天色界中。石潭倒献一作泼,一作映莲花水,塔院空闻松柏风。万里故人能尚尔,知君视听我心同。

题郎士元半日吴村别业,兼呈李长官

半日吴村带晚霞,闭门高柳乱飞鸦。横云岭外千重树,流水声中一两家。愁人昨夜相思苦,闰月今年春意赊。自叹梅生头似雪,却怜潘令县如花。

崦川雪后送僧粲临还京,时避世卧疾

连步青溪几万重,有时共立在孤峰。斋到孟空餐雪麦一作麦雪,经传金字坐云松。呻吟独卧崦川水,振锡先闻长乐钟。回望群山携手处,离心一一涕无从。

和李员外扈一作从驾幸温一作汤泉宫

未央月晓度疏钟,凤一作步辇时巡出九重。雪一作雨霁山门迎瑞日,云开水殿候飞龙。轻寒不入宫中树,佳气常薰一作浮仗外峰。遥羡枚皋扈仙一作先扈跸,偏承霄汉渥恩浓。

长信怨

长信萤来一叶秋,蛾眉泪尽九重幽。鹅鹊观前明月度,芙蓉阙下绛河流。鸳衾久别难为梦,凤管遥闻更起愁。谁分—作念昭阳夜歌舞,君王玉辇正淹留。

送河南陆少府

云间陆生美且奇,银章朱绶映金羁。自料抱材将致远,宁嗟趋府暂牵卑。东城社日催巢燕,上苑秋声散御梨。朝夕诏书还柏署,行看飞隼集高枝。

送李评事赴潭州使幕

湖南远去有余情,蘋叶初齐白芷生。漫说简书催物役,遥知心赏缓王程。兴过山寺先云到,啸引江帆带月行。幕下由来贵无事,伫闻谈笑静黎氓。

送李九贬南阳

玉柱金罍醉不欢,云山驿道向东看。鸿声断续暮天远,柳影萧疏秋日寒。霜降幽林沾蕙若,弦惊翰苑失鸳鸾。秋来回首君门阻,马上应歌行路难。

送裴颀—作迪侍御使蜀

柱史才年四十强,须髯玄发美清扬。朝天绣服乘恩贵,出使星轺满路光。锦水繁花添丽藻,峨嵋明月引飞觞。多才自有云霄望,计日应追鸳鹭行。

送韦信爱子归觐

离舟解缆到斜晖,春水东流燕北—作北雁飞。才子学诗趋露冕,棠花含笑待斑衣。稍闻江树啼猿近,转觉山林过客稀。借问还珠盈合浦,何如鲤也入庭闱。

送兴平王少府游梁

旧识相逢情更亲,攀欢甚少怆离频。黄绶罢来多远客,青山何处不愁人。日斜官树闻蝉满—作晚,雨过关城见月新。梁国遗风重词赋,诸侯应念马卿贫。

送张员外出牧岳州

凤凰衔诏与何人,喜政多才宠寇恂。台上鸳鸾争送远,岳阳云树待行春。自怜黄阁知音在,不厌彤幨出守频。应笑冯唐衰且拙,世情相见白头新。

送孙十尉温县

飞花落絮满河桥,千里伤心送客遥。不惜芸香梁黄绶,惟怜鸿羽下青霄。云衢有志终骧首,吏道无媒且折腰。急管繁弦催一醉,颓阳不驻引征镳。

送钟评事应宏词下第东归

芳岁归人嗟转蓬,含情回首灞陵东。蛾眉不入秦台镜,鹢羽还惊宋国风。世事悠扬春梦里,年光寂寞旅愁中。劝君稍尽离筵酒,千里佳期难再同。

送严维尉河南

蕙叶青青花乱开,少年趋府下蓬莱。甘泉未献—作厌扬雄赋,吏道何劳贾谊才。征陌独愁飞盖远,离筵只惜暝钟催。欲知别后相思处,愿植琼枝向柏台。

送马员外拜官觐省

二十为郎事汉文,鸳雏骥子自为群。笔精已许台中妙,剑术还令世上闻。归觐屡经槐里月,出师常笑棘门军。莫言来往朝天远,看取鸣鞘入断云。

送冷朝阳擢弟后归金陵觐省

莱子昼归今始好,潘园景色夏偏浓。夕阳流水吟诗去,明月青山出竹逢。兄弟相欢初让果,乡人争贺旧登龙。佳期少别俄千里,云树愁看过—作历几重。

九日宴浙江西亭

诗人九日怜芳菊,筵客高斋宴浙江。渔浦浪花摇素壁,西陵树色入秋窗。木奴向熟悬金实,桑落新开泻玉缸。四子醉时争讲习,笑论黄霸旧为邦。

和王员外雪晴早朝

紫微晴雪带恩光,绕仗偏随鸳鹭行。长信月留宁避晓,宜春花满不飞香。独看积素凝清禁,已觉轻寒让太阳。题柱盛名兼绝唱,风流谁继汉田郎。

避暑纳凉

木槿花开畏日长,时摇轻扇倚绳床。初晴草蔓缘新笋,频雨苔衣染旧墙。十旬河朔应虚醉,八柱天台好纳凉。无事始然知静胜,深垂纱帐咏沧浪。

早夏

楚狂身世恨情多,似病如忧正是魔。花萼败春多寂寞,叶阴迎夏已清和。鹂黄好鸟摇深—作红树,细白佳人著紫罗。军旅阅诗裁不得,可怜风景遣如何。

题嵩阳焦道士石壁

三峰花畔—作半碧堂悬,锦里真人此得仙。玉体—作體才飞西蜀雨,霓裳欲向大罗天。彩云不散烧丹灶,白鹿时藏种玉田。幸入桃源因—作应去世,方期丹诀—延年。

题延州圣僧穴

定力无涯不可称,未知何代坐禅僧。默默山门宵闭月,荧荧石壁昼然灯。四时树长书经叶,万岁岩悬挂杖藤。昔日舍身缘救鸽,今时出见有飞鹰。

乐游原晴望上—作寄中书李侍郎

爽气朝来—作分万里清,凭高一望九秋—作愁轻。不知凤沼—作傅说霖初霁,但觉—作见尧天日转明。四野山河通—作同远色,千家砧杵共秋声。遥想—作指青云丞相府,何时开阁引—作对书生。

幽居春暮书怀—作石门暮春,一作蓝田春暮

自哂鄙夫多野性,贫—作闲居数亩半临湍—作村端。溪云杂雨来茅屋,山雀—作鸟将雏到—作至药栏。仙篆满床闲不厌,阴符在箧老羞看。更怜童子宜春服,花里寻师指—作到杏坛。

谒许由庙

故向箕山访许由,林泉物外自清幽。松上挂瓢枝几变,石间洗耳水空流。绿苔唯见遮三径,青史空传谢九州。缅想古人增叹惜,飒然云树满岩秋。

过张成侍御宅

丞相幕中题—作吐凤人,文章心事每相亲。从军谁谓仲宣乐,入室方知颜子贫。杯里紫茶香代酒,琴中绿水静留宾。欲知别后相思意,唯愿琼枝入梦频。

酬考功杨员外见赠佳句 黄卷读来今已老,白头受屈不曾言

上林谏猎知才薄,尺组承恩愧命牵。潢潦难滋沧海润,萤光空尽太阳前。虚名滥接登龙士,野性宁忘种黍田。相国无私人守朴,何辞老去上皇年。

寄永嘉王十二

永嘉风景入新年,才子诗成定可怜。梦里还乡不相见,天涯忆戴复谁传。花倾晓露垂如泪,莺拂游丝断若弦。愿得回风吹海雁,飞书一宿到君边。

七盘岭阻寇闻李端公先到南楚

日暮穷途泪满襟,云天南望羡飞禽。阮—作陇肠暗与孤鸿—作魂断,江水遥连别恨深。明月既能通忆梦,青山何用隔同心。秦楚眼看成绝国,相思一寄白头吟。

酬赵给事相寻不遇留赠

谁忆—作意颜生穷巷里,能劳马迹破春苔。忽看童子扫花处,始愧夕郎题凤来。斜景适随诗兴尽,好风才送珮声回。岂无鸡黍期他日,惜此残春阻绿杯。

山中酬杨补阙见过

日暖风恬种药时,红泉翠壁薜萝垂。幽溪鹿过苔还静,深树云来鸟不一作未知。青琐同心多逸兴,春山载酒远相随。却惭一作思身外一作事牵缨冕,未一作宁胜杯一作林前倒接䍦。

同王锅起居程浩郎中韩翃舍人题安国寺用上人院

慧眼沙门真远公,经行宴坐有儒风。香缘不绝簪裾会,禅想宁妨藻思通。曙后炉烟生不灭,晴来阶色并归空。狂夫入室无余事,唯与天花一笑同。

寻司勋李郎中不遇

知己知音同舍郎,如何咫尺阻清扬。每恨兼葭傍一作倚芳树,多惭新燕入华堂。重花不隔陈蕃榻,修竹能深夫子墙。唯有早朝趋凤阁,朝时怜羽接鸳行。

赠张南史

紫泥何日到沧洲,笑向东阳沈隐侯。黛色晴一作山峰云外出,縠文江水县前流。使臣自欲论公道,才子非关厌薄游。溪畔秋兰虽可佩,知君不得少停舟。縠江,兰溪之别名也。

暇日览旧诗因以题咏

逍遥心地得关关,偶被功名涴一作浣我闲。有寿亦将归象外,无诗兼不恋人间。何穷默识轻洪范,未丧斯文胜大还。筐篚静开难似此,蕊珠春色一作雪海中山。

汉武出猎

汉家无事乐时雍,羽猎年年出九重。玉帛不朝金阙路,旌旗长绕彩霞峰。且贪原兽轻黄屋,宁畏渔人犯白龙。薄暮方归长乐观,垂杨几处绿烟浓。

宴曹王宅

贤王驷马退朝初,小苑三春带雨余。林沼葱茏多贵气,楼台隐映接天居。仙鸡引敌穿红药,宫燕衔泥落绮疏。自叹平生相识愿,何如今日厕应徐。

重赠赵给事

久飞鸳掖出时髦,耻负平生稽古劳。玉树满庭家转贵,云衢独步位初高。能迂驷驭寻蜗舍,不惜瑶华报木桃。应念潜郎守贫病,常悲休沐对蓬蒿。

赠阙下一作阙下赠裴舍人

二月黄莺一作鹂飞上林,春城紫禁一作陌晓阴阴一作沈沈。一本二句倒用。长乐钟声花外尽,龙池柳色雨中深。阳和不散穷途恨,霄汉长怀一作悬捧日心。献赋十年犹未遇,羞将白发对华簪。

登刘宾客高斋时公初退相。一作春题刘相公山斋。

能以功成疏宠位,不将心赏负云霞。林间客散孙弘阁,城一作坛上山宜绮季家。蝴蝶晴连一作怜池岸草,黄鹂晚一作晓出柳园花。一作山蝶成群争绕蕙,黄鹂命子暗移花。日陪鲤也趋文苑,谁道门生隔绛纱。

哭辛霁

流水辞山花别枝,随风一去绝还期。昨夜故人泉下宿,今朝白发镜中垂。音徽寂寂空成梦,容范朝朝无见时。旦暮余生几息在,不应存没未尝悲。

和慕容法曹寻渔者寄城中故人

孤烟一点绿溪湄,渔父幽居即旧基。饥鹭不惊收钓处,闲麛应乳负暄时。茅斋对雪开尊好,稚子焚枯饭客迟。胜事宛然怀抱里,顷来新得谢公诗。

山花

山花照坞复烧溪,树树枝枝尽可迷。野客未来枝畔立,流莺已向树边啼。从容只是愁风起,眷恋常须向一作到日西。别有妖妍胜桃李,攀来折去亦成蹊。

送杨著作归东海

杨柳出关色，东行千里期。酒酣暂轻别，路远始相思。欲识离心尽，斜阳－作光到海时。一本无末二句。

送李协律还东京

芳草忽无色，王孙复入关。长河侵驿道，匹马傍云山。愁见离居久，萤飞秋月闲。

秋馆言怀

蟋蟀已秋思，蕙兰仍碧滋。蹉跎献赋客，叹息此良时。日夕云台下，商歌空自悲。

和刘明府宴县前山亭

城隅劳心处，雪后岁芳开。山映千花出，泉经万井来。翔鸾欲下舞，上客且留杯。

新雨喜得王卿书问

苦雨暗秋径，寒花垂紫苔。愁中绿尊尽，梦里故人来。果有相思字，银钩新月开。

赋得巢燕送客

能栖杏梁际，不与黄雀群。夜影寄红烛，朝飞高碧云。含情别故侣，花月－作宛似惜春分。

题张蓝田讼堂

角巾高枕向晴山，颂简庭空不用关。秋风窗下琴书静，夜－作落景门前人更闲。稍觉渊明归思远，东皋月出片云还。

江行无题一百首－作钱珝诗

倾酒向涟漪，乘流东－作欲去时。寸心同尺璧，投此报冯夷。

江曲全萦楚，云飞－作气半自秦。岘山回首望，如别故关－作乡人。往年累登岘亭。

浦烟函夜色－作寒永夜，冷日转秋旻。自有沈碑石－作在，清光不照人。

楚岸云空－作初合，楚城人不来。只－作只今谁善舞，莫恨发阳－作废章台。

行背青山郭，吟当白露秋。风流无屈宋，空咏古荆州。

晚来渔父喜，罾－作网重欲收迟。恐有长江使，金钱愿赎龟。

去指龙沙路，徒悬象阙－作魏心。夜凉无远梦，不为偶闻砧。

霁云疏有叶，雨浪细无花。稳放扁舟去，江天自有涯。

好日当－作长秋半，层波动旅肠。已行千里外，谁与共秋光。

润色非东里，官曹更建章。宦游难自定，来唤棹船郎。

夜江清未晓，徒惜月光－作先沉。不是因行乐，堪伤老大心。

翳日多乔木，维舟取束薪。静听江叟语，俱－作尽是厌兵人。

箭漏日初短，汀烟草未－作木衰。雨余－作微虽更绿，不是采蘋时。

山雨－作水夜来涨，喜鱼跳满江。岸沙平欲尽，垂蓼入船窗。

渚边新雁下，舟上独凄凉。俱是南来客，怜君缀一行。

牵路沿－作缘江狭，沙崩岸不平。尽知行处险，谁肯载时轻。

云密连江暗，风斜著物鸣。一杯真战将，笑尔作愁兵。

柳拂斜开－作阳路，篱边数户村。可能还有意，不掩向江门。

不识桓公－作相如渴，徒吟子美诗。江清唯独看，心外更谁知。

憔悴异灵均，非谗作逐臣。如逢渔父问，未是独醒人。

水涵秋色静，云带夕阳高。诗癖非吾病，何妨吮短毫。

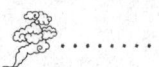

登一作带舟非一作维古岸，还似阻西陵。箕伯无多少，回头讵不能。

帆翅初张处，云鹏怒翼同。莫愁千里路，自有到来风。

秋一作愁云久无雨，江燕社犹飞。却笑舟中客，今年未得归。

佳节虽逢菊，浮生一作云正似一作是萍。故山何处望，荒岸小长亭。

行到楚江岸，苍茫人正迷。只知秦塞远，格磔鹧鸪啼。

月下江流静，村荒人语稀。鹭鸶虽有伴，仍一作乃共影双飞。

斗转月未落，舟行夜已深。有村知不远，风便数声砧。

棹惊沙鸟迅，飞溅夕阳波。不顾鱼多处，应防一目罗。

渐觉江天远，难逢故国书。可能无往事，空食鼎中鱼。

岸草连荒色，村声乐稔年。晚晴初一作贪获稻，闲却采莲一作菱船。

滩浅争一作多游鹭，江清易见鱼。怪来吟未足，秋物欠红蕖。

蛩响依莎一作沙草，萤飞透水烟。夜凉谁咏史，空泊运租船。

睡稳叶舟轻，风微浪不惊。任君一作人居芦苇岸，终夜动秋声。

自念一作守平生意，曾期一郡符。岂一作可知因谪宦，斑鬓入江湖。

烟渚复烟渚，画屏休一作还画屏。引愁天末去，数点暮山青。

水天凉夜月，不是惜一作少清光。好物一作景随人秘一作物，秦淮忆建康。

古来多思客，摇落恨江潭。今日秋风至，萧疏独一作过过河南。

映竹疑村好，穿芦觉渚幽。渐安无旷土，姜芋当农收。

秋风动客心，寂寂不成吟。飞上危樯立，啼乌一作莺报好一作鸟不知音。

见底高秋水，开怀万里天。旅吟还有伴，沙柳数枝蝉。

九日自佳节，扁舟无一杯。曹园旧尊酒，戏马忆高台。

兵火有余烬，贫村才数家。无人争晓渡，残月下寒沙。

渚禽菱芡足，不向稻粱争。静宿凉湾月，应无失侣声。

轻云未护一作扑霜，树杪橘初黄。信是知名物，微风过水香。

渺渺望天涯，清涟浸赤霞。难逢星汉使，乌鹊日一作自乘槎。

土旷深耕少，江平远钓多。生平皆弃本，金革竟如何。

海月非常物，等闲不可寻。披沙应有地，浅处定无金。

风晚冷飕飕，芦花已白头。旧来红叶寺，堪忆玉京秋。

风好来无阵，云闲去有踪。钓歌无远近，应喜罢艨艟。

吴疆连楚甸，楚俗异吴乡。漫把尊中物，无人啄蟹筐一作黄。

岸绿野烟远，江红斜照微。撑开小渔艇，应到月明归。

雨余江始涨，漾漾见流薪。曾叹河一作沟中木，斯言忆古人。

叶一作乘舟维夏口，烟野独行时。不见头陀寺，空怀幼妇碑。

晚泊武昌岸，津亭疏柳风。数株曾手植，好事忆陶公。

坠露晓犹浓一作霞坠日犹红,秋花一作清风不易逢。涉江虽已晚,高树搴一作攀芙蓉。

舟航依浦定,星斗满江寒。若比阴霾日,何妨夜未阑。

近戍离金落,孤岑望火门。唯将知命意,潇洒向乾坤。

丛菊生堤上,此花长后时。有人还采掇,何必在一作及春期。

夕景残霞落,秋寒细雨晴。短缨何用濯,舟在月中行。

堤一作垠坏漏一作满江水,地坳成野塘。晚荷人不折,留取一作此作秋香。

左一作失宦终何路,摅怀亦自宽。襞笺嘲白鹭,无意喻枭鸾。

楼空人不归,云似去时衣。黄鹤无心下,长应笑令威。

白帝朝惊浪,浔阳一作阳台暮映云。等闲生险易,世路只如君。

橹慢开一作生轻浪,帆虚带白云。客船虽狭小,容得庾一作瘦将军。

风雨正甘一作酣寝,云霓忽晚晴。放歌虽一作须自遣,一岁又峥嵘。

静看秋江水,风微浪渐平。人间驰竞处,尘土自波成。

风劲一作借帆方疾,风回棹却迟。较量人世事,不校一毫厘。

咫尺愁风雨,匡庐不可登。只疑云一作香雾窟,犹有六朝僧。

幽思正迟迟,沙边濯弄时。自怜非博物,犹未识凫葵。

曾有烟波客,能歌西塞山。落帆唯待月,一钓紫菱湾。

千顷水纹细,一拳岚影孤。君山寒树绿,曾过洞庭湖。

光阔重湖水,低斜远雁行。未曾无兴咏,多谢沈东阳。

晚菊绕江垒,忽如开古屏。莫言时节过,白日有余馨。

秋寒鹰隼健,逐雀下云空。知是江湖阔,无心击塞鸿。

日落长亭晚,山门步障青。可怜一作能无酒分,处处一作更祝有旗亭一作星。

江草何多思,冬青尚满洲。谁能惊鹡鸰,作赋为沙鸥。

远岸无行树,经霜有半红。停船搜一作披好句,题叶赠江枫。

身世比行舟,无风亦暂休。敢言终破浪,唯愿稳乘流。

数亩苍苔石,烟濛鹤卵洲。定因词客遇一作过,名字始风流。

兴闲停桂楫,路好过松门。不负佳山水,还开酒一尊。

幽怀念烟水,长恨隔龙沙。今日滕王阁,分明见落霞。

短楫休敲桂,孤根自驻萍。自怜非剑气,空向斗牛星。

江流何渺渺,怀古独依依。渔父非贤者,芦中但有矶。

高浪如银屋,江风一发时。笔端降太白,才大语终奇。

细竹渔家路,晴阳看结罾一作罾。喜来邀客坐,分与折腰菱。

幸有烟波兴,宁辞笔砚劳。缘情无怨刺一作刺怨,却似反离骚。

平湖五百里,江水想通波。不奈扁舟去,其如决计何。

数峰云断处,去岸映高一作西山。身到韦一作章江日,犹应一作应犹未得闲。

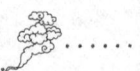

一湾斜照水,三版顺风船。未敢相邀约,劳生只自怜。

江雨正霏微,江村晚渡稀。何曾妨钓艇,更待得鱼归。

沙上独行时,高吟—作吟情到楚词—作祠。难将垂岸蓼,盈—作应把当江蓠。

新野旧楼名,浔阳胜赏情。照人长一色,江月共凄清。

愿饮西江水,那吟北渚愁。莫教留滞迹,远比蔡昭侯。

湖口分江水,东流独有情。当时好风物,谁伴谢—作为伴宣城。

浔阳江畔菊,应似古来秋。为问幽栖客,吟时得酒不。

高峰有佳号,千尺倚寒松—作风。若使炉烟在,犹应为上公。

万木已清霜,江边村事忙。故溪黄稻熟,一夜梦—作瓮中香。

楚水苦萦回,征帆落又开。可缘非直路,却有好风来。

远谪岁时晏,暮江风雨寒。仍愁系舟处,惊梦近长滩。

言怀

夜月霁未—作来好,云泉堪梦归。如何建章漏,催著早朝衣。

和张仆射塞下曲—作卢纶诗

月黑雁飞高,单于夜遁逃。欲将轻骑逐,大雪满弓刀。

送李明府去官

谤言三至后,直道叹何如。今日蓝溪水,无人不—作助,又作易夜鱼—作渔。

赴章陵酬李卿赠别

一官叨下秩,九棘谢知音。芳草文园路,春愁满别心。

逢侠者

燕赵悲歌士,相逢剧孟家。寸心言不尽,前路日将斜。

郎员外见寻不遇

轩骑来相访,渔樵悔晚归。更怜垂—作乘露迹,花里点墙衣。

过李侍御宅—作过故吕侍御宅

不见承明客,愁闻长乐钟。—作翰墨成千古,恩荣谢九重。马卿何早世,汉主欲登封。

宿洞口馆—作驿

野竹通溪冷,秋泉—作蝉,一作泉声,又作蝉声入户鸣。乱—作往来人不到,芳—作寒草上阶生。

九日寄任隐等

采菊偏相忆,传香寄便风。今朝竹林下,莫使桂尊空。

梨花

艳静如笼月,香寒未逐风。桃花徒照地,终被笑妖红。

题崔逸人山亭

药径深红藓,山窗满翠微。羡君花下酒—作醉,蝴蝶梦中飞。

蓝田溪杂咏二十二首登台—作望山台

望山登春台,目尽趣难极。晚景下平阡,花际霞峰色。

板桥

静宜樵隐度,远与车马隔。有时行药来,喜遇归山客。

石井

片霞照仙井,泉底桃花红。那知幽石下,不与武陵通。

古藤
　　引蔓出云树，垂纶覆巢鹤。幽人对酒时，苔上闲花落。

晚归鹭
　　池上静难厌，云间欲去晚。忽背夕阳飞，乘兴—作剩与清风远。

洞仙谣—作伺山径
　　几转到青山，数重度流水。秦人入云去，知向桃源里。

药圃
　　春畦生百药，花叶香初霁。好客似风光—作日与光风，偏来入丛蕙。

石上苔
　　净—作静与溪色连，幽宜松雨—作露滴。谁知古石上，不染世人迹。

窗里山
　　远岫见如近，千里—作重一窗里。坐来石上云，乍谓壶中起。

竹间路
　　暗归草堂静，半入花园—作源去。有时载酒来，不与清风遇。

竹屿
　　幽鸟清涟上，兴来看不足。新篁压水低，昨夜鸳鸯宿。

砌下泉
　　穿云来自远，激砌流偏驶。能资庭户幽，更引海禽至。

戏鸥
　　乍依菱蔓聚，尽向芦花灭。更喜好风来，数片翻晴雪。

远山钟
　　风送出山钟，云霞度水浅。欲知—作寻声尽处，鸟灭寥天远。

东陂—作忆皇子陂
　　永日兴难望，掇芳春陂曲。新晴花枝下，爱此苔水绿。

池上亭
　　临池构杏梁，待客归烟塘。水上寒帘好，莲开杜若香。

衔鱼翠鸟
　　有意莲叶间，瞥然下高树。攀波得潜鱼，一点翠光去。

石莲花
　　幽石生芙蓉，百花惭美色。远笑越溪女，闻芳不可识。

潺湲—作溪声
　　乱石跳素波，寒声闻—作来几处。飕飕暝风引，散出空林去。

松下雪
　　虽因朔风至，不向瑶台侧。唯助苦寒松，偏明后凋色。

田鹤
　　田鹤望碧霄，舞风亦自举。单飞后片云，早晚及前侣。

题南陂
　　家住凤城南，门临古陂曲。时怜上林雁，半入池塘宿。

伤秋
　　岁去人头白，秋来树叶黄。搔头向黄叶，与尔共悲伤。

送崔山人归山
　　东山残雨挂斜晖，野客巢由指翠微。别酒稍酣乘兴去，知君不羡白云归。

题礼上人壁画山水

连山画出映禅扉,粉壁香筵—作烟满翠微。坐来炉气萦空散—作物,共指晴云向岭归。

送欧阳子还江华郡

江华胜事接湘滨,千里湖山入兴新。才子思归催去棹,汀—作江花且为驻残春。

暮春归故山草堂—作刘长卿诗,题云晚春归山居题窗前竹

谷口春残—作残春黄鸟稀,辛夷花尽杏花飞。始怜幽竹山窗下,不改清阴待我归。

访李—本有少字卿不遇

画戟朱楼映晚霞,高梧寒柳度飞鸦。门前不见归轩至,城上愁看落日斜。

与赵莒茶宴

竹下忘言对紫茶,全胜羽客醉—作对流霞。尘心洗尽兴难尽,一树蝉声片影斜。

故王维右丞堂前芍药花开,凄然感怀

芍药花开出旧栏,春衫掩泪再来看。主人不在花长在,更胜青松守岁寒。

送张参及第还家

大—作太学三年闻琢玉,东堂一举早成名。借问还家何处好,玉—作中人含笑下机迎。

夜泊鹦鹉洲

月照溪边一罩蓬,夜闻—作闲清唱有微风。小楼深巷敲方响,水国人家在处同。

归雁

潇湘何事等闲回,水碧沙明两岸苔。二十五弦弹夜月,不胜清怨却飞来。

春郊

水绕—作透冰渠渐有声,气融烟坞晚来明。东风好作阳和使,逢草逢花报发生。

晚归严明府题门

降士林沾蕙草寒,弦—作空惊翰苑失鸳鸾。秋中回首君门阻,马上应歌行路难。

秋夜送赵洌归襄阳

斗酒忘言良夜深,红萱露滴鹊—作滴露鹊惊林。欲知别后思今夕,汉水东流—作游是寸心。

送符别驾还都—作还钱塘

骥足駸駸吴越关—作间,屏星复与紫书还。已知从事元无事,城上愁看海上山。

同王员外陇城绝句

三军版筑脱金刀,黎庶翻惭将士劳。不忆—作意新城连嶂—作障起,唯惊画角入云高。

过故洛城

故城门外—作前春日斜,故城门里无人家。市朝欲认不知处,漠漠野田空草花。

校猎曲

长杨杀气连云飞,汉主秋畋正掩围。重门日晏红尘出,数骑胡—作畋人猎兽归。

晚过横灞寄张蓝田

乱水东流落照时,黄花满径客行—作来迟。林端忽见南山色,马上还吟陶令诗。

九日田舍

今日陶—作山,一作吾家野兴偏,东篱黄菊映—作满秋田。浮云暝鸟飞将尽—作稍飞去,始达青山—作爱平林新月前。

长安落第

花繁柳暗九门深,对饮悲歌泪满襟。数日莺花皆落羽,一回春至一伤心。

全唐诗卷二百四十

元结

元结,字次山,河南人。少不羁,十七乃及折节向学。擢上第,复举制科。国子司业苏源明荐之,结上时议三篇,擢右金吾兵曹参军,摄监察御史,为山南西道节度参谋。以讨贼功,迁监察御史里行。代宗立,授著作郎。久之,拜道州刺史,为民营舍给田,免徭役,流亡归者万余。进容管经略使,罢还京师。卒年五十,赠礼部侍郎。集十卷,今编诗二卷。

二风诗并序

天宝丁亥中,元子以文辞待制阙下,著《皇谟》三篇、《二风诗》十篇,将欲求于司匦氏以裨天监,会有司奏待制者悉去之,于是归于州里。后三岁,以多病羽静于商余山。病间,遂题括存之,此亦古之贱士不忘尽臣之分耳。其义有论订之。

治风诗五篇

至仁

古有仁帝,能全仁明以封天下,故为《至仁》之诗二章四韵十二句。

猗皇至圣兮,至惠至仁,德施蕴蕴。蕴蕴如何?不全不缺,莫知所贶。

猗皇至圣兮,至俭至明,化流瀛瀛。瀛瀛如何?不虩不虓—作䖩,莫知其极。

至慈

古有慈帝,能保静顺以涵万物,故为《至慈》之诗二章四韵十四句。

至化之深兮,猗猗娓娓墒同;如煦如吹,如负如持,而不知其慈。故莫周莫止,静和而止。

至化之极兮,瀛瀛溶溶;如涵—本无如涵二字如封,如随如从,而不知其功。故莫由莫已,顺时而理。

至劳

古有劳王,能执劳俭以大功业,故为《至劳》之诗三章六韵二十四句。

至哉勤绩,不盈不延;谁能颂之,我请颂焉。於戏劳王,勤亦何极;济尔九土,山川沟洫。

至哉俭德,不丰不敷;谁能颂之,我请颂夫。於劳戏王,俭亦何深;戒尔万代,奢侈荒淫。

至哉茂功,不升不圮;谁能颂之,我请颂矣。於戏劳王,功亦何大;去尔兆庶,洪湮灾害。

至正

古有正王,能正慎恭和以安上下,故为《至正》之诗一章四韵八句。

为君之道,何以为明?功不滥赏,罪不滥刑;谠言则听,诡言不听;王至是然,可为明焉。

至理

古有理王,能守清一以致无刑,故为《至理》之诗一章三韵十二句。

理何为兮?系修文德。加之清一,莫不顺则。意彼刑法,设以化人;致使无之,而化益纯。所谓代刑,以道去杀。呜呼呜呼!人不斯察。

乱风诗五篇

至荒

古有荒王,忘戒慎道,以逸豫失国,故为《至荒》之诗一章三韵十二句。

国有世谟,仁信勤欤。王实悟荒,终亡此乎。焉有力恣诐惑,而不亡其国?呜呼亡王,忍为此心!敢正亡王,永为世箴。

至乱

古有乱王,肆极凶虐,乱亡乃已,故为《至乱》之诗二章二韵十二句。

嘻乎王家,曾有凶王。中世失国,岂非骄荒。复复之难,令则可忘。

嘻乎乱王,王心何思?暴淫虐惑,无思不为;生人冤怨,言何极之。

至虐

古有虐王,昏毒狂忍,无恶不及,故为《至虐》之诗二章四韵十八句。

夫为君上兮,慈顺明恕,可以化人。忍行昏恣,独乐其身;一徇所欲,万方悲哀。于斯而喜,当云何哉?

夫为君上兮,兢慎俭约,可以保身。忍行荒惑,虐暴于人;前世失国,如王者多。于斯不寤,当如之何?

至惑

古有惑王,用奸臣以虐外,宠妖女以乱内,内外用乱,至于崩亡,故为《至惑》之诗二章六韵二十句。

贤圣为上兮,必俭约戒身,鉴察化人,所以保福也。如何不思,荒恣是为?上下隔塞,人神怨戁音备;斁恶无厌,不畏颠坠。

圣贤为上兮,必用贤正,黜奸佞之臣,所以长久也。如何反是,以为乱矣?宠邪信惑,近佞好谀;废嫡立庶,忍为祸谟。

至伤

古有伤王,以崩荡之余,无恶不为也。乱亡之由,固在累积,故为《至伤》之诗一章二韵十二句。

夫可伤兮?伤王乎,欲何为乎?将蠹枯矣,无人救乎?蠹枯及矣,不可救乎?嗟伤王!自为人君,变为人奴!为人君者忘戒一本有此字乎?

补乐歌十首并序

自伏羲一作羲轩氏至于殷室,凡十代,乐歌有其名,无其辞,考之传记而义或存焉。呜呼!乐歌自太古始,百世之后,尽忘古音;呜呼!乐歌自太始,百世之后,遂亡古辞。今国家追复纯古,列祠往帝,岁时荐享,则必作乐,而无云门、咸池、韶、夏之声。故探其名义以补之,诚不足全化金石,反正宫羽,而或存之,犹乙乙冥冥,有纯古之声,岂几乎司乐君子,道和焉尔。凡十篇十有九章,各引其义以序之,命曰《补乐歌》。

网罟

《网罟》，伏羲氏之乐歌也，其义盖称伏羲能易人取禽兽之劳，凡二章，章四句。

吾人苦兮，水深深；网罟设兮，水不深。

吾人苦兮，山幽幽；网罟设兮，山不幽。

丰年

《丰年》，神农氏之歌也，其义盖称神农教人种植之功。凡二章，章四句。

猗太帝兮，其智如神；分草实兮，济我生人。

猗太帝兮，其功如天；均四时兮，成我丰年。

云门

《云门》，轩辕氏之乐歌也，其义盖言云之出润益万物，如帝之德，无所不施。凡二章，章四句。

玄云溶溶一作溟溟兮，垂雨濛濛；类我圣泽兮，涵濡不穷。

玄云漠漠兮，含映逾光；类我圣德兮，溥一作麻被无方。

九渊

《九渊》，少昊氏之乐歌也，其义盖称少昊之德，渊然深远。凡一章，章四句。

圣德至深兮，瀰瀰纤伦切，一作蕴蕴如渊；生类娭娭同嬉兮，孰知其然。

五茎

《五茎》，颛顼氏之乐歌也，其义盖称颛顼得五德之根茎。凡一章，章八句。

植植万物兮，滔滔根茎；五德涵柔兮，沨沨音风，又音泛而生。其生如何兮釉釉音由，天下皆自我君兮化成。

六英

《六英》，高辛氏之乐歌也，其义盖称帝喾能总六合之英华。凡二章，章六句。

我有金石兮，击考一作拊崇崇一作淙淙。与汝歌舞兮，上帝之风。由六合兮，英华沨沨。

我有丝竹兮，韵和泠泠。与汝歌舞兮，上帝之声。由六合兮，根底一作柢嬴嬴。

咸池

《咸池》，陶唐氏之乐歌也，其义盖称尧德至大，无不备全。凡二章，章四句。

元化油油兮，孰知其然。至德汨汨兮，顺之以先。

元化浘浘音尾兮，孰知其然。至道浼浼兮，由之以全。

大韶

《大韶》，有虞氏之乐歌也，其义盖称舜能绍先圣之德。凡二章，章四句。

森森群象兮，日见生成。欲闻朕初兮，玄封冥冥。

洋洋至化兮，日见深柔。欲闻大一作涵漠兮，大渊油油。

大夏

《大夏》，有夏氏之乐歌也，其义盖称禹治水，其功能大中国。凡三章，章四句。

茫茫下土兮，乃生九州。山有长岑兮，川有深流。

茫茫下土兮，乃均四方。国有安义一作民人兮一作有国安人，野有封疆。

茫茫下土兮，乃歌万年。上有茂功兮，下戴仁天。

大濩

《大濩》，有殷氏之乐歌也，其义盖称汤求天下，濩然得所。凡二章，章四句。

万姓苦兮，怨且哭。不有圣人兮，谁护一作濩育。

圣人生兮，天下和。万姓熙熙兮，舞且歌。

系乐府十二首并序

天宝辛未中，元子将前世可称叹者，为诗十二篇，为引义以名之，总命曰《系乐府》。古人咏歌不尽其情声者，化金石以尽之。其欢怨甚邪戏尽欢怨之声者,可以上感于上,下化于下,故元子系之。

思太古

东南三千里,沅湘为太湖。湖上山谷深,有人多似愚。婴孩寄树颠,就水捕鳠于都切鲈。所欢同鸟兽,身意复何拘。吾行遍九州,此风皆已无。吁嗟圣贤教,不觉久踌躅。

陇上叹

援车登陇坂,穷高遂停驾。延望戎狄乡,巡回复悲咤。滋移有情教,草木犹可化。圣贤礼让风,何不遍西夏。父子忍猜害,君臣敢欺诈。所适今若斯,悠悠欲安舍。

颂东夷

尝闻古天子,朝会张新乐。金石无全声,宫商乱清浊。东一作来惊且悲叹。节变何烦数。始知中国人,耽此亡纯朴。尔为外方客,何为独能觉。其音若或在,蹈海吾将学。

贱士吟

南风发天和,和气天下流。能使万物荣,不能变羁愁。为愁亦何尔,自请说此由。谄竞实多路,苟邪皆共求。尝闻古君子,指以为深羞。正方终莫可,江海有沧洲。

欸乃曲

谁能听欸乃,欸乃感人情。不恨湘波深,不怨湘水清。所嗟岂敢道,空羡江月明。昔闻扣断舟,引钓歌此声。始歌悲风起,歌竟愁云生。遗曲今何在,逸为渔父行。

贫妇词

谁知苦贫夫,家有愁怨妻。请君听其词,能不为酸凄一作嘶。所怜抱中儿,不如山下麑一作麂。空念庭前地,化为人吏蹊。出门望山泽,回头一作顾心复迷。何时见府主,长跪向之啼。

去乡悲

踌躅古塞关,悲歌为谁长。日行见孤老,羸弱相提将。闻其呼怨声,闻声问其方。方言无患苦,岂弃父母乡。非不见其心,仁惠诚所望。念之何可说,独立为凄伤。

寿翁兴

借问多寿翁,何方自修育。惟云顺所然,忘情学草木。始知世上术,劳苦化一作分金玉。不见充所求,空闻肆一作恣耽欲。清和存王母,潜濩无乱黩。谁正好生长,此言堪佩服。

农臣怨

农臣何所怨,乃欲干人主。不识天地心,徒然怨风雨。将论草木患,欲说昆虫苦。巡回宫阙傍,其意无由吐。一朝哭都市,泪尽归田亩。谣颂若采之,此言当可取。

谢大一作天龟

客来自江汉,云得双大一作天龟。且言龟甚灵,问我君何疑。自昔保方正,顾尝无妄私。顺和固鄙分,全守真常规。行之恐不及,此外将何为。惠恩如可谢,占问敢终辞。

古遗叹

古昔有遗叹,所叹何所为。有国遗贤臣,万世为冤悲。所遗非遗望,所遗非可遗。所遗非遗用,所遗在遗之。嗟嗟山海客,全独竟何辞。心非膏濡类。安得无不遗。

下客谣

下客无黄金,岂思主人怜。客言胜黄金,主人然不然。珠玉成一作诚彩翠,绮罗如婵娟。终恐见斯好,有时去君前。岂知保忠信,长使令德全。风声与时茂,歌颂万千年。

漫歌八曲并序

壬寅中,漫叟得免职事,漫家樊上,修耕钓以自贤,作《漫歌八曲》与县大夫孟士源,欲士源唱而和之。

故城东

漫惜故城东,良田野草生。说向县大夫,大夫劝我耕。耕者我为先,耕者相次焉。谁爱故城东,今为近郭田。

西阳城

江北有大洲，洲上堪力耕。此中宜五谷，不及西阳城。城畔多野桑，城中多古荒。衣食可力求，此外何所望。

大回中

樊水欲东流，大江又北来。樊山当其南，此中为大回。回中鱼好游，回中多钓舟。漫欲作渔人，终焉无所求。

小回中

丛石横大江，人言是钓台。水石相冲激，此中为小回。回中浪不恶，复在武昌郭。来客去客船，皆向此中泊。

将牛何处去二首

将牛何处去，耕彼故城东。相伴有田父，相欢惟牧童。

将牛何处去，耕彼西阳城。叔闲修农具，直者伴我耕。叔闲，漫叟韦氏甥。直者，漫叟长子也。

将船何处去二首

将船何处去，钓彼大回中。叔静能鼓枻，正者随弱翁。叔静，漫翁李氏甥。正者，漫翁次子也。

将船何处去，送客小回南。有时逢恶客，还家亦少酣。

引极三首 并序

引极，兴也，喻也。引之言演，极之言尽，演意尽物，引兴极喻，故曰引极。

思元极

天旷莽兮杳泱茫，气浩浩兮色苍苍。上何有兮人不测，积清寥兮成元极。彼元极兮灵且异，思一见兮貌难致。思不从兮空自伤，心慅怖兮意惶懆。思假翼兮鸾凤，乘长风兮上玒音贡。揖元气兮本深实，餐至和难兮永终日。

望仙府

山凿落兮眇欿岑，云溶溶兮木梣琴。中何有兮人不睹，远欹差兮闶仙府。彼仙府兮深且幽，望一至兮貌无由。望不从兮知如何，心混混兮意浑和。思假足兮虎豹，超阻绝兮凌趋。诣仙府兮从羽人，饵五灵兮保清真。

怀潜君

海浩森兮汩洪溶，流蕴蕴兮涛汹汹。下何有兮人不闻，深溢溁兮居潜君。彼潜君兮圣且神，思一见兮貌无因。思不从兮空踟蹰，心回迷兮意萦纡。思假鳞兮鲲龙，激沉浪兮奔从。拜潜君兮索玄宝，佩元符兮轨皇道。

演兴四首 并序

商余山有太灵古祠，传云蓁龙氏祠大帝所立。祠在少余西乳之下，邑人修之以祈田。予因为招词讼闵之文以演兴。辞曰：

招太灵

招太灵兮山之巅，山屹光兮水沦涟。祠之襻音赖，坠坏也兮眇何年，木修修兮草鲜鲜。嗟魈魅兮淫厉，自古昔兮崇祭。禧太灵兮端清，予愿致夫精诚。久惘兮恍恍，招捃擩兮呼风。风之声兮起飐飐，吹玄云兮散而浮。望太灵兮俨而安，澹油溶兮都清闲。

初祀

山之乳兮葺太祠，木孙为栭兮木母榱。云缨为桷兮愚木楣，洞渊禅兮揭巍巍。涂木兰兮莳糜蔫，被弱草兮衿联。仡浑洪兮馥阒阗，管化石兮洞刳天。翘修钐山鉴切，大镰也兮掉芜殳，灵巫谵力水切兮舞颤干。荐天鲜兮酒阳泉，献水芸兮饭霜籼，与太灵兮千万年。

讼木魅 第二十句缺一字

登高峰兮俯幽谷，心悴悴兮念群木。见桍栲兮相阴覆，怜椵榕兮不丰茂；见榛梗之森梢，闵枞橎兮合蠹。檵音习桡桡兮未坚，柹根根兮可屈。檀音蜜。香木楪樽兮不香，拔丰茸兮已实。岂元化之不均兮，非雨露之偏殊。谅理性之不等于顺时兮，不如癒吾心以冥想。终念此兮不怡，佁予莫识天地之意兮，愿截恶木之根。倾枭獍之古巢,取□童以为薪。割大木使飞焰,傒枯腐之烧焚。实非吾心之不仁惠也,岂耻夫善恶之相纷。且欲畚三河之膏壤,裨济水之清涟。将封灌乎善木,令楙楙以梴梴。尚畏乎众善之未茂兮,为众恶之所挑凌。思聚义以为曹,令敷扶以相胜。取方所以柯如兮,吾将出于南荒。求寿藤与蟠木,吾将出于东方。祈有德而来归,辅神柽与坚香。且忧颥之翩翩,又愁獤_{同獃}之奔驰。及阴阳兮不和,恶此土之失时。今神柽兮不茂,使坚香兮不滋。重嗟惋兮何补,每齐心以精意。切援祝于神明,冀感通于天地。犹恐众妖兮木魅,魍魉兮山精。上误惑于灵心,经给于言兮不听。敢引佩以指水,暂吾心兮自明。

闵岭中 _{首句缺一字}

□群山以延想,吾独闵乎岭中。彼岭中兮何有,有天含之玉峰。殊闼绝之极巅,上闻产乎翠茸。欲采之以将寿,眇不知夫所从。大渊蕴蕴兮绝栈岌岌,非梯梁以通险,当无路兮可入。彼猛毒兮曹聚,必凭托乎阻修。常儳儳兮伺人,又如何兮不愁。彼妖精兮变怪,必假见于风雨。常闪闪而伺人,又如何兮不苦。欲仗仁兮托信,将径往兮不难。久懷懷以悛惋,却迟回而永叹。惧大灵兮不知,以予心为永惟。若不可乎遂已,吾终保夫直方。则必蒙皮籯_{莫遥切}以为矢,弦毋筱_{篠同}以为弧。化毒铜以为戟,刺棘竹以为殳。得猛列之材,获与之而并驱。且舂刺乎恶毒,又引射夫妖怪。尽群类兮使无,令善仁_{一作人}兮不害。然后采梭榕以驾深,收枞樿兮梯险,跻予身之飘飘,承予步之跶跶。入岭中而登玉峰,极闼绝而求翠茸。将吾寿兮随所从,思未得兮马如龙。独翳蔽于山巅,久低回而愠瘀。空仰讼_{一作诉}于上玄,彼至精兮必应。宁古有而今无,将与身而皆亡。岂言之而已乎!

全唐诗卷二百四十一

元结

闵荒诗一首 并序

　　天宝丙戌中,元子浮隋河至淮阴间。其年,水坏河防,得隋人冤歌五篇。考其歌义,似冤怨时主,故广其意,采其歌,为《闵荒诗》一篇。其余载于异录。

　　炀皇嗣君位,隋德滋昏幽。日作及身祸,以为长世谋。居常耻前王,不思天子游。意欲出明堂,便登浮海舟。令行山川改,功与玄造侔。河淮可支合,峰崿生回沟。封隅下泽中,作山防逸流。船舻状龙鹢,若负宫阙浮。荒娱未央极,始到沧海头。忽见海门山,思作望海楼。不知新都城,已为征战丘。当时有遗歌,歌曲太冤愁。四海非天狱,何为非天囚。天囚正凶忍,为我万姓雠。人将引天铍,人将持天锼。所欲充其心,相与绝悲忧。自得隋人歌,每为隋君羞。欲歌当阳春,似觉天下秋。更歌曲未终,如有怨气浮。奈何昏王心,不觉此怨尤。遂令一夫唱,四海欣提矛。吾闻古贤君,其道常静柔。慈惠恐不足,端和忘所求。嗟嗟有隋氏,悁悁谁与俦。

悉官引

　　天下昔无事,僻居养愚钝。山野性所安,熙然自全顺。忽逢暴兵起,闾巷见军阵。将家瀛海滨,自弃同刍粪。往在乾元初,圣人启休运。公车诣魏阙,天子垂清问。敢诵王者箴,亦献当时论。朝廷爱方直,明主嘉忠信,屡授不次官,曾与专征印。兵家未曾学,荣利非所徇。偶得凶丑降,功劳愧方寸。尔来将四岁,惭耻言可尽。请取冤者辞,为吾悉官引。冤辞何者苦,万邑余灰烬。冤辞何者悲,生人尽锋刃。冤辞何者甚,力役遇劳困。冤辞何者深,孤弱亦哀恨。无谋救冤者,禄位安可近。而可爱轩裳,其心又干进。此言非所戒,此言敢贻训。实欲辞无能,归耕守吾分。

舂陵行并序

癸卯岁,漫叟授道州刺史。道州旧四万余户,经贼已来,不满四千,大半不胜赋税。到官未五十日,承诸使征求符牒二百余封。皆曰:"失其限者,罪至贬削。"於戏!若悉应其命,则州县破乱,刺史欲焉逃罪。若不应命,又即获罪戾,必不免也。吾将守官,静以安人,待罪而已。此州是舂陵故地,故作《舂陵行》以达下情。

军国多所需,切责在有司。有司临郡县,刑法竞欲施。供给岂不忧,征敛又可悲。州小经乱亡,遗人实困疲。大乡无十家,大族命单羸。朝餐是草根,暮食仍木皮。出言气欲绝,意速行步迟。追呼尚不忍,况乃鞭扑之。邮亭传急符,来往迹相追。更无宽大恩,但有迫促期。欲令鬻儿女,言发恐乱随。悉使索其家,而又无生资。听彼道路言,怨伤谁复知。去冬山贼来,杀夺几无遗。所愿见王官,抚养以惠慈。奈何重驱逐,不使存活为。安人天子命,符节我所持。州县忽乱亡,得罪复是谁。逋缓违诏令,蒙责固其宜。前贤重守分,恶以祸福移。亦云贵守官,不爱能适时,顾惟屠弱者,正直当不亏。何人采国风,吾欲献此辞。

贼退示官吏并序

癸卯岁,西原贼入道州,焚烧一本无焚烧二字杀掠,几尽而去。明年,贼又攻永破邵,不犯此州边鄙而退。岂力能制敌欤?盖蒙其伤怜而已。诸使何为忍苦征敛,故作诗一篇以示官吏。

昔岁逢太平,山林二十年。泉源在庭户,洞壑当门前。井税有常期,日晏犹得眠。忽然遭世变,数岁亲戎旃。今来典斯郡,山夷又纷然。城小贼不屠,人贫伤可怜。是以陷邻境,此州独见全。使臣将王命,岂不如贼焉。今彼征敛者,迫之如火煎。谁能绝人命,以作时世贤。思欲委符节,引竿自刺船。将家就鱼麦,归老江湖一作海边。

寄源休并序

辛丑中,元结与族弟源休皆为尚书郎,在荆南府幕。休以曾任湖南,久理长沙。结以曾游江州,将兵镇九江。自春及秋,不得相见,故抒所怀以寄之。

天下未偃兵,儒生预戎事。功劳安可问,且有忝官累。昔常以荒浪,不敢学为吏。况当在兵家,言之岂容易。忽然向三岭,境外为偏帅。时多尚矫诈,进退多欺贰。纵有一直方,则上似奸智。谁为明信者,能辨此劳畏。

雪中怀孟武昌

冬来三度雪,农者欢岁稔。我麦根已濡,各得在仓廪。天寒未能起,孺子惊人寝。云有山客来,篚中见冬簟。烧柴为温酒,煮鱼为作沈。客亦爱杯尊,思君共杯饮。所嗟山路闲,时节寒又甚。不能苦相邀,兴尽还就枕。

与党评事并序

大理评事党晔,好闲自退。元子爱之,作诗赠焉。

自顾无功劳,一岁官再迁。跼身班次中,常窃愧耻焉。加以久荒浪,惛愚性颇全。未知在冠冕,不合无拘牵。勤强所不及,于人或未然。岂忘惠君子,恕之识见偏。且欲因我心,顺为理化先。彼云万物情,有愿随所便。爱君得自遂,令我空渊禅。

与党侍御并序

庚子中,元子次山为监察御史,党茂宗罢大理评事。次山爱其高尚,曾作诗一篇与之。及次山未辞殿中,茂宗已受监察。采茂宗尝相诮戏之意,又作诗与之。

众坐吾独欢,或问欢为谁。高人党茂宗,复来官宪司。昔吾顺元和,与世行自遗。茂宗正作吏,日有趋走疲。及吾汗冠冕,茂宗方矫时。诮吾顺让者,乃是干进资。今将问茂宗,茂宗欲何辞。若云吾无心,此来复何为;若云吾有羞,于此还见嗤。谁言万类心,闲之不可窥。吾欲喻茂宗,茂宗宜听之。长辕有修辙,驭者令尔驰。山谷安可怨,筋力当自悲。嗟嗟党茂宗,可为识者规。

与瀼溪邻里并序

乾元元年,元子将家自全于瀼溪。上元二年,领荆南之兵镇于九江。方在军旅,与瀼溪邻里,不得如往时相见游。又知瀼溪之人,日转穷困,故作诗与之。

昔年苦逆乱,举族来南奔。日行几十里,爱君此山村。峰谷呀回映,谁家无泉源。修竹多夹路,扁舟皆到门。瀼溪中曲滨,其阳有闲园。邻里昔赠我,许之及子孙。我尝有匮乏,邻里能相分。我尝有不安,邻里能相存。斯人转贫弱,力役非无冤。终以瀼滨讼,无令天下论。

招孟武昌并序

漫叟作《退谷铭》,指曰:"干进之客,不能游之。"作《杯湖铭》,指曰:"为人厌者,勿泛杯湖。"孟士源尝黜官,无情干进,在武昌不为人厌,可游退谷,可泛杯湖,故作诗招之。

风霜枯万物,退谷如春时。穷冬涸江海,杯湖澄清漪。湖尽到谷口,单船近阶墀。湖中更何好,坐见大江水。欹石为水涯,半山在湖里。谷口更何好,绝壑流寒泉。松桂荫茅舍,白云生坐边。武昌不干进,武昌人不厌。退谷正可游,杯湖任来泛。湖上有水鸟,见人不飞鸣。谷口有山兽,往往随人行。莫将车马来,令我鸟兽惊。

招陶别驾家阳华作

海内厌兵革,骚骚十二年。阳华洞中人,似不知乱焉。谁能家此地,终老可自全。草堂背岩洞,几峰轩户前。清渠匝庭堂,出门仍灌田。半崖盘石径,高亭临极巅。引望见何处,迤逶陇北川。杉松几万株,苍苍满前山。岩高暖华阳,飞溜何潺潺。洞深迷远近,但觉多洄渊。昼游兴未尽,日暮不欲眠。探烛饮洞中,醉昏漱寒泉。始知天下心,耽爱各有偏。陶家世高逸,公忍不独然。无或毕婚嫁,竟为俗务牵。

游石溪示学者

小溪在城下,形胜堪赏爱。尤宜春水满,水石更殊怪。长山势回合,井邑相萦带。石林绕舜祠,西南正相对。阶庭无争讼,郊境罢守卫。时时溪上来,劝引辞学辈。今谁不务武,儒雅道将废。岂忘二三子,旦夕相勉励。

游潓泉示泉上学者

顾吾漫浪久,不欲有所拘。每到潓泉上,情性可安舒。草堂在山曲,澄澜涵阶除。松竹阴幽径,清源涌坐隅。筑塘列圃畦,引流灌时蔬。复在郊郭外,正堪静者居。惬心则自适,喜尚人或殊。此中若可安,不服一作佩铜虎符。

喻瀼溪乡旧游

往年在瀼滨,瀼人皆忘情。今来游瀼乡,瀼人见我惊。我心与瀼人,岂有辱与荣。瀼人异其心,应为我冠缨。昔贤恶如此,所以辞公卿。贫穷老乡里,自休还力耕。况曾经逆乱,日厌闻战争。尤爱一溪水,而能存让名。终当来其滨,饮啄全此生。

喻旧部曲

漫游樊水阴,忽见旧部曲。尚言军中好,犹望有所属。故令争者心,至死终不足。与之一杯酒,喻使烧戎服。兵兴向十年,所见堪叹哭。相逢是遗人,当合识荣辱。劝汝学全生,随我畲退谷。

喻常吾直 时为摄官

山泽多饥人,闾里多坏屋。战争且未息,征敛何时足。不能救人患,不合食天粟。何况假一官,而苟求其禄。近年更长吏,数月未为速。来者罢而官,岂得不为辱。劝为辞府主,从我游退谷。谷中有寒泉,为尔洗尘服。

漫问相里黄州

东邻有渔父,西邻有山僧。各问其性情,变之俱不能。公为二千石,我为山海客。志业岂不同,今已殊名迹。相里不相类,相友且相异。何况天下人,而欲同其意。人意苟不同,分寸不相容。漫问轩裳客,何如耕钓翁。

酬裴云客

自厌久荒浪,于时无所任。耕钓以为事,来家樊水阴。甚醉或漫歌,甚闲亦漫吟。不知愚僻意,称得云客心。云客方持斧,与人正相临。符印随坐起,守位常森森。纵能有相招,岂暇来山林。

酬孟武昌苦雪

积雪闭山路,有人到庭前。云是孟武昌,令献苦雪篇。长吟未及终,不觉为凄然。古之贤达者,与世竟何异。不能救时患,讽论—作论以全意。知公惜春物,岂非爱时和。知公苦阴雪,伤彼灾患多。奸凶正驱驰,不合问君子。林莺与野兽,无乃怨于此。兵兴向九岁,稼穑谁能忧。何时不发卒,何日不杀牛。耕者日已少,耕牛日已希。皇天复何忍,更又恐毙之。自经危乱来,触物堪伤叹。见君问我意,只益胸中乱。山禽饥不飞,山木冻皆折。悬泉化为冰,寒水近不热。出门望天地,天地皆昏昏。时见双峰下,雪中生白云。

漫酬贾沔州并序

贾德方与漫叟者,惧漫叟不能甘穷独,惧漫叟又须为官,故作诗相喻,其指曰:"劝尔莫作官,作官不益身。"因德方之意,遂漫酬之。

往年壮心在,尝欲济时难。奉诏举州兵,令得诛暴叛。上将屡颠覆,偏师尝救乱。未曾弛戈甲,终日领簿案。出入四五年,忧劳忘昏旦。无谋静凶丑,自觉愚且懦。岂欲皂枥中,争食秶下汲切与蓉。下辨切。楚,糠中可食者,牛马食余草节曰蓉。去年辞职事,所惧贻忧患。天子许安亲,官又得闲散。自家樊水上,性情尤荒慢。云山与水木,似不憎吾漫。以兹忘时世,日益无畏惮。漫醉人不嗔,漫眠人不唤。漫游无远近,漫乐无早晏。漫中漫亦忘,名利谁能算。闻君劝我意,为君一长叹。人谁年八十,我已过其半。家中孤弱子,长子未及冠。且为儿童主,种药老溪涧。

送孟校书往南海并序 一作别孟校书

平昌孟云卿,与元次山同州里,以词学相友,几二十年。次山今罢守舂陵,云卿始典校芸阁。於戏!材业次山不如云卿,词赋次山不如云卿,通和次山不如云卿,在次山又谡然求进者也,谁言时命,吾欲听之。次山今且未老,云卿少次山六七岁。云卿声名满天下,知己在朝廷。及次山之年,云卿何事不可至。勿随长风,乘兴蹈海;勿爱罗浮,往而不归。南海幕府,有乐安任鸿,与次山最旧。请任公为次山一白府主,趣资装云卿使北归,慎勿令徘徊海上。诸公第作歌送之。

吾闻近南海,乃是魑魅乡。忽见孟夫子,欢然游此方。忽喜海风来,海帆又欲张。漂漂随所去,不念归路长。君有失母儿,爱之似阿阳。始解随人行,不欲离君傍。相劝早旋归,此言慎勿忘。

别何员外

谁能守清蹋,谁能嗣世儒?吾见何君饶,为人有是夫。黜官二十年,未曾暂崎岖。终不病贫贱,寥寥无所拘。忽然逢知己,数月领符。犹是尚书郎,收赋来江湖。人皆悉苍生,随意极所须。比盗无兵甲,似偷又不如。公能独宽大,使之力自输。吾欲探时谣,为公伏奏书。但恐抵忌讳,未知肯听无。不然且相送,醉欢于坐隅。

宴湖上亭作

广亭盖小湖,湖亭实清旷。轩窗幽水石,怪异尤难状。石尊能寒酒,寒水宜初涨。岸曲坐客稀,杯浮上摇漾。远水入帘幕,渐沥吹酒舫。欲去未回时,飘飘正堪望。酣兴思共醉,促酒更相向。舫去若惊凫,溶瀛满湖浪。朝来暮忘返,暮归独惆怅。谁肯爱林泉,从吾老湖上。

夜宴石鱼湖作

风霜虽惨然,出游熙天正—作晴。登临日暮归,置酒湖上亭。高烛照泉深,光华溢轩槛。如见海底日,瞳瞳始欲生。夜寒闭窗户,石溜何清泠。若在深洞中,半崖闻水声。醉人疑舫影,呼指递相惊。何故有双鱼,随吾酒舫行。醉昏能诞语,劝醉能忘情。坐无拘忌人,勿限醉与醒。

刘侍御月夜宴会 并序

兵兴已来,十一年矣。获与同志欢醉达旦,咏歌取适,无一二焉。乙巳岁,彭城刘灵源在衡阳,逢故人或有在者,日一作日昔相会,第欢远游,始与诸公待月而笑语,竟与诸公爱月而欢醉,咏歌夜久,赋诗言怀,於戏!文章道丧盖久矣,时之作者,烦杂过多,歌儿舞女,且相喜爱,系之风雅,谁道是邪?诸公尝欲变时俗之淫靡,为后生之规范,今夕岂不能道达情性,成一时之美乎?

我从苍梧来,将耕旧山田。踟蹰为故人,且复停归船。日夕得相从,转觉和乐全。愚爱凉风来,明月正满天。河汉望不见,几星犹灿然。中夜兴欲酣,改坐临清川。未醉恐天旦,更歌促繁弦。欢娱不可逢,请君莫言旋。

樊上漫作

漫家郎亭下,复在樊水边。去郭五六里,扁舟到门前。山竹绕茅舍,庭中有寒泉。西边双石峰,引望堪忘年。四邻皆渔父,近渚多闲田。且欲学耕钓,于斯求老焉。

登殊亭作

时节方大暑,试来登殊亭。凭轩未及息,忽若秋气生。主人既多闲,有酒共我倾。坐中不相异,岂限醉与醒。漫歌无人听,浪语无人惊。时复一回望,心目出四溟。谁能守缨佩,日与灾患并。请君诵此意,令彼惑者听。

石鱼湖上作 并序

瀼泉南上有独石在水中,状如游鱼。鱼凹处,修之可以贮姜豉酒。水涯四匝,多欹石相连。石上堪人坐,水能浮小舫载酒,又能绕石鱼洄流。乃命湖曰石鱼湖,镌铭于湖上,显示来者。又作诗以歌之。

吾爱石鱼湖,石鱼在湖里。鱼背有酒樽,绕鱼是湖水。儿童作小舫,载酒胜一杯。座中令酒舫,空去复满来。湖岸多欹石,石下流寒泉。醉中一盥漱,快意无比焉。金玉吾不须,轩冕吾不爱。且欲坐湖畔,石鱼长相对。

引东泉作

东泉人未知,在我左山东。引之傍山来,垂流落庭中。宿雾含朝光,掩映如残虹。有时散成雨,飘洒随清风。众源发渊窦,殊怪皆不同。此流又高悬,瀌瀌乎衷切在长空。出林何处无,兹地不可逢。吾欲解缨佩,便为泉上翁。

登白云亭

出门见一作上南山,喜逐松径行。穷高欲极远,始到白云亭。长山绕井邑,登望宜新晴。州渚曲湘水,萦回随郡城。九疑千万峰,嶪嶪天外青。烟云无远近,皆傍林岭生。俯视松竹间,石水何幽清。涵映满轩户,娟娟如镜明。何人病惛浓,积醉且未醒。与我一登临,为君安性情。

瀼阳亭作 并序

初得瀼泉,则为亭于泉上。因开檐霤,又得石渠。泉渠相宜,亭更加好。以亭在泉北,故命之曰瀼阳亭。

问吾常宴息,泉上何处好?独有瀼阳亭,令人可终老。前轩临瀼泉,凭几漱清流。外物自相扰,渊渊还复休。有时出东户,更欲檐下坐。非我意不行,石渠能留我。峰石若鳞次,欹垂复旋回。为我引瀼泉,泠泠檐下来。天寒宜泉温,泉寒宜天暑。谁到瀼阳亭,其心肯思去。

登九疑第二峰

九疑第二峰,其上有仙坛。杉松映飞泉,苍苍在云端。何人居此处,云是鲁女冠。不知几百岁,燕坐饵金丹。相传羽化时,云鹤满峰峦。妇中有高人,相望空长叹。

题孟中丞茅阁

小山为郡城,随水能萦纡。亭亭最高处,今是西南隅。杉大老犹在,苍苍数十株。垂阴满城上,枝叶何扶疏。乃知四海中,遗事谁谓无。及观茅阁成,始觉形胜殊。凭轩望熊湘,云榭连苍梧。天下正炎热,此然冰雪俱。客有在中坐,颂歌复何如。公欲举遗材,如此佳木欤。公方庇苍生,又如斯阁乎。请达谣颂声,愿公且踟蹰。

窊尊诗 在道州

巍巍小山石,数峰对一作戴窊亭。窊石堪为樽,状类不可名。巡回数尺间,如见小蓬瀛。尊中酒初涨,始有岛屿生。岂无日观峰,直下临沧溟。爱之不觉醉,醉卧还自醒。醒醉在尊畔,始为吾性情。若以形胜论,坐隅临郡城。平湖近阶砌,近山复青青。异木几十株,林条冒檐楹。盘根满石上,皆作龙蛇形。酒堂贮酿器,户牖皆罌瓶。此尊可常满,谁是陶渊明。

朝阳岩下歌

朝阳岩下湘水深,朝阳洞口寒泉清。零陵城郭夹湘岸,岩洞幽奇带郡城。荒芜自古人不见,零陵徒有先贤传。水石为娱安可羡,长歌一曲留相劝。

无为洞口作

无为洞口春水满,无为洞傍春云白。爱此踟蹰不能去,令人悔作衣冠客。洞傍山僧皆学禅,无求无欲亦忘年。欲问其心不能问,我到山中得无闷。

宿无为观

九疑山深几千里,峰谷崎岖人不到。山中旧有仙姥家,十里飞泉绕丹灶。如今道士三四人,茹芝炼玉学轻身。霓裳羽盖傍临壑,飘飘似欲来云鹤。

宿洄溪翁宅

长松万株绕茅舍,怪石寒泉近岩下。老翁八十犹能行,将领儿孙行拾穞。吾羡老翁居处幽,吾爱老翁无所求。时俗里非何足道,得似老翁吾即休。

说洄溪招退者 在州南江华县

长松亭亭满四山,山间乳窦流清泉。洄溪正在此山里,乳水松膏常灌田。松膏乳水田肥良,稻苗如蒲米粒长。糜色如珈玉液酒,酒熟犹闻松节香。溪边老翁年几许,长男头白孙嫁女。问言只食松田米,无药无方向人语。浯溪石下多泉源,盛暑大寒冬大温。屠苏宜在水中石,洄溪一曲自当门。吾今欲作洄溪翁,谁能住我舍西东。勿惮山深与地僻,罗浮尚有葛仙翁。

宿丹崖翁宅

扁舟欲到泷口湍,春水湍泷上水难。投竿来泊丹崖下,得与崖翁尽一欢。丹崖之亭当石颠,破竹半山引寒泉。泉流掩映在木杪。有若白鸟飞林间。往往随风作雾雨,湿人巾履满庭前。丹崖翁,爱丹崖,弃官几年崖下家。儿孙棹船抱酒瓮,醉里长歌挥钓车。吾将求退与翁游,学翁歌醉在鱼舟。官吏也随人往未得,却望丹崖惭复羞。

石鱼湖上醉歌并序

漫叟以公田米酿酒,因休暇则载酒于湖上,时取一醉。欢醉中,据湖岸,引臂向鱼取酒,使舫载之,遍饮坐者,意疑倚巴丘酌于君山之上。诸子环洞庭而坐,酒舫泛泛然触波涛而往来者,乃为歌以长之。

石鱼湖,似洞庭,夏水欲满君山青。山为樽,水为沼,酒徒历历坐洲岛。长风连日作大浪,不能废人运酒舫。我持长瓢坐巴丘,酌饮四坐以散愁。

橘井

灵橘无根井有泉,世间如梦又千年。乡园不见重归鹤,姓字今为第几仙。风冷露坛人悄悄,地闲荒径草绵绵。如何蹑得苏君迹,白日霓旌拥上天。

石宫四咏

石宫春云白,白云宜苍苔。拂云践石径,俗士谁能来。

石宫夏水寒,寒水宜高林。远风吹萝蔓,野客熙清阴。

石宫秋气清,清气宜山谷。落叶逐霜风,幽人爱松竹。

石宫冬日暖,暖日宜温泉。晨光静水雾,逸者犹安眠。

欸乃曲五首

大历丁未中,漫叟结为道州刺史,以军事诣都使。还州,逢春水,舟行不进,作欸乃五首一作章,令舟子唱之,盖以取适于道路云一作耳。词曰:

偶存名迹在人间,顺俗与时未安闲。来谒大官兼问政,扁舟却入九疑山。

湘江二月春水平,满月和风宜夜行。唱桡欲过平阳戍,守吏相呼问姓名。

千里枫林烟雨深,无朝无暮有猿吟。停桡静听曲中意,好是云山韶濩音。

零陵郡北湘水东,浯溪形胜满湘中。溪口石颠堪自逸,谁能相伴作渔翁。

下泷船似入深渊,上泷船似欲升天。泷南始到九疑郡,应绝高人乘兴船。

全唐诗卷二百四十二

张继

张继,字懿孙,襄州人,登天宝进士第。大历末,检校祠部员外郎,分掌财赋于洪州。高仲武谓其累代词伯,秀发当时,诗体清迥,有道者风。今编诗一卷。

郢城西楼吟—作郎士元诗

连山尽塞—作处水萦回,山上成—作城门临水开。珠帘—作朱栏直下一百丈,日暖游鳞自相向。昔人爱—作受险闭层城,今人复爱闲江清。郎集作今日爱闲江复清。沙洲枫岸无来客,草绿花开—作红山鸟鸣。

登丹阳楼—作郎士元诗

寒皋那可望,旅客又初还。迢递高楼上,萧疏凉—作旷野间。暮晴依远水,秋兴属连山。浮—作游客时相见,霜凋朱—作动翠颜。

春夜皇甫冉宅欢宴—作对酒

流落时相见,悲欢共此情。兴因尊酒洽,愁为故人轻。暗滴花茎—作垂露,斜晖月过城。那知横吹笛—作曲,江外作边声。

会稽秋晚奉呈于太守

寂寂—作宴讼庭幽,森森戟户秋。山光隐危堞,湖色上高楼。禹穴探书罢,天台作赋游。云浮—作浮云将越客,岁晚共淹留。

题严陵钓台

旧隐人如在,清风亦似秋。客星沈夜壑,钓石俯春流。鸟向乔—作深枝聚,鱼依浅濑游。古来芳饵下,谁是不吞钩。

清明日自西午桥至瓜岩村有怀

晚霁龙门雨,春生汝穴风。鸟啼官路静,花发毁垣空。鸣玉惭时辈,垂丝学老翁。旧游人不见,惆怅洛城东。

洛阳作—作初出微安门
　　洛阳天子县,金谷石崇—作家乡。草色侵官道,花枝出苑墙。书成休逐客,赋罢遂为郎。贫贱非吾事,西游思—作当自强。

晚次淮阳
　　微凉风叶下,楚俗转清闲。侯馆临秋水,郊扉掩暮山。月明潮渐近—作满,露湿雁初还。浮客了无定,萍流淮海间。

送窦十九判官使江南
　　游客—作宦淹星纪,裁诗炼土风。今看乘传去,那与问津同。南郡迎—作过徐子—作稚,临川谒谢公。思归一惆怅,于越古亭中。

江上送客游庐山
　　楚客自相送,沾裳春水边。晚来风信好,并发上江船。花映新林岸,云开瀑布泉。惬心应在此,佳句向谁传。

酬张二十员外前国子博士窦叔向
　　故交日零落,心赏寄何人。幸与冯唐遇,心同迹复亲。语言未终夕,离别又伤春。结念溢城下,闻猿诗兴新。

会稽郡楼雪霁—作望雪
　　江城昨夜雪如花,郢客登楼齐望—作望齐华。夏—作大禹坛前仍聚玉,西施浦—作渚上更飞沙—作飘纱。帘栊向晚寒风度,睥睨初晴落景斜。数处微明销不尽,湖山清—作青映越人家。

冯翊西楼—作郎士元诗
　　城上西楼倚暮天,楼中归望正凄然。近郭乱山横古渡,野庄乔木带新烟。北风吹雁声能苦,远客辞家月再圆。陶令好文常对酒,相招那惜醉为眠—作一和白云篇。

送邹判官往陈留—作洪州送郢绍允河南租庸判官
　　齐宋—作鲁伤心—作分巡地,频年此用兵。女停襄邑杼,农废汶阳耕。国使—作使者乘轺去,诸侯—作藩拥节迎。深仁荷—作佐,又作赖君子,薄赋恤黎氓。火燎原犹热,波—作风摇海未平。应将否泰理,一问鲁诸生。

酬李书记校书越城秋夜见赠
　　东越秋城夜,西人白发年。寒城警刁斗,孤愤抱龙泉。凤辇栖岐下,鲸波斗洛川。量空海陵粟,赐乏水衡钱。投阁嗤扬子,飞书代鲁连。苍苍不可问,余亦赋思玄。

感怀—作陆沈诗,题作上礼部杨侍郎。
　　调与时人背—作等,心将静者论。终年帝—作在城里,不识五侯门。

长相思
　　辽阳望河县,白首无由—作人见。海上珊瑚枝,年年寄春燕。

奉寄皇甫补阙
　　京口情人别久,扬州估客来疏。潮至浔阳回—作来去,相思无处通书。

枫桥夜泊—作夜泊枫江
　　月落乌啼霜满天,江枫渔父—作火对愁眠。姑苏城外寒山寺,夜半钟声到客船。

阊门即事
　　耕夫召—作占募逐楼船,春草青青万顷田。试上吴门窥郡郭,清明几处有新烟。

安公房问法
　　流年一日复一日,世事何时是了时。试向东林问禅伯,遣将心地学琉璃。

上清词
　　紫阳宫女捧丹砂,王母令—作今过汉帝家。春风不肯停仙驭,却向蓬莱看杏花。

送顾况泗上觐叔父
　　吴乡岁贡足嘉宾,后进之中见此人。别业更临洙泗上,拟将书卷对残春。

留别—作皇甫冉诗,题作又得云字。
　　何事千年遇圣君,坐令双鬓老江云。南行

更入山深浅,岐路悠悠水自分。

送张中丞归使幕—作韩翃诗

独受主恩归,当朝似者稀。玉壶分御酒,金殿赐春衣。拂席流莺醉,鸣鞭骏马肥。满台簪白笔,捧手恋清辉。

华州夜宴庾侍御宅—作韩翃诗

世故他年别,心期此夜同。千峰孤烛外,片雨一更中。酒客逢山简,诗人得谢公。自怜驱匹马,拂曙向关东。

赠章八元

相见谈经史,江楼坐夜阑。风声吹户响。灯影照人寒。俗薄交游尽,时危出处难。衰年逢二妙,亦得闷怀宽。

城西虎跑寺 第七句缺二字

石势虎蹲伏,山形龙屈盘。寺开梁殿阁,坟掩晋衣冠。出涧泉声细,斜阳塔影寒。近城多□□,栖息此中安。

诸主簿宅会毕庶子钱员外郎使君—作韩翃诗

开瓮腊酒熟,主人心赏同。斜阳疏竹上,残雪乱山中。更喜宣城印,朝廷与谢公。

奉送王相公赴幽州—作韩翃诗,题下有巡边二字

黄阁开帏幄,丹墀拜冕旒。位高汤左相,权总汉诸侯。不改周南化,仍分赵北忧。双旌过易水,千骑入幽州。塞草连天暮,边风动地愁。无因随远道,结束佩吴钩。

重经巴丘

昔年高楼李膺欢,日泛仙舟醉碧澜。诗句乱随青草落,酒肠俱逐洞庭宽。浮生聚散云相似,往事冥微梦一般。今日片帆城下去,秋风回首泪阑干。

九日巴丘杨公台上宴集

凄凄霜日上高台,水国秋凉客思哀。万叠银山寒浪起,一行斜字早鸿来。谁家捣练孤城暮,何处题衣远信回。江汉路长身不定,菊花三笑旅怀开。

游灵岩

灵岩有路入烟霞,台殿高低释子家。风满回廊飘坠叶,水流绝涧泛秋花。青松阅世风霜古,翠竹题诗岁月赊。谁谓无生真可学,山中亦自有年华。

河间献王墓

汉家宗室独称贤,遗事闲中见旧编。偶过河间寻往迹,却怜荒冢带寒烟。频求千古书连帙,独对三雍策几篇。雅乐未兴人已逝,雄歌依旧大风传。

秋日道中

齐鲁西风草树秋,川原高下过东州。道边白鹤来华表,陌上苍麟卧古丘。九曲半应非禹迹,三山何处是仙洲。径行俯仰成今古,却忆当年赋远游。

华清宫

天宝承平奈乐何,华清宫殿郁嵯峨。朝元阁峻临秦岭,羯鼓楼高俯渭河。玉树长飘云外曲,霓裳闲舞月中歌。只今惟有温泉水,呜咽声中感慨多。

春申君祠

春申祠宇空山里,古柏阴阴石泉水。日暮江南无主人,弥令过客思公子。萧条寒景傍山村,寂寞谁知楚相尊。当时珠履三千客,赵使怀惭不敢言。

人日代客子是日立春

人日兼春日,长怀复短怀。遥知双彩胜,并在一金钗。

寄郑员外

经月愁闻雨,新年苦忆君。何时共登眺,整展待晴云。

饮李十二宅

重门敞春夕,灯烛霭余辉。醉我百尊酒

留连夜未归。

山家

板桥人渡泉声,茅檐日午鸡鸣。莫嗔焙茶烟暗,却喜晒谷天晴。

归山

心事数茎白发,生涯一片青山。空林有雪相待,古道无人独还。

金谷园

彩楼歌馆正融融,一骑星飞锦帐空。老尽名花春不管,年年啼鸟怨东风。

邮亭

云淡山横日欲斜,邮亭下马对残花。自从身逐征西府,每到开时不在家。

宿白马寺

白马驮经事已空,断碑残刹见遗踪。萧萧茅屋秋风起,一夜雨声羁思浓。

明德宫

碧瓦朱楹白昼闲,金衣宝扇晓风寒。摩云观阁高如许,长对河流出断山。

读峄山碑

六国平来四海家,相君当代擅才华。谁知颂德山头石,却与他人戒后车。

句

汉月经时掩,胡尘与岁深。《咏镜》,见《诗式》。

全唐诗卷二百四十三

韩翃

韩翃,字君平,南阳人。登天宝十三载进士第,淄青侯希逸、宣武李勉相继辟幕府。建中初,以诗受知德宗,除驾部郎中、知制诰,擢中书舍人卒。翃与钱起、卢纶辈号大历十才子。为诗兴致繁富,一篇一咏,朝野珍之。集五卷。今编诗三卷。

令狐员外宅宴寄中丞

寒色凝罗幕,同人清夜期。玉杯留醉处,银烛送归时。独坐隔千里,空吟对雪诗。

褚主簿宅会毕庶子钱员外郎使君一作张继诗

开瓮腊酒熟,主人心赏同。斜阳疏竹上,残雪乱天一作山中。更喜宣城印,朝廷与谢公。

送李明府赴滑州

渭城寒食罢,送客归远道。乌帽背斜晖,青骊踏春草。酒醒孤灯夜,衣冷千山早。去事沈尚书,应怜词赋好。

送李司直赴江西使幕

敛版辞汉廷,进帆归楚幕。三江城上转,九里人家泊。好酒近宜城,能诗谢康乐。雨晴西山树,日出南昌郭。竹露点衣巾,湖烟湿肩钥。主人苍玉佩,后骑黄金络。高视领八州,相期同一鹗。行当报知己,从此飞寥廓。

祭岳回重赠孟都督

封作天齐王,清祠太山下。鲁公秋赛毕,晓日回高驾。从骑尽幽并,同人皆沈谢。自矜文武足,一醉寒溪夜。

送南少府归寿春

人言寿春远,此去先秋到。孤客小翼舟,诸生高翅帽。淮风生竹簟,楚雨移茶灶。若在一作上八公山,题诗一相报。

赠别崔司直赴江东兼简常州独孤使君

爱君青袍色,芳草能相似。官重法家流,名高墨曹吏。春衣淮上宿,美酒江边醉。楚酪沃雕胡,湘羹糁香饵。前朝山水国,旧日风流地。苏山一作小逐青骢,江家驱白鼻。右军尚少年一作年少,三领东方骑。亦过小丹阳,应知百城贵。

经月岩山并序

信州西三十里,山名仙人城。下有月岩山,其状秀拔,中有山门,如满月之状。余因役过其下,聊赋是诗。

驱车过闽越,路出饶阳西。仙山翠如画,簇簇生虹蜺。群峰若侍从,众阜如婴提。岩峦互吞吐,岭岫相追携。中有月输满,皎洁如圆珪。玉皇恣游览,到此神应迷。嫦娥曳霞帔,引我同攀跻。腾腾上天半,玉镜悬飞梯。瑶池何悄悄,鸾鹤烟中栖。回头望尘事,露下寒凄凄。

送客之江宁

春流送客不应赊,南入徐州见柳花。朱雀桥边看淮水,乌衣巷里问王家。千间万井无多事,辟户开门向山翠。楚云朝下石头城,江燕双飞瓦棺寺。吴士风流甚可亲,相逢嘉赏日应新。从来此一作北地夸羊酪,自有莼羹定却一作味可人。

送山阴姚丞携妓之任兼寄山阴苏少府

东风香草路,南客心容与。白皙吴王孙,青蛾柳家女。都门数骑出,河口片帆举。夜箪眠橘洲,春衫傍枫屿。山阴政简甚从容,到罢唯求物外踪。落日花边剡溪水,晴烟竹里会稽峰。才子风流苏伯玉,同官晓暮应相逐。加餐共爱鲈鱼肥,醒酒仍怜甘蔗熟。知君炼思本清新,季子如今德有邻。他日如寻始宁墅,题诗早晚寄西人。

和高平朱一作米参军思归作

辥参军,辥参军,身为北州吏,心寄东山云。坐见萋萋芳草绿,遥思往日晴江曲。刺船频向剡中回,捧被曾过越人宿。花里莺啼白日高,春楼把酒送车螯。狂歌好爱陶彭泽,佳句唯称谢法曹。平生乐事多如此,忍为浮名隔千里。一雁南飞动客心,思归何一作可待秋风起。

赠别成明府赴剑南

朝为一作主三室印,晚为三蜀人。遥知下车日,正及巴山春。县道橘花里,驿流江水滨。公门辄无事,赏地能相亲。解衣初醉绿芳夕,应采蹲鸱荐佳客。雾水一作光远映西川时,闲望碧鸡飞古祠。爱君乐事佳兴发,天外铜梁多梦思。

送孙浥赴云中

黄骢少年舞双戟,目视旁人皆辟易。百战能夸陇上儿,一身复作云中客。寒风动地气苍茫,横吹先悲出塞长。敲石军中传夜火,斧冰河畔汲朝浆。前锋直指阴山外,虏骑纷纷胆应碎。匈奴破尽人一作始,一作看看归,金印酬功如斗大。

送客还江东

还家不落春风后,数日应沾越人酒。池畔花深斗鸭栏,桥边雨洗藏鸦柳。遥怜内舍著新衣,复向一作喜邻家醉落晖。把手闲歌香橘下,空山一望鹧鸪飞。

送夏侯侍郎自大理兼侍御史,摄登州,中路征纳吉之礼,爱弟摄青州司马,故备述其事。

元戎车右早飞声,御史府中新正名。翰墨已齐钟大理,风流好继谢宣城。从军晓别龙骧幕,六骑先驱嘶近郭。前路应留白玉台,行人辄美一作美黄金络。使君下马爱瀛洲,简贵将求物外游。听讼不闻乌布帐,迎宾暂著紫绨裘。公庭日夕罗山翠,功遂心闲无一事。移书或问岛边人,立仗时呼铃下吏。事业初传小夏侯,中年剑笏在西州。浮云飞鸟两相忘一作望,他日依依城上楼。

送李湜下第归卫州便游河北

莫嗟太常屈,便入苏门啸。道在应未迟,

忽作我身料。轻云日下不成阴,出对流芳搅一作据别心。万雉城东春水阔,千人乡北晚花深。旧竹青青常绕宅,到时疏旷应自适。佳期纵得上宫游,旅食还为北邙客。路出司州胜景长,西山翠色带清漳。仙人矶近芙蓉涧,铜雀台临野马冈。屡道主人多爱士,何辞策马千余里。高谭魏国访先生,修刺平原过内史。一举青云在早秋,恐君从此便淹留。有钱莫向河间用,载笔须来阙下游。

张山人草堂会王方士

屿花晚,山日长,蕙带麻襦食草堂。一片水光飞入户,千竿竹影乱登墙。园梅熟,家酝香。新湿头巾不复篸,相看醉倒卧藜床。

送蓨县刘主簿楚

起家得事平原侯,晚出都门辞旧游。草色连绵几千里,青骊蹭蹬路旁子。花深近县宿河阳,竹映春舟渡淇水。邺下淹留佳赏新,群公旧日心相亲。金盘晓鲙朱衣鲋,玉簟宵迎翠羽人。王程书使前期促,他日应知举鞭速。寒水浮瓜五一作六月时,把君衣一作香袖长河曲。

题玉山观禅师兰若一本有歌字

玉山宴坐移年月,锡杖承恩诣丹阙。先朝亲与会龙华,紫禁鸣钟白日斜。宫女焚香把经卷,天人就席礼袈裟。禅床久卧虎溪水,兰若初开凤城里。不出器尘见远公,道成何必青莲宫。朝持药一作蕊钵千家近,暮倚绳床一室空。披垣挥翰君称美,远客陪游问真理。薄宦深知误此心,回心愿学雷居士。

赠别上元主簿张著

上书一见平津侯,剑笏斜齐秣陵尉。朝垂绶带迎远客,暮锁印囊飞上一作小吏。长乐花深万井时,同官无事有归期。回船对酒三生渚,系马焚香五愿祠。日日澄江带山翠,绿芳都在经过地。行人看射邻军堂,游女题诗光宅寺。风流才调爱君偏,此别相逢定几年。惆怅浮云迷远道,张侯楼上月娟娟。

别汜水县一本有陈字尉

未央宫殿金开钥,诏引贤良卷珠箔。花间赐食近丹墀,烟里挥毫对青阁。万年枝影转斜光,三道先成君激昂。谷永直言身不顾,郄诜高第一作地转名香。绿槐阴阴出关道,上有蝉声下秋草。奴子平头骏马肥,少年白皙登王畿。五侯客舍偏留宿,一县人家争看归。南向千峰北临水,佳期赏地应穷此。赋诗或送郑行人,举酒常陪魏公子。自怜寂寞会君稀,犹著前时博士衣。我欲低眉问知己,若将无用废东归。

别李明府

宠光五世腰青组,出入珠宫引萧鼓。醉舞雄王玳瑁床,娇嘶骏马珊瑚柱。胡儿夹鼓越婢随,行捧玉盘尝荔枝。罗山道士请人送,林邑使臣调象骑。爱君一身游上国,阙下名公如旧识。万里初怀印绶归,湘江过尽岭花飞。五侯燋石烹江笋,千户沉香染客衣。别后想君一作相思难可见,苍梧云里空山县。汉苑芳菲入夏阑,待君障日蒲葵扇。

送中兄典邵州

官骑连西向楚云,朱轩出饯昼纷纷。百城兼领安南国,双笔遥挥王一本空此字左君。一路诸侯争馆谷,洪池高会荆台曲。玉颜送酒铜鞮歌,金管留人石头宿。北雁初回江燕飞,南湖春暖著春衣。湘君祠对空山掩,渔父焚香日暮归。百事无留到官后,重门寂寂垂高柳。零陵过赠石香溪,洞口人来饮醇酒。登楼暮结邵阳情,万里苍波烟霭生。他日新诗应见报,还如宣远在安城。

送万巨

汉相见王陵,扬州事张禹。风帆木兰楫,水国莲花府。百丈一作顷清江十月天,寒城鼓角晓钟前。金炉促膝诸曹吏,玉管繁声美少年。有时过向长干地,远对湖光近山翠。好逢南苑看人归,也向西池留客醉。高一作疏柳垂烟橘带霜,朝游石渚暮横塘。红笺色夺风流座,白苎词倾翰墨场。夫子前年入朝后,高名籍籍时贤口。共怜诗兴转清新,继远一作继家声在此身。屈指待为青琐客,回头莫羡白亭人。

送巴州杨使君

白云县北千山口,青岁欲开残雪后。前驱锦带鱼皮鞬,侧佩金璋虎头绶。南郑侯家醉落晖,东关陌上著鞭归。愁看野一作尘马随官骑,笑取秦人带客旗。使者下车忧疾苦,豪一作家吏销声出公府。万里歌钟相庆时,巴童声一作击节渝儿舞。

送王侍御赴江西兼寄李袁州

中朝理章服,南国随旌旆。腊酒湘城隅,春衣楚江外。垂帘白角簟,下筯鲈鱼鲙。雄笔佐名公,虚舟应时辈。按俗承流几路清,平明山霭春江云。溢城诗赠鱼司马,汝水人逢王右军。绿蘋白芷遥相引,孤兴幽寻知不近。井上铜人行见无,湖中石燕飞应尽。礼门前直事仙郎一作建礼门前直事郎,腰垂青绶领咸一作宜阳。花间五一作竹马迎君日,雨霁烟开玉女冈。

寄雍丘窦明府第十二句缺一字,第十五句缺,第十六句缺一字。

少年结绶骋金羁,许下如看琼树枝。入里亲过朗陵伯,出门高视颍川儿。西游太府东乘传,泗上诸侯谁不羡。时辈宁将白笔期,高流伫向丹霄见。何事翻飞不及群,虎班突骑来纷纷。吴江垂钓楚山醉,身яем沧波心白云。中岁胡尘静如扫,一官又罢行将老。薛公荐士得君初,□领黄金千室余。极尽独亲沙上鸟,贫贫唯向釜中鱼。□□□□□,□出重门烟树里。感物吟诗对暮天,怀人倚杖临秋水。别离几日问前期,鸣雁亭边人去时。独坐不堪期与夕,高风萧索乱蝉悲。

赠一本有别字兖州孟都督

少年亲事冠军侯,中岁仍迁北兖州。露冕宁夸汉车服,下帷常讨鲁春秋。后斋草色连高阁,事简人稀独行乐。闲心近掩陶使君,诗兴遥齐谢康乐。远山重叠水逶迤,落日东城闲望时。不见双亲办丰膳,能留五马一作柳尽佳期。北场争转黄金勒,爱客华亭赏秋色。卷帘满地铺毹一作毡毵,吹角一作管鸣弦开玉壶。愿学平原十日饮,此时不忍歌骊驹。

别孟都督

平芜霁色寒城下,美酒百壶争劝把。连呼宝剑锐头儿,少驻金羁大头一作宛,又作额马。一饮留欢分有余,寸心怀思一作惠复何如。他时相忆若一作如相问,青琐门前开素书。

送别郑明府

长头大鼻鬓如雪,早岁连兵剑锋折。千金尽去无斗储,双袖破来空百结。独恋郊扉已十春,高阳酒徒连此身。路傍谁识郑公子,谷口应知汉逸人。儿女相悲探井臼,前功岂在他人后。劝君不得学渊明,且策驴车辞五柳。

赠别王侍御赴上都

翩翩马上郎,执简佩银章。西向洛阳归鄠杜,回头结恋莲花府。朝辞芳草万岁街,暮宿春山一泉坞。青青树色傍行衣,乳燕流莺相间飞。远过三峰临八水,幽寻佳赏偏如此。残花片片细柳风,落日疏钟小槐雨。相思掩泣复何如,公子门前人渐疏。幸有心期当小暑,葛衣纱帽望回车。

赠别太常李博士兼寄两省旧游

两年戴武弁,趋侍明光殿。一朝簪惠文,客事信陵君。简异当朝执,香非寓直熏。差肩何记室,携手李将军。玉镫初回酸枣馆,金钿正舞石榴裙。忽惊万事随流水,不见双旌逐塞云。感旧抚心多寂寂,与君相遇头初白。暂夸五首军中诗,还忆万年枝下客。昨日留欢今送归,空披秋水映斜晖。闲吟佳句对孤鹤,惆怅寒霜落叶稀一作天霜雪落。

寄哥舒仆射

万里长城家,一生唯报国。腰垂紫文一作丈绶一作绶,手控黄金勒。高视黑头翁一作槊公,遥吞白骑贼。先麾牙门将,转斗黄河北。帐下亲兵皆少年,锦衣承日绣行缠。辘轳宝剑初出鞘,宛转角弓初一作新,一作争上弦。步人一作义抽箭大如笛,前把两矛后双戟。左盘右射红尘中,鹃入鸦群有谁敌。杀将破军白日余,回旆舞旆北风初。郡一作群公楯鼻好磨墨,走马为君飞羽书。

赠别华阴道士

紫府先生旧同学,腰垂彤管贮灵药。耻论方士小还丹,好饮仙人太玄酪。芙蓉山顶玉池西,一室平临万仞溪。昼洒瑶台五云湿,夜行金烛七星齐。回身暂下青冥里,方外相寻有知己。卖鲊市中何许人,钓鱼坐上谁家子。青青百草云台春,烟驾霓衣白角巾。露叶独归仙掌去,回风片雨谢时人。

送崔秀才赴上元兼省叔父

寒塘敛暮雪,腊鼓迎春早。匹马五城人,重裘千里道。淮山轻露湿,江树狂风扫。楚县九酝酸,扬州百花好。练湖东望接云阳,女市西游入建康。行乐远夸红布旆,风流近赌紫香囊。诗家行辈如君少,极目苦心怀谢朓。烟开日上板桥南,吴岫青青出林表。

全唐诗卷二百四十四

韩翃

赠别韦兵曹归池州

南陵八月天,暮色远峰潜。楚竹青阳路,吴江赤马船。籝—作腰金诸—作上客贵,佩玉主人贤。终日应相逐,归期—作西归定几年。

寄武陵李少府

小县春山口—作生日,公孙吏隐时。楚歌催晚醉,蛮语入新诗。桂水遥相忆,花源暗有期。郢门千里外,莫怪尺书迟。

赠张建

结客平陵下,当年倚侠游。传看辘轳剑,醉脱骅骝裘。翠羽双鬟妾,殊帘百尺楼。春风坐相待,晚—作晓日莫淹留。

送监军李判官

上客佩双剑—作吴钩,东城喜再游。旧从张博望,新事郑长秋。踏水回—作过金勒,看—作边风试锦裘。知君不久住,汉将扫旄头。

送客归广平

家在赵邯郸,归心辄自欢。晚杯狐腋暖,春雪马毛寒。孟月途中破,轻冰水上残。到时杨柳色,奈向故园看。

送张儋水路归北海

千里东归客,孤心忆旧游。片帆依白水,高枕卧青州。柏寝寒芜变,梧台宿雨—作水收。知君心兴远,每上海边楼。

送故人归鲁

鲁客多归兴,居—作故人怅—作舍别情。雨余衫袖冷,风急马蹄轻。秋草灵光殿,寒云曲阜城。知君拜亲—作亲觐后,少妇下机迎。

送故人归蜀

一骑西南远,翩翩入剑门。客衣筒布润,山舍荔枝繁。古庙祠金马,春江带—作拖,一作钓白鼋。自应成旅逸,爱客有王孙。

酬程延秋夜即事见赠
长簟迎风早,空城澹月华。星河秋一雁,砧杵夜千家。节候看应晚,心期卧亦—作正赊。向来吟秀句,不觉已鸣鸦。

送郭赞府归淮南
骏马淮南客,归时引望新。江声六合暮,楚色万家春。白苎歌西曲,黄苞寄北人。不知心赏后,早晚见—作促行尘。

题龙兴寺澹师房
双林彼上人,诗兴转相亲。竹里经声晚,门前山色春。卷帘苔点净,下筯药苗新。记取无生理,归来问此身。

送客游江南
南使孤帆远,东风任意吹。楚云殊不断,江鸟暂相随。月净鸳鸯水,春生豆蔻枝。赏称佳丽地,君去莫应知。

送高员外赴淄青使幕
远水流春色,回风送落晖。人趋双节近,马递百花归。山驿尝官酒,关城度客衣。从来赤管笔,提向幕中稀。

寻胡处士不遇
到来心自足,不见亦相亲。说法思居士,忘机忆丈人。微风吹药案,晴日照茶巾。幽兴殊未尽,东城飞暮尘。

赠张道者
采药三山罢,乘风五日归。剪荷成旧屋,划藓染新衣。玉粒指—作捐应久,丹砂验不微。坐看青节引,要—作更与白云飞。

题苏许公林亭—作钱起诗
平津东阁在,别是竹林期。万叶秋声里,千家落照时。门随深巷静,窗过远钟迟。客舍—作位,又作住苔生处,依依—作然又赋诗。

送元诜还江东—作送太常元博士归润州
过—作渡江秋色在—作里,诗兴与心客。路随—作缘枫岸,人家扫橘林。潮声当昼起,山翠近南深。几日华阳洞,寒花引独—作独自寻。

送—作桂客游江南
桂水随去远,赏心知有余。衣香楚山橘,手鲙湘波鱼。芳芷不共把,浮云怅离居。遥想汨罗上,吊屈秋风初。

送海州姚别驾
少年为长史,东去事诸侯。坐觉千闾静,闲随五马游。行人楚国道,暮雪郁林州。他日知相忆,春风海上楼。

送夏侯审
谢公邻里在,日夕问—作望佳期。春水人归后,东田花尽时。下楼闲待月,行乐—作药笑题诗。他日吴中路,千山入梦思。

送赵评事赴洪州使幕
孤舟行远近,一路过湘东。官属张廷尉,身随杜幼公。山河映湘竹,水驿带青枫。万里思君处,秋江夜雨中。

送李侍御赴徐州行营
少年兼柱史,东至旧徐州。远属平津阁,前驱博望侯。向营淮水—作月满,吹角楚天秋。客梦依依外,寒山对白楼。

送李秀才归江南—作送孙革及第归江南
过淮芳草歇,千里又东归。野水吴山出,家林—作村越鸟飞。荷香随去棹,梅雨点行—作湿征衣。无数沧—作苍江—作洲客,如君达者稀。

题僧房—作题慈恩寺振上人院
披衣闻客至,关锁此时开。鸣磬夕阳尽,卷帘秋色—作气来。名香连竹径,清梵出花台。身在心无住—作事,他方—作时到几回。

送寿州陈录事

　　寿阳南渡口,敛笏风诸侯。五两一作片雨楚云暮,千家淮水秋。开帘对芳草,送客上春洲。请问山中桂,王孙几度游。

送赵陆司兵归使幕

　　客路青芜遍,关城白日低。身趋双节近,名共五云一作侯齐。远水公田上,春山郡舍西。无因得携手,东望转凄凄。

送蒋员外端公归淮南

　　淮南芳草色,日夕引归船。御史王元贶,郎官顾彦先。光风千日暖,寒食百花燃。惆怅佳期近,澄江与暮天。

题慈仁一作恩寺竹院

　　千峰对古寺,何异到西林。幽磬蝉声下,闲窗竹翠阴。诗人谢客兴,法侣远公心。寂寂炉烟里,香花欲暮深。

赠郓一作邠州马使君

　　东方千万骑,出望使君时。暮雪行看尽,春城到莫迟。路人趋墨帻,官柳度青丝。他日铃斋内,知君亦赋诗。

送张丞归使幕一作张继诗

　　独受主恩归,当朝似者稀。玉壶分御酒,金殿赐春衣。拂席流莺醉,鸣鞭骏马肥。满台簪白笔,捧手恋清晖。

赠长州何主簿

　　挂席逐归流,依依望虎丘。残春过楚县,夜雨宿吴洲一作州。野寺吟诗入,溪桥折笋游。到官无一事,清静有诸侯。

送崔过一作遇归淄青幕府

　　平陵车马客,海上见旌旗。旧驿千山下,残花一路时。春衣过水冷,暮雨出关迟。莫道青州客,迢迢在梦思。

田仓曹东亭夏夜饮得春字

　　薛公门下人,公子又相亲。玉佩迎初夜,金壶醉老春。葛衣香有露,罗幕静无尘。更羡风流外,文章是一秦。

赠王遂

　　端笏事龙楼,思闲辄告休。新调赭白马,暂试黑貂裘。珠履迎佳客,金钱与莫愁。座中豪贵满,谁道不风流。

送深州吴司马归使幕

　　东门送远客,车马正纷纷。旧识张京兆,新随刘领军。行骢看暮雨,归雁踏青云。一去丛台北,佳声几日闻。

华亭一作州夜宴庾侍御宅一作张继诗

　　世故他年别,心期此夜同。千峰孤烛外,片雨一更中。酒客逢山简,诗人得谢公。自怜驱匹马,拂曙向关东。

送客之上谷

　　北客悲秋色,田园忆去来。披衣朝易水,匹马夕燕台。风剪荷花碎,霜迎栗罅开。赏心知不浅,累月故人杯。

同中书刘舍人题青龙上房

　　西掖归来后,东林静者期。远峰春雪里,寒竹暮天时。笑说一作问金人偈,闲听宝月诗。更怜茶兴在,好出下方迟。

宴吴王宅

　　玉管箫声合,金杯一作盆酒色殷。听歌吴季札,纵饮汉中山。称寿争离席,留欢辄上关。莫言辞客醉,犹得曳裾还。

题荐福寺衡岳暕一作禅师房

　　春城乞食还,高论此中闲。僧腊阶前树一作草,禅心江上山。疏帘看雪卷,深户映花关。晚送门人出一作去,钟声杳一作暝霭间。

送戴迪赴凤翔幕府

　　青春带文绶,去事魏征西。上路金羁出,中人玉箸齐。当歌酒万斛,看猎马千蹄。自有从军乐,何须怨解携。

送鄂州郎使君

千人插羽迎,知是范宣城。暮雪楚山冷,春江汉水清。红鲜供客饭,翠竹引舟行。一别何时见,相思芳草生。

送李中丞赴辰州

白羽逐青丝,翩翩南下一作去时。巴人迎道路,蛮帅一作塞引旌旗。暮雨山开少,秋江一作风叶落迟。功成益一作翼地一作他日,应见竹郎祠。

送刘侍御赴陕州

金羁映骍䯄,后骑佩干将。把酒春城晚,鸣鞭晓路长。带冰新溜涩,间雪早梅香。明日怀贤处,依依御史床。

李中丞宅夜宴送丘侍御赴江东便往辰州

积雪临阶夜,重裘对酒时。中丞远沈约,才子送丘迟。一路三江上,孤舟万里期。辰州佳兴在,他日寄新诗。

送李侍御归宣州使幕

春草东江外,翩翩北路归。官齐魏公子,身逐谢玄晖。山色随行骑,莺声傍客衣。主人池上酌,携手暮花飞。

东城水亭宴李侍御副使

东门留客一作别处,沽酒用钱刀。秋水床下急,斜晖林外高。金羁络骢袠,玉匣闭豪曹。去日随戎幕,东风见伯劳。

送秘书谢监赴江西使幕

谢监忆山程,辞家万里行。寒衣傍楚色,孤枕宿潮一作湖声。小寇不足问,新诗应渐清。府公相待日,引旆出江城。

送江陵元司录

新领州从事,曾为朝大夫。江城竹使待,出路橘官扶。片雨三江道,残秋五叶湖。能令诗思好,楚色与寒芜。

送李舍人携家归江东觐省

二十青宫吏,成名似者稀。承颜陆郎去,携手谢娘归。夜月回孤烛,秋风试来衣。扁舟楚水上,来往速如飞。

送刘侍御赴令公行营

东城跃紫骝,西路大刀头。上客刘公干,元戎郭细侯。一军偏许国,百战又防秋。请问萧关道,胡尘早晚收一作休。

送苏州姚长史

江城驿路长,烟树过云阳。舟领青丝缆,人歌白玉郎。葛衣行柳翠,花簟宿荷香。别有心期处,湖光满讼堂。

送金华王明府

县舍江云里,心闲境又偏。家贫一作资陶令酒一作菊,月俸沈郎钱。黄蘖香山路,青枫暮雨天。时闻引车骑,竹外到一作向铜泉。

送田仓曹汴州觐省

拜庆承天宠,朝来辞汉宫。玉杯分湛露,金勒借追风。古驿秋山下,平芜暮雨中。翩翩魏公子,人看渡关东。

送张渚赴越州

白面谁家郎,青骊照地光。桃花开绶色,苏合借衣香。暮雪连峰近,春江海市长。风流似张绪,别后见垂杨。

奉和元相公家园即事寄王相公

共列中台贵,能齐物外心。回车青阁晚,解带碧苔深。寒水分一作随畦入,晴花度竹寻。题诗更相忆,一字重千金。

送道士侄归池阳

银角桃枝杖,东门赠别初。幽州寻马客,灞岸送驴车。野饭秋山静,行衣落照余。燕南群从少,此去意何如。

送刘长上归城南别业

数刻是归程,花间落照明。春衣香不散,

骏马汗犹轻。南渡春流浅,西风片雨晴。朝还会相就,饭尔五侯鲭。

赠张五諲归濠州别业

常知罢官意,果与世人疏。复此凉风起,仍闻濠上居。故山期采菊,秋水忆观鱼。一去蓬蒿径,羡君闲有余。

送营一作管城李少府

怀禄兼就养,更怀一作怜趋府心。晴山东里近,春水北门深。新绶映芳草,旧家依一作看远林。还乘郑小驷,蹀躞县城阴。

鲁中送鲁使君归郑州

城中金络骑,出饯沈东阳。九月寒露白,六关秋草黄。齐讴听处妙,鲁酒把来香。醉后著鞭去,梅山道路长。

送夏侯校书归上都

后辈传佳句,高流爱美名。青春事贺监,黄卷问张生。暮雪重裘醉,寒山匹马行。此回将诣阙,几日谏书成。

送李明府赴连州

万里向南湘,孤舟入桂阳。诸侯迎一作近上客,小吏拜官郎。春服檀花细,初筵木槿芳。看承雨露速,不待荔枝香。

送卢大理赵侍御祭东岳兼寄孟兖州

东岳昔有事,两臣朝望归。驿亭开岁酒,斋舍著新衣。上客钟大理,主人陶武威。仍随御史马,山路满光辉。

送皇甫大夫赴浙江 第四句缺二字

舟师分水国,汉将领秦官。麾下同心吏,军中□□端。吴门秋露湿,楚驿暮天寒。豪贵东山去,风流胜谢安。

送韦秀才

东人相见罢,秋草独归时。几日孙弘阁,当年谢朓诗。寒山叶落早,多雨路行迟。好忆金门步,功名自有期。

全唐诗卷二百四十五

韩翃

送客一归襄阳二归浔阳

南驱匹马会心期,东望扁舟怅梦思。熨斗山—作坡前春色早—作草色,香炉峰顶暮烟时。空林欲访庞—作辛居士,古寺应怀远法师。两地由来堪取兴,三贤他日幸留诗。

送故人赴江陵寻庾牧

主人持节拜荆州,走马应从一路游。斑竹冈连山雨暗,枇杷门向楚天秋。佳期笑把斋中酒,远意闲登城上楼。文体此时看又别,吾知小庾甚风流。

送客水路归陕

相风竿影晓来斜,渭水东流去不赊。枕上未醒秦地酒,舟前已见陕人家。春桥杨柳应齐叶,古县棠梨也作花。好是吾贤佳赏地,行逢三月会连沙。

送丹阳刘太真

长干道上落花朝,羡尔当年赏事饶。下箸已怜鹅炙美,开笼不奈鸭媒娇。春衣晚入青杨巷,细马初过皂荚桥。相访不辞千里远,西风好借木兰桡。

送客归江州

东归复得采真游,江水迎君日夜流。客舍不离青雀舫,人家旧在白鸥—作蘋洲。风吹山带遥知雨,露湿荷裳已报秋。闻道泉明居止近,篮舆相访为—作会淹留。

题张逸人园林

花源一曲映茅堂,清论闲阶坐夕阳。麈尾手中毛已脱,蟹螯尊上味初香。春深黄口—作鸟传窥树,雨后青苔散点墙。更道小山宜助赏,呼儿舒簟醉岩芳。

又题张逸人园林

藏头不复见时人,爱此云山奉养真。露色点衣孤屿晓—作月,花枝妨帽小园春。时—作闲携幼稚诸峰上,闲濯眉须一水滨。兴罢归来远对酌,茅檐挂著紫荷巾。

送刘将军

明光细甲照铧锻,昨日承恩拜虎牙。胆大欲期—作欺姜伯约,功多不让李轻车。青巾校尉遥相许,墨—作黑槊—作鞘将军莫大—作大莫夸。阙下来时亲伏奏,胡尘未尽不为家。

送—作寄赠郑员外 郑时在熊尚书幕府

风流不减杜陵时,五十为郎未是迟。孺子亦知名下士,乐人争唱卷中诗。身齐吏部还多醉,心顾尚书自有期。要路眼青—作看知已在,不应穷巷久低眉。

寄徐州郑使君

江城五马楚云边,不羡雍容画省年。才子旧称何水部,使君还继谢临川。射堂草遍收残雨,官路人稀对夕天。虽卧郡斋千里隔,与君同见月初圆。

送襄垣王君归南阳别墅

都门雾后不飞尘,草色萋萋满路春。双兔坡东千室吏,三鸦水上一归人。愁眠客舍衣香满,走渡河桥马汗新。少妇比来多远望,应知蟢子上罗巾。

送王诞渤海使赴李太守行营

少年结客散黄金,中岁连兵扫绿林。渤海名王曾折首,汉家诸将尽倾心。行人去指徐州近,饮马回看泗水深。喜见明时钟太尉,功名一似旧淮阴。

送王少府归杭州

归舟一路转青苹,更欲随潮向富春。吴郡陆机称地主,钱塘苏小是乡亲。葛花满把能消酒,栀子同心好赠人。早晚重过鱼浦宿,遥怜佳句箧中新。

赠王随

青云自致晚—作未应遥,朱邸新婚乐事饶。饮罢更怜双袖舞,试来偏爱五花骄。帐里炉香春林晓,堂前烛影早朝朝。更说球场新雨歇,王孙今日定相邀。

同题仙游观—本题上无同字

仙台下见五城楼,风物凄凄宿雨收。山色遥连秦树晚,砧声近报汉宫秋。疏松影落空坛静,细草香闲—作开小洞幽。何用别寻方外去,人间亦自有丹丘。

访王起居不遇留赠

双龙阙下拜恩初,天子令君注起居。载笔已齐周右史,论诗更事谢中书。行闻漏滴随金仗,入对炉烟侍玉除。贺客自知来独晚,青骊不见意何如。

送刘评事赴广州使幕

征南宫属似君稀,才子当今刘孝威。蛮府参军趋传舍,交州刺史拜行衣。前临瘴海无人过,去望衡阳少雁飞。为报苍梧云影道,明年早送客帆归。

送冷朝阳还上元

青丝绊引木兰船,名遂身归拜庆年。落日澄江乌榜外,秋风疏柳白门前。桥通小市家林近,山带平湖野寺连。别后依依寒食—作梦里,共君携手在东田。

送高别驾归汴州

信陵门下—作客识君偏,骏马轻裘正少年。寒雨送归千里外,东风沉—作留醉百花前。身随玉帐心应惬,官佐龙—作铜符势又全。久客未知何计是,参差去借汶阳田。

送康洗马归滑州

腰佩雕弓汉射声,东归衔命见双旌。青丝玉勒康侯马,孟—作白水金堤滑伯城。腊雪夜看宜纵饮,寒芜昼猎—作踏不妨行。怀君又隔千山远—作外,别后—作—夜春风百草生。

寄上田仆射

家封薛县异诸—作诸田—作诗传,报主荣亲义两全。仆射临戎谢安石,大夫持宪杜延年。金装昼出罗千骑,玉案晨餐直万钱。应念一身留阙下,阊门遥寄鲁西偏。

送王光辅归青州兼寄储—作朱侍郎

几回—作通,又作封奏事建章宫,圣主偏知汉将功。身著紫衣趋阙下,口衔丹诏出关东。蝉声驿路秋山里,草色河桥落照中。远忆故人沧海别,当年好跃五花骢。

宴杨驸马山池—作陈羽诗。又作朱湾诗。

垂杨拂岸草茸茸,绣户帘前花影重。鲙下玉盘红—作金缕细,酒开金瓮绿醅浓。中朝驸马何平叔,南国词人陆士龙。落日泛舟同醉处,回潭百丈映千峰。

送长史李少府入蜀

行行独出故关迟,南望千山无尽期。见舞巴童应暂笑,闻歌蜀道又堪悲。孤城晚闭清江上,匹马寒嘶白露时。别后此心君自见,山中何事不相思。

送客还江东

不妨高卧顺流归,五两行看扫翠微。鼯鼠夜喧孤枕近,鸡鹕醉晓避客船飞;一壶先醉桃枝簟,百和初熏苎—作越布衣。君到新林江口泊,吟诗应赏谢玄晖。

寄令狐尚书

立身荣贵复何如,龙节红旗从板舆。妙略多推霍骠骑,能文独见沈尚书。临风高会千门—作人帐,映水连营百乘车。他日感恩惭未报,举家犹似涸池鱼。

扈从郊庙因呈两省诸公

丹墀列士主恩同,厩马翩翩出汉宫。奉引乘舆金仗里,亲尝赐食玉盘中。昼趋行殿旌门北,夜宿斋房刻漏东。明日驾回承雨露,齐将万岁及春风。

送端州冯—作高使君

白晳风流似有须,一门豪贵领苍梧。三峰亭暗橘边宿,八桂林香节下趋。玉树群儿争翠羽,金盘少妾拣明珠。怀君乐事不可见,鬃马翩翩新虎符。

送王府张参军附学及第东归

邻家不识斗鸡翁,闭户能齐隐者风。顾步曾为小山客,成名因事大江公。一身千里寒芜上,单马重裘腊月中。寂寂故园行见在,暮天残雪洛城东。

送齐明府赴东阳

绿丝帆绋—作绛桂为樯,过尽淮山楚水长。万里移家背春谷,一官行府向东阳。风流好爱杯中物,豪荡仍欺陌上郎。别后心期如在眼,猿声烟色树苍苍。

鲁中送从事归荥阳

故国衰草带荥波,岁晚知如君思何。轻橐归时鲁缟薄—作满,寒衣缝处郑绵多。万人都督鸣骝送,百里邦君枉骑过。累路尽逢知己在,曾无对酒不高歌。

兖州送李明府使苏州便赴告—作吉期—本题上无兖州二字

莫言水国去迢迢,白马吴门见不遥。枫树林中经楚雨,木兰舟上蹋江潮。空山古寺千年石,草色寒堤百尺桥。早晚卢家兰室在—作外,珊瑚玉佩彻青霄。

送田明府归终南别业

故园此日多心赏,窗下—作外泉流—作流泉竹外云。近馆应逢沈道士,比邻自识卜田君。离宫树影登山见,上苑钟声过雪闻。相劝早移—作趋丹凤阙,不须常恋白鸥群。

家兄自山南罢归献诗叙事

时辈已争先,吾兄未著鞭。空嗟镊须一作鬓日,犹一作独是屈腰年。不以殊方远,仍论水一作赏地偏。襄橙随客路,汉竹引归船。云木一作外巴东峡,林泉一作中岘北川。池余骑马处,宅似卧龙边。夜簟千峰月,朝窗万井烟。朱荷江女院,青稻楚人田。县舍多潇洒,城楼入一作得醉眠。黄苞柑正熟,红缕鲙仍鲜。坐厌牵丝倦,因从解绶旋。初辞五斗米,唯奉一囊钱。室好一作爱生虚白,书耽守太玄。枥中嘶欸段,阶下引潺湲。落照渊明柳,春风叔夜弦。绛纱儒客帐,丹诀羽人篇。雅论承安石,新诗与惠连。兴清湖见底,襟豁雾开天。魏阙心犹系,周才道岂捐。一丘无自一作自无逸,三府会招贤。

奉送王相公缙一本无此字赴幽州巡边一本作奉送王相公赴范阳,一作张继诗

黄阁开帷幄,丹墀侍一作拜冕旒。位高汤左相,权总汉诸侯。不改周南化,仍分赵北忧。双旌过易水,千骑入幽州。塞草连天暮,边风动地秋一作愁。无因随一作陪远道,结束佩吴钩。

寄赠虢州参军

三十事诸侯,贤豪冠北州。桃花迎骏马,苏合染轻裘。观妓将军第,题诗关尹楼。青林朝送客,绿屿晚回舟。好栗分通子,名香赠莫愁。洗杯新酒熟,把烛故人留。百雉归云过,千峰宿雨收。兼葭露下晚,菡萏水中秋。忆昨陪行乐,常时接献酬。佳期虽雾散,惠问亦川流。开卷醒堪解,含毫思苦一作若抽。无因违情意,西望日悠悠。

送李中丞赴商州

五马渭桥东,连嘶逐一作背晓风。当年紫髯将,他日黑头公。不异金吾宠,兼齐玉帐雄。闭营春雪下,吹角暮山空。香麝松阴里,寒猿黛色中。郡斋多赏事,好与故人同。

汉宫曲二首

骏马绣一作锦障泥,红尘扑四蹄。归时何太晚,日照杏花西。

绣幕珊瑚钩,春开一作香闻翡翠楼。深情不肯道,娇倚钿筝筱。

陪孟都督祭岳途中有赠

封疆七百里,禄秩二千石。拥节祠太山,寒天霜草白。

宿甑山

山中今夜何人,阙下一作门外当年近臣。青琐应须早去,白云何用相亲。

别甑山

一身趋侍丹墀,西路翩翩去时。惆怅青山绿水,何年更是来一作归期。

送陈明府赴淮南

年华近逼一作过清明,落日微风送行。黄鸟绵蛮芳树,紫骝蹀躞东城。花间一杯促膝,烟外千里含情。应渡淮南信宿,诸侯拥旆相迎。

送客知一作之鄂州

江口千家带楚云,江花乱点雪纷纷。春风落日谁相见,青翰舟中有鄂君。

寒食一作寒食日即事

春城无一作风何处不飞一作开花,寒食东风御柳斜。日暮一作一夜汉宫传蜡烛,轻一作青烟散入五侯家。

羽林骑一作羽林少年行

骏一作骢马牵来御柳中,鸣鞭欲向一作过渭桥东。红蹄乱蹋春城雪,花颔骄一作频嘶上苑风。

看调马

鸳鸯赭白齿新齐,晚日花中一作间散一作放碧蹄。玉勒斗一作乍回初喷沫,金鞭欲下不成嘶。

寄赠衡州杨使君

湘竹斑斑湘水春,衡阳太守虎符新。朝来笑向归鸿道,早晚南飞见主人。

宿石邑山中

浮云不共此山齐,山霭苍苍望—作翠转迷。晓月暂飞高—作千树里,秋河隔在数峰西。

江南曲—作李益诗

长乐花枝雨点—作滴销,江城日暮好相邀。春楼不闭葳蕤锁,绿水回通—作连宛转桥。

赠张千牛

蓬莱阙下是天—作君家,上路新回白鼻䯌。急管昼催平乐酒,春衣夜宿杜陵花。

汉宫曲二首

五柞宫中过腊看,万年枝上雪花残。绮窗夜闭玉堂静,素绠朝穿—作垂金井寒。

家在—作汉室长陵小市中,珠帘绣户对春风。君王昨日移仙仗,玉辇迎将入汉宫。此首一作李益诗。

赠李翼

王孙别舍拥朱轮,不羡空名乐此身。门外碧潭春洗马,楼前红烛夜迎人。

少年行

千点斓斒玉勒—作斑斓喷玉骢,青丝结尾绣缠鬃。鸣—作挥鞭晓—作晚出章—作铜台路,叶叶春衣—作依,又作随杨柳风。

题玉真观李祕书院

白云斜日影深松,玉宇瑶坛知几重。把酒题诗人散后,华阳洞里有疏钟。

送客之潞府

官柳青青匹马嘶,回风暮雨入铜鞮。佳期别在春山里,应是人参五叶齐。

送客贬五溪

南过猿声一逐臣,回看秋草泪沾巾。寒天暮雪—作雨空山里,几处蛮家是主人。

送齐山人归长白山

旧事仙人白兔公,掉头归去又乘风。柴门流水依然在,一路寒山万木中。

寄裴郓州

乌纱灵寿对秋风,怅望浮云济水东。官树阴阴铃阁暮,州人转忆白头—作须翁。

梁城赠一二同幕

五营河畔列旌旗,吹角鸣鼙日暮时。曾是信陵门下客,两回相吊不胜悲。

河上寄故人第五句缺一字

河流晓天,濮水清烟。日暖昆吾台上,春深颛顼城边。莺声乱啁鹆□,花片细点龙泉。西望情人早至,犹应得醉芳年。

留题宁川香盖寺壁

爱远登高尘眼开,为怜萧寺上经台。山川谁识龙蛇蛰,天地自迎风雨来。柳放寒条秋已老,雁摇孤翼暮空回。何人会得其中事,又被残花落日催。

寄柳氏

章台柳,章台柳,颜色青青今在否?纵使长条似旧垂,也应攀折他人手。

全唐诗卷二百四十六

独孤及

独孤及,字至之,洛阳人。天宝末,以道举高第,补华阴尉。代宗召为左拾遗,俄改太常博士,迁礼部员外郎,历濠、舒二州刺史,以治课加检校司封郎中,赐金紫。徙常州,卒,谥曰宪。集三十卷,内诗三卷。今编诗二卷。

海上寄萧立

朔风剪塞草,寒露日夜—作始结。行行到瀛壖,归思生暮节。驿楼见万里,延首望辽碣。远海入大荒,平芜际穷发。旧国在梦想,故人胡且越。契阔阻风—作凤期,荏苒成雨别。海西望京口,两地各天末。索居动经秋,再笑知曷月。—本无此二句。日南望中尽—作目穷南云尽,唯见飞鸟灭。音—作清尘未易得,何由慰饥渴。

三月三日,自京到华阴,于水亭独酌,寄裴六、薛八

祇役匪遑息,经时客三秦。还家问节候,知到上巳辰。山县何所有,高城闭青春。和风不吾欺,桃杏满四邻。旧友适远别,谁当接欢欣。呼儿命长瓢,独酌湘吴醇。一酌一朗咏,既酣意亦申。言筌暂两忘,霞月只相新。裴子尘表物,薛侯席上珍。寄书二傲吏,何日同车茵。讵肯使空名,终然羁此身。他—作何年解桎梏,长作海上人。

代书寄上裴六冀、刘二颖

昔余马首东,君在海北汭音入声。尽屏簿领书,相与议岩穴。载来诣佳境,每山有车辙。长啸林木动,高歌唾壶缺。此辞月未周,虏马嘶绛阙。猛虎踞大道,九州当中裂。闻君弃孤城,犹自握汉节。耻栖恶木影,忍与故山别。脱屣挂岭云,冏然若鸟逝入声。唯留潺湲水,分付练溪月。尔来大谷梨,白花再成雪。关梁限天险,欢乐竟两绝。大盗近削平,三川今底宁。勾芒布春令,屏翳收雷霆。伊洛日夜涨,鸣皋兰杜青。骞骞两黄鹄,何处游青冥。畴昔切玉刃,应如新发硎。及时当树勋,高悬景钟铭。

莫抱白云意,径入丹丘庭。功成倘长揖,然后谋沧溟。

客舍月下对酒,醉后寄毕四耀

乡路风雪深,生事忧患迫。天长波澜广,高举无六翮。独立寒夜移,幽境思弥积。霜月照胆净,银河入檐白。沽酒聊自劳,开樽坐檐隙。主人奏丝桐,能使高兴剧。清机暂无累,献酢更络绎。慷慨葛天歌,愔愔广陵陌。既醉万事遗,耳热心亦适。视身兀如泥,瞠目傲今昔。故人间城阙,音信两脉脉。别时前盟在,寸景莫自掷。先是,毕赠及诗云:洪炉无火停,日月速若飞。忽然冲入身,饮酒不须疑。心与白日斗,十无一满百。寓形薪火内,甘作天地客。与物无亲疏,斗酒胜竹帛。何必用自苦,将贻古贤责。

下弋阳江舟中代寄裴侍御

故乡隔西日,水去连长天。前路知几许,但指天南边。怆恨极浦外,隐映青山连。东风满帆来,五两如弓弦。遥羡绣衣客,罔然马首先。得餐武昌鱼,不顾浔阳田。屈指数别日,忽乎成两年。百花已满眼,春草渐碧鲜。岂是离居时,奈何于役牵。洞庭有深涉,曷日期归旋。且作异乡料,讵知携手缘。离忧未易销,莫道樽酒贤。

癸卯岁赴南丰道中闻京师失守寄权士繇韩幼深

种田不遇岁,策名不遭时。胡尘晦落日,西望泣路岐。猛虎啸北风,麋麕皆载驰。深泥驾疲牛,蹴踖余何之。诘屈白道转,缭绕清溪随。荒谷啸山鬼,深林啼子规。长叹指故山,三奏归来词。不逢眼中人,调苦车逶迟。士繇松筠操,幼深琼树姿。别来平安否,何阶一申眉。白云失帝乡,远水恨天涯。昂藏双威凤,曷月还西枝。努力爱华发,盛年振羽仪。但令迍难康,不负沧洲期。莫作新亭泣,徒使夷吾嗤。

贾员外处见中书贾舍人巴陵诗集,览之怀旧,代书寄赠

海岸望青琐,云长天漫漫。十年不一展,知有关山难。适逢阮始平,立马问长一作平安。取公咏怀诗,示我江海澜。暂若窥武库,森然矛戟寒。眼明遗头风,心悦忘朝餐。大驾今返正,熊罴扈鸣銮。公游凤凰沼,献可在笔端。系越有长缨,封关只一丸。囧一作矫然翔寥廓,仰惭一作在羽翰。嘉会不我与,相思岁云殚。唯当袖佳句,持比青琅玕。

代书寄上李广州

皖水望番禺,迢迢青天末。鸿雁飞不到,音尘何由达。独有舆人歌,隔云声喧聒。皆称府君仁,百越赖全活。推诚鱼鳖信,持正魑魅怛。疲民保中和,性足无夭阏。天子咨四岳,伫公济方割。几时复旋归,入践青琐闼。贱子托明德,缭若松上葛。别离鄙吝生,结念思所豁。门栏关山阻,岐路天地阔。唯凭万里书,持用慰饥渴。

夏中酬于逖毕耀问病见赠

救物智所昧,学仙愿未从。行藏两乖角,蹭蹬风波中。薄宦耻降志,卧疴非养蒙。闭关涉两旬,羁思浩无穷。鹙鹭何处来,双舞下碧空。离别隔云雨,惠然此相逢。把手贺疾间,举杯欣酒浓。新诗见久要,清论激深衷。高馆舒夜一作簟,开门延微风。火云赫嵯峨,日暮千万峰。遥指故山笑,相看抚号钟。声和由心清一作亲,事感知气同。出处未易料,且歌缓愁容。愿君崇明德,岁暮如青松。

酬梁二十宋中所赠兼留别梁少府

少读黄帝书,肯不笑机事。意犹负深衷,未免名迹累。厌贫学干禄,欲徇一作询宾王利。甘为风波人,岂复江海意。担簦平台下,是日饮羁思。逢君道寸心,暂喜一交臂。绪言未及竟,离念已复至。宁陵望南丘,云雨成两地。途殊迹方间,河广流且驶。暮帆望不及,览赠

心欲醉。爱君如金锡,昆弟皆茂异。奕赫连丝衣,荣养能锡类。君子道未长,深藏青云器。巨鳞有纵时,今日不足议。唯当加餐饭,好我袖中字。别离动经年,莫道分首易。

庚子岁避地至玉山,酬韩司马所赠

沧海疾风起,洪波骇恬鳞。已无济川分,甘作乘桴人。挥手谢秣陵,举帆指瓯闽。安和风尘表,偶与琼瑶亲。共悲行路难,况逢江南春。故园忽如梦,返复知何辰。旷野豺虎满,深山兰蕙新。柱君灞陵什,回首徒酸辛。

奉和李大夫同吕评事太行苦热行兼寄院中诸公

驷马上太行,修途亘辽碣。王程无留驾,日昃未遑歇。请问此何时,候台朱明月。长蛇稽天讨,上将方北伐。明主命使臣,皇华得时杰。已忘羊肠险,岂惮湿—作温风热。摇策汗滂沧—作沱,登岸思纡结。炎云如烟火,谿谷将恐竭。昼景艳可畏,凉飙何由发。山长飞鸟堕,日极行车绝。赵魏方俶扰,安危俟明哲。归路岂不怀,饮冰有苦节。会同传檄至,疑议立谈决。况有阮元瑜,翩翩秉书札。起予歌赤坂,永好逾白雪。谁念剖竹人,无因执羁绁。

酬皇甫侍御望天灊山见示之作

早岁慕五岳,尝为尘机碍。孰知天柱峰,今与郡斋对。隐嶙抱元气,氤氲含青霭。云崖媚远空,石壁寒古塞。汉皇南游日,望秩此昭配。法驾到谷口,礼容振荒外。焚柴百神趋,执玉万方会。天旋物顺动,德布泽雾霈。讲武威已耀,学仙功未艾。黄金竟何成,洪业遽沦昧。度世若一瞬,昨朝已千载。如今封禅坛,唯见云雨晦。长望哀往古,劳生惭大块。清晖幸相娱,幽独知所赖。寒城春方正,初日明可爱。万殊喜阳和,余亦荷时泰。山色日夜绿,下有清浅濑。愧作拳偻人,沉迷簿书内。登临叹拘限,出处悲老大。况听郢中曲,复识湘南态。思免物累牵,敢令道机退。瞒然—作永日诵佳句,持此—作比秋兰佩。

送陈兼应辟兼寄高适、贾至

结绿处燕石,卞和不必知。所以王佐才,未能忘茅茨。罢官梁山外,获稻楚水湄。适会傅岩人,虚舟济川时。天网忽摇顿,公才难弃遗。凤凰翔千仞,今始一鸣岐。上马指国门,举鞭谢书帷。欲知大人赋,掩却归来词。天子方在宥,朝廷张四维。料君能献可,努力副畴咨。旧友满皇州,高冠飞翠蕤。相逢绛阙下,应道轩车迟。高侯秉戎翰,策马观西夷。方从幕中事,参谋王者师。贾生去洛阳,焜耀琳琅姿。芳名动北步,逸韵凌南皮。肃肃举鸿毛,泠—作冰然顺风吹。波流有同异,由是限别离。汉塞隔陇底,秦川连镐池。白云日夜满,道里安可思。梦想浩盈积,物华愁变衰。因君附错刀,送远益凄其。四海各横绝,九霄应易期。不知故巢燕,决起栖何枝。

送相里郎中赴江西

君把一尺诏,南游济沧浪。受恩忘险艰,不道岐路长。戎狄方构患,休牛殊未遑。三秦千仓空,战卒如饿狼。委输资外府,谋寄贤良。有才当陈力,安得遂翱翔。岂不慎井赋,赋均人亦康。遥知轩车到,万室安耕桑。火伏金气腾,昊天欲苍茫。寒蝉惨巴邓,秋色愁沅湘。昨日携手西,于今芸再黄。欢娱讵几许,复向天一方。踟蹰话世故,惆怅举离觞。共求数刻欢,戏谑君此堂。今日把手笑,少时各他乡。身名同风波,聚散未易量。曷月还朝天,及时开智囊。前期倘犹阔,加饭勉自强。

观海

北登渤澥岛,回首秦东门。谁尸—作施造物功,凿此天池—作地源。頳纲洞吞百谷,周流无四垠。廓然混茫际,望见天地根。白日自中吐,扶桑如可扪。超遥—作迢迢蓬莱峰,想像金台存。秦帝昔—作曾经此,登临冀飞翻。扬旌百神会,望日群山奔。徐福竟何成,羡门徒空言。唯见石桥足,千年—作里潮水痕。

初晴抱琴登马退山对酒望远醉后作

年长心易感,况为忧患缠。壮图迫世故,行止两茫然。王旅方伐叛,虎臣皆被坚。鲁人著儒服,甘就南山田。挈榼上高磴,超遥望平川。沧江大如绖,隐映入远天。荒服何所有,山花雪中然。寒泉得日景,吐霤鸣湔湔。举酒劝白云,唱歌慰颓年。微风渡竹来,韵我号钟弦。一弹一引满,耳热知心宣。曲终余亦酣,起舞山水前。人生几何时,太半百忧煎。今日羁愁破,如知浊酒贤。

同徐侍郎五云溪新庭一作亭重阳宴集作

万峰苍翠色,双溪清浅流。已符东山趣,况值江南秋。白露天地肃,黄花门馆幽。山公惜美景,肯为芳樽留。五马照池塘,繁弦催献酬。临风孟嘉帽,乘兴李膺舟。骋望傲千古,当歌遗四愁。岂令永和人,独擅山阴游。

雨晴后陪王员外泛后湖得溪字

远山媚平楚,宿雨涨清溪。沿溯任舟楫,欢言无町畦。酒酣相视笑,心与白鸥齐。

题思禅寺上方

溪口闻法鼓,停桡登翠屏。攀云到金界,合掌开禅扃。郁律众山抱,空濛花雨零。老僧指香楼,云是不死庭。眇眇于越路,茫茫春草青。远山喷百谷,缭绕驰东溟。目极道一作想何在,境照心亦冥。骚然诸根空,破结如破瓶。一本无经二句。下视三界狭,但闻五浊腥。山中有良药,吾欲驂天形。

季冬自嵩山赴洛道中作第二十五句缺一字,二十六句缺三字

皇运偶中变,长蛇食中土。天盖西北倾,众星陨如雨。胡尘动地起,千里闻战鼓。死人成为阜,流血涂草莽。策马何纷纷,捐躯抗豺虎。甘心赴国难,谁谓荼叶苦。天子初受命,省方造区宇。斩鲸安溟波,截鳌作天柱。三微复正统,五玉一作土归文祖。不图汉官仪,今日忽再睹。升高望京邑,佳气连海浦。宝鼎歇景云,明堂舞干羽。虎臣□激昂,□□□御侮。腐儒著缝掖,何处议邹鲁。西上辕轘山,丘陵横今古。和气蒸万物,腊月春霭吐。得为太平人,穷达不足数。他日遇封禅,著书继三五。

早发若岘驿望庐山

雨罢山翠鲜,泠泠东风好。断崖云生处,是向峰顶道。谁谓峰顶远,跂予可瞻讨。忘缘祛天机,脱屣恨不早。只恐岁云暮,遂与空名老。心往迹未并,惭愧山上草。

寒夜溪行舟中作

日沉诸山昏,寂历群动宿。孤舟独不系,风水夜相逐。云归恒星白,霜下天地肃。月轮大如盘,金波入空谷。魏阙万里道,羁念千虑束。倦飞思故巢,敢望桐与竹。沉吟登楼赋,中夜起三复。忧来无良方,归候春酒熟。

壬辰岁过旧居

少年事远游,出入燕与秦。离居岁周天,犹作劳歌人。负剑渡颍水,归马自知津。缘源到旧庐,揽涕寻荒榛。邻里喜相劳,壶觞展殷勤。酒阑击筑一作竹语,及此离会因。丈夫随世波,岂料百年身。今日负鄙愿,多惭故山春。

丙戌岁正月出洛阳书怀

往岁衣褐见,受服金马门。拟将忠与贞,来酬主人恩。天地暂雷雨,洪波生平原。穷鳞遂蹭蹬,凤昔事罕存。幸逢帝出震,授钺清东藩。白日忽再中,万方咸骏奔。王风从西来,春光满乾坤。蛰虫竞飞动,余亦辞笼樊。遭遇思自强,宠辱安足言。唯将四方志,回首谢故园。

伤春怀归

谁谓乡可望,望在天地涯。但有时命同,万里共岁华。昨夜南山雨,殷雷坼萌芽。源桃不余欺,先发秦人家。寂寂户外掩,迟迟春日斜。源桃默无言,秦人独长嗟,不惜中肠苦,但言会合赊。思归吾谁诉,笑向一作指,一本缺南枝花。

杂诗

百花结成子,春物舍我去。流年惜不得,独坐一作立空闺暮。心自有所待,甘为物华误。未必千黄金,买得一人顾。

山中春思

獭祭川水大,人家春日长。独谣昼不暮,搔首惭年芳。靡草知节换,含葩向新阳。不嫌三径深,为我生池塘。亭午井灶闲,雀声响空仓。花落没屐齿,风动群木香。归路云水外,天涯杳茫茫。独卷万里心,深入山鸟行。芳景勿相迫,春愁未遽忘。

全唐诗卷二百四十七

独孤及

雨后公超谷北原眺望寄高拾遗

崖口雨足收,清光洗高天。虹蜺敛残霭,山水含碧鲜。远空霞破露月轮,薄云片片成鱼鳞。五陵如荠渭如带,目极千里关山春。朝来爽气未易说,画取花峰赠远人。

自东都还濠州,奉酬王八谏议见赠

关西仕时俱稚容,彪彪之髯始相逢。天地变化县城改,_{天宝中,及尉华阴、郑县。别后经禄山之乱,郑县残毁,城移于州西。}独有故人交态在。不言会合迹未并,犹以岁寒心相待。洛阳居守寄鄘侯,君著貂冠参运筹。高阁连云骑省夜,新文会友凉风秋。青袍白面昔携手,冉冉府趋君记否。云分雨散十五年,始得一笑樽酒前。未遑少留骤远别,况值旅雁鸣秋天。二华旧游如梦想,他时再会_{一作又,或作游}何由缘。赖君赠我郢中曲,别后相思被管弦。

官渡柳歌送李员外承恩往扬州觐省

君不见官渡河两岸,三月杨柳枝,千条万条色,一一胜绿丝。花作铅粉絮,叶成翠羽帐。此时送远人,怅望春水上。远客折杨柳,依依两含情。夹郎木兰舟,送郎千里行。郎把紫泥书,东征觐庭闱。脱却貂襜褕,新著五彩衣。双凤并两翅,将雏东南飞。五两得便风,几日到扬州。莫贪扬州好,客行剩淹留。郎到官渡头,春阑_{一作兰}已应久。殷勤道远别,为谢大堤柳。攀条倘相忆,五里一回首,明年柳枝黄,问郎还家否。

东平蓬莱驿夜宴平卢杨判官,醉后赠别姚太守置酒留宴_{题上一无东平二字。题下一作赠别观海。}

驿楼涨海堧,秋月寒城边。相见自不足,况逢主人贤。夜清酒浓人如玉,一斗何啻直十千。木兰为樽金为杯,江南急管卢女弦。齐童如花解郢曲,起舞激楚歌采莲。固知别多相逢少,乐极哀至心婵娟。少留莫辞醉,前路方悠然。明日分飞倘相忆,只应遥望西南天。

同岑郎中屯田韦员外花树歌

东风动地只花发,渭城桃李千树雪。芳菲可爱不可留,武陵归客心欲绝。金华省郎惜佳辰,只持棣萼照青春。君家自是成蹊处,况有庭花作主人。

和李尚书画射虎图歌

饥虎呀呀立当路,万夫震恐百兽怒。彤弓金镞当者谁,鸣鞭飞控流星驰。居然画中见真态,若务除恶不顾私。时和年丰五兵已,白额未诛壮士耻。分铢远迩悬毂中,不中不发思全功。舍矢如破石可裂,应弦尽敌山为空。杀气满堂观者骇,飒若崖谷生长风。精微入神在毫末,作绩造物可同功。方叔秉钺受命新,丹青起予气益振。底绥静难巧可拟,嗟叹不足声成文。他时代天育万物,亦以此道安斯民。

和赠远

忆得去年春风至,中庭桃李映琐窗。美人挟瑟对芳树,玉颜亭亭与花双。今年新花如旧时,去年美人不在兹。借问离居恨深浅,只应独有庭花知。

和题藤架

蓐蓐叶成幄,璀璀花落架。花前离心苦,愁至无日夜。人去藤花千里强,藤花无主为谁芳。相思历乱何由尽,春日迢迢如线长。

江上代书寄裴使君

何地离念剧,江皋风雪时。艰难伤远道,老大怯前期。畴昔行藏计,只将力命推。能令书信数,犹足缓相思。

诣开悟禅师问心法次第寄韩郎中

障深闻道晚,根钝出尘难。浊劫相从惯,迷途自谓安。得知身垢妄,始喜额珠完。欲识真如理,君尝法味看。

登后湖一作登凌湖亭伤春怀京师故旧

昨日看摇落,惊秋方怨咨。几经开口笑,复及看花时。世事空名束,生涯索发知。山山春草满,何处不相思。

暮春于山谷寺上方遇恩命加官赐服酬皇甫侍御见贺之作

天书到法堂,朽质被荣光。自笑无功德,殊恩谬激扬。还登建礼署,犹忝会稽章。佳句惭相及,称仁岂易当。

答李滁州题庭前石竹花见寄

殷鸟关切疑曙霞染,巧类匣刀裁。不怕南风热,能迎小暑开。游蜂怜色好,思妇感年催。览赠添离恨,愁肠日几回。

得李滁州书以玉潭庄见托,因书春思,以诗代答

春物行将老,怀君意讵堪。朱颜因酒强,白发对花惭。日日思琼树,书书话玉潭。知同百口累,曷日办抽簪。

答李滁州忆玉潭新居见寄

从来招隐地,未有剖符人。山水能成癖,巢夷拟独亲。猪肝无足累,马首敢辞勤。扫洒潭中月,他时望德邻。

将赴京答李纾赠别

胶漆常投分,荆蛮各倦游。帝乡今独往,沟水便分流。甘作远行客,深惭不系舟。思君带将缓,岂直日三秋。

和张大夫秋日有怀呈院中诸公

至公无暇日,高阁闭秋天。肘印拘王事,离花思长年。绩成心不有,虑澹物犹牵,窈郊泉鱼跃,因闻郢曲妍。

和大夫秋夜书情即事

上略当分阃,高情善闭关。忘机群动息,无战五兵闲。铃阁风传漏,书窗月满山。方知

秋兴作,非惜二毛斑。

送虢州王录事之任
谓子文章达,当年羽翼高。一经俄白首,三命尚青袍。未遇须藏器,安卑莫告劳。盘根倘相值,试用发硎刀。

送长孙将军拜歙州之任
临难敢横行,遭时取盛名。五兵常典校,四十又专城。浪逐楼船破,风从虎竹生。岛夷今可料,系颈有长缨。

送何员外使湖南
凤昔皆黄绶,差池复琐闱。上田无晚熟,逸翮果先飞。前路舟休系,故山云不归。王程倘未复,莫遣鲤书稀。

送江陵全少卿赴府任
冢司方慎选,剧县得英髦。固是攀云渐,何嗟趋府劳。楚山迎驿路,汉水涨秋涛。骞翥方兹始,看君六翮高。

送虞秀才擢第归长沙
充赋名今遂,安亲事不违。甲科文比玉,归路锦为衣。海运同鹍化,风帆若鸟飞。知君到三径,松菊有光辉。

送阳翟张主簿之任
旧闻阳翟县,西接凤高山。作吏同山隐,知君处剧闲。少年当郊用,远道岂辞艰。迟子扬名后,方期彩服还。

送游员外赴淮西
多君有奇略,投笔佐元戎。已佩郎官印,兼乘御史骢。使星随驿骑,归路有秋风。莫道无书札,他年怀袖空。

送马郑州
使君朱两辖,春日整东辕。芳草成皋路,青山凉水源。勉修循吏迹,以谢主人恩。当使仁风动,遥听舆颂谊。

送义乌韦明府
妙年能致身,陈力复安亲。不惮关山远,宁辞簿领勤。运江云满路,到县海为邻。每叹违心赏,吴门正早春。

送陈王府张长史还京
论齿弟兄列,为邦前后差。十年方一见,此别复何嗟。极目故关道,伤心南浦花。少时相忆处,招手望行车。

水西馆泛舟王员外
单醪敢献酢,曲沼荷经过。泛览亲鱼鸟,贪缘涉芰荷。剧谈增惠爱,美景借清和。明日汀洲草,依依奈别何。

李卿东池夜宴得池字
政成机不扰,心惬宴忘疲。去烛延高月,倾罍就小池。舞盘回雪动,弦奏跃鱼随。自是山公兴,谁令下士知。

九月九日李苏州东楼宴
是菊花开日,当君乘兴秋。风前孟嘉帽,月下庾公楼。酒解留征客,歌能破别愁。醉归无以赠,只奉万年酬。

萧文学山池宴集
檀栾千亩绿,知是辟疆园。远岫当庭户,诸花覆水源。主人邀尽醉,林鸟助狂言。莫问愁多少,今皆付酒樽。

与韩侍御同寻李七舍人不遇,题壁留赠
三径何寂寂,主人山上山。亭空檐月在,水落钓矶闲。药院鸡犬静,酒垆苔藓班。知君少机事,当待暮云还。

喜辱韩十四郎中书兼封近诗示代书题赠
各牵于役间游邀,独坐相思正郁陶。长跪读书心暂缓,短章投我曲何高。宦情缘木知非愿,王事敦丁回切人敢告劳。所叹在官成远别,徒言岘水才去声容舠。

早发龙沮馆舟中寄东海徐司仓郑司户
　　沙禽相呼曙色分,渔浦鸣桹十里闻。正当秋风渡楚水,况值远道伤离群。津头却望后湖岸,别处已隔东山云。停舻目送北归翼,惜无瑶华持寄君。

酬常郿县见赠
　　爱君修政若修身,鳏寡来归乳雉驯。堂上五弦销暇日,邑中千室有阳春。谓乘鬼乌朝天子,却愧猪肝累主人。辞后读君怀县作,定知三岁字犹新。

登山谷寺上方答皇甫侍御卧疾阙陪车骑之后
　　梵宫香阁攀霞上,天柱孤峰指掌看。汉主马踪成蔓草,寺中间石上有窍穴。古老相传云汉武帝马迹。法王身相示空棺。禅门第三祖灿大师遗塔在此坊。天宝中,别驾李常开场取金身茶毗,收舍利,重起塔供养。云扶踊塔青霄庳皮廋切,松荫禅庭白日寒。不见载邅心莫展,赖将新赠比琅玕。

答皇甫十六侍御北归留别作
　　正当楚客伤春地,岂是骚人道别时。俱徇空名嗟欲老,况将行役料前期。劳生多故应同病,羸马单车莫自悲。明日相望隔云水,解颜唯有袖中诗。

答李滁州见寄
　　相逢遽叹别离牵,三见江皋蕙草鲜。白发俱生欢未再,沧洲独片意何坚。愁看郡内花将歇,忍过山中月屡圆,终日望君休汝骑,愧无堪报起予篇。

得柳员外书封寄近诗书中兼报新主行营兵马因代书戏答
　　郎官作掾心非好,儒服临戎政已闻。说剑尝宗漆园吏,戒严应笑棘门军。遥知抵掌论皇道,时复吟诗向白云。百越待君言即叙,相思不敢怆离群。

同皇甫侍御斋中春望见示之作
　　望远思归心易伤,况将衰鬓偶年光。时攀芳树愁花尽,书掩高斋厌日长。甘比流波辞旧浦,忍看新草遍横塘。因君赠我江枫咏,春思如今未易量。

伤春赠远
　　去水流年日并驰,年光客思两相随。咨嗟斑鬓今承弁,惭愧新荷又发池。杨柳逶迤愁远道,鹧鸪啁哳怨南枝。忆君何啻同琼树,但向春风送别离。

奉和中书常舍人晚秋集贤院即事寄赠徐薛二侍御
　　汉家金马署,帝座紫微郎。图籍凌群玉,歌诗冠柏梁。阴阴万年树,肃肃五经堂。挥翰忘朝食,研精待夕阳。晴空露盘迥,秋月琐窗凉。远与生斑鬓,高情寄缥囊。葳蕤双鸳鹭,凤昔并翱翔。汲冢同刊谬,蓬山共补亡。差池摧羽翮,流落限江湘。禁省一分袂,昊天三雨霜。石渠遗迹满,水国暮云长。早晚朝宣室,归时道路光。

江宁酬郑县刘少府兄赠别作
　　往年脱缝掖,接武仕关西。结绶腰章并,趋阶手板齐。仙山不用买,朋酒日相携。抵掌夸潭壑,忘情向组珪。事迁时既往,年长迹逾暌。何为青云器,犹嗟浊水泥。役牵方远别,道在或先迷。莫见良田晚,遭时亦杖藜。

送李宾客荆南迎亲
　　宗室刘中垒,文场谢客儿。当为天北斗,曾使海西陲。毛节精诚著,铜楼羽翼施。还申供帐别,言赴倚门期。恩渥沾行李,晨昏在路岐。君亲两报遂,不敢议伤离。

题玉潭
　　碧玉徒强名,冰壶难比德。唯当寂照心,可并奫沦色。

海上怀华一作洛中旧游，寄郑县刘少府造、渭南王少府鉴

凉风台上三峰月，王任郑县日，于城角筑小台，号凉风台，每与数公置酒登临，望二华云月。不夜城边万里沙。离别莫言关塞远，梦魂长在子真家。

和虞部韦郎中寻杨驸马不遇

金屋琼台萧史家，暮春三月渭州花。到君仙洞不相见，谓已吹箫乘早霞。

李张皇甫阎权等数公并有送别之作见寄因答

洞庭正波蘋叶衰，岂是秦吴远别时。谢君箧中绮端赠，何以报之长相思。

将还越留别豫章诸公

客鸟倦飞思旧林，裴徊犹恋众花阴。他时相忆双航苇，莫问吴江深不深。

送别荆南张判官

辎车骆一作驷马往从谁，梦浦兰台日更迟。欲识桃花最多处，前程问取武陵儿。

陪王员外北楼宴待月

劝酒论心夜不疲，含情有待问谁思。伫看晴月澄澄影，来照江楼酪酊时。

垂花坞醉后戏题赋得俱字韵并序

庄周台南十许步，有丘一成。上有栩藤垂花，而蔓草荒之，且隔大沟，路不可陟。道士张太和伐薪为堰，封土以壅泠。余亦命蕥氏治芜秽而划宿莽，遂辟为登赋之位，位广二席，席间足以函尊酒二篚。三月戊子，及群英由堰而升焉，诸花倒垂，下拂杯案，紫葩缛绽，如钗如翶。众君子瞻弄之不足，故秉烛进酒，以继落日，欲称醉而不能也。因命其地曰垂花坞，堰曰缘花堰，亦饰之以诗云。

紫蔓青条拂酒壶，落花时与竹风俱。归时自负花前醉，笑向鲦鱼问乐无。

全唐诗卷二百四十八

郎士元

郎士元,字君胄,中山人。天宝十五载擢进士第。宝应初,选畿县官,诏试中书,补渭南尉。历右拾遗,出为郢州刺史。与钱起齐名。自丞相以下,出使作牧,二君无诗祖饯,时论鄙之,故语曰:"前有沈、宋,后有钱、郎"。集二卷。今编诗一卷。

题刘相公三湘图

昔别醉—作岁别衡霍,迩来忆南州。今朝平津邸,兼得潇湘游。稍辨郢—作荆门树,依然芳杜洲。微明—作月三巴峡,咫尺万里流。飞—作去鸟不知倦,远帆生暮愁。浔阳指天末,北渚空悠悠。枕上见渔父,坐中常狎鸥。谁言魏阙下,自有东山幽。

长安逢故人

数年音信断,不意在长安。马上相逢久,人中欲认难。一官今懒道,双鬓竟羞看。莫问生涯事,只应持钓竿。

送韦湛判官

高阁晴—作清江上,重阳古戍间。聊因送归客,更此望乡山—作关。惜别心能醉,经秋鬓自斑。临流兴不尽,惆怅水云间。

送长沙韦明府—本题下有之县二字

秋入长沙县,萧条旅宦心。烟波连桂水,官舍映枫林。云日—作树楚天—作山暮,沙汀白露深。遥知讼堂里,佳本作嘉政在鸣琴。

送孙愿—作顾

悠然—作悠富春客,忆与暮潮归。擢第人多羡,如君独步稀。乱流江渡浅,远色海山微。若访新安路,严陵有钓矶。

送林宗配雷州—作送王莽流雷州

昨日三峰尉,今朝万里人。平生任孤直,岂是不防身。海雾多为瘴,山雷乍作邻。遥怜北户—作窗月,与子独相亲。

送洪州李别驾之任
南去秋江远,孤舟兴自多。能将流水引,更入洞庭波。夏日帆初上,浔阳雁正过。知音在霄汉,佐郡岂蹉跎。

送杨中丞和蕃
锦车登陇日,边草正萋萋。旧好寻—作随君长,新愁听—作送鼓鼙。河源飞鸟外,雪岭大荒西。汉垒今犹在,遥知路不迷。

送李将军赴定州—作送彭将军
双旌汉飞将,万里授—作独横戈。春色临边—作关尽,黄云出塞多。鼓鼙悲绝漠,烽戍—作火隔长河。莫断—作想到阴山路—作北,天骄已请和。

关羽祠送高员外还荆州
将军禀天姿,义勇冠今昔。走马百战场,一剑万人敌。虽—作谁为感恩者,竟是思归客。流落荆巫间,裴回故乡隔。离筵对祠宇,洒酒暮天碧。去去勿复言,衔悲向陈—作尘迹。

送张南史—作寄李纾
雨余深巷静,独酌送残春。车马虽嫌僻,莺花不弃—作厌贫。虫丝—作声粘户网,鼠迹印床尘。借问—作闻道山阳—作阴会,如今有几人。

送奚贾归吴
东南富春渚,曾是谢公游。今日奚生去,新安江正秋—作流。水清迎—作客清过客,霜—作枫叶落—作伴行舟。遥想赤亭下,闻猿应夜愁。

送陆员外赴潮州
含香台上客,剖竹海边州。楚地—作驿,又作使多归信,闽溪足乱流。今朝永嘉兴—作路,重见谢公游。

送裴补阙入河南—作东幕
皎然青琐客,何事动行轩。苦节酬知己,清吟去掖垣。秋城临海树,寒月—作日上营门。邹鲁诗书国—作地,应无鼙鼓喧。

送韩司直路出延陵—作刘长卿诗
游吴还适越,来往任风波。复送王孙去,其如春草何。岸—作江明残雪在,潮满夕阳多。季子留遗庙,停舟试一过。

盖屋县郑畋宅送钱大—作送别钱起,又作送友人别
暮蝉不可听,落叶岂堪闻。共是悲秋客,那知此路分。荒城背流水,远雁入寒云。陶令门前—作东篱菊,余花可赠君。

送元诜还丹阳别业
已知成傲吏,复见解朝衣。应向丹阳郭,秋山独—作对掩扉。草堂连古寺,江日动晴晖。一别沧洲远,兰桡几岁归。

送崔侍御往容州宣慰
秦—作春原独立望湘川,击隼南飞向楚天。奉诏不言空问—作慰俗,清时因得访遗贤。荆门晓色兼梅雨,桂水春风过客—作驿船。畴昔常闻陆贾说,故人今日岂徒然。

朱方南郭留别皇甫冉—作皇甫冉诗,题作润州南郭留别。
萦回枫叶岸,留滞木兰桡。吴岫新经雨,江天正落潮。故人劳见爱,行客自无憀—作聊。若问前程事,孤云入剡遥。

赠张五谭归濠州别业
常知罢官意,果与世人疏。复此凉风起,仍闻濠上居。故山期采菊,秋水忆观鱼。一去蓬蒿径,羡君闲有余。

送王司马赴润州
暂屈文为吏,聊将禄代耕。金陵且不远,山水复多名。楚塞因高出,寒潮入夜生。离心逐春草,直到建康城。

留卢秦卿—作司空曙诗
知有前期在,欢如—作难分此夜中。无将故人酒,不及古淳—作石尤风。

赠强山人

或掉轻舟或杖藜，寻常适—作随意钓前溪。草堂竹径在何处，落日孤烟塞渚西。

赠韦—作韩司直

闻君感叹二毛初，旧友相依—作邀万里余。烽火—作戍有时惊暂定，甲兵无处可安居。客来吴地星霜久，家在平陵音信疏。昨日—作夜风光—作东风，又作春风还入户，登山临水意何如。

石城馆酬王将军

谁能绣衣客，肯驻木兰舟。连雁沙边至，孤城江上秋。归帆背南浦，楚塞入西楼，何处看离思，沧波日夜流。

酬王季友题半日村别业兼呈李明府

村映寒原日已斜，烟生密竹早归鸦。长溪南路当群岫，半景东邻照数家。门通小径连芳草，马饮春泉踏浅沙。欲待主人林上月，还思潘岳县中花。

酬二十八秀才见寄

昨夜山月好，故人果相思。清光到枕上，袅袅凉风时。永意能在我，惜无携手期。

冬夕寄青龙寺源公

敛屦入寒竹，安禅过漏声。高松残子落，深井冻痕生。罢磬风枝动，悬灯雪屋明，何当招我宿，乘月—作兴上方行。

塞下曲

宝刀塞下儿，身经—作轻身百战曾百胜，壮心竟未嫖姚知。白草山头日初没，黄沙戍下悲歌—作结发—作城下歌声发。萧条夜静边风吹，独倚营门望秋月。

柏林寺南望

溪上遥闻精舍钟，泊舟微径度深松。青山霁后云犹在，画出东—作西南四五峰。

宿杜判官江楼

适楚岂吾愿，思归秋向深。故人江楼月，永—作夜夜千里心。叶落觉—作搅乡梦，鸟啼惊越吟。寥寥更何有，断续空—作孤城砧。

春宴王补阙城东别业

柳陌乍随州势转，花源忽傍竹阴开，能将瀑水清入境，直取流莺送酒杯。山下古松当绮席，檐前片雨滴春苔。地主同声复同舍，留欢不畏夕阳催。

郓城西楼吟—作张继诗

连山尽处—作塞水萦回，山上戍—作城门临水开。朱栏直下一百丈，日暖游鳞自相向。昔人爱险闭层城，今日爱闲江复清。《张继集》作今人复爱闲江清。沙洲枫岸无来客，草绿花红山鸟鸣。

听邻家吹笙

凤吹声如隔彩霞，不知墙外是谁家。重门深锁无寻处，疑有碧桃千树花。

登丹阳北楼—作张继诗

寒皋那可望，旅望又初还。迢递高楼上，萧条旷—作凉野闲—作间。暮晴依远水，秋兴属连山。浮—作游客时相见，霜凋动—作朱翠颜。

题精舍寺—作酬王季友秋夜宿露台寺见寄

石林精舍武溪东—作中，夜扣禅关—作扉谒远公。月在上方诸品静，僧持半偈万缘空。秋山竟日闻猿啸—作苍苔古道行应遍，落木寒泉听不穷。惟有—作更忆双峰最高顶，此心期与故人同。

双林寺谒傅大士

草露—作径经前代，津梁及后人。此方今示灭，何国更分身。月色空知夜，松阴不记春。犹怜下生日，应在一微尘。

题尹真人祠

窅窅云旗去不还，阴阴祠宇闭空山。我来始悟丹青妙，稽首如逢冰雪颜。

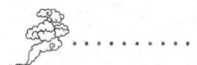

山中即事

入谷多春兴,乘舟棹碧浔。山云昨夜雨,溪水晓来深。

湘夫人二首 乐府诗作一首

蛾眉对湘水,遥哭苍梧山一作间。万乘既已殁,孤舟谁忍还。至今楚竹上,犹有泪痕斑。

南有岑阳路,渺渺多新愁。桂酒神降一作昔神降回时,回风一作风波江上秋。彩云忽无处,碧水空安流。

盖少府新除江南尉问风俗

闻君作尉向江潭,吴越风烟到自一作处谙。客路寻常随竹影,人家大底傍山岚。缘溪花木偏宜远,避地衣冠尽向南。惟有夜猿啼海树,思乡望国意难堪。

春宴张舍人宅

懒寻芳草径,来接侍臣筵。山色知残雨,墙阴觉暮天。莺啼一作归汉宫柳,花隔一作隐杜陵烟。地与东城一作邻接,春光醉目前。

寄李袁州桑落酒

色比琼浆犹嫩,香同甘露仍春。十千提携一斗,远送潇湘故人。

赠万生 一作赠高万生下第还吴

直道多不偶,美才应息机。灞陵春欲暮,云海独言归。为客成白首,入门嗟布衣。莼羹若可忆,惭出掩柴扉。

送大德讲 一作讲师时河东徐明府招

远近作主人天,王城指日边。宰君迎说法,童子伴随缘。到处花为雨,行时杖出泉。今宵松月下,开阁想安禅。

赴无锡别灵一上人 一作刘长卿诗,一作皇甫冉诗

高僧本姓竺,开士旧名林。一入春山里,千峰不可寻。新年芳草遍,度一作终日白云深。欲问一作徇微官去,悬知讶此心。

送粲上人兼寄梁镇员外

季月还乡独未能,林行溪宿厌层冰。尺素欲传三署客,雪山一作中愁送五天一作溪僧。连空朔气横秦苑,满目寒云隔灞陵。借问从来香积寺,何时携手更同登。

送韦逸人归钟山 一作皇甫冉诗

逸人归路远,弟子出山迎。服药颜犹一作虽驻,耽书癖已成。柴扉多一作度岁月,藜杖见公卿。更作儒林传,应须载姓名。

登无锡北楼 一作皇甫冉诗

秋兴因危堞,归心过远山。风霜征雁早,江海旅人还。驿树寒仍密,渔舟晚更闲。仲宣何所赋,只欲滞柴关。一作只叹在荆蛮

和王相公题中书丛竹寄上元相公

多时仙掖里,色并翠琅玕。幽意含烟月,清阴庇蕙兰。枝繁宜露重,叶老爱天寒。竟日双鸾止,孤吟为一看。

酬萧二十七侍御初秋言怀

楚客秋多兴,江林月渐生。细枝凉叶动,极浦早鸿声。胜赏睽前夕,新诗报远情。曲高惭和者,惆怅闭寒城。

奉和杜相公益昌路作

春半梁山正落花,台衡受津向天涯。南去猿声傍双节,西来江色绕千家,风吹画角孤城晓,林映蛾眉片月斜。已见庙谟能喻蜀,新文更喜报金一作京华。

赋得长洲苑送李惠

草深那可访,地久一作主阻相传。散漫三秋雨,疏芜万里烟。都迷采兰处,强记馆娃年。客有游吴者,临风思眇然。

别房士清

世路还相见,偏堪泪满衣。那能鄂门别,独向邺城归。平楚看蓬转,连山望鸟飞,苍苍岁阴暮,况复惜驰一作余晖。

送彭偃房由赴朝因寄钱大郎中李十七舍人

衰病已经年,西峰望楚天。风光欺鬓发,秋色换山川。寂寞浮云外,支离汉水边。平生故人远,君去话潸然。

送李遂之越

未习风波事,初为东越游。露沾湖草晚—作晓,月照海山秋。梅市门何处,兰亭水向—作尚流。西兴—作陵待潮信,落日满孤舟。

送郑正则徐州行营—作皇甫冉诗

从军非陇头,师—作作在古徐州。气劲三河卒,功全万户侯。元戎阃外略,才子握—作幄中筹。莫听关山曲,还生塞上愁。

送钱拾遗归兼寄刘校书

墟落岁阴暮,桑榆烟景昏。蝉声静空馆,雨色隔秋原。归客不可望,悠然林外—作篱上村。终当报芸阁,携手醉柴门。

送郴县裴明府之任兼充宣慰

白蘋楚水三湘远,芳草秦城二月初。连雁北飞看欲尽,孤舟南去意何如。渡江野老思求瘼,候馆郴人忆下车。别后天涯何所寄,故交惟有袖中书。

送李敖湖南书记

怜君才与阮家同,掌记能资亚相雄。入楚岂忘看泪竹,泊舟应自爱江枫。诚知客梦烟波里,肯厌猿鸣夜雨中。莫信衡湘书不到,年年秋雁过巴东。

送翘司直

曙雪苍苍兼曙云,朔风烟—作燕雁不堪闻。贫交此别无他赠,唯有青山远送君。

送别

穆陵关上秋云起,安陆城边远行子。薄暮寒蝉三两声,回头—作望故乡千万里。

咸阳西楼别窦审

西楼迥起寒原上,霁日遥分万井间。小苑城隅连渭水,离宫曙色近京关。亭皋寂寞伤孤客,云雪萧条满众山。时命如今犹未偶,辞君拟欲拂衣还。

闻蝉寄友人—作李端诗

昨日始闻莺,今朝蝉又鸣。朱颜向华发,定是几年程。故国白云远,闲居青草生。因垂数行泪,书寄十年兄。

送李骑曹之灵武宁侍

一岁一归宁,凉天数骑行。河来当塞曲,山远与沙平。纵猎旗风卷,听笳帐月生。新鸿引寒色,回日满京城。

冯翊西楼—作张继诗

城上西楼倚暮天,楼中归望正凄然。近郭乱山横古渡,野庄乔木带新烟。北风吹雁声能苦,远客辞家月再圆。陶令好文常对酒,相招一和白云篇。《张继集》作相招那惜醉为眠。

郢城秋望

白首思归归不得,空山闻雁雁声哀。高城落日望西北,又见秋风逐水来。

夜泊湘江

湘山木落洞庭波,湘水连云秋雁多。寂寞舟中谁借问,月明只自听渔歌。

留别常著

岁晏苍郊蓬转时,游人相见说归期。宓君堂上能留客,明日还家应未迟。

送张光归吴

看取庭芜白露新,劝君不用久风尘。秋来多见长安客,解爱鲈鱼能几人。

闻吹杨叶者二首

妙吹杨叶动悲笳,胡马迎风起恨赊。若是雁门寒月夜,此时应卷尽惊沙。

天生一艺更无伦,寥亮幽音妙入神。吹向别离攀折处,当应合有断肠人。

全唐诗卷二百四十九

皇甫冉

皇甫冉,字茂政,润州丹阳人。晋高士谧之后。十岁能属文,张九龄深器之。天宝十五载,举进士第一,授无锡尉,历左金吾兵曹。王缙为河南帅,表掌书记。大历初,累迁右补阙,奉使江表,卒于家。冉诗天机独得,远出情外。集三卷。今编诗二卷。

润州南郭留别—作郎士元诗

萦回枫叶岸,留滞木兰桡。吴岫新经雨,江天正落潮。故人劳见爱,行客自无聊。君—作若问前程事,孤云入剡遥。

祭张公洞二首—本作排律一首

尧心知稼穑,精意绕山川。风雨神祇—作斯应,笙镛诏命传。沐兰只扫地,酌桂伫灵仙。拂雾陈金策,焚香拜玉筵。

云开小有洞,日出大罗天。三鸟随王母,双童翊子先。何时种桃核,几度看桑田。倏忽烟霞散,空岩骑吏旋。

临平道赠同舟人

远山谁辨江—作山南北,长路空—作长随树浅深。流荡飘飖此何极,唯应行客共知心。

巫山峡—作高

巫峡见巴东,迢迢出半空。云藏神女馆,雨到楚王宫。朝暮泉声落,寒暄树色同。清猿不可听,偏在九秋中。

长安路—作韩翃诗

长安九城路,戚里五侯家。结束趋平乐,联翩抵狭斜。高楼临远—作积水,复道出繁花。唯见—作有相如宅,蓬门度岁华。

送朱逸人

时人多不见,出入五湖间。寄酒全吾道,移家爱远山。更看秋草暮,欲共白云还。虽在风尘里,陶潜身自闲。

西陵寄灵一上人—一本题下有朱放二字

西陵遇风—一作潮处，自古是通津。终日空江上，云山若待人。汀洲寒事早，鱼鸟兴情新。回望山阴路，心中—一作中心，一作吾心有所亲。

赴无锡寄别灵一净虚二上人—一本有还字云门所居—一作刘长卿诗，一作郎士元诗

高僧本姓竺，开士旧名林。一入春山里，千峰不可寻。新年芳草遍，终日白云深。欲徇微官去，悬知讶此心。

舟中送李八得回字

词客金门未有媒，游吴适越任舟回。远水迢迢分手去，天边山色待人来。

与张补阙、王炼师自徐方清路同舟南下于台头寺，留别赵员外、裴补阙，同赋杂题一首

朝朝春事晚，泛泛行舟远。淮海思无穷，悠扬烟景中。幸将仙子去，复与故人同。高枕随流水，轻帆任远风。钟声野寺迥，草色故城空。送别高台上，裴回共惆怅。悬知白日斜，定是犹相望。

酬张二仲彝

吴洲见芳草，楚客动归心。屈宋乡山古，荆衡烟雨深。艰难十载别，羁旅四愁侵。澧月通沅水，湘云入桂林。已看生白发，当为乏黄金。江海时相见，唯闻梁甫吟。

三月三日义兴李明府后亭泛舟—一作刘长卿诗

江南烟景复如何，闻道新亭更可过。处处艺兰春浦绿，萋萋藉草远山多。壶觞须就陶彭泽，时—一作风俗犹传晋永和。更使轻桡徐转去，微风落日水增波。

少室山韦炼师升仙歌

红霞紫气昼—一作甚氤氲，绛节青幢—一作童迎少君。忽从林下升天去，空使时人礼白云。

独孤中丞筵陪钱韦使君赴升州

中司龙节贵，上客虎符新。地控吴襟带，才高汉缙绅。泛舟应度腊，入境便行春。处处歌来暮，长江建业人。

送王绪剡中—一作王公还剡中别业

不见关山去，何时到剡中。已闻成竹—一作树木，更道长儿童。篱落云常聚，村墟—一作塘水自通。朝朝忆玄度，非—一作尝是对清风。

酬李郎中侍御秋夜登福州城楼见寄

辛勤万里道，萧索九秋残。月照闽中夜，天凝海上寒。王程无地远，主意在人安。遥寄登楼作，空知行路难。

同李司直诸公暑夜南余—一作徐馆

何处多明月，津亭暑夜深。烟霞不可望，云树更沈沈。好是吴中隐，仍为洛下吟。微官朝复夕，牵强亦何心。

赠普门上人—一作题普门上人房，一作刘长卿诗

支公身欲—一作已老，长在沃州多。慧力堪传教，禅功久伏魔。山云随坐夏，江草伴头陀。借问回—一作明心后，贤愚去几何。

与诸公同登无锡北楼—一作郎士元诗

秋兴因危堞，归心过远山。风霜征雁早，江海旅人闲—一作还。驿树寒仍密，渔舟晚自还—一作闲。仲宣何所赋，只叹在荆蛮—一作滞柴关。

同李苏州伤美人

玉珮石榴裙，当年嫁使君。专房犹—一作独见宠，倾国众皆闻。歌舞常—一作长无对，幽明忽此分。阳台千万里，何处作朝—一作行云。

送李录事—一作裴员外赴饶州

北人南去雪纷纷，雁叫汀沙—一作洲不可闻。积水长天随远客—一作色，荒城—一作荒林，又作孤舟极浦足寒云。山从建业千峰出—一作起，又作断，江至—一作自，又作到浔阳九派分。借问督邮才弱冠，府

中年少不如君。

同诸公有怀绝句

旧国迷江树,他乡近海门。移家南渡久,童稚解方言。

题魏仲光淮山所居

人群不相见,乃在白云间。问我将何适,羡君今独闲。朝朝汲淮水,暮暮上龟山。幸已安贫定,当一作惟从鬓发斑。

送郑判官赴徐州
一作郎士元诗

从军非陇头,师在古徐州。气劲三河卒,功多万里侯。元戎阃外令,才子幄中筹。莫听关山曲,还生出塞愁。

送顾苾一作中史,又作长史往新安一作刘长卿诗

由来山水客,复道向新安。半是乘潮便,全非行路难。晨装林月在,野饭一作饮浦一作诸沙寒。严子千年后,何一作谁人钓旧滩。

秋夜有怀高三十五兼呈空和尚一作刘长卿诗

晚节闻君趋道深,结茅栽树近东林。大师几度曾摩顶,高士何年遂发心。北渚三更闻过雁,西城万里动寒砧。不见支公与玄度,相思拥膝坐长吟。

途中送权三兄弟一本无题上二字,一作送权骅

淮海风涛起,江关忧思长。同悲鹊绕树,独作雁随阳。山晚云初雪,汀寒月照霜。由来濯缨处,渔父爱沧浪。

送裴阐得归字

道向毗陵岂是归,客中谁与换春衣。今夜孤舟行近远,子一作柴荆零雨正霏霏。

杂言湖山歌送许鸣谦并序

夫子隐者也,耕于湖山之田。孤云无心,飞鸟无迹。伯仲邕友一作邕,家人怡怡。贞白之风,旁行于浇俗矣。始悠然而去,又翻然而返。春田雪余,具物繁殖。结我幽梦,湖间一峰。酒而歌。歌之以送远。

湖中之山兮波上青,桂飒飒兮雨冥冥。君归兮春早,满山兮碧草。晨春暮汲兮心何求,涧户岩扉兮身自老。东岭西峰兮同白云,鸡鸣犬吠兮时相闻。幽芳媚景兮当嘉月,践石扪萝兮恣超忽。空山寂寂兮颍阳人,旦夕孤云随一身。

杂言迎神词二首并序

吴楚之俗,与巴渝同风。日见歌舞祀者,问其故,答曰:"及夏不雨,虑将无年。"复云:"家有行人不归,凭是景福。"夫此二者,皆我所怀。寄地种苗,将成枯草。弟为台官,羁旅京师。秉笔为迎神送神词,以应其声,亦寄所怀也。

迎神

启庭户,列芳鲜;目眇眇,心绵绵,因风托雨降琼筵。纷下拜,屡加笾,人心望岁祈丰年。

送神

露沾衣,月隐壁;气凄凄,人寂寂,风回雨度虚瑶席。来无声,去无迹,神心降和福远客。

屏风上各赋一物得携琴客

不是向空林,应当就磬石。白云知隐处,芳草迷行迹。如何祗役心,见尔携琴客。

江草歌送卢判官

江皋兮春早,江上兮芳草。杂蘼芜兮杜蘅,作一作丛秀兮欲一作复罗生。被一作彼遥隔兮经长衍一作坂,雨中深兮烟中浅。目眇眇兮增愁,步迟迟兮堪挛。澧之浦兮湘之滨,思夫君兮送美人。吴洲曲兮楚乡路,远孤城兮依独戍。新月能分裛露时,夕阳照见连天处。问君行迈将何之,淹泊沿洄风日迟。处处汀洲有芳草,王孙讵肯念归期。

题画帐二首

山水

桂水饶枫杉,荆南足烟雨。犹疑黛色中,复是洛阳岨。

远帆

　　朝见巴江一作山客,暮见巴江一作山客。云帆倘暂停一作驻,中路阳台夕。

落第后东游留别

　　功一作学成方自得,何事学干求。果以浮名误,深贻达士羞。九江连涨海,万里任虚舟。岁晚同怀客,相思波上鸥。

杂言月洲歌送赵冽还襄阳

　　汉之广矣中有洲,洲如月兮水环流。流聒聒兮湍与濑,草青青兮春更一作复秋。苦竹林,香枫树,樵子罛师几家住。万山飞雨一川来,巴客归船傍洲去。归人不可迟,芳杜满洲时。无限风烟皆自悲,莫辞贫贱阻一作隔心期。家住洲头定近远,朝泛轻桡暮当返。不能随尔卧芳洲,自念天机一何浅。

寄刘八山中

　　东皋若近远,苦雨隔还期。闰岁风霜晚,山田收获迟。茅檐燕去后,樵路菊黄时。平子游都久,知君坐见嗤。

答张谞刘方平兼呈贺兰广

　　野性难驯狎,荒郊自闭门。心闲同海鸟,日夕恋山村。屡枉琼瑶赠,如今一作令道术存。远峰时振策,春雨耐香源。复有故人在,宁闻卢一作榻鹊喧。青青草色绿,终是待王孙。

沣水送郑丰鄠县读书

　　麦秋中夏凉风起,送君西郊及沣水。孤烟远树动离心,隔岸江流若千里。早年江海谢浮名,此路云山惬尔情。上古全经皆在口,秦人如见济南生。

九日寄郑丰

　　重阳秋已晚,千里信仍稀。何处登高望,知君正忆归。还当采时菊,定未授寒衣。欲识离居恨,郊园一作原正一作书掩扉。

酬包评事壁画山水见寄

　　一官知所傲,本意在云泉。儒翰生新兴,群峰忽眼前。黛中分远近,笔下起风烟。岩翠深樵路,湖光出钓船。寒侵赤城顶,日照武陵川。若览名山志,亿闻招隐篇。遂令江海客,惆怅忆闲田。

渡汝水向太和山

　　落日事搴陟一作褰涉,西南投一峰。诚知秋水浅,但怯无人踪。

秋怨

　　长信多秋气一作草,昭阳借一作惜月华。那堪闭永巷,闻道选良家。

赠郑山人

　　白首沧洲客,陶然得此生。庞公采药去,莱氏与妻行。乍见还州里,全非隐姓名。枉帆临海峤,贳酒秣陵城。伐木吴山晓,持竿越水清。家人恣一作忘贫贱,物外任衰荣。忽尔辞林壑,高歌至上京。避喧心已惯,念远梦频成。石路寒花发,江田腊雪明。玄纁倘有命,何以遂躬耕。

刘方平西斋对雪

　　对酒闲斋晚,开轩腊雪里。花飘疑节候,色净润帘帷。委树寒枝弱,萦空去雁迟。自然堪访戴,无复四愁诗。

福先寺寻湛然寺主不见

　　寂然空伫立,往往报疏钟。高馆谁留客,东南二室峰。川原通霁色,田野变春容。惆怅层城暮,犹言归路逢。

河南郑少尹城南亭送郑判官还河东

　　使臣怀饯席,亚尹有前溪。客是仙舟里,途从御苑西。泉声喧暗竹,草色引长堤。故绛青山在,新田绿树齐。天秋闻别鹄一作鹤,关晓待鸣鸡。应叹沈冥者,年年津路迷。

登玄元庙

古庙川原迥,重门禁籞连。海童纷翠盖,羽客事琼筵。御路分疏柳,离宫出苑田。兴新无向背,望久辨山川。物外将遗老,区中誓绝缘。函关若远近,紫气独依然。

冬夜集赋得寒漏

清冬洛阳客,寒漏建章台。出禁因风彻,紫窗共月来。偏将残濑杂,乍与远鸿哀。遥夜重城警,流年滴水催。闲斋堪坐听,况有故人杯。

玄元观送李源—作深李风—作沨还奉先华阴

此去那知道路遥,寒原紫府上迢迢。莫辞别酒和—作倾,又作注琼液,乍唱离歌和凤箫。远水东流浮落景,缭垣西转失行镳。华山秦塞长相忆,无使音尘顿寂寥。

刘方平壁画山

墨妙无前,性和笔先。回溪已失,远嶂犹连。侧径樵客,长林野烟。青峰之外,何处云天。

登山歌

青山前,青山后。登高望两处,两处今何有。烟景满川原,离人堪白首。

和郑少尹祭中岳寺北访萧居士越上方

肃寺祠灵境,寻真到隐居。汇缘幽谷远,萧散白云余。晚节持僧律,他年著道书。海边曾狎鸟,濠上正观鱼。寂静求无相,淳和睹太初。一峰绵岁月,万性任盈虚。篱隔溪—作门掩林钟度,窗—作空临涧木疏。谢公怀旧壑,回驾复何如。

秋夜寄所思

寂寞坐遥夜,清风何处来。天高散骑省,月冷建章台。邻笛哀声急,城砧朔气催。芙蓉已委绝,谁复可为媒。

赋得郢路悲猿—本题下有送客二字

悲猿何处发,郢路第三声。远客知秋暮,空山益夜清。啾啾深众木,嗷嗷入孤城。坐觉盈心耳,翛然适楚情。

杂言无锡惠山寺流泉歌

寺有泉兮泉在山,锵金鸣玉兮长潺潺。作潭镜兮澄寺内,泛岩花兮到人间。土膏脉动知春早,限隩阴深长苔草。处处萦回石磴喧,朝朝盥漱山僧老。僧自老,松自新。流活活,无冬春。任疏凿兮与汲引,若有意兮山中人。偏依佛界通仙境,明灭玲珑媚林岭。宛如太室临九潭,讵减天台望三井。我来结绶未经秋,已厌微官忆旧游。且复迟回犹未去,此心只为灵泉留。

清明日青龙寺上方赋得多字

上方偏可适,季月况堪过。远近水声至,东西山色多。夕阳留径草,新叶变庭柯。已度清明节,春秋如客何。

与张谭宿刘八城东庄

人闲当岁暮,田野尚逢迎。莱子多嘉—作家庆,陶公得此生。寒芜连古渡,云树近严城。鸡黍无辞薄,贫交但贵情。

寄刘方平

坐忆山中人,穷栖事南亩。烟霞相亲外,墟落今何有。潘郎作赋年,陶令辞官后。达生遗—作贵自适,良愿固无负。田取颖水流,树入阳城口。岁暮忧思盈,离居不堪久。

曾东游以诗寄之

出郭离言多,回车始知远。寂然层城暮,更念前山转。总—作纵辔越成皋,浮舟背梁苑。朝朝劳延首,往往若在眼。落日孤云还,边愁迷楚关。如何溆—作椒花发,复对游子颜。古寺杉栝—作松里,连樯洲渚间。烟生海西岸,云见吴南山。惊风扫芦荻,翻浪连天白。正是扬帆时,偏逢江上客。由来许—作论佳句,况乃惬所适。嵯峨天姥峰,翠色春更碧。气凄湖上雨,月净刹中夕。钓艇或相逢,江蓠又堪摘。迢迢始宁墅,芜没谢公宅。朱槿列摧一作摧列塘,苍苔遍幽石。顾予任疏懒,期尔振羽翮。沧洲未可行,须售金门策。

适荆州途次南阳赠何明府

千里独游日,有怀谁与同。言过细阳令,一遇朗陵公。清节迈多士,斯文传古风。闾阎知俗变,原野识年丰。吾道方在此,前程殊未穷。江天经岘北,客思满巴东。梦渚夕愁远,山一作巴丘晴望通。应嗟出处异,流荡楚云中。

秋夜戏题刘方平壁

鸿悲月白时将谢,正可招寻惜遥夜。翠帐兰房曲且深,宁知户外清霜下。

问正上人疾

医王犹有疾,妙理竞难穷。饵药应随病,观身转悟空。地闲花欲雨,窗冷竹生风。几日东林去,门人待远公。

山中五咏

门柳

接影武昌城,分行汉南道。何事闲一作闭门外,空对青山老。

远山

少室尽西峰,鸣皋隐南面。柴门纵一作启复关一作开,终一作今日窗中见。

南涧

上路一作客各乘轩,高明一作明尽鸣玉。宁知涧下人,自爱轻波渌。

春早

草遍颍阳山,花开武陵水。春色既已同,人心亦相似。

山馆

山馆长寂寂,闲云朝夕来。空庭复何有,落日照青苔。

送窦十九叔向赴一作入京

冰结杨柳津,从吴去入秦。徒云还上国,谁为作中人。驿树同霜霰,渔舟伴苦辛。相如求一谒,词赋远随身。

登石城戍望海寄诸暨严少府

平明登古戍,徙倚待寒潮。江海方回合,云林自寂寥。讵能知远近,徒见荡烟霄。即此沧洲路,嗟君久折腰。

和一作同樊润州秋日登城楼

露冕临平楚,寒城带早霜。时同借河内,人是卧淮阳。积水澄天堑,连山入帝乡。因高欲见下,非是爱秋光。

寄江东李判官

远怀不可道,历稔倦离忧。洛下闻新雁,江南想暮秋。澄清佐八使,纲纪案诸侯。地识吴平久,才当晋用求。时贤几沮谢,摛藻继风流。更有西陵作,还成北固游。归途一作程限尺牍,王事在扁舟。山色临湖尽,猿声入梦愁。

送蒋评事往福州

江上春常早,闽中客去稀。登山怨迢递,临水惜芳菲。烟树何时尽,风帆几日归。还看复命处,盛府有光辉。

送从弟豫贬远州一作刘长卿诗,题作送从弟贬袁州

何事成迁客,思归不见乡。游吴经万里,吊屈过三湘。水与荆巫接,山通鄢郢长。名嗟黄绶系,才一作身是白眉良。独结南枝恨,应思北雁行。忧来沽楚酒,玄鬓莫凝霜。

送钱唐路少府赴制举

公车待诏赴一作诣长安,客里新正阻旧欢。迟日未能销野雪,晴花偏自犯江寒。东溟道路通秦塞,北阙威仪识一作拥,又作暗汉官。共一作时许郄诜一作生工射一作能对策,恩荣请向一枝看。

赋得荆溪夜湍送蒋逸人归义兴山

惊湍流不极,夜度识云岑。长带溪沙浅,时因山雨深。方同七里路,更遂五湖心。揭厉朝将夕,潺湲古至今。花源君若—作若可许,虽远亦相寻。

送孔党赴举

入贡列诸生,诗书业早成。家承孔圣后,身有鲁儒名。楚水通荣浦,春山拥汉京。爱君方弱冠,为赋少年行。

齐郎中筵赋得的的帆向浦留别

一帆何处去,正在望中微。浦迥摇空色,汀回见落晖。每争高鸟度,能送远人归。偏似南浮客,悠扬无所依。

送陆鸿渐栖霞寺采茶

采茶非采菉,远远上层崖。布叶春风暖,盈筐白日斜。旧知山寺路,时宿野人家。借问王孙草,何时泛碗花。

泊丹阳与诸人同舟至马林溪遇雨

云林不可望,溪水更悠悠。共载人皆客,离家春是秋。远山方对枕,细雨莫回舟。来往南徐路,多为芳草留。

太常魏博士远出贼庭江外相逢因叙其事

烽火惊戎塞,豺狼犯帝畿。川原无稼穑,日月翳光辉。里社枌榆毁,宫城骑吏非。群生被惨毒,杂虏耀轻肥。多士从芳饵,唯君识祸机。心同合浦叶,命寄首阳薇。耻作纤鳞煦,方随高鸟飞。山经商岭出,水泛汉池归。离别霜凝鬓,逢迎泪迸衣。京华长路绝,江海故人稀。秉节身常苦,求仁志不违。只应穷野外,耕种且相依。

送包佶赋得天津桥 第二句缺

洛阳岁暮作征客,□□□□□□。相望依然一水间,相思已如千年隔。晴烟霁景满天津,凤阁龙楼映水滨。岂无朝夕轩车度,其奈相逢非所亲。巩树甘陵愁远道,他乡一望人堪老。君报还期在早春,桥边日日看芳草。

上礼部杨侍郎

郢匠抡材日,辕轮必尽呈。敢言当一干,徒欲隶诸生。末学惭邹鲁,深仁录弟兄。余波知可挹,弱植更求荣。绩愧他年败,功期此日成。方因旧桃李,犹冀—作异载飞鸣。道浅犹怀分,时移但自惊。关门惊暮节,林壑废春耕。十里嵩峰近,千秋颍水清。烟花迷戍谷,墟落接阳城。渺默思乡梦,迟回知己情。劳歌终此曲,还是苦辛行。

宿严维宅送包七—作刘长卿诗,题下作送包佶

江湖同避地,分手自依依。尽室今为客,经秋空念归。岁储无别墅,寒服羡邻机。草色村桥晚,蝉声江树稀。夜凉宜共醉,时难惜相违。何事随阳侣,汀洲忽背飞。

同张侍御咏兴宁寺经藏院海石榴花

嫩叶生初茂,残花少更鲜。结根龙藏侧,故欲并—作竞,又作抗青莲。

崔十四宅各赋一物得檐柳

官渡老风烟,浔阳媚云日。汉将营前见,胡笳曲中出。复在此檐端,垂阴仲长室。

送段明府

遥夜此何其,霜空残杏霭。方嗟异乡别,暂是同公—作人会。海林秋更疏,野水寒犹大。离人转吴岫,旅雁从燕塞。日夕望前期,劳心白云外。

送王司直—作刘长卿诗

西塞云山远,东风—作南道路长。人心胜潮水,相送过浔阳。

婕妤春怨—本无春字

花枝出建章,凤管发昭阳。借问承恩者,双蛾几许长。

送魏十六还苏州

　　秋夜深深北—作沈沈此送君，阴虫切切不堪闻。归—作孤舟明日—作月毗陵道，回首姑苏是白云。

婕妤怨

　　由来咏团扇，今已值秋风。事逐时—作人皆往，恩无日再中。早鸿闻上苑，寒露下深宫。颜色年年谢，相如赋岂工。

送客

　　旗鼓军威重，关山客路赊。待封甘度陇，回首不思家。城下—作上春山—作风路—作晚，营中瀚海沙。河源虽万里，音信寄来查。

秋日东郊—作林作

　　闲看秋水心无事，卧—作坐对寒松手自栽。庐岳高僧留偈别，茅山道士寄书来。燕知社日辞巢去，菊为重阳冒雨开。浅薄将何称献纳，临岐终日自—作独迟—作裴回。

秋夜宿严维宅

　　昔闻玄度宅，门向会稽峰。君住东湖下，清风继旧踪。秋深临水月，夜半隔山钟。世故多离别，良宵讵可逢。

见诸姬学玉台体

　　艳唱召燕姬，清弦待卢女。由来道姓秦，谁不知家楚。传杯见目成，结带明心许。宁辞玉辇迎，自堪金屋贮。朝朝—作一去作行云，襄王迷处所。

酬张二仓曹扬子所居见寄兼呈韩郎中

　　孤云独鹤自悠悠，别后经年尚泊舟。渔父置词相借问，郎官能赋许依投。折芳远寄三春草，乘兴闲—作来看万里流。莫怪杜门频乞假，不堪扶病拜龙楼。

送安律师

　　出家童子岁，爱此雪山人。长路经千里，孤云伴一身。水中应见月，草上岂伤春。永日空林下，心将何物亲。

题卢十一所居—作卢十

　　春风来几日，先入辟疆园。身外无余事，闲吟昼闭门。

送陆澧—作邀郭郧

　　才见吴洲百草春，已闻燕雁一声新。秋风何处催年急，偏逐山行水宿人。

山中—作半横云—作题画帐

　　湘水风日满，楚山朝夕空。连峰虽已见，犹念长云中。

题裴二十一新园—作题裴固新园，又作裴周

　　东郭访先生，西郊寻隐—作旧路。久为江南客，自有云阳树。已是闲—作丘园心，不知公府步。开—作闭门白日晚，倚杖青山暮。果熟任霜封，篱疏从水度。穷年无—作常牵缀，往事惜沦误。唯见耦—作独耕人，朝朝自来去。

寄高云

　　南徐风日好，怅望毗陵道。毗陵有故人，一见恨无因。独恋青山久，唯令白发新。每嫌持手板，时见著头巾。烟景临寒食，农桑接仲春。家贫仍嗜酒，生事今何有。芳草遍江南，劳心忆携手。

全唐诗卷二百五十

皇甫冉

温泉—作汤即事

天仗星辰转,霜冬景气和。树含温液润,山入缭垣多。丞相金钱赐,平阳玉辇过。鲁儒求一谒,无路独如何。一作接舆来自楚,朝夕值行歌。

送张南史 郊何记室体

马卿工词赋,位下年将暮。谢客爱云山,家贫身不闲。风波杳未极,几处逢相识。富贵人皆变,谁能念贫贱。岸有经霜草,林有故年枝。俱应待春色,独使客心悲。

庐山歌送至弘法师兼呈薛江州

释子去兮访名山,禅舟容与兮住仍前。猿啾啾兮怨月,江渺渺兮多烟。东林西林兮入何处,上方下方兮通石路。连湘接楚饶桂花,事久年深无杏树。使君爱人兼爱山,时引双旌万木间。政成人野皆不扰,遂令法侣性安闲。

送薛秀才

虽是寻山客,还同慢世人。读书惟务静,无褐不忧贫。野色春冬树,鸡声远近邻。郄公即吾友,合—作益与尔相亲。

使往—作至寿州淮路寄刘长卿—作判官

榛草荒凉村落空,驱驰卒岁亦何功。兼葭曙色苍苍远,蟋蟀秋声处处同。乡路遥知淮浦外,故人多在楚云东。日夕烟霜—作波那可道,寿阳西去水无穷。

酬李司兵直夜见寄

江城闻鼓角,旅宿复何如。寒月此宵半,春风旧岁余。徒云资薄禄,未必胜闲居。见欲扁舟去,谁能畏简书。

送薛判官之越

时难自多务,职小亦求贤。道路无辞远,云山并在前。樟亭待潮处,已是越人烟。

同温丹一作司徒登万岁楼一作刘长卿诗

　　高楼独立一作上思依依,极浦遥山合一作涵翠微。江客不堪频北顾一作望,塞鸿何事复一作独南飞。丹阳古渡寒烟积,瓜步空洲远树稀。闻道王师犹转战,谁能谈笑解重围。

赋得檐燕

　　拂水竟何忙,傍檐如有意。翻风去每远,带雨归偏驶。令君裁杏梁,更欲年年去。

送李万州赴饶州觐省得西字

　　前程观一作欢拜庆,旧馆一作异县惜招携。荀氏风流远,胡家清白齐。川回吴岫失,塞阔楚云低。举目亲一作观鱼鸟,惊心怯鼓鼙。人稀渔浦外,滩浅定山西。无限青青草,王孙去不迷。

送邹判官赴河南一作刘长卿诗

　　看君发原隰,四牡去皇皇。始罢沧江吏,还随粉署郎。海沂军未息,河畔岁仍荒。征税人全少,榛芜虏近亡。所行知宋远,相隔叹淮长。早晚裁书寄,银钩伫八行。

宿淮阴南楼酬常伯能

　　淮阴日落上南楼,乔木荒城古渡头。浦外野风初入户,窗中海月早知秋。沧波一望通一作知千里,画角三声起百忧。伫立分宵绝一作独立宵分远来客,烦君步屐一作履,又作履忽相求。

送归中丞使新罗

　　诏使殊方远,朝仪旧典行。浮天舞尽处,望日计前程。暂喜孤山出,长愁积水平。野风飘叠鼓,海雨湿危旌。异俗知文教,通儒有令名。还将大戴礼,方外授诸生。

小江怀灵一上人

　　江上年年春早,津头日日人行。借问山阴远近,犹闻薄暮钟声。

送唐别驾赴郓州

　　莫叹辞家远,方看佐郡荣。长林通楚塞,高岭见秦城。雪向崤关下,人从郢路迎。翩翩骏马去,自是少年行。

送魏中丞还河北

　　宁知贵公子,本是鲁诸生。上国风尘旧,中司印绶荣。辛勤戎旅事,雪下护羌营。

送李使君赴邵州

　　出送东方骑,行安南楚人。城池春足雨,风俗夜迎神。郢路逢归客,湘川问去津。争看使君度,皂盖雪中新。

寄振上人无碍寺所居

　　恋亲时见在人群,多在东山一作南就白云。独坐焚香诵经处,深山古寺雪纷纷。

酬李补阙

　　十年归客但心伤,三径无人已自荒。夕宿灵台伴烟月,晨趋建礼逐衣裳。偶因麋鹿随丰草,谬荷鸳鸯借末行。纵有谏书犹未献,春风拂地日空长。

故齐王赠承天皇帝挽歌

　　礼盛追崇一作宗日,人知友悌恩。旧居从代邸,新陇入文园。鸿宝仙书秘,龙旂帝服尊。苍苍松里月,万古此高原。

赠恭顺皇后挽歌

　　徂谢年方久,哀荣事独稀。虽殊百两迓,同是九泉归。诏使归金策,神人送玉衣。空山竟不从,宁肯学湘妃。

病中对石竹花

　　散点空阶下,闲凝细雨中。那能久相伴,嗟尔殢秋风。

寄郑二侍御归新郑无碍寺所居

　　何事休官早,归来作郑人。云山随伴侣,伏腊见乡亲。南亩无三径,东林寄一身。谁当便静者,莫使甑生尘。

送卢一作卢山人归林虑山

　　无论行远近,归向旧烟林。寥落人家少,

青冥鸟道深。白云长满目,芳草自知心。山色连东海,相思何处寻。

送荣别驾赴华州

直到群—作三峰下,应无累日程。高车入郡舍,流水出关城。草色田家迥,槐阴府吏迎。还将海沂咏,籍甚汉公卿。一本缺此五字。

送常大夫加散骑常侍赴朔方

故垒烟尘—作霞后,新军河塞间。金貂宠汉将,玉节度萧关。澶漫沙中雪,依稀汉口山。人知窦车骑,计日勤铭还。

送王翁信还剡中旧居

海岸耕残雪,深沙钓夕阳。客—作家中何所有,春草渐看长。

酬张继并序

懿孙,余之旧好,祇役武昌,枉—本无此字六言诗见怀,今—作余以七言裁答,盖拙于事者繁而费也。

怅望南徐登北固,迢遥西塞恨—作限,又作望东关。落日临川问音信,寒潮唯带夕阳还。

送柳八员外赴江西

岐路穷—作多无极,长江九派分。行人随旅雁,楚树入湘云。久在征南役,何殊蓟北勋。离心不可问,岁暮雪纷纷。

赋长道一绝送陆邃潜夫并序 一本无题上五字

顷者江淮征镇,屡有抢材之举,子不列焉,有司之过。予方耕山钓湖,避人如逃寇。徒欲罗高鸿,捕深鱼,穷年竭日,其可得也。今齿发向暮,执劳无力,众雏嗷嗷,开口待哺。如有知者,子期行乎,无为自苦,一绝赋长道二字一作之。

高山迥欲登,远水深难渡。杳杳复漫漫,行人别家去。

又得云字—作张继诗,题作留别

何事千年遇圣君,坐令双鬓老如—作江云。南行更入深山浅—作山深浅,岐路悠悠水自分。

送陆潜夫往茅山赋得华阳洞

游仙洞兮访真官,奠瑶席兮礼石坛。忽仿佛兮云扰,杳阴深兮夏寒。欲回头兮挥手,便辞家兮可否?有昏嫁—作烟兮婴缠,绵—作待归来兮已久。

又送陆潜夫茅山寻友

登山自补屐,访友不赍粮。坐啸—作歇青枫—作松晚,行吟白日长。人烟隔水见,草气入林香。谁作招寻侣,清斋宿紫阳。

赋得越山三韵—本题上有又送陆潜夫五字

西陵犹隔水,北岸已春山。独鸟连天去,孤云伴客还。祇应结茅宇,出入石林间。

送卢郎中使君赴京

三年期上国,万里自东溟。曲盖遵长道,油幢憩短亭。楚云山隐隐,淮雨草青青。康乐多新兴,题诗纪所经。

杨氏林亭探得古槎

千年古貌多,八月秋涛晚。偶被主人留,那知来近远。

送郑二之茅山

水流绝涧终日,草长深山暮春。犬吠鸡鸣几处,条桑种杏何人。

和王给事—本有维字禁省梨花咏

巧解逢—作迎人笑,还—作偏能乱蝶飞。春时风—作风时入户,几片落朝衣。

送郑员外入茅山居

但—作且见全家去,宁知几日还。白云迎谷口,流水出人间。冠冕情—作人遗世,神仙事满山。其中应有物,岂贵一身闲。

送志弥师往淮南

已能持律藏,复去礼禅亭。长老偏摩顶,时流尚诵经。独行寒野旷,旅宿远山青。眷属空相望,鸿飞已杳冥。

谢韦大夫柳栽

本在胡笳曲,今从汉将营。浓阴方待庇,

弱植岂无情。比雪花应吐,藏乌叶未成。五株蒙远赐,应使号先生。

问李二司直所居云山

门外水流—作流水何处？天边树绕谁家？山色东西多少？朝朝几度云遮？

刘侍御朝命许停官归侍

孟孙唯问孝,莱子复辞官。幸遂温清愿,其甘稼穑难。采芝供上药,拾椹奉晨餐。栋里云藏雨,山中暑带寒。非时应有笋,闲地尽生兰。赐告承优诏—作老,长筵永日欢。

送陆鸿渐赴越并序

君自数百里访予羁病,牵力迎门,握手心喜,宜涉旬日始至焉。究孔释之名理,穷歌诗之丽则。远墅孤岛,通舟必行；鱼梁钓矶,随意而往。余兴未尽,告去遄征。夫越地称山水之乡,辕门当节钺之重。进可以自荐求试,退可以闲居保和。吾子所行,盖不在此。尚书郎鲍侯,知子爱子者,将推食解衣以拯其极,讲德游艺以凌其深,岂徒尝镜水之鱼,宿耶溪之月而已？吾是以无间,劝其晨装,同赋送远客一绝。

行随新树深,梦隔重江—作山远,迢递风日间,苍茫洲渚晚。

送窦叔向

楚客怨逢秋,闲吟兴非一。弃官守贫病,作赋推文律。樵径未经—作沾霜,茅檐初负日。今看泛月去,偶见乘潮出。卜地会为邻,还依仲长室。

题蒋道士房

轩窗缥缈起烟霞,诵诀存思白日斜。闻道昆仑有仙籍,何时青鸟送丹砂。

夜集张谭所居得飘字

江南成久客,门馆日萧条。惟有图书在,多伤鬓发凋。诸生陪讲诵,稚子给渔樵。虚室寒灯静,空阶落叶飘。沧洲自有趣,谁道隐须招。

酬权器

南望江南满山雪,此情惆怅将谁说。徒随群吏不曾闲,顾与诸生为久别。闻君静坐转耽书,种树葺茅还—作遂旧居。终日白云应自足,明年芳草又何如。人生有怀若—作苦不展,出入公门犹未免。回舟朝夕—作早晚待春风,先报华阳洞深浅。

寄刘方平大谷田家

故山闻独往,樵路忆相从。冰结泉声绝,霜清野翠浓。篱边颍阳道,竹外少姨峰。日久田家务,寒烟隔几重。

送云阳少府得归字

渭曲春光无远近,池阳谷口倍芳菲。官舍村桥来几日,残花寥落待君归。

鲁—作曾山送别—作刘长卿诗

凄凄游子若飘蓬,明月清樽只暂同。南望千山如黛色,愁君客路在其中。

题高云客舍

孤兴日自深,浮云非所仰。窗中西城—作岭峻,树外东川广。宴起簪葛巾,闲吟倚藜杖。阮公道在醉,庄子生常养。五柳转扶疏,千峰恣来往。清秋香粳获,白露寒菜长。吴国滞风烟,平陵延梦想。时人趋缨弁,高鸟违罗网。世事徒乱纷,吾心方浩荡。唯将山与水,处处谐真赏。

台头地愿上人院古松下有小松,裁毫末新生,与纤草不辨,重其有凌云干霄之志,与赵八员外、裴十补阙同赋之

细草亦全高,秋毫乍堪比。及至干霄日,何人复居此。

渔子沟寄赵员外裴补阙—本题上有淮口二字

欲逐淮潮上,暂停渔子沟。相望知不见,终是屡回头。

送崔使君赴寿州—作刘长卿诗

列郡专城分国忧,彤幨皂盖古诸侯。仲华遇主年犹少,公瑾论兵位已酬。草色青青宜建

隼，蝉声处处杂鸣驺。千里相思如可见，淮南木落早惊秋。

送谢十二—作二十判官

四牡驱驰千里余，越山稠叠海林疏。不辞终日离家远，应为刘公一纸书。

送处州裴使君赴京

使君朝北阙，车骑发东方。别喜天书召，宁忧地脉长。山行朝复夕，水宿露为霜。秋草连秦塞，孤帆落汉阳。新衔趋建礼，旧位识文昌。唯有东归客，应随南雁翔。

送田济之扬州赴选

家贫不自给，求禄为荒年。调补无高位，卑栖屈此贤。江山欲霜雪，吴楚接风烟。相去诚非远，离心亦渺然。

送袁郎中破贼北归 第七句缺

优诏亲贤时独稀，中途紫绶—作绶换征衣。黄香省闼登朝去，杨仆楼船振旅归。万里长闻随战角，十年不得掩—作偃郊扉。□□□□□□，但将词赋奉恩辉。

同李万晚望南岳寺怀普门上人

释子身心无垢纷—作氛，独将衣钵去人群。相思晚望松林寺，唯有钟声出白云。

奉和独孤中丞游法华寺

谢君临郡府，越国旧山川。访道三千界，当仁五百年。岩空驺驭响，树密旆旌连。阁影凌空壁，松声助乱泉。开门得初地，伏槛接诸天。向背春光满，楼台古制—作制全。群峰争彩翠，百谷会风烟。香象随僧久，祥乌报客先。清心乘暇日，稽首慕良缘。法证无生偈，诗成大雅篇。苍生望已久，回驾独依然。

之京留别刘方平

客子慕俦侣，含凄整晨装。邀欢日不足，况乃前期长。离袂惜嘉月，远还—作怀劳折芳。迟回越二陵，回首但苍茫—作苍。乔木清宿雨，故关愁夕阳。人言长安乐，其奈缅相望。

出塞

吹角出塞门，前瞻即胡地。三军尽回首，皆洒望乡泪。转念关山长，行看风景异。由来征戍客，负得—作各负轻生义。

赴李—作季少府庄失路

君家南郭白云连，正待情人—作天晴弄石泉。月照烟花迷客路，苍苍何处是伊川。

雨雪

风沙悲久戍，雨雪更劳师。绝漠无人境，将军苦战时。山川迷向背，氛雾失旌旗。徒念天涯隔—作事，中人—作年年芳草期。

馆陶李丞旧居

盛名天下挹余芳，弃置终身不拜郎。词藻世传平子赋，园林人比郑公乡。门前坠叶浮秋水，篱外寒皋带夕阳。日日青松成古木，祇应来者为心伤。

送刘兵曹还陇山居

离堂徒宴语，行子但悲辛。虽是还家路，终为陇上人。先秋雪已满，近夏草初新。唯有闻羌笛，梅花曲里春。

同李三月夜作

霜风惊度雁，月露皓—作皦疏林。处处砧声发，星河秋夜深。

同裴少府安居寺对雨

共结寻真会，还当退食初。炉烟云气合，林叶雨声余。㵾暑销珍簟，浮凉入绮疏。归心从念远，怀此复何如。

送元晟—作盛归潜山所居—作送王山人归别业

深山秋事—作意早，君—作归去复—作意何如。裹露收新稼，迎寒葺旧庐。题诗即招隐，作赋是—作足闲居。别后空—作应相忆，嵇康懒寄书。

送康判官往新安赋得江路西南永—作刘长卿诗

不向新安去，那知江路长。猿声比—作近庐霍，水色胜潇湘。驿树—作路收残雨，渔家带夕阳。何须愁旅泊，使者有辉光。

宿洞灵观

孤烟灵洞远，积雪满—作暮山寒。松柏凌高殿，莓苔封古—作石坛。客来清夜久，仙去白云残。明日开金箓，焚香更—作又沐兰。

酬卢十一过宿

乞还方未遂，日夕望云林。况复逢—作经春草，何劳—作妨问此心。闭—作闲门公务散，杖策故情深。遥—作静夜他乡酒，同君梁甫吟。

酬裴十四得晏字

淮海各联翩，三年方一见。素心终不易，玄发何须变。旧国想平陵，春山满阳羡。邻鸡莫遽唱，共惜良夜晏。

彭祖井—作题上有奉和王相公五字

上公旌节在徐方，旧井莓苔近寝堂。防古因知彭祖宅，得仙何必葛洪乡。清虚不共春池竟—作竞，盥漱偏宜夏日长。闻道延年如玉液，欲将调鼎献明光。

奉和对雪—本作奉和王相公喜雪

春雪偏当夜，暄风却变寒。庭深不复扫，城晓更宜看。命酒闲令—作令，又作全酌，披裘—作裘晚未冠。连营鼓角动，忽似战桑干。

送萧献士—本题下有往邺中三字

惆怅烟郊晚，依然此送君。长河隔旅梦，浮客伴孤—作闲云。淇上春山直，黎阳大道分。西陵倘一吊，应有士衡文。

卖药人处得南阳朱山人书

卖药何为者，逃名市井居。唯通远山信，因致逸人书。已报还丹郊，全将世事疏。秋风景溪—作溪景里，萧散寄樵渔。

初出沅江夜入湖

放溜出江口，回瞻松栝深。不知舟中月，更引湖间心。

送裴员外往—作赴江南

分务江南远，留欢幕下荣。枫林萦—作缘楚塞—作泽，水驿到溢城。岸草知春晚，沙禽好夜惊。风帆几泊处—作日到，一作渡泊，处处暮潮清—作平。

奉和王相公早春登徐州城

落日凭危堞，春风似故乡。川流通楚塞，山色绕徐方。壁垒依寒草，旌旗动夕阳。元戎资上策，南亩起—作富耕桑。

奉和对山僧—作同社相公对山僧

吏散重门掩，僧来闭阁闲。远心驰北阙，春兴寄东山。草长风光里，莺喧—作啼静默间。芳辰不可住，惆怅暮禽还。

奉和待勤照上人不至

东洛居贤相，南方待本师。旌麾俨欲动，杯—作杖锡杳仍迟。积雪迷何处，惊风泊几时。大臣能护法，况有故山期。

奉和汉祖庙下之作

古庙风烟积，春城车骑过。方修汉祖祀，更使沛童歌。寝帐巢禽出，香烟水雾和。神心降福处，应在故乡多。

和朝郎中扬子玩雪寄山阴严维

凝阴晦长箔，积雪满通川。征客寒犹去，愁人昼更眠。谢家兴咏日，汉将出师年。闻有招寻兴，随君访载船。

闲居作

多病辞官罢，闲居作赋成。图书唯药箓，饮食止藜羹。学谢淹中术，诗无邺下名。不堪趋建礼，讵是厌承明。已辍金门步，方从石路行。远山期道士，高柳觅先生。性懒尤因疾，家贫自省—作少营。种苗虽尚短，谷价幸全轻。

篇咏投康乐,壶觞就步兵。何人肯相访,开户一逢迎。

归渡洛水
瞑色赴春愁,归人南渡头。渚烟空翠合,滩月碎光流。澧浦饶芳草,沧浪有钓舟。谁知放歌客,此意正悠悠。

送郑二员外
置酒竟长宵,送君登远道。羁心看旅雁,晚泊依秋草。秋草尚芊芊,离忧亦渺然。元戎辟才彦,行子犯风烟。风烟积惆怅,淮海殊飘荡。明日是重阳,登高还相望。

酬崔侍御期籍道士不至兼寄
一心求妙道,几步候真师。丹灶今何在—作处,白云无定期。昆仑烟景绝,汗漫往还迟。君但焚香待,人间到有时。

送裴陟归常州
夜雨须停棹,秋风暗入衣。见君尝北望,何事却南归。

赠别—作赠寄权三客舍
南桥春日暮,杨柳带青—作清渠。不得同携手,空成—作城意有余。

和袁郎中破贼后经剡中山水
武库分帷幄,儒衣事鼓鼙。兵连越徼外,寇尽海门西。节比全疏勒,功当雪会稽。旌旗回剡岭,士马濯—作跃耶—作灵溪。受律梅初发,班师草未齐。行看佩金—作候印,岂得访丹梯。

徐州送丘侍御之越
时鸟催春色,离人惜岁华。远山随拥传,芳草引还家。北固潮当阔,西陵路稍斜。纵令寒食过,犹有镜中花。

闲居—作王维诗
桃红复含宿雨,柳绿更带春烟。花落家童未扫,莺啼山客犹眠。

送延—作江陵陈法师赴上元
延陵初罢讲,建业去随缘。翻译推多学,坛场最少年。浣衣逢—作随野水,乞食向人烟。遍礼南朝寺—作峰顶,焚香古像前。

赋得海边树
历历缘荒岸,溟溟入远天。每同沙草发,长共水云连。摇落潮风早,离披海雨偏,故伤游子意,多在客舟前。

题昭上人房
沃州传教后,百衲老空林。虑尽朝昏磬,禅随坐卧心。鹤飞湖草迥,门闭野云深。地—作愿与天台接,中峰早晚寻。

送李使君赴抚州
远送临川守,还同康乐侯。岁时徒改易,今古接风流。五马嘶长道,双旌向本州。乡心寄西北,应上郡城楼。

同樊润州游郡东山
北固多陈迹,东山复盛游。饶声发大道,草色引行骓。此地何时有,长江自古流。频随公府步,南客寄徐州。

酬杨侍御寺中见招
贫居依柳市,闲步在莲宫。高阁宜春雨,长廊好啸风。诚如双树下,岂比一丘中。

重阳日酬李观
不见白衣来送酒,但令—作怜黄菊自开花。愁看日晚良辰过,步步行寻陶令家。

寄权器
露湿青芜时欲晚,水流黄叶意无穷。节近重阳念归否,眼前篱菊带秋风。

酬李判官度梨岭见寄
陇首怨西征,岭南雁—作应北顾。行人与流水,共同闽中去。

送魏六侍御葬

哭葬寒郊外，行将何所从。盛曹徒列柏，新墓已栽松。海月同千古，江云覆—作复几重。旧书曾谏猎，遗草议登封。畴昔经三事，尝期老一峰。门临商岭道，窗引洛城钟。应积泉中恨，无因世上逢。招寻偏见厚，疏慢亦相容。张范唯通梦，求羊永绝踪。谁知长卿疾，歌赋不还邛。

送张道士归茅山谒李尊师

向山独有一人行，近洞应逢双鹤迎。尝以素书傅弟子，还因白石号先生。无穷杏树行时—作何年种，几许芝田向—作带月耕。师事少君年岁久，欲随旄节往层城。

酬裴补阙吴寺见寻—作酬裴补阙中天寺见寄

东林初结构—作社，已有晚钟声。窗户背流水，房廊半架城。远山重叠见，芳草浅深生。每与君携手，多烦长老迎。

送王相公之—作赴幽州

自昔萧曹任，难兼卫霍功。勤劳无远近，旌节屡西东。不选三河卒，还令万里通。雁行缘古塞，马鬣起长风。—作御闲分善马，武库出彤弓。遮虏关山静，防秋鼓角雄。徒思一攀送，羸老—作病莘门中。

题竹扇赠别

湘竹殊堪制，齐纨且未工。幸亲芳袖日，犹带旧林风。掩笑歌筵里，传书卧阁中。竟将为别赠，宁与合欢同。

归阳羡兼送刘八长卿

湖上孤帆别，江南谪宦归。前程愁更远，临水泪沾衣。云梦春山遍，潇湘过客稀。武陵招我隐，岁晚闭—作向柴扉。

东郊迎春

晓见苍龙驾，东郊春已迎。彩云天仗合，玄象太阶平。佳气山川秀，和风政令行。句陈霜骑肃，御道雨师清。律向韶阳变，人随草木荣。遥观—作欢上林树—作苑，今日遇迁莺。

招隐寺送阎—作闾判官还江州

离别那逢秋气悲，东林更作上方期。共知客路浮云外，暂爱僧房坠叶时。长江九派人归少，寒岭千重雁度迟。借问浔阳在何处，每看潮落一相思。

送李山人还—本题下有山字

从来无检束，只欲老烟霞。鸡犬声相应，深山有几家。

韦中丞西厅海榴

海花—作榴，又作流争让候榴花，犯雪先开内史家。末客朝朝铃阁下，从公步履玩年华。

洪泽馆壁见故礼部尚书题诗

底事洪泽壁，空留黄绢词。年年淮水上，行客不胜悲。

望南山雪怀山寺普上人

夜夜梦莲宫，无由见远公。朝来出门望，知在雪山中。

送夔州班使君

晚日照楼边，三军拜峡前。白云随浪散，青壁与山连。万岭岷峨雪，千家橘柚川。还如赴河内，天上去经年。

寻戴处士

车马长安道，谁知大隐心。蛮僧留古镜，蜀客寄新琴。晒药竹斋暖，捣茶松院深。思君一相访，残雪似山阴。

早发中严寺别契上人

苍苍松桂阴，残月半西岑。素壁寒灯暗，红炉夜火深。厨开山鼠散，钟尽岭猿吟。行役方如此，逢师懒话心。

华清宫

骊岫接新丰，岩峣驾翠空。凿山开祕殿，

隐雾闭仙宫。绛阙犹栖凤,雕梁尚带虹,温泉曾浴日,华馆旧迎风,肃穆瞻云辇,沈深闭绮栊。东郊倚望处,瑞气霭濛濛。

送孔巢父赴河南军一作刘长卿诗

江城相送阻烟没,况复新秋一雁过。闻道全师征北虏,更言诸将会南河。边心杳杳乡人绝,塞草青青战马多。共许陈琳工奏记,知君名宦未蹉跎。

李二侍御丹阳东去新亭

姑苏东望海陵间,几度裁书信未还。长在府中持白简,岂知天畔有青山。人归极浦寒流广,雁下平芜秋野闲。旧日新亭更携手,他乡风景亦相关。

夜发沅江寄李颍川刘侍郎时二公贬于此

半夜回舟入楚乡,月明山水共苍苍。孤猿更发秋风里,不是愁人亦断肠。

浪淘沙二首一作皇甫松诗

蛮歌豆蔻北人愁,松雨蒲风野艇秋。浪起鸰鹢眠不得,寒沙细细入江流。

濑头细草接疏林,恶浪罾船半欲沈。宿鹭眠洲非旧浦,去年沙觜是江心。

春思一作刘长卿诗

莺啼燕语报新年,马邑龙堆路几千。家住秦城邻汉苑,心随明月到胡天。机中锦字论长恨,楼上花枝笑独眠。为问元戎窦车骑,何时反旆勒燕然。

逢庄纳因赠

世故还相见,天涯共向东。春归江海上,人老别离中。郡吏名何晚,沙鸥道自同。甘泉须早献,且莫叹飘蓬。

送韦山人归钟山所居一作郎士元诗

逸人归路远,弟子出山迎。服药颜虽驻,耽书癖已一作未成。柴扉度岁月,藜杖见公卿。更作一作闽儒林传,还应有姓名。

送普门上人一作皇甫曾诗,题下有还阳羡三字

花宫难一作虽久别,道者忆千灯。残雪入林路,深一作暮山归寺僧。日光依嫩草,泉响滴春冰。何用求方便,看心是一乘。

怨回纥歌二首

白首南朝女,愁听异域歌。收兵颉利国,饮马胡芦河。毳布腥膻久,穹庐岁月多。雕巢城上宿,吹笛泪滂沱。

祖席驻征棹,开帆信侯潮。隔烟桃叶泣,吹管杏花飘。船去鸥飞阁,人归尘上桥,别离惆怅泪,江路湿红蕉。

句

微官同侍苍龙阙,直谏偏推白马生。《寄李补阙》,出《诗式》。

全唐诗卷二百五十一

刘方平

刘方平，河南人，邢襄公政会之后，与元德秀善，不仕。诗一卷。

代宛转歌二首

星参差，明—本无明字月二八灯五枝。黄鹤瑶琴将别去，芙蓉羽帐惜空垂。歌宛转，宛转恨无穷。愿为潮—作波与浪，俱起碧流中。

晓将近，黄姑织女银河尽—作隐。九华锦衾无复情，千金宝镜谁能引。歌宛转，宛转伤别离。愿作杨与柳，同向玉窗垂。

乌栖曲二首

蛾眉曼脸倾城国，鸣环动佩新相识。银汉斜临白玉堂，芙蓉行障掩灯光。

画舸双艚锦为缆，芙蓉花发莲叶暗。门前月色映横塘，感郎中夜度潇湘。

巫山高

楚国巫山秀，清猿日夜啼。万重春树合，十二碧峰齐。峡出朝云下，江来暮雨西。阳台归路直，不畏向家迷。

巫山神女

神女藏难识，巫山秀莫群。今宵为大雨，昨日作孤云。散漫愁巴峡，徘徊恋楚君。先王为立庙，春树几氛氲。

梅花落

新岁芳梅树，繁花—作芭四面同。春风吹渐落，一夜几枝空。少—作小妇今如此，长城恨不穷。莫将辽海雪，来比后庭中。

铜雀妓

遗令奉君王，顾蛾强一妆。岁移陵树色，恩在舞衣香。玉座生秋气，铜台下夕阳，泪痕沾井干，舞袖为谁长。

秋夜思 一作淮上秋夜

旅梦何时尽,征途望每赊。晚秋淮上水,新月楚人家。猿啸空山近,鸿飞极浦斜。明朝南岸去,言一作定折桂枝花。

秋夜泛舟

林塘夜发舟,虫响荻飕飕。万影皆因月,千声各为秋。岁华空复晚,乡思不堪愁。西北浮云外,伊川何处流。

折杨枝

官一作空渡初杨柳,风来亦动摇。武昌行路好,应为最长条。叶映黄鹂夕,花繁白雪朝。年年攀折意,流恨入纤腰。

班婕妤 一作婕妤怨

夕殿别君王,宫深一作深宫月似霜。人幽一作愁在长信,萤出向昭阳。露浥红兰湿一作死,秋涧碧树伤。惟当合欢扇,从上箧中藏。

新春

南陌春风早,东邻曙色斜。一花开楚国,双燕入卢家。眠罢梳云髻,妆成上锦车。谁知如昔日,更浣越溪纱。

寄严八判官

洛阳新月动秋砧,瀚海沙场天半阴。出塞能全仲叔策,安亲更切老莱心。汉家宫里风云晓,羌笛声中雨雪深。怀袖未传三岁字,相思空作陇头吟。

秋夜寄皇甫冉郑丰

洛阳清夜白云归,城里长河列宿稀。秋后见飞千里雁,月中闻捣万家衣。长怜西雍青门道,久别东吴黄鹄矶。借问客书何所寄,用一作中心不啻两乡违。

寄陇右严判官

副相西征重一作日,苍生属望晨。还同周薄伐,不取汉和亲。房阵摧枯易,王师决胜频。高旗临鼓角,太白静风尘。赤狄争归化,青羌

已请臣。遥传阃外美,盛选幕中宾。玉剑光初发,冰壶色自真。忠贞期报主,章服岂荣身。边草含风绿,征鸿过月新。胡笳长出塞,陇水半归秦。绝漠多来往,连年厌苦辛。路经西汉雪,家掷后园春。谁念烟云里,深居汝颍滨。一丛黄菊地,九日白衣人。松叶疏开岭,桃花密映津。缣书若有寄,为访许由邻。

拟娼楼节怨

上苑离离莺度,昆明幂幂蒲生。时光春华可惜,何须对镜含情。

采莲曲

落日晴江里,荆歌艳楚腰。采莲从小惯,十五即乘潮。

长信宫

梦里君王近,宫中河汉高。秋风能再热,团扇不辞劳。

京兆眉

新作蛾眉样,谁将月里同。有一作自来凡几日,相效满城中。

春雪

飞雪带春风,裴回乱绕空。君看似花处,偏在洛阳东。

望夫石

佳人成古石,藓驳覆花黄。犹有春山杏,枝枝似薄妆。

送别

华亭雾色满今朝,云里樯竿去转遥。莫怪山前深复浅,清淮一日两回潮。

夜月

更深月色半人家,北斗阑干南斗斜。今夜偏知春气暖,虫声新透绿窗纱。

春怨

纱窗日落渐黄昏,金屋无人见泪痕。寂寞

空庭春欲—作又晚,梨花满地不开门。

代春怨

朝日残莺伴妾啼,开帘只见草萋萋。庭前时有东风入,杨柳千条尽向西。

全唐诗卷二百五十二

刘太真

刘太真,宣州人,师萧颖士。天宝末,举进士。大历中,拜起居郎,历台阁,自中书舍人转工部、刑部二侍郎,坐事贬信州刺史。贞元四年重九,赐宴曲江亭。帝制诗序,赐群僚各一本,命简文词之士应制,同用清字。明日于延英门进之,于是朝臣毕和。上自考定,以太真、李纾等为上等。集三十卷。今存诗三首。

宣州东峰亭各赋一物得古壁苔 同赋,袁傪、崔何、王纬、高傪、李岑、苏寓、袁邕、郭澹。

苒苒温寒泉,绵绵古危壁。光含孤翠动,色与暮云寂。深浅松月间,幽人自登历。

顾十二况左迁过韦苏州、房杭州、韦睦州,三使君皆有郡中燕集诗,辞章高丽,鄙夫之所仰慕。顾生既至,留连笑语,因亦成篇,以继三君子之风焉

宠至乃不惊,罪及非无由。奔迸历畏途,缅邈赴偏—作荒 陬。牧此雕弊氓,属当赋敛秋。夙兴谅无补,旬暇焉敢休。前日怀友生,独登城上楼。迢迢西北望,远思不可收。今日车骑来,旷然销人忧。晨迎东斋饭,晚度南溪游。以我碧流水,泊君青翰舟。莫将迁客程,不为胜境留。飞札谢三守,斯篇希见酬。

贡院寄前主司萧尚书听—作吕渭诗

独坐贡闱里,愁心芳草生。山公昨夜事,应见此时情。

袁傪

袁傪,官御史中丞、兵部侍郎。诗二首。

东峰亭同刘太真各赋一物得垂涧藤

寒涧流不息,古藤终日垂。迎风仍未定,拂水更相宜。新花与旧叶,惟有幽人知。

喜陆侍御破石埭草寇东峰亭赋诗

古寺东峰上,登临兴有余。同观白简使,

新报赤囊书。几处闲烽堠,千方庆里间。欣欣夏木长,寂寂晚烟余。战罢言归马,还师赋出车。因知越范蠡,湖海意何如。

崔何

崔何,官御史。诗二首。

东峰亭各赋一物得岭上云

伫立增远意,中峰见孤云。溶溶傍危石,片片宜夕曛。渐向群木尽,残飞更氤氲。

喜陆侍御破石埭草寇东峰亭赋诗

绝景西溪寺,连延近郭山。高深清局外,行止翠微间。江澈烟尘静,川源草树闲。中丞健步到,柱史捷书还。一战清戎越,三吴变险艰。功名麟阁上,得咏入秦关。

王纬

王纬,官给事中。诗二首。

东峰亭各赋一物得幽径石

片石东溪上,阴崖剩阻修。雨余青石霭,岁晚绿苔幽。从来不可转,今日为人留。

喜陆侍御破石埭草寇东峰亭赋诗

蜂虿聚吴州,推贤奉圣忧。忠诚资上策,仁勇佐前筹。草木成鹅鹳,戈铤复斗牛。戎车一战后,残垒五兵收。野静山戎险,江平水面流。更怜羁旅客,从此罢葵丘。

郭澹

郭澹,天宝、大历间人。诗二首。

东峰亭各赋一物得临轩桂

青青芳桂树,幽阴在庭轩。向日阴还合,从风叶乍翻。共看霜雪后,终不变凉暄。

喜陆侍御破石埭草寇东峰亭赋诗

介胄鹰扬出,山林蚁聚空。忽闻飞简报,曾是坐筹功。迥夜昏氛灭,危亭眺望雄。茂勋推世上,余兴寄杯中。喜色烟霞改,欢忻里巷同。幸兹尊俎末,饮至又从公。

高傪

高傪,天宝、大历间人。诗一首。

东峰亭各赋一物得林中翠

杳霭无定状,霏微常满林。清风光不散,过雨色偏深。幽意赏难尽,终朝再招寻。

李岑

李岑,天宝、大历间人。诗一首。

东峰亭各赋一物得栖烟鸟

从来养毛羽,昔日曾飞迁。变转对朝阳,差池栖夕烟。遇此枝叶覆,凤举冀冲天。

苏寓

苏寓,天宝、大历间人。诗一首。

东峰亭各赋一物得寒溪草

幂历溪边草,游人不厌看。余芳幽处老,深色望中寒。幸得陪情兴,青青赏未阑。

袁邕

袁邕,天宝、大历间人。诗一首。

东峰亭各赋一物得阴崖竹

终岁寒苔色,寂寥幽思深。朝歌犹夕岚,日永流清阴。龙钟负烟雪,自有凌云心。

李纾 一作舒

李纾,字仲舒。天宝末,拜秘书省校书郎。大历初,以吏部侍郎李卿荐为左补阙,累迁司封员外郎,知制诰,改中书舍人,历礼部侍郎。尝奏享武成王不当视文宣庙,又奉诏为兴元纪功述及郊庙乐章,诸所论著甚众。贞元中,重阳应制诗与刘太真皆为上等。今其诗不传,存乐章十三首。

唐德明兴圣庙乐章

《唐书·礼仪志》曰:明皇天宝二年三月,追尊皋鯀为德明皇帝,凉武昭王为兴圣皇帝,其庙乐第一《迎神》,第二《登歌奠币》,第三《迎俎》,第四《酌献》,第五《亚献终献》,第六《送神》。

迎神

元尊九德,佐尧光宅。烈祖太宗,方周作伯。响怀霜露,乐变金石。白云清风,仿佛来格。

登歌奠币

四时有典,百事来祭。尊祖奉宗,严禋大帝。礼先苍璧,奠备黝制。于万斯年,熙成帝系。

迎俎

盛牲宝俎,涓选休成。鼎煁阳燧,玉盥阴精。有飶嘉豆,既和大羹。侑以清乐,细齐人情。

德明酌献

清庙奕奕,和乐雍雍。器尊牺象,礼属宗公。白水方祼,黄流在中。谟明之德,万古清风。

兴圣酌献

閟宫静谧,合乐周张。泰尊始献,百末重觞。震澹存诚,庶几迪尝。遥源之祚,天汉灵长。

亚献终献

惟清惟肃,靡闻靡见。举备九成,俔终三献。庆彰曼寿,胙撤嘉荐。瘗玉埋牲,礼神斯遍。

送神

元精回复,灵贶繁滋。风洒兰路,云摇桂旗。高丘缅邈,凉部逖迟。瞻望靡及,缠绵永思。

让皇帝庙乐章

迎神

皇矣天宗,德先王季。因心则友,克让以位。爰命有司,式尊前志。神其降灵,灵飨祀事。

奠币

惟帝时若,去而上仙。祀用商武,乐备宫悬。白璧加荐,玄纁告虔。子孙拜后,承兹吉蠲。

迎俎

祀盛体荐,礼协粢盛。方周假庙,用鲁纯牲。捧撤祇敬,击拊和鸣。受厘归胙,既戒而平。

酌献

八音具举,三寿既盥。洁兹宗彝,瑟彼圭瓒。兰肴重错,椒醑飘散。降祚维城,永为藩翰。

亚献终献

秩礼有序,和音既同。九仪不忒,三揖将终。孝感藩后,相维辟公。四时之典,永永无穷。

送神

奠献已事,昏昕载分。风摇雨散,灵卫细缊。龙驾帝服,已一作上腾五云。泮宫复闷,寂寞无闻。

于邵

于邵,字相门,京兆万年人。天宝末,进士登科,书判超绝,授崇文馆校书郎,历比部郎中,出为巴州刺史。时夷獠聚众围州,邵遣使谕降,儒服出城,群盗罗拜解散。节度使李抱玉以闻,迁梓州。后为礼部侍郎、史馆修撰,当时大诏令皆出其手。贞元中,重阳应制诗居次等,今不传。存乐章五首。

释奠武成王乐章 唐释奠武成王,旧以文宣王乐章用之。贞元中,诏于邵补造。

迎神

卜畋不从,兆发非熊。乃倾荒政,爰佐一

戎。盛烈载垂,命祀维崇。日练上戊,宿严闶宫。迎奏嘉至,感而遂通。

奠币登歌

管磬升,坛芗集。上公进,嘉币执。信以通,俄如及。恢帝功,锡后邑。四维张,百度立。绵亿载,邈难挹。

迎俎酌献

五齐洁,九牢硕。梡橛循,罍斝涤。进具物,扬鸿绩。和奏发,高灵寂。虔告终,繁祉锡。昭秩祀,永无易。

亚献终献

贰觞以献,三变其终。顾此非馨,尚达斯衷。茅缩可致,神歆载融。始神翊周,拯溺除凶。时维降祐,永绝兴戎。

送神

明祀方终,备乐新阕。黝勋就瘗,豆笾告撤。肸蚃尚余,光景云灭。返归虚极,神心则悦。

全唐诗卷二百五十三

王之涣

王之涣,并州人。兄之咸、之贲皆有文名。天宝间,与王昌龄、崔国辅、郑昈联唱迭和,名动一时。诗六首。

登鹳雀楼—作朱斌诗

白日依山尽,黄河入海流。欲穷千里目,更上一层楼。

送别

杨柳东风—作门树,青青夹御河。近来攀折苦,应为别离多。

凉州词二首

《集异记》云:开元中,之涣与王昌龄、高适齐名,共诣旗亭,贳酒小饮,有梨园令官十数人会宴。三人因避席隈映,拥炉以观焉。俄有妙妓四辈奏乐,皆当时名部。昌龄等私相约曰:"我辈各擅诗名,每不自定甲乙。今者可以密观诸伶所讴,若诗入歌词之多者为最优。"初讴昌龄诗,次讴适诗,又次复讴昌龄诗。之涣自以得名已久,因指诸妓中最佳者曰:"待此子所唱,如非我诗,即终身不敢与子争衡。"次至双鬟发声,果讴黄河云云,因大谐笑。诸伶诣问,语其事,乃竞拜乞就筵席。三人从之,饮醉竟日。

黄河远—本次句为第一句,黄河远上作黄沙直上白云间,一片孤城万仞山。羌笛何须怨杨柳,春风不度玉门关。

单于北望拂云堆,杀马登坛祭几回。汉家天子今神武,不肯和亲归去来。

宴词

长堤春水绿悠悠,畎入漳河一道流。莫听声声催去棹,桃溪浅处不胜舟。

九日送别

蓟庭萧瑟故人稀,何处登高且送归。今日暂同芳菊酒,明朝应作断蓬飞。

阎防

阎防,开元、天宝间有文名。谪官长沙司

户。孟浩然有《湖中旅泊寄阎九司户》诗,又尝与薛据读书终南丰德寺。诗五首。

晚秋石门礼拜 一作礼佛

轻策临绝壁,招提谒金仙。舟车无由—作游径,岩峤乃属天。踟蹰淹昃景,夷犹望新弦。石门变暝色,谷口生人烟。阳雁叫平楚,秋风急寒川。驰晖苦代谢,浮脆惭贞坚。永欲卧丘壑,息心依梵筵。誓将历劫愿,无以外物牵。

百丈豀新理茅茨读书

浪迹弃人世,还山自幽独。始傍巢由踪,吾其获心曲。荒庭何所有,老树半空腹。秋蜩鸣北林,暮鸟穿我屋。栖迟乐遵渚,恬旷寡所欲。开卦推盈虚,散帙攻节目。养闲度人事,达命知止足。不学东周—作国儒,俟时劳伐辐。

宿岸道人精舍

早岁参道风,放情入寥廓。重因息—作经因息心侣,遂果岩下诺,敛迹辞人间,杜门守寂寞。秋风剪兰蕙,霜气冷淙壑。山扉见然灯,竹房—作白闻捣药。愿言舍尘事,所趣非龙蠖。

夕次鹿门山作

庞公嘉遁所,浪迹难追攀。浮舟暝始至,抱杖聊自闲。双岩—作阙开鹿门,百谷集珠湾。喷薄湍上水,春容漂里山。焦原不足险—作足险峻,梁礐未成艰。我行自春仲,夏鸟忽绵蛮。蕙草色已晚,客心殊倦—作未还。还游非避地,访道爱童颜。安能徇机巧,争夺锥刀间。

与永乐诸公夜泛黄河作

烟深载酒入,但觉暮川虚。映水见山火,鸣榔闻夜渔。爱兹山水趣,忽与人世—作世人疏。无暇—作假然官烛,中流有望舒。

句

熊踞庭中树,龙蒸栋里云。

薛据

薛据,河中宝鼎人。开元十九年登第,尚书水部郎中,赠给事中。据与王维、杜甫最善。子美赠诗云:"文章开突奥,才力老益神。"高适赠诗云:"隐轸经济具,纵横建安作。"刘长卿亦有赠诗,皆推重之。据为人骨鲠,有气魄。诗十二首。

怀哉行

明时无废人,广厦无弃材。良工不我顾,有用—作因宁自媒。怀策望君门,岁晏空迟回。秦城多车马,日夕飞尘埃。伐鼓千门启,鸣珂双阙来。我闻雷雨施,天泽—作下罔不该。何意斯人徒,弃之如死灰。主好臣必效,时禁权不—作必开。俗流实骄矜,得志轻草莱。文王赖多士,汉帝资群才。一言并拜相,片善咸居台。夫君—作丈夫何不遇,为泣黄金台。

古兴

日中望双—作仙阙,轩盖扬飞尘。鸣佩初罢朝,自言皆近臣。光华满道路,意气安可亲。归来宴高堂,广筵罗八珍。仆妾尽绮纨,歌舞夜达晨。四时固相代,谁能久要津。已看覆前车,未见易后轮。丈夫须兼济,岂能—作得乐一身。君今皆得志,肯顾憔悴人。

冬夜寓居寄储太祝 一作綦毋潜诗

自为洛阳客,夫子吾知音。爱义能下士,时人无此心。奈何离居夜,巢鸟飞空林。愁坐至月上,复闻南邻砧。

登秦望山

南登秦望山,目极大海空。朝阳半荡漾,晃朗天水红。谿壑争喷薄,江湖递交通。而多渔商客,不悟岁月穷。振缗迎早潮,弭棹候长—作远风。予本萍泛者,乘流任西东。茫茫天际帆,栖泊何时同。将寻会稽迹,从此访任公。

西陵口观海

长江漫汤汤,近海势弥广。在昔胚浑—作腽凝,融为百川泱—作长。地形失端倪,天色溃—作潜混漾。东南际万里,极目远无象。山影乍浮沉,潮波忽来往。孤帆或不见,棹歌犹想像。日暮长风起，客心空振荡。浦口霞未收，潭心月初上。林屿几邅迴，亭皋时偃仰。岁晏访蓬瀛，真游非外奖。

题鹤林寺

道门隐形胜，向背临法桥。松覆山殿冷，花藏溪路遥。珊珊宝幡挂，焰焰明灯烧。迟日半空谷，春风连上潮。少凭水木兴，暂忝身心调。愿谢携手客，兹山禅侣饶。

初去郡斋书怀—作初去郡书情

肃徒辞汝颍，怀古独凄然。尚想文王化，犹思巢父贤。时移多逸巧，大道竟谁传。况是—作见疾风起，悠悠旌斾悬。征鸟—作鸿无返翼，归流不停川。已经霜雪下，乃—作仍验松柏坚。回首望城邑，迢迢间云烟。志士不伤物，小人皆自妍。感时惟责己，在道非怨天。从此适乐土，东归知—作得几年。

出青门往南山下别业

旧居在南山，凤驾自城—作伊阙。榛莽相蔽亏，去尔渐超忽。散漫余雪晴，苍茫季冬月。寒风吹长林，白日原上没。怀抱旷莫伸，相知阻胡越。弱年好栖隐，炼药在岩窟。及此离垢氛，兴来亦因物。末路期赤松，斯言庶不伐。

泊震泽口

日落草木阴，舟徒泊江汜。苍茫万象开，合沓闻风水。洄沿值渔翁，窈窕—作啾啾逢樵子。云开天宇静，月明照万里。早雁湖上飞，晨钟海边起。独坐嗟远游，登岸望孤洲。零落星欲尽，朣胧气渐收。行藏空自秉，智识仍未周。伍胥既仗剑，范蠡亦乘流。歌竟鼓楫去，三江多客愁。

题丹阳陶司马厅壁

高鉴清洞彻，儒风入进难。诏书增宠命，才子益能官。门带山光晚，城临江水寒。唯余好文客，时得咏幽兰。

古兴

投珠恐见疑，抱玉但垂泣。道在君不举，功成叹何及。

早发上东门—作綦毋潜诗，题作落第后口号

十五能文西入秦，三十无家作路人。时命不将明主合，布—作素衣空惹—作染洛阳尘。

句

省署开文苑，沧浪学钓翁。《纪事》云："此二句，据之诗也，子美怀据诗即用为句云：'独当省署开文苑，兼泛沧浪学钓翁。'"穷冬时短暮，日尽西南天。

姚系

姚系，宰相崇之曾孙，为门下典仪。《韦应物集》有《送姚系还河中诗》。或云河中人。诗十首。

秋夕会友

倦客易相失，欢游无良—作浪辰。忽然一夕间，稍慰阖家贫。白露下庭梧，孤琴始悲辛。回风入幽草，虫响满四邻。会遇更何时，持杯重殷勤。

荆山独往

宿昔山水上，抱琴聊踯躅。山远去难穷，琴悲多断续。岩重丹阳树，泉咽闻阴谷。时下白云中，淹留秋水曲。秋水石栏深，潺湲如喷玉。杂芳被阴岸，坠露方消绿。恣此平生怀，独游还自足。

五老峰大明观赠隐者

云观此山北，与君携手稀。林端涉横水，洞口入斜晖。颇觉—作乍见鸾鹤迹，忽为烟雾飞。故人清和客，默会琴心微。丹术幸可授，青龙当未归。悠悠平生意，此日复相违。

送周愿判官归岭南

早蝉望秋鸣，夜琴怨离声。眇然多异感，值子江山行。由来重义人，感激事纵横。往复念遐阻，淹留慕平生。晨奔九衢饯—作栈，暮始万里程。山驿风月树，海门烟霞—作雾城。易销泉源近，拾翠沙淑明。兰蕙一为赠，贫交空

复情。

送陆浑主簿赵宗儒之任

山中眇然意,此意乃平生。常日望鸣皋一作骓,遥对洛阳城。故人吏一作更为隐,怀此若一作为蓬瀛。夕气冒一作渭岩上,晨流泻岸明。存亡区中事,影响羽人情。溪寂值猿下,云归闻鹤声。及兹春始暮,花葛正明荣一作相萦。曾有携手日,悠悠去无程。

杨参军庄送宇文邈

秋云冒原隔,野鸟满林声。爱此田舍事,稽君车马程。离堂惨不喧,脉脉复盈盈。兰叶一经霜一作露,香销为赠轻。灯光耿方寂,虫思隐余一作逾清。相望忽无际,如含江海情。

京西遇旧识兼送往陇西

蝉鸣一何急,日暮秋风树。即此不胜愁,陇阴人更去。相逢与相失,共是亡羊路。

古别离

凉风已袅袅,露重木兰枝。独上高楼望,行人远不知。轻寒入洞户,明月满秋池。燕去鸿方一作来至,年年是别离。

野居池上看月

悠然云间月,复此照池塘。泫露苍茫湿,沉波澹潋光。应门当未曙,歌吹满昭阳。远近徒伤目,清辉霭自长。

庭柳

袅袅柳杨枝,当轩杂佩垂。交阴总共密,分条各自宜。因依似永久一作夕,揽结更伤离。爱此阳春色,秋风莫遽吹。

令狐峘

令狐峘,德棻五世孙,登进士第。禄山之乱,隐居南山豹林谷。司徒杨绾未仕时,亦避地谷中,尝止峘舍,赏其博学。及绾为礼部侍郎,引入史馆。建中初,为礼部侍郎,典贡举。执政杨炎有所请托,峘得其私书奏之。德宗恶其讦,贬衡州别驾。诗二首。

硖州旅舍奉怀苏州韦郎中 公频有尺书,颇积离乡之思。

儒服学从政,遂为尘事婴。衔命东复西,孰堪异乡情。怀禄且怀恩,策名敢逃名。羡彼农亩人,白首亲友并。江山入秋气,草木雕晚荣。方塘寒露凝,旅馆凉飙生。懿交守东吴,梦想闻颂声。云水方浩浩,离忧何时平。

释奠日国学观礼闻雅颂

肃肃先师庙,依依胄子群。满庭陈旧礼,开户拜清芬。万舞当华烛,箫韶入翠云。颂歌清晓听,雅吹度风闻。澹泊调元气,中和美圣君。唯余东鲁客,蹈舞向南熏。

滕珦

滕珦,东阳人,历茂王傅。太和初,以右庶子致仕,四品给券还乡自珦始。诗一首。

释奠日国学观礼闻雅颂

太学时观礼,东方晓色分。威仪何棣棣,环佩又纷纷。古乐从空尽,清歌几处闻。六和成远吹,九奏动行云。圣上尊儒学,春秋奠茂勋。幸因陪齿列,聊以颂斯文。

全唐诗卷二百五十四

常衮

常衮,京兆人。天宝末,举进士,历太子正字。宝应二年,为翰林学士、考功员外、郎中、知制诰。文章俊拔,当时推重。永泰元年,迁中书舍人,累上章陈西北利害,代宗甚顾遇之,加集贤院学士。大历初,拜门下侍郎,同平章事,与杨绾并掌机务。后出为福建观察使。集十卷。今存诗九首。

奉和圣制麟德殿燕百僚应制

云辟御筵张,山呼圣寿长。玉阑丰瑞草,金陛立神羊。台鼎资庖膳,天星奉酒浆。蛮夷陪作位,犀象舞成行。纲已袪三面,歌因守四方。千秋不可极,花发满宫香。

晚秋集贤院即事寄徐薛二侍郎

穆穆上清居,沈沈中秘书。金铺深内殿,石甃净寒渠。花树台斜倚,空烟阁半虚。缥囊披锦绣,翠轴卷琼琚。墨润冰文茧,香销蠹字鱼。翻黄桐叶老,吐白桂花初。旧德双游处,联芳十载余。北朝荣庾薛,西汉盛严徐。侍讲亲花扆,征吟—作诗步绮疏。缀帘金翡翠,赐砚玉蟾蜍。序—作移秩东南远,离忧岁月除。承明期重入,江海意何如。

早秋望华清宫树因以成咏—作卢纶诗

可怜云木丛,满禁碧濛濛。色润灵泉近,阴清辇路通。玉坛标八桂,金井识双桐。交映凝寒露,相和起夜风。数枝磐石上,几叶落云中。燕拂宜秋霁,蝉鸣觉昼空。翠屏更隐见,珠缀共玲珑。雷雨生成早,樵苏禁令雄。野藤高助绿,仙果迥呈红。惆怅缭垣暮,兹山闻暗虫。

和考功员外杪秋忆终南旧宅之作—作《和大理裴卿杪秋忆山下旧居》。以下六首,一作卢纶诗。

静忆溪边宅,知君许谢公。晓霜凝未粒,初日照梧桐。涧鼠喧藤蔓,山禽窜石丛。白云当岭雨,黄叶绕阶风。野果垂桥上,高泉落水中。欢荣来自间,赢贱赏曾通。月满珠藏海,天晴鹤在笼。余阴如可寄,愿得隐墙东。

题金吾郭将军石洑茅堂

云戟曙沈沈,轩墀清且深。家传成栋美,尧宠结茅心。玉佩多依石,油幢亦在林。炉香诸洞暖,殿影众山阴。草奏风生笔,筵开雪满琴。客从龙阙至,僧自虎溪寻。潇洒延清赏,周流会素襟。终朝惜尘步,一醉见华簪。

登栖霞寺一作奉和李益游栖岩寺

林香雨气新,山寺绿无尘。遂结云外侣,共游天上春。鹤鸣金阁丽,僧语竹房邻。待月水流急,惜花风起频。何方非坏境,此地有归人。回首空门外,皤然一幻身。

逢南中使寄岭外故人

见说南来处,苍梧指桂林。过秋天更暖,边海日长阴。巴路缘云出,蛮乡入洞深。信回人自老,梦到月应沈。碧水通春色,青山寄远心。炎方难久客,为尔一沾襟。

代员将军罢战后归故里

结发事疆场,全生到海一作俱到乡。连云防铁岭,同日破渔阳。牧马胡天晚,移军碛路长。枕戈眠古戍,吹角立繁霜。归老勋仍在,酬恩房未忘。独行过邑里,多病对农桑。雄剑依尘橐,兵符寄药囊。空余麾下将,犹逐羽林郎。

咏冬瑰花奉和中书李舍人昆季咏寄徐郎中之作

独鹤寄烟霜,双鸾思晚芳。旧阴依谢宅,新艳出萧墙。蝶散摇轻露,莺衔入夕阳。雨朝胜濯锦,风夜剧焚香。丽日千层艳,孤霞一片光。密来惊叶少,动处觉枝长。布影期高赏,留春为远方。尝闻赠琼玖,叨和愧升堂。

句

风候已应同岭北,云山仍喜似终南。《题漳浦驿》。《方舆胜览》。

褚朝阳

褚朝阳,登天宝进士第。诗三首。

登圣善寺阁一题作登少室山

飞阁青霞里,先秋独早凉。天花映一作散窗近,月桂拂檐香。华岳三峰小,黄河一带长。空间一作闻指归路,烟际有垂杨。

五丝

越人传楚俗,截竹竞萦丝。水底深休也,日中还贺之。章施文胜质,列匹美于姬。锦绣侔新段,羔羊寝旧诗。但夸端午节,谁荐屈原祠。把酒时伸奠,汨罗空远而。

奉上徐中书

中禁仙池越凤凰,池边词客紫薇郎。既能作颂雄风起,何不时吹兰蕙香。

全唐诗卷二百五十五

苏源明

苏源明,字弱夫,武功人。天宝中登第,累迁国子司业。禄山之乱,不受伪署。肃宗复两京,擢考功郎中。终秘书少监。与杜甫、郑虔善。诗二首。

小洞庭洄源亭宴四郡太守诗 并序,序内缺一字

天宝十二载七月辛丑,东平太守扶风苏源明觞濮阳太守清河崔公季重、鲁郡太守陇西李公兰、济南太守太原田公琦、济阳太守陇西李公俊于洄源亭,既尊封壤,乃密惠好。前此,济阳以河堤之虞、夫役之弊,请南略我宿及鲁之中都。宿人讼其不便,源明请废济阳,以平阴、长清属济南,卢、东阿归我,阳谷隶濮阳,役均三邦,利倍二邑。不可,则分我寿西入濮阳,东入济阳,鲁之中都北入于我。书贡阊阖,旨下陈留,陈留太守王公,盛德帝俞,才美人与,自总连率,实惟澄清,□命属官湖城主簿王子说会五太守于东平议,县乃不割,郡亦仍旧,已事修宴,姑以为别。若夫阶抱孤峤,轩飞废潭,阻残暑于重林,递高秋于绝壑,其罄何有;麇鹿腴羊,其俎何有。燔兔脍鲂,李下雕笼,冰之以寒水;爪割铦刃,巾之以疏纮。礼交乎上,当世高贤之相允;乐动乎下,前古中和之合作。抑抑焉,堂堂焉,奂一人之富有,而群后之缉熙也。司土庀舟以待,司功设祋以告,彻馔更服,陈羞洁尊,自洄源,起广泊,左拂蚕尾,右遵吾山,倒废岫于波际,指梁岑于林缺。移摇敝舲,瞑眇虚旷,太睥苗裔,可记任宿,伯禹山川,空流济汶,所遇多感,祗牢为欢。婥态目成以留客,嫽容色授以劝酒。繁丝疏管,纷尔自会,雅舞清唱,倏然同引。既醉,源明以手版扣舷而歌。歌阕,鸟兽闻之,低昂而相鸣;鱼鳖闻之,沿洄而或跃。兹官吏安次而不易,彼人庶乐业而不迁。喜之哉!乐之哉!字涡泊曰小洞庭,盛集五太守高宴云尔。

小洞庭兮牵方舟,风裛裛兮离平流。牵方

舟兮小洞庭,云微微兮连绝岊。层澜壮兮缅以没,重岩转兮超以忽。冯夷逝兮护轻桡,蛟龙行兮落增—作中潮。泊中湖—作湖兮澹而闲,并曲溆兮怅而还。适予手兮非予期,将解袂兮丛子思。尚君子兮寿厥身,承明主兮忧斯人。史称废济阳,诗序县郡仍旧,或其初议云。

秋夜小洞庭离宴诗并序

源明从东平太守征国子司业,须昌外尉袁广载酒于洄源亭,明日遂行,乃夜留宴。会庄子若讷过归莒,相里子同褅过如魏,阳谷管城、青阳权衡二主簿在坐,皆故人也。彻馔新尊,移方舟中,有宿鼓,有汶簧,济上嫣然能歌者五六人共载,止洄源东柳门,入小洞庭。迟夷徬徨,眇缅旷漾,流商杂徵,与长言者啾焉合引,潜鱼惊或跃,宿鸟飞复下,真嬉游之择耳。源明歌云云,曲阕,袁子曰:"君公行当挥翰右垣,岂止典胄米廪邪?广不敢受赐,独不念四三贤。"源明醉,曰:"所不与君子及四三贤同恩惧安乐。有如秋水。"晨前而归,及醒,或说向之陈事。源明局局然笑曰:"狂夫之言,不足罪也。"乃志为序。

浮涨湖兮莽迢遥,川后礼兮扈予桡。横增沃—作没兮蓬仙延,川后福兮易—作翼予舷—作船。月澄凝兮明空波,星磊落兮耿秋河。夜既良兮酒且多,乐方作兮奈别何。右二诗,太和中,天平节度使令狐楚立石,有文,题云:"自源明迨楚,时仅八十年,洄源亭涡泊,已迷其处矣。"文见楚集。

郑虔

郑虔,荥阳人。天宝初,为协律郎,会事谪官。明皇爱其才,特置广文馆,授为博士,迁著作郎。以陷安禄山,贬台州司户参军。最善杜甫,又与秘书监郑审篇翰齐价。虔工画山水,好书,常苦无纸,乃于慈恩寺贮柿叶数屋,日往取叶肄书,岁久殆尽。尝自写其诗并画以献,帝亲署其尾曰"郑虔三绝"。今存诗一首。

闺情

银钥开香阁,金台照夜灯。长征君自惯,独卧妾何曾。

毕耀 杜甫集作曜

毕耀,官监察御史,与杜甫善。诗三首。

古意

璇闺绣户斜光入,千金女儿倚门立。横波美目虽往来,罗袂遥遥不相及。闻道今年初避人,珊珊挂镜长随身。愿得侍儿为道意,后堂罗帐一相亲。

情人玉清歌—作张南容诗

洛阳有人名玉清—作洛阳城中有一人名玉清,可怜玉清如其名。善踏斜柯能独立,婵娟花艳无人及。珠为裙,玉为缨。临春风,吹玉笙,悠悠满天星。黄金阁上晚妆成,云和曲中为曼声。玉梯不得蹈,摇袂两盈盈。城头之日复何情。

赠独孤常州见《纪事》

烘炉无久停,日月速若—作如飞。忽然冲人身,饮酒不须疑。

韦济

韦济,思谦之孙,嗣立之于,早以辞翰闻,开元初,调补鄄城令,对诏第一,擢醴泉令,为政简易,三迁库部员外郎,历户部侍郎,天宝七载,再为河南尹,迁尚书左丞,三代皆省辖,衣冠荣之,诗一首。

奉和圣制次琼岳应制

陆海披晴雪,千旗猎早阳。岳临秦路险,河绕汉垣长。行漏通鸡鹊,离宫接建章。都门信宿近,歌舞从周王。

田澄—作登

田澄,天宝时官城献纳使、起居舍人。杜甫尝有诗赠之。诗一首。

成都为客作

蜀郡将之远,城南万里桥。衣缘乡泪湿,貌以客愁销。地富鱼为米,山芳桂是樵。旅游唯得酒,今日过明朝。

沈东美

沈东美,佺期子。初为府掾。天宝中,除膳部员外郎。诗一首。

奉和苑舍人宿直晓玩新池寄南省友

传闻闾阖里,寓直有神仙。史为三坟博,郎因五字迁。晨临翔凤沼,春注跃龙泉。去似登天上,来如看镜前。影摇宸翰发,波净列星悬。既济仍怀友,流谦欲进贤。弹冠声实贵,覆被渥恩偏。温室言虽阻,文场契独全。玉珂光赫奕,朱绂气蝉联。兴逸潘仁赋,名高谢朓篇。青云仰不逮,白雪和难牵。茝茝胡为此,甘心老岁年。

苏涣

苏涣尝访杜甫于江浦,甫请诵新作,有诗美之。涣善放白弩,巴中号为弩跖。后变节从学,乡赋擢第,累迁至侍御史,佐湖南崔中丞瓘幕府。崔遇害,遂逾岭,扇动哥舒晃跋扈交广,伏诛。诗四首。

变律本十九首,今存三首

日月东西行,寒暑冬夏易。阴阳无停机,造化渺莫测。一本作日月东西行,照在大荒北,其中有烟龙,灵怪人莫测。开目为晨光一作晖,闭目为夜色。一开复一闭,明晦无休息。居然六合外一作内,旷哉天地德。天地且不言,世人浪一作强喧喧。

毒蜂成一窠,高挂恶木枝。行人百步外,目断魂亦飞。长安大道边一作傍,挟弹谁家儿。右手持金丸,引满无所疑。一中纷下来,势若风雨随。身如万箭攒,宛转迷所之。徒有疾恶心,奈何不知几。

养蚕为素丝,叶尽蚕不老。倾筐对空林,此意向谁道。一女不得织,万夫受其寒。一夫不得意,四海行路难。祸亦不在大,福亦不在先。世路险孟门,吾徒当勉旃。

赠零陵僧一本下有兼送谒徐广州六字,一作《怀素上人草书歌》,第十九句缺一字。

张颠没在二十年,谓言草圣无人传。零陵沙门极其后,新书大字大如斗。兴来走笔如旋风,醉后耳热心更凶。忽如裴旻舞双剑,七星错落缠蛟龙。又如吴生画鬼神,魑魅魍魉惊本身。钩锁相连势不绝,倔强毒蛇争屈铁。西河舞剑气凌云,孤蓬自振唯有君。今日华堂看洒落,四座喧呼叹佳作。回首邀余赋一章,欲令羡价齐钟张。琅诵□句三百字,何似醉僧颠复狂。忽然告我游南溟,言祈亚相求大名。亚相书翰凌献之,见君绝意必深知。南中纸价当日贵,只恐贪泉成墨池。

全唐诗卷二百五十六

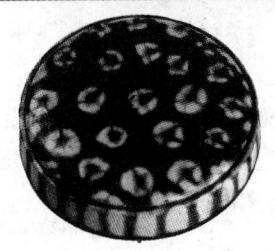

刘眘虚

刘眘虚,江东人。天宝时,官夏县令。诗一卷。

江南曲

美人何荡漾,湖上风日一作月长。玉手欲有赠,裴回双明珰。歌声随绿水,怨色起青一作朝,一作春阳。日暮还家望,云波横洞房。

九日送人

海上正摇落,客中还别离。同舟去未远,远送新相知。流水意何极,满尊徒尔为。从来菊花节,早已醉东篱。

暮秋扬子江寄孟浩然

木叶纷纷下,东南日烟一作雨霜。林山相晚一作晓暮,天海空一作深青苍。暝色况复久,秋声亦何长。孤舟兼微月,独夜仍越乡。寒笛对京口,故人在襄阳。咏思劳今夕,江汉遥相望。

浔阳陶氏别业

陶家习先隐,种柳长江边。朝夕浔阳郭,白衣来几年。霁云明孤岭,秋水澄寒天。物象自清旷,野情何绵联。萧萧丘中赏,明宰非徒然。愿守黍稷税,归耕东山田。

登庐山峰顶寺

孤峰临万象,秋气何高清。天际南郡出,林端西江明。山门二缁叟,振锡闻幽声。心照有无界,业悬前后生。虽一作徒知真机静,尚与爱网并。方首金门路,未遑参道情。

寻东溪还湖中作

出山更回首,日暮清溪深。东岭新别处,数猿叫空林。昔游有初迹,此路还独寻。幽兴方在往,归怀复为今。云峰劳前意,湖水成远心。望望已超越,坐鸣舟中琴。

送韩平兼寄郭微

上客夜相过,小童能酤酒。即为临水处,正值归雁后。前路望乡山一作关,近家见门柳。到时春未暮,风景自应有。余忆东州一作周人,经年别来久,殷勤为传语,日夕念携手。兼问前寄书,书中一作中间复达否。

寄阎防 防时在终南丰德寺读书

青冥南山口一作色,君与缁锡邻。深路入古寺,乱花随暮春。纷纷对寂寞,往往落衣巾。松色空照一作照空水,经声时有人。晚心复南望,山远情独亲。应以修往业,亦惟立此身。深林度空夜,烟月资清真。莫叹一作欲文明日,弥年徒隐沦。

海上诗送薛文学归海东

何处归且远,送君东悠悠。沧溟千万里,日夜一孤舟。旷望绝国所,微茫天际愁。有时近仙境,不定若梦游。或见青色古一作石,孤山百里一作丈秋。前心方杳眇,后路劳夷犹。离别惜吾道,风波敬皇休。春浮花气远,思逐海水流。日暮骊歌后,永怀空沧洲。

越中问海客

风雨沧洲暮,一帆今始归。自云发南海,万里速如飞。初谓落何处,永将无所依。冥茫渐西见,山色越中微。谁念去时远,人经此路稀。泊舟悲且泣,使我亦沾衣。浮海焉用说,忆乡难久违。纵为鲁连子,山路有柴扉。

阙题

道由白云尽,春与青溪长。时有落花至,远随流水香。闲门向山路,深柳读书堂。幽映每白日,清辉照衣裳。

寄江滔求孟六遗文

南望襄阳路,思君情转亲。偏知汉水广,应与孟家邻。在日贪为善,昨来闻更贫。相如有遗草,一为问家人。

积雪为小山

飞雪伴春还,春庭晓自闲。虚心应任道,遇赏遂成山。峰小形全秀,岩虚势莫攀。以幽能皎洁,谓近可循环。孤影临冰镜,寒光对玉颜。不随迟日尽,留顾岁华间。

赠乔琳一作张谓诗

去年上策不见收,今年寄食仍淹留。羡君有酒能共醉,羡君无钱能不忧。如今五侯不待客,羡君不问五侯宅。如今七贵方自尊,羡君不过七贵门。丈夫会应有知己,世上悠悠何足论。

戎葵花歌一作岑参诗

昨日一花开,今日一花开;今日花正好,昨日花已老。人生不得长一作恒少年,莫惜床头酤酒钱;请君有钱向酒家,君不见戎葵花。

句

归梦如春水,悠悠绕故乡。

驻马渡江处,望乡待归舟。

全唐诗卷二百五十七

息夫牧

息夫牧,萧颖士门人。诗一首。

冬夜宴萧十丈因饯殷郭二子西上并序

序云:冬十有二月,家君宰邑许下,夫子问津颍上,二贤将驰会府,皆适兹土,夜处狭室,列座有位,尊卑俨如。或捧觞上寿,或抠衣请益。始崇诗以阅礼,终让信而修睦。然后文饱于德,义润其身。顷夫子升堂之后,若卢、贾、刘、尹之徒;半纪间,接武鸣跃,实夫子训之导之斯至也。今殷、郭二子,天资才干,而加之镞羽,观光王庭,俯拾地芥,其谁曰不然。飞霜霭林,寒气总至,月落匼户,夜将向晨,座隅谦谦,毕醉温克,则知孔门宴饯,异于他日,二三子终身识之。夫子以家君政事,百里无事,命门弟子赋诗鸣琴,亦以释彼离之怨焉。小子不敏,忝居门人之末,敢不敬书其事。
诗曰:有琴斯鸣,于宰之庭。君子莅止,其心孔平。政既告成,德以永贞。鸣琴有衍,于颍之畔。彼之才髦,其年未冠。闻诗闻礼,斐兮灿灿。鸣琴其怡,于颍之湄。二子翰飞,言戾京师。有郁者桂,爰(一作载)攀其枝。琴既鸣矣,宵既清矣。烘燖有炜,酒醴惟旨。喟我瘏叹,吁其别矣。

宋华

宋华,濮阳宰。诗一首。

蝉鸣一篇五章并序

蝉鸣,感秋兴送将归也,僻守外邑,而兰陵子相过,诘朝言归,赋诗见志,以申赠焉。

蝉其鸣矣,于彼疏桐。庇影容迹,何所不容。嗷嗷其长,永托于风。未见君子,我心忡忡;既见君子,乐且有融。

彼蝉鸣矣,于林之表。含风饮露,以乐吾道。有怀载迁,伊谁云保。未见君子,我心悄悄;既见君子,披豁予抱。

蝉鸣蝉鸣,幽畅乎而。肃肃尔庭,远近凉飔。言赴高柳,丛篁间之。思而不见,如渴如饥;亦既觏止,我心则夷。

蝉鸣伊何,时连未与。匪叹秋徂,怨斯路阻。愿言莫从,郁悒谁语。君子至止,慰我延伫。何斯违斯,俟尔遐举。

岁之秋深,蝉其夕吟。披衣轩除,萧萧风林。我友来斯,言告离衿。何以叙怀,临水鸣琴;何以赠言,委顺浮沉。

邹象先

邹象先,开元二十三年进士,与萧颖士为同年生,仕临涣尉。诗一首。

寄萧颖士补正字—本无补正字三字

六月度开—作关云,三峰玩山翠。尔时黄绶屈,别后青云致。按《纪事》,象先尉临涣,颖士自京邑无成东归,有赠象先诗。来年萧补正字,象先寄诗,重述前事。萧后亦有答诗。

韦建

韦建,开元、天宝间人,为河南令,与萧颖士、刘长卿游。诗二首。

河中晚霁

湖广舟自轻,江天欲澄霁。是时清楚望,气色犹霾曀。踟蹰金霞白,波上日初丽。烟红落镜中,树木生天际。杳杳涯欲斑,濛濛云复闭。言垂星汉明,又睹寰瀛势。微兴从此惬,悠然不知岁。试歌沧浪海,遂觉乾坤细。肯念客衣薄,将期永投袂。迟回渔父间—作问,一雁声嘹唳。

泊舟盱眙—作常建诗,误。

泊舟淮水次,霜降夕流清。夜久潮侵岸,天寒月近城。平沙依雁宿,候馆听鸡鸣。乡国云霄外,谁堪羁旅情。

殷寅

殷寅,陈郡人。早孤,事母以孝闻。应宏词举,为永宁尉,与萧颖士善。诗二首。

铨试后征山别业寄源侍御

别业在征山,登高望畿甸。严令天地肃,城阙如何见。蔼蔼王侯门,华轩日游衔。幸逢休明代,山房尚交战。投策去园林,率名皆拜选。圣君性则哲,济济多英彦。裴楷能清通,山涛急推荐。廋才甘自屏,薄伎忝余眷。虽承国士恩,尚乏中人援。畴昔相知者,今兹秉天宪。朱绂何赫赫,绣衣复葱蒨。

玄元皇帝应贺圣祚无疆

应历生周日,修祠表汉年。复兹秦岭上,更似霍山前。昔赞神功启,今符圣祚延。已题金简字,仍访玉堂仙。睿祖光元始,曾孙体又玄。言因六梦接。庆叶九龄传。北阙心超矣,南山寿固然。无由同拜庆,窃抃贺陶甄。

柳中庸

柳中庸,名淡,以字行。河东人,宗元之族,御史并之弟也,与弟中行皆有文名。萧颖士以女妻之,仕为洪府房曹。诗十三首。

秋怨

玉树起凉烟,凝情一叶前。别离伤晓镜,摇落思秋弦。汉垒关山月,胡笳塞北天。不知肠断梦,空绕几山川。

春思赠人

红粉当三五,青娥艳一双。绮罗回锦陌,弦管入花江。落雁惊金弹,抛杯泻玉缸。谁知褐衣客,憔悴在书窗。

幽院早春

草短花初拆,苔青柳半黄。隔帘春雨细,高枕晓莺长。无事含闲梦,多情识异香。欲寻苏小小,何处觅钱塘。

寒食戏赠

春暮越江边,春阴寒食天,杏花香麦粥,柳絮伴秋千,酒是芳菲节,人当桃李年。不知何处恨,已解入筝弦。

听筝

抽弦促柱听秦筝，无限秦人悲怨声。似逐春风知柳态，如随啼鸟识花情。谁家独夜愁—作悲灯影，何处空楼思月明。更入几重离别恨，江南岐路洛阳城。

河阳桥送别

黄河流出有浮桥，晋国归人此路遥。若傍阑干千里望，北风驱马雨萧萧。

征—本下有人字怨

岁岁金河复玉关，朝朝马策与刀环。三春白雪归青冢，万里黄河绕黑山。

凉州曲二首

关山万里远征人，一望关山泪满巾。青海戍头空有月，黄沙碛里本无春。

高滥连天望武威，穷阴拂地戍金微。九城弦管声遥发，一夜关山雪满飞。

江行

繁阴乍隐洲，落叶初飞浦。萧萧—作潇湘楚客帆，暮入寒—作日暮秋江雨。

丁评事宅秋夜宴集

翠幕卷回廊，银灯开后堂。风惊拥砌叶，月冷满庭霜。绮席人将醉，繁弦夜未央。共怜今促席，谁道客愁长。

夜渡江—作姚崇诗

夜渚带浮烟，苍茫晦远天。舟轻不觉动，缆急始知牵。听笛遥寻岸，闻香暗识莲。唯看去帆影，常恐—作似客心悬。

扬子途中

楚塞望苍然，寒林古戍边。秋风人渡水，落日雁飞天。

全唐诗卷二百五十八

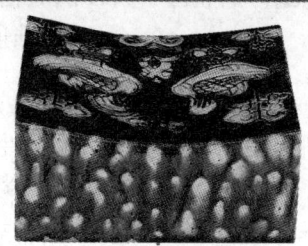

崔惠童

崔惠童,博州人,右骁卫将军、冀州刺史庭玉之子,尚明皇晋国公主。诗一首。

宴城东庄—作崔惠诗,一作崔思诗

一月主人—作人生笑几回,相逢相识—作值且衔杯;眼看春色如流水,今日残—作飞花昨日开。

崔敏童

崔敏童,驸马都尉惠童之昆弟也。诗一首。

宴城东庄

一年始有—作又过一年春,百岁曾无百岁人;能向花前—作中几回醉,十千沽酒莫辞贫—作频。

苗晋卿

苗晋卿,字元辅,潞州壶关人,擢进士第,累迁吏部郎中,知选事,久之,进侍郎。天宝二载,较书判,以御史中丞张倚之子奭为第一,议者不平。帝御花萼楼覆实,奭持纸终日,笔不下,人谓之曳白。坐贬安康太守,俄充河北采访使。肃宗召赴行在,拜左相。广德中,以太保致仕。永泰初卒,谥懿献。诗一首。

奉和圣制早登太行山中言志

金吾戒道清,羽骑动天声。砥路方南绝—作纪,重岩始北征。关楼前望远,河邑下观平。喜气回舆合,祥风入—作转旆轻。祝尧三老至,会禹百神迎。月令农先急,春蒐礼复—作后行。仍亲后土祭,更理晋阳兵。不似劳车辙,空留八骏名。

贾骕

贾骕,字敦诗,沧州南皮人。天宝中,举明

经,授临清县尉,上疏论时政,改正平尉,从事河东检校膳部员外郎。历邠州刺史,政绩茂异,入为鸿胪卿。自大历至贞元,三为节镇,征拜右仆射,同中书门下平章事。在相位十三年,世称其淳德。尤好地理学,外国使至,必讯其山川土俗,因撰《海内华夷图》及《古今郡国县道四夷述》四十卷,表献之。诗一首。

赋虞书歌

众书之中虞书巧,体法自然归大道。不同怀素只攻颠,岂类张芝惟创草。形势素,筋骨老,父子君臣相揖抱。孤青似竹更飕飗,阔白如波长浩渺。能方正,不攲倒,功夫未至难寻奥。须知孔子朝堂碑,便是青箱中至宝。

赵居贞

赵居贞,鼓城人,历吴郡采访使。天宝中,官北海郡太守。诗一首。

云门山投龙诗并序,序首行缺一字,诗第十八句缺二字

有唐天宝玄黓岁□月己巳,中散大夫、使持节北海郡诸军事、北海郡太守、柱国天水赵居贞,登云门山,投金龙环璧,奉为开元天地大宝圣文神武皇帝祈福也。先是投礼,太守不行,以掾吏代之。余是年病目庚止,以为圣上祈祐,宜牧守躬亲,吏辄代,非礼也。余撰良日,爰及中元、下元,并躬行为圣上祈寿。祝拜焚香,投龙礼毕,有瑞云从洞门而出,五色纷郁回翔,空中声曰:"皇帝寿一万一千一百岁。"预礼者悉闻之。余乃手舞足蹈,赋诗以歌其事,遂于岩前刻石壁以纪之。

晓登云门山,直上一千尺。绝顶弥孤耸,盘途几倾窄。前对竖裂峰,下临削成壁。阳巘灵芝秀,阴崖半天赤。大壑静不波,渺溟无际极。是时雪初霁,冱寒水更积。披展送龙仪,宁安服狐白。沛恩惟圣主,祈福在方伯。三元章醮升,五域□□觌。帝幕翠微亘,机茵丹洞辟。祝起鸣天鼓,拜传端素册。霞间朱绂紫,风际黄裳襞。玉策奉诚信,仙佩俟奔驿。香气人岫门,瑞云出岩石。至诚必招感,大福旋来格。空中忽神言,帝寿万千百。

萧华

萧华,徐国公嵩之子。天宝末,历官兵部侍郎。上元初,以中书侍郎同平章事,忤李辅国,矫诏罢为礼部侍郎,寻贬峡司马卒。诗一首。

扈从回銮应制

粤在一作自秦京日,议乎封禅难。岂知陶唐主,道济苍生安。惟彼烈祖事,增修实荣观。声名朝万国,玉帛礼三坛。纂圣德重光,建元功载刊。仍开一作闻旧驰道,不记昔回銮。羽卫一作骑摇晴日,弓戈生早寒。犹思检玉处,却望白云端。

李岑

李岑,天宝中宋州刺史。诗二首。

西河郡太原守张夫人挽歌

鹊印庆仍传,鱼轩宠莫先。从夫元凯贵,训子孟轲贤。龙是双归日,鸾非独舞年。哀荣今共尽,凄怆杜陵田。

玄元皇帝应见贺圣祚无疆

皇纲归有道,帝系祖玄元。连表南山祚,神通北极尊。大同齐日月,兴废应乾坤。圣后趋庭礼,宗臣稽首言。千官欣肆觐,万国贺深恩。锡宴云天接,飞声雷地喧。祥光浮紫阁,喜气绕皇轩。未预承天命,空勤望帝门。

元友让

元友让,元结子,见《永州志》。按元结集载,长子友直,次子友正,此盖其幼子也。诗一首。

复游浯溪

昔到才三岁,今来鬓已苍。剥苔看篆字,薙草觅书堂。引客登台上,呼童扫树旁。石渠疏拥水,门径厮丛篁。田地潜更主,林园尽废荒。悲凉部耆耋,疆界指垂杨。

蒋冽

蒋冽,仪凤中宰相高智周之外孙。第进士,考功员外郎,终尚书左丞。诗七首。

南溪别业

结宇依青嶂,开轩对绿畴。树交花雨色,溪合水同—作重流。竹径春—作风来扫,兰尊夜不收。逍遥自得意,鼓腹醉中游。

古意

冉冉红罗帐,开君玉楼上,画作心为鸟,衔花两相向。春风正可怜,吹映绿窗前。妾意空相感,君心何处边。

台中书怀

持宪当休明,伤躬免颠沛。直绳备豪右,正色清冠盖。寄切才恨薄,职雄班匪大。坐居三独中,立在百僚外。简牍时休暇,依然秋兴多。披书唯骨鲠,循迹少闲和。庭树凌霜柏,池倾萎露荷。岁寒应可见,感此遂成歌。

经埋轮地

汉家张御史,晋国绿珠楼。时代邈已远,共谢洛阳秋,洛阳大道边,旧地尚依然。下马独太息,扰扰城市喧。时—作诗人欣—作欢绿珠,诗满金谷园。千载埋轮地,无人兴一言。正直死犹忌,况乃未死前。汩罗有翻浪,恐是嫌屈原。我闻太古水,上与天相—作汉连。如何一落地,又作九曲泉。万古惟高步,可以旌我贤。
一本无如何以下四句。

山行见鹊巢

鹊巢性本高,更在西山木。朝下清泉戏,夜近明月宿。非直避网罗,兼能免倾覆。岂优五陵子,挟弹来相逐。

巫山之阳,香溪之阴,明妃神女旧迹存焉

神女归巫峡,明妃入汉宫。捣衣余石在,荐枕旧台空。行雨有时度,溪流何日穷。至今词赋里,凄怆写遗风。

夜飞鹊

北林夜方久,南月影频移;何啻飞三匝,犹言未得枝。

蒋涣

蒋涣,冽之弟,擢进士。天宝末,为给事中。永泰初,历鸿胪卿。日本使尝遗金帛,不受,惟取笺一番,为书以贻其副,终礼部尚书。诗五首。

途次维扬望京口寄白下诸公

北望情何限,南行路转深。晚帆低荻叶,寒日下枫林。云白兰陵渚,烟青建业岑。江天秋向尽,无处不伤心。

登栖霞寺塔

三休寻磴道,九折步云霓。漷涧临江北,郊原极海西。沙平瓜步出,树远绿杨低。南指晴天外,青峰是会稽。

和徐侍郎—有中字书丛箓韵—无韵字

中禁夕沈沈,幽篁别作林。色连鸡树近,影落凤池深。为重凌霜节,能虚应—作爽物心。年年承雨露,长对紫庭阴。

故太常卿赠礼部尚书
李公及夫人挽歌二首

白简尝持宪,黄图复尹京。能标百郡则,威肃一朝清。典秩崇三礼,临戎振五兵。更闻传世世,才子有高名。

封树遵同穴,生平此共归。镜埋鸾已去,泉掩凤何飞。薤挽疑筋曲,松风思翟衣。扬名将宠赠,泉路满光辉。

段怀然

段怀然,台州刺史,天宝中人。诗一首。

挽涌泉寺僧怀玉《高僧传》:玉修净土业,天宝元年,感瑞往生。

我师一念登初地,佛国笙歌两度来。唯有

门前古槐树,枝低只为挂银台。

张俛

张俛,九龄族孙,见《宰相世系表》。《纪事》云:"天宝、至德间人"。诗一首。

辞房相公

秋风飒飒雨霏霏,愁杀恓遑一布衣。辞君且作随阳鸟—作雁,海内无家何处归。

陈孙

陈孙,明皇时人。诗一首。

移耶溪旧居呈陈元初校书

鸡犬渔舟里,长谣任兴行。即令邀客醉,已被远山迎。书笈将非重,荷衣著甚轻。谢安无个事,忽起为苍生。

李峰

李峰,开州刺史。诗一首。

西河郡太原守张夫人挽歌—作李岑诗

鹊印庆仍传,鱼轩宠莫先。从夫元凯贵,训子孟轲贤。龙是双归日,鸾非独舞年。哀—作衰荣今共尽,凄怆杜陵田。

全唐诗卷二百五十九

沈千运

沈千运,吴兴人,家于汝北。为诗力矫时习,一出雅正,王季友、于逖、孟云卿、张彪、赵徵明、元季川,皆其同调也。乾元中,季川兄结尝编七人诗为《箧中集》,千运为之冠。诗五首。

感怀弟妹—作汝坟示弟妹

今日春—作天气暖,东风杏花拆。筋力久—作又不如,却羡—作惭叹涧中石。神仙杳难准—作信,中寿稀—作才满百。近世多夭伤,喜见鬓—作鬓发白。杖藜竹树间,宛宛旧行—作行旧迹。岂知林园—作园中主,却是林园—作园中客。兄弟可—作所存半,空为亡者惜。冥冥—作寞无再期,哀哀望松柏。骨肉能几人,年大自—作渐疏隔。性情谁免此,与我不相易。—作而我何不易。唯念—作愿得尔辈,时—作相看慰朝夕。平生兹已矣,此外尽非适。

赠史修文

故人阻—作隔千里,会面非别—作前期。握手于此地,当欢反成悲。念离宛犹昨,俄已经数—作二十期。畴昔皆少年,别来鬓—作发如丝。不道旧姓名,相逢知是谁。襄游尽骞骞,与君仍布衣。岂曰无其才,命理应有时。别路渐欲少,不觉生涕洟。

濮中言怀

圣朝优贤良,草泽无遗匿。人生各有命—作志,在余胡不淑—作激。一生但区区,五十无寸禄。衰退当弃捐,贫贱招毁—作时,—作祸谤。栖栖去人世,屯蹶日穷迫。不如守田园,岁晏望丰熟。壮年失宜尽,老大无筋力。始觉—作忱前计非,将—作方贻后生福。童儿新学稼—作穑,少—作小女未能织。顾此烦知己,终日求衣食。

山中作

栖隐非别—作别无事,所顾离风尘。不辞城邑游,礼乐拘束人。迩来归山林,庶—作世事皆吾身。何者为形骸,谁是智与仁。—作辩智与诸仁。寂寥了闲事,而—作然后知天真。欬唾矜—作惊崇华,迂俯相屈伸。如何巢与由,天子不知—作得臣。

古歌

北邙不种田,但种松与柏;松柏未生处,留待市朝客。

王季友

王季友,河南人。家贫卖履,博极群书。豫章太守李勉引为宾客。甚敬之,杜甫诗所谓丰城客子王季友也。诗十一首。

别李季友

栖鸟不恋枝,嗜嗜在同声。行子驰—作迟出户,依依主人情。昔时霜台镜,丑妇羞尔形。闭匣二十年,皎洁常独—作犹明。今日照离别,前途白发生。

寄韦子春—作山中赠十四秘书兄

出山秋云曙—作秘芸,山木—作色已再春。食我山中药,不忆山中人。山中谁余密,白发日相—作惟见亲。雀鼠昼夜无,知我厨廪贫。依依北舍松,不厌吾南邻。有情尽弃捐,土石为同身。夫子质千寻,天泽枝叶新。余以—作也不材寿,非智免斧斤。夫子以下四句,《箧中集》本无。

杂诗

采山仍—作不采隐,在山—作木不在深。持斧事远游,固非—作悲匠者心。翳翳青桐枝,樵爨日所侵。斧—作樵声出岩壑,四听无知音。岂为鼎下薪,当复堂上琴。凤鸟久不栖,且与枳棘林。

滑中赠崔高士瑾

夫子保药命,外身得无咎。日月不能老,化肠为—作无筋否。十年前见君,甲子过我寿。于—作云何今相逢,华发在我后。近而知其远,少见今白首。遥信蓬莱宫,不死世世有。玄石采盈担,神方秘其肘。问家惟指云,爱气常言酒。摄生固如此,履道当不朽。未能太玄—作虚同,愿亦天地久。实腹以芝术,贱形—作体乃刍狗。自勉将勉余,良药在苦口。

还山留别长安知己

出山不见家,还山见家在。山门是门前,此去长樵采。青溪谁招隐,白发自相待。惟余—作伴涧底松,依依色不改。

代贺若—作枝令誉赠沈千运

相逢问姓名亦存,别时无子今有孙。山上双松—作峰长不改,百家—作年唯有三家村。村南村—作东西车马道,一宿通舟水浩浩。涧—作河中磊磊十里石,河上淤泥种桑麦—作河中游游泥种稻。平坡冢墓皆我亲—作古冢背我折,满田—作户主人是旧客。举声酸鼻同年,十人六七—作七人归下泉。分手如何更此地,回头不语—作下去泪潸然。

酬李十六岐

炼丹文武火未成,卖药贩履—作屦俱逃名。出谷迷行洛阳道,乘流醉卧滑台城。城下故人久离怨,一欢适我—作怨两家愿。朝饮杖悬沽酒钱,暮餐囊有松花饭。于何—作二河车马日幢幢,李膺门馆争登龙。千宾揖对若流水,五经发难如叩钟。下笔新诗行满壁,立谈古人坐在席。问我草堂有卧云,知—作晒我山储—作厨中无儋石。自耕自刈食为天,如鹿如麇饮野泉。亦知世上公卿贵,且养丘中草木年。

宿东溪李十五山亭

上山下山入山—作溪谷,溪中落日留我宿。松石依依当主人,主人不在意—作情亦足。名花—作花石出地两重阶,绝顶平天一小斋。本意由来是山水,何用相逢语—作话,又作忆旧怀。

观于舍人壁画山水

野人宿在人家少,朝见此山谓山晓。半壁仍栖岭上云,开帘欲放—作放出湖中鸟。独坐长松是阿谁,再三招手起来迟。于公大笑向予说,小弟丹青能尔为。

玉壶冰 《统签》云："作此诗者,另一王季友。"

玉壶知素结,止水复中澄。坚白能虚受,清寒得自凝。分形同晓镜,照物掩宵灯。壁映圆光入—作出,人惊爽气凌。金罍何足贵,瑶席几回升。正值求珪瓒,提携共饮冰。

古塞 一本有下字曲《河岳英灵集》作陶翰诗,《纪事》作王季友诗。

进军飞狐北,穷寇势将变。日落沙尘昏,背河更一战。骅马黄金勒,雕弓白羽箭。射杀左贤王,归奏未央殿。欲言塞下事,天子不召见。东出咸阳门,哀哀泪如霰。

于逖

于逖,开元时人,李白、独孤及皆有诗赠之,亦与元结友善。诗二首。

野外行

老病无乐事,岁秋悲更长。穷郊日萧索,生意已苍黄。小弟发亦白,两男俱不强。有才且未达,况我非贤良。幸以朽钝姿,野外老风霜。寒鸦噪晚景,乔木思故乡。魏人宅蓬池,结网伫鳣鲂。水清鱼不来,岁暮空彷徨。

忆舍弟

衰门少—作鲜兄弟,兄弟唯两人。饥寒各流浪,感念伤我神。夏期秋未来,安知无他因。不怨别天长,但愿见尔身。茫茫天地间,万类各有亲。安知汝与我,乖隔—作异同胡秦。何时对形影,愤懑当共陈。

张彪

张彪,颍、洛间人。天宝末,将母避乱,杜甫诗所称张山人者是也。诗四首。

杂诗

富贵多胜事,贫贱无良图。上德兼济心,中才不如愚。商者多巧智,农者争—作多膏腴。儒生未遇时,衣食不自如。久与故交别,他荣我穷居。到门懒入门,何况千里余。君子有褊性,矧—作况乃寻常徒。行行任天地,无为强亲疏。

神仙

神仙可学无,百岁名大约。天地何苍茫—作茫茫,人间半哀乐。浮生亮多惑,善事翻为恶。争先等驰驱—作驱逐,中路苦瘦弱。长老思齐寿,后生笑寂寞。五谷非长年,四气乃灵药。列子何必待,吾心满寥廓。

北游还酬孟云卿

忽忽忘—作望前事,志愿能相乖。衣马久羸弊,谁信文与才。善道居贫贱,洁服蒙尘埃。行行无定心,壈坎难归来。慈母忧疾—作疲疹,至家—作家室念栖哀—作栖栖,一作低催。与君宿姻亲,深见中外怀。俟余惜时节,怅望临高台。

古别离

别离无远近,事欢情亦悲。不闻车轮声,后会将何时。去日忘寄书,来日乖前期。纵知明当返,一息千万思。

赵徵明

赵徵明,天水人。工书,窦臮述书赋称之。诗三首。

回军跛者

既老又不全,始得离边城。一枝假枯木,步步向南行。去时日一百,来时月一—作一月程。常恐道路旁,掩弃狐兔茔。所愿死乡里,到日不愿生。闻此哀怨—作灵词,念念不忍听。惜无异—作化人术,倏忽具尔形。

挽歌词

寒日蒿上明,凄凄郭东路。素车谁家子,

丹旐引将去。原下荆棘丛，丛边有新墓。人间痛—作长伤别，此是长别处。旷野多萧条，青松—作风白杨树。

思归—作古离别

为别未几日，去日如三秋。犹疑望可见，日日上高楼。惟见分手处，白蘋满芳洲。寸心宁死别，不忍生离忧。

元季川

元季川，大历、贞元间诗人也。一云名融，元结弟。诗四首。

泉上雨后作

风雨—作动荡繁暑，雷—作雨息佳霁初。众峰带云雨—作闲，清气—作风入我庐。飒飒凉—作鲜飙来，临窥—作窥临惬所图。绿萝长新蔓，袅袅垂坐隅。流水复檐下，丹砂发清渠。养葛为我衣，种芋—作芳，—作茅为我蔬。谁是—作能畹与畦，弥漫连野芜。

登云中

灌田东山下，取乐—作药在尔休。清兴相引行，日日三四周。白鸥与我心，不厌此中游。穷览颇有适，不极趣无幽。懰然歌采薇，曲尽心悠悠。

山中晓兴

河汉降玄霜，昨来节物殊—作疏。愧无神仙姿，岂—作亦有阴阳俱。灵鸟望不见，慨然悲高梧。华叶随风扬，珍珠杂榛芜。为君寒谷吟，叹息知何如。

古远行

悠悠远行者，羁独当时思。道与日月长，人无茅舍期。出门万里心，谁不伤别离。纵远当白发，岁月悲今时。何况异形容，安须与尔悲。

全唐诗卷二百六十

秦系

秦系,字公绪,会稽人。天宝末,避乱剡溪,北都留守薛兼训奏为右卫率府仓曹参军,不就。建中初,客泉州。南安有九日山,大松百余章,俗传东晋时所植。系结庐其上,穴石为研注《老子》,弥年不出。张建封闻系不可致,请就加校书郎。自号东海钓客,与刘长卿善,以诗相赠答。权德舆曰:"长卿自以为五言长城,系用偏师攻之,虽老益壮。"其后东渡秣陵。年八十余卒。南安人思之,号其山为高士峰。诗一卷。

晚秋拾遗朱放访山居

不逐时人后,终年独闭关。家中贫自乐,石上卧常闲。坠栗添新味,寒花带老颜。侍臣当献纳,那得到空山。

题女道士居不饵芝术四十余年,一作马戴诗

不饵住云溪,休丹罢药畦。杏花虚结子,石髓任成泥。扫地青牛卧,栽松白鹤栖。共知仙女丽,莫是阮郎妻。

山中枉张宙员外书期访衡门

常恨相知晚,朝来枉数行。卧云惊圣代,拂石候仙郎。时果连枝熟,春醪满瓮香。贫家仍有趣,山色满湖光。

山中赠张正则评事系时授石卫佐,以疾不就

终年常避喧,师事一作自注五千言。流水闲过院,春风与闭门。山茶邀上客,桂实落前轩。莫强一作何事教余起,微官一作言不足论。

题镜湖野老所居一作马戴诗

湖里寻君去,樵风往返吹。树喧巢鸟出,路细莳田移。沤苎成鱼网,枯根是酒卮。老年唯自适,生事任群儿。

早秋宿崔业居处

从来席不暖,为尔便淹留。鸡黍今相会,

云山昔共游。上帘宜晚景,卧簟觉新秋。杨梅
何须问,余心正四愁。

赠乌程杨萃明府

策杖政成时,清溪弄钓丝。当年潘子貌,
避病沈侯诗。漉酒迎宾急,看花署字迟。杨梅
今熟未,与我两三枝。

徐侍郎素未相识,时携酒命馔,兼命诸诗客同访会稽山居

忽道仙翁至,幽人学拜迎。华簪窥瓮牖,
珍味代藜羹。洗砚鱼仍戏,移樽鸟不惊。兰亭
攀叙却,会此越中营。

春日闲居三首

一似桃源隐,将令过客迷。碍冠门柳长,
惊梦院莺啼。浇药泉流细,围棋日影低。举家
无外事,共爱草萋萋。

长谣朝复暝,幽独几人知。老鹤兼雏弄,
丛篁带笋移。白云将袖拂,青镜出檐窥。邀取
渔家叟,花间把酒卮。

寂寂池亭里,轩窗间绿苔。游鱼牵荇没,
戏鸟踏花摧。小径僧寻去,高峰鹿下来。中年
曾屡辟,多病复迟回。

题石室山王宁所居 罢官学道

白云知所好,柏叶幸加餐。石镜妻将照,
仙书我借看。鸟来翻药碗,猿饮怕鱼竿。借问
檐前树,何枝曾挂冠。

送王道士

真人俄整驾,双鹤屡飞翔。恐入壶中住,
须传肘后方。霓裳云气润,石径术苗香。一去
何时见,仙家日月长。

将移耶溪旧居留赠严维秘书 一作留呈严长史陈秘书

鸡犬渔舟里,长谣任兴行。那邀落日 一作即今邀客醉,已被远山迎。书箧 一作展,又作笈。将
非重,荷衣著甚轻。谢安无个事,忽起为苍生。

秋日过僧惟则故院

衰草经行处,微灯书道场。门人失谭柄,
野鸟上禅床。科斗书空古,栴檀钵自香。今朝
数行泪,却洒约公房。

山中奉寄钱起员外兼简苗发员外

空山岁计是胡麻,穷一作江海无梁泛一槎。
稚子唯能觅梨栗,逸妻相共老烟霞。高一作朗
吟丽句惊巢鹤,闲闭春风看落花。借问省一作
郡中何水部,今人几个属诗家。

献薛仆射 有序

系家于剡山,向盈一纪。大历五年,人或以其文
闻于邺侯守薛公。无何,奏系右卫府仓曹参军,意
所不欲,以疾辞免,因将命者,辄献斯诗。

由来那敢议轻肥,散发行歌自采薇。逋客
未能忘野兴,辟书翻遣脱荷衣。家中匹妇空相
笑,池上群鸥尽欲飞。更乞大贤容小隐,益看
愚谷有光辉。

鲍防员外见寻因书情呈赠 曾与系同举场

少小为儒不自强,如今懒复见侯王。览镜
已 一作自知身渐老,买山将作计偏长。荒凉鸟
兽同三径,撩乱琴书共一床。犹有郎官来问
疾,时人莫道我伴狂。

寄浙东皇甫中丞

闲闲麋鹿或相随,一两年来鬓欲衰。琴砚
共依春酒瓮,云霞覆著破柴篱。注书不向时流
说,种药空令道者知。久带纱巾仍藉草,山中
那得见朝仪。

题章野人山居 一作马戴诗

带郭茅亭诗兴饶,回看一曲倚危桥。门前
山色能深浅,壁上湖光自动摇。闲花散落填书
帙,戏鸟低飞碍柳条。向此隐来经几载,如今
已是汉家朝。

山中枉皇甫温大夫见招书

十年木屐步苔痕,石上松间水自喧。三辟
草堂仍被褐,数行书札忽临门。卧多共息嵇康

病,才劣虚同郭隗尊。亚相已能怜潦倒,山花笑处莫啼猿。

题茅山李尊师山居—作严维诗

天师百岁少如童,不到山中竟不逢。洗药每临新瀑水,步虚时上最高峰。篱间五月留残雪,座右千年荫老松。此去人寰今远近,回看云壑一重重。

耶溪书怀寄刘长卿员外 时在睦州

时人多笑乐幽栖,晚起闲行独杖藜。云色卷舒前后岭,药苗新旧两三畦。偶逢野果将呼子,屡折荆钗亦为妻。拟共钓竿长往复,严陵滩上胜耶溪。

山中崔大夫有书相问—作崔大夫有书问余山中

客在烟霞里,闲闲逐狎鸥。终年常裸足,连日半蓬头。带月乘渔艇,迎寒绽鹿裘。已于人事少,多被挂冠留,素叶堆千卷,清风至一丘。苍黄倒藜杖,伛偻睹银钩。迹愧巢由隐,才非管乐俦。从来自多病,不是傲王侯。

张建封大夫奏系为校书郎因寄此作

久是烟霞客,潭深钓得鱼。不知芸阁上,遗校几多书。

会稽山居寄薛播侍郎袁高给事高参舍人

稷契今为相,明君复是尧。宁知买臣困,犹负会稽樵。

闲居览史

长策胸中不复论,荷衣蓝缕闭柴门。当时汉祖无三杰,争得咸阳与子孙。

山中赠耿拾遗湋兼两省故人

数片荷衣不蔽身,青山白鸟岂知贫。如今非是秦时世,更隐桃花亦笑人。

秋日送僧志幽归山寺—作马戴诗

禅室绳床在翠微,松间荷笠一僧归;声声寂历宜秋夜,手冷灯前自衲衣。

题僧明惠房

檐前朝暮雨添花,八十真僧饭一—作熟麻。入定几时将出定,不知巢燕污袈裟。

答泉州薛播使君重阳日赠酒

欲强登高无力也,篱边黄菊为谁开。共知不是浔阳郡,那得王弘送酒来。

题洪道士山院

霞外主人门不扃,数株桃树药囊青。闲行池畔随孤鹤,若问多应道姓丁。

期王炼师不至

黄精蒸罢洗琼杯,林下从留石上苔。昨日围棋未终局,多乘白鹤下山来。

题赠张道士山居

盘石垂萝即是家,回头犹看五枝花。松间寂寂无烟火,应服朝来一片霞。

山中书怀寄张建封大夫

昨日年催—作新白发新,身如麋鹿不知贫。时时亦被群儿笑,赖有南山四老人。

山中赠诸暨丹丘明府

荷衣半破带莓苔,笑向陶潜酒瓮开;纵醉还须上山去,白云那肯下山来。

奉寄昼公

篑笠双童傍酒船,湖山相引到房前。团一作巴蕉何事教人见,暂借空床守坐禅。

宿云门上方

禅室遥看峰顶头,白云东去水长流。松间倘许幽人住,不更将钱买沃州—作洲。

即事奉呈郎中韦使君 时系试秘书省校书郎

久卧云门已息机,青袍忽著狎鸥飞。诗兴到来无一事,郡中今有谢玄晖。

晓鸡

黯黯严城罢鼓鼙,数声相续出寒栖。不嫌惊破纱窗梦,却恐为妖半夜啼。

全唐诗卷二百六十一

任华

任华,李、杜同时人。初为桂州刺史参佐,尝与贾京尹、杜中丞、严大夫笺,多所致责。又与庾中丞书云:华本野人,常思渔钓,寻当杖策,归乎旧山,非有机心,致斯扣击,其亦狂狷之流欤。诗三首。

寄李白

古来文章有能奔逸气,耸高格,清人心神,惊人魂魄,我闻当今有李白。大猎—作鹏赋,鸿猷文,嗤长卿,笑子云。班张所作琐细不入耳,未知卿云得在嗤笑限。登庐山,观瀑布,海风吹不断,江月照还空—作明,余爱此两句;登天台,望渤海,云垂大鹏飞,山压巨鳌背,斯言亦好在—本无字。至于他作多不拘常律,振摆超腾,既俊且逸。或醉中操—作扫纸,或兴来—作乘兴走笔。手下忽然—作有片云飞,眼前划见孤峰出。而我有时白日忽欲睡,睡觉欻然起攘臂。任生知有君,君也知有任生未?中间闻道在长安,及余戾止君已江东访元丹,邂逅不得见君面。每常—作有时把酒,向东望良久。见说往年在翰林,胸中矛戟何森森。新诗传在宫人口,佳句不离明主心。身骑天马多意气,目送飞鸿对豪贵。承恩召入凡几回,待诏归来仍半醉。权臣妒盛名,群犬多吠声。有敕放君却归隐沦处—本无处字,高歌大笑出关去。且向东山为外臣,诸侯交迓驰朱轮。白璧一双买交者,黄金百镒相知人。平生傲岸,其志不可测;数—本无数字十年为客,未尝一日低颜色。八咏楼中坦腹眠,五侯门下无心忆。繁花越台上,细柳吴宫侧。绿水青山知有君,白云明月偏相识。养高兼养闲,可望不可攀。庄周万物外,范蠡五湖间。人传—作又闻访道沧海上,丁令王乔每往还。蓬莱径是曾到来,方丈岂唯方一丈。伊余每欲乘兴往—作远相寻,江湖拥隔劳寸心。今朝忽遇东飞翼,寄此一章表胸臆;倘能报我一—作以片言,但访任华有人识。

寄杜拾遗

杜拾遗，名甫第二才甚奇。任生与君别，别来已多时。何尝一日不相思，杜拾遗，知不知？昨日有人诵得数篇黄绢词，吾怪异奇特借问，果然—本无然字称是杜二之所为。势攫虎豹，气腾蛟螭，沧海无风似鼓荡，华岳平地欲奔驰；曹刘俯仰惭大敌，沈谢逡巡称小儿。昔在帝城中，盛名君一个。诸人见所作，无不心胆破。郎官丛里作狂歌，丞相阁中常醉卧。前年皇帝归长安，承恩阔步青云端。积翠扈游花匼匝，披香寓直月团栾。英才特达承天眷，公卿无—作谁不相钦羡。只缘汲黯好直言，遂使安仁却为掾。如今避地锦城隅，幕下英僚每日相随—作就提玉壶。半醉起舞挓髭须，乍低乍昂傍若无。古人制礼但为防俗士，岂得为君设之乎。而我不飞不鸣亦何以，只待朝廷有知己。已曾读却无限书，拙诗一句两句在人耳。如今看之总无益，又不能崎岖傍—作倚朝市。且当事耕稼，岂得便徒尔。南阳葛亮为友朋，东山谢安作邻里。闲常把琴弄，闷即携樽起。莺啼二月三月时，花发千山万山里。此时幽旷无人知，火急将书凭驿使。为报杜拾遗。

怀素上人草书歌

吾尝好奇，古来草圣无不知。岂不知右军与献之，虽有壮丽之骨，恨无狂逸之姿。中间张长史，独放荡而不羁，以颠为名倾荡于当时。张老颠，殊不颠于怀素。怀素颠，乃是颠。人谓尔从江南来，我谓尔从天上来。负颠狂之墨妙，有墨狂之逸才。狂僧前日动京华，朝骑王公大人马，暮宿王公大人家。谁不造素屏？谁不涂粉壁？粉壁摇晴光，素屏凝晓霜，待君挥洒兮不可弥忘。骏马迎来坐堂中，金盆盛酒竹叶香。十杯五杯不解意—作起，百杯已后始颠狂。一颠一狂多意气，大叫一声起攘臂，挥毫倏忽千万字，有时一字两字长丈二。翕若长鲸泼剌动海岛，欻若长蛇戍律透深草。回环缭绕相拘连，千变万化在眼前。飘风骤雨相击射，速禄飒拉动檐隙。掷华山巨石以为点，掣衡山阵云以为画。兴不尽，势转雄，恐天低而地窄，更有何处最可怜，裊裊枯藤万丈悬。万丈悬，拂秋水，映秋天；或如丝，或如发，风吹欲绝又不绝。锋芒利如欧冶剑，劲直浑是并州铁。时复枯燥何褵褷，忽觉阴山突兀横翠微。中有枯松错落一万丈，倒挂绝壁蹙枯枝。千魑魅兮万魍魉，欲出不可何闪尸。又如翰海日暮愁阴浓，忽然跃出千黑龙。夭矫偃蹇，入乎苍穹。飞沙走石满穷塞，万里飕飕西北风。狂僧有绝艺，非数仞高墙不足以逞其笔势。或逢花笺与绢素，凝神执笔守恒度。别来筋骨多情趣，霏霏微微点长露。三秋月照丹凤楼，二月花开上林树。终恐绊骐骥之足，不得展千里之步。狂僧狂僧，尔虽有绝艺，犹当假良媒。不因礼部张公将尔来，如何得声名，一旦喧九垓。

魏万

魏万，尝居王屋山，后名颢。上元初登第。初遇李白于广陵，白曰："尔后必著大名于天下。"因尽出其文，命集之。其还王屋山也，白为之序，称其爱文好古。今存诗一首。

金陵酬李翰林谪仙子

君抱碧海珠，我怀蓝田玉。各称希代宝，万里遥相烛。长卿慕蔺久，子猷意已深。平生风云—作雅人，暗合江海心。去秋忽乘兴，命驾来东土。谪仙游梁园，爱子在邹鲁。二处一不见，拂衣向江东。五两挂海—作淮月，扁舟随长风。南游吴越遍，高揖二千石。雪—作云上天台山，春逢翰林伯。宣父敬项橐—作托，林宗重黄生。一长复一少，相看如弟兄。惕然意不尽，更逐西南去。同舟入秦淮，建业龙盘处。楚歌对—作醉吴酒，借问承恩初。宫买长门赋，天迎驷马车。才高世难容，道废可推命。安石重携妓，子房空谢病。金陵百万户，六代帝王都。虎石据西江，钟山临北湖。二一作湖山信为美，王屋人相待。应为岐路多，不知岁寒在。君游早晚还，勿久风尘间。此别未远别，秋期到仙山。

崔宗之

崔宗之，名成辅，以字行。日用之子，袭封齐国公。历左司郎中、侍御史，谪官金陵。与李白诗酒唱和，常月夜乘舟，自采石达金陵。诗一首。

赠李十二白

凉风八九月，白露满空庭。耿耿意不畅，捎捎—作稍稍风叶声。思见雄俊士，共话今古情。李侯忽来仪，把袂苦不早。清论既抵掌，玄谈又—作多绝倒。分明楚汉事，历历王霸道。担囊无俗物，访古千里余。袖有匕首剑，怀中茂陵书。双眸光照人，词赋凌子虚。酌酒弦素琴，霜气正—作风气凝洁。平生心中事，今日为君说。我家有别业，寄在嵩之阳。明月出高岑，清溪澄素光。云散窗户静，风吹松桂香。子若同斯游，千载不相忘。

崔成甫

崔成甫，官校书郎，再尉关辅，贬湘阴。有《泽畔吟》，李白为之序。其为陕县尉时，韦坚为陕郡太守，兼水陆转运使，凿潭望春楼下。成甫因变得丁纥反体都董反歌为得宝歌，坚命舟人歌之，成甫又广为十阕。今不传，存诗一首。

赠李十二白

我是潇湘放逐臣，君辞明主汉江滨。天外常求太白老，金陵捉得酒仙人。

严武

严武，字季鹰，华州人，工部侍郎挺之之子，以荫调太原府参军，累迁殿中侍御史。从明皇入蜀，擢谏议大夫。至德初，房琯以其名臣子，荐为给事中。历剑南节度使，入为太子宾客兼御史大夫。改吏部侍郎，寻转黄门侍郎，再为成都尹。以破吐蕃功，进检校吏部尚书，封郑国公。最善杜甫，其复镇剑南，甫往依之。诗六首。

寄题杜拾遗锦江野亭

漫向江头把钓竿，懒眠沙草爱风湍。莫妒善题鹦鹉赋，何须不著鵔鸃冠。腹中书籍幽时晒，肘后医方静处看。兴发会能驰骏马，应须直到使君滩。

酬别杜二

独逢尧典日，再睹汉官时。未效风霜劲，空惭雨露私。夜钟清万户，曙漏拂千旗。并向殊庭谒，俱承别馆追。斗城怜旧路，涡水惜归期，自注：昔会秦关，今别巴岭。峰树还相伴，江云更对垂。试回沧海棹，莫妒敬亭诗。只是书应寄，无忘酒共持。但令心事在，未肯鬓毛衰。最怅巴山里，清猿醒—作恼梦思。

题巴州光福寺楠木

楚江长流对楚寺，楠木幽生赤崖背。临溪插石盘老根，苔色青苍山雨痕。高枝闹叶鸟不度，半掩白云朝与暮。香殿萧条转密阴，花龛滴沥垂清露。闻道偏多越水头，烟生霁敛使人愁。月明忽忆湘川夜，猿叫还思鄂渚秋。看君幽霭几千丈，寂寞穷山今遇赏。亦知钟梵报黄昏，犹卧禅床恋奇响。

班婕妤—作严识玄诗

贱妾如桃李，君王若岁时。秋风一已劲，摇落不胜悲。寂寂苍苔满，沈沈绿草滋。繁华非此日，指辇竟何辞。

巴岭答杜二见忆

卧向巴山落月时，两乡千里梦相思。可但步兵偏爱酒，也知光禄最能诗。江头赤叶枫愁客，篱外黄花菊对谁。跂马望君非一度，冷猿秋雁不胜悲。

军城早秋

昨夜秋风入汉关，朔云边月—作雪满西山。更催飞将追骄虏，莫遣沙场匹马还。

韦迢

韦迢，京兆人，为都官郎，历岭南节度行军

司马,卒赠同州刺史。与杜甫友善,其出牧韶州,甫有诗送之。存诗二首。

潭州留别杜员外院长

江畔长沙驿—作泽,相逢缆客船。大名诗独步,小郡海西偏。地湿愁飞鹏,天炎畏跕鸢。去留俱失意,把臂共潸然。

早发湘潭寄杜员外院长

北风昨夜雨,江上早来凉。楚岫千峰翠,湘潭一叶黄。故人湖外客,白首尚为郎。相忆无南雁,何时有报章。

郭受

郭受,大历间人。杜甫有酬郭十五判官诗,盖受曾为衡阳判官。诗一首。

寄杜员外员外垂示诗,因作此寄上

新诗海内流传久,旧德朝中属望劳。郡邑地卑饶雾雨,江湖天阔足风涛。松花酒熟傍看醉,莲叶舟轻自学操。春兴不知凡几首,衡阳纸价顿能高。衡阳出五家纸,又云出五里纸。

全唐诗卷二百六十二

韩滉

韩滉,字太冲,少师休之子,以荫补骑曹参军,至德初,青齐节度邓景山辟为判官,授监察御史,累迁吏部员外郎。大历中,改郎中,擢尚书左丞。德宗朝,为江淮转运使,如同平章事。工书,兼善丹青。诗二首。

晦日呈诸判官

晦日新晴春色娇,万家攀折渡长桥。年年老向江城寺,不觉春风换柳条。

听乐怅然自述 一作病中遣妓,一作司空曙诗

万事伤心对管弦 一作在月前,一身含泪向春烟 一作憔悴对花眠。黄金用尽教歌舞,留与他人乐少年。

窦蒙

窦蒙,字子全。肃宗时,试国子司业,兼太原县令。诗一首。

题弟臮述书赋后

臮官检校户部员外郎,富词藻,精草隶,尝制述书赋,论书家,起史籀迄唐至德一百九十八人,并及署证、印记、徵求、保玩等事,总七千六百四十言。臮亡,蒙题赋云:

受命别家乡,思归每断肠。季江留被在,子敬与琴亡。吾弟当平昔,才名荷宠光。作诗通小雅,献赋掩长杨。流转三千里,悲啼百万行。庭前紫荆树,何日再芬芳。

张濯

张濯,登上元进士第。诗二首。

迎春东郊

颛顼时初谢,句芒令复陈。飞灰将应节,宾日已知春。考历明三统,迎祥受万人。衣冠宵执玉,坛墠晓清尘。肃穆来东道,回环拱北辰。仗前花待发,旂处柳疑新。云敛黄山际,冰

开素浐滨。圣朝多庆赏,希为荐沈沦。

题舜庙

古都遗庙出河—作山渍—作汾,万代千秋仰圣君。蒲坂城边长逝水,苍梧野外不归云。寥寥象设魂应在—作老,寂寂虞箾德已闻。向晚风吹庭下柏,犹疑琴曲韵—作咏南薰。

王绰

王绰,登上元进士第。诗一首。

迎春东郊

玉管潜移律,东郊始报春。銮舆应宝运,天仗出佳辰。睿泽光时辈,恩辉及物新。虬螭动旌斾,烟景入城闉。御柳初含色—作摇日,龙池渐启津。谁怜在阴者,得与蛰虫伸。

郑锡

郑锡,登宝应进士第。宝历间,为礼部员外。诗十首。

邯郸少年行

霞鞍金口骢,豹袖紫貂裘。家住丛台近—作下,门前漳水流。唤人呈楚舞,借客试吴钩。见说秦兵至,甘心赴国仇。

陇头别

秋尽初移幕,沾裳一送君。据鞍窥古堠,开灶爇寒云。登陇人回首,临关马顾群。从来断肠处,皆向此中分。

度关山

象弭插文犀,鱼肠莹鹔鹴。水声分陇咽,马色度关迷。晓幕胡沙惨,危烽汉月低。仍闻数骑将,更欲出辽西。

出塞

关山落叶秋,掩泪望营州。辽海云沙暮,幽燕旌旆愁。战余能送阵,身老未封侯。去国三千里,归心红粉楼。

玉阶怨

长门寒水流,高殿晓风秋。昨夜鸳鸯梦,还陪豹尾游。前鱼不解泣,共辇岂关羞。那及轻身燕,双飞上玉楼。

千里思

渭水通胡苑,轮台望汉关。帛书秋海断,锦字夜机闲。旅梦虫催晓,边心雁带还。惟余两乡思,一夕度关山。

襄阳乐

春生岘首东,先暖习池风。拂水初含绿,惊林未吐红。渚边游汉女,桑下问庞公。磨灭怀中刺,曾将示孔融。

送客之江西

乘轺奉紫泥,泽国渺天涯。九派春潮满,孤帆暮雨低。草深莺断续,花落水东西。更有高唐处,知君路不迷。

望月

高堂新月明,虚殿夕风清。素影纱窗霁,浮凉羽扇轻。稍随微露滴,渐逐晓参横。遥忆云中咏,萧条空复情。

出塞曲

校尉征兵出塞西,别营分骑过龙—作泷溪。沙平房迹风吹尽,雾失烽烟道易迷。玉靶半开鸿已落,金河欲渡马连嘶。会当系取天骄入,不使军书夜刺—作到闱。

古之奇

古之奇,登宝应进士第,尝为马燧辟置幕府,李端有诗赠之。诗一首。

秦人谣

微生祖龙代,却思尧舜道。何人仕帝庭,拔杀指佞草。奸臣弄民柄,天子恣衷抱。上下一相蒙,马鹿遂颠倒。中国既板荡,骨肉安可保。人生贵年寿,吾恨死不早。

李阳冰

李阳冰,字仲温,赵郡人。李白之从叔。宝应元年,为当涂令,白往依之,曾为白序其诗集。官止将作少监,工篆书。诗一首。

阮客旧居

阮客身何在,仙云洞口横。人间不到处,今日此中行。

全唐诗卷二百六十三

严维

严维,字正文,越州山阴人。至德二载进士,擢辞藻宏丽科,调诸暨尉,辟河南幕府,终秘书省校书郎。与刘长卿善。诗一卷。

酬耿拾遗题赠

掩扉常自静,驿吏忽传呼。水巷惊驯鸟,藜床起病躯。顾身悲欲老,戒子力为儒。明日公西—作归去,烟霞复作徒。

酬王侍御西陵渡见寄

前年万里别,昨日一封书。郢曲西陵渡,秦官使者车。柳塘薰昼日,花水溢春渠。若不嫌鸡黍,先令扫弊庐。

酬刘员外见寄

苏耽佐郡时,近出白云司。药补清羸疾,窗吟绝妙词。柳塘春水慢—作漫,花坞夕阳迟。欲识怀君意,明—作朝朝访楫师。

同韩—作韦员外宿云门寺

小岭路难近,仙郎此夕过。潭空观月定,涧静见云多。竹翠烟深锁,松声雨点和。万缘俱不有,对境自垂萝。

酬诸公宿镜水宅

幸免低头向府中,贵将藜藿与君同。阳雁叫霜来枕上,寒山映月在湖中。诗书何德名夫子,草木推年长数公。闻道汉家偏尚少,此身那此—作比访芝翁。

送薛尚书入蜀—作朝

卑情不敢—作可论,拜首入—作手立辕门。列郡诸侯长,登朝八座尊。凝笳临水发,行斾向风翻。几许遗黎—作民泣,同怀父母恩。

送李秘书往儋州

魑魅曾为伍,蓬莱近拜郎。臣心瞻北阙,家事在南荒。莎草山城小,毛洲海驿长。玄成知必大,宁是泛沧浪。

送人入金华—作赠别东阳客

明月双溪水,清—作春风八咏楼。昔—作少年为客处,今日送君游。

送崔峒使往睦州兼寄薛司户

如今相府用—作重英髦,独往南州肯告劳。冰水近开渔浦出,雪云初卷定山高。木奴花映—作发桐庐县,青雀舟随白露涛。使者应须访廉吏,府中惟有范功曹。

送房元直赴北京

犹道楼兰十万师,书生匹马去何之。临岐未断归家日—作日,望月空吟出塞诗。常欲激昂论上策,不应憔悴老明时。遥知到日逢寒食,彩笔长裾会晋祠。

荆溪馆呈丘义兴

失路荆溪上,依人—作仁忽暝投。长桥今夜月,阳羡古时州。野烧明山郭,寒更出县楼。先生能馆我,无事五湖游。

一公新泉—作题灵一上人院新泉

山下新泉出,泠泠北去—作比法源。落池才有响,喷—作渍,又作溅石未成痕。独映孤松色,殊分众鸟喧。唯当清夜月—作月夜,观此启—作定禅门。

奉试水精环—一本无奉试二字

王室符长庆,环中得水精。任圆循不极,见素质仍贞。信是天然瑞,非因朴斫成。无瑕胜玉美,至洁过冰清。未肯齐珉价,宁同杂佩声。能衔任黄雀,亦欲应时明—作鸣。

自云阳归晚泊陆澧宅

天阴行易晚,前路故人居。孤棹所思久,寒林相见初。闲灯忘夜永,清漏任更疏—作余。明发还须去,离家几岁—作岁欲除。

九日陪崔郎中北山宴

上客南台至,重阳此会文。菊芳寒露洗,杯翠—作桐弃夕阳曛。务简人同醉,溪闲鸟自群。府中官最小,唯有孟参军。

留别邹绍刘长卿

中年从一尉,自笑此身非。道在甘微禄,时难—作轻耻息机。晨趋本郡府,昼掩故山扉。待见干戈毕,何妨更采薇。

书情献相公—一本献下有刘字

年来白发欲星星,误却生涯是一经。魏阙望中—作未何日见,商歌奏罢复谁听。孤根独弃渐山木,弱质—作植无成状水萍。今日更须询哲匠,不应休去老岩扃。

赠送朱放

昔年居汉水,日醉习家池。道胜迹常在,名高身不知。欲—作久依天目住,新自始宁移。生事曾无长,惟将白接䍦。

剡中赠张卿侍御

辟疆年正少,公子贵初还。早列月—作何卿位,新参柱史班。千夫驰驿道,驷马入家山。深巷乌衣盛,高门画戟闲。逶迤天乐下,照耀剡溪间。自贱游章句,空为衰草颜。

赠万经

万公长慢世,昨日—作夜又隳官。纵酒真彭泽,论诗得建安。家山伯禹穴,别墅小—作少长干。辄有时人至,窗前白眼看。

书情上李苏州—一本州下有大夫二字

东土苗人尚有残,皇皇亚相出朝端。手持国宪群僚畏,口喻天慈百姓安。礼数自怜今日绝,风流—作尘空计往年欢。误著青袍将十载,忍令—作来渔浦却垂竿。

余姚祇役奉简鲍参军

童年献赋在皇州,方寸思量君与侯。万事无成新白首,两春虚掷对沧流。歌诗盛赋文星动,箫管新亭晦日游。知己欲依何水部,乡人今正贱东丘。

奉和独孤中丞游云门寺

绝壑开花界，耶溪极上源。光辉三独一作石坐，登陟五云门。深木鸣骍驳，晴山曜武贲。乱泉观坐卧，疏磬发朝昏。苍翠新秋色，莓苔积雨痕。上方看度鸟，后夜听吟猿。异迹焚香对，新诗酌茗论。归来还抚俗，诸老莫攀辕。

奉和皇甫大夫夏日游花严一作岩寺时大夫昆季同行

初第一作地华严一作花岩会，王家少长行。到宫龙节驻，礼塔雁行成。莲界千峰静，梅天一雨清。禅庭未可恋，圣主寄苍生。

宿法华寺

一夕雨沉沉，哀猿万木阴一作吟。天龙来护法，长老密看心。鱼梵空山静，纱灯古殿深。无生久已学，白发浪相侵。

题茅山李尊师所居一作秦系诗

天师百岁少如童，不到山中更不逢。洗药每临新瀑水，步虚时绕最高峰。篱根五月留残雪，座右千年荫古松。此去人寰知近远，回看路隔一重重。

送薛居士和州读书

孤云独鹤共悠悠，万卷经书一叶舟。楚地巢城民舍少，烟村社树鹭湖秋。蒿莱织妾晨炊黍，隔一作篱落耕童夕放牛。年少不应辞苦节，诸生若遇亦封侯。

送李端一作卢纶诗

故关衰草遍，离别正堪悲。路出寒云外，人归暮雪时。少孤为客早，多难识君迟。掩泣空相向，风尘何所期。

宿天竺寺

方外主人名道林，怕将水月净身心。居然对我说无我，寂历山深将夜深。

丹阳送韦参军

丹阳郭里送行舟，一别心知两地秋。日晚江南望江北，寒鸦飞尽水悠悠。

入唐溪

啸终万籁起，吹去当溪云。环屿或明昧，远峰尚氛氲。雨新翠叶发，夜早玄象分。金涧流不尽，入山深更闻。

送桃岩成上人归本寺

长老归缘起，桃花忆旧岩。清晨云抱石，深夜月笼杉。道具门人捧，斋粮谷鸟衔。余生愿依止，文字欲三缄。

酬普选二上人期相会见寄

本意宿东林，因听子贱琴。遥知大小朗，《传灯录》：惠朗禅师号大朗，振郎禅师号小朗。已断去来心。夜静溪声近，庭寒月色深。宁知尘外意，定后便成吟。

相里使君宅听澄上人吹小管

秦僧吹竹闭秋城，早在梨园称主情。今夕襄阳山太守，座中流泪听商声。

赠别至弘上人

最称弘偃少，早岁草茅居。年老从僧律，生知解佛书。衲衣求坏帛，野饭拾春蔬。章句无求断，时一作诗中学有余。

奉和刘祭酒伤白马此马敕赐宁王，转赠祭酒。

沛艾如龙马，来从上苑中。棣华恩见赐，伯舅礼仍崇。镜点黄金眼，花开白雪骢。性柔君子德，足逸大王风。色照鸣珂静，声连喷玉雄。食场恩未尽，过隙命旋终。练影依云没，银鞍向月空。仍闻乐府唱，犹一作应念代劳功。

哭灵一上人

一公何不住，空有远公名。共说岑山路，今时不可行。旧房松更老，新塔草初生。经论传缁侣，文章遍墨卿。禅林枝干折，法宇栋梁倾。谁复修僧史，应知传已成。一本无后四句。

题鲍行军小阁

宇下无留事，经营意独新。文房已得地，

相阁是推轮。席上招贤急,山阴对雪频。虚明先旦暮,启闭异冬春。谈笑兵家法,逢迎幕府宾。还将负暄处,时借在阴人。

陪皇甫大夫谒禹庙

竹使羞殷荐,松龛拜夏祠。为鱼歌德—作致美后,舞羽降神时。文—作仗卫瞻如在,精灵信有期。夕阳陪醉止,塘上鸟咸迟。

同王徵君湘中有怀—作张谓诗

八月洞庭秋,潇湘水北流。还家万里梦,为客五更愁。不用看书帙,偏宜上酒楼。故人京洛满,何日复同游。

奉和皇甫大夫祈雨应时雨降

致和知必感,岁旱未书灾。伯禹明灵降,元戎祷请来。九成陈夏乐,三献奉殷罍。掣曳旗交电,铿锵鼓应雷。行云依盖转,飞雨逐车回。欲识皇天意,为霖贶在哉。

赠别刘长卿时赴河南严中丞幕府

早见登郎署,同时迹—作即下僚。几年江路永,今去国门遥。文变骚人体,官移汉帝朝。望山吟度日,接枕话通宵。万里趋公府,孤帆恨—作限信潮。匡—作匩时知已老,圣代耻逃尧。

晦日宴游

晦日湔裾俗,春楼致酒时。出山还已醉,谢客旧能诗。溪柳薰晴浅,岩花待闰迟。为邦久无事,此屋自熙熙。

夏日纳凉

山阴过野客,镜里接仙郎。盥漱临寒水,褰闱入夏堂。杉松交日影,枕簟上湖光。衮衮承嘉话,清风纳晚凉。

僧房避暑

支公好闲寂,庭宇爱林篁。幽旷无烦暑,恬和不可量。蕙风清水殿,荷气杂天香。明月谈空坐,怡然道术忘。

九日登高

诗家九日怜芳菊,迟客高斋瞰浙江。汉—作渔浦浪花摇素壁,西陵树色入秋—作云窗。木奴向熟悬金实,桑落新开泻玉缸。四子醉时争讲德,笑论黄霸屈为邦。

九月十日即事

家贫惟种竹,时幸故人看。菊度重阳少,林经闰月寒。宿醒犹落帽,华发强扶冠。美景良难得,今朝更尽欢。

送丘为下第归苏州

沧江一身客,献赋空十年。明主岂能好,今人谁举贤。国门税征驾,旅食谋归旋。曒日媚春水,绿蘋香客船。无媒既不达,余亦思归田。

送少微上人东南游

旧游多不见,师在翟公门。瘴海空山热,雷州白日昏。片心应为法,万里独无言。人尽酬恩去,平生未感恩。

赠送崔子向—本无赠字

旅食来江上,求名赴洛阳。新诗踪谢守,内学似支郎。行怯秦为客,心依越是乡。何人作知己,送尔泪浪浪。

答刘长卿七里濑重送

新安非欲—作故枉帆过,海内如君有几何。醉里别时秋水色,老人南望一狂歌。

岁初喜皇甫侍御至

湖上新正逢故人,情深应不笑家贫。明朝别后门还掩,修竹千竿一老身—作人。

送舍弟

疏懒吾成性,才华尔自强。早称眉最白,何事绶仍黄。时暑嗟于迈,家贫念聚粮。祗应宵梦里,诗兴属池塘。

示外生

牵役非吾好,宽情尔在傍。经过悲井邑,

起坐倦舟航。相宅生应贵,逢时学可强。无轻吾未用,世事有行藏。

咏孩子

嘉客会初筵,宜时魄再圆。众皆含笑戏,谁不点颐怜。绣被花堪摘,罗绷色欲妍。将雏有旧曲,还入武城弦。

酬谢侍御喜王宇及第见贺不遇之作

寂寞柴门掩,经过柱史荣。老夫宁有力,半子自成名。柳映三桥发,花连上道明。缄书到别墅,郢曲果先成。

秋日与诸公文会天缺一字寺

相访从吾道,因缘会尔时。龙盘余帝宅,花界古人祠。明月虚空色,青林大小枝。还将经济学,来问道安师。

答刘长卿蛇浦桥月下重送

月色今宵最明,庭闲夜久天清。寂寞一作愁尽多年老一作左宦,殷勤远别深情。溪临修竹烟色,风落高梧雨声。耿耿相看不寐,遥闻晓柝山城。

发桐庐寄刘员外

处处云山无尽时,桐庐南望转参差。舟人莫道新安近,欲上潺湲行自迟。

秋夜船行

扁舟时属暝,月上有余辉。海燕秋还去,渔人夜不归。中流何寂寂,孤棹也依依。一点前村火,谁家未掩扉。

游灞陵山

入山未尽意,胜迹聊独寻。方士去在昔,药堂留至今。四隅白云闲,一路清溪深。芳秀惬春目,高闲宜远心。潭分化丹水,路绕一作岭出升仙林。此道人不悟,坐鸣松下琴。

重送新安刘员外

秋江渺渺水空波,越客孤舟欲榜歌。手折衰杨悲老大,故人零落已无多。

忆长安共十二咏,丘丹等同赋,各见本集。

五月

忆长安,五月时,君王避暑华池。进膳甘瓜朱李,续命芳兰彩丝。竞处高明台榭,槐阴柳色通逵。

状江南共十二咏,丘丹等同赋,各见本集。

季春

江南季春天,莼叶细如弦。池边草作径,湖上叶如船。

句

五色惊彩凤,千里象骢威。《张侍御孩子》。

三伏轩车动,尧心急谏官。名通内籍贵,立近御床寒。《送皇甫拾遗归朝》。

波从少海息,云自大风开。《代宗挽歌》,并《诗式》。

全唐诗卷二百六十四

顾况

顾况,字逋翁,海盐人,肃宗至德进士。长于歌诗,性好诙谐,尝为韩滉节度判官,与柳浑、李泌善。浑辅政,以校书征;泌为相,稍迁著作郎。悒悒不乐,求归,坐诗语调谑,贬饶州司户参军。后隐茅山,以寿终。集二十卷,今编诗四卷。

琴歌

琴调秋些,胡风绕雪。峡泉声咽,佳人愁些。

上古之什补亡训传十三章

上古一章_{上古,愍农也。}

遐哉上古,生弃与柱。句龙是生一作氏主,乃有甫田。惟彼甫田,有万斯年。开利之源,无乃塞源。一廛亦官,百廛亦官。啬夫孔艰。浸兮暵兮,申有蟊兮。惟馨祀是患,岂止馁与寒。啬夫咨咨,秭盛苗衰。耕之耰之,袯襫锄犁,手胼足胝。水之蛭螾,吮喋我肌。我姑自思,胡不奋飞。东人利百,西人利百。有匪我心,胡为不易。河水活活,万人逐末。俾尔之愉悦兮。

左车二章

左车,凭险也。震为雷,兄长之。左,东方之师也。凭险不已,君子忧心,而作是诗。

左车有庆,万人犹病。曷可去之,于党孔盛。敏尔之生,胡为波迸。

左车有赫,万人毒螫。曷可去之,于党孔硕。敏尔之生,胡为草戚。

筑城二章

筑城,刺临戎也。寺人临戎,以墓砖为城壁。

筑城登登,于以作固。咨尔寺兮,发郊外冢墓。死而无知,犹或不可;若其有知,惟上帝是愬。

筑城奕奕,于以固敌。咨尔寺兮,发郊外冢椁。死而无知,犹或不可。若其有知,惟上帝是谪。

持斧一章持斧,启戎士也。戎士伐松柏为蒸薪,孝子徘徊而作是诗。

　　持斧持斧,无剪我松柏兮—本有"柏下之土,藏吾亲之体魄兮"二句。

十月之郊一章十月之郊,造公—作宫室也。君子居公—作宫室,当思布德行化焉。

　　十月之郊,群木肇生。阳潜地中,舒达勾萌。瞻其蔚兮,不可以游息。乃炽蒺藜,乃夷荆棘,乃鬻彼曲直,匠氏度思。登斧以时,泽梁萋萋。无可夭枝,有巨根蒂。生混茫际,呼吸群籁。万人挥斤,坎坎有厉。陆迁水济,百—作万力殚弊。审方面势,姑博其制,作为公—作宫室。公—作宫室既成,御燥湿风日。栋之斯厚,榱之斯密。如翼于飞,如鳞栉比。缭以周墉,墄以崇阶。俯而望之,矗与云齐。礚硈碾硈,藻井旋题。丹素之爆兮,椒桂之馥兮。高阁高阁,珠缀结络。金铺烂若,不集于鸟雀。绘事告毕,宾筵秩秩,乃命旨酒—本有乃鼓二字琴瑟。琴瑟在堂,莫不静谧。周环掩辟,仰不漏日。冬日严凝,言纳其阳,和风载升。夏日郁蒸,言用于阴,凉风飒兴。有匪君子,自贤不已,乃梦乘舟,乃梦乘车。梦人占之,更爽其居。炎炎则移,皎皎则亏。木实之繁兮,明年息枝。爰处若思,胡宁不尔思。

燕于巢一章燕于巢,审日辰也,燕不以甲乙衔泥。

　　燕燕于巢,缀葺维戊。甲兮乙兮,不宜有谬。飞龙在天,云掩于斗。曷日于雨,乃曰庚午。彼日之差,亦孔斯丑。昔在羲和,涵淫不修。我筮我龟,莫我告繇。胤乃征之,彝伦九畴。君子授律,是祃是襘。三五不备,罔克攸遂。惠此蒸人,毋废尔事。尔莫我从,维来者是冀。

苏方一章苏方,讽商胡舶舟运苏方,岁发扶南林邑,至齐国立尽。

　　苏方之赤,在胡之舶,其利乃博。我士旷兮,我居圜兮,我衣不白兮。朱紫烂兮,传瑞晔兮,相唐虞之维百兮。

陵霜之华一章陵霜之华,伤不实也。

　　陵霜之华,我心忧嗟。阴之胜矣,而阳不加。块轧陶—作大钧,乃帝乃神,乃舒乃屯。烈烈严秋,熙熙阳春,职生有伦。今华发非其辰,辰属东方之仁,遐想三五。黄帝登云,尧年百余。二仪分位,六气不渝。二景如璧,五星如珠。陵霜之华兮,何不妄敷。

囝一章囝,哀闽也囝音蹇,闽俗呼子为囝,父为郎罢。

　　囝生闽方,闽吏得之,乃绝其阳。为臧为获,致金满屋。为髡为钳,如视草木。天道无知,我罹其毒。神道无知,彼受其福。郎罢别囝,吾悔生妆。及汝既生,人劝不举。不从人言,果获是苦。囝别郎罢,心摧血下。隔地绝天,及至黄泉,不得在郎罢前。

我行自东一章我行自东,不遑居也。

　　我行自东,山海其空,旅棘有丛;我行自西,垒与云齐,雨雪凄凄;我行自南,烈火满林,日中无禽,雾雨淫淫;我行自北,烛龙寡色,何枉不直。我忧京京,何道不行兮?

采蜡一章采蜡,怨奢也。荒岩之间,有以犷蒙其身,腰藤造险,及有群蜂肆毒,哀呼不应,则上舍藤而下沉一本有之字壑。

　　采采者蜡,于泉谷兮;煌煌中堂,烈华烛兮;新歌善舞,弦柱促兮;荒岩之人,自取其毒兮。

弃妇词李白集中亦有之,元人萧士赟谓此篇顾况弃妇词也。后人添增数句,窜入太白集中。

　　古人虽—作有弃妇,弃妇有归处。今日妾辞君,辞君欲何—作遣妾何处去。本—作旧家零落尽,恸哭来时路。忆昔未嫁君,闻君甚周旋及与同结发,值君适幽燕。孤魂托飞鸟,两眼如流泉。以上四句一作"绮罗锦绣段,有赠黄金千。十五许嫁君,二十移所天。结发日未久,离居缅山川。家家尽欢乐,贱妾空自怜。幽闺多沉思,盛事无十年。相思若循环,枕席生流泉"。流泉咽不燥,万里一作独梦关山道。及至一作此见君归,君归妾已老。物情弃一作华恶衰歇,新宠方妍好。拭一作掩泪出故房,伤心剧秋草。此下一本有"自妾为君妻,君东妾在西。罗帷到晓恨,玉貌一生啼。妾有嫁时服,轻云淡翠霞。瑠璃作斗帐,四角金莲花。自从离别后,不觉尘埃厚。常嫌玳瑁孤,独恨梧桐偶。玉颜逐霜散,贱妾有何能守。寒沼落芙蓉,秋风散杨柳"十六句。妾以一作以此憔悴捐一作颜,羞将一作空持旧物还。余生欲有一作亦何寄,谁肯相留连一作牵攀。空床对虚牖,不觉尘埃厚。寒水芙蓉花,秋风堕杨柳。以上四句一作"君恩既断绝,相见何年月。悔倾连理杯,虚作同心结。女萝附青松,贵在相依投。浮萍共绿水,教作若为流。不愿君弃妾,自叹妾缘薄"。记一作忆昔初嫁君,小姑始一作才扶床。今日君弃妻一作妾辞君,小姑如妾长。回头语小姑,莫嫁如兄夫。

游子吟

故枥思疲马,故寨思迷禽。浮云蔽我乡,踯躅游子吟。游子悲久滞,浮云郁东岑。客堂无丝桐,落叶如秋霖。艰哉远游子,所以悲滞淫。一为浮云词,愤塞谁能禁。驰归一作晖百年内,唯愿展所钦。胡为不归欤,坐使年病侵。未老霜绕鬓,非狂火烧心。太行何难哉,北斗不可斟。夜静星河出,耿耿辰与参。佳人复青天,尺素重于金。沈寥群动异,眇默诸境森。苔衣上闲阶,蟋蟀一作蜻蛚催寒砧。立身计几误,道险无容针。三年不还家,万里遗锦衾。梦魂无重阻,离忧罔一作因古今。胡为不归欤,辜一作孤负匣中琴。腰下是何物,牵缠旷登寻。朝与名山期,夕宿楚水阴。楚水殊演漾,名山窅岖嵚。客从洞庭来,婉娈潇湘深。橘柚在南国,鸿雁遗秋音。下有碧草洲,上有青橘林。引烛窥洞穴,凌波睥天琛。蒲荷影参差,凫鹤雏淋渗。浩歌惜芳杜,散发轻华簪。胡为不归欤,泪下沾衣襟。鸢飞戾霄汉,蝼蚁制鳣鳟。

赫赫大圣朝,日月光照临。圣主虽启迪,奇一作吾人分湮沈。层城登一作发云韶,王一作玉府锵球琳。鹿鸣志丰草,况复虞人箴。

拟古三首 第一首一作长安古意

龙剑昔藏影,送雄留其雌。人生阻欢会,神物亦别离。碧树感秋落,佳人无还期。夜琴为君咽,浮云为君滋。爱而伤不见,星汉一作使星徒参差。

幽居盼天造,胡息运行机。春葩妍既荣,秋叶瘁以飞。滔滔川之逝,日没月光辉。所贵法乾健,于道悟入微。任彼声势徒,得志方夸毗。

浮生果何慕,老去羡介推。陶令何足录,彭泽归已迟。空负漉酒巾,乞食形诸诗。吾惟抱贞素,悠悠白云期。

伤子

老夫哭一作丧爱子,日暮千行血。声逐断猿悲,迹一作路随飞鸟灭。老夫已七十,不作多时别。

春游曲二首。一作一首。

游童苏合带,倡女蒲葵扇。初日映城时,相思忽相见。褰裳踏露草,理鬓回花面。薄暮不同归,留情此芳甸。

柘弹连钱马,银钩妥堕鬟。采桑春陌上,踏草夕阳间。意合词先露,心诚貌却闲。明朝若相忆,云雨出巫山。

从军行二首

弭节结徒侣,速征赴龙城。单于近突围,烽燧屡夜惊。长弓挽满月,剑华霜雪明。远道百草殒,峭觉寒风生。风寒欲砭肌,争奈裘袄轻。回首家不见,候雁空中鸣。筑奏还以哀,肃肃趣严程。寄语塞外胡,拥骑休横行。

少年胆气粗,好勇万人敌。仗剑出门去,三边正艰厄。怒目时一呼,万骑皆辟易。杀人蓬麻轻,走马汗血滴。丑虏何足清,天山坐宁谧。不有封侯相,徒负幽并客。

塞上曲
黠虏初南下,尘飞塞北境。汉将怀不平,雠扰当远屏。金革卧不暖,起舞霜月冷。点军三十千—作年,部伍严以整。酣战祈成功,于焉罢边衅。

弋阳溪中望仙人城
何草乏灵姿,无山不孤绝。我行虽云塞,偶胜聊换节。上界浮中流,光响洞明灭。晚—作晓禽曝霜羽,寒鱼依石发。自有无还心,隔波望松雪。

严公钓台作
灵芝产遐方,威凤家—作驾重霄。严生何耿洁,托志肩夷巢。汉后虽则贵,子陵不知高。糠粃当世道,长揖夔龙朝。扫门彼何人,升降不同朝。舍舟遂长往,山谷多清飙。

萧寺偃松
凄凄百卉病,亭亭双松迥。直上古寺深,横拂秋殿冷。轻响入龟目—作息,片阴栖鹤顶。山中多好树,可怜无比并。

独游青龙寺
春风入香刹,暇日独游衍。旷然莲花台,作礼月光面。乘兹第八识,出彼超二见。摆落区中缘,无边广弘愿。长廊朝雨毕,古木时禽啭。积翠暖遥原,杂—作离英纷似霰。凤城腾日窟,龙首横天堰。蚁步避危阶,蝇飞响深殿。大通智胜佛,几劫道场现。

初秋莲塘归
秋光净无迹,莲消锦云红。只有溪上山,还识扬舲翁。如何白蘋花,幽渚笑凉风。

从江西至彭蠡入浙西淮南界道中寄齐相公
大贤旧丞相,作镇江山—作上雄。自镇江山—作上来,何人得如公。处士待徐孺,仙人期葛洪。一身控上游,八郡趋下风。比屋除畏溺,林塘曳烟虹。生人罢虔刘,井税均且—作以充。大府肃无事,欢然—作言接悲翁。心清百丈泉,目送孤飞鸿。数年鄱阳掾,抱责栖微躬。首阳及汨罗,无乃褊其衷。杨朱并阮籍,未免哀途穷。四贤虽得仁,此怨何匆匆。老氏齐宠辱,於陵一穷通。本师留度门,平等冤亲同。能依二谛法,了达三轮空。真境靡方所,出离内外中。无边尽未来,定惠—作慧双修功。骞步惭寸进,饰装随转蓬。朝行楚水阴,夕宿吴洲东。吴洲复—作覆白云,楚水飘丹枫。晚霞烧回潮,千里光瞳瞳。蒉开海上影,桂吐淮南丛。何当翼明庭,草木生春—作昭融。

寄上兵部韩侍郎,奉呈李户部、卢刑部、杜三侍郎
道路五千里,门阑三十年。当时携手人,今日无半全。咏题官舍内,赋韵僧房前。公登略彴桥,况榜龙—作晓舸船。远寺吐朱阁,春潮浮绿烟。鹓鸿翔邓林,沙鸨飞吴田。诸子纷出祖,中宵久留连。坐客三千人,皆称主人贤。国士分如此,家臣亦依然。身在—作从薜萝中,头刺文案边。故吏已重叠,门生从联翩。得罪为何名,无阶问皇天。出门多歧路,命贺无由缘。伏承诸侍郎,顾念犹逡遭。圣代逢三宥,营魂空九迁。

长安窦明府后亭
君为长安令,我美长安政。五日一朝天,南山对明镜。鸟飞青苔院,水木相辉映。客至南云—作薰乡,丝桐展歌咏。吏人何萧萧—作肃肃,终岁无喧竞。欲识明府贤,邑中多百姓。

谢王郎中见赠琴鹤
此琴等焦尾,此鹤方胎生。赴节何徘徊,理感物自并。独立江海上,一弹天地清。朱弦动瑶华,白羽飘玉京。因想羡门辈,眇然四体轻。子乔翔邓林,王母游层城。忽如—作然启灵署,鸾凤相和—作呼鸣。何由玉女床—作女床山,去食琅玕英。

和翰林吴舍人兄弟西斋

君家诚易知,易知复难同。新裁尺一诏,早入明光宫。西斋何其高—作远,上与星汉通。永怀洞庭石,春色相玲珑。久怀巴峡泉,夜落君丝桐。信是怡神所,迢迢蔑华嵩。鸟飞晴云灭,叠嶂盘虚空。君家诚易知,易知意难穷。

望初月简于吏部

沉寥中秋夜,坐见如钩月。始从西南升,又欲西南没。全移河上影,暂透林间缺。纵待三五时,终为千里别。

上湖至破山赠文周萧元植

一别二十年,依依过故辙。湖上非往态,梦想频虚结。二子伴我行,我行感徂节。后人应不识,前事寒泉咽。一别二十年,人堪几回别。

酬信州刘侍郎兄

刘兄本知命,屈伸不介怀。南州管灵山,可惜旷土栖—作士乖。樵隐同一径,竹树薄西斋。鸟陵嶂合杳,月配波—作陂徘徊。薄宦修礼数,长景谢谭谐。愿为南州民,输税事钼犁。胡为走不止,风雨惊邅回。

奉酬刘侍郎

几回新秋影,壁当作璧满蟾又缺。镜破似—作自倾台,轮斜同覆辙。虽分上林桂,还照沧洲雪。暂伴憔悴人,归华耿不灭。

酬本部韦左司—题作奉和同郎中韦使君郡斋雨中宴集,时况左迁饶州

好鸟依佳树,飞雨洒高城。况与二三—作数君子,列坐分两楹。文雅一何盛—作丽,林塘含余清。府君—作我公未归朝,游子不待晴。白云帝城远,沧江枫叶鸣。却略欲一言—作拜手欲无言,零泪和酒倾。寸心久—作已摧折,别离重—作方骨惊。安得凌风—作霜翰,肃肃宾天京。

酬房杭州

郡楼何其旷,亭亭广而深。故人牧余杭,留我披胸衿。满箧阅新作,璧玉诞清音。流水入洞天,窅豁欲—作相凌临。辟险延北阜,薙道陟南岑。朝从山寺还,醒醉动笑—作愁吟。荷花十余里,月色攒湖林。父老惜使君,却欲速华簪。

酬漳州张九使君

故人穷越徼,狂生起悲愁。山海万里别,草木十年秋。鞭马广陵桥,出祖张漳州。促膝坠簪珥,辟幌戛琳球。短题自兹简,华篇讵能酬。无阶承明庭,高步相追游。南方荣桂枝,凌冬舍温裘。猿吟郡斋中,龙静檀栾流。薜—作薛鹿莫徭洞,网鱼卢亭洲—作舟。心安处处安,处处思退陬。

在滁苦雨归桃花崦伤亲友略尽

废弃忝残生,后来亦先夭。诗人感风雨,长夜何时晓。去国宦情无,近乡归梦少。庇身绝中授,甘静忘外扰。丽景变重阴,洞山空木表。灵潮若可通,寄谢西飞鸟。

苦雨—本题下有"思归桃花崦"五字

朝与佳人期,碧树生红萼。暮与佳人期,飞雨洒清阁。佳人窅何许,中夜心寂寞。试忆花正开,复惊叶初落。行骑飞泉鹿,卧听双海鹤。嘉愿有所从,安得处其薄。

赠别崔十三长官

真玉烧不热,宝剑拗不折。欲别崔侠心,崔侠心如铁。复如金刚锁,无有功不彻。仍于直道中,行事不诋讦。崔侠两兄弟,垂范继芳烈。相识三十年,致书字不灭。我来宣城郡,饮水仰清洁。蔼蔼北阜松,峨峨南山雪。顾生归山去,知作几年别。

哭从兄苌

洞庭违鄂渚,袅袅秋风时。何人不客游,独与帝子期。黄鹄铩飞翅,青云叹沈姿。身终一骑曹,高盖者为谁。从驾至梁汉,金根复京师。皇恩溢九垠,不记屠沽儿。立身有高节,

满卷多好诗。赫赫承明庭,群公默无词。草木正摇落,哭兄鄱水湄。共居云阳里,辙轲多别离。人生倏忽间,旅榇飘若遗。稚子新学拜,枯杨生一枝。一本无此四句。人生倏忽间,精爽无不之。旧国数千里,家人由未知。人生倏忽间,安用才士为。

华山西冈游赠隐玄叟

群峰郁初霁,泼黛若鬟沐。失风鼓唅呀,摇撼千灌木。木叶微堕黄,石泉净停绿。危磴萝薜牵,迥步入幽谷。我心寄青霞,世事惭苍鹿。遂令巢许辈,于焉谢尘俗。想是悠悠云,可契去留躅。

归阳萧寺有丁行者,能修无生忍担水施僧,况归命稽首作诗

化佛示持帚,仲尼称执鞭。列生御风归,饲豕如人焉。曹溪第六祖,踏碓逾三年。伊人自何方,长绶趋遥泉。开士行何若,双瓶胝两肩。萧寺百余僧,东厨正扬烟。露足沙石裂,外形巾褐穿。若其有此身,岂得安稳眠。独出违顺境,不为寒暑还。大圣于其一作空中,领我心之虔。万法常空灭,无生因忍全。一国一释迦,一灯分百千。永愿遗世知一作智,现身弥勒前。潜容偏虚空,灵响不可传。智慧舍利佛一作弗,神通自乾一作目犍连。阿若憍陈如,迦叶迦旃一作檀延。左右二菩萨,文殊并普贤。身披六铢衣,亿劫为大仙。宝塔宝楼阁,重檐交梵天。譬如一明珠,共赞光白圆。天魔波旬等,降伏金刚坚。野叉罗刹鬼,亦赦尘垢缠。乃致金翅鸟,吞龙护洪渊。一十一众中,身意皆快然。八河注大海,中有楞伽船。佛法付国王,平等无颇偏。天子事端拱,大臣行其权。玉堂无蝇飞,五月冰凛筵。尽力答明主,犹自招罪愆。九族无白身,百花动一作洞婵娟。神圣恶如此,物华不能妍。禄山一微胡,驱马来自燕。宛彼宫阙丽,如何犬羊膻。苦哉千万人,流血成丹川。此辈一作贼之死后,镬汤所熬煎。业风吹其魂,猛火烧其烟。独有丁行者,无忧树枝边。市头盲老人,长者乞一钱。韬照多密用,为君吟此篇。

大茅岭东新居忆亡子从真

谷鸟犹呼儿,山人夕沾襟。怀哉隔生死,怅矣徒登临。东门忧不入,西河遇亦深。古来失中道,偶向经中寻。大象无停轮,倏忽成古今。其夭非不幸,炼形由太阴。凡欲攀云阶,譬如火铸金。虚室留旧札,洞房掩闲琴。泉源登方诸,上有空青林。彷佛通寤寐,萧寥邈微音。软草被汀洲,鲜云略浮沈。颓景宣叠丽,绀波响飘淋。石窟含云巢,迢迢耿南岑。悲恨自兹断,情尘讵能侵。真静一时变,坐起唯从心。

全唐诗卷二百六十五

顾况

乌啼曲二首

玉房掣锁声翻叶，银箭添泉绕霜—作霜绕堞。毕逋拨剌月—作日衔城，八九雏飞其母惊。此是天上老鸦鸣，人间—作我闻老鸦无此声。摇风杂佩耿华烛，夜听羽人弹此曲。东方曈曈—作晓赤日旭。

月出江林西，江林寂寂城鸦啼。昔人何处为此曲，今人何处听不足。城寒月晓驰思深，江上青草为谁绿。

幽居弄

苔衣生，花—本叠花字露滴，月入西林荡东壁。扣商占角两三声，洞户谿—作深窗—冥寂。独去沧洲无四邻，身婴世网此何身。关情命曲寄惆怅，久别山南山里人。

公子行

轻薄儿，面—作白如玉，紫陌春风缠马足。双鞚悬金缕鹘飞，长衫刺雪生犀束。绿槐夹道阴初成，珊瑚几节敌流星。红肌拂拂酒光狞—作凝，当街背拉金吾行。朝游冬冬鼓声发，暮游冬冬鼓声绝。入门不肯自升堂，美人扶踏金阶月。

古离别

西江上，风动麻姑嫁时浪。西山为水水为尘，不是人间离别人。

长安道

长安道。人无衣，马无草。何不归来山中老。

龙宫操并序

顾况曰："壬子癸丑，二年大水，时在滁，遂作此操。"盖大历中也。

龙宫月明光参差，精卫衔石东飞时。鲛人

织绡彩藕丝,翻江倒海—作汉倾吴蜀。汉女江妃杳相续,龙王宫中水不足。

梁广画花歌

王母欲过刘彻家,飞琼夜入云䡖车。紫书分付与青鸟,却向人间求好花。上元夫人最小女,头面端正能言语。手把梁生画花看,凝颦掩笑心相许。心相许,为白阿娘从嫁与。

送别日晚歌—本题上无送别二字

日窅窅—作溟溟兮下山,望佳人兮不还。花落兮屋上,草生兮阶间—作前。日日兮春风,芳菲兮欲歇—作灭。老不可兮更少,君何为兮轻别。

行路难三首 本集止有前二首。《英华》第三首居前,合为一首。

君不见担雪塞井空—作徒用力,炊砂作饭岂堪食—作吃。一征肝胆向人尽,相识不如不相识。冬青树上挂凌霄,岁晏花调树不凋。凡物各自有根本,种禾终不生豆苗。行路难,行路难—本有不知二字,何处是平道。中心无事当富贵,今日看—作觉君颜色好。

君不见少年头上如云发,少壮如云老如雪。岂知灌顶有醍醐,能使清凉头不热。吕梁之水挂飞流,鼋鼍蛟蜃不敢游。少年恃险若平地,独倚长剑凌清秋。行路难,行路难。昔—本有日字少年,今已老—本有炫日春光不长好一句。前朝竹帛事皆空,日暮牛羊占—作古城草。

君不见古人—作来烧水银,变作北邙山上尘。藕丝挂在虚空中—作挂山在虚空,一作挂身在虚空,欲落不落愁杀人。睢水英雄多血刃,建章宫阙成煨—作灰烬。淮王身死桂树—作枝折,徐福—作市一去音书绝。行路难,行路难,生死—本有有命二字皆由天。秦皇汉武遭不脱,汝独何人学神仙。

悲歌并序

情思发动,圣贤所不免也,故师乙陈其宜,延陵审其音,理乱之所经,王化之所兴,信无逃于声教,岂徒文彩之丽耶?遂作歌以悲之。

边城路,今人犁田昔人墓。岸上沙,昔日—作时江水今人家。今人昔人共长叹,四气相催节回换。明月皎皎入华池,白云离离渡霄—作青汉。

二 一作《悲歌》,一作《短歌行》。此首《才调集》分二首,各四句。

我欲升天天隔霄,我欲渡水水无桥;我欲上山山路险,我欲汲井井泉遥。越人翠被今何夕,独立沙边江草碧。紫燕西飞欲寄书,白云何处逢来—作蓬莱客。以上二首,一本合作一首。

三 以下三首,一本合为一首,题作《远思曲》。

新系青丝百尺绳,心在君家辘轳上。我心皎洁君不知,辘轳一转一惆怅。

四

何处春风吹晓幕,江南绿水通朱阁。美人二八面如花,泣向春—作东风畏花落。

五

临春风,听春鸟;别时多,见时少。愁人夜永—作一夜不得眠,瑶井玉绳相对晓。

六 一作攀龙引

轩辕黄帝初得仙,鼎湖一去三千年。周流三十六洞天,洞中日月星辰联。骑龙驾景游八极,轩辕弓剑无人识。东海青童寄消息。本集自临春风至轩辕以下为一首,列之第三篇。《文苑》所载多脱略,今从《文粹》及集本添入。

春草谣

春草不解行,随人上东—作空城。正月二月色绵绵,千里万里伤人情。

苔藓山歌

野人夜梦江南山,江南山深松桂闲。野人觉后长叹息,帖藓粘苔作山色。闭门无事任盈虚,终日欹眠观四如。一如白云飞出壁,二如飞雨岩前滴,三如腾虎欲咆哮,四如懒龙遭霹雳。险峭嵌空潭洞寒,小儿两手扶栏干。

同裴观察东湖望山歌

浴鲜积翠栖灵异,石洞花宫横半空。胡震亨云:"每句上四言,下三言,各为韵。"夜光潭上明星启,风雨坛边树如洗。水淹徐孺宅恒乾,绳坠洪崖井无底。主人载酒东一作春湖阴,遥望西山三四岑。

八月五日歌

四月八日明星出,摩耶夫人降前一作佛。八月五日佳气新,昭成太后生圣人。开元九年燕公说,奉诏听置千秋节。丹青庙里贮姚宋,花萼楼中宴岐薛。清乐灵香几处闻,鸾歌凤吹动祥云。已于武库见灵鸟,仍向晋山逢老君。率土普天无不乐,河清海晏穷寥廓。梨园弟子传法曲,张果先生进仙药。玉座凄凉游帝京,悲翁回首望一作感承明。云韶九奏杳然远,唯有五陵松柏声。

露青竹杖一作鞭歌

鲜于仲通正当年,章仇兼琼在蜀川。约束蜀儿采马鞭,蜀儿采鞭不敢眠。横截斜飞一作度飞鸟边,绳桥夜上层崖颠。间插白云跨飞泉,采得马鞭长且坚。浮沤丁子珠联联,灰煮蜡楷光烂然。章仇兼琼持上天,上天雨露何其偏。飞龙闲厩马数千,朝饮吴江夕秣燕。红尘扑辔汗湿鞯,师子麒麟聊比肩。江面一作曲江昆明洗刷牵,四蹄踏浪头栌天。蛟龙稽颡河伯虔,拓羯胡雏脚手鲜,陈闳韩干丹青妍,欲貌未貌眼欲穿。金鞍玉勒锦连乾,骑入桃花杨柳烟。十二楼中奏管弦,楼中美人夺神仙。争爱大家把此鞭,禄山入关关破年。忽见扬州北邙一作邱前,只有人还千一钱。亭亭笔直无皴节,磨捋一作将形相一条铁。市头格一作终是无人别,江海贱臣不拘绁。垂窗一作鞘挂影西窗缺,稚子觅衣挑仰穴,家童拾薪几拗折。玉润犹沾玉垒雪,碧鲜似染苌弘血。蜀帝城一作祠边子规咽,相如桥上文君绝。往年策马降至尊,七盘九折横剑门。穆王八骏超昆仑,安用冉冉孤

生根。圣人不贵难得货,金玉珊瑚谁买恩。

金珰玉佩歌

赠君金珰太霄之玉佩,金锁禹步之流珠,五岳真君之秘篆,九天丈人之宝书。东井沐浴辰已毕,先进洞房上奔日。借问君欲何处来,黄姑织女机边出。

瑶草春并序

陇西李迅者,纳别宅监奴,出,迅不喜,欲访故人,为刺史强而配焉。既归而不合,监奴投井而死。因作瑶草春歌以悲之。

瑶草春,杏容与,江南艳歌京一作凉西舞。执心轻子都,信节冠秋胡。仪以腰支嫁,时论自有夫。蝉鬓蛾眉明井底,燕裙赵袂一作带,又作越带紫辘轳。李生闻之泪如绠,不忍回头看此井。月中桂树落一枝,池上鸂鶒唼孤影。露桃秋李自成谿,流水终天不向西。翠帐绿窗寒寂寂,锦茵罗荐夜凄凄。瑶草春,丹井远,别后相思意深浅。

萧郸草书歌

萧子草书人不及,洞庭叶落秋风急。上林花开春露湿,花枝濛濛向水垂一作泣。见君数行之洒落,石上之松松下鹤。若把君书比仲将,不知谁在一作上凌云阁。

范山人画山水歌

山峥嵘,水泓澄。漫漫汗汗一笔耕,一草一木栖一作凄神明。忽如空中有,物物中有声。复如远道望乡客,梦绕山川身不行。

嵇山道芬上人画山水歌

镜中一作湖真僧白道芬,不服朱审李将军。渌一作漫汗一作墨汁平铺洞庭水,笔头点出苍梧云。且看八月十五夜,月下看山尽如画一作画分。

杜秀才画立走水牛歌

昆仑儿,骑白象,时时锁著师子项。奚奴跨马不搭鞍,立走水牛惊汉官。江村小儿好夸

骋,脚踏牛头上牛领。浅草平田擦过时,大虫著—作看钝几落井。杜生知我恋沧洲,画作一障张床头。八十老婆拍手笑,妒他织女嫁牵牛。

梁司马画马歌

画精神,画筋骨,一团旋风瞥灭没。仰秣如上贺兰山,低头欲饮长城窟。此马昂然独此—作出群,阿爷是龙飞入云。黄沙枯碛无寸草,一日行过千里道。展处把笔欲描时,司马一骁赛倾倒。

丘小府小鼓歌

地盘山鸡—作鸣犹可像,坎坎砰砰随手长。夜半高楼沈—作客醉时,万里踏桥乱山响。

宜城放琴客歌 并序柳浑封宜城县伯

琴客,宜城爱妾也。宜城请老,爱妾出嫁,不禁人之欲而私耳目之娱,达者也。况承命作歌。

佳人玉立生此—作北方,家住邯郸不是倡。头鬟松鬓手爪长,善抚琴瑟有文章。新妍—作研笼裙云母光,朱弦绿水喧洞房。忽闻斗酒初决绝,日暮浮云古离别。巴猿啾啾峡泉咽,泪落罗衣颜色歇。不知谁家更张设,丝履墙偏钗股折。南山阑干千丈雪,七十非人不暖热。人情厌薄—作消歇古共然,相公心在持事坚。上善若水任方圆,忆昨好之今弃捐。服药不如独自眠,从他更嫁—少年。

李供奉弹箜篌歌

国府乐手弹箜篌,赤黄绦紫金镂头。早晨有敕鸳鸯殿,夜静遂—作逐歌明月楼。起坐可怜能抱撮,大指调弦中指拨。腕头花落舞制—作衣裂,手下鸟惊飞拨刺。珊瑚席,一声一声鸣锡锡;罗绮屏,一弦一弦如撼铃。急弹好,迟亦好;宜远听,宜近听。左手低,右手举,易调移音天赐与。大弦似秋雁,联联度陇关;小弦似春燕,喃喃向人语。手头疾,腕头软,来来去去如风卷。声清泠泠鸣索索,垂珠碎玉空中落。美女争窥玳瑁帘,圣人卷上真珠箔。大弦长,小弦短,小弦紧快大弦缓。初调锵锵似鸳鸯水上弄新声,入深似太清仙鹤游秘馆。李供奉,仪容质,身才稍稍六尺一。在外不曾辄教人,内里声声不遣出。指剥葱,腕削玉,饶盐饶酱五味足。事调人间不识名,弹尽天下崛奇曲。胡曲汉曲声皆好,弹著曲髓曲肝脑。往往从空入户来,瞥瞥随风落春草。草头只觉风吹入,风来草即随风立。草亦不知风到来,风亦不知声缓急。爇玉烛,点—作照银灯;光照手,实可憎。只照箜篌弦上手,不照箜篌声里能。驰凤阙,拜鸾殿,天子一日一回见。王侯将相立—作五马迎,巧声一日一回变。实可重,不惜千金买一弄。银器胡瓶马上驮,瑞锦轻罗满车送。此州好手非一国,一国东西尽南北。除却天上化下来,若向人间实难得。

刘禅奴弹琵琶歌 感相国韩公梦

乐府只传横吹好,琵琶写出关山道。羁雁出塞绕黄云,边马仰天嘶白草。明妃愁—作怨中汉使回,蔡琰愁处胡笳哀。鬼神知妙欲收响,阴风切切四面来。李陵寄书别苏武,自有生人无此苦。当时若值霍骠姚,灭尽乌孙夺公主。

李湖州孺人弹筝歌

武帝升天留法曲,凄情掩抑弦柱促。上阳宫人—作女怨青苔,此夜想夫怜碧玉。思归高楼刺壁窥—作看,愁猿叫月鹦呼儿。寸心十指有长短,妙入神处无人知。独把梁州凡几拍,风沙对面胡秦隔。听中忘却前溪碧,醉后犹疑边草白。

郑女弹筝歌

郑女八岁能弹筝,春风吹落天上声。一声雍门泪承睫,两声赤鲤露髻鬣,三声白猿臂拓颊。郑女出参丈人时,落花惹断游空丝。高楼不掩许声出,羞杀百舌黄莺儿。

谅公洞庭孤橘歌

不种自生一株橘,谁教渠向阶前出,不羡

江陵千木奴。下生白蚁子,上生青雀雏。飞花
蒼葡旆檀香,结实如缀摩尼珠。洞庭橘树笼烟
碧,洞庭波月连沙白。待取天公放恩赦,侬家
定作湖中客。

送行歌

送行人,歌一曲,何者为泥何者玉。年华
已向秋草里—作裹,春梦犹传故山绿。

险竿歌

宛陵女儿擘飞手,长竿横空上下走。已能
轻险若平地,岂肯身为一家妇。宛陵将士天下
雄,一下定却长稍弓。翻身挂影恣腾蹋,反绾
头髻盘旋风。盘旋风,撇飞鸟;惊猿绕,树枝
袅。头上打鼓不闻时,手蹉脚跌踟蛛丝。忽雷
掣断流星尾,曈昽划破蚩尤旗。若不随仙作仙
女,即应嫁贼生贼儿。中丞方略通变化,外户
不扃从女嫁。

洛阳行送洛阳韦七明府—有响字

始上龙门望洛川,洛阳桃李艳阳天。最好
当年二三月,上阳宫树千花发。疏家父子错挂
冠,梁鸿夫妻虚适越。

黄鹄楼歌送独孤助

故人西去黄鹄楼,西江之水上天流,黄鹄
杳杳江悠悠。黄鹄徘徊故人别,离壶酒尽清丝
绿。绿屿没余烟,白沙连晓月。

庐山瀑布歌送李顾

飘白霓,挂丹梯。应从织女机边落,不遣
浔阳湖—作潮向西。火雷劈山珠喷日,五老峰
前九江溢。九江悠悠万古情,古人行尽今人
行。老人也欲上山去,上个深山无姓名。

朝上清歌

洁眼朝上清,绿景开紫霞。皇皇紫微君,
左右皆灵娥。曼声流睇,和清歌些;至阳无谖,
其乐多些;旌盖飒沓,箫鼓和些;金凤玉麟,郁
骈罗些;反风名香,香气逯些;琼田瑶草,寿无
涯些;君着玉衣,升玉车些;欲降琼宫,玉女家
些;其桃千年,始着花些。萧寥天清而灭云,目
琼琼兮情感。佩随香兮夜闻,肃肃兮憎憎。启
天和兮洞灵心,和为丹兮云为马。君乘之觞于
瑶池之上兮,三光罗列而在下。

剡纸歌

云门路上山阴雪,中有玉人持玉节。宛委
山里—作裹禹余粮,石中黄子黄金屑。剡溪剡
纸生剡藤,喷水捣后为蕉叶。欲写金人金口
经,寄与山阴山里僧。手把山中紫罗笔,思量
点画龙蛇出。政是垂头踏翼时,不免向君求
此物。

全唐诗卷二百六十六

顾况

洛阳早春
何地避春愁,终年忆旧游。一家千里外,百舌五更头。客路偏逢雨,乡山不入楼。故园桃李月,伊水向东流。

步虚词 太清宫作
迥步游三洞,清心礼七真。飞符超羽翼,焚—作禁火醮星辰。残药沾鸡犬,灵—作空香出凤麟。壶中无窄处,愿得一容身。

鄱阳大云寺一公房
尽日陪游处,斜阳—作晖竹院清。定中观有漏,言外—作下证无生。色界聊传法,空门不用情。欲知相去近,钟鼓两闻声。

送友失意南归
衣挥京洛尘,完璞伴归人。故国青山遍,沧江白发新。邻荒收酒幔,屋古布苔茵。不用通名姓,渔樵共主宾。

南归
老病力难任,犹多镜雪侵。鲈鱼消宦况,鸥鸟识归心。急雨江帆重,残更驿树深。乡关殊可望,渐渐入吴音。

间居自述
荣辱不关身,谁为疏与亲。有山堪结屋,无地可容尘。白发偏添寿,黄花不笑贫。一樽朝暮醉,陶令果何人。

题歙—作摄山栖霞寺
明徵君旧宅,陈后主题诗。迹在人亡处,山空月满时。宝瓶无破响,道树有低枝。已是伤离客,仍逢靳尚祠。

经废寺 前半首一本作五言绝句
不知何世界,有处似南—作前朝。石路无人扫,松门被火烧。断幡犹挂刹,故板尚搘桥。

数卷残经在,多年字欲销。

送李道士一本题下有归桃花崦四字

人境年虚掷,仙源日未斜。羡君乘竹杖,辞我隐桃花。鸟去宁知路,云飞似忆家。莫愁客鬓一作发改,自有紫河车。

酬唐起居前后见寄二首

愁人空望国,惊鸟不归林。莫话弹冠事,谁知结袜心。霜凋树吹断,土蚀剑痕深。欲作怀沙赋,明时耻自沉。

何处吊灵均,江边一老人。汉仪君已接,楚奏我空频。直道其如命,平生不负神。自伤庚子日,鵩鸟上承尘。

奉酬茅山赠赐并简綦毋正字一本题上作奉酬韦夏卿送归茅山

玉帝居金阙,灵山几处朝。简书犹有畏,神理讵能超。鹤庙新家近,龙门旧国遥。离怀结不断,玉洞一作洞府一吹箫。

白蘋洲送客

莫信梅花发,由来谩报春。不才充野客,扶病送朝臣。阙下摇青佩,洲边采白蘋。临流不痛饮,鸥鸟也欺人。

春鸟词送元秀才入京

春来绣羽齐,暮向竹林栖。禁苑衔花出,河桥隔树啼。寻声知去远,顾影念飞低。别有无巢燕,犹窥幕上泥。

别江南

江城吹晓角,愁杀远行人。汉将犹防虏,吴官欲向秦。布帆轻白浪,锦带入红尘。将底求名宦,平生但任真。

空梁落燕泥

卷幕参差一作差池燕,常衔浊水泥。为粘珠履迹,未等画梁齐。旧点痕犹浅,新巢缉尚低。不缘频上落,那得此飞栖。

上元夜忆长安

沧州老一年,老去忆秦川。处处逢珠翠,家家听管弦。云车龙阙下,火树凤楼前。今夜沧州夜,沧州夜月圆。

酬扬州白塔寺永上人

塔上是何缘,香灯续细烟。松枝当麈尾,柳絮替蚕绵。浮草经行遍,空花义趣圆。我来虽为法,暂借一床眠。

送韦秀才赴举

鄱阳中酒地,楚老独醒年。芳桂君应折,沈灰我不然。洛桥浮逆水,关树接非一作飞烟。唯有残生梦,犹能到日边。

送使君

天中洛阳道,海上使君归。拂雾趋金殿,焚香入琐闱。山亭倾别酒,野服间朝衣。他日思朱鹭,知从小苑飞。

历阳苦雨一作夜雨

襄一作衰城秋雨晦,楚客不归心。亥市风烟接,隋宫草路深。离忧翻独笑,用事感浮阴。夜夜空阶响,唯余蚯蚓一作蜻蜓吟。

伤大理谢少卿

旧馆绝逢迎,新诗何处呈。空留封禅草,已作岱宗行。柳蠹风吹析一作折,阶崩雪绕平。无因重来此,剩哭两三声。

经徐侍郎墓作

不知山吏部,墓作一作在石桥东。宅兆乡关异,平生翰墨空。夜泉无晓日,枯树足悲风。更想幽冥事,唯应有梦同。

鄜公合祔挽歌

草露前朝事,荆茅圣主封。空传馀竹帛,永绝旧歌钟。清镜无双影,穷泉有几重。笳箫最悲处,风入九原松。

相国晋公挽歌二首

玉节朝天罢,洪炉造化新。中和方作圣,

太素忽收神。盛德横千古,高标出四邻。欲知言不尽,处处有遗尘。

凝笳催晓奠,丹旐向青山。夕照新茔近,秋风故吏还。本朝一作期光汉代,从此扫胡关。今日天难问,浮云满世间。

晋公魏国夫人柳氏挽歌

鱼轩海上遥,鸾影月中销。双剑来时合,孤桐去日凋。夕阳迷陇隧,秋雨咽笳箫。画翣无留影,铭旌已度桥。

义川公主挽词

弄玉吹箫后,湘灵鼓瑟时。月边丹桂落,风底白杨悲。杂佩分泉户,余香出缋帷。夜台飞镜匣,偏共掩蛾眉。

忆山中

春还不得还,家在最深山。蕙圃泉浇湿,松窗月映闲。薄田临谷口,小职向人间。去处但无事,重门深闭关。

送大理张卿一题作送张卫尉

春色依依惜一作伤解携,月卿今夜泊隋堤。白沙洲上江蓠长,绿树村边谢豹啼。迁客比一作此,又作本来无倚仗,故人相去隔云泥。越禽唯有南枝分,目一作自送孤一作归鸿飞向西。

宿湖边山寺

群峰过雨涧淙淙,松下扉肩白鹤双。香透经窗笼桧柏,云生梵宇湿幡幢。蒲团僧定风过席,苇岸渔歌月堕江。谁悟此生同寂灭,老禅慧力得心降。

湖南客中春望

鸣雁嘹嘹北向频,渌波何处是通津。风尘海内怜双鬓,涕泪天涯惨一身。故里音书应望绝,异乡景物又更新。更抛印绶从归隐,吴渚香莼漫吐春。

闲居怀旧

日长鼓腹爱吾庐,洗竹浇花兴有余。骚客空传成相赋,晋人已负绝交书。贫居谪所谁推毂,仕向侯门耻曳裾。今日思来总皆罔,汗青功业又何如。

寄江南鹤林寺石冰上人

山川重复出一作重复重,心地暗相逢。忽忆秋江月,如闻古寺钟。湖平南北岸,云抱两三峰。定力超香象,真言摄毒龙。风中何处鹤,石上几年松。为报烟霞道,人间共不容。

乐府

暖谷春光至,宸游近甸荣。云随天仗转,风入御帘轻。翠盖浮佳气,朱楼倚太清。朝臣冠剑退,宫女管弦迎。细草承雕辇,繁花入幔城。文房开圣藻,武卫宿天营。玉醴随觞至,铜壶逐漏行。五星含土德,万姓彻中声。亲祀先崇典,躬推示劝耕。国风新正乐,农器近消兵。道德关河固,刑章日月明。野人同鸟兽,率舞感升平。

送从兄一有奉字使新罗

六气铜浑转,三光玉律调。河宫清奉贶,海岳晏来朝。地绝提封入,天平赐一作锡贡饶。扬威轻破虏,柔服耻征辽。曙色黄金阙,寒声白鹭潮。楼船非习战,骢马是嘉招。帝女飞衔石,鲛人卖绡。管宁虽不偶,徐市一作稚倘相邀。独岛绿空翠,孤霞上泬寥。蟾蜍同汉月,蟠蛛异秦桥。水豹横吹浪,花鹰回拂霄。晨装凌莽渺,夜泊记招摇。几路通员峤,何山是沃焦。飓风晴泪一作自起,阴火暝潜烧。鬓一作鬘发成新髻,人参长旧苗。扶桑衔一作迎日近,析木带津遥。梦向愁中积,魂当别处销。临川思结网,见弹欲求鸮一作雕。共散羲和历,谁差甲子朝。沧波伏一作仗忠信,译语辨讴谣。叠鼓鲸鳞隐,阴帆鹢首飘。南溟垂大翼,西海饮文鳐。《文选·吴都赋》注:文鳐常行西海而游东海。指景寻灵草,排云听洞箫。封侯万里外,未肯后班超。

山居即事

下泊降茅仙,萧闲隐洞天。杨君闲上法,

司命驻流年。崦合桃花水,窗分柳谷烟。抱孙堪种树,倚杖问耘田。世事休相扰,浮名任一边。由来谢安石,不解饮灵泉。

题卢道士房

秋砧乡落木,共坐茅君家。唯见两童子,门外汲井花。空坛静白日,神鼎飞丹砂。麈尾拂霜草,金铃摇霁霞。上章尘世隔,看弈桐阴斜。稽首问仙要,黄精堪饵花。

全唐诗卷二百六十七

顾况

梦后吟
醉中还有梦,身外已无心。明镜唯知老,青山何处深。

题灵山寺战鸟
觉地本随身,灵山重结因。如何战鸟佛,不化捕鱼人。

题元阳观旧读书房赠李范
此观十年游,此房千里宿。还来旧窗下,更取君书读。

永嘉
东瓯传旧俗,风日江边好。何处乐神声,夷歌出烟岛。

青弋江
凄清回泊夜,沧波激石响。村边草市桥,月下罟师网。

听山鹧鸪
谁家无春酒,何处无春鸟。夜宿桃花村,踏歌接天晓。

山径柳以下十四首一作临平坞杂题
宛转若游丝,浅深栽绿崦。年年立春后,即被啼莺占。

石上藤
空山无鸟迹,何物如人意。委曲结绳文,离披草书字。

薜荔庵
薜荔作禅庵,重叠庵边树。空山径欲绝,也有人知处。

芙蓉榭
　　风摆莲衣干,月背鸟巢寒。文鱼翻乱叶,翠羽上危栏。

欹松漪
　　湛湛碧涟漪,老松欹侧卧。悠扬绿萝影,下拂波纹破。

焙茶坞
　　新茶已上焙,旧架忧生醭。旋旋续新烟,呼儿劈寒木。

弹琴谷
　　谷中谁弹琴,琴响谷冥寂。因君扣商调,草虫惊暗壁。

白鹭汀
　　矗矗汀草碧,淋森鹭毛白。夜起沙月中,思量捕鱼策。

千松岭
　　终日吟天风,有时天籁止。问渠何旨意,恐落凡人耳。

黄菊湾
　　时菊凝晓露,露华滴秋湾。仙人酿酒熟,醉里飞空出。

临平湖
　　采藕平湖上,藕泥封藕节。船影入荷香,莫冲莲柄折。

山春洞
　　引烛踏仙泥,时时乱乳燕。不知何道士,手把灵书卷。

石窦泉
　　吹沙复喷石,曲折仍圆旋。野客漱流时,杯粘落花片。

古仙坛
　　远山谁放烧,疑是坛边醮。仙人错下山,拍手坛边笑。

题山顶寺
　　遥闻林下语,知是经行所。日暮香风时,诸天散花雨。

天宝题壁
　　五十余年别,伶俜道不行。却来书处在,惆怅似前生。

哭李别驾
　　故人行迹灭,秋草向南悲。不欲频回步,孀妻正哭时。

春雨不闻百舌
　　百舌春来哑,愁人共待晴。不关秋水事,饮恨亦无声。

忆鄱阳旧游
　　悠悠南国思,夜向江南泊。楚客断肠时,月明枫子落。

春怀
　　园莺啼已倦,树树陨香红。不是春相背,当由己自翁。

洛阳陌二首
　　莺声满御堤,堤柳拂丝齐。风送名花落,香红衬马蹄。

　　珂佩逐鸣驺,王孙结伴游。金丸落飞鸟,乘兴醉青楼。

寄淮上柳十三
　　苇萧中辟户,相映绿淮流。莫讶春潮阔,鸥边可泊舟。

送李泌_{末句缺}
　　昔别吴堤雨,春帆去较迟。江波千里绿,□□□□。

山中夜宿
　　凉月挂层峰,萝床落叶重。掩关深畏虎,

风起撼长松。

登楼
高阁成长望,江流雁叫哀。凄凉故吴事,麋鹿走荒台。

江上
江清白鸟斜,荡桨冒蘋花。听唱菱歌晚,回塘月照沙。

溪上
采莲溪上女,舟小怯摇风。惊起鸳鸯宿,水云撩乱红。

田家
带水摘禾穗,夜捣具晨炊。县帖取社长,嗔怪见官迟。

宿山中僧
不爇香炉烟,蒲团坐如铁。尝想同夜禅,风堕松顶雪。

梅湾
白石盘盘磴,清香树树梅。山深不吟赏,辜负委苍苔。

思归
不能经纶大经,甘作草莽闲臣。青琐应须长别,白云漫与相亲。

归山作
心事数茎白发,生涯一片青—作春山。空林有雪相待,古道—作路无人独还。

过山农家
板桥人渡泉声,茅檐日午鸡鸣。莫嗔焙茶烟暗,却喜晒谷天晴。

代佳人赠别
万里行人欲渡溪,千行珠泪滴为泥。已成残梦随君去,犹有惊鸟半夜啼。

忆故园
惆怅多山人复稀,杜鹃啼处泪沾衣。故园此去千余里,春梦犹能夜夜归。

题叶道士山房
水边垂—作杨柳赤栏桥,洞里仙人碧—作次玉箫。近得麻姑音—作书信否,浔阳江—作向上不通潮。

送李秀才入京
五湖秋叶满行船,八月灵槎欲上天。君向—作入长安余适越,独登秦望—作岭望秦川。

越中席上—作局席看弄老人
不到山阴十二春,镜—作会中相见白头新。此生不复为年少,今日从他弄老人。

听刘安唱歌
子—作午夜新声何处传,悲翁—作歌更忆太平年。即今法曲无人唱,已逐霓裳飞上天。

樱桃曲
百舌犹来上苑花,游人独自忆京华。遥知寝庙尝新后,敕赐樱桃向几家。

山中—作朱放诗,题作山中听子规。
野人爱向—作自爱山中宿,况在葛洪丹井西。庭前有个长松树,夜半子规来上啼。

赠—作贻朱放
野客归时无四邻,黔娄别久案常贫。渔樵旧路不堪入,何处空山犹有人。

江村乱后
江村日暮寻遗老,江水东流横浩浩。竹里闲窗不见人,门前旧路生青草。

望简寂观
青嶂青溪直复斜,白鸡白犬到人家。仙人住在最高处,向晚春泉流白花。

五两歌送张夏

竿头五两风袅袅,水上云帆逐飞鸟。送君初出扬州时,霭霭曈曈江溢晓。

临海所居三首

此是昔年征战处,曾经永日绝人行。千家寂寂对流水,唯有汀洲春草生。

此去临溪不是遥,楼中望见赤城标。不知叠嶂重霞里,更有何人度石桥。

家在双峰兰若边,一声秋磬发孤烟。山连极浦鸟飞尽,月上青林人未眠。此首题一作江上故居。

听角思归

故园黄叶满青苔,梦后城头晓角哀。此夜断肠人不见,起行残日影徘徊。

酬柳相公《纪事》:有时宰曾招致,将以好官命之,况以诗答之。

天下一作四海如今已太平,相公何事一作用唤狂生。个身恰一作此主还似笼中鹤,东望沧溟一作瀛洲叫数一作一声。

题明霞台

野人本自不求名,欲向山中过一生。莫嫌憔悴无知己,别有烟霞似弟兄。

哭绚法师

楚客停桡欲问谁,白沙江草曲尘丝。生公手种殿前树,唯有花开鶗鴂悲。

送柳宜城葬

鸣笳已逐春风咽,匹马犹依旧路嘶。遥望柳家门外树,恐闻黄鸟向人啼。

宫词五首

禁柳烟中闻晓乌,风吹玉漏尽铜壶。内官先向蓬莱殿,金合开香泻御炉。

玉楼天半起笙歌,风送宫嫔笑语和。月殿影开闻夜漏,水精帘卷近银一作秋河。

玉阶容卫宿千官,风猎青旂晓仗寒。侍女先来荐琼蕊,露浆新下九霄盘。

九重天乐降神仙,步舞分行踏锦筵。嘈囋一声钟鼓歇,万人楼下拾金钱。

金吾持戟护新檐,天乐声传万姓瞻。楼上美人相倚看,红妆透出水精帘。

寻桃花岭潘三姑台

桃花岭上觉天低,人上青山马隔溪。行到三姑学仙处,还如刘阮二郎迷。

夜中望仙观

日暮衔花飞鸟还,月明溪上见青山。遥知玉女窗前树,不是仙人不得攀。

送李侍御往吴兴一题作送李侍郎从宣城取洞庭路往吴兴

世间只一作唯有情难说,今夜应无不醉人。若向洞庭山下过,暗知浇沥圣姑神。

奉和韩晋公晦日呈诸判官一本无下四字

江南无处不闻歌,晦日中军乐更多。不是风光催柳色,却缘威令动阳和。

子规

杜宇冤亡积有时,年年啼血动人悲。若教恨魄皆能化,何树何山着子规。

海鸥咏

万里飞来为客鸟,曾蒙丹凤借枝柯。一朝风去梧桐死,满目鸱鸢奈尔何。

赠韦清一作青将军

身执金吾主禁兵,腰间宝剑重横行。接舆亦是狂歌者,更就将军乞一声。青善歌。

赠僧二首

家住义兴东舍溪,溪边莎草雨无泥。上人一向心入定,春鸟年年空自啼。

出头皆是新年少,何处能容老病翁。更把浮荣喻生灭,世间无事不虚空。

登楼望水
鸟啼花发柳含烟,掷却风光忆少年。更上高楼望江水,故乡何处一归船。

湖中 一作洞庭秋日
青草湖边日色低,黄茅嶂里鹧鸪啼。丈夫飘荡今如此,一曲长歌楚水西。

岁日作 一作岁日口号
不觉老将春共至,更悲携手几人全。还丹寂寞羞明镜,手把屠苏让少年。

山中赠客
山中好处无人别,涧梅伪作山中雪。野客相逢夜不眠,山中童子烧松节。

王郎中妓席五咏
箜篌
玉作搔头金步摇,高张苦调响连宵。欲知写尽相思梦,度水寻云不用桥。

舞
汗沾新装画不成,丝催急节舞衣轻。落花绕树疑无影,回雪从风暗有情。

歌 一作王郎中席歌妓
柳拂青楼花满衣,能歌宛转世应稀。空中几处闻清响,欲绕行云不遣飞。

筝
秦声楚调怨无穷,陇水胡笳咽复通。莫遣黄莺花里啭,参差撩乱妒春风。

笙
欲写人间离别心,须听鸣凤似龙吟。江南曲尽归何处,洞水山云知浅深。

送李山人还玉溪
好鸟共鸣临水树,幽人独欠买山钱。若为种得千竿竹,引取君家一眼泉。

送少微上人还鹿门
少微不向吴中隐,为个生缘在鹿门。行入汉江秋月色,襄阳耆旧几人存。

宿昭应
武帝祈灵太乙坛,新丰树色绕千官。那 一作岂 知今夜长生殿,独闭山门 一作空山月影寒。

题琅邪上方
东晋王家在 一作住 此溪,南朝树色隔窗低。碑沈字灭昔人远,谷鸟犹向寒花啼。

安仁港口望仙人城
楼台采翠远分明,闻说仙家在此城。欲上仙城无路上,水边花里有人声。

寄秘书包监
一别长安路几千,遥知旧日主人怜。贾生只是三年谪,独自无才已四年。

小孤山
古庙枫林江水边,寒鸦接饭雁横天。大孤山远小孤出,月照洞庭归客船。

送李秀才游嵩山
嵩山石壁挂飞流,无限神仙在上头。采得新诗题石壁,老人惆怅不同游。

从剡溪至赤城
灵溪宿处接灵山,窈映高楼向月闲。夜半鹤声残梦里,犹疑琴曲洞房间。

叶上题诗从苑中流出
花落深宫莺亦悲 一作愁见莺啼柳絮飞,上阳宫女断肠时。君恩不闭东流水,叶上题诗寄与 一作欲寄谁。

崦里桃花
崦里桃花逢女冠,林间杏叶落仙坛。老人方授上清箓,夜听步虚山月寒。

听子规一本题上有摄山二字

栖霞山中子规鸟，口边血出啼不了。山僧后夜初出一作入定，闻似不闻山月晓。

竹枝曲一作词

帝子苍梧不复归，洞庭叶下荆一作楚云飞。巴人夜唱竹枝后，肠断晓猿声渐稀。

寻僧二首

方丈玲珑花竹闲，已将心印出人间。家家门外长安道，何处相逢是宝山。

弥天释子本高情，往往山中独自行。莫怪狂人游楚国，莲花只在淤泥生。

桃花曲

魏帝宫人舞凤楼，隋家天子泛龙舟。君王夜醉春眠晏，不觉桃花逐水流。

赠远

暂出河边思远道，却来窗下听新莺。故人一别几时见，春草还从旧处生。

早春思归有唱竹枝歌者坐中下泪

渺渺春生楚水波，楚人齐唱竹枝歌。与君皆是思归客，拭泪看花奈老何。

送郭秀才

故人曾任丹徒令，买得青山拟独耕。不作草堂招远客，却将垂柳借啼莺。

宫词

长乐宫连上苑春，玉楼金殿艳歌新。君门一入无由出，唯有宫莺得见人。

悼稚

稚子比来骑竹马，犹疑只在屋东西。莫言道者无悲事，曾听巴猿向月啼。

山僧兰若

绝顶茅庵老此生，寒云孤木伴经行。世人那得知幽径，遥向青峰礼磬声。

句

崦合桃花水，窗鸣柳谷泉。题《柳谷泉》。见《应天府志》。

颓垣化为陂，陆地堪乘舟。以下并见张为主客图。

汀洲渺渺江篱短，疑是疑非两断肠。

巫峡朝云暮不归，洞庭春水晴空满。

龙吟四泽欲兴雨，凤引九雏警宿鸟。《七星管歌》。《通典》。

新妇矶边月明，女儿浦口潮平。《渔父词》。《野客丛谈》。

全唐诗卷二百六十八

耿湋

耿湋,字洪源,河东人。登宝应元年进士第,官右拾遗。工诗,与钱起、卢纶、司空曙诸人齐名,号大历十才子。湋诗不深琢削,而风格自胜。集三卷,今编诗二卷。

发南康夜泊灉石中

倦客乘归舟,春溪杳将暮。群林结暝色,孤泊有佳趣。夜山转长江,赤月吐深树。飒飒松上吹,泛泛—作泥泥花间露。险石俯潭涡,跳湍碍沿溯。岂唯垂堂戒,兼以临深惧。稍出回雁峰,明登斩蛟柱。连云向重山,杳未见钟路。

过王山人旧居

故宅春山中,来逢—作迟夕阳入。汲少井味变,开稀户枢涩。树朽鸟不栖,阶闲云自湿。先生何处去,惆怅空独立。

晚次昭应

落日向林路,东风吹麦陇。藤草蔓古渠,牛羊下荒冢。骊宫户久闭,温谷泉长涌。为问全盛时,何人最荣宠。

听早蝉歌

蝉鸣兮夕曛,声和兮夏云。白日兮将短,秋意兮已满。乍悲鸣—作吟兮欲长,犹嘶涩兮多断。风萧萧兮转清,韵嘈嘈兮初成。依婆娑之古树,思辽落之荒城。闲院支颐,深林倚策,犹—作独惆怅而无语,鬓星星而已白。

芦花动

连素穗,翻秋气,细节疏茎任长吹。共作月中声,孤舟发乡思。

赋得寒蛩

尔谁造,鸣何早,趯趯连声遍阶草。复与夜雨和,游人听堪老。

宣城逢张二南史

全家宛陵客,文雅世难逢。寄食年将老,干时计未从。秋来句曲水,雨后敬亭峰。西北长安远,登临恨几重。

题童子寺

半偈留何处,全身弃此中。雨余沙塔坏,月满雪山空。窣刹临回磴,朱楼间碧丛。朝朝日将暮,长对晋阳宫。

夏日寄东溪隐者

日华浮野水,草色合遥空。处处山依旧,年年事不同。闲田孤垒外,暑雨片云中。惆怅多尘累,无由访钓翁。

之江淮留别京中亲故

长云迷一雁,渐远向南声。已带千霜鬓,初为万里行。繁虫满夜草,连雨暗秋城。前路诸侯贵,何人重客卿。

太原送许侍御出幕归东都

昔随刘越石,今日独归时。汾水风烟冷,并州花木迟。荒庭增别梦,野雨失行期。莫向山阳过,邻人夜笛悲。

华州客舍奉和崔端公春城晓望

不语看芳径,悲春懒独行。向人微月在,报雨早霞生。贫病催年齿,风尘掩姓名。赖逢骢马客,郢曲缓羁情。

题清萝翁双泉

侧弁向清漪,门中夕照移。异源生暗石,叠响落秋池。叶拥沙痕没,流回草蔓随。泠泠无限意,不独远公知。

酬李文一作汶

落照长杨苑,秋天渭水滨。初飞万木叶,又长一年人。贫病仍为客,艰虞更问津。多惭惠然意,今日肯相亲。

赠严维

许询清论重,寂寞住山阴。野路接一作客投寒一作荒寺,闲门当一作傍古林。海田秋熟早,湖水夜渔深。世上穷通理,谁人一作能奈此心。

春日题苗发竹亭

春亭及策上,郎吏谢玄晖。闲咏疏篁近,高眠远岫微。偏宜留野客,暂得解朝衣。犹忆东溪里,雷一作当云掩故扉。

题孝子陵

荒坟秋陌上,霜露正霏霏。松柏自成拱,苫庐长不归。浮埃积蓬鬓,流血在一作存麻衣。何必曾参传,千年至行稀。

题庄上人房

不语焚香坐,心知道已成。流年衰此世,定力见他生。暮雪余春冷,寒灯续昼明。寻常五侯至,敢望下阶迎。

宋中

日暮黄云合,年深白骨稀。旧村乔木在,秋草远人归。废井莓苔厚,荒田路径微。唯余近山色,相对似依依。

秋夜思归

来时犹暑服,今已露漫漫。多雨逢初霁,深秋生夜寒。投人心似一作自切,为客事皆难。何处无留滞,谁能暂问看。

送李端

世上许刘桢,洋洋风雅声。客来空改岁,归去未成名。远近天初暮,关河雪半晴。空怀谏书在,回首恋承明。

送崔明府赴青城

清冬宾御出,蜀道翠微间。远雾开群壑,初阳照近关。霜潭浮紫菜,雪栈绕青山。当似遗民去,柴桑政自闲。

送王将军出塞

汉家边事重,窦宪出临戎。绝漠秋山在,阳关旧路通。列营依茂草,吹角向高风。更就燕然石,行看奏虏功一作看铭破虏功。

雨中留别

东西无定客,风雨未休时。悒默此中别,飘零何处期。青山违旧隐,白发入新诗。岁岁迷津路,生涯渐可悲。

送杨将军

一身良将后,万里讨乌孙。落日边陲静,秋风鼓角喧。远山当碛路,茂草向营门。生死酬恩宠,功名岂敢论。

送夏侯审游蜀

暮峰和玉垒,回望不通秦。更问蜀城路,但逢巴语人。石林莺啭晓,板屋月明春。若访严夫子,无嫌卜肆贫。

送张侍御赴郴州别驾

佐郡人难料,分襟日复斜。一帆随远水,百口过长沙。明月江边夜,平陵梦里家。王孙对芳草,愁思杳无涯。

送苗赟—作斌赴阳翟丞

夕阳秋草上,去马弟兄看。年少初辞阙,时危远效官。山行独夜雨,旅宿二陵寒。诗兴生何处,嵩阳羽客坛。

送绛州郭参军

远事诸侯出,青山古晋城。连行曲水阁,独入议中兵。夜雨新田湿,春风曙角鸣。人传府公政,记室有参卿。

常州留别

万里南天外,求书禹穴间。往来成白首,旦暮见青山。夜浦凉云过,秋塘好月闲。殷勤阳羡桂,别此几时攀。

关山月

月明边徼静,戍客望乡时。塞古柳衰尽,关寒榆发迟。苍苍万里道,戚戚十年悲。今夜青楼上,还应照—作有所思。

代宋州将淮上乞师

唇齿幸相依,危亡故远—作郡归。身轻—作经百战出—作后,家在数重围。上将坚深垒,残兵斗落晖。常闻铁剑利,早晚借余威。

秋晚卧疾寄司空拾遗曙卢少府纶

寒几坐空堂,疏髯似积霜。老医迷旧疾,朽药误新方。晚果红低树,秋苔绿遍墙。惭非蒋生径,不敢望求羊。

赠海明上人—作赠朗公

来自西天竺—作竺国,持经奉紫微。年深梵语变,行苦俗流—作人归。月上安禅久,苔生出院稀。梁间有驯鸽,不去复—作亦何依—作为无机。

津亭有怀

津亭一望乡,淮海晚茫茫。草没栖洲鹭,天连映浦樯。往来通楚越,旦暮易渔商。惆怅缄书毕,何人向洛阳。

晚投江泽浦即事呈柳兵曹泥

落日过重霞,轻烟上远沙。移舟冲荇蔓,转浦入芦花。断岸迂来客,连波漾去槎。故乡何处在,更道向天涯。

东郊别业

东皋占薄田,耕种过余年。护药栽山刺,浇蔬引竹泉。晚雷期稔岁,重雾报晴天。若问幽人意,思齐沮溺贤。

早朝

钟鼓余声里,千官向紫微。冒寒人语少,乘月烛来稀。清漏闻驰道,轻霞映琐闱。犹看嘶马处,未启掖垣扉。

屏居盘屋

百年心不料,一卷日相知。乘兴偏难改,忧家是强为。县城寒寂寞,峰树远参差。自笑无谋—作媒者,秖应道在斯。

进秋隼

岂悟因罗者,迎霜献紫微。夕阳分素臆,秋色上花衣。举翅云天近,回眸燕雀稀。应随明主意,百中有光辉。

咏宣州笔

寒竹惭虚受,纤毫任几重。影端缘守直,心劲懒藏锋。落纸惊风起,摇空见露浓。丹青与文事,舍此复何从。

春日洪州即事

钟陵春日好,春水满南塘。竹宇分朱阁,桐花间绿杨。蹉跎看鬓色,留滞惜年芳。欲问羁愁发,秦关道路长。

雪后宿王纯池州草堂

宿君湖上宅,琴韵静参差。夜雪入秋浦,孤城连贵池。流年看共老,衔酒发中悲。良会应难再,晨鸡自有期。

旅次汉故—作好時

我行过汉时,寥落见孤城。邑里经多难,儿童识五兵。广川桑遍绿,丛薄雉连鸣。惆怅萧关道,终军愿请缨。

过三郊驿却寄杨评事时此子郭令公欲有表荐

冉冉青衫客,悠悠白发人。乱山孤驿暮,长路百花新。终岁行他县,全家望此身。更思君去就,早晚问平津。

陇西行

雪下阳关路,人稀陇戍头。封狐犹未剪,边将岂无羞。白草三冬色,黄云万里愁。因思李都尉,毕竟不封侯。

巴陵逢洛阳邻舍—作情逢故人

因君知北—作世事,流浪—作恨已忘机。客久—作久客多人识—作厌,年高—作高年众病归。连云湖—作潮色远,度雪雁声稀。又说家林尽,凄伤泪满衣。

哭张融

早岁能文客,中年与世违。有家孀妇少,无子吊人稀。缞帐尘空暗—作积,铭旌雨不飞。依然旧乡路,寂寞几回归。

送友贬岭南

暮年从远谪,落日别交亲。湖上北飞雁,天涯南去人。梦成湘浦夜,泪尽桂阳春。岁月茫茫意,何时雨露新。

春日即事二首

诗书成志业,懒慢致蹉跎。圣代丹霄远,明时白发多。浅谋堪自笑,穷巷忆谁过。寂寞前山暮—作路,归人樵采歌。

数亩东皋宅,青春独屏居。家贫僮仆慢,官罢友朋疏。强饮沽来酒,羞看读了书。闲花开—作更满地,惆怅复何如。

赠田家翁

老人迎客处,篱落稻畦间。蚕屋朝寒闭,田家昼雨闲。门间新薙草,蹊径—作樵采旧谙山。自道谁相及—作友,邀予试往还。

赠韦山人

失意成逋客,终—作经年独掩扉。无机狎鸥惯,多病见人稀。流水知行药,孤云伴采薇。空斋莫闲笑—作暮还坐,心事与时违。

潘公院怀旧

远公传教毕,身没向他方。吊客来何见,门人闭影堂。纱灯临古砌,尘札在空床。寂寞疏钟后,秋天有夕阳。

雨中宿义兴寺

遥夜宿东林,虫声阶草深。高风初落叶,多雨未归心。家国身犹负,星霜鬓已侵。沧洲纵不去,何处有知音。

送王秘书归江东

回首望知音,逶迤桑柘林。人归海郡远,路入雨天深。万木经秋叶,孤舟向暮心。唯余江畔草,应见白头吟。

渭上送李藏器移家东都

求名虽—作须有据—作援,学稼—作道又无田—作缘。故国三千里,新春五十年。移家还作客,避地莫知贤。洛浦今何处,风帆去渺然。

春寻柳先生

言是商山老,尘心莫问年。白髯垂策短,乌帽据梧偏。酒熟飞巴雨,丹成见海田。疏云披远水,景动石床前。

题藏公院

古院林公住,疏篁近井桃。俗年人见少,禅地自知高。药草—作物诚多喻,沧溟在一毫。仍悲次宗辈,尘事日为劳。

夏夜西亭即事寄钱员外

高亭宾客散,暑夜醉相和。细汗迎—作凝衣集,微凉待扇过。风还池色定,月晚树阴多。遥想随行者,珊珊动晓珂。

与清江上人及诸公宿李八昆季宅

汤公多外友,洛社自相依。远客还登会,秋怀欲忘归。惊风林果少,骤雨砌虫稀。更过三张价,东游愧陆机。

春日即事

邻里朝光遍,披衣夜醉醒。庖厨非旧火,林木发新青。接果移天性,疏泉逐地形。清明来几日,戴胜已堪听。

秋夜会宿李永宅忆江南旧游

偶宿俱南客,相看喜尽归。湖山话不极,岁月念空违。子夜高梧冷,秋阴远漏微。那无此良会,惜在谢家稀。

冬夜寻李永因书事赠之

栖遑偏降志,疵贱倍修身。近觉多衰鬓,深知独故人。天垂五夜月,霜覆九衢尘。不待逢沮溺,而今恶问津。

立春日宴高陵任明府宅

春灰今变候,密雪又霏霏。坐客同心满,流年此会稀。风成空处乱,素积夜来飞。且共衔杯酒,陶潜不得归。

春日游慈恩寺寄畅当

浮世今何事,空门此谛真。死生俱是梦,哀乐讵关身。远草光连水,春篁色离尘。当从庾中庶,诗客更何人。

晚秋过苏少府

九江迷去住,群吏且因依。高木秋垂露,寒城暮掩扉。随云心自远,看草伴应稀。肯信同年友,相望青琐闱。

登鹳雀楼

久客心常醉,高楼日渐低。黄河经海内,华岳镇关西。去远千帆小,来迟独鸟迷。终年不得意,空觉负东溪。

赋得沙上雁

衡阳多道里,弱羽复哀音。还塞知何日,惊弦乱此心。夜阴前侣远,秋冷后湖深。独立汀洲意,宁知—作忧霜霰侵。

夜寻卢处士

月高鸡犬静,门掩向寒塘。夜竹深茅宇,秋庭冷石床。住山年已远,服药寿偏长。虚弃如吾者,逢君益自伤。

邠州留别

终岁山川路—作长路来还去,生涯总—作竟几—作若何。艰难为客惯,贫贱受恩多。暮角寒山色,秋风远水波。—作暮角飘长韵,寒流起细波。无人见惆怅,垂鞚入烟萝。—作悬愁茂陵宅,春色又相过。

赠张将军—作开府

寥落军城暮,重门返照间。鼓鼙经雨暗,士马过秋闲。惯守临边郡,曾营近海—作碛山。关西旧业在,夜夜梦中还。—作谁云张校尉,万里凿空还。

赠隐公—作赠隐上人

世间无近远,定里遍曾过。东海经长在,

南朝寺最多。暮年聊一作休化俗,初地即一作却摧魔。今日忘尘虑,看心义若何。

赠别安邑韩少府

子真能自在一作说,江海意何如。门掩疏尘吏,心闲阅道书。古城寒欲雪,远客暮无车。杳杳思前路,谁堪千里余。

送胡校书秩满归河中

古树汾阴一作阳道,悠悠东去长。位卑仍解印,身老又一作得还乡。河水平秋岸,关门向夕阳。音书须数附一作寄,莫学晋嵇康。

送河中张胄曹往太原计会回

北风长至远,四牡向幽并。衰木新田路,寒芜故绛城。遥听边上信,远计朔南程。料变当临事,遥知外国情。

送郭正字归郢上

济江篇已出一作上,书府俸犹贫。积雪商山道,全家楚塞人。大堤逢落日,广汉望通津。却别一作到渔潭下,惊鸥那可一作肯亲。

题李孝廉书房

野情专易外一作商瞿传易教,一室向青山。业就三编绝,心通万事一作象闲。莺稀一作啼春木上,草遍暮阶一作夕阳间。莫道归一作符缘在,来时弃故关。

酬畅当

同游漆沮后,已是十年余。几度曾相梦,何时定得书。月高城影尽,霜重柳条疏。且对尊中酒,千般想未如。

留别解县韩明府一作别解明府

闲人州县厌,贱士友朋讥。朔雪逢初下,秦关独暮归。塞茅一作芦下一作上原浅,残雪一作烧过风微。一路何相慰,唯君能政稀一作致归。

游钟山紫芝观

系舟仙宅下,清磬落春风。雨数芝田长,云开石路重。古房清磴接,深殿紫烟浓。鹤驾何时去,游人自不逢。

晚秋宿裴员外寺院得逢字

仲言多丽藻,晚水独芙蓉。梁苑仍秋过,仁祠又夜逢。回林通暗竹,去雨带寒钟。原向空门里,修持比昼一作画龙。

秋夜喜卢司直严少府访宿

寂寂闭层城,悠悠此夜情。早凉过鬓发,秋思入柴荆。严子多高趣,卢公有盛名。还如杜陵下,暂拂蒋元卿。

下邽客舍喜叔孙主簿郑少府见过

良宵复抄秋,把酒说羁游。落木东西别,寒萍远近流。萧条旅馆月,寂历曙更筹。不是仇梅至,何人问百忧。

盩厔客舍

寥寂荒垒下,客舍雨微微。门见苔生满,心惭吏到稀。篱花看未发,海燕欲先归。无限堪惆怅,谁家复捣衣。

宿韦员外宅

传经韦相后,赐笔汉家郎。幽阁诸生会,寒宵几刻长。座中灯泛酒,檐外月如霜。人事多飘忽,邀欢讵可忘。

登沃州山

沃州初望海,携手尽时髦。小暑开鹏翼,新蒉长鹭涛。月如芳草远,身比夕阳高。羊祜伤风景,谁云异我曹。

宿岐山姜明府厅

暝色休群动,秋斋远客情。细风和雨气,寒竹度帘声。日觉蹉跎近,天教懒慢成。谁能谒卿相,朝夕算浮荣。

上巳日

共来修禊事,内顾一悲翁。玉鬓风尘下,花林丝管中。故山离水石,旧侣失鹓鸿。不及游鱼乐,裴回莲叶东。

登乐游原

园庙何年废,登临有故丘。孤村连日静,多雨及霖休。常与秦山对,曾经汉主游。岂知千载后,万事水东流。

题惟幹上人房

绳床茅屋下,独坐味闲安。苦行无童子,忘机避宰官。是非齐已久,夏腊比应难。更悟真如性,尘心稍自宽。

会凤翔张少尹南亭

远过张正见,诗兴自依依。西府军城暮,南庭吏事稀。草檐宜日过,花圃任烟归。更料重关外,群僚候启扉。

早春宴高陵滑少府得升字

且宽沈簿领,应赖酒如渑。春夜霜犹下,东城月未升。清言饶醉客,乱舞避寒灯。名字书仙籍,诸生病未能。

寒蜂采菊蕊

游飏下晴空,寻芳到菊丛。带声来蕊上,连影—作饮在香中。去住沾余雾,高低顺过风。终惭异蝴蝶,不与梦魂通。

题杨著别业

柳巷向陂斜,回阳噪乱鸦。农桑子云业,书籍蔡邕家。暮叶初翻砌,寒池转露沙。如何守儒行,寂寞过年华。

送太仆寺李丞赴都到桃林塞

远过桃林塞,休年自昔闻。曲河随暮草,重阜接闲云。造父为周御,詹嘉守晋军。应多怀古思,落叶又纷纷。

宋中

百战无军食,孤城陷房尘。为伤多易子,翻吊浅为臣。漫漫东流水,悠悠南陌人。空思前事往,向晓泪沾巾。

陪宴湖州公堂

谢公为楚郡,坐客是瑶林。文府重门奥,儒源积浪深。壶觞邀薄醉,笙磬发高音。末至才仍短,难随白雪吟。

寻觉公因寄李二端司空十四曙

少年尝昧道,无事日悠悠。及至悟生死,寻僧已白头。云回庐瀑雨,树落给园秋。为我谢宗许,尘中难久留。

送郭秀才赴举

乡赋鹿鸣篇,君为贡士先。新经梦笔夜,才比弃繻年。海雨沾隋柳,江潮赴楚船。相看南去雁—作岸去,离恨倍潜然。

送王闰—作润

相送临汉—作寒水,怆然望故关。江芜连梦泽,楚雪入商山。语我他年旧,看君此日还。因将自悲泪,一洒别离间。

送蜀客还

万峰深积翠,路向此中难。欲暮多羁思,因高莫远看。卓家人寂寞,扬子业荒残。唯见岷山水,悠悠带月寒。

送海州卢录事

之官逢计吏,风土问如何。海口朝阳近,青州春气多。郊原鹏影到,楼阁蜃云和。损益关从事,期听劳者歌。

登钟山馆

匹马宜春路,萧条背馆心。涧花寒夕雨,潭水黑朝林。野市鱼盐隘,江村竹苇深。子规何处发,青树满高岑。

秋日—作落照

照耀天山外,飞鸦几共过。微红拂秋汉,片白透长波。影促寒汀薄,光残古木多。金霞与云气,散漫复相和。

赠苗员外

为郎日赋诗,小谢少年时。业继儒门后,心多道者期。晚—作晓回长乐殿,新出夜—作永明祠。行乐西园暮,春风动柳丝。

诣顺公问道

此身知是妄,远远诣支公。何法住持后,能逃生死中。秋苔经古径,箨叶满疏丛。方便如开诱,南宗与北宗。

废庆宝寺一作司空曙诗

黄叶前朝寺,无僧寒一作闲殿开。池晴龟出暴,松暝鹤飞回。古井一作砌碑横草,阴廊画杂苔。禅宫亦销一作衰歇,尘世转堪哀。

赴许州留别洛中亲故

淳风今变俗,末学误为文。幸免投湘浦,那辞近汝坟。山遮魏阙路,日隐洛阳云一作城。谁念联翩翼,烟中独失群。

送叶尊师归处州

风驭南行远,长山与夜江。群祆离分野,五岳拜旌幢。石髓调金鼎,云浆实玉缸。鹓狖吠声晓,洞府有仙厖。

全唐诗卷二百六十九

耿湋

酬张少尹秋日凤翔西郊见寄

鼎气孕河汾,英英济旧勋。刘生曾任侠,张率自能文。官佐征西府,名齐将上军。秋山遥出浦,野鹤暮离群。远恨边笳起,劳歌骑吏闻。废关人不到,荒戍日空曛。草木凉初变,阴晴景半分。叠蝉临积水,乱燕入过一作高云。丽藻终思我,衰髯亦为君。闲吟寡和曲,庭叶渐纷纷。

春日书情寄元校书伯和相国元子

数岁平津邸,诸生出门一作问时。羁孤力行早,疏贱托身迟。芳草看无厌,青山到未期。贫居悲老大,春日上茅茨。卫玠琼瑶色,玄成鼎鼐姿。友朋汉相府,兄弟谢家诗。律合声虽应,劳歌调自悲。流年不可住,惆怅镜中丝。

奉送崔侍御和蕃

万里华戎隔,风沙道路秋。新恩明主启,旧好使臣修。旌节随边草,关山见戍楼。俗殊人左衽,地远水西流。日暮冰先合,春深雪未休。无论善长对,博望自封侯。

春日即事

芳菲那变易,年鬓自蹉跎。室与千峰对,门唯二仲过。宦情知己少,生事托人多。草色微风长,莺声细雨和。几时犹滞拙,终日望恩波。纵欲论相报,无如漂母何。

仙山行

深溪人不到,杖策独缘源。花落寻无径,鸡鸣觉近村。数翁皆藉草,对弈复倾尊。看毕初为一作围局,归逢几世孙。云迷入洞处,水引出山门。惆怅归城郭,樵柯迹尚存。

得替后书怀上第五相公

谁语栖惶客,偏承顾盼私。应逾骨肉分,敢忘死生期。山县唯荒垒,云屯尽老师。庖人宁自代,食蘖谬相推。黄绶名空罢,青春鬓又衰。还来扫门处,犹未报恩时。独立花飞满,无言月下迟。不知丞相意,更欲遣何之。

入塞曲
将军带十围,重锦制戎衣。猿臂销弓力,虬须长剑威。首登平乐宴,新破大宛归。楼上诛姬笑,门前问客稀。暮烽玄兔急,秋草紫骝肥。未奉君王诏,高槐昼掩扉。

送姚校书因归河中
十年相见少,一岁又还乡。去住人惆怅,东西路渺茫。古陂无茂草,高树有残阳。委弃秋来一作收余稻,凋疏采后桑。月轮生舜庙,河水出一作入关墙。明日过闾里,光辉芸阁郎一作香。

题清源寺即王右丞故宅
儒墨兼宗道,云泉隐旧一作旧结庐。孟城今寂寞,辋水自纡余。内学销多累,西林一作园易故居。深房春竹老,细雨夜钟疏。陈迹留金地,遗文在石渠。不知登座客,谁得一作学蔡邕书。

奉送蒋尚书兼御史大夫东都留守
副相威名重,春卿礼乐崇。锡珪仍拜下,分命遂居东。高斾翻秋日,清铙引细风。蝉稀金谷树,草遍德阳宫。教用儒门俭,兵依武库雄。谁云千载后,周召独为公。

喜侯十七校书见访
东城独屏居,有客到吾庐。发廪因春黍,开畦复剪蔬。许酬令乞酒,辞窭任无鱼。遍出新成句,更通未悟书。藤丝秋不长,竹粉雨仍余。谁为一作谓须张烛,凉空有望舒。

晚春青门林亭燕集
都门连骑出,东野柳如丝。秦苑看出处,王孙逐草时。欢游难再得,衰老是前期。林静莺啼远,春深日过迟。落花今夕思,秉烛古人诗。对酒当为乐,双杯未可辞。

晚秋东游寄猗氏第五明府解县韩明府
步出青门去,疏钟隔上林。四郊多难日,千里独归心。暮鸟声偏苦,秋云色易阴。乱坟松柏少,野径草茅深。灞涘袁安履,汾南宓贱琴。何由听白雪,只益泪沾襟。

奉和元承一作丞杪秋忆终南旧居
白玉郎仍少,羊车上路平。秋风摇远草,旧业起高情。乱树通秦苑,重原接杜城。溪云随暮淡,野水带寒清。广树一作榭留峰翠,闲门响叶声。近樵应已烧,多稼又新成。解佩从休沐,承家岂退耕。恭侯有遗躅,何事学泉明。

晚夏即事临南居
何须学从宦,其奈本无机。蕙草芳菲歇,青山早晚归。广庭余落照,高枕对闲扉。树色迎秋老,蝉声过雨稀。艰难逢事异,去就与时违。遥忆衡门外,苍苍三径微。

省试骊珠诗
是日重泉下,言探径寸珠。龙鳞今不逆,鱼目也应殊。掌上星初满,盘中月正孤。酬恩光莫及,照乘色难逾。欲问投人否,先论按剑无。倘怜希代价,敢对此冰壶。

元日早朝
九陌朝臣满,三朝候鼓赊。远珂时接韵,攒炬偶成花。紫贝为高阙,黄龙建大牙。参差万戟合,左右八貂斜。羽扇纷朱槛,金炉隔翠华。微风传曙漏,晓日上春霞。环佩声重叠,蛮夷服等差。乐和天易感,山固寿无涯。渥泽千年圣,车书四海家。盛明多在位,谁得守蓬麻。

送归中丞使新罗一本题下有册立吊祭四字
远国通王化,儒林得使臣。六一作立君成典册,万里一作行吊奉丝纶。云水连孤棹,恩私在一身。悠悠龙节去,渺渺蜃楼新。望里行还一作山仍暮,波中岁又春。昏明看日御一作脚,又作色,灵怪问舟人。城邑分华夏,衣裳拟缙绅。他时礼命毕,归路勿一作不迷津。

赠兴平郑明府
海内兵犹在,关西赋未均。仍劳持斧使,

尚宰茂陵人。遥夜重城掩,清宵片月新。绿琴
听古调,白屋被深仁。迹与儒生合,心惟静者
亲。深情先结契,薄宦早趋尘。贫病休何日,
艰难过此身。悠悠行远道,冉冉过一作逢良辰。
明主知封事,长沮笑问津。栖遑忽相见,欲语
泪沾巾。

和王怀州观西营秋射得寒字

谢公亲校武,草碧露漫漫。落叶停高驾,
空林满从官。迎筹皆叠鼓,挥箭或移竿。名借
三军勇,功推百中难。主皮山郡晚,饮算柳营
寒。明日开铃阁,新诗双玉盘。

晚登虔州即事寄李侍御

章溪与贡水,何事会波澜。万里归人少,
孤舟行路难。春光浮曲浪,暮色隔连滩。花发
从南早,江流向北宽。故交参盛府,新角耸危
冠。楚剑期终割,隋珠惜未弹。酒醒愁转极,
别远泪初干。愿保乔松质,青青过大一作岁寒。

奉和第五相公登鄱阳郡城西楼

茂德为邦久,丰貂旧相尊。发生传雨露,
均养助乾坤。晓肆登楼目,春一本缺销恋阙魂。
女墙分吏事,远一作闾,一本缺道启津门。溢浦潮
声尽,钟陵暮色繁。夕阳移梦土,芳草接湘源。
封内群氓复,兵间百赋存。童牛耕废亩,壕木
一作水绕新村。野步渔声一作歌溢,荒祠鼓舞喧。
高斋成五字,远岫发孤猿。一顾承英达,多荣
及子孙。家贫仍受赐,身老未酬恩。属和瑶华
曲,堪将系组纶。

甘泉诗并序

甘泉,美良牧也。覃怀旧水咸卤,人多被一作疲
患。天愍遗氓,是生王公。惠和既敷,妙用潜应。顷
修垒虞寇,凿井便溉。忽遇醴泉,香美若饴。遂命水
工浚渫余泥,葺栏备绠,维人所欲,万瓶继絮,道路纷
纷。既蠲诸邪,亦愈群瘵,岂止夫宜盥漱之用,增烹饪
之味,客乃率然。遂赋兹什。

异井甘如醴,深仁远未涯。气寒堪破暑,
源净自蠲邪。修绠悬冰鳌,新桐一作梧阴玉沙。
带星凝晓露,拂雾涌秋华。绿溢涵千仞,清泠

饮万家。何能葛洪宅,终日闭烟霞。

发绵津驿

孤舟北去暮心伤,细雨东风春草长。杳杳
短亭分水陆,隆隆远鼓集渔商。千丛野竹连湘
浦,一派寒江下吉阳。欲问长安今远近,初年
一作逢塞雁有归行。

塞上曲

惯习干戈事鞍马,初从少小在边城。身微
久属千夫长,家远多亲五郡兵。懒说疆场曾大
获,且悲年鬓老长征。塞鸿过尽残阳里,楼上
凄凄一作呜呜暮角声。

路旁老人

老人独坐倚官树,欲语潸然泪便垂。陌上
归心无产业,城边战骨有亲知。余生尚在艰难
日,长路多逢轻薄儿。绿水青山虽似旧,如今
贫后复何为。

赠别刘员外长卿

清如寒玉直如丝,世故多虞事莫期。建德
津亭人别夜,新安江水月明时。为文易老皆知
苦,谪宦无名倍足悲。不学朱云能折槛,空羞
献纳在丹墀。

宿万固一作回寺因寄严补阙

晓随樵客到青冥,因礼山僧宿化城。钟梵
已休初入定,有无皆离本难名。云开半夜千林
静,月上中峰万壑明。为报故人雷处士,尘心
终日自劳生。

岐阳客舍呈张明府

逸妻稚子应沟壑,归路茫茫东去遥。凉叶
下时心悄悄,空斋梦里雨萧萧。星霜渐见侵华
发,生长虚闻在圣朝。知己只今何处在,故山
无事别渔樵。

奉和李观察登河中白楼

城上高楼飞鸟齐,从公一遂蹑丹梯。黄河
曲尽流天外,白日轮轻一作倾落海西。玉树九

重长在梦,云衢一望杳如迷。何心更和阳春奏,况复秋风闻战鼙。

朝下寄韩舍人

侍臣鸣佩出西曹,鸾殿分阶翊彩旄。瑞气迥浮青玉案,日华遥上赤霜袍。花间焰焰云旗合,鸟外亭亭露掌高。肯念万年芳树里,随风一叶在蓬蒿。

贺李观察祷河神降雨

质明斋祭北风微,驺驭千群拥庙扉。玉帛才敷云淡淡,笙镛未撤雨霏霏。路边五稼添膏长,河上双旌带湿归。若出敬亭山下作,何人敢和谢玄晖。

上将行一作上裴行军中丞

萧关扫定犬羊群一作胡尘已灭天山外,闭阁层城白日一作阴阴日复曛。枥上骅骝嘶鼓角,门前老将识风云。旌旗四面寒山映一作高秋见,丝管一作竹千家静夜闻。谁道古来多简册一作之策,功臣一作成唯有卫一作是李将军。一作更想他时看竹帛,功成不独霍将军。

许下书情寄张韩二舍人

谪宦军城老更悲,近来频夜梦丹墀。银杯乍灭心中火,金镊唯多鬓上丝。一作乍然乍灭心中火,渐镊渐多鬓上丝。绕院一作履,又作径绿苔闻雁处,满庭黄叶闭门时。故人高步云衢上,肯念前程杳未期。

九日

重阳寒寺满秋梧,客在南楼顾老夫。步蹇强登游藻井,发稀那更插茱萸。横空过雨千峰出,大野新霜万叶枯一作万壑铺。更望尊中菊花酒,殷勤能得几回沽。

送大谷高少府

县属并州北近胡,悠悠此别宦仍孤。应知史笔思循吏,莫料辕门笑鲁儒。古塞草青宜牧马,春城月暗好啼乌。雕残贵有亲仁术,梅福何须去隐吴。

同李端春望

二毛羁旅尚迷津,万井莺花雨后春。宫阙参差当晚日,山河迤逦静纤尘。和风醉里承恩客,芳草归时失意人。南北东西各自去,年年依旧物华新。

岳祠送薛近贬官

枯松老柏仙山下,白帝祠堂枕古逵。迁客无辜祝史告,神明有喜女巫知。遥思桂浦人空去,远过衡阳雁不随。度岭梅花翻向北,回看不见树南枝。

送友人游江南

远别悠悠白发新,江潭何处是通津。潮声偏惧初来客,海味唯甘久住人。漠漠烟光前浦晚,青青草色定山春。汀洲更有南回雁,乱起联翩北向秦。

长门怨

闻道昭阳宴,嚬蛾落叶中。清歌逐寒月,遥夜入深宫。

秋日

反照入间巷,尤来与谁一作愁来谁共语。古道无一作少人行,秋风动禾黍。

秋夜

高秋夜分后,远客雁来时。寂寞重门掩,无人问所思。

慈恩寺残春

双林花已尽,叶色占残芳。若问同游客,高年最断肠。

早次眉一作郿县界

匹马晓路一作言归,悠悠渭川道。晴山向孤城,秋日满白草。

路傍墓

石马双双当古树,不知何代公侯墓。墓前靡靡一作菲菲春草深,唯有行人看碑路。

代园中老人
佣赁难—作谁堪一老身,皤皤力役在青春。林园手种唯吾事,桃李成阴归别人。

古意
虽言千骑上头居,一世生离恨有余。叶下绮窗银烛冷,含啼自草锦中书。

凉州词
国使翩翩随旆旌,陇西岐路足荒城。毡裘牧马胡雏小,日暮蕃歌三两声。

安邑王校书居
秋来池馆清,夜闻宫漏声。迢递玉山迥,泛滟银河倾。琴上松风至,窗里竹烟生。多君不家食,孰云事岩耕。

登总持寺阁
今日登高阁,三休忽自悲。因知筋力减,不及往年时。草树还如旧,山河亦在兹。龙钟兼老病,更有重来期。

寄钱起—作司空曙诗
草长花落树,赢病强寻春。无复少年意,空余华发新。青原高见水,白社静逢人。寄谢南宫客,轩车不见亲。

宿青龙寺故昙上人院
年深宫院在,闲客自相逢。闭户临寒竹,无人有夜钟。降龙今已去,巢鹤竟何从。坐见繁星晓,凄凉识旧峰。

新蝉—作司空曙诗
今朝蝉忽鸣,迁客若为情。便觉一年谢,能令万感生。微风方满树,落日稍沉城。为问同怀者,凄凉听几声。

秋中雨田园即事
漠漠重云暗,萧萧密雨垂。为霖淹古道,积日满荒陂。五稼何时获,孤村几户炊。乱流发通圃,腐叶著秋枝。暮爨新樵湿,晨渔旧浦移。空余去年菊,花发在东篱。

拜新月—作李端诗
开帘见新月,便即下阶拜。细语人不闻,北风吹裙带。

客行赠人
旅行虽别路,日暮各思归。欲下今朝泪,知君亦湿衣。

赠山老人
白首独一身,青山为四邻。虽行故乡陌,不见故乡人。

赠胡居士
孔融过五十,海内故人稀。相府恩犹在,知君未拂衣。

荐福寺送元伟
送客攀花后,寻僧坐竹时。明朝莫回望,青草马行迟。

观邻老栽松
虽过老人宅,不解老人心。何事斜阳里,栽松欲待阴。

哭翃象—作司空曙诗
忆昨秋风起,君曾叹逐臣。何言芳草日,自作九泉人。

哭苗垂
旧友无由见,孤坟草欲长。月斜邻笛尽,车马出山阳。

题云际寺故僧院
白发恩恩色,青山草草心。远公仍下世,从此别东林。

句
高树多凉吹,疏蝉足断声。见《海录碎事》。

全唐诗卷二百七十

戎昱

戎昱，荆南人，登进士第。卫伯玉镇荆南，辟为从事。建中中，为辰、虔二州刺史。集五卷，今编诗一卷。

塞下—作上曲

惨惨寒日没，北风卷蓬根。将军领疲兵，却入古塞门。回头指阴山，杀气成黄云。

上山望胡兵，胡马驰骤速。黄河冰已合，意又向南牧。嫖姚夜出军，霜雪割人肉。

塞北无草木，乌鸢巢僵尸。泱漭沙漠空，终日胡风吹。战卒多苦辛，苦辛无四时。

晚渡西海西，向东看日没。傍岸砂砾堆，半和战兵骨。单于竟未灭，阴气常勃勃。

城—作楼上画角哀，即—作则知兵心苦。试问左右人，无言泪如雨。何意休明时，终年事鼙鼓。

北风凋白草，胡马日骎骎。夜后戍楼月，秋来边将心。铁衣霜露—作雪重，战马岁年深。自有卢龙塞，烟尘飞至今。

苦哉行五首 宝应中过渭州洛阳后同王季友作

彼鼠侵我厨，纵狸授粱肉。鼠虽为君却，狸食自须足。冀雪大国耻，翻是大国辱。膻腥逼绮罗，砖瓦杂珠玉。登楼非骋望，目笑是心哭。何意天乐中，至今奏胡曲。

官军收洛阳，家住洛阳里。夫婿与兄弟，目前见伤死。吞声不许哭，还遣衣罗绮。上马随匈奴，数秋黄尘里。生为名家女，死作塞垣鬼。乡国无还期，天津哭流水。

登楼望天衢，目极泪盈睫。强笑无笑容，须妆旧花靥。昔年买奴仆，奴仆来碎叶。岂意未死间，自为匈奴妾。一生忽至此，万事痛苦业。得出塞垣飞，不如彼蜂蝶。

妾家清河边,七叶承貂蝉。身为最小女,偏得浑家怜。亲戚不相识,幽闺十五年。有时最远出,只到中门前。前年狂胡来,惧死翻生全。今秋官军至,岂意遭戈铤。匈奴为先锋,长鼻黄发拳。弯弓猎生人,百步牛羊膻。脱身落虎口,不及归黄泉。苦哉难重陈,暗哭苍苍天。

可汗奉亲诏,今月归燕山。忽如乱刀剑,搅妾心肠间。出户望北荒,迢迢玉门关。生人为死别,有去无时还。汉月割妾心,胡风凋妾颜。去去断绝魂,叫天天不闻。

苦辛行

且莫奏短歌,听余苦辛词。如今刀笔士,不及屠沽儿。少年无事学诗赋,岂意文章复相误。东西南北少知音,终年竟岁悲行路。仰面诉天天不闻,低头告地地不言。天地生我尚如此,陌上他人何足论。谁谓西江深,涉之固无忧;谁谓南山高,可以登之游。险巇唯有世间路,一晌令人堪白头。贵人立意不可测,等闲桃李成荆棘。风尘之士深可亲,心如鸡犬能依人。悲来却忆汉天子,不弃相如家旧贫。劝君且饮酒,酒能散羁愁。谁家有酒判一醉,万事从他江水流。

长安秋夕 一作中秋感怀

八月更漏长,愁人起常早。闭门寂无事,满院一作地生秋草。昨宵西一作北窗梦,梦入荆南一作门道。远客归去来,在家贫亦好。

罗江客舍

山县秋云暗,茅亭暮雨寒。自伤庭叶下,谁问客衣单。有兴时添酒一作开卷,无聊懒整冠。近来乡国梦,夜夜到长安。

赠岑郎中

童年未解读书时,诵得郎中数首诗。四海烟尘犹隔阔,十年魂梦每相随一作思。虽披云一作欣披雾逢迎疾,已恨趋风拜德一作识迟。天下无人鉴诗句,不寻诗伯重一作更寻谁。

闻笛 一作李益诗

入夜思归切,笛声清一作寒更哀。愁人不愿听,自到枕前一作边来。风起塞云断,夜深关月开。平明独惆怅,飞尽一庭梅。

汉上题韦氏庄

结茅同楚客,卜筑汉江边。日落数归鸟,夜深闻扣舷。水痕侵岸柳,山翠借厨烟。调笑提筐妇,春来蚕几眠。

闺情

侧听宫官说,知君宠尚存。未能开笑颊,先欲换愁魂。宝镜窥妆影,红衫裛泪痕。昭阳今再入,宁敢恨长门。

衡阳春日游僧院

曾共刘谘议,同时事道林。与君相掩泪,来客岂知心。阶雪凌春积,炉烟向瞑深。依然旧童子,相送出花林。

玉台体题湖上亭

湖入县西边,湖头胜事偏。绿竿初长笋,红颗未开莲。蔽日高高树,迎人小小船。清风长入坐,夏月似秋天。

早梅

一树寒梅白玉条,迥临村路傍溪桥。应缘一作不知近水花先发,疑是经春一作冬雪未销。

移家别湖上亭

好是一作去春风湖上亭,柳条藤蔓系离情。黄莺久住浑相识,欲别频啼四一作三五声。

客堂秋夕

隔窗萤影灭复流,北风微雨虚堂秋。虫声竟夜引乡泪,蟋蟀何自知人一作知人自愁。四时不得一日乐,以此方悲客游恶一作牢落。寂寂江城无所闻,梧桐叶上偏萧索。

湖南雪中留别

草草还草草,湖东别离早。何处愁杀人,

归鞍雪中道。出门迷辙迹,云水白浩浩。明日武陵西,相思鬓堪老。

赠别张驸马

上元年中长安陌,见君朝下欲归宅。飞龙骑马三十匹—作四,玉勒雕鞍照初日。数里衣香遥扑人,长衢雨歇无纤尘。从奴斜抱敕赐锦,双双蹙出金麒麟。天子爱婿皇后弟,独步明时负权势。一身扈跸承殊泽,甲第朱门耸高甍。凤凰楼上伴吹箫,鹦鹉杯中醉留客。泰去否来何足论,宫中晏驾人事翻。一朝负谴辞丹阙,五年待罪湘江源。冠冕凄凉几迁改,眼看桑田变成海。华堂金屋别赐人,细眼黄头总何在。渚宫相见寸心悲,懒欲今时问昔时。看君风骨殊未歇,不用愁来双泪垂。

泾州观元戎出师

寒日征西将,萧萧万马丛。吹笳覆楼雪,祝纛满旗风。遮虏黄云断,烧羌白草空。金铙肃天外,玉帐静霜中。逆野长城闭,河源旧路通。卫青师自老,魏绛赏何功。枪垒依沙迥,辕门压塞雄。燕然如可勒,万里愿从公。

从军行

昔从李都尉,双鞬照马蹄。擒生黑山北,杀敌黄云西。太白沈房地,边草复萋萋。归来邯郸市,百尺青楼梯。感激然诺重,平生胆力齐。芳筵暮歌发,艳粉轻鬟低。半酣—作醉秋风起,铁骑门前嘶。远戍报烽火,孤城严鼓鼙。挥鞭望尘去,少妇莫含啼。

古意

女伴朝来说,知君欲弃捐。懒梳明镜下,羞到画堂前。有泪沾脂粉,无情理管弦。不知将巧笑,更遣向谁怜。

听杜山人弹胡笳—本题下有歌字

绿琴胡笳谁妙弹,山人杜陵名庭兰。杜君少与山人友,山人没来今已久。当时海内求知音,嘱付胡笳入君手。杜陵攻琴四十年,琴声在音不在弦。座中为我奏此曲,满堂萧瑟如穷边。第一第二拍,泪尽蛾眉没蕃客。更闻出塞入塞声,穹庐毡帐难为情。胡天雨雪四时下,五月不曾芳草生。须臾促轸变宫徵,一声悲兮一声喜。南看汉月双眼明,却顾胡儿寸心死。回鹘数年收洛阳,洛阳士女皆驱将。岂无父母与兄弟,闻此哀情皆断肠。杜陵先生证此道,沈家祝家皆绝倒。如今世上雅风衰,若个深知此声好。世上爱筝不爱琴,则明此调难知音。今朝促轸为君奏,不向俗流传此心。

咏史—作和蕃

汉家青史上,计拙是和亲。社稷依明主,安危托妇人。岂能将玉貌,便拟静胡—作烟尘。地下千年骨,谁为辅佐臣。

桂州腊夜

坐到三更尽,归仍万里赊。雪声偏傍竹,寒梦不离家。晓角分残漏,孤灯落碎花。二年随骠骑,辛苦向天涯。

再赴桂州先寄—作上李大夫

玷玉甘长弃,朱门喜再游。过因谗后重,恩合死前酬。养骥须怜瘦,栽松莫厌秋。今朝两行泪,一半血和流。

题招提寺

招提精舍好,石壁向江开。山影水中尽,鸟声天上来。一灯传岁月,深院—作殿长莓苔。日暮双林磬,泠泠—作玲玲送客回。

谪官辰州冬至日有怀

去年长至在长安,策杖曾簪獬豸冠。此岁长安逢至日,下阶遥想雪霜寒。梦随行伍朝天去,身寄穷荒报国难。北望南郊消息断,江头唯有泪阑干。

赠韦况徵君

身欲逃名名自随,凤衔丹诏降茅茨。苦节难违天子命,贞心唯有老松知。回看药灶封题密,强入蒲轮引步迟。今日巢由旧冠带,圣朝风化胜尧时。

送吉州阎使君入道二首

闻道桃源去,尘心忽自悲。余当从宦日,君是弃官时。金汞封仙骨,灵津咽玉池。受传三箓备,起坐五云随。洞里花常发,人间鬓易衰。他年会相访,莫作烂柯棋。

庐陵太守近朝官,霞—作月帔初朝五—作玉帝坛。风过鬼神延—作迎受箓,夜深龙虎卫烧丹。冰容入镜纤埃静,玉液添—作倾瓶漱齿寒。莫遣桃花迷客路,千山万水访君难。

入剑门

剑门兵革后,万事尽堪悲。鸟鼠无巢穴,儿童话别离。山川同昔日,荆棘是今时。征战何年定,家家有画旗。

过商山

雨暗商山过客稀,路傍孤店闭柴扉。卸鞍良久茅檐下,待得巴—作主人樵采归。

闰春宴花溪严侍御庄

一团青—作春翠色,云是子陵家。山带新晴雨,溪留闰月花。瓶开巾漉酒,地坼笋抽芽。采缛—作何幸承颜面—作服,朝朝赋—作奏白华。

岁暮客怀

异乡三十口,亲老复家贫。无事乾坤内,虚为翰墨人。岁华南去后,愁梦北来频。惆怅江边柳,依依又欲春。

秋望兴庆宫

先皇歌舞地,今日未游巡。幽咽龙池水,凄凉御榻尘。随风秋树叶,对月老宫人。万事如桑海,悲来欲恸—作动神。

送郑錬师贬辰州

辰州万里外,想得逐臣心。谪去刑名枉,人间痛惜深。误将瑕指玉,遂使谩—作谤消金。计日西归在,休为泽畔吟。

云梦故城秋望

故国遗墟在,登临想旧游。一朝人事变,千载水空流。梦渚鸿声—作毛晚—作鸥飞晚,荆门树色秋。片云凝不散,遥挂望乡愁。

秋日感怀

洛阳岐路信悠悠,无事辞家两度秋。日下未驰千里足,天涯徒泛五湖舟。荷衣半浸缘乡泪,玉貌潜销是客愁。说向长安亲与故,谁怜岁晚尚淹留。

送王明府入道

何事陶彭泽,明时又挂冠。为耽泉石趣,不惮薜萝寒。轻雪笼纱帽,孤猿傍醮坛。悬悬—作思老松下,金灶夜烧丹。

秋月—作江城秋夜

江干入夜杵声秋,百尺疏桐挂斗牛。思苦自看—作缘明月苦,人愁不是月华愁。

赋得铁马鞭

成器虽因匠,怀刚本自天。为怜持寸节,长拟静三边。未入英髦用,空存铁石坚。希君剖腹取,还解抱龙泉。

闻颜尚书陷贼中

闻说—作传道征南没,那堪故吏闻。能持苏武节,不受马超勋。国破无家—作人信,天秋有雁群。同荣不同辱,今日负将军。

送苏参军

忆昨青襟醉里分,酒醒回首怆离群。舟移极浦城初掩,山束长江日早曛。客—作老来有恨空思德,别后谁人更议文。常叹苏生官太屈,应缘才似鲍参军。

成都元十八侍御

不见元生已数朝,浣花溪路去非遥。客舍早知浑寂寞,交情岂谓更萧条。空有寸心思会面,恨无单醑遣相邀。骅骝—作骝幸自能驰骤,何惜挥鞭过柞桥。

观卫尚书九日对中使射破的

盛宴倾黄菊,殊私降紫泥。月营开射圃,

霜旆拂晴霓。出将三朝贵,弯弓五善齐。腕回金镞满,的破绿弦低。勇气干牛斗,欢声震鼓鼙。忠臣思报国,更欲取关西。

辰州闻大驾还宫

闻道銮舆归魏阙,望云西拜喜成悲。宁知陇水烟销日,再有园林秋荐时。渭水战添亡虏血,秦人生睹旧朝仪。自惭出守辰州畔,不得亲随日月旗。

辰州建中四年多怀

荒徼辰阳远,穷秋瘴雨深。主恩堪洒血,边宦更何心。海上红旗满,生前白发侵。竹寒宁改节,隼静早因禽。务退门多掩,愁来酒独斟。天涯忧国泪,无日不沾襟。

上桂州李大夫

今日辞门馆,情将众别殊。感深翻有泪,仁过曲怜愚。晚—作晓镜伤秋鬓,晴寒切病躯。烟霞—作波万里阔,宇宙一身孤—作迂。倚马才宁有,登龙意岂无。唯于方寸内,暗贮报恩珠。

江城秋霁

霁后江城风景凉,岂堪登眺只堪伤。远天蟏蛸收残雨,映水鸿鹚近夕阳。万事无成空过日,十年多难不还乡。不知何处销兹恨,转觉愁随夜夜长。

上李常侍

旌旗晓过大江西,七校前驱万队齐。千里政声人共喜,三军含肃马前嘶。恩沾境内风初变,春入城阴柳渐低。桃李不须令更种,早知门下旧成蹊。

上湖南崔中丞

山上青松陌上尘,云泥岂合得相亲。举世尽嫌良马瘦,唯君不弃—作厌卧龙贫。千金未必能移性,一诺从来许杀身。莫道书生无感激,寸心还是报恩人。

早春雪中

阴云万里昼—作尽漫漫,愁坐关心事几般。为报春风休下雪,柳条初放—作发不禁寒。

云安阻雨

日长巴峡雨濛濛,又说归舟路未通。游人不及西江水,先得东流到渚宫。

湖南春日二首

自怜春日客长沙,江上无人转忆家。光景却添乡思苦,檐前数片落梅花。

三湘漂寓若流萍,万里湘—作江乡隔洞庭。羁客春来心欲碎,东风莫遣柳条青。

送陆秀才归觐省

武陵何处在,南指楚云阴。花萼连枝—作芳近,桃源去路深。啼莺徒寂寂,征马已骎骎。堤上千年柳,条条挂我心。

戏题秋月

秋宵月色胜春宵,万里天涯静寂寥。近来数夜飞霜重,只畏娑婆树叶凋。

宿湘江

九月湘江水漫流,沙边唯览月华秋。金风浦上吹黄叶,一夜纷纷满客舟。

戏赠张使君

数载蹉跎罢缙绅,五湖乘兴转迷津。如今野客无家第,醉处寻常是主人。

别公安贾明府

叶县门前江水深,浅于羁客报恩心。把君诗卷西归去,一度相思一度吟。

霁雪—作韩舍人书窗残雪

风卷寒—作黄云—作长空暮雪晴,江烟洗尽柳条—作枝轻。檐前数片无人扫,又得书窗一夜明。

汉阴吊崔员外坟

远别望有归,叶落—作落叶望春晖。所痛泉路人,一去无还期。荒坟遗汉阴,坟树啼子规。存没抱冤滞,孤魂意何依。岂无骨肉亲,岂无深相知？曝露不复问,高名亦何为。相携恸君罢,春日空迟迟。

题槿花

自用金钱买槿栽,二年方始得花开。鲜红未许佳人见,蝴蝶争知早到来。

题宋玉亭

宋玉亭前悲暮秋,阳台路上雨初收。应缘此处人多别,松竹萧萧也带愁。

过东平军

画角初鸣残照微,营营鞍马往来稀。相逢士卒皆垂泪,八座朝天何日归。

送辰—作新州郑使君

谁人不遣谪,君去独堪伤。长子家无弟—作第,慈亲老在堂。惊魂随驿吏,冒暑向炎方。未到猿啼处,参差已断肠。

江上柳送人—本题上有赋得二字

江柳断肠色,黄丝垂未齐。人看几重恨,鸟入一枝低。乡泪正堪落,与君又解携。相思万里道,春去夕阳西。

湘南曲

虞帝南游不复远,翠蛾幽怨水云间。昨夜月明湘浦宿,闺中珂佩度空山。

桂州西山登高上陆大夫

登高上山上,高处更堪愁。野菊他乡酒,芦花满眼秋。风烟连楚郡,兄弟客—作爱荆州。早晚朝天去,亲随定远侯。

寄郑炼师

平生金石友,沦落向辰州。已是二年客,那堪终日愁。尺书浑不寄,两鬓计应秋。今夜相思月,情人南海头。

八月十五日

忆昔千秋节,欢娱万国同。今来六亲远,此日一悲风。年少逢胡乱,时平似梦中。梨园几人在,应是涕—作泣无穷。

征人归乡

三月江城柳絮飞,五年游客送人归。故将别泪和乡泪,今日阑干湿汝衣。

骆家亭子纳凉

江湖思渺然,不离国门前。折苇鱼沈藻,攀藤鸟出烟。生衣宜水竹,小酒入诗篇。莫怪侵星坐,神清不欲眠。

逢陇西故人忆关中舍弟

莫话边庭事,心摧不欲闻。数年家陇地,舍弟殁胡军。每念支离苦,常嗟骨肉分。急难何日见,遥哭陇西云。

秋夜—本有宿字梁十三厅事

今来秋已暮,还恐未成归。梦里家仍远,愁中叶又飞。竹声风度急,灯影月来微。得见梁夫子,心源有所依。

成都暮雨秋—作秋雨

九月龟城暮,愁人闭草堂。地卑多雨润,天暖少秋霜。纵欲倾新酒,其如忆故乡。不知更漏急,惟向客—作枕边长。

酬梁二十

渚宫无限客,相见独相亲。长路皆同病,无言似一身。岁寒唯爱竹,憔悴不堪春。细与知音说,攻文恐误人。

花下宴送郑炼师

愁里惜春深,闻幽即共寻。贵看花柳色,图放别离心。客醉花能笑,诗成花—作酒伴吟。为君调绿绮,先奏凤归林。

秋馆雨后得弟兄书即事呈李明府

弟兄书忽到,一夜喜兼愁。空馆复闻雨,贫家怯到秋。坐中孤烛暗,窗外数萤流。试以他乡事,明朝问子游。

寄梁淑

长忆江头执别时,论文未有不相思。雁过

经秋无尺素,人来终日见新诗。心思食蘗何由展,家似流萍任所之。悔学秦人南避地,武陵原上又征师。

送张秀才之长沙
君向长沙去,长沙仆旧谙。虽之—作云桂岭北,终是阙—作洞庭南。山霭生朝雨,江烟作夕岚。松醪能醉客,慎勿滞湘潭。

塞下—作上曲
汉将归来虏塞空,旌旗初下玉关东。高蹄战马三千匹,落日平原秋草中。

送僧法和—作送亮法师
达士心无滞,他乡总是家。问经翻贝叶,论法指莲花。欲契真空义,先开智慧芽。不知飞锡后,何处是恒沙。

送严十五郎之长安
送客身为客,思家怆别家。暂收双眼泪,遥想五陵花。路远征车逈,山回剑阁斜。长安君到日,春色未应—作曾赊。

冬夜宴梁十三厅
故人能爱客,秉烛会吾曹。家为朋徒罄,心缘翰墨劳。夜寒销腊酒,霜冷重绨袍。醉卧西窗下,时闻雁响高。

收襄阳城二首
悲风惨惨雨修修,岘北山低草木愁。暗发前军连夜战,平明旌旆入襄州。

五营飞将拥霜戈,百里僵尸满浐河。日暮归来看剑血,将军却恨杀人多。

出军
龙绕旌竿兽满旗,翻营乍似雪中—作山移。中军一队三千骑,尽是并州游侠儿。

和李尹种葛
弱质人皆弃,唯君手自栽。蕑含霜后竹,香惹腊前梅。拟托凌云势,须凭接引材。清—作绿阴如可惜,黄鸟定飞来。

送零陵妓—作送妓赴于公召
宝钿香蛾翡翠裙,装成掩泣欲行云。殷勤好取襄王意,莫向阳台梦使君。

采莲曲二首
虽听采莲曲,讵识采莲心。漾楫爱花远,回船愁浪深。烟生极浦色,日落半江阴。同侣怜波静,看妆堕玉簪。

浐阳女儿花满头,毿毿同泛木兰舟。秋风日暮南湖里,争唱菱歌不肯休。

塞上曲
胡风略地烧连山,碎叶孤城未下关。山头烽子声—作齐声叫,知是将军夜猎还。

寂上人禅房
俗尘浮垢闭禅关,百岁身心几日闲。安得此生同草木,无营长在四时间。

桂州口号
画角三声动客愁,晓霜如雪覆江楼。谁道桂林风景暖,到来重著皂貂裘。

红槿花
花是深红叶曲尘,不将桃李共争春。今日惊秋自怜客,折来持赠少年人。

哭黔中薛大夫
亚相何年镇百蛮,生涯万事瘴云间。夜郎城外谁人哭,昨日空余旌节还。

感春
看花泪尽知春尽,魂断看花只恨春。名位未沾身欲老,诗书宁救眼前贫。

途中寄李二—作李益诗
杨柳烟含灞岸春,年年攀折为行人。好风若借低枝便,莫遣青丝扫路尘。

寄许炼师—作李益诗
扫石焚香礼碧空,露华偏湿蘂珠宫。如何

说得天坛上,万里无云月正中。

下第留辞顾侍郎
绮陌彤彤花照尘,王门侯邸尽朱轮。城南旧有山村路,欲向云霞觅主人。

题云公山房—作权德舆诗,又作杨巨源诗
云公兰若深山里,月明松殿微风起。试问空门清净心,莲花不著秋潭水。

别离作—作戴叔伦诗
手把杏花枝,未曾经别离。黄昏掩门后,寂寞自心知。

九日贾明府见访
独掩衡门秋景闲,洛阳才子访柴关。莫嫌浊酒君须醉,虽是贫家菊也斑。同人愿得长携手,久客深思一破颜。却笑孟嘉吹帽落,登高何必上龙山。

开元观陪杜大夫中元日观乐第八句缺一字
今朝欢称玉京天,况值关东俗理年。舞态疑回紫阳女,歌声似遏彩云仙。盘空双鹤惊儿剑,洒砌三花度管弦。落日香尘拥归骑,□风油幕动高烟。

中秋夜登楼望月寄人
西楼见月似江城,脉脉悠悠倚槛情。万里此情同皎洁,一年今日最分明。初惊桂子从天落,稍误芦花带雪平。知称玉人临水见,可怜光彩有余清。

赠宜阳张使君
暂作宜阳客,深知太守贤。政移千里俗,人戴两重天。旧郭多新室,闲坡尽辟田。倘令黄霸在,今日耻同年。

移家别树
千一作手种庭前树,人移树不移。看花愁作别,不及未栽时。

成都送严十五之江东
江东万里外,别后几凄凄。峡路花应发,

津亭柳正齐。酒倾迟日暮,川阔远天低。心系征帆上,随君到剡溪。

送李参军
好住好住王司户,珍重珍重李参军。一东一西如别鹤,一南一北似浮云。月照疏林千片景,风吹寒水万里纹。别易会难今古事,非是余今独与君。

题严氏竹亭
子陵栖遁处,堪系野人心。溪水浸山影,岚烟向竹阴。忘机看白日,留客醉瑶琴。爱此多诗兴,归来步步吟。

送王端公之太原归觐相公
柱史今何适,西行咏陟冈。也知人惜别,终美雁成行。春雨桃花静,离尊竹叶香。到时丞相阁,应喜棣华芳。

旅次寄湖南张郎中
寒江近户漫流声,竹影临窗乱月明。归梦不知湖水阔,夜来还到洛阳城。

晚次荆江
孤舟大江水,水涉无昏曙。雨暗迷津时,云生望乡处。渔翁闲自乐,樵客纷多虑。秋色湖上山,归心日边树。徒称竹箭美,未得枫林趣。向夕垂钓还,吾从落潮去。

同辛兖州巢父、卢副端岳相思献酬之作,因纾归怀,兼呈辛魏二院长杨长宁
暮角发高城,情人坐中起。临觞不及醉,分散秋风里。虽有明月期,离心若千里。前欢反惆怅,后会还如此。焉得夜淹留,一回终宴喜。羁游复牵役,馆至重湖水。早晚泛归舟,吾从数君子。

抚州处士湖泛舟送北回两指此南昌县查溪兰若别
移樽铺山曲,祖帐查溪阴。铺山即远道,查溪非故林。凄然诵新诗,落泪沾素襟。郡政

我何有,别情君独深。禅庭古树秋,宿雨清沉沉。挥袂故里远,悲伤去住心。

耒阳溪夜行 为伤杜甫作

乘夕棹归舟,缘源二转幽。月明看岭树,风静听溪流。岚气船间入,霜华衣上浮。猿声虽此夜,不是别家愁。

桂城早秋

远客惊秋早,江天夜露新。满庭惟有月,空馆更何人。卜命知身贱,伤寒舞剑频。猿啼曾下泪,可是为忧贫。

桂州岁暮

岁暮天涯客,寒窗欲晓时。君恩空自感,乡思梦先知。重谊人愁别,惊栖鹊恋枝。不堪楼上角,南向海风吹。

宿桂州江亭呈康端公

独向东亭坐,三更待月开。萤光入竹去,水影过江来。露滴千家静,年流一叶催。龙钟万里客,正合故人哀。

全唐诗卷二百七十一

窦叔向

窦叔向,字遗直,京兆人。代宗时,常衮为相,引为左拾遗、内供奉。衮贬,出为溧水令。五子群、常、牟、庠、巩,皆工词章,有《联珠集》行于时。叔向工五言,名冠时辈。集七卷,今存诗九首。

寒食日恩赐火

恩光及小臣,华烛忽惊春。电影随中使,星辉拂路人。幸因榆柳暖,一照草茅贫。

端午日恩赐百索

仙宫长命缕,端午降殊私。事盛蛟龙见,恩深犬马知。余生倘可续,终冀答明时。

贞懿皇后挽歌三首今存二首

二陵恭妇道,六寝盛皇情。礼逊生前贵,恩追殁后荣。幼王亲捧土,爱女复连茔。东望长如在,谁云向玉京。

后庭攀画柳,上陌咽清笳。命妇羞蘋叶,都人插柰花。寿宫星月异,仙路往来赊。纵有迎仙一作神术,终悲隔绛纱。

秋砧送邑一作包大夫

断续长门下,清冷逆旅秋。征夫应待信,寒女不胜愁。带月飞城上,因风散陌头。离居偏入听,况复送归舟。

过担石湖

晓发渔门戍,晴看担石湖。日衔高浪出,天入四空无。尽寸一作咫尺分洲岛,纤毫指一作辨舳舻。渺然从此去,谁念客帆孤。

春日早朝应制

紫殿俯千官,春松应合欢。御炉香焰暖,驰道玉声寒。乳燕翻珠缀,祥乌集露盘。宫花一万树,不敢举头看。

酬李袁州嘉祐

少年轻会复轻离,老大关心总是悲。强说前程聊自慰,未知携手定何时。公才屈指登黄阁,匪服胡颜上赤墀。想到长安诵佳句,满朝谁不念琼枝。

夏夜宿表兄话旧

夜合花开香满庭,夜深微雨醉初醒。远书珍重何曾达,旧事凄凉不可听。去日儿童皆长大,昔年亲友半凋零。明朝又是孤舟别,愁见河桥酒幔青。

句

禁兵环素帟,宫女哭寒云。《哀挽》第三首,止存二句。见《联珠集叙》。

窦常

窦常,字中行。大历中及进士第,隐居广陵之柳杨著书,二十年不出。后淮南节度杜佑辟为参谋。元和间,自湖南判官入为侍御史,转水部员外郎,出刺朗州、固陵、浔阳、临川四郡,入为国子祭酒,致仕。卒赠越州都督。有集十八卷,今存诗二十六首。

晚次方山精舍却寄张荐员外

楚腊还无雪,江春又足风。马羸三径外,人病四愁中。西塞波涛阔,南朝寺舍空。犹衔步兵酒,宿醉在除一作滁东。

和裴端公枢芜城秋夕简远近亲知

岁积登朝恋,秋加陋巷贫。宿醒因夜歇,佳句得愁新。尽日凭幽几,何时上软轮。汉廷风宪在,应念匪躬人。

项亭怀古

力取诚多难,天亡路亦穷。有心裁帐下,无面到江东。命厄留骓处,年销逐鹿中。汉家神器在,须废拔山功。

奉使西还早发小涧馆寄卢滁州迈

野棠花覆地,山馆夜来阴。马迹穿云去,鸡声出涧深。清风时偃草,久旱或为霖。试与愦愗话,犹坚借寇心。

早发金钩店寄奚十唐大二茂才

出门山未曙,风叶暗萧萧。月影临荒栅,泉声近废桥。岁经秋后役,程在洛中遥。寄谢金门侣,弓旌误见招。

途中立春寄杨郇伯

浪迹终年客,惊心此地春。风前独去马,泽畔耦耕人。老大交情重,悲凉外物亲。子云今在宅,应见柳条新。

故秘监丹阳郡公延陵包公挽歌词

卓绝明时第,孤贞贵后贫。郯诜为冑子,季札是乡人。笔下调金石,花开领缙绅。那堪归葬日,哭渡柳杨津。

凉国惠康公主挽歌

玉立分尧绪,笄年下相门。早加于氏对,偏占馆陶恩。泪有潜成血,香无却返魂。共知何驸马,垂白抱天孙。

哭张仓曹南史

万事竟蹉跎,重泉恨若何。官临环卫小,身逐转蓬多。丽藻尝专席,闲情欲烂柯。春风宛陵路,丹旐在沧波。

北固晚眺

水国芒种后,梅天风雨凉。露蚕开晚簇,蚕露于外,淮西皆然。江燕绕危樯。山趾北来固,潮头西去长。年年此登眺,人事几销亡。

谒三闾庙

君非三谏寤,礼许一身逃。自树终天戚,何裨事主劳。众鱼应饵骨,多士尽铺糟。有客椒浆奠,文衰不继骚。

茅山赠梁尊师

云屋何年客,青山白日长。种花春扫雪,看箓夜焚香。上象壶中阔,平生醉里忙。幸承仙籍后,乞取大还方。

谒诸葛武侯庙

永安宫外有祠堂，鱼水恩深祚不长。角立一方初退舍，拟称三汉更图王。人同过隙无留影，石在穷沙尚启行。归蜀降吴竟何事，为陵为谷共苍苍。

奉贺太保岐公承恩致政 一作仕

君为宫 一作召 公为保及清时，冠盖初闲拜武 一作舞 迟。五色诏中宣九德，百僚班外置三师。山泉遂性休称疾，子弟能官各受词。不学铸金思范蠡，乞言犹许上丹墀。

之任武陵，寒食日途次松滋渡，先寄刘员外禹锡

杏花榆荚晓风前，云际离离上峡船。江转数程淹驿骑，楚曾三户少人烟。看春又过清明节，算老重经癸巳年 宪宗元和八年。幸得 一作在 柱 一作柱，一作佳 山当郡舍，在朝长咏卜居篇。湘州柱山，在郡东十七里，即今德山。

奉寄辰州房使君郎中

汉代文明今盛明，犹将贾傅暂专城。何妨密旨先符竹，莫是除书误姓名。蜗舍喜时春梦去，隼旗行处瘴江清。新年只可三十二，却笑潘郎白发生。

立春后言怀招汴州李匡衙推

闲斋夜击唾壶歌，试望夷门奈远何。每听寒笳离梦断，时窥清鉴旅愁多。初惊宵漏丁丁促，已觉春风习习和。海内故人君最老，花开鞭马更相过。

奉送职方崔员外摄中丞新罗册使

帝命海东使，人行天一涯。辨方知木德，开国有金家。册拜申恩重，留欢作限赊。顺风鲸浪热 一作熟，初日锦帆斜。夜色潜然火，秋期独往槎。慰安皆喻旨，忠信自无瑕。发美童年髻，簪香 一作香簪 子月花。便随琛赆入，正朔在中华。

酬舍弟年秋日洛阳官舍寄怀十韵

幼为逃难者，才省用兵初。去国三苗外，全生四纪 一作绝余。老头亲帝里，归处失吾庐。逝水犹呜咽，祥云自卷舒。正郎曾首拜，亚尹未平除。几变陶家柳，空传魏阙书。思凌天际鹤，言甚辙中鱼。玉立知求己，金声乍起予。在朝鱼水分，多病雪霜居。忽报阳春曲，纵横恨不如。

求自试

仙禁祥云合，高梧彩凤游。沉冥求自试，通鉴果蒙收。文墨悲无位，诗书误白头。陈王抗表日，毛遂请行秋。双剑曾埋狱，司空问斗牛。希垂拂拭惠，感激愿相投。

花发上林

上苑晓沉沉，花枝乱缀阴。色浮双阙近，春入九门深。向暖风初扇，余寒雪尚侵。艳回秦女目，愁处越人心。绕绕时紫蝶，关关乍引禽。宁知幽谷羽，一举欲依林。

过宋氏五女旧居 宋氏女姊五人，贞元中同入宫。

谢庭风韵婕妤才，天纵斯文去不回。一宅柳花今似雪，乡人拟筑望仙台。

还京乐歌词

百战初休十万师，国人西望翠华时。家家尽唱升平曲，帝幸梨园亲制词。

商山 一作四皓 祠堂即事

夺嫡心萌事可忧，四贤西笑暂安刘。后王不敢论珪组，土偶人前枳树秋。

七夕 一本有寄怀二字

露盘花水望三星，仿佛虚无为降 一作降四 灵。斜汉没时人不寐，几条蛛网下风庭。

杏山馆听子规

楚塞余春听渐稀，断猿今夕让沾衣。云埋老树空山里，仿佛千声一度飞。

窦牟

窦牟,字贻周,举贞元进士第。历佐从事,后为留守判官,检校尚书都官郎中,出为泽州刺史,改国子司业卒。有集十卷,今存诗二十一首。

史馆候别蒋拾遗不遇

千门万户迷,伫立月华西。画戟晨光动,春松宿露低。主文亲玉扆,通籍入金闺。肯念从戎去,风沙事鼓鼙。

早赴临一作银台立马待漏口号寄弟群

上陌行初尽,严城立未开。人疑早朝去,客是远方来。伏奏徒将命,周行自引才。可怜霄汉曙,鸳鹭正徘徊。

缑氏拜陵回道中呈李舍人少尹

忽忝诸卿位,仍陪长者车。礼容皆若旧,名籍自凭虚。上路花偏早,空山云甚余。却愁新咏发,酬和不相如。

陪韩院长韦河南同寻刘师不遇以同寻师三字分韵,牟得同字。

仙客诚难访,吾人岂易同。独游应驻景,相顾且吟风。药畹琼枝秀,斋轩粉壁空。不题三五字,何以达壶公。

送东光吕少府之官连帅奏授

远爱东光县,平临若木津。一城先见日,百里早惊春。德礼邀才重,恩辉拜命新。几时裁尺素,沧海有枯鳞。

送刘公达判官赴天德军幕

特建青油幕,量一作重分紫禁师。自然知召子,不用问从谁。文武轻车少,腥膻左衽衰。北风如有寄,画取受降时。军有东西受降城。

故秘监丹阳郡公延陵包公挽歌

台鼎尝虚位,夔龙莫致尧。德音冥秘府,风韵散清朝。天上文星落,林端玉树凋。有吴君子墓,返葬故山遥。

望终南

日爱南山好,时逢夏景残。白云兼似雪,清昼乍生寒。九陌峰如坠,千门翠可团。欲知形胜尽,都在紫宸看。

秋夕闲居对雨赠别卢七侍御坦

燕燕辞巢蝉蜕枝,穷居积雨坏藩篱。夜长檐雷寒无寐,日晏厨烟湿未炊。悟主一言那可学,从军五首竟徒为。故人骢马朝天使,洛下秋声恐要知。

晚过敷水驿却寄华州使院张郑二侍御

春雨如烟又若丝,晓来昏处晚晴时。仙人掌上芙蓉沼,柱史关西松柏祠。几许岁华销道路,无穷王事系戎师。回瞻二妙非吾侣,日对三峰自有期。

洛下闲居夜晴观雪寄四远诸兄弟

雪月相辉云四开,终风助冻不扬埃。万重琼树宫中接,一直银河天上来。荆楚岁时知染翰,湘吴醇酎忆衔杯。强题缣素无颜色,鸿雁南飞早晚回。

天津晓望因寄呈分司一二省郎

万乘西都去,千门正位虚。凿龙横碧落,提象出华胥。望幸宫嫔老,迎春海燕初。保厘才半仗,容卫尽空庐。要自词难拟,繇来画不如。散郎无所属,聊事穆清居。

早入朝书事

紫陌纷如画,彤庭郁未晨。列星沉骑火,残月暗车尘。隐轸排霄翰,差池跨海鳞。玉声繁似乐,香泽散成春。叹息驱羸马,分明识故人。一生三不遇,今作老郎身。

元日喜闻大礼寄上翰林四学士中书六舍人二十韵

有事郊坛毕,无私日月临。岁华春更早,天瑞雪犹深。玉辇回时令,金门降德音。翰飞

鸳别侣,丛植桂为林。粉泽资鸿笔,薰和本素琴。礼成戎器下,恩彻鬼方沉。麟爵来称纪,官师退绝箴。道风黄阁静,祥景紫垣阴。寿酒朝时献,农书夜直寻。国香煴翠幄,庭燎艳红衾。汉魏文章盛,尧汤雨露霂—作湛。密辞投水石,精义出沙金。宸扆亲唯敬,钧衡近匪侵。疾驱千里骏,清唳九霄禽。庆赐迎新服,斋庄弃旧簪。忽思班女怨,遥听越人吟。末路甘贫病,流年苦滞淫。梦中青琐闼,归处碧山岑。窃抃闻韶濩,观光想帓任。大哉环海晏,不笮子牟心。

奉使至邢州赠李八使君

独占龙冈部,深持虎节居。尽心敷吏术,含笑掩兵书。礼饰华缨重,才牵雅制余。茂阴延驿路,温液逗官渠。南亩行春罢,西楼待客初。瓮头开绿蚁,砧下落红鱼。牧伯风流足,辀轩若—作台涩虚。今宵铃阁内,醉舞复何如。

秋日洛阳官舍寄上水部家兄

洛阳归老日,此县忽为君。白发兄仍见,丹诚帝岂闻。九衢横逝水,二室散浮云。屈指豪家尽,伤心要地分。禁中周几鼎,源上汉诸坟。貔虎今无半,狐狸宿有群。威声惭北部,仁化乐南薰。野藿饥来食,天香静处焚。壮年唯喜酒,幼学便词文。及尔空衰暮,离忧讵可闻。

李舍人少尹惠家酝一小榼立书绝句

禁琐天浆嫩,虞行夜月寒。一瓢那可醉,应遣试尝看。

酬舍弟庠罢举从州辟书

之荆且愿依刘表,折桂终惭见郄诜。舍弟未应丝作鬓,园公不用印随身。

奉酬杨侍郎十兄见赠之作

翠羽雕虫日日新,翰林工部欲何神。自悲由琴无弹处,今作关西门下人。

杏园渡

卫郊多垒少人家,南渡天寒日又斜。君子素风悲已矣,杏园无复一枝花。

奉诚园闻笛园,马侍中故宅

曾绝朱缨吐锦茵,欲披荒草访遗尘。秋风忽洒西园泪,满目山阳笛里人。

窦群

窦群,字丹列。兄弟皆擢进士第,独群以处士客于毗陵。韦夏卿荐之,为左拾遗,转膳部员外郎,兼侍御史,知杂事。出为唐州刺史,武元衡、李吉甫共引之,召拜吏部郎中。元衡辅政,复荐为中丞。后出为湖南观察使,改黔中,坐事,贬开州刺史,稍迁容管经略使,召还卒。诗二十三首。

雪中遇直

寒光凝雪彩,限直居粉闱。恍疑白云上,乍觉金印非。树色霭虚空,琴声谐素徽。明晨阻通籍,独卧挂朝衣。

东山月下怀友人

东山多乔木,月午始苍苍。虽殊碧海状,爱此青苔光。高下灭华烛,参差启洞房。佳人梦余思,宝瑟愁应商。皎洁殊未已,沈吟限一方。宦情哂鸡口,世路倦羊肠。彼美金石分,眷言兰桂芳。清晖讵同夕,耿耿但相望。

时兴

凤心旷何许,日暮依林薄。流水不待人,孤云时映鹤。濛濛千万花,曷为神仙药。不遇烂柯叟,报非旧城郭。

题剑

丈夫得宝剑,束发曾书绅。嗟吁一朝遇,愿言千载邻。心许留家—作冢树,辞直断佞臣。焉能为绕指,拂拭试时人。

黔中书事

万事非京国,千山拥丽谯。佩刀看日晒,赐马傍江调。言语多重译,壶觞每独谣。沿流如著翅,不敢问归桡。

冬日晓思寄杨二十七炼师

雨霜地如雪,松桂青参差。鹤警晨光上,步出南轩时。所遇各有适,我怀亦自怡。愿言缄素封,昨夜梦琼枝。

贞元末,东院尝接事,今西川武相公于兹三周谬领中宪,徘徊厅宇,多获文篇,夏日即事,因寄四韵

重轩深似谷,列柏镇含烟。境绝苍蝇到,风生白雪前。弹冠惊迹近,专席感恩偏。霄汉朝来下,油幢路几千。

北地—作容州

何事到容州,临池照白头。兴随年已往,愁与水长流。俛俛思逋客,辛勤悔饭牛。诗人亦何意,树草欲忘忧。

雨后月下寄怀羊二十七资州

夕霁凉飙至,攸然心赏谐。清光松上月,虚白郡中斋。置酒平生在,开衿愿见乖。殷勤寄双鲤,梦想入君怀。

奉酬西川武相公晨兴赠友见示之作

碧树分晓色,宿雨弄清光。犹闻子规啼,独念一声长。眷眷轸芳思,依依寄远方。情同如兰臭,惠比返魂香。新什惊变雅,古瑟代沈湘。殷勤见知己,掩抑绕中肠。隙驷不我待,路人易相忘。孤老空许国,幽报期苍苍。

晨游昌师院

深庭芳草浓,晓井山泉溢。林馥乱沉烟,石润侵经室。幽岩鸟飞静,晴岭云归密。壁鲜凝苍华,竹阴满晴日。生期半宵梦,忧绪仍非一。若无高世心,安能此终毕。

同王晦伯朱遐景宿慧山寺 《毗陵志》云:"贞元四年,群与晦伯、遐景同宿慧山寺,赋诗题壁。群再至,则王已沮谢,复留跋于后。李蓬为刻石勒其事。"

共访青山寺,曾隐南朝人。问古松桂老,开襟言笑新。步移月亦出,水映石磷磷。予洗肠中酒,君濯缨上尘。皓彩入幽抱,清气逼苍旻。信此澹忘归,淹留冰玉邻。

草堂夜坐

匣中三尺剑,天上少微星。勿谓相去远,壮心曾不停。

经潼关赠宇文十

古有弓旌礼,今征草泽臣。方同白衣见,不是弃繻人。

观画鹤

华亭不相识,卫国复谁知。怅望冲天羽,甘心任画师。

晚自台中归永宁里,南望山色,怅然有怀,呈上右司十一兄

自发侵侵生有涯,青襟曾爱紫河车。自怜悟主难归去,马上看山恐到家。

中牟县经鲁公庙 尝修名臣略,系司徒公

青史编名在箧中,故林遗庙揖仁风。还将文字如颜色,暂下蒲车为鲁公。

初入谏司喜家室至

一旦悲欢见孟光,十年辛苦伴沧浪。不知笔砚缘封事,犹问佣书日几行。

春雨

昨日偷闲看花了,今朝多雨奈人何。人间尽似—作是逢花雨,莫爱芳菲湿绮罗。

送内弟袁德师

南渡登舟即水仙,西垣有客思悠然。因君相问为官意,不卖毗陵负郭田。

赠刘大兄院长

万年枝下昔同趋,三事行中半已无。路自长沙忽相见,共惊双鬓别来殊。

假日寻花

武陵缘源不可到,河阳带县讵堪夸。枝枝

如雪南关外,一日休闲尽属花。

自京将赴黔南

风雨荆州一月天群从湖南改黔,问人初雇峡中船。西南一望云和水,犹道黔南有四千。

窦庠

窦庠,字胄卿,释褐,授国子主簿。韩皋镇武昌,辟为推官。皋移镇京口,用为度支副使。改殿中侍御史,历登、泽、信、婺四州刺史。庠天授偶傥,气在物表,一言而合,期于岁寒,为五字诗,颇得其妙。诗二十一首。

留守府酬皇甫曙侍御弹琴之什

青琐昼无尘,碧梧阴似水。高张朱弦琴,静举白玉指。洞箫又奏繁,寒磬一声起。鹤警风露中,泉飞雪云里。泠泠分雅郑,析析谐宫徵。座客无俗心,巢禽亦倾耳。卫国知有人,齐竽偶相齿。有时趋绛纱,尽日随朱履。那令杂繁手,出假求焦尾。几载遗正音,今朝自君始。

金山行润州金山寺,寺在江心。

西江中㶁波四截,涌出一峰青垛一作蟒垛。外如削成中缺裂,阳气发生阴气结。是时炎天五六月,上有火云下冰雪。夜色晨光相荡沃,积翠流霞满坑谷。龙泓彻底沙布金,鸟道插云梯蹬玉。架险凌虚随指顾,榱桷玲珑皆固护。翰流倒景不可窥,万仞千崖生跬步。日华重重一作瞳瞳上金榜,丹楹碧砌真珠网。此时天海风浪清,吴楚万家皆在掌。琼楼菌阁纷明媚,曲槛回轩深且邃。海鸟夜上珊瑚枝,江花晓落瑠璃地。有时倒影沉江底,万状分明光似洗。不知水上有楼台,却就波中看闭启。舟人忘却江水深,水神误到人间世。歘然风生波出没,灌濩晶莹无定物。居人相顾非人间,如到日宫经月窟。信知灵境长有灵,住者不得无仙骨。三神山上蓬莱宫,徒有丹青人未逢。何如此处灵山宅,清凉不与嚣尘隔。曾到金山处处行,梦魂长羡金山客。

于阗钟歌送灵彻上人归越钟在越灵嘉寺,从天竺飞来

海中有国倾神功,烹金化成九乳钟。精气激射声冲瀜,护持海底诸鱼龙。声有感,神无方,连天云水无津梁。不知飞在灵嘉寺,一国之人皆若狂。东南之美天上传,环文万象无雕镌。有灵飞动不敢悬,锁在危楼五百年。有时清秋日正中,繁霜满地天无风。一声洞彻八音尽,万籁悄然星汉空。徒言凡质千钧重,一夫之力能振动。大鸣小鸣须在君,不击不考终不闻。高僧访古稽山曲,终日当之言不足。手提文锋百炼成,恐刜此钟无一声。

太原送穆质南游

今朝天景清,秋入晋阳城。露叶离披处,风蝉三数声。那言苦行役,值此远徂征。莫话心中事,相看气不平。

四皓驿听琴送王师简归湖南使幕

朱弦韵正调,清夜似闻韶。山馆月犹在,松枝雪未消。城笳三奏晓,别鹤一声遥。明日思君处,春泉翻寂寥。

夜行古战场

山断塞初平,人言古战庭。泉冰声更咽,阴火焰偏青。月落云沙黑,风回草木腥。不知秦与汉,徒欲吊英灵。

奉和王侍郎春日喜李侍郎、崔给谏、张舍人、韦谏议见访,因命觞观乐之什

华馆迟嘉宾,逢迎淑景新。锦筵开绛帐,玉佩下朱轮。曲里三仙会,风前百啭春。欲知忘味处,共仰在齐人。

酬谢韦卿二十五兄俯赠辄敢书情

大贤持赠一明珰,蓬荜初惊满室光。埋没剑中生紫气,尘埃瑟上动清商。荆山璞在终应识,楚国人知不是狂。莫恨伏辕身未老,会将筋力是一作事王良。

奉酬侍御家兄东洛闲居夜晴观雪之什

洛阳宫观与天齐,雪净云消月未西。清浅

乍分银汉近,辉光渐觉玉绳低。绿醅乍熟堪聊酌,黄竹篇成好命题。应念武关山断处,空愁簿领候晨鸡。

敕目至家兄蒙淮南仆射杜公奏授秘校兼节度参谋同书寄上

朝市三千里,园庐二十春。步兵终日饮,原宪四时贫。桂树留人久,蓬山入梦新。鹤书承处重,鹊语喜时频。草奏才偏委,嘉谋事最亲。榻因徐孺解,醴为穆生陈。卫国今多士,荆州好寄身。烟霄定从此,非假问陶钧。

酬韩愈侍郎登岳阳楼见赠_{时予权知岳州事}

巨浸连空阔,危楼在杳冥。稍分巴子国,欲近老人星。昏旦呈新候,川原按旧经。地图封七泽,天限锁重扃。万象皆归掌,三光岂遁形。月车才碾浪,日御已翻溟。落照金成柱,余霞翠拥屏。夜光疑汉曲,寒韵辨湘灵。山晚_{一作晚云}常碧,湖春草遍青。轩黄曾举乐,范蠡几扬舲。有客初留鹢,贪程尚数蓂。自当徐孺榻,不是谢公亭。雅论冰生水,雄材刃发硎。座中琼玉润,名下芷兰馨。假手诚知拙,斋心匪暂宁。每惭公府粟,却忆故山苓。苦调当三叹,知音愿一听。自悲由也瑟,敢坠孔悝铭。野杏初成雪,松醪正满瓶。莫辞今日醉,长恨古人醒。

东都嘉量亭献留守韩仆射

卜筑三川上,仪刑万井中。度材垂后俭,选胜掩前功。云构中央起,烟波四面通。乍疑游汗漫,稍似入崆峒。廛闬高低尽,山河表里穷。峰峦从地碧,宫观倚天红。灵槛如朝蜃,飞桥状晚虹。曙霞晴错落,夕霭湿葱茏。庾亮楼何陋_{一作岨},陈蕃榻更崇。有时闲讲德,永日静观风。玉斝飞无算,金铙奏未终。重筵开玳瑁,上客集鹓鸿。接武空惭蹇,修文敢并雄。岂须登岘首,然后奉羊公。

段都尉别业

曾识将军段匹碑,几场花下醉如泥。春来欲问林园主,桃李无言鸟自啼。

灵台镇赠丘岑中丞

晓日天山雪半晴,红旗遥识汉家营。近来胡骑休南牧,羊马城边春草生。

赠道芬上人善书松石

云湿烟封不可窥,画时唯有鬼神知。几回逢著天台客,认得岩西最老枝。

金山寺

一点青螺白浪中,全依水府与天通。晴江万里云飞尽,鳌背参差日气红。

冬夜寓怀寄王翰林_{一作翰林王补阙}

满地霜芜叶下枝,几回吟断四愁诗。汉家若欲论封禅,须及相如未病时。

醉中赠符载

白社会中尝共醉,青云路上未相逢。时人莫小池中水,浅处无妨有卧龙。

龙门看花

无叶无枝不见空,连天扑地径才通。山莺惊起酒醒处,火焰烧人雪喷风。

陪留守韩仆射巡内至上阳宫感兴二首

翠辇西归七十春,玉堂珠缀俨埃尘。武皇弓剑埋何处,泣问上阳宫里人。

愁云_{一作烟}漠漠草离离,太乙句陈处处疑。薄暮毁垣春雨里,残花犹发万年枝。

窦巩

窦巩,字友封。登元和进士,累辟幕府,入拜侍御史,转司勋员外、刑部郎中。元稹观察浙东,奏为副使,又从镇武昌。归京师卒。巩雅裕,有名于时,平居与人言,若不出口,世称嗫嚅翁。白居易编次往还诗尤长者,号《元白往还集》,巩亦与焉。诗三十九首。

老将行_{一作吟}

烽烟犹未尽,年鬓暗相催。轻敌心空在,

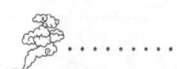

弯弓手不开。马依秋草病,柳傍故营摧。唯有酬恩客,时听说剑来。

赠萧都官
萧郎自小贤,爱客不言钱。有酒轻寒夜,无愁倚少年。闲寻织锦字,醉上看花船。好是关身事,从人道性偏。

忝职武昌,初至夏口,书事献府主相公
白发放囊鞬,梁王爱旧—作旧爱全。竹篱江畔宅,梅雨病中天。时奉登楼宴,闲修上水船。邑—作时人兴谤易,莫遣鹤支—本缺钱。

早秋江行
回望溢城远,西风吹荻花。暮潮江势阔,秋雨雁行斜。多醉浑无梦,频愁欲到家。渐惊云树转,数点是晨鸦。

题任处士幽居
红叶江村夕,孤烟草舍贫。水清鱼识钓,林静犬随人。采撷山无主,扶携药有神。客来唯劝酒,蝴蝶是前身。

汉阴驿与宇文十相遇,旋归西川,因以赠别
吴蜀何年别,相逢汉水头。望乡心共醉,握手泪先流。宿雾千山晓,春霖一夜愁。离情方浩荡,莫说去刀州。

早春松江野望
江村风雪霁,晓望忽惊春。耕地人来早,营巢鹊语频。带花移树小,插槿作篱新。何事胜无事,穷通任此身。

少妇词
坐惜年光变,辽阳信未通。燕迷新画—作昼屋,春识旧花丛。梦绕天山外,愁翻锦字中。昨为谁是伴,鹦鹉在帘栊。

岁晚喜远兄弟至书情
几年沧海别,相见竟—作意多违。鬓发缘愁白,音书为懒稀。新诗徒有赠,故国未同归。人事那堪问,无言是与非。

登玉钩亭奉献淮南李相公
西南城上高高处,望月分明似玉钩。朱槛入云看鸟灭,绿杨如荠绕江流。定知有客嫌陈榻,从此无人上庾楼。今日卷帘天气好,不劳骑马看扬州。

南阳道中作
东风雨洗顺阳川,蜀锦花开绿草田。彩雉斗时频驻马,酒旗翻处亦留钱。新晴日照山头雪,薄暮人争渡口船。早晚到家春欲尽,今年寒食月初圆。

哭吕衡州八郎中
今朝血泪问苍苍,不分先悲旅馆丧。人送剑来归陇上,雁飞书去叫衡阳。还家路远儿童小,埋玉泉深昼夜长。望尽素车秋草外,欲将身赎返魂香。

江陵遇元九李六二侍御纪事书情呈十二韵
自见人相爱,如君爱我稀。好闲容问道,攻短每言非。梦想何曾间,追欢未省违。看花怜后到,避酒许先归。柳寺春堤远,津桥曙月微。渔翁随去处,禅客共因依。蓬阁初疑义,霜台晚畏威。学深通古字,心直触危机。肯滞荆州椽,犹香柏署衣。山连巫峡秀,田傍渚宫肥。美玉方齐价,迁莺尚怯飞。伫看霄汉上,连步侍彤闱。

游仙词
海上神山绿,溪边杏树红。不知何处去,月照玉楼空。

赠阿史那都尉
较猎燕山经几春,雕弓白羽不离身。年来马上浑无力,望见飞鸿指似人。

陕府宾堂览房杜二公仁寿年中题纪手迹
仁寿元和二百年,濛笼水墨淡如烟。当时憔悴题名日,汉祖龙潜未上天。

1386

早春送宇文十归吴
　　春迟不省似今―作新年,二月无花雪满天。村店闭门何处宿,夜深遥唤渡―作隔江船。

经窦车骑故城
　　荒陂古堞欲千年,名振图书剑在泉。今日诸孙拜坟树,愧无文字续燕然。

赠王氏小儿
　　竹林会里偏怜小,淮水清时最觉贤。莫倚儿童轻岁月,丈人曾共尔同年。

唐州东途作
　　绿林兵起结愁云,白羽飞书未解纷。天子欲开三面网,莫将弓箭射官军。

新罗进白鹰
　　御马新骑禁苑秋,白鹰来自海东头。汉皇无事须游猎,雪乱争飞锦臂韝。

秋夕
　　护霜云映月朦胧,乌鹊争飞井上桐。夜半酒醒人不觉,满池荷叶动秋风。

襄阳寒食寄宇文籍
　　烟水初销见万家,东风吹柳万条斜。大堤欲上谁相伴,马踏春泥半是花。

奉使蓟门
　　自从身属富人侯,蝉噪槐花已四秋。今日一茎新白发,懒骑官马到幽州。

送刘禹锡
　　十年憔悴武陵溪,鹤病深林玉在泥。今日太行平似砥,九霄初倚入云梯。

送元稹西归
　　南州风土滞龙媒,黄纸初飞敕字来。二月曲江连旧宅,阿婆情熟牡丹开。

过骊山
　　翠辇红旌去不回,苍苍宫树锁青苔。有人说得当时事,曾见长生玉殿开。

洛中即事
　　高梧叶尽鸟巢空,洛水潺湲夕照中。寂寂天桥车马绝,寒鸦飞入上阳宫。

寻道者所隐不遇―作于鹄诗,题作访隐者不遇
　　篱外涓涓涧水流,槿花半点夕阳收。欲题名字知相访,又恐芭蕉不奈秋。

寄南游兄弟
　　书来未报―作南游兄弟几时还,知在三湘―作湖五岭间。独立衡门秋水阔,寒鸦飞去日衔山。

宫人斜
　　离宫路远北原斜,生死恩深不到家。云雨今归何处去,黄鹂飞上野棠花。

代邻叟
　　年来七十能耕桑,就暖支羸强下床。满眼儿孙身外事,闲梳白发对残―作向斜阳。

新营别墅寄家兄
　　懒性如今成野人,行藏由兴不由身。莫惊此度归来晚,买得西山―作山居正值春。

南游感兴
　　伤心欲问前朝事,惟见江流去不回。日暮东风春草绿,鹧鸪飞上越王台。

题剑津
　　风前推折千年剑,岩下澄空万古潭。双剑变成龙化去,两溪相并水归南。

放鱼武昌作
　　金钱赎得免―作见刀痕,闻道禽鱼亦感恩。好去长江千万里,不须辛苦上龙门。

永宁小园寄接近校书―作羊士谔诗
　　故里心期奈别何,手栽―作移芳树忆庭柯。东皋黍熟君应醉,梨叶初红白露多。

从军别家

自笑儒生著战袍,书斋壁上挂弓刀。如今便是征人妇,好织回文寄窦滔。

悼妓东东

芳菲美艳不禁风,未到春残已坠红。惟有侧轮车上铎,耳边长似叫东东。

全唐诗卷二百七十二

韦元甫

韦元甫,初任白马尉。采访使韦陟深器之,奏充支使,累迁苏州刺史、浙江西道团练观度等使。大历初,征拜尚书右丞,出为淮南节度使。诗一首。

木兰歌

木兰抱杼嗟,借问复为谁。欲闻所戚戚,感激强其颜。老父隶兵籍,气力日衰耗。岂足万里行,有子复尚少。胡沙没马足,朔风裂人肤。老父旧羸病,何以强自扶。木兰代父去,秣马备戎行。易却纨绮裳,洗却铅粉妆。驰马赴军幕,慷慨携干将。朝屯雪山下,暮宿青海傍。夜袭燕支虏,更携于寘羌。将军得胜归,士卒还故乡。父母见木兰,喜极成悲伤。木兰能承父母颜,却卸巾鞲理丝簧。昔为烈士雄,今为(一作复)娇子容。亲戚持酒贺父母,始知生女与男同。门前旧军都,十年共崎岖。本结弟兄交,死战誓不渝。今者见木兰,言声虽是颜貌殊。敬愕不敢前,叹息徒嘻吁。世有臣子心,能如木兰节。忠孝两不渝,千古之名焉可灭。

王铤

王铤,大历中为绵州刺史。诗一首。

登越王楼见乔公诗偶题

云架重楼出郡城,虹梁雅韵仲宣情。越王空置千年迹,丞相兼扬万古名。过鸟时时冲客会,闲风往往弄江声。谬将蹇步寻高躅,鱼目骊珠岂继明。

潘炎

潘炎,礼部侍郎,坐刘晏婿,贬澧州司马。诗一首。

清如玉壶冰

琰玉性惟坚,成壶体更圆。虚心含景象,

庆物受寒泉。温润资天质,清贞禀自然。日融光乍散,雪照色逾鲜。至鉴功宁宰,无私照岂偏。明将冰镜对,白与粉花连。拂拭终为美,提携伫见传。勿令毫发累,遗恨鲍公篇。

张叔良

张叔良,登广德二年进士第。诗一首。

长至日上公献寿

凤阙晴钟动,鸡人晓漏长。九重初启钥,三事正称觞。日至龙颜近,天旋圣历昌。休光连雪净,瑞气杂炉香。化被君臣洽,恩沾士庶康。不因稽旧典,谁得纪朝章。

吕牧

吕牧,东平人。永泰二年,擢进士第,自尚书郎为泽州刺史。诗一首。

泾渭扬清浊

泾渭横秦野,逶迤近帝城。二渠通作润,万户映皆清。明晦看殊色,潺湲听一声。岸虚深草掩,波动晓烟轻。御猎思投钓,渔歌好濯缨。合流知禹力,同共到沧瀛。

韦夏卿

韦夏卿,字云客,京兆万年人。大历中,与弟正卿同举贤良方正高等,授高陵主簿,累迁刑部员外郎,擢给事中,出为常、苏二州刺史。徐州节度使张建封辟为徐泗行军司马,俄召为吏部侍郎,进检校工部尚书、东都留守,改太子少保。诗三首。

别张贾

束简下高阁,买符驱短辕。故人惜分袂,结念醉芳樽。切切别思缠,萧萧征骑烦。临归无限意,相视却忘言。

送顾况归茅山

圣代为迁客,虚皇作近臣。法尊称大洞著作已受上清毕法,学浅忝初真夏卿初受正一。鸾凤文章丽,烟霞翰墨新。羡君寻句曲,白鹄是三神。

和丘员外题湛长史旧居

道胜物能齐,累轻身易退。苟安一丘上,何必三山外。云霞长若绮,松石常如黛。徒有昔王过,竟遗青史载。诗因野寺咏,酒向山椒酹。异时逢尔知,兹辰驻余旆。

綦毋诚

綦毋诚,官正字。诗一首。

同韦夏卿送顾况归茅山

谪宦闻尝赋,游仙便作诗。白银双阙恋,青竹一龙骑。先入茅君洞,旋过葛稚陂。无然列御寇,五日有还期。

姚伦

姚伦,扬州大都督府参军。诗二首。

感秋

试向疏林望,方知节候殊。乱声千叶下,寒影一巢孤。不蔽秋天雁,惊飞夜月乌。霜风与春日,几度遭荣枯。

过章秀才洛阳客舍

达人心自适,旅舍当闲居。不出来时径,重一作犹看读了书。晚山岚色近,斜日树阴疏。尽是忘言客,听君诵子虚。

于结

于结,大历间人。崔宁尝欲荐为御史,为杨炎所沮。诗一首。

赋得生刍一束

比玉人应重,为刍物自轻。向风倾弱叶,裛露示纤茎。倩练宜春景,芊绵对雨情。每惭蘋藻用,多谢菹兰荣。孺子才虽远,公孙策未行。谘询一作询谋如不弃,终冀及微生。

郑孺华

郑孺华,大历间人。诗一首。

赋得生刍一束

孙弘期射策,长倩赠生刍。至洁心将比,忘忧道不孤。芝兰方入室,萧艾莫同途。馥馥香犹在,青青色更殊。芳宁九春歇,薰岂十年无。葑菲如堪采,山苗自可逾。

张叔卿

张叔卿,官御史。诗二首。

空灵岸

寒尽鸿先去,江回客未归。早知名是幻,不敢绣为衣。雾积川原暗,山多郡县稀。今朝下湘岸,更逐鹧鸪飞。

流桂州

莫问苍梧远,而今世路难。胡尘不到处,即是小长安。

房孺复

房孺复,琯之子,七岁即解缀文,历官杭、辰两州刺史,容州经略使。诗一首。

酬窦大闲居见寄

来自三湘到五溪,青枫无树不猿啼。名惭竹使宦情少,路隔桃源归思迷。鹏鸟赋成知性命,鲤鱼书至恨暌携。烦君强著潘年比,骑省风流讵可齐。

杨郇伯

杨郇伯,与窦常同时。诗一首。

送妓人出家

尽出花钿与四邻,云鬟剪落厌残春。暂惊风烛难留世,便是莲花不染身。贝叶欲翻迷锦字,梵声初学误梁尘。从今艳色归空后,湘浦应无解佩人。

陈润

陈润,大历间人,终坊州鄜城县令。诗八首。

宿北乐馆

欲眠不眠夜深浅,越鸟一声空山远。庭木萧萧落叶时,溪声雨声听不辨。溪流潺潺雨习习,灯影山光满窗入。栋里不知浑是云,晓来但觉衣裳湿。

东都所居寒食下作

江南寒食早,二月杜鹃鸣。日暖山初绿,春寒雨欲晴。浴蚕当一作看社日,改火待清明。更喜瓜田好,令人忆邵平。

登西灵塔

塔庙出招提,登临碧海西。不知人意远,渐觉鸟飞低。稍与云霞近,如将日月齐。迁乔未得意,徒欲蹑云梯。

送骆徵君

野人膺辟命,溪上掩柴扉。黄卷犹将去,青山岂更归。马留苔藓迹,人脱薜萝衣。他日相思处,天边望少微。

赋得浦外虹送人

日影化为虹,弯弯出浦东。一条微雨后,五色片云中。轮势随天度,桥形跨海通。还将饮水处,持送使车雄。

赋得秋河曙耿耿

晚望秋高一作晓镜高秋夜,微明欲曙河。桥成鹊已去,机罢女应过。月上殊开练,云行类动波。寻源不可到,耿耿复如何。

赋得池塘生春草一作陈陶诗

谢公遗咏处,池水夹通津。古往人何在,年来草自春。色宜波际绿,香爱雨中新。今日青青意,空悲行路人。

阙题

丈夫不感恩,感恩宁有泪。心头感恩血,一滴染天地。

杜诵

杜诵,大历间诗人。诗一首。

哭长孙侍郎—作杜甫诗

道为诗书—作谋猷重,名因赋颂雄。礼闱曾擢桂,宪府既—作近乘骢。流水生涯尽,浮云世事空。唯余旧台—作松柏,萧瑟九原中。

郑丹

郑丹,大历间诗人,蕲州录事参军。诗二首。

明皇帝挽歌

律历千年会,车书万里同。固期常戴日—作载物,岂意厌观风。地惨新疆理,城摧旧战功。山河万古壮—作在,今夕尽归空。

肃宗挽歌

国以重明受,天从谅闇移。诸侯方北面,白日忽西驰。龙影当泉落,鸿名向庙垂。永言青史上,远见戴—作载无为。

郑旷

郑旷,大历诗人。诗一首。

落花

早春见花枝,朝朝恨发迟。直看花落尽,却意未开时。以此方人世,弥令感盛衰。始知山简绕,频向习家池。

朱长文

朱长文,大历间江南诗人。诗六首。

宿新安江深渡馆寄郑州王使君

霜飞十月中,摇落众山空。孤馆闭寒木,大江生夜风。赋诗忙—作情有意—作忆,沈约在关东。

春眺扬州西上—无上字岗寄徐员外

芜城西眺极苍流,漠漠春烟间曙楼。瓜步早潮吞建业,蒜山晴雪照扬州。隋家故事不能问,鹤在仙—作山池期我游。一本无此二句。

送李司直归浙东幕兼寄鲍将军—作朱湾诗

翩翩书记早曾闻,二十年来愿见君。今日相逢悲—作朝廷思白发,同时几许在青云。人从北固山边去,水到西陵渡口分。会作王门曳裾客,为余前谢鲍将军。自注:时节度大夫初封东平郡王。

望中有怀

龙向洞中衔雨出,鸟从花里带香飞。白云断处见明月,黄叶落时闻捣衣。

题虎丘山西寺

王氏家山昔在兹,陆机为赋陆云诗。青莲香匝东西宇,日月与僧无尽时。

吴兴送梁补阙归朝赋得荻花

柳家汀洲孟冬月,云寒水清荻花发。一枝持赠朝天人,愿—作应比蓬莱殿前雪。

句

夜静忽疑身是梦,更闻寒雨滴芭蕉。《宿僧房》,见《诗式》。

全唐诗卷二百七十三

戴叔伦

戴叔伦,字幼公,润州金坛人。刘晏管盐铁,表主运湖南。嗣曹王皋领湖南、江西,表佐幕府。皋讨李希烈,留叔伦领府事,试守抚州刺史。俄即真,迁容管经略使,绥徕蛮落,威名流闻。德宗尝赋中和节诗,遣使者宠赐,世以为荣。集十卷,今编诗二卷。

独不见

前宫路非远,旧苑春将遍。玉户看早梅,雕梁数飞—作归燕。身轻逐舞袖,香暖传歌扇。自和秋风词,长侍昭阳殿。谁信后庭人,年年独不见。

去妇怨

出户不敢啼,风悲日凄凄。心知恩义绝,谁忍分明别。下坂车辚辚,畏逢乡里亲。空持床前幔,却寄家中人。忽辞王吉去,为是秋胡死。若—作欲比今日情,烦冤不相似。

古意

悠悠南山云,濯濯东流水。念我平生欢,托居在东里。失既不足忧,得亦不为喜。安贫固其然,处贱宁独耻。云闲—作开虚我心,水清澹吾味。云水俱无心,斯可长伉俪。

南野

治田长山下,引流坦溪曲。东山有遗茔,南野起新筑。家世素业儒,子孙鄙食禄。披云朝出耕,带月夜归读。身勚竟亡疲,团团欣在目。野芳绿可采,泉美清可掬。茂树延晚凉,早田候秋熟。茶烹松火红,酒吸荷杯绿。解佩临清池,抚琴看修竹。此怀谁与同,此乐君所独。

曾游

泊舟古城下,高阁快登眺。大江会彭蠡,群峰豁玄峤。清影涵空明,黛色凝远照。碑留太史书,词刻长公调。绝粒感楚囚,丹衷犹照耀。怀哉不可招,凭栏一悲啸。

江行

漾舟晴川里,挂席候风生。临泛何容与,爱此江水清。芦洲隐遥嶂,露日映孤城。自顾疏野性,屡忘鸥鸟情。聊复于时顾,暂欲解尘缨。驱驰非吾愿,虚怀浩已盈。

孤鸿篇

江上双飞鸿,饮啄行相随。翔风一何厉,中道伤其雌。顾影明月下,哀鸣声正悲。已无赠媵患,岂乏稻粱资。嗈嗈慕俦匹,远集清江湄。中有孤文鹓,翩翩好容仪。共欣相知遇,毕志同栖迟。野田鸥鹢鸟,相妒复相疑。鸿志一作鹓鸿不汝较,奋翼一作羽起高飞。焉随腐鼠欲,负此云霄期。

感怀二首

尺帛无长裁,浅水无长流。水浅易成枯,帛短谁人收。人生取舍间,趋竞固非优。旧交迹虽疏,中心自云稠。新交意虽密,中道生怨尤。踟蹰复踟蹰,世路今悠悠。

主人饮君酒,劝君弗相违。但当尽弘量,觞至无复辞。人生百年中,会合能几时。不见枝上花,昨满今渐稀。花落还再开,人老无少期。古来贤达士,饮酒不复疑。

喜雨

闲居倦时燠,开轩俯平林。雷声殷遥空,云气布层阴。川上风雨来,洒然涤烦襟。田家共欢笑,沟浍亦已深。团团聚邻曲,斗酒相与斟。樵歌野田中,渔钓沧江浔。苍天暨有念,悠悠终我心。

叹葵花

今日见花落,明日见花开。花开能同日,花落委苍苔。自不同凡卉,看时几日一作日几回。

从军行

丈夫四方志,结发事远游。远游历燕蓟,独戍边城陬。西风陇水寒,明月关山悠一作愁。酬恩仗孤剑,十年弊貂裘。封侯属何人,蹉跎雪盈头。老马思故枥,穷鳞忆深流。弹铗动深慨,浩歌气横秋。报国期努力,功名良见收。

九日与敬处士左学士同赋采菊上东山便为首句

采菊上东山,山高路非远。江湖乍辽复,城郭亦在眼。昼日市井喧,闰年禾稼晚。开尊会佳客,长啸临绝巘。戏鹤唳且闲,断云轻不卷。乡心各万里,醉话时一展。乔木列遥天,残阳贯平坂。徒忧征车重,自笑谋虚浅。却顾郡斋中,寄傲与君同。

奉天酬别郑谏议云逵、卢拾遗景亮见别之作
一本无"云逵卢拾遗景亮见别之作"十一字

巨孽盗都城,传闻天下惊。陪臣九江畔,走马来赴难。伏奏见龙颜,旋持手诏还。单车一作车马不可驻,朱槛未遑攀。故人出相饯,共悲行路难。临岐荷赠言,对酒独伤魂。世故山川险,忧多思虑昏。重阴蔽芳月,叠岭明旧雪。泥积辙更深,木冰花不发。郑君间世贤,忠孝乃双全。大义弃妻子,至淳易生死。知心三四人,越境千余里。骏马帐前发,惊尘路傍起。楼头俯首看,莫敢相留止。拜阙奏一作奉良图,留中沃圣谟。洗兵救卫一作收魏郡,诱敌讨幽都。名亚典属国,良选谏大夫。从容九霄上,谈笑授一作解阴符。卢生富才术,特立居近密。采掇献吾君,朝一作明廷视听新。宽饶狂自比,汲黯直为邻。就列继三事,主文当七人。可怜长守道,不觉五逢春。昔去城南陌,各为天际客。关河烟雾深,寸步音尘隔。羁旅忽相遇,别离又兹夕。前悲涕未干,后喜心已戚。而我方老大,颇为风眩迫。夫君并少年,何尔鬓须白。惆怅语不尽,裴回情转剧。一尊自共持,以慰长相忆。

梧桐

亭亭南轩外,贞干修且直。广叶结青阴,繁花连素色。天资一作然韶雅性,不愧知音识。

孤石

迥若千仞峰,孤危不盈尺。早晚他山来,犹带烟雨迹。贞坚自有分,不乱和氏璧。

花

花发炎景中,芳春独能久。因风任开落,向日无先后。若待秋霜来,兰荪共何有。

竹

卷箨正离披,新枝复蒙密。翛翛月下闻,袅袅林际出。岂独对芳菲,终年色如一。

怀素上人草书歌

楚僧怀素工草书,古法尽能新有余。神清骨竦意真率,醉来为我挥健笔。始从破体变风姿,一一花开春景迟。忽为壮丽就枯涩,龙蛇腾盘兽屹立。驰毫骤墨剧奔驷,满坐失声看不及。心于相师势转奇,诡形怪状翻合宜。人一作有人细一作若问此中妙,怀素自言初不知。

女耕田行

乳燕入巢笋成竹,谁家二女种新谷。无人无牛不及犁,持刀斫地翻作泥。自言家贫母年老,长兄从军未娶嫂。去年灾疫牛囤空,截绢买刀都市中。头巾掩面畏人识,以刀代牛谁与同。姊妹相携心正苦,不见路人唯见土。疏通畦陇防乱苗一作田,整顿沟塍待时雨。日正南冈下饷归,可怜朝雉扰惊飞。东邻西舍花发尽,共惜余芳泪满衣。

柳花歌送客往桂阳

沧浪渡头柳花发,断续因风飞不绝。摇烟拂水积翠间,缀雪含霜谁忍攀。来岸纷纷送君去,鸣棹孤寻向何处。移花深入桂水源,种柳新成花更繁。定知别后消散尽,却忆今朝伤旅魂。

边城曲

人生莫作远行客,远行莫戍黄沙碛。黄沙碛下八月时,霜风裂肤百草衰。尘沙晴天迷道路,河水悠悠向东去。胡笳听彻双泪流,羁魂一作浮云惨惨生边愁。原头猎火一作犬夜相向,马蹄蹴蹋层冰上。不似京华侠少年,清歌妙舞落花前。

屯田词

春来耕田遍沙碛,老稚欣欣种禾麦。麦苗渐长天苦晴,土干确确锄不得。新禾未熟飞蝗至,青苗食尽余枯茎。捕蝗归来守空屋,囊无寸帛瓶无粟。十月移屯来向城,官教去伐南山木。驱牛驾车入山去,霜重草枯牛冻死。艰辛历尽谁得知,望断天南泪如雨。

巫山高

巫山峨峨高插天,危峰十二凌紫烟。瞿塘嘈嘈急如弦,洄流势逆将覆船。云梯岂可进,百尺那能牵?陆行巉岩水不前。洒泪向流水,泪归东海边。含愁对明月,明月空自圆。故乡回首思绵绵,侧身天地心茫然。

早春曲

青楼昨夜东风转,锦帐凝寒觉春浅。垂杨摇丝莺乱啼,袅袅烟光不堪翦。博山吹云龙脑香,铜壶滴愁更漏长。玉颊啼红梦初醒,羞见青鸾镜中影。侬家少年爱游逸,万里输蹄去无迹。朱颜未衰消息稀,肠断天涯草空碧。

白苎词

馆娃宫中露华冷,月落啼鸦散金井。吴王扶头酒初醒,秉烛张筵乐清景。美人不眠怜夜永,起舞亭亭乱花影。新裁白苎胜红绡,玉佩珠缨金步摇。回鸾转凤意自娇,银筝锦瑟声相调。君恩如水流不断,但愿年年此同一作同此宵。东风吹花落庭树,春色催人等闲去。大家为欢莫延伫,顷刻铜龙报天曙。

行路难

出门行路难,富贵安可期。淮阴不免恶少

辱,阮生亦作穷途悲。颠倒英雄古来有,封侯却属屠沽儿。长安车马随轻肥,青云宾从纷交驰。白眼向人多意气,宰牛烹羊如折葵。宴乐宁知白日短,时时醉拥双蛾眉。扬雄闭门空读书,门前碧草春离离。不如拂衣且归去,世上浮名徒尔为。

相思曲

高楼重重闭明月,肠断仙郎—作先年隔年—作江别。紫萧横笛寂无声,独向瑶窗坐愁绝。鱼沈雁杳天涯路,始信人间别离苦。恨满牙床悲翠衾,怨折金钗凤皇股。井深辘辘嗟绠短,衣带相思日应缓。将刀斫水水复连,挥刃割情情不断。落红乱逐东流水,一点芳心为君死。妾身愿作巫山云,飞入仙郎梦魂里。

送别钱起

阳关多古调,无奈醉中闻。归梦吴山远,离情楚水分。孤舟经暮雨,征路入秋云。后夜同明月,山窗定忆君。

送张南史

陋巷无车辙,烟萝总是春。贾生独未达,原宪竟忘贫。草座留山月,荷衣远洛尘。最怜知己在,林下访闲人。

春日早朝应制

仙仗肃朝官,承平圣主欢。月沈宫漏静,雨湿禁花寒。丹荔来金阙,朱樱贡玉盘。六龙扶御日,只许近臣看。

早行寄朱山人放

山晓旅人去,天高秋气悲。明河川上没,芳草露中衰—作滋。此别又千—作万里,少年能几时。心知—作青冥剡溪路,聊且寄前—作心与谢公期。

除夜宿石头驿—作石桥馆

旅馆谁相问,寒灯独可亲。一年将尽夜,万里未归人。寥落悲前事,支—作羁离笑此身。愁—作衰颜与衰—作愁鬓,明日又—作去逢春。

吴明府自远而来留宿—作卢新吴航忽远至留宿弊居

出门逢故友,衣服满尘埃。岁月不可问,山川何处来。绮—作倚城容弊宅,散职寄灵台。自—作愿此留君醉,相欢得几回。

客夜与故人偶集—作江乡故人偶集客舍

天秋月又满,城阙夜千重。还作江南会,翻疑梦里逢。风枝惊暗—作鸣散鹊,露草覆寒蛩。羁旅长—作常堪醉,相留畏晓钟。

送友人东归—作逢许评事。一作方干诗,题云送卢评事东归。

万里杨柳色,出关送—作逢故人。轻烟拂流水,落日照行尘。积梦江湖阔—作远,忆家兄弟贫。裴回灞亭上,不语自—作共伤春。

江上别张欢—作劝

年年五湖上,厌见五湖春。长醉非关酒,多愁不为贫。山川—作山迷道路,伊—作清洛困—作暗风尘。今日扁舟别,俱为沧海人。

广陵送赵—作王主簿自蜀归绛州宁觐—本无绛州宁觐四字

将归汾水上,远省—作自锦城来。已泛西江尽,仍随北雁回。暮云征马速,晓月故关开。渐向庭闱近,留君醉一杯。

别友人—作汝南逢董校书,又作别董校书

扰扰倦行役,相逢陈蔡间。如何—作何为百年内,不见一人闲。对酒惜余景,问程愁乱山。秋风万里道—作至,又出—作度穆陵关。

宿城南盛本道怀皇甫冉

暑夜宿南城,怀人梦不成。高楼邀落月,叠鼓送残更。隔浦云林近,满川风露清。东碕不可见,矫首若为情。

晖上人独坐亭

萧条心境外,兀坐独参禅。萝月明盘石,松风落涧泉。性空长入定,心悟自通玄。去住浑无迹,青山谢世缘。

送崔融

王者应无敌,天兵动远征。建牙连朔漠,飞骑入胡城。夜月边尘影,秋风陇水声。陈琳能草檄,含笑出长平。

游少林寺

步入招提路,因之访道林。石龛苔藓积,香径白云深。双树含秋色,孤峰起夕阴。屦廊行欲遍,回首一长吟。

崇德道中

暖日菜心稠,晴烟麦穗抽。客心双去翼,归梦一扁舟。废塔巢双鹤,长波漾白鸥。关山明月到,怆恻十年游。

雨

历历愁心乱,迢迢独夜长。春帆江上雨,晓镜鬓边霜。啼鸟云山静,落花溪水香。家人亦念我,与汝黯相忘。

过贾谊宅

一谪长沙地,三年叹逐臣。上书忧汉室,作赋吊灵均。旧宅秋一作愁荒草,西风客荐一作荐客蘋。凄凉回首处,不见洛阳人。

冬日有怀李贺长吉

岁晚斋居寂,情人动我思。每因一尊酒,重和百篇诗。月冷猿啼惨,天高雁去迟。夜郎流落久,何日是归期。

送郎士元

白发金陵客,怀归不暂留。交情分两地,行色载孤舟。黄叶蝉吟晚,沧江雁送秋。何年重会此,诗酒复追游。

春江独钓

独钓春江上,春江引趣长。断烟栖草碧,流水带花香。心事同沙鸟,浮生寄野航。荷衣尘不染,何用濯沧浪。

山居即事

岩云掩竹扉,去鸟带余晖。地僻生涯薄,山深俗事稀。养花分宿雨,剪叶补秋衣。野渡逢渔子,同舟荡月归。

赋得长亭柳

濯濯长亭柳,阴连灞水流。雨搓金缕细,烟袅翠丝柔。送客添新恨,听莺忆旧游。赠行多折取,那得到深秋。

客中言怀

白发照乌纱,逢人只自嗟。官闲如致仕,客久似无家。夜雨孤灯梦,春风几度花。故园归有日,诗酒老生涯。

山行

山行分曙色,一路见人稀。野鸟啼还歇,林花堕不飞。云迷栖鹤寺,水涩钓鱼矶。回首天将暝,逢僧话未归。

春日访山人

远访山中客,分泉谩煮茶。相携林下坐,共惜鬓边华。归路逢残雨,沿溪见落花。候门童子问,游乐到谁家。

卧病

门掩青山卧,莓苔积雨深。病多知药性,客久见人心。众鸟趋林健,孤蝉抱叶吟。沧洲诗社散,无梦盍朋簪。

赠月溪羽士

月明溪水上,谁识步虚声。夜静金波冷,风微玉练平。自知尘梦远,一洗道心清。更弄瑶笙罢,秋空鹤又鸣。

赠行脚僧

补衲随缘住,难违一作维尘外踪。木杯能渡水,铁钵肯降龙。到处栖云榻,何年卧雪峰。知师归日近,应偃旧房松。

重游长真寺

同到长真寺,青山四面同。鸟啼花竹暗,人散户庭空。蒲涧千年雨,松门午夜风。旧游悲往日,回首各西东。

晚望

山气碧氤氲,深林带夕曛。人归孤嶂晚,犬吠隔溪云。杉竹何年种,烟尘此地分。桃源宁异此,犹恐世间闻。

寄赠翠岩奉上人

兰若倚西冈,年深松桂长。似闻葛洪井,还近赞公房。挂衲云林净,翻经石榻凉。下方一回首,烟露日苍苍。

过龙湾五王—本无此二字阁访友人不遇

野桥秋水落,江阁暝烟微。白日又欲午,高人犹未归。青林依古—作石塔,虚馆静柴扉。坐久思题字,翻怜柿叶稀。

与友人过山寺

共有春山兴,幽寻此日同。谈诗访灵彻,入社愧陶公。竹暗闲房雨,茶香别院风。谁知尘境外,路与白云通。

赋得古井—本无此四字送王明府

古井庇幽亭,涓涓一窦明。仙源通海水,灵液孕山精。久旱宁同涸,长年只自清。欲彰贞白操,酌献使君行。

送耿十三沣复往辽海

仗剑万里去,孤城辽海东。旌旗愁落日,鼓角壮悲风。野迥边尘息,烽消戍垒空。辕门正休暇,投策拜元戎。

寄禅师寺华上人次韵三首

百年浑是客,白发总盈颠。佛国三秋别,云台五色连。朝盘香积饭,夜瓮落花泉。遥忆谈玄地,月高人未眠。

禅心如落叶,不逐晓风颠。猊坐翻萧瑟,皋比喜接连。芙蓉开紫雾,湘玉映清泉。白书谈经罢,闲从石上眠。

德士名难避,风流学济颠。礼罗加璧至,荇鸭与云连。尘世休飞锡,松林且枕泉。近闻离讲席,听雨半山眠。

独坐

白发怀闽峤,丹心恋蓟门。官闲胜道院,宅远类荒村。二月霜花薄,群山雨气昏。东菑春事及,好向野人论。

李大夫见赠因之有呈

何言访衰疾,旌旆重淹留。谢礼诚难答,裁诗岂易酬。江清寒照动,山迥野云秋。一醉龙沙上,终欢胜旧游。

长沙—作亭送梁副端归京

奏书归阙下,祖帐出湘东。满座他乡别,何年此会同。藉芳怜岸草,闻笛怨江风。且莫乘流去,心期在醉中。

和尉迟侍郎夏杪闻蝉

楚人方苦热,柱史独闻蝉。晴日暮江上,惊风一叶前。荡摇清管杂,幽咽野风传。旅舍闻君听,无由更昼眠。

和李尚公勉晦日蓬池游宴同字

高会吹台中,新年月桂空。貂蝉临野水,旌旆引春风。细草萦斜岸,纤条出故丛。微文复看猎,宁与解神同。

彭婆馆逢韦判官使还

受辞分路远,会府见君稀。雨雪经年去,轩车此日归。暮春愁见—作别见,久客顺—作喜相依。寂寞伊川上,杨花空自飞。

酬别刘九郎评事传—作传经同泉字

举袂—作袖掩离弦,柱—作听君愁思篇。忽惊池上鹭—作鹭,下—作正咽陇头泉。对牖墙阴满,临扉日影圆。赖闻黄太守,章句此中传。

汉南遇方评事—作襄州遇房评事由

移家住汉阴,不复问—作向华簪。贳酒宜城近,烧田梦泽深。暮山逢鸟入,寒水见鱼沉。与物皆无累,终年惬本心。

湘中怀古

昔人从逝水,有客吊秋风。何意千年隔,

论心一日同。楚亭方作乱,汉律正酬功。倏忽桑田变,谗言亦已空。

京口怀古

大江横万里,古渡渺千秋。浩浩波—作风声险,苍苍天色愁。三方归汉鼎,一水限吴州。霸国今何在,清泉—作波长自流。

逢友生言怀—作别

安亲非避地,羁旅十余年。道长时流许,家贫故旧怜。相逢今岁暮,远别一方偏。去住俱难说,江湖正渺然。

长门怨

自忆专房宠,曾居第一流。移恩向他处—作何处去,一作向何去,暂妒不容收。夜静—作久,一作夕管弦—作丝管绝,月明宫殿秋。空将旧时意,长望凤皇楼。

郊园即事寄萧侍郎—作呈萧常州复

衰鬓辞余秋,秋风入故园。结茅成暖室,汲—作修井及清源。邻里桑麻接,儿童笑语喧。终朝非役—作贵无役,聊寄—作向远人言。

赠韦评事赟

与道共浮沉,人间岁月深。是非园吏梦,忧喜—作得失塞翁心。细草—作竹谁开径,芳条自结阴。由来居物外,无事可抽簪。

送少微上人入蜀

十方俱是梦—作知不系,一念偶寻山。望刹经巴寺,持瓶向蜀关。乱猿心本定,流水性长闲。世俗多离别—作恨,王城几日还。

送道虔上人游方—作方干诗

律仪通外学,诗思入禅—作玄关。烟景随缘到—作人别,风姿—作标与道闲。贯花留静室,咒水度空山。谁识浮云意,悠悠天地间。

送嵩律师头陀寺

相传五部学,更有一人成。此日灵山去—作此夕分身去,何方半座迎。麻衣逢雪暖,草履—作屣蹑云轻。若见中林石,应知第四生。

舟中见雨

今夜初听雨,江南杜若青。功名何卤莽,兄弟总凋零。梦远愁蝴蝶,情深愧鹡鸰。抚孤终日意,身世尚流萍。

送僧南归

兵尘犹滃洞,僧舍亦征求。师向江南去,予方毂下留。风霜两足白,宇宙一身浮。归及梅花发,题诗寄陇头。

江干

江干望不极,楼阁影缤纷。水气多为雨,人烟远是云。予生何濩落,客路转辛勤。杨柳牵愁思,和春上翠裙。

过友人隐居

潇洒绝尘喧,清溪流绕门。水声鸣石濑,萝影到林轩。地静留眠鹿,庭虚下饮猿。春花正夹岸,何必问桃源。

宿天竺寺晓发罗源

黄昏投古寺,深院一灯明。水砌长杉列,风廊败叶鸣。山云留别偈,王事速归程。迢递罗源路,轻舆候晓行。

留宿罗源西峰寺示辉上人

一宿西峰寺,尘烦暂觉清。远林生夕籁,高阁起钟声。山寂僧初定,廊深火自明。虽云殊出处,聊与说无生。

题横山寺

偶入横山寺,湖山景最幽。露涵松翠湿,风涌浪花浮。老衲供茶碗,斜阳送客舟。自缘归思促,不得更迟留。

泛舟

风软扁舟稳,行依绿水堤。孤尊秋露滑,短棹晚烟迷。夜静月初上,江空天更低。飘飘信流去,误过子猷溪。

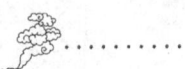

宿灵岩寺

马疲盘道峻,投宿入招提。雨急山溪涨,云迷岭树低。凉风来殿角,赤日下天西。偃腹虚檐外,林空鸟恣啼。

江上别刘驾

天涯芳草遍,江路又逢春。海月留人醉,山花笑客贫。离杯倾祖帐,征骑逐行尘。回首风流地,登临少一人。

南轩

野居何处是,轩外一横塘。座纳薰风细,帘垂白日长。面山如对画,临水坐流觞。更爱闲花木,欣欣得向阳。

泊雁

泊雁鸣深渚,收霞落晚川。栖随风敛阵,楼映月低弦。漠漠汀帆转,幽幽岸火然。崆危通细路,沟曲绕平田。

巡诸州渐次空灵戍一无巡诸州三字

寒尽鸿先至一作去,春一作江回客未归。蚤知名是病一作幻,不敢绣为衣。雾积川原暗,山多郡县稀。明朝下湘岸,更逐鹧鸪飞。

潭州使院书情寄江夏贺兰副端

云雨一萧散,悠悠关复一作路河。俱从泛舟役,近隔洞庭波。楚一作春水去不尽,秋风今又过。无因得相见,却恨寄书多。

过柳一作郴州

地尽江一作江尽湘南戍,山分桂北林。火云三月合,石路九疑深。暗谷随风过,危桥共鸟寻。羁魂愁似一作已愁,一作肠自绝,不复待猿吟。

经巴东岭

巴山不可上,徒驭亦裴回。旧栈歌难度,朝云湿未开。瀑泉飞雪雨,惊兽走风雷。此去无停一作亭候一作堠,征人几日回。

过申州

万人曾战死,几处见休兵。井邑初安堵,儿童未长成。凉风吹古木,野火入残营。牢落千余里,山空水复清。

次下牢韵

独立荒亭上,萧萧对晚风。天高吴塞阔,日落楚山空。猿叫三声断,江流一水通。前程千万里,一夕宿巴东。

潘处士宅会别

相邀寒影晚,惜别故山空。邻里疏林在,池塘野水通。十年难遇一作多难后,一醉几人同。复此悲行子,萧萧逐转一作远蓬。

暮春沐发晦日书怀寄韦功曹泚李录事从训王少府纯

朝沐敞南闱一作扉,盘跚待日晞。持一作扬梳发更落,览镜意多违。吾友见尝少,春风去不归。登高一作临取一作至一醉,犹可及芳菲。

长安早春赠万评事

春风归一作过戚里,晓日上花枝。清管新莺一作声发,重门细柳垂。经过千骑客,调笑五陵儿。何事灵台客一作宿,狂歌自一作独不知。

留别宋处士

留欢方继烛,此会岂他人。乡里游从旧,儿童内外亲。夜深愁不醉,老去别何频。莫园中柳,相看惜暮春。

留别道州李使君圻

泷路下丹徼,邮童挥画桡。山回千骑隐,云一作雪断两乡遥。渔沪拥寒溜,畲田落远烧。维舟更相忆,惆怅坐空一作通宵。

将游东都留别包谏议

衰客惭墨绶,素舸逐秋风。云雨恩难报,江湖意已终。县当仙洞口,路出故园东。唯有新离恨,长留梦寐中。

灞岸别友

车马去迟迟,离言未尽时。看花一醉别,

会面几年期。樵路高山馆,渔洲楚帝祠。南登回首处,犹得望京师。

临川从事还别崔法曹
谬官辞获免,滥狱会平反。远与故人别,龙钟望所言。阴天寒不雨,古木夜多猿。老病北归去,余年学灌园。

海上别薛舟一作丹
行旅悲摇落,风波厌别离。客程秋草远,心事故人知。暮鸟翻江岸,征徒起路岐。自应无定所,还似欲相随。

婺州路别录事
府中相见少,江上独行遥。会日起离恨,新年别旧僚。春云犹伴雪,寒渚未通潮。回首群山暝,思君转寂寥。

建中癸亥岁奉天除夜宿武当山北茅平村
岁除日又暮,山险路仍新。驱传迷深谷,瞻星记北辰。古亭聊假寐,中夜忽逢人。相问皆鸣咽,伤心不待春。

京口送一作逢皇甫司马副端曾舒州辞满归去一本无去字东都
潮水忽复过一作至,云帆俨欲一作若飞。故园双阙下,左宦十年归。晚景照华发,凉风吹绣一作别衣。淹留更一醉,老去莫相违。

送李审之桂州谒中丞叔
知音不可遇,才子向天涯。远水下山急,孤舟上路赊。乱云收暮雨,杂树落疏一作秋花。到日应文会,风流胜阮家。

送王翁信及第归江东旧隐一作方干诗,题云送友及第归浙东
南行无俗侣,秋雁与寒一作闲云。野趣一作性自多一作心惬,名香日总一作名香人共,一作乡名人共闻。吴山中路断,浙水半江分。此地登临惯,含情一送君。

送李明府之任
身为百里长,家宠五诸侯。含笑听猿狖,摇鞭望斗牛。梅花堪比雪,芳草不知秋。别后南风起,相思梦岭头。

送郭太祝中孚归江东
乡人去欲尽,北雁又南飞。京洛风尘久,江湖一作淮音信稀。旧山知独往,一醉莫相违。未得辞羁旅,无劳问是非。

新秋夜寄江右友人
遥夜独不寐,寂寥蓬户中。河明五陵上,月满九门东。旧知亲友一作万里交亲散,故园江海空。怀归正南望,此夕起秋风。

清明日送邓芮二子还乡一作方干诗
钟鼓喧离日一作室,车徒促夜装。晓厨新变一作出火,轻柳暗翻一作飞霜。传一作转镜看华发,持一作传杯话故乡。每嫌儿女泪,今日自沾裳。

送谢夷甫宰余姚县余姚,一作鄞县
君去方为宰一作县,干一作兵戈尚未销。邑中残老小,乱后少官僚。廨宇经兵一作山火,公田没海潮。到时应一作因变俗,新政一作誉满余姚。

送柳道时余北还一作送观察李判官巡郴州
征役各异路一作行役各远路,烟波同旅愁。轻桡上桂水,大舸下扬州。何处成后会,今朝分旧游。离心比杨柳,萧飒不胜秋。

送万户曹之任扬州便归旧隐
拟归云壑去,聊寄宦名中。俸禄资生事,文章实一作诗篇记国风。听潮回一作翻楚浪,看月照隋宫。倘有登楼望一作夜,还应伴庾公。

送李长史纵之任常州
不与名利隔,且为江汉游。吴山本佳丽,谢客旧淹留。狭道一作路通陵口,贫家住蒋州。思归复怨别,寥落讵关秋。

南宾送蔡侍御游蜀

巴江秋欲尽,远别更凄然。月照高唐—作堂峡,人随贾客船。积云藏—作横险路,流水促—作送行年。不料相逢日,空悲尊酒前。

送崔拾遗峒江淮—作东访图书

九门思—作重辞谏议,万里采风谣。关外逢秋月,天涯过晚潮。雁来—作飞云杳杳,木落浦萧萧。空怨他乡别,回舟暮寂寥。

九日送洛阳李丞之任

为文通绝境,从宦及良辰。洛下知名早,腰边结绶新。且倾浮菊酒,聊拂染衣尘。独恨沧波侣,秋来别故人。

奉陪李大夫九日宴龙沙

邦君采菊地,近接旅人居。一命招衰疾,清光照里闾。去官惭比谢,下榻贵同徐。莫怪沙边倒,偏沾杯酌余。

送车参军江陵—作送韦参军,一作释清江诗

槐花落尽柳阴清,萧索凉天楚客情。海上旧山无的信,东门—作汴东归路不堪行。身随幻境劳—作无多事,迹学禅心厌有名。公子道存知不弃,欲依刘表住南荆。

游清溪兰若兼隐者旧居

西看叠嶂几千重,秀色孤标此一峰。丹灶久闲荒宿草,碧潭深处有潜龙。灵仙已去空岩室—作穴,到客唯闻古寺钟。远对白云幽隐在,年年—作时不离旧杉松。

赠史开府

南天胡马独悲嘶,白首相逢话鼓鼙。野战频年沙朔外,旌竿高与雪峰齐。扁舟远泛轻全楚,落日愁看旧紫泥。早晚瑶阶归伏奏,独—作犹能画地取关西。

登楼望月寄凤翔李少尹

陌上凉风槐叶凋,夕阳清露湿寒条。登楼望月楚山迥,月到南楼山独遥。心送情人趋凤阙,目随阳雁极烟霄。轩辕—作车不重无名客,此地还—作谁能访寂寥。

和汴州李相公勉人日喜春

年来日日春光好,今日春光好更新。独献菜羹怜应节,遍传金胜喜逢人。烟添柳色看犹浅,鸟踏梅花落已频。东阁此时闻一曲,翻令和者不胜春。

奉酬卢端公饮后赠诸公见示之作

佐幕临戎旌旆间,五营无事万家闲。风吹杨柳渐拂地,日映楼台欲下山。绮席昼开留上客,朱门半掩拟重关。当时不敢辞先醉,误—作悟逐群公倒载还。

赠司空拾遗

侍臣何事辞云陛,江上弹冠见雪花。望阙未承丹凤诏,开门空对楚—作野人家。陈琳草奏才还在,王粲登楼兴不赊。高馆更容尘外客,仍令归去待琼华。

越溪村居

年来桡—作晚客寄禅扉,多话贫居在翠微。黄雀—作鸟数声催柳变,清溪一路踏花归。空林野寺经过少,落日深山伴侣稀。负米到家春未尽,风萝闲扫钓鱼矶。

赠韩道士—作张佖诗

日暮秋风吹野花,上清归客意无涯。桃源寂寂烟霞—作云闭,天路悠悠星汉斜。还似世人生白发,定知—作教仙骨变黄芽。东城南陌频相见,应是壶中别有家。

寄万德躬故居

日暮山风吹女萝,故人舟楫定如何。吕仙祠下寒砧急,帝子阁前秋水多。闽海风尘鸣戍鼓,江湖烟雨暗渔蓑。何时醉把黄花酒,听尔南征长短歌。

寄司空曙

细雨柴门生远愁,向来诗句若为酬。林花

落处频中酒,海燕飞时独倚楼。北郭晚晴山更远,南塘春尽水争流。可能相别还相忆,莫遣杨花笑白头。

过故人陈羽山居

向来携酒共追攀,此日看云独未还。不见山中人半载,依然松下屋三间。峰攒仙境丹霞上,水绕渔矶绿玉湾。却望夏洋怀二妙,满崖霜树晓斑斑。

吊畅当

万里江南一布衣,早将佳句动京畿。徒闻子敬遗琴在,不见相如驷马归。朔雪恐迷新冢草,秋风愁老故山薇。玉堂知已能铭述,犹得精魂慰所依。

寄刘禹锡

谢相园西石径斜,知君习隐暂为家。有时出郭行芳草,长日临池看落花。春去能忘诗共赋,客来应是酒频赊。五年不见西山色,怅望浮云隐落霞。

寄孟郊

乱余城郭怕经过,到处闲门长薜萝。用世空悲闻道浅,入山偏喜识僧多。醉归花径云生履,樵罢松岩雪满蓑。石上幽期春又暮,何时载酒听高歌。

赠徐山人

乱余山水半凋残,江上逢君春正阑。针自指南天窅窅,星犹拱北夜漫漫。汉陵帝子黄金碗,晋代神仙白玉棺。回首风尘千里外一作别,故园烟雨五峰寒。

过贾谊旧居

楚乡卑湿叹殊方,鵩赋人非宅已荒。谩有长书忧汉室,空将哀些吊沅湘。雨余古井生秋草,叶尽疏林见夕阳。过客不须频太息,咸阳宫殿亦凄凉。

宫词

紫禁迢迢宫漏鸣,夜深无语独含情。春风鸾镜愁中影,明月羊车梦里声。尘暗玉阶綦迹断,香飘金屋篆烟清。贞心一任蛾眉妒,买赋何须问马卿。

汉一作送宫人入道

萧萧白发出宫门,羽服星冠道意存。霄汉九重辞凤阙,云山何处访桃源。瑶池醉月劳仙梦,玉辇乘春却帝恩。回首吹箫天上伴,上阳花落共谁言。

二灵寺守岁

守岁山房迥绝缘,灯光香烛共萧然。无人更献椒花颂,有客同参柏子禅。已悟化城非乐界,不知今夕是何年。忧心悄悄浑忘寐,坐待扶桑日丽天。

暮春感怀

杜宇声声唤客愁,故园何处此登楼。落花飞絮成春梦,剩水残山异昔游。歌扇多情明月在,舞衣无意一作绪彩云收。东皇去后韶华尽,老圃寒香别有秋。

四十无闻懒慢身,放情丘壑任天真。悠悠往事杯中物,赫赫时名扇外尘。短策看云松寺晚,疏帘听雨草堂春。山花水鸟皆知己,百遍相过不厌贫。

哭朱放

几年湖海挹余芳,岂料兰摧一夜霜。人世空传名耿耿,泉台杳隔路茫茫。碧窗月落琴声断,华表云深鹤梦长。最是不堪回首处,九泉烟冷树苍苍。

酬盩厔耿少府湋见寄

方丈萧萧落叶中,暮天深巷起悲风。流年不尽人自老,外事无端心已空。家近小山当海畔,身留环卫荫一作隐墙东。遥闻相访频逢雪,一醉寒宵谁与同。

赠慧上人

仙槎江口槎溪寺,几度停舟访未能。自恨频年为远客,喜从异郡识高僧。云霞色酽禅房衲,星月光涵古殿灯。何日却飞真锡返,故人丘木翳寒藤。

渐至—作次涪州先寄王员外使君纵

文教通—作留夷俗,均输问火田。江分巴字水,树入夜郎烟。毒瘴含秋气—作景,阴崖蔽—作闭曙天。路难空计日,身老不由年。将命宁知—作辞远,归心讵可传。星郎复何意—作事,出守五溪边。

和河南罗主簿送校书兄归江南

兄弟泣殊方,天涯指故乡。断云无定处,归雁不成行。草莽人烟少,风波水驿长。上虞亲渤澥,东楚隔潇湘。古戍阴传火,寒芜晓带霜。海门潮滟滟,沙岸荻苍苍。京辇辞芸—作芝阁,蘅芳—作衡方忆草堂。知君始宁隐,还缉旧荷裳。

晓闻长乐钟声

汉苑钟声早,秦郊曙色分。霜凌万户彻,风散一城闻。已启蓬莱殿,初朝鸳鹭群。虚心方应物,大扣欲干云。近杂鸡人唱,新传凫氏文。能令翰苑客,流听思氛氲。

听霜钟

渺渺飞霜夜,寥寥远岫钟。出云疑断续,入户乍春容。度枕频惊梦,随风几韵松。悠扬来不已,杳霭去何从。仿佛烟岚隔,依稀岩峤—作岫重。此时聊一听,余响绕千峰。

同前

寥亮来丰岭,分明辨古钟。应霜如自击,中节每相从。静听非闲扣,潜应蕴圣踪。风间时断续,云外更春—作冲容。虚警和清籁,雄鸣隔乱峰。因知—作之谕知己—作者,感激更难逢。

全唐诗卷二百七十四

戴叔伦

酬崔法曹遗剑
临风脱佩剑，相劝静胡尘。自料无筋力，何由答故人。

敬报孙常州二首
衰病苦奔走，未尝追旧游。何言问憔悴，此日驻方舟。

远道曳故屐，余春会高斋。因言别离久，得尽平生怀。

将赴东阳留上包谏议
敝邑连山远，仙舟数刻同。多惭屡回首，前路在泥中。

答崔法曹
后会知不远，今欢亦愿留。江天梅雨散，况在月中楼。

问严居士易
自公来问易，不复待加年。更有垂帘会，遥知续草玄。

新年第二夜答处上人宿玉芝观见寄
阳春已三日，会友闻昨夜。可爱剡溪僧，独寻陶景舍。

赴抚州对酬崔法曹夜雨滴空阶五首
雨落湿孤客，心惊比栖鸟。空阶夜滴繁，相乱应到晓。

高会枣树宅，清言莲社僧。两乡同夜雨，旅馆又无灯。

谤议不自辨，亲朋那得知。雨中驱马去，非是独伤离。

离室雨初晦，客程云陡暗。方为对吏人，敢望邮童探。

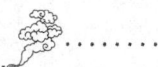

纵酒常掷盏,狂歌时入室。离群怨雨声,幽抑方成疾。

又酬晓灯暗离室五首

知疑奸叟谤,闲与情人话。犹是别时灯,不眠同此夜。

寒灯扬晓焰,重屋惊春雨。应想远行人,路逢泥泞阻。

灯光照虚屋,雨影悬空壁。一向檐下声,远来愁处滴。

楚僧话寂灭,俗虑比虚空。赖有残灯喻,相传昏暗中。

雨声乱灯影,明灭在空阶。并枉五言赠,知同万里怀。

同赋龙沙墅

回转沙岸近,欹斜林岭重。因君访遗迹,此日见真龙。

昭君词

汉宫若远近,路在寒沙—作塞上。到死不得归,何人共南望。

劝陆三饮酒

寒郊好天气,劝酒莫辞频。扰扰钟陵市,无穷不醉人。

关山月二首

月出照关山,秋风人未还。清光无远近,乡泪半书—作宵间。

一雁过连营,繁霜覆古城。胡笳在何处,半夜起边声。

送王司直

西塞云山远,东风道路长。人心胜潮水,相送过浔阳。

宿无可上人房

偶来人境外,何处染嚣尘。倘许栖林下,僧中老此身。

山居

麋鹿自成群,何人到白云。山中无外事,终日醉醺醺。

口号

白发千茎雪,寒窗懒著书。最怜吟苜蓿,不及向桑榆。

夜坐

夜静河汉高,独坐庭前月。忽起故园思,动作经年别。

堤上柳

垂柳万条丝,春来织别离。行人攀折处,闺妾断肠时。

遣兴

明月临沧海,闲云恋故山。诗名满天下,终日掩柴关。

赠张挥使

谪戍孤城小,思家万里遥。汉廷求卫霍,剑佩上青霄。

偶成

野水连天碧,峰峦入海青。沧浪者谁子,一曲醉中听。

画蝉

饮露身何洁,吟风韵更长。斜阳千万树,无处避螳螂。

题天柱山图

拔翠五云中,擎天不计功。谁能凌绝顶,看取日升东。

松鹤

雨湿松阴凉,风落松花细。独鹤爱清幽,飞来不飞去。

草堂一上人

一公持一钵,相复度遥岑。地瘦无黄独,

春来草更深。

题黄司直园
为忆去年梅,凌寒特地来。门前空腊尽,浑未有花开。

北山游亭
西崦水泠泠,沿冈有游亭。自从春草长,遥见只青青。

赠李唐山人—作李山人唐
此意无所欲—作静无事,闭门风景迟。柳条将白发,相对共垂丝。

题秦隐君丽句亭
北—作此人归欲尽,犹—作独自住萧山。闭户不曾—作暂出,诗名满世间。

答孙常州见忆
画鹢春风里,迢遥去若飞。那能寄相忆,不并子猷归。

送裴明州—本有郎中微三字效南朝体
沅—作潇水连湘水,千波万浪中。知郎未得去,惭愧石尤风。

戏留—作留别顾十一明府
江明雨初歇,山暗云犹湿。未可动归桡,前程风浪—作正急。

答崔载华
文案日成堆,愁眉拽不开。偷归瓮间卧,逢个楚狂来。

将赴行营劝客同醉
丝管霜天夜,烟尘淮水西。明朝上征去,相伴醉如泥。

夏夜江楼会别
不作十日别,烦君此相留。雨余江上月,好醉竹间楼。

岁除日,奉推事使牒,追赴抚州辨对留别崔法曹陆大祝处士上人,同赋人字口号—本题作岁除日追赴抚州辨对留别崔法曹
上国杳未到,流年忽复新。回车不自识,君定送何人。

江馆会别
离亭一会宿,能有几人同。莫以回车泣,前途不尽穷。

容州回逢陆三别—本无别字
西南积水远,老病喜生归。此地故人别,空余泪满衣。

古意寄呈王侍郎
夜光贮怀袖,待报一顾恩。日向江湖老,此心谁为论。

送李大夫渡口阻风
浪息定何时,龙门到恐迟。轻舟不敢渡,空立望旌旗。

过三闾庙—本无过字
沅湘流不尽,屈宋—作子怨何深。日暮秋烟—作风起,萧萧枫树林。

泊湘口
湘山千岭树,桂水九秋波。露重猿声绝,风清月色多。

游道林寺
佳山路不远,俗侣到常稀。及此烟霞暮,相看复欲归。

后宫曲
初入长门宫,谓言君戏妾。宁知秋风至,吹尽庭前叶。

新别离—作戎昱诗
手把杏花枝,未曾经别离。黄昏掩闺后,寂寞心自知—作自心知。

夏日登鹤岩偶成
　　天风吹我上层冈,露洒长松六月凉。愿借老僧双白鹤,碧云深处共翱翔。

题净居寺
　　玉壶山下云居寺,六百年来选佛场。满地白云关不住,石泉流出落花香。

昭君词
　　汉家宫阙梦中归,几度毡房泪湿衣。惆怅不如边雁影,秋风犹得向南飞。

织女词
　　凤梭停织鹊无音,梦忆仙郎夜夜心。难得相逢容易别,银河争似妾愁深。

塞上曲二首
　　军门频纳受降书,一剑横行万里余。汉祖谩夸娄敬策,却将公主嫁单于。
　　汉家旌帜满阴山,不遣胡儿匹马还。愿得此身长报国,何须生入玉门关。

闺怨
　　看花无语泪如倾,多少春风怨别情。不识玉门关外路,梦中昨夜到边城。

春怨
　　金鸭香消欲断魂,梨花春雨掩重门。欲知别后相思意,回看罗衣积泪痕。

旅次寄湖南张郎中
　　闭门茅底偶为邻,北阮那怜南阮贫。却是梅花无世态,隔墙分送一枝春。

题友人山居
　　四郭青山处处同,客怀无计答秋风。数家茅屋清溪上,千树蝉声落日中。

别郑谷
　　朝阳斋前桃李树,手栽清荫接比邻。明年此地看花发,愁向东风忆故人。

赠鹤林上人
　　日日涧边寻茯苓,岩扉常掩凤山青。归来挂衲高林下,自剪芭蕉写佛经。

题稚川山水
　　松下茅亭五月凉,汀沙云树晚一作暗苍苍。行人无限秋风思,隔水青山似故乡。

过柳溪道院
　　溪上谁家掩竹扉,鸟啼浑似惜春晖。日斜深巷无人迹,时见梨花片片飞。

荔枝
　　红颗真珠诚可爱,白须太守亦何痴。十年结子知谁在,自向中庭种荔枝。

忆原上人
　　一两棕鞋八尺藤,广陵行遍又金陵。不知竹雨竹风夜,吟对秋山那寺灯。

闲思
　　伯劳东去鹤西还,云总无心亦度山。何似严陵滩上客,一竿长伴白鸥闲。

兰溪棹歌
　　凉月如眉挂柳湾,越中山色镜中看。兰溪三日桃花雨,半夜鲤鱼来上滩。

苏溪亭
　　苏溪亭上草漫漫,谁倚东风十二阑。燕子不归春事晚,一汀烟雨杏花寒。

敬酬陆山人二首
　　党议连诛不可闻,直臣高士去纷纷。当时漏夺无人问,出宰东阳笑杀君。
　　由来海畔逐樵渔,奉诏因乘使者车。却掌山中子男印,自看犹是旧潜夫。

答崔法曹赋四雪
　　楚僧蹑雪来招隐,先访高人积雪中。已别剡溪逢雪去,雪山修道与师同。

抚州被推昭雪答陆太祝三首
　　求理由来许便宜,汉朝龚遂不为疵。如今谤起翻成累,唯有新人子细知。

　　贫交相爱果无疑,共向人间听直词。从古以来何限枉,惭知暗室不曾欺。

　　春风旅馆长庭芜,俯首低眉一老夫。已对铁冠穷事本,不知廷尉念冤无。

送独孤愐还京
　　举家相逐还乡去,不向秋风怨别时。湖水两重山万里,定知行尽到京师。

临流送顾东阳
　　海上独归惭不及,邑中遗爱定无双。兰桡起唱逐流去,却恨山溪通外江。

行营送马侍御
　　万里羽书来未绝,五关烽火昼仍传。故人多病尽归去,唯有刘祯不得眠。

送秦系
　　五都来往无旧业,一代公卿尽故人。不肯低头受羁束,远师溪上拂缨尘。

送裴判官回湖南
　　莫怕南风且尽欢,湘山多雨夏中寒。送君万里不觉远,此地曾为心铁官。

再巡道永留别
　　鬓下初惊白发时,更逢离别助秋悲。从今不学四方事,已共家人海上期。

别崔法曹
　　欲作别离西入秦,芝田枣径往来频。东湖此夕更留醉,逢著庐山学道人。

送萧二
　　拟向田间老此身,寒郊怨别甚于春。又闻故里朋游尽,到日知逢何处人。

湘川野望
　　怀王独与佞人谋,闻道忠臣入乱流。今日登高望不见,楚云湘水各悠悠。

将至道州寄李使君
　　九疑深路绕山回,木落天清猿昼哀。犹隔箫韶一峰在,遥传五马向东来。

与虞沔州谒藏真上人
　　故侯将我到山中,更上西峰见远公。共问置心何处好,主人挥手指虚空。

题招隐寺
　　昨日临川谢病还,求田问舍独相关。宋时有井如今在,却种胡麻不买山。

过珥渎单老老一作宅
　　毫末成围海变田,单家依旧住溪边。比来已向人间老,今日相过却少年。

族兄各年八十余见招游洞
　　鹤发婆娑乡里亲,相邀共看往年春。拟将儿女归来住,且是茅山见老人。

登高回乘月寻僧一作登高回醉中乘月与崔法曹寻楚僧方外各赋一绝
　　插鬓茱萸来未尽,共随明月下沙堆。高缁寂寂不相问,醉客无端入定来。

赠殷一本有御史二字亮
　　日日河边见水流,伤春未已复悲秋。山中旧宅无人住,来往风尘共白头。

夜发袁一作乌,一作猿江寄李颍川刘侍御时二公留贬在此。一本题止夜发乌江作五字
　　半夜回舟入楚乡,月明山水共苍苍。孤猿更叫一作发秋风里,不是愁人亦断肠。

对酒示申屠学士
　　三一作千重江水万重山,山里春风一作青春度日闲。且向白云求一醉,莫教愁梦到乡关。

对月答袁一作元明府
山下孤城月上迟,相留一醉本无期。明年此夕游何处,纵有清一作秋光知对一作见谁。

送前上饶严明府摄玉山
家在故林吴楚间,冰为溪水玉为山。更将旧政化邻邑,遥见逋人相逐还。

听歌回马上赠崔法曹一本题止听歌回三字
秋风里许杏花开,杏树傍边醉客来。共待夜深听一曲,醒人骑马断肠回。

酬骆侍御答诗
风传画阁空知晓,雨湿江城不见春。堆案绕床君莫怪,已经愁思古时人。

送孙直游郴州
孤舟上水过湘沅,桂岭南枝花正繁。行客自知心有托,不闻惊浪与啼猿。

麓山寺会送尹秀才
湖上逢君亦不闲,暂将离别到深山。飘蓬惊鸟那自定,强欲相留云树间。

送董颋
霜雁群飞下楚田,羁人掩泪望秦天。君行江海无定所,别后相思何处边。

别张员外
木叶纷纷湘水滨,此中何事往频频。临风自笑归时一作何晚,更送浮云逐故人。

送张评事
城郭喧喧争送远,危梁袅袅渡东津。杨花展转引征骑,莫怪山中多看人。

送吕少府
共醉流芳独归去,故园高士日相亲。深山古路无杨柳,折取桐花寄远人。

送人游岭南
少别华阳万里游,近南风景不曾秋。红芳绿笋是行路,纵有啼猿听却幽。

妻亡后别妻弟
杨柳青青满路垂,赠行惟折古松枝。停舟一对湘江哭,哭罢无言君自知。

和崔法曹建溪闻猿
曾向巫山峡里行,羁猿一叫一回惊。闻道建溪肠欲断,的知断著第三声。

湘南即事
卢橘花开枫叶衰,出门何处望京师。沅湘日夜东流一作归去,不为愁人住少时。

代书寄京洛旧游
今年十月温风起,湘水悠悠生白蘋。欲寄远书还不敢,却愁惊动故乡人。

蕲州行营作
蕲水城西向北看,桃花落尽柳花残。朱旗半卷山川小,白马连嘶草树寒。

题武当逸禅师兰若
我身一作生本似一作是远行客,况是乱时多病身。经山涉水向何处,羞见竹林禅定人。

谷城逢杨评事
远自五陵独窜身,筑阳山中归路新。横流夜长不得渡,驻马荒亭逢故人。

听韩使君美人歌
仙人此夜忽凌波,更唱瑶台一遍歌。嫁与将军天上住,人间可得再相过。

转应词
边草,边草,边草尽来共一作兵老。山南山北雪晴,千里万里月明。明月,明月,胡笳一声愁绝。

精舍对雨
空门寂寂澹吾身,溪雨微微洗客尘。卧向白云晴未尽,任他黄鸟醉芳春。

宿灌阳滩

十月江边芦叶飞,灌阳滩冷上舟迟。今朝未遇高风便,还与沙鸥宿水湄。

酬赠张众甫

野人无本意,散木任天材。分向空山老,何言上苑来。迢遥千里道,依倚九层台。出处宁知命,轮辕岂自媒。更惭张处士,相与别蒿莱。

客舍秋怀呈骆正字士则

无言堪自喻,偶坐更相悲。木落惊年长,门闲惜草衰。买山犹未得,谏猎又非时。设被浮名系,归休渐欲迟。

寄中书李舍人纾

萍翻蓬自卷,不共本心期。复入重城里,频看百草滋。水流归思远,花发长年悲。尽日春风起,无人见此时。

赠康老人洽

酒泉布衣旧才子,少小知名帝城里。一篇飞入九重门,乐府喧喧闻至尊。宫中美人皆唱得,七贵因之尽相识。南邻北里日经过,处处淹留乐事多。不脱弊裘轻锦绮,长吟佳句掩笙歌。贤王贵主于我厚,骏马苍头如己有。暗将心事隔风尘,尽掷年光逐杯酒。青门几度见春归,折柳寻花送落晖。杜陵往往逢秋暮,望月临风攀古树。繁霜入鬓何足论,旧国连天不知处。尔来倏忽五十年,却忆当时思眇然。多识故侯悲宿草,曾看流水没桑田。百人会中一身在,被褐饮瓢终不改。陌头车马共营营,不解如君任此生。

暮春游长沙东湖赠辛兖州巢父二首

湘流分曲浦,缭绕古城东。岸转千家合,林开一镜空。人生无事少,心赏几回同。且复忘羁束,悠悠落照中。

回环路不尽,历览意弥新。古木畲田火,澄江荡桨人。缓歌寻极浦,一醉送残春。莫恨长沙远,他年忆此辰。

同兖州张秀才过王侍御参谋宅赋十韵柳字

十年官不进,敛迹无怨咎。漂荡海内游,淹留楚乡久。因参戎幕下,寄宅湘川口。剪竹开广庭,瞻山敞虚牖。闲门早春至,陋巷新晴后。覆地落残梅,和风袅轻柳。逢迎车马客,邀结风尘友。意惬时会文,夜长聊饮酒。秉心转孤直,沉照随可否。岂学屈大夫,忧惭对渔叟。

同辛兖州巢父、卢副端岳相思献酬之作,因抒归怀,兼呈辛魏二院长杨长宁

暮角发高城,情人坐中起。临觞不及醉,分散秋风里。虽有明期日,离心若千里。前欢反惆怅,后会还如此。焉得夜淹留,一回终宴喜。羁游复牵役,皆去重湖水。早晚泛归舟,吾从数君子。

酬袁太祝长卿小湖村山居书怀见寄

背江居隙地,辞职作遗人。耕凿资余力,樵渔逐四邻。麦秋桑叶大,梅雨稻田新。篱落栽山果,池塘养海鳞。放歌聊自足,幽思忽相亲。余亦归休者,依君老此身。

送汶水王明府

何时别故乡,归去佩铜章。亲族移家尽,间阎百战场。背关余古木,近塞足风霜。遗老应相贺,知君不下堂。

奉同汴州李相公勉送郭布殿中出巡

轩车出东阁,都邑绕南河。马首先春至,人心比岁和。省风传隐恤,持法去烦苛。却想埋轮者,论功此日多。

送东阳顾明府罢归

祖帐临鲛室,黎人拥鹢舟。坐蓝高士去,继组鄙夫留。白日落寒水,青枫绕曲洲。相看作离别,一倍不禁愁。

抚州对事后送外生宋垓归饶州觐侍呈上姊夫

淮汴初丧乱,蒋山烽火起。与君随亲族,奔进辞故里。京口附商客,海门正狂风。忧心不敢住,夜发惊浪中。云开方见日,潮尽炉峰出。石壁转棠阴,鄱阳寄茅室。淹留三十年,分种越人田。骨肉无半在,乡园犹未旋。尔家习文艺,旁究天人际。父子自相传,优游聊卒岁。学成不求达,道胜那厌贫。时入闾巷醉,好是羲皇人。顷因物役牵,偶逐簪组辈。谤书喧朝市,抚己惭浅昧。世业大小礼,近通颜谢诗。念渠还领会,非敢独为师。

永康孙明府颋秩满将归枉路访别

门前水流咽,城下乱山多。非是还家路,宁知枉骑过。风烟复欲隔,悲笑屡相和。不学陶公醉,无因奈别何。

将赴湖南留别东阳旧寮兼示吏人

智力苦不足,黎氓殊未安。忽从新命去,复隔旧寮欢。晓路整车马,离亭会衣冠。冰坚细流咽,烧尽乱峰寒。耆老相饯送,儿童亦悲酸。桐乡寄生怨,欲话此情难。

抚州处士胡泛见送北回两馆至南昌县界查溪兰若别

移樽铺山曲,祖帐查溪阴。铺山即远道,查溪非故林。凄然诵新诗,落泪沾素襟。郡政我何有,别情君独深。禅庭古树秋,宿雨清沉沉。挥袂千里远,悲伤去住心。

将巡郴永途中作

行役留三楚,思归又一春。自疑冠下发,聊此镜中人。机息知名误,形衰恨道贫。空将旧泉石,长与梦相亲。

桂阳北岭偶过野人所居,聊书即事呈王永州邕李道州圻

犬吠空山响,林深一径存。隔云寻板屋,渡水到柴门。日昼风烟静,花明草树繁。乍疑秦世客,渐识楚人言。不记逃乡里,居然长子孙。种田烧险谷,汲井凿高原。畦叶藏春雉,庭柯宿旅猿。岭阴无瘴疠,地隙有兰荪。内户均皮席,枯瓢沃野餐。远心知自负,幽赏讵能论。转步重崖合,瞻途落照昏。他时愿携手,莫比武陵源。

下鼻亭泷行八十里聊状艰险,寄青苗郑副端朔阳

泷水天际来,鼻山地中坼。盘涡几十处,叠溜皆千尺。直写卷沉沙,惊翻冲绝壁。淙淙振崖谷,汹汹竟朝夕。人语不自闻,日光乱相射。舣舟始摇漾,举棹旋奔激。既下同建瓴,半空方避石。前危苦未尽,后险何其迫。倏闪疾风雷,苍皇荡魂魄。因随伏流出,忽与跳波隔。远想欲回轩,岂兹还泛鹢。云涯多候馆,努力勤登历。

少女生日感怀

五逢晬日今方见,置尔怀中自惘然。乍喜老身辞远役,翻悲一笑隔重泉。欲教针线娇难解,暂弄琴书性已便。还有蔡家残史籍,可能分与外人传。

张评事涉秦居士系见访郡斋,即同赋中字

辁车忽枉辙,郡府自生风。遣吏山禽在,开樽野客同。古墙抽腊笋,乔木飐春鸿。能赋传幽思,清言尽至公。城欹残照入,池曲大江通。此地人来少,相欢一醉中。

小雪

花雪随风不厌看,更多还肯失一作恐蔽林峦。愁人正在书一作西窗下,一片飞来一片寒。

句

邻里龙沙北。《临川六咏》。

麦秋桑叶大,梅雨稻田新。篱落栽山果,池塘养锦鳞。

全唐诗卷二百七十五

张建封

张建封,字本立,南阳人。少喜文章,尚气节。历官御史大夫、徐泗濠节度使。有诗文二百三十篇,今存诗二首。

竞渡歌

五月五日天晴明,杨花绕江啼晓莺。使君未出郡斋外,江上早闻齐和声。使君出时皆有准,马前已被红旗引。两岸罗衣破晕香,银钗照日如霜刃。鼓声三下红旗开,两龙跃出浮水来。棹影斡波飞万剑,鼓声劈浪鸣千雷。鼓声渐急标将近,两龙望标目如瞬。坡上人呼霹雳惊,竿头彩挂虹蜺晕。前船抢水已得标,后船失势空挥桡。疮眉血首争不定,输岸一朋心似烧。只将输赢分罚赏,两岸十舟五来往。须臾戏罢各东西,竞脱文身请书上。吾今细观竞渡儿,何殊当路权相持。不思得岸各休去,会到摧车折楫时。

酬韩校书愈打球歌

仆本修文持笔者,今来帅领红旌下。不能无事习蛇矛,闲就平场学使马。军中伎痒骁智材,竞驰骏逸随我来。护军对引相向去,风呼月旋朋先开。俯身仰击复傍击,难于古人左右射。齐观百步透短门,谁羡养由遥破的。儒生疑我新发狂,武夫爱我生雄光。杖移鬃底拂尾后,星从月下流中场。人不约,心自一;马不鞭,蹄自疾。凡情莫辨捷中能,拙目翻惊巧时失。韩生讶我为斯艺,劝我徐驱作安计。不知戎事竟何成,且愧吾人一言惠。

于良史

于良史,徐州张建封从事。诗七首。

春山夜月

春山—作来多胜事,赏玩夜忘归。掬水月在手,弄花香满衣。兴来无远近,欲去惜芳菲。南望鸣钟—作钟鸣处,楼台深翠微。

宿蓝田山口奉寄沈员外

山暝飞群鸟,川长泛四邻。烟归河畔草,月照渡头人。朋友怀东道,乡关恋北辰。去留无所适,岐路独迷津。

冬日野望寄李赞府 一本无野望二字

地际朝阳满,天边宿雾收。风兼残雪起,河带断冰流。北阙驰心极,南图尚旅游。登临思不已,何处得销愁 一作忧。

闲居寄薛华 一作据

隐几读黄老,闲居耳目清。僻居人事少,多病道心生。雨洗山林湿,鸦鸣池馆晴。晚来因废卷,行药至西城 一作残日上高城。

江上送友人

看尔动行棹,未收离别筵。千帆忽见及,乱却故人船。纷泊雁群起,逶迤沙溆连。长亭十里外,应是少人烟。

田家秋日送友

苍茫日初宴,遥野云初收。残雨北山里,夕阳东渡头。舟依渔濑合,水入田家流。何意君迷驾,山林应有秋。

自吟

出身三十年,发白衣犹碧。日暮倚朱门,从朱污袍赤。

崔膺

崔膺,博陵人。张建封爱其才,以为客。诗二首。

感兴

富贵难义合,困穷易感恩。古来忠烈士,多出贫贱门。世上桃李树 一作树桃李,但结繁华子。白屋抱关人,青云壮心死。本以势利交,势尽交情已。如何失情后,始叹门易轨。

别佳人 一作崔涯诗

垄上流泉垄下分,断肠呜咽不堪闻。嫦娥一入月中去,巫峡千秋空白云。

冯宿

冯宿,字拱之,婺州人。贞元中,登进士第,张建封辟为掌书记。长庆初,以刑部郎中知制诰。太和初,为河南尹。历工刑二部侍郎、东川节度使。集四十卷,今存诗二首。

御沟新柳

夹道天渠远,垂丝御柳新。千条宜向日,万户共迎春。轻翠含烟发,微音逐吹频。静看思渡口,回望忆江滨。袅袅分游骑,依依驻旅人。阳和如可及,攀折在兹辰。

酬白乐天刘梦得 一作尹河南酬乐天梦得

共称洛邑难其选,何幸天书用不才。遥约和风新草木,且令新雪静尘埃。临岐有愧倾三省,别酌无辞醉百杯。明岁杏园花下集,须知春色自东来。每春,尝接诸公杏园宴会。

陆长源

陆长源,字泳之,海之孙也。历汝州刺史。贞元中,为宣武节度司马,总留后事,军乱,遇害。诗三首。

乐府答孟东野戏赠

芙蓉初出水,菡萏露中花。风吹著枯木,无奈值空槎。

酬孟十二新居见寄

大道本夷旷,高情亦冲虚。因随白云意,偶逐青萝居。青萝纷蒙密,四序无惨舒。余清濯子襟,散彩还吾庐。去岁登美第,策名在公车。将必继管萧,岂惟蹑应徐。首夏尚清和,残芳遍丘墟。褰帷荫窗柳,汲井滋园蔬。达者贵知心,古人不愿余。爱君蒋生径,且著茂陵书。

答东野夷门雪 郊客于汴,将归,赋夷门雪赠别,长源答此。

好丹与素道不同,失意得途事皆别。东邻

少年乐未央,南客思归肠欲绝。千里长河冰复冰,云鸿冥冥楚山雪。

句

忽然一曲称君心,破却中人百家产。《讽刺》。以下并《纪事》。

城外平人驱欲尽,帐中犹打毬花球。

张众甫

张众甫,字子初,清河人,河南寿安县尉。罢秩,侨居云阳。后拜监察御史,为淮宁军从事。诗三首。

寄兴国池鹤上刘相公

驯狎经时久,褵褷短翮存。不随淮海变,空愧稻粱恩。独立秋天静,单栖夕露繁。欲飞还敛翼,讵一作谁敢望乘轩。

送李司直使吴得家花斜沙字,依次用

使臣一作君方拥传,王事远辞家。震泽逢残雨,新丰过一作遇落花。水萍千叶散,风柳万条斜。何处看一作有离恨,春江无限沙。

送李观之宣州谒袁中丞赋得三州渡

古渡大江滨,西南距要津。自当舟楫路,应济往来人。翻浪惊飞鸟,回风起绿蘋。君看波上客,岁晚独垂纶。

王武陵

王武陵,字晦伯,太原人,官尚书郎。诗二首。

宿慧山寺有序

戊辰秋八月,吴郡朱遐景自秦还吴,南次无锡,命余及故人窦丹列会于惠山之精舍。是时山林始秋,高兴在木;凉风白云,起于座隅。逍遥于长松之下,偃息于盘石之上。仰视云岭,俯瞰寒泉,夕阳西归,皓月东出,群动皆息,视身如空,立言妙论,以极穷奥,丹列有遁世之志,遐景有尘外之心。余亦乐天知命,怡然契合,视富贵如浮云,一歌一咏,以抒情性。夫良辰嘉会,古人所惜。序述不作,是阙文也。山林之下,景物秀茂,赋诗道意,以纪方外之游。

秋日游古寺,秋山正苍苍。泛舟次岩壑,稽首金仙堂。下有寒泉流,上有珍禽翔。石门吐明月,竹木涵清光。中夜河沈沈,但闻松桂香。旷然出尘境,忧虑澹已忘。

秋暮登北楼

秋满空山悲客心,山楼晴望散幽襟。一川红树迎霜老,数曲清溪绕寺深。寒气急催遥塞雁,夕风高送远城砧。三年海上音书绝,乡国萧条惟梦寻。

朱宿

朱宿,字遐景,吴郡人,官拾遗。诗二首。

宿慧山寺

古寺隐秋山,登攀度林樾。悠然青莲界,此地尘境绝。机闲任昼昏,虑澹知生灭。微吹递遥泉,疏松对残月。庭虚露华缀,池净荷香发。心悟形未留,迟迟履归辙。

岁月人间促,烟霞此地多。殷勤竹林寺,更得几回过。

全唐诗卷二百七十六

卢纶

卢纶,字允言,河中蒲人。大历初,数举进士不第,元载取其文以进,补阌乡尉,累迁监察御史,辄称疾去,坐与王缙善,久不调。建中初,为昭应令。浑瑊镇河中,辟元帅判官,累迁检校户部郎中。贞元中,舅韦渠牟表其才,驿召之,会卒。集十卷,今编诗五卷。

送惟良上人归江南—作鄞上人

落日映危樯,归僧向岳阳。注瓶寒浪静,读律夜船香。苦雾沉山影,阴霾—作霞发海光。群生—何负,多—作临病礼—作别医王。

送韩都护还边

好勇知名早,争雄上将间。战多春入塞,猎惯夜登—作烧山。阵合龙蛇动,军移草木闲。今来部曲尽,白首过萧关。

送吉中孚校书归楚州旧山 中孚自仙官入仕

青袍芸阁郎,谈笑挹侯王。旧箓藏云穴,新诗满帝乡。名高闲不得,到处人争识。谁知冰雪颜,已杂风尘色。此去复如何,东皋岐路多。藉芳—作茅临紫陌,回首忆—作望沧波。年来倦萧索,但说淮南乐。并楫湖上—作中游,连樯月中—作下泊。沿溜—作流入闾—作间,一作阁门,千灯夜市喧。喜逢邻舍伴,遥语问乡园。下淮风自急,树杪分郊邑。送客随岸行,离人出帆—作船立。渔村绕水田,澹澹—作浦隔晴烟。欲就林中醉,先期石上眠。林昏天未曙,但向云边去。暗入无路山,心知有花处。登高日转明,下望见春城。洞里草空长,冢边人自耕。寥寥行异境,过尽千峰影。露色凝古坛,泉声落寒井。仙成不可期,多别自堪悲。为问桃源客,何人见乱时。一本此篇分作绝句十一首。

送姨弟裴均尉诸暨 此子先君元相旧判官

相悲得成长,同是外家恩。旧业废三亩,

弱年成一作承一门。城开山日早,吏散渚禽喧。东阁谬容止,予心君冀言。

送邓州崔长史

出山车骑次诸侯,坐领图书见督邮。绕郭桑麻通淅口,满川风景接襄州。高城鸟过方催夜,废垒蝉鸣不待秋。闻说元规偏爱月,知君长得伴登楼。

送盐铁裴判官入蜀

传诏收方贡,登车著赐衣。榷商蛮客富,税地芋田肥。云白风雷歇,林清洞穴稀。炎凉君莫问,见即在忘归。

送魏广下第归扬州

楚乡云水内,春日众山开。淮浪参差起,江帆次第来。独归初失桂,共醉忽停杯。汉诏年年有,何愁掩上才。

送潘述应宏词下第归江南

愁与醉相和,昏昏竟若何。感年怀阙久,失意梦乡多。雨里行青草,山前望白波。江楼覆棋好,谁引仲宣过。

送从舅成都县丞广归蜀

褒谷通岷岭,青冥此路深。晚程椒瘴热,野饭荔枝阴。古郡三刀夜,春桥万里心。唯应对杨柳,暂醉卓家琴。

送宋校书赴宣州幕

南想宣城郡,清江野戍闲。艨艟高映浦,睥睨曲随山。名寄图书内,威生将吏间。春行板桥暮,应伴庾公还。

送李纵别驾加员外郎却赴常州幕

霄汉正联飞,江湖又独归。暂欢同赐被,不待易朝衣。山雨迎军晚,芦风候火微。还当宴铃阁,谢守亦光辉。

送元赞府重任龙门县

二职亚陶公,归程与梦同。柳垂平泽雨,鱼跃大河风。混迹威长在,孤清志自雄。应嗤向隅者,空寄路尘中。

送黎燧尉阳翟

玉貌承严训,金声称上才。列筵青草偃,骤马绿杨开。潘县花添发,梅家鹤暂来。谁知望恩者,空逐路人回。

送丹阳赵少府即给事中涓亲弟

恭闻林下别,未至亦沾裳。荻岸雨声尽,江天虹影长。佩韦宗懒慢,偷橘爱芳香。遥想从公后,称荣在上堂。

送菊潭王明府

组绶掩衰颜,辉光里第间。晚凉一作凉宵经灞水,清昼入商山。行境逢花发,弹琴见鹤还。唯应理农后,乡老贺君闲。

送陈明府赴萍县

素舸载陶公,南随万里风。梅花成雪岭,橘树当家僮。祠掩荒山下,田开野荻中。岁终书善绩,应与古碑同。

送申屠正字往湖南迎亲兼调赵和州,因呈上侍郎使君并戏简前历阳李明府

晓月朣朦一作胧映水关,水边因到历阳山。千艘财一作物货朱桥下,一曲闾阎青荻间。坦腹定逢潘令醉,上楼应伴庾公闲。欢余若问南行计,知念天涯负米还。

送李尚书郎君昆季侍从归觐滑州

凤雏联翼美王孙,彩服戎装拟塞垣。金鼎对筵调野膳,玉鞭齐骑引行轩。冰河一曲旌旗满,墨诏千封雨露繁。更说务农将罢战,敢持歌颂庆晨昏。

送张调参军侍从归觐荆南,因寄长林司空十四曙得潜字

玉勒侍行襜,郗超未有髯。守儒轻猎骑一作骑猎,承诲访沈潜。云势将峰杂,江声与屿兼。还当见王粲,应念二毛添。

送马尚书郎君侍从归觐太原

玉人垂玉鞭,百骑带橐鞬。从赏野邮静,献新秋果鲜。塞屯丰雨雪,虏帐失山川。遥想称觞后,唯当共被眠。

送张成季往江上赋得垂杨

垂杨真可怜,地胜觉春偏。一穗雨声里,千条池色前。露繁光的皪,日丽影团圆。若到隋堤望,应逢花满船。

送陕府王司法

东门雪覆尘,出送陕城人。粉郭朝喧市,朱桥夜掩津。上寮应重学,小吏已甘贫。谢朓曾为掾,希君一比邻。

送太常李主簿归觐省

粲粲美仍都,清闲一贵儒。定交分玉剑,发咏写冰壶。风景随台位,河山入障—作阵图。上堂多庆乐,肯念谷中愚。

送从叔程归西川幕

千山冰雪晴,山静锦花明。群鹤栖莲府,诸戎拜柳营。浪依巴字息,风入蜀关清。岂念在贫巷,竹林鸣鸟声。

送万巨

把酒留君听琴,难堪岁暮离心。霜叶无风自落,秋云不雨空阴。人愁荒村路细,马怯寒溪水深。望断—作尽青山独立,更知何处相寻。

途中遇雨马上口号留别张刘二端公

阴雷慢转野云长,骏—作骢马双嘶爱雨凉。应念龙钟在泥滓—作客,欲摧肝胆事王章—作君王。

送夔州班使君

晓日照楼船,三军拜峡前。白云随浪散,青壁与城连。万岭岷峨雪,千家橘柚川。还知楚—作如赴河内,天子许经年。

送从舅成都丞广—本有南字归蜀—作李端诗

巴字天边水,秦人去是归。栈长山雨响,溪乱火田稀。俗富行应乐,官雄禄岂微。魏舒终有泪,还识宁家衣。

无题第七句缺

耻将名利托交亲,只向尊前乐此身。才大不应成滞客,时危且喜是闲人。高歌犹爱思归引,醉语惟夸漉酒巾。□□□□□□,岂能偏遗老风尘。

题念济寺

灵空闻偈夜清净,雨里花枝朝暮开。故友—作里九泉留语别,逐臣千里寄书来。

河口逢江州朱道士因听琴

庐山道士夜携琴,映月相逢辨语音。引坐霜中弹一弄,满船商客有归心。

送夏侯校书归华阴别墅

山前白鹤村,竹雪覆柴门。候客定为黍,务农因燎原。乳冰悬暗井,莲石照晴轩。贳酒邻里睦,曝衣—作禾场圃喧。依然望君去,余性亦—作一何昏。

送绛州郭参军

炎天故绛路,千里麦花香。董泽雷声发—作晚,汾桥水气凉。府趋随宓贱,野宴接王祥。送客今何幸,经宵醉玉堂。

中书舍人李座上送颍阳徐少府

颍阳春色似河阳,一望繁花一县香。今日送官—作君君最恨,可怜才子白须长。

与从弟瑾同下第后出关言别

同作金门献赋人,二年悲见故园春。到阙不沾新雨露,还家空带旧风尘。

杂花飞尽柳阴阴,官路逶迤绿草深。对酒已成千里客,望山空寄两乡心。

出关愁暮一沾裳,满野蓬生古战场。孤村树色昏残雨,远寺钟声带夕阳。

谁怜苦志已三冬,却欲躬耕学老农。流水

白云寻不尽,期君何处得相逢。

赴虢州留别故人
世故相逢各未闲,百年多在别离间。昨夜秋风今夜雨,不知何处入空山。

冬夜赠别友人
愁听千家流水声,相思独向月中行。侵阶暗草秋—作冬,又作寒霜重,遍—作绕郭寒山夜月明。连年客舍唯多病,数亩田园又废耕。更送乘轺归上国,应怜贡禹未成名。

送顾秘书献书后归岳州
黄叶落不尽,苍苔随雨生。当轩置尊酒,送客归江城。竹里闻机杼,舟中见弟兄。岳阳贤太守,应为改乡名。

送卫司法河中觐省 即故王吏部延昌外甥
出身因强学,不以外家荣。年少无遗事,官闲有政声。晓山临野渡,落日照军营。共赏高堂下,连行弟与兄。

送从叔牧永州
五侯轩盖行何疾,零陵太守登车日。零陵太守泪盈巾,此日长安方欲春。虎符龙节照岐路,何苦愁为江海人。彼方韶景无时节,山水诸花恣开发。客投津戍少闻猿,雁过潇湘更逢雪。郡斋无事好闲眠,粳稻油油绿满川。浪里争迎三蜀货,月中喧泊九江船。今朝小阮同夷老,欲问明年—作君借几年。

送赵真长归夏县旧山依阳徵君读书
临杯忽泫然,非是恶离弦。尘陌望松雪,我衰君少年。幽—作闲僧曝山果,寒鹿守冰泉。感物如有待,况依回也贤。

留别耿沣侯钊冯著
相识少相知,与君俱已衰。笙镛新宅第,岐路古山陂。学道功难就,为儒事本迟。惟当与渔者,终老遂其私。

送浑炼归觐却赴阙庭
露幕拥簪裾,台庭饯伯鱼。彩衣人竞看,银诏帝亲书。知子当元老,为臣饯二疏。执珪期已迫,捧膳步宁徐。而我诚愚者,夫君岂病诸。探题多决胜,馔玉每分余。荣比成功后,恩同造化初。甑尘方欲合,笼翮或将舒。榆荚钱难比,杨花雪不如。明朝古堤路,心断玉人车。

送崔郊拾遗
皎洁无瑕清玉壶,晓—作晚乘华轩向天衢。石建每闻宗谨孝,刘歆不敢衒师儒。谏修郊庙开宸虑,议按休征浅瑞图。今日攀车复何者,辕门垂白一愚夫。

送浑别驾赴舒州
江平芦荻齐,五两贴樯低。绕郭覆晴雪,满船—作川闻曙鸡。鳣鲂宜入贡,橘柚亦成蹊。还似海沂日,风清无鼓鼙。

送从叔士准赴任润州司士
云起山城暮,沉沉江上天。风吹建业雨,浪入广陵船。久是吴门客,尝闻谢守贤。终悲去国远,泪尽竹林前。

送尹枢令狐楚及第后归觐
佳人比香草,君子即芳兰。宝器金罍重,清音玉佩寒。贡文齐受宠,献礼—作醴两承欢。鞍马并汾地,争迎陆与潘。

东潭宴饯河南赵少府
十载奉戎轩,日闻君子言。方将贺荣爵,遽乃怆离尊。岸转台阁丽,潭清弦管繁。松筠难晦节,雨露不私恩。坐使吏相勉,居为儒所尊。可怜桃李树,先发信陵门。

赋得馆娃宫送王山人游江东
苍苍枫树林,草合废宫深。越水风浪起,吴王歌管沉。燕归巢已尽,鹤语冢难寻。旅泊彼何夜,希君抽玉琴。

送畅当还旧山

常逢明月马尘间,是夜照君归处山。山中松桂花尽发,头白属君如等闲。

教颜鲁公送挺赟归翠微寺

挺赟惠学该儒释,袖有颜徐真草迹。一斋三请纪行诗,诮我垂鞭弄鸣镝。寺悬金榜半山隅,石路荒凉松树枯。虎迹印雪大如斗,闰月暮天过得无。

送契玄法师赴内道场

昏昏醉老夫,灌顶遇醍醐。嫔御呈心镜,君王赐髻珠。降魔须战否,问疾敢行无。深契何相秘,儒宗本不殊。

送畅当赴山南幕

含情脱佩刀,持以佐贤豪。是月霜霰下,伊人行役劳。事将名共易,文与行空高。去矣奉戎律,悲君为我曹。

颜侍御厅丛篁咏送薛存诚

玉干百余茎,生君此堂侧。拂帘寒雨响,拥砌深溪色。何事凤皇雏,兹焉理归翼。

秋晚河西县楼送浑中允赴朝阙

高楼吹玉箫,车马上河桥。岐路自奔隘,壶觞终寂寥。芳兰生贵里,片玉立清朝。今日台庭望,心遥非地—作路遥。

达奚中丞东斋壁画山水各赋一物,得树杪悬泉,送长安赵元阳少府

素壁画飞泉,从云落树颠。练垂疑叶响,云并觉枝—作松偏。利物得双剑,为儒当一贤。应思洒尘陌,调膳亦芳鲜。

送信州姚使君

朱幡—作轓徐转候—作拥群官,猿鸟无声郡宇宽。楚国上腴收赋重,汉家良牧得人难。铜铅满穴山能富,鸿雁连群—作洲地亦寒。几日政声闻—作关,—作开户外,九江行旅得相欢。

送畅当

四望无极路,千里流大河。秋风满离袂,唯老事唯多。

送史兵曹判官赴楼烦

渥洼龙种散云时,千里繁花乍别—作合离。中有重臣承霈泽,外无轻房犯旌旗。山川自与郊坰合,帐幕时因水草移。敢谢亲贤得琼玉,仲宣能赋亦能诗。

送昙延法师讲罢赴上都

金缕袈裟国大师,能销坏宅火烧时。复来拥膝说无住,知向人天何处期。

送道士郄彝素归内道场

病老正相仍,忽逢张道陵。羽衣风淅淅,仙貌玉棱棱。叱我问中寿,教人祈上升。楼居五云里,几与武皇登。

赋得彭祖楼送杨德宗归徐州幕

四户八窗明,玲珑逼上清。外栏黄鹄下,中柱紫芝生。每带云霞色,时闻箫管声。望君兼有月,幢盖俨层城。

送钱从叔辞丰州幕归嵩阳旧居

白须宗孙侍坐时,愿持寿酒前致词。鄙词何所拟,请自边城始。边城贵者李将军,战鼓遥疑天上闻。屯田布锦周千里,牧马攒花溢万群。白云本是乔松伴,来绕青营复飞散。三声画角咽不通,万里蓬根一时断。丰州闻说似凉州,沙塞晴明部落稠。行客已去依独戍,主人犹自在高楼。梦亲旌旆何由见,每阻—作值清风一回面。洞里先生那怪迟,人天无路自无期。砂泉丹井非同味,桂树榆林不并枝。吾翁致身殊得计,地仙亦是三千岁。莫著戎衣期上清,东方曼倩逢人轻。

送静居法师

五色香幢重复重,宝舆升座发神钟。苍葡名花飘不断,醍醐法味洒何浓。九天论道当宸

眷,七祖传心合圣踪。愿比灵山前世别,多生还得此相逢。

送刘判官赴丰州 一作赴天德军

衔杯吹急管,满眼起风砂。大漠山沉雪,长城草发花。策行须耻战,虏在莫言家。余亦祈勋者,如何别左车。

将赴京留献令公

沙鹤惊鸣野雨收,大河风物飒然秋。力微恩重谅难报,不是行人不解愁。

落第后归山下旧居留别刘起居昆季

寂寞过朝昏,沉忧岂易论。有时空卜命,无事可酬恩。寄食依邻里,成家望子孙。风尘知世路,衰贱到君门。酬里因多感,愁中欲强言。花林逢废井,战地识荒园。怅别临晴野,悲春上古原。鸟归山外树,人过水边村。潘岳方称老,嵇康本厌喧。谁堪将落羽,回首仰飞翻。

将赴阌乡灞上留别钱起员外

暖景登桥望,分明春色来。离心自惆怅,车马亦裴回。远雪和霜积,高花占日开。从官竟何事,忧患已相催。

虢州逢侯钊同寻南观因赠别 时居停务

相见翻惆怅,应怜责废官。过深惭禄在,识浅赖刑宽。独失耕农业,同思弟侄欢。衰贫羞客过,卑束会君难。放鹤登云壁,浇花绕石坛。兴还江海上,迹在是非端。林密风声细一作结,山高雨色一作气寒。悠然此中别,宾仆亦阑干一作珊。

赴池州拜觐舅氏留上考功郎中舅 时舅氏初贬官池州

孤贱易蹉跎,其如酷似何。衰荣同族少,生长外家多。别国桑榆在,沾衣血泪和。应怜失行雁,霜霰寄烟波。

送从侄滁州觐省

爱尔似龙媒,翩翩千里回。书从外氏学,竹自晋时栽。拥棹逢鸥舞,凭阑见雨来。上堂多庆乐,不醉莫停杯。

奉和圣制麟德殿宴百僚

云辟一作阙御筵张,山呼圣寿长。玉栏丰瑞草,金陛立神羊。台鼎资庖膳,天星奉酒浆。蛮夷陪作位,犀象舞成行。网已祛三面,歌因守四方。千秋不可极,花发满宫香。

和考功王员外抄秋忆终南旧居 一作和大理裴卿抄秋忆山下旧居。一作岑参诗,一作常衮诗。

静忆溪边宅,知君许谢公。晓霜凝耒耜,初日照梧桐。涧鼠喧藤蔓,山禽窜石丛。白云当岭雨,黄叶绕阶风。野果垂桥上,高泉落水中。欢荣来自间,羸贱赏一作往曾一作难同。月满珠藏海,天晴鹤在笼。余阴如可寄,愿得隐墙东。

酬畅当寻嵩岳麻道士见寄

闻逐樵夫闲看棋,忽逢人世是秦时。开云种玉嫌山浅,渡海传书怪鹤迟。阴洞石床一作幢微有字,古坛松树半无枝。烦君远示青囊箓,愿得相从一问师。

酬李端长安寓居偶咏见寄 一本作酬畅当寻嵩山麻道士见寄第二首

自别前峰隐,同为外累侵。几年亲酒会,此日有僧寻。学稼功还弃,论边事亦沉。众欢徒满目,专爱久离心。览鬓丝垂镜,弹琴一作弦泪洒襟一作琴。访田悲洛下,寄宅忆山阴。薄溜漫青石,横云架碧林。坏檐藤障密,衰菜一作楝棘篱深。流散俱多故,忧伤并在今。唯当俟高躅,归止共抽簪。

和常舍人晚秋集贤院即事十二韵,寄赠江南徐薛二侍郎

纶阁九华前,森沉采一作绮仗连。洞门开旭日,清禁肃秋天。霜满朝容备,钟余漏一作晓唱传。摇珰陪羽扇,端弁入炉烟。麟笔删金篆,龙绡荐玉编。汲书荀勖定,汉史蔡邕专。御竹潜通笋,宫池暗泻泉。乱丛萦弱蕙,坠叶

洒枯莲。列署齐游日，重江并谪年。登封思议草，侍讲忆同筵。沧海风涛广，黝山瘴雨偏。唯应缄上宝，赠远一呈妍。

酬苗员外仲夏归郊居遇雨见寄

雷响风仍急，人归鸟亦还。乱云方至水，骤雨已喧山。田鼠依林上，池鱼戏草间。因兹屏—作高比埃雾，一咏一开颜。

和太常王卿立秋日即事

嵩—作山高云日明，潘岳赋初成。篱槿花无色，阶桐叶有声。绛纱垂簟净，白羽拂衣轻。鸿雁悲天远，龟鱼觉水清。别弦添楚思，牧马动边情。田雨农官问，林风苑吏惊。松篁终茂盛—作盛茂，蓬艾自衰荣。遥仰凭轩夕，惟应喜一作善，一作苦宋生。

全唐诗卷二百七十七

卢纶

和李使君三郎早秋城北亭楼宴崔司士,因寄关中弟张评事时遇

黄花古城路,上尽见青山。桑柘晴川口,牛羊落照间。野情随卷幔,军士一作事隔重关。道合偏多赏,官微独不闲。鹤分琴久罢,书到雁应还。为谢登龙客,琼枝寄一攀。

和赵端公九日登石亭上和州家兄

洛浦想江津,悲欢共此辰。采花湖岸菊,望国旧楼人。雁别声偏苦,松寒色转新。传书问渔叟,借寇尔何因。

酬赵少尹戏示诸侄元阳等因以见赠

八龙三虎俨成行,琼树花开鹤翼张。且请同观舞鸿鹄,何须竟晒食槟榔。归时每爱怀朱橘,戏处常闻佩紫囊。谬入阮家逢庆乐,竹林因得奉壶觞。

奉和户曹叔夏夜寓直寄呈同曹诸公并见示

敛板捧清词,恭闻侍直时。暮尘归众骑,遽宇舍诸司。华月先灯至,清风与簟随。乱萤光熠熠,行树影离离。龙卧人宁识,鹏抟翼岂知。便因当五夜,敢望竹林期。

和金吾裴将军使往河北宣慰,因访张氏昆季旧居,兼寄赵侍郎赵卿拜陵未回

飞轩不驻轮,感激汉儒臣。气慑千夫勇,恩传万里春。古原收野燎,寒笛怨空邻。书此达良友,五一作杜陵风雨频。

和太常李主簿秋中山下别墅即事

清秋来几时,宋玉已先知。旷朗霞映竹,澄明山满池。葺桥双鹤赴一作起,收果众猿随。韶乐方今奏,云林徒蔽亏。

酬韦渚秋夜有怀见寄

萧条良夜永,秋草对衰颜。露下鸟初定,

月明人自闲。独悲无旧业,共喜出时艰。为问功成后,同游何处山。

同吉中孚梦桃源

春雨夜不散,梦中山亦阴。云中碧潭水,路暗红花林。花水自深浅,无人知古今。

夜静春梦长,梦逐仙山客。园林满芝术,鸡犬傍篱栅。几处花下人,看予笑头白。

同柳侍郎题侯钊侍郎新昌里一作酬侯钊侍郎春日见寄

清源君子居,左右尽一作满图书。三径春自足,一瓢欢有余。庭莎成野席,阑药是家蔬。幽显岂殊迹,昔贤徒病诸。

酬孙侍御春日见寄

经过里巷春,同是谢家邻。顾我觉衰早,荷君留醉频。松高犹覆草,鹤起暂萦尘。始悟达人志,患名非患贫。

和王员外冬夜寓直

高步长裾锦帐郎,居然自是汉贤良。潘岳叙年因鬓发,扬雄托谏在文章。九天韶乐飘寒月,万户香尘裹晓一作夜霜。坐见重门俨朝骑,可怜云路独翱翔。

酬金部王郎中省中春日见寄

南宫树色晓森森,虽有春光未有阴。鹤侣正疑芳景引,玉人那为薄书沉。山含瑞气偏当日,莺逐轻风不在林。更有阮郎迷路处,万株红树一溪深。

奉和陕州十四翁中丞寄雷州二十翁司户

联飞独不前,迥落海南天。贾傅竟行矣,邵公唯泫然。瘴开山更远,路极水无边。沈劣本多感,况闻原上篇。

和李中丞酬万年房署少府过汾州景云观,因以寄上。房与李早年同居此观

显晦澹无迹,贤哉常晏如。如何警孤鹤,忽乃传双鱼。叙以泉石旧,怅然风景余。低回青油幕,梦寐白云居。玉洞桂香满,雪坛松影疏。沈思瞩仙侣,纡组正军书。积学早成道,感恩难遂初。梅生谅多感,归止岂吾一作无庐。

酬陈翃郎中冬至携柳郎窦郎归河中旧居见寄

三旬一休沐,清景满林庐。南郭群儒从,东床两客居。烧一作晨烟浮雪野,麦陇润冰渠。班白皆持酒,蓬茅尽有书。终期买寒渚,同此利蒲鱼。

酬李益端公夜宴见赠

戚戚一西东,十年今始同。可怜歌酒夜,相对两衰翁。

和陈翃郎中拜本府少尹兼侍御史献上侍中因呈同院诸公

金印垂鞍白马肥,不同疏广老方归。三千士里文章伯,四十年来锦绣衣。节比青松当涧直,心随黄雀绕檐飞。乡中贺者唯争路,不识传呼獬豸威。

和王仓少尹暇日言怀

清秋多暇日,况乃是夫君。习静通仙事,书空阅篆一作文。剑飞终上汉,鹤梦不离云。无限烟霄路,何嗟迹未分。

和崔侍郎游万固一作回寺

闻说中方高树林,曙华先照啭春禽。风云才子冶游思,蒲柳老人惆怅心。石路青苔花漫漫,雪檐垂溜玉森森。贺君此去君方至,河水东流西日沉。

和裴延龄尚书寄题果州谢舍人仙居

飘然去谒八仙翁,自地从天香满空。紫盖回标双鹤上,语音犹一作遥在五云中。青溪不接渔樵路,丹井唯传草木风。歌此因思捧金液,露盘长庆汉皇宫。

酬崔侍御早秋卧病书情见寄时君亦抱疾在假中

掷地金声信有之,莹然冰玉见清词。元凯癖成官始贵,相如渴甚貌逾衰。荒园每觉虫鸣早,华馆常闻客散迟。寂寞罢琴风满树,几多黄叶落蛛丝。

酬灵澈上人—作口号戏赠灵澈上人,时奉事入城

军人奉役本无期,落叶—作叶落花开总不知。走马城中头雪白,若为将面见汤师。

敬酬大府二十四舅览诗卷因以见示

郄公怜戆亦怜愚,忽赐金盘径寸珠。彻底碧潭滋涸溜,厌枝红艳照枯株。九门洞启延高论,百辟联行挹大儒。顾已文章非酷似,敢将幽劣俟洪炉。

雨中酬友人

看山独行归竹院,水绕前阶草生遍。空林细雨暗—作明暗寂无声,唯有愁心两相见。

酬人失题

孤鸾将鹤群,晴日丽—作唳春云。何幸晚飞者,清音长此闻。

哭司农苗主簿

原头殡御绕新茔,原下—作上行人望哭声。更想秋山连古木,唯应石上见君名。

得耿沣司法书,因叙长安故友零落,兵部苗员外发、秘省李校书端相次倾逝,潞府崔功曹峒、长林司空丞曙俱谪远方,余以摇落之时对书增叹,因呈河中郑仓曹畅参军昆季

鬓似衰蓬心似灰,惊悲相集老相催。故友九泉留语别,逐臣千里寄书来。尘容带病何堪问,泪眼逢秋不喜开。幸接野居宜屣—作纵步,冀君清夜—作论,一作梦一申哀。

同兵部李纾侍郎刑部包佶侍郎哭皇甫侍御曾

攀龙与泣麟,哀乐不同尘。九陌霄汉侣,一灯冥漠人。舟沈惊海阔,兰折怨霜频。已矣复何见,故山应更春。

纶与吉侍郎中孚、司空郎中曙、苗员外发、崔补阙峒、耿拾遗沣、李校书端,风尘追游向三十载,数公皆负当时盛称,荣耀未几,俱沉下泉。畅博士当感怀前踪,有五十韵见寄,辄有所酬,以申悲旧,兼寄夏侯侍御—作郎审、侯仓曹钊

禀命孤且贱,少为病所婴。八岁始读书,四方遂有兵。童心幸不羁,此去负平生。是月胡入洛,明年天陨星。夜行登灞陵,惝恍靡所征。云海一翻荡,鱼龙俱不宁。因浮襄江流,远寄鄱阳城。鄱阳富学徒,诮我戆无营。论以诗礼义,勋随宾荐名。舟车更滞留,水陆互阴晴。晓望怯云阵,夜愁惊鹤声。凄凄指宋郊,浩浩入秦京。沴气既风散,皇威如日明。方逢粟比金,未识公与卿。十上不可待,三年竟无成。偶为达者知,扬我于王廷。素志且不立,青袍徒见縈。昏孱凤自保,静躁本殊形。始趋甘棠阴,旋遇密人迎。考实绩无取,责能才固轻。新丰古离宫,宫树锁云扃。中复莅兹邑,往惟曾所经。缭垣何逶迤,水殿亦峥嵘。夜雨滴金砌,阴风吹玉楹。官曹虽检率,国步日夷平。命蹇固安分,祸来非有萌。因逢骇浪飘,几落无辜刑。巍巍登坛臣,独正天柱倾。悄悄失途子,分将秋草并。百年甘守素,一顾乃拾青。相逢十月交,众卉飘已零。感旧谅戚戚,问孤恳茕茕。侍郎文章宗,杰出淮楚灵。掌赋若吹籁,司言如建瓴。郎中善余庆,雅韵与琴清。郁郁松带雪,萧萧鸿入冥。员外真贵儒,弱冠被华缨。月香飘桂实,乳溜滴琼英。补阙思冲融,巾拂艺亦精—作六艺亦精明。彩蝶戏芳圃,瑞云凝—作滋翠屏。拾遗兴难俜,逸调旷无程。九酝贮弥洁,三花寒转馨。校书才智雄,

举世一娉婷。赌墅鬼神变,属词鸾凤惊。差肩曳长裾,总辔奉和铃。共赋瑶台雪,同观金谷筝一作筵。倚天方比剑,沈井一作水忽如瓶。神昧不可问,天高莫尔听。君持玉盘珠,泻我怀袖盈。读罢涕交颐,愿言跻百龄。

酬李叔度秋夜喜相遇因伤关东寮友丧逝见赠

寒月照秋城,秋风泉涧鸣。过时见兰蕙,独夜感衰荣。酒散同移疾一作病,心悲似远行。以愚求作友,何德敢称兄。谷变波长急,松枯药未成。恐看新鬓色,怯问故人名。野泽云阴散,荒原日气生。羁飞本难定,非是恶弦惊。

同李益伤秋

岁去人头白,秋来树叶黄。搔头向黄叶,与尔共悲伤。

白发叹

发白晓梳头,女惊妻泪流。不知丝色后,堪得几回秋。

逢病军人

行多有病一作无力住无粮,万里还乡未到乡。蓬鬓哀吟古城下,不堪秋气入金疮。

村南逢病叟

双膝过颐顶在肩,四邻知姓不知年。卧驱鸟雀惜禾黍,犹恐诸孙无社钱。

七夕诗同用秋字。一作他乡七夕

祥光若可求,闺女夜登楼。月露浩方下,河云凝不流。铅华潜警曙,机杼暗传秋。回想敛余眷,人天俱是愁。

七夕诗同用期字

凉风吹玉露,河汉有幽期。星彩光仍隐,云容掩复离。良宵惊曙早,闰岁怨秋迟。何事金闺子,空传得网丝。

长门怨

空空一作宫古廊殿,寒月落斜晖。卧听未

央曲,满箱歌舞衣。

妾薄命

妾年初二八,两度嫁狂夫。薄命今犹在,坚贞扫地无。

伦开府席上赋得咏美人名解愁

不敢苦相留,明知不自由。颦眉乍欲语,敛笑又低头。舞态兼些一作微兼醉,歌声似带羞。今朝总见也,只不一作要解人愁。

王评事驸马花烛诗

万条银烛引天人,十月长安半夜春。步障三千隘将一作无间断,几多珠翠落香尘。

一人女婿万人怜,一夜调一作稠疏抵百年。为报司徒好将息,明珠解转又能圆。

人主人臣是亲家,千秋万岁保荣华。几时曾向高天上,得见今宵月里花。

比翼和鸣双凤凰,欲栖一作玉梅金帐满城香。平明却入天泉里,日气曈昽五色光。

和赵给事白蝇拂歌

华堂多众珍,白拂称殊异。柄裁沈节香袭人,上结为文下垂穗。霜缕霏微莹且柔,虎须乍细龙髯稠。皎然素色不因染,淅尔凉风非为秋。群蝇青苍恣游息,广庖万品无颜色。金屏成点玉成瑕,昼眠宛转空咨嗟。此时满筵看一举,荻花忽旋杨花舞。君如寒隼惊暮禽,飒若繁埃得轻雨。主人说是故人留,每诫如新比白头。若将挥玩闲临水,愿接波中一白鸥。

萧常侍瘿柏亭歌

柏之异者山中灵,何人断绝为君亭。云翻浪卷不可识,鸟兽成形花倒植。莓苔旧点色尚青,霹雳残痕节犹黑。金貂主人汉三老,构此穷年下朝早。心规目制不暂疲,匠者受之无一词。清晨拂匣菱生镜,落日凭阑星满池。攒薨斗拱无斤迹,根瘿联悬同素壁。数层乱溅云里峰,万片争呈雪中石。重帘不动自飘香,似到瀛洲白玉一作雪堂。水精如意刁金一作方同,一作方合色,云母屏风透—作遥掩光。四阶绵绵被纤草,草上依微众山道。松间汲井烟翠寒,洞里围棋天景好。愚儒敢欲贺成功,鸾凤栖翔固不同。应念废材今接地,一枝思寄户庭中。

慈恩寺石磬歌

灵山石磬生海西,海—作波涛平处与山齐。长眉老僧同佛力,咒使鲛人往求得。珠穴沈成绿浪痕,天衣拂尽苍苔色。星汉徘徊山有风,禅翁静扣月明中。群仙下云龙出水,鸾鹤交飞半空里。山—作城精木魅不可听,落叶秋砧一时起。花宫杳杳—作梵宫香散响泠泠,无数沙门昏梦醒。古廊灯下见行道,疏林—作柳池边闻诵经。徒壮—作使洪钟秘高阁,万金费尽工雕凿。岂如全质挂青松,数叶残云一片峰。吾师宝之寿中国,愿同劫石无终极。

送张郎中还蜀歌

秦家御史汉家郎,亲专两印征殊方。功成走马朝天子,伏槛论—作谈边若流水。晓离仙署趋紫微,夜接高儒读青史。泸南五将望君还,愿以天书示百蛮。曲栈重江初过雨,前旌后骑不同山。迎车拜舞多耆老,旧卒新营遍青草。塞口云生火候迟,烟中鹤唳军行早。黄花川下水交横,还映—作雁孤霞蜀国晴。邛竹笋长椒瘴起,荔枝花发杜鹃鸣。回首岷峨半天黑,传觞接膝何由得。空令豪士仰威名,无复贫交恃颜色。垂杨不动雨纷纷,锦帐胡瓶争送君。须臾醉起箫笳发,空见红—作双旌入白—作塞云。

宴席赋得姚美人拍筝歌 美人曾在禁中

出帘仍有钿筝随,见罢翻令恨得迟。微收皓腕缠红袖,深遏朱弦低翠眉。忽然高张应繁—作疏节,玉指回旋若飞雪。凤箫韶—作管寂不喧,绣幕纱窗俨秋月。有时轻弄和郎歌,慢处声迟情更多。已愁红脸能伴醉,又恐朱门难再过。昭阳伴—作宫里最聪明,出到人间才长成。遥知禁曲难翻处,犹是君王说小名。

陈翃郎中北亭送侯钊侍御 一作送刘侍御赋得带冰流歌

溪中鸟鸣春景旦,一派寒冰忽开散。璧方镜员流不断,白云鳞鳞满河汉。叠处浅,旋处深;撇捩寒鱼上复沉,群鹅鼓舞扬清音。主人有客簪白笔,玉壶贮水光如一。持此赠君君饮之,圣君识君冰玉姿。

栖岩寺隋文帝马脑盏歌

天宫宝器隋朝物,锁在金函比金骨。开函捧之光乃发,阿修罗王掌中月。五云如拳轻复浓,昔曾噀酒今藏龙。规形环影相透彻,乱雪繁花千万重。可怜贞质无今古,可叹隋陵一抔土。宫中艳女满宫春,得亲此宝能几人。一留寒殿殿将坏,唯有幽光通隙尘。山中老僧眉似雪,忍死相传保肩镉。

难绾刀子歌

黄金鞘里青芦叶,丽若剪成铦且翣—作捷。轻冰薄玉状不分,一尺寒光堪决云。吹毛可试不可触,似有虫搜阙裂文。淬之几堕前池水,焉知不是蛟龙子。割鸡刺虎皆若空,愿应君心逐君指。并州难绾竟何人,每成此物如有神。

腊日—作月观咸宁王部曲婆勒擒豹歌

山头曈曈日将出,山下猎围照初日。前林有兽未识名,将军促骑无人声。潜形踠—作踠伏草不—作未动,双雕旋转群鸦鸣。阴方质子才三十,译语受词蕃语揖。舍鞍解甲疾如风,人忽虎蹲兽人立。歘然扼颔批其颐,爪牙委地涎淋漓。既苏复吼拗仍怒,果叶英谋生致之。拖自深丛目如电,万夫失容千马战。传呼贺拜声相连,杀气腾凌阴满川。始知缚虎如缚鼠,败房降羌生—作在眼前—作皆目睹。祝尔嘉词尔—作身无苦,献尔—作看将随犀象舞。苑中流水禁中山,期尔攫搏开天颜。非熊之兆庆无极,愿纪雄名传百蛮。

赋得白鸥歌送李伯康归使

积水深源—作沈,白鸥翻—作飞翻。倒影光

素,于潭之间。衔鱼鱼落—作衔鱼落乱惊鸣,争扑莲藂莲叶—作华倾—作争扑莲丛叶倾。尔不见波中鸥鸟闲无营,何必汲汲劳其生。柳花冥濛大堤口,悠扬相和乍无有。轻随去浪杳不分,细舞清—作春风亦—作—何有—作久。似君换得白鹅时,独凭阑干雪满池。今日还同看鸥鸟,如何羽翮复参差。复参差,海涛澜漫何由期。

皇帝—本有圣字感词

提剑风雷—作云动,垂衣日月明。禁花呈瑞色,国老见星精。发棹鱼先跃,窥巢鸟不惊。山呼一万岁,直入九重城。

天香—作衣五凤彩,御马六龙文。雨露清驰道,风雷—作云翊上军。高旍—作楼花外转,行漏乐—作岳前闻。时见金鞭举,空中指瑞云。

妙算干戈止,神谋宇宙清。两阶文物盛,七德武功成。校猎长杨苑,屯军细柳营。归来献明主,歌舞溢—作满,—作临春城。

天乐下天中,云軿俨在空。铅黄艳河汉,笑语合笙镛。已见长—作今随风,仍闻不避—作射熊—作骢。君王亲试舞—作问,阊阖静无风。

全唐诗卷二百七十八

卢纶

天长久词 三首,附《宫中乐》二首。一作《天长词》,一作《天长地久》词。

玉砌红花树,香风不敢吹。春光解天意,偏发殿南枝。天长久,万年昌。

虹桥千步廊,半在水中央。天子方清—作消暑,宫娃起夜—作人重幕妆。天长久,万年昌。

辞辇复当熊,倾心奉六—作上宫。君王若看貌—作见,甘在众妃中。天长久,万年昌。

云日呈祥礼物殊,彤庭生献五单于。塞垣—作天万里无飞鸟,可是—作在边城用郅都。

台殿云深—作凉秋色—作风日微,君王初赐六宫衣。楼船泛罢—作罢泛归犹早,行遣—作道才人斗射飞。

和张仆射塞下曲

鹫翎金仆姑,燕尾绣蝥弧。独立扬新令,千营共一呼。

林暗草惊风,将军夜引弓。平明寻白羽,没在石棱中。

月黑雁飞高,单于夜遁逃。欲将轻骑逐,大雪满弓刀。

野幕敞琼筵,羌戎贺劳旋。醉和金甲舞,雷鼓动山川。

调箭又呼鹰,俱闻出世—作百中能。奔狐—作猿将迸雉,扫尽古丘陵。

亭亭七叶贵,荡荡一隅清。他日题麟阁,唯应独不名—作谁知独有名。

古艳诗

残妆色浅鬓鬟开,笑映朱帘观客来。推醉唯知弄花钿,潘郎不敢使人催。

自抬裙带结同心,暖处偏知—作多香气深。爱捉狂夫问闲事,不知歌舞用黄金。

孤松吟酬浑赞善

深山荒松枝,雪压半离披。朱门青松树,万叶承—作乘清露。露重色逾鲜,吟风似远泉。天寒香自发,日丽影常圆。阴郊一夜雪,榆柳皆枯折。回首望君家,翠盖满琼花。捧君青松曲,自顾同衰木。曲罢不相亲,深山头白人。

从军行—作李端诗,题云塞上

二十在边城,军中得勇名。卷旗收—作争败马,占—作断碛拥—作护残兵。覆阵乌鸢起,烧山草木明—作鸣。塞闲思远猎,师老厌分营。雪岭无人迹,冰河足雁声。李陵甘此没,惆怅汉公卿。

和马郎中画鹤赞

高高华亭,有鹤在屏。削玉点漆,乘轩姓丁。暮云冥冥,双垂雪翎。晨光炯炯,一直朱顶。含音俨容,绝粒遗影。君以为真,相期缑岭。

送朝长史赴荆南旧幕末二句缺

元瑜思旧幕,几夜梦旌旟。暑退兼葭雨,秋生鼓角天。月明三峡路,浪里九江船。□□□□□,□□□□□。

送渭南崔少府归徐郎中幕第七句缺

叶下山边路,行人见自悲。夜寒逢雪处,日暖到村时。语少心长苦,愁深醉—作意自迟。□□□□□,羡有幕中期。

寄郑七纲

小来落托复迍邅,一辱君知二十年。舍去形骸容傲慢,引随兄弟共团圆。羁游不定同云聚,薄宦相萦若网牵。他日吴公如记问,愿将黄绶比青毡。

逢南中使因寄岭外故人

见说南来处,苍梧接桂林。过秋天更暖,边—作近海日长阴。巴路缘云出,蛮乡入洞深。信回人自老,梦到月应沉。碧水通春色,青山寄远心。炎方难久客,为尔一沾襟—作莫使鬓毛侵。

代员将军罢战后归旧里赠朔北—作地故人—作常衮诗

结发事疆场,全生俱到—作到海乡。连云防铁岭,同日破渔阳。牧马胡天晚—作晓,移军碛路长。枕戈眠古戍,吹角立繁霜。归老勋仍在,酬恩房—作虑未亡—作忘。独行—作愁过邑里,多病对农桑。雄剑依尘槖—作席,阴—作兵符寄药囊。空余麾下将—作士,犹逐羽林郎。

江北忆崔汶

夜问江西客,还知在楚乡。全身出部伍,尽室逐渔商。晴日游瓜步,新年对汉阳。月昏惊浪白,瘴起觉云黄。望岭家何处,登山泪几行。闽中传有雪,应且住南康。

早春归盩厔旧居—作别业却寄耿拾遗沣李校书端

野日初晴麦垅分,竹园相接—作村巷鹿城群。几—作万家废井生青—作秋,一作新草,一树繁花傍—作对古坟。引水忽惊冰满涧,向田空见石和云。可怜荒—作芳岁青山下—作里,惟有松枝好寄—作寄与君。

春日山中忆崔峒吉中孚—作寄李舍人

延步爱清晨,空山日照春。蜜房那有主,石室自无邻。泉急鱼依藻,花繁鸟近人。谁言失徒侣,唯与老相亲。

客舍喜崔补阙司空拾遗访宿

步月访诸邻,蓬居宿近臣。乌—作弊裘先醉客,清镜早朝人。坏壁烟垂网,香街火照尘。悲荣俱是分,吾亦乐吾贫。

苦雨闻包谏议欲见访戏赠

草气厨烟咽不开,绕床连壁尽生苔。常时多病因多雨,那敢烦君车马来。

客舍苦雨即事寄钱起郎士元二员外

积雨暮凄凄,羁人状鸟一作独自栖。响空宫树接,覆水野云低。穴蚁多随草,巢蜂半坠泥。绕池墙藓合,拥溜瓦松齐。旧圃平如海,新沟曲似溪。坏阑留众蝶,欹栋止一作上群鸡。莠盛终无实,槎枯返一作遥有荑。绿萍藏废井,黄叶隐危堤。闾里欢将绝,朝昏望亦迷。不知霄汉侣,何路可相携一作事攀跻。

郊居对雨寄赵涓给事包佶郎中

暑雨青山里,随风到野居。乱沤浮曲砌,悬溜响一作滴前除。尘镜愁多掩,蓬头懒更梳。夜窗凄枕席,阴壁润图书。萧飒宜一作移新竹,龙钟拾野蔬。石泉空自咽,药圃不堪锄。浊水淙深辙,荒兰拥败渠。繁枝留宿鸟,碎浪出寒一作隐游,一作隐行鱼。桑屐一作履时登望,荷衣自卷舒。应怜在泥滓,无路托高车。

蓝溪期萧道士采药不至

春风生百药一作草,几处术苗香。人远花空落,溪深日复长。病多知药性,老近忆仙方。清一作青节何由见,三山桂自芳。

雪谤后书事上皇甫大夫

盛德总群英,高标仰国桢。独安巡狩日,曾掩赵张名。业就难辞宠,朝回更授兵。晓川分牧马,夜雪覆连营。长策威殊俗,嘉谋翊圣明。画图规阵势,梦笔纪山行。绶拂池中影,珂摇竹外声。赐欢征妓乐,陪醉问一作见公卿。却忆经前事,翻疑得此生。分深存没感,恩在子孙荣。览镜愁将老,扪心喜复惊。岂言沈族重,但觉杀身轻。有泪沾坟典,无家集弟兄。东西遭世难,流浪识交情。阅古宗文举,推才慕正平。应怜守贫贱,又欲事躬耕。

春日忆司空文明

桃李风多日欲阴,百劳飞处落花深。贫居静久难逢信,知隔春山不可寻。

卧病寓居龙兴观,枉冯十七著作书,知罢摄洛阳赴缑氏,因题十四韵寄冯生并赠乔尊师时予罢推官

乞假依山宅,蹉跎属岁周。弱黄轻采拾,钝质称归休。潘岳衰将至,刘桢病未瘳。步迟乘羽客,起晏滞书邮。幸以编方验,终贻骨肉忧。灼龟炉气冷,曝药树阴稠。语命心堪醉,伤离梦亦愁。莘膻居已绝,鸾鹤见无由。世累如尘积,年光剧水流。蹑云知有路,济海岂无舟。倚玉翻成难,投砖敢望酬。卑栖君就禄,嬴惫我逢秋。腐叶填荒辙,阴萤出古沟。依然在遐想,愿子励风猷。

秋夜寄冯著作

河汉净无云,鸿声此夜闻。素心难一作虽比石,苍鬓欲如君。露槿月中落,风萤池上分。何言千一作十载友,同迹不同群。

洛阳早春忆吉中孚校书、司空曙主簿,因寄清江上人

值迥逢高驻马频,雪晴闲看洛阳春。莺声报远同芳信,柳色邀欢似故人。酒貌昔将花共艳,鬓毛今与草争新。年来百事皆无绪,唯与汤师结净因。

偶逢姚校书凭附书达河南郏推官因以戏赠

寄书常切到常迟,今日凭君君莫辞。若一作君问玉人殊易识,莲花府里最清羸。

夜中得循州赵司马侍郎书因寄回使

瘴海寄双鱼,中宵达我居。两行灯下泪,一纸岭南书。地说炎蒸极,人称老病余。殷勤报一作祝贾傅,莫共酒杯疏。

晚次新丰北野老家书事呈赠韩质明府

机鸣春响日瞰瞰,鸡犬相和汉古村。数派清泉黄菊盛,一林寒露紫梨繁。衰翁正席矜新社,稚子齐襟读古论。共说年来但无事,不知何者是君恩。

书情上大尹十兄

紫陌绝纤埃,油幢千骑来。剖辞纷若雨,

奔吏殷成雷。圣泽初忧壅,群心本在台。海鳞方泼剌,云翼暂徘徊。芳室芝兰茂,春蹊桃李开。江湖余派少,鸿雁远声哀。命厌蓍龟诱,年惊弟侄催。磨铅惭砥砺,探策愧驽骀。玉管能喧谷,金炉可变灰。应怜费思者,衔泪亦衔枚。

春思贻李方陵一本无陵字

长安三月春,难别复难亲。不识冶游伴,多逢憔悴人。渐知欢澹薄,转觉老殷勤。去矣尽如此,此辞悲未陈。

驿中望山戏赠渭南陆贽主簿

官微多惧事多同,拙性偏无主驿功。山在门前登不得,鬓毛衰尽路一作落尘中。

太白西峰偶宿车祝二尊师石室,晨登前嵌,凭眺书怀,即事寄呈凤翔齐员外、张侍御一作郎

弱龄诚昧鄙,遇胜惟求止。如何羁滞中,得步青冥里。青冥有桂丛,冰雪两仙翁。毛节未归海,丹梯闲倚空。逍遥拟上清,洞府不知名。醮罢雨雷至,客辞山忽明。山明鸟声乐,日气生岩一作石壑。岩一作石壑树修修,白云如水流。白云消散尽,陇塞俨然秋。积阻关河固,绵联烽戍稠。五营承庙略,四野失边愁。吁嗟系尘役,又负灵仙迹。芝术自芳香,泥沙几沉溺。书此欲沾衣,平生事每违。烟霄不可仰,鸾鹤自追随。

赠韩山人

见君何事不惭颜,白发生来未到山。更叹无家又无药,往来唯在酒徒间。

赠李果毅

向日磨金镞,当风著锦衣。上城邀贼语,走马截雕飞。

春日书情赠别司空曙

壮志随年尽,谋身意一作独,一作觉,一作竟未安。风尘交契阔一作绝,老大别离难。腊近晴多暖,春迟夜却寒。谁堪一作怜少兄弟,三十又一作复无官一作五十未为官。

冬晓呈邻里

终夜寝衣冷,开门思曙光。空阶一丛叶,华室四邻霜。望阙觉天迥,忆山愁路荒。途中一作中途一留滞,双鬓飒然苍。

首冬寄河东昭德里书事贻郑损仓曹

清冬和暖天,老钝昼多眠。日爱闾巷静,每闻官吏贤。寒蔬供家食,腐叶一作药宿厨烟。且复执杯酒,无烦轻议边。

浑赞善东斋戏赠陈归

长裾珠履飒轻尘,闲以琴书列上宾。公子无仇可邀请,侯嬴此坐是何人。

春日卧病示赵季黄时陷在贼中

病中饶泪眼常昏,闻说花开亦闭门。语少渐知琴思苦,卧多唯觉鸟声喧。黄埃满市图书贱,黑雾连山虎豹尊。今日支离顾形影,向君凡在几重恩。

秋幕中夜一作幕中秋夜独坐迟明,因陪陈翙郎中晨谒上公因一作聊书即事,兼呈同院诸公

风凄露泫然,明月在山巅。独倚古庭树,仰看深夜天。叶翻萤不定,虫思草无边。南舍机杼发,东方云景鲜。簪裾肃已整,车骑俨将前。百雉拱双戟,万夫尊一贤。琳琅多谋蕴,律吕更相宣。晓桂香浥露,新鸿晴满川。熙熙造化功一作功化,穆穆唐尧年。顾己草同贱,誓心金匮坚。塞辞惭自寡,渴病老难痊。书此更何问,边韶唯昼眠。

寄赠库部王郎中时弃折籴使

谔谔汉名臣,从天令若春。叙辞皆诏旨,称宦一作使即星辰。草木承风偃,云雷施泽均。威惩治粟尉,恩洽让田人。泉货方将散,京坻自此陈。五营俱益灶,千里不停轮。未远金门籍,旋清玉塞尘。硕儒推庆重,良友一作史颂公一作功频。鹤发逢新镜,龙门跃旧鳞。荷君偏

有问,深感浩难申。

寄赠畅当山居
古村荒石路,岁晏独言归。山雪厚三尺,社榆粗十围。虬龙宁守蛰,鸾鹤岂矜飞。君子固安分,毋听劳者讥。

偶宿山中忆畅当
深山夜雪晴,坐忆晓山明。《读易》罢三卷,弹琴当五更。薜萝枯有影,岩壑冻无声。此夕一相望,君应知我诚。

秋中野望寄舍弟绶兼令呈上西川尚书舅
忧来思远望,高处殊非惬。夜露湿苍山,秋陂满黄叶。人随雁迢递,栈与云重叠。骨肉暂分离,形神遂疲苶。红旌渭阳骑,几日劳登涉。蜀道蔼松筼,巴江盛舟楫。小生即何限,简牍偏盈箧。旧恨尚填膺,新悲复萦睫。因求种瓜利,自喜归耕捷。井臼赖依邻,儿童亦胜汲一作复。尘容不在照,雪鬓那堪镊。唯有餐霞心,知夫一作未与天接。

行药前轩呈董山人
不觉老将至,瘦来方自惊。朝昏多病色,起坐有劳声。腠暖一作体缓苦肌一作晴痒,藏虚唯耳鸣。桑公富灵术,一为保余生。

玩春因寄冯卫二补阙,戏呈李益时君与李新除侍御史
披垣春色自天来,红药当阶次第开。萱草丛丛尔何物,等闲穿破绿莓苔。

新移北厅因贻同院诸公兼呈畅博士
华轩迩台座,顾影忝时伦。弱质偃弥旷,清风来亦频。恩辉坐凌迈,景物恣芳新。终乃愧吾友,无容私此身。

与张擢对酌
张翁对卢叟,一榼山村酒。倾酒请予歌,忽蒙张翁呵。呵予官非屈,曲有怨词多。歌罢谢张翁,所思殊不同。予悲方为老,君责一何空。曾看乐官录,向是悲翁曲。张老闻此词,汪汪泪盈目。卢叟醉言粗,一杯凡数呼。回头顾张老,敢欲戏为儒。

喜从弟激初至
儒服策羸车,惠然过我庐。叙年惭已长,称从意何疏。作吏清无比,为文丽有余。应嗤受恩者,头白读兵书。

寻贾尊师
玉洞秦时客,焚香映绿萝。新传左慈诀,曾与右军鹅。井臼阴苔遍,方书古字多。成都今日雨,应与酒相和。

秋中过独孤郊居即公主子
开一作闲园过水到郊居,共引家童拾野蔬。高树夕阳连古巷,菊花梨叶满荒渠。秋山近处行过寺,夜雨寒时起读书。帝里诸亲别来久,岂知王粲爱樵渔。

同耿拾遗春中题第四郎新修书院一作同钱员外春中题薛载少府新书院
得接西园会,多因野性同。引藤连树影,移石一作柏间花丛。学就晨昏外,欢生礼乐中。春游随墨客,夜宿伴潜公。散帙灯惊燕,开帘月带风。朝朝在门下,自与五侯通。

春日题杜叟山下别业
白鸟群飞山半晴,渚田相接有泉声。园中晓露青丛合,桥上春风绿野明。云影断来峰影出,林花落尽草花生。今朝醉舞同君乐,始信幽人不爱荣。

过终南柳处士
五一作口老正相寻,围棋到煮金。石摧丹井闭,月过洞门深。猿鸟三时下,藤萝十里阴。绿泉多草气,青壁少花林。自愧非仙侣,何言见道心。悠哉宿山口,雷雨夜沈沈。

宿澄上人院
竹窗闻远水,月出似溪中。香覆经年火,

幡飘后夜风。性昏知道晚,学浅喜言同。一悟归身处,何山路不通。

题李沇林园

古巷牛羊出,重门接柳阴。闲看入竹路,自有向山心。种药齐幽石,耕田到远林。原同词赋客,得兴_{一作与}谢家深。

全唐诗卷二百七十九

卢纶

过司空曙村居

南北与山邻,蓬庵庇一身。繁霜疑有雪,枯草似无人。遂性在—作存耕稼,所交唯贱贫。何言张掾傲,每重德璋亲。

题念济寺晕上人院

泉响竹潇潇,潜公居处遥。虚空闻偈夜,清净雨花朝。放鹤临山阁,降龙步石桥。世尘徒委积,劫火定焚烧。苔壁云难聚,风筐露易摇。浮生亦无著,况乃是芭蕉。

题杨虢县竹亭

夜宿密公室,话余将昼兴。绕阶三径雪,当户一池冰。家训资风化,心源隐政能。明朝复何见,莱—作叶草古沟塍。

过楼观李尊师—作过李尊师院

城阙望烟霞,常悲仙路赊。宁知樵子径,得到葛洪家。犬吠松间月,人行洞里花。留诗千岁—作载鹤,送客五云车。访—作傲世山空在,观棋日未斜。不知尘俗士,谁解种胡麻。

雪谤后逢李叔度

相逢空握手,往事不堪思。见少情难尽,愁深语自迟。草生分路处,雨散出山时。强得宽离恨,唯当说后期。

春日过李侍御—作郎

高柳满春城,东园有鸟声。折花朝露滴,漱石野泉清。心许陶家醉,诗逢谢客呈。应怜末行吏,曾是鲁诸生。

出山逢耿沣

云雪离披山—作千万里,别来曾住最高峰。暂到人间归不得,长安陌上又相逢。

题金吾郭将军石伏茅堂—作常衮诗

云戟曙沈沈,轩墀清且深。家传成栋美,尧宠结茅心。玉佩多依石,油幢亦在林。炉香诸洞暖,殿影众山阴。草奏风生笔,筵开雪满琴。客从龙阙至,僧自虎溪寻。萧洒延清赏,风流会素襟。终朝息尘步,一醉间华簪。

题贾山人园林

竹影朦胧松影长,素琴清箪好风凉。连春诗会烟花满,半夜酒醒兰蕙香。五字每将称玉友,一尊曾不顾金囊。长沙流谪君非远,莫遣英名负洛阳。

秋夜同畅当宿藏公院

礼足一垂泪,医王知病由。风萤方喜夜,露槿已伤秋。顾以儿童—作童子爱,每从仁者求。将祈—作来竟何得,灭迹在缁流。

重同畅当奘公院闻琴

误以音声祈远公,请将徽轸付秋风。漾漾砯流吹不尽,月华如在白波中。

同耿沣宿陆澧旅舍

当轩云月开,清夜故人杯。拥褐觉霜下,抱琴闻雁来。迎风君顾步,临路我迟回。双鬓共如此,此欢非易陪。

题苗员外竹间亭

高甃绝行尘,开帘似有春。风倾竹上雪,山对酒边人。步暖先逢日,书空远见邻。还同内斋暇,登赏及诸姻。

奉陪侍中登白楼—作奉陪浑侍中五日登白鹤楼

高楼倚玉梯,朱槛与云齐。顾盼亲—作临霄汉,谈谐息鼓鼙。洪河斜—作回更直,野雨急仍低。今日陪尊俎,唯当—作还应醉似泥。

九日奉陪侍郎—作陪浑侍中登白楼

碧霄孤鹤发清音,上宰因添望阙心。睥睨三层连步障,茱萸一朵映华簪。红霞似绮河如带,白露团珠菊散金。此日所从何所问,俨然冠剑—作盖拥成林。

春日喜雨奉和马侍中宴白楼

鹳鹤相呼绿野宽,鼎臣闲倚玉栏干。洪河拥沫流仍急,苍岭和云色更寒。艳艳风光岸瑞岁,泠泠歌颂振琱盘。今朝醉舞共—作同乡老,不觉倾—作频欹—作斜獬豸冠。

奉陪侍中游石笋溪十二韵

朝日照灵山,山溪浩纷错。图书无旧记,鲧禹应新凿。双壁泻天河,一峰吐莲萼。潭心乱雪卷,岩腹繁珠落。彩蛤攒锦囊,芳萝袅花索。猿群曝阳岭,龙穴腥阴壑。静得渔者言,闲闻洞仙博。欹松倚朱幰,广石屯油幕。国泰事留侯,山春纵康乐。间关殊状鸟,烂熳无名药。欲验少君方,还吟大隐作。旌幢不可驻,古塞新沙漠。

九日奉陪侍中宴白—本有鹤字楼

露白菊氛氲,西楼盛袭—作宠盛文。玉筵秋令节,金钺汉元勋。说剑风生座,抽琴鹤绕云。谀儒无以答,愿得备前军。

九日奉陪侍中宴后亭

玉壶倾菊酒,一顾得淹留。彩笔征枚叟,花筵舞莫愁。管弦能驻景,松桂不停秋。为谢蓬蒿辈,如何霜霰稠。

九日奉陪令公登白楼同咏菊

琼尊犹有—作有仙菊,可以献留侯。愿比三花秀,非同百卉秋。金英分蕊—作叶细,玉露结房稠。黄雀知恩在,衔飞亦上楼。

奉陪浑侍中上巳日泛渭河

青—作素舸锦帆开,浮天接上台。晚莺和玉笛,春浪动金罍。舟楫方朝海,鲸鲵自曝腮。应怜似萍者,空逐榜人回。

奉陪侍中春日过武安君庙

长裾间貔虎,遗庙盛攀登。白羽三千骑,红林一万层。元臣达幽契,祝史告明征。抚坐悲今古,瞻容感废兴。回风卷丛柏,骤雨湿诸陵。倏忽烟花霁,当营看月生。

过玉贞公主影殿
夕照临—作闲窗起暗尘,青松绕—作锁殿不知春。君看白发诵经者,半是宫中歌舞人。

题嘉祥殿南溪印禅师壁画影堂
双屐—作履参差锡杖斜,衲衣交膝对天花。瞻容—作空悟问修持劫,似指前溪无数沙。

题伯夷庙
中条山下黄礓石,垒作夷齐庙里神。落叶满阶尘满座,不知浇酒为—作是何人。

早春游樊川野居,却寄李端校书,兼呈崔峒补阙、司空曙主簿、耿沣拾遗
白水遍沟塍,青山对杜陵。晴明人望鹤,旷野鹿随僧。古柳连巢折,荒堤带草崩。阴桥全覆雪,瀑—作深溜半垂冰。斗鼠摇松影,游龟落石层。韶光偏不待,衰败巧相仍。桂树曾争折,龙门几共登。琴师阮校尉,诗和柳吴兴。舐笔求书扇,张屏看画蝇。卜邻空遂约,问卦独无征。投足经危路,收才遇直绳。守农穷自固,行乐病何能。掩帙蓬蒿晚,临川景气澄。飒然成一叟,谁更慕骞腾。

同钱郎中晚春过慈恩寺
不见僧中旧,仍逢雨后春。惜花将爱寺,俱是白头人。

曲江春望
菖蒲翻叶柳交枝,暗上莲舟鸟不知。更到无花最深处,玉楼金殿影参差。

翠黛红妆画鷁中,共惊云色带微风。萧管曲长吹未尽,花南水北雨濛濛。

泉声遍野入芳洲,拥沫吹花草上—作上碧流。落日—作二月行人渐无路,巢乌—作蜂乳燕满高楼。

春日陪李庶子遵善寺东院晓望
映竹水田分,当山起雁群。阳峰高对寺,阴井下通云。雪昼—作尽唯逢鹤,花时此见君。由来禅诵地,多有谢公文。

华清宫
汉家天子好经过,白日青山宫殿多。见说只今生草处,禁泉荒石已相和。

水—作天气朦胧满—作暖画梁,一回开殿满山香。宫娃几许经歌舞,白首翻令忆建章。

题兴善寺后池
隔窗栖白鹤—作鸟,似与镜湖邻。月照何年树,花逢几遍—作世,一作番,一作度人。岸莎青有路,苔径—作径石绿无尘。永愿容依止,僧—作山中老此身。

陪中书李纾舍人夜泛东池
看月复听琴,移舟出树阴。夜村机杼急,秋水芰荷深。石静龟潜上,萍开果—作叶暗沉。何言奉杯酒—作杯酒兴,得见五湖心。

宴赵氏昆季书院因与会文并率尔投赠
诗礼挹余波,相欢在琢磨。琴尊方会集,珠玉忽骈罗。谢族风流盛,于门福庆多。花攒骐骥枥,锦绚凤凰窠。咏雪因饶妹,书经为爱鹅。仍闻广练被,更有远儒过。

题天华观
峰嶂徘徊霞景新,一潭寒水绝纤鳞。朱字灵书千万轴—作卷,苍髯道士两三人。芝童解说壶中事,玉管能留天上春。眼见仙丹求不得,汉家簪绂—作绶在赢身。

宿石瓮寺
殿有寒灯草有萤,千林万壑寂无声。烟凝积水龙蛇蛰,露湿空山星汉明。昏霭雾中悲世界,曙霞光里见王城。回瞻相好因垂泪,苦海波涛何日平。

题悟真寺

万峰交掩一峰开,晓色常从天上来。似到西方诸佛国,莲花影里数楼—作层台。

题云际寺上方

松高萝蔓轻,中有石床平。下界水长急,上方灯自明。空门不易启,初地本无程。回步忽山尽,万绿从此生。

九日同司直九叔崔侍御登宝鸡南楼

把菊叹将老,上楼悲未还。短长新白发,重—作稠叠旧青山。霜气清襟袖,琴声引醉颜。竹林唯七友,何幸亦登攀。

同王员外雨后登开元寺南楼因寄西岩警—作罂上人

过雨开楼看晚虹,白云相逐水相通。寒蝉噪暮野无日,古树伤秋天有风。数穗远烟凝垅上,一枝繁果忆山中。何言暂别东林友,惆怅人间事不同。

同赵进马元阳春日登长春宫古城望河中,因寄郑损仓曹损,进马之舅

城头春霭晓濛濛,指望关桥满袖风。云骑闲嘶宫柳外,玉人愁立草花中。钟分寺路山光绿,河绕军州日气红。迹忝已成—本此二字缺方恋赏,此时离恨与君同。

同崔峒补阙慈恩寺避暑

寺凉高树合,卧石绿阴中。伴鹤惭仙侣,依僧学老翁。鱼沉荷叶露,鸟散竹林风。始悟尘居者,应将火宅同。

春日登楼有怀

花正浓时人正愁,逢花却欲替花羞。年来笑伴皆归去,今日晴明—作春风独上楼。

长安春望

东风吹雨过青山,却望千门草—作柳色闲。家在梦中何日到,春生—作归,又作来江上几人还。川原缭绕浮云外,宫阙参差落照间。谁念为儒逢世难—作多失意,独将衰鬓客秦关。

冬日登城楼有怀因赠程腾

生涯何事多羁束,赖此登临畅心目。郭南郭北无数山,万井逶迤流水间。弹琴对酒不知暮,岸帻题诗身自—作且闲。风声肃肃雁飞绝,云色茫茫欲成雪。遥思海客天外归,坐想征人两头别。世情多以—作似风尘隔,泣尽无因画—作对筹策。谁知白首窗下人,不接朱门坐中客。贱亦不足叹,贵亦不足陈。长卿未遇杨朱泣,蔡泽无媒原宪贫。如今万乘方用武,国命天威借貔虎。穷达皆为身外名,公侯可废刀头取。君不见汉家边将在边庭,白羽三千出井陉。当风看猎拥珠翠,岂在终年穷一经。

过仙游寺

上方下方雪中路,白云流水如闲步—作闲数步。数峰行尽—作峰到尽时犹未归,寂寞经声竹阴暮。

同路郎中韩侍御春日题野寺

寺前山远古陂宽,寺里人稀—作移春草寒。何事最堪悲色相,折花将与老僧看。

奉和李益游栖岩寺—作登西岩寺,一作常衮诗

林香雨气新,山寺绿无尘。遂结云外赏—作侣,共游天上春。鹤鸣金阙—作阁丽,僧语—作话竹房邻。待月水流急,惜花风起频。何方非坏境,此地有归人。回首空门路,皤—作皓然一幻身。

秋夜同畅当宿潭上西亭

圆月出山头,七贤林下游。梢梢寒叶坠,滟滟月波流。凫鹄共思晓,菰蒲相与秋。明当此中别,一为望汀洲。

山中一绝

饥食松花渴饮泉,偶从山后到山前。阳坡软草厚如织,因—作闲与鹿麛相伴眠。

与畅当夜泛秋潭
　　萤火飔莲丛,水凉多夜风。离人将落叶,俱在一船中。

秋夜宴集陈翃—作雄郎中圃亭美校书郎张正元归乡
　　泉清兰菊稠,红果落城沟。保庆台榭古,感时琴瑟秋。硕儒欢颇至,名士礼能周。为谢邑中少,无惊池上鸥。

春游东潭
　　移舟试望家,漾漾似天涯。日暮满潭雪,白鸥和柳花。

同薛存诚登栖岩寺
　　衰蹇步难前,上山如上天。尘泥来自晚,猿鹤到何先。万壑应孤磬,百花通一泉。苍苍此明月,下界正沉眠。

河中府崇福寺看花
　　闻道山花如火红,平明登寺已经风。老僧无见亦无说,应与看人心不同。

冬日宴郭监林亭
　　玉勒聚如云,森森鸾鹤群。据梧花屐接,沃盥石泉分。华味惭初识,新声喜尽闻。此山招老贱,敢不谢夫君。

奉和李舍人昆季咏玫瑰花寄赠徐侍郎—作郎中,一作常衮诗。
　　独鹤寄烟霜,双鸾思晚芳。旧阴依谢宅,新艳出萧—作丘墙。蝶散—作起摇轻露,莺衔入夕阳。雨朝胜濯锦,风夜剧焚香。断—作丽日—作烧千层—作重艳,孤霞——作万片光。密来惊叶少,动处觉枝长。布影期高赏,留春为远方。尝闻赠琼玖,叩和愧升—作登堂。

同耿沣、司空曙二拾遗题韦员外东斋花树
　　绿砌红花树,狂风独未吹。光中疑有焰,密处似无枝。鸟动香轻发,人愁影屡移。今朝数片落,为报汉郎知。

观袁修—作修侍郎—作崔郎中涨新池
　　引水香—作春山近,穿云复绕林。才闻篱外响,已觉石边深。满处侵苔色,澄来见柳阴。微风月明夜,知有五湖心。

和徐法曹赠崔洛阳斑竹杖以诗见答
　　玉干一寻余,苔花锦不如。劲堪和醉倚,轻好向空书。采拂稽山曲,因依释氏居。方辰将独步,岂与此君疏。

早—作仲秋望华清宫中树因以成咏—作常衮诗
　　可怜云木丛,满禁碧濛濛。色润灵—作虚泉近,阴清辇路通。玉坛标八桂,金井识双桐。交映凝寒露,相和起夜风。数枝盘石上,几叶落云中。燕拂宜秋霁,蝉鸣觉昼空。翠屏更隐见,珠缀共玲珑。雷雨生成早,樵苏禁令雄。野藤高助绿,仙果迥呈红。惆怅寮垣暮,兹山闻暗虫。

小鱼咏寄泾州杨侍郎
　　莲花影里暂相离,才出浮萍值罾师。上得龙门还失浪,九江何处是归期。

贼中与严越卿曲江看花
　　红枝欲折紫枝殷—作繁,隔水连宫不用攀。会待长风吹落尽,始能开眼向青山。

同畅当咏蒲团
　　团团锦花结,乃是前溪蒲。拥坐称儒褐,倚眠宜病夫。唯当学禅寂,终老与之俱。

焦篱店醉题时看弄邵翁伯
　　洛下渠头百卉新,满筵歌笑独伤春。何须更弄邵—作却翁伯,即我此身如此人。

陈翃中丞东斋赋白玉簪
　　美矣新成太华峰,翠莲枝折叶重重。松阴满涧闲飞鹤,潭影通云暗上龙。漠漠水香风颇馥,涓涓乳溜味何浓。因声远报浮丘子,不奏登封时不容。

新茶咏寄上西川相公二十三舅大夫二十舅

三献蓬莱始一尝,日调金鼎阅芳香。贮之玉合才半饼,寄与阿连—作谁题数行。

泊扬子江岸

山映—作影南徐暮,千帆入古—作吉津。鱼惊出浦火,月照渡江人。清镜催双鬓,沧波寄一身。空怜莎草色,长接故园春。

晚次鄂州至德中作

云开远见汉阳城,犹是孤帆一日程。估客昼眠知浪静,舟人夜语觉潮生。三湘衰—作愁鬓逢秋色,万里归心对月明。旧业已随征战尽,更堪江上鼓鼙声。

夜投—本有终南二字丰德寺调海—作液上人—作李端诗

半夜中峰有磬声,偶逢樵者问山名。上方月晓闻僧语—作话,下路—作界林疏见客行。野鹤巢边松最老,毒龙潜处水偏清。愿得远公知姓字,焚香洗钵过浮生。

江行次武昌县

家寄五湖间,扁舟往复还。年年生白发,处处上青山。去国空知远,安身竟不闲。更悲江畔柳,长是北人攀。

夜泊金陵

圆月出高城,苍苍照水营。江中正吹笛,楼上又无更。洛下仍传箭,关西欲进兵。谁知五湖外,诸将但—作将吏更争名。

渡浙江

前船后船未相及,五两头平北风急。飞沙卷地日色昏,一半征帆浪花—作潮浪湿。

全唐诗卷二百八十

卢纶

李端公—作严维诗，题作送李端。

故关衰草遍，离别自—作正堪悲。路出寒云外，人归暮雪时。少孤为客早—作惯，多难识君迟。掩泪空相向，风尘何处期。

秋晚山中别业

树老野泉清，幽人好独行。去闲知路静，归晚喜山明。兰茝通荒井，牛羊出古城。茂陵秋最冷—作晚，谁念一书生。

关口逢徐迈

废寺连荒垒，那知见子真。关城夜有雪，冰渡晓无人。酒里唯多—作移病，山中愿作邻。常闻兄弟乐，谁肯信—作唯见谢家贫。

山中咏古木

高木已萧索，夜雨复秋风。坠叶鸣丛—作荒竹，斜根拥断蓬。半侵山色—作影里，长在水声中。此地何人到，云门去—作间路亦通。

酬李端公—本无端字野寺病居见寄

野寺钟昏—作昏钟山正阴，乱藤高竹—作下水声深。田夫就饷还依草，野雉惊飞不过林。斋沐暂思同静室，清羸已觉助禅心。寂寥日长谁问疾，料君惟取古方寻。

送少微上人游蜀

瓶钵绕禅衣，连宵宿翠微。树开巴水远，山晓蜀星稀。识遍中朝贵，多谙外学非。何当一传付，道侣愿知归。

送宁国夏侯丞

楚国青芜上，秋云似白波。五湖长路少，九派乱—作断山多。谢守通诗宴，陶公许醉过。怅然—作无钱饯离阻，年鬓两蹉跎。

送袁偁

谏猎名空久，多因病与贫。买书行几市，

带雨别何人。客路山连水,军州日映尘。凄凉一分手,俱恨老相亲。

赠别李纷

头白乘驴悬布囊,一回言别泪千行。儿孙满眼无归处,唯到尊前似故乡。

罪一作非所送苗员外上都

谋身当议罪,宁遣友朋闻。祸近防难及,愁长事一作思未分。寂寥惊远语,幽闭望归云。亲戚如相见,唯应泣向君。

送李校书赴东川幕

泥坂望青城,浮云与栈平。字形知国号,眉势识山名。编简尘封阁,戈铤雪照营。男儿须聘用,莫信笔堪耕。

至德中赠内兄刘赞

时难访亲戚,相见喜还悲。好学年空在,从戎事已迟。听琴泉落处,步履雪深时。惆怅多边信,青山共有期。

春日灞亭同苗员外寄皇甫侍御一作庾侍郎

坐见春云暮,无因报所思。川平人去远,日暖雁飞迟。对酒山长在,看花鬓自衰。谁堪登灞岸,还作旧一作异乡悲。

送颜推官游银夏谒韩大夫

丛篁一作杯叫寒笛,满眼塞山青。才子尊前画,将军石上铭。猎声云外响,战血雨中腥。苦乐从来事,因君一涕零。

咸阳送房济侍御归太原幕 昔尝与济同游此邑

旧居无旧邻,似见故乡一作园春。复对别离酒,欲成衰老人。客衣频染泪,军旅亦多尘。握手重相勉,平生心所因。

宝泉寺送李益端公归邠宁幕

参差岩障东,云日晃龙宫。石净非因雨,松凉不为风。恋泉将鹤并,偷果与猿同。眼界尘虽染,心源蔽一作路已通。莲花国何限,贝叶字无穷。早晚登麟阁,慈门欲付公。

送何召下第后归蜀

褒斜行客过,栈道响危空。路湿云初上,山明一作暄日正中。水程通海货,地利杂吴风。一别金门远,何人复荐雄。

宿定陵寺 寺在陵内

古塔荒台出禁墙,磬声初尽漏声长。云生紫殿幡花湿,月照青山松柏香。禅室夜闻风过竹,奠筵朝启露沾裳。谁悟威灵同寂灭,更堪砧杵发昭阳。

送彭开府往云中觐使君兄

一门三代贵,非是主恩偏。破虏山铭在,承家剑艺全。夺旗貂帐侧,射虎雪林前。雁塞逢兄弟,云州发管弦。冻河光带日,枯草净无烟。儒者曾修一作亲武,因贻上将篇。

送李绅

旧国仍连五将营,儒衣何处谒公卿。波翻远水兼霞动,路入寒村机杼鸣。嵇康书论多归兴,谢氏家风有学名。为问西来雨中客,空山几处是前程。

送内弟韦宗仁归信州觐省

常嗟外族弟兄稀,转觉心孤是送归。醉掩壶觞人有泪,梦惊波浪日一作愁穿魂梦月无辉。烹鱼绿岸烟浮一作送草,摘一作采橘青溪露湿衣。闻说江楼长卷幔,几回风起望胡威。

长安疾后首秋夜即事一作陈羽诗

九重深锁禁城秋,月过南宫渐映楼。紫陌夜深槐露滴,碧空云尽火星流。清风刻漏传三殿,甲第歌钟乐五侯。楚客病来乡思苦,寂寥灯下不胜愁。

送崔琦赴宣州幕

五马临流待幕宾,羡君谈笑出风尘。身闲就养宁辞远,世难移家莫厌贫。天际晓山三峡路,津头腊市九江人。何处遥知最惆怅,满湖青草雁声春。

送杨皞东归
　　登楼掩泣话归期,楚树荆云发远思。日里扬帆闻戍鼓,舟中酹一作酌酒见山祠。西江风浪何时尽,北客音一作鱼书欲寄谁。若说溢城杨司马,知君望国有新诗。

至德中途中书事却寄李侗
　　乱离无处不伤情,况复看碑对古城。路绕寒山人独去,月临秋水雁空惊。颜衰重喜归乡国,身贱多惭问姓名。今日主人还共醉,应怜世故一儒生。

奉和太常王卿酬中书李舍人中书寓直春夜对月见寄
　　露如轻雨月如霜,不见星河见雁行。虚晕入池波自泛,满轮当苑桂多香。春台几望黄龙阙,云路宁分白玉郎。是夜巴歌应金石,岂殊萤影对清光。

酬包佶郎中览拙卷后见寄
　　令伯支离晚读书,岂知词赋称相如。枉一作狂逢花木无新思,拙就一作伏溪潭一作源损旧居。禁路看山歌一作珂自缓,云司玩月漏应疏一作夜应初。沉忧敢望金门召,空愧巴歈并一作问子虚。

送史采滑州谒贾仆射
　　朱门洞启俨行车,金镉装囊半是书。君向东州问徐胤,羊公何事灭吹鱼。

送鲍中丞赴太原
　　分路引鸣驺,喧喧似陇头。暂移西掖望,全解北门忧。专幕临都护,分一作亲曹制督邮。积冰营不下,盛雪猎方休。白草连胡帐,黄云拥戍楼。今朝送旌旆,一减鲁儒羞。

送耿拾遗沣充括图书使往江淮
　　传令收遗籍,诸儒喜饯君。孔家唯有地,禹穴但生云。编简知还一作还知续,虫鱼亦自分。如逢北山隐,一为谢移文。

送郭判官赴振武
　　黄河九曲流,缭绕古边州。鸣雁飞初夜,羌胡正晚秋。凄凉一作清金管思,迢递玉人愁。七叶推一作虽多庆,须怀杀敌忧。

春江夕望
　　洞庭芳草遍,楚客莫思归。经难人空老,逢春雁自飞。东西兄弟远,存没友朋稀。独立还垂泪,天南一布衣。

送元昱尉义兴
　　欲成云海别,一夜梦天涯。白浪缘江雨,青山绕县花。风标当剧部,冠带称儒家。去矣谢亲爱,知予发已华。

送黎兵曹往陕府结亲所昏即君从母女弟
　　郎马两如龙,春朝上路逢。鸳鸯初集水,薜荔欲依松。步帐歌一作障珂声转,妆台烛影重。何言在阴者,得是戴侯宗。

送乐平苗明府
　　累职比柴桑,清秋入楚乡。一船灯照浪,两岸树凝霜。亭吏趋寒雾,山城敛曙光。无辞折腰久,仲德在鸳行。

晚到盩厔耆老家
　　老翁曾旧识,相引出柴门。苦话别时事,因寻溪上村。数年何处客,近日几家存。冒雨看禾黍,逢人忆子孙。乱藤穿井口,流水到篱根。惆怅不堪住,空山月又昏。

卧病书怀
　　苦心三十载,白首遇艰难。旧地成孤客,全家赖钓竿。貌衰缘药尽,起晚为山寒。老病今如此,无人更问看。

落第后归终南别业
　　久为名所误,春尽始归山。落羽羞言命,逢人强破颜。交疏贫病里,身老是非间。不及东溪月,渔翁夜往还。

送朝邑—作夏县张明—作少府此公善琴

千室暮山西,浮云与树齐。剖辞云落纸,拥吏雪成泥。野火芦千顷,河田水万畦。不知琴月夜,谁得听乌啼。

送李方东归即故李校书端亲弟

故交三四人,闻别共沾巾。举目是陈事,满城无至亲。身从丧日病,家自俭年贫。此去何堪远,遗孤在旧邻。

秋晚霁后野望忆夏侯审

天晴禾黍平,畅目亦伤情。野店云日丽,孤庄砧杵鸣。川原唯寂寞,岐路自纵横。前后无俦侣,此怀谁与呈。

送王尊师—作道士

梦别一仙人,霞衣满鹤身。旌幢天路晚—作远,桃杏海山春。种玉非求稔,烧金不为贫。自怜头白早—作向白,难—作谁与葛洪亲。

送抚州周使君即侍中之婿

周郎三十余,天子赐鱼书。龙节随云水,金铙动里闾。松声三楚远,乡思百花初。若转弘农守,萧咸事不如。

赠别司空曙

有月曾同赏,无秋不共悲。如何与君别,又是菊花时。

送王录事赴任苏州即舍人堂弟

古堤迎拜路,万里一帆前。潮作浇田雨,云成煮海烟。吏闲唯重法,俗事不忧边。西掖今宵咏,还应—作须寄阿连。

大梵山寺院奉呈趣上人赵中丞

渐欲—作散发休人事,僧房学闭关。伴鱼浮水上,看鹤向林间。寺古秋仍早,松深暮更闲。月中随道友,夜夜坐空山。

送恒操上人归江外观省

依佛不违亲,高堂与寺邻。问安双树晓,求膳一僧贫。持咒过龙庙,翻经化海人。还同惠休去,儒者亦沾巾。

上巳日陪齐相公花楼宴

钟陵暮春月,飞观延群英。晨霞耀中轩,满席罗金琼。持杯凝还睇,触物结幽情。树色—作杪参差绿,湖光潋滟明。礼卑瞻绛帐,恩浃厕华缨。徒记山阴兴,被禊—作念此,一作今日乃为荣。

寒食

孤客飘飘岁载华,况逢寒食倍思家。莺啼远墅多从柳,人哭荒坟亦有花。浊水秦渠通渭急,黄埃京洛上原斜。驱车西近长安好,宫观参差半隐霞。

舟中寒食

寒食空江曲,孤舟渺水前。斗鸡沙鸟异,禁火岸花然。日霁开愁望,波喧警醉眠。因看数茎鬓,倍欲惜芳年。

元日早朝呈故省诸公

万戟凌霜布,森森瑞气间。垂衣当晓日,上寿对南山。济济延多士,跄跄舞百蛮。小臣无事谏,空愧伴鸣环。

元日朝回中夜书情,寄南宫二故人

鸣珮随鹓鹭,登阶见冕旒。无能裨圣代,何事别沧洲。闲夜贫还醉,浮名老渐羞。凤城春欲晚,郎吏忆同游。

裴给事宅白牡丹—作裴潾诗

长安豪贵惜春残,争玩街西—作赏新开紫牡丹。别有玉盘承露冷,无人起就月中看。

送韦判官得雨中山

前峰后岭碧濛濛,草拥惊泉树带风。人语马嘶听不得,更堪长路在云中。

送宛丘任少府

带绶别乡亲,东为千里人。俗讹唯竞祭,地古不留春。野戍云藏火,军城树拥尘。少年何所重,才子又清贫。

送永阳崔明府

鹤泪兼葭晓一作岸,中流见楚城。浪清风乍息,山白月犹明。废路开荒木,归人种古营。悬闻正讹俗,邴曼更一作最知名。

割飞二刀子歌

我家有剪刀,人云鬼国铁。裁罗裁绮无钝时,用来三年一股折。南中匠人淳用钢,再令盘屈随手伤。改锻割飞二刀子,色迎霁雪锋含霜。两条神物秋冰薄,刃淬初蟠鞘金错。越戟吴钩不足夸,斩犀切玉应怀怍。日试曾磨汉水边,掌中恬慄声冷然。神惊魄悸却收得,刃头已吐微微烟。刀乎刀乎何烨烨,魑魅须藏怪须慑。若非良工变尔形,只向裁缝委箱箧。

送郎士元使君赴郢州

赐衣兼授节,行日郢中闻。花发登山庙,天晴一作清阅水军。渔商三楚接,郡邑九江分。高兴应难遂,元戎有大勋。

春词

北苑罗裙带,尘衢锦绣鞋。醉眠芳树下,半被落花埋。

清如玉壶冰

玉壶冰始结,循吏政初成。既有虚心鉴,还如照胆清。瑶池惭洞澈,金镜让澄明。气若朝霜动,形随夜月盈。临人能不蔽,待物本无情。怯对圆光里,妍蚩自此呈一作生。

山店一作王建诗

登登山路行时尽,决决溪泉到处闻。风动叶声山犬吠,一一作几家松火隔秋云。

全唐诗卷二百八十一

崔琮

崔琮,登大历二年进士第。诗一首。

长至日上公献寿

应律三阳首,朝天万国同。斗边看子月,台上候祥风。五夜钟初动—作晓,千门日正融。玉阶文物盛,仙仗武貔雄。率舞皆群辟,称觞即上公。南山为圣寿,长对未央宫。

李竦

李竦,大历二年登进士第,官户部尚书、邓岳观察使。诗一首。

长至日上公献寿

候晓金门辟,乘时玉—作宝历长。羽仪瞻上宰,云物丽初阳。汉礼方传珮,尧年正捧觞。日行临观阙,帝锡洽珪璋。盛美超三代,洪休降百祥。自怜朝末坐,空此咏无疆。

张惟俭

张惟俭,宣城当涂人,大历六年进士第,官和州刺史。诗一首。

赋得西戎献白玉环

当时无外守,方物四夷通。列土金河北,朝天玉塞东。自将荆璞比,不与郑环同。正朔虽传汉,衣冠尚带戎。幸承提佩宠,多愧琢磨功。绝域知文教,争趋上国风。

章八元

章八元,睦州桐庐人,登大历六年进士第。贞元中,调句容主簿卒。诗一卷,今存六首。

新安江行

江源南去—作出永,野渡暂维梢。古戍悬鱼网,空林露鸟巢。雪晴山脊见,沙浅浪痕交。自笑无媒者,逢人作—作即解嘲。

酬刘员外月下见寄

　　夜凉河汉白,卷箔出南轩。过月鸿争远,辞枝叶暗翻。独—作高谣闻丽曲,缓步接清言。宣室思前席,行看拜主恩。

寄都官刘员外

　　旧宅平津邸,槐阴接汉宫。鸣驺驰道上,寒日—作见月直庐中。白雪歌偏丽,青云宦早通。悠然—作悠一缝掖,千里限—作快清风。

题慈恩寺塔

　　十层突兀在虚空,四十门开面面风。却怪鸟飞平地上,自惊人语半天中。回梯暗踏如穿洞,绝顶初攀似出笼。落日凤城佳气合,满城春树雨濛濛。

归桐庐旧居寄严长史

　　昨辞夫子棹归舟,家在桐庐忆旧丘。三月暖时花竞发,两溪分处水争流。近闻江老传乡语,遥见家山减旅愁。或在醉中逢夜雪,怀贤应向剡川游。

天台道中示同行

　　八重岩崿叠晴空,九色烟霞绕洞宫。仙道多因迷路得,莫将心事问樵翁。

张莒

　　张莒,长山人,登大历九年进士第。大中时,官吏部员外郎。诗一首。

元日望含元殿御扇开合 大历十三年吏部试

　　万国来朝—作初岁,千年—作秋觐—作睹圣君。辇迎仙仗出,扇匝御香焚。俯对朝容近,先知曙色分。冕旒开处见,钟磬合时闻。影动承朝日,花攒似庆云。蒲葵那可比,徒用隔炎氛。

史延

　　史延,登大历九年进士第。诗一首。

清明日赐百僚新火

　　上苑连侯第,清明及暮春。九天初改火,万井属良辰。颁赐恩逾洽,承时庆自—作亦均。翠烟和柳嫩,红焰出花新。宠命尊三老,祥光烛万人。太平当此日,空复荷陶甄—作钧。

韩濬

　　韩濬,江东人,大历九年进士及第。诗一首。

清明日赐百僚新火

　　朱—作玉骑传红烛,天厨赐近臣。火随黄道见,烟绕白榆新。荣耀分他日—作室,恩光共此辰。更调金鼎膳,还暖玉堂人。灼灼千门晓,辉辉万井春。应怜萤聚夜—作者,瞻望及东—作独无邻。

郑辕

　　郑辕,大历九年进士。诗一首。

清明日赐百僚新火

　　改火清明后,优恩赐近臣。漏残丹禁晚,燧发白榆新。瑞彩来双阙,神光焕四邻。气回侯第暖,烟散帝城春。利用调羹鼎,余辉烛缙绅。皇明如照隐,愿及聚萤人。

王濯

　　王濯,大历九年进士第。诗一首。

清明日赐百僚新火

　　御火传香殿,华光及侍臣。星流中使马,烛耀九衢人。转—作传影连金屋,分辉丽锦茵。焰迎红蕊发,烟染绿条春。助律和风早,添炉暖气新。谁怜一寒士,犹望照东邻。

独孤绶

　　独孤绶,大历十年登进士第,举博学宏词,尝试《驯象赋》,德宗称之,特书第三。诗一首。

投珠于泉

至道归淳朴,明珠被弃捐。天真来照乘,成性却沈泉。不是灵蛇吐,非缘—作犹疑合浦还。岸傍随月落,波底共星悬。致远终无胫,怀贪遂息肩。欲知恭俭德,所宝在惟贤。

仲子陵

仲子陵,峨眉人,大历中登第,历官常侍。诗一首。

秦镜

万古—作里秦时镜,从来抱至精。依台月自吐,在匣水常清。烂烂金光发,澄澄物象生。云天皆洞鉴,表里尽虚明。但见人窥胆,全胜响应声。妍媸定可识,何处更逃情。

张佐

张佐,大历中进士。诗二首。

秦镜

楼上秦时镜,千秋独有名。菱花寒不落,冰质夏长清。龙在形难掩,人来胆易呈。升台宜远照,开匣乍藏明。皎色新磨出,圆规旧铸成。愁容如可鉴,当欲拂尘缨。

忆游天台寄道流见《众妙集》

忆昨天台到赤城,几朝仙籁耳中生。云龙出水风声急,海鹤鸣皋日色清。石笋半山移步险,桂花当涧拂衣轻。今来尽是人间梦,刘阮茫茫何处行。

丁泽

丁泽,大历十年试东都第一。诗三首。

龟负图 东都试

天意将垂象,神龟出负图。五方行有配,八卦义宁孤。作瑞旌君德,披文叶帝谟。乘流喜得路,逢圣幸存躯。莲叶池通泛,桃花水自浮。还寻九江去,安肯曳泥途。

上元日梦王母献白玉环

梦中朝上日,阙下拜天颜。仿佛瞻王母,分明献玉环。灵姿趋甲帐,悟道契玄关。似见霜姿白,如看月彩弯。霓裳归物外,凤历晓人寰。仙圣非相远,昭昭寤寐间。

良田无晚岁

人功虽未及,地力信非常。不任耕耘早,偏宜黍稷良。无年皆有获,后种亦先芳。肮肮盈千亩,青青保万箱。何须祭田祖,讵要察农祥。况是春三月,和风日又长。

阎济美

阎济美,大历十年进士第。元和初,刺华州。贞元末,历福建观察使,终工部尚书。诗二首。

下第献座主张谓

謇谔王臣直,文明雅量全。望炉金自跃,应物镜何偏。南国幽沉尽,东堂礼乐宣。转令游艺士,更惜至公年。芳树欢新景,青云泣暮天。唯愁凤池拜,孤贱更谁怜。

天津桥望洛城残雪

新霁洛城端,千家积雪寒。未收清禁色,偏向上阳残。

张少博

张少博,大历进士。诗二首。

尚书郎上直闻春漏

建礼含香处,重城侍漏辰。徐声传凤阙,晓唱辨鸡人。银箭听将尽,铜壶滴更新。催筹当五夜,移刻及三春。杳杳从天远,泠泠出禁频。直庐残响曙,肃穆对钩陈。

雪夜观象阙待漏

残雪初晴后,鸣珂奉阙庭。九门传晓漏,五夜候晨扃。北斗横斜汉,东方落曙星。烟氛初动色,簪珮未分形。雪重犹垂白,山遥不辨青。鸡人更唱处,偏入此时听。

周彻

周彻,大历进士。诗一首。

尚书郎上直闻春漏

建礼通华省,含香直紫宸。静闻铜史漏,暗识桂宫春。滴沥疑将绝,清泠发更新。寒声临雁沼,疏韵应鸡人。回入千门彻,行催五夜频。高台闲自听,非是驻征轮。

高拯

高拯,大历十三年进士第。诗一首。

及第后赠试官

公子求贤未识真,欲将毛遂比常伦。当时不及三千客,今日何如十九人。

王表

王表,大历十四年登进士第,官至秘书少监。诗三首。

赋得花发上林大历十四年侍郎潘炎试

御苑一作上院春何早,繁花已绣一作满林。笑迎明主仗,香拂美人簪。地接楼台近,天垂雨露深。晴光来戏蝶,夕景动栖禽。欲托凌云势,先开捧日心。方知桃李树,从此别一作必成阴。

清明日登城春望寄大夫使君

春城闲望爱晴天,何处风光不眼前。寒食花开千树雪,清明日出万家烟。兴来促席唯同舍,醉后狂歌尽少年。闻说莺啼却惆怅,诗成不见谢临川。

成德乐

赵女乘春上画楼,一声歌发满城秋。无端更唱关山曲,不是征人亦泪流。

独孤授

独孤授,大历十四年登第。诗一首。

花发上林

上苑韶容早,芳菲正吐花。无言向春日,闲笑任年华。润色笼轻霭,晴光艳晚霞。影连千户竹,香散万人家。幸绕楼台近,仍怀雨露赊。愿君垂采摘,不使落风沙。

王储

王储,大历十四年登第。诗一首。

赋得花发上林

东陆和风至,先开上苑花。秾枝藏宿鸟,香蕊拂行车。散白怜晴日,舒红爱晚霞。桃间留御马,梅处入胡笳。城郭连增媚,楼台映转华。岂同幽谷草,春至发犹赊。

周渭

周渭,大历十四年登第。诗二首。

赋得花发上林

灼灼花凝雪,春来发上林。向风初散蕊,垂叶欲成阴。人过香随远,烟晴色自深。净时空结雾,疏处未藏禽。荜茖何年植,间关几日吟。一枝如可冀,不负折芳心。

赠龙兴观主吴崇岳

楮为冠子布为裳,吞得丹霞寿最长。混俗性灵常乐道,出尘风格早休粮。枕中经妙谁传与,肘后方新自写将。百尺松梢几飞步,鹤栖板上礼虚皇。

全唐诗卷二百八十二

李益

李益,字君虞,姑臧人。大历四年登进士第,授郑县尉,久不调,益不得意,北游河朔,幽州刘济辟为从事,尝与济诗,有怨望语。宪宗时,召为秘书少监、集贤殿学士,自负才地,多所凌忽,为众不容,谏官举其幽州诗句,降居散秩。俄复用为秘书监,迁太子宾客、集贤学士,判院事,转右散骑常侍。太和初,以礼部尚书致仕卒。益长于歌诗,贞元末,与宗人李贺齐名。每作一篇,教坊乐人以赂求取,唱为供奉歌辞,其《征人歌》《早行篇》,好事画为屏障。集一卷,今编诗二卷。

从军有苦乐行 时从司空鱼公北征。鱼一作冀。

劳者且莫一作勿歌,我欲一作歌送君觞。从军有苦乐,此曲乐未央。仆居在一作本居,又作本起陇上,陇水断人肠。东过秦宫路,宫路一作树入咸阳。时逢汉帝出,谏猎至长杨。讵驰游侠窟,非结少年场。一旦承嘉惠,轻身一作命重恩光。秉笔参维崱,从军至朔方。边地多阴风,草木自凄凉。断绝海云去,出没胡沙长。参差引雁翼,隐辚胜军装。剑文夜如水,马汗冻成霜。侠气五都少,矜切六郡良。山河起目前,睚眦死路傍。北逐驱獯一作种虏,西临复旧疆。昔还赋一作赕余资,今出乃赢粮。一矢毙夏服,我弓不再张。寄语一作言丈夫雄,苦乐身自当。

登长城 一题作塞下曲

汉家今上郡,秦塞古长城。有日云长惨,无风沙自惊。当今圣天子,不战四夷平。

杂曲

妾本蚕家女,不识贵门仪。藁砧持玉斧,交结五陵儿。十日或一见,九日在路岐。人生此夫婿,富贵欲何为。杨柳徒可折,南山不可移。妇人贵结发,宁有再嫁资。嫁女莫望高,女心愿所宜。宁从贱相守,不愿贵相离。蓝叶郁重重,蓝花若榴色。少妇归少年,华光一作光华自相得。谁言配君子,以奉百年身。有义即夫婿,无义还他人。爱如寒炉火,弃若秋风扇。山岳起面前,相看不相见。丈夫非小儿,何用强相知。不见朝生菌,易成还易衰。征客欲临路,居人还出门。北风河梁上,四野愁云繁。岂不恋我家,夫婿多感恩。前程有日月,勋绩在河源。少妇马前立,请君听一言。春至草亦生,谁能无别情。殷勤展心素,见新莫忘故。遥望孟门山,殷勤报君子。既为随阳雁,勿学西流水。尝闻生别离,悲莫悲于此。同器不同荣,堂下即千里。与君贫贱交,何异萍上水。托身天使然,同生复同死。

送辽阳使还军

征人歌且行,北上辽阳城。二月戎马息,悠悠边草生。青山出塞断,代地入云平。昔者匈奴战,多闻杀汉兵。平生报国愤一作意,日夜角弓鸣。勉君万里去,勿使虏尘惊。

赋得早燕送别

碧草缦一作漫如线,去来双飞燕。长门未有春,先入班姬殿。梁空绕不一作复息,檐寒窥欲遍。今至随红萼一作蕊,昔还悲素扇。一别与秋鸿,差池讵相见。

秋晚溪中寄怀大理齐司直时齐分司洛下,有东山之期

凤翔属明代,羽翼文葳蕤。昆仑进琪树,飞舞下瑶池。振仪自西眷,东夏复分厘。国典唯平法,伊人方在斯。荒宁一作亭桁杨肃,芳辉兰玉滋。明质鹜高景,飘飙俯服缨绥。天寒清洛苑,秋夕白云司。况复空岩侧,苍苍幽桂期。岁寒会流霰,山川犹别离。浩思凭尊酒,氛氲独含辞。

溪中月下寄杨子尉封亮

蘅若夺幽色,衔思恍无惊。宵长霜雾一作霞多,岁晏淮海风。团团山中月,三五离夕一作席同。露凝朱弦绝,觞至兰玉空。清光液流波,盛明难再逢。尝恐河汉远,坐窥烟景穷。小人谅处阴,君子树大一作元功。永愿厉高翼,慰我丹桂丛。

春晚赋得余花落得起字

留春春竟去,春去花如此。蝶舞绕应稀,鸟惊飞讵已。衰红辞故萼,繁绿扶凋蕊。自委不胜愁,庭风那更起。

闻亡友王七嘉禾寺得素琴

故人惜此去,留琴明月前。今来我访旧,泪洒白云天。讵欲匣孤响,送君归夜泉。抚琴犹可绝,况此故无弦。何必雍门奏,然后泪一作使潺湲。

校书郎杨凝往年以古镜贶别今追赠以诗

明镜出匣时,明如云间月。一别青春鉴,回光照华发。美人昔自爱,鞶带手中一作所结。愿以一作似三五期,经天无玷缺。

置酒行一本无行字

置酒命所欢,凭觞遂为戚。日往不再来,兹辰坐成昔。百龄非久长,五十将关百。胡为劳我形,已须一作鬓,又作鬓还复白。西山鸾鹤群一作顾,矫矫烟雾翮。明霞一作发金丹,阴洞潜水碧。安得凌风羽,崦嵫驻灵魄。无然坐衰老,惭叹一作观东陵柏。

长社窦明府宅夜送王屋道士常究子

旦随三鸟去,羽节凌霞光。暮与双凫宿,云车下紫阳。天坛临月近,洞水出山长。海峤年年别,丘陵徒自伤。

观回军三韵

行行上陇头,陇月一作麦暗悠悠。万里将军没,回旌陇戍一作树秋。谁令呜咽水,重入故营流。

华山南庙

阴山临古道,古庙闭山碧一作庙闭空山碧。落日春草中,骞芳荐瑶席。明灵达精意,仿佛如不隔。岩一作微雨神降时,回飙入松柏。常

闻坑儒后，此地返秦一作曾返璧。自古害忠良，神其辅宗祐。

喜邢校书远至对雨同赋远晚饭阮返五韵

雀噪空城阴，木衰羁思远。已一作似蔽青山望，徒悲白云晚。别离千里风，雨中同一饭。开径说逢康，临觞方接阮。旅宦竟何如，劳飞思自返。

城西竹园送裴佶王达

葳蕤凌风竹，寂寞离人觞。怆怀非外至，沉郁自中肠。远行从此始，别袂重凄霜。

月下喜邢校书至自洛

天河夜未央，漫漫复苍苍。重君远行至，及此明月光。华星映衰柳，暗水入寒塘。客心定何似，余欢方自长。

北至太原

炎祚昔昏替，皇基此郁盘。玄命久已集，抚运良乃一作乃良艰。南陁羊肠险，北走雁门寒。始于一戎定，垂此亿世安。唐风本忧思，王业实艰难。中历虽横溃，天纪未可干。圣明所兴国，灵岳固不殚。咄咄薄游客，斯言殊不刊。

入华山访隐者经仙人石坛

三考四一作西岳下，官曹少休沐。久负青山诺，今还获所欲。尝闻玉清洞，金简受玄箓。凤驾升天行，云游恣霞宿一作云霞恣游宿。平明矫轻策，扪石入空曲。仙人古石坛，苔绕青瑶局。阳桂凌烟紫，阴萝冒水绿。隔世一作山闻丹经，悬泉注明玉。前惊羽人会，白日天居肃。问我将致辞，笑之自相目。竦身云遂起，仰见双白鹄。堕其一纸书，文字类鸟足。视之了不识，三返又三复。归来问方士，举世莫解读。何必若蜉蝣，然后为局促。鄙哉宦游子，身志俱降辱。再往不及期，劳歌叩山木。

罢镜

手中青铜镜，照我少年时。衰飒一如此，清光难复持。欲令孤月掩，从遣半心疑。纵使逢人见，犹胜自见悲。

华阴东泉同张处士诣藏律师兼简县内同官因寄齐中书

苍崖抱寒泉，沦照洞金碧。潜鳞孕明晦，山灵閟幽一作精赜。前峰何其诡，万变穷日夕。松老风易悲，山秋云更白。故人邑中吏，五里仙雾隔。美质简琼瑶，英声铿金石。烦君竟相问，问我此何适。我因赞时理，书寄西飞翮。哲匠熙百工，日月被光泽。大国本多士，荆岑无遗璧。高网弥八纮，皇图明四辟。群材既兼畅，顾我在草泽。贵无身外名，贱有区中役。忽忽百龄内，殷殷千虑迫。人生已如寄，在寄复为客。旧国不得归，风尘满阡陌。

答郭黄中孤云首章见赠

孤云生西北，从风东南飘。帝乡日已远，苍梧无还飙。已矣玄凤叹，严霜集灵苕。君其勉我怀，岁暮孰不凋。

合源溪期张计不至

霜露肃时序，缅然方独寻。暗溪迟仙侣，寒涧闻松禽。寂历兹夜一作夜兹永，清明秋序深。微波澹澄夕，烟景含虚林。素志久沦否，幽怀方自吟一作今。

竹溪

访竹越云崖，即林若溪绝。宁知修干下，漠漠秋苔洁。清光溢空曲，茂色临幽澈。采摘愧芳鲜，奉君岁暮节。

送诸暨王主簿之任

别愁已万绪，离曲方三奏。远宦一辞乡，南天异风候。秦城岁芳老，越国春山秀。落日望寒涛，公门闭清昼。何用慰相思，裁书寄关右。

罢秩后入华山采茯苓逢道者

委绶来一作采名山，观奇恣所停。山中若有闻，言此不死庭。遂逢五老人，一谓西岳灵。

或闻樵人语,飞去入昴星。授我出云路,苍然凌石屏。视之有文字,乃古黄庭经。左右长松列,动摇风露零。上蟠千年枝,阴虬负青冥。下结九秋霰,流膏为茯苓。取之砂石间,异若龟鹤形。况闻秦宫女,华发变已青。有如上帝心,与我千万龄。始疑有仙骨,炼魂可永宁。何事逐豪游,饮啄以膻腥。神物亦自闷,风雷护此扃。欲传山中宝,回策忽已暝。乃悲世上人,求醒终不醒。

自朔方还与郑式瞻崔称郑子周岑赞同会法云寺三门避暑

予本疏放士,竭来非外矫。误落边尘中,爱山见山少。始投清凉宇,门值烟岫表。参差互明灭,彩翠竞昏晓。泠泠远风来,过此群木杪。英英二三彦,襟旷去烦扰一作挠。游川出潜鱼,息阴倦飞鸟。徇物不可穷,唯于此心了。

来从窦车骑行 自朔方行作

束发逢世屯,怀恩抱明义。读书良有感一作不武,学剑惭非智。遂别鲁诸生,来从窦车骑。追兵赴边急,络马黄金辔。出入燕南陲,由来重意气。自经皋兰战,又一作入破楼烦地。西北护三边,东南留一尉。时过欻如云一作如云雨,参差不自一作自不意。将军失恩泽,万事从此异。置酒高台上,薄暮秋风至。长戟与我归,归来同弃置。自酌还自饮,非名又非利。歌出易水寒,琴下雍门泪。出逢平乐旧,言在天阶侍。问我从军苦,自陈少年贵。丈夫交四海,徒论身自致。汉将不封侯,苏卿劳一作来,又作还远使。今我终此曲,此曲诚不易。贵人难识心,何由知忌讳。

夜发军中

边马枥上惊,雄剑匣中鸣。半夜军书至,匈奴寇六城。中坚分暗阵,太乙起神兵。出没风云合,苍黄豺虎争。今日边庭战,缘赏不缘名。

将赴朔方早发汉武泉

弭盖出故关,穷秋首边路。问我此何为,平生重一顾。风吹山下草,系马河边树。奉役良有期,回瞻终未屡。去乡幸未远,戎衣今已故。岂惟幽朔寒,念我机中素。去矣勿复言,所酬知音一作者遇。

城傍少年 一作汉宫少年行

生长边城傍,出身事弓马。少年有胆气,独猎阴山下。偶与匈奴逢,曾擒射雕者。名悬壮士籍,请君少相假。

游子吟

女羞夫婿薄,客耻主人贱。遭遇同众流,低回愧相见。君非青铜镜,何事空照面。莫以衣上尘,不谓心如练。人生当荣盛,待士勿言倦。君看白日驰,何异弦上箭。

饮马歌

百马饮一泉,一马争上游。一马喷成泥,百马饮浊流。上有沧浪客,对之空叹息。自顾缨上尘,裴回终日夕。为问泉上翁,何时见沙石。

莲塘驿 在盱眙界

五月渡淮水,南行绕山陂。江村远鸡应,竹里闻缲丝。楚女肌发美,莲塘烟露滋。菱花覆碧渚,黄鸟双飞时。渺渺溯洄远,凭风托微词。斜光动流睇,此意难自持。女歌本轻艳,客行多怨思。女萝蒙幽蔓,拟上青桐枝。

五城道中

金铙随玉节,落日河边路。沙鸣后骑来,雁起前军度。五城鸣斥堠,三秦新召募。天寒白登道,塞浊阴山雾。仍闻旧兵老,尚在乌兰戍。笳箫汉思繁,旌旗边色故。寝兴倦弓甲,勤役伤风露。来远赏不行,锋交励乃茂。未知朔方道,何年罢兵赋。

与王楚同登青龙寺上方

连冈出古寺,流睇移芳宴。鸟没汉诸陵,草平秦故殿。摇光浅深树,拂木一作水参差燕。春心断易迷,远目伤难遍。壮日各轻年,暮年方自见。

登夏州城观送行人赋得六州胡儿歌

六州胡儿六蕃语,十岁骑羊逐—作射沙鼠。沙头牧马孤雁飞,汉军游骑貂锦衣。云中征戍三千里,今日征行—作人何岁归。无定河边数株柳,共送行人一杯酒。胡儿起作和—作六蕃歌,齐唱呜呜尽垂手。心知旧国西州远,西向胡天望乡久。回头忽作异方声,一声回尽征人首。蕃音虏曲—一作自难分,似说边情向塞云。故国关山无限路,见沙满眼堪断魂。不见天边青作—作草冢,古来愁杀汉昭君。

从军夜次六胡北饮马磨剑石为祝殇辞

我行空碛,见沙之磷磷,与草之幂幂,半没胡儿磨剑石。当时洗剑血成川,至今草与沙皆赤。我因扣石问以言,水流呜咽幽草根,君宁独不怪阴燐?吹火荧荧又为碧,有鸟自称蜀帝魂。南人伐竹湘山下,交根接叶满泪痕。请君先问湘江水,然我此恨乃可论。秦亡汉绝三十国,关山战死知何极。风飘雨洒水自流,此中有冤消不得。为之弹剑作哀吟,风—作蓬沙四起云沈沈。满营战马嘶欲尽,毕昴不见胡天阴。东征曾吊长平苦,往往晴明独风雨。年移代去感精魂,空山月暗闻鼙鼓。秦坑赵卒四十万,未若格斗伤戎虏。圣君破胡为六州,六州又尽为—作空胡丘。韩公三城断胡路,汉甲百万屯边秋。乃分司空授朔土,拥以玉节临诸侯,汉为一雪万世仇。我今抽刀勒剑石,告尔万世为唐休。又闻招魂有美酒,为我浇酒祝东流。殇为魂兮,可以归还故乡些。沙场地无人兮,尔独不可以久留。

登天坛夜见海—本海下有日字

朝游碧峰三十六,夜上天坛月边宿。仙人携我搴玉英,坛上夜半东方明。仙钟撞撞近海日,海中离离三山出。霞梯赤城遥可分,霓旌绛节倚彤云。八鸾五凤纷在御,王母欲上朝元君。群仙指此为我说,几见尘飞沧海竭。竦身别我期丹宫,空山处处遗清风。九州下视杳未旦,一半浮生皆梦中。始知武皇求不死,去逐瀛洲羡门子。

大礼毕皇帝御丹凤门改元建中大赦

大明瞳瞳天地分,六龙负日升天门。凤凰飞来衔帝箓,言我万代金皇孙。灵鸡鼓舞承天赦,高翔百尺垂朱幡。宸居穆清受天历,建中甲子合上元。昊穹景命即已至,王—作三事乃可酬乾坤。升中告成答玄贶,泥金检玉昭鸿恩。云亭之事略可记,七十二君宁独尊。小臣欲上封禅表—作草,久而未就—作召归文—作陵园。

轻薄篇

豪不必驰千骑,雄不在垂双鞬。天生俊气自相逐,出与雕鹗同飞翻。朝行九衢不得意,下鞭走马城西原。忽闻燕雁一声去,回鞍挟弹平陵园。归来青楼曲未半—作卒,美人玉色当金尊。淮阴少年不相下,酒酣半笑倚市门。安知我有不平色,白日欲落红尘昏。死生容易如反掌,得意失意由一言。少年但饮莫相问,此中报仇亦—作兼报恩。

野田行—作于鹄诗

日没出古城,野田何茫茫。寒狐啸—作上青冢,鬼火烧白杨。昔人未为泉下客,行到此中曾断肠。

古别离

双剑欲别风—作心凄然,雌沉水底雄上天。江回汉转两不见,云交雨合知何年。古来万事皆由命,何用临岐苦涕涟—作涕苦相连。

效古促促曲为河上思妇作

促促何促促,黄河九回曲。嫁与棹船郎,空床将影宿。不道君心不如石,那教—作令妾貌长如玉。

汉宫少年行

君不见上宫警夜营八屯,冬冬街鼓朝朱轩。玉阶霜仗拥未合,少年排入铜龙门。暗闻弦管九天上,宫漏沈沈清吹繁。平明走马绝驰道,呼鹰挟弹通缭垣。玉笼金锁养黄口,探雏取卵伴王孙。分曹陆博快一掷,迎欢先意笑语喧。巧为柔媚学优孟,儒衣嬉戏冠沐猿。晚来香街经柳市,行过倡舍宿桃根。相逢杯酒<small>一作酒后</small>一言失,回朱点白闻至尊。金张许史伺颜色,王侯将相莫敢论。岂知人事无定势,朝欢暮戚如掌翻。椒房宠移子爱夺,一夕秋风生戾园。徒用黄金将买赋,宁知白玉暗成痕。持杯收水水已覆,徙薪避火火更燔。欲求四老张丞相,南山如天不可上。

全唐诗卷二百八十三

李益

竹窗闻风寄苗发司空曙

微风惊暮尘,临牖思悠哉。开门复动竹,疑是故人来。时滴枝上露,稍沾—作沿阶下苔。何当一入幌,为拂绿琴埃。

赋得垣衣

漠漠复霏霏,为君垣上衣。昭阳辇下草,应笑此生非。掩蔼—作奄霭,—作菴薆青春去—作暮,苍茫白露稀—作晞。犹胜萍逐水,流浪不相依。

送人流贬

汉章虽约法,秦律已除名。谤远人多惑,官微不自明。霜风先独树,瘴雨失荒城。畴昔长沙事,三年召贾生。

送人南归

人言下江疾,君道下江迟。五月江路恶,南风惊浪时。应知近家喜,还有异乡悲。无奈孤舟夕,山歌闻竹枝。

水亭夜坐赋得晓雾

月落寒雾起,沈思浩通川。宿禽啭木散,山泽一苍然。漠漠沙上路—作惊,泛泛洲外田。犹当依远树,断续欲穷天。

送常曾侍御使西蕃寄题西川

凉王宫殿尽,芜没陇云西。今日闻君使,雄心逐鼓鼙。行当收汉垒,直可取蒲泥。旧国无由到,烦君下—作走马题。

入南山至全师兰若

木阴—作水归壑,寂然无念—作始心。南行有真子,被褐息山阴。石路瑶草散,松门寒景深。吾师亦何爱—作授,自起定中吟。

送韩将军还边

白马羽林儿,扬鞭薄暮时。独将轻骑出,暗与伏兵期。雨雪移军远,旌旗上垅迟。圣心戎寄重,未许让恩私。

晚春卧病喜振上人见访

卧床如一作殊旧日,窥户易伤春。灵寿扶衰力,芭蕉对病身。道心空寂寞,时物自芳新。旦夕谁相访,唯当摄一作揖上人。

春行

侍臣朝谒罢,戚里自相过。落日青丝骑,春风白纻歌。恩承三殿近,猎向五陵多。归路南桥望,垂杨拂细波。

洛阳河亭奉酬留守群公追送一作李逸诗

离亭钱落晖,腊酒减春一作征衣。岁晚烟霞重,川寒云树微。戎装千里至,旧路十年归。还似汀洲雁,相逢又背飞。

寻纪道士偶会诸叟

山阴寻一作逢道士,映竹羽衣新。侍坐双童子,陪游五老人。水花松下静,坛草雪中春。见说桃源洞,如今犹避秦。

同萧炼师宿太乙庙

微月空山曙,春祠谒少君。落花坛上拂一作扫,流水洞中闻。酒引芝童奠,香余桂子一作女焚。鹤飞将羽节,遥向赤城分。

送同落第者东归

东门有行客,落日满前山。圣代谁知者,沧洲今独还。片云归海暮,流水背城闲。余亦依嵩颍一作岭,松花深闭关。

送柳判官赴振武

边庭汉仪重,旌甲似一作事云中。虏地山川壮,单于鼓角雄。关寒塞榆落,月白胡天风。君逐嫖姚将,麒麟有战功。

述怀寄衡州令狐相公

调元方翼圣,轩盖忽言东。道以中枢密,心将外理同。白头生远浪,丹叶下高枫。江上萧疏雨,何人对谢公。

喜入兰陵望紫阁峰呈宣上人

薙草开三径,巢林喜一枝。地宽留种竹,泉浅欲开池。紫阁当疏牖,青松入坏篱。从今安僻陋,萧相是吾师。

喜见外弟又言别

十年离乱一作乱离后,长大一相逢。问姓惊初见,称名忆旧容。别来沧海事,语罢暮天钟。明日巴陵道,秋山又几重。

立春日宁州行营因赋朔风吹飞雪

边声日夜合,朔风惊复来。龙山不可望,千里一裴回。捐扇破谁执,素纨轻欲裁。非时妒桃李,自是舞阳台。

献刘济

草绿古燕州,莺声引独游。雁归天北畔,春尽海西头。向日花偏落,驰年水自流。感恩知有地,不上望京楼。

哭柏岩禅师

遍与傍人别,临终尽不愁。影堂谁为扫,坐塔自看修。白日钟边晚,青苔钵上秋。天涯禅弟子,空到柏岩游。

赴邠宁留别

身承汉飞将,束发即言兵。侠少何相问,从来事不平。黄云断朔吹,白雪拥沙城。幸应边书募,横戈会取名。

紫骝马

争场看斗鸡,白鼻紫骝嘶。漳水春闱晚,丛台日向低。歇鞍珠作汗,试剑玉如一作为泥。为谢红梁燕,年年妾独栖。

夜上受降城闻笛一作戎昱诗

入夜思归一作归思切,笛声清更哀。愁人不愿听,自到枕前来。风起塞云断,夜深关月开。平明独惆怅,落一作飞尽一庭梅。

同崔邠—作颂登鹳雀楼

鹳雀楼西—作南,一作前百尺墙,汀洲云树共茫茫。汉家箫鼓空流水,魏国山河半夕阳。事去千年犹恨速,愁来一日即为—作知长。风烟—作尘并起—作是思归—作乡望,还目非春亦自伤。

奉酬崔员外副使携琴宿使院见示

忽闻此夜携琴宿,遂叹常时尘吏喧。庭木已衰空月亮,城砧自急对霜繁。犹持副节留军府,未荐高词直掖垣。谁问南飞长绕树,官微同在谢公门。

送贾校书东归寄振上人—作振上人院喜见贾弇兼酬别

北风吹—作南雁数声悲,况指前林是别时。秋草不堪频送远,白云何处更相朝。山随匹马行看暮,路入寒城独去迟。为向东州故人道,江淹已拟惠休诗。

过马嵬二首

路至墙垣问樵者,顾予云是太真宫。太真血染马蹄尽,朱阁影随天际空。丹壑不闻歌吹夜,玉阶唯有薜萝风。世人莫重霓裳曲,曾致干戈是此中。

金甲银旌尽已回,苍茫罗袖隔风埃。浓香犹自随鸾辂,恨魄无由—作因离马嵬。南内真人悲帐殿,东溟方士问蓬莱。唯留坡畔弯环月,时送残辉入夜台。此首一作李远诗。

盐州过胡儿饮马泉—作过五原胡儿饮马泉

绿杨著水草如烟,旧是胡儿饮马泉。鹈鹕泉在丰州城北,胡人饮马于此。几处吹笳明月夜,何人倚剑白云天。从来冻合关山路,今日分流汉使前。莫遣行人照容鬓,恐惊憔悴入新年。

宿冯翊夜雨赠主人

危心惊夜雨,起望漫悠悠。气耿残灯暗,声繁高树秋。凉轩辞夏扇,风幌揽轻裯。思绪蓬初断,归期燕暂留。关山蔼已失,脸泪迸难收。赖君时一笑,方能解四愁。

送襄阳李尚书

天寒发梅柳,忆昔到襄州。树暖然红烛,江清展碧油。风烟临岘首,云水接昭丘。俗尚春秋学,词称文选楼。都门送旌节,符竹领诸侯。汉沔分戎寄,黎元减圣忧。时追山简兴,本自习家流。莫废思康乐,诗情满沃洲。

春日晋祠同声会集得疏字韵

风壤瞻唐本,山祠阅晋余。水亭开帘幕,岩榭引簪裾。地绿苔犹少,林黄柳尚疏。菱茬生皎镜,金碧照澄虚。翰苑声何旧,宾筵醉止初。中州有辽雁,好为系边书。

再赴渭北使府留别

结发逐鸣鼙,连兵追谷蠡。山川搜伏虏,铠甲被重犀。故府旌旗在,新军羽校—作檄齐。报恩身未死,识路马还嘶。列嶂高烽举,当营太白低。平戎七尺剑,封检一丸泥。截海取—作收蒲类,跑泉饮鹪鹕。汉庭中选重,列事五原西。

送归中丞使新罗册立吊祭—作李端诗

东望扶桑日,何年是到时。片帆通雨露,积水隔华夷。浩渺风来远,虚明鸟去迟。长波静云月,孤岛宿旌旗。别叶传秋意,回潮动客思。沧溟无旧路,何处问前期。

赋得路傍一株柳送邢校书赴延州使府

路傍一株柳,此路向延州。延州在何处,此路起悠悠—作边愁。

重赠邢校书

俱从四方事—作士,共会九秋中。断蓬与落叶,相值各因风。

照镜

衰鬓朝临镜,将看却—作各自疑。惭君明似月,照我白如丝。

书院无历日,以诗代书,问路侍御六月大小

野性迷尧历,松窗有道经。故人为柱史,

为我数阶蓂。

闻鸡赠主人
　　胶胶司晨鸣,报尔东方旭。无事恋君轩,今君重凫鹄。

登白楼见白鸟席上命鹧鸪辞
　　一鸟如霜雪,飞向一作下白楼前。问君何以至,天子太平年。

石楼山见月一作宿青山石楼
　　紫塞连年戍,黄砂碛路穷。故人一作山今夜宿,见月石楼中。

惜春伤同幕故人孟郎中一本有杜侍御三字兼呈去年看花友
　　畏老身全一作今老,逢春解惜春。今年看花伴,已少去年人。

嘉禾寺见亡友王七题壁
　　今日忆君处,忆君君岂知。空余暗尘字,读罢泪仍垂。

听唱赤白桃李花
　　赤白桃李花,先皇在时曲。欲向西宫唱,西宫宫树绿。

江南词一作曲
　　嫁得瞿塘贾,朝朝误妾期。早知潮有信,嫁与弄潮儿。

赠内兄卢纶
　　世故中年别,余生此会同。却将悲一作愁与病,来一作独对朗陵翁。

答窦二曹长留酒还榼
　　榼小非由一作因榼,星郎是酒星。解醒元有数,不用吓刘伶。

答广宣供奉问兰陵居
　　居北有朝路,居南无住人。劳师问家第,山色是南邻。

乞宽禅师瘦山罍呈宣供奉
　　石色凝秋藓,峰形若夏云。谁留秦苑地,好赠杏溪君。

观骑射
　　边头射雕将,走马出中军。远见平原上,翻身向暮云。

幽州赋诗见意时佐刘幕一作题太原落漠驿西堠
　　征戍在桑干,年年蓟水寒。殷勤驿西路一作堠,北一作此去一作路向一作到长安。

军次阳城烽舍北流泉
　　何地可潸然,阳城烽树一作舍边。今朝望乡客,不饮北流泉。

金吾子
　　绣帐博山炉,银鞍冯子都。黄昏莫攀折,惊起欲栖乌。

山鹧鸪词一本题上无山字
　　湘江斑竹枝,锦翅鹧鸪飞。处处湘云合,郎从何处归。

立秋前一日览镜
　　万事销身外,生涯在镜中。唯将满鬓雪,明日对秋风。

代人乞花
　　绣户朝眠起,开帘满地花。春风解人意,欲一作吹落妾西家。

上洛桥
　　金谷园中柳,春来似舞腰。何堪好风景,独上洛阳桥。

扬州怀古
　　故国歌钟地,长桥车马尘。彭城阁边柳,偏似不胜春。

水宿闻雁
　　早雁忽为双,惊秋风水窗。夜和人自起,

星月满空江。

扬州早雁
江上三千雁,年年过故宫。可怜江上月,偏照断根蓬。

下—本有漏字楼
话旧全—作今应老—作远,逢春喜又悲。看花行拭泪,倍觉下楼迟。

度破讷沙二首—作塞北行次度破讷沙
眼见风来沙旋移,经年不省草生时。莫言—作无端塞北无春到—作色,总有春来何处知。

破讷沙头雁正飞,鸊鹈泉上战初归。平明日出东南地,满碛寒光生铁衣。

拂云堆
汉将新从房地来,旌旗半—作送上拂云堆。单于每—作马近—作向沙场猎,南望阴山—作山阴哭始回。

中桥北送穆质兄弟应制,戏赠萧二策
洛水桥边雁影疏,陆机兄弟驻行车。欲陈汉帝登封草,犹待萧郎寄内书。

九月十日雨中过张伯佳—作雄期柳镇—作雄未至以诗招之
柳吴兴近无消息,张长公贫苦寂寥。唯有角巾沾雨至,手持残菊向西招。

汴河曲
汴水东流无限春,隋家宫阙—作苑已—作尽成尘。行人莫上长堤望,风—作吹起杨花愁杀人。

塞下曲
蕃州部落能结束,朝暮—作朝驰猎黄河曲。燕歌未断塞鸿飞,牧马群嘶边草绿。

秦筑长城城已摧,汉武北上单于台。古来征战房不尽,今日还复天兵来。

黄河东流流九折,沙场埋恨何时绝。蔡琰没去造胡笳,苏武归来持汉节。

为报如今都护雄,匈奴且莫下云中。请书塞北阴山石,愿比燕然车骑功。—本合作一首

夜上西城听梁州曲二首
行人夜上西城宿,听唱梁州双管逐。此时秋月满关山,何处关山无此曲。

鸿雁新从北地来,闻声一半却飞回。金—作交河戍客—作卒肠应断,更在秋风百尺台。

暖川—作征人歌
胡风冻合鸊鹈泉,牧马千群逐—作浴暖川。塞外征行—作人无尽日,年年移帐雪中天。

过马嵬
汉将如云不直言,寇来翻罪绮罗恩。托君休—作莫洗莲花血,留记千年妾泪痕。

答许五端公马上口号
晚逐旌旗俱白首,少游京洛共缁尘。不堪身外悲前事,强向杯中觅旧春。

牡丹—作咏牡丹赠从兄正封
紫蕊—作艳丛开未到家,却教游客赏繁华。始知年少求名处,满眼空中别有花。

边思
腰悬锦带佩吴钩,走马曾防玉塞秋。莫笑关西将家子,只将诗思入凉州。

奉和武相公春晓闻莺—作蜀川闻莺
蜀道山川心易惊—作西道山川意不平,绿窗残梦晓闻莺。分明似—作自写—作雪文君恨,万怨千愁弦上声。

送客还幽州
惆怅秦城送独归,蓟门云树远依依。秋来—作空莫射南飞雁,从—作纵遣乘春更北飞。

柳杨送客—作扬州万里送客
青枫江畔白蘋洲,楚客伤离不待秋。君见

隋朝更何事,柳杨—作津南渡水悠悠。

从军北征
天山雪后海风寒,横笛偏吹行路难。碛里征人三十万,一时回向—作首月明—作中看。

听晓—作鸣角
边霜昨夜堕关榆—作繁霜一夜落平芜,吹角当城汉—作片月孤。无限—作数塞鸿飞不度,秋风卷—作吹入小单于。

宫怨
露湿晴花春—作宫殿香,月明歌吹在昭阳。似将海水添宫漏,共滴—作作长门一夜长。

暮过回乐烽
烽火高飞百尺台,黄昏遥自—作见碛西—作南来。昔时征战回应乐,今日从军乐未回。

奉和武相公郊居寓目
黄扉晚下禁垣钟,归坐南闱山万重。独有月中高兴尽,雪峰明处见寒松。

诣红楼院寻广宣不遇留题
柿叶翻红霜景秋,碧天如水倚红楼。隔窗爱竹无人问,遣向邻房觅户钩。

回军行
关城榆叶早疏黄,日暮沙云古战场。表请回军掩尘骨,莫教士卒哭龙荒。

邠宁春日
桃李年年上国新,风沙日日塞垣人。伤心更见庭前柳,忽有千条欲占春。

古瑟怨
破瑟悲秋已减弦,湘灵沈怨不知年。感君拂拭遗音在,更奏新声明月天。

夜宴观石将军舞
微月东南上戍楼,琵琶起舞锦缠头。更闻横笛关山远,白草胡沙西塞秋。

春夜闻笛
寒山吹笛唤春归,迁客相看—作逢泪满衣。洞庭一夜无穷雁,不待天明尽北飞。

扬州送客—本题下有闻笛二字
南行直入鹧鸪群,万岁桥边一送君。闻道—作笛里望乡闻—作听不得,梅花暗落岭头云。

统汉峰—作烽下—作过降户至统汉烽
统汉峰—作烽西降户营,黄河战—作沙白骨拥长城。只今已勒燕然石,北—作此地无人空月明。

避暑女冠
雾袖烟裾云母冠,碧琉璃—作花瑶簟井冰寒。焚香欲使—作降三清—作青鸟,静拂—作扫桐阴上玉坛。

行舟
柳花飞—作吹入正行舟,卧引菱花信碧流。闻道风光满扬子,天晴共上望乡楼。

隋宫燕
燕语如伤旧国春,宫花一一—作旋落已成尘。自从一闭风光后,几度飞来不见人。

送人归岳阳
烟草连天枫树齐,岳阳归路子规啼。春江万里巴陵戍,落日看沈碧水西。

上汝州郡楼
黄昏鼓角似边州,三十年前上此楼。今日山城—作川对垂泪,伤心不独为悲秋。

临滹沱见蕃使列名
漠南春色到滹沱,碧柳青青塞马多。万里关山今不闭,汉家频许郅支和。

写情
水纹珍簟思悠悠,千里佳期一夕休。从此无心爱良夜,任他明月下西楼。

夜上受降城闻笛

回乐峰—作烽前沙似雪,受降城下—作上,一作外月如霜。不知何处吹芦管—作笛,一夜征人尽望乡。

赴渭北宿石泉驿南望黄堆烽

边城已在虏城中,烽火南飞入汉宫。汉庭议事先黄老,麟阁何人定战功。

逢归信偶寄

无事将心寄柳条,等闲书字满芭蕉。乡关若有东流信,遣送扬州近驿桥。

赠毛仙翁

玉树溶溶仙气深,含光混俗似无心。长愁忽作鹤飞去,一片孤云何处寻。

长干行黄鲁直云:李白集中《长干行》二篇,其后篇乃李益所作。胡震亨从之,增入益集。

忆妾深闺里,烟尘不曾识。嫁与长干人,沙头候风色。五月南风兴,思君下巴陵。八月西风起,想君发扬子。去来悲如何,见少离别多。湘潭几日到,妾梦越风波。昨夜狂风度,吹折江头树。渺渺暗无边,行人在何处。好乘浮云骢,佳期兰渚东。鸳鸯绿浦上,翡翠锦屏中。自怜十五余,颜色桃花红。那作商人妇,愁水复愁风。

和丘员外题湛长史旧居

昔降英王顾,屏身幽岩曲。灵波结繁箾,爽籁赴鸣玉。运转春华至,岁来山草绿。青松掩落晖,白云竟空谷。伊人抚遗叹,恻恻芳又耨。云谁敩美香,分毫寄明牧。

送客归振武

骏马事轻车,军行万里沙。胡山通嗢落,汉节绕浑邪。桂满天西月,芦吹塞北笳。别离俱报主,路极不为赊。

府试古镜

旧是秦时镜,今藏古匣中。龙盘初挂月,凤舞欲生风。石黛曾留殿,朱光适在宫。应祥知道泰,鉴物觉神通。肝胆诚难隐,妍媸信易穷。幸居君子室,长愿免尘蒙。

赠宣大师

一国沙弥独解诗,人人道胜惠林师。先皇诏下征还日,今上龙飞入内时。看月忆来松寺宿,寻花思作杏溪期。因论佛地求心地,只说常吟是住持。

汉宫词—作韩翃诗

汉室翃集作家在长陵小市东翃集作中,珠帘绣户对春风。君王昨日移仙仗,玉辇将迎入汉中翃集作宫。

江南曲—作韩翃诗

长乐花枝雨点销,江城日暮好相邀。春楼不闭葳蕤锁,绿水回连苑转桥。

宿石邑山中

浮云不共此山齐,山霭苍苍望转迷。晓月暂飞高树里,秋河隔在数峰西。

寄赠衡州杨使君

湘竹斑斑湘水春,衡阳太守虎符新。朝来笑向归鸿道,早晚南飞见主人。

途中寄李二—作戎昱诗

杨柳含烟灞岸春,年年攀折为行人。好风若借低枝便,莫遣青丝扫路尘。

寄许炼师—作戎昱诗

扫石焚香礼碧空,露华偏湿蕊珠宫。如何说得天坛上,万里无云月在中。

失题此卢纶诗,题作赴虢州留别故人。

世故相逢各未闲,百年多在别离间。昨夜秋风今夜雨,不知何处入空山。

塞下曲

伏波惟愿裹尸还,定远何须生入关。莫遣只轮归海窟,仍留一箭射天山。

上黄堆烽

心期紫阁山中月,身过黄堆烽上云。年发已从书剑老,戎衣更逐霍将军。

句

闲庭草色能留马,当路杨花不避人。见张为《主客图》。

全唐诗卷二百八十四

李端

李端,字正己,赵郡人,大历五年进士,与卢纶、吉中孚、韩翃、钱起、司空曙、苗发、崔峒、耿㝠、夏侯审唱和,号大历十才子。尝客驸马郭暖第,赋诗冠其坐客。初授校书郎,后移疾江南,官杭州司马卒。集三卷,今编诗三卷。

古别离二首

水国叶黄时,洞庭霜落夜。行舟闻一作问商估,宿在枫林下。此地送君还,茫茫似梦间。后期知几日,前路转多山。巫峡通湘浦,迢迢隔云雨。天晴见海樯一作峤,一作桥,月落闻津鼓。人老自多愁,水深难急流。清宵歌一曲,白首对汀洲。

与君桂阳别,令君岳阳待。后事忽差池,前期日空在。木落雁嗷嗷,洞庭波浪高。远山云似盖,极浦树如毫。朝发能几里,暮来风又起。如何两处愁,皆在孤舟里。昨夜天月明,长川寒且清。菊花开欲尽,荠菜泊来生。下江帆势速,五两遥相逐。欲问去时人,知投何处宿。空令猿啸时,泣对湘簟一作潭竹。

折杨柳一作折杨柳送别

东城攀柳叶,柳叶低着草。少壮莫轻年,轻年有衰老。柳发遍川冈,登高堪断肠。雨烟轻漠漠,何树近君乡。赠君折杨柳,颜色岂能久。上客莫沾巾,佳人正回首。新柳送君行,古柳伤君情。突兀临荒渡,婆娑出旧营。隋家两岸尽,陶宅五株荣一作平。日暮偏愁望,春山有鸟声。一本截后八句为五律。

留别柳中庸

惆怅流水时,萧条背城路。离人出古亭,嘶马入寒树。江海正风波,相逢一作挂篷在一作向何处。

野亭三韵送钱员外

野菊开欲稀,寒泉流渐浅—作缓。幽人步林后,叹此年华晚。倚杖送行云,寻思故山远。

归山招王逵

日长原野静,杖策步幽嵊。雉雊麦苗阴,蝶飞溪草晚。我生好闲放,此去殊未返。自是君不来,非关故山远。

过谷口元赞善所居—作赠池阳谷口

入谷访君来,秋泉已堪涉。林间人独坐,月下山相接。重露湿苍苔,明灯照黄—作红叶。故交一不见,素发何稠叠。

旅次岐山得山友书却寄凤翔张尹

本与戴征君,同师竹上坐。偶为名利引,久废论真果。昨日山信回,寄书来责我。

九日赠司空文明

我有惆怅词,待君醉时说。长来逢九日,难与菊花别。摘却正开花,暂言花未发。

芜城

昔人登此地,丘陇已前悲。今日又非昔,春风能几时。风吹城上树,草没城边路。城里月明时,精灵自来去。洪迈取后四句为绝句。

送吉中孚拜官归楚州

才子神骨清,虚竦—作疏眉眼明。貌应同卫玠,鬓且异潘生。初戴莓苔帻,来过丞相宅。满堂归道师,众口宗诗伯。须臾里巷传,天子亦知贤。出诏升高士,驰声在少年。自为才哲爱,日与侯王会。匡主一言中,荣亲千里外。更闻仙士友,往往东回首。驱石不成羊,指—作捐丹空毙狗。孤帆淮上归,商估夜相依。海雾寒将尽,天星晓欲稀。潮头来始歇,浦口喧争发。乡树尚和云,邻船犹带月。到洞必伤情,巡房见旧名。醮疏坛路涩,汲少井栏倾。别我长安道,前期共须老。方随水向山,肯惜花辞岛。怅望执君衣,今朝风景好。

荆州泊

南楼西下时,月里闻来棹。桂水舳舻回—作迓,荆州津济闹。移帷望—作掩星汉,引带思容貌。今夜一江人,唯应妾身觉。

春游乐—作曲

游童苏合弹—作带,倡女蒲葵扇。初日映城时,相思忽相见。寒裳蹋路草,理鬓回花面。薄暮不同归,留情此芳甸。

千里思

凉州风月美,遥望居延路。泛泛下天云,青青缘塞树。燕山苏武上,海岛田横住。更是草生时,行人出门去。

白鹭咏

迥起来应近,高飞去自遥。映林同落雪,拂水状翻潮。犹有幽人兴,相逢到碧霄。

冬夜与故友聚送吉校书

途穷别则怨,何必天涯去。共作出门人,不见归乡路。殷勤执杯酒,怅望送亲故。月色入闲轩,风声落高树。云霄望且远,齿发行应暮。九日泣黄花,三秋悲白露。君行过洛阳,莫向青山度。

与苗员外山—作出行

古人留路去,今日共君行。若待青山尽,应逢白发生。谁知到兰若,流落一书名。

早春同庾侍郎题青龙上方院

相见惜余辉,齐行登古寺。风烟结远恨,山水含芳意。车马莫前归,留看巢鹤至。

送从叔赴洪州

荣家兼佐幕,叔父似还乡。王粲名虽重,郗超鬓未长。鸣桹过夏口,敛笏见浔阳。后夜相思处,中庭月一方。

送路司谏侍从叔赴洪州

郗超本绝伦,得意在芳春。勋业耿家盛,

风流荀氏均。声名金作赋,白晳玉为身。敛笏辞天子,乘龟从丈人。度关行且猎,鞍马何蹙踖。猿啸暮应愁,湖流春好涉。浔阳水分送,于越山相接。梅雨细如丝,蒲帆轻似叶。逢风燕不定,值石波先叠。楼见远公庐,船经徐稚业。邑人多秉笔,州吏亦负笈。村女解收鱼,津童能用楫。唯我有荆扉,无成未得归。见君兄弟出,今日自沾衣。

病后游青龙寺

病来形貌秽,斋沐入东林。境静闻神远,身羸向道深。芭蕉高自折,荷叶大先沈。

夜寻司空文明逢深上人因寄晋侍御

鹤裘筇竹杖,语笑过林中。正是月明夜,陶家见远公。自嫌山客务,不与汉官同。

长安书事寄薛戴

朔雁去成行,哀蝉响如昨。时芳一憔悴,暮序何萧索。笑语且无聊,逢迎多约略。三山不可见,百岁空挥霍。故事尽为愁,新知无复乐。夫君又离别,而我加寂寞。惠远纵相寻,陶潜只独酌。主人恩则厚,客子才自薄。委曲见提携,因循成蹇剥。论边书未上,招隐诗还作。贵者已朝餐,岂能敦宿诺。飞禽虽失树,流水长思壑。千里寄琼枝,梦寐青山郭。

鲜于少府宅看花

谢家能植药,万簇相萦倚。烂熳绿苔前,婵娟青草里。垂栏复照户,映竹仍临水。骤雨发芳香,回风舒锦绮。孤光杂一作耀新故,众色更重累。散碧出疏茎,分黄成细蕊。游蜂高更下,惊蝶坐还起。玉貌对应惭,霞标一作操方不似。春阴怜弱蔓,夏日同短晷。回落报一作劳荣衰,交关斗红紫。花时苟未赏,老至谁能止。上客屡移床,幽僧劳凭几。初合虽薄劣,却得陪君子。敢问贤主人,何如种桃李。

慈恩寺怀旧并序

余去夏五月,与耿湋、司空文明、吉中孚,同陪故考功王员外来游此寺。员外,相国之子,雅有才称。遂赋五物,俾君子射而歌之。其一曰凌霄花,公实赋焉,因次诸屋壁以识其会。今夏,又与二三子游集于斯,流涕语旧。既而携手入院,值凌霄更花,遗文在目,良友逝矣,伤心如何。陆机所谓同宴一室,盖痛此也。观者必不以秩位不侔,则契分曾一作甚厚;词理不至,则悲哀在中。顺赋首篇,故书之。

去者不可忆,旧游相见时。凌霄徒更发,非是看花期。倚玉交文友,登龙年月久。东阁许联床,西郊亦携手。彼苍何暧昧,薄劣翻居后。重入远师溪,谁尝陶令酒。伊昔会禅宫,容辉在眼中。篮舆来问道,玉柄解谈空。孔席亡颜子,僧堂失谢公。遗文一书壁,新竹再移丛。始聚终成散,朝欢暮不同。春霞方照日,夜烛忽迎风。蚁斗声犹在,鹢灾道已穷。问天应默默,归宅太匆匆。凄其履还路,莽苍云林暮。九陌似无人,五陵空有雾。缅怀山阳笛,永恨平原赋。错莫过门栏,分明识行路。上智本全真,郄公况重臣。唯应抚灵运,暂是忆嘉宾。存信松犹小,缄哀草尚新。鲤庭埋玉树,那忍见门人。

赠薛戴

晓雾一作露忽为霜,寒蝉还罢响。行人在长道,日暮多归想。射策本何功,名登绛帐中。遂矜丘室重,不料阮途穷。交结惭时辈,龙钟似老翁。机非鄙夫正,懒是平生性。欹枕鸿雁高,闭关花药盛。厨烟当雨绝,阶竹连窗暝。欲赋苦饥行,无如消渴病。旧业历胡尘,荒原少四邻。田园空有处,兄弟未成人。毛义心长苦,袁安家转贫。今呈胸臆事,当为泪沾巾。

东门送客

绿杨新草路,白发故乡人。既壮还应老,游梁复滞秦。逢花莫漫折,能有几多春。

送韩绅卿

春雨昨开花,秋霜忽沾草。荣枯催日夕,去住皆须老。君望汉家原,高坟渐成道。

襄阳曲

襄阳堤路长,草碧柳枝黄。谁家女儿临夜

妆,红罗帐里有灯光。雀钗翠羽动明珰,欲出不出脂粉香。同居女伴正衣裳,中庭寒月白如霜。贾生十八称才子,空得门前一断肠。

胡腾儿—作歌

胡腾身是凉州儿,肌肤如玉鼻如锥。桐布轻衫前后卷,葡萄长带一边垂。帐前跪作本音语,拾一作沾襟揽一作摆袖为君舞。安西旧牧收泪看,洛下词人抄曲与。扬眉动目踏花毡,红汗交流珠帽偏。醉却东倾又西倒,双靴柔弱满灯前。环行急蹴皆应节,反手叉腰如却月。丝桐忽奏一曲终,呜呜画角城头发。胡腾儿,胡腾儿,故乡路断知不知。

赠康洽

黄须康兄酒泉客,平生出入王侯宅。今朝醉卧又明朝,忽忆故乡头白。流年恍惚瞻西日,陈事苍茫指南陌。声名恒压鲍参军,班位不过扬执戟。迩来七十遂无机,空是咸阳一布衣。后辈轻肥贱衰朽,五侯门馆许因依。自言万物有移改,始信桑田变成海。同时献赋人皆尽,共壁题诗君独在。步出东城风景和,青山满眼少年多。汉家尚壮今则老,发短心长知奈何。华堂举杯白日晚,龙钟相见谁能免。君今已反我正来,朱颜宜笑能几回。借问朦胧花树下,谁家畚插筑高台。

瘦马行

城傍牧马驱未过,一马徘徊起还卧。眼中有泪皮有疮,骨毛焦瘦令人伤。朝朝放在儿童手,谁觉举头看故乡。往时汉地相驰逐,如雨如风过平陆。岂意今朝驱不前,蚊蚋满身泥上腹。路人识是名马儿一作裹,畴昔三军不得骑。玉勒金鞍既已远一作过,追奔获兽有谁知。终身枥上食君草,遂与驽骀一时老。倘借长鸣陇上风,犹期一战安西道。

杂一作樵歌呈郑锡司空文明

昨宵梦到亡何乡,忽见一人山之阳。高冠长剑立石堂,鬓眉飒爽瞳子方。胡麻作饭琼作浆,素书一帙在柏床。噀我还丹拍我背,令一作命我延年在人代。乃书数字与我持,小儿归去须读之。觉来知是虚无事,山中雪平云覆地。东岭啼猿三四声,卷帘一望心堪碎。蓬莱有梯不可蹑,向海回头泪盈睫。且闻童子是苍蝇,谁谓庄生异蝴蝶。学仙去来辞故人,长安道路多风尘。

杂歌

汉水至清泥则浊,松枝至坚萝则弱。十三女儿事他家,颜色如花终索寞。兰生当门燕巢幙,兰芽未吐燕泥落。为姑偏忌诸嫂良,作妇翻嫌婿家恶。人生照镜须自知,无盐何用妒西施。秦庭野鹿忽为马,巧伪乱真君试思。伯奇掇蜂贤父逐,曾参杀人慈母疑。酒沽千日人不醉,琴弄一弦心已悲。常闻善交无尔汝,逸口甚甘良药苦。山鸡锦翼岂凤凰,陇鸟人言止鹦鹉。向栩非才徒隐灶,田文有命那关户。犀烛江行见鬼神,木人登席呈歌舞。乐生东去一作仕终居赵,阳虎北辕翻适楚。世间反覆不易陈,缄此贻君泪如雨。

乌栖曲

白马逐朱一作牛车,黄昏入狭斜。狭斜柳树乌争宿,争枝未得飞上屋。东房少妇婿从军,每听乌啼知夜分。

送客东归

昨夜东风吹尽雪,两京路上梅花发。行人相见便东西,日暮溪头饮马别。把君衫袖望垂杨,两行泪下思故乡。

王敬伯歌

妾本舟中女,闻君江上琴。君初感妾意一作欢,妾亦感君心。遂出合欢被,同为交颈禽。传杯唯畏浅,接膝犹嫌远。侍婢奏箜篌,女郎歌宛转。宛转怨如何,中庭霜渐多。霜多叶可惜,昨日非今夕。徒结万重欢,终成一宵客。王敬伯,绿水青山从此隔。

救生寺望春寄畅当

东西南北望,望远悲潜蓄。红黄绿紫花,花开看不足。今年与子少相随,他年与子老相逐。

荆门——本此下有两字歌送兄赴夔州

余兄佐郡经西楚,饯行因赋荆门雨。霹雳夑夑声渐繁,浦里人家收市喧。重阴大点过欲尽,碎浪柔文相与翻。云间怅望荆衡路,万里青山一时暮。琵琶寺里响空廊,熨斗陂前湿荒戍。沙尾长樯发渐稀,竹竿草扉涉流归。夷陵已远—作还色半成烧,汉上游倡始濯衣。船门相对多商估,葛服龙钟篷下语。自是湘州石燕飞,那关齐地商羊舞。曾为江客念江行,肠断秋荷雨打声。摩天古木不可见,住岳高僧空得名。今朝拜首临欲别,遥忆荆门雨中发。

妾薄命

忆妾初嫁君,花鬟如绿云。回灯入绮帐,转面脱罗裙。折步教人学,偷香与客熏。容颜南国重,名字北方闻。一从失恩意,转觉身憔悴。对镜不梳头,倚窗空落泪。新人莫恃新,秋至会无春。从来闭在长门者,必是宫中第一人。

全唐诗卷二百八十五

李端

关山月

露湿月苍苍,关头榆叶黄。回轮照海远,分彩上楼长。水冻频移幕,兵疲数望乡。只应城影外,万里共胡霜。

度关山

雁塞日初晴,狐—作孤关雪复—作覆雪平。危楼—作竿缘广漠,古窦傍长城。拂剑金星出,弯弧玉羽鸣—作轻。谁知系房者,贾谊是书生。
洪迈取前四句为绝句。

巫山高—作巫山高和皇甫拾遗

巫山十二峰—作重,皆在碧虚中。回合云藏月—作日,霏微雨带风。猿声寒过涧—作度水,树色暮连空。愁向高唐望,清秋见楚宫。

雨雪曲

天山一丈雪,杂雨夜霏霏。湿马胡歌乱,经烽汉火微。丁零苏武别—作住,疏勒范羌归。若看—作著关头下—作过,长榆叶定稀。

春游乐

柘弹连钱马,银钩妥—作倭堕鬟。摘桑春陌上,踏草夕阳间。意合辞先露,心诚貌却闲。明朝若相忆,云雨出巫山。

山下泉

碧水映丹霞,溅溅度浅沙。暗通山下草,流出洞中花。净色和云落,喧声绕石斜。明朝更寻去,应到阮—作刘郎家。

送客赴洪州—作送郑侍御

草色随骢马,悠悠共出秦。水传云梦晓,山接洞庭春。帆影连三峡,猿声在四邻。青门一分手,难见杜陵人。

与郑锡游春
东门垂柳长,回首独心伤。日暖临芳草,天晴忆故乡。映花莺上下,过水蝶飞扬。借问同行客,今朝泪几行。

送友人—作送友人南游
闻说湘川路,年年古木—作吊古多。猿啼巫峡夜,月照洞庭波。穿海人还去,孤城雁与过。青山不同赏—作不可到,来往自蹉跎。

题从叔沅林园
阮宅闲园暮,窗中见树阴。樵歌依远草,僧语过长林。鸟哢—作上花间曲—作井,人弹竹里琴。自嫌身未老,已有住山心。

送少微上人入—作游蜀
削发本求道,何方不是归。松风开法席—作径,江—作莲月濯禅衣。飞阁蝉鸣早,漫天客过稀。戴颙常执笔,不觉此身非。

雨后游辋川
骤雨归山尽,颓阳入辋川。看虹登晚墅,踏石过春泉。紫葛藏仙井,黄花出野田。自知无路去,回步就人烟。

同皇甫侍御题惟一上人房
焚香居一室,尽日见空林。得道轻年暮,安禅爱夜深。东西皆是梦,存没岂关心。唯羡诸童子,持经在竹阴。

同苗—作裴员外宿荐福寺僧舍
潘安秋兴动,凉夜宿僧房。倚杖云离月,垂帘竹有霜。回风生—作吹远径,落叶飒长廊。一与交亲会,空贻别后伤。

送客往—作赴湘江
识君年已老,孤棹向潇湘。素发临高镜,清晨入远乡。三山分夏口,五两映浔阳。更逐巴东—作江客,南行泪几行。

送友人游蜀
嘉陵天气好,百里见双流。帆影缘巴字—作寺,钟声出汉州。绿原春草晚,青木暮猿愁。本是风流地,游人易白头。

送友人游江东
江上花开尽,南行见秒—作少见春。鸟声悲古木,云影入通津。返影斜连草,回潮暗动蘋。谢公今在郡,应喜得诗人。

送乐平苗明府得家字
本自求彭泽,谁云道里赊。山从石—作古壁断,江向弋阳斜。暮—作草色随枫树,阴云暗荻花。诸侯旧调鼎,应重宰臣家。

过宋州
睢阳陷虏日,外绝救兵来。世乱忠臣死,时清明主哀。荒郊春草遍,故垒野花开。欲为将军哭,东流水不回。

茂陵山行陪韦金部—作招金部韦员外
宿雨朝来歇,空山秋气清。盘云双鹤下,隔水一蝉鸣。古道黄花落,平芜赤烧生。茂陵虽有病,犹得伴君行。

江上逢司空曙—作岳阳逢司空文明,得关中书
共尔—作有髫年故,相逢万里余。新春两行泪,故—作旧国一封书。夏口帆初落—作泊,浔—作浮—作衡阳雁正—作已疏。唯当执杯酒,暂食汉江鱼。《襄阳耆旧传》:汉水中有鱼甚美。

逢王泌自东京至
逢君自乡至,雪涕问田园。几处生乔木,谁家在旧村。山峰横二室,水色映千门。愁见游从处,如今花正繁。

山中期吉中孚
行人路不同,花落到山中。水暗兼葭雾,月明杨柳风。年华惊已掷,志业飒然空。何必龙钟后,方期事远公。

酬前大理寺评事张芬
君家旧林壑,寄在乱峰西。近日春云满,相思路亦迷。闻钟投野寺,待月过前溪。怅望

成幽梦,依依识故蹊。

赋得山泉送房造
泉水山边去,高人月下看。涧松秋色净,落涧夜声寒。委曲穿深竹,潺湲过远一作浅滩。圣朝无隐者,早晚罢渔竿。

宿兴善寺后堂池一本无堂字
草堂高树下,月向后池生。野客如一作同僧静一作坐,新荷共水平。锦鳞沉不食,绣羽乱相鸣。即事思江海,谁能万里行。

忆皎然上人
未得从师去,人间万事劳。云门不可见,山木已应高。向日开柴户,惊秋问敝袍。何由宿峰顶,窗里望波涛。

赠衡岳隐禅师
旧住衡州寺,随缘偶北来。夜禅一作寒山雪下,朝汲竹门开。半偈传初一作空皆尽,群生意未回。唯当与樵者,杖锡入天台。

云阳观一作宿华阳洞寄袁稠一作元阳观寄元称
花洞晚阴阴一作满沉沉,仙坛隔杏林。漱泉春谷冷,捣药夜窗深。石上开仙酌,松间对玉琴。戴家溪北住,雪后去相寻。

晚游东田寄司空曙
暮来思远客,独立在东田。片雨一作影无妨景一作雨,残虹不映天。别愁逢夏果,归兴入秋蝉。莫作隳官意,陶潜一作公未必贤。

题崔端公园林
上士爱清辉,开门向翠微。抱琴看鹤去,枕石待云归。野坐苔生席,高眠竹挂衣。旧山东望远,恫怅暮花飞。

早春雪夜寄卢纶兼呈秘书元丞
闻君随谢朓,春夜宿前川一作山前。看竹云垂地一作岭,寻僧月满田一作雪满船。熊寒方入树,鱼乐稍离船。独夜羁愁客,惟知惜故一作暮年。

早春夜集耿拾遗宅
如何遘客会,忽在侍臣家。新草犹停雪,寒梅未放花。衔杯鸡欲唱,逗月雁应斜。年齿俱憔悴,谁堪故国赊。

元丞宅送胡濬及第东归觐省
登龙兼折桂,归去当一作赏高车一作居。旧楚枫犹在,前隋柳已疏。月中逢海客,浪里得乡书。见说江边住,知君不厌鱼。

送魏广下第归扬州宁亲
游宦今空返,浮淮一雁秋。白云阴泽国,青草绕扬州。调膳过花下,张筵到水头。昆山仍有玉,岁晏莫淹留。

归山与酒徒一作友人别
野客本无事,此来非有求。烦君徵乐钱一作药送,未免忆山愁。红烛侵明月,青娥促白头。童心久已尽,岂为艳歌留。

冬夜寄韩一作韦弇一作秋夜寄司空文明
独坐知霜下,开门见木衰。壮应随日去,老岂与人期。废井虫鸣早,阴阶菊发迟。兴来空忆戴,不似剡溪时。

闻吉道士还俗因而有赠
闻有华阳客,儒裳谒紫微。旧山连药卖,孤鹤带云归。柳市名犹在,桃源梦已稀。还乡见鸥鸟,应愧背船飞。

韦员外东斋看花
入花凡几步,此树独相一作将留。发艳红枝合,垂烟绿水幽。并开偏觉好,未落已成一作看愁。一到芳菲下,空招一作贻两鬓秋。

边头作
邠郊泉脉动,落日上城楼。羊马水草足,羌胡帐幕稠。射雕过海岸,传一作残箭怯一作协边州。何事归朝将,今年又拜侯。

宿深上人院听远泉
泉声宜远听,入夜对支公。断续来方尽,

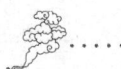

潺湲咽又通。何年出石下,几里在山中。君一作若问穷源处,禅心与此同。

茂陵村行赠何兆

春天黄鸟畦,野径白云间。解带依芳草,支颐想故山。人行九州路,树老五陵闲。谁道临邛远,相如自忆还。

送友人还洛

去国渡关河,蝉鸣古树多。平原正超忽,行子复蹉跎。去事不可想,旧游难再过。何当嵩岳下,相见在烟萝。

送戴征士还山

柔桑锦臆雉,相送到烟霞。独隐空山里,闲门几树花。草生杨柳岸,鸟畦竹林家。不是谋生拙,无为末路赊。一作肥遁超然逝,忧游兴味赊。

秋日旅舍别司空文明

凉风飒穷巷,秋思满高一作同云。吏隐俱不就,此心仍别君。素怀宗淡泊,羁旅念功勋。转忆西林寺,江声月下闻。

旅舍对雪赠考功王员外

杨花惊满路,面市忽狂风。骤下摇兰叶,轻飞集竹丛。欲将琼树比,不共玉人同。独望徽之棹,青山在雪中。

送丁少府往唐上

因君灞陵别,故国一回看。共食田文饭,先之梅福官。江风转一作薄日暮,山月满潮寒。不得同舟望,淹留岁月阑。

赠李龟年

青春事汉主,白首入秦城。遍识才人字一作时人号,多知旧曲名。风流随故事,语笑合新声。独有垂杨树,偏伤日暮情。

送郭补阙归江阳

东门春尚浅,杨柳未成阴。雁影愁斜日,莺声怨故林。隋宫江上远,梁苑雪中深。独有怀归客,难为欲别心。

早春会王逵主人得蓬字

今年华鬓色,半在故人中。欲写无穷恨,先期一醉同。绿丛犹覆雪,红萼已凋风。莫负归山契,君看陌上蓬。

宿山寺思归

僧房秋雨歇,愁卧夜更深。欹枕闻鸿雁,回灯见竹林。归萤入草尽,落月映窗沉。拭泪无人觉,长谣向壁阴。

送客赴江陵寄郢州郎士元

露下晚蝉愁,诗人旧怨秋。沅湘莫留滞,宛洛好邀游。饮马逢黄菊,离家值白头。竟陵明月夜,为上庾公楼。

送客赋得巴江夜猿

巴水天边路,啼猿伤客情。迟迟云外尽,杳杳树中生。残月暗将落,空霜寒欲明。楚人皆掩泪,闻到第三声。

秋日忆暕上人

一从持钵别,更未到人间。好静居贫寺,遗名弃近山。雨前缝百衲,叶下闭重关。若便浔阳去,须将旧客还。

寄上舍人叔

车马朝初下,看山忆独寻。曾知逢水尽,且爱入云深。残雨开斜日,新蝉发迥林。阮咸虽别巷,遥识此时心。

送古之奇赴安西幕

畴昔十年兄,相逢五校营。今宵举杯酒,陇月见军城。堠火经阴绝,边人接晓行。殷勤送书记,强虏几时平。

送张芬归江东兼寄柳中庸

久是天涯客,偏伤落木时。如何故国见,更欲异乡期。鸟暮东西急,波寒上下迟。空将满眼泪,千里怨相思。

送丘丹归江东

故山霜落久,才子忆荆扉。旅舍寻人别,

秋风逐雁归。梦愁枫叶尽,醉惜菊花稀。肯学求名者,经年未拂衣。

卧病寄苗员外

故人初未贵,相见得淹留。一自朝天去,因成计日游。月明应独醉,叶下肯同愁。因恨刘桢病,空园卧见秋。

送杨皋擢第归江东 一作送表丈杨皞

隋堤望楚国,江上一归人。绿气千樯暮,青风万里春。试才初得桂,泊渚肯伤蘋。拜手终凄怆,恭承中外亲。

题郑少府林园

谢家今日晚一作暖,词客原抽毫。枥马方回影,池鹅正理毛。竹筒传水远,麈尾坐僧高。独有宗雷贱,过君著一作看敝袍。

送吉中孚拜官归业

南入华阳洞,无人古树寒。吟诗开旧帙,带绶上荒坛。因病求归易,沾恩更隐难。孟宗应献鲊,家近守渔官。

送杨少府赴阳翟 郎舍人之弟

冠带仁兄后,光辉寿母前。陆云还入洛,潘丘更张筵。井邑嵩山对,园林颍水连。东人欲相送,旅舍已潸然。

慈恩寺暕上人房招耿拾遗

悠然对惠远,共结故山期。汲井树阴下,闭门亭午时。地闲花落厚,石浅水流迟。愿与神仙客,同来事本师。

宿山寺雪夜寄吉中孚

独爱僧房竹,春来长到池。云遮皆晃朗,雪压半低垂。不见侵山叶,空闻拂地枝。鄙夫今夜兴,唯有子猷知。

赠赵神童

圣朝殊汉令,才子少登科。每见先鸣早,常惊后进多。独居方寂寞,相对觉蹉跎。不是通家旧,频劳文举过。

宿云际寺赠深上人

暂别青蓝寺,今来发欲斑。独眠孤烛下,风雨在前山。坏宅终须去,空门不易还。支公有方便,一愿启玄关。

送从兄赴洪州别驾兄善琴

援琴兼爱竹,遥夜在湘沅。鹤舞月将下,乌啼霜正繁。乱流喧橘岸,飞雪暗荆门。佐郡无辞屈,其如相府恩。

山中期张芬不至

石一作古堤春草碧,双燕向西飞。怅望云天暮,佳人何处归。药栏虫网遍,苔井水痕稀。谁道嵇康懒,山中自掩扉。

寄畅当

麦秀草芊芊,幽人好昼眠。云霞生岭上,猿鸟下床前。颜子方敦行,支郎久住禅。中林轻暂别,约略已经年。

送义兴元少府

逢君惠连第一作弟,初命便光辉。已得群公祖,终妨太傅讥。路长人反顾,草断燕回飞。本是江南客,还同衣锦归。

卧病别郑锡

病来喜无事,多卧竹林间。此日一相见,明朝还掩关。幽人爱一作怨芳草,志士惜颓颜。岁晏不我弃,期君在故山。

书志赠畅当并序

余少尚神仙,且未能去,友人畅当以禅门见导,余心知必是,未得其门,因寄诗以咨焉。

少喜一作嘉神仙术,未去已蹉跎。壮志一为累,浮生事渐多。衰颜不相识,岁暮定相过。请问宗居士,君其奈老何。

送诸暨裴少府 公先人,元相公判官。

山公访嵇绍,赵武见韩侯。事去恩犹在,名成泪却流。一官同北去,千里赴南州。才子清风后,无贻相府忧。

送郑宥入蜀迎觐

宁亲西陟险,君去异王阳。在世谁非客,还家即是乡。剑门千转尽_{大剑山,即剑门也},巴水一支长_{嘉陵江、潼江、小剑水,皆巴水也}。请语愁猿道,无烦促泪行。

送耿拾遗湋使江南括图书

驱传草连天,回风满树蝉。将过夫子宅,前_{一作亦}问孝廉船。汉使收三箧,周诗采百篇。别来将_{一作君}终有泪,不是怨流年。

送王少府游河南

马卿方失意,东去谒诸侯。过宋人应少,游梁客独愁。鸟翻千室暮,蝉急两河秋。仆本无媒者,因君泪亦流。

送别驾赴晋陵即舍人叔之兄

诸宗称叔父,从子亦光辉。谢朓中书直,王祥别乘归。江帆冲雨上,海树隔潮微。南阮贫无酒,唯将泪湿衣。

卧病寄阎采

病中贪好景,强步出幽居。紫葛垂山径,黄花绕野渠。荒林飞老鹤,败堰过游鱼。纵忆同年友,无人可寄书。

晚夏闻蝉寄_{一本有戴字}广文_{一作郎士元诗}

昨日莺啭声_{一作始闻莺},今朝蝉忽_{一作又}鸣。朱颜向华发,定是几年程。故国白云远,闲居青草生。因垂数行泪,书报_{一作寄}十年兄。

归山居寄钱起

怅望青山下,回头泪满巾。故乡多古树,落日少行人。发鬓将回色,簪缨未到身。谁知武陵路,亦有汉家臣。

晓发瓜州

晓发悲行客,停桡独未前。寒江半有月,野戍渐无烟。棹唱临高岸,鸿嘶发远田。谁知避徒御,对酒一潸然。

江上喜逢司空文明

秦人江上见,握手泪沾巾。落日见秋草,暮年逢故人。非夫长作客,多病浅谋身。台阁旧亲友,谁曾见苦辛。

同苗发慈恩寺避暑

追凉寻宝刹,畏日望璇题。卧草同鸳侣,临池似虎溪。树闲人迹外,山晚鸟行西。若问无心法,莲花隔淤泥。

送潘述宏词下第归江外_{第七句缺二字}

唱高人不和,此去泪难收。上国经年住,长江满目流。奕棋知胜偶,射策请焚舟。应是田_{一作由}□□,玄成许尔游。

送张少府赴夏县

虽为州县职,还欲抱琴过。树古闻风早,山枯见雪多。鸡声连绛市,马色傍黄河。太守新临郡,还逢五袴歌。

酬秘书元丞郊园卧疾见寄

闻说漳滨卧,题诗怨岁华。求医主高手,报疾到贫家。撒枕销行蚁,移杯失画蛇。明朝九衢上,应见玉人车。

送成都韦丞还蜀

蜀门云树合,高栈有猿愁。驱传加新命,之官向旧游。晨装逢酒雨,夜梦见刀州。远别长相忆,当年莫滞留。

晚秋旅舍寄苗员外

争途苦不前,贫病遂连牵。向暮同行客,当秋独长年。晚花唯有菊,寒叶已无蝉。吏部逢今日,还应瓮下眠。

送惟良上人归润州

拟诗偏不类,又送上人归。寄世同高鹤,寻仙称_{一作山}补坏衣。雨行江草短,露坐海帆稀。正被空门缚,临岐乞解围。

送何兆下第还蜀

重江不可涉,孤客莫晨装。高_{一作古}木莎城小一作下,残星一作霞栈道长。袅猿枫子落,过一作送雨荔枝香。劝尔成都住,文翁有草一作学堂一作旧房。

送友人宰湘阴

从宦舟行远,浮湘又入闽。蒹葭无朔雁,枨桔有蛮神。传吏闲调象,山精暗讼人。唯须千树橘,暂救李衡贫。

送元晟归江东旧居

泽国舟车接,关门雨雪乖。春天行故楚,夜月下清淮。讲易居山寺,论诗到郡斋。蒋家人暂别,三路草连阶。

送黎少府赴阳翟

诗礼称才子,神仙是丈人。玉山那惜醉,金谷已无春。白马如风疾,青袍夺草新。不嫌鸣吠客,愿用百年身。

送夏侯审游蜀

西望烟绵树,愁君上蜀时。同林息商客,隔栈见罴师。石滑羊肠险,山空杜宇悲。琴心正幽怨,莫奏凤凰诗。

单推官厅前双桐咏

封植因高兴,孤贞契素期。由来得地早,何事结花迟。叶重凝烟后,条寒过雨时。还同李家树,争赋角弓诗。

送宋校书赴宣州幕

浮舟压芳草,容裔逐江春。远避看书吏,行当入幕宾。夜潮冲老树,晓雨破轻蘋。鸳鹭多伤别,栾家德在人。

送赵给事侄尉丹阳

太傅怜群从,门人亦贱回。入官先爱子,赐酒许同杯。淮海春多雨,蒹葭夜有雷。遥知拜庆后,梅尉称仙才。

宿瓜洲寄柳中庸

怀人同不寐,清夜起论文。月魄正出海,雁行斜上云。寒潮来泚泚,秋叶下纷纷。便送江东去,徘徊只待君。

夜宴虢县张明府宅逢宇文评事

虢田留古宅,入夜足秋风。月影来窗里,灯光落水中。征诗逢谢客,饮酒得陶公。更爱疏篱下,繁霜湿菊丛。

冬夜集张尹后阁

乘龟兼戴豸,白面映朱衣。安石还须起,泉明不得归。应门常吏在,登席旧寮稀。远客长先醉,那知亚相威。

将之泽潞留别王郎中

弱年知己少,前路主人稀。贫病期相惜,艰难又忆归。事成应未卜,身贱又无机。幸到龙门下,须因羽翼飞。

晚次巴陵

雪后柳条新,巴陵城下人。烹鱼邀水客,载酒奠山一作江神。云去低一作归斑竹,波回一作风来动白蘋。不堪逢楚老,日暮正江春。

送荀道士归庐山

先生归有处,欲别笑无言。绿水到山口,青林连洞门。月明寻石路,云霁望花源。早晚还乘鹤,悲歌向故园。

送张淑归觐叔父

日惨长亭暮,天高大泽闲。风中闻草木,雪里见江山。马向塞云去,人随古道还。阮家今夜乐,应在竹林间。

送郭参军赴绛州

登车君莫望,故绛柳条春。蒲泽逢胡雁,桃源见晋人。佐军髦尚短,掷地思还新。小谢常携手,因之醉路尘。

送袁偁游江南

江南衰草遍,十里见长亭。客去逢摇落,鸿飞入杳冥。空城寒雨细,深院晓灯青。欲去行人起,徘徊恨酒醒。

送夏中丞赴宁国任

楚县入青枫,长江一派通。板桥寻谢客,古邑事陶公。片雨收山外,连云上汉东。陆机犹滞洛,念子望南鸿。

送卫雄下第归同州

不一作下才先上第,词客却空还。边地行人少,平芜尽日闲。一蝉陂树里,众火陇云间一作陇头关。羡汝归茅屋,书窗见远一作晚山。

送单少府赴扶风

少年趋盛府,颜色比花枝。范匄非童子,杨修岂小儿。叨陪丈人行,常恐阿戎欺。此去云霄近,看君逸足驰。

题山中别业

旧宅在山中,闲门与寺通。往来黄叶路,交结白头翁。晚笋难成竹,秋花不满丛。生涯只粗粝,吾岂讳言穷。

送司空文明归江上旧居

野菊有黄花,送君千里还。鸿来燕又去,离别惜容颜。流水通归梦,行云失故关。江风正摇落,宋玉莫登山。

送新城戴叔伦明府

遥想隋堤路,春天楚国情一作晴。白云当海断,青草隔淮生。雁起斜还直,潮回远复平。莱芜不可到,一醉送君行。

送雍丘任少府

丛车饯才子,路走许东偏。远水同春色,繁花胜雪天。鸟行侵楚邑,树影向殷田。莫学生乡思,梅真正少年。

送雍郢州

厌郎思出守一作寺,遂领汉东军。望月逢殷浩,缘江送范云。城闲烟草遍,浦迥雪林分。谁伴楼中宿,吟诗估客闻。

寄王密卿

酒乐今年少,僧期近日频。买山多为竹,卜宅不缘贫。志业归初地,文章寄此身,嵇康虽有病,犹得见情人。

与萧远上人游少华山寄皇甫侍御

寻危兼采药,游水又登山。独与高僧去,逍遥落日间。渐看闾里远,自觉性情闲。回首知音在,因令怅望还。

代村中老人答

京洛风尘后,村乡烟火稀。少年曾失所,衰暮欲何依。夜静临江哭,天寒踏雪归。时清应不见,言罢泪盈衣。

赠故将军

平生在边日,鞍马若星流。独出问千里,相知满九州。恃功凌主将,作气见王侯。谁道廉颇老,犹能报远雠。

送陆郎中归田司空幕

汉家分列宿,东土佐诸侯。结束还军府,光辉过御沟。农桑连紫陌,分野入青州。覆被恩难报,西看成白头。

酬晋侍御见寄

野客蒙诗赠,殊恩欲报难。本求文举识,不在子真官。细雨双林暮,重阳九日寒。贫斋一丛菊,愿与上宾看。

送铜泽王归城

昔闻公族出,其一作宾从亦高车。为善唯求乐,分贫必及疏。身承汉枝叶,手习鲁诗书。尚说无功德,三年在石渠。

江上别柳中庸

秦人江上见,握手便沾衣。近日相知少,往年亲故稀。远游何处去,旧业几时归。更向巴陵宿,堪闻雁北飞。

喜皇甫郎中拜谕德兼集贤学士

为郎三载后,宠命一朝新。望苑迁词客,儒林拜丈人。莺飞骑阁曙,柳拂画堂春。几日调金鼎,诸君欲望尘。

送黎兵曹往陕府结婚

东方发车骑,君是上头人。莫雁逢良日,行媒及仲春。时称渡河妇,宜配坦床宾。安得同门吏,扬鞭入后尘。

送窦兵曹

梨花开上苑,游女著罗衣。闻道情人怨,应须走马归。御桥迟日暖,官渡早莺稀。莫遣佳期过,看看蝴蝶飞。

留别故人—作李颀诗

此别不可道,此心当语谁。春风灞水上,饮马桃花时。误作好文士,只应游宦迟。留书下朝客,我有故山期。

奉送宋中丞使河源

东周遣戍役,才子欲离群。部领河源去,悠悠陇水分。笳声悲塞草,马首渡关云。辛苦逢炎热,何时及汉军。

都亭驿送郭判官之幽州幕府

幕府参戎事,承明伏奏归。都亭使者出,杯酒故人违。细雨沾官骑,轻风拂客衣。还从大夫后,吾党亦光辉。

送王羽林往秦州

秦州贵公子,汉日羽林郎。事主来中禁,荣亲上北堂。辎车花拥路,宝剑雪生光。直扫三边靖,承恩向建章。

送友入关—本题上有代从兄衡四字

闻君帝城去,西望一沾巾。落日见秋草,暮年逢故人。非才长作客,有命懒谋身。近更婴衰疾,空思老汉滨。

代宗挽歌

祖庭三献罢,严卫百灵朝。警跸移前殿,宫车上渭桥。寒霜凝羽葆,野吹咽笳箫。已向新京兆,谁云天路遥。

张左丞挽歌二首

素帟低寒水,清笳出晓风。鸟来伤贾傅,马立葬滕公。松柏青山上,城池白日中。一朝今古隔,唯有月明同。

祸集钩方失,灾生剑忽飞。无由就日拜,空忆自天归。门吏看还葬,宫官识赐衣。东堂哀赠毕,从此故臣稀。

奉和王元二相避暑怀杜太尉—作奉和王元二相公于中书东厅避暑凄然怀杜太尉

艰难尝共理,海晏更相悲。况复登堂处,分明避暑时。绿槐千穗绽,丹药一番迟。蓬荜今何幸,先朝—作闻大雅诗。

青龙寺题故昙上人房

远公留故院,一径雪中微。童子逢皆老,门人问亦稀。翻经徒有处,携履遂无归。空念寻巢鹤,时来傍影飞。

早春夜望

旧雪逐泥沙,新雷发草芽。晓霜应傍鬓,夜雨莫催花。行矣前途晚,归与故国赊。不劳报春尽,从此惜年华。

宴伊东岸

晴洲无远近,一树一潭春。芳草留归骑,朱樱掷舞人。空花对酒落,小翠隔林新。竟日皆携手,何由遇此辰。

云际中峰居喜见苗发—作祖咏诗

自得中峰住,深林亦闭关。经秋无客到,入夜有僧还。暗涧泉声小,荒村树影闲。高窗不可望,星月满空山。

宿洞庭

白水连天暮,洪波带日流。风高云梦夕,月满洞庭秋。沙上渔人火,烟中贾客舟。西园与南浦,万里共悠悠。

江上赛神

疏鼓应繁丝,送神归九疑。苍龙随赤凤,帝子上天时。骤雨归山疾,长江下日迟。独怜游宦子,今夜泊天涯。

奉和元丞侍从游南城别业

垂朱领孙子,从宴在池塘。献寿回龟顾,和羹跃鲤香。高松先草晚,平石助泉凉。余橘期相及,门生有陆郎。

送从舅成都丞广南归蜀—作卢纶诗

巴字天边水,秦人去是归。栈长山雨响,溪乱火田稀。俗富行应乐,官雄禄岂微。魏舒终有泪,还湿宁家衣。

全唐诗卷二百八十六

李端

赠郭驸马_{郭令公子暧尚升平公主,令于席上成此诗}

青春都尉最风流,二十功成便拜侯。金距斗鸡过上苑,玉鞭骑马出长楸。熏香荀令偏怜少,傅粉何郎不解愁。日暮吹箫杨柳陌,路人遥指凤凰楼。

方塘似镜草芊芊,初月如钩未上弦。新开金埒看调马,旧赐铜山许铸钱。杨柳入楼吹玉笛,芙蓉出水妒花钿。今朝都尉如相顾—作许,原脱长裾学少年。

宿淮浦忆司空文明

愁心一倍长离忧,夜思千重恋旧游。秦地故人成远梦,楚天凉雨在孤舟。诸溪近海潮皆应,独树边淮叶尽流。别恨转—作最深何处写,前程唯有一登楼。

送濮阳录事赴忠州

成名不遂—作莫叹双旌远,主—作空印还为一郡雄。赤叶黄花随野岸,青山白水映江枫。巴人夜语—作话孤舟里,越鸟春啼万—作众壑中。闻说古书多未校,肯令才子久西东。

送马尊师—作送侯道士

南入商山松路深,石床溪水昼阴阴。云中采药随青—作旄节,洞里耕田映绿林。直上烟霞空举手,回经丘垅自伤心。武陵花木应长在,愿与渔—作门人更一寻。

题元注林园

谢家门馆似山林,碧石青苔满树阴。乳鹊眄巢花巷静,鸣鸠鼓翼竹园深。桔槔转水兼通药,方丈留僧共听琴。独有野人箕踞惯,过君始得一长吟。

野寺病居喜卢纶见访

青青麦垅白雪阴,古寺无人新草深。乳燕

拾泥依古井,鸣鸠拂羽历花林。千年驳藓明山履,万尺垂萝入水心。一臣漳滨今欲老,谁知才子忽相寻。

送皎然上人归山

适来世上岂缘名,适去人间岂为情。古寺山中几日到,高松月下一僧行。云阴鸟道苔—作山方合,雪映龙潭水更清。法主欲归须有说,门人流泪厌浮生。

赠道士

姓氏不书高士传,形神自得逸人风。已传花洞将秦接,更指茅山与蜀通。懒说岁年齐绛老,甘为乡曲号涪翁。终朝卖卜无人识,敝服徒行入市中。

题云际寺准上人房

高僧居处似天台,锡仗铜瓶对绿苔。竹巷雨晴春—作新鸟噪,山房日午老人来。园中鹿过椒枝动,潭底龙游水沫开。独夜焚香礼遗像,空林月出始应回。

山中寄苗员外

鸟鸣花发空山里,衡岳幽人藉草时。既近浅流安笔砚,还因平石布蓍龟。千寻楚水横琴望,万里秦城带酒思。闻说潘安方寓直,与君相见渐难期。

忆故山赠司空曙

汉主金门正召才,马卿多病自迟回。旧山暂别老将至,芳草欲阑归去来。云在高天风会起,年如流水日长—作相催。知君素有栖禅意,岁晏蓬门迟—作待尔开。

闲园即事赠考功王员外

南陌晴云稍变霞,东风动柳水纹斜。园林带雪潜生草,桃李虽—作迎春未有花。幸接上宾登郑驿,羞为长女似黄家,今朝一望还成暮—作梦,欲别芳菲恋岁华。

寄庐山真上人

高僧无迹本难寻,更得禅行去转深。青草湖中看五老,白云山上宿双林。月明潭色澄空性,夜静猿声证道心。更说谢公南座好,烟萝到地几重阴。

题觉公新兰若

头白禅师何处还,独开兰若树林间。鬼因巫祝传移社,神见天人请施山。猛虎听经金磬动,狝猴献密雪窗闲。新斋结誓如相许,愿与雷宗永闭关。

赠道者

窗—作室中忽有鹤飞声,方士因知道欲成。来取图书安枕里,便驱鸡犬向山行。花开深洞仙门小,路过悬桥羽节轻。送客自伤身易老,不知何处待先生。

代弃妇答贾客—作妾薄命

玉垒城边争走马,铜鞮市里共乘舟。鸣环动珮恩无—作能尽,掩袖低巾泪不流。畴昔将歌邀客醉,如今欲舞对君羞。忍怀贱妾平生曲—作好,独上襄阳旧酒楼。

和李舍人直中书对月见寄

名卿步月正淹留,上客裁诗怨别游。素魄近成班女扇,清光远似庾公楼。婵娟更称凭高望,皎洁能传自古愁。盈手入怀皆不见,阳春曲丽转难酬。

卧病闻吉中孚拜官寄元秘书昆季

汉家采使不求声,自慰文章道欲行。毛遂登门虽异赏,韩非入传滥齐名。云归暂爱青山出,客去还愁白发生。年少奉亲皆愿达,敢将心事向玄成。

江上逢柳中庸

旧住衡山曾夜归,见君江客忆荆扉。星沉岭上人行早,月过湖西鹤唳稀。弱竹万株频碍帻,新泉数步一褰衣。今来唯有禅心在,乡路翻成向翠微。

戏赠韩判官绅卿

少寻道士居嵩岭,晚事高僧住沃洲。齿发

未知何处老,身名且被外人愁。欲随山水居茅洞,已有田园在虎丘。独怪子猷缘掌马,雪时不肯更乘舟。

送周长史

青枫树里宣城郡,独佐诸侯上板桥。江客亦能传好信,山僧多解说南朝。云阴山浦看帆小,草色连天见雁遥。别有空园落桃杏,知将丝组系兰桡。

题故将军庄

曾将数骑过—作战桑乾,遥对单于饬马鞍。塞北征儿谙—作思用剑,关西宿将许登坛。田园芜没归耕晚,弓箭开离出猎难。唯有老身如刻画,犹期圣主解衣看。

夜投丰德寺谒海上人—本作卢纶诗

半夜中峰有磬声,偶寻—作逢樵者问山名。上方月晓闻僧语,下界林疏见客行。野鹤巢边松最老,毒龙潜处水偏清。愿得远山知姓字,焚香洗钵过余生。

塞上—本作卢纶诗,题作从军行

二十在边城,军中得勇名。卷旗收败马,占碛拥残兵。覆阵乌鸢起,烧山草木明。塞闲思远猎,师老厌分营。雪岭无人迹,冰河足雁声。李陵甘此没,惆怅汉公卿。

送彭将军云中觐兄

闻说苍鹰守,今朝欲下鞲。因令白马将,兼道觅封侯。略地关山冷,防河雨雪稠。翻弓骋猿臂,承箭惜貂裘。设伏军谋密,坑降塞邑愁。报恩唯有死,莫使汉家羞。

奉赠苗员外

朱户敞高扉,青槐碍落晖。八龙承庆重,三虎递朝归。坐竹人声绝,横琴鸟语稀。花惭潘岳貌,年称老莱衣。叶暗新樱熟,丝长粉蝶飞。应怜鲁儒贱,空与故山违。

酬丘拱外甥览余旧文见寄

丘迟本才子,始冠即周旋。舅乏郗鉴爱,君如卫玠贤。礼将金友等,情向玉人偏。鄙俗那劳似,龙钟却要怜。投砖聊取笑,赠绮一何妍。野坐临黄菊,溪行踏绿钱。岩高云反下,洞黑水潜穿。僻岭猿偷栗,枯池雁唼莲。身居霞外寺,思发月明田。犹恨紫尘网,昏昏过岁年。

赠岐山姜明府

昨夜闻山雨,归心便似迟。几回惊叶落,即到白头时。雁影将魂去,虫声与泪期。马卿兼病老,宋玉对秋悲。谢客才为别,陶公已见思。非关口腹累,自是雪霜姿。酿酒栽黄菊,炊粳折绿葵。山河方入望,风日正宜诗。牧竖寒骑马,边烽晚立旗。兰凋犹有气,柳脆不成丝。别后如相问,高僧知所之。

下第上薛侍郎

蓬荜春风起,开帘却自悲。如何飘梗处,又到采兰时。明镜方重照,微诚寄一辞。家贫求禄早,身贱报恩迟。幸得皮存矣,须劳翼长之。铭肌非厚答,肉骨是前期。纵觉新人好,宁忘旧主疑。终惭太丘道,不为小生私。

奉和秘书元丞杪秋忆终南旧居

高门有才子,能履古人踪。白社陶元亮,青云阮仲容。田园忽归去,车马杳难逢。废巷临秋水,支颐向暮峰。行鱼避杨柳,惊鸭触芙蓉。石窦红泉细,山桥紫菜重。凤雏终食竹,鹤侣暂巢松。愿接烟霞赏,羁离计不从。

送归中丞使新罗—作李益诗

东望扶桑日,何年是到时。片帆通雨露,积水隔华夷。浩淼风来远,虚冥鸟去迟。长波静云月,孤鸟宿旌旗。别叶传秋意,回潮动客思。沧溟无旧路,何处问前期。

暮春寻终南柳处士

庞眉一居士,鹑服隐尧时。种豆初成亩,还丹旧日师。入溪花径远,向岭鸟行迟。紫葛垂苔壁,青菰映柳丝。偶来尘外事,暂与素心期。终恨游春客,同为岁月悲。

雪夜寻太白道士

雪路夜朦胧，寻师杏树东。石坛连竹静，醮火照山红。再拜开金箓，焚香使玉童。蓬瀛三岛至，天地一壶通。别客曾留药，逢舟或借风。出游居鹤上，避祸入羊中。过洞偏回首，登门未发蒙。桑田如可见，沧海几时空。

得山中道友书寄苗钱二员外

有谋皆辄轲，非病亦迟回。壮志年年减，驰晖日日催。还山不及伴，到阙又无媒。高卧成长策，微官称下才。诗人识何谢，居士别宗雷。迹向尘中隐，书从谷口来。药栏遭鹿践，涧户被猿开。野鹤巢云窦，游龟上水苔。新欢追易失，故思涉难裁。自有归期在，劳君示劫灰。

酬前驾部员外郎苗发

马融方值校，阅简复持铅。素业高风继，青春壮思全。论文多在夜，宿寺不虚年。自署区中职，同荒郭外田。山邻三径绝，野意八行传。煮玉矜新法，留符识旧仙。涵苔溪溜浅，摇浪竹桥悬。复洞潜栖燕，疏杨半翳蝉。咏歌虽有和，云锦独成妍。应以冯唐老，相讥示此篇。

宿荐福寺东池有怀故园因寄元校书

暮雨风吹尽，东池一夜凉。伏流回弱荇，明月入垂杨。石竹闲开碧，蔷薇暗吐黄。倚琴看鹤舞，摇扇引桐香。旧笋方辞箨，新莲未满房。林幽花晚发，地远草先长。抚枕愁华鬓，凭栏想故乡。露余清汉直，云卷白榆行。惊鹊仍依树，游鱼不过梁。系舟偏忆戴，炊黍愿期张。末路还思借，前恩讵敢忘。从来叔夜懒，非是接舆狂。众病婴公干，群忧集孝璋。惭将多误曲，今日献周郎。

送王副使还并州

并州近胡地，此去事风沙。铁马垂金络，貂裘犯雪花。曾持两郡印，多比五侯家。继世新恩厚，从军旧国赊。戍烟千里直，边雁一行斜。想到清油幕，长谋出左车。

晚春过夏侯校书值其沉醉戏赠

欹冠枕如意，独寝落花前。姚馥清时醉，边韶白日眠。曝裈还当屋，张幕便成天。谒客唯题凤，偷儿欲觇毡。失杯犹离席，坠履反登筵。本是墙东隐，今为瓮下仙。卧龙髯乍磔，栖蝶腹何便。阮籍供琴韵，陶潜余秋田。人逢毂阳望，春似永和年。顾我非工饮，期君行见怜。尝知渴羌好，亦觉醉胡贤。炙熟樽方竭，车回辖且全。嘌风仍作雨，洒地即成泉。自鄙新丰过，迟回惜十年。

哭张南史因寄南史侄叔宗

争路忽摧车，沈钩未得鱼。结交唯我少，丧旧自君初。谏草文难似，围棋智不如。仲宣新有赋，叔夜近无书。地闭滕公宅，山荒谢客庐。奸良从此恨，福善竟成虚。酿酒多同醉，烹鸡或取余。阮咸虽永别，岂共仲容疏。

长安感事呈卢纶

十五事文翰，大儿轻孔融。长裾游邸第，笑傲五侯中。谏猎一朝寝，论边素未工。蹉跎潘鬓至，蹭蹬阮途穷。贷布怜宁与，无金命未通。王陵固似戆，郭最遂非雄。敛板辞群彦，回车访老农。咏诗怀洛下，送客忆山东。沈病魂神浊，清斋思虑空。羸将卫玠比，冷共邴侯同。草舍才遮雨，荆窗不碍风。梨教通子守，酒是远师供。扣虱欣时泰，迎猫达岁丰。原门唯有席，井饮但加葱。少壮矜齐德，高年觉宋聋。寓书先论懒，读易反求蒙。昔慕能鸣雁，今怜半死桐。秉心犹似矢，搔首忽如蓬。赤叶翻藤架，黄花盖菊丛。聊将呈匠伯，今已学愚公。

游终南山因寄苏奉礼士尊师苗员外

半岭逢仙驾，清晨独采芝。壶中开白日，雾里卷朱旗。猿鸟知归路，松萝见会时。鸡声传洞远，鹤语报家迟。童子闲驱石，樵夫乐看棋。依稀醉后拜，恍惚梦中辞。海上终难接，人间益自疑。风尘甘独老,山水但相思。愿得烧丹诀,流沙永待—作侍师。

长安书事寄卢纶

弱冠家庐岳,从师岁月深。翻同老夫见,殊寡少年心。及此时方晏,因之名亦沈。趋途非要路,避事乐空林。素业在山下,青泉当树阴。交游有凋丧,离别代追寻。向秀初闻笛,钟期久罢琴。残愁犹满貌,余泪可沾襟。勿以朱颜好,而忘白发侵。终期入灵洞,相与炼黄金。

送郭良辅下第东归

献策不得意,驰车东出秦。暮年千里客,落日万家春。

妾薄命

自从君弃妾,憔悴不羞人,唯余坏粉泪,未免映衫匀。

送暕上人游春

独将支遁去,欲往载颙家。晴野人临水,春山树发花。

晦日同苗员外游曲江

晦日同携手,临流一望春。可怜杨柳陌,愁杀故乡人。

溪行逢雨与柳中庸

日落众山昏—作星分,萧萧暮雨繁。那堪两处宿,共听一声猿。

和张尹忆东篱菊

传书报刘尹,何事忆陶家。若为篱边菊,山中有此花。

幽居作

山舍千年树,江亭万里云。回潮迎伍相,骤雨送湘君。

题云际寺暕上人故院

白发匆匆色,青山草草心。远公仍下世,从此别东林。

观邻老栽松

虽过老人宅,不解老人心。何事残阳里,栽松欲待阴。

赠胡居士

孔融过五十,海内故人稀。相府恩犹在,知君未拂衣。

荐福寺送元伟

送客攀花后,寻僧坐竹时。明朝莫回望,青草马行迟。

哭苗垂—作过故友墓

旧友无由见,孤坟草欲长。月斜邻笛尽,车马出山阳。

客行赠冯著

旅行虽别路,日暮各思归。欲下今朝泪,知君亦湿衣。

芜城—作芜城怀古

风吹地上树,草没城边—作下路。城里月明时,精灵自来去。此首即前芜城篇末四句。

赠山中老人

白首独一身,青山为四邻。虽行故乡陌,不见故乡人。

拜新月—作耿湋诗

开帘见新月,便即下阶拜。细语人不闻,北风吹裙带。

听筝

鸣筝金粟柱,素手玉房前。欲得周郎顾,时时误拂弦。

赠何兆

文章似扬马,风骨又清羸。江汉君犹在,英灵信未衰。

同司空文明过坚上人故院—作过坚上人影堂，逢司空曙

我与雷居士，平生事远公。无人知是旧，共到影堂中。

杂诗

主第辞高饮，石家赴宵会。金谷走车来，玉人骑马待。

感兴

香炉最高顶，中有高人住。日暮下山来，月明上山去。

问张山人疾

先生沈病意何如，蓬艾门前客转疏。不见领徒过绛帐，唯闻与婢削丹书。

江上送客

故人南去汉江阴，秋雨萧萧云梦深。江上见人应下泪，由来远客易伤心。

闺情

月落星稀天欲明，孤灯未灭梦难成。披衣更向门前望，不忿朝来鹊喜声。

送刘侍郎

几人同去—作入谢宣城，未及酬恩隔死生。唯有夜猿知客恨，峄阳溪路第三声。

重送郑宥归蜀因寄何兆

黄花西上路何如，青壁连天雁亦疏。为报长卿休涤器，汉家思见茂陵书。

宿石涧店闻妇人哭

山店门前一妇人，哀哀夜哭向秋云。自说夫因征战死，朝来逢著旧将军。

与道者别

闻说沧溟今已浅，何当白鹤更归来。旧师唯有先生在，忍见门人掩泪回。

长门怨—作长信宫

金壶漏尽禁门开，飞燕昭阳侍寝回。随分独眠秋殿里，遥闻语笑自天来。

忆友怀野寺旧居—作答司空文明怀野寺旧居

自嫌野性共人疏，忆向西林更结庐。寄谢山阴许都讲，昨来频得远公书。

听夜雨寄卢纶

暮雨萧条过凤城，霏霏飒飒重还轻。闻君此夜东林宿，听得荷池几番—作度声。

昭君词

李陵初送子卿回，汉月明时惆怅—作明照怅来。忆著长安旧游处，千门万户玉楼台。

春晚游鹤林寺寄使府诸公

野寺寻春花已迟，背崖惟有两三枝。明朝携酒犹堪醉，为报春风且莫吹。

全唐诗卷二百八十七

畅当

畅当,河东人。初以子弟被召从军,后登大历七年进士第。贞元初,为太常博士,终果州刺史。与弟诸皆有诗名。诗一卷。

南充谢郡客游澧州留赠宇文中丞 一作王昌龄诗,误

仆本浪落人,辱当州郡使。量力颇及早,谢归今即已。萧萧若凌虚,襟带顿销靡。车服率然来,浔阳作游子。郁郁寡开颜,默默独行李。忽逢平生友,一笑方在此。秋情宁风日,楚思浩云水。为语弋林者,冥冥鸿远矣。

宿报恩寺精舍

钟梵送沈景,星多露渐光。风中兰靡靡,月下树苍苍。夜殿若山横,深松如涧凉。赢然虎溪子,迟我一虚床。杳杳空寂舍,濛濛莲桂香。拥褐依西壁,纱灯霭中央。

自平阳 一作平阿 馆赴郡

晨兴平阳 一作平阿馆,见月沈江水。溶溶山雾披,肃肃沙鹭起。奉恩谬符竹,伏轼省顽鄙。何当施教化,愧迎小郡吏。寥落火耕俗,征途青冥里。德绥及吾民,不德将鹿矣。一作刑施无乃耳。擒奸非性能,多愍会衰齿。恭承共理诏,恒惧坠诸地。

天柱隐所重答江州应物 下四字一作韦江州

寂寞一怅望,秋风山景清。此中惟草色,翻意见人行。荒径饶松子,深萝绝鸟声。阳崖全带日,宽嶂偶通耕。拙昧难容世,贫寒 一作闲 别有情。烦君琼玖赠,幽懒百无成。

山居酬韦苏州见寄

孤柴 一作茅 泄烟处,此中山叟居。观云宁有事,耽酒讵知余。水定鹤翻去,松歌峰俨如。犹烦使君问,更欲结深 一作环 庐。

春日过奉诚园—作曲江，一作玉林园

帝里阳和日—作早，游人到御园。暖催新景气，春认旧兰荪。咏德先臣没，成蹊大树存。见桐犹近井，看柳尚依门。献地非更宅，遗忠永奉恩。又期攀桂后，来赏百花繁。

军中醉饮寄沈八刘叟—作杜甫诗

酒渴爱江清，余酣漱晚汀。软莎欹坐稳，冷古醉眠醒。野膳随行帐，华音发从伶。数杯君不见，都已遣沈冥。

偶宴西蜀摩诃池

珍木郁清池，风荷—作和风左右披。浅舸宁及醉，慢舸不知移。荫箪流光冷，凝簪照影欹。一作荫竹箪光冷，照流簪影欹。胡为独羁者，雪涕向涟漪。

奉送杜中丞赴洪州

诏出凤凰宫，新恩连帅雄。江湖经战阵，草木待仁风。豪右贪—作弱须威爱，纡繁德简通。多惭君子顾，攀饯路尘中。

九日陪皇甫使君泛江宴赤岸亭

羁旅逢佳节，逍遥—作追游忽见招。同倾菊花酒，缓棹木兰桡。平楚堪愁思，长江去—作亦寂寥。猿啼不离峡，滩沸镇如潮。举目关山异，伤心乡国遥。徒言欢满座，谁觉客魂消。

蒲中道中二首

苍苍中条山，厥形极奇魄。我欲涉其崖，濯足黄河水。

古刹栖柿林，绿阴覆苍瓦。岁晏来品题，拾叶总堪写。

登鹳雀楼

迥临飞鸟上，高出世尘间。天势围平野，河流入断山。

宿潭上二首

夜潭有仙舸，与月当水中。嘉宾爱明月，游子惊秋风。

青蒲野陂水，白露明月天。中夜秋风起，心事坐潸然。

别卢纶

故交君独在，又欲与君离。我有新秋泪，非关宋玉—作秋气悲。

题沈八斋

江斋一人何亭亭，因寄沧涟心杳冥。绿绮琴弹白雪引，乌丝绢勒黄庭经。

畅诸

早春

献岁春犹浅，园林未尽开。雪和新雨落，风带旧寒来。听鸟闻归雁，看花识早梅。生涯知几日，更被一年催。

全唐诗卷二百八十八

陆贽

陆贽，字敬舆，嘉兴人。登进士第，中博学宏词，调郑尉，罢归，复以书判拔萃补渭南尉。德宗立，由监察御史召为翰林学士。贞元八年，拜中书侍郎同平章事，裴延龄构之，贬忠州别驾。顺宗立，召还。诏未至，卒，赠兵部尚书，谥曰宣。集二十七卷，今存三首。

晓过南宫闻太常清乐

南宫闻古乐，拂曙听初惊。烟霭遥迷处，丝桐暗辨名。节随新律改，声带绪风轻。合雅将移俗，同和自感情。远音兼晓漏，余乡过春城。九奏明初日，寥寥天地清。

禁中春松

阴阴清禁里，苍翠满春松。雨露恩偏近，阳和色更—作正浓。高枝分晓日—作月，虚吹—作灵韵杂宵钟。香助炉烟远，形疑盖影重。愿符千载—作岁寿，不羡五株封。倘—作长，一作幸得回天眷，全胜老碧峰。

赋得御园芳草

阴阴御园里，瑶草日光长。霢霂含烟雾，依稀带夕阳。雨余蘋更密，风暖蕙初香。拥仗缘驰道，乘舆入建章。湿烟摇不散，细影乱无行。恒恐韶光晚，何人辨早芳。

句

绕阶流瀸瀸，来砌树阴阴。《任江淮尉题厅》，见《语林》。

张濛

张濛，与陆贽同时。诗一首。

晓过南宫闻太常清乐

玉珂经礼寺，金奏过南宫。雅调乘清晓，飞声向远空。慢随飘去雪，轻逐度来风。迥出重城里，傍闻九陌中。应将肆夏比，更与五英同。一听南薰曲,因知大舜功。

常沂

常沂,与陆贽同时。诗一首。

禁中春松

映殿松偏好,森森列禁中。攒柯沾圣泽,疏盖引皇风。晚色连秦苑,春香满汉宫。操将金—作真石固,材与直臣同。翠影宜青琐,苍枝秀碧空。还知沐天眷,千载更葱笼。

周存

周存,与陆贽同时。诗二首。

禁中春松

几岁含贞节,青青紫禁中。日华留偃盖,雉尾转春风。不为繁霜改,那将众木同。千条攒翠色,百尺澹晴空。影密金茎近,花明凤沼通。安知幽涧侧,独与散樗丛。

西戎献马

天马从东道,皇威被远戎。来参八骏列,不假贰师功。影别流沙路,嘶流上苑风。望云时蹀足,向月每争雄。禀异才难状,标奇志岂同。驱驰如见许,千里一朝通。

黎逢

黎逢,登大历十二年进士第。诗二首。

小苑春望宫池柳色

上林新柳变,小苑暮天晴。始望和烟密,遥怜拂水轻。色承阳气暖,阴带御沟清。不厌随风弱,仍宜向日明。垂丝遍阁榭,飞絮触帘旌。渐到依依处,思闻出谷莺。

夏首犹清和—作张聿诗

早夏宜初景,和光起禁城。祝融将御节,炎帝启朱明。日送残花晚—作日映残花丽,风过—作高风御苑清。郊原浮麦气,池沼发荷英。树影临山动—作爽,禽飞入汉轻。幸逢尧禹化,全胜谷中情。

张昔

张昔,大历进士第。诗一首。

小苑春望宫池柳色

小苑春初至,皇衢日更清。遥分万条柳,回出九重城。隐映龙池润,参差凤阙明。影宜宫雪曙,色带禁烟晴。深浅残阳变,高低晓吹轻。年光正堪折,欲寄一枝荣。

丁位

丁位,大历进士第。诗一首。

小苑春望宫池柳色

小苑宜春望,宫池柳色轻。低昂含晓景,萦转带新晴。似盖芳初合,如丝荫渐成。依依连水暗,袅袅出墙明。虽以阳和发,能令旅思生。他时花满路,从此接迁莺。

元友直

元友直,结之子,大历进士。诗一首。

小苑春望宫池柳色

柳色新池遍,春光御苑晴。叶依青阁密,条向碧流倾。路暗阴初重,波摇影转清。风从垂处度,烟就望中生。断续游蜂聚,飘摇戏蝶轻。怡然变芳节,愿及一枝荣。

杨系

杨系,大历进士第。诗一首。

小苑春望宫池柳色

胜游从小苑,宫柳望春晴。拂地青丝嫩,萦风绿带轻。光含烟色远,影透水文清。玉笛吟何得,金闺画岂成。皇风吹欲断,圣日映逾明。愿驻高枝上,还同出谷莺。

崔绩

崔绩,大历进士第。诗一首。

小苑春望宫池柳色

　　帝京春气早,御柳已先荣。嫩叶随风散,浮光向日明。悠扬生别意,断续引芳声。积翠连驰道,飘花出禁城。柔条依水弱,远色带烟轻。南望龙池畔,斜光照晚晴。

张季略

　　张季略,大历进士第。诗一首。

小苑春望宫池柳色

　　韶光归汉苑,柳色发春城。半见离宫出,才分远水明。青葱当淑景,隐映媚新晴。积翠烟初合,微黄叶未生。迎春看尚嫩,照日见先荣。倘得辞幽谷,高枝寄一名。

裴达

　　裴达,大历进士第。诗一首。

小苑春望宫池柳色

　　胜游经小苑,闲望上春城。御路韶光发,宫池柳色轻。乍浓含雨润,微澹带云晴。幂历残烟敛,摇扬落照明。几条垂广殿,数树影高旌。独有风尘客,思同雨露荣。

裴迪

　　裴迪,大历进士第。诗一首。

南至日太史登台书云物

　　圆丘才展礼,佳气近初分。太史新簪笔,高台纪彩云。烟空和缥缈,晓色共氛氲。道泰资贤辅,年丰荷圣君。恭惟司国瑞,兼用察人一作天文。应念怀铅客,终朝望碧雰。

沈迥

　　沈迥,大历进士第。诗一首。

小苑春望宫池柳色

　　今来游上苑,春染柳条轻。濯濯方含色,依依若有情。分行临曲沼,先发媚重城。拂水枝偏弱,摇风丝已生。变黄随淑景,吐翠逐新晴。伫立徒延首,裴回欲寄诚。

全唐诗卷二百八十九

杨凭

杨凭,字虚受,弘农人,与弟凝、凌皆工文辞。大历中,踵擢进士第,时称三杨。凭重交游,尚气节,与穆质、许孟容、李廓相友善,号杨穆许李。历事节度府,召为监察御史,累拜京兆尹。与李夷简素有隙,因摘发他罪,欲抵以死。宪宗以凭治京兆有绩,但贬临贺尉,俄徙杭州长史,以太子詹事卒。诗一卷。

长安春夜宿开元观

霓裳下晚烟,留客杏花前。遍问人寰事,新从洞府天。长松皆扫月,老鹤不知年。为说蓬瀛路,云涛几处连。

晚泊江戍

旅棹依遥戍,清湘急晚流。若为南浦宿,逢此北风秋。云月孤鸿晚,关山几路愁。年年不得意,零落对沧洲。

巴江雨夜

五岭天无雁,三巴客问津。纷纷轻汉暮,漠漠暗江春。青草连湖岸,繁花忆楚人。芳菲无限路,几夜月明新。

边塞行

九原临得水,双足是重城。独许为儒老,相怜从骑行。细丛榆塞迥,高点雁山晴。圣主嗤炎汉,无心自勒兵。

乐游园望月

炎灵全盛地,明月半秋时。今古人同望,盈亏节暗移。彩凝双月迥,轮度八川迟。共惜鸣珂去,金波送酒卮。

千叶桃花

千叶桃花胜百花,孤荣春晚驻年华。若教避俗秦人见,知向河源旧侣夸。

春中泛舟

仙郎归奏—作秦过湘东,正值三湘二月中。惆怅满川桃杏醉,醉看还与曲江同。

雨中怨秋

辞家远客怆秋风,千里寒云与断蓬。日暮隔山投古寺,钟声何处雨濛濛。

秋日独游曲江

信马闲过忆所亲,秋山行尽路无尘。主人莫惜松阴醉,还有千钱沽酒人。

寄别

晚烟洲雾共苍苍,河雁惊飞不作行。回舸转舟行数里,歌声犹自逐清湘。

边情

新种如今屡请和,玉关边上幸无他。欲知北海苦辛处,看取节毛余几多。

早发湘中

按节鸣笳中贵催,红旌白旆满船开。迎愁溢浦登城望,西见荆门积水来。

海榴

海榴殷色透帘栊,看盛看衰意欲同。若许三英随五马,便将浓艳斗繁红。

春情

暮雨朝云几日归,如丝如雾湿人衣。三湘二月春光早,莫逐狂风缭乱飞。

送客往荆州

巴丘过日又登城,云水湘东一日平。若爱春秋繁露学,正逢元凯镇南荆。

赠马炼师

心嫌碧落更何从,月帔花冠冰雪容。行雨若迷归处路,近南—作前惟见祝融蜂。

湘江泛舟

湘川洛浦三千里,地角天涯南北遥。除却同倾百壶外,不愁谁奈两魂销。

送别

江岸梅花雪不如,看君驿驭向南徐。相闻不必因来雁,云里飞缾落素书。

赠窦年—作窦洛阳年　见简篇章,偶赠绝句。

直用天才众却瞋,应期李杜久为尘。南荒不死中华老,别玉翻同西国人。

全唐诗卷二百九十

杨凝

杨凝,字懋功,由协律郎三迁侍御史,为司封员外郎,徙吏部,稍迁右司郎中,终兵部郎中。集二十卷,今存一卷。

送别
樽酒邮亭暮,云帆驿使归。野鸥寒不起,川雨冻难飞。吴会家移遍,轩辕梦去稀。姓杨皆足泪,非是强沾衣。

送客东归
君向古营州,边一作春风战地愁。草青缦一作蒙别路,柳亚拂孤楼。人意伤难醉,莺啼咽不流。芳菲只合乐,离思返如秋。

送客归湖南
湖南树色一作叶尽,了了辨一作见潭州。雨散今为别,云飞何处游。情来偏似醉,泪迸一作送不成流。那向萧条路,缘湘篁一作黄竹愁。

送客归淮南
画舫照河堤,暄风百草齐。行丝直网蝶,去燕旋遗泥。郡向高天近,人从别路迷。非关御沟上,今日各东西。

春情
旧宅洛川阳,曾游游侠场。水添杨柳色,花绊绮罗香。赵瑟多愁曲,秦家足艳妆。江潭远相忆,春梦不胜长。

秋夜听捣衣
砧杵闻秋夜,裁缝寄远方。声微渐湿露,响细未经霜。兰牖唯遮树,风帘不碍凉。云中望何处,听此断人肠。

从军行
都尉出居延,强兵集五千。还将张博望,直救范祁连。汉卒悲箫鼓,胡姬湿采旃。如今意气尽,流泪挹流泉。

和直禁省

宵直丹宫近,风传碧树凉。漏稀银箭滴,月度网轩光。凤诏裁多暇,兰灯梦更长。此时颜范贵,十步旧连行。

留别

玉节随东阁,金闱别旧僚。若为花满寺,跃马上河桥。

送客往洞庭

九江归路远,万里客舟还。若过巴江水,湘东满碧烟。

别友人

倦客惊危路,伤禽绕树枝。非逢暴公子,不敢涕流离。

初渡淮北岸

别梦虽难觉,悲魂最易销。殷勤淮北岸,乡近去家遥。

咏雨

尘浥多人路,泥归足燕家。可怜缭乱点,湿尽满宫花。

柳絮

河畔多杨柳,追游尽狭斜。春风一回送,乱入莫愁家。

花枕

席上沈香枕,楼中荡子妻。那堪一夜里,长湿两行啼。

送客往鄜州

新参将相—作略事营—作西平,锦带骍弓结束轻。晓上关城吟画角,暗驰—作驱羌马发支兵。回中地近—作远风常急,鄜畤年多草自生。近喜扶阳系戎相,从来卫霍笑长缨。

送客往夏州

怜君此去过居延,古塞黄云共渺然。沙阔独行寻—作寻边马迹,路迷遥指戍楼—作人烟。夜投孤店愁吹笛,朝望行尘避控弦。闻有故交今从骑。何须著论更言钱。

春霁晚—作晓望

细雨晴深小苑东,春云开气逐光风。雄儿走马神光上,静女看花佛寺中。书剑学多心欲懒,田园荒废望频空。南归路极天连海,惟有相思明月同。

唐昌观玉蕊花

瑶华琼蕊种何年,萧史秦嬴向紫烟。时控彩鸾过旧邸,摘花持献玉皇前。

别李协

江边日暮不胜愁,送客沾衣江上楼。明月峡添明月照,蛾眉峰似两眉愁。

初次巴陵

西江浪接洞庭波,积水遥连天上河。乡信为凭谁寄去,汀洲燕雁渐来多。

上巳

帝京元巳足繁华,细管清弦七贵家。此日风光谁不共,纷纷皆是掖垣花。

春怨

花满帘栊欲度春,此时夫婿在咸秦。绿窗孤寝难成寐,紫燕双飞似弄人。

送客归常州

行到河边从此辞,寒天日远暮帆迟。可怜芳草成衰草,公子归时过绿时。

送别

春愁不尽别愁来,旧泪犹长新泪催。相思倘寄相思字—作子,君到扬州扬子回。

送客入蜀

剑阁迢迢梦想间,行人归路绕梁山。明朝骑马摇鞭去,秋雨槐花子午关。

送别

仙花笑尽石门中,石室重重掩绿空。暂下云峰能几日,却回烟驾驭春风。

残花

五马踟蹰在路岐,南来只为看花枝。莺衔蝶弄红芳尽,此日深闺那得知。

戏赠友人

湘阴直与地阴连,此日相逢忆醉年。美酒非如平乐贵,十升不用一千钱。

赠同游 首句缺一字

此□风雨后,已觉减年华。若待皆无事,应难更有花。管弦临夜急,榆柳向江斜。且莫看归路,同须醉酒家。

送人出塞

北风吹雨雪,举目已凄凄。战鬼秋频哭,征鸿夜不栖。沙平关路直,碛广郡楼低。此去非东鲁,人多事鼓鼙。

寻僧元皎因病

此僧迷有著,因病得寻师。话尽山中事,归当月上时。高松连寺影,亚竹入窗枝。闲忆草堂路,相逢非素期。

夜泊渭津

飘飘东去客,一宿渭城边。远处星垂岸,中流月满船。凉归夜深簟,秋入雨余天。渐觉家山小,残程尚几年。

晚夏逢友人

一别同袍友,相思已十年。长安多在客,久病忽闻蝉。骤雨才沾地,阴云不遍天。微凉堪话旧,移榻晚风前。

别谪者

此地闻犹恶,人言是所之。一家书绝久,孤驿梦成迟。八月三湘道,闻猿冒雨时。不须祠楚相,臣节转堪疑。

行思

千里岂云去,欲归如路穷。人间无暇日,马上又秋风。破月衔高岳,流星拂晓空。此时皆在梦,行色独匆匆。

感怀题从舅宅

郗家庭树下,几度醉春风。今日花还发,当时事不同。流言应未息,直道竟难通。徒遣相思者,悲歌向暮空。

与友人会

蝉吟槐蕊落,的的是愁端。病觉离家远,贫知处事难。真交无所隐,深语有余欢。未必闻歌吹,羁心得暂宽。

下第后蒙侍郎示意指于新先辈宣恩感谢

才薄命如此,自嗟兼自疑。遭逢好交日,黜落至公时。倚玉甘无路,穿杨却未期。更惭君侍坐,问许可言诗。

全唐诗卷二百九十一

杨凌

杨凌,字恭履,少以篇什著声,官终侍御史。诗一卷。

奉酬韦滁州寄示

淮扬为郡暇,坐惜流芳歇。散怀累榭风,清暑澄潭月。陪燕辞三楚,戒途绵百越。非当远别离,雅秦何由发。

梅里旅夕

沧洲东望路,旅棹怆羁游。枫浦蝉随岸,沙汀鸥转流。露天星上月,水国夜生秋。谁忍持相忆,南归一叶舟。

钟陵雪夜酬友人

穷腊催年急,阳春怯和歌。残灯闪壁尽,夜雪透窗多。归路山川险,游人梦寐过。龙洲不可泊,岁晚足惊波。

润州水楼

归心不可留,雪桂一丛秋。叶雨空江月,萤飞白露洲。野蝉依独树,水郭带孤楼。遥望山川路,相思万里游。

江上秋月

陇雁送乡心,羁情属岁阴。惊秋黄叶遍,愁暮碧云深。月色吴江上,风声楚木林。交亲几重别,归梦并愁侵。

阁前双槿

群玉开双槿,丹荣对绛纱。含烟疑出火,隔雨怪舒霞。向晚争辞蕊,迎朝斗发花。非关后桃李,为欲继年华。

小苑春望宫池柳色

上苑闲游早,东风柳色轻。储胥遥掩映,池水隔微明。春至条偏弱,寒余叶未成。和烟变浓淡,转日异阴晴。不独芳菲好,还因雨露荣。行人望攀折,远翠暮愁生。

送客往睦州
水阔尽南天,孤舟去渺然。惊秋路傍客,日暮数声蝉。

送客之蜀
西蜀三千里,巴南水一方。晓云天际断,夜月峡中长。

剡溪看花
花落千回舞,莺声百啭歌。还同异方乐,不奈客愁多。

江中风
白浪暗江中,南泠路不通。高樯帆自满,出浦莫呼风。

咏破扇
粉落空床弃,尘生故箧留。先来无一半,情断不胜愁。

贾客愁
山水路悠悠,逢滩即滞留。西江风未便,何日到荆州。

即事寄人
中禁鸣钟日欲高,北窗欹枕望频搔。相思寂寞青苔合,唯有春风啼伯劳。

早春雪中
新年雨雪少晴时,屡失寻梅看柳期。乡信忆随回雁早,江春寒带故阴迟。

北行留别
日日山川烽火频,山河重起旧烟尘。一生孤负龙泉剑,羞把诗书问故人。

秋原野望
客雁秋来次第逢,家书频寄两三封。夕阳天外云归尽,乱见青山无数峰。

春霁花萼楼南闻宫莺
祥烟瑞气晓来轻,柳变花开共作晴。黄鸟远啼鹓鹭观,春风流出凤皇城。

明妃怨
汉国明妃去不还,马驮弦管向阴山。匣中纵有菱花镜,羞对单于照旧颜。

句
南园桃李花落尽,春风寂寞摇空枝。《诗式》。

全唐诗卷二百九十二

司空曙

司空曙,字文明—作初,广平人。登进士第。从韦皋于剑南。贞元中,为水部郎中,终虞部郎中。诗格清华,为大历十才子之一。集三卷,今编诗二卷。

题玉真观公主山池院

香殿留遗影,春朝玉户开。羽衣重素几,珠网俨轻—作尘埃。石自蓬山得,泉经太液来。柳丝遮绿浪,花粉落青苔。镜掩鸾空在,霞消凤不回。唯余古桃—作坛树,传是上仙栽。

送永阳崔明府

古国群舒地,前当桐柏关。连绵江上雨,稠叠楚南山。沙馆行帆息,枫洲—作州,又作舟候吏还。乘篮若有暇,精舍在林间。

送曹三同—作原猗—作桐椅游山寺

山蹋青芜尽,凉秋古寺深。何时得连策,此夜更闻琴。穷水云同穴,过僧虎共林。殷勤如念我,遗尔挂冠心。

送崔校书赴梓幕

碧峰天柱下,鼓角镇南军。管记催飞檄,蓬莱辍校文。栈霜朝似雪,江雾晚成云。想出褒中望,巴庸方路分。

送夔州班使君

鱼—作蜀国巴庸路,麾幢汉守过。晓樯争市隘,夜鼓祭神多。云白当山雨,风清满峡波。夷陵旧人吏,犹诵两岐歌。

送菊潭王明府

业成洙泗客,皓发著儒衣。一与游人别,仍闻带印归。林多宛地古,云尽汉山稀。莫爱浔阳隐,嫌官计亦非。

送太易上人赴东洛
　　遥见登山处，青芜雪后春。云深岳庙火，寺宿洛阳人。饵药将斋折，唯诗与道亲。凡经几回别，麈尾不离身。

和王卿——作太常立秋即事
　　秋宜何处看，试问白云官。暗入蝉鸣树，微侵蝶绕兰。向风凉稍动，近日暑犹残。九陌浮埃减，千峰爽气攒。换衣防竹暮，沈果讶泉寒。宫响传花杵，天清出露盘。高禽当侧弁，游鲔对凭栏。一奏招商曲，空令继唱难。

和李员外与舍人咏玫——作冬瑰花寄徐侍郎
　　仙吏紫薇郎，奇花共玩芳。攒星排绿蒂，照眼发红光。暗妒翻阶药——作叶，遥连直署香。游枝蜂绕易，碍刺鸟衔妨。露湿凝衣粉，风吹散蕊黄。蒙茏珠树合，焕烂锦屏张。留客胜看竹，思人比爱棠。如传采蘋咏，远思满潇湘。

冬夜耿拾遗王秀才就宿因伤故人
　　旧时闻笛泪，今夜重沾衣。方恨同人——作袍少，何堪相见稀。竹烟凝涧壑，林雪似芳菲。多谢劳车马，应怜独掩扉。

早春游慈——作报恩南池
　　山寺临池水，春愁望远生。蹋桥逢鹤起，寻竹值泉横。新柳丝犹短，轻——作柔蘋叶未成。还如虎溪上，日暮伴僧行。

雨夜见投之作
　　出户繁星尽，池塘暗不开。动衣凉气度，递树远声来。灯外初行电，城隅偶——作忽隐雷。因知谢文学，晓望比尘埃。

龙池寺望月寄韦使君阁别驾
　　清光此夜中，万古望应同。当野山沈雾，低城树有风。花宫纷共邃，水府皓相空。遥想高楼上，唯君对——作望庾公。

秋夜忆兴善院寄苗发
　　右军多住寺，此夜后池秋。自与山僧伴，那因洛客愁。卷帘霜霭霭，满目水悠悠。若有诗相赠，期君忆惠休。

病中寄郑十六兄——本题下有概字
　　倦枕欲徐行，开帘秋月明。手便筇杖冷，头喜葛巾轻。绿草前侵水，黄花半上城。虚消此尘景，不见十年兄。

卫明府寄枇杷叶以诗答
　　倾筐呈绿叶，重叠色何鲜。讵是秋风里，犹如晓露前——作传。仙方当见重，消疾本应便。全胜甘蕉赠，空投谢氏篇。

过庆宝寺——作耿沣诗，题作废宝光寺
　　黄叶前朝寺，无僧寒——作闲殿开。池晴龟出曝，松暮——作暝鹤飞回。古井——作砌碑横草，阴廊画杂苔。禅宫亦销——作衰歇，尘世转堪哀。

奉和张大夫酬高山人
　　野客居铃阁，重门将校稀。芧冠亲谷弁，龟印识荷衣。座右——作坐久寒飙——作泉爽，谈余暮角微。苍生须太傅，山在岂容归。

送严使君游山
　　家楚依三户，辞州选一钱。酒杯同寄世，客棹任销年。赤烧兼山远，青芜与浪连。青春明月夜，知上鄂君船。

送柳震归蜀
　　白日双流静，西看蜀国春。桐花能乳鸟，竹节竞祠神。蹇步徒相望，先鞭不可亲。知从江仆射，登榻更何人。

送乐平苗明府
　　天际山多处，东安古邑——作邑更深。绿田通竹里，白浪隔枫林。诗有江僧和，门唯越客寻。应将放鱼化，一境表吾心。

赠送郑钱二郎中
　　梅含柳已动，昨日起东风。惆怅心徒壮，无如鬓作翁。百年飘若水，万绪尽归空。何可宗禅客，迟回岐路中。

酬郑十四望驿不得同宿见赠因寄张参军

逢君喜成泪,暂似故乡中。谪宦犹多惧,清宵不得终。月烟高有鹤,宿一作霜草净无虫。明日郄超会,应思下客同。

暮春野望寄钱起一作耿沛诗

草长花落树,羸病强寻春。无复少年意,空余华发新。青原高一作晴见水,白社静逢人。寄谢南宫客,轩车不可一作见亲。

送王使君小子孝廉登科归省

年少通经学,登科尚佩觿。张冯本名士,蔡廓是佳儿。鞍马临岐路,龙钟对别离。寄书胡太守,请一作清与故人知。

云阳寺石竹花

一自幽山别,相逢此寺中。高低俱出一作有叶,深浅不分丛。野蝶难争白,庭榴暗让红。谁怜芳最久,春露到秋风。

送高胜重谒曹王

江上一作水青枫岸,阴阴万里春。朝辞郢城酒,暮见洞庭人。兴比乘舟访,恩怀倒屣亲。想君登旧榭,重喜扫芳尘。

闲园书事招畅当

闻蝉昼眠后,欹枕对蓬蒿。羸病懒寻戴,田园方咏陶。傍檐虫挂静,出树蝶飞高。惆怅临清镜,思君见鬓毛。

过钱员外

为郎头已白,迹向市朝稀。移病居荒宅,安贫著败衣。野园随客醉,雪寺伴僧归。自说东峰下,松萝满故扉。

赠庾侍御

年少身无累,相逢忆此时。雪过云寺宿,酒向竹园期。白发今催老,清琴但起悲。唯应逐宗炳,内学愿为师。

赠李端

共忆南浮一作楼日,登高望若何。楚田湖草远,江寺海榴多。载酒寻山宿,思人带雪过。东西几回别,此会各蹉跎。

送流人

闻说南中事,悲君重窜身。山村枫子鬼,江庙石郎神。童稚留荒宅,图书托故人。青门好风景,为尔一沾巾。

过胡居士一作湖上睹王右丞遗文

旧日相知尽,深居独一身。闭门空一作唯有雪,看竹永无人。每许前山隐,曾怜陋巷贫。题诗今尚在,暂为拂流一作留尘。

送郎使君赴郢州

使君持节去,云水满前程。楚寺多连竹,江檣远映城。登楼向月望,赛庙傍山行。若动思乡咏,应贻谢步兵。

贼平后送人北归

世乱同南去,时清独北还。他乡生白发,旧国见青山。晓月过残垒,繁星宿故关。寒禽与衰草,处处伴愁颜。

观猎骑一作公子行

缠臂绣纶巾,貂裘窄称身。射禽风助箭,走一作骤马雪翻一作飞尘。金埒争开道,香车为驻轮。翩翩不知处,传一作应是霍家亲。

同苗员外宿荐福常师房一作秋喜卢纶同宿寺

浮生共多故,聚宿喜君同。人息时闻磬,灯摇乍有风。霜阶疑一作寒霜凝水际,夜木似山中。一愿持一作投如意,长来事远公。

送乔广下第归淮南

遥想长淮尽,荒堤楚路斜。戍旌标白浪,罟网入青霞。啼一作归鸟仍临水,愁人更见一作看花。东堂一枝在,为子惜年华。

风筝

高风吹玉柱,万籁忽齐飘。飒树迟难度,萦空细渐销。松泉鹿门夜,笙鹤洛滨朝。坐与真僧听,支颐向寂寥。

闲居寄苗发

渐向浮生老，前期竟若何。独身居处静，永夜坐时多。厌逐青林客，休吟白雪歌。支公有遗寺，重与谢—作戴安过。

送王先生归南山

儒中年最老，独有济南生。爱子方传业，无官自耦耕。竹通山舍远，云接雪—作玉田平。愿作门人去，相随隐姓名。

寄天台秀师

天台瀑布寺，传有白头师。幻迹示—作是羸病，空门无住持。雪晴看鹤去，海夜与龙期。永愿亲瓶屦，呈功—作澄心得问疑。

送夏侯审赴宁国

青圻连白浪，晓日渡南津。山叠陵阳树，舟多建业人。烟霞高占—作古寺，枫竹暗停—作亭神。如接玄晖集，江丞独—作城犹见亲。

云阳馆与韩绅—作韩升卿宿别

故人江海别，几度隔山川。乍见翻疑梦，相悲各问年。孤灯寒照雨，湿竹暗浮烟。更有明朝恨，离杯惜共传。

送卢使君赴夔州

铙管随旌旆，高秋远上巴。白波连雾雨，青壁断兼霞。凭几双童静，登楼万井斜。政成知变俗，当应画轮车。

夜闻回雁

雁响天边过，高高望不分。飕飗传细雨，嘹唳隔长云。散向谁家尽，归来几客闻。还将今夜意，西海话苏君。

赋得的的帆向浦

向浦参差去，随波远近还。初移芳草里，正在夕阳间。隐映回孤驿，微明出乱山。向空看不尽，归思满江关。

秋思呈尹植裴说—本题下有郑洞二字

静向懒相偶，年将衰共催。前途欢不—作未集，往事恨空来。昼景委红叶，月华销—作铺绿苔。沈思竟何有，坐结玉琴哀。

闲园即事寄陈公

欲就东林寄一身，尚怜儿女未成人。柴门客去残阳在，药圃虫喧秋雨频。近水方同梅市隐，曝衣多笑阮家贫。深山兰若何时到，羡与闲云作四邻。

题陈上人院

闭门不出自焚香，拥褐看山岁月长。雨后绿苔生石井，秋来黄叶遍绳床。身闲何处无真性，年老曾言—作来隐故乡。更说本师同学在，几时携手见—作向衡阳。

长安晓望寄程补阙—作包何诗

迢递山河拥帝京，参差宫殿接云平。风吹晓漏经长乐，柳带晴烟出禁城。天净笙歌临路发—作奏，日高车马隔尘行。独有浅才甘未达，多惭名在鲁诸生。

下第日书情寄上叔父

微才空觉滞京师，末学曾为叔父知。雪里题诗偏见赏，林间饮酒独令随。游客尽伤春色老，贫居还惜暮阴移。欲归江海寻山去，愿报何人得桂枝。

南原—作浦望汉宫

荒原空有汉宫名，衰草茫茫雉堞平。连雁下时秋水在，行人过尽暮烟生。西陵歌吹何年绝，南阳登临此日情。故事悠悠不可问，寒禽野水自纵横。

早夏寄元校书

独游野径送—作自芳菲，高竹林居接翠微。绿岸草深虫入遍，青丛花尽蝶来稀。珠荷荐果香寒簟，玉柄摇风满夏衣。蓬荜永无车马到，更当斋夜忆玄晖。

赠衡岳—作岳阳隐禅师

拥褐安居南岳头，白云高寺见衡州。石窗

湖水摇寒月,枫树猿声报夜秋。讲席旧逢山－作沙鸟至,梵经初向竺僧求。垂垂－作自知身老将传法,因下人间遂北－作逐此游。

题凌云寺

春山古寺绕沧波,石磴盘空鸟道过。百丈金身开翠壁,万龛灯焰隔烟萝。云生客到侵衣湿,花落僧禅覆地多。不与方袍同结社,下归尘世竟如何。

晦日益州北池陪宴

临泛从公日,仙舟翠幕张。七桥通碧沼－作洞,双树接花塘。玉烛收寒气,金波隐夕光。野闻－作闲歌管思,水静绮罗香。游骑萦林远,飞桡截岸长。郊原怀灞浐,陂溠写江潢。常侍传花诏,偏裨问羽觞。岂令南岘首,千载播余芳。

送曲山人之衡州

白石先生眉发光－作老,已分甜－作细雪饮红浆。衣巾半染烟霞气－作色,语笑兼和药草香。茅洞玉声流暗水,衡山碧色－作气映朝阳。千年城郭如相问,华表峨峨有夜霜。

立秋日

律变新秋至,萧条自此初。花酬莲报谢,叶在柳呈疏。澹日非－作月多云映,清风似雨余。卷帘凉暗度,迎－作却扇暑先除。草静多翻燕,波澄乍露鱼。今朝散骑省,作赋兴何如。

咏古寺花

共爱芳菲此树中,千跗万萼－作蕊裹－作裹枝红。迟迟欲去犹回望,覆地无人满寺风。

酬张芬有赦后见赠－作司空图诗

紫凤朝衔五色书,阳春忽布－作报网罗除。已将心变寒灰后,岂料光生腐草余。建水风烟收客泪。杜陵花竹梦郊居。劳君故有诗相赠,欲报琼瑶恨不如。

哭苗员外呈张参军 苗公即参军舅氏

思君宁家宅,久接竹林期。尝值偷琴处,亲闻比玉时。高人不易合,弱冠早相知－作追。试艺临诸友,能文即我师。凌寒松未老,先暮槿何衰。季子生前别,羊昙醉后悲。寿堂乖一恸,莫席阻长辞。因沥殊方泪,遥成墓下诗。

金陵怀古

辇路江枫暗,宫庭野草春。伤心庾开府,老作北朝臣。

发渝州却寄韦判官

红烛津亭夜见君,繁弦急管两纷纷。平明分－作携手空江转,唯有猿声满－作啸水云。

送卢彻之太原谒马尚书

榆落雕飞关塞秋,黄云画角见并州。翩翩羽骑双旌后,上客亲－作新随郭细侯。

峡口送友人

峡口花飞欲尽春,天涯去住泪沾巾。来时万里同为客,今日翻成送故人。

故郭婉仪挽歌

一日辞秦镜,千秋别汉宫。岂唯泉路掩,长使月轮空。苦色凝朝露,悲声切暝风。婉仪余旧德,仍载礼经中。

送翰林张学士岭南勒圣碑

汉恩天外洽,周颂日边称。文独司空羡,书兼太尉能。出关逢北雁,度岭逐南鹏。使者翰林客,余春归灞陵。

送吉校书东归

少年芸阁吏,罢直暂归休。独与亲知别,行逢江海秋。听猿看楚岫,随雁到吴洲。处处园林好,何人待子猷。

早春游望

东风春未足,试望秦城曲。青草状寒芜,黄花似秋菊。壮将欢共去,老与悲相逐。独做游社人,暮过威辇宿。

秋日趋府上张大夫

重城洞启肃秋烟,共说羊公在镇年。鞞鼓

暗惊林叶落,旌旗遥拂雁行偏。石过桥下书曾受,星降人间梦已传。谪吏何能沐风化,空将歌颂拜车前。

竹里径
幽径行迹稀,清阴苔色古。萧萧风欲来,乍似蓬一作逢山雨。

黄子陂
岸芳春色晓,水影夕阳微。寂寂深烟里,渔舟夜不归。

田鹤
散下渚田中,隐见菰蒲里。哀鸣自相应,欲作凌风起。

药园
春园芳已遍,绿蔓杂红英。独有深山客,时来辨药名。

石井
苔色遍春石,桐阴入寒井。幽人独汲时,先乐残阳影。

板桥
横遮野水石,前带荒村道。来往见愁人,清风柳阴好。

石莲花
今逢石上生,本自波中有。红艳秋风里,谁怜众芳后。

远寺钟
杳杳疏钟发,因一作月风清复引。中宵独听之,似与东林近。

松下雪
不随晴野尽,独向深松积。落照入寒光,偏能伴幽寂。

新柳
全欺芳蕙晚,似妒寒梅疾。撩乱发青条,春风来几日。

唐昌公主院看花
遗殿空长闭,乘鸾自不回。至今荒草上,寥落旧花开。

别张赞
今日山晴后,残蝉菊发时。登楼见秋色,何处最相思。

晚思
蛩余窗下月,草湿阶前露。晚景凄我衣,秋风入庭一作何树。

留一作别卢秦卿一作郎士元诗
知有前期在,难分一作欢如此夜中。无将故人酒,不及石尤一作古淳风。

登岘亭
岘山回首望秦关,南向荆州几日还。一作一身放放向荆蛮,平楚茫茫失路关。今日登临唯有泪,不知风景在何山。

哭翘山人一作耿㳫诗
忆昔秋风起,君曾叹逐臣。何言芳草日,自作九泉人。

过坚上人故院与李端同赋
旧依支遁宿,曾与戴颙来。今日空林下,唯知见绿苔。

病中嫁女妓
万事伤心在目前,一身垂泪对花筵。黄金用尽教歌舞,留与他人乐少年。

江村即事
钓罢归来不系船,江村月落正堪眠。纵然一夜风吹去,只在芦花浅水边。

全唐诗卷二百九十三

司空曙

送郑明府贬岭南

青枫江色晚，楚客独伤春。共对一尊酒，相看万里人。猜嫌成谪宦，正直不防身。莫畏炎方久，年年雨露新。

寄卫明府常见短靴褐裘，又务持诵，是以有末句之赠

柴桑官舍近东林，儿稚初髫即道心。侧寄绳床嫌凭几，斜安苔帻懒穿簪。高僧静望山僮逐，走吏喧来水鸭沈。翠竹黄花皆佛性，莫教尘境误相侵。

酬李端校书见赠

绿槐垂—作初穗乳乌飞，忽忆山中独未归。青镜流年看发变，白云芳草与心违。乍—作多逢酒客春—作朝游惯，久别林僧夜坐稀。昨日闻君到城阙。莫将簪弁胜—作贵荷衣。

过卢秦卿旧居

五柳茅茨楚国贤，桔槔蔬圃水涓涓。黄花寒后难逢蝶，红叶晴来忽有蝉。韩康助采君臣药，支遁同看内外篇。为问潜夫空著论，如何—作何如侍从赋甘泉。

秋园—本题下有戏题二字

伤秋不是惜年华，别忆春风碧玉家。强向衰丛见芳意，茱萸红实似繁花。

送王使君赴太原拜节度副使

新从刘太尉，结束向并州。络脑青丝骑，盘囊锦带钩。出关逢将校，下岭拥戈矛。匣—作雪闭黄云冷，山传画角秋。剑锋将破虏，函—作远道罢登楼。岂作书生老，当封万户侯。

拟百劳歌

朱丝纽—作细弦金点杂，双蒂芙蓉共开合。谁家稚女著罗裳，红粉青眉娇暮妆。木难—作

栖作床牙作席,云母屏风光照壁。玉颜年几新上头,回身—作头敛笑多自羞。红销月落不复见,可惜当时谁拂面。

迎神

吉日兮临水,沐青兰兮白芷。假山鬼兮请东皇,托灵均兮邀帝子。吹参差兮正苦,舞婆娑兮未已。鸾旌圆盖望欲来,山雨霏霏江浪起。神既降兮我独知,目成再拜为陈词。

送神

神之去,回风袅袅云容与。桂尊瑶席不复陈,苍山绿水暮愁人。

残莺百啭歌,同王员外、耿拾遗、吉中孚、李端游慈恩,各赋一物

残莺一何怨,百啭相寻续。始辨下将高,稍分长复促。绵蛮巧状语,机节终如曲。野客赏应迟,幽僧闻讵足。禅斋深树夏阴清,零落空余三两声。金谷筝中传不似,山阳笛里写难成。忆昨乱啼无远近,晴宫晓色偏相引。送暖初随柳色来,辞芳暗逐花枝尽。歌残莺,歌残莺,悠然万感生。谢朓羁怀方一听,何郎闲吟本多情。乃知众鸟非俦比,暮噪晨鸣倦人耳。共爱奇音那可亲,年年出谷待新春。此时断绝为君惜,明日玄蝉催发白。

过终南—本有山字柳处士

云起山苍苍,林居萝薜荒。幽人老深境,素发与青裳—作囊。雨涤莓苔绿,风摇松桂—作菖蒲香。洞泉分溜—作派浅,岩笋出丛长。败屦安松砌,余棋在石床。书名一为别,还路已堪伤。

春送郭大之官

明府之官官舍春,春风辞我两三人。可怜江县闲无事,手板支颐独咏贫。

送郑锡曙曾事此公季父

汉阳云树清无极,蜀国风烟思不堪。莫怪别君偏有泪,十年曾事晋征南。

同张参军喜李尚书寄新琴

新琴传凤凰,晴景称高张。白玉连徽净,朱丝系—作弦击爪长。轻埃随拂拭,杂—作新籁满铿锵。暗想山泉合,如亲兰蕙芳。正声消郑卫,古状掩笙簧。远识贤人意,清风愿激扬。

苦热

暑气发炎州,焦烟远未收。啸风兼炽焰,挥汗讶成流。鹳鹊投林尽,龟鱼拥石稠。漱泉齐饮酎,衣葛剧兼裘。长簟贪欹枕,轻巾懒挂头。招商如有曲,一为取新秋。

送人归黔府

伏波箫鼓水云中,长戟如霜大旆红。油幕晓开飞鸟绝,翩翩上将独趋风。

杂兴

月没辽城暗出师,双龙金角晓天悲。黄尘满目随风散,不认将军燕尾旗。

岁暮怀崔峒耿湋

腊月江天见春色,白花青柳疑寒食。洛阳旧社各东西,楚国游人不相识。

观妓

翠蛾红脸不胜情,管绝弦余发一声。银烛摇摇尘暗下,却愁红粉泪痕生。

过长林湖西酒家

湖草青青三两家,门前桃杏一般花。迁人到处唯求醉,闻说渔翁有酒赊。

过阎采病居

每逢佳节何曾坐,唯有今年不得游。张邴卧来休送客,菊花枫叶向谁秋。

送程秀才

悠悠多路岐,相见又别离。东风催节换,焰焰春阳散。楚草渐烟绵,江云亦芜漫。送子恨何穷,故关如梦中。游人尽还北,旅雁辞南国。枫树几回青,逐臣归不得。

长林令卫象饧丝结歌

主人雕盘盘素丝,寒女眷眷墨子悲。乃言－作答乃假使饧为之,八珍重沓失颜色。手援玉箸不敢持,始状芙蓉新出水。仰坏重衣倾万蕊,又如合欢交乱枝。红茸向暮花参差,吴蚕络茧抽尚绝,细缕纤毫看欲灭。雪发羞垂倭堕鬟,绣囊畏并茱萸结。我爱此丝巧,妙绝世间无。为君作歌陈座隅。

酬崔峒见寄－作江湖秋思

趋陪禁掖雁行随－作稀,迁放江潭鹤发垂。素浪遥疑太液水,青枫忽似万年枝。嵩南春遍愁－作伤魂梦。壶－作湖口云深隔路岐。共望汉朝多沛泽,苍蝇早晚得先知。

闻春雷

水国春雷早,阗阗若众车。自怜迁逐者,犹滞蛰藏余。

晚秋西省寄上李韩二舍人

昼漏传清唱,天恩－作隅。一本缺禁旅秋。雁亲承露掌,砧隔曝衣楼。赐膳中人送,余香侍女收。仍闻劳上直,晚步凤池头。

下武昌江行望涔阳

悠悠次－作向楚乡,楚－作樊口下涔阳。雪隐洲渚暗,沙高芦荻黄。渔人共留滞,水鸟自喧翔。怀土年空尽,春风又淼茫。

送史申之峡州

峡口巴江外－作水,无风浪亦翻。蒹葭新有雁,云雨不离猿。行客思乡远,愁人赖酒昏。檀郎好联句,共－作莫滞谢家门。

送王闰

相送临寒水,苍然望故关。江芜连梦泽,楚雪入商山。话我他年旧,看君此日还－作闲。因将自悲泪,一洒别离间。

江园书事寄卢纶

种柳南江边,闭门三四年。艳花－作俗人那胜竹,凡鸟不如蝉。嗜酒渐婴－作思渴,读书多欲眠。平生故交在,白首远相怜。

送郑况往淮南

西楚见南关,苍苍落日间。云离大雷树,潮入秣陵山。登戍因高望,停桡放溜闲。陈公有贤榻,君去岂空还。

题江陵临沙驿楼

江天清更愁,风柳入江楼。雁惜楚山晚,蝉知秦树秋。凄凉多独醉,零落半同游。岂复－作获平生意,苍然兰杜洲。

新蝉－作耿湋诗

今朝蝉忽鸣,迁－作羁客若为情。便－作渐觉一年老－作谢,能令万感生。微风方－作初满树,落日稍沉城。为问同怀者,凄凉听几声。

送张弋

拥棹江天旷,苍然下鄀城。冰霜葭菼变,云泽鹭鸪鸣。酒倦临流醉,人逢置榻迎。尝闻藉东观,不独鲁诸生。

送僧无言归山

袈裟出尘外,山径几盘缘。人到白云树,鹤沉青草田。龛泉朝请盥,松籁夜和禅。自昔闻多学,逍遥注一篇。

和卢校书文若早入使院书事第六句缺一字

解带独裴回,秋风如水来。轩墀湿繁露,琴几拂轻埃。晨鸟犹在叶,夕虫余口苔。苍然发高兴,相仰坐难陪。

送史泽之长沙

谢朓怀西府,单车触火云。野蕉依戍客,庙竹映湘君。梦渚巴山断,长沙楚路分。一杯从别后,风月不相闻。

田家

田家喜雨足,邻老相招携。泉溢沟塍坏,麦高桑柘低。呼儿催放犊,宿－作邀客待烹鸡。搔首蓬门下,如－作知将轩冕齐。

送卢堪

羁贫不易去,此日始西东。旅舍秋霖叶—作林夜,行人寒—作塞草风。酒醒余恨在,野饯暂游同。莫使祢生刺,空留怀袖中。

送柳震入蜀

粉堞连青气,喧喧杂万家。夷人祠竹节,蜀鸟乳桐花。酒报新丰景,琴迎抵峡斜。多闻滞游客,不似在天涯。

送李嘉祐正字括图书兼往扬州觐省

不事兰台贵,全多韦带风。儒官比刘向,使者得陈农。晚烧平芜外,朝阳叠浪东。归来喜调膳,寒笋出林中。

送刘侍御

狱成收夜烛,整豸出登车。黄叶辞荆楚,青岀背汉初。早朝新羽卫,晚下步徒胥。应念长沙谪,思乡不食鱼。

送庞判官赴黔中

天远风烟异,西南见一方。乱山来蜀道,诸水出辰阳。堆案青油暮,看棋画角长。论—作谕文谁可制,记室有何郎。

送人游岭南

万里南游客,交州见柳条。逢迎人易合,时日酒能消。浪晓浮青雀,风湿解黑貂。囊金如未足,莫恨故乡遥。

送曹同—作桐椅

青春—作山三十余,众艺尽无如。中散诗传画,将军扇续书。楚田晴下雁,江日暖游—作多鱼。惆怅空相送,欢游自此疏。

送鄂州张别驾襄阳觐省

苍苍岘亭—作峰路,腊月汉阳—作江春。带雪半山寺,行沙隔水人。王祥因就宦,莱子不违亲。正恨殊乡别,千条楚柳新。

送魏季羔游长沙觐兄—本无季字

芦荻湘江水,萧萧万里秋。鹤高看迥野,蝉远入中流。访友多成滞,携家不厌游。惠连仍有作,知得从兄酬。

杂言

伏余西景移,风雨—作与酒轻绤。燕拂青芜地,蝉鸣红叶枝。

玩花与卫象—作卫长林同醉

衰鬓千茎雪—作白,他乡一树花。今朝与君醉,忘却在长沙。

送王尊师归湖州

烟芜满洞青山绕,幢节飘空紫凤飞。金阙乍看迎日丽,玉箫遥听隔花微。多开石髓供调膳,时御霓裳奉易衣。莫学辽东华表上,千年始欲一回归。

九日洛—作落东亭

风息斜阳尽,游人曲落间。采花因覆酒,行草转看山。柳散新霜下,天晴早雁还。伤秋非骑省,玄发白成斑。

九日送人

送人冠獬豸,值节佩茱萸。均赋征三壤,登车出五湖。水风凄落日,岸叶飒衰芜。自恨尘中使,何因在路隅。

哭王注

已叹漳滨卧,何言驻隙难。异才伤促短,诸友哭门阑。古道松声暮,荒阡草色寒。延陵今葬子,空使鲁人观。

遇谷口道士

一见林中客,闲知州县劳。白云秋色远,苍岭夕阳高。自说名因石,谁逢手种桃。丹经倘相授,何用恋青袍。

喜外弟卢纶见—作访宿

静夜四无邻,荒居旧业贫。雨中黄叶树,灯下白头人。以我独沈久,愧君相见频。平生自有—作有深分,况是蔡家亲。

深上人见访忆李端

雁稀秋色尽，落日对寒山。避事多称疾，留僧独闭关。心归尘俗外，道胜有无间。仍忆东林友，相期久不还。

宿青龙寺故昙上人院

年深宫院在，旧客自相逢。闭户临寒竹，无人有夜钟。降龙今已去，巢鹤竟何从。坐见繁星晓，凄凉识旧峰。

送张炼师还峨嵋山

太一天坛天柱西，垂萝为幌－作挽石为梯。前登灵境青霄绝，下视人间白日低。松籁－作韵万声和管磬，丹光五色杂虹－作云霓。春山一入寻无路，鸟响烟深－作深林水满溪。

逢江客问南中故人因以诗寄

南客何时去，相逢问故人。望乡空泪落，嗜酒转家贫。疏懒辞微禄，东西任老身。上楼多看月，临水共伤春。五柳终期隐，双鸥自可亲。应怜折腰吏，冉冉在风尘。

送皋法师

江草知寒柳半衰，行吟怨别独迟迟。何人讲席投如意，唯有东林远法师。

送郑佶归洛阳

苍苍楚色水云间，一醉春风送尔还。何处乡心最堪羡，汝南初见洛阳山。

分流水

古时愁别泪，滴作分流水。日夜东西流，分流几千里。通塞两不见，波澜各自起。与君相背飞，去去心如此。

和耿拾遗元日观早朝

元日－作朔争朝阙，奔流若会溟。路尘和薄雾，骑火接低星。门响－作漏促双鱼钥，车喧百子铃。冕旒当翠殿，幢戟满彤庭。积－作表岁方编瑞，乘春即省－作宥刑。大官－作诸侯陈禹玉，司历献尧蓂。寿酒三觞退，箫韶九奏停。太阳开物象，霈泽及生灵。南陌高山碧－作祥光紫，东方晓气青。自怜扬子贱，归草太玄经。

塞下－作上曲

寒柳接胡桑，军门向大荒。幕营随月魄，兵气长星芒。横吹催春酒，重裘隔夜霜。冰开不防虏，青草满辽阳。

关山月

苍茫明月上，夜久光如积。野幕冷胡霜，关楼宿边客。陇头秋露暗，碛外寒沙白。唯有故乡人，沾裳此闻笛。

御制雨后出城观览，敕朝臣已下属和

上上开鹑野，师师出凤城。因知圣主念，得－作能遂老农情。陇麦垂秋合，郊尘得雨清。时新荐玄祖，岁足富－作布苍生。却马川原静，闻鸡水土平。薰弦歌舜德，和鼎致尧名。览物欣多稼，垂衣御大明。史官何所录，称瑞满天京。

奉和常舍人－本有衮字晚秋集贤院即事寄徐薛二侍郎

蔼蔼凤凰宫，兰台玉署通。夜霜凝树羽，朝日照相风。官附－作亚三台贵，儒开百氏宗。司言陈禹命－作拜，侍讲发尧聪。香卷青编内，铅分绿字中。缀簪从太史，锵珮揖群公。池接天泉碧，林交御果红。寒龟登故－作败叶，秋蝶恋疏丛。颜谢征文并，钟裴直－作议事同。离群惊海鹤，属思怨江枫。地远姑苏外，山长越绝东。惭当哲匠后，下曲本难工。

题鲜于秋－作映林园

雨后园林好，幽行迥－作迴，又作向野通。远山芳草外，流水落花中。客醉悠悠惯，莺啼处处同。夕阳－作伤春自一望，日暮杜陵东。

登秦岭

南登秦岭头，回首始堪忧。汉阙青门远，商山蓝水流。三湘迁客去，九陌故人游。从此思乡泪，双垂不复收。

独游寄卫长林

草绿春阳动,迟迟泽畔游。恋花同野蝶,爱水剧江鸥。身外唯须醉,人间尽—作半是愁。那知鸣玉者,不羡卖瓜侯。

望水

高楼—作原晴见水,楚色霭相和。野极空如练—作雪,天遥不辨波。永无人迹到,时有鸟行过。况是苍茫外,残阳照最—作更多。

望商山路

南见青山道,依然去国时。已甘长避地,谁料有还期。雨霁残阳薄,人愁独望迟。空残华发在,前事不堪思。

题落叶

霜景催危叶,今朝半树空。萧条故国异,零落旅人同。飒岸浮寒水,依阶拥夜虫。随风偏可羡,得到洛阳宫—作城中。

寄淮上人

昨闻归旧寺,暂别欲经年。樵客应同步—作出,邻僧定伴禅。后峰秋有雪,远涧夜鸣泉。偶与支公论,人间自共传。

送况上人还荆州,因寄卫侍御象

惠持游蜀久,策杖欲—作急西还。共别比宵月,独归何处山。对鸥沙草畔,洗足野云间。知有玄晖会,斋心受八关。

别卢纶—作纶别曙诗

有月多同赏,无秋不共悲。如何与君别,又是菊黄时。

雪二首

乐游春苑望鹅毛,宫殿如星树似毫。漫漫一川横渭水,太阳初出五陵高。

王屋南崖见洛城,石龛松寺上方平。半山槲叶当窗下,一夜曾闻雪打声。

酬卫长林岁日见呈

地暖雪花摧,天春斗柄回。朱泥一丸药,柏叶万年杯。旅雁辞人去,繁霜满镜来。今朝彩盘上,神燕不须雷。

杜鹃行—作杜甫诗

古时杜宇称望帝,魂作杜鹃何微细。跳枝窜叶树木中,抢翔瞥捩雌随雄。毛衣惨黑自憔悴,众鸟安肯相尊崇。骤形不敢栖华屋,短翮唯愿巢深丛。穿皮啄朽觜欲秃,苦饥始得食一虫。谁言养雏不自哺,此语亦足为愚蒙。声音咽哑若有谓,号啼略与婴儿同。口乾垂血转迫促,似欲上诉于苍穹。蜀人闻之皆起立,至今相效传遗风。乃知变化不可穷,岂知昔日居深宫。嫔妃左右如花红。

寄胡居士

日暖风微南陌头,青田红树起春愁。伯劳相逐行人别,岐路空归野水流。遍地寻僧同看雪,谁期载酒共登楼。为言惆怅嵩阳寺,明月高松应独游。

寒塘

晓发梳临水,寒塘坐见秋。乡心正无限,一雁度南楼。

为李魏公赋谢汧公

白雪高吟际,青宵远望中。谁言路遐旷,宫徵暗相通。

梁城老人怨—作陈羽诗

朝为耕种人,暮作刀枪鬼。相看父子血,共染城壕水。

全唐诗卷二百九十四

崔峒

崔峒,博陵人。登进士第,为拾遗、集贤学士,终於州刺史。《艺文传》云终右补阙,大历十才子之一也。诗一卷。

扬州选蒙相公赏判雪后呈上

自得山公许,休耕海上田。惭看长史传,欲弃钓鱼船。穷巷殷忧日,芜城雨雪天。此时瞻相府,心事比旌悬。

客舍书情寄赵中丞

东楚复西秦,浮云类此身。关山劳策蹇,僮仆惯投人。孤客来千里,全家托四邻。生涯难自料,中夜问一作见亲情。

客舍有怀因呈诸在事

读书常苦节,待诏岂辞贫。暮雪犹驱马,晡餐又寄人。愁来占吉梦,老去惜良辰。延首平津阁,家山日已春。

书怀寄杨郭李王判官

惯作云林客,因成懒漫人。吏欺从政拙,妻笑理家贫。李郭应时望,王杨入幕频。从容丞相阁,知忆故园春。

奉和给事寓直

桂枝家共折,鸡树代相传。忝向鸾台下,仍看雁影连。夜闲方步月,漏尽欲朝天。知去丹墀近,明王许荐贤。

初入集贤院赠李献仁曾于常山联官

燕代官初罢,江湖路便分。九迁从命薄,四十幸人闻。迹愧趋丹禁,身曾系白云。何由返沧海,昨日谒明君。

酬李补阙雨中寄赠

十年随马宿,几度受人恩。白发还乡井,微官有子孙。竹窗寒雨滴,苦砌夜虫喧。独愧东垣友,新诗慰旅魂。

初除拾遗酬丘二十二见寄
一作初拜命酬丘丹见赠

江海久垂纶,朝衣忽挂身。丹墀初一作方竭帝,白发免羞人。才愧文章士,名当谏诤臣。空余荐贤分一作力,不敢负交亲。

刘展下判官相招以诗答之

国有非常宠,家承异姓勋。背恩惭皎日,不义若浮云。但使忠贞在,甘从玉石焚。窜身如有地,梦寐见明君。

送侯山人赴会稽

仙客辞萝月,东来就一官。且归沧海住,犹向白云看。猿叫江天暮,虫声野浦寒。时游镜湖里,为我把鱼竿。

宿禅智寺上方演大师院

石林一作床高几许,金刹在中峰。白日空山梵,清一作晴霜后夜钟。竹窗回翠壁,苔径入寒松。幸接无生法,疑心怯所从。

题空山人石室

早晚悟无生,头陀不到城。云山知夏腊,猿鸟见修行。地僻无溪路,人寻逐水声。年年深谷里,谁识远公名。

登蒋山开善寺 一作李嘉祐诗

山殿秋云里,香烟出翠微。客寻朝磬至一作食,僧背夕阳归。下界千门见,前朝一作期万事非。看心兼送目,葭菼暮依依。

题崇福寺禅院

僧家竟何一作更无事,扫地与焚香。清磬度山翠,闲云来竹房。身心尘外远,岁月坐中长。向晚禅堂掩一作闭,无人空夕阳。

秋晚送丹徒许明府赴上国,因寄江南故人

秋暮之彭泽,篱花远近逢。君书前日至,别后此时重。寒夜江边月,晴天海上峰。还知南地一作北客,招引住新丰。

送薛仲方归扬州

佳句应无敌,贞心不有猜一作暂回。惭为丈人行,怯见后生才。泛舸贪斜月,浮槎值早梅。绿杨新过雨,芳草待君来。

送韦员外还京

十年离乱后,此去若为情。春晚香山绿,人稀豫一作颍水清。野陂看独树,关路逐残莺。前殿朝明主,应怜白发生。

润州送友人

见君还此地,洒泪向江边。国士劳相问,家书无处传。荒城胡一作闲马迹,塞木成人烟。一路堪愁思,孤舟何渺然。

送张芬东归

喧喧五衢上,鞍马自驱驰。落日临阡陌,贫交欲别离。早知时事异,堪一作岂与世人随。握手将何赠,君心我独知。

送苏修游上饶

爱尔无羁束,云山恣意过。一身随远岫,孤棹任轻波。世事关情少,渔家寄宿多。芦花浅淡一作泊船处,江月奈人何。

送陆明府之盱眙

陶令之官去,穷愁惨别魂。白烟横海戍,红叶下一作近淮村。澹浪摇山郭,平芜到县门。政成堪吏隐,免负一作就府公恩。

江南回逢赵曤,因送任十一赴交城主簿

江上长相忆,因高北望看。不知携老幼,何处度艰难。屈指同人尽,伤心故里残。遥怜驱匹马,白首到微官。

送薛良史往越州谒从叔

辞家年一作日已久,与子分偏一作仍深。易得相思一作思乡泪,难为欲别心。孤云随浦口,几日到山阴。遥想兰亭下,清风满竹林。

送丘二十二之 一作归苏州

积水与寒烟,嘉禾路几千。孤猿啼海岛,群雁起湖田。曾见一作寄长洲苑一作沙汭,尝闻大雅篇。却将封事去,知尔爱一作意闲眠。

登润州芙蓉楼
　　上古人何在，东流水不归。往来潮有信，朝暮事成非。烟树临沙静，云帆入海稀。郡楼多逸兴，良牧谢玄晖。

江上书怀
　　骨肉天涯别，江山日落时。泪流襟上血，发变一作白镜中丝。胡越书难到，存亡梦岂知。登高回首罢，形影自相随。

春日忆姚氏外甥
　　离乱人相失，春秋雁自飞。只缘行路远，未必寄书稀。二月花无数，频年意有违。落晖看过后，独坐泪沾衣。

送真上人还兰若
　　得道云林久一作下，年深暂一归。出山逢世乱，乞食觉人稀。半偈初传法，中一作千峰又掩扉。爱憎一作离应不染，尘俗自依依。

润州送师弟自江夏往台州
　　远客乘流去，孤帆向夜开。春风江上使，前日汉阳来。别路犹千里，离心重一杯。剡溪木未落，羡尔过天台。

送李道士归山
　　秋城临古路，城上望君还。旷野入寒草，独行随远山。授人鸿宝内，将犬白云间。早晚烧丹罢，遥知冰雪寒。

宿江西窦主簿厅与此公亡兄联官
　　广庭方缓步，星汉话中移。月满关山一作水关道，乌一作鸟啼霜树枝。时艰难会合，年长重亲知。前事成金石，凄然泪欲垂。

喜逢妻弟郑损因送入京
　　乱后自江城，相逢喜复惊。为经多载别，欲问小时名。对酒悲前事，论文畏后生。遥知盈卷轴，纸贵在江城。

咏门下画小松上元王杜三相公一作钱起诗
　　昔闻生涧底，今见起毫端。众草此时没，何人知岁寒。岂能裨栋宇，且贵出门阑。只在丹青意，凌云也不难。

寄上礼部李侍郎
　　吴楚相逢处，江湖共泛时。任风舟去远，待月酒行迟。白发常同叹，青云本要期。贵来君却少，秋至老偏一作堪悲。一作愁去我先悲。玉佩明朝盛，苍苔陋巷滋。追寻恨无路，唯有梦相思。

书情寄上苏州韦使君兼呈吴县李明府
　　数年湖上谢浮名，竹杖纱巾遂性情。云外有时逢寺宿，日西无事傍江行。陶潜县里年花发，庾亮楼中对月明。谁念献书来万里，君王深在九重城。

题桐庐李明府官舍一作赠同官李明府
　　讼堂寂寂对烟霞，五柳门前聚晓一作集晚鸦。流水声中视公事，寒山影里见人家。观风竞一作共美新为政，计日还知旧一作应更触邪。可惜陶潜无限酒一作兴，不逢篱菊正开花。

赠窦十九时公车待诏长安
　　灵台暮宿意多违，木落花开羡客归。江海几时传锦字，风尘不觉化缁衣。山阳会里同人少，灞曲农时故老稀。幸得汉皇容直谏，怜君未遇觉人非。

虔州见郑表新诗因以寄赠
　　梅花岭里见新诗，感激情深过楚词。平子四愁今莫比，休文八咏自同时。萍乡露冕真堪惜，凤沼鸣珂已讶迟。才子风流定难见，湖南春草但相思。

赠元秘书
　　旧书稍稍出风尘，孤客逢秋感此身。秦地谬为门下客，淮阴徒笑市中人。也闻阮籍寻常醉，见说陈平不久贫。幸有故人茅屋在，更将心一作闲事问情亲。

送韦八少府判官归东京
　　玄成世业紫真官，文似相如貌胜潘。鸿雁

南飞人独去,云山一别岁将阑。清淮水急桑林晚,古驿霜多柿叶寒。琼树相思何日见,银钩数字莫为难。

送冯八将军奏事毕归滑台幕府

王门别后到沧洲,帝里相逢俱白头。自叹马卿常带疾,还嗟李广不封侯。棠梨宫里瞻龙衮,细柳营中著虎裘。想到滑台桑叶落,黄河东注杏园秋。

送王侍御佐婺州一作郎士元诗,题云盖少府新除江南尉问风俗

闻君作尉一作不须惆怅向江潭,吴越风烟到自谙。客路寻常经竹径一作随竹影,人家大底傍山岚。绿溪花木偏宜远,避地衣冠尽向一作在南。惟有夜猿啼海树,思乡望北一作国意难堪。

越中送王使君赴江华

皂盖春风自越溪,独寻芳树一作草桂阳西。远水浮云随马去,空山弱篆向云低。遥知异政荆门北,旧许新诗康乐齐。万里相思在何处,九疑残雪白猿啼。

送皇甫冉往白田

江边尽日雉鸣飞,君向白田何日归。楚地蒹葭连海迥,隋朝杨柳映堤稀。津楼故市无行客,山馆空庭闭落晖。试问疲人与征战,使君双泪定沾衣。

题兰若

绝顶茅庵老此生,寒云孤木独经行。世人那得知幽径,遥向青一作中峰礼磬声。

送贺兰广赴选

而今用武尔攻文,流辈干时独卧云。白发青袍趋会府,定应衡镜却惭君。

清江曲内一绝折腰体

八月长江去浪平,片帆一道带风轻。极目不分天水色,南山南是岳阳城。

武康郭外望许纬先生山居

湖上千峰带落晖,白云开处见柴扉。松门一径仍生草,应是仙人一作先生向郭稀。

全唐诗卷二百九十五

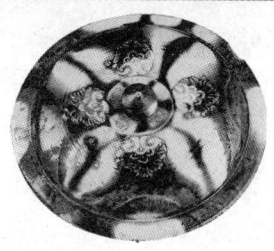

苗发

苗发,宰相晋卿之子,终都官员外郎,大历十才子之一也。诗二首。

送司空曙之苏州

盘门吴旧地,蝉尽草秋时。归国人皆久,移家君独迟。广陵经水宿,建邺有僧期。若到西霞寺,应看江总碑。

送孙德谕罢官_{一作任往黔州孙父曾牧此州,因寄家也}

中岁分符典石城,两朝趋陛谒承明。阙下昨承归老疏,天南今切去乡情。亲知握手三秋_{一作回}别,几杖扶身万里行。伯道暮年无嗣子,欲将家事托门生。

吉中孚

吉中孚,鄱阳人。大历十才子之一。始为道士,后官校书郎,登宏辞。兴元中,历翰林学士、户部侍郎。诗一卷,今存一首。

送归中丞使新罗册立吊祭

官称汉独坐,身是鲁诸生。绝域通王制,穷天向水程。岛中分万象,日处转双旌。气积鱼龙窟,涛翻水浪声。路长经岁去,海尽向山行。复道殊方礼,人瞻汉使荣。

夏侯审

夏侯审,大历十才子之一,官侍御史。诗一首。

咏被中绣鞋

云里蟾钩落凤窝,玉郎沈醉也摩挲。陈王当日风流减,只向波间见袜罗。

王烈

王烈,大历间人。诗五首。

行路难

行客满长路,路长—作难良足哀。白日持角弓,射人而取财。千金谁家子,纷纷死黄埃。见者不敢言,言者不得回。家人各望归,岂知长不来。

雪

雪飞当梦蝶,风度几惊人。半夜一窗晓,平明千树春。花园应失路,白屋忽为邻。散入仙厨里,还如云母尘。

酬崔峒

徇世甘长往,逢时忝一官。欲朝青琐去,羞向白云看。荣宠无心易,艰危抗节难。思君写怀抱,非敢和幽兰。

塞上曲二首

红颜岁岁老金微,砂碛年年卧铁衣。白草城中春不入,黄花戍上雁长飞。

孤城夕对戍楼闲,回合青冥万仞山。明镜不须生白发,风沙自解老红颜。

卫象

卫象,大历间江南诗人,官侍御。诗二首。

伤李端

才子浮生促,泉台此路赊。官卑杨执戟,年少贾长沙。人去门栖鹏,灾成酒误蛇。唯余封禅草,留在茂陵家。

古词

鹊血彫—作调弓湿未干,鹖鹑新淬—作染剑光—作花寒。辽东老将鬓成雪,犹向旄头夜夜看。

崔季卿

崔季卿,峒之从孙。诗一首。

晴江秋望

八月长江万里晴,千帆一道带风轻。尽日不分天水色,洞庭南是岳阳城。

何兆

何兆,蜀人。诗二首。

赠兄

洛阳纸价因兄贵,蜀地红笺为弟贫。南北东西九千里,除兄与弟更无人。

玉蕊花—作严休复诗

羽车潜下玉龟山,尘世何缘睹蒨颜。惟有多情天上雪,好风吹上绿云鬟。

句

芙蓉十二池心漏,薝蔔三千灌顶香。见《焦氏笔乘》。

奚贾

奚贾,富春人。诗三首。

严陵滩下寄常建

日入溪水静,寻真此亦难。乃知沧洲人,道成仍—作成道因钓竿。漾楫乘—作坐微月,振衣生早寒。纷吾成独往,自速耽考槃。已息汉阴诮,且同濠上观。旷然心无涯,谁问容膝安。

谒李尊师

万物返常性,惟道贵自然。先生容—作亦其微,隐几为列仙。炼魄闭琼户,养毛飞洞天。将知逍遥久,得道无岁年。

寻许山人亭子

桃源若远近,渔子棹轻舟。川路行难尽,人家到渐幽。山禽拂席起,溪水入庭流。君是何年隐,如今成白头。

句

眠涧花自落,步林鸟不飞。

谿谷何萧条,日入人独行。

落日下平楚,孤烟生洞庭。见《诗式》。

全唐诗卷二百九十六

张南史

张南史,字季直,幽州人。好弈棋。其后折节读书,遂入诗境,以试参军。避乱,居扬州。再召,未赴而卒。诗一卷。

富阳南楼望浙江风起

南楼渚风起,树杪见沧波。稍觉征帆上,萧萧暮雨—作五雨多。沙洲殊未极,云水更相和。欲问任公子,垂纶意若何。

奉酬李舍人秋日寓直见寄

秋日金华直,遥知玉佩清。九重门更肃,五色诏初成。槐落宫中影,鸿高苑外声。翻从魏阙下,江海寄幽情。

同韩侍郎秋朝使院

重门启曙关,一叶报秋还。露井桐柯湿,风庭鹤翅闲。忘情簪白笔,假梦入青山。惆怅只应此,难裁语默间。

送朱大—作文游塞—作送朱大北游

岁暮一—作欲为别,江湖聊自宽。且无人事处—作恋,谁谓客行难。鄂曲怜公子,吴州忆伯鸾。苍苍远山际,松柏独宜寒。

送郑录事赴太原

叹息不相见,红颜今白头。重为西候别,方起北风愁。六月胡天冷,双城汾水流,卢谌即故吏,还复向并州。

送余赞善使还赴薛尚书幕

音书不可论,河塞雪纷纷。雁足期苏武,狐裘见薛君。城池通紫陌,鞍马入黄云。远棹—作忆漳渠水,平流几处分。

送李侍御入茅山采药

苦县家风在,茅山道录传。聊听骢马使,却就紫阳仙。江海生岐路,云霞入洞天。莫令千岁鹤,飞到草堂前。

寄中书李舍人

昨宵凄断处,对月与临风。鹤病三江上,兰衰百草中。题诗随谢客,饮酒寄黄翁。早岁心相待,还因贵贱同。

和崔中丞中秋月

秋夜月偏明,西楼独有情。千家看露湿,万里觉天清。映水金波动,衔山桂树生。不知飞鹊意,何用此时惊。

西陵怀灵一上人兼寄朱放

淮海风涛起,江关忧思长。同悲鹊绕树,独坐雁随阳。山晚云藏—作和雪,汀寒月照霜。由来濯缨处,渔父爱沧浪。

寄静虚上人云门

寒日白云里,法侣自提携。竹径通城下,松门隔水西。方同沃洲去,不自武陵迷。仿佛心疑—作知处,高峰是会稽。

送司空十四北游宋州

九拒危城下,萧条送尔归。寒风吹画角,暮雪犯征衣。道里犹成间,亲朋重与违。白云愁欲断,看入大梁飞。

殷卿宅夜宴

日暗城乌宿,天寒枥马嘶。词人留上客,妓女出中闺。积雪连灯照,回廊映竹迷。太常今夜宴,谁不醉如泥。

宣城雪后还望郡中寄孟侍御
一作立春后开元观送强文学还京

腊后年华变,关西驿骑遥。塞鸿连暮雪,江柳动寒条。山水还郡,图书入汉朝。高楼非别处,故使百忧销。

独孤常州北亭

北沚敞高明,凭轩见野情。朝回五马迹,更胜百花名。海树凝烟远,湖田见鹤清。云光侵素壁,水影荡闲楹。俗赖褰帷谒,人欢倒屣迎。始能崇结构,独有谢宣城。

早春书事奉寄中书李舍人

儒服山东士,衡门洛下居。风尘游上路,简册委空庐。戎马生郊日,贤人避地初。寓身初浩荡,投迹岂踌躇。翠羽怜穷鸟,琼枝顾散樗。还令亲道术,倒欲混樵渔。敝缊袍多补,飞蓬鬓少梳。诵诗陪贾谊,酌酒伴应璩。鹤膝兵家备,凫茨俭岁储。泊舟依野水,开径接园蔬。暂阅新山泽,长怀故里闾。思贤乘郎月,览古到荒墟。在竹惭充箭,为兰幸免锄。那堪闻相府,更遣诣公车。寒足终难进,颦眉竟未舒。事从因病止,生寄负恩余。不见神仙久,无由鄙吝祛。帝庭张礼乐,天阁绣簪裾。日色浮青琐,香烟近玉除。神清王子敬,气逐马相如。铜漏时常静,金门步转徐。唯看五字表,不记八行书。宿昔投知己,周旋谢起予。祇应高位隔,讵是故情疏。为报周多士,须怜楚子虚。一身从弃置,四节苦居诸。柳发三条陌,花飞六辅渠。灵盘浸沉瀣,龙首映储胥。北海樽留客,西江水救鱼。长安同日远,不敢咏归欤。

陆胜—作璞宅秋暮雨中探韵同作

同人永日自相将,深竹闲园偶辟疆。已被秋风教忆鲙,更闻寒雨劝飞觞。归心莫问三江水,旅服徒—作从沾九日—作月霜。醉里欲寻骑马路,萧条几处有垂杨。

春日道中寄孟侍御

春来游子傍—作伤归路,时有白云遮—作邀独行。水流乱赴石潭响,花开—作发不知山树名。谁家鱼网求鲜食,几处人烟事火耕。昨日已尝村酒熟,一杯思与孟嘉倾。

江北春望赠皇甫补阙

闲园柳绿井桃红,野径荒墟左右通。清迥独连江水北,芳菲更似洛城东。时看雨歇人—作云归岫,每觉潮来树起风。闻道金门堪避世,何须身与海鸥同。

酬张二仓曹杨子闲居见寄兼呈韩郎中左补阙皇甫冉

孤云独鹤自悠悠,别后经年尚泊舟。渔父致词相借问,仙郎能赋许依投。折芳远计三春草,乘兴闲看万里流。莫怪杜门频乞假,不堪扶病拜龙楼。

秋夜闻雁寄南十五兼呈空和尚
一作和空上人

晚节闻君道趣深,结茅栽树近东林。禅一作大师几度曾摩顶,高士何年更发心。北渚三更闻过雁,西城万木动寒砧。不见支公与玄度,相思拥膝坐长吟。

雪 以下六首,俱一字至七字

雪,雪。花片,玉屑。结阴风,凝暮节。高岭虚晶,平原广洁。初从云外飘,还向空中噎。千门万户皆静,兽炭皮裘自热。此时双舞洛阳人,谁悟郢中歌断绝。

月

月,月。暂盈,还缺。上虚空,生溟渤。散彩无际,移轮不歇。桂殿入西秦,菱歌映南越。正看云雾秋卷,莫待关山晓没。天涯地角不可寻,清光永夜何超忽。

泉

泉,泉。色净,苔鲜。石上激,云中悬。津流竹树,脉乱山川。扣玉千声应,含风百道连。太液并归池上,云阳旧出宫边。北陵井深凿不到,我欲添泪作潺湲。

竹

竹,竹。披山,连谷。出东南,殊草木。叶细枝劲,霜停露宿。成林处处云,抽笋年年玉。天风乍起争韵,池水相涵更绿。却寻庾信小园中,闲对数竿心自足。

花

花,花。深浅,芬葩。凝为雪,错为霞。莺和蝶到,苑占宫遮。已迷金谷路,频驻玉人车。芳草欲陵芳树,东家半落西家。愿得春风相伴去,一攀一折向天涯。

草

草,草。折宜,看好。满地生,催人老。金殿玉砌,荒城古道。青青千里遥,怅怅三春早。每逢南北离别,乍逐东西倾倒。一身本是山中人,聊与王孙慰怀抱。

全唐诗卷二百九十七

王建

王建,字仲初,颍川人。大历十年进士。初为渭南尉,历秘书丞、侍御史。太和中,出为陕州司马,从军塞上。后归咸阳,卜居原上。建工乐府,与张籍齐名。宫词百首,尤传诵人口。诗集十卷,今编为六卷。

送人

白日向西—作天没,黄河复东流。人生足著地,宁免四方游。我行无返顾,祝—作况子勿回头。当须向前去,何用起离忧。但恐无广路,平地作山丘。令我车与马,欲疾反停留。蜀客多积货,边人易封侯。男儿恋家乡,欢乐为仇雠。丁宁相劝勉,苦口幸无尤。对面无相成,不如豺虎俦。彼远不寄书,此寒莫寄裘。与君俱绝迹,两念无因由。

主人故亭

主人昔专城,城南起高亭。贵与宾客游,工—作上者夜不宁。酒食宴圊人,栽接望早成。经年使家僮,远道求异英。郡中暂闲暇,绕树引诸生。开泉浴山禽,为爱山中声。世间事难保,一日各徂征。死生不相及,花落实方荣。我来至此中,守吏非本名。重君昔为主,相与下马行。旧岛日日摧,池水不复清。岂无后人赏,所贵手自营。浇酒向所思,风起如有灵。此去不重来,重来伤我形。

古从军

汉家—作军逐单于,日没处—作交河曲。浮云道旁起,行子车下宿。枪城围鼓角,毡帐依山谷,马上悬壶浆,刀头分颊—作顿肉。来时高堂上,父母亲结束。回面—作首不见家—作客,风吹破衣服。金疮在—作生肢节,相与拔—作取箭镞。闻道西凉州,家家妇女—作人哭。

邯郸主人

远客无主人,夜投邯郸市。飞蛾绕残烛,半夜人醉起。垆边酒家女,遗我缃绮被。合成双凤花,宛转不相离。纵令颜色改一作故,勿遣合欢异。一念始为难,万金谁足贵。门前长安道,去者如流水。晨风群鸟翔,裴回别离此。

泛水曲

载酒入烟浦,方舟泛绿波。子酌我复饮,子饮我还歌。莲深微路通一作迷路,峰曲幽气一作风多。阅芳无留瞬,弄桂不停柯。水上秋日一作月鲜,西山碧峨峨。兹欢良可贵,谁复更来过。

江南杂体二首

江上风修修,竹间湘水流。日夜桂花落,行人去悠悠。复见离别处,虫声阴雨秋。

处处江草一作山绿,行人发潇湘。潇湘回雁多,日夜思故乡。春梦不知数,空山兰蕙一作桂芳。

远征归

万里发辽阳,处处问家乡。回车不淹辙,雨雪满衣裳。行见日月疾,坐思道路长。但令不征戍,暗镜生重光。

思远人

妾思常悬悬,君行复绵绵。征途向何处,碧海与青天。岁久一作羁人自有念,谁令长在边。少年若不归,兰室如黄泉。

伤近者不见

离人隔中庭,幸不为远征。雕梁下有壁,闻语亦闻行。天涯尚寄信,此处不传情。君能并照水,形影自分明。

元日早朝

大国礼乐备,万邦朝元正。东方色未动,冠剑门已盈。帝居在蓬莱,肃肃钟漏清。将军领羽林,持戟巡宫城。翠华皆宿陈,雪仗罗天兵。庭燎远煌煌,旗上日月明。圣人龙火衣,寝殿开璇扃。龙楼横紫烟,宫女天中行。六蕃倍一作陪位次,衣服各异形。举头看玉牌,不识宫殿名。左右稚一作稺,又作䍿扇开,蹈舞分满庭。朝服带金玉,珊珊相触声。泰阶备雅乐,九奏鸾凤鸣。裴回庆云中,竽一作笙磬寒铮铮。三公再献寿,上帝锡永贞。天明告四方,群后保太平。

闻故人自征戍回

昔闻著征戍,三年一还乡。今来不换兵,须死在战场。念子无气力,徒学事戎行。少年得生还一作随,有同堕穹苍。自去报尔家,再行上高堂。尔弟修废枥,尔母缝新裳。恍恍恐不真,犹未苦一作来若承望。每日空出城,畏渴携壶浆。安得缩地经,忽使在我傍。亦知远行劳,人悴马玄黄。慎莫多停留,苦我一作戏居者肠。

七泉寺上方

长年好名山,本性今得从。回看尘迹遥,稍见麋鹿踪。老僧云中居,石门青重重。阴泉养成龟,古壁飞却一作虬龙。扫石礼新经,悬幡上高峰。日夕猿鸟合,觅食听山钟。将火寻远泉,煮茶傍寒松。晚随收药人,便宿南涧中。晨起冲露行,湿花枝茸茸。归依向禅师,愿作香火翁。

从元太守夏宴西楼

六月晨亦热,卑居多烦昏。五马游西城,几杖随朱轮。西楼临方塘,嘉木当华轩。凫鹥满中流,有酒复盈尊。山东地无山,平视大海垠。高风凉气来,灏景沈清源。青衿俨坐傍,礼容益敦敦一作存存。愿为颜氏徒,歌咏夫子门。

酬柏侍御闻与韦处士同游灵台寺见寄

西域传中说,灵台属雍州。有泉皆圣迹,有石皆佛头。所出蒫蔔香,外国俗一作欲来求。毒蛇护其下,樵者不可偷。古碑在云巅,备载置寺由。魏家移下来,后人始增修。近与韦处士,爱此山之幽。各自具所须,竹笼盛茶瓯。牵马过危栈,襞衣涉奔流。草开平路尽,林下大石稠。过郭—作回廊转经峰,忽见东西楼。瀑布当寺门,迸落衣裳秋。石苔铺紫花,溪叶裁碧油—作流。松根载—作戴殿高,飘摇仙山浮。县中贤大夫,一月前此游。赛神贺得雨,岂暇多停留。二十韵新诗,远寄寻山俦。清泠玉涧泣,冷切石磬愁。君名高难闲,余身愚终休。相将长无因,从今生离忧。

荆南赠别李肇著作转韵诗

辉天复耀—作辉地,再为歌咏始。素传学道徒,—作素业传学徒。清门有君子。文涧泻潺潺,德峰来垒垒。两京二十—作十二年,投食公卿—作卿相间。封章既不下。故旧多惭颜。卖马市耕牛,却归湘浦山。麦收—作秋蚕上簇,衣食应丰足。碧涧伴僧禅,秋山对雨宿。且欢身体适—作遥,幸免缨组束。上宰镇荆州,敬重同岁游。欢逢通世友,简授画—作尽戎筹。迟迟就公食,怆怆别野裘。主人开宴席,礼数无形迹。醉笑或颠吟,发谈皆损益。临罾理芳鲜,升堂引宾客。早岁慕嘉名,远思今始平。孔门忝同辙,潘馆—作室幸诸甥。自知再婚娶,岂望为亲情。欣欣还切切,又二千里别。楚笔防寄书,蜀茶忧远热。关山足—作正重叠,会合何时节。莫叹—作劝各从军,且愁岐路分。美人停玉指,离瑟不中闻。争向巴山夜,猿声满碧云。

早发金堤驿

虫声四野合,月色满城白。家家闭户眠,行人发孤驿。离家尚苦热,衣服唯轻绤。时节忽复迁,秋风彻经脉。人睡落堑辙,马惊入芦荻。慰远时问程,惊昏忽摇策。从军岂云乐,忧患常萦积。唯愿在—作住贫家—作在家贫,团圆过朝夕。

和裴相公道中赠别张相公

云间双凤鸣,一去一归城。鞍马朝天色—作邑,封章恋阙情。日临宫—作官树高,烟盖沙草平。会当戎事息,联影绕池—作江行。

和钱舍人水植诗

盆里盛野泉,晚鲜幽更—作池好。初活草根浮,重生荷叶小。多时水马—作鸟出,尽日蜻蜓绕。朝早独来看,冷星沈碧晓。

题寿安南馆

明蒙—作发竹间亭,天暖幽桂碧。云生四面山,水接当阶石。湿树—作堤浴鸟痕,破苔卧鹿绩。不缘尘驾触,堪—作复作商皓宅。

送张藉归江东

清泉浣尘缁,灵药释昏狂。君诗发大雅,正气回我肠。复令五彩姿,洁白归天常。昔岁同讲道,青襟在师傍。出处两相因,如彼衣与裳。行行成此归,—作行成此去,一作归计。离我适咸阳。失意未还家,马蹄尽四方。访余咏新文,不倦道路长。僮仆怀昔念,亦如还故乡。相亲惜昼夜,寝息不异床。犹将在远道,忽忽起思量。黄金未为罍,无以挹酒浆。所念俱贫贱,安得相发扬。回车远归省,旧宅江南厢。归乡非得意,一本缺此五字。但贵情义彰。五月天气热,波涛毒于汤。慎勿多饮酒,药膳愿自强。

励学

买地不肥实,其繁系耕凿。良田少锄理,兰焦香亦薄。勿以听者迷,故使宫徵错。谁言三岁童,还能分善恶。孜孜日求益,犹恐业未博。况我性顽蒙,复不勤修学。有如朝暮食,暂亏忧陨获。若使无六经,贤愚何所托。

山中寄及第故人

长长南山松,短短北涧杨。俱承日月照,幸免斤斧伤。去年与子别,诚言暂还乡。如何弃我去,天路忽腾骧。谁谓有双目,识貌不识肠。岂知心内乖,著我薜萝裳。寻君向前事,不叹今异翔。往往空室中,瘖瘂—作语说珪璋。十年居此溪,松桂日苍苍。自从无佳—作故人,山中不—作少辉光。尽弃所留药,亦焚旧草堂。还君誓已书,归我学仙方。既为参与辰,各愿一作愿各不相望。始终名利途,慎勿罹咎殃。

求友

鉴形须明一作初镜,疗疾须良医。若无傍人见,形疾安自知。世路薄言行,学成弃其师。每怀一饭恩,不重劝勉词。教学既不诚,朋友道日亏。遂作名利交,四海争奔驰。常慕正直人,生死不相离。苟能成我身,甘与一作为僮仆随。我言彼当信,彼道我无疑。针药及病源,以石投一作探深池。终朝举善道,敬爱当行之。纵令误所见,亦贵本相规。不求立名声,所贵去瑕玼一作疵。各愿贻子孙,永为后世资。

寄李益少监兼送张实游幽州

大雅废已久,人伦失其常。天若不生君,谁复为文纲。迷者得道路,溺者遇舟航。国风人已变,山泽增辉光。星辰有其位,岂合离帝傍。贤人既遐征,凤鸟一作皇安来翔。少小慕高名,所念隔山冈。集卷新纸封,每读常焚香。古来难一作谁自达,取鉴在一作有贤良。未为知音故,徒恨名不彰。谅无金石坚,性命岂能长。常恐一世中,不上君子堂。伟一作倬哉清河子,少年志坚强。箧中有素文,千里求发扬。自顾音韵乖,无因合宫商。幸君达精诚,为我求回章。

寄崔列中丞

火山无冷地一作气,浊流无清源。人生在艰世,何处避谗言,诸侯镇九州,天子开四门。尚有忠义士,不得申其冤。嘉木移远植,为我当行轩。君子居要途,易失主人恩。我爱古人道,师君直且温。贪泉誓不饮,邪路誓不奔。如何非冈坂,故使车轮翻。妓妾随他人,家事幸获一作护存。当时门前客,默默空冤烦。从今遇明代,善恶亦须论。莫以曾见疑,直道遂不敦。

喻时

去者如弊帷,来者如新衣。鲜华非久长,色落还弃遗。讵知行者夭,岂悟壮者衰。区区未死间,回面相是非。好闻苦不乐,好视忽生疵。乃明万物情,皆逐人心移。古今尽如此,达士将何为。

赠王侍御

愚者昧邪正,贵将平道行。君子抱仁义,不惧一作罹天地倾。三受主人辟,方出咸阳城。迟疑匪自崇,将显求贤名。自来掌军书,无不尽臣诚。何必操白刃,始致海内平。无不尽臣诚。何必操白刃,始致海内平恭一作忝事四海人,甚于敬公卿。有恶如己辱,闻善如己荣。或人居饥寒,进退陈中情。彻晏一作宴听苦辛,坐卧身不宁。以心应所求,尽家犹为轻。衣食有亲疏,但恐逾礼经。我今愿求益,讵敢为友生。幸君扬素风,永作来者程。

宋氏五女

贝州宋处士若一作廷芬五女:若华,若昭,若伦,若宪,若茵一作荀。

五女誓终养,贞孝内自持。兔丝自萦纡,不上青松枝。晨昏在亲傍,闲则读书诗。自得圣人心,不因儒者知一作资。少年绝音华,贵绝父母词。素钗垂两髦,短窄一作穿古时衣一作仪。行成闻四方,征诏环珮随。同时入皇宫,联影步玉墀。乡中尚其风,重为修茅茨。圣朝有良史,将此为女师。

送于丹移家洺州

忆昔门馆前,君当童子年。今来见成长,俱过远一作述所传。诗礼不外学,兄弟相攻研。如彼贩海翁,岂种溪中田。四方尚尔文,独我敬尔贤。但爱金玉声,不贵金玉一作石坚。孤遗一室中,寝食不相捐。饱如肠胃同,疾若肤体连。耕一作居者求沃土,汲者求深源。彼邦君子居,一日可徂一作得迁。念此居处近,各为衣食牵。从今不见面,犹胜异山川。既乖欢会期,郁郁两难宣。素琴苦一作若无徽,安得宫商全。他皆缓别日,我愿促行轩。送人莫长歌,长歌离恨延。羸马不知去,过门常盘旋。会当为尔邻,有地容一泉。

留别舍弟

孤贱相长—作长相育,未曾为远游。谁不重欢爱,晨昏阙珍羞。出门念衣单,草木当穷秋。非疾有忧叹,实为人子尤。世情本难合,对面隔山丘。况复干戈地,懦夫何所投。与尔俱长成,尚为沟壑忧。岂非轻岁月,少小不勤修。从今解思量,勉力谋善猷。但—作伊得成尔身,衣食宁求。固合受此训,堕—作情慢为身羞—作雠。岁暮当归来,慎莫怀远游。

坏屋

官家有坏屋,居者愿离得。苟或幸其迁—作还,回—作因循任倾侧。若当君子住,一日还修饰。必使换榱—作榱楹,先须木端直。永令雀与鼠,无处求栖息。坚固传后人,从今勉劳力。以兹喻臣下,亦可成邦国。虽曰愚者词,将来幸无惑。

送薛蔓应举

四海重贡献,珠贝—作贝称至珍。圣朝开礼闱,所贵集嘉宾。若生在世间,此路出常伦。一士登甲科,九族光彩新。憧憧车马徒,争路—作蹋长安尘。万目视高天—作天高,升者得—作宁苦辛。况子当少年,丈—作文人在咸秦。出门见宫阙,献赋侍—作待朱轮。有贤大国丰,无子一家贫。男儿富邦家,岂为荣其身。煌煌文明代,俱幸生此辰。自顾非国风,难以合圣人。子去东堂上,我归南涧滨。愿君勤作书,与我山中邻。

将归故山留别杜侍御—作郎

有川不得涉,有路不得行。沈沈百忧中,一日如一生。错来干诸侯,石田废春耕。虎戟卫重门,何因达中诚。日月俱照辉—作耀,山川异阴晴。如何百里间,开目不见明。我今归故山,誓与草木并。愿君去丘坂,长使道路平。

送韦处士老舅

忆昨痴小年,不知有经籍。常随童子游,多向外家—作人剧。偷花入邻里,弄笔书墙壁。照水学梳头,应门未穿帻。人前赏文性,梨果蒙不惜。赋字咏新泉,探题得幽石。自从出关辅,三十年作客。风雨一飘飖,亲情多阻隔。如何二千里,尘土驱寒瘠。良久陈苦辛,从头叹衰白。既来今又去,暂笑还成戚。落日动征车,春风卷离席。云台观西路,华岳祠—作峰前柏。会得过帝乡,重寻旧行迹。

送同学故人

各为四方人,此地同事师。业成有先后,不得长相随。出林多道路,缘冈复绕陂。念君辛苦行,令我形体疲。黄叶堕车前,四散当此时。亭上夜萧索,山风水离离。

幽州送申稷评事归平卢

行子绕天北,山高塞—作寒复深。升堂展客礼,临水濯缨襟—作衿,一作尘缨。驱驰戎地马,聚散林间禽。一杯泻东流,各愿无异心。蓟亭虽苦寒,春夕勿重衾。从军任白头,莫卖故山岑。

温门山

早入温门山,群峰乱如戟。崩崖欲相触,呀—作砑豁断行迹。脱屦寻浅流,定足畏欹石。路尽十里溪,地多千岁柏。洞门昼阴黑,深处惟石壁。似见丹砂光,亦闻钟乳滴。灵池出山底,沸水冲地脉。暖气成湿烟,濛濛窗中白。随僧入古寺,便是云外客。月出天气凉,夜钟山寂寂。

代故人新姬侍疾

双毂不回辙,子疾已在旁。侍坐长摇扇,迎医渐—作暂下床。—作近医暂下床。新施箱中幔,未洗来时妆。奉君缠绵意,幸愿莫相忘。

采桑

鸟鸣—作啼桑叶间,绿条复柔柔。—作叶绿条复柔。攀看去手近,放—作散下长长钩。黄花盖野田,白马少年游。所念岂回顾—作志,良人在高楼。

晓思

晓气生绿水,春条露霏霏一作靡靡。林间栖鸟散,远念征人起。幽花宿含彩,早蝶寒弄翅。君行非晨风,讵能从门至。首联一作春条露霏霏,晓气生绿水。

早起

回灯正衣裳一作冠,出户星未稀。堂前候姑一作始起,环珮生晨辉。暗池光幂历,密树花葳蕤。九城钟漏绝,遥听直郎归。

酬张十八病中寄诗

本性慵远行,绵绵病自生。见君绸缪思,慰我寂寞情。风幌夜不掩,秋灯照雨明。彼愁此又忆,一夕两盈盈。

全唐诗卷二百九十八

王建

凉州行

凉州四边沙皓皓—作浩浩,汉家无人开旧道。边头州县尽胡兵,将军别—作当筑防秋城。万里人家—作征人皆已没,年年旄节发西京。多来中国收妇女,一半生男—作来为汉语。蕃人旧日不耕犁,相学如今种禾黍。驱羊亦著锦为衣,为惜毡裘防斗—作树时。养蚕缫茧成匹帛,那堪—作得,一作将绕帐作旌旗。城头山鸡鸣角角,洛阳家家学—作教胡乐。

寒食行

寒食家家出古城,老人看屋少年行。丘垅年年无旧道,车徒散行—作车踪散乱入衰草。牧儿—作童驱牛下冢头—作边,畏有家人来洒扫。远人无坟水头祭,还引妇姑望乡拜。三日无火烧纸钱,纸钱—作衰衰那得到黄泉。但看垅上无新土,此中白骨应无主。

促刺词—作促促行

促刺复促刺—作促促复刺刺,水中无鱼山无石。少年虽嫁不得—作将归,头白犹著父母衣。田边旧宅—作四边田宅非所—作我有,我身不及逐鸡飞。出门若有归死处,猛虎当衢—作途向前去。百年不遣踏君—作居门,在家谁唤为新妇。岂不见他邻舍娘,嫁来常在舅姑傍。

垄—作陇头水

垄水何年垄头别,不在山中亦呜咽。征人塞耳马不行,未到垄头闻水声。谓是西流入蒲海,还闻北去—作海绕龙城。垄东垄西多屈曲,野麋饮水长簌簌。胡兵夜回水旁住,忆著来时磨剑处。向前无井复—作亦无泉,放马回看垄头—作西树。

北邙行—作北邙山

北邙山头少闲土—作坐,尽是洛阳人旧墓。

旧墓—作洛阳人家归葬多,堆著黄金无买处。天涯悠悠葬日促,冈坂崎岖不停毂。高张素幕绕铭旌,夜唱挽歌山下宿。洛阳城北复—作西并城东,魂车祖马长相逢。车辙广若长安路,蒿草少—作多于松柏树。涧底盘陀—作山头涧底石—作古渐稀,尽向坟前作羊虎。谁家石碑文字灭,后人重取书年月。朝朝车马送葬回,还起大宅与高台。

温泉宫行

十月一日天子来,青绳御路无尘埃。宫前内里汤各别,每个白玉芙蓉开。朝元阁向山上起,城绕青山龙—作笼暖水。夜开金殿看星河,宫女知更月明里。武皇得仙王母去,山鸡昼鸣—作啼宫中树。温泉决决出宫流,宫使年年修玉楼。禁兵去尽无射猎,日西麋鹿登城头。梨园弟子偷曲谱,头白人间教歌舞。

春词

红烟满户日照梁,天丝软弱—本缺虫飞扬。菱花霍霍绕帷光,美人对镜著衣裳。庭中并种相思树,夜夜还栖双凤凰。

辽东行

辽东万里辽水曲,古戍无城复无屋。黄云盖地雪—本缺此三字作山,不惜黄金买—作贵衣服。战回各自收弓箭,正西回面家乡远。年年郡县送征人,将与辽东作丘坂。宁为草木乡中生,有身不向辽东行。

塞上梅—作曲

天山路傍一株—作枝梅,年年花发黄云下。昭君已殁汉使回,前后征人惟系马。日夜风吹满陇头,还随陇水东西流。此花若近长安路,九衢年少无攀处。

戴胜词

戴胜谁与尔为名,木—作水中作窠墙上鸣。声声催我急种谷,人家向田不归宿。紫冠采采—作深深褐羽斑,衔得蜻蜓飞过屋。可怜白鹭满绿池,不如戴胜知天时。

秋千词

长长丝绳紫复碧,袅袅横枝高百尺。少年儿女重秋千,盘巾—作中结带分两边。身轻裙薄易生力,双手向空如鸟翼。下来立定—作地重系衣,复畏斜风高不得。傍人送上那足贵,终赌—作睹鸣—作明珰—作闹自—作斗身起。回回若与高树齐,头上宝钗从堕地。眼前争胜难为休,足踏平地看始愁。

开池得古钗

美人开池北堂下,拾得宝钗金—作全未化。凤凰半在双股齐,钿花落处生—作作黄泥。当时堕地觅不得,暗想窗中还夜啼。可知将来对夫婿,镜前学梳古时髻。莫言至死亦不遗,还似前人初得时。

赛神曲

男抱琵琶女作舞,主人再拜听神语。新妇上酒勿—作莫辞勤,使尔舅姑无所苦。椒浆湛湛桂座新,一双长箭系红巾。但愿牛羊满家宅,十月报赛南山神。青天无风水复—作损碧,龙马上鞍牛服轭。纷纷醉舞踏衣裳,把酒路旁劝行客。

田家留客

人家—作客少能留我屋,客有新浆马有粟。远行僮仆应苦饥,新妇厨中炊欲熟。不嫌田家破门户,蚕房新泥无风土。行人但饮—作饭莫畏贫,明府上来何—作可苦辛。丁宁回语屋—作房中妻,有客勿令儿夜啼。双冢—作井直西有县路,我教丁男送君去。

精卫词

精卫谁教尔填海,海边石子青磊磊。但得海水作枯池,海中鱼龙—作鳖何所为。口穿岂为空衔石,山中草木无全枝。朝在树头暮海里,飞多羽折时堕水。高山未尽海未平,愿我身死子还生。

老妇叹镜

嫁时明镜老犹在,黄金镂画—作缕尽双凤

背。忆昔咸阳初买来—作时，灯前自绣芙蓉带。十年不开一片铁，长向暗中梳白发。今日后床重照看，生死终当此长别。

望夫石

望夫处，江悠悠。化为石，不回头。上—作山头日日风复雨，行人归来石应语。

别鹤曲

主人一去池水绝，池鹤散飞不相别。青天漫漫碧水—作海重，知向何山风雪中。万里虽然音影在—作隔，两心终是死生同。池边巢破松树死，树头年年乌生子。

乌栖曲

章华宫人—作中夜上楼，君王望月西山头。夜深宫殿门不锁，白露满山山叶堕。

雉将雏

雉咿喔，雏出彀。毛斑斑，觜啄啄。学飞未—作不得一尺高，还逐母行旋母脚。麦垄浅浅难—作虽蔽身，远去恋雏低怕人。时时土中鼓两翅，引雏拾虫不相离。

白纻歌二首

天河漫漫北斗璨—作灿，宫中乌啼知夜半。新缝白纻舞衣成，来迟邀得吴王迎。低鬟转面掩双袖，玉钗浮动秋风生。酒多夜长衣—作天未—作不晓，月明灯光两相照。后庭歌声—作舞更窈窕。

馆娃宫中春日暮，荔枝木瓜花满树。城头乌栖休击鼓，青娥弹瑟白纻舞。夜天瞳瞳不见星，宫中火照西江明。美人醉起无次第，堕钗遗珮满中庭。此时但愿君意可，回昼为宵亦不寐。年年奉君君莫弃。

短歌行

人初生，日初出。上山迟，下山疾。百年三万六千朝，夜里分将强半日。有歌有舞须早为，昨日健于今日时。人家见生男女好，不知男女催人老。短歌行，无乐声。

饮马长城窟

长城窟，长城窟边多马骨。古来此地无井泉，赖得秦家筑城卒。征人饮马愁不回，长城变作望乡堆。蹄踪—作迹未—作不干人去近，续后马来泥污—作泞尽。枕弓睡著待水生，不见阴山在前阵。马蹄足脱装马头—作马装头，健儿战死谁封侯。

乌夜啼

庭树乌，尔何不向别处栖，夜夜夜半当户啼。家人把烛出洞户—作房，惊栖失群飞落树。一飞直欲飞上天。回回不离旧栖处。未明重绕主人屋，欲下空中黑相触。风飘雨湿亦不移，君家树头多好枝。

簇蚕辞

蚕欲老，箔—作薄头作茧丝皓皓。场宽地高风日多，不向中庭瞰—作燃蒿草。神蚕急作莫悠扬，年来—作老为尔祭神桑。但得青天不下雨，上无苍蝇下无鼠。新妇拜簇愿茧稠，女洒桃浆男打鼓。三日开箔—作薄雪团团，先将新茧送县官。已闻乡里催织作，去—作送与谁人身上著。

渡辽水

渡辽水，此去咸阳五千里。来时父母知隔生，重—作裹，一作里著衣裳如送死。亦有白骨归咸阳，营家—作塋冢各与题本乡。身在应无回渡—作渡辽日，驻马相看辽水傍。

空城雀

空城雀，何不飞来人家住，空城无人种禾黍。土间生子草间长，满地蓬蒿幸无主。近村虽有高树枝，雨中无食长苦饥。八月小儿挟弓箭，家家畏向—作我田头飞。但能不出空城里，秋时百草皆有子。报言—作黄口黄口莫啾啾，长尔得成无横死。

水运行

西江运船立红帜，万樟千帆绕江水—作去

去年六月无稻苗,已说水乡人饿—作饥死。县官部船日算程,暴风恶雨亦不停。在生有乐当有苦,三年作官一年行。坏舟畏鼠复畏漏,恐向太仓折升斗。辛勤耕种非毒药,看著不入农夫口。用尽百金不为费,但得一金即为利。远征海稻供边食,岂如多种边头地。

当窗织

叹息复叹息,园中有枣行人食。贫家女为富家—作大当窗织,翁母隔墙不得力。水寒手涩丝脆断,续来续去心肠烂—作急。草虫促促—作织机下啼—作鸣,两日催成一匹半。输官上顶—作头有零落,姑未得衣身不著。当窗却羡青楼倡,十指不动衣盈箱。

失钗怨—作叹

贫女铜钗惜于—作如玉,失却来寻—作缺—一作三日哭。嫁时女伴与—作为作妆,头戴此钗如凤凰。双杯行酒六亲喜,我家新妇宜拜堂。镜中午无失髻—作髻无样,初起犹疑在—作堕床上。高楼翠钿飘舞尘,明日从头一遍新。

春燕词

新燕新燕—作春燕春燕何不定,东家绿池西家井。飞鸣当户影悠扬,一绕檐头一绕梁。黄姑说向新妇女—作去,去年堕子污衣箱。已能辞山复过海,幸我堂前故巢在。求食慎勿爱高飞,空中饥鸢为尔害。辛勤作窠—作巢在画梁—本缺此三字,愿得年年主人富。

主人故池

高—作曲,一作西池高阁上—作相连起,荷叶团团盖秋水。主人已远凉风生,旧客不来芙蓉死。

古宫怨

乳—作乱乌哑哑飞复啼,城—作宫头晨夕宫中栖。吴王别殿绕江水,后宫不开美人死。

关山月

关山月,营开道白前军发。冻轮当碛光悠悠,照见三堆两堆骨。边风割面天欲明,金沙岭西—作头看看没。

赠离曲

合欢叶堕梧桐秋,鸳鸯背飞水分流。少年使我忽相弃,雌号雄鸣夜悠悠。夜长月没虫切切,冷风入房灯焰灭。若知中—作去路各西东,彼此不忘—作结同心结。收取头边蛟龙枕,留著箱中双雉裳。我今焚却旧房物,免使他人登尔床。

宛转词—作古谣

宛宛转转胜上纱,红红绿绿苑中花。纷纷泊泊夜飞鸦,寂寂寞寞离人家。

水夫谣

苦哉生长当驿边,官家使我牵驿船。辛苦日多乐日少,水宿沙行如海鸟。逆风上水万斛重,前驿迢迢后—作波淼淼。半夜缘堤雪和雨,受他驱遣还复去。衣—作夜寒衣湿披短蓑—作莎,臆穿足裂忍痛何。到明辛苦无—作何处说,齐声腾踏牵船出—作歌。一间茅屋何所直,父母之乡—作邦去不得。我愿此水作平田,长使水夫不怨天。

田家行

男声欣欣女颜悦,人家不怨言语别。五月虽热麦风清,檐头索索缲车鸣。野蚕作茧人不取,叶间扑扑秋蛾生。麦收上场绢在轴,的知输得官家足。不望—作愿入口复上身,且免向城卖黄犊。回—作田家衣食无厚薄,不见县门身即乐。

去妇

新妇去年胼—作胝手足,衣不暇缝蚕废簇。白头使我忧家事,还如夜里烧残烛。当初为取—作信傍人语,岂道如今自辛苦。在时纵嫌织绢迟,有丝不上邻家—作人机。

神树词

我家家西老棠树,须晴即晴雨即雨。四时

八节上杯盘,愿神莫一作不离神处所。男不着丁女在舍,官事上下无言语。老身长健树婆娑,万岁千年作神主。

祝鹊

神鹊神鹊好言语,行人早回多利赂。我今庭中栽好树,与汝作巢当报汝。

古谣一作杂咏

一东一西垅一作陇头水,一聚一散天边霞。一来一去道上客,一颠一倒池中一作上麻。

公无渡河

渡头恶天一作风两岸远,波涛塞川如叠坂。幸无白刃驱向前,何用将身自弃捐。蛟龙啮骨一作尸鱼食血一作肉,黄泥直下无青天。男儿纵轻妇人语,惜君性命还须取。妇人无力挽断一作短衣,舟沈身死悔难追。公无渡河,公须一本无须字自为。

海人谣

海人无家海里住,采珠役一作杀象为岁赋。恶波横天山塞路,未央宫中常满库。

行见月

月初生,居人见月一月行。行一作月行一年十二月,强半马上看盈一作圆缺。百年欢乐能几何,在家见少行见多。不缘衣食相驱遣,此身谁愿长奔波。箧中有帛仓有粟,岂向天涯走碌碌。家人一作中见月望我归,正是道上思家时。

七夕曲

河边独自看一作对星宿,夜织天丝一作孙难接续。抛梭振镊一作躞动明一作鸣珰,为有秋期眠一作恨不足。遥愁一作想今夜河水隔,龙驾车辕鹊填石。流苏翠帐星渚间,环珮无声灯寂寂。两情缠绵忽如故,复畏秋风生晓路一作露。幸回郎意且一作住斯须,一年中别今始初。明星未出一作明少停车。

两头纤纤

两头纤纤青玉玦,半白半黑头上发。偪偪仆仆一作腷腷膊膊春水裂,磊磊落落桃花一作初结。

独漉歌

独独漉漉一作独漉独漉,鼠食猫肉。乌日中,鹤一作雀露宿。黄河水直人心曲。

寄远曲

美人别来无处所,巫山月明湘江雨。千回相一作想见不分明,井底看星梦中语。两心相对尚难知,何况万里不相疑。一本无后二句。

伤韦令孔雀词

可怜孔雀初得时,美人为尔别开池。池边凤凰作伴侣,羌声鹦鹉无言语一作寻花飞。雕笼玉架嫌不栖,夜夜思归向南舞一作南海枝。如今憔悴人见恶,万里更求新孔雀。热眠雨水饥拾一作食虫,翠尾盘泥金彩一作粉落。多时人养不解飞,海山风黑何处归。

伤邻家鹦鹉词

东家小女不惜钱,买得鹦鹉独自怜。自从死却家中女,无人更一作复共鹦鹉语。十日不饮一作食一滴浆,泪渍绿毛头似鼠。舌关哑咽畜哀怨,开笼放飞离人眼。短声亦绝翠臆翻,新墓崔嵬旧巢远。此禽有志女有灵,定为连理相并生。

春来曲

春欲来,每日望春门早开。黄衫白马带尘土,逢著探春人却回。御堤内园晓过急,九衢大宅家家入。青帝一作春少女染桃花,露妆初出红犹湿。光风暾暾蝶宛宛,绕一作庭树气匝枝一作花柯软。可怜寒食街中郎,早起著得单衣裳。少年即见一作是春好处,似我白头无好树。

春去曲

春已去,花亦不知春去处。缘冈绕涧却归

来,百回—作—日看著无花树。就中一夜东风恶,收红拾紫无遗落。老夫不比少年儿,不中数与春别离。

东征行

桐柏水西贼星落。枭雏夜飞林木恶。相国刻日波涛清,当朝自请东南征。舍人为宾侍郎副,晓觉蓬莱欠珮声。玉阶舞蹈谢旌节,生死向前山可穴。同时赐马并赐衣,御楼看带弓刀发。马前猛士三百人,金书左右红旗新。司庖常—作掌膳皆得对,好事将军封尔身。男儿生杀在手里,营门老将皆忧死。瞳瞳白日当南山,不立功名终不还。

荆门行

江边行人暮悠悠,山头殊未见荆州。岘亭西南路多曲,栎林深深石镞镞—作簇簇。看炊红米煮白鱼,夜向鸡鸣店家宿。南中三月蚊蚋生,黄昏不闻人语声。生纱帷疏薄如雾,隔衣嚌作答切肤耳边鸣。欲明不待灯火起,唤得官船过蛮水。女儿停客茆屋新,开门扫地桐花里。犬声扑扑寒溪烟,人家烧竹种山田。巴云欲雨薰石热,麋鹿度—作过,—作饮江虫出穴。大蛇过处一山腥,野牛惊跳双角折。斜分汉水横千—作湘山,山青水绿荆门关。向前问个长沙路,旧是屈原沈溺处。谁家丹旐已南来,逢著流人从此—作北去。月明山鸟多不栖,下枝飞上高枝对啼。主人念远心不怪,罗衫卧对—作对对舞章台—作对卧章华夕。红烛交横各自归,酒醒还是他乡客。壮年留滞尚思家,况复—作是白头在天涯。

镜听词

重重摩挲嫁时镜,夫婿远行凭镜听。回身不遣别人知,人意丁宁镜神圣。怀中收拾双锦带,恐畏街头见惊怪。嗟嗟嚓嚓音切下堂怪,独自灶前来跪拜。出门愿不闻悲哀,郎—作身在任郎回未—作不回。月明地上人过尽,好语多同皆道来。卷帷上床喜不定,与郎裁衣失翻正。可中三日得相见,重绣锦—作镜囊磨镜面。

行宫词

上阳宫到蓬莱殿,行宫岩岩遥相见。向前天子行幸多,马蹄车辙山川遍。当—作常时州县每年修,皆留内人看玉案。禁兵夺得明堂后,长闭—作闲桃源与绮绣—作岫。开元歌舞古—作百草头,梁州乐人世嫌旧。官家乏人作宫户,不泥宫墙斫宫树。两边仗屋半崩摧,夜火入林烧殿柱。休封中岳六十年,行宫不见人眼穿。

羽林行

长安恶少出名字,楼下劫商楼上醉。天明下直明光宫,散入五陵松柏中。百回杀人身合死,赦书尚有收城功。九衢一日消息定,乡吏籍中重改姓。出来依旧属羽林,立在殿前射飞禽。

射虎行

自去射虎得虎归,官差射虎得虎迟。独行以死当虎命,两人因—作疑终不定。朝朝暮暮空手回,山下绿苗成道径。远立不敢—作教污箭簇,闻死还来分虎肉。惜留猛虎著—作看深山,射杀恐畏终身闲。

远将归

远将归,胜未别离时。在家相见熟,新归—作妇欢不足。去愿车轮迟,回思马蹄速。但令在舍—作家相对贫,不向—作愿天涯金绕身。

寻橦歌

人间百戏皆可学,寻橦不比诸余乐。重梳短髻下金钿,红帽青巾各一边。身轻足捷胜男子,绕竿四面争先缘。习多倚附欹—作欺竿滑,上下蹁跹皆著袜。翻身垂颈欲落地,却住把腰—作橦初似歇。大竿百夫擎不起,袅袅半在青云—作天里。纤腰女儿不动容,戴行直舞一曲终。回头但觉人眼见,矜难恐畏天无风。险中更险何曾—作无蹉失,山鼠悬头猿挂膝。小垂一手当舞盘,斜惨双蛾看落日。斯须改变—作遍曲解新,贵欲—作舞欢他平地人。散时满面—作

自觉，一作地生颜色，行步依前无气力。

铜雀台

娇爱更何日，高台空数层。含啼映双袖，不忍看西陵。漳水东流无复来，百花辇路为苍苔。青楼月夜长寂寞，碧云日暮空裴回。君不见邺中万事非昔时，古人不在今人悲。春风不逐君王去，草色年年旧宫路。宫中歌舞已浮云，空指行人往来处。

鸡鸣曲

鸡初鸣，明星照东屋；鸡再鸣，红霞生海腹。百官待漏双阙前，圣人亦挂山龙服。宝钗命妇灯下起，环珮玲珑晓光里。直内初烧玉案香，司更尚—作常滴铜壶水。金吾卫里直—作更郎妻，到明不睡听晨鸡。天头日月相送迎，夜栖旦鸣人不迷。

送衣曲

去秋送衣渡黄河，今秋送衣上陇—作龙坂。妇人不知道径处，但问—作闻新移军近远。半年著道经雨湿，开笼见风衣领急。旧来十月初点衣，与郎著向营中集。絮时厚厚绵纂纂，贵欲征人身上暖。愿身莫著裹尸归，愿妾不死长送衣。

斜路行

世间娶容非—作不娶妇，中庭牡丹胜松树。九衢大道人不行，走马奔车逐斜路。斜路行熟直路荒，东西岂是—作不横太行。南楼弹弦北户舞，行人到此多回—作彷徨。头白如丝面如茧，亦学少年行不返。纵令自解思故乡，轮折蹄穿白日晚。谁将古曲换斜音，回取行人斜路心。

织绵曲

大—作—女身为织锦户，名在县家共进簿。长头起样呈作官，闻道官家中苦难。回花侧叶与人别，唯恐—作愁秋天丝线乾。红缕葳蕤紫茸软，蝶飞参差花宛转。一梭声尽重一梭，玉腕不停罗袖卷。窗中夜久睡髻偏，横钗欲堕垂著肩。合衣卧时参没后，停灯起在鸡鸣前。一匹千金亦不卖，限日未成宫—作官里怪。锦江水涸贡转多，宫中尽著单丝罗。莫言山积无尽日，百尽高楼一曲歌。

捣衣曲—作送衣曲

月明中庭捣衣石，掩帷下堂来捣帛。妇姑相对神—作初力生，双揎白腕调杵声。高楼敲玉节会成，家家不睡皆起听。秋天丁丁复冻冻，玉钗低昂衣带动。夜深月落冷如刀，湿著一双纤手痛。回编易裂看生熟，鸳鸯纹成水波曲。重烧熨斗帖两头，与郎裁作迎寒裘。

秋夜曲二首

天清漏长霜泊泊，兰绿收荣桂膏涸。高楼云鬟弄婵娟，古瑟暗断秋风弦。玉关遥隔万里道，金刀不剪双泪泉。香囊火死香气少，向帷合眼何时晓—作向谁眠阁何时晓。城乌作营啼野月，秦州—作川少妇生离别。

秋灯向壁掩洞房，良人此夜直明光。天河悠悠漏水长，南楼—作南斗北斗两相当。

题台州—作天台隐静寺

隐静灵仙—作山寺天凿，杯度飞来建岩壑。五峰直上插银河，一涧当空泻寥廓。崆峒黯淡碧琉璃—作琉璃殿，白云吞吐红莲阁。不知势压天几重，钟声常闻—作在月中落。

全唐诗卷二百九十九

王建

送人游塞

初晴天堕丝,晚色上春枝。城下路分处,边头人去时。停车数行日,劝酒问回期。亦是茫茫客,还从此别离。

塞上逢故人

百战一身在,相逢白发生。何时得乡信,每日算归程。走马登寒垅,驱羊入废城。羌笳三两曲,人醉海西营。

南中

天南多鸟声,州县半无城。野市依蛮姓,山邮逐水名。瘴烟沙上起,阴火雨中生。独有求珠客,年年入海行。

汴路水驿

晚泊水边驿,柳塘初起风。蛙鸣蒲叶下,鱼入稻花中。去舍已云远,问程犹向东。近来多怨别,不与少年同。

淮南使回留别窦侍御

恋恋春恨结,绵绵淮草深。病身愁至夜,远道畏逢阴。忽逐酒杯会,暂同风景心。从今一分散,还是晓枝禽。

汴路即事

千里河一作何烟直,青槐夹岸长。天涯同此路,人语各殊方。草市迎江货,津桥税海商。回看故宫柳,憔悴不成行。

山居

屋在瀑泉西,茅檐一作房,一作屋下有溪。闭门留野鹿,分食养一作与山鸡。桂熟长收子,兰生不作畦。初开洞中路,深处转松梯。

醉后忆山中故人一作故人山中

花开草复秋,云水自悠悠。因醉暂无事,在山一作生难免愁。遇晴须看月,斗一作闻健且登楼。暗想山中伴,如今尽白头。

送流人

见说长沙去—作路,无亲亦共愁。阴云鬼门夜,寒雨瘴江秋。水国山魈引,蛮乡洞主留。渐看归处远—作阻,垂白住炎州。

贫居

眼底贫家计,多时总莫嫌。蠹生胜药纸—作篾,字暗—作脱换书签。避雨拾—作泾黄叶—作避堆黄叶,遮风下黑廉。近来身不健,时就六壬占。

过赵居士拟置草堂处所

休师竹林北,空可两三间。虽爱独居好,终来相伴闲。犹嫌近前树,为碍—作爱看南山。的有深耕处,春初须早还。

新开望山处

新开望山处,今朝减病眠。应移千里道,犹—作独自数峰偏。故欲遮春巷,还来绕暮天。老夫行步弱,免到寺门前。

题东华观

路尽烟水—作光外,院门题上清。鹤雏灵—作虚解语,琼叶软无声。白发道心熟,黄衣仙骨轻。寂寥虚境里—作还归对忧乐,何处觅长生。

饭僧

别屋炊香饭,薰辛不入家。温—作滤泉调葛面—作粉,净手摘藤花。蒲鲊除青叶,芹虀带紫芽。愿师常伴食,消气有姜茶。

照镜

忽自见憔悴,壮年人亦疑。发缘多病落,力为不行衰。暖手揉双目,看图引四肢。老来真爱道,所恨觉还迟。

归昭应留别城中

喜得近京城,官卑意亦荣。并床欢未定,离室思还生。计拙偷闲住,经过买日行。如无自来分,一驿是遥程。

答寄芙蓉冠子

一学芙蓉叶,初开映水幽。虽经小—作巧儿手,不称老夫头。枕上眠常—作初戴,风前醉恐柔。明年有闰阁,此样必难求。

长安春游

骑马傍闲坊,新—作春衣著雨香。桃花红粉醉,柳树—作絮白云狂。不觉愁春去,何曾得日长。牡丹相次发,城里又须忙。

冬夜感怀

晚年恩爱少,耳目静于僧。竟—作一夜不闻语,空房唯有灯。气嘘寒被湿,霜入破窗—作冷阶月照,一作月照冷阶凝。断得人间事,长如此亦能。

初到昭应呈同僚

白发初为吏,有惭年少郎。自知身上拙,不称世间忙—作强。秋雨悬墙绿,暮山宫—作官树黄。同官若容许,长借老僧房。

县丞厅即事

宫殿半山上,人家高下居。古厅眠受魔,老吏语多虚。雨水洗荒竹,溪沙填废渠。圣朝收外府,皆自九天除。

闲居即事

老病贪光景,寻常不下帘。妻愁耽酒僻,人怪考诗严。小婢偷红纸,娇儿弄白髯。有时看旧卷,未免意中嫌。

林居

荒林四面通,门在野田中。顽仆长如客—作友,贫居未胜蓬。旧绵衣不暖,新草屋多风。唯去山南近,闲亲贩药翁。

原上新居十三首

新占原头地,本无山可归。荒藤生叶晚,老杏著花稀。厨舍近—作新泥灶,家人初饱薇。弟兄今四散,何日更相依。

一家榆柳新，四面远无邻。人少愁闻病，庄孤幸得贫—作邻。耕牛长愿饱，樵仆每怜勤。终日忧衣食，何由脱此身。

长安无旧识，百里是天—作生涯。寂寞思逢客—作友，荒凉喜见花。访僧求贱药，将—作将马中—作市豪家。乍—作昨得新蔬菜，朝盘忽觉奢。

难鸣村舍遥，花发亦萧条。野竹初生笋，溪田未得苗。家贫僮仆瘦，春冷菜蔬焦。甘分长如此，无名在圣朝。

春来梨枣尽，啼哭小儿饥。邻富鸡常—作长去，庄贫客渐稀。借牛耕地晚，卖树—作谷纳钱迟。墙下当官路，依山补竹篱。

自扫一间房，唯铺独卧床。野羹溪莱滑，山纸水苔香。陈药初和白—作蜜，新经未入黄。近来心力少，休读养生方。

拟作读经人，空房置净巾。锁茶藤箧密，曝药竹床新。老病应随业，因缘不离身。焚香向居士，无计出诸尘。

移家近住村，贫苦自安存。细问梨果植，远求花药根。倩人开废井，趁犊入新园。长爱当山立，黄昏不闭门。

和暖绕林行，新贫足喜声。扫渠忧竹旱，浇—作洗地引兰生。山客凭栽—作移树，家僮使入城。门前粉壁上，书著县官名。

住处钟鼓外，免争当路桥。身闲时却困，儿病可—作向来娇。鸡睡日阳暖，蜂—作蝶狂—作忙花艳烧。长安足门户，叠叠看登朝。

近来年纪到，世事总无心。古碣凭人拓，闲诗任客吟。送经还野苑，移石入幽林。谷口春风恶，梨花盖地深。

懒更学诸余，林中扫地居。腻衣穿不洗，白发短慵梳。苦相常多泪，劳生—作心自悟虚—作少娱。闲行人事绝，亲故亦无书。

住处去山近，傍园麋鹿行。野桑穿井长，荒竹过墙生。新识邻里面，未谙村社情。石田无力及，贱赁与人耕。

送李评事使蜀

劝酒不依巡，明朝万里人。转江云栈细，近驿板桥—作柳条新。石冷啼猿影，松昏戏鹿尘。少年为客好，况是益州春。

新修道居

世间无所入，学道处新成。两面有山色，六时闻磬声。闲加经遍数，老爱字分明。若得离烦恼，焚香过一生。

赠洪誓—作哲师

老僧真古画，闲坐语中听。识病方书圣，谙山草木灵。人来多—作还施药，愿满不持经。相伴寻溪竹，秋苔袜履青。

题法云禅院僧

不剃头多日，禅来白发长。合村迎住寺，同学乞修房。觉少持经力，忧无养病粮。上山犹得在，自解衲衣裳。

赠溪翁

溪田借四邻，不省解忧身。看日和仙药，书符救病人。伴僧斋过夏，中酒卧经旬。应得丹砂—作霜力，春来黑发新。

谢李续—作续主簿

馆舍幸相近，因风及病身。一官虽隔水，四韵—作五字是同人。衰卧朦胧晓，贫居冷落春。少年无不好，莫恨满头尘。

寒食—作张籍诗

田舍清明日，家家出火迟。白衫眠古巷，红索搭高枝。纱带生难结，铜钗重欲垂。斩新衣踏—作著尽，还似去年时。

贻小尼师

新剃青头发，生来未扫—作画眉。身轻礼拜稳，心慢记经迟。唤起犹侵晓，催斋已过时。春晴阶下立，私地弄花枝。

惜欢

当欢须且欢,过后买应难。岁去停灯守,花开把火一作烛看。狂来欺酒浅,愁尽觉天宽。次第头皆白,齐年人已一作几个残。

山中惜花

忽一作愁看花渐稀,罪一本缺过酒醒时一作迟。寻觅风来处,惊张夜落时。游丝缠一作萦故蕊,宿夜守空枝。开取当轩一作溪地,年年树底期。

和武门下伤韦令孔雀

孤号秋阁阴,韦令在时禽。觅伴海山黑,思乡橘柚深。举头闻旧曲,顾尾惜残金。憔悴不飞去,重君池上心。

题所赁宅牡丹花

赁宅得花饶,初开恐是妖。粉一作霞光深紫腻,肉色退一作远红娇。且愿风留著,惟愁日炙焦一作销。可怜零落蕊,收取作香烧。

隐者居

山人住处高,看日上蟠桃。雪缕青山脉,云生白鹤毛。朱书护身咒,水噀断邪刀。何物中一作堪长食,胡麻慢火熬。

昭应官舍

绕厅春草合,知道县家闲。行见雨遮院,卧看人上山。避风新浴后,请假未醒间。朝客轻卑吏,从他不往还。

送严大夫赴桂州

岭头分界候一作堠,一半属湘潭。水驿门旗出,山峦洞主参。辟邪犀角重,解酒荔枝甘。莫叹京华远,安南更有南。

望行人

自从江树秋,日日望江楼。梦见离珠浦,书来在桂州。不一作愿同鱼比目一作比目鱼,终恨水分流。久不开明镜,多应是白头。

塞上

漫漫复凄凄,黄沙暮渐迷。人当故乡立,马过旧营嘶。断雁逢冰碛,回军占雪溪。夜来山下哭,应是送降奚。

杜中丞书院新移小竹

此地本无竹,远从山寺移。经年求养法,隔日记浇时。嫩绿卷新叶,残黄收故枝。色经寒不动,声与静相宜。爱护出常数,稀稠看自知。贫来缘一作原未有,客散独行迟。

同于汝锡赏白牡丹

晓日花初吐,春寒白未凝。月光裁一作栽不得,苏合点难胜。柔腻于一作沾云叶,新鲜掩鹤膺。统心黄倒晕,侧茎一作面紫重棱。乍敛看如睡,初开问欲譍。并香幽蕙死,比艳美人憎。价数千金贵,形相两眼疼。自知颜色好,愁被彩光凌。

送吴一作李郎中赴忠州

西台复南省,清白上天知。家每因穷一作贫散,官多为直移。遥一作巡边一作遥装,一作摇鞭过驿近,买药出城迟。朝野一作达凭人一作朝达留诗别,亲情伴酒悲。故园愁去后,白发想回时。何处忠州界,山头卓一作丘望旗。

照镜

终日自缠绕,此身无适缘。万愁生旅夜,百病凑衰年。少睡憎明屋,慵行待暖一作晚天。痒头梳有虱,风耳炙闻蝉。摇一作换白方多错,回金法不全。家贫一作悲何所恋,时在老僧边。

秋日送杜虔州

忆一作记得宿新宅,别来余蕙香。初闻守郡远一作远郡,一日卧空床。野一作井驿烟火湿,路人消息狂。山楼添鼓角,村栅立旗枪。晚渚露荷败,早衙风桂凉。谢家章句出,江月少辉光。

送郑权尚书南海

七郡双旌贵,人皆不忆回。戍头龙脑铺,

关口象牙堆。敕设薰炉出,蛮辞咒节开。市喧山贼破,金贱海船来。白氎毛家家织,红蕉处处栽。已将身报国,莫起望乡台。

题别遗爱草堂兼呈李十使君_{李十亦尝隐庐山白鹿洞}

曾住炉峰下,书堂对药台。斩新萝径合,依旧竹窗开。砌水亲看决,池荷手自栽。五年方暂至,一宿又须回。纵未长归得,犹胜不到来。君家白鹿洞,闻道亦生苔。

赏牡丹

此花名价别,开艳益皇都。香遍苓菱_{一作菠}死,红烧踯躅枯。软光笼细脉,妖色暖鲜肤。满蕊攒黄粉,含棱缕绛苏。好和薰御服,堪画入宫图。晚态愁新妇,残妆望病夫。教人知个数,留客赏斯须。一夜轻风起,千金买亦无。

全唐诗卷三百

王建

赠王枢密

建初为渭南尉，值内官王守澄，尽宗人之分，因过饮，语及汉桓灵信任中官起党锢兴废之事。守澄深憾，曰："吾弟所作宫词，天下皆诵于口，禁掖深邃，何以知之？"建不能对，为诗以赠，其事遂寝。

三—作先朝行坐镇相随，今上春宫见小—作长时。脱下御衣先赐—作偏得著，进来龙马每—作便教骑。长承密旨归家少，独奏—作对边机—作情出殿迟。自是姓同亲向说，—作不是当家频向说，—作不为姓同偏向说。九重争得—作遣外人知。

早秋过龙武李将军书斋

高树—作寺蝉声秋巷里，朱门冷静似闲居。重装—作修墨画数茎竹，长著香薰一架书。语笑侍儿知礼数，吟哦野客任狂疏。就中爱读英雄传，欲立功勋恐不如。

江陵即事

瘴云梅雨不成泥，十里津楼—作头压大堤。蜀女下沙迎水客，巴童傍驿卖山鸡。寺多红药烧人眼，地足青苔染马蹄。夜斗独眠愁在远，北看归路隔蛮溪。

题花子赠渭州陈判官

腻如云母轻如粉，艳胜香黄薄胜蝉。点绿斜蒿新叶嫩，添红石竹晚花鲜。鸳鸯比翼人初贴，蛱蝶重飞样未传。况复萧郎有情思，可怜春日镜台前。

送从侄拟赴江陵少尹

江陵—作荆州少尹好闲官，亲故皆来劝自宽。无事日长贫不易，有才年少屈终难。沙头欲—作且买红螺盏，渡口多呈白角盘。应向章华台下醉，莫冲云雨夜深寒。

华清宫感旧

尘到朝元—作火照中原边使急—作闻道朝元天

使急,千官夜发六龙回。辇前月照罗衫―作衣泪,马上―作宫里风吹蜡烛―作炬灰。公主妆楼金锁涩,贵妃汤殿玉莲―作池开。有时云外闻天乐,知―作疑,―作即,―作应是先皇沐浴来。

九仙公主旧庄

仙居五里外门西,石路亲回御马蹄。天使来栽宫里树,罗衣自买院前溪。野牛行傍―作渡浇花井,本主分将灌药畦。楼上凤凰飞去后,白云红叶属山鸡。

郭家溪亭

高亭望见长安树,春草冈西旧院斜。光动绿烟遮岸竹,粉开红艳塞溪花。野泉闻洗亲王马,古柳曾停贵主车。妆阁书楼倾侧尽,云山新卖与官家。

题金家竹溪

少年因病离天仗,乞得归家自养―作养病身。买断竹溪无别主,散分泉水与新邻。山头鹿下长惊犬,池面鱼行不怕人。乡使到来―作门常款语,还闻世上有功臣。

题应圣观观即李林甫旧宅

精思堂上画三身,回作仙宫度美人。赐额御书金字贵,行香天乐羽衣新。空廊鸟啄―作雨滴花砖缝,小殿虫缘玉像尘。头白女冠―作官犹说得,蔷薇―作柘侏不似已前春。

同于汝锡游降圣观

秦时桃树满山坡,骑鹿先生降大罗。路尽溪头逢地少,门连内里见天多。荒泉坏简朱砂暗,古塔残经篆字讹。闻说开元斋醮日,晓移行漏帝亲过。

逍遥翁溪亭

逍遥翁―作公在此裴回,帝改溪名起石台。车马到春常借问,子孙因选暂归来,稀疏野竹人移折,零落蕉花雨打开。无主青山何所直,卖供官税不如灰。

寻李山人不遇

山客长须―作闲少在时,溪中放鹤洞中棋。生金有气寻还远,仙药成窠见即移。莫为无家陪寺食―作食,应缘将米寄人炊。从头石上留名去,独向南峰问老师。

题石瓮寺

青崖白石―作古寺夹城东,泉脉钟声内里通。地压龙蛇―作神龙山色别,屋连宫殿匠名同。檐灯经夏纱笼黑,溪叶先秋腊树红。天子亲题诗总在,画扉长锁碧―作壁龛中。

早登西禅寺阁

上方台殿第三层,朝壁红窗日气凝。烟雾开时分远寺―作渚,山川晴处见崇陵。沙湾漾水图新粉,绿野荒阡晕色缯。莫说城南月灯―作灯月阁,自诸楼看总难胜。

题江寺兼求药子

隋朝旧寺楚江头,深谢师僧引客游。空赏野花无过夜,若看琪树即须秋。红珠落地求谁与,青角垂阶自不收。愿乞野人三两粒,归家将助小庭幽。

题诜法师院

三年说戒龙宫里,巡礼还来向水行。多爱贫穷人远请,长修破落寺先成。秋天盆底新荷色,夜地房前小竹声。僧院不求诸处好,转经唯有一窗明。

酬于汝锡晓雪见寄

欲明天色―作风定白漫漫,打叶穿帘雪―作正未干―作雪打书窗竹叶干。薄落阶前人踏尽,差池树里鸟衔残。旋销迎暖沾墙少,斜舞遮春到地难。劳动更裁新样绮,红灯一夜剪刀寒。

从军后寄山中友人

爱仙无药―作计住溪贫,脱却山衣事―作伴汉臣。夜半听鸡梳白发,天明走马入红尘。村童近去嫌腥食,野鹤高飞避俗人。劳动先生远相示一作视，别来弓箭不离身。

寄汴州令狐相公
三军江口拥双旌，虎帐长开自教兵。机锁恶徒狂寇尽，恩驱老将壮心生。水门向晚茶商闹，桥市通宵酒客行。秋日梁王池阁好，新歌散入管弦声。

别李赞侍御
同受艰难骠骑营，半年中听揭枪声。草头送酒驱村乐，贼里看花著探兵。讲易工夫寻已圣，说诗门户别来情。荐书自入无消息，卖尽寒衣却出城。

和蒋一作滕学士新授章服
五色箱中绛服春，笏花成就白鱼新。看宣赐处惊回眼，著谢恩时便称身。瑞草唯承天上露，红鸾不受世间尘。翰林同贺文章出，惊动茫茫下界人。

岁晚自感
人皆欲得长年少，无那排门白发催。一向破除愁不尽，百方回避老须来。草堂未办终须置，松树难成亦且栽。沥酒愿从今日后，更逢二十度花开。

昭应官舍
痴顽终日羡人闲，却喜因官得近山。斜对寺楼分寂寂，远从溪路借潺潺。眇身多病唯亲药，空院无钱不要关。文案把来看未会，虽一作须书一字甚惭颜。

寄旧山僧
因依老宿发心初，半学修一作观心半读书。雪后一作夜每常同席一作屋卧，花时未省两山居。猎人箭底求伤雁，钓户竿头乞一作救活鱼。一作自向风尘取烦恼，不知一作身衰病日难除。

武陵春日
寻春何事却悲凉，春到他乡忆故乡。秦女洞桃欹涧碧，楚王堤柳舞烟黄。波涛入梦家山

远，名利关身客路长。不似冥心叩尘寂，玉编金轴有仙方。

寄分司张郎中
一别京华年岁久，卷中多见岭南诗。声名已压众人上，愁思未平双鬓知。江郡迁移犹远地，仙官荣宠是分司。青天白日当头上，会有求闲不得时。

上武元衡相公
旌旗坐镇蜀江雄，帝命重开旧阁崇。褒贬唐书天历上，捧持尧日庆云中。孤情迥出鸾皇远，健思潜搜海岳空。长得萧何为国相，自西流水尽朝宗。

上张弘靖相公
传封三世尽河东一作河东三世尽传封，家占一条第一峰。旱一作早岁天教作霖雨，明时帝用补山龙。草开旧路沙痕在，日照新池凤迹重。卑散自知霄汉隔，若为门下赐从容。

上裴度舍人
小松双对凤池开，履迹衣香一作重逼上台。天意皆从彩毫出，宸心尽向紫烟来。非时玉案呈宣旨，每日金阶谢赐一作赐对回。仙侣何因记名姓，县丞头白走尘埃。

上杜元颖相公
学士金銮殿后居，天中行坐侍龙舆。承恩不许离床谢，密诏常教倚案书。马上唤遮红觜鸭，船头看钓赤鳞鱼。闲曹散吏无相识，犹记荆州拜谒初。

赠卢汀谏议
青娥不得在床前，空室焚香独自眠。功证诗篇离景象，药一作乐成官位属神仙。闲过寺观长冲夜，立送封章直上天。近见兰台诸吏说，御诗一作题新集未教传。

贺杨巨源博士拜虞部员外
合归兰署已多时，上得金梯亦未迟。两省

郎官开道路,九州山泽属曹司。诸生拜别收书卷,旧客看来读制词。残著几丸仙—作丹药在,分张—作章还遣病夫知。

赠郭将军

承恩新拜上将军,当直巡更近五云。天下表章经院过,宫中语笑隔墙闻。密封计策非时奏,别赐衣裳到处薰。向晚临阶看号簿,眼前风景任支分。

赠田将军

初从学院别先生,便领偏师得战名。大小独当三百阵,纵横只用五千兵。回残匹帛归天库,分好旌旗入禁营。自执金吾长上直,蓬莱宫里夜巡更。

赠胡泟—作证将军

书生难得是金吾,近日登科记总无。半夜进傩当玉殿,未明排仗到铜壶。朱牌面上分官契,黄纸头边押敕符。恐要蕃中新道路,指挥重画五城图。

留别田尚书

拟报平生未杀身,难离门馆起居频。不看匣里钗头古,犹恋机中锦样新。一旦甘为漳岸老,全家却作杜陵人。朝天路在骊山下,专望红旗拜旧尘。

送唐大夫罢节归山

年少平戎老学仙,表求—作成骸骨乞生全。不堪腰下悬金印,已向云西—作间寄玉田。旄节抱归官路上,公卿送到国门前。人间鸡犬同时去,遥听笙—作仙歌隔水烟。

送司空神童

杏花坛上授书时,不废中庭趁蝶飞。暗写五经收部秩,初年七岁著衫衣。秋堂白发先生别,古巷青襟旧伴归。独向凤城持荐表,万人丛里有光辉。

送振武张尚书

回天转地是将军,扶助—作册春宫上五云。抚背恩虽同骨肉,拥旄名未敌功勋。尽收壮勇填兵数,不向蕃浑夺马群。闲即单于台下猎,威声直到海西闻。

送吴谏议上饶州

鄱阳太守是真人,琴在床头箓在身。曾向先皇边谏事,还应上帝处称臣。养生自有年支药,税户应停月进银。净扫水堂无侍女,下街—作衔唯共鹤殷勤。

赠阎少保

髭须虽白体轻健,九十三来却少年。问—作闻事爱知天宝里,识人皆是武皇前。玉装剑佩身长带,绢写方书子不传。侍女常时教合药,亦闻私地学求仙。

送魏州李相公

百代功勋一日成,三年五度换双旌。闲来不对人论战,难处长先自请行。旗下可闻诛败将,阵头多是用降兵。当朝面受新恩去,算料妖星不敢生。

赠索暹将军

浑身著箭瘢犹在,万槊千刀总过来。轮剑直冲生马队,抽旗旋踏死人堆。闻休斗战心还痒,见说烟尘眼即开。泪滴先皇阶下土,南衙班里趁朝回。

赠王屋道士赴诏

玉皇符诏—作到下天坛,玳瑁头簪白角冠。鹤遣院—作洞中童子养,鹿凭山下老人看。法成不怕刀枪利—作丹梯峻,体—作髓实常欺石榻寒。能断世—作人间腥血味,长生只要一丸丹。

赠王处士

松树当轩雪满池,青山掩障—作帐碧纱幬—作帷。鼠来案上常偷水,鹤在床前亦看棋。道士写将行气法,家童授与步虚词。世间有似君应少,便—作愿乞从今作我师。

洛中张籍新居

最是城中闲静处,更回门向寺前开。云山

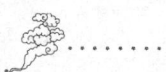

且喜重重见,亲故应须得得来。借倩学生排药合,留连处士乞松栽。自君移到无多日,墙上人名满绿苔。

题裴处士碧虚溪居

鸟声真似深山里,平地人间自—作也不同。春圃紫芹—作苗长卓卓,暖泉青草一丛丛。松台前后花皆别,竹崦高低水尽通。细问来时从近远,溪名载入县图中。

送阿史那将军安西迎旧使灵榇

一作送史将军

汉家都护边头没,旧将麻衣万里迎。阴地背行山下火,风天错到—作上碛西城。单于送葬还垂泪,部曲招魂亦道名。却入杜陵秋巷里,路人来去读铭旌。

赠崔礼驸马

按《唐书》,肃代诸宗时,驸马无崔礼其人。顺宗东阳公主下嫁崔杞,恐作杞是。

凤皇楼阁连宫树,天子崔郎自爱贫。金埒减添栽药地,玉鞭平与卖书人。家中弦管听常少,分外诗篇看—作有即新。一月一回陪内宴,马蹄犹厌踏香尘。

赠太清卢—作宫道士

上清道士未升天,南岳中华作散仙。书卖八分通字学,丹烧九转定人年。修行近日形如鹤—作稚,导引多时骨似绵。想向诸山寻—作巡礼遍,却回还守老君前。

送宫人入道

休梳丛鬓洗红妆,头戴芙蓉出未央。弟子抄将—作留歌遍叠,宫人分散舞衣裳。问师初得经中字,入静犹烧内里香。发愿蓬莱见王母,却归人世—作城阙,又作阙下施仙方。

上李吉甫相公

圣朝齐贺说逢殷,霄汉无云日月真。金鼎调和—作元天膳美,瑶池沐浴赐衣新。两河开地山川正,四海休兵造化仁。曾向山东为散吏,当今窦宪是贤臣。

上李益庶子

紫烟楼阁碧沙亭,上界诗仙独自行。奇险驱回还寂寞。云山经用始鲜明。藕绡纹缕裁来滑,镜水波涛滤得清。昏思愿因秋露洗,幸容阶下礼先生。

题元郎中新宅

近移松树初栽药,经帙书签一切新。铺设暖房迎道士,支分闲院著医人。买来高石虽然贵,入得朱门未免贫。惟—作虽有好诗名字出,倍教年少损心神。

初授太府丞言怀

除书亦下—作不属微班,唤作官曹便不闲。检案事多关市井,听人言志—作不在云山。病童唤—作嗔著唯行慢,老马鞭多转放顽。此去仙宫无一里,遥看松树众家—作皆攀。

赠李恕仆射

唐州将士死生同,尽逐双旌旧镇空。独破淮西功业—作家传大,新除陇右世家雄。知时每笑论兵法,识势还轻立战功。次第各分茅土贵,殊勋并在一门中。

书赠旧浑二曹长

二年同在华清下,入县门中最近邻。替饮觥筹知户小,助成书屋见家贫。夜棋临散停分客,朝浴先回各送人。僮仆使来传语熟,至今行酒校殷勤。

上崔相公

枯桂衰兰一遍春,唯将道德定君臣。施行圣泽山川润,图画天文彩色新。开阁覆看祥瑞历,封名直进薜萝人。应—作愁怜老病—作渐老无知己,自别溪中满鬓尘。

寄杨十二秘书

初移古寺正南方,静是浮山远是庄。人定犹行背街鼓,月高还去打僧房。新诗欲写中朝满,旧卷常抄外国将。闲出天门醉骑马,可怜蓬阁秘书郎。

谢田赞善见寄

五侯三任—作仕,—作贵未相—作将称,头白如丝作县丞。错判符曹群吏笑,乱书岩石一山憎。自知酒病衰肠怯,遥怕春残百鸟凌。年少力生犹不敌,况加憔悴闷腾腾。

晚秋病中

万事风吹过耳轮,贫儿活计亦曾闻。偶逢新语书红叶,难得闲人话白云。霜下野花浑著地,寒来溪鸟不成群。病多体痛无心力,更被头边药气熏。

薛二十一—作十二池亭

每个树边消一日,绕池行匝又须行。异花多是非时有,好竹皆当要处生。斜竖小桥看岛势,远移山石作泉声。浮萍著岸风吹歇—作散,水面无尘晚更清。

故梁国公主池亭

平阳池馆枕秦川,门锁南山一朵烟。素柰花开西子面,绿榆枝散沈郎钱。装檐玳瑁随风落,傍岸鸂鶒逐暖眠。寂寞空余歌舞地,玉箫声绝凤归天。

题柱国寺

皇帝施钱修此院,半居天上半人间。丹梯暗出三重阁,古像斜开一面山。松柏自穿空地少,川原不税小僧闲。行香天使长相续,早起离城日午—作暮还。

昭应官舍书事

县在华清宫北面,晓看楼殿正相当。庆云出处依时报,御果呈—作颁来每度尝。腊月近汤泉不冻,夏天临渭屋多凉。两衙—作年早被官拘束,登阁巡溪亦属忙。

昭应李郎中见贻佳作次韵奉酬

窗户风凉—作吹四面开,陶公爱晚上高台。中庭不热青山入,野水初晴白鸟来。精思道心缘境熟,粗疏文字见—作和诗回。诸生围绕新篇读,玉阙仙官少此才。

闲说—作闲说

桃花百叶不成春,鹤寿千年也未神。秦陇州缘鹦鹉贵,王侯家为牡丹贫。歌头舞遍回回别,鬟样眉心—作分日日新。鼓动六街骑马出,相逢总是学狂人。

自伤

衰门海内几多人,满眼公卿总不亲。四授官资元七品,再经婚娶尚单身。图书亦为频移尽,兄弟还因数散贫。独自在家长似客,黄昏哭向野田春。

田侍中宴席

香熏罗幕暖成烟,火照中庭烛满筵。整顿舞衣呈玉腕,动摇歌扇露金钿。青蛾侧座—作华堂闲坐调双管,彩凤斜飞入五弦。虽是沂公门下客,争将肉眼看云天—作神仙。

寒食日看花

早入公门到夜归,不因寒食少闲时。颠狂绕树猿离锁,跳踯缘冈马断羁。酒污衣裳从客笑,醉饶言语觅花知。老来自喜身无事,仰面西园得咏诗。

和少府崔卿微雪早朝

蓬莱春雪晓犹残,点地成花绕百官。已傍祥鸾迷殿角,还穿瑞草入袍襕。无多白玉阶前湿,积渐青松叶上干。粉画南山棱—作城郭出,初晴一半隔云看。

和胡将军寓直

宫鸦栖定—作尽禁枪攒,楼殿深严—作沈月色寒。进状直穿金戟椠,探更先傍玉钩栏。漏传五点班初合,鼓动三声仗已端。遥见正南宣不坐,新栽松树唤人看。

春日五—作午门西望

百官朝下五门西。尘起春风过玉堤—作满

御堤。黄帕盖鞍呈了－作过马，红罗系项－作顶，一作缠项斗回鸡。江邻几杂志：晏元献改此联为呈马了，斗鸡回。馆－作宫松枝－作叶重－作古城叶重墙头出，御－作渠柳条长水面齐。唯有教坊南草绿－作色，古苔－作城阴地－作处冷凄凄。

长安早春

霏霏漠漠绕皇州，销雪欺寒不自由。先向红妆添晓梦，争来白发送新愁。暖催衣上缝罗－作人胜，晴报窗中点彩球。每度暗来还暗去，今－作年年须遣蝶迟－作蜂，一作遮留。

早春病中

日日春风阶下起，不吹光彩上寒株。师教绛服禳衰月，妻许青衣侍病夫。健羡人家多力子，祈求道士有神符。世间方法从谁问－作六法从难信，卧处还看药草图。

上阳宫

上阳花木不曾秋，洛水穿宫处处流。画阁红楼宫女笑，玉箫金管路人愁。幔城入涧橙花发，玉辇登山桂叶稠。曾读列仙王母传，九天未胜此中游。

李处士故居

露浓烟重草萋萋，树映阑干柳拂堤。一院落花无客醉，半窗残月有莺啼。芳筵想像情难尽，故榭荒凉路欲迷。风景宛然人自改，却经－作惊门外－作巷马频嘶。

寄贾岛－作张籍赠项斯诗

尽日吟诗坐忍饥，万人中觅似君稀。僮眠冷榻朝犹卧－作门古巷风偏入，驴－作鹤放秋田夜不归。傍暖旋－作并收红－作新落叶，觉－作欲寒犹－作重著旧生衣。曲江池畔－作北雁时时到，为－作尤爱鸬鹚雨后飞－作两翼飞，一作水里飞。

村居即事

休看小字大书名，向日持经眼却明。时过无心求富贵，身闲不梦见公卿。因寻寺里薰辛断，自别城中礼数生。斜月照房新睡觉，西峰半夜鹤来声。

维扬冬末寄幕中二从事

江上数株桑枣树，自从离乱更荒凉。那堪旅馆经残腊，只把空书寄故乡。典尽客衣三尺雪，炼精诗句一头霜。故人多在芙蓉幕，应笑孜孜道未光。

寄杜侍御

何须服药觅升天，粉阁为郎即是仙。买宅但幽从索价，栽松取活不争钱。退朝寺里寻荒塔，经宿城南看野泉。道气清凝－作宁分晓爽，诗情冷瘦－作秀滴秋鲜。学通儒－作传释三千卷，身拥旌旗二十年。春巷偶过同户饮，暖窗时与－作语对床眠。破除心力缘书癖，伤瘦－作损花枝为酒颠。今日总－作愁来归圣代－作今日总离车马地。丈人先达幸相怜。

寄上韩愈侍郎

重登－作于大学领儒流，学浪词锋压九州。不以雄名疏－作株野贱，唯将直气折王侯。咏伤松桂－作柏青山瘦，取尽珠玑碧海愁。叙述异篇经总别－作核，鞭驱险句最－作物先投。碑文合遣贞魂谢，史笔应令诡骨羞。清俸探将还酒债，黄金旋得起书楼。参－作客来拟设官人礼，朝退多逢月阁－作下游。见说－作向云泉求住处，若无知荐一生休。

赠华州郑大夫

此官出入凤池头，通化门前第一州。少华山云当驿起，小敷溪水入城流。空闲地内人初满，词讼牌前草渐稠。报状拆开知足雨，赦书宣过喜无因。自来不说双旌贵，恐替长教百姓愁。公退晚凉无一事－作吏散月高衙府静，步行携客上南楼。

寄贺田侍中东平功成

使回高品满城传，亲见沂公在阵前。百里旗幡冲即断，两重衣甲射皆穿。探知点检兵应怯，算得新移栅未坚。营被数惊乘势破，将经频败遂生全。密招残寇防人觉，遥斩元凶恐自专。首让诸军无敢近,功归部曲不争先。开通州县斜连海,交割山河直到燕。战马散驱还逐草,肉牛齐散却耕田。府中独拜将军贵,门下兼分宰相权。唐史上头功第一,春风双节好朝天。

送裴相公上太原

还携堂印向并州,将相兼权是武侯。时难独当天下事,功成却进手中筹。再三陈乞炉烟里,前后封章玉案头。朱架—作桑早朝立—作排剑戟,绿槐残雨—作花里看张油。遥知塞雁从今好,直得渔阳已北愁。边铺警巡旗尽换,山城候馆—作俗过壁重修。千群白刃兵迎节,十对红妆妓打球。圣主分明交暂去,不须高起见京楼。

全唐诗卷三百一

王建

题柏岩禅师影堂
山中砖塔闭,松下影堂新。恨不生前识,今朝礼画身。

送人
河亭收酒器,语尽各西东。回首不相见,行车秋雨中。

春意二首
去日丁宁别,情知寒食归。缘逢好天气,教熨看花衣。

谁是杏园主,一枝临古岐。从伤早春意,乞取欲—作旧开枝。

夜闻子规
子规啼不歇,到晓口应穿。况是不眠夜,声声在耳边。

四望驿松
当初北涧—作此间别,直至此庭中。何意闻鞭—作声耳,听君—作他枝上风。

江馆
水面细风生,菱歌慢慢声。客亭临小市,灯火夜妆明。

题江台驿—作江台驿有题
水北金台路,年年行客稀。近闻天子使,多取雁门归。

赠谪者
何罪过长沙,年年北望家。重封岭头信,一树海边花。

戏酬卢秘书
芸香阁里人,采—作手摘御园春。取此和仙药,犹治老病身。

小松
小松初数尺,未有直生枝。闲即傍边立,看多长却迟。

秋夜
夜久叶露滴,秋虫入户飞。卧多骨髓冷,起覆旧绵衣。

水精
映水色不别,向月光还度。倾在荷叶中,有时看是露。

香印
闲坐烧印香—作香印,满户松柏气。火尽转分明,青苔碑上字。

秋灯
向壁暖悠悠—作对孤灯,罗—作秋帏寒寂寂。斜照碧山图,松间一片石。

落叶
陈绿向—作尚参差,初红已重叠。中庭初—作新扫地,绕树—作池三两叶。

园果
雨中梨果病,每树无数个。小儿出入—作户看,一半鸟啄破。

野菊
晚艳出荒篱,冷香著秋水。忆向山中见—作寻,伴蛩—作虫石壁里。

荒园
朝日满园霜,牛冲篱落坏。扫掠黄叶中,时时一窠薤。

南涧
野桂香满溪,石莎寒覆水。爱此南涧头,终日泼潺—作潺里。

晚蝶
粉翅嫩如水,绕砌乍依风。日高山露解,飞入菊—作枣花中。

田家
啾啾雀满树,霭霭东坡雨。田家夜无食,水中摘禾黍。

新嫁娘词三首
邻家人未—作不识,床上坐堆堆。郎来傍门户,满口索钱财。

锦幛两边横,遮掩侍—作待娘行。遣郎铺簟席,相并拜亲情。

三日入厨下,洗手作羹汤。未谙姑食性,先遣小姑—作娘尝。

故行宫
寥落古行宫,宫花寂寞红。白头宫女在,闲坐说玄宗。

酬从侄再看诗本—作酬从侄借诗本
眼—作看暗没功夫,慵来剪刻粗—作磨,一作客须。自看花样古,称得少年无。

别自栽小树
去年今日栽,临去见花开。好住守空院,夜间人不来。

早发汾南
桥上车马发,桥南烟树开。青山斜不断,迢递故乡来。

宫中三台词二首
鱼藻池边射鸭,芙蓉园里看花。日色柘袍—作黄相似,不著红鸾扇遮。

池北池南草绿—作色,殿前殿后花红。天子千年—作秋万岁,未央明月清风。

江南三台词四首
扬州桥边少—作小妇,长安—作千城—作市里商人。二—作三年不得消息,各自拜鬼求神。

青草湖—作台边草色,飞猿岭上猿声。万

里湘江—作三湘客到,有风有雨人行。

　　树头花落花开,道—作岸上人去人来。朝愁暮愁—作恨即老,百年几度三台。

　　闻—作斗身强健且—作早为,头白齿落难追。准拟百年千岁,能得—作不知几许多时。

御猎

　　青山直绕—作人凤城头,浐水斜分入御沟。新教—作校内人唯射鸭,长随天子苑东游。

长门烛

　　秋夜床前蜡烛微,铜壶滴尽晓钟迟。残光—作花欲—作吹灭还吹著,年少宫人未—作不睡时。

过绮岫宫 东都永宁县西五里

　　玉楼倾倒—作侧粉墙空,重叠青山绕故宫。武帝去来罗袖尽,野花黄蝶领春风。

朝天词十首寄上魏博田侍中

　　山川初展—作定国图宽,未识龙颜坐不安。风动白旄旌节下,过时天子御楼看。

　　相感君臣总泪流,恩深舞蹈不知休。初从战地来无物,唯奏新添十八州。

　　催修水—作奏催三殿宴沂公,与别—作别与诸侯总不同。隔月太常先习乐,金书牌纛彩云中。

　　无人敢夺在先筹,天子门边送与球。遥索彩—作十箱新样锦,内人舁出—作到马前头。

　　御马牵来亲自试,珠球到处玉蹄知。殿头宣赐连催上,未解红缨不敢骑。

　　老作三公经献寿,临时犹自语差池。私从班里来长跪,捧上金杯便合仪。

　　四海无波乞放闲,三封手疏—作跪犯—作献龙颜。他时若有边尘动,不待天书自出山。

　　胡马悠悠未尽归,玉关犹隔吐蕃旗。老臣一—作三表求高卧,边事从今欲—作遣问谁。

　　威容难画改频频,眉目分毫恐不真。有诏别图书阁上,先教粉本定风神。

　　重赐弓刀内宴回,看人城外满楼—作高台。君臣不作多时别,收尽边旗当日来。

霓裳词十首

　　弟子部中留一色,听风听水—作雨作霓裳。散声未足重来授,直到床前见上皇。

　　中管五弦初半曲,遥教合上隔帘听。一声声向天头落,效—作学得仙人夜唱经。

　　自直—作入梨园得出稀,更番上曲不教归。一时跪拜霓裳彻,立地阶前赐紫—作彩衣。

　　旋翻新—作自修曲谱声初足—作起,除却—作在梨园未教人。宣与—作示书家分手写,中官走马赐功臣。

　　伴教霓裳有贵妃,从初直到曲成时。日长耳里闻声熟,拍数分毫错总知。

　　弦索拟拟隔彩云,五更初发一山—作满宫闻。武皇自—作送西王母,新换—作染霓裳月—作日色裙。

　　敕赐宫人澡浴回,遥看美女院门开。一山星月霓裳动,好字先从殿里—作后来。

　　传呼法部按霓裳,新得承恩别作行。应是—作日晚贵妃楼上看,内人舁下—作出彩罗箱。

　　朝元阁上山风起—作风初起,夜听霓裳玉露—作露坐寒。宫女月中—作明更替—作潜立,黄金梯滑并行难。

　　知向—作在华清年—作秋月满,山头山底种长生。去时留下霓裳曲,总—作半是离宫别馆声。

宫前早春—作华清宫

　　酒幔高楼一百家,宫前杨柳寺前花。内园分得温汤水,二—作三月中旬已进—作破瓜。

奉同曾郎中题石瓮寺得嵌韵

　　寺门—作天宫连内绕丹岩,下界云开数过

帆。一作尘盖云间落数帆。遥指上皇翻曲处，百官题字满西嵌。

旧宫人
先帝旧宫宫女在，乱丝犹挂凤皇钗。霓裳法曲浑抛却，独自花间扫玉阶。

新授戒尼师
新短方裙叠作棱，听钟洗钵绕青蝇。自知戒相分明后，先出坛场礼大僧。

太和公主和蕃
塞黑云黄欲渡河，风沙眯眼雪相和。琵琶泪湿行声小，断得人肠不在多。

元太守同游七泉寺
盘磴回廊古塔深，紫芝红药入云寻。晚吹箫管秋山里，引得猕猴出象一作橡林。

望定州寺
回看佛阁青山半，三四年前到上头。省得老僧留不住，重寻更可一作可更有因由。

道中寄杜书记
西南东北暮天斜，巴字江边楚树花。珍重荆州杜书记，闲时多在广师家。

听琴
无事此身离白云，松风溪水不曾闻。至心听著仙翁引，今看青山围绕君。

赠陈评事
识君虽向歌钟会，说事不离云水间。春夜酒醒长起坐，灯前一纸洞庭山。

寄画松僧
天香寺里古松僧，不画枯松落石层。最爱临江两三树，水禽栖处解无藤。

花褐裘
对织芭蕉雪毳新，长缝双袖窄裁身。到头须向边城著，消杀秋风称猎尘。一作愁杀秋风射猎尘。

夜看美人宫棋
宫棋布局不依经。黑白分明一作相和子数停。巡拾玉沙天汉晓，犹残织女两三星。

上田仆射
一方新地隔河烟，曾一作会接诸生听管弦。却忆去年寒食会，看花犹在水堂前。

江陵道中
菱叶参差萍叶重，新蒲半折夜来风。江村水落平地出，溪畔渔船青草中。

冬至后招于秀才
日近山红暖气新，一阳先入御沟春。闻闲一作君立马一作乘闲走马重来此，沐浴明年称意身。

别曲
毒蛇在肠疮满背，去年别家今别弟。马头对哭各东西，天边柳絮无根蒂。

长安别
长安清明好时节，只宜相送不宜别。恶心一作他床上铜片明，照见离人白头发。

宫人斜
未央墙回青草路，宫人斜里红妆墓。一边载出一边来，更衣不减寻常数。

春词
良人朝早一作早朝半夜起，樱桃如珠露如水。下堂把火送郎回，移枕重眠晓窗里。

野池
野池水满连秋堤，菱花结实蒲叶齐。川口雨晴风复止，蜻蜓上下鱼东西。

题崔秀才里居
自知名出休呈卷，爱去人家远处居。时复打门无别事，铺头来索买残书。

酬柏侍御答酒
茱萸酒法大家同,好是盛来白碗中。这度自知颜色重,不消诗里弄溪翁。

别药栏
芍药丁香手里栽,临行一日绕千回。外人应怪难辞别,总是山中自取来。

长门
长门闭定不求生,烧却头花卸却筝。病卧玉窗秋雨下,遥闻别院唤人声。

题渭亭
云开远水傍秋天,沙岸蒲帆隔野烟。一片蔡州青草色,日西铺在古台边。

过喜祥山馆
夜过深山算驿程,三回黑地听泉声。自离军马身轻健,得向溪边尽足行。

送迁客
万里潮州一逐臣,悠悠青草海边春。天涯莫道无回日,上岭还逢向北人。

废寺
废寺乱来为县驿,荒松老柏不生烟。空廊屋漏画僧尽,梁上犹书天宝年。

题禅师房
浮生不住叶随风,填海移山总是空。长向人间愁老病,谁来闲坐此房中。

看石楠花
留得行人忘却归,雨中须是石楠枝。明朝独上铜台路,容见花开少许时。

长安县后亭看画
水冻横桥雪满地,新排石笋绕巴篱。县门斜掩无人吏,看画双飞白鹭鸶。

华岳庙二首
女巫遮客买神盘,争取琵琶庙里弹。闻有马蹄生拍树,路人来去向南看。

自移西岳门长锁,一个行人一遍开。上庙参天今见在,夜头风起觉神来。

酬赵侍御
年少同为邺下游,闲寻野寺醉登楼。别来衣马从胜旧,争向边尘满白头。

镊白
总道老来无用处,何须白发在前生。如今不用偷年少,拔却三茎又五茎。

送山人二首
嵩山古寺离来久,回见溪桥野叶黄。辛苦老师看守处,为悬秋药闭空房。

山客狂来跨白驴,袖中遗却颍阳书。人间亦有妻儿在,抛向嵩阳古观居。

扬州寻张籍不见
别后知君在楚城,扬州寺里觅君名。西江水阔吴山远,却打船头向北行。

宿长安县后斋
新向金阶奏罢兵,长安县里绕池行。喜欢得伴山僧宿,看雪吟诗直到明。

夜看扬州市
夜市千灯照碧云,高楼红袖客纷纷。如今不似时平日,犹自笙歌彻晓闻。

寄韦谏议
百年看似暂(一作片)时间,头白(一作白首)求官亦未闲。独有龙门韦谏议,三征不起恋青山。

录补阙旧宅
知得清名二十年,登山上坂乞新篇。除书近拜侍臣去,空院鸟啼风竹前。

初冬旅游
远投人宿趁房迟,僮仆伤寒马亦饥。为客悠悠十月尽,庄头栽竹已过时。

江馆对雨
　　鸟声愁雨似秋天,病客思家一向眠。草馆门临广州路,夜闻蛮语小江边。

雨过山村
　　雨里鸡鸣一两家,竹溪村路板桥斜。妇姑相唤浴蚕去,闲看―作著中庭栀子花。

山店―作卢纶诗
　　登登石路何时尽,决决溪泉到处闻。风动叶声山犬吠,一一作几家松火隔秋云。

雨中寄东溪韦处士
　　雨中溪破无干地,浸著床头湿著书。一个月来山水隔,不知茅屋若为居。

乞竹
　　乞取池西三两竿,房前栽著病时看。亦知自惜难判割,犹胜横根引出栏。

人家看花
　　年少狂疏逐君马,去来憔悴到京华。恨无闲地栽仙药,长傍人家看好花。

未央风
　　五更先起玉阶东,渐入千门万户中。总向高楼吹舞袖,秋风还不及春风。

归山庄
　　长安寄食半年余,重向人边乞荐书。山路独归冲夜雪,落斜骑马避柴车。

寒食忆归
　　京中曹局无多事,寒食贫儿要在家。遮莫杏园胜别处,亦须归看傍村花。

留别张广文
　　谢恩新入凤皇城,乱定相逢合眼明。千万求方好将息,杏花寒食的同行。

送郑山人归山
　　玉作车辕蒲作轮,当初不起―作记颍阳人。一家总入嵩山去,天子何因―作因何得谏臣。

伤堕水乌
　　一乌堕水百乌啼,相吊相号绕故堤。眼见行人车辗过,不妨同伴各东西。

看棋
　　彼此抽先局势平,傍人道死的还生。两边对坐无言语,尽日时闻下子声。

设―作税酒寄独孤少府
　　自看和酿一依方,缘看―作绿著松花色较黄。不分君家新酒熟,好诗―作时收得被回将。

赠人二首―作赠工部郎中
　　金炉烟里要班头,欲得归山可自由。每度报朝愁入阁,在先教示小千牛。

　　多在蓬莱少―作可在家,越绯衫上有红霞。朝回不向诸余处,骑马城西检校花。

楼前
　　天宝年前勤政楼,每年三日作千秋―作秋千。飞龙老马曾教舞,闻著音声总―作忽举头。

寄刘蕡问疾
　　年少病多应为酒,谁家将息过今春。赊来半夏重熏―作煎尽,投著山中旧主人。

听雨―作司空图诗
　　半夜思家睡里愁,雨声落落―作滴滴屋檐头。照泥星出依前黑,淹烂庭花不肯休。

新晴
　　夏夜新晴星校少,雨收残水入天河。檐前熟著―作著熟衣裳坐,风冷浑无扑火蛾。

秋日后―作新晴后
　　住处近山常足雨,闻晴瞳曝旧芳茵。立秋日后无多热,渐觉生衣不著身。

哭孟东野二首
　　吟损―作哭尽秋天月不明,兰无香气鹤无

声。自从东野先生死,侧近云山得散行。

老松临死不生枝,东野先生早哭儿。但是洛阳城里客,家传一本杏—作长殇诗。

寄蜀中薛涛校书—作胡曾诗

万里桥边女校书,枇杷花里闭门—作寄闲居。扫眉才子于今—作无多少—作知多,管领春风总不如。

路中上田尚书

去路—作如何词见六亲,手中刀尺不如人。可怜池阁秋风夜,愁—作怨绿娇红一遍新。

于主簿厅看花

小叶稠枝粉压摧,暖风吹动鹤翎开。若无别事为留滞,应便抛—作抛却贫家宿看来。

江楼对雨—作面寄杜书记

竹烟花雨—作竹风斜雨,又作竹烟江雨细相和,看著闲书睡更多。好是主人无事日,应持小酒—作拍按新歌。

观蛮妓

欲说昭君敛翠蛾,清声委曲怨于歌。谁家年少春风里,抛与金钱唱好多。

送顾非熊秀才归丹阳

江城柳色海门烟,俗到茅山始下船。知道君家当瀑布,菖蒲潭在草堂前。

老人歌

白发老—作歌人垂泪行,上皇生日出京城。如今供奉多新意,错唱当时一半声。

和元郎中从八月十二—作一至十五夜玩月五首

半秋—作夜初入中旬夜,已向阶前守月明。从未圆时看却好,一分分—作一见傍轮生。

乱云遮却台东月,不许教依次第看。莫为诗家先见镜—作境,一作影,被他笼与作艰难。

今夜月明胜昨夜,新添桂树近东枝。立多地湿异床坐,看过墙西寸寸迟。

月似圆来色渐—作渐渐凝,玉盆盛水欲侵棱。夜深尽放家—作佳人睡—作醉,直到天明不炷灯。

合望月时常望月,分明不得似今年。仰头五—作午夜风中立—作坐,从未圆时—作围圆直到圆。

对酒

为病比来浑断绝—作酒,缘—作因花不免却知闻。从来事—作乐事关身少,主领春风只在君。

晓望华清宫

晓来楼阁更鲜明,日出阑干见鹿行。武帝自知身不死,看修玉殿号长生。

赠李愬仆射二首

和雪翻营一夜行,神旗冻定马无声。遥看火号连营赤,知是先锋已上城。

旗幡四面下—作著营稠,手诏频来老将忧—作愁。每日城南空挑战,不知生缚入唐州。

秋夜对雨寄石瓮寺二秀才

夜山秋雨—作秋山夜雨滴空廊,灯照堂—作房前树叶光。对坐读书终—作经卷后,自披—作铺衣被—作服扫僧房。

华清宫前柳

杨柳宫前忽地春,在先—作先归惊动探春人。晓来唯欠骊山雨,洗却枝头—作秋条绿上—作土尘。

别杨校书

从军秣—作抹,一作走马十三年,白发营中听早蝉。故作老丞身不避,县名昭应管山泉。

和门下武相公春晓闻莺

侵黑行飞一两声,春寒啭小未分明。若教

更解诸余语,应向宫花不惜—作说情。

田侍郎—作中归镇—作上魏博田侍中八首

　　去处长将决胜筹,回回身在阵前头。贼城破后先锋入,看著红妆不敢收。

　　熨帖朝衣抛战袍,夔龙班里侍中高。对时先奏牙间—作门将,次第天恩与节旄。

　　踏著家乡马脚轻,暮山秋色眼前明。老人上酒齐头—作行拜,得侍中来尽再生。

　　功成谁不拥藩方,富贵还须是本乡。万里双旌汾水上,玉鞭遥指白云庄。

　　鼓吹幡旗—作旗幡道两边,行男走女喜骈阗—作阗阗。旧交省得当时别,指点如今却少年。

　　广场破阵乐初休,彩纛高于百尺楼。老将气雄争起舞,管弦回作大缠头。

　　笳—作咸声万里动燕山—作寒烟,草白天清塞马闲。触处不如—作知生别处乐—作不知生处乐,可怜秋月照江关—作山。

　　将士请衣忘却贫,绿窗红烛酒楼新。家家尽踏还乡曲,明月街中不绝人。

寄广文张博士

　　春明门外作卑官,病友经年不得看。莫道长安近于日,升天却易到城难。

早春书情

　　渐老风光不著人,花溪柳陌早逢—作大家春。近来行到门前少,趁暖闲眠似病人。

唐昌观玉蕊花

　　一树笼鬆玉刻成,飘廊点地色轻轻。女冠夜觅香来处,唯见阶前碎—作壁月明。

眼病寄同官

　　天寒眼痛少心情,隔雾看人夜里行。年少往来常不住,墙西冻地马蹄声。

九日登丛台

　　平原池阁在谁家,双塔丛台野菊花。零落故宫无入路,西来涧水绕城斜。

题酸枣县蔡中郎碑

　　苍苔满字土埋龟,风雨销磨绝妙词。不向图经中旧见,无人知是蔡邕碑。

江陵使至汝州

　　回看巴路在云间,寒食离家麦熟还。日暮数峰青似染,商人说是汝州山。

十五夜望月寄杜郎中

　　中庭地白树栖鸦,冷露无声湿桂花。今夜月明人尽望,不知秋思在—作落谁家。

寄同州田长史

　　除听好语耳常聋,不见诗人眼底—作亦空。莫怪出城为长史,总—作只缘山在白云中。

外按

　　夹城门向野田开,白鹿非时出洞来,日暮秦陵尘土起,从东外按使初回。

全唐诗卷三百二

王建

宫词一百首

蓬莱正殿压金—作云鳌,红日初生碧海涛。闲—作开著五门遥北望,柘—作赭黄新帕—作绕御床高。

殿前传点各依班,召对西来八—作六诏蛮。上得青花龙尾道,侧身偷觑正南山。

龙—作笼烟日暖紫—作紫气日瞳瞳,宣政门当—作开玉殿—作仗风。五刻阁前卿相出,下帘声在半天中。

白玉窗前—作中起草臣,樱桃初赤—作出赐尝新。殿头传语金阶远,只进词来谢圣人。

内人对御叠花笺,绣坐移来玉案边。红蜡烛前—作光中呈草木,平明昇—作御出阁门宣。

千牛仗下放朝初,玉案傍边立起居。每日进—作请来金凤纸,殿头无事不多—作教书。

延英引对碧衣郎,江砚宣毫各别床。天子下帘亲考试,宫人手里过茶汤。—作元稹诗。

未—作永,一作平明—作朱门开著九重关,金画黄龙五色幡。直到—作宣至银台—作床排仗合,圣人三殿对—作册西番。

少年天子重—作爱边功。亲到凌烟画阁中。教觅勋臣写图本—作真样,长将—作生殿里作屏风。

丹凤楼门—作前把火开,五云金辂下天来—作先排法驾出蓬莱。阶—作砌,一作棚前走马人宣慰—作传语,天子南郊一宿—作当日回。

楼前立仗看宣赦,万岁声长拜舞—作再拜齐。日照彩盘高百尺,飞仙争上取金鸡。

集贤殿里图书满,点—作校勘头边御印同。真迹进来依数字—作知字数,别收锁在玉函中。

秘—作秋殿清斋刻漏长,紫微宫女夜焚—作

烧香。拜陵日近一作到公卿发,卤簿分头入一作出太常。

新调白马怕一作拍鞭声,供奉骑来绕殿行。为一作先报诸王侵早入一作起,隔门催进打球名。

对御难争第一筹,殿前不打背身球。内人唱好龟兹急,天子鞘一作梢回一作龙舆过玉楼。

新衫一样殿头黄,银带排方獭尾长。总把玉一作金鞭骑御马,绿鬓红额麝香一作烟香。

罗衫叶叶绣重重,金凤银鹅各一丛。每遍舞时一作头分两向一作句,太平万岁字当中。

鱼藻宫一作池中锁翠娥,先皇行处不曾过。如今池底休铺锦,菱角鸡头积渐多。

殿前明日中和节,连夜琼林散舞衣。传报所司分蜡烛,监开一作门金一作宫锁放入归。

五更三一作五点索金车,尽放宫人出看花。仗下一时一作边催立马,殿头先报内园家。

城东北面一作南北望云楼,半下珠帘半上钩。骑马行人长远一作速过,恐一作急防天子在楼头。

射生宫女宿红妆,把一作请得新弓各自张。临上马时齐赐酒,男儿跪拜谢君王。

新秋白兔大于拳,红耳霜毛趁草眠。天子不教人射杀,玉鞭遮到马蹄前。

内鹰笼脱解红绦一作绍,斗胜争飞出手高。直上一作到青云还却下,一双金爪搦一作菊花毛。

竞渡船头掉采旗,两边溅一作泥水湿罗衣。池东争向池西岸一作去,先到先书上字归。

灯前飞入一作出玉阶虫,未卧常闻半夜钟。看著中元斋日到,自盘金线绣真容。

红灯睡里唤春云,云一作月上三更直宿分。金砌雨来行步滑,两人抬起隐花裙。

一时起立吹箫管,得宠人来满殿迎。整顿衣裳皆著却一作节,舞头当拍第三声。

琵琶先抹六么一作绿腰头,小管丁宁侧调愁。半夜美人双唱起一作起唱,一声声出凤皇楼。

春池日暖少风波,花里牵船水上歌。遥索剑南新样锦,东宫先钓一作报得鱼多。

十三初学擘箜篌,弟子名中被点留。昨日教坊新进入,并房宫女与梳头。

红蛮杆拨贴一作帖胸前,移坐当头近御筵。用力独弹金殿响,凤皇飞下一作出四条弦。

春风吹雨洒一作曲信旗一作拄竿一作春风吹展曲旗竿,得出一作自得深宫不怕寒。夸道自家能走一作上马,团一作圆中横过觅人看。

粟金腰一作作犀带象一作碧牙锥,散插红翎玉突枝。旋猎一边还引马,归来鸡兔一作花鸭绕鞍垂。

云驳花骢各试行,一般毛色一般缨。殿前来往重骑过,欲得君王别赐名。

每夜停灯熨御衣,银熏笼底火霏霏一作微微。遥听帐里君王觉,上直钟声一作上番声钟始得归。

因吃樱桃病放归,三年著破一作尽旧罗衣。内中人识从来去一作内中侍从来还去,结得金一作头花上贵妃。

欲迎天子看花去,下得金阶却悔行。恐见失恩人旧院,回来一作头忆著五弦声。

往来旧院不堪一作中修,近敕宣徽一作教近金銮别起楼。闻有美人新进入一作入内,六宫未见一时愁一作宫中未识大家愁。

自夸一作知歌舞胜诸人,恨未承恩一作邀勒君王出内频。连夜一作奉敕宫中修别一作理院,地衣帘额一时新。

闷来无处可思量,旋下金阶旋忆一作下床。收得山丹红蕊粉,镜前一作窗中洗却麝香黄。

蜂须蝉翅薄松松,浮动摇头似有风。一度出时抛一遍,金条零满落满函中。

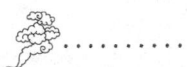

合暗报来门锁了，夜深应别唤笙歌。房房下著珠帘睡，月过金阶白—作冷露多。

御厨不食索时新，每见花开即苦—作是春。白日卧多娇似病，隔帘教唤女医人。

丛丛洗手绕金盆，旋拭红巾入殿门。众里遥抛新—作金摘—作橘子，在前收得便承恩。

御池—作波水色春来好，处处分流白玉渠。密奏君王知—作和入月—作用，唤人相伴洗裙裾。

移来女乐部头边，新赐花檀木—作大五弦。缠得红罗手帕子，中—作当心细—作香，—作更画一双蝉。

新晴草—作水色绿—作暖温暾，山—作岸雪初消渐出—作水，—作沪水，—作水渐浑。今日踏青归校晚，传声留著望春—作苑东门。

两楼—作檐相—作新换—作新楼两换珠帘额，中尉明朝设内家。一样金盘五千面，红酥点出牡丹花。

尽送春来—作球，—作舞送香球出内家，记巡传把一枝花。散时各自烧红烛，相逐行归不上车。

家常爱著旧衣裳，空插红梳不作妆。忽地下阶裙带解，非时应得见君王。

别—作宣敕教歌不出房，一声一遍奏—作报君王。再三博士留残拍，索向宣徽作彻章。

行中第一争—作头先舞，博士傍边亦被欺。忽觉管弦偷破拍—作先破拍，—作偷急遍，急翻—作翻翻罗袖不教知。

私缝黄帔—作同黄缝校舍钗梳，欲得金仙观里—作内居。近被君王—作天恩知识字，收来案上检文书。

月冷江清—作日冷天晴近猎—作腊时，玉阶金瓦雪溅溅—作离离。浴堂门外抄名入，公主家人谢面脂。

未承恩泽一家愁，乍到宫中忆外头。求守—作首管弦声款逐—作新学管弦声尚涩，侧商调里

唱伊州。

东风泼火—作波雨新休，昇—作弄尽春泥扫—作风荡雪沟。走马犊车当御路，汉阳宫—作公主进—作谢鸡球。

风帘水阁压芙蓉，四面钩栏在水中。避热不归金殿宿，秋河织女夜妆—作灯红。

圣人生日明朝是，私地教人—作先须属内监。自写金花红榜子，前头先进—作在前进上凤皇衫。

避暑—作脱昭阳—作仪不掷卢，井边含水喷鸦雏。内中数日无呼唤，拓—作写得滕王蛱蝶图。

内宴初秋—作休入二更，殿前灯火一天—作时明。中宫传旨音声散—作宫官分半声音住，诸院门开触处行。

玉蝉—作钗金雀—作掌三层插，翠髻高丛—作鬓绿鬓虚。舞处春风吹落地，归来—作当时别赐一头梳。

树叶初成鸟护—作出窠，石榴花里—作底笑声多。众—作舞中遗却金钗子，拾得从他要赎—作赏么。—作赏罗，—作拾得从饶购赎罗。以下五首，一作花蕊夫人诗。

小殿初成—作新装粉未—作欲干，贵妃姊妹自来看。为逢好日先移入，续向街—作阶西索牡丹。

内人相续报花开，准拟君王便看来。逢—作缝着五弦琴—作红绣袋，宜春院里按歌回。

巡吹慢遍不相和，暗数看谁—作暗看谁人曲校多。明日梨花园—作园花里见，先须逐—作直得内家歌。

黄金合里盛红雪，重结香罗四出花。一一傍边书敕字，中官—作分明送与大臣家。

未—作天明东上阁门开，排仗声从后殿—作殿里来。阿监两边相对立，遥闻索马一时回。

宫人早起—作拍手笑相呼，不识阶—作庭前

扫地夫。乞与金钱争借问,外头还似此间无。以下十首,一作花蕊夫人诗。

小随阿姊一作不随阿妹学吹笙,见好一作好见君王赐一作乞与一作乞赐名。夜拂玉床朝把镜,黄金殿外一作阶下不教行。

日高殿里有香烟,万岁声长动九天。妃子院中初一作新降诞,内人争乞一作分得洗儿钱。

宫花不共一作与外花一作边同,正月长生一作先一半一作朵红。供御樱桃看守别,直无鸦鹊到园中。

殿前铺设两边楼,寒食宫人步打球。一半走来争一作齐跪拜,上棚先谢得头筹。

太仪前日暖房来,嘱向朝一作昭阳乞药栽。敕赐一窠红踯躅,谢恩未了奏花开。

御一作床前新一作谢赐紫罗襦,步步一作下不下金阶上软舆。宫局总来为喜乐,院中新拜内尚书。

鹦鹉谁教转舌关,内人手里养来奸。语多更觉一作近更承恩泽,数对君王忆陇山。

分朋一作明闲坐赌樱桃,收却投壶玉腕劳。各把沈香双陆子,局中斗累阿谁高一作斗得垒高高。

禁寺红楼内里通,笙歌引驾夹城东一作香山引驾夹城中。裹头宫监堂一作著女帘前立,手把牙鞘竹弹弓。

春风院院落花堆,金锁生衣一作衣生擘不开。更筑歌台起妆殿,明朝先进画图来。

舞来汗湿罗衣彻,楼上人扶下玉梯。归到院中重洗面,金花盆一作盆水里泼银一作红泥。以下三首,一作花蕊夫人诗。

宿妆残粉未明天,总立一作在昭阳花树边。寒食内人长白打,库中先散与金钱。

众中偏一作爱得君王笑一作唤,偷把金箱笔砚开。书破红蛮隔子上,旋推一作催当直美一作内人来。

教遍宫娥唱遍一作尽词,暗中头白没人知。楼中日日歌声好,不问从初学阿谁。

青楼一作黛眉,一作蛾眉小一作少妇研裙长,总被抄名入教坊。春设殿前多一作为队舞,朋一作棚头各自一作别请衣裳。

水中芹叶土中花,拾得还将避众家。总待别人般数尽,袖中拈出一作捻得郁金芽。一作艾心芹叶初生小,只斗时新不斗花。总待大家般数尽,袖中拈出郁金芽。一作花蕊夫人诗。

玉箫改调筝移柱一作移纤指,催换一作赴红罗绣舞筵。未戴一作著柘枝花帽子,两行宫监在帘前。

窗窗户户院相当,总有珠帘玳瑁床。虽道君王不来宿,帐中长是炷牙一作衙香一作帐中长下著香囊。

雨入珠帘满殿凉,避风新出玉一作石盆汤。内人恐要秋衣着,不住熏笼换好香。

金吾除夜进傩名,画袴朱衣四队行。院院烧灯如白日,沈香火底坐吹笙一作斗音声。

树头树底觅残红,一片西飞一片东。自是桃花贪结子,错教人恨五更风。

金殿当头紫阁重,仙人掌上玉芙蓉。太平天子朝迎今作元日,五色云车一作中驾六龙。

鸳鸯瓦上瞥一作忽然声一作惊,昼寝宫娥梦里惊一作声。元是我王一作吾皇金弹子,海棠花下打流莺。

忽地金舆向月陂,内人接著便相随。却回龙武军前过,当处一作殿教开一作看卧鸭池一作儿。

画作天河刻作牛,玉梭金镊采桥头。每年宫里一作女穿针夜,敕赐诸亲一作新恩乞巧楼。

春来睡困不梳头,懒逐君王苑北游。暂向玉花阶上坐,簸钱赢得两三筹。

步行送入一作出长门里一作远,不许来辞旧院花。只恐他时身到此,乞恩求赦一作乞求恩赦放还家。一作乞来自在得还家。

缣一作嫌罗不著索轻容，对面教人染退一作褪红。衫子成来一遍出，明朝半片在园中一作今朝看处满园中。

弹棋玉指两参差，背局一作阶迥临虚斗著危。先打角头红子落，上三金字一作子半边垂。

后宫宫女无多少，尽向一作起得园中笑一团。舞蝶落花相觅一作看著，春风共语亦应难。一作花蕊夫人诗。

宛转黄金白柄长，青荷叶子画鸳鸯。把来不是呈新样，欲进微风到御床。

供御香方加减频，水沈水麝每回新。内中不许相传出，已被医家写与人。

药童食后送云浆，高殿无风扇少凉。每到日中重掠鬓，衩衣骑马绕宫廊。

句

单于不向南牧马，席箕遍满天山下。《咏席箕帘》。《韵府群玉》、《酉阳杂俎》云：席箕，一名塞庐，生胡地，古诗亦有"千里席箕草"之句。

却公不易胜，莫著外家欺。见《事文类聚》。

锦江诗弟子，时寄五花笺。以下见《海录碎事》。

花烧落第眼，雨破到家程。

一朝金凤庭前下，当是虚皇诏沈曦。

宣城四面水茫茫，草盖江城竹夹墙。

全唐诗卷三百三

刘商

刘商,字子夏,彭城人。少好学,工文,善画。登大历进士第,官至检校礼部郎中,汴州观察判官。集十卷,今编诗二卷。

铜雀妓

魏主矜蛾眉,美人美于玉。高台无昼夜,歌舞竟未足。盛色如转圜,夕阳落深谷。仍令身殁后,尚纵平生欲。红粉泪纵横—作红粉横泪痕,调弦向空屋。举头君不在,惟见西陵木。玉辇岂再来,娇鬟为谁绿。那堪秋风里,更舞阳春曲。曲罢—作终情不胜,凭阑向西哭。台边生野草,来去冒罗縠。况复陵寝间,双双见麋鹿。

哭韩淮端公兼上崔中丞

坚贞与和璧,利用归干将。金玉徒自宝,高贤无比方。挺生岩松姿,孤直凌雪霜。亭亭结清阴,不竞桃李芳。读书哂霸业,翊赞思皇王。千载有疑议,一言能否臧。儒风久沦弊,颜闵寿不长。邦国岂—作既殄瘁,斯人今又亡。别离长春草,存没隔楚乡。闻问尚书恸,泪凝向日黄。奄忽薤露晞,杳冥泉夜长。贤愚自修短,天色空苍苍。铭旌敛归魂,荆棘生路旁。门柳日萧索,缌帷掩空堂。灯孤晦处明,高节殁后彰。芳兰已灰烬,幕府留余香。常爱独坐尊,绣衣如雁行。至今虚左位,言发泪沾裳。

秋夜听严绅巴童唱竹枝歌

巴人远从荆山—作江客,回首荆山楚云隔。思归夜唱竹枝歌,庭槐叶落秋风多。曲中历历叙乡土,乡思绵绵楚词古。身骑吴牛不畏虎,手提篾笠欺风雨。猿啼日暮江岸边,绿芜—作林连山水连天。来时十三今十五,一成新衣已再补。鸿雁南飞报邻伍,在家欢乐辞家苦。天晴露白钟漏迟,泪痕满面看竹枝。曲终寒竹风袅袅,西方落日东方晓。

乌夜啼 一作乌栖曲

绕树哑哑惊复栖,含烟碧树高枝齐一作迷。月明露湿枝亦滑,城上女墙西月低。愁人出户听乌啼,团团明月堕墙西。月中有桂树,日中有伴侣。何不上天去,一声啼到曙。

随阳雁歌送兄南游

塞鸿声声飞不住,终日南征向何处。大漠穷阴多沍寒,分飞不得长怀安。春去秋来年岁疾,湖南蓟北关山难。寒飞万里胡天雪,夜度千门汉家月。去住应多两地情,东西动作经年别。南州风土复何如,春雁归时早寄书。

赋得射雉歌送杨协律表弟赴婚期

昔日才高容貌古,相敬如宾不相睹。手奉蘋蘩喜盛门,心知礼义感君恩。三星照户春空尽,一树桃花竟不言。结束车舆强游往,和风霁日东皋上。鸾凤参差陌上行,麦苗萦陇雉初鸣。修容尽饰将何益,极虑呈材欲导情。六艺从师得机要,百发穿杨含绝妙。白羽风驰碎锦毛,青娥怨处嫣然笑。杨生词赋比潘郎,不似前贤貌不扬。听调琴弄能和室,更解弯弧足自防。秋深为尔持圆扇,莫忘鲁连飞一箭。

泛舒城南溪,赋得沙鹤歌奉饯张侍御赴河南、元博士赴扬州拜覲仆射

终日闲阁逐群鸡,喜逢野鹤临清溪。绿苔春水水中影,夜月平沙沙上栖。惊谓汀州白蘋发,又疑曲渚前年雪。紫顶昂藏肯狎人,一声嘹亮一作唳冲天阙。素质翩翩带落晖,湖南渭阳相背飞。东西分散别离促,宇宙苍茫相见稀。皇华地仙如鹤驭,乘驾飘飘留不住。延望乘虚入紫霞,陌头回首空烟树。会使搏风羽翮轻,九霄云路随先鸣。

姑苏怀古送秀才下第归江南

姑苏台枕吴江水,层级鳞差向天倚。秋高露白万林空,低望吴田三百里。当时雄盛如何比,千仞无根立平地。台前夹一作来月吹玉鸾,台上迎凉撼金翠。银河倒泻君王醉,滟酒峨冠眒西子。宫娃酣态舞娉婷,香飙四飒一作飚青城一作真珠坠。伍员结舌长嘘欷,忠谏无因到君耳。城乌啼尽海霞销,深掩金屏日高睡。王道潜隳伍员死,可叹斗间瞻王气。会稽勾践拥长矛,万马鸣蹄扫空垒。瓦解冰销真可耻,凝艳妖芳安足恃。可怜荒堞晚冥濛,麋鹿呦呦达一作绕遗址。君怀逸气还东吴,吟狂日日游姑苏。兴来下笔到一作倒奇景,瑶盘迸洒蛟人珠。大鹏矫翼翻云衢,嵩峰霁后凌天孤。海潮秋打罗刹石,月魄夜当彭蠡湖。有时凝思家虚无,霓幢仿佛游仙都。琳琅暗戛玉华殿,天香静袅金芙蕖。君声日下闻来久,清赡何人敢敌手。我逃名迹遁西林,不得灞陵倾别酒。莫便五湖为隐沦,年年三十升仙人。

金井歌

文明化洽天地清,和气一作元气氤氲孕至灵一作精。瑞雪不散抱层岭,阳谷霞光射山顶。薙草披沙石窦开,生金曜日明金井。虞衡相贺为祯祥,畏人采攫持殳戎。羊驰马走尘满道,郡邸封章开建章。君王俭德先简易,赡国肥家在仁义。山泽藏金与万人,宣言郡邑无专利。闾阎少长竞奔凑,黄金满袖家富有。欢心蹈舞歌皇风,愿载讴歌青史中。

柳条歌送客

露井夭桃春未到,迟日犹寒柳开早。高枝低枝飞鹂黄,千条万条覆宫墙。几回离别折欲一作欲折尽,一夜东风吹又长。毵毵拂人行不进,依依送君无远近。青春去住随柳条,却寄来人以为信。

胡笳十八拍

第一拍

汉室将衰兮四夷一作方不宾,动干戈兮征战频。哀哀父母生育我,见离乱兮当此辰。纱窗对镜未经事,将谓珠帘能蔽身。一朝胡骑入中国,苍黄处处逢胡人。忽将薄命委锋镝,可

惜红颜随虏尘。

第二拍
马上将余向绝域，厌生求死死不得。戎羯腥膻岂是人，豺狼喜怒难姑息。行尽天山足霜霰，风土萧条近胡国。万里重阴鸟不飞，寒沙莽莽无南北。

第三拍
如羁囚兮在缧绁，忧虑万端无处说。使余刀兮剪余发，食余肉兮饮余血。诚知杀身愿如此，以余为妻不如死。早被蛾眉累此身，空悲弱质柔如水。

第四拍
山川路长谁记得，何处天涯是乡国。自从惊怖少精神，不觉风霜损颜色。夜中归梦来又去，朦胧岂解传消息。漫漫胡天叫不闻，明明汉月应相识。

第五拍
水头宿兮草头坐，风吹汉地衣裳破。羊脂沐发长不梳，羔子皮裘领仍左。狐襟貉袖腥复膻，昼披行兮夜披卧。毡帐时移无定居，日月长兮不可过。

第六拍
怪得春光不来久，胡中风土无花柳。天翻地覆谁得知，如今正南看北斗。姓名音信两不通，终日经年常闭口。是非取与在指拢，言语传情不如手。

第七拍
男儿妇人带弓箭，塞马蕃羊卧霜霰。寸步东西岂自由，偷生乞死非情愿。龟兹羁策愁中听，碎叶琵琶夜深怨。竟夕无云月上天，故乡应得重相见。

第八拍
忆昔私家恣娇小，远取珍禽学驯扰。如今沦弃念故乡，悔不当初放林表。朔风萧萧寒日暮，星河寥落胡天晓。旦夕思归不得归，愁心想似笼中鸟。

第九拍
当日苏武单于问，道是宾鸿解传信。学他刺血写得书，书上千重万重恨。髯胡少年能走马，弯弓射飞无远近。遂令边雁转怕人，绝域何由达方寸。

第十拍
恨凌辱兮恶腥膻，憎胡地兮怨胡天。生得胡儿欲弃捐，及生母子情宛然。貌殊语异憎还爱，心中不觉常相牵。朝朝暮暮在眼前，腹生手养宁不怜。

第十一拍
日来月往相催迁，迢迢星岁欲周天。无冬无夏卧霜霰，水冻草枯为一年。汉家甲子有正朔，绝域三光空自悬。几回鸿雁来又去，肠断蟾蜍亏复圆。

第十二拍
破瓶落井空永沈，故乡望断无归心。宁知远使问姓名，汉语泠泠传好音。梦魂几度到乡国，觉后翻成哀怨深。如今果是梦中事，喜过悲来情不任。

第十三拍
童稚牵衣双在侧，将来不可留又忆。还乡惜别两难分，宁弃胡儿归旧国。山川万里复边戍，背面无由得消息。泪痕满面对残阳，终日依依向南北。

第十四拍
莫以胡儿可羞耻，恩情亦各言其子。手中十指有长短，截之痛惜皆相似。还乡岂不见亲族，念此飘零隔生死。南风万里吹我心，心亦随风度辽水。

第十五拍
叹息襟怀无定分，当时怨来归又恨。不知

愁怨情若何,似有锋铓扰方寸。悲欢并行情未快,心意相尤自相问。不缘生得天属亲,岂向仇雠结恩信。

第十六拍

去时只觉天苍苍,归日始知胡地长。重阴白日落何处,秋雁所向应南方。平沙四顾自迷惑,远近悠悠随雁行。征途未尽马蹄尽,不见行人边草黄。

第十七拍

行尽胡天千万里,唯见黄沙白云起。马饥跑雪衔草根,人渴敲冰饮流水。燕山仿佛辨烽戍,鼙鼓如闻汉家垒。努力前程是帝乡,生前免向胡中死。

第十八拍

归来故乡见亲族,田园半芜春草绿。明烛重燃煨烬灰,寒泉更洗沈泥玉。栽持巾栉礼仪好,一弄丝桐生死足。出入关山十二年,哀情尽在胡笳曲。

杂言同豆卢郎中郭南七里桥哀悼姚仓曹

桥边足离别,终日为悲辛。登桥因叹逝,却羡别离人。桥下东流水,芳树樱桃蕊。流水与潮回,花落明年开。可怜三语掾,长作九泉灰。宿昔欢游在何处,花前饮足求仙去。

春日卧病

楚客经年病,孤舟人事稀。晚晴江柳变,春暮—作梦塞鸿归。今日方知命,前身—作年自觉非。不能忧岁计,无限故山薇。

题禅居废寺

凋残精舍在,连步访缁衣。古殿门空掩,杨花雪乱飞。鹤巢松影薄,僧少磬声稀。青眼能留客,疏钟逼夜归。

题山寺—作题悟空寺

扁舟水淼淼,曲岸复长塘。古寺春山上,登楼忆故乡。云烟横极浦,花木拥回廊。更有思归意,晴明陟上方。

题杨侍郎新亭

毗陵过柱史,简易在茅茨。芳草如—作和花种,修篁带笋移。径幽人未赏,檐静燕初窥。野客怜霜壁,静松画一枝。

同徐城季明府游重光寺题晃师壁—作同游重光寺题僧壁

野寺僧房远,陶潜引客来。鸟喧残果落,兰败几花开。真性知无住,微言欲望回。竹风清磬晚,归策步苍苔。

送林衮侍御东阳秩满赴上都

几年乌府内,何处逐凫归。关吏迷骢马,铜章累绣衣。野亭山草绿,客路柳花飞。况复长安远,音书从此稀。

送人之江东

含香仍佩玉,宜入镜中行。尽室随乘兴,扁舟不计程。渡江霖雨霁,对月夜潮生。莫虑当炎暑,稽山水木清。

送李元规昆季赴举

见诵甘泉赋,心期折桂归。凤雏皆五色,鸿渐又双飞。别思看衰柳,秋风动客衣。明朝问礼处,暂觉雁行稀。

送杨闲侍御拜命赴上都

贺客移星使,丝纶出紫微。手中霜作简,身上绣为衣,骢马朝天疾,台乌向日飞。亲朋皆避路,不是送人稀。

赋得月下闻萤送别

物候改秋节,炎凉此夕分。暗虫声遍草,明月夜无云。清迥檐外见,凄其篱下闻。感时兼惜别,鞚思自纷纷。

重阳日寄上饶李明府

重阳秋雁未衔芦,始觉他乡节候殊。旅馆但知闻蟋蟀,邮童不解献茱萸。陶潜何处登高醉,倦客停桡一事无。来岁公田多种黍,莫教黄菊笑杨朱。

同诸子哭张元易

盛德高名总是空,神明福善大朦胧。游魂永永无归日,流水年年自向东。素帷旅榇乡关远,丹旐孤灯客舍中。伯道共悲无后嗣,孺妻老母断根蓬。

合肥至日愁中寄郑明府

失计为卑吏,三年滞楚乡。不能随世俗,应是昧行藏。白璧空无玷,黄沙只自伤。暮天乡思乱,晓镜鬓毛苍。灰管移新律,穷阴变一阳。岁时人共换,幽愤日先长。拙宦惭知己,无媒悔自强。迍邅羞薄命,恩惠费余光。众口诚难称,长川却易防。鱼竿今尚在,行此掉沧浪。

送庐州贾使君拜命

考绩朝称贵,时清武用文。二天移外府,三命佐元勋。佩玉兼高位,拟金阅上军。威容冠是铁,图画阁名芸。人咏甘棠茂,童谣竹马群。悬旌风肃肃,卧辙泪纷纷。特达恩难报,升沈路易分。侯嬴不得从,心逐信陵君。

全唐诗卷三百四

刘商

怨妇
净扫黄金阶,飞霜皎如雪。下帘弹箜篌,不忍见秋月。

绿珠怨
从来上台榭,不敢倚阑干。零落知成血,高楼直下看。

古意
达晓一作连曙寝衣冷,开帷一作门霜露凝。风海昨夜泪,一片枕前冰。

哭萧抡
何处哭故人,青门水如箭。当时水头别,从此不相见。

送从弟赴上都
车骑秦城远,囊装楚客贫。月明思远道,诗罢诉何人。

登相国寺阁
晴日登临好,春风各望家。垂杨夹城路,客思逐杨花。

酬濬上人采药见寄
玉英期共采,云岭独先过。应得灵芝也,诗情一倍多。

曲水寺枳实
枳实绕僧房,攀枝置药囊。洞庭山上橘,霜落也应黄。

酬问师
虚空无所处,仿佛似琉璃。诗境何人到,禅心又过诗。

殷秀才求诗
　　倾盖见芳姿,晴天琼树枝。连城犹隐石,唯有卞和知。

行营即事
　　万姓厌干戈,三边尚未和。将军夸宝剑,功在杀人多。

送刘寰北归
　　南巢登望县城孤,半是青山半是湖。知尔素多山水兴,此回归去更来无。

送王闬归苏州
　　深山穷谷没人来,邂逅相逢眼渐开。云鹤洞宫君未到,夕阳帆影几时回。

送人往虔州
　　莫叹乘轺道路赊,高楼日日望还家。人到南康皆下泪,唯君笑向此中花。

送僧往湖南一作送情上人
　　闲出东林日影斜,稻苗深浅映袈裟。船到南湖风浪静,可怜秋水照莲花。

送元使君自楚移越
　　露冕行春向若耶,野人怀惠欲移家。东风二月淮阴郡,唯见棠梨一树花。

移居深山谢别亲故
　　不食皇精不采薇,葛苗为带草为衣。孤云更入深山去,人绝音书雁自飞。

送王永二首一作合溪送王永归东郭
　　君去春山谁共游,鸟啼花落水空流。如今送别临溪水,他日相思来水头。

　　绵衣似热夹衣寒,时景虽和春已阑。诚知暂别那惆怅,明日藤花独自看。

送别
　　灞岸青门有弊庐,昨来闻道半丘墟。陌头空送长安使,旧里无人可寄书。

送王贞
　　清阳玉润复多才,邂逅佳期过早梅。槿花亦可浮杯上,莫待东篱黄菊开。

送薛六暂游扬州
　　志在乘轩鸣玉珂,心期未快隐青萝。广陵行路风尘合,城郭新秋砧杵多。

送杨行元赴举
　　晚渡邗沟惜别离,渐看烽火马行迟。千钧何处穿杨叶,二月长安折桂枝。

行营送人
　　鞞鼓喧喧对古城,独寻归鸟马蹄轻。回来看觅莺飞处,即是将军细柳营。

滑州送人先归
　　河水冰消雁北飞,寒衣未足又春衣。自怜漂荡经年客,送别千回独未归。

送濬上人
　　木落前山霜露多,手持寒锡远一作送头陀。眼看庭树梅花发,不见诗人独咏歌。

高邮送弟遇北游
　　门临楚国舟船路,易见行人易别离。今日送君心最恨,孤帆水下又风吹。

送豆卢郎赴海陵
　　烟波极目已沾襟,路出东塘水更深。看取海头秋草色,一一作恰如江上别离心。

送女子
　　青娥宛宛聚为裳,乌鹊桥成别恨长。惆怅梧桐非旧影,不悲鸿雁暂随阳。

酬道芬寄画松
　　闻道铅华学沈宁,寒枝淅沥叶青青。一株将比囊中树,若个年多有茯苓。

山翁持酒相访以画松酬之
　　白社风霜惊一作逼暮年,铜瓶桑落慰秋天。

怜君意厚留新画,不著松枝当酒钱。

题潘师房
渡水傍山寻石壁—作壑,白云飞处洞门开。仙人来往行无迹,石径春风长绿苔。

谢自然却还旧居
仙侣招邀自有期,九天升降五云随。不知辞罢虚皇日,更向人间住几时。

寄李俌
挂却衣冠披薜荔,世人应是笑狂愚。年来渐觉髭须黑,欲寄松花君用无。

赠头陀师
少壮从戎马上飞,雪山童子未缁衣。秋山年长头陀处,说我军前射虎归。

赠严四草屦
轻微营蒯将何用,容足偷安事颇同。日入信陵宾馆静,赠君闲步月明中。

题刘偃庄
何事退耕沧海畔,闲看富贵白云飞。门前种稻三回熟,县里官人四考归。

题黄陂夫人祠
苍山云雨逐明神,唯有香名万岁春。东风三月黄陂水,只见桃花不见人。

题道济上人房
何处营求出世间,心中无事即身闲。门外水流风叶落,唯将定性对前山。

梨树阴
福庭人静少攀援,雨露偏滋影易繁。磊落紫香香—作金风亚树,清阴满地昼当轩。

秋蝉声
萧条旅舍客心惊,断续僧房静又清。借问蝉声何所为,人家古寺两般声。

归山留别子侄二首
车马驱驰人在世,东西南北鹤随云。莫言贫病无留别,百代簪缨将付君。

不逐浮云不羡鱼,杏花茅屋向阳居。鹤鸣华表应传语,雁度霜天懒寄书。

与湛上人院画松
水墨乍成岩下树,摧残半隐洞中云。猷公曾住天台寺,阴雨猿声何处闻。

白沙宿窦常宅观妓
扬子澄江映晚霞,柳条垂岸一千家。主人留客江边宿,十月繁霜见杏花。

上巳日两县寮友会集,时主邮不遂驰赴,辄题以寄方寸—作上巳日县寮会集,不遂驰赴
踏青看竹共佳期,春水晴山祓禊词。独坐邮亭心欲醉,樱桃—作花落尽暮愁时。

怀张瑾
苔石苍苍临涧水,阴风袅袅动松枝。世间唯有张通会,流向衡阳那得知。

与于中丞
万顷荒林不敢看,买山容足拟求安。田园失计全芜没,何处春风种蕙兰。

袁十五远访山门
僻居谋道不谋身,避病桃源不避秦。远入青山何所见,寒花满径白头人。

行营病中
心许征南破虏归,可言赢病卧戎衣。迟迟不见怜弓箭,惆怅秋鸿敢近飞。

合溪水涨寄敬山人
共爱碧溪临水住,相思来往践莓苔。而今却欲嫌溪水,雨涨春流隔往来。

不羡花
惆怅朝阳午又斜,剩栽桃李学仙家。花开

花落人如旧,谁道容颜不及花。

醉后
春草一作月秋风老此身,一瓢长醉任家贫。醒来还爱浮萍草,漂寄官河不属人。

题水洞二首
桃花流出武陵洞,梦想仙家云树春。今看水入洞中去,却是桃花源里人。

长看岩穴泉流出,忽听悬泉入洞声。莫摘山花抛水上,花浮出洞世人惊。

代人村中悼亡二首
花落茅檐转寂寥,魂随暮雨此中销。迩来庭柳无人折,长得垂枝一万条。

虚室无人乳燕飞,苍苔满地履痕稀。庭前唯有蔷薇在,花似残妆叶似衣。

观猎三首
梦非熊虎数年间,驱尽豺狼宇宙闲。传道单于闻校猎,相期不敢过阴山。

日隐寒山猎未归,鸣弦落羽雪霏霏。梁园射尽南飞雁,淮楚人惊阳鸟啼。

松月东轩许独游,深恩未报复淹留。梁园日暮从公猎,每过青山不举头。

画石
苍藓千年粉绘传,坚贞一片色犹全。那知忽遇非常用,不把分铢补上天。

咏双开莲花
菡萏新花晓并开,浓妆美笑面相隈。西方采画迦陵鸟,早晚双飞池上来。

夜闻邻管
何事霜天月满空,鹍鸡百啭向春风。邻家思妇更长短,杨柳如丝在管中。

山中寄元二侍御二首
心期汗漫卧云扃,家计漂零水上萍。桃李向秋凋落尽,一枝松色独青青。

拖紫锵金济世才,知君倚玉望三台。深山穷谷无人到,唯有狂愚独自来。

上崔十五老丈
天汉乘槎可问津,寂寥深景到无因。看花独往寻诗客,不为经时谒丈人。

袁德师求画松
柏偃松欹势自分,森梢古意出浮云。如今眼暗画不得,旧有三株持赠君。

早夏月夜问王开
清风首夏夜犹寒,嫩笋侵阶竹数竿。君向苏台长见月,不知何事此中看。

裴十六厅即事
主人能政讼庭闲,帆影云峰户牖间。每到夕阳岚翠近,只言篱障倚前山。

春日行营即事
风引双旌马首齐,曹南战胜日平西。为儒不解从戎事,花落春深闻鼓鼙。

画树后呈浚师
翔凤边风十月寒,苍山古木更摧残。为君壁上画松柏,劲雪严霜君试看。

吊从甥
日晚河边访茕独,衰柳寒芜绕茅屋。儿童惊走报人来,孀妇开门一声哭。

句
邮筒不解献茱萸。《容斋随笔》。

赵侯首带鹿耳巾,规模出自陶弘景。《鹿耳巾歌》。《海录碎事》。

全唐诗卷三百五

陈翊—作诩

陈翊,字载物,闽县人。大历中登进士第。贞元中,官户部郎中、知制诰。诗十卷,今存七首。

登城楼作

井邑白云间,严城远带山。沙墟阴欲暮,郊色淡方闲。孤径回榕岸,层峦破枳关。寥寥分远望,暂得一开颜。

宴柏台

华台陈桂席,密樹宴清真。柏叶犹霜气,桃花似汉津。青尊照深夕,绿绮映芳春。欲忆相逢后,无言岭海人。

过马侍中亭

草色照双扉,轩车到客稀。苔衣香展迹,花绶少尘飞。薄望怜池净,开畦爱雨肥。相过忘日昃,坐待白云归。

寄邵校书楚苌

爱酒时称僻,高情自不凡。向人方白眼,违俗有青岩。云际开三径,烟中挂一帆。相期同岁晚,闲兴与松杉。

龙池春草

青春光凤苑,细草遍龙池。曲渚交蘋叶,回塘惹柳枝。因风初苒苒,覆岸欲离离。色带金堤静,阴连玉树移。日光浮靃靡,波影动参差。岂比生幽远,芳馨众不知。

郊行示友人

水开长镜引诸峦,春洞花深落翠寒。醉向丝萝惊自醒,与君清耳听松湍。

送别萧二

橘花香覆白蘋洲,江引轻帆入远游。千里云天风雨夕,忆君不敢再登楼。

刘复

刘复,登大历进士第,官水部员外郎。诗十六首。

游仙

税驾倚扶桑,逍遥望九州。二老佐轩辕,移戈戮蚩尤。功成弃之去,乘龙上天游。天上见玉皇,寿与天地休。俯视昆仑宫,五城十二楼。王母何窈眇,玉质清且柔。扬袂折琼枝一作芳,寄我天东头。相思千万岁,大运浩悠悠。安用知吾道,日月不能周。寄音青鸟翼,谢尔碧海流。

寺居清晨

高枕对晓月,衣巾清且凉。露华朝未晞,滴沥含虚光。隔竹闻汲井,开扉见焚香。幽心感衰病,结念依法王。青冥早云飞,杳霭一作渺空鸟翔。此情皆有释一作造,悠然知所忘。

山东城

步出一作步步东城门,独行已彷徨。伊洛泛清流,密林含朝阳。芳景虽可瞩,忧怀在中肠。人生几何时,苒苒随流光。愿得心所亲,尊酒坐高堂。一为浮沉隔,会合殊未央。双戏水中凫,和鸣自翱翔。我无此羽翼,安可以比方。

经禁城

日没路且长,游子欲涕零。荒城无人路,秋草飞寒萤。东南古丘墟,莽苍驰郊坰。黄云晦断岸,枯井临崩亭。昔人竟何之,穷泉独冥冥。苍苔没碑版,朽骨无精灵。俯仰寄世间,忽如流波萍。金石非汝寿,浮生等臊腥。不如学神仙,服食求丹经。

出三城留别幕中三判官

翔禽托高柯,倦客念主人。恩义有所知一作委,四海同一身。况皆旷一作广大姿,翰音见良辰。陈规佐武略,高视据要津。常愿投素诚,今果得所申。金罍列四座,广厦无氛尘。留连徂暑中,观望历数旬。河山险以固,士卒勇且仁。饬装去未归,相追越城闉。愧无情玉案,缄佩永不泯。

送刘秀才南归一作陈存诗

鸟啼杨柳垂,此别千万里。古路入商山,春风生灞水。停车落日在,罢酒离人起。蓬户寄龙沙,送归情讵已。

送王一作汪伦

春江一作天日未曛,楚客酣送君。翩翩孤黄鹤,万里沧洲云。四方各有志一作心,岂得常顾群。山连巴湘远,水与荆吴分。清光日修阻一作阻修,尺素安可论。相思寄梦寐,瑶草空氤氲。

长相思

长相思,在桂林,苍梧山远潇湘深。秋堂零泪倚金瑟,朱颜摇落随光阴。长宵嘹唳鸿命侣,河汉苍苍隔牛女。宁知一水不可渡,况复万山修且阻。彩丝织绮文双鸳,昔时赠君君可怜。何言一去瓶落井,流尘歇灭金炉前。

长歌行

淮南木落秋云飞,楚宫商歌今正悲。青春白日不与我,当垆举酒劝君持。出门驱驰四方事,徒用辛勤不得意。三山海底无见期,百龄世间莫虚弃。君不见金城帝业汉家有,东制诸侯欲长久。奸雄窃命风尘昏,函谷重关不能守。龙蛇出没经两朝,胡虏凭陵大道销。河水东流宫阙尽,五陵松柏自萧萧。

春游曲

春风戏狭斜,相见莫愁家。细酌蒲桃酒,娇歌玉树花。裁衫催白纻,迎客走朱车。不觉重城暮,争栖柳上鸦。

杂曲

宝剑饰文犀,当风似切泥。逢君感意气,贳酒杜陵西。赵女颜虽少,宛驹齿正齐。娇多不肯别,更待夜乌啼。

卷三百五

春雨

细雨度深闺,莺愁欲懒啼。如烟飞漠漠,似露湿凄凄。草色行看靡,花枝暮欲低。晓听钟鼓动,早送锦障泥。

夕次襄邑

何处成吾道,经年远路中。客心犹向北,河水自归东。古戍飘残角,疏林振夕风。轻舟难载月,那与故人同。

夏日

映日纱窗深且闲,含桃红日石榴殷。银瓶绠转桐花井,沉水烟销金博山。文簟象床娇倚瑟,彩奁铜镜懒拈环。明朝戏去谁相伴,年少相逢狭路间。

送黄晔明府岳州湘阴赴任—作刘三复诗

拟占名场第一科,龙门十上困风波。三年护塞从戎远,万里投荒失意多。花县到时铜墨贵,叶舟行处水云和。遥知布惠苏民后,庆向祠堂吊汨罗。

禅门寺暮钟

簨虡高悬于阗钟,黄昏发地殷龙宫。游人忆到嵩山夜,叠阁连楼满太空。

冷朝阳

冷朝阳,金陵人,登大历进士第,为薛嵩从事。诗十一首。

同张深秀才游华严寺

同游云外寺,渡水入禅关。立扫窗前石,坐看池上山。有僧飞锡到,留客话松间。不是缘名利,好来长伴闲。

中秋与空上人同宿华严寺

扫榻相逢宿,论诗旧梵宫。磬—作钟声迎鼓尽,月色过山穷。庭簇—作宿安禅草,窗飞带火虫。一宵何惜别,回首隔秋风。

宿柏岩寺

幽寺在岩中,行唯一径通。客吟孤峤月,蝉噪数枝风。秋色生苔砌,泉声入梵宫。吾师修道处,不与世间同。

登灵善寺塔

飞阁青霞里,先秋独早凉。天花映窗近,月桂拂—作覆檐香。华岳三峰小,黄河一带长。空闻指归路,烟处有垂杨。

瀑布泉

潺湲半空里,霏落石房边。风激珠光碎,山欹练影偏。急流难起浪,迸沫只如烟。自古惟今日,凄凉一片泉。

冬日逢冯法曹话怀

分襟二年内,多少事相干。礼乐风全变,尘埃路渐难。秋林新叶落,霜月满庭寒。虽喜逢知己,他乡岁又阑。

送唐六赴举

秋色生边思,送君西入关。草衰空大野,叶落露青山。故国烟霞外,新安道路间。碧霄知己在—作遇,香桂月中攀。

送远上人归京

夏腊岁方深,思归彻曙吟。未离销雪院,已有过云心。寒磬清函谷,孤钟宿华阴。别京游旧寺,月色似双—作霜林。

别郎上人

过云寻释子,话别更依依。静室开来久,游人到自稀。触风香气尽,隔水磬声微。独傍孤松立,尘中多是非。

立春

玉律传佳节,青—作春阳应此—作北辰。土牛呈岁稔,彩燕表年春。腊尽星回次,寒余月建寅。风光行—作何处好,云物望中新。流水初销冻,潜鱼欲振鳞。梅花将柳色,偏思越乡人。

送红线

潞州节度使薛嵩有青衣,善弹阮咸琴,手纹隐起如红线,因以名之。一日辞去,朝阳为词

采菱歌怨木兰舟,送客魂销百尺楼。还似洛妃乘雾去,碧天无际水空_{一作东}流。

于尹躬

于尹躬,大历进士。元和间为中书舍人,左迁洋洲刺史。诗一首。

南至日太史登台书云物

至日行时令,登台约礼文。官称伯赵氏,色辨五方云。昼漏听初发,阳光望渐分。司天为岁备,持简出人群。惠爱周微物,生灵荷圣君。长当有嘉瑞,郁郁复纷纷。

柳郴—作郊

柳郴,大历间进士。集一卷,今存诗二首。

赠别二首

江浦程千里,离尊泪数行。无论吴与楚,俱是客他乡。

何处最悲辛,长亭临古津。往来舟楫路,前后别_{一作有离}人。

句

他乡生白发,旧国有青山。《贼平后送客还乡》,见《纪事》。

李子卿

李子卿,大历末与崔损同第。诗一首。

望终南春雪

山势抱西秦,初年瑞雪频。色摇鹑野霁,影落凤城春,辉耀银峰逼,晶明玉树亲。尚寒由气劲,不夜为光新。荆岫全疑近,昆丘宛合邻。馀辉倘可借,回照读书人。

全唐诗卷三百六

朱湾

朱湾,字巨川,西蜀人,自号沧洲子。贞元、元和间,为李勉永平从事。诗一卷。

九日登青山

昔人惆怅处,系马又—作共登临。旧地烟霞在,多时草木深。水将空合色,云与我无心。想见—作缅想龙山会,良辰亦似今。

秋夜宴王郎中宅赋得露中菊

众芳春竞发,寒菊露偏滋。受气何曾异,开花独自迟。晚成犹待赏—作有分,欲采未过时。忍弃东篱下,看随秋草衰。—作看他迭盛衰。

奉使设宴戏掷笼筹

今日陪樽俎,良筹复在兹。献酬君有礼,赏罚我无私。莫怪斜相向,还将正自持。一朝权入手,看取令行时。

咏双陆骰子

采采应缘白,钻心不为名。掌中犹可重,手下莫言轻。有对唯求敌,无私直任争。君看一掷后,当取擅场声。

咏壁上酒瓢呈萧明府

不是难提挈,行藏固有期。安身未得所,开口欲从谁。应物心无倦,当垆柄会持。莫将成废器,还有对樽时。

咏玉

歌—作献玉屡招疑,终朝省复思。既哀黄鸟兴,还复白圭诗。请益先求友,将行必择师。谁知不鸣者,独下董生帷。

送陈偃赋得白鸟翔翠微—作赋得白鹤翔翠微送陈偃下第

不知鸥与鹤,天畔弄晴晖。背日分明见,临川相映微。净中云一点,回处雪孤飞。正好南—作高枝住—作立,翩翩何所归—作依。

1570

题段上人院壁画古松

石上盘古根,谓言天生有一作朽。安知草木性,变在画师手。阴深方丈间,直趣幽且闲。木纹离披势搓捽,中裂空心火烧出。扫成三寸五寸枝,便是一作千年万年物。莓苔浓淡色一作意不同,一面作半死皮生蠹虫。风霜未必来到此,气色杳在寒山中。孤标可玩不可取,能使支公道场古。

逼寒节寄崔七 崔七,湖州崔使君之子

闲庭只是长莓苔,三径曾无车马来。旅馆尚愁寒食火,羁心懒向不然灰。门前下客虽弹铗,溪畔穷鱼且曝腮。他日趋庭应问礼,须言陋巷有颜回。

长安喜雪 一作陈羽诗

千门万户雪花浮,点点无声落瓦沟。全似玉尘消更积,半成冰片结还流。光含晓色清天苑,轻逐微风绕御楼。平地已沾盈尺润,年丰须荷富人侯。

宴杨驸马山亭 一作陈羽诗

垂杨拂岸草茸茸,绣户窗前花影重。鲙下玉盘红缕细,酒开金瓮绿醅浓。中朝驸马何平叔,南国词人陆士龙。落日泛舟同醉处,回潭百丈映千峰。

过宜上人湖上兰若

十年湖上结幽期,偏向东林遇远师。未道姓名童子识,不酬言语上人知。闲花落日滋苔径。细雨和烟著柳枝。问我别来何所得,解将无事当无为。

同达奚宰游窦子明仙坛 一作同张明府游仙台

松桧阴深一径微,中峰石室到人稀。仙官不住青山在,故老相传白日飞。华表问栽何岁木,片云留著去时衣。今朝茂宰寻真处,暂驻双凫且莫归。

平陵寓居再逢寒食

几回江上泣途穷,每遇良辰叹转蓬。火燧

知从新节变,灰心还与故人同。莫听黄鸟愁啼处,自有花开久一作向客中。贫病固应无挠事,但将怀抱醉春风。

寻隐者韦九山人于东溪草堂

寻一作穷得仙源访隐沦,渐来深处渐无尘。初行竹里唯通马,直到花间始见人。四面云山谁作主,数家烟火自为邻。路傍樵客何须问,朝市如今不是秦。

假摄池州留别东溪隐居

一官仍是假,岂愿数离群。愁鬓看如雪,浮名认是云。暂辞南国隐,莫勒北山文。今后松溪月,还应梦见君。

咏柏板

赴节心长在,从绳道可一作自观。须知片木用,莫向一作作散材看。空为歌偏苦,仍愁和即难。既能亲掌握,愿得接同欢。

筝柱子

散木今何幸一作在,良工不弃捐。力微惭一柱,材薄仰一作命群弦。且喜声相应,宁辞迹屡迁。知音如见赏,雅调为君传。

送李司直归浙东幕,兼寄鲍行一作参军持节大夫初拜东平郡王 一作朱长文诗

翩翩书记早曾闻,二十年来愿见君。今日相逢悲白发,同时几许在青云。人从北固山边一作前去,水到西陵一作溪渡口分。会一作曾作王门曳裾客,为余前谢鲍参军。

七贤庙

常慕晋高士,放心日沈冥。湛然对一壶,土木为我形,下马访陈迹,披榛诣荒庭。相看两不言,犹谓醉未醒。长啸或可拟,幽琴难再听。同心不共世,空见薜门青。

同清江师月夜听坚正二上人为怀州转法华经歌

若耶溪畔云门僧,夜闲燕坐听真乘。莲花

秘偈药草喻,二师身住口不住。凿井求泉会到源,闭门避火终迷路。前心后心皆此心,梵音妙音柔软音。清泠霜磬有时动,寂历空堂宜夜深。向来不寐何所事,一念才生百虑息。风翻乱叶林有声,雪映闲庭月无色。玄关密迹难可思,醒人悟兮醉人疑。衣中系宝觉者谁,临川内史字得之。

寒城晚角 滑州作

高台高高画角雄,五更初发寒城中。寒城北临大河水,淇门贼烽隔岸是。长风送过黎阳川,我军气雄贼心死。羁人此夜寐不成,万里边情枕上生。乍似陇头戍,寒泉幽咽流不住;又如巴江头,啼猿带雨断续愁。忽忆嫖姚北征伐,空山宿兵寒对月。一声老将起,三奏行人发;冀马为之嘶,朔云为之结。二十年来天下兵,到处不曾无此声。洛阳陌,长安路。角声朝朝兼暮一作角声暮,平居闻之尚难度。何况天山征戍儿,云中下营雪里吹。

重阳日陪韦卿宴

何必龙山好,南亭赏不暌。清规陈侯事,雅兴谢公题。入座青峰近,当轩远树齐。仙家自有月,莫叹夕阳西。

全唐诗卷三百七

丘丹

丘丹,苏州嘉兴人,诸暨令,历尚书郎。隐临平山,与韦应物、鲍防、吕渭诸牧守往还。存诗十一首。

忆长安

四月

忆长安,四月时,南郊万乘旌旗。尝酎玉卮更献,含桃丝笼交驰。芳草落花无限,金张许史相随。

状江南

季冬

江南季冬月,红蟹大如饼。湖水龙为镜,炉峰气作烟。

和韦使君秋夜见寄

露滴梧叶鸣,秋风桂花发。中有学仙侣,吹箫弄山月。

奉酬韦苏州使君

久作烟霞侣,暂将簪组亲。还同褚伯玉,入馆柰州人一作民。

和韦使君听一作临江笛送陈侍御一作陆侍郎

离樽闻夜笛,寥亮入寒城。月落车马散,凄恻主人情。

奉酬韦使君送归山之作

侧闻郡守至,偶乘黄犊出。不别桃源一作园人,一见经累日。蝉鸣念秋稼,兰酌动离瑟。临水降麾幢,野艇才容膝。参差碧山路,目送江帆疾。涉海得骊珠,栖梧惭凤质。愧非郑公里,归扫蒙笼室。

奉酬重送归山

卖药有时至，自知来往疏。遽辞池上酌，新得山中书。步出芙蓉府，归乘毂觫车。狠蒙招隐作，岂愧班生庐。

经湛长史草堂 一作题湛长史旧居。有序。

无锡县西郊七里，有慧山寺，即宋司徒右长史湛茂之之别墅也。旧名历山，故南平王刘铄有《过湛长史历山草堂》诗，湛有酬和。其文野而兴，特以松石自怡，逍遥沉寂，终见止足之意，可谓当时高贤矣。至齐竟陵王友江淹，亦有继作。余登兹山，以睹三篇，列于石壁，仰览遗韵，若穆清风。遽访湛氏胄裔，山下犹有一二十族，得十三代孙。略观其谱书，笺墨尘蠹，年世虽邈，茔垅尚存。余披《宋史》，略不见其人，心每恻叹。悲夫斯人也，而史阙书，然有其一篇，则为不朽矣。因复追绎六韵，以次三贤之末。时有释若冰者，踪迹兹山，修念之余，凿嵌注壑，酾入诸界，无非金碧钵帽之资，悉偿工费，是以道友邑僚，风玩喜赏。呜呼，得非茂之之缘果而阴盱于上人。不然者，何竭虑之至耶？余圣唐山令臣也，屏居临平山墅亦有年矣，尝讽茂之篇句云："衰废归丘樊，岁寒见松柏"，不觉禅意超散，若在庐霍之间矣。异时同归，犹茂之之不忘也。嗟乎湛君，用刊岩石，俾俟后世之知我者，得不继之乎？贞元六年，岁在庚午，检校尚书户部员外郎兼侍御史丘丹志。

身退谢名累，道存嘉止足。设醴降华幡，挂冠守空谷。偶寻野外寺，仰慕贤者躅。不见昔簪裾，犹有旧松竹。烟霞虽异世，风韵如在瞩。余即江海上 一作人，归辙青山曲。

萧山祇园寺

东晋许徵君，西方彦上人。生时犹定见，悟后了前因。 一本无此四句。灵塔多年古，高僧苦行频。碑存才记日，藤老岂知春。车 一作散骑归萧瞀，云林识许询。千秋不相见，悟定是吾身。

奉使过石门观瀑 有序

谢康乐，宋景平中为永嘉守，有宿石门岩上诗。余六代叔祖梁中书侍郎天监中有过石门瀑布诗，后亦为此郡。小子大历中奉使，窃有继作，虽不足克绍祖德，追踪昔贤，盖造奇怀感之志也。

溪上望悬泉，耿耿云中见。披榛上岩岫，峭壁正东面。千仞泻联珠，一潭喷飞霰。嵯突满山响，坐觉炎氛变。照日类虹霓，从风似绡练。灵奇既天造，惜处穷海甸。吾祖昔登临，谢公亦游衍。天程惧淹泊，下磴空延眷。千里雷尚闻，峦回树葱蒨。此来去贱役，探讨愧前彦。永欲洗尘缨，终当惬此愿。

秋夕宿石门馆

瞑从石门宿，摇落四岩空。潭月漾山足，天河泻涧中。杉松寒似雨，猿鸟夕惊风。独卧不成寐，苍然想谢公。

贾弇

贾弇，长乐人，登大历进士第，为校书郎。诗一首。

状江南

孟夏

江南孟夏天，慈竹笋如编。蜃气为楼阁，蛙声作管弦。

沈仲昌

沈仲昌，临汝人。登天宝九年进士第。诗一首。

状江南

仲秋

江南仲秋天，鳣鼻大如船。雷是樟亭浪，苔为界石钱。

谢良辅

谢良辅，天宝十一年进士第，德宗时商州刺史。诗四首。

忆长安

正月

忆长安，正月时，和风喜气相随。献寿彤

庭万国,烧灯青玉五枝。终南往往残雪,渭水处处流澌。

十二月

忆长安,腊月时,温泉彩仗新移。瑞气遥迎凤辇,日光先暖龙池。取酒虾蟆陵下,家家守岁传卮。

状江南

仲春

江南仲春天,细雨色如烟。丝一作疏为武昌柳,布作石门泉。

孟冬

江南孟冬天,荻穗软如绵。绿绢芭蕉裂,黄金橘柚悬。

鲍防

鲍防,字子慎,襄阳人。天宝末进士第,历福建江西观察使。贞元中,累礼部侍郎,迁工部尚书致仕。防善属文,尤工诗,与中书舍人谢良弼友善,时号鲍谢。诗八首。

忆长安

二月

忆长安,二月时,玄鸟初至祋祠。百啭宫莺绣羽,千笞御柳黄丝。更有曲江一作池胜地,此来寒食佳期。

状江南

孟春

江南孟春天,荇叶大如钱。白云装梅树,青袍似苕田。

杂感

汉家海内承平久,万国戎王皆稽首。天马常衔苜蓿花,胡人岁献葡萄酒。五月荔枝初破颜,朝离象郡夕函关。雁飞不到桂阳岭,马走先过一作从林邑山。甘泉御果垂仙阁,日暮无

人香自落。远物皆重近皆轻,鸡虽有德不如鹤。

送薛补阙入朝一作鲍溶诗

平原门下十余人,独受恩多未杀身。每叹陆家兄弟少,更怜杨氏子孙贫。柴门岂一作已断施行马,鲁酒那堪一作能醉近臣。赖有军中遗令在,犹将谈笑对一作静风尘。

人日陪宣州范中丞传正与范侍御传真一作贞宴东峰亭一作鲍溶诗

人日春风绽早梅,谢家兄弟看花来。吴姬对酒歌千曲,秦女留人酒百杯。丝柳向空轻一作初婉转,玉山看日渐萦回。流光易去欢难得,莫厌频频上此台。

上巳寄一作呈,下有渐东二字。孟中丞一作鲍溶诗

世间禊事风流处,镜里云山若画屏。今日会稽王内史,好将宾客醉兰亭。

秋暮忆中秋夜与王璠侍御赏月,因怆远离聊以奉寄见鲍溶集,作寄王璠侍御。

前月月明夜,美人同远一作清光。清一作音尘一以间,今夕坐相忘一作望。风落芙蓉露,疑一作凝余绣被香。

元日早朝行见鲍溶集,"葳旗"以下,缺三字,下有"断尔春风前,直如朱绳非乐妍"二句,"师旷"以下句俱无。

乾元发生春为宗,盛德在木一作天斗建东。东方岁星大明宫,南山喜气摇晴空。望云五等舞万玉,献寿一声出千峰。文昌随一作垂彩礼乐正,太平一作白下直旌旗红。师旷应律调黄钟,王良运策调时龙。玄冥无事归朔土,青帝放身入朱宫。九韶九变五声里,四方四友一身中。天何言哉乐无穷,广成彭祖为三公。野臣潜随击壤老,日下鼓腹歌可封。

杜奕

杜奕,贞元时人。诗一首。

忆长安

三月

忆长安,三月时,上苑遍是花枝。青门几场送客,曲水竟—作竟日题诗。骏马金鞭—作鞍无数,良辰美景追随。

郑概

郑概,贞元时人。诗二首。

忆长安

六月

忆长安,六月时,风台水榭—作阁逶迤。朱果雕笼香透,分明紫禁寒随。尘惊九衢客散,赭珂—作汗滴沥青骊。

状江南

孟秋

江南孟秋天,稻花白如毡。素腕惭新藕,残妆妒晚莲—作烟。

陈元初

陈元初—作允,校书郎,居麻源。僧灵一有《送元初卜居麻源》诗。诗一首。

忆长安

七月

忆长安,七月时,槐花点散—作散点罘罳。七夕针楼竞出,中元香供初移。绣毂金鞍无限,游人处处归迟—作随。

吕渭

吕渭,字君载,河中人,第进士,为浙西支使,后贬歙州司马。贞元中,累迁礼部侍郎,出为潭州刺史。诗五首。

忆长安

八月

忆长安,八月时,阙下天高旧仪。衣冠共颁金镜,犀象对舞丹墀。更爱终南灞上,可怜秋草碧滋。

状江南

仲冬

江南仲冬天,紫蔗节如鞭。海将盐作雪,出用火耕田。

贞元十一年知贡举挠阁—作闷不能定去留寄诗前主司

独坐贡闱里,愁多芳草生。仙翁昨日事,应见此时情。

皇帝移晦日为中和节—作王季友诗,误

皇心不向晦,改节号中和。淑气同风景,喜名别咏歌。湔裙移旧俗,赐尺下新科。历象千年正,醺酿四海多。花随春令发,鸿—作鸟度岁阳过。天地齐休庆,欢声欲荡波。

经湛长史草堂

岩居旧风景,人世今成昔。木落古山空,猿啼秋月白。谁同西府僚,几谢南平客。摧残松桂老,萧散烟云夕。迹留异代远,境入空门寂。惟有草堂僧,陈诗在石壁。

范灯

范灯,贞元时人。诗二首。

忆长安

九月

忆长安,九月时,登高望见昆池。上苑初开露菊,芳林正献霜梨。更想千门万户,月明砧杵参差。

状江南

季夏

　　江南季夏天,身热汗如泉。蚊蚋成雷泽,袈裟作水田。

樊珣

　　樊珣,贞元时人。诗二首。

忆长安

十月

　　忆长安,十月时,华清士马相驰。万国来朝汉阙,王陵共猎秦祠。昼夜歌钟不歇,山河四塞京师。

状江南

仲夏

　　江南仲夏天,时雨下如川。卢橘垂金弹,甘蕉吐白莲。

刘蕃

　　刘蕃,登天宝六年进士第。诗二首。

忆长安

十一月

　　忆长安,子月时,千官贺至丹墀。御苑雪开琼树,龙堂冰作瑶池。兽炭毡炉正好,貂裘狐白相宜。

状江南

季秋

　　江南季秋天,栗熟一作实大如拳。枫叶红霞举,苍芦一作芦花白浪川一作穿。

全唐诗卷三百八

张志和

张志和,字子同,婺州金华人。年十六,举明经。肃宗时待诏翰林。后不复仕进,居江湖,自称烟波钓叟。诗九首。

太寥歌

化元灵哉,碧虚清哉;红霞明哉,冥哉茫哉,惟化之工无疆哉。

空洞歌

无自而然,自然之元;无造而化,造化之端。廓然悫脆,其形团圞。反尔之视,绝尔之思,可以观。

渔父歌

《西吴记》云:湖州磁湖镇道士矶,即志和所谓西塞山前也。志和有《渔父词》,刺史颜真卿、与陆鸿渐、徐士衡、李成矩倡和。

西塞山前白鹭飞,桃花流水鳜鱼肥。青箬笠,绿蓑衣,斜风细雨不须归。

钓台渔父褐为裘,两两三三舴艋舟。能纵棹,惯乘流,长江白浪不曾忧。

雪溪湾里钓渔翁,舴艋为家西复东。江上雪,浦边风,笑著荷衣不叹穷。

松江蟹舍主人欢,菰饮莼羹亦共餐。枫一作梧叶落,荻花乾,醉宿渔舟不觉寒。

青草湖中月正园,巴陵渔父棹歌连。钓车子,橛头船,乐在风波不用仙。

上巳日忆江南禊事

黄河西绕郡城流,上巳应无祓禊游。为忆渌江春水色,更随宵梦向吴洲。

渔父

八月九日芦花飞,南溪老人垂钓归。秋山入帘翠滴滴,野艇倚槛云依依。却把渔竿寻小径,闲梳鹤发对斜晖。翻嫌四皓曾多事,出为储皇定是非。

张松龄

张松龄,志和兄也。诗一首。

和答弟志和渔父歌_{松龄惧志和放浪不返,为筑室越州东郭,和其词以招之。}

乐是_{一作在}风波钓是闲,草堂松径已胜攀。太湖水,洞庭山,狂风浪起且须还。

陆羽

陆羽,字鸿渐,撰《茶经》三卷。或云自太子学徒太常寺太祝,不就。诗二首。

歌_{太和中,复州有一老僧,云是陆弟子,常讽此歌}

不羡黄金罍,不羡白玉杯;不羡朝入省,不羡暮入台;惟羡西江水,曾向金陵城下来。

会稽东小山

月色寒潮入剡溪,青猿叫断绿林西。昔人已逐东流去,空见年年江草齐。

句

辟疆旧林间,怪石纷相向。《玩月辟沲园》见《纪事》。

绝涧方险寻,乱岩亦危造。见《海录碎事》。

泻从千仞石,寄逐九江船。《题康王谷泉》见《统志》。

全唐诗卷三百九

郭郧

郭郧,毗陵人,大历、贞元间诗人。诗一首。

寒食寄李补阙

兰陵士女满晴川,郊外纷纷拜古埏。万井间阎皆禁火,九原松柏自生烟。人间后事悲前事,镜里今年老去年。介子终知禄不及,王孙谁肯一相怜。

韦同则

韦同则,建中时诗人。诗一首。

仲月赏花

梅花似雪柳含烟,南地风光腊月前。把酒且须拚却醉,风流何必待歌筵。

李夷简

李夷简,字易之。贞元初登进士第,累迁殿中侍御史。元和时,拜御史中丞,历山南节度,寻拜御史大夫,进门下侍郎同平章事。诗一首。

西亭暇日书怀十二韵献上——本有武元衡三字相公亭为衡镇蜀时构

胜赏不在远,怵然念玄一作冥搜。兹亭有殊致,经始富人侯。澄澹分沼沚,萦回间林丘。荷香夺芳麝,石溜当鸣球。抚俗来康济,经邦去咨谋。宽明洽时论,惠爱闻岷讴。代斲岂容易,守成获优游。文翁旧学校,子产昔田畴。琬琰富佳什,池台想旧游。谁言矜改作,曾是日增修。宪省忝陪属,岷峨嗣徽猷。提携当有路,勿使滞刀州。

李约

李约,字存博,汧公勉之子,自称萧斋。官兵部员外郎。诗十首。

城南访裴氏昆季

相思起中夜,夙驾访柴荆。早雾桑柘隐,晓光溪涧明。村蹊蒿棘间,往往断新耕。贫野烟火微,昼无乌鸢声。田头逢饷人,道君南山行。南山千里峰,尽是相思情。野老无拜揖,村童多裸形。相呼看车马,颜色喜相惊。荒圃鸡豚乐,雨墙禾莠生。欲君知我来,壁上空书名。

岁日感怀

曙气变东风,蟾壶夜漏穷。新春几人老,旧历四时空。身贱悲添岁,家贫喜过冬。称觞惟有感,欢庆在儿童。

从军行三首

看图闲教阵,画地静论边。乌垒天西戍,鹰姿塞上川。路长唯—作须算月—作日,书远每题年。无复生还望,翻思未别前。

栅壕—作高三面斗,箭尽举烽频。营柳和烟暮,斗榆带雪春。边城多老将,碛路少归人。杀—作点尽金—作三河卒,年年添塞尘。

候火起雕城,尘沙拥战声。游军藏汉帜,降骑说蕃情。霜落—作降滹沱—作滤池浅,秋深太白明。嫖姚方虎视,不觉—作学说—作请添兵。

赠韦况

我有心中事,不与韦三说。秋夜洛阳城,明月照张八。

观祈雨

桑条无叶土生烟,箫管迎龙水庙前。朱门几处看歌舞,犹恐春阴咽管弦。

江南春

池塘春暖水纹开,堤柳垂丝间野梅。江上年年芳意早,蓬瀛春色逐潮来。

过华清宫

君王游乐万机轻,一曲霓裳四海兵。玉辇升天人已尽,故宫犹有树长生。

病中宿宜阳馆闻雨

难眠夏夜抵秋赊,帘幔深垂窗烛斜。风吹桐竹更无雨,白发病人心到家。

全唐诗卷三百十

于鹄

于鹄,大历、贞元间诗人也。隐居汉阳,尝为诸府从事。诗一卷。

江南曲

偶—作闲向江边采白蘋,还随女伴赛江神。众中不敢—作得分明语,暗掷金钱卜远人。

山中寄樊仆射—作寄襄阳樊司空

却忆东溪日,同年事鲁—作同袍并学儒。僧房闲共宿,酒肆醉相扶。天畔—作江上双旌贵,山中病客孤。无谋—作媒还有计,春谷种桑榆。

题宇文裒—作裴山寺读书院

读书林下寺,不出动经年。草—作阁连—作通僧院,山厨共石泉。云—作雪庭—作亭无履踪,龛壁有灯烟。年少今头白,删诗到几篇。

赠兰若僧

一身禅诵苦,洒扫古花宫。静室门常闭,深萝月不通。悬灯乔木上,鸣磬乱幡中。附入高僧传,长称二远公。

题邻居

僻巷邻家少,茅檐喜并居。蒸梨常共灶,浇薤亦同渠。传屐朝寻药,分灯夜读书。虽然在城市,还得似樵渔。

山中自述

三十无名客,空山独卧秋。病多知药性,年长信人愁。萤影竹窗下,松声茅屋头。近来心更静,不梦世间游。

山中寄韦钲—作证

懒成身病日—作似病,因醉卧多时。送客出蹊少,读书终卷迟。幽窗闻坠叶—作露,晴—作秋景见游丝。早晚来收药,门前有紫芝。

南谿书斋
　　茅屋往来久，山深不置门。草生垂井口，花落拥篱根。入院将雏鸟，寻萝抱子猿。曾逢异人说，风景似桃源。

夜会李太守宅—作宿太守李公宅
　　郡斋常夜扫—作静，不卧独吟诗。把烛近幽客，升堂戴接䍦。微风吹冻叶，余—作残雪落寒枝。明日逢山伴，须令隐者知。

题柏—作北台山僧
　　上方唯一室，禅定对山—作金容。行道临孤壁，持斋听远钟。枯藤离旧树，朽石落高—作危峰。不同云间—作中见，还—作唯应梦里逢。

寄续尊师
　　得道任发白，亦—作每逢城市游。新经天上取，稀—作灵药洞中收。春木带枯叶，新蒲生漫流。年年望灵鹤，常在此山头。

题南峰—作终南褚道士—作尊师
　　得道南山—作终南久，曾教四皓棋。闭—作闲门医病鹤，倒箧养神龟。松际风长在，泉中草不衰。谁知茅屋里，有路向峨嵋。

赠不食姑
　　不食非关药，天生是女仙。见人还起拜，留伴亦开田。无窟—作屋寻溪宿，兼衣扫叶眠。不知何代女，犹带剪刀钱。

送李明府归别业
　　寄家丹水边，归去种春田。白发无知己，空山又一年。鹿裘长酒气，茅屋有茶烟。亦拟辞人世，何溪有瀑泉。

题树下禅师—作僧
　　久行多不定，树下是禅床。寂寂心—作身无住，年年日自长。虫蛇同宿—作在硐，草木共经霜。已见南人说，天台有旧—作上房。

宿王尊师隐居
　　夜爱云林好，寒天月里行。青牛眠树影，白犬吠猿声。一磬山—作上院静，千灯溪路明。从来此峰客，几个得长生。

题服柏先生
　　服柏不飞炼，闲眠闭草堂。有泉唯—作谁盥漱，留火为焚香。新雨闲门静，孤松满院凉。仍闻枕中术，曾—作亲授汉淮王。

哭凌霄山光上人
　　身没碧峰里，门人改葬期。买山寻主远，垒塔化人迟。鬼火穿—作烧空院，秋萤入素帷。黄昏溪路上，闻哭竺乾师。

途中寄杨涉—作陟
　　萧萧芦荻晚—作叶，一径入荒陂。日色云收—作轻处，蛙声雨歇时。前村见来久，羸马自行迟。闻作王门客，应闲—作寒白接䍦。

送韦判官归蓟门
　　桑乾归路远，闻说亦愁人。有雪常经夏，无花空到春。下营云外火，收—作牧马月中尘。白首从戎客，青衫—作袍未离身。

出塞—本有曲字
　　葱岭秋尘起，全—作收军取月支。山川引行阵，蕃汉列旌旗。转战疲兵少，孤城外救迟。边人逢圣代，不见偃戈时。

　　微雪军将—作将军出，吹笳天未明。观兵登古戍，斩将对双旌。分出瞻山势，潜兵—作军制马鸣。如今青—作新史上，已有灭胡名。

　　单于骄爱猎，放火到军城。乘—作待月调新马—作弩，防秋置远营。空山朱戟影，寒碛铁衣声。度水逢—作逢著胡说，沙阴有伏兵。

赠李太守
　　几年为郡—作太守，家似布衣贫。沽酒迎幽客，无金与近臣。捣茶书院静，讲易药堂春。归阙功成后，随车有野人。

送张司直入单于—作送客游边
　　若过—作到并州北，谁人不忆家。塞深无

伴侣—作去伴，路尽有平沙。碛冷唯逢雁，天春不见花。莫随征—作边将意，垂老事轻车。

惜花
夜来花欲尽，始—作偏惜两三枝。早起寻稀处，闲眠记落时。蕊焦蜂自散，蒂折蝶还移—作稀。攀著殷勤别，明年更有期。

春山居
独来多任性，惟与白云期。深处花开尽，迟眠人不知。水流山暗处，风起月明时。望见南峰近，年年懒更移。

游瀑泉寺
日夕寻未遍，古木寺高低。粉壁犹遮岭，朱楼尚隔溪。厨窗通涧鼠，殿迹立山鸡。更有无人处，明朝独向西。

送宫人入道归山
十岁—作五吹箫入汉宫，看修水殿种芙蓉。自伤白发辞金屋，许著黄衣—作喜戴黄冠向玉—作雪峰。解语老猿开晓户，学飞雏—作引雏飞鹤落—作下高松。定知别后宫中伴，应听猴山半夜钟。

巴女谣
巴女骑牛唱竹枝，藕丝菱叶傍江时。不愁日暮还家错，记得芭蕉出槿篱。

公子行
少年初拜大长秋，半醉垂鞭见列侯。马上抱鸡三市斗，袖中携剑五陵游。玉箫金管迎归院，锦袖红妆拥上楼。更向院西—作东新买宅，月波—作碧波，—作月陂春水入门流。

长安游
久卧长安春复秋，五侯长乐客长愁。绣帘朱毂逢花住，锦幰银珂触雨游。何处少年吹玉笛，谁家鹦鹉语红楼。年年只是看他贵，不及南山任白头。

别齐太守
花里南楼春夜寒，还如王屋上天坛。归山不道无明月，谁共—作肯相从到晓看。

登古城
独上闲城却下迟，秋山惨惨冢累累。当时还有登城者，荒草如今知是谁。

哭刘夫子
近问南州客，云亡已数春。痛心曾受业，追服恨无亲。孺妇归乡里，书斋属四邻。不知经乱后，奠祭有何人。

醉后寄山中友人
昨日山家春酒浓，野人相劝久从容。独忆卸冠眠细草，不知谁送出深松。都忘醉后逢廉度，不省归时见鲁恭。知己尚嫌身酩酊，路人应恐笑龙钟。

温泉僧房
云里前朝寺，修行独几年。山村无施食，盥漱亦安禅。古塔巢溪鸟，深房闭谷泉。自言曾—作僧入室，知处梵王天。

题美人
秦女窥人不解羞，攀花趁蝶出墙头。胸前空带宜男草，嫁得萧郎爱远游。

寻李暹
任性常多出，人来得见稀。市楼逢酒住，野寺送僧归。檐下悬秋叶，篱头晒褐衣。门前南北路，谁肯入柴扉。

寻李逸人旧居
旧隐松林下，冲泉入两涯—作崖。琴书随弟子，鸡犬在邻家。茅屋长黄菌，槿篱生白花。幽坟无处访，恐是入烟霞。

赠碧玉
新绣笼裙豆蔻花，路人笑上返金车。霓掌禁曲无人解，暗问梨园弟子家。

舟中月明夜闻笛
浦里移舟候信风,芦花漠漠夜江空。更深何处人吹笛,疑是孤—作龙吟寒水中。

送迁客二首
得罪谁人送,来时不到家。白头无侍子,多病向天涯。莽苍凌江水,黄昏见塞花。如今贾谊赋,不漫说长沙。

流人何处去,万里向江州。孤驿瘴烟重,行人巴草秋。上帆南去远,送雁北看愁。遍问炎方客,无人得白头。

赠王道者—作赠隐者
去寻长—作多不出—作在,—作见,门似绝人行。床下石苔满,屋头秋草生。学琴寒月—作冬日短,写易晚—作晓窗明。唯到—作有黄昏后,溪中闻磬声。

题合溪乾洞又见刘商集,题作题潘师房
渡水傍山寻绝壁,白云飞处洞天开。仙人来往行无迹,石径春风长绿苔。

过张老园林—作村园
身老无修饰,头巾用白纱。开门朝扫径,辇—作滤水夜浇花。药气闻深巷,桐阴到数家。不愁还酒债,腰下有丹砂。

寓意—作荆南陪楚尚书惜落花,一作襄阳席上看花时因小蛮作
自小—作老大看花长—作情,—作犹不足,江边寻得数株—作沿江正遇一枝红。黄昏人散东—作春风起—作日斜人散东风起,吹落—作向谁家明月中。

哭王都护
老将明王识,临终拜上公。告哀乡路远,助葬—作戍城空。素幔朱门里,铭旌秋巷中。史官如不滥,独传说英雄。

饯司农宋卿立太尉碑了还江东
追立新碑日,怜君苦一身。远移深涧石,

助立故乡人。草色荒坟绿,松阴古殿春。平生心已遂,归去得垂纶。

送唐大夫让节—本有度使二字归山—作送唐中丞入道
年老功成—作臣乞罢兵,玉阶匍匐进双旌。朱门鸳瓦为仙观,白领狐裘出帝城。侍女—作婢休梳官样髻,蕃—作阁童新改道家名。到时浸发春泉里,犹梦红—作江楼箫管声。

买山吟
买得幽山—作居属汉阳,槿篱疏处种桄榔。唯有猕猴来往熟,弄人抛果满书堂。

古词三首
素丝带金地,窗间掬飞尘。偷得凤凰钗,门前乞行人。

新长青丝发,哑哑言语黠。随人敲铜镜,街头救明月。

东家新长儿,与妾同时生。并长两心熟,到大相呼名。

秦越人洞中咏
扁鹊得仙处,传是西南峰。年年山下人,长见骑白龙。洞门黑无底,日夜唯雷风。清斋将入时,戴星—作花兼抱松。石径阴且寒,地乡知—作如远钟。似行山林外,闻叶履—作屐声重。低碍更俯身,渐远昼夜同。时时白蝙蝠,飞入茅衣中。行久路转窄,静闻水淙淙。但愿逢一人,自得朝天宫。

宿西山修下元斋咏
幽人在何处,松桧深冥冥。西峰望紫云,知处—作有安期生。沐浴溪水暖,新衣礼仙名。脱屦—作履入静堂,绕像随礼行。碧纱笼寒灯,长幡缀金铃。林下听法人,起坐—作践枯叶声。启奏修律仪,天曙山鸟鸣。分行布菅茅。列坐满中庭。持斋候撞钟,玉函散宝经。焚香开卷时,照耀金室明。投简石洞深,称过—作遇上帝灵。学道能苦心,自古无不成。

过凌霄洞天谒张先生祠

戢戢—作落落乱—作万峰里,一峰独凌天。下看如—作尖高,上有十里泉。志—作至人爱幽深,一住五十—作十五年。悬椟—作猴到其上,乘牛耕药田。衣食不下求,乃是云中仙。山僧独知处,相引冲碧烟。断崖昼昏黑,槎臬横只—作双椽。面壁攀石棱,养力方敢前。累歇日已没,始到茅堂边。见客不问谁,礼质无周旋。醉卧枕欹树—作木,寒坐展青毡。折松扫藜床,秋叶颜色鲜。炼蜜敲石炭,洗澡乘瀑泉。—本无此二句。白犬舐客衣,惊走闻腥膻。乃知轩冕徒,宁比云壑眠。

早上凌霄第六峰入紫溪礼白鹤观祠

路转第六峰,传是十里程。放石试浅深,硱壁蛇鸟惊。欲下先襞衣,路底—作低避枯茎。回途歇嵌窟—作嶇,整带重冠缨。及到紫石溪,晻晻已天明。渐近神仙居,桂花湿溟溟。阴苔无人踪,时得白鹤翎。忽然见朱楼,象牌题玉京。沈沈五云影,香风散縈縈。清斋上玉—作列上堂,窗户悬水精。青童撞—作搞金屑,杵臼声丁丁。膻腥遥问谁,稽首称姓名。若容在溪口,愿乞残雪英。

山中访道者—作入白芝溪寻黄尊师

触烟入溪口,岸岸—作茫茫唯柽栎。其中尽—作飞碧流,十里不通屐。出林山始转—作尚未明,绝—作细径缘—作悬峭壁。把藤借行势,侧足凭石脉。猷—作颡牙断行处,光滑猿猱—作猴迹。忽然风景异,乃到神仙宅。天晴茅屋头,残云蒸气白。隔窗梳发声,久立闻吹笛—作篪。抱琴出门来,不顾—作是人间客。山院不洒扫,四时自虚寂。落叶埋长松,出地才数—作满尺。曾读上清经,知—作去注长生籍。愿示不死方,何山有琼液。

寄卢俨员外秋衣词

寄远空以心,心诚亦难知。箧中有秋帛,裁作远客衣。缝制虽女功,尺度手自持。容貌常目中,长短不复疑。斜缝密且坚,游客多尘缁。意欲都无言,浣濯耐岁时。殷勤托行人,传语慎忽遗。虽来年已老,亦闻鬓成丝。纵然更相逢,握手唯是悲。所寄莫复弃,愿见长相思。

种树

一树新栽益四邻,野夫如到旧山春。树成多是人先老,垂白看他攀折人。

哭李遥—作赵嘏诗

驱马街中哭送君,灵车碾雪隔城闻。唯有山僧与樵客,共舁孤榇入幽坟。

古挽歌

双辙出郭门,绵绵东西道。送死多于生,几人得终老。见此切肺肝—作肝肠,不如—作唯有归山好。不闻哀哭声,默默安怀抱。时尽从物化—作奄终,又免生忧扰—作搞。世间寿者稀,尽为悲伤恼—作早。

送哭谁家车—作郎,灵幡—作车紫带长。青童抱何物,明月与香囊。

可惜罗衣色,看昇入水泉。莫愁挺道暗,烧漆得千年。以上二篇,一本合作一首。

阴—作劫风吹黄蒿,挽歌度秋水。车马却归城,孤坟月明—作明月里。

悼孩子

年长始一男,心亦颇自娱。生来岁未周,奄然却归无。裸送不以衣,瘗埋于中衢。乳母抱出门,所生亦随呼。婴孩无哭仪,礼经不可逾。亲戚相问时,抑悲空叹呼。襁褓在旧床,每见立踟蹰。静思益伤情—作惜,畏老为独夫。

别旧山

旧伴同游尽却回,云中独宿守花开。自是去人身渐老,暮山流水任东来。

寄周恽

家在荒陂长似秋,蓼花芹叶水虫幽。去年

相伴寻山客,明月今宵何处游。

野田行—作李益诗

日暮出古城,野田何茫茫。寒狐上孤冢,鬼—作猎火烧白杨。昔人未为泉下客,若到此中还断肠。

塞上—作出塞曲

行人朝走马,直走蓟城傍。蓟城通汉北,万里别吴乡。海上一烽火,沙中百战场。军书发上郡,春色度河阳。袅袅汉宫柳,青青胡地桑。琵琶出塞曲,横笛断群肠。

襄阳寒食—本此下有寄宇文籍五字

烟水初销见万家,东风吹柳万条斜。大堤欲上谁相伴,马踏春泥半是花。

泛舟入后溪—作羊士谔诗

雨余芳草净沙尘,水绿沙平一带春。唯有啼鹃似留客,桃花深处更无人。

全唐诗卷三百十一

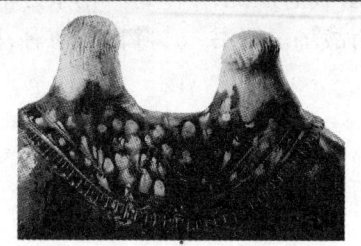

刘长川

刘长川,肃代间诗人。诗二首。

宝剑篇

宝剑不可得,相逢几许难。今朝一度见,赤色照人寒。匣里星文动,环边月影残。自然神鬼伏,无事莫空弹。

将赴东都上李相公

四海兵初偃,平津阁正开。谁知大炉下,还有不然灰。

郑常

郑常,肃代间人。诗一卷,今存三首。

寄邢—作常逸人

羡君无外事,日与世情违—作稀。地僻人难到,溪深鸟自飞。儒衣荷叶老,野饭药苗肥。

畴昔江湖—作若问湖边意,而—作如今忆共归。

送头陀上人赴庐山寺

僧家无住著,早晚出东林。得—作行道非—作无真相,头陀是苦心。持斋山果熟,倚锡野云深。溪寺谁相待,香花与梵音。

谪居汉阳白沙口阻雨,因题驿亭

汉阳无远近—作知近远,见说过溢城。云雨经春客,江山几日程。终随鸥鸟去,只待海潮生。前路逢渔父,多惭—作愁问姓名。

陈存

陈存,大历、贞元间诗人。诗六首。

穆陵路

西游匣长剑,日暮湘楚间。歇马上秋草,逢人问故关。孤村绿塘水,旷野白云山。方念此中去,何时此路还。

清溪馆作

指途清溪里,左右唯深林。云蔽望乡处,雨愁为客心。遇人多物役,听鸟时幽音。何必沧浪水,庶兹浣尘襟。

寓居武丁馆

暑雨飘—作飙已过,凉飙触幽衿。虚馆无喧尘,绿槐多昼阴。俯视古苔积,仰聆早蝉吟。放卷一长想,闭门千里心。

楚州赠别周愿侍御

漂泊楚水来,舍舟坐高馆。途穷在中路,孤征慕前伴。风雨一留宿,关山去欲懒。淮南木叶飞,夜闻广陵散。

送刘秀才南归—作刘复诗

鸟啼杨柳垂,此别千万里。古路入商山,春风去灞水。停车落日在,罢酒离人起。蓬户寄龙沙,送归情讵已。

丹阳作—作朱彬诗

暂入新丰市,犹闻旧酒香。抱琴沽一醉,尽日卧垂杨。

王观

王观,大历、贞元间人,或云太和时人。诗一首。

早行

鸡唱催人起,又生前去愁。路明残月在,山露宿云收。村店烟火动,渔家灯烛幽。趋名与趋利,行役几时休。

崔瓘

崔瓘,字汝器,博陵人,累官至澧州刺史。大历中,迁湖南观察使,为别将臧玠所害。诗一首。

赠营妓《诗话总龟》云:崔左辖瓘牧江外郡,祖席夜阑,一营妓先辞归,崔与诗曰:

寒檐寂寂雨霏霏,候馆萧条烛烬微。只有今宵同此宴,翠娥伴醉欲先归。

郑审

郑审,潾之子,乾元中袁州刺史。大历初秘书监,出为江陵少尹。诗二首。

酒席赋得鲍瓢

华阁与贤开,仙瓢自远来。幽林尝伴许,陋巷亦随回。挂影怜红壁,倾心向绿杯。何曾斟酌处,不使玉山颓。

奉使巡检两京路种果树事毕入秦因咏

圣德周天壤,韶华满帝畿。九重承涣汗,千里树芳菲。陕塞余阴薄,关河旧色微。发生和气动,封植众心归。春露条应弱,秋霜果定肥。影移行子盖,香扑使臣衣。入径迷驰道,分行接禁闱。何当扈仙跸,攀折奉恩辉。

朱彬

朱彬,大历、贞元间诗人。诗一首。

丹阳作—作陈存诗

暂入新丰市,犹闻旧酒香。抱琴沽一醉,尽日卧垂杨。

李彦远—作昕

李彦远,大历、贞元间诗人。诗一首。

采桑

采桑畏日高,不待春眠足。攀条有余态,那矜—作怜貌如玉。千金岂不赠,五马空踯躅。何以变真性,幽篁雪中绿。

范元凯

范元凯,内江人,与兄崇凯俱有才名。诗一首。

章仇公兼琼席上咏真珠姬 章仇公,大历中蜀州刺史

神女初离碧玉阶,彤云犹拥牡丹鞋。应知子建怜罗袜,顾步裴回拾翠钗。

全唐诗卷三百十二

刘迥

刘迥,字阳卿,知几子,以刚直称。大历初吉州刺史,终谏议大夫、给事中。集五卷,今存诗四首。

烂柯山四首 按此诗见《信安志》烂柯山石刻,并见者李幼卿、李深、谢勮、羊滔、薛戎五人,或一时同咏,或先后继唱,皆列于后。

白云引策杖,苔径谁往还。渐见松树偃,时闻鸟声闲。豁然喧氛尽,独对万重山。最高顶。

石桥架绝壑,苍翠横鸟道。凭槛云脚下,颓阳日犹早。霓裳倘一遇,千载长不老。石桥。

灵境偶一寻,洞天碧云上。烂柯有遗迹,羽客何由访。日暮怅欲还,晴烟满千嶂。仙人基。

绳床宴坐久,石窟绝行迹。能在人代中,遂将人代隔。白云风飐飞 一作孤峰上,非欲待归客。石室二禅师。

李幼卿

李幼卿,字长夫,陇西人。大历中,以右庶子领滁州刺史。滁州有庶子泉,以幼卿得名。诗五首。

前年春,与独孤常州兄花时为别,倏已三年矣。今莺花又尔,睹物增怀,因之抒情,聊以奉寄 时蒙溪幽居在义兴,益增怀溯

近日霜毛一番新,别时芳草两回春。不堪花落花开处,况是江南江北人。薄宦龙钟心懒慢,故山寥落水虫沧。缘君爱我疵瑕少,愿窃仁风寄老身。《纪事》云:幼卿有别业,在常州义兴,曰玉潭庄。任滁州日,以书托刺史独孤及,及为题玉潭云"碧玉徒强名,冰壶难比德。惟当寂照心,可并虫沧色。"幼卿所谓"故山寥落水虫沧"是也。

游烂柯山四首

拂雾理孤策,薄宵眺层岑。迥升烟雾外,

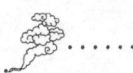

豁见天地心。物象不可及,迟回空咏吟。

巨石何崔嵬,横桥架山顶。傍通日月过,仰望虹霓迥。圣者开津梁,谁能度兹岭。

二仙自围棋,偶与樵夫会。仙家异人代,俄顷千年外。笙鹤何时还,仪形尚相对。

石室过云外,二僧俨禅寂。不语对空山,无心向来客。作礼未及终,忘循旧形迹。

李深

李深,字士达,兵部郎中、衢州刺史。诗四首。

游烂柯山四首

寻源路不迷,绝顶与云齐。坐引群峰小,平看万木低。双林春色上,正有子规啼。

嵌空横洞天,磅礴倚崖巘。宛如虹势出,可赏不可转。真兴得津梁,抽簪永游衍。

羽客无姓名,仙棋但闻见。行看负薪客,坐使桑田变。怀古正怡然,前山早莺啭。

稽首期发蒙,吾师岂无说。安禅即方丈,演法皆寂灭。鸣磬雨花香,斋堂饭松屑。

羊滔

羊滔,泰山人,大历中宏词及第。诗四首。

游烂柯山

步登春岩里,更上最远山。聊见宇宙阔,遂令身世闲。清辉赏不尽,高驾何时还。

石梁耸千尺,高盼出林□。亘壑蹑丹虹,排云弄清影。路期访道客,游衍空井井。第二句缺一字。

采薪穷冥搜,深路转清映。安知洞天里,偶坐得棋圣。至今追灵迹,可用陶静性。

沙门何处人,携手俱灭迹。深入不动境,乃知真圆寂。有时归罗浮,白日见飞锡。

薛戎

薛戎,字元夫,河中人。历衢、湖、常三州刺史,终浙东观察使。诗四首。

游烂柯山

登岩已寂历,绝顶更岧峣。响像如天近,窥临与世遥。悠然畅心目,万虑一时销。

圣游本无迹,留此示津梁。架险知何适,遗名但不亡。只今成佛宇,化度果难量。

二仙行自适,日月徒迁徙。不语寄手谈,无心引樵子。蒙分一丸药,相偶穷年祀。

仙山习禅处,了知通李释。昔作异时人,今成相对寂。便是不二门,自生瞻仰意。

谢勮

谢勮,不知何许人。诗四首。

游烂柯山

独凌清景出,下视众山中。云日遥相对,川原无不通。自致高标末,何心待驭风。

宛演横半规,穿崇翠微上。云扃掩苔石,千古无人赏。宁知后贤心,登此共来往。

仙弈示樵夫,能言忘归路。因看斧柯烂,孙子发已素。孰云遗迹久,举意如旦暮。

仙僧会真要,应物常渊默。惟将无住理,转与信人说。月影清江中,可观不可得。

全唐诗卷三百十三

崔元翰

崔元翰,名鹏,以字行,博陵人。擢进士第一人,又举宏词,历官礼部员外、知制诰。终比部郎中。集三十卷,今存诗七首。

奉和圣制三日书怀因以示百僚

佳节上—作尚元巳,芳时属暮春。流觞想兰亭,捧剑传金人。风轻水初绿,日迟—作晴花更新。天文信昭回,皇道颇敷陈。恭己每从俭,清心常保真。戒兹游衍乐,书以示群臣。

奉和圣制重阳旦日百僚曲江宴示怀

偶圣睹昌期,受恩惭弱质。幸逢良宴会,况是清秋日。远岫对壶觞,澄澜映簪绂。炮羔备丰膳,集凤调鸣律。薄劣厕英豪,欢娱忘衰疾。平皋行雁下,曲渚双凫出。沙岸菊开花,霜枝果垂实。天文见成象,帝念资勤恤。探道得玄珠,斋心居特室。岂如横汾唱,其事徒—作从骄逸。

奉和圣制中元日题奉敬寺

妙道非本说,殊途成异名。圣人得其要,俱以化群生。凤吹从上苑,龙宫连外城。花鬘列后—作广殿,云车驻前庭。松竹含新秋—作韵,轩窗有馀清。缅怀崆峒事,须继箫管—作管弦声。离相境都寂,忘言理更精。域中信称大,天下乃为轻。屈己由济物,尧心岂所荣。

奉和登玄武楼观射即事书怀赐孟涉应制

宁岁常有备,殊方靡不宾。禁营列武卫,帝座彰威神。讲事一临幸,加恩遍抚巡。城高凤楼耸,场过兽侯新。饮羽连百中,控弦逾六钧。拣材尽爪士,受任皆信臣。光赏文藻丽,便繁心膂亲。复如观太清,昭烂垂芳辰。

清明节郭侍御偶与李侍御、孔校书、王秀才游开化寺,卧病不得同游,赋得十韵,兼呈马十八郎丞公

　　山色入层城,钟声临复岫。乘闲息边事,探异怜春候。曲阁下重阶,回廊遥对溜。石间花遍落,草上云时覆。钻火见樵人,饮泉逢野兽。道情亲法侣,时望登朝右。执宪纠奸邪,刊书正讹谬。茂才当时选,公子生人秀。赠答继篇章,欢娱重朋旧。垂帘独衰疾,击缶酬金奏。

杂言奉和圣制至承光院见自生藤,感其得地,因以成咏应制

　　新藤正可玩,得地又逢时。罗生密叶交绿蔓,欲布清阴垂紫蕤。已带朝光暖,犹含轻露滋。遥依千华殿,稍上万年枝。余芳连桂树,积润傍莲池。岂如幽谷无人见,空覆荒榛杂兔丝。圣心对此应有感,隐迹如斯谁复知。怀贤劳永叹,比物赋新诗。聘丘园,访茅茨,为谢中林士,王道本无私。

雨中对后檐丛竹

　　含风摇砚水,带雨拂墙衣。乍似秋江上,渔家半掩扉。

独孤良器

　　独孤良器,贞元中,官右司郎中。诗一首。

赋得沉珠于泉

　　皎洁沉泉水,荧煌照乘珠。沉非将宝契,还与不贪符。风折璇成浪,空涵影似浮。深看星并入,静向月同无。光价怜时重,亡情信道枢。不应无胫至,自为暗投殊。

高崇文

　　高崇文,字崇文。其先自渤海徙幽州,崇文少籍平卢军。贞元中,随韩全义镇长武城,累官金吾将军。全义入觐,崇文掌行营节度留务。宪宗朝,拜东川节度使。西蜀平,封南平郡王,同中书门下平章事,卒,谥曰威武。诗一首。

雪席口占

　　崇文宗武不崇文,提戈出塞号将军。那个髯儿射雁落,白毛空里乱纷纷。

罗珦—作炯

　　罗珦,会稽人,家于庐州。贞元中,刺本郡,以治行闻,再迁京兆尹。诗一首。

行县至浮查山寺

　　三十年前此布衣,鹿鸣西上虎符归。行时宾从过前寺,到处松杉长旧围。野老竞遮官道拜,沙鸥遥避隼旟飞。春风一宿琉璃地,自有泉声惬素机。

皇甫澈—作激

　　皇甫澈,贞元中蜀州刺史。诗四首。

赋四相诗并序

　　蜀州刺史厅壁记:居相位者,前后四公,谟明弼谐,迁转历此,顾已无取,忝迹于斯,景行遗烈,嗟叹之不足也。谨述其行事,咏其休美,庶将来君子,知圣朝之德云尔。

中书令汉阳王张柬之

　　周历革元命,天步值艰阻。烈烈张汉阳,左袒清诸武。休明神器正,文物旧仪睹。南向翊大君,西宫朝圣母。茂勋镂钟鼎,鸿劳食茅土。至今称五王,卓立迈万古。

中书令钟绍京

　　景龙仙驾远,中禁奸衅结。谋猷叶圣朝,披鳞奋英节。青宫闾阖启,涤秽氛沴灭。紫气重昭回,皇天新日月。从容庙堂上,肃穆人神悦。唐元佐命功,辉焕何烈烈。

礼部尚书门下侍郎平章事李岘

　　时来遇明圣,道济宁邦国。猗欤瑚琏器,竭我股肱力。进贤黜不肖,错枉举诸直。宦官

既却坐,权奸一作竖亦移职。载践每若惊,三已无愠色。昭昭垂宪章,来世实作则。

门下侍郎平章事王缙

舟楫济巨川,山河资秀气。服膺究儒业,屈指取高位。北征戮骄悍,东守辑携贰。论道致巍巍,持衡无事事。知己不易遇,宰相固有器。瞻事华壁中,来者谁其嗣。

张登

张登,南阳人,江南士橡满岁,计相表为殿中侍御史,董赋江南,俄拜漳州刺史。集六卷,今存诗七首。

上巳泛舟得迟字

令节推元巳,天涯喜有期。初筵临泛地,旧俗祓禳时。枉渚潮新上,残春日正迟。竹枝游女曲,桃叶渡江词。风鹢今方退,沙鸥亦未疑。且同山简醉,倒载莫褰帷。

送王主簿游南海

平生推久要,留滞共三年。明日东南路,穷荒雾露天。旷怀常寄酒,素业不言钱。道在贫非病,时来丑亦妍。过山乘蜡屐,涉海附楼船。行矣无为恨,宗门有大贤。

重阳宴集同用寒字

锡宴逢佳节,穷荒亦共欢。恩深百日泽,雨借九秋寒。望气人谣洽,临风客以难。座移山色在,杯尽菊香残。欲识投醪遍,应从落帽看。还宵须命烛,举首谢三官。

仲秋夜郡内西亭对月 第七句缺一字

天高月满影悠悠,一夜炎荒并觉秋。气与露清凝众草,色如霜白怯轻裘。高临华宇还知隙,静映长江不共流。□直西倾河汉曙,遗风犹想武昌楼。

冬至夜郡斋宴别前华阴卢主簿并序。序内缺一字。

范阳卢君,道漳以适越,越人悦之,税车休徒,三旬之间,然后饬行李之命。时日南至,登与宾客僚吏,会别于郡斋,骊酒卜夜,夜艾酒酣而不能自己,故咸请诗之,由是探韵而赋,赋不出志,大抵感时伤远,又美卢君择其所从而不惑,□颂征南,有奔走之德焉。

虎宿方冬至,鸡人积夜筹。相逢一尊酒,共结两乡愁。王俭花为府,卢谌幄内瑡。明朝更临水,怅望岭南流。

小雪日戏题绝句

甲子徒推小雪天,刺梧犹绿槿花然。融和长养无时歇,却是炎洲雨露偏。

招客游寺

江城吏散卷一作倦春阴,山寺鸣钟隔雨深。招取遗民赴僧社,竹堂分坐静看心。

句

孤高齐帝石,萧洒晋亭峰。见《漳州名胜志》。
境旷穷山外,城标涨海头。

韦执中

韦执中,京兆人,河南县令,历泉州刺史。诗一首。

陪韩退之、窦贻、周同寻刘尊师不遇,得师字

早尚逍遥境,常怀汗漫期。星郎同访道,羽客杳何之。物外求仙侣,人间失我师。不知柯烂者,何处看围棋。

邵真

邵真,成德军李宝臣书记也。宝臣子惟岳倚田悦拒命,真切谏,不从,兵败。召真议归顺,悦遣扈岌来责。惟岳惧,斩真以谢。后王武俊表其忠,赠户部尚书。诗一首。

寻人偶题

日昃不复午,落花难归树。人生能几何,

莫厌相逢遇。

何频瑜

何频瑜,建中中蓝田尉。诗一首。

墙阴残雪

积雪还因地,墙阴久尚残。影添斜月白,光借夕阳寒。皎洁开帘近,清荧步履看。状花飞著树,如玉不成盘。冰薄方宁及,霜浓比亦难。谁怜高卧处,岁暮叹袁安。

骆浚

骆浚,起家度支司书,后尝典州郡,有令名。诗一首。

题度支杂事典庭中柏树《语林》云:度支使见此诗,语李吉甫,因显用。

干耸一条青玉直,叶铺千叠绿云低。争如燕雀偏巢此,却是鸳鸯不得栖。

罗让—作尚

罗让,字景宣,迥之子。少以文学知名,举进士、宏辞、贤良方正,皆高第。历尚书郎,散骑常侍,终江西观察使。集三十卷,今存诗二首。

梢云—作曹松

殊质资灵贶,凌空发瑞云。梢梢含树彩—作影,郁郁动霞文。不比因风起,全非触石分。叶光闲泛滟,枝杪静氛氲。隐见心无宰,裴回庆自君。翻飞如可托,长愿在横汾。

闰月定四时

月闰随寒暑,畴人定职司。余分将考日,积算自成时。律候行宜表,阴阳运不欺。气薰灰琯验,数劝卦辞推。六律文明序,三年理暗移。当知岁功立,唯是奉无私。

全唐诗卷三百十四

陈京

陈京,字庆复,陈宣都王叔明五世孙。擢进士第,累迁太常博士,擢右补阙,与赵需、张荐共劾卢杞,终秘书少监。诗一首。

享文恭太子庙乐章

歌以德发,声以乐贵。乐善名存,追仙礼异。鸾旌拱修,凤鸣合次。神听皇慈,仲月皆至。

韦渠牟

韦渠牟,京兆万年人。少慧悟,涉览经史。初为道士,后为僧。韩滉表试校书郎。德宗诞日,召之,同佛老师讲论大义,爱其辨博,因奏七十诣诗。旬日,再转右补阙、内供奉,迁谏议大夫。数召对奏事,终太常卿。诗集十卷,今存二十一首。

步虚词十九首

玉简真人降,金书道箓通。烟霞方蔽日,云雨已生风。四极威仪异,三天使命同。那将人世恋,不去上清宫。

羽驾正翩翩,云鸿最自然。霞冠将月晓,珠珮与星连。镂玉留新诀,雕金得旧编。不知飞鸾鹤,更有几人仙。

上帝求仙使,真符取玉郎。三才闲布象,二景郁生光。骑吏排龙虎,笙歌走凤皇。天高人不见,暗入白云乡。

鸾鹤共裴回,仙官使者催。香化三洞启,风雨百神来。凤篆文初定,龙泥印已开。何须生羽翼,始得上瑶台。

羽节忽排烟,苏君已得仙。命风驱日月,缩地走山川。几处留丹灶,何时种玉田。一朝骑白虎,直上紫微天。

静发降灵香,思神意智长。虎存时促步,

龙想更成章。扣齿风雷响,挑灯日月光。仙云在何处,仿佛满空堂。

几度游三洞,何方召百神。风云皆守一,龙虎亦全真。执节仙童小,烧香玉女春。应须绝岩内,委曲问皇人。

上法杳无营,玄修似有情。道宫琼作想,真帝玉为名。召岳驰旌节,驱雷发吏兵。云车降何处,斋室有仙卿。

羽卫一何鲜,香云起暮烟。方朝太素帝,更向玉清天。凤曲凝犹吹,龙骖俨欲前。真文几时降,知在永和年。

大道何年学,真符此日催。还持金作印,未要玉为台。羽节分明授,霞衣整顿裁。应缘五云使,教上列仙来。

独自授金书,萧条咏紫虚。龙行还当马,云起自成车。九转风烟合,千年井灶余。参差从太一,寿等混元初。

道学已通神,香花会女真。霞床珠斗帐,金荐珏舆轮。一室心偏静,三天夜正春。灵官竟谁降,仙相有夫人。

上界有黄房,仙家道路长。神来知位次,乐变叶宫商。竞把琉璃盏,都倾白玉浆。霞衣最芬馥,苏合是灵香。

珠佩紫霞缨,夫人会八灵。太霄犹有观,绝宅岂无形。暮雨裴回降,仙歌宛转听。谁逢玉妃辇,应检九真经。

西海辞金母,东方拜木公。云行疑带雨,星步欲凌风。羽袖挥丹凤,霞巾曳彩虹。飘遥九霄外,下视望仙宫。

玉树积金花,天河织女家。月邀丹凤舄,风送紫鸾车。雾縠笼绡带,云屏列锦霞。瑶台千万里,不觉往来赊。*此首一作吴筠诗。*

舞凤凌天出,歌麟入夜听。云容衣眇眇,风韵曲泠泠。扣齿端金简,焚香检玉经。仙宫知不远,只近太微星。

紫府与玄洲,谁来物外游。无烦骑白鹿,不用驾青牛。金化颜应驻,云飞鬓不秋。仍闻碧海上,更用玉为楼。*此首一作吴筠诗。*

䎙鹤复骖鸾,全家去不难。鸡声随羽化,犬影入云看。酿玉当成酒,烧金且转丹。何妨五色绶,次第给仙官。

览外生卢纶诗,因以示此

卫玠清淡性最强,明时独拜正员郎。关心珠玉曾无价,满手琼瑶更有光。谋略久参花府盛,才名常带粉闱香。终期内殿联诗句,共汝朝天会柏梁。

赠窦五判官

故旧相逢三两家,爱君兄弟有声华。文辉锦彩珠垂露,逸兴江天绮散霞。美玉自矜频献璞,真金难与细披沙。终须撰取新诗品,更比芙蓉出水花。

窦参

窦参,字时中,岐州人。以门荫累官中丞。德宗以为宰相,后贬郴州别驾,赐死。诗三首。

湖上闲居 一作闲居湖上

避影将息阴,自然知音稀。向来深林中,偶亦有所窥。飞鸟口衔食,引雏上高枝。高枝但各有 一作但各子其子,安知宜不宜。止止复何云,物情何自私 一作方可知。

迁谪江表久未归

一自经放逐,裴回无所从。便为寒 一作出山云,不得随飞龙。名岂不欲保,归岂不欲早。苟 一作苦无三月资,难适千里道。离心与羁思,终日常草草。人生年几齐,忧苦即先老。谁能假羽翼,使我畅怀抱。

登潜山观

山势欲相抱,一条微径盘。攀萝歇复行,始得凌仙坛。闻道葛夫子,此中炼还丹。丹成五色光,服之生羽翰。灵草空自绿,馀霞谁共餐。至今步虚处，犹有孤飞鸾。幽幽古殿门，下压浮云端。万丈水声落，四时松色寒。既入无何乡，转嫌人事难。终当远尘俗，高卧从所安。

卢群

卢群，字载初，范阳人。曹王皋节度江西，奏为判官，入为监察御史，累迁兵部郎中、秘书监，终天成军节度使。诗一首。

淮西席上醉歌

祥瑞不在凤凰麒麟，太平须得边将忠臣。卫霍真诚奉主，貔虎十万一身。江河潜注息浪，蛮貊款塞无尘。但得百僚师长肝胆，不用三军罗绮金银。

韦皋

韦皋，字城武一作武臣，京兆人。始仕为建陵挽郎。张镒节度凤翔，署营田判官。德宗狩奉天，授陇州刺史，置奉义军，拜节度使。帝自梁洋还，召为左金吾卫将军，迁大将军。贞元元年，出为剑南西川节度使。在蜀二十余年，封南康郡王。诗三首。

天池晚棹

雨霁天池生意足，花间谁咏采莲曲。舟浮十里芰荷香，歌发一声山水绿。春暖鱼抛水面纶，晚晴鹭立波心玉。扣舷归载月黄昏，直至更深不假烛。

赠何遐 第三句缺一字

腰间宝剑七星文，掌上弯弓挂六钧。箭发□云双雁落，始知秦地有将军。

忆一作寄玉箫

玉箫者，江夏姜使君家青衣也。皋微时，客于姜，与之有情，以玉指环及一诗遗之，订后约。久之，玉箫郁念成疾死，姜以环著中指葬焉。后皋镇蜀，生日，东川献歌姬，亦名玉箫，而貌正同，中指肉隐起如所著玉环，时以为感皋意再生云。

黄雀衔来已数春，别时留解赠佳人。长江不见鱼书至，为遣相思梦入秦。

李愿

李愿，陇右人，晟之子。以父勋拜太子宾客，终检校司空、河中节度。诗二首。

观翟玉妓

女郎闺阁春，抱瑟坐花茵。艳粉宜斜烛，羞蛾惨向人。寄情摇玉柱，流眄整罗巾。幸以芳香袖，承君宛转尘。

思妇

良人久不至，惟恨锦屏孤。憔悴衣宽日，空房问女巫。

王智兴

王智兴，字匡谏，怀州人。起牙将，自贞元至太和，历战功，进位侍中，封雁门郡王。诗一首。

徐州使院赋

长庆中，智兴为徐州节度。一日，从事于使院会饮赋诗，智兴召护军俱至。从事屏去翰墨，智兴曰："适闻作诗。何独见某而罢？"复以笺陈席上，小吏亦置笺于智兴前，于是引毫立成云云，四座惊叹。

三十年前老健儿，刚被郎中遣作诗。江南花柳从君咏，塞北烟尘我独知。

袁高

袁高，字公颐，恕己之孙，擢进士第。建中中，拜京畿观察使，坐累贬韶州刺史，复拜给事中。宪宗时，特赠礼部尚书。诗一首。

茶山诗

禹贡通远俗，所一作始图在安人。后王失其本，职吏不敢陈。亦有奸佞者，因兹欲求伸。动生千金费，日使万姓贫。我来顾渚源，得与茶事亲。氓辍耕农耒，一作黎氓辍农桑。采采一作采撷实苦辛。一夫旦当役，尽室皆同臻。扪葛上欹壁，蓬头入荒榛。终朝不盈掬，手足皆鳞皴一作皴鳞。悲嗟遍空山，草木为不春。阴岭芽未吐,使者牒已频。心争造化功,走挺麋鹿均。选纳无昼夜,捣声昏继晨。众工何枯栌,俯视弥伤神。皇帝尚巡狩,东郊路多堙。周回绕天涯,所献愈艰勤。况减兵革困,重兹固疲民。未知供御余,谁合分此珍。顾省忝邦守,又惭复因循。茫茫沧海间,丹愤何由申。

崔子向

崔子向,贞元间为检校监察御史,后终南海从事。诗三首。

送惟详律师自越之义兴

阳羡诸峰顶,何曾异剡山。雨晴人到寺,木落夜开关。缝衲纱灯亮—作晃,看心锡仗闲。西方知有社,未得与师还。

上鲍大夫防

行尽江南塞北时,无人不诵鲍家诗。东堂桂树何年折,直至如今少一枝。

题越王台

越井岗头松柏老,越王台上生秋草。古木多年无子孙,牛羊—作野人践踏成官道。

张署

张署,河间人。贞元中监察御史,谪临武令,历刑部郎,虔、澧二州刺史,终河南令。诗一首。

赠韩退之

九疑峰畔二江前,恋阙思乡日抵年。白简趋朝曾并命,苍梧左宦一联翩。鲛人远泛渔舟水,鹧鸟闲飞露里天。涣汗几时流率土,扁舟西下共归田。

归登

归登,字冲之,吴县人,崇敬之子。贞元初,策贤良,为右拾遗,转右补阙、起居舍人。顺宗为皇太子,登父子侍读。及即位,以东宫恩,拜给事中,迁工部侍郎。复为皇太子诸王侍读,累进工部尚书。卒,谥曰宪。诗一首。

享惠昭太子庙乐章请神

嘉荐既陈,祀事孔明。间歌在堂,万舞在庭。外则尽物,内则尽诚。凤笙如闻,歆其洁精。

全唐诗卷三百十五

朱放

朱放,字长通,襄州人,隐于越之剡溪。嗣曹王皋镇江西,辟节度参谋。贞元初,召为拾遗,不就。诗一卷。

剡溪行却寄新别者

潺湲寒溪上,自此成离别。回首望归人,移舟逢暮雪。频行识草树,渐老伤年发。唯有白云心,为向东山月。

九日陪刘中丞宴昌乐寺送梁廷评

独坐三台妙,重阳百越间。水心观远俗,霜气入秋山。不弃遗簪旧,宁辞落帽还。仍闻西上客,咫尺谒天颜。

经故贺宾客镜湖道士观

已得归乡里,逍遥一外臣。那随流水去,不待镜湖春。雪里登山屐,林间漉酒巾。空余道士观,谁是学仙人。

送著公归越—作皇甫曾诗

谁能愁此别,到越会相逢。长忆云门寺,门前千万峰。石床埋积雪,山路倒枯松。莫学白道—作衣士,无人知去踪。

秣陵送客入京

秣陵春已至,君去学归鸿。绿水琴声切,青袍草色同。鸟喧金谷树,花满洛阳宫。日日相思处,江边杨柳风。

灵—作云门寺赠灵一上人

所思劳旦—作日夕,惆怅去湘—作湖东。禅客知何在,春山几处同。独行残雪里,相见暮云中。请住东林寺,弥—作穷年事远公。

江上送别

浦边新见柳摇时,北客相逢只自悲。惆怅空知思后会,艰难不敢料前期。行看汉月愁征战,共折江花怨别离。向夕孤城分首处,寂寥横笛为君吹。

归桐庐旧居寄严长史—作章八元诗

昨辞天子棹归舟,家在桐庐忆旧丘。三月暖时花竞发,两溪分处水争流。近闻江老传乡语,遥想家山减旅愁。或在醉中逢夜雪,杯贤应向剡川游。

竹

青林—作什何森然,沈沈独曙前。出墙同淅沥,开户满婵娟。箨卷初呈粉,苔侵乱上钱。疏中思水过,深处若山连。叠夜常栖露—作鹭,清朝乍有蝉。砌阴迎缓策,檐翠对欹眠。迸笋双分箭,繁梢一向偏。月过惊散雪,风动极闻泉。幽谷添诗谱,高人欲制篇。萧萧意何恨,不独往湘川。

铜雀妓

恨唱歌声咽,愁翻舞袖迟。西陵日欲暮,是妾断肠时。

毗陵留别

别离非一处,此处最伤情。白发将春草,相随日日生。

题竹—作鹤林寺

岁月人间促,烟霞此地多。殷勤竹林寺,能—作更得几回过。

答陆澧

松叶堪为酒,春来酿几多。不辞山路远,踏雪也相过。

杨子津送人

今朝杨子津,忽见五溪人。老病无馀事,丹砂乞五斤。

山中谒皇甫曾

寻源路已尽,笑入白云间。不解乘轺客,那知有此山。

剡山夜月—题剡溪舟行

月在沃洲山上,人归剡县溪边。漠漠黄花覆水,时时白鹭惊船。

九日与杨凝、崔淑期登江上山会,有故不得往,因赠之

欲从携手登高去,一到门前意已无。那得更将头上发,学他年少插茱萸。

山中听子规—一作顾况诗

幽人自爱山中宿,又近葛洪丹井西。窗中有个长松树,半夜子规来上啼。

乱后经淮阴岸

荒村古岸谁家在,野水浮云处处愁。唯有河边衰柳树,蝉声相送到扬州。

送张山人

知君住处足风烟,古寺荒村在眼前。便欲移家逐君去,唯愁未有买山钱。

别李季兰

古岸新花开一枝,岸傍花下有分离。莫将罗袖拂花落,便是行人肠断时。

游石涧寺

闻道幽深石涧寺,不逢流水亦难知。莫道山僧无伴侣,猕猴—作猴猿长在古松枝。

新安所居答相访人所居萧使君为制

谢公见我多愁疾—作病,为我开门对碧山。君若欲来看猿鸟,不须争把桂枝攀。

送魏校书

长恨江南足别离,几回相送复相随。杨—作柳花撩乱扑流水,愁杀人行知不知。

送温台

眇眇天涯君去时,浮云流水自相随。人生一世长如客,何必今朝是别离。

句

爱彼云外人,求取涧底泉。

风吹芭蕉拆,鸟啄梧桐落。并《诗式》。

全唐诗卷三百十六

武元衡

武元衡,字伯苍,河南缑氏人。建中四年,登进士第,累辟使府,至监察御史,后改华原县令。德宗知其才,召授比部员外郎。岁内,三迁至右司郎中,寻擢御史中丞。顺宗立,罢为右庶子。宪宗即位,复前官,进户部侍郎。元和二年,拜门下侍郎平章事,寻出为剑南节度使。八年,征还秉政,早朝为盗所害,赠司徒,谥忠愍。《临淮集》十卷,今编诗二卷。

古意

蜀国春与秋,岷江朝夕流。长波东接海,万里至扬州。开门面淮甸,楚俗饶欢宴。舞榭黄金梯,歌楼白云—作雪面。荡子未言归,池塘月如练。

塞下曲

草枯马蹄轻,角弓劲如石。骄虏初欲来,风尘暗南国。走檄召都尉,星火剿羌狄。吾身许报主,何暇避锋镝。白露湿铁衣,半夜待攻击。龙沙早立功,名向—作高燕然勒。

独不见

荆门一柱观,楚国三休殿。环珮俨神仙,辉光生顾盼。春风细腰舞,明月高堂宴。梦泽水连云,渚宫花似霰。俄惊白日晚,始悟炎凉变。别岛—作川凫异波潮—作涛,离鸿分海县。南北断相闻,叹嗟独不见。

旬假南—作西亭寄熊郎中

旬休屏戎事,凉雨北窗眠。江城一夜雨—作一夜江城梦,万里绕山川。草木散幽气,池塘鸣早蝉。妍芳落春后,旅思生秋前。红槿粲—作报庭艳,绿蒲繁渚烟。行歌独谣酌,坐发朱丝弦。哀玉—作生不可扣,华烛—作觞徒湛然。闻君乐—作东林卧,郡阁旷周旋。酬对龙象侣,灌—作泛注清泠泉。如何无碍智,犹苦病缠牵。

晨兴寄赠窦一作何使君一作晨兴赠友,寄呈窦使君

江陵岁方晏,晨起眄庭柯。白露伤红叶,清风断绿萝。徇时真气索,念远怀忧一作幽怀多。夙昔乐一作东山意,纵横南浦波。有美蝉娟子,百虑攒双蛾。缄情郁不舒,幽行骈复罗。一作幽竹自骈罗。为予一作子歌苦寒,酌一本缺,一作旨酒朱颜酡。世事浮云一作两鬟倏云变,功名将奈何。

秋日对酒

行年过始衰,秋至独先悲。事往怜一作悸神魄,感深滋涕洟。百忧纷在虑,一作百虑纷然在。一醉兀无思。宝瑟拂尘匣,徽音一作清韵凝朱丝。幽圃蕙兰气,烟窗松桂姿。我乏济时略,杖节抚藩一作坤维。山川大兵后,牢落空城池。惊沙犹振野,绿草生荒陂。物变风雨顺,人怀天地慈。春耕事秋战,戎马去封陲。波澜暗超忽,坚白亦磷缁。客有自嵩颍,重征栖隐期。丹诀学仙晚,白云归谷迟。君恩不可报,霜露绕南枝。

安邑里中秋怀寄高员外

原宪素非贫,嵇康自寡欲。守道识通穷,达命齐荣辱。庭梧变葱蒨,篱菊扬芳馥。坠叶翻夕霜,高堂瞬华烛。况兹寒夜永,复叹流年促。感物思殷勤,怀贤心踯躅。雄词封禅草,丽句阳春曲。高德十年兄,异才千里足。咫尺邈雪霜,相望如琼玉。欲识岁寒心,松筠更秋绿。

送唐次

都门去马嘶,灞水春一作东流浅。青槐驿路长一作直,白日离尊一作亭晚。望望烟景微,草色行人远。

秋夜雨中怀友

庭空雨鸣骄,天寒雁啼苦。青灯淡吐光,白发悄无语。几年不与一作共联床吟,君方客吴我犹一作客楚。

望夫石

佳名一作人望夫处,苔藓封孤石。万里水连天,巴江一作山暮云碧。湘妃泣下竹成斑一作泪竹下成林,子规夜啼江树白一作水深。

行路难

君不见道傍废井傍开花,原是昔年骄贵家。几度美人来照影,濯纤笑引银瓶绠。风飘雨散今奈何,绣闼雕甍绿苔多。笙歌鼎沸君莫矜,豪奢未必长多金。休说编氓朴无耻,至竟终须合天理。非故败他却成此,苏张终作多言鬼。行路难,路难不在九折湾。

长相思

长相思,陇云愁,单于台上望伊州。雁书绝,蝉鬓秋。行人天一一本缺二字,一作山北畔,暮雨海西头。殷勤大河水,东注不还流。

出塞作

凤驾逾人境,长驱出塞垣。边风引去骑,胡沙拂征辕。奏笳山月白,结阵瘴云昏。虽云风景异华夏,亦喜一本缺此二字地理通楼烦。白羽矢飞先火炮,黄金甲耀夺朝暾。要须洒扫龙沙净,归谒明光一报恩。

桃源行送友

武陵川径入幽遐,中有鸡犬秦人家,家傍流水多桃花。桃花两边种来久,流水一通一作道何时有。垂条落蕊暗春风,夹岸芳菲至山口。岁岁年年能寂寥,林下青苔日为厚。时有仙鸟来衔花,曾无世人此携手。可怜不知若为名,君往一作任从之多所更。古驿荒桥平路尽,崩湍怪石小溪行。相见维舟登览处,红堤绿岸宛然成。多君此去从仙隐,令人晚节悔营营。

长安叙怀寄崔十五

延首直城西,花飞绿草齐。迢遥隔山水,怅望思游子。百啭黄鹂细雨中,千条翠柳衡门里。门对长安九衢路,愁心不惜芳菲度。风尘冉冉秋复春,钟鼓喧喧朝复暮。汉家宫阙在中

天,紫陌朝臣车马连。萧萧霓旌合仙仗,悠悠剑佩入炉烟。李广少时思报国,终军未遇敢论边。无媒守儒行,荣悴纷相映。家甚长卿贫,身多公干病。不知身病竟如何,懒向青山眠薜萝。鸡黍空多元伯惠,琴书不见子猷过。超名累岁与君同,自叹还随鶂退风。闻说唐生子孙在,何当一为问穷通。

兵行褒斜谷作
古地接龟沙,边风送征雁。霜明草正腓,峰逼日易晏。集旅布嵌谷,驱马历层涧。岷河源涉屡,蜀甸途行惯。矢橐弧室岂领军,儋爵食禄由从宦。注意奏凯赴都畿,速令提兵还石阪。三川顿使气象清,卖刀买犊消忧患。

西亭早秋送徐员外
鼎铉辞台座,麾幢领益州。曲池连月晓,横角一作笛满城秋。有美皇华使,曾同白社游。今年一作来重相见,偏觉艳歌愁。

送徐员外还京 一作使还上都
九折朱轮动,三巴白露生。蕙兰秋意晚,关塞别魂惊。宝瑟连宵怨,金罍尽醉倾。旄头星未落,分手辘轳鸣。

送柳郎中 一作柳侍御,一作李侍郎裴起居
沱江水绿波,喧鸟去乔柯。南浦别离处,东风兰杜多。长亭春婉娩,层汉路蹉跎。会有归朝日,班超奈老何。

八月十五酬从兄常望月有怀
坐爱圆景满,况兹秋夜长。寒光生露草,夕韵出风篁。地远惊金奏,天高失一作共雁行。如何北楼望,不得共一作及在池塘。

酬太常从兄留别 一作送太常十二兄罢册南诏却赴上都
乡路日一作自兹始,征轩行复留。张骞随汉节,王浚守刀州。泽国烟花度,铜梁雾雨愁。别离无可奈,万恨锦江流。

春日与诸公泛舟
千里雪山开,沱江春水来。驻帆云缥缈,吹管鹤裴回。身外流年驶,尊前落景催。不应归棹远,明月一作日在高台。

送兄归洛使谒严司空
六岁蜀城守,千茎蓬鬓丝。忧心不自遣,骨肉又伤离。楚峡饶云雨,巴江足梦思。殷勤孔北海,时节易流二字诸本缺移。

同洛阳诸公饯卢起居
萧条寒日晏,凄惨别魂惊。宝瑟无声怨,金囊故赠轻。赤墀方载笔,油幕尚言兵。暮宿青泥驿,烦君泪满缨。

台中题壁
柏台年未老,蓬鬓忽苍苍。无事裨明主,何心弄宪章。雀声愁霰雪,鸿思恨关梁。会脱簪缨去,故山瑶草芳。

江上寄隐者
归舟不计程,江月屡亏盈。霭霭沧波路,悠悠离别情。兼葭连水国,鼙鼓近梁城。却忆沿江叟,汀洲春草生。

送严绅游兰溪
剡岭穷边海,君游别岭西。暮云秋水阔,寒雨夜猿啼。地僻秦人少,山多越路迷。萧萧驱匹马,何处是兰溪。

秋思
秋室一作空浩烟雾,风柳怨寒蜩。机杼夜声切,蕙兰芳意消。美人湘水曲,桂楫洞庭遥。常恐时光谢,蹉跎红艳凋。

夏日别卢太卿 一作江津对雨送卢侍御
汉水清且广,江波渺复深。叶舟烟雨夜,之子别离心。汀草结春怨,山云连暝阴。年年南北泪,今古共沾襟。

西亭题壁寄中书李相公 一作寄上中书李相公
昏旦倦兴寝,端忧力尚一作坐向微。廉颇不觉老,蘧瑗始知非。授钺虚三顾,持衡旷万机。

空余蝴蝶梦,迢递故山归。一作会应身棹便,烟雨五湖归。

八月十五夜与诸公一无此三字锦楼望月得中字

玉轮初满空,迥出锦城东。相向秦楼镜,分飞碣石鸿。桂香随窈窕,珠缀隔玲珑。不及前秋月一作见,圆辉一作光,一作明凤沼中。

四一作西川使宅有韦令公一作太尉时孔雀存焉,暇日与诸公同玩座中兼故府宾妓兴嗟一作叹久之,因赋此诗用广其意

荀令昔居此,故巢留越禽。动摇金翠尾,飞舞碧梧一作玉池,又作犀,又作阶阴一作音。上客彻瑶瑟,美人伤蕙心。会一作知因南国使,得一作归放海云深。

窦三中丞去岁有台中五言四韵,未及酬报,今领黔南,途经蜀门,百里而近,愿言款觌封略间然,因追囊篇,持以赠之

在昔谬司宪,常僚惟有君。报恩如皎日,致位等青云。削藁书难见,除苛事早闻。双旌不可驻,风雪路岐分。

春分与诸公同宴呈陆三十四郎中

南国宴佳宾,交情老倍亲。月惭红烛泪,花笑白头人。宾瑟常馀怨,琼枝不让春。更闻歌子夜,桃李艳妆新。

津梁寺采新茶与幕中诸公遍赏,芳香尤异,因题四韵,兼呈陆郎中

灵州一作卉碧岩下,黄英初散芳。涂涂犹宿露,采采不盈筐。阴窦藏烟湿,单衣染焙香。幸将调鼎味,一为奏明光。

元和癸巳,余领蜀之七年,奉诏征还。一月二十八日清明途经百牢关,因题石门洞一作石洞门

昔佩兵符去,今持相印还。天光临井络,春物度巴山。鸟道青冥外,风泉洞壑间。何惭班定远,辛苦玉门关。

夕次潘一作幡山下

南国独行日,三巴春草齐。漾波归海疾,危栈入云迷。锦谷岚烟里,刀州晚照西。旅情方浩荡,蜀魄满林啼。

夏日对雨寄朱放拾遗

才非谷永传,无意谒王侯。小暑金将伏,微凉麦正秋。远山倚枕见,暮雨闭门愁。更忆东林寺,诗家第一流。

早春送欧阳炼师归山

双鹤五云车,初辞汉帝家。人寰新甲子,天路旧烟霞。羽节临风驻,霓裳逐雨斜。昆仑有琪树,相忆寄瑶华。

长安春望

宿雨净烟霞,春风绽百花。绿杨中禁路,朱戟五侯家。草色金堤晚,莺声御柳斜。无媒犹未达,应共惜年华。

经严秘校维故宅

掩泪山阳宅,生涯此路穷。香销芸阁闭,星落草堂空。丽藻浮名里,哀声夕照中。不堪投钓一作吊处,邻笛怨春风。

秋夜寄江南旧游

寥落九秋晚,端忧时物残。隔林萤影度,出禁漏声寒。愁雨洞房掩,孤灯遥夜阑。怀贤梦南国,兴尽水漫漫。

送陆书一本下有记字还吴

君住包山下,何年入帝乡。成名归旧业,叹别见秋光。橘柚吴洲远,芦花楚水长。我行经此路,京口向云阳。

山中月夜寄朱张二舍人

午夜更漏里,九重霄汉间。月华云阙迥,秋色凤池闲。御锦通清禁,天书出暗关。嵇康不求达,终岁在空山。

送冯谏议赴河北宣慰

汉代衣冠盛,尧年雨露多。恩荣辞紫禁,

冰雪渡黄河。待诏孤城启,宣风万岁—作里和。
今宵燕分野,应见使星过。

夜坐闻雨寄严十少府
　　多负云霄志,生涯岁序侵。风翻凉叶乱,
雨滴洞房深。迢递三秋梦,殷勤独夜心。怀贤
不觉寐,清磬发东林。

资圣寺贲法师晚春茶会
　　虚室昼常掩,心源知悟空。禅庭一雨后,
莲界万花中。时节流芳暮,人天此会同。不知
方便理,何路出樊笼。

慈恩寺起上人院
　　禅堂支许同,清论道源穷。起灭秋云尽,
虚无夕霭空。池澄山倒影,林动叶翻风。他日
焚香待,还来礼惠聪。

送魏正则擢第归江陵
　　客路商山外,离筵小暑前。高文常独步,
折桂及韶年。关国通秦限,波涛隔汉川。叨同
会府选,分手倍依然。

酬韩弇归崖见寄
　　惆怅人间事,东山遂独游。露凝瑶草晚,
鱼戏石潭秋。轩冕应相待,烟霞莫遽留。君看
仲连意,功立始沧洲。

河东赠别炼师
　　多累有行役,相逢秋节分。游人甘失路,
野鹤亦离群。戎马犯边垒,天兵与屯塞云。孔
璋才素健,羽檄定纷纷。

秋日将赴江上,杨弘微时任凤翔,寄诗别
　　寂寞两相阻,悠悠南北心。燕惊沧海远,
鸿避朔云深。夜梦江亭月,离忧陇树阴。兼秋
无限思,惆怅属瑶琴。

夏与熊王二秀才同宿僧院
　　共将缨上尘,来问雪山人。世纲从知累,
禅心自证真。境空宜入梦,藤古不留春。一听
林公法,灵嘉愿寄身。

宜阳所居白蜀葵答咏柬诸公
　　冉冉众芳歇,亭亭虚室前。敷荣时已背,
幽赏地宜偏。红艳世方重,素华徒可怜。何当
君子愿,知不竞喧妍。

送寇侍御司马之明州
　　酾酒上河梁,惊魂去越乡。地穷沧海阔,
云入剡山长。莲唱蒲萄—作鱼熟,人烟橘柚香。
兰亭应驻楫,今古共风光。

送严侍御
　　巴檄故人去,苍苍枫树林。云山千里合,
雾雨四时阴。峡路猿声断,桃源犬吠深。不须
贪胜赏,汉节待南侵。

酬元十二
　　偶寻乌府客,同醉习家池。积雪初迷径,
孤云遂失期。风前劳引领,月下重相思。何必
因尊酒,幽心两自知。

秋晚途次坊州界寄崔玉—作五员外
　　崎岖崖谷迷,寒雨暮成泥。征路出山顶,
乱云生马蹄。望乡程杳杳,怀远思凄凄。欲识
分麾重,孤城万壑西。

度东径岭
　　又过雁门北,不胜南客悲。三边上岩见,
双泪望乡垂。暮角云中戍,残阳天际旗。更看
飞白羽,胡马在封陲。

送李正字之—作归蜀
　　已献甘泉赋,仍登片玉科。汉官新组绶,
蜀国旧烟萝。剑壁秋云断,巴江夜月多。无穷
别离思,遥寄竹枝歌。

玉泉寺与润上人望秋山怀张少尹
　　山寒天降霜,烟月共苍苍。况此绿岩晚,
尚余丹桂芳。禅心殊众诸本缺此二字乐,人世满
秋光。莫怪频回首,孤云思帝乡。

酬崔使君寄麈尾
　　贤人嘉尚同,今制古遗风。寄我襟怀里,

辞君掌握中。金声劳振远,玉柄借谈空。执玩驰心处,迢迢巴峡东。

送邓州潘使君赴任

川陆一都会,旌旗千里舒。虎符中禁授,熊轼上流居。橘柚金难并,池塘练不如。春风行部日,应驻士元车。

和李中丞题故将军林亭

帝里清和节,侯家邸第春。烟霏瑶草露—作路,苔暗杏梁尘。城郭悲歌旧,池塘丽句新。年年车马客,钟鼓乐他人。

送韦侍御司议赴东都

洛京千里近,离绪亦纷纷。文宪芙蓉沼,元方羔雁群。河关—作间连巩树,嵩少接秦云。独有临风思—作秋风引,朕携不可闻。

送吴侍御司马赴台州

卢耽佐郡遥,川陆共—作苦迢迢。风景轻—作经吴会,文章变越谣。烟林繁橘柚,云海浩波潮。余有灵山梦,前君到石桥。

送七兄赴歙州

车马去憧憧,都门闻晓钟。客程将日远,离绪与春浓。流水逾千度,归云隔万重。玉杯倾酒尽,不换惨凄容。

德宗皇帝挽歌词三首 第二首第一句缺一字

道启轩皇圣,威扬夏禹功。讴歌亭育外,文武盛明中。日月光连璧,烟尘屏大风。为人祈福处,台树与天通。

圣历□勤政,瑶图庆运长。寿宫开此地,仙驾缈何乡。风断清箫调,云愁绿旆扬。上升知不恨,弘济任城—作成王。

尝闻阊阖前,星拱北辰躔。今来大明祖,辇驾桥山曲。松柏韵幽音,鱼龙焰寒烛。岁岁秋风辞,兆人歌不足。

顺宗至德大圣皇帝挽歌词三首

桥山同轨会,轩后葬衣冠。东海风波变,西陵松柏攒。鼎湖仙已去,金掌露宁乾。万木泉扃月,空怜凫雁寒。

容卫晓徘徊,严城闾阖开。乌号龙驭远,遏密凤声哀。昆浪黄河注,崦嵫白日颓。恭闻天子孝,不忍望铜台。

哀挽渭川曲,空歌汾水阳。夜泉愁更咽,秋日惨无光。缵夏功传启,兴周业继昌。回瞻五陵上,烟雨为苍苍。

昭德皇后挽歌词

玉扆将迁坐,金鸡忽报晨。珮环仙驭远,星月夜台新。剑没川空冷,菱寒镜不春。国门—作家车马会,多是濯龙亲。

春晚奉陪相公—无此四字西亭宴集

林花—作苑春向兰,高会重邀欢。感物惜芳景,放怀因彩翰。玉颜秾处并,银烛焰中看。若折持相赠,风光益别难。

全唐诗卷三百十七

武元衡

送崔判官使—作还太原

劳君车马此逡巡,我与刘君本世亲。两地山河分节制,十年京洛共风尘。笙歌几处胡天月,罗绮长留蜀国春。报主由来—作未由,一作自应须尽敌,相期—作烟尘万里宝刀新。

幕中诸公有观猎之作因继之

刀州城北剑山东,甲士屯云骑散风。旌旆遍张林岭动,豺狼驱尽塞垣空。衔芦远雁愁萦缴,绕树啼猿怯避弓。为报府中诸从事—作从事说,燕然未勒莫论功。

同幕中诸公送李侍御归朝—作台

昔年专席奉清朝,今日持书即旧僚。珠履会中箫管思,白云归处帝乡遥。巴江暮雨连三峡,剑壁危梁上九霄。岁月不堪相送尽,颓颜更被—作为别离凋。

送张六谏议归朝

诏书前日下丹霄,头戴儒冠脱皂貂。笛怨柳营烟—作花漠漠,云愁江馆雨萧萧。鸳鸿得路争先鬻,松柏—作桧凌寒—作霜独—作贵,一作识后凋。归去朝端如有问,玉关门—作玉门关外老班超。

酬严司空荆南—作州见寄

金貂再领—作入三公府,玉帐连封万户侯。帘卷青山巫峡晓,烟开碧树—作云凝碧岫渚宫秋。刘琨坐啸风清塞,谢朓题—作裁诗月满楼。白雪调高歌不得,美人南国—作阳台相顾国,一作望翠蛾愁。一本此题载二首,首联作"汉家征镇委条侯,虎节龙旌居上头"。三联作"金笳曾掩胡人泪,丽句初传明月楼"。余同。

南徐别业早春有怀

生涯忧忧竟何成,自爱深居隐姓名。远雁临空翻夕照,残云带雨过春城。花枝入户犹含润,泉水侵阶乍有声。虚度年华不相见,离肠怀土并关情。

摩诃池宴
摩诃池上春光早,爱水看花日日来。秾李雪开歌扇掩,绿杨风动舞腰回。芜台事往空留恨,金谷时危悟惜才。昼短欲将清夜继,西园自有月裴回。

至栎阳崇道寺闻严十少府趋侍
云连万木夕沈沈,草色泉声古院深。闻说羊车趋盛府,何言琼树在东林。松筠自古多年契,风月怀贤此夜心。惆怅送君身未达,不堪摇落听秋砧。

春暮郊居寄朱舍人
幽深不让—作谢子真居,度日闲眠世事疏。春水满池新雨霁,香风入户落花余。目随鸿雁穷苍翠,心寄溪云任卷舒。回首知音青琐闼,何时一为荐相如。

送温况游蜀
游人西去客三巴,身逐孤蓬不定家。山近峨眉飞暮雨,江连濯锦起朝霞。云深九折刀州远,路绕千岩剑阁斜。应到严君开卦处,将余一为问生涯。

崔敷叹春物将谢,恨不同览,时余方为事牵束及往寻不遇,题之留赠
九陌迟迟丽景斜,禁街西访隐沦赊。门依高柳空飞絮,身逐闲云不在家。轩冕强来趋世路,琴尊空负赏年华。残阳寂寞东城去,惆怅春风落尽花。

秋灯对雨寄史近崔积
坐听宫城传晚漏,起看衰叶下寒枝。空庭绿草结离念—作闲行处,细雨黄花赠所思—作独对时。蟋蟀已惊良—作凉节度—作至,茱萸偏忆故人期。相逢莫厌尊前醉,春去秋来自不知。

春题龙门香山寺
众香天上梵仙宫,钟磬寥寥半碧空。清景乍开松岭月,乱流长响石楼风。山河杳映春云外,城阙参差茂—作晓树中。欲尽出寻那可得,三千世界本无穷。

酬陆三与邹十八侍御
城分流水郭连山,拂露—作雾开怀一解颜。令尹关中仙史会,河阳里上玉人闲。共怜秋隼惊飞至,久想—作报云鸿待侣还。莫恨—作怪殷勤留此地,东崖桂树昔同攀。

酬谈校书长安秋夜对月寄诸故旧
故园千里渺遐情,黄叶萧条白露生。惊鹊绕枝风满幌,寒钟送晓月当楹。蓬山高价传新韵,槐市芳年挹盛名。莫怪孔融悲岁序,五侯门馆重娄卿。

送田三端公还鄂州
孤云迢递恋沧洲,劝酒梨花对白头。南陌送归车骑合,东城怨别管弦愁。青油幕里人如玉,黄鹤楼中月并钩。君去庾公应借问,驰心千里大江流。

送李珍和韦秀才赴滑州诣大夫舅
陌头画马去翩翩,白面怀书美少年。东武杨公姻娅—作好重,西州谢傅舅甥贤。长亭叫月新秋雁,官渡含风古树蝉。知己满朝留不住,贵臣河上拥旌旃。

秋日书怀
金貂玉铉奉君恩,夜漏晨钟老掖垣。参决万机空有愧,静观群动亦无言。杯中壮志红颜歇,林下秋声绛叶翻。倦鸟不知归去日,青芜白露满郊园。

南昌滩
渠江明净峡逶迤,船到名滩拽縴迟。橹窦动摇妨作梦,巴童指点笑吟诗。畲余宿麦黄山腹,日背残花白水湄。物色可怜心莫限,此行都是独行时。

奉和圣制丰年多庆九日示怀
令节寰宇泰,神都佳气浓。赓歌禹功盛,

击壤尧年丰。九奏碧霄里,千官皇泽中。南山澄—作澹凝黛,曲水清涵空。金玉美王度,欢康谣—作谣康国风。睿文垂日月,永与天无穷。

夏日陪冯许二侍郎与严秘书游昊天观览旧题,寄同里杨华州中丞—作夏日陪朝寮同游昊天观

三伏草木变,九城—作城车马烦。碧霄回骑射—作吹,丹洞入桃源。台殿云浮栋,绫缨鹤在轩。莫将真破妄,聊用静持喧。石甃古苔冷,水筠凉簟翻。黄公垆下叹—作饮,旌旆国东门。

奉和圣制重阳日即事

玉烛降寒露,我皇歌古—作大风。重阳德泽展—作振,万国欢娱同。绮陌拥行骑,香尘凝晓空。神都自蔼蔼,佳气助—作动葱葱。律吕阴阳—作金石畅,景光天地通。徒然被鸿霈—作濡,无以报玄功。

秋日台中寄怀简诸僚

宪府日多事,秋光照碧林。干云岩翠合,布石地苔深。忧悔耿遐抱,尘埃缁素襟。物情牵局促,友道旷招寻。颓节风霜变,流年芳景侵。池荷足幽气,烟竹又繁阴。簪组赤墀恋,池鱼沧海心。涤烦滞幽赏,永度—作期振瑶华音。

奉酬淮南中书相公见寄并序

皇帝改元之二年,余与赵公同制入辅,并为黄门侍郎。夏五月,连拜弘文、崇文大学士。冬十月,诏授检校吏部尚书兼门下侍郎,彤弓旅矢,出镇西蜀。后九月,赵公加大司马之秩,右弼如故,龙旗虎符,出制淮海,时号扬益,俱为重藩。左右皇都,万里可远。公手提兵柄,心匠化源;芳词况余,情勤靡极;质文相映,金玉锵然。蜀道之阻长,楚郊之风物,襟灵所属,尽在斯矣。永怀赵公岁寒交好之情,因成诗人不可方思之义,聊书匪报,以款遐心。

扬州隋故都,竹使汉名儒。翊圣恩华异,持衡节制殊。朝廷连受脉,台座接讦谟。金玉裁王度,丹书奉帝俞。九重辞象魏,千里握兵符。铁马秋临塞,虹旌夜渡泸。江长梅笛怨,

天远桂轮孤。浩叹烟霜晓,芳期兰蕙芜。雅言书一札,宾—作滨海雁东隅。岁月奔波尽,音徽雾雨濡。蜀江分井络,锦浪入淮湖。独抱相思恨,关山不可逾。

甫—作武构西亭偶题因呈监军及幕中诸公

瀛海无因泛,昆丘岂易寻。数峰聊在目,一境暂清心。悦彼松柏性,爱兹桃李阴。列芳凭有土,丛干聚成林。信矣子牟恋,归欤尼父吟。暗香兰露滴,空翠蕙楼深。负鼎位尝忝,荷戈年屡侵。百城烦鞅掌,九仞喜岖嵚。巴汉溯沿楫,岷峨千万岑。恩偏不敢去,范蠡畏熔金。

和杨弘微春日曲江南望

迟景霭悠悠,伤春南陌头。暄风一澹荡,遐思几殷忧。龙去空仙沼,鸾飞掩妓楼。芳菲余雨露,冠盖旧公侯。朱戟千门闭,黄鹂百啭愁。烟濛宫树晚,花咽石泉流。寒谷律潜应,中林兰自幽。商山将避汉,晋室正藩周。黍稷闻兴叹,琼瑶畏见投。君心即吾事,微向—作尚在沧洲。

长安秋夜怀陈京昆季

钟鼓九衢绝,出门千里同。远情高枕夜,秋思北窗空。静见烟凝烛,闲听叶坠桐。玉壶思洞彻,琼树忆葱笼。萤影疏帘外,鸿声暗雨中。羁愁难会面,懒慢责微躬。甲乙科攀桂,图书阁践蓬。一瓢非可乐,六翮未因风。寥落悲秋尽,蹉跎惜岁穷。明朝不相见,流泪菊花丛。

冬日,汉江南行将赴夏口,途次江陵界,寄裴尚书

五部拥双旌,南依墨客卿。关山迥梁甸,波浪接溢城。烟景迷时候,云帆渺去程。蛤珠冯月吐,芦雁触罗惊。浦树凝寒晦,江天湛镜清。赏心随处惬,壮志逐年轻。舟楫不可驻,提封如任—作有情。向方曾指路,射策许言兵。兰渚歇芳意,菱歌非应声。元戎武昌守,羊祜

幸连营。

奉酬中书李相公早朝于中书候传点,偶书所怀

寥落曙钟断,微明烟月沉。翠霞仙仗合,清漏掖垣深。北极星遥拱,南山阙回临。兰釭竟晓焰,琪树欲秋阴。霄汉惭联步,貂蝉愧并簪。德容温比玉,王度式如金。鱼水千年运,箫韵九奏音。代天惊度日,捌地喜开襟。文武时方泰,唐虞道可寻。忝陪申及甫,清净奉尧心。

甲午岁—作秋相国李公有北园寄赠之作,吟玩历时,屡促酬答,机务不暇,未及报章,今古遽分,电波增感,留墓剑而心许,感—作偶邻笛而意伤,寓哀冥窀,以广遗韵云

机事劳西掖,幽怀寄北园。鹤巢深更静,蝉噪断犹喧。仙酝百花馥,艳歌双袖翻。碧云诗又雅,皇泽叶流根。未报雕龙赠,俄伤泪剑痕。佳城关—作关白日,哀挽向—作去青门。礼命公台重,烟霜陇树繁。天高不可问,空使辅星昏。

和杨三舍人晚秋与崔二舍人、张秘监、苗考功同游昊天观。时中书寓直,不得陪随。因追往年曾与旧僚联游此观,纪题在壁,已有沦亡,书事感怀,辄以呈寄,兼呈东省三给事之作,杨君见征鄙词,因以继和

瑶圃高秋会,金闱奉诏辰。朱轮天上客,白石—作日洞中人。珮响泉声杂,朝衣羽服亲。九重青琐闭,三秀紫芝新。化药秦方士,偷桃汉侍臣。玉笙王子驾,辽鹤令威身。叹逝颓波速—作远,缄词丽曲春。重将凄恨意,苔壁问遗尘。

酬李十一尚书西亭暇日书怀见寄十二韵之作

鼎铉昔云忝,西南分主忧。烟尘开棘道,旌节护蛮陬。任重功无立,力微恩未酬。据鞍惭齿发,责帅惧春秋。高德闻郑履,俭居称晏裘。三刀君入梦,九折我回辀。时景屡迁易,兹言期退休。方追故山事,岂谓台阶留。遐抱—作抱清净理,眷言兰杜幽。一缄琼玖赠,万里别离愁。巴岭云外没,蜀江天际流。怀贤耿遥思,相望凤池头。

秋怀奉寄朱补阙

上苑繁霜降,骚人起恨初。白云深陋巷,衰草遍闲居。暮色秋烟重,寒声牖叶虚。潘生秋思苦,陶令世情疏。已制归田赋,犹陈谏猎书。不知青琐客,投分竟何如。

奉酬中书相公至日圆丘行事合于中书宿斋移止于集贤院叙情见寄之什

郊庙祗严祀,斋庄觐上玄。别开金虎观,不离紫微天。树古长杨接,池清—和深太液连。仲山方补衮—作职,文举自伤年。风溢—作涩铜壶漏,香凝绮阁烟。仍闻白雪唱,流咏满鹍弦。

途次—下有昭应二字

去国策羸马,劳歌行路难。地崇秦制险,人乐汉恩宽。御沼澄泉碧,宫梨佛露丹。鼎成仙驭远,龙化宿云残。不问三苗—作朝宠,谁陪万国欢。至今松桂色,长助玉楼寒。

题故蔡国公主九华观上池院

朱门临九衢,云木蔼仙居。曲沼天波接,层台凤舞余。曙烟深碧篆,香露湿红蕖。瑶瑟含风韵,纱窗积翠虚。秦楼今寂寞,真界竟何如。不与蓬瀛异,迢迢远玉除。

酬严维秋夜见寄

遥夜思悠悠,闻钟远梦休。乱林萤烛暗,零露竹风秋。启户云归栋,褰帘月上钩。昭明逢圣代,羁旅别沧洲。骑省潘郎思,衡闱宋玉愁。神仙惭李郭,词赋谢曹刘。松柏应无变,璠瑶不可酬。谁堪此时景,寂寞下高楼。

途次近蜀驿,蒙恩赐宝刀及飞龙厩马使还,奉寄中书李、郑二公—作李郑二中书

草草事行役,迟迟违—作出,一作入故关。碧

帏一作幢遥隐一作融雾,红旆渐依山。感激酬一作惭恩泪,星霜去国颜。捧刀金锡字,归马玉连环。威凤翔双阙,征夫纵百蛮。一作龙凤辞三署,干戈护百蛮。应怜宣室召,温树不同攀。

归燕

春色遍芳菲,闲檐双燕归。还同旧侣至,来绕故巢飞。敢望烟霄达,多惭羽翮微。衔泥傍金砌,拾蕊到荆扉。云海经时别,雕梁长日依。主人能一顾,转盼自光辉。

送许著作分司东都

瑶瑟激凄响,征鸿翻夕阳。署分刊竹简,书蠹护芸香。马色关城晓,蝉声驿路长。石渠荣正礼,兰室重元方。不作经年别,离魂亦暂伤。

闻相公三兄小园置宴,以元衡寓直,因寄上兼呈中书三兄一作九日致斋禁省和中书相公

休一作斋沐限中禁,家山传胜游。露寒潘省夜,木落瘐园秋。兰菊回幽步,壶觞洽一作绝旧俦。位高天禄阁,词异畔牢愁。孤思琴先觉,驰晖水竞一作共流。明朝不相见,清祀在圜丘。

酬陆员外歙州许员外郢州二使君

吴洲云海接,楚驿梦林长。符节分忧重,鹓鸿去路翔。艳歌愁翠黛,宝瑟韵清商。洲草遥池合,春风晓斾张。晋臣多乐广,汉主识冯唐。不作经年别,离魂亦未伤。

渐至涪州先寄王使君

治教通夷俗,均输问大田。江分巴字水,树入夜郎烟。毒雾含秋气,阴岩蔽曙天。路难空计日,身老不由年。将命宁知远,归心讵可传。星郎复何事,出守五溪边。

石州城

丈夫心爱横行,报国知嫌命轻。楼兰径百战,更道戍龙城。锦字窦车骑,胡笳李少卿。生离两不见,万古难为情。

寒食下第

柳挂九衢丝,花飘万家雪。如何憔悴人,对此芳菲节。

途中即事

南征复北还,扰扰百年间。自笑红尘里,生涯不暂闲。

春日偶作

纵横桃李枝,淡荡春风吹。美人歌白苎,万恨在蛾眉。

夏夜作

夜久喧暂息,池台惟月明。无因驻清景,日出事还生。

左掖梨花

巧笑解迎人,晴雪香堪惜。随风蝶影翻,误点朝衣赤。

同陈六侍御寒食游禅定一无定字藏山上人院

年少轻行乐,东城南陌头。与君寂寞意,共作草堂游。

赠佳人

步摇金翠玉搔头,倾国倾城胜莫愁。若呈仙姿游洛浦,定知神女谢风流。

休暇日,中书相公致斋禁省,因以寄赠

尝闻圣主得贤臣,三接能令四海春。月满禁垣斋沐夜,清吟属和更何人。

春兴

杨柳阴阴细雨晴,残花落尽见流莺。春风一夜吹香梦,梦一作又逐春风到洛城。

酬裴起居西亭留题一作留赠

艳歌能起关山恨,红烛偏一作远凝寒一作边塞情。况是池塘风雨夜,不堪丝一作弦管尽离声。

送张侍御一作司录赴京

江南烟雨塞鸿飞,西府文章谢橼归。相送汀州兰棹—作杜晚,菱歌一曲泪沾—作盈衣。

鄂渚送友

云帆淼淼巴陵渡,烟树苍苍故郢城。江上梅花无数落—作发,送君南浦不胜情。

送裴戡行军—作饯裴行军赴朝命

珠履三千醉不欢,玉人犹苦夜—作若饮冰寒。送君偏—作空有无言泪,天—作足下关山行路难。

宿青阳驿

空山摇落三秋暮,萤过疏帘月露团。寂寞银—作孤灯愁不寐,萧萧风竹夜窗寒。

送崔舍人起居

赤墀同拜紫泥封,驷牡连征侍九重。惟有白须张司马,不言名利尚相从。

路岐重赋

芳郊欲别阑干泪,故国难期聚散云。分手更逢江驿暮,马嘶猿叫—作啸不堪闻。

重送卢三十一起居

相如拥传有光辉,何事阑干泪湿衣。旧府东山余妓在,重将歌舞送君归。

送张谏议

汉庭从事五人来,回首疆场独未回。今日送君魂断处,寒云—作江寥落数株梅。

同诸公夜宴监军玩花之作—作同幕府夜宴惜花

五侯门馆百花繁,红烛摇风白雪翻。不似凤皇池畔见,飘扬今隔上林园。

郊居寓目偶题

晨趋禁闼暮郊园,松桂苍苍烟露繁。明月上时群动息,雪峰高处正当轩—作门。

题嘉陵驿

悠悠风旆绕山川,山驿空濛雨似烟。路半嘉陵头已白,蜀门西上更—作更上青天。

送柳郎中裴起居

望乡台上秦人在—作去,学射山中杜魄哀。落日河桥千骑别,春风寂寞旆旌回。

秋日出游偶作

黄花丹叶满江城,暂爱江头风景清。闲步欲舒山野性,貔狐不许独行人—作行。

夏夜饯裴行军赴朝命

三年同看锦城花,银烛连宵照绮霞。报国从来先意气,临岐不用重咨嗟。

摩诃池送李侍御之凤翔

柳暗花明池上山,高楼歌酒换离颜。他时欲寄相思字,何处黄云是陇间—作关。

送魏正则擢第归江陵

商山路接玉山深,古木苍然尽—作昼合阴。会府登筵君最少,江城秋至肯惊心。

登阆间古城

登高望远自伤情,柳发花开映古城。全盛已随流水去,黄鹂空啭旧春声。

寻三藏上人

北风吹雪暮萧萧,问法寻僧上界遥。临水手持笻竹杖,逢君不语指芭蕉。

山居

身依泉壑将时背,路入烟萝得地深。终岁不知城郭事,手栽林—作松竹尽成阴。

长安贼中寄题江南所居茱萸树

手种茱萸旧井傍,几回春露又秋霜。今来独向秦中见,攀折无时不断肠。

春斋夜雨忆郭通微

桃源在在—作未去阻风尘,世事悠悠又遇

春。雨滴闲阶清夜久,焚香偏忆白云人。

送严秀才一下有赴举二字
灞浐别离肠已断,江山迢递信仍稀。送君偏下临岐泪,家在南州身未归。

春日酬熊执易南亭花发见赠
千株桃杏参差发,想见花时人却愁。曾一作堂忝陆机琴酒会,春亭惟愿一淹留。

中春亭雪夜寄西邻韩李二舍人
广庭飞雪对愁人,寒谷由来不悟春。却笑山阴乘兴夜,何如今日戴家邻。

立秋日与陆华原一作陆三于县界南馆送邹十八一作立秋华原南馆别二客
风入昭一作泥阳池馆秋,片云孤鹤一作雁两难留。明朝独向青山郭,唯有蝉声催白头。

酬韦胄曹登天长寺上方见寄
青门一作山几度沾襟泪,并在东林雪外峰。今日重烦相忆处,春光知一作花绕凤池浓。

陌上暮春
青青南陌柳如丝,柳色莺声晚日迟。何处最伤游客思,春风三月落花时。

春日偶作
飞花寂寂燕双双,南客衡门对楚江。惆怅管弦何处发,春风吹到读书窗。

春暮寄杜嘉兴昆弟
柳色千家与万家,轻风细雨落残花。数枝琼玉无由见,空掩柴扉度岁华。

渡淮
暮涛凝雪长淮水,细雨飞梅五月天。行子不须愁夜泊,绿杨多一作高处有人烟。

与崔十五同访裴校书不遇
梨花落尽柳花时,庭树流莺日过迟。几度相思不相见,春风何处有佳期。

夏日寄陆三达陆四逢并王念八仲周
士衡兄弟旧齐名,还似当年在洛城。闻说重门方隐相,古槐高柳夏阴清。

秋原寓目
木落风高天宇开一作旷,秋原一望思悠哉。边城今少一作足射雕骑,连雁嗷嗷何处来。

赠歌人一作赠佳人
林莺一哢四时春,蝉翼罗衣白玉人。曾逐使君歌舞地,清声一作泉长啸一作咽翠眉颦。

同苗郎中送严侍御赴黔中因访仙源之事
武陵源在朗江东,流水飞花仙洞中。莫问阮郎千古事,绿杨深处翠霞空。

使次盘豆驿望永乐县一无下四字
山川不记何年别,城郭应非昔所经。欲驻征车终日望,天一作大河云雨晦冥冥。

缑山道中口号
秋山寂寂一作宴秋水清,寒郊木叶飞无声。王子白云仙去久,洛滨行路夜吹笙。

岁暮送舍人
边城岁暮望乡关,身一作方逐戎旃未得还。欲别临岐无限泪,故园花发寄君攀。

寓兴呈崔员外诸公
三月杨花飞满空,飘飘十里雪如风。不知何处香醪熟,愿醉佳园芳树中。

单于晓角
胡儿吹角汉城头,月皎霜寒大漠秋。三奏未终天便晓,何人不起望乡愁。

汧河闻笳一作闻角
何处金笳月里悲,悠悠边客梦先知。单于城下一作上关山曲,今日中原总解吹。

塞上春怀
东风河外五城喧,南客征袍满泪痕。愁至

独登高处望,蔼然云树重伤魂。

塞外月夜寄荆南熊侍御
南依刘表北刘琨,征战年年萧鼓喧。云雨一乖千万里,长城秋月洞庭猿。

单于罢战却归题善阳馆
单于南去善阳关,身逐归云到处闲。曾是五年莲府客,每闻胡虏哭阴山。

韦常侍以宾客致仕,同诸公题壁
孤云永日自徘徊,岩馆苍苍遍绿苔。望苑忽惊新诏下,彩鸾归处玉笼开。

学仙难
玉殿笙歌汉帝愁,鸾龙俨驾望瀛洲。黄金化尽方士死,青天欲上无缘由。

唐昌观玉蕊花
琪树芊芊—作年年玉蕊新,洞宫长闭彩霞春。日暮落英铺地雪,献花应过—作无复九天人。

春晓—作晓闻莺
寥寥—作寂寂兰台—作堂晓梦惊,绿林残—作斜月思孤莺。犹—作独疑蜀魄千年恨,化作冤禽万啭声。

闻严秘书与正字及诸客夜会因寄
衡门寥落岁阴穷,露湿莓苔叶厌风。闻道今宵阮家会,竹林明月七人同。

戏赠韩二秀才
名高折桂方年少,心苦为文命未通。闻说东堂今有待,飞鸣何处及春风。

闻王仲周所居牡丹花发,因戏赠
闻说庭—作亭花发暮春,长安才子看须频。花开花落无人见,借问何人是主人。

酬王十八见招
王昌家直在城东,落尽庭花昨夜风。高兴不辞千日醉,随君走马向新丰。

赠道者—作赠送
麻衣如雪一枝梅,笑掩微妆入梦来。若到越溪逢越女,红莲池里白莲开。

重送白将军
红烛芳筵惜夜分,歌楼管咽思难闻。早知怨别人间世,不下青山老白云。

和李丞题李将军林园
落英飘蕊雪纷纷,啼鸟如悲霍冠军。逝水不回弦管绝,玉楼迢递锁浮云。

同张惟送霍总—作送崔总赴池州
春风箫管怨津楼,三奏行人醉不留。别后相思江上岸,落花飞处杜鹃愁。

赠别崔起居
三十年前会府同,红颜销尽两成翁。别泪共将何处洒,锦江南渡足春风。

春日偶题
山川百战古刀州,龙节来分圣主忧。—作三川会合古刀州,纡绂来分宵旰忧。静守化条无一事,春风独上望京—作夕阳楼。

听歌
月上重楼丝管秋,佳人夜唱古梁州。满堂谁是知音者,不惜千金与莫愁。

酬韦胄曹
相逢异县蹉跎意,无复少年容易欢。桃李美人攀折尽,何如松柏四时寒。

同幕府夜宴惜花
芳草落花明月榭,朝云暮雨锦城春。莫愁红艳风前散,自有青蛾镜里人。

代佳人赠张郎中
洛阳佳丽本神仙,冰雪颜容桃李年。心爱阮郎留不住,独将珠泪湿红铅。

饯裴行军赴朝命

来时圣主假光辉,心恃朝恩计日归。谁料忽成云雨别,独将边泪洒戎衣。

秋日经潼关感寓

昔年曾逐汉征东,三授兵符百战中。力保山河嗟下世,秋风牢落故营空。

赠歌人

仙歌静转玉箫催,疑是流莺禁苑来。他日相思梦巫峡,莫教云雨晦阳台。

见郭侍郎题壁

万里枫江偶问程,青苔壁上故人名。悠悠身世限南北,一别十年空复情。

全唐诗卷三百十八

李吉甫

李吉甫,字弘宪,以父栖筠荫补仓曹参军,为太常博士。宪宗立,拜考功郎中、知制诰,入翰林为学士,转中书舍人。元和二年,同平章事,后为淮南节度。虽居外,每朝廷得失,辄以闻,帝尊任之官而不名。卒,赠司空。吉甫该洽典故,祥练故实,善任贤良,朝伦式序。集二十卷,今存诗四首。

癸巳岁,吉甫圜丘摄事合于中书后阁宿斋,常负悉愧,移止于集贤院,会门下相公以七言垂寄,亦有所酬,短章绝韵,不足抒意,因叙所怀,奉寄相公,兼呈集贤院诸学士

淮海同三入,枢衡过六年。后汉牟融六年任职。庙斋兢永夕,书府会群仙。粉壁连霜曙,冰池对月圆。岁时忧里换,钟漏静中传。蓬发颜空老,松心契独全。赠言因傅说,垂训在

三篇。

夏夜北一作后园即事寄门下武相公

结构非华宇,登临一作仙似古原。僻殊萧相宅,芜胜邵平园。避暑依南庑,追凉在北轩。烟霞霄外静,草露月中繁。鹊绕惊还止,虫吟思不喧。怀君欲有赠,宿昔贵忘言。

九日小园独谣赠赠一作奉寄门下武相公

小园休沐暇,暂与故山期。树杪悬丹枣,苔阴落紫梨。舞丛新菊遍,绕格一作树古藤垂。受露红兰晚,迎霜白薤肥。上公留凤沼一作诏,冠剑侍清祠。应念一作命端居者,长惭补衮诗。

怀伊川赋

龙门南岳尽伊原,草树人烟目所存。正是北州梨枣熟,梦魂秋日到郊园。

郑絪

郑絪,字文明,荥阳人,擢进士、宏词。初

为张延赏掌书记，入为起居郎、翰林学士，累迁中书舍人。宪宗立，拜中书侍郎同平章事。太和中，以太子少傅致仕。纲少好学，大历中有高名。后践历华显，出入中外，逾四十年，守道寡欲，不为烜赫事，时推耆德。集三十卷，今存诗五首。

奉和武相公省中宿斋，酬李相公见寄

高阁安仁省，名园广武庐。沐兰朝太一，种竹咏华胥。禁静疏钟彻，庭开—作闲爽韵虚。洪钧齐万物，缥帙整群书。寒露滋新菊，秋风落故蕖。同怀不同赏，幽意竟何如。

寒夜闻霜钟

霜钟初应律，寂寂出重林。拂水宜清听，凌空散迥音。春容时未歇，摇曳夜方深。月下和虚籁，风前间—作闻远砧。净兼寒漏彻，闲畏曙更侵。遥相千山外，泠泠何处寻。

奉酬宣上人九月十五日东亭望月见赠，因怀紫阁旧游

中年偶逐鸳鸯侣，弱岁多从麋鹿群。紫阁道流今不见，红楼禅客早曾闻。松斋月朗星初散，苔砌霜繁夜欲分。一览彩笺佳句满，何人更咏惠休文。

九日登高怀邵二

簪茱泛菊俯平阡，饮过三杯却惘然。十岁此辰同醉友，登高各处已三年。

享太庙乐章

于穆时文，受天明命。允恭玄默，化成理定。出震嗣德，应干传圣。猗歟缉熙，千亿流庆。

句

情人共惆怅，良友不同游。《纪事》云：纲九日有怀邵二诗，又怀林十二云云，其重友如此。

郑余庆

郑余庆，字居业。大历中举进士第，初为严震山南从事。贞元初，历库部郎中，为翰林学士，以工部侍郎知吏部选，后拜中书侍郎同平章事。宪宗时，为尚书左仆射，详定典制，引韩愈、李程为副，崔郾、陈珮、杨嗣复、庾敬休为判官，损益仪规，号为详衷。终太子太师、检校司徒。集五十卷，今存诗二首。

和黄门相公诏还题石门洞 黄门，武元衡也

紫氛随马处，黄阁驻车情。嵌壑惊山势，周滩恋水声—作清。地分三蜀限，关志百牢名。琬琰攀酬郢，微言鼎饪情。用韵重。

享太庙乐章

开邸除暴，时迈勋尊。三元告命，四极骏奔。金枝翠叶，辉烛瑶琨。象德忆载，贻庆汤孙。

赵宗儒

赵宗儒，字秉文，邓州穰人。举进士，初授弘文馆校书郎，拜左拾遗，充翰林学士，与父晔秘书少监同日并命，当时荣之。贞元十二年，以给事中同中书门下平章事。罢相，为右庶子，端居守道，勤奉朝请，迁吏部侍郎，改尚书。前后三镇方任，八领选部，历宪、穆、敬、文四朝，以司空致仕。诗一首。

和黄门武相公诏还题石门洞

益部恩辉降，同荣汉相还。韶芳满归路，轩骑出重关。望日朝天阙，披云过蜀山。更题风雅韵，永绝翠岩间。

柳公绰

柳公绰，字宽，京兆华原人。举贤良方正，直言极谏。武元衡节度剑南，与裴度俱为判官，相引重，召为吏部郎中。元和初，进太医箴，迁御史中丞，历六镇。太和中，终兵部尚书。性耿介，有大臣节。为文不尚浮靡，所取士如许康佐、郑朗、卢简辞、崔玙、夏侯孜、李拭、韦长，皆知名显贵。诗三首。

和武相锦楼玩月得浓字 时为西川营田副使

此夜年年月,偏宜此地逢。近看江水浅,遥辨雪山重。万井金花一作风肃,千林玉露浓。不唯楼上思,飞盖亦陪从。

题梓州牛头寺

一出西城第二桥,两边山木晚萧萧。井花净洗行人耳,留扣溪声入夜潮。

赠毛仙翁

桃源千里远,花洞四时春。中有含真客,长为不死人。松高枝叶茂,鹤老羽毛新。莫遣同篱槿,朝荣暮化一作绝尘。

张正一

张正一,德宗末左补阙,以上书召见。王叔文之党疑其言己阴事,令韦执谊谮之,坐贬。诗一首。

和武相公中秋锦楼玩月得苍字 时为西川观察判官

高秋今夜月,皓色正苍苍。远水澄如练,孤鸿迥带霜。旅人方积思,繁宿稍沉光。朱槛叨陪赏,尤宜清漏长。

徐放

徐放,字达夫,武元衡西川从事。元和九年,为衢州刺史,见韩愈徐偃王庙碑。诗一首。

奉和武相公中秋锦楼玩月得来字

玉露中秋夜,金波碧落开。鹊惊初泛滥,鸿思共裴回。远月一作日清光遍,高空爽气来。此时陪永望,更得上燕台。

崔备

崔备,建中进士第,为西川节度使判官,终工部郎中。诗六首。

和武相公中秋锦楼玩月 得前字、秋字二篇

清景同千里,寒光尽一年。竟天多雁过,通夕少人眠。照别江楼上,添愁野帐前。隋侯思未报,犹有一作感夜珠圆。

四时皆有月,一夜独当秋。照耀初含露,裴回正满楼。遥连雪山净,迥入锦江流。愿以清光末,年年许从游。

奉陪武相公西亭夜宴陆郎中

宾阁玳筵开,通宵递玉杯。尘随歌扇起,雪逐舞衣回。剪烛清光发,添香暖气来。令君敦宿好,更为一裴回。

清溪路中寄诸公 一作寄韦于二侍御

偏郡隔云岑,回溪路更深。少留攀桂树,长一作畏渴望梅林。野笋资公膳,山花慰客心。别来无信息,可谓井瓶沉。

奉酬中书相公至日圜丘行事合于中书宿直移止于集贤院叙情见寄之什 一作崔曙诗

典籍开书府,恩荣避鼎司。郊丘资有事,斋戒守无为。宿雾蒙琼树,余香覆玉墀。进经逢乙夜,展礼值明时。勋同山河列,名同竹帛垂。年年佐尧舜,相与致雍熙。

使院忆山中道侣,兼怀李约

松竹去名岳,衡茅思旧居。山君水上印,天女月中书。旧秩芸香在,空奁药气馀。褐衣宽易揽,白发少难梳。病柳伤摧折,残花惜扫除。忆巢同倦鸟,避网甚跳鱼。阮巷一作嵇阮惭交绝,商岩一作求羊愧迹疏。与君非宦侣,何日共樵渔。

萧祐

萧祐,字祐之,兰陵人。以处士征,拜拾遗。元和初,历御史中丞、桂管防御观察使。为人闲澹贞退,善鼓琴赋诗,精妙书画,游心林壑,名人高士多与之游。诗二首。

奉陪武相公西亭夜宴陆郎中 时为武元衡幕僚

弘阁陈芳宴,佳宾此会难。交逢贵日重,醉得少时欢。舒黛凝歌思,求音足笔端。一闻

清佩动,珠玉夜珊珊。

游石堂观

西北高高何所如,上有古昔真人居。嵌崖巨石自成室,其下磅礴含清虚。我来斯邑访遗迹,乃遇沈生耽载籍。沈生为政哀茕嫠,又能索隐探灵奇。欣然向我话佳境,与我崎岖到山顶。甘瓜剖绿出寒泉,碧瓯浮花酌春茗。嚼瓜啜茗身清凉,汗消绤绤如迎霜。胡为空山百草花,倏尔笾豆肆我旁。始惊知周无小大,力寡多方验斯是。妙用腾声冠盖间,胜游恣意烟霞外。故碑石像凡几年,云郁雨霏生绿烟。我知游此多灵仙,缥缈月中飞下天。天风微微夕露委,松梢飕飕晓声起。风去空遗箫管音,星翻寥落银河水。劝君学道此时来,结茅独宿何辽哉。斋心玄默感灵卫,必见鸾鹤相裴回。我爱崇山双剑北,峰如人首挂天黑。俗呼为人头山。群仙伛偻势奔走,状若尊趋有德。半岩有洞顶有池,出入灵怪潜蛟螭。我去不得昼夜思,梦游曾信南风吹。南风吹我到林岭,故国不见秦天迥。山花名药扑地香,月色泉声洞心泠。荫松散发逢异人,寂寞旷然口不言。道陵公远莫能识,发短耳长谁独存。司农惊觉忽惆怅,可惜所游俱是妄。蕴怀耿耿谁与言,直至今来意通形神开,拥传又恨斜阳催。一丘人境尚堪恋,何况海上金银台。

王良士

王良士,贞元进士。为西川刘辟幕僚,辟败,应坐,高崇文宥之。诗二首。

奉陪武相公西亭夜宴陆郎中

芳气袭猗兰,青云展旧欢。仙来红烛下,花发彩毫端。海岳期方远,松筠岁正寒。仍闻言赠处,一字重琅玕。

南至日隔霜仗望含元殿炉烟一作车纼诗

抗殿疏龙首,高高接上玄。节当南至日,星是北辰天。宝一作霜戟罗仙仗,金炉引御烟。霏微双阙丽,容曳九门连。拂曙祥光满,分晴瑞色鲜。一阳今在历,生植仰陶甄。

独孤实

独孤实,尝为武元衡镇西川时僚吏。诗一首。

奉陪武相公西亭夜宴陆郎中

仙郎膺上才,夜宴接三台。烛引银河转,花连锦帐开。静看歌扇举,不觉舞腰回。寥落东方曙,无辞尽玉杯。

卢士政 一作玫

卢士政,山东人,为西川观察支使,后历瀛郑节度,入为太子宾客分司。诗一首。

奉陪武相公西亭夜宴陆郎中

华堂良宴开,星使自天来。舞转朱丝一作弦逐,歌余素扇回。水光凌曲槛,夜色霭高台。不在宾阶末,何由接上台。

于敖

于敖,字蹈中,江南人。登进士第,长庆中给事中,寻转工部侍郎,出为宣歙观察使,兼御史中丞。诗一首。

闻莺

玉绳河汉晓纵横,万籁潜收莺独鸣。能将百啭清心骨,宁止闲窗梦不成。

皇甫镛

皇甫镛,字和卿,朝那人,第进士。元和中,为河南少尹。时兄镈领度支,聚敛句剥,天下怨恨。镛每极言,不听,乃求分司为右庶子。开成初,终太子少保。镛能文,尤工诗什。集十八卷,今存诗一首。

和武相公闻莺

华馆沈沈曙境清,伯劳初啭月微明。不知台座宵吟久,犹向花窗惊梦声。

全唐诗卷三百十九

颜粲

颜粲,登建中进士第。诗二首。

白露为霜

悲秋将岁晚,繁露已成霜。遍渚芦先白,沾篱菊自黄。应钟鸣远寺,拥雁度三湘。气逼襦衣薄,寒侵宵梦长。满庭添月色,拂水敛荷香。独念蓬门下,穷年在一方。

吴宫教美人战 —作吴秘诗

有客陈兵画,功成欲霸吴。玉颜承将略,金钿指军符。转佩风云暗,鸣鼙锦绣趋。雪花频落粉,香汗尽流珠。掩笑谁干令,严刑—作师 必用诛。至今孙子术—作法,犹可静边隅。

徐敞

徐敞,建中进士。诗五首。

月映清淮流

遥夜淮弥净,浮空月正明。虚无含气白,凝澹映波清。见底深还浅,居高缺复盈。处柔知坎德,持洁表阴精。利物功难并,和光道已成。安流方利涉,应鉴此时情。

圆灵水镜

浮光上东洛,杨彩满圆灵。明灭沦江水,盈虚逐砌蓂。不分沙岸白,偏照海山清。练色临窗牖,蟾光霭户庭。成轮疑璧影,初魄类弓形。远近凝清质,娟娟—作依微出众星。

虹藏不见

迎冬小雪至,应节晚虹藏。玉气徒成象,星精不散光。美人初比色,飞鸟罢呈祥。石涧收晴影,天津失彩梁。霏霏空暮雨,杳杳映残阳。舒卷应时令,因知圣历长。

白露为霜

早寒青女至,零露结为霜。入夜飞清景,

凌晨积素光。驷星初晢晢,葭菼复苍苍。色冒沙滩白,威加木叶黄。鲜辉袭纨扇,杀气掩干将。葛屦那堪履,徒令君子伤。

赋得金茎露

武帝贵长生,延年饵玉英。铜盘贮珠露,仙掌抗金茎。拂曙氛埃敛,凌空沉瀇清。岧峣捧瑞气,笼筅出宫城。势入浮云耸,形标霁色明。大君当御宇,何必去蓬瀛。

张聿

张聿,建中进士。诗五首。

圆灵水镜

凤池开月镜,清莹写寥天。影散微波上,光含片玉悬。菱花凝泛滟,桂树映清鲜。乐广披云日,山涛卷雾年。濯缨何处去,鉴物自堪妍。回首看云液,蟾蜍势正圆。

景风扇物

何处青蘋末,呈祥起远空。晓来摇草树,轻度净尘蒙一作轻去动溟濛。水上微波动,林前媚景通。寥天鸣万籁,兰径长幽丛。渐飐挶扶势,应从橐籥功。开襟若有日,愿睹大王风。

剑化为龙

古剑诚难屈,精明有所从。沉埋方出狱,合会却成龙。牛斗光初歇,蜿蜒气渐浓。云涛透百丈,水府跃千重。拖尾迷莲锷,张鳞露锦容。至今沙岸下,谁得睹玄踪。

余瑞麦

瑞麦生尧日,芃芃雨露偏。两岐分更合,异亩颖仍连。翼获明王庆,宁唯太守贤。仁风吹靡靡,甘雨长芊芊。圣德应多稔,皇家配有年。已闻天下泰,谁来济西田。

赋得夏首犹清和一作黎逢诗

早夏宜春景,和光起禁城。祝融将御节,炎帝启朱明。日送残花晚,风过御苑清。郊原浮麦气,池沼发荷英。树影临山动,禽飞入汉轻。幸逢尧禹化,全胜谷中情。

麹信陵

麹信陵,贞元元年进士第,为舒州望江令,有惠政。诗一卷,今存六首。

移居洞庭

重林将叠嶂,此处可逃秦。水隔人间世,花开洞里春。荷锄分地利,纵酒乐天真。万事更何有,吾今已外身。

吴门送客

乱山吴苑外,临水让王祠。素是伤情处,春非送客时。不须愁落日,且愿驻青丝。千里会应到,一尊谁共持。

长安道

朱门映绿杨,双阙抵通庄。玉珮声逾远,红尘犹自香。

出自贼中谒恒上人

再拜吾师喜复悲,誓心从此永归依。浮生恍忽若真梦,何事于中有是非。

过真律师旧院

寂然秋院闭秋光,过客闲来礼影堂。坚冰销尽还成水,本自无形何足伤。

酬谈上人咏海石榴

真僧相劝外浮华,万法无常可叹嗟。但试寻思阶下树,何人种此我看花。

句

台笠冒山雨,渚田耕荇花。见《石林燕诗》。

张正元

张正元,登贞元五年进士第。诗二首。

冬日可爱一作陈讽诗

寒日临清昼,辽天一望时。未消埋径雪,先暖读书帷。属思光难驻,舒情影若遗。晋臣曾比德,谢客昔言诗。散彩宁偏煦一作照,流阴信不追。余辉如可就,回烛幸无私。

临川羡鱼

有客百愁侵,求鱼正在今。广川何渺漫,高岸几登临。风水宁相阻,烟霞岂惮深。不应同逐鹿,讵肯比从禽。结网非无力,忘筌自有心。永存芳饵在,伫立思沈沈。

王履贞

王履贞,贞元七年登第。诗一首。

青云干吕

异方占瑞气,干吕见青云。表圣兴中国,来王谒大君。迎祥殊大乐,叶庆类横汾。自感—作是明时起,非因—作将触石分。映霄难辨色,从吹乍成文。须使流千载,垂芳在典坟。

彭伉

彭伉,宜春人,贞元七年登进士第,官评事。诗三首。

青云干吕

祥辉上干吕,郁郁又纷纷。远示无为化,将明至道君。势凝千里静,色向九霄分。已见从龙意,宁知触石文。床烟殊散漫,捧日更氤氲。自使来宾国,西瞻仰瑞云。

圣布中区化,祥符异域云。含春初应吕,晕碧已成文。东起随风暖,西流共日曛。升时嘉异月,为庆等凝汾。轻与晴烟比,高将晓雾分。飘飘如可致,愿此朔明君。前首见《文苑英华》,此首见《唐诗纪事》,并存之。

寄妻

莫讶相如献赋迟,锦书谁道泪沾衣。不须化作山头石,待我堂前折桂枝。

林藻

林藻,字纬乾,莆阳人。贞元七年进士第,官岭南节度副使。诗一卷,今存三首。

青云干吕一作吴泌诗

应节偏干吕,亭亭在紫氛。缀空—作云初布—作度影,捧日已成文。结盖祥光迥,为楼—作峰翠色分。还同起封上,更似出横汾。作瑞来藩国,呈形表圣君。裴回如有托—作知有谓,谁道比闲云。

吴宫教战一作叶季良诗

强吴矜霸略,讲武在深宫。尽出娇娥辈,先观上将风。挥戈罗袖卷,摆甲汗装红。轻—作掩笑分旗下,含羞入队中。鼓停行未整,刑举令方崇。自可威邻国,何劳骋战功。

梨岭见闽南唐雅

曾向岭头题姓字,不穿杨叶不言归。弟兄各折一枝桂,还向岭头联影飞。

李观

李观,字元宝,赵州人。贞元八年,进士、宏辞擢第,授太子校书郎。集三卷,诗四首。

赠冯宿

寒城上秦原,游子衣—作意飘飘。黑云截万里,猎火从中烧。阴空蒸长烟,杀气独不销。冰交石可裂,风疾山如摇。时无青松心,顾我独不凋。

宿裴友书斋

卧君山窗下,山鸟与我言。清风何飕飗,松柏中夜繁。久游失归趣,宿此似故园。林烟横近郊,溪月落古原。稚子不待晓,花间出柴门。

御沟新柳

御沟回广陌,芳柳对行人。翠色枝枝满,年光树树新。畏逢攀折客,愁见别离辰。近映章台骑,遥分禁苑春。嫩阴初覆水,高影渐离尘。莫入胡儿笛,还令泪湿巾。

试中和节诏赐公卿尺诗

淑节韶光媚,皇明宠赐崇。具寮颁玉尺,

成器幸良工。岂止寻常用,将传度量同。人何不取利,物亦赖其功。紫翰宣殊造,丹诚万匪躬。奉之无失坠,恩泽自天中。

李绛

李绛,字深之,赞皇人,登宏词科,授秘书省校书郎。贞元末,拜监察御史。元和中,以本官充翰林学士,改中书舍人,寻拜中书侍郎。辅政多所匡益,以疾求罢,出为河中观察使,改兖海节度使。宝历初,入为尚书左仆射,李逢吉恶之,罢为太子少师,分司东都。文宗即位,征为太常卿,复出为山南西道节度使,兵乱遇害。集二十二卷,今存诗二首。

省试恩赐耆老布帛—作崔宗诗

涣汗中天发,殊私海外存。衰颜逢圣代,华发受皇恩。烛物明尧日,垂衣辟禹门。惜时悲落景,赐帛慰余魂。厚泽沾翔泳,微生保子孙。盛明今尚齿,欢奉九衢樽。

和裴相国答张秘书赠马诗

高才名价欲凌云,上驷光华远赠君。念旧露垂丞相简,感知星动客卿文。纵横逸气宁称力,驰骋长途定出群。伏枥莫令空度岁,黄金结束取功勋。

崔枢

崔枢,顺宗朝,历中书舍人,充东宫侍读,终秘书监。诗二首。

赐耆老布帛—作张复元诗

殊私及耆老,圣德赈黎元。布帛忻天赐,生涯作主恩。情均皆挟纩,礼异贲丘园。庆洽时方泰,仁沾月告存。宁知酬雨露,空识荷乾坤。击壤将何幸,裵回望九门。

齐优开笼飞去所献楚王鹄

受命笼齐鹄,交欢献楚王。惠心先巧辨,戢羽见回翔。意适清风远,忧除白日长。度云摇旧影,过树阅新芳。直取名翻重,宁唯好不伤。谁言滑稽理,千载戒禽荒。

陆复礼

陆复礼,贞元八年宏词第一人。诗一首。

试中和节诏赐公卿尺诗

春仲令初吉,欢娱乐大中。皇恩贞百度,宝尺赐群公。欲使方隅法,还令规矩同。捧观珍质丽,拜受圣恩崇。如荷丘山重,思酬方—作分寸功。从兹度天地,与国庆无穷。

李正辞

李正辞,贞元八年进士第。宪宗时,自拾遗转补阙。诗一首。

赋得白云起封中—作陈希烈诗

千年泰山顶,云起汉皇封。不作奇峰状,宁分触石容。为霖虽易得,表圣自难逢。冉冉排空上,依依叠影重。素光非曳练,灵贶是从龙。岂学无心出,东西任所从。

张嗣初

张嗣初,贞元八年进士。诗二首。

赋得白云起封中—作许康佐诗

英英白云起,呈瑞出封中。表圣宁因地,逢时岂待风。浮光弥皎洁,流影更—作忽冲融。自叶尧年美,谁云汉日同。金泥光乍掩,玉检气潜通。欲与非烟并,亭亭不散空。

春色满皇州

何处年华好,皇州淑气匀。韶阳潜应律,草木暗迎春。柳变金堤畔,兰抽曲水滨。轻黄垂辇道,微绿映天津。丽景浮丹阙,晴光拥紫宸。不知幽远地,今日几枝新。

许康佐

许康佐,贞元中举进士、宏辞。累迁中书舍人、翰林学士,与王起俱为文宗宠礼,终礼部尚书。诗二首。

日暮碧云合

日际愁阴生,天涯暮云碧。重重不辨盖,沈沈乍如积。林色黯疑暝,隙光俄已夕。出岫且从龙,紫空宁触石。余辉澹瑶草,浮影凝绮席。时景讵能留,几思轻尺璧。

白云起封中 一作张嗣初诗

英英白云起,呈瑞出封中。表圣宁依地,逢时岂待风。浮辉弥皎洁,流影更冲融。自叶尧天美,谁言汉日同。泥金光乍掩,检玉气俄通。犹愿非烟瑞,亭亭不散空。

许尧佐

许尧佐,康佐之弟,擢进士第,为太子校书郎,终谏议大夫。诗一首。

石季伦金谷园 一本题作金谷怀古

石氏遗文在,凄凉见故园。轻—作清风思奏乐,衰草忆—作念行轩。舞榭苍—作荒苔掩,歌台落叶繁。断云归旧壑,流水咽新源。曲沼残烟敛,丛篁宿鸟喧。唯余池上月,犹似对金尊。

李君房 一作芳

李君房,贞元间人。诗一首。

石季伦金谷 一本有故字园

梓泽风流地,凄凉迹尚存。残芳迷妓女,衰草忆王孙。舞态随人谢,歌声寄鸟言。池平森灌木,月落吊空园。流水悲难驻,浮云影自翻。宾阶余藓石,车马讵喧喧。

杜羔

杜羔,洹水人。贞元初,及进士第,后历振武节度使,以工部尚书致仕。诗一首。

享惠昭太子庙乐章登歌

因心克孝,位震遗芬。宾天道茂,轸怀气分。发祗乃祀,咳叹如闻。二歌斯升,以咏德薰。

车纾

车纾,贞元进士。诗一首。

南至日隔仗望含元殿香炉 一作王良士诗

抗殿疏元首,高高接上元。节当南至日,星是北辰天。宝戟罗仙仗,金炉引瑞烟。霏微双阙丽,溶曳九州连。拂曙祥光满,分晴晓色鲜。一阳今在历,生植愿陶甄。

全唐诗卷三百二十

权德舆

权德舆,字载之,天水略阳人。未冠,即以文章称,杜佑、裴胄交辟之。德宗闻其材,召为太常博士,改左补阙,兼制诰,进中书舍人,历礼部侍郎,三知贡举。宪宗元和初,历兵部、吏部侍郎,坐郎吏误用官阙,改太子宾客。俄复前官,迁太常卿,拜礼部尚书,同平章事。会李吉甫再秉政,帝又自用李绛,议论持异,德舆从容不敢有所轻重,坐是罢,以检校吏部尚书留守东都,复拜太常卿,徙刑部尚书,出为山南西道节度使。二年,以病乞还,卒于道,年六十。赠左仆射,谥曰文。德舆积思经术,无不贯综。其文雅正赡缛,动止无外饰,而酝藉风流,自然可慕,为贞元、元和间缙绅羽仪。文集五十卷,今编诗十卷。

奉和圣制九月十八日赐百僚追赏因书所怀

锡宴朝野洽,追欢尧舜情。秋堂丝管动,水榭烟霞生。黄花媚新霁,碧树含余清。同和六律应,交泰万宇平。春一作睿藻下中天,湛恩阐文明。小臣谅何以一作幸,亦此影华缨。

奉和圣制九日言怀赐中书门下及百僚

令节在丰岁,皇情喜义一作久安。丝竹调六律,簪裾列千官。烟霜暮景清,水木秋光寒。筵开曲池上,望尽终南端。天文丽广霄一作天丽广霄汉,墨妙惊飞鸾。愿言黄花酒,永奉今日欢。

奉和圣制重阳日中外同欢以诗言志因示百僚一作群臣

玉醴宴嘉节,拜恩欢有余。煌煌菊花秀,馥馥萸房舒。白露秋稼熟,清风天籁虚。和声度箫韶,瑞气深储胥。百辟皆醉止,万方今宴如。宸衷一作理在化成,藻思焕琼琚。微臣徒窃抃,岂足歌唐虞。

奉和圣制中春麟德殿会百僚观新乐

仲春—作月蔼芳景,内庭宴群臣。森森列干戚,济济趋钩陈。大乐本天地,中和序人伦。正声迈咸濩,易象含羲文。玉俎映朝服,金钿明舞茵—作裀。韶光雪初霁,圣藻风自薰。时泰恩泽溥,功成行缀新。赓歌仰昭回,窃比华封人。

奉和圣制中和节赐百官宴集因示所怀

万方庆嘉节,宴喜皇泽均。晓开蓂叶—作英初,景丽星—作百鸟春。藻思贞百度,著明并三辰。物情舒在阳,时令弘至仁。衢酒笔乐被,薰弦声曲新。赓歌武弁侧,永荷玄化醇。

奉和圣制重阳日即事六韵

嘉节在阳数,至欢朝野同。恩随千钟洽,庆属五稼丰。时菊洗露华,秋池涵雾空。金丝响仙乐,剑舄罗宗公。天道光下济,睿词敷大中。多惭击壤曲,何以答—作达尧聪。

奉和圣制丰年多庆九日示怀

寒露应秋杪—作节,清光澄曙空。泽均行苇厚,年庆华黍—作秦禾丰。声明—作名畅八表,宴喜陶九功。文丽日月合,乐和天地同。圣言在推诚,臣职惟—作事匪躬。琐细何以报,翾飞淳化中。

赠文敬太子庙时享退文舞迎武舞乐章

干旄羽龠相亏蔽,一进一退殊行缀。昔献三雍盛礼容,今陈六佾崇仪制。

读穀梁传二首 第二首第八句缺一字

荀寅士吉射,诚乃蔽聪明。奈何赵志父,专举晋阳兵。下令汉七国,借此以为名。吾嘉徒薪智,祸乱何由生。

忆昔溴梁会,岂伊无诸侯。群臣自盟歃,君政如赘疣。有力则宗楚,何人复尊周。空文徒尔贬,见此眦血流。

刘绍相访夜话,因书即事

故人怆久别,兹夕款郊扉。山僮漉野酝,稚子搴书帷。清露泫珠莹,金波流玉徽。忘言我造适,瞪视君无违。但令静胜躁,自使癯者肥。不待蘧生年,从此知昔非。

卧病喜惠上人、李炼师、茅处士见访,因以赠

沈疴结繁虑,卧见书窗曙。方外三贤人,惠然来相亲。整巾起曳策,喜非车马客。支郎有佳文,新句凌碧云。霓裳何飘飘,浩志凌紫氛。复有沈冥士,远系三茅君。各言麋鹿性,不与簪组群。清言出象系,旷迹逃玄纁。心源暂澄寂,世故方纠纷。终当逐师辈,岩桂香氤芬。

多病戏书,因示长孺

行年未四十,已觉百病生。眼眩飞蝇影,耳压远蝉声。甘辛败六藏,冰炭交七情。唯思曲肱枕,搔首掷华缨。

古兴

月中有桂树,无翼难上天。海底有龙珠,下隔万丈渊。人生大限虽百岁,就中三十称一世。晦明乌兔相推迁,雪霜渐到双鬓边。沉忧戚戚多浩叹,不得如意居太—作大半。一气暂聚常恐散,黄河清兮白石烂。

感寓

残雨倦欹枕,病中时序分。秋—作寒虫与秋叶,一夜隔窗闻。虚室对摇落,晤言无与群。冥心试观化,世故如丝棼。但看鸢戾天,岂见山出云。下里—作一歌徒击节,朱弦秘南薰。梧桐—作椅梧秀朝阳,上有威凤文。终待九成奏,来仪瑞吾君。

跌伤伏枕,有劝酖酒者暂忘所苦,因有一绝

一杯宜病士,四体委胡床。暂得遗形处,陶然在醉乡。

病中苦热

三伏鼓洪炉,支离一病夫。倦眠身似火,渴歠汗如珠。悸乏心难定,沉烦气欲无。何时洒微雨,因与好风俱。

览镜见白发数茎光鲜特异

秋来皎洁白须光,试脱朝簪学酒－作舞狂。一曲酣歌还自乐,儿孙嬉笑挽衣裳。

南亭晓坐因以示璨

隐几日无事,风交松桂枝。园庐含晓霁,草木发华姿。迹似南山隐,官从小宰移。万殊同野马,方寸即灵龟。弱质常多病,流年近始衰。图书传授处,家有一男儿。

竹径偶然作

退朝此休沐,闭户无尘氛。杖策入幽径,清风随此君。琴觞恣偃傲,兰蕙相氛－作氲氤。幽赏方自适,林西烟景曛。

拜昭陵过咸阳墅

季子乏二顷,扬雄才一廛。伊予此南亩,数已逾前贤。顷岁辱明命,铭勋镂贞坚。遂兹操书致,内顾增缺然。乃葺场圃事,迨今三四年。适因昭陵拜,得抵咸阳田。田夫竞致辞,乡耋争来前。村盘既罗列,鸡黍皆珍鲜。古称禄代耕,人以食为天。自惭廪给厚,谅使井税先。涂涂沟塍雾,漠漠桑柘烟。荒蹊没古木,精舍临秋泉。池笼岂所安,樵牧乃所便。终当解缨络,田里谐因缘。

早春南亭即事

虚斋坐清昼,梅圻柳条鲜。节候开新历,筋骸减故年。振衣惭艾绶,窥镜叹华颠。独有开怀处,孙孩戏目前。

璨授京兆府参军戏书以示兼呈独孤郎

见尔府中趋,初官足慰吾。老牛还舐犊,凡鸟亦将雏。喜至翻成感,痴来或欲殊。因惭玉润客,应笑此非夫。

书绅诗

和静有真质,斯人称最灵。感物惑天性,触里－作理纷多名。祸机生隐微,智者鉴未形。败礼因近习,喆人自居贞。当令念虑端,鄙嫚不能萌。苟非不逾矩,焉得遂性情。谨之在事初,动用各有程。千里起步武,彗云自纤茎。心源一流放,骇浪奔长鲸。渊木苟端深,枝流则贞清。和理通性术,悠久方昭明。先师留中庸,可以导此生。

侍从游后湖宴坐

绝境殊不远,湖塘直吾庐。烟霞旦夕生,泛览诚可娱。慈颜俯见喻,缀尔诗与书。清旭理轻舟,嬉游散烦劬。宿雨荡残燠,惠风与之俱。心灵一开旷,机巧眇已疏。中流有荷花,田田绿叶映,艳艳红姿舒。繁香好风结,净质清露濡。丹霞无容辉,婍色亦踟蹰。秋芳射水木,欹叶游龟鱼。化工若有情,生植皆不如。轻舟任沿溯,毕景乃踌躇。家人亦恬旷,稚齿皆忻愉。素弦激凄清,旨酒盈樽壶。寿觞既频献,乐极随歌呼。圆月初出海,澄辉来满湖。清光照酒酣,俯倾百虑无。以兹心目畅,敌彼名利途。轻肥何为者,浆藿自有余。愿销区中累,保此湖上居。无用诚自适,年年玩芙蕖。

晨坐寓兴

清晨坐虚斋,群动寂未喧。泊然一室内,因见万化源。得丧心既齐,清净教益敦。境来每自惬,理胜或不言。亭柯见荣枯,止水知清浑。悠悠世上人,此理法难论。

郊居岁暮因书所怀

养拙方去喧,深居绝人事。返耕忘帝力,乐道疏代累。翛然衡茅下,便有江海意。宁知肉食尊,自觉儒衣贵。烟霜当暮节,水石多幽致。三径日闲安,千峰对深邃。策藜出村渡,岸帻寻古寺。月魄清夜琴,猿声警朝寐。地偏芝桂长,境胜烟霞异。独鸟带晴光,疏篁净寒翠。窗前风叶下,枕上溪云至。散发对农书,斋心看道记。清言核名理,开卷穷精义。求誉观朵颐,危身陷芳饵。纷吾守孤直,世业常恐坠。就学缉韦编,铭心对欹器。元和畅万物,动植咸使遂。素履期不渝,永怀丘中志。

暮春闲居示同志

避喧非傲世,幽兴乐郊园。好古每开卷,居贫常闭门。曙钟来古寺,旭日上西轩。稍与清境会,暂无尘事烦。静看云起灭,闲望鸟飞翻。乍问山僧偈,时听渔父言。体羸谙药性,事简见心源。冠带惊年长,诗书喜道存。小池泉脉凑,危栋燕雏喧。风入松阴静,花添竹影繁。灌园输井税,学稼奉晨昏。此外知何有,怡然向一樽。

田家即事

闲卧藜床对落晖,翛然便—作更觉世情非。漠漠稻花资旅食,青青荷叶制儒—作裳衣。山僧相访—作劝期中饭,渔父同游或夜归。待学尚平婚嫁毕,渚烟溪月共忘机。

寓兴

弱冠无所就,百忧钟一身。世德既颠坠,素怀亦湮沦。风烟隔嵩丘,羸疾滞漳滨。昭代未通籍,丰年犹食贫。敢求庖有鱼,但虑甑生尘。俯首愧僮仆,蹇步羞亲宾。岂伊当途者,一一由中人。已矣勿复言,吾将问秋旻。

浩歌

杖策出蓬荜,浩歌秋兴—作愁思长。北风吹荷衣,萧飒景气凉。通逵抵山郭,里巷连湖光。孤云净远峰,绿水溢芳塘。鱼鸟乐天性,杂英互芬芳。我心独何为,万虑萦中肠。履道身未泰,主家谋不臧。心为世教牵,迹寄翰墨场。出处两未定,羁—作孤羸空自伤。沈忧不可裁,伫立河之梁。晚归茅檐下,左右陈壶觞。独酌复长谣,放心游八荒。得丧同一域,是非亦何常。胡为苦此生,矻矻徒自强。乃知—作泛杯中物,可使—作令忧患忘—作亡。因兹谢时辈,栖息无何乡。

与道者同守庚申

洞真善救世,守夜看—作著仙经。俾我外持内,当兹申配庚。斋心已恬愉,澡身亦澄明。沉沉帘帏下,霭霭灯烛清。四支动用息,一室虚白生。收视忘趋—作取舍,叩齿集神灵。伊予嗜欲寡,居常疴恙轻。三户既伏窜,九藏乃和平。无令耳目胜,则使性命倾。窅然深夜中,若与元气并。释宗称定慧,儒师著诚明。派分示三教,理诣无二名。吉祥能止止,委顺则生生。视履苟无咎,天祐期永贞。应物智不劳,虚中理自冥。岂资金丹术,即此驻颓龄。

丙庚岁苦贫戏题 内十句,共缺十九字

清朝起藜床,雪霜对枯篱。家人来告予,今日无晨炊。醯醢一已整,薪炭固难期。厚生彼何人,工拙各异宜。问岁从使檄,亲宾苦川驰。虽非悖而(入,与出)常相随。吴门与南亩,颇亦持镃基。有时(遇丰年),岁计犹不支。颜渊谅贤人,陋巷能自怡。(中忆裴)子野,泰然倾薄糜。愧非古人心,戚戚愁(朝饥。近)古犹不及,太上那可希。奈何时风扇,使(我正性)衰。巧智竞忧劳,展转生浇漓。吾观黄金(印,未)胜青松枝。粗令有鱼菽,岂复求轻肥。顾惭(主家)拙,甘使群下嗤。如何致一杯,醉后无所知。

独酌

独酌复独酌,满盏流霞色。身外皆虚名,酒中有全德。风清与月朗,对此情何极。

知非

名教自可乐,搢绅贵行道。何必学狂歌,深山对丰草。

诚言

言之或未行,前哲所不取。方寸虽浩然,因之三缄口。

醉后

美禄与贤人,相逢自可亲。愿将花柳月,尽赏醉乡春。

全唐诗卷三百二十一

权德舆

奉和李相公早朝于中书候传点偶书所怀，奉呈门下相公中书相公

五更钟漏歇，千门扃钥开。紫宸(一作微残)月下，黄道晓光来。辨色趋中禁，分班列上台。祥烟初缭绕，威凤正裴回。斧藻归全德，轮辕适众材。化成风偃草，道合鼎调梅。渥命随三接，皇恩畅九垓。嘉言造膝去，喜气沃心回。东阁延多士，南山赋有台。阳春那敢和，空此咏康哉。

奉和于司空二十五丈新卜城南郊居接司徒公别墅即事书情奉献兼呈李裴相公

一德承昌运，三公翊至尊。云龙谐理代，鱼水见深恩。别墅池塘晓，晴郊草木蕃。沟塍连杜曲，茅土盛于门。卜筑因登览，经邦每讨论。退朝鸣玉会，入室断金言。材俊依东阁，壶觞接后园。径深云自起，风静叶初翻。宰物归心匠，虚中即化源。巴人宁敢和，空此愧游藩。

奉和新卜城南郊居得与卫右丞邻舍，因赋诗寄赠

上宰坐论道，郊居仍里仁。六符既昭晰，万象随陶钧。旭旦下玉墀，鸣驺拂车茵。轩窗退残暑，风物迎萧辰。山泽蜃雨出，林塘鱼鸟驯。岂同求羊径，共是羲皇人。石(一作右)君五曹重，左户三壤均。居止烟火接，逢迎鸡黍频。大方本无隅，盛德必有邻。千年郢曲后，复此闻阳春。

奉和韦曲庄言怀，贻东曲外族诸弟

韦曲冠盖里，鲜原郁青葱。公台睦中外，墅舍邻西东。驺驭出国门，晨曦正曈昽。燕居平外土，野服参华虫。疆畎分古渠，烟霞连灌丛。长幼序以齿，欢言无不同。忆昔全盛时，勔勔播休功。代业扩宇内，光尘蔼墟中。慨息

多永叹,歌诗厚时风。小生忝瓜葛,慕义斯无穷。

和王侍郎病中领度支,烦迫之余,过西园书堂闲望

凭槛辍繁务,晴光烟树分。中邦均禹贡,上药验桐君。满径风转蕙,卷帘山出云。锵然玉音发,余兴在斯一作新文。

奉和度支李侍郎早朝

凤驾趋北阙,晓星启东方。鸣驺分骑吏,列烛散康庄。照灼华簪并,逶迤绮陌长。腰金初辨色,喷玉自生光。献替均三壤,贞明集百祥。下才叨接武,空此愧文昌。

奉和刘侍郎司徒奉诏伐叛书情呈宰相

玉帐元侯重,黄枢上宰雄。缘情词律外,宣力庙谋中。震耀恭天讨,严凝助岁功。行看画麟阁,凛凛有英风。

奉和鄜州刘大夫麦秋出师遮虏有怀中朝亲故

天子爱全才,故人雄外台。绿油登上将,青绶亚中台。亭障鸣笳入,风云转旆来。兰坊分杳杳,麦垄望莓莓。月向珊弓满,莲依宝剑开。行师齐鹤列,锡马尽龙媒。壮志征梁甫,嘉招萃楚材。千寻推直干,百炼去纤埃。间阔劳相望,欢言幸早陪。每联花下骑,几泛竹间杯。芳讯双鱼远,流年两鬓催。何时介圭觐,携手咏康哉。

太原郑尚书远寄新诗,走笔酬赠,因代书贺

晓开阊阖出丝言,共喜全才镇北门。职重油幢推上略,荣兼革履见深恩。昔岁经过同二仲,登朝并命惭无用。曲台分季奉斋祠,直笔系年陪侍从。芬芳鸡舌向南宫,伏奏丹墀迹又同。公望数承黄纸诏,虚怀自号白云翁。戎装蹀躞纷出祖,金印煌煌宠司武。时看介士阅犀渠,每狎儒生冠章甫。晋祠汾水古并州,千骑双旌居上头。新握兵符应感激,远缄诗句更风流。缁衣诸侯谅称美,白衣尚书何可比。只今麟阁待丹青,努力加餐报天子。

奉和许阁老酬淮南崔十七端公见寄

文行蕴良图,声华挹大巫。抡才超粉署,驳议在黄枢。自得环中辨,偏推席上儒。八音谐雅乐,六辔骋康衢。密侍全一作锵珮,雄才本弃繻。炉烟霏琐闼,宫漏滴铜壶。旧友双鱼至,新文六义敷。断金挥丽藻,比玉咏生刍。交辟尝推重,单辞忽受诬。风波疲贾谊,岐路泣杨朱。溟涨前程险,炎荒旅梦孤。空悲鸢跕水,翻羡雁衔芦。故国方迢递,羁愁自郁纡。远猷来象魏,需泽过番禺。尽室扁舟客,还家万里途。索居因仕宦,著论拟潜夫。帆席来应驶,郊园半已芜。夕阳寻古一作井径,凉吹动纤枯。忆昔同驱传,忘怀或据梧。幕庭依古刹,缯税给中都。瓜步经过惯,龙沙眺听殊。春山岚漠漠,秋渚露涂涂。德舆建中兴元之间,与崔同为盐铁邑大夫,从事杨子既济寺。贞元初,德舆受辟于江西廉推,崔又知度支院在焉。孰谓原思病,非关宁武愚。方看簪獬豸,俄叹萦驹骎。芳讯风情在,佳期岁序徂。二贤欢最久,三益义非无。柏悦心应尔,松寒志不渝。子将陪禁掖,亭伯限江湖。交分终推毂,离忧莫向隅。分曹日相见,延首忆田苏。

奉和李给事省中书情,寄刘、苗、崔三曹长,因呈许、陈二阁老

常寮几处伏明光,新诏联翩夕拜郎。五夜漏清天欲曙,万年枝暖日初长。分曹列侍登文石,促膝闲谣接羽觞。共说汉朝荣上赏,岂令三友滞冯唐。

过张监阁老宅对酒奉酬见赠 其年停贡举

里仁无外事,徐步一开颜。荆玉收难尽,齐竽喜暂闲。秋风倾菊酒,霁景下蓬山。不用投车辖,甘从倒载还。

奉和张舍人阁老阁中直夜,思闻雅琴,因以书事,通简僚友

　　紫垣宿清夜,蔼蔼复沈沈。圆月衡汉净,好风松涤—作篁深。轩窗韵虚籁,兰雪怀幽音。珠露销暑气,玉徽结遐心。盛才本殊伦,雅诰方在今。伫见舒彩翮,翻飞归凤—作凤归林。

和兵部李尚书东亭诗

　　三接履声退,东亭斯旷然。风流披鹤氅,操割佩龙泉。云卷岩巘叠,雨余松桂鲜。岂烦禽尚游,所贵天理全。

和司门殷员外早秋省中书—无书字直夜,寄荆南卫象端公

　　共嗟王粲滞荆州,才子为郎忆旧游。凉夜偏宜粉署直,清言远待玉人酬。风生北渚烟波阔,露南下宫星汉秋。早晚得为同舍侣—作旅,知君两地结离忧。

酬陆三十二参浙东见寄

　　骢马别已久,鲤鱼来自烹。殷勤故人意,怊怅中林情。茫茫重江外,杳杳一枝琼。搔首望良觌,为君华发生。

奉酬张监阁老雪后过中书见赠—有瓴字加两韵简南省僚旧

　　寓直久叨荣,新恩倍若惊。风清五夜永,节换一阳生。潘鬓年空长,齐竽艺本轻。常时望连茹,今日剧悬旌。枉步叹方接,含毫思又萦。烦君白雪句,岁晏若为情。

酬主客仲员外见贺正除

　　五年承乏奉如纶,才薄那堪侍从臣。禁署独闻清漏晓,命书惭对紫泥新。周班每喜簪裾接,郢曲偏宜讽咏频。忆昔曲台尝议礼,见君论著最相亲。

奉和太府—作常韦卿阁老左藏库中假山之作

　　春山仙掌百花开,九棘腰金有上才。忽向庭中摹峻极,如从洞里见昭回。小松已负干霄状,片石皆疑缩地来。都内今朝似方外,仍传丽曲寄云台。

奉和崔评事寄外甥刘同州并呈杜宾客、许给事、王侍郎昆弟、杨少尹、李侍御并见寄之作

　　芳讯来江湖,开缄粲瑶碧。诗因乘黄赠,才擅雕龙格。深陈名教本,谅以仁义积。藻思成采章,雅音闻敫绎。清时左冯翊,贵士—作仕二千石。前日应星文,今兹敞华戟。谢公尝乞音气墅,宁氏终相宅。往岁疲草玄,忘年齐举白。酒酣吟更苦,夜艾谈方剧。枣巷风雨秋,石头烟水夕。多逢长者辙,不屑诸公辟。酷似仰牢之,雄词挹亭伯。老骥念千里,饥鹰舒六翮。巨能舍郊扉,来偶朝中客。

和职方殷郎中留滞江汉初至南宫,呈诸公并见寄

　　十载—作岁别文昌,藩符寄武当。师贞上介辟,恩擢正员郎。藻思烟霞丽,归轩印绶光。顷佐山南,荣加章服。还希驻辇问,莫自叹冯唐。

奉酬从兄南仲见示十九韵

　　晋季天下乱,安丘佐关中。德辉霭家牒,侯籍推时功。簪缨盛西州,清白传素风。逢时有舒卷,缮性无穷通。吾兄挺奇资,向晦道自充。耕凿汝山下,退然安困蒙。诗成三百篇,儒有一亩宫。琴书满座右,芝术生墙东。丽藻粲相鲜,晨辉艳芳丛。清光杳无际,皓魄流霜空。邦有贤诸侯,主盟词律雄。荐贤比文举,理郡迈文翁。楼中赏不独,池畔醉每同。圣朝辟四门,发迹贵名公。小生何为者,往岁学雕虫。华簪映武弁,一年被微躬。开缄捧新诗,琼玉寒青葱。谬进空内讼,结怀远忡忡。时来无自疑,刷翮摩苍穹。

酬崔千牛四郎早秋见寄

　　浩歌坐虚室,庭树生凉风。碧云灭奇彩,白露萎芳丛。感此时物变,悠然遐想通。偶来被簪组,自觉如池龙。少年才藻新,金鼎世业崇。凤文已彪炳,琼树何青葱。联镳长安道,

接武承明宫。君登玉墀上,我侍彤庭中。疲病多内愧,切磋常见同。起予览新诗,逸韵凌秋空。相爱每不足,因兹寓深衷。

酬灵彻上人以诗代书见寄 时在荐福寺坐夏

莲花出水地无尘,中有南宗了义人。已取贝多翻半字,还将阳焰谕三身。碧云飞处诗一作词偏丽,白月圆时信本真。更喜开缄销热恼,西方社里旧相亲。

酬蔡十二博士见寄四韵

芜城十年别,蓬转居不定。终岁白屋贫,独谣清酒圣。风尘韦带减,霜雪松心劲。何以浣相思,启元能尽性。君著《周易启元》十卷。

戏和三韵

墨翟突不黔,范丹甑生尘。君今复劳歌,鹤发吹湿薪。前诏许真秩,何如巾软轮。君贞元十一年以隐君拜命,诏书令州府给传乘诣阙,到日授正官。

李十韶州寄途中绝句,使者取报修书之际,口号酬赠

诏下忽临山水郡,不妨从事恣攀登。莫言向北千行雁,别有图南六月鹏。

崔四郎协律以诗见寄,兼惠蜀琴,因以酬赠

临风结烦想,客至传好音。白雪缄郢曲,朱弦亘蜀琴。泠泠响幽韵,款款寄遐心。岁晚何以报,与君期断金。

酬冯绛州早秋绛台感怀见寄

良牧闲无事,层台思眇然。六条紫印绶,三晋辨山川。洗蕢一作磺讴谣合,开襟眺听偏。秋光连大卤,霁景下新田。叶落径庭树,人归曲沃烟。武符颁美化,玄字访疑年。经术推多识,卿曹亦累迁。斋祠常并冕,官品每差肩。按部青丝骑,裁诗白露天。知音愧相访,商洛正闲眠。

酬赵尚书杏园花下醉后见寄 时为太常卿

春光深处曲江西,八座风流信马蹄。鹤发杏花相映好,羡君终日醉如泥。

酬赵尚书城南看花日晚先归见寄

杜城韦曲遍寻春,处处繁花满目新。日暮归鞍不相待,与君同是醉乡人。

同陆太祝鸿渐崔法曹载华见萧侍御留后,说得卫抚州报,推事使张侍御却回前刺史戴员外无事,喜而有作三首

　　专城书素至留台,忽报张纲揽辔回。共看昨日蝇飞处,并是今朝鹊喜来。

　　鹤发州民拥使车,人人自说受恩初。如今天下无冤气,乞为邦君雪谤书。

　　众人哺啜喜君醒,渭水由来不杂泾。遮莫雪霜撩乱下,松枝竹叶自青青。

答韦秀才寄一首
　　中峰云暗雨霏霏,水涨花塘未得归。心忆琼枝望不见,几回虚湿薜萝衣。

户部王曹长杨考功崔刑部二院长并同钟陵使府之旧,因以寄赠,又陪郎署喜甚常僚,因书所怀,且叙所知—作前好

　　忽惊西江侣,共作南宫郎。宿昔芝兰室,今兹鸳鹭行。子猷美风味,左户推公器。含毫白雪飞,出匣青萍利。子云尝燕居,作赋似相如。闲成考课奏,别贡贤良—作能书。子玉谅贞实,持刑慎丹笔。秋天鸿鹄姿,晚岁松筠质。伊予诚薄才,何幸复趋陪。偶来尘右掖,空此忆中台。时节东流驶,悲欢追往事。待月登庾楼,排云上萧寺。盍簪莲府宴,落帽龙沙醉。极浦送风帆,灵风眺烟翠。解颐通善谑,喻指穷精义。搦管或飞章,分曹时按吏。雨散与蓬飘,秦吴两寂寥。方期全拥肿,岂望蹑扶摇。夜直分三署,晨趋共九霄。外庭时接武,广陌更连镳。北极星辰拱,南薰气序调。欣随众君子,并立圣明朝。

贡院对雪,以绝句代八行,奉寄崔阁老
　　寓宿春闱岁欲除,严风密雪绝双鱼。思君独步西垣里,日日含香草诏书。

初秋月夜中书宿直,因呈杨阁老
　　敧枕直庐暇,风蝉迎早秋。沈沈玉堂夕,皎皎金波流。对掌喜新命,分曹谐旧游。相思玩结彩,因感庾公楼。

唐开州文编远寄新赋,累惠良药,咏叹仰佩,不觉斐然走笔代书,聊书还答
　　风雨竦庭柯,端忧坐空堂。多病时节换,所思道里长。故人朱两辖,出自尚书郎。下车今几时,理行远芬芳。琼瑶览良讯,苤苢满素囊。结根在贵州,蠲疾传古方。探撷当五月,殷勤逾八行。深情婉如此,善祝何可忘。复有金玉音,焕如龙凤章。一闻灵洞说,若睹群仙翔。三清飞庆霄,百汰成雄铓。体物信无对,洒心愿相将。昔年同旅食,终日窥文房。春风眺芜城,秋水渡柳杨。君为太史氏,弱质羁楚乡。今来忝司谏,千骑遥相望。归云夕鳞鳞,圆魄夜苍苍。远思结铃阁,何人交羽觞。伫见征颍川,无为薄淮阳。政成看再入,列侍炉烟傍。

待漏假寐梦归江东旧居—下有因寄惠阇黎、茅处士。时德舆秉政,未果会也。
　　十年江浦卧郊园,闲夜分明结梦魂。舍下烟萝通古寺,湖中云雨到前轩。南宗长老知心法,东郭先生识化源。觉后忽闻清漏晓,又随簪珮入君门。

祗命赴京,途次淮口,因书所怀
　　弱植素寡偶,趋时非所任。感恩再登龙,求友皆断金。彪炳睹奇采,凄锵闻雅音。适欣佳期接,遽叹离思侵。靡靡遵远道,忡忡劳寸心。难成独酌谣,空奏伐木吟。沈寥清冬时,萧索白昼阴。交欢谅如昨,滞念纷在今。因风试矫翼,倦飞会归林。向晚清淮驶,回首楚云深。

省中春晚,忽忆江南旧居,戏书所怀,因寄两浙亲故杂言
　　前年冠獬豸,戎府随宾介。去年簪进贤,赞导法宫前。今兹戴武弁,谬列金门彦。问我何所能,头冠忽三变。野性惯疏闲,晨趋兴暮还。花时限清禁,霁后爱南山。晚景支颐对尊

酒,旧游忆在江湖久。庾楼柳寺共开襟,枫岸烟塘几携手。结庐常占练湖春,犹寄藜庆与幅巾。疲羸只欲思三径,戆直那堪备七人。更想东南多竹箭,悬匏琅玕共葱蒨。裁书且附双鲤鱼,偏恨相思未相见。

寄李衡州 时所居即衡州宅

片石丛花画不如,庇身三径岂吾庐。主人千骑东方远,唯望衡阳雁足书。

寄临海郡崔稚璋

美酒步兵厨,古人尝宦游。赤城临海峤,君子今督邮。吏隐丰暇日,琴壶共冥搜。新诗寒玉韵,旷思孤云秋。志士诚勇退,鄙夫自包羞。终当就知己,莫恋潺湲流。

李韶州著书,常论释氏之理,贵州有能公遗迹,诗以问之

常日区中暇,时闻象外言。曹溪有宗旨,一为勘心源。

马上赠虚公

马足早尘深,飘缨又满襟。吾师有甘露,为洗此时心。

郴州换印缄遣之际,率成三韵,因寄李二兄员外使君

缄题桂阳印,持寄朗陵兄。刺举官犹屈,风谣政已成。行看换龟纽一作组,奏最谒承明。

早发杭州之富春江寄陆三十一公佐一作祐

候晓起徒驭,春江多好风。白波连青云,荡漾晨光中。四望浩无际,沉忧将此同。未离奔走途,但恐成悲翁。俯见一作视触饵鳞,仰目凌霄鸿。缨尘日已厚,心累何时空。区区一作泛泛此人世,所向皆樊笼。唯应杯中物,醒醉为穷通。故人悬匏姿,琼树纷青葱。终当此山去,共结兰桂丛。

寄侍御从舅 初免职归山东。一作侍御从舅初免职归东山,寄以诗

靡靡南轩蕙,迎风转芳滋。落落幽涧松,百尺无附枝。世物自多故,达人心不羁。偶陈幕中画,未一作永负林间期。感恩从慰荐,循性难萦维。野鹤无俗质,孤云多异姿。清冷松露泫,照灼岩花迟。终当税尘驾,来就东山嬉。

湖上晚眺呈惠上人

湖上烟景好,鸟飞云自还。幸因居止近,日觉性情闲。独酌乍临水,清机常见山。此时何所忆,净一作法侣话玄关。

新秋月夜 一作下寄故人

客心宜静夜,月色澹新秋。影落三湘水,诗传八咏楼。何穷对酒望,几处卷帘愁。若问相思意,随君万里游。

自杨子归丹阳初遂闲居聊呈惠公

移疾喜无事,卷帘松竹寒。稍知名是累,日与静相欢。蹇浅逢机少,迂疏应物难。只思闲夜月,共向沃州看。

月夜过灵彻上人房因赠

此身会逐白云去,未洗尘缨还自伤。今夜幸逢清净境,满庭秋月对支郎。

戏赠张炼师

月帔飘飘摘杏花,相邀洞口劝流霞。半酣乍奏云和曲,疑是龟山阿母家。

戏赠天竺灵隐二寺寺主

石路泉流两寺分,寻常钟磬隔山闻。山僧半在中峰住,共占青峦与白云。

赠广通上人

身随猿鸟在深山,早有诗名到世间。客至上方留盥漱,龙泓洞水昼潺潺。

赠老将

白草黄云塞上秋,曾随骠骑出并州。辘轳

剑折虬须白,转战功多独不侯。

戏赠表兄崔秀才

何事年年恋隐沦,成名须遣及青春。明时早献甘泉去,若待公车却误人。

醉后戏赠苏九翛 苏常好读元鲁山文,时或劝入关者,故戏及之。

白首书窗成巨儒,不知簪组遍屠沽。劝君莫问长安路,且读鲁山于艿于。《于艿于》,德秀所为歌也。

全唐诗卷三百二十三

权德舆

奉送韦起居老舅百日假满归嵩阳旧居

威凤翔紫气—作氛,孤云出寥天。奇采与幽姿,缥缈皆自然。尝闻陶唐氏,小有巢由—作许全。以此耸风俗,岂必效羁牵。大君遂群方,左史蹈前贤。振衣去朝市,赐告归林泉。滑和固难久,循性得所便。有名皆畏途,无事乃真筌。旧壑穷杳霭—作冥,新潭漾沦涟。岩花落又开,山月缺复圆。轻策逗萝径,幅巾凌翠烟。机闲鱼鸟狎,体和芝术鲜。四皓本违—作避难,二疏犹待年。况今寰海—作宇清,复此鬓发玄。顾惭缨上尘,未绝区中缘。齐竽终自退,心寄嵩峰巅。

奉送孔十兄宾客承恩致政归东都旧居

达人旷迹通出处,每忆安居旧山去。乞身已见抗疏频,优礼新闻诏书许。家法遥传阙里训,心源早逐嵩丘侣。南史编年著盛名,东朝侍讲常虚伫。角巾华发忽自遂,命服金龟君更与。白云出岫暂逶迤,鸿鹄入冥无处所。归路依依童稚乐,都门蔼蔼壶觞举。能将此道助皇风,自可殊途并伊吕。

送密秀才吏部驳放后归蜀,应崔大理序

蜀国本多士,雄文似相如。之子西南秀,名在贤能书。薄禄且未及,故山念归欤。迢迢三千里,返驾一羸车。玉垒长路尽,锦江春物余。此行无愠色,知尔恋林庐。

送袁中丞持节册南诏五韵净字

西南使星去,远彻通朝聘。烟雨桉道深,麾幢汉仪盛。途轻五尺险,水爱双流净。上国洽恩波,外臣遵礼命。离堂驻骖驭,且尽樽中圣。

人日送房二十六侍御归越

驿骑归时骢马蹄,莲花府映若邪溪。帝城

人日风光早,不惜离堂醉似泥。

送张阁老中丞持节册吊回鹘

旌旆翩翩拥汉官,君行常得远人欢。分职南台知礼重,辍书东观见才难。金章玉节鸣驺远,白草黄云出塞寒。欲散别离一作愁唯有醉一作酒,暂烦宾从驻征鞍。

送二十叔赴任余杭尉琴字

拜首直城阴,樽开意不任。梅仙归剧县,阮巷奏离琴。春草吴门绿,秋涛浙水深。十年曾旅寓,应惬宦游心。

春送十四叔赴任渝州录事绝句中字

随牒忽离南北巷,解巾都吏有清风。巴城锁印六联静,尽日闲谣廨署中。

送韦十二丈赴襄城令三韵柳字

留连出关骑,斟酌临岐酒。旧业传一经,新官栽五柳。去去望行尘,青门重回首。

送薛十九丈授将作主簿,分司东都,赋得春草

芊芊远郊外,杳杳春岩曲。愁处映微波,望中连净绿。日暮藉离觞,折芳心断续。

送正字十九兄归江东醉后绝句

命驾相思不为名,春风归骑出关程。离堂莫起临岐叹,文举终当荐祢衡。

送张詹事致政归嵩山旧隐青字

解龟辞汉庭,却忆少微星。直指常持宪,平反更恤刑。闲思紫芝侣,归卧白云扃。明诏优筋力,安车适性灵。群公来蔼蔼,独鹤去冥冥。想到挥金处,嵩吟枕上青。

送许著作分司东都

月旦继平舆,风流仕石渠。分曹向瀍洛,守职正图书。棣萼荣相映,琼枝色不如。宾朋争漉酒,徒御侍一作待巾车。异日始离抱,维思烹鲤鱼。

送少清赴润州参军,因思练旧居得销字

二纪乐箪瓢,烟霞暮与朝。因君宦游去,记得春江潮。远别更搔首,初官方折腰。青门望离袂,魂为阿连销。

送濬上人归扬州禅智寺

蠢露宗通法已传,麻衣筇杖去悠然。扬州后学应相待,遥想幡花古寺前。

献岁送李十兄赴黔中酒后绝名

一樽岁酒且留欢,三峡黔江去路难。志士感恩无远近,异时应戴惠文冠。

送张仆射朝见毕归镇

青光照目青门曙,玉勒瑚戈拥骖驭。东方连帅南阳公,文武吉甫如古风。独奉新恩来谒帝,感深更见新一作歌诗丽。共看三接欲为霖,却念百城同望岁。双旌去去恋储胥,归路莺花伴隼旟。今日汉庭求上略,留侯自有一编书。

送韦行军员外赴河阳

五代一作年武弁侍明光,辍佐中权拜外郎。记事还同楚倚相,传经远自汉扶阳。离堂处处罗簪组,东望河桥壮鼙鼓。三城晓角启轩门,一县繁花照莲府。上略儒风并者稀,翩翩驺骑有光辉。只今右一作左职多虚位,应待他时伏奏一作仗节归。

送韦中丞奉使新罗往字

淳化洽声明,殊方均惠养。计书重译至,锡命双旌往。星辰北极远,水泛东溟广。斗柄辨宵程,天琛宜昼赏。孤光洲岛迥,净绿烟霞敞。展礼盛宾徒,交欢觌君长。经途劳视听,怆别萦想。延颈旬岁期,新恩在归鞅。

送从翁赴任长子县令

家风本巨儒,吏职化双凫。启事才方惬,临人政自殊。地雄韩上党,秩比鲁中都。拜首春郊夕,离杯莫向隅。

送从弟广东归绝句

夏云如火铄晨辉,款段羸车整素衣。知尔业成还出谷,今朝莫怆断行飞。

送王炼师赴王屋洞

稔岁在芝田,归程入洞天。白云辞上国,青鸟会群仙。自以棋销日,宁资药驻年。相看话离合一作别,一作念,风驭忽泠然。

送薛温州惊字

昨日馈连营,今来刺列城。方期建礼直,忽访永嘉程。郡内裁诗暇,楼中迟客情。凭君减千骑,莫遣海鸥惊。

送黔中裴中丞阁老赴任回字

五谏留中禁,双旌辍上才。内臣持凤诏,天厩锡龙媒。宴语暧兰室,辉荣亚柏台。怀黄宜命服,举白叹离杯。景霁山川回,风清雾露开。辰溪分浩淼,僰道接萦回。胜理环中得,殊琛徼外来。行看旬岁诏,传庆在公台。

送崔谕德致政东归

天子坐法宫,诏书下江东。懿此嘉遁士,蒲车赴丘中。褐衣入承明,朴略多古风。直道侍太子,昌言沃宸聪。岩居四十年,心与鸥鸟同。一朝受恩泽,自说如池龙。乞骸归故山,累疏明深衷。大君不夺志,命锡忽以崇。旭旦出国一作东门,轻装若秋蓬。家依白云峤,手植丹桂丛。竹斋引寒泉,霞月相玲珑。旷然解赤绶,去逐冥冥鸿。

送三十叔赴任晋陵心字。德舆旧居在丹阳,去晋陵百里。

春云结暮阴,侍坐捧离襟。黄绶轻装去,青门芳草深。十年尘右职,三径寄遐心。便道停桡处,应过旧竹林。

送安南裴都护

忽佩交州印,初辞列宿文。莫言方任远,且贵主忧分。迥转朱鸢路,连飞翠羽群。戈船航涨海,旌旆卷炎云。绝徼寨帷识,名香夹毂焚。怀来通北户,长养洽南薰。暂叹同心阻,行看异绩闻。归时无所欲,薏苡或烦君。

送别沅一作阮泛

念尔强学殖,非贯早从师。温温禀义方,慥慥习书诗。计偕来上国,宴喜方怡怡。经术既修明,艺文亦葳蕤。伊予谅无取,琐质荷洪慈。偶来贰仪曹,量力何可支。废业固相受,避嫌诚自私。徇吾刺促心,婉尔康庄姿。古人贵直道,内讼乖坦夷。用兹处大官,无乃玷清时。羸车出门去,怅望交涕洟。琢磨贵分阴,岁月若飙驰。千里起足下,丰年系镃錤。苟令志气坚,伫见缨珮随。斑斓五彩服,前路春物熙。旧游忆江南,环堵留蓬茨。湖水白于练,莼羹细若丝。别来十三年,梦寐时见之。宠荣忽逾量,荏苒不自知。晨兴愧华簪,止足为灵龟。遐路各自爱,大来行可期。青冥在目前,努力调羽仪。

送张曹长工部大夫奉使西番

殊邻覆露同,奉使小司空。西候车徒出,南台节印雄。吊祠将渥命,导驿畅皇风。故地山河在,新恩玉帛通。塞云凝废垒,关月照惊蓬。青史旧归日,翻轻五利功。

九华观宴钱崔十七叔判官赴义武幕,兼呈书记萧校书

炎光三伏昼,洞府宜幽步。宿雨润芝田,鲜风摇桂树。阴阴台殿敞,靡靡轩车驻。晚酌临水清一作情,晨装出关路。偏荣本郡辟,倍感元臣遇。记室有门人,因君达书素。

送文畅上人东游

桑门许辩才,外学接宗雷。护法麻衣净,翻经贝叶开。宗通一作尘喧知不染,妄想自堪哀。或一作载结西方社,师游早晚回。

送灵武范司空

上略在安边,吴钩结束鲜。三公临右地,

七萃拥中坚。旧垒销烽火,新营辨井泉。伐谋师以律,贾勇士争先。塞迥晴看月,沙平远际天。荣薰<small>一作勋</small>知屈指,应在盛秋前。

送商州杜中丞赴任

安康地里接商於,帝命专城总赋舆。夕拜忽辞青琐闼,晨装独捧紫泥书。深山古驿分骓骑,芳草闲云逐隼旟。绮皓清风千古在,因君一为谢岩居。

送殷卿罢举归淮南旧居

计偕十上竟无成,忽忆岩居便独行。志业尝探绝编义,风尘虚作弃繻生。岁储应叹山田薄,里社时逢野酻清。惆怅中年群从少,相看欲别倍关情。

全唐诗卷三百二十四

权德舆

送杜尹赴东都

商於留异绩,河洛贺新迁。朝选吴公守,时推杜尹贤。如纶披凤诏,出匣淬龙泉。风雨交中土,簪裾敞别筵。清明人比玉,照灼府如莲。伫报司州政,征黄似颍川。

送孔江州—作送人之九江

九派寻阳郡,分明似画图。秋光莲瀑布,晴翠辨香炉。才子厌兰省,邦君荣竹符。江城多暇日,能寄八行无。

送浑邓州

年少守南阳,新恩印绶光。轻轩出绕雷,利刃发干将。风劲初下叶,云寒方护霜。想君行县处,露冕菊潭香。

埇桥达奚四、于十九、陈大三侍御夜宴叙,各赋二韵—作埇桥夜宴叙别

满树铁冠琼树枝,樽前烛下心相知。明朝又与白云远,自古河梁多别离。

酬别蔡十二见赠

伊人茂天爵,恬澹卧郊园。傲世方隐几,说经久颛门。浩歌曳柴车,讵羡丹毂尊。严霜被鹑衣,不知狐白温。游心羲文际,爱我相讨论。潢污忽朝宗,传骑令载奔。峥嵘岁阴晚,愀怆离念繁。别馆丝桐清,寒郊烟雨昏。中饮见逸气,纵谈穷化元。伫见—作看公车起,圣代待乞言。

扬州与丁山人别

将军易—作亦道令威仙,华发清谈得此贤。惆怅今朝广陵别,辽东后会复何年。

送台州崔录事

不嫌临海远,微禄代躬耕。古郡纪纲职,

扁舟山水程。诗因琪树丽,心与瀑泉清。盛府知音在,何时荐政成。

送信安刘少府 自常州参军选授

相看结离念,尽此林中渌。夷代轻远游,上才随薄禄。参卿滞一作若孙楚,隐市同梅福。吏散时泛弦,宾来闲覆局。襟情无俗虑,谈笑成逸躅。此路足滩声,羡君多水宿。

送李城门罢官归嵩阳 城门院在遗补院东

与君相识处,吏隐在墙东。启闭千门静,逢迎两掖通。罢官多暇日,肄业有儒风。归去尘寰外,春山桂树一作兰桂丛。

送上虞丞

越郡佳山水,菁一作清江接上虞。计程航一苇,试吏佐双凫。云壑窥仙籍,风谣验地图。因寻黄绢字,为我吊曹盱。

送卢评事婺州省觐

知向东阳去,晨装见彩衣。客愁青眼别,家喜玉人归。漠漠水烟晚,萧萧枫叶飞。双溪泊船处,候吏拜胡威。

送崔端公郎君入京觐省

已见风姿美,仍闻艺业勤。清秋上国路,白皙少年人。带月轻帆疾,迎霜彩服新。过庭若有问,一为说漳滨。

送张周二秀才谒宣州薛侍郎

儒衣两少年,春棹轂一作谷溪船。湖月供诗兴,岚风一作烟岚费酒钱。上帆涵浦岸一作投极浦,欹枕傲晴天。不用愁羁旅,宣城太守贤。

送张将军归东都旧业

功名不复求,旧业向东周。白草辞边骑,青门别故侯。摧残宝剑折,羸病绿珠愁。日暮寒风起,犹疑大漠秋。

送句容王少府簿领赴上都

上国路绵绵,行人候晓天。离亭绿绮奏,乡树白云连。江露湿征袂,山莺宜泊船。春风若为别,相顾起尊前。

送从弟谒员外叔父回归义兴

异乡兄弟少,见尔自依然。来酌林中酒,去耕湖上田。何朝逢暑雨,几夜泊渔烟。余力当勤学,成名贵少年。

送梁道士谒寿州崔大夫

年少一仙官,清羸驾彩鸾。洞宫云渺渺,花路水漫漫。岁计芝田熟,晨装月岐寒。遥知小山桂,五马待邀欢。

送郑秀才贡举

西笑一作去意如何,知随贡举一作士科。吟诗向月露,驱马出烟萝。晚色平一作寒芜远,秋声候雁多。自怜归未得,相送一劳歌。

送谢孝廉移家越州

家承晋太傅,身慕鲁诸生。又见一帆去,共愁千里程。沙平古一作烟树迥,潮满晓一作晚江晴。从此幽深去,无妨隐姓名。

送韩孝廉侍从赴举

贡士去翩翩,如君最少年。彩衣行不废,儒服代相传。晓月经淮路,繁阴过楚天。清谈遇知己,应访孝廉船。

送陆拾遗祗召赴行在

鹓鹭承新命,翻飞入汉庭。歌诗能合雅,献纳每论经。月晓蜀江迥,猿啼楚树青。幸因焚草暇,书札访沈冥。

送映师归本寺

还归柳市去,远远出人群。苔甃桐花落,山窗桂树薰。引泉通绝涧,放鹤入孤云。幸许宗雷到,清谈不易闻。

送宇文文府赴行在 行在一作官

送君当岁暮,斗酒破离颜。车骑拥寒水,雪云凝远山。且安黄绶屈,莫羡白鸥闲。从此图南路,青云步武间。

送岳州温录事赴任

解巾州主簿,捧檄不辞遥。独鹤九过翼,寒松百尺条。晨装沾雨雪,旅宿候风潮。为政闲无事,清谈肃郡僚。

送山人归旧隐

工为楚辞赋,更著鲁衣冠。岁俭山田薄,秋深晨服寒。武人荣燕颔,志士恋渔竿。会被公车荐,知君久晦难。

惠上人房宴别

方袍相引到龙华,支策开襟路不赊。法味已同香积会,礼容疑在少施家。逸民羽客期皆至,疏竹青苔景半斜。究竟相依何处好,匡山古社足烟霞。

送裴秀才贡举

儒衣风貌清—作羞此别,去抵汉公卿。宾贡年犹少,篇章艺已成。临流惜暮景,话别起乡情。离酌不辞醉,西江春草生。

送袁太祝衢婺巡覆同用山字

校缗税亩不妨闲,清兴自随鱼鸟间。知君此去足佳句,路出桐溪千万山。

送湖南李侍御赴本使赋采菱亭诗

旧俗采菱处,津亭风景和。沅江收暮霭,楚女发清歌。曲岸紫湘叶,荒阶上白波。兰桡向莲府,一为柱帆过。

送穆侍御归东都

知君儒服贵,彩绣两相辉。婉婉成名后,翩翩拥传归。江深烟屿没,山暗雨云飞。共待酬恩罢,相将去息机。

送崔端公赴度支江陵院三韵照字

津亭风雪霁,对酒留征棹。星传指湘江,瑶琴多楚调。偏愁欲别处,黯黯颓阳照。

送陆太祝赴湖南幕同用送字三韵

不惮征路遥,定缘宾礼重。新知折柳赠,旧侣乘篮送。此去佳句多,枫江接云梦。

送李处士归弋阳山居限姓名中用韵

暂来城市竟何如,却忆葛—作莒阳溪上居。不惮薄田输井税,自将喜句著州闾。波翻极浦橹竿出,霜落秋郊树影疏。想到家山无俗侣,逢迎只是坐篮舆。

送清洨上人谒信州陆员外

暂辞长老去随缘,候晓轻装寄客船。佳句已齐康宝月,清谈远指谢临川。滩经水濑逢新雪,路过渔潭宿螟烟。暇日若随千骑出,南岩只在郡楼前。

送别同用阔字三韵

耿耿离念繁,萧萧凉叶脱。缁尘素衣敝,风露秋江阔。想得读书窗,岩花对巾褐。

送人使之江陵赏字

嘉招不辞远,捧檄利攸往。行役念前程,宴游暌旧赏。征轺星乍动,江信潮应上。烟水飞一帆,霜风摇五两。纷纷别袂举,切切离鸿响。后会杳何时,悠然劳梦想。

余干赠别张二十二侍御—作余干别张侍御

芜城陌上春风别,干越亭边岁暮逢。驱车又怆南北路,返照寒江千万峰。

杂言赋得风送崔秀才归白田限三五六七言暄字

响深涧,思啼猿。暗入蘋洲暖,轻随柳陌暄。澹荡乍飘云影,芳菲遍满药源。寂寞春江别君处,和烟带雨送征轩。

杂言同用离骚体送张评事襄阳觐省

黯离堂兮日晚,严壶觞兮送远。远水霁兮微明,杜蘅秀兮白芷生。波泫泫—作沄沄兮烟幂幂,凝暮色于空碧。纷离念兮随君,溯九江兮经七泽。君之去兮不可留,五采裳兮木兰舟。

岭上逢久别者又别

十年曾一别,征路—作骑此相逢。马首向

何处,夕阳千万峰。

赠别表兄韦卿

新读兵书事护羌,腰间宝剑映金章。少年百战应轻别,莫笑儒生泪数行。

古离别一和古别离

人生天地间,瞥若六辔驰。夭寿既常数,奈可生别离。迹当中人域,正性日已衰。是非千万境,杳霭情尘滋。出门事何常,暂别亦难期。冉冉叹流景,悠悠限山陂。尽此一夕欢,华樽会前墀。鸡鸣东方曙,凤驾临通逵。欲出强移步,欲留难致辞。两情不得已,念此留何为。天明去已远,寂默居人归。入门复上堂,恍恍生惊疑。经履同游处,犹言常相随。览物或临盘一作镜,翻怪来何迟。乃知前日欢,本为今日悲。特此一作翻思别后心,宁及未见时。则知交疏分,久久翻易持。报君未别后,别后当自知。

全唐诗卷三百二十五

权德舆

早夏青龙寺致斋,凭眺感物,因书十四韵寺壁有舅氏庶子诗

晓一作晚出文昌宫,憩兹青莲宇。洁斋奉明礼,凭览伤复古。秦为三月火,汉乃一抔土。诈力自湮沦,霸仪终莽卤。中南横峻极,积翠泄云雨。首夏谅清和,芳承接场圃。仁祠闷严净,稽首洗灵府。虚室僧正禅,危梁燕初乳。通庄走声利,结驷乃旁午。观化复何如,刳心信为愈。盛时忽过量,弱质本无取。静永环中枢,益愧腰下组。尘劳期抖擞,陟降聊俯偻。遗韵留壁间,凄然感东武。

仲秋朝拜昭陵

清秋寿原上,诏拜承吉卜。尝读贞观书,及兹幸斋沐。文皇昔潜耀,随季自颠覆。抚运斯顺人,救焚非逐鹿。神祇戴元圣,君父纳大麓。良将授兵符,直臣调鼎铼。无疆传庆祚,有截荷亭育。仙驭凌紫氛,神游弃黄屋。方祇护山迹,先正陪岩腹。杳杳九嵕深,沈沈万灵肃。鸟飞田已辟,龙去云犹簇。金气爽林峦,乾冈走崖谷。吾皇弘孝理,率土蒙景福。拥佑乃清夷,威灵谅回复。礼承三公重,心愧二卿禄。展敬何所伸,曾以斧山木。

拜昭陵出城,与张秘监阁老同里,临行别承在史馆未归寻辱清辞辄酬之

仲月当南吕,晨装拜谷林。逢君在东观,不得话离襟。策马缘云路,开缄扣玉音。还期才浃日,里社酒同斟。

酬冯监拜昭陵回途中遇雨见示

之子共乘轺,清秋拜上霄寝宫有上霄门。曙霞迎凤驾,零雨湿回镳。甘谷行初尽,轩台去渐遥。望中犹可辨,耘鸟下山椒。

朔旦冬至摄职南郊，因书即事

　　大明南至庆一作应天正，朔旦圆丘乐六一作九成。文轨尽同尧历象，斋祠忝备汉公卿。星辰列位祥光满，金石交音晓奏清。更有观台称贺处，黄云捧日瑞升平。

奉和张监阁老过八陵院题赠杜卿崔员外

　　崇饰山园孝理深，万方同感圣人心。已闻东阁招从事，每向西垣奉德音。公府从容谈婉婉，宾阶清切景沈沈。与君跬步如同舍，终日相期此盍簪。

奉和郑宾客相公摄官丰陵扈从之作时弃卤薄使

　　五辂导灵辌，千夫象缭坦。行宫移晓漏，彩仗下秋原。莫究希夷理，空怀涣汗恩。颐神方蹈道，传圣乃尊尊。共祝如山寿，俄惊凭几言。遐荒七月会，肸蚃百灵奔。豹尾从风直，鸾旗映日翻。涂刍联法从，营骑肃旌门。杳霭虞泉夕，凄清楚挽喧。不堪程尽处，呜咽望文园。

詹事府宿斋绝句

　　清斋四体泰，白昼一室空。搘颐有古树，骚屑多悲风。

和王祭酒太社宿斋，不得赴李尚书宅会，戏书见寄

　　元礼门前劳引望，句龙坛下阻欢娱。此时对局空相忆，博进何人更乐输。

酬裴端公八月十五日夜对月见怀

　　凉夜清秋半，空庭皓月圆。动摇随积水，皎洁满晴天。多病嘉期阻，深情丽曲传。偏怀赏心处，同望庾楼前。

奉和崔阁老，清明日候许阁老交直之际，辱裴阁老书招，云与考功苗曹长先城南游览，独行口号，因以简赠时德舆以疾故，有阻追游。

　　紫禁宿初回，清明花乱开。相招直城外，远远上春台。谏曹将列宿，几处期子玉。深竹与清泉，家家桃李鲜。折芳行载酒，胜赏随君有。愁疾自无惊，临风一搔首。

和张秘监阁老献岁过蒋大拾遗，因呈两省诸公并见示

　　二贤同载笔，久次入新年。焚草淹轻秩，藏书厌旧编。竹风晴翠动，松雪瑞光鲜。庆赐行春令，从兹伫九迁。

酬崔舍人阁老，冬至日宿直省中，奉简两掖阁老并见示

　　今节一阳新，西垣宿近臣。晓光连凤沼，残漏近鸡人。白雪飞成曲，黄钟律应均。层霄翔迅羽，广陌驻归轮。清切晨趋贵，恩华夜直频。辍才时所重，九月中，杨阁老权知吏部选事。分命秩皆真。十月中，崔阁老正拜本官，德舆正除礼部，受命前一日，分草诏词。左掖期连茹，南宫愧积薪。九年叨此地，回首倍相亲。

八月十五日夜瑶台寺对月绝句

　　嬴女乘鸾已上天，仁祠空在鼎湖边。凉风遥夜清秋半，一望金波照粉田。仁祠，寺也，见《后汉书·楚王英传》。

夏至日作

　　璿枢无停运，四序相错行。寄言赫曦景，今日一阴生。

二月二十七日社兼春分端居有怀简所思者

　　清昼开帘坐，风光处处生。看花诗思发，对酒客愁轻。社日双飞燕，春分百啭莺。所思终不见，还是一含情。

甲子岁元日呈郑侍御明府

　　万里烟尘合，秦吴遂渺然。无人来上国，洒泪向新年。世故看风叶，生涯寄海田。屠苏聊一醉，犹赖主人贤。

七夕

　　佳期人不见，天上喜新秋。玉珮沾清露，香车渡浅流。东西一水隔，迢递两年愁。别有

穿针处,微明月映楼。

嘉兴九日寄丹阳亲故

穷年路岐客,西望思茫茫。积水曾南渡,浮云失旧乡。海边寻别墅,愁里见重阳。草露荷衣冷,山风菊酒香。独谣看坠叶,远目遍秋光。更羡登攀处,烟花满练塘。

九日北楼宴集

萧飒秋声楼上闻,霜风漠漠起阴云。不见携觞王太守,空思落帽孟参军。风吟蟋蟀寒偏急,酒泛茱萸晚易醺。心忆旧山何日见,并将愁泪共纷纷。

奉陪李大夫九日龙沙宴会 迟字

龙沙重九会,千骑驻旌旗。水木秋光净,丝桐雅奏迟。烟芜敛暝色,霜菊发寒姿。今日从公醉,全胜落帽时。

腊日龙沙会绝句

帘外寒江千里色,林中樽酒七人期。宁知腊日龙沙会,却胜重阳落帽时。

严陵钓台下作

绝顶耸苍翠,清湍石磷磷。先生晦其中,天子不得臣。心灵栖颢气,缨冕犹缁尘。不乐禁中卧,却归江上春。潜驱东汉风,日使薄者醇。焉用佐天子,特此报故人。人一作则知大贤心,不独私其身。驰张有深致,耕钓陶天真。奈何清风后,扰扰论屈伸。交情同市道,利欲相纷纶。我行访遗台,仰古怀逸民。赠缴鸿鹄远,雪霜松桂新。江流去不穷,山色凌秋旻。人世自今古,清辉照无垠。

晓发武阳馆即事书情

清晨策羸车,嘲哳闻村鸡。行将骑吏亲,日与情爱暌。东风变林樾,南亩事耕犁。青菰冒白水,方塘接广畦。杂英被长坂,野草蔓幽蹊。泻一作冯卤成沃壤,柘株发柔荑。芳树莺命雏,深林麝引麑。杳杳途未极,团团日已西。哲士务缨弁一作绂,鄙夫恋蓬藜。终当税尘驾,

盥濯依春溪。

丰城剑池驿感题

龙剑昔未发,泥沙一作池相晦藏。向非张茂先,孰辨斗牛光。神物不自达,圣贤亦彷徨。我行丰城野,慷慨内心伤。

奉使宜春夜渡新淦江陆路至黄蘗馆路上遇风雨作

草草理夜装,涉江又登陆。望路殊未穷,指期今已促。传呼戒徒御,振辔转林麓。阴云拥岩端,霆一作霈雨当山腹。震雷如在耳,飞电来照目。兽迹不敢窥,马蹄唯务速。虔心若斋礼一作祷,濡体如沐浴。万窍相怒号,百泉暗奔瀑。危梁虑足跌,峻坂忧车覆。问我何以然,前日受微禄。转知人代事,缨组乃徽束。向一作何若家居时,安枕春梦熟。遵途稍已近,候吏来相续。晓霁心始安,林端见初旭。

细柳驿

细柳肃军令,条侯信殊伦。棘门乃儿戏,从古多其人。神武今不杀,介夫如搢绅。息驾幸兹地,怀哉悚精神。

渭水

吕叟一作氏年八十,皤然持钓钩。意在静天下,岂唯食营丘。师臣有家法,小白犹一作乃尊周。日暮驻征策,爱兹清渭流。

宫人斜绝句

一路斜分古驿前,阴风切切晦秋烟。铅华新旧共冥寞,日暮愁鸱一作鸦飞野田。

敷水驿

空见水名敷,秦楼昔事无。临风驻征骑,聊复捋髭须。

朝元阁

缭垣复道上层霄,十月离宫万国朝。胡马忽来清跸去,空余台殿照山椒。

石瓮寺

石瓮灵—作寒泉胜宝井,汲人回挂青丝绠。厨烟半逐白云飞,当昼老僧来灌顶。

盘豆驿

盘豆绿云上古驿,望思台下使人愁。江充得计太子死,日暮戾园风雨秋。

晚渡扬子江却寄江南亲故

返照满寒流,轻舟任摇漾。支颐见千里,烟景非一状。远岫有无中,片帆风水上。天清去鸟灭,浦迥寒沙涨。树晚叠秋岚,江空翻宿浪。胸中千万虑,对此一清旷。回首碧云深,佳人不可望。

新安江路

深潭与浅滩,万转出新安。人远禽鱼净,山深水木寒。啸起青蘋末,吟瞩白云端。即事遂幽赏,何心挂儒冠。

月夜江行

扣船—作舷不得—作能寐,浩露清衣襟。弥伤孤舟夜,远结万里心。幽兴惜瑶草,素怀寄鸣琴。三奏月初上,寂寞—作寥寒江深。

江城夜泊寄所思

客程殊未极,舣棹泊回塘。水宿知寒早,愁眠觉夜长。远钟和暗杵,曙月照晴霜。此夕相思意,摇摇不暂忘。

陪包谏议湖墅路中举帆同用山字

萧萧凉雨歇,境物望中闲。风际片帆去,烟中独鸟还。断桥通远浦,野墅接秋山。更喜陪清兴,尊前一解颜。

富阳陆路

又入乱峰去,远程殊未归。烟萝迷客路,山果落征衣。欹石临清浅,晴云山翠微。渔潭明夜泊,心忆谢玄晖。

晓

晓风摇五两,残月映石壁。稍稍曙光开,片帆在空碧。

昼

孤舟漾暖景,独鹤下秋空。安流日正昼,净—作浮绿天无风。

晚

古树夕阳尽,空江暮霭收。寂寞扣船—作舷坐,独生千里愁。

夜

猿声到枕上,愁梦纷难理。寂寞—作寂深夜寒,青霜落秋水。

全唐诗卷三百二十六

权德舆

奉和韦谏议奉送水部家兄上后书情,寄诸兄弟,仍通简南宫亲旧,并呈两省阁老院长

驷牡龙旂庆至今,一门儒服耀华簪。人望皆同照乘宝,家风不重满籝金。护衣直夜南宫静,焚草清时左掖深。何幸末班陪两地,阳春欲和意难任。

奉和史馆张阁老,以许、陈二阁长爱弟俱为尚书郎,伯仲同时列在南北省,会于左掖,因而有咏

伯仲尽时贤,平舆与颍川。桂枝尝遍折,棣萼更相鲜。丹地晨趋并,黄扉夕拜联。岂如分侍从,来就凤池边。主客水部二员,东西对行,二阁老并在左掖也。时诸以为分就西垣,则具美相类,故戏书末韵。

韦宾客宅与诸博士宴集

累抗乞身章,湛恩比上庠。宾筵征稷嗣一作嗣翼,家法自扶阳。簪组欢言久,琴壶雅兴长。阴岚冒苔石,轻籁韵风篁。佩玉三朝贵,挥金百虑忘。因知卧商洛,岂胜白云乡。

酬张秘监阁老喜太常中书二阁老与德舆同日迁官相代之作 时秘书监亦同日拜命

珠树共飞栖,分封受紫泥。正名推五字,贵仕仰三珪。继组心知忝德舆代太常为礼部,腰章事颇齐。蓬山有佳句,喜气在新题。

国子柳博士兼领太常博士,辄申贺赠

博士本秦官,求才帖职难。临风曲台净,对月璧池寒。讲学分阴重,斋祠晓漏残。朝衣辨色处,双绶更宜看。

过隐者湖上所居

蜗舍映平湖,翛然一鲁儒。唯将酒作圣,

不厌谷名愚。兵法窥黄石,天官辨白榆。行看软轮起,未可号潜夫。

从叔将军宅蔷薇花开,太府韦卿有题壁长句,因以和作

环列从容蹀躞归,光风骀荡发红薇。莺藏密叶宜新霁,蝶绕低枝爱晚晖。艳色当轩迷舞袖,繁香满径拂朝衣。名卿洞壑仍相近,佳句新成和者稀。

奉和许阁老霁后慈恩寺杏园看花,同用花字口号 时德舆当直

杏林微雨霁,灼灼满瑶华。左掖期先至,中园景未斜。含毫歌白雪,藉草醉流霞。独限金闺籍,支颐啜茗花。

奉和陈阁老寒食初假当直,从东省往集贤,因过史馆看木瓜花,寄张、蒋二阁老 一作陈阁老当直,从东省过史馆看花寒食假

昼漏沈沈倦琐闱,西垣东观阅芳菲。繁花满树似留客,应为主人休浣归。

晚秋陪崔阁老、张秘监阁老、苗考功同游昊天观,时杨阁老新直未满,以诗见寄,斐然酬和,有愧芜音

方驾游何许,仙源去似一作胜归。萦回留胜赏,萧洒出尘机。泛菊贤人至,烧丹姹女飞。步虚清晓一作籁,隐几吸晨晖。竹径琅玕合,芝田沉瀣晞。银钩三洞字,瑶笥六铢衣。丽句翻红药,佳期限紫微。徒然一相望,郢曲和应稀。

春日同诸公过兵部王尚书林园

休沐君相近,时容曳履过。花间留客久,台上见春多。松色明金艾,莺声杂玉珂。更逢新酒熟,相与藉庭莎。

与沈十九拾遗同游栖霞寺上方于亮上人院会宿二首

摄一作蹑山标胜绝,暇日谐想瞩。紫纻松路深,缭桡云岩曲。重楼回树杪,古像凿山腹。人远水木清,地深兰桂馥。层台耸金碧,绝顶摩净绿。下界诚可悲,南朝纷在目。焚香入古殿,待月出深竹。稍觉天籁清,自伤人世促。宗雷此相遇,偃放从所欲。清论松枝一作月轮低,闲吟敬花熟。一生如土梗,万虑相桎梏。永愿事潜师,穷年此栖宿。

偶来人境外,心赏幸随君。古殿烟霞夕,深山松桂薰。岩花点寒溜,石磴扫春云。清净诸天近,喧尘下界分。名僧康宝一作保月,上客沈休文。共宿东林夜,清猿彻曙闻。

题崔山人草堂

竹径茆堂接洞天,闲时麈尾漱春泉。世人车马不知处,时有归云到枕边一作前。

徐孺亭马上口号并序

钟陵东湖之南有亭,亭中有二碑。一则故曲江张公所制徐征君碣,一则北海李公所制放生池碑。濠夫,二君子久随化往,而二文之盛,传于天下。贞元初,余为是邦从事,每将迎郊劳,多经是间。且以其尚贤好生,皆醇仁之首也。因叹不得与二贤同时,论文变损益,亭址圮坏,苔篆磷跌,古风如在,感旧依然,而通衢在侧,平湖在下,波流毂击,日月无穷。因于马上口号绝句诗一首,以寄愀怆。

湖上荒亭临水开,龟文篆字积莓苔。曲江北海今何处,尽逐东流去不回。

哭刘四尚书 勒于碑阴

士友一作有惜一作昔贤人,天朝丧守臣。才化推独步,声气幸相亲。理析寰一作环中妙,儒为席上珍。笑言成月旦,风韵挹天真。丹地膺推择,青油寄抚循。岂言朝象魏,翻是卧漳滨。命赐龙泉重,追荣密印陈。撤弦惊物故,庀具见家贫。牢落风悲笛,泛澜涕泣巾。只一作共嗟蒿里月,非复柳营春。黄绢碑文在,青松隧路新。音容无处所,归作北邙尘。

张工部至薄寒山下有书无由驰报辕车之至倍切悲怀

书来远自薄寒山,缭绕洮河出古关。今日难裁秣陵报,薤歌寥落柳车边。

工部发引日属伤足卧疾不遂执绋

子春伤足日,况有寝门哀。元伯归全去,无由白马来。箫箫里巷咽,龟筮墓田开。片石潺湲泪,含悲叙史才。

从事淮南府过亡友杨校书旧厅感念愀然一作下有遗书十韵

故人随化往,倏忽今六霜。及我就拘限,清风留此堂。松竹逾映蔚一作郁,芝兰自销亡。绝弦罢流水,闻笛同山阳。颍一作莹,一作洁如冰玉姿,粲若鸾凤章。欲鬻摧劲翮,先秋落贞芳。正平赋鹦鹉,文考颂灵光。二子古不吊,夫君今何一作可伤。黄墟一作垆既杳杳,玄化亦茫茫。岂必限宿草,含凄一作泪洒衣裳。

哭李晦群崔季文二处士

华封西祝尧,贵寿多男子。二贤无主后,贫贱大壮齿。未成鸿鹄姿,遽顿骅骝趾。子渊将叔度,自古不得已。

观葬者

涂刍随昼哭,数里至松门。贵尽人间礼,宁知逝者魂。箫箫出古一作广陌,烟雨闭寒原。万古皆如此,伤心反不言。

成一作感南阳墓

枯一作丛荄没古基一作墓,驳藓蔽丰碑。向晚微风起,如闻坐啸时。

周平西墓

英威今寂寞,陈迹对崇丘。壮志清风在,荒坟白日愁。穷泉那复晓,乔木不知秋。岁一作晚岁寒塘侧,无人水自流。

苏小小墓

万古一作木荒坟在,悠然我独寻。寂寥红粉尽,冥寞一作漠黄泉深。蔓草映寒水,空郊暧夕阴。风流有佳句,吟眺一伤心。

题柳郎中茅山故居一作柳谷汧故居

下马荒阶一作郊日欲曛,潺潺石溜静中闻。鸟啼花落人声绝,寂寞山窗掩白云。

哭张十八校书数日前辱书,未及还答,俄承凶讣

芸阁为郎一命初,桐州寄傲十年余。魂随逝水归何处,名在新诗众不如。蹉跎江浦生华发,牢落寒原会素车。更忆八行前日到,含凄为报秣陵书。

题亡友江畔旧居

寥落留三径,柴扉对楚江。蟏蛸集暗壁,蜥蜴走寒窗。松盖欹书幌,苔衣上酒缸。平生断金契,到此泪成双。

全唐诗卷三百二十七

权德舆

德宗神武孝文皇帝挽歌词三首

覆露雍熙运,澄清教化源。赓歌凝庶绩,羽舞被深恩。纂业光文祖,贻谋属孝孙。恭闻留末命,犹是爱元元。

梯航来万国,玉帛庆三朝。湛露恩方浃,薰风曲正调。晏车悲卤簿,广乐遏箫韶。最怆号弓处,龙髯上紫霄。

常时柏梁宴,玉罋恩波遍。今日谷林归,灵輤烟雨霏。乔山森羽骑,渭水拥旌旗。仙驭何由见,耘田鸟自飞。

顺宗至德大安孝皇帝挽歌三首 时充卤簿使

十叶开昌运,三辰丽德音。荐功期瘗玉,昭俭每捐金。解泽皇风遍,虞泉白日沈。仍闻起居注,焚奏感人心。

孝理本忧勤,玄功在啬神。睿图传上嗣,寿酒比家人。仙驭三清远,行宫万象新。小臣司吉从,还扈属车尘。

候晓传清跸,共瞻宫辂出。迎风引彩斿,遥想望陵愁。弓剑随云气,衣冠奉月游。空余驾龙处,摇落鼎湖秋。

昭德皇后挽歌词

淮水源流远,涂山礼命升。往年求故剑,今夕祔初陵。鸾镜金波涩,翬衣玉彩凝。千年子孙庆,孝理在蒸蒸。

大行皇太后挽歌词三首 王氏

筮水灵源浚,因山祔礼崇。从龙开隧路,合璧向方中。殿帐金根出,庋衣玉座空。唯余文母化,隐德满公宫。

配礼归清庙,灵仪出直城。九虞宁厚载,一惠易尊名。晓漏铜壶涩,秋风羽翣轻。容车攀望处,孺慕切皇情。

哀笳出长信,鸣咽宫车进。宝剑入延津,凄凉祠殿新。青乌灵兆久,白燕瑞书频。从此山园夕,金波照玉尘。

惠昭皇太子挽歌词二首

前星落庆霄,薤露逐晨飙。宫仗黄麾出,仙游紫府遥。空嗟凤吹去,无复鸡鸣朝。今夜西园月,重轮更寂寥。

东朝闻楚挽,羽翿依稀转。天归京兆新,日与长安远。兰芳落故殿,桂影销空苑。骑吹咽不前,风悲九旗卷。

赠文敬太子挽歌词二首

盘石公封重,瑶山赠礼尊。归全荣备物,乐善积深恩。雁沼寒波咽,鸾旌夕吹翻。唯余西麾树,千古霸陵原。

铜壶晓漏初,羽翣拥涂车。方外留鸿宝,人间得善书。清笳悲画绶,朱邸散长裾。还似缑山驾,飘飘向碧虚。

赠郑国庄穆公主挽歌二首

追饰崇汤沐,遗芳蔼禁闱。秋原森羽卫,夜壑掩容辉。睿藻悲难尽,公宫望不归。笳箫向烟雾,疑是彩鸾飞。

旧馆闭平阳,容车启寿堂。霜凝莽英落,风度薤歌长。淑德图书在,皇慈礼命彰。凄凉霸川曲,垄树已成行。

赠魏国宪穆公主挽歌词二首

汉制荣车—作仪服,周诗美肃雍。礼尊同姓主,恩锡大名封。外馆留图史,阴堂闭德容。睿词—作歌悲薤露,千古仰芳踪。

秦楼晓月残,卤簿列材官。红绶兰桂歇,纷田风露寒。凝笳悲驷马,清镜掩孤鸾。愍册徽音在,都人雪涕看。

赠梁—作凉国惠康公主挽歌词二首

外馆嫔仪贵,中参睿渥深。初筵横白玉,盛服镂黄金。风—作凤度箫声远,河低婺彩沈。

夜台留册谥,凄怆即—作有徽音。

杳霭异湘川,飘飘驾紫烟。凤楼人已去,鸾镜月空悬。雾湿汤沐地,霜凝脂粉田。音容无处所,应在玉皇前。

故太尉兼中书令赠太师西平王挽词

翊戴推元老,谋猷命大君。河山封故地,金石表新坟。剑履归长夜,笳箫咽暮云。还经誓师处,薤露不堪闻。

故司徒兼侍中赠太傅北平王挽词

授律勋庸盛,居中鼎鼐和。佐时调四气,尽—作宣力净三河。忽访天—本缺京兆,空传汉伏波。今朝麟阁上,偏轸圣情多。

奉和礼部尚书酬杨著作竹亭歌

直城朱户相逦连,九逵丹毂声阗阗。春官自有花源赏,终日南山当目前。晨摇玉佩趋温室,莫入竹溪—作蹊疑洞天。烟销雨过看不足,晴翠鲜飙逗深谷。独谣一曲泛流霞,闲对千竿连净绿。萦回疏凿随胜地,石磴岩扉光景异。虚斋寂寂清籁唫,幽涧纷纷杂英坠。家承麟趾贵,剑有龙泉赐,上奉明时事无事。人间方外兴偏多,能以簪缨狎薜萝。常通内学青莲偈,更奏新声白雪歌。风入松,云归栋,鸿飞灭处犹目送,蝶舞闲时梦忽成—作急成梦。兰台有客叙交情,返照中林曳履声—作迎。直为君恩—作思催造膝,东方辨色谒承明。

奉和张仆射朝天行

元侯重寄贞师律,三郡—作都四封今静谧。丹毂常思阙下来,紫泥忽自天中出。军装喜气倍趋程,千骑鸣珂入凤城。周王致理称申甫,今日贤臣见明主。拜恩稽首纷无已,凝疏前席皇情喜。逢时自是山出云,献可还同石投水。昔岁褒衣梁甫吟,当时已有致君心。专城一鼓妖氛静,拥旆十年天泽深。日日披诚奉昌运,王人织路传清问。仙酝尝分玉罜浓,御闲更辍金羁骏。元正前殿朝君臣,一人负扆百福新。宫悬彩仗俨然合,瑞气炉烟相与春。万年枝上东风早,珮玉晨趋光景好。涂山已见首诸侯,麟阁终当画元老。温室沈沈漏刻移,退朝宾侣每相随。雄词乐职波涛阔,旷度交欢云雾披。自古全才贵文武,懦夫只解冠章甫。见公抽匣百炼光,试欲磨铅谅无助一作取。

和李中丞慈恩寺清上人院牡丹花歌

澹荡韶光三月中,牡丹偏自占春风。时过宝地寻香径,已见新花出故丛。曲水亭西杏园北,浓芳深院红霞色。擢秀全胜珠树林,结根幸在青莲域。艳蕊鲜一作仙房次第开,含烟洗露照苍苔。庞眉倚杖禅僧起,轻翅萦枝舞蝶来。独坐南台时共美,闲行古刹情何已。花间一曲奏阳春,应为芬芳比君子。

锡杖歌送明一无明字楚上人归佛川

上人远自西天竺一作至,头陀行遍国一作南朝寺。口翻贝叶古字经,手持金策声泠泠。护法护身唯振锡,石濑云溪深寂寂。乍来松径风更一作露寒,遥映霜天月成魄。后夜空山禅诵时,寥寥桂在枯树枝。真法常传心不住,东西南北随缘路。佛川此去何时回,应真莫便游天台。

马秀才草书歌 大理马正之二

伯英草圣称绝伦,后来学者无其人。白眉年少未弱冠,落纸纷纷运纤腕。初闻之子十岁馀,当时时辈皆不如。犹轻昔日墨池学,未许前贤团扇书。艳彩芳姿相点缀,水映荷花风转蕙。三春并向指下生,万象争分笔端势。有时当暑如清秋,满堂风雨寒飕飕。乍疑崩崖瀑水落,又见古木饥鼯愁。变化纵横出新意,眼看一字千金贵。忆昔谢安问献之,时人虽见那得知。

离合诗赠张监阁老 一作以离合诗赠秘书监张荐

黄叶从风散,暗一作共嗟时节换。忽见鬓边霜,勿辞林下觞。躬行君子道,身一作辜负芳名早。帐殿汉宫仪,巾车塞垣草。交情剧断金,文律每招寻。始知蓬山下,如见古人心思张公。

春日雪酬潘孟阳回文

酒杯春醉好,飞雪晚庭闲。久忆同前赏,中林对远山。

五杂组

五杂组,旗亭客。往复还,城南陌。不得已,天涯谪。

数名诗

一区杨雄宅,恬然无所欲。二顷季子田,岁晏常自足。三端固为累,事物反徽束。四体苟不勤,安得丰菽粟。五侯诚昈晔,荣甚或为辱。六翮未鶱翔,虞罗乃相触。七人称作者,杳杳有遐躅。八桂挺奇姿,森森照初旭。九歌伤泽畔,怨思徒刺促。十翼有格言,幽贞谢浮俗。

星名诗

虚怀何所欲,岁晏聊懒逸。云翼谢翩翻,松心保贞实。风秋景气爽,叶落井径出。陶然美酒酣,所谓幽人吉。自当轻尺璧,岂复扫一室。安用簪进贤,少微斯可必。

卦名诗

节变忽惊春,临风骋望频。支颐倦书幌,步履整山巾。时鸟渐成曲,杂芳随意新。曙霞连观阙,绮陌丽咸秦。天地今交泰,云雷背一作昔遘屯。中孚谅可乐,书此示家人。

药名诗

七泽兰芳千里春,潇湘花落石磷磷。有时浪白微风起,坐钓藤阴不见人。

古人名诗

藩宣秉戎寄,衡石崇势位。年纪信不留,驰张良自愧。樵苏则为惬,瓜李斯可畏。不顾荣官一作宦尊,每陈丰亩利。家林类岩巘,负郭躬敛积。忌满宠生嫌,养蒙恬胜智。疏钟皓月晓,晚景丹霞异。涧谷永不谖,山梁冀无累。

颇符生肇学,得展禽尚志。从此直不疑,支离疏世事。

州名诗寄道士

金兰同道义,琼简复芝田。平楚白云合,幽崖丹桂连。松峰明爱景,石窦纳新泉。冀永南山寿,欢随万福延。

八音诗

金谷盛繁华,凉台列簪组。石崇留客醉,绿珠当座舞。丝泪可销骨,冶容竟何补。竹林谅贤人,满酌无所苦。匏居容宴豆,儒室贵环堵。土鼓与污尊,颐神则为愈。革道当在早,谦光斯可取。木雁才不才,吾知养生主。

建除诗

建节出王都,雄雄大丈夫。除书加右职,骑吏拥前驱。满月张繁弱,含霜耀鹿卢。平明跃骢衮,清夜击珊瑚。定远功那比,平津策乃迂。执心思报国,效节在忘躯。破胆销丹浦,颦蛾舞绿珠。危冠徒自爱,长彀事应殊。成绩封千室,畴劳使五符。收功轻骠卫,致埋迈黄虞。开济今如此,英威古不侔。闭关草玄者,无乃误为儒。

六府诗

金垒映玉俎,宾友纷宴喜。木兰泛方塘,桂酒启皓齿。水榭临空迥,酣歌当座起。火云散奇峰,瑶瑟韵清徵。土梗乃虚论,康庄有逸轨。欲成一编书,谈笑佐天子。

三妇诗

大妇刺绣文,中妇缝罗裙。小妇无所作,娇歌遏行云。丈人且安坐,金炉香正薰。

安语

岩岩五岳镇方舆,八极廓清氛浸除。挥金得谢归里闾,象床角枕支体舒。

危语

被病独行逢乳虎,狂风骇浪失棹橹。举人看榜闻晓鼓,屠夫孽子遇妒母。

大言

华嵩为佩河为带,南交北朔跬步内。搏鹏作腊巨鳌鲙,伸舒轶出元气外。

小言

醯鸡伺晨驾蚊翼,毫端棘刺分畛域。蛛丝结构聊荫息,蚁垤崔嵬不可陟。

全唐诗卷三百二十八

权德舆

杂诗五首

婉彼嬴氏女,吹箫偶萧史。彩鸾驾非一作霏烟,绰约两仙子。神期谅交感,相顾乃如此。岂比成都人,琴心中夜起。

阳台巫山上,风雨忽清旷。朝云与游龙,变化千万状。魂交复目断,缥缈难比况。兰泽不可亲,凝情坐惆怅。

淇水春正绿,上宫兰叶齐。光风两摇荡,鸣珮出中闺。一顾授横波,千金呈鲍犀。徒然路傍子,恍恍复凄凄。

碧树泛鲜飙,玉琴含妙曲。佳人掩鸾镜,婉婉凝相瞩。文袿映束素,香黛宜矄绿。寂寞远怀春,何时来比目。

含颦倚瑶瑟,丹慊结繁虑。失身不自还,万恨随玉箸。蘼芜山下路,团扇秋风去。君看心断时,犹在目成处。

广陵诗

广陵实佳丽,隋季此为京。八方称辐凑,五达如砥平。大旆映空色,笳箫发连营。层台出重霄,金碧摩颢清。交驰流水毂,迥接浮云甍。青楼旭日映,绿野春风晴。喷玉光照地,颦蛾价倾城。灯前互一作频巧笑,陌上相逢迎。飘飘翠羽薄,掩映红襦明。兰麝远不散,管弦闲自清。曲士守文墨,达人随性情。茫茫竟同尽,冉冉将何营。且申今日欢,莫务身后名。肯学诸儒辈,书窗误一生。

古意

家人强进酒,酒后一作复能忘情。持杯未饮时,众感纷已盈。明月照我房,庭柯振秋声。空庭白露下,枕席凉风生。所思万里余,水阔山纵横。佳期凭梦想,未晓愁鸡鸣。愿将一作得一心人一作二人心,当年欢乐平。长筵映玉俎,素手弹秦筝。曖睇呈巧笑,惠音激凄清。此愿良未果,永怀空如酲—作醒。

杂言和常州李员外副使春日戏题十首并序。_{诸本序皆阙}

随风柳絮轻,映日杏花明。无奈花深处,流莺三数声。

兰桡画舸转花塘,水映风摇路渐香。任兴不知行近远,更怜微月照鸣榔。

檐前晓色惊双燕,户外春风舞百花。粉署可怜闲对此,唯令碧玉泛流霞。

枕上觉,窗外晓。怯朝光,惊曙鸟。花坠露,满芳沼。柳如丝,风袅袅。佳期远,相见少。试一望,魂杳渺。

闲庭无事,独步春辉。韶光满目,落蕊盈衣。芳树交柯,文禽并飞。婉彼君子,怅然有违。对酒不饮,横琴不挥。不挥者何,知音诚稀。

江春好游衍,处处芳菲积。彩舫入花津,香车依柳陌。绿杨烟袅袅,红蕊莺寂寂。如何愁思人,独与风光隔。

曙月渐到窗前,移尊更就芳筵。轻吹乍摇兰烛,春光暗入花钿。丝竹偏宜静夜,绮罗共占韶年。不遣通宵尽醉,定知辜负风烟。

露洗百花新,帘开月照人。绿窗销暗烛,兰径扫清尘。双燕频惊梦,三桃竞报春。相思寂不语,珠泪洒红巾。

雨歇风轻一院香,红芳绿草—作翠接东墙。春衣试出当轩立,定被邻家暗断肠。

春风半,春光遍。柳如丝,花似霰。归心劳梦寐,远目伤游眄。可惜长安无限春,年年空向江南见。

相思曲—作长相思

少小别潘郎,娇羞倚画堂。有时裁尺素,无事约残黄。鹊语临妆镜,花飞上绣床。相思不解说,明月照空房。

古乐府

风光—作光风澹荡百花吐,楼上朝朝学歌舞。身年二八婿侍中,幼妹承恩兄尚主。绿窗珠箔绣鸳鸯,侍婢先焚百和香。莺啼日出不知曙,寂寂罗帏春梦长。

渡江秋怨二首

秋江平,秋月明,孤舟独夜万里情。万里情,相思远,人不见兮泪满眼。

渡秋江兮渺然,望秋月兮婵娟。色如练,万里遍,我有所思兮不得见。不得见兮露寒水深,耿遥夜兮伤心。

秋闺月

三五二八月—作光如练,海上天涯应—作人共见。不知何处玉楼前,乍入深闺玳瑁筵。露浓香径和愁坐,风动罗帏照独眠。初卷珠帘看不足,斜抱筝篌未成曲。稍映妆台临绮窗,遥知不语泪双双。此时愁望知何极,万里秋天同一色。霭霭遥分陌上光,迢迢对此闺中忆。早晚归来欢宴同,可怜歌吹月明中。此夜不堪肠断绝,愿随流影到辽东。

薄命篇—作妾薄命篇

昔住邯郸年尚少,只是娇羞弄花鸟。青楼碧纱大道边,绿杨日暮风袅袅。婵娟玉貌二八余,自怜—作矜颜色花不如。丽质全胜秦氏女,藁砧宁用专城居。岁去年来年渐长,青春—作蛾红粉全堪赏。玉楼珠箔但闲居,南陌东城讵来往。韶光日日看渐迟,标梅既落行有时。宁知燕赵娉婷子,翻嫁幽并游侠儿。年年结束青丝骑,出门一去何时至。秋月空悬翡翠帘,春帏懒卧鸳鸯被。沙塞经时不寄书,深闺愁独意何如。花前拭泪情无限,月下调琴—作弦恨有余。离别苦多相见少,洞房愁梦何由晓。闲看双燕泪霏霏,静对空床魂悄悄。镜里红颜不自禁,陌头香骑动春心。为问佳期早晚是,人人总解有黄金。

放歌行

夕阳不驻东流怨,荣名贵在当年一作时立。青春虚度无所成,白首衔悲亦何及。拂衣西笑出东山,君臣道合俄顷间。一言一笑玉墀上,变化生涯如等闲。朱门杳杳列华戟,座中皆是王侯客。鸣环动珮暗珊珊,骏马花骢白玉鞍。十千斗酒不知贵,半醉留宾邀尽欢。银烛一作灯煌煌夜将久,侍婢金罍泻春酒。春酒盛来琥珀光,暗闻兰麝几般香。乍看皓腕映罗袖,微听清歌发杏梁。双鬟美人君不见,一一皆胜赵飞燕。迎杯乍举石榴裙,匀粉时交合欢扇。未央钟漏醉中闻,联骑朝天曙色分。双阙烟云遥霭霭,五衢车马乱纷纷。罢朝鸣珮骤归鞍,今日还同昨日欢。岁岁年年恣游宴,出门满路光辉遍。一身自乐何足言,九族为荣真可羡。男儿称意须及时,闭门下帷人不知。年光看逐转蓬尽,徒咏东山招隐诗。

旅馆雪晴,又睹新月,众兴所感,因成杂言

寥寥深夜雪初晴,楼上云开月渐明。池中片影依稀见,帘外清光远近生。皎皎晴空疑破镜,广庭积素偏相映。珠帘卷却光更深,玉指持来色逾净。梦觉青楼最可怜,婵娟素魄满寒天。天地寥寥同一色,秦淮楚江无限极。归鸿断猿何处声,深闺旅馆遥相忆。长安五侯华阁开,嘉宾列坐倾金罍。赏明月,玩流雪,纤手蛾眉座中设,清歌一声无断绝。夜已央一作缺,一作残,乐未阑。狐裘兽炭不知寒,珠环翠珮声珊珊。履舄纷纭桂袖攒,朱颜倚醉尽君欢。人生少年全不久,相看且劝杯中酒。丈夫富贵自有期,映雪读书徒白首。

玉台体十二首

莺啼兰已红,见出凤城东。粉汗宜斜日,衣香逐上风。情来不自觉,暗驻五花骢。

婵娟二八正娇羞,日暮相逢南陌头。试问佳期不肯道,落花深处指青楼。

隐映罗衫薄,轻盈玉腕圆。相逢不肯语,微笑画屏前。

知向辽东去,由来几许愁。破颜君莫怪,娇小不禁羞。

楼上吹箫罢,闺中刺绣阑。佳期不可见,尽日泪潺潺。

泪尽一作画足珊瑚枕,魂销玳瑁床。罗衣不忍著一作看,羞见绣鸳鸯。

君去期花时,花时君不至。檐前双燕飞,落妾相思泪。

空闺灭烛后一作夜,罗幌独眠时。泪尽肠欲断,心知人不知。

秋风一夜至,吹尽后庭花。莫作经时别,西邻是宋家。

独自披衣坐,更深月露寒。隔帘肠欲断,争敢不阶看。

昨夜裙带解,今朝蟢子飞。铅华不可弃,莫是藁砧归。

万里行人至,深闺夜未眠。双眉灯下扫,不待镜台前。

赠友人 时友人新有别恨者

知向巫山逢日暮,轻袿玉佩暂淹留。晓随云雨归何处,还是襄王梦觉愁。

舟行见月

月入孤舟夜半晴,寥寥霜雁两三声。洞房烛影在何处,欲寄相思梦不成。

杂兴五首

丛鬓愁眉时势新,初笄绝代北方人。一鬟一笑千金重,肯似成都夜失身。

乍听丝声似竹声,又疑丹穴九雏惊。金波露洗净于昼,寂寞不堪深夜情。

琥珀尊开月映帘,调弦理曲指纤纤。含羞敛态劝君住,更奏新声刮骨盐。

乳燕双飞莺乱啼,百花如绣照深闺。新妆

对镜知无比,微笑时时出瓠犀。 妆成君不见,含情起立问傍人。

巫山云雨洛川神,珠襻香腰稳称身。惆怅

全唐诗卷三百二十九

权德舆

祗役江西路上以诗代书寄内

辛苦事行役,风波倦晨暮。摇摇结遐心,靡靡即长路。别来如昨日,每见缺蟾兔。潮信催客帆,春光变江树。宦游岂云惬,归梦无复数。愧非超旷姿,循此局促步。笑言思暇日,规劝多远度。鹑服我久安,荆钗君所慕。伊予多昧理,初不涉世务。适因拥肿材,成此懒慢趣。一身常抱病,不复理章句。胸中无町畦,与物且多忤。既非大川楫,则守南山雾。胡为出处间,徒使名利污。羁孤望予禄,孩稚待我铺。未能即忘怀,悢悢以此故。终当税鞅鞯,岂待毕婚娶。如何久人寰,俯仰学举措。衡茅去迢递,水陆两驰骛。晰晰窥晓星,涂涂践朝露。静闻田鹤起,远见沙鸥聚。怪石不易跻,急湍那可溯。渔商闻远岸,烟火明古渡。下碇夜已深,上碛波不驻。畏途信非一,离念纷难具。枕席有余清,壶觞无与晤。南方出兰桂,归日自分付。北窗留琴书,无乃委童孺。春江足鱼雁,彼此勤尺素。早晚到中闺,怡然两相顾。

夜泊有怀

栖鸟向前林,暝色生寒芜。孤舟去不息,众感非一途。川程方浩淼,离思方郁纡。转枕眼一作睡未熟,拥衾泪已濡。窅然风水上,寝食疲朝晡。心想洞房夜,知君还向隅。

自桐庐如兰溪有寄

东南江路旧知名,惆怅春深又独行。新妇山头云半敛,女儿滩上月初明。风前荡飏双飞蝶,花里间关百啭莺。满目归心何处说,欹眠搔首不胜情。

相思树

家寄一作远江东远一作道,身对江西春。空见相思树,不见相思人。

石楠树

　　石楠红叶透帘春,忆得妆成下锦茵。试折一枝含万恨,分明说向梦中人。

斗子滩

　　斗子滩头夜已深,月华偏照此时心。春江风水连天阔,归梦悠扬何处寻。

黄蘖馆

　　驱车振楫越山川,候晓通宵冒烟雨。青枫浦上魂已销,黄蘖馆前心自苦。

清明日次弋阳

　　自叹清明在远乡,桐花覆水葛溪长。家人定是持新火,点作孤灯照洞房。

中书夜直寄赠

　　通籍在金闺,怀君百虑迷。迢迢五夜永,脉脉两心齐。步履疲青琐,开缄倦紫泥。不堪风雨夜,转枕忆鸿妻。

病中寓直代书题寄

　　愚夫何所任,多病感君深。自谓青春壮,宁知白发侵。寝兴劳善祝,疏懒愧良箴。寂寞闻宫漏,那堪直夜心。

端午日礼部宿斋有衣服彩结之贶以诗还答

　　良辰当五日,偕老祝千年。彩缕同心丽,轻裾映体鲜。寂寥斋画省,款—作疑曲擘香笺。更想传觞处,孙孩遍目前。

酬九日

　　重九共游—作欢娱,秋光景气殊。他时头似雪,还对插茱萸。

和九日从杨氏姊游

　　秋光风露天,令节庆初筵。易象家人吉,闺门女士贤。招邀菊酒会,属和柳花篇。今日同心赏,全胜落帽年。

上巳日贡院考杂文不遂赴九华观禊之会,以二绝句申赠—作上巳日贡院赠内

　　三日韶光处处新,九华仙洞七香轮。老夫留滞何由往—作去,珉玉相和正绕身时以沽美玉为诗题。

　　禊饮寻春兴有余,深情婉婉见双鱼。同心齐体如身到,临水烦君便祓除。

和九华观见怀贡院八韵

　　上巳好风景,仙家足芳菲。地殊兰亭会,人似山阴归。丹灶缀珠掩,白云岩径微。真宫集女士,虚室涵春辉。拘限心杳杳,欢言望依依。滞兹文墨职,坐与琴觞违。丽曲涤烦虑,幽缄发清机。支颐一吟想,恨不双翻飞。

桃源篇

　　小年尝读桃源记,忽睹良工施绘事。岩径初欣缭绕通,溪风转觉芬芳异。一路鲜云杂彩霞,渔舟远远逐桃花。渐入空濛迷鸟道,宁知掩映有人家。庞眉秀骨争迎客,凿井耕田人世隔。不知汉代有衣冠,犹说秦家变阡陌。石髓云英甘且香,仙翁留饭出青囊。相逢自是松乔侣,良会应殊刘阮郎。内子闲吟倚瑶瑟,玩此沈沈销永日。忽闻丽曲金玉声,便使老夫思阁笔。

新月与儿女夜坐听琴举酒

　　泥泥露凝叶,骚骚风入林。以兹皓月圆,不厌良夜深。列坐屏轻箑,放怀弦素琴。儿女各冠笄,孙孩绕衣襟。乃知大隐趣,宛若沧洲心。方结偕老期,岂惮华发侵。笑语向兰室,风流传玉音。愧君袖中字,价重双南金。

七夕

　　今日云軿渡鹊桥,应非脉脉与迢迢。家人竞喜开妆镜,月下穿针拜九霄。

县君赴兴庆宫朝贺载之奉行册礼,因书即事

　　合卺交欢二十年,今朝比翼共朝天。风传

漏刻香车度,日照旌旗彩仗鲜。顾我华簪鸣玉珮,看君盛服耀金钿。相期偕老宜家处,鹤发鱼轩更可怜。

元和元年,蒙恩封成纪县伯,时室中封安喜县君,感庆兼怀,聊申贺赠

启土封成纪,宜家县安喜。同欣井赋开,共受闺门祉。珩璜联采组,琴瑟谐宫徵。更待悬车时,与君欢暮齿。

河南崔尹即安喜从兄宜于室家四十余岁,一昨寓书病传永写告身,既枉善祝,因成绝句

五色金光鸾凤飞,三川墨妙巧相辉。尊崇善祝今如此,共待会玄捧翟衣。

奉使丰陵职司卤簿,通宵涉路,因寄内

彩仗列森森,行宫夜漏深。受铤方启路,钲鼓正交音。曙月思兰室,前山辨谷林。家人念行役,应见此时心。

酬南园新亭宴会璩新第慰庆之作,时任宾客

南宫一作亭烟景浓,平视中一作终南峰。官闲似休沐,尽室来相从。日抱汉阴瓮,或成蝴蝶梦。树老欲连云,竹深疑入洞。欢言交羽觞,列坐严成行。歌吟不能去,待此明月光。好述蕴明识,内顾多惭色。不厌梁鸿贫,常识伯宗直。予婿信时英,谏垣金玉声。男儿才弱冠,射策幸成名。偃放斯自足,翛然去营欲。散木固无堪,虚舟常任触。大隐本吾心,喜君流好音。相期悬车岁,此地即中林。

七夕见与诸孙题乞巧文

外孙争乞巧,内子共题文。隐映花筵对,参差绮席分。鹊桥临片月,河鼓掩轻云。羡此婴儿辈,欢呼彻曙闻。

太常寺宿斋有寄

转枕挑灯候晓鸡,相一作想君应叹太常妻。长年多病偏相忆,不遣归时醉似泥。

朝回阅乐寄绝句

子城风暖百花初,楼上龟兹引导车。曲罢卿卿理驷驭,细君相望意何如。

中书宿斋有寄

铜壶漏滴一作滴漏斗阑干,泛滟金波照露盘。遥想洞房眠正熟,不堪深夜凤池寒。

中书送敕赐斋馔戏酬

常日每齐眉,今朝共解颐。遥知大官膳,应与众雏嬉。

敕赐长寿酒因口号以赠

恩沾长寿酒,归遗同心人。满酌共君醉,一杯千万春。

湖南观察使故相国袁公挽歌二首一作刘禹锡诗。以下五首,并见《文苑英华》。

五驱龙虎节,一入凤皇池。令尹自无喜,羊公人不疑。天归京兆日,叶下洞庭时。湘水秋风至,凄凉吹素旗。

丹旐发江皋,人悲雁一作马亦号。湘南罢亥市,汉上改词曹。表墓双碑立,尊名一字褒。常闻平楚狱,为报里门高。

玉山岭上作

悠悠驱匹马,征路上连冈。晚翠深云窦,寒苔净石梁。荻花偏似雪,枫叶不禁霜。愁见前程远,空郊下夕阳。

题邵端公林亭

春光何处好一作足,柱史有林塘。莺啭风初暖,花开日欲长。凿池通野一作旧水,扫径阅新芳。更置盈尊酒,时时醉楚狂。

酬裴杰秀才新樱桃

新果真琼液,来应宴紫兰。圆疑窃龙颔,色已夺鸡冠。远火微微辨,残星隐隐看。茂先知味易一作好,曼倩恨偷难。忍用烹驿骆,从将玩玉盘。流年如可驻,何必九华丹。

次滕老庄

征途无旅馆,当昼喜逢君。羸病仍留客,

朝朝扫白云。

宿严陵
身羁从事驱征传,江入新安泛暮涛。今夜子陵滩下泊,自惭相去九牛毛。

题云师山房
云公兰若深山里,月明松殿微风起。试问空门清净心,莲花不著秋潭水。

栖霞寺云居室
一径萦纡至此穷,山僧盥漱白云中。闲吟定后更何事,石上松枝常有风。

舟行夜泊
萧萧落叶送残秋,寂寞寒波急暝流。今夜不知何处泊,断猿晴月引孤舟。

发硖石路上却寄内
莎栅东行五谷深,千峰万壑雨沈沈。细君几日路经此,应见悲翁相望心。

冬至宿斋时郡君南内朝谒因寄
清斋独向丘园拜,盛服想君兴庆朝。明日一阳生百福,不辞相望阻寒宵。

和河南罗主簿送校书兄归江南
兄弟泣殊方,天涯指故乡。断云无定处,归雁不成行。草莽人烟少,风波水驿长。上虞亲渤澥,东楚隔潇湘。古戍阴传火,寒芜晓带霜。海门潮滟滟,沙岸荻苍苍。京辇辞芸阁,衡方忆草堂。知君始宁隐,还缉旧荷裳。

与故人夜坐道旧
笑语欢今夕,烟霞怆昔游。清羸还对月,迟暮更逢秋。胜理方自得,浮名不在求。终当制初服,相与卧林丘。

句
耒水波纹细,湘江竹叶轻。《耒口》。见《衡州名胜志》。

古时楼上清明夜,月照楼前撩乱花。今日成阴复成子,可怜春尽未归家。

新妇矶头云半敛,女儿滩畔月初明。以上见《野客丛谈》。

回合千峰里,晴光似画图。

征车随反照,候吏映白云。《石塘路有怀院中诸公》。

全唐诗卷三百三十

张荐

张荐，字孝举，深州人，鷟之孙。敏锐有文辞，为颜真卿所赏。真卿陷李希烈，荐上疏论救，为左拾遗。论卢杞奸恶，德宗纳之，擢谏议大夫。将疏裴延龄恶，延龄知之，遣使回鹘，还为秘书少监。复使吐蕃，三临绝域，占对详辩。卒赠礼部尚书。诗三首。

奉酬礼部阁老转韵离合见赠 一作和权载之离合诗。时为秘书监

移居既同里，多幸陪君子。弘雅重当朝，弓旌早见招。植根琼林圃，直夜金闺步。劝深子玉铭，力竞相如赋。间阔向春闱，日复想光仪。格言信难继，木石强为词。

和潘孟阳春日雪回文绝句

迟迟日气暖，漫漫雪天春。知君欲醉饮，思见此交亲。

享文恭太子庙乐章

三献具举，九旗将旋。追劳表德，罢享宾天。风引仙管，堂虚画筵。芳馨常在，瞻望悠然。

崔邠

崔邠，字处仁，贝州武城人。第进士，官补阙。疏论裴延龄奸，由中书舍人迁吏部侍郎。久乃为太常卿，知吏部尚书铨。为人沈密清俭，兄弟以孝敬闻。诗二首。

礼部权侍郎阁老史馆张秘监阁老有离合酬赠之什，宿直吟玩，聊继此章 一作和权载之离合诗，时为中书舍人

脉脉羡佳期，月夜吟丽词。谏垣则随步，东观方承顾。林雪消艳阳，简册漏华光。坐更芝兰室，千载各芬芳。节苦文俱盛，即时人 一作仍并命。翩翩紫霄中，羽翮相辉映。

享文恭太子庙乐章

醴齐泛樽彝,轩县动干戚。入室俨如在,升阶虔所历。奋疾合威容,定利舒皦泽。方崇庙貌礼,永被君恩锡。

杨於陵

杨於陵,字达夫,弘农人。年十九,擢进士第,节度使韩滉奇之,妻以女。滉为相,方权幸,於陵不欲进取,退庐建昌。滉卒,乃为膳部员外郎。历中书舍人、户部侍郎。元和初,出为岭南节度使。穆宗立,迁户部尚书,以左仆射致仕。於陵器量方峻,节操坚明,时人尊仰之。卒赠司空。诗三首。

和权载之离合诗 时为中书舍人

校德尽珪璋,才臣时所扬。放情寄文律,方茂经邦术。王猷符—作三献偕发挥,十载契心期。昼游有嘉话,书法无隐辞。信兹酬和美,言与芝兰比。昨来恣—作念吟绎,日觉祛蒙鄙。

郡斋有紫薇双本,自朱明接于徂暑,其花芳馥,数旬犹茂,庭宇之内迥无其伦,予嘉其美而能久,因诗纪述 於陵宪宗朝尝为桂阳郡守,诗为桂阳时作

晏朝受明命,继夏走天衢。逮兹三伏候,息驾万里途。省躬既踽踽,结思多烦纡。簿领幸无事,宴休谁与娱。内斋有嘉树,双植分庭隅。绿叶下成幄,紫花粉若铺。摘霞晚舒艳,凝露朝垂珠。炎沴昼方铄,幽姿闲且都。夭桃固难匹,芍药宁为徒。懿此时节久,讵同光景驱。陶甄试一致,品汇乃散殊。濯质非受彩,无心那夺朱。粤予负羁絷,留赏益踟蹰。通夕靡云倦,西南山月孤。

赠毛仙翁

先生赤松侣,混俗游人间。昆阆无穷路,何时下故山。千年犹孺质,秘术救尘寰。莫便冲天去,云雷不可攀。

许孟容

许孟容,京兆长安人。举进士甲科。贞元初,为张建封从事,四迁侍御史。德宗知其才,征为礼部员外郎,迁给事中,多所论奏。元和中,由太常卿为尚书左丞。居官守正,善拔士,议论人物,有大臣风采。诗三首。

答权载之离合诗 时为给事中

史—作敏才司秘府,文哲今超古。亦有擅风骚,六联文墨曹。圣贤三代意,工艺德金字。化识从臣谣,人推仙阁吏。如登昆阆时,口诵灵真词。孙简下威凤,系霜琼玉枝。

奉和武相公春晓闻莺

碧树当窗啼晓莺,间关入梦听难成。千回万啭尽愁思,疑是血魂哀困声。

享文恭太子庙乐章

觞牢具品,管弦有节。祝道寅恭,神仪昭晰。桐珪早贵,象略追设。磬达乐成,降歆丰洁。

冯伉

冯伉,魏州元城人。大历初,举五经,又举宏词,三迁膳部员外郎,使泽潞,不受币,德宗以其清可用,授醴泉令,为著谕蒙书以劝俗。韦渠牟荐为给事中,再领国子祭酒。卒赠礼部尚书。诗三首。

和权载之离合诗 时为给事中

车马退朝后,聿怀在文友。动词宗伯雄,重美良史功。亦曾吟鲍谢,二妙尤增价。雨于叶反霜鸿唳天,匝树鸟鸣夜。覃思各—作客纵横,早擅希代名。息心欲焚砚,自觋—作忝陪群英。

享文恭太子庙乐章二首

撰日瞻景,诚陈乐张。礼容秩秩,羽舞煌煌。肃将条濯,祇荐芬芳。永锡繁祉,思深

享尝。

干旄羽籥相亏蔽，一进一退殊行缀。昔状三雍盛礼容，今陈六佾崇仪制。

潘孟阳

潘孟阳，侍郎炎之子，以荫进，登博学宏辞。母，刘晏女也。公卿多父友及外祖宾从，故得荐用。累至兵部郎中，权知户部侍郎，年未四十。宪宗初，巡省江淮。宪宗尝诫江淮宣慰使郑敬曰："朕宫中用度，一匹已上，皆有簿领，惟赠恤贫民，无所计算。卿宜体吾怀，勿学潘孟阳奉使，但务酣饮游山寺也。"诗三首。

和权载之离合诗

咏歌有离合，永夜观酬答。筥中操彩笺，竹简何足编。意深俱妙绝，心契交情结。计彼官接联，言初并清切。翔集本相随，羽仪良在斯。烟云竞文藻，因喜玩新诗。

春日雪以回文绝句呈张荐权德舆一作春日雪寄上张二十九丈大监请招礼部权曹长回文绝句，时为户部侍郎

春梅杂落雪，发树几花开。真须尽兴饮，仁里愿同来。

元日和布泽

至德生成泰，咸欢照育恩。流辉沾万物，布泽在三元。北阙祥云迥，东方嘉气繁。青阳初应律，苍玉正临轩。恩洽因时令，风和比化原。自惭同草木，无以答乾坤。

武少仪

武少仪，元和中尝为大理卿。诗二首。

和权载之离合诗时为国子司业

少年慕时彦，小悟一作晤文多变。木铎比群英，八方流德声。雷陈美交契，雨雪音尘继一作寄。恩顾各飞翔，因诗睹瑰丽。傅野绝遗贤，人希有盛迁。早钦风与雅，日咏赠酬篇。

诸葛丞相庙《蜀志》一作武侯祠

执简焚香入庙门，武侯神象俨如存。因机定蜀延衰汉，以计连吴振弱孙。欲尽智能倾僭盗，善持忠节转庸昏。宣王请战贻巾帼，始见才吞亦气一作势吞。

全唐诗卷三百三十一

段文昌

段文昌,字墨卿,一字景初。贞元初,授校书郎,累擢翰林学士、中书舍人。穆宗即位,拜中书侍郎同中书门下平章事。未逾年,出为剑南、西川节度使。文宗立,拜御史大夫,节度淮南,徙荆南,终西川节度。集三十卷。今存诗四首。

享太庙乐章

肃肃清庙,登显至德。泽周八荒,兵定四极。生物咸遂,群盗灭息。明圣钦承,子孙千亿。

题武担寺西台

秋天如镜空,楼阁尽玲珑。水暗余霞外,山明落照中。鸟行看渐远,松韵听难穷。今日登临意,多欢语笑同。

晚夏登张仪楼呈院中诸公

重楼窗户开,四望敛烟埃。远岫林端出,清波城下回。乍疑蝉韵促,稍觉雪风来。并起乡关思,销忧在酒杯。

还别业寻龙华山寺广宣上人

十里惟闻松桂风,江山忽转见龙宫。正与休师方话旧,风烟几度入楼中。

姚向

姚向,长庆二年西川节度判官。诗二首。

奉陪段相公晚夏登张仪楼

秦相架群材,登临契上台。查从银汉落,江自雪山来。俪曲亲流火,凌风冾小杯。帝乡如在目,欲下尽裵回。

和段相公登武担寺西台

开阁锦城中,余闲方梵宫。九层连昼景,万象写秋空。天半将身到,江长与海通。提携出尘土，曾是穆清风。

温会

温会，以殿中侍御史为西川安抚判官。诗二首。

和段相公登武担寺西台

桑台烟树中，台榭造云空。眺听逢秋兴，篇辞变国风。坐愁高鸟起，笑指远人同。始愧才情薄，跻攀继韵穷。

奉陪段相公晚夏登张仪楼

危轩重叠开，访古上裴回。有舌嗟秦策，飞梁驾楚材。云霄随凤到，物象为诗来。欲和关山意，巴歌调更哀。

李敬伯

李敬伯，西川观察巡官，试大理评事。诗二首。

和段相公登武担寺西台

台上起凉风，乘闲览岁功。自随台席贵，尽许羽觞同。楼殿斜晖照，江山极望通。赋诗思共乐，俱得咏诗丰。

奉陪段相公晚夏登张仪楼

层屋架城隈，宾筵此日开。文锋摧八阵，星分应三台。望雪烦襟释，当欢远思来。披云霄汉近，暂觉出尘埃。

姚康

姚康，字汝谐，下邽人。登元和十五年进士第，试右武卫曹参军、剑南观察推官。大中时，终太子詹事。诗四首。

奉陪段相公晚夏登张仪楼

登览值晴开，诗从野思来。蜀川新草木，秦日旧楼台。池景摇中座，山光接上台。近秋宜晚景，极目断浮埃。

和段相公登武担寺西台

松径引清风，登台古寺中。江平沙岸白，日下锦川红。疏树山根净，深云鸟迹穷。自惭陪末席，便与九霄通。

礼部试早春残雪

微暖春潜至，轻明雪尚残。银铺光渐湿，珪破色仍寒。无柳花常在，非秋露正团。素光浮转薄，皓质驻应难。幸得依阴处，偏宜带月看。玉尘销欲尽，穷巷起袁安。

赋得巨鱼纵大壑

水府乘闲望，圆波息跃鱼。从来暴泥久，今日脱泉初。得志宁相忌，无心任宛如。龙门应可度，鲛室岂常居。掉尾方穷乐，游鳞每自舒。乘流千里去，风力藉吹嘘。

全唐诗卷三百三十二

羊士谔

羊士谔,泰山人。登贞元元年进士第,累至宣歙巡官。元和初,拜监察御史,坐诬李吉甫,出为资州刺史。诗一卷。

早春对雨

南馆垂杨早,东风细雨频。轻寒消玉斝,幽赏滞朱轮。千里巴江守,三年故国春。含情非迟客,悬榻但生尘。

永宁小园即事

萧条梧竹下,秋物映园庐。宿雨方然桂,朝饥更摘蔬。阴苔生白石,时菊覆清渠。陈力当何事,忘言愧道书。

台中遇直,晨览萧侍御壁画山水

虫思庭莎白露天,微风吹竹晓凄然。今来始悟朝回客,暗写归心向石泉。

过三乡望女几山,早岁有卜筑之志

女几山头春雪消,路傍仙杏发柔条。心期欲去知何日,惆怅回车上野桥。

和李都官郎中经宫人斜

翡翠无穷掩夜泉,犹疑一半作神仙。秋来还照长门月,珠露寒花是野田。

山阁闻笛

临风玉管吹参差,山坞春深日又迟。李白桃红满城郭,马融闲卧望京师。

登楼

槐柳萧疏绕郡城,夜添山雨作江声。秋风南陌无车马,独上高楼故国情。

忆江南旧游二首

山阴道上桂花初,王谢风流满晋书。曾作江南步从事,秋来还复忆鲈鱼。

曲水三春弄彩毫,樟亭八月又观涛。金罍

几醉乌程酒,鹤舫闲吟把蟹螯。

郡中即事三首

晓风山郭雁飞初,霜拂回塘水榭虚。鼓角清明如战垒,梧桐摇落似贫居。青门远忆中人产,白首闲看太史书。城下秋江寒见底,宾筵莫讶食无鱼。

红衣落尽暗香残,叶上秋光白露寒。越女含情已无限,莫教长袖倚兰干。_{此首题一作《玩荷花》。}

登临_{一作高何事一作}见琼枝,白露黄花自绕篱。惟有楼中好山色,稻畦残水入秋池。_{此首题一作《寄装校书》。}

野望二首

萋萋麦陇杏花风,好是行春野望中。日暮不辞停五马,鸳鸯飞去绿江空。

忘怀不使海鸥疑,水映桃花酒满卮。亭上一声歌白苎,野人归棹亦行迟。

游西山兰若

路傍垂柳古今情,春草春泉咽又生。借问山僧好风景,看花携酒几人行。

泛舟入后溪

东风朝日破轻岚,仙棹初移酒未酣。玉笛闲吹折杨柳,春风无事傍鱼潭。

雨余芳划净沙尘,水绿滩平_{一作色带春}。唯有啼鹃似留客,桃花深处更无人。_{此首一作于鹊诗。}

看花

一到花间一忘归,玉杯瑶瑟减光辉。歌筵更覆青油幕,忽似朝云瑞雪飞。

春望

莫问华簪发已斑,归心满目是青山。独上层城倚危槛,柳营春尽马嘶闲。

寄江陵韩少尹

别来玄鬓共成霜,云起无心出帝乡。蜀国鱼笺数行字,忆君秋梦过南塘。

贺_{一作资}州宴行营回将

九_{一作几}剑盈庭酒满卮,戍人归日及瓜时。元戎静镇无边事,遣向营中偃画旗。

游郭驸马大安山池

马嘶芳草自淹留,别馆何人属细侯。仙杏破颜逢醉客,彩鸳飞去避行舟。洞箫日暖移宾榻,垂柳风多掩妓楼。坐阅清晖不知暮,烟横北渚水悠悠。

故萧尚书瘗柏斋前玉蕊树,与王起居吏部孟员外同赏

柏寝闭何时,瑶华自满枝。天清凝积素,风暖动芬丝。留步苍苔暗,停觞白日迟。因吟茂陵草,幽赏待妍词。

和武相早朝中书候传点书怀奉呈

殿省秘清晓,夔龙升紫微。星辰拱帝座,剑履翊天机。耿耿金波缺,沉沉玉漏稀。彩笺蹲鹭兽,画扇列名翚。志业丹青重,恩华雨露霏。三台昭建极,一德庆垂衣。昌运瞻文教,雄图本武威。殊勋如带远,佳气似烟非。抗节衷无隐,同心尚弼违。良哉致君日,维岳有光辉。

和萧侍御监祭白帝城西村寺,斋沐览镜,有怀吏部孟员外并见赠

晚沐金仙宇,迎秋白帝祠。轩裳烦吏职,风物动心期。清镜开尘匣,华簪指发丝。南宫有高步,岁晏岂磷缁。

送张郎中副使自南省赴凤翔府幕

仙郎佐氏_{一本缺}谋,廷议宠元侯。城郭须来贡,河隍亦顺流。亚夫高垒静,充国大田秋。当奋燕然笔,铭功向陇头。

和窦吏部雪中寓直

瑞花飘朔雪,灏气满南宫。迢递层城掩,徘徊午夜中。金闱通籍恨,银烛直庐空_{一本缺}

谁问乌台客,家山忆桂丛。

小园春至偶呈吏部窦郎中 题下一本有孟员外三字

松篁虽苦节,冰霜惨其间。欣然一作欣发佳色,如喜东风还。幽抱想前躅,冥鸿度南山。春台一以眺,达士亦解颜。偃息非老圃,沉吟闷玄关。驰晖忽复失,壮气一作岁不得闲。君子当济物,丹梯谁一作难共攀。心期自有约,去扫苍苔斑。

酬吏部窦郎中直夜见寄

解巾侍云陛,三命早为郎。复以雕龙彩,旋归振鹭行。玉书期养素,金印已一本缺怀黄。兹夕南宫咏,遐情愧不忘。

永宁里园亭休沐怅然成咏

云景含初夏,休归曲陌深。幽帘宜永日,珍树始清阴。迟客唯长簟,忘言有匣琴。画披灵物态,书见古人心。芳草多留步,鲜飙自满襟。劳形非立事,潇洒愧头簪。

登乐游原寄司封孟郎中卢补阙

爽节时清眺,秋怀怅独过。神皋值宿雨,曲水已增波。白鸟凌风迥,红葉濯露多。伊川有归思,君子复如何。

乾元初,严黄门自京兆少尹贬牧巴郡,以长才英气,固多暇日,每游郡之东山,山侧精舍,有盘石细泉,疏为浮杯之胜,苔深树老,苍然遗躅,士谔谔因出守,得继兹赏,乃赋诗十四韵,刻于石壁

石座双峰古,云泉九曲深。寂寥疏凿意,芜没岁时侵。绕席流还壅,浮杯咽复沉。追怀王谢侣,更似会稽岑。始诣流杯之地,菱草已没石,泉渠不绝如线,躬自疏导,终日潺潺,盖数十年无游者。谁谓天池翼,相期宅畔吟。光辉轻尺璧,然诺重黄金。几醉东山妓,长悬北阙心。蕙兰留杂佩,桃李想一作相华簪。时郡詹事昂自拾遗贬清化尉。黄门年三十余,且为府主,与郡意气友善,赋诗高会,文字犹存。闭阁余何事,鸣驺亦屡寻。轩裳遵往辙,风景憩中林。横吹多凄调,安歌送好音。初筵方侧弁,故老忽沾襟。时老僧常觉在,自言目睹黄门游集之日,历历可听,及闻丝竹发声,泫然流涕。盛世当弘济,平生谅所钦。无能愧陈力,惆怅拂瑶琴。

闲斋示一二道者

幽兰谁复奏,闲匣以端忧。知止惭先觉,归欤想故侯。山蝉铃阁晚,江雨麦田秋。唯有空门学,相期老一丘。

南池荷花

蝉噪城沟水,芙蓉忽已繁。红花迷越艳,芳意过湘沅。湛露宜清暑,披香正满轩。朝朝只自赏,秋李亦何言。

郡中玩月,寄江南李少尹虞部孟员外三首

月满自高丘,江通无狭流。轩窗开到晓,风物坐含秋。鹊警银河断,蛩悲翠幕幽。清光望不极,耿耿下西楼。

桂华临洛浦,如挹李膺仙。兹夕披云望,还吟掷地篇。凤池分直夜,牛渚泛舟年。会是风流赏,惟君内史贤。

圆景旷佳宾一作赏,徘徊夜漏频。金波徒泛酒,瑶瑟已生尘。露白移长簟,风清挂幅巾。西园旧才子,想见洛阳人。时柱卢云夫书分司入洛。

城隍庙赛雨二首

零雨慰斯人,斋心荐绿蘋。山风箫鼓响,如祭敬亭神。

积润通千里,推诚奠一卮。回飙经画壁,忽似偃云旗。

郡楼晴望二首

霁色朝云尽,亭皋一作高露亦晞。寨开临曲槛,萧瑟换轻衣。地远秦人望,天晴社燕飞。无功惭岁晚,唯念故山归。

一雨晴山郭,惊秋碧树风。兰卮谁与荐,玉筯自无惊。云景嘶宾雁,岚阴露彩虹。闲吟懒闭一作下阁,旦夕郡楼中。

初移琪树

爱此丘中物,烟霜尽日看。无穷碧一作白云意,更助绿窗寒。

燕居

秋斋膏沐暇,旭日照轩墀。露重芭蕉叶,香凝一作低,一本缺橘柚枝。简书随吏散,宝骑与僧期。报国得何力,流年已觉衰。

寄黔府窦中丞

汉臣旌节贵,万里护牂牁。夏月一作日天无暑,秋风水不波。朝衣蟠艾绶,戎幕偃雕戈。满岁归龙阙,良哉仵作歌。

书楼怀古

何独文翁化,风流与代深。泉云无旧辙,骚雅有遗音。远目穷巴汉,闲情阅古今。忘言意不极,日暮但横琴。

九月十日郡楼独酌

掾史当授衣,郡中稀物役。嘉辰怅已失,残菊谁为惜。桄轩一尊泛,天景洞虚碧。暮节独一作犹赏心,寒江鸣湍石。归期北州里,旧友东山客。飘荡云海深,相思桂花白。

暮秋言怀

城隅凝彩画,红树带青山。迟客金尊晚,谈空玉柄闲。驰晖三峡水,旅梦百劳关。非是淮阳薄,丘中只望还。

题枇杷树

珍树寒始花,氤氲九秋月。佳期若有待,芳意常无绝。袅袅碧海风,濛濛绿枝雪。急景自余妍,春禽幸流悦。

上元日紫极宫门观州民然灯张乐

山郭通衢隘,瑶坛紫府深。灯花助春意,舞绶一作缀织欢心。闲似淮阳卧,恭闻乐职吟。唯将圣明化,聊以达飞沉。

西郊兰若

云天宜北户,塔庙似西方。林下僧无事,江清日复长。石泉盈掬冷,山实满枝香。寂寞传心印,玄言亦已忘。

在郡三年,今秋见白发,聊以书事

二毛非骑省,朝镜忽秋风。丝缕寒衣上,霜华旧简中。承明那足厌,车服愧无功。日日山城守,淹留岩桂丛。

郡中端居,有怀袁州王员外使君

忆作同门友,承明奉直庐。禁闱人自异,休浣迹非疏。珥笔金华殿,三朝玉玺书。恩光荣侍从,文彩应符徐。王自贞元以至元和,并掌诏命。青眼真知我,玄谈愧起予。兰卮招促膝,松砌引长裾。王尤精太玄,自为深知,时在宪司,休注释,与予自躬冠服,辄诣松庭,永日言集。丽日流莺早,凉天坠露初。前山临紫阁,曲水眺红蕖。谁为音尘旷,俄惊岁月除。风波移故辙,符守忽离居。济物阴功在,分忧盛业余。弱翁方大用,延首迟双鱼。

山寺题壁

物外真何事,幽廊步不穷。一灯心法在,三世影堂空。山果青苔上,寒蝉落叶中。归来还闭阁,棠树几秋风。

暇日适值澄霁江亭游宴

碧落风如洗,清光镜不分。弦歌方对酒,山谷尽无云。振卧淮阳病,悲秋宋玉文。今来强携妓,醉舞石榴裙。

玩槿花

何乃诗人兴,妍词属舜华。风流感异代,窈窕比同车。凝艳垂清露,惊秋隔绛纱。蝉鸣复虫思,惆怅竹阴斜。

郡斋读经

壮龄非济物,柔翰误为儒。及此斋心暇,翛然与道俱。散材诚独善,正觉岂无徒。半偈莲生水,幽香桂满炉。息阴惭蔽芾,讲义得醍醐。迹似桃源客,身撄竹使符。华夷参吏事,巴汉混州图。偃草怀君子,移风念啬夫。翳桑俄有绩，宿麦复盈租。圆寂期超诣，凋残幸已苏。解空囊不智，灭景谷何愚。几日遵归辙，东畜殆欲芜。

州民自言巴土冬湿，且多阴晦，今兹晴朗，苦寒霜颇甚，故老咸异之，因示僚吏第五句、第七句、第八句并缺

雨霜以成岁，看旧感前闻。爱景随朝日，凝阴积暮云。□□□□，忘言酒暂醺。□□□□，□□□□。

斋中有兽皮茵偶成咏

逸才岂凡兽，服猛愚人得。山泽生异姿，蒙戎一作茸蔚佳色。青毡持与藉，重锦裁为饰。卧阁幸相宜，温然承宴息。

野夫采鞭于东山偶得元者

追风岂无策，持斧有遐想。风去留孤根，岩悬非朽壤。苔斑自天生，玉节垂云长。勿谓山之幽，丹梯亦可上。

守郡累年俄及知命聊以言志第八句缺一字

南国疑逋客，东山作老夫。登朝非大隐，出谷是真愚。气直惭龙剑，心清爱玉壶。聊持循吏传，早晚□为徒。

东渡早梅一树，岁华如雪，酬赏成咏第一句、第二句各缺一字

暇日留□事，期云亦□开。乡心持岁酒，津下赏山梅。晚实和商鼎，浓香拂寿杯。唯应招北客，日日踏青来。

题郡南山光福寺，寺即严黄门所置，时自给事中京兆少尹出守，年三十，性乐山水，故老云每旬数至，后分阃一有西字川，州门有去思碑，即郤拾遗之词也

传闻黄阁守，兹地赋长沙。少壮称时杰，功名惜岁华。岩廊初建刹，宾从亚鸣笳。玉帐空严道，甘棠见野花。碑残犹堕泪，城古自归鸦。籍籍清风在，怀人谅不遐。

雨中寒食

令节逢烟雨，园亭但掩关。佳人宿妆薄，芳树彩绳闲。归思偏消酒，春寒为近山。花枝不可见，别恨灞一作五陵间。

晚夏郡中卧疾

事外心如寄，虚斋卧更幽。微风生白羽，畏日隔青油。用拙怀归去，沉痾畏借留。东山自有计，蓬鬓莫先秋。

酬卢司门晚夏过永宁里弊居林亭见寄

自叹淮阳卧，谁知去国心。幽亭来北户，高韵得南金。苔甃窥泉少，篮舆爱竹深。风蝉一清暑，应喜脱朝簪。

山郭风雨朝霁怅然秋思

桐竹离披晓，凉风似故园。惊秋对旭日，感物坐前轩。江燕飞还尽，山榴落尚繁。平生信有意，衰久已忘言。

南馆林塘

郡阁山斜对，风烟隔短墙。清池如写月，珍树尽凌霜。行乐知无闷，加餐颇自强。心期空岁晚，鱼意久相忘。

腊夜对酒

琥珀杯中物，琼枝席上人。乐声方助一本缺醉，烛影已含春。自顾行将老，何辞坐达晨。传觞称厚德，不问吐车茵。

池上构小山咏怀第二句缺二字

玉立出岩石，风清曲□□。偶成聊近意，静对想凝神。牛渚中流月，兰亭上道春。古来心可见，寂寞为斯人。

林塘腊候

南国冰霜晚一作冷，年华已暗归。闲招别馆客，远念故山薇。野艇虚还触，笼禽倦更飞。忘言亦何事，酬赏步一作坐清辉。

酬礼部崔员外备独——作嘱，一本此下缺一字永宁里弊居见寄来诗云图书锁尘阁，符节守山城第二句缺一字

守土亲巴俗，腰章□汉仪。春行乐职咏，秋感伴牢词。旧里藏旧阁，闲门闭槿篱。遥惭退朝客，下马独相思。

梁国惠康公主挽歌词二首 时诏令百官进词。驸马即司空于公之子

汤沐成陈迹，山林遂寂寥。鹊飞应织素，凤起独吹箫。玉殿中参罢，云轩上汉遥。皇情非不极，空辍未央朝。

授册荣天使，陈诗感圣恩。山河启梁国，缟素及于门。泉向金卮咽，霜来玉树繁。都人听哀挽，泪尽望寒原。

南池晨望

起来林上月，潇洒故人情。铃阁人何事，莲塘晓独行。衣沾竹露爽，茶对石泉清。鼓吹前贤薄，群蛙试一鸣。

林馆避暑

池岛清阴里，无人泛酒船。山蜩金奏响，荷露水精圆。静胜朝还暮，幽观白已玄。家林正如此，何事赋归田。

巴南郡斋雨中，偶看长历，是日小雪，有怀昔年朝谒，因成八韵

夷落朝云候，王正小雪辰。缅怀朝紫陌，曾是洒朱轮。气耿簪裾肃，风严刻漏频。暗飞金马仗，寒舞玉京尘。豸角随中宪，龙池列近臣。蕊珠凝瑞彩，悬圃净华茵。帝泽千箱庆，天颜万物春。明廷——作君犹咫尺，高咏愧巴人。

褒城驿池塘玩月

夜长秋始半，圆景丽银河。北渚清光溢，西山爽气多。鹤飞闻坠露，鱼戏见增波。千里家林望，凉飙换绿萝。

资阳郡中咏怀

腰章非达士，闭阁是潜夫。匣剑宁求试，笼禽但自拘。江清牛渚镇，酒熟步兵厨。唯此前贤意，风流似不孤。

寒食宴城北山池，即故郡守荣阳郑钢——作纲目为折柳亭

别馆青山郭，游人折柳行。落花经上巳，细雨带清明。鹎鶋流芳暗，鸳鸯曲水平。归心何处醉，宝瑟有余声。

酬彭州萧使君秋中言怀

右一作古职移青绶，雄藩拜紫泥。江回玉垒下，气爽锦城西。皋鹤惊秋律，琴乌怨夜啼。离居同舍念，宿昔奉金闺。元和初接武南台，周旋两院。

资中早春

一雨东风晚，山莺独报春。淹留巫峡梦，惆怅洛阳人。柳意笼丹槛，梅香覆锦茵。年华行可惜，瑶瑟莫生尘。

郡楼怀长安亲友

残暑三巴地，沉阴八月天。气昏高阁雨，梦倦下帘眠。愁鬓华簪小，归心社燕前。相思杜陵野，沟水独潺湲。

王起居独游青龙寺玩红叶因寄

十亩苍苔绕画廊，几株红树过清霜。高情还似看花去，闲对南山步夕阳。

夜听琵琶三首

掩抑危弦咽又通，朔云边月想朦胧。当时谁佩将军印，长使蛾眉怨不穷。

一曲徘徊星汉稀，夜阑幽怨重依依。忽似拟金来上马，南枝栖鸟尽惊飞。

破拨声繁恨已长，低鬟敛黛更摧藏。潺湲陇水听难尽，并觉风沙绕杏——作画梁。

彭州萧使君出妓夜宴见送

玉颜红烛忽惊春，微步凌波暗拂尘。自是

当歌敛眉黛,不因惆怅为行人。

题松江馆

津柳江风白浪平,棹移高馆古今情。扁舟一去鸱夷子,应笑分符计日程。

偶题寄独孤使君

病起淮阳自有时,秋来未觉长年悲。坐逢在日唯相望,袅袅凉风满桂枝。

永宁里小园与沈校书接近,怅然题寄

故里心期奈别何,手移芳树忆庭柯。东皋黍熟君应醉,梨叶初红白露多。

斋—作春中咏怀

无心唯有白云知,闲卧高斋梦蝶时。不觉东风过寒食,雨来萱草出巴篱。

登郡前山

洛阳归客滞巴东,处处山樱雪满丛。岘首当时为风景,岂将官舍作池笼。

客有自渠州来说常谏议使君故事,怅然成咏

才子长沙暂左迁,能将意气慰当年。至今犹有东山妓,长使歌诗被管弦。

春日朝罢呈台中僚—作友

退食鹓行振羽仪,九霄双阙迥参差。云披彩仗春风度,日暖香阶昼刻移。玉树笼烟鸂鹒观,石渠流水凤凰池。时清执法惭无事,未有长杨汉主知。

州民有献杏者,瑰丽溢目,因感花未几,聊以成咏

南郭东风赏杏坛,几株芳树昨留欢。却忆落花飘绮席,忽惊如实满雕盘。蛾眉半敛千金薄,鸭鹈初鸣百草阑。志士古来悲节换,美人啼鸟亦长叹。

西川独孤侍御见寄七言四韵一首,为郡翰墨都捐遽此酬答诚乖拙速

百雉层城上将坛,列营西照雪峰寒。文章立事须铭鼎,谈笑论功耻据鞍。草檄清油推—作催健笔,曳裾黄阁耸危冠。双金未比三千字,负弩空惭知者难。

都城从事萧员外寄海梨花诗,尽绮丽至惠然远及

珠履行台拥附蝉,外郎高步似神仙。陈词今见唐风盛,从事遥瞻卫国贤。掷地好词凌彩笔,浣花春水腻鱼笺。东山芳意须同赏,子看囊盛几日传。右军书云:青李、来禽、樱桃、日给藤子,皆囊盛为佳,函封多不生。

赴资阳经嶓冢山 汉水所出。元和三年已授此官

宁辞旧路驾朱辀,重使疲人感汉恩。今日鸣驺到嶓峡,还胜博望至河源。

郡中言怀寄西川萧员外

功名无力愧勤王,已近终南得草堂。身外尽归天竺偈,腰间唯有会稽章。何时腊酒逢山客,可惜梅枝亚石床。岁晚我知仙客意,悬心应在白云乡。

郡斋感物寄长安亲友

晴天春意并无穷,过腊江楼日日风。琼树花香故人别,兰卮酒色去年同。闲吟铃阁巴歌里,回首神皋瑞气中。自愧朝衣犹在箧,归来应是白头翁。

息舟荆溪,入阳羡南山,游善权寺,呈李功曹巨

结缆兰香渚—作渚晓,柴车—作紫岩,又作孥侣上连冈。晏温值初霁,去绕山河长。献岁冰雪尽,细泉生路傍。行披烟杉入,激涧—作澜横石梁。层阁表精庐,飞甍切云翔。冲襟得高步,清眺极远方。潭嶂积佳气,薋英多早芳。具观泽国秀,重使春心伤。念遵烦促途,荣利鹜隙光。勉君脱冠意,共匿无何乡。

乱后曲江

忆昔曾游曲水滨,春来长有探春人。游春人静空地—作池在,直至春深不似春。

寻山家—作长孙佐辅诗

独访山家歇还涉—作步还歇,茅屋斜连隔松叶。主人闻语未开门,绕篱野菜飞黄蝶。

寄裴校书

登高何处见琼枝,白露黄花自绕篱。惟有楼中好山色,稻畦残水入秋池。

句

风泉留古韵,笙磬想遗音。

桂朽有遗馥,莺飞安可待。

尘沙漭如雾,长波惊飙度。雁起汀洲寒,马嘶高城暮。银釭倦秋馆,绮瑟瞻永路。重有携手期,清光倚玉树。以上并见张为《主客图》。

全唐诗卷三百三十三

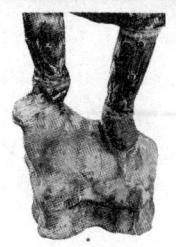

杨巨源

杨巨源,字景山,河中人。贞元五年擢进士第,为张弘靖从事,由秘书郎擢太常博士、礼部员外郎,出为凤翔少尹。复召除国子司业,年七十致仕归,时宰白以为河中少尹,食其禄终身。集五卷。今编诗一卷。

秋夜闲居即事寄庐山郑员外、蜀郡符处士

忧思繁未整,良辰会无由。引领迟佳音,星纪屡以周。蓬阆绝华耀,况乃处穷愁。坠叶寒拥砌,灯火—作光夜悠悠。开琴弄清弦,窥月俯澄流。冉冉鸿雁度,萧萧帷箔秋。怅怀石门咏,缅慕—作邀碧鸡游。仿佛蒙颜色,崇兰隐芳洲。

独不见

东风艳阳色,柳绿花如霰。竞理同心鬟,争持合欢扇。香传贾娘手,粉离何郎面。最恨卷帘时,含情独不见。

题赵孟庄

管鲍化为尘,交友存如线。升堂俱自媚,得路难相见。懿君敦三益,颓俗期一变。心同袭芝兰,气合回霜霰。石门云卧久,玉洞花寻遍。王浚爱旌旗,梁竦劳州县。烟鸿秋更远,天马寒愈健。愿事郭先生,青囊书几卷。

辞魏博田尚书出境后,感恩恋德,因登丛台

一本此下有却赠二字,第八句缺二字

荐书及龙钟,此事镂心骨。亲知殊恨恨—作恨恨,徒御方咄咄。宾朋怆别,僮仆请行。丛台邯郸郭,台上见新月。离恨始分明,(归思)更超忽。怀仁泪空尽,感事情又发。他时蹒履声,晓日照丹阙。

夏日苦热,同长孙主簿过仁寿寺纳凉

火入天地炉,南方正何剧。四郊长云红,六合太阳赤。爀爀沸泉壑,焰焰焦砂石。思减

祝融权,期匡诸子宅。因投竹林寺,一问青莲客。心空得清凉,理证等喧寂。开襟天籁回,步履雨花积。微风动珠帘,蕙气入瑶席。境闲性方谧,尘远趣皆适。淹驾殊未还,朱栏敞虚碧。

送李虞仲秀才归东都,因寄元李二友

高翼闲未倦,孤云旷无期。晴霞海西畔,秋草燕南时。邺中多上才,耿耿丹霄姿。顾我于逆旅,与君发光仪。同将儒者方,获忝携一作隽人知。幽兰与芳佩,寒玉锵美词。旧友在伊洛,鸣蝉思山陂。到来再春风,梦尽双琼枝。素业且无负,青冥殊未迟。南桥天气好,脉脉一相思。

和卢谏议朝回书情即事寄两省阁老,兼呈二起居谏院诸院长

宠位资寂用,回头怜二疏。超遥比鹤性,皎洁同僧居。华组澹无累,单床欢有余。题诗天一作清风洒,属思红霞舒。蔼蔼延阁东,晨光映林初。炉香深内殿,山色明前除。对客默焚稿,何人知谏书。全仁气逾劲,大辨言甚徐。逸步寄青琐,闲吟亲绮疏。清辉被鸾渚,瑞蔼含龙渠。谢监营野墅,陶公爱吾庐。悠然远者怀,圣代飘长裾。端弭缉元化,至音生太虚。一戎珍櫕枪,重译充储胥。借地种寒竹,看云忆春蔬。灵机栖杳冥,谈笑登轩车。晚迹识麒麟,秋英见芙蕖。危言直且庄,旷抱郁以摅。志业耿冰雪,光容粲璠玙。时贤俨仙掖,气谢心何如。

奉酬窦郎中早入省苦寒见寄

玄冥怒含风,群物戒严节。空山顽石破,幽涧层冰裂。题诗金华彦,接武丹霄烈。旷怀玉京云,孤唱粉垣雪。穷阴总凝冱,正气直肃杀。天狼看坠地,霜兔敢拒穴。悠然蓬蒿士,亦得奉朝谒。羸骖苦迟迟,单仆怨切切。端闱仙阶邃,广陌冻桥滑。旭日鸳鸯行,瑞烟芙蓉阙。司寒申郑重,成岁在凛冽。谢监逢酒一作假时,袁生闭门月。渐思霜霰减,欲报阳和发。谁家挟纩心,何地当炉热。惨舒能一改,恭听远者说。

野园献果呈员外

西园果初熟,上客心逾惬。凝粉乍辞枝,飘红仍带叶。幽姿写琼实,殷彩呈妆颊。持此赠佳期,清芬罗袖裛。

大堤曲一作词

二八婵娟大堤女,开垆相对依江渚。待客登楼向水看,邀郎卷幔临花语。细雨濛濛湿芰荷,巴东商侣挂一作驻帆多。自传芳酒涴一作翻红袖,谁调妍妆回翠娥。珍簟华灯夕阳后,当垆理瑟矜纤手。月落星微五鼓声,春风摇荡窗前柳。岁岁逢迎沙岸间,北一作背人多识一作整绿云鬟。无端嫁与五陵少,离别烟波伤玉颜。

杨花落

北斗南回春物老,红英落尽绿一作缘尚早。韶风澹荡无所依,偏惜垂杨作春好。此时可怜杨柳花,荥一作荣盈艳曳满人家。人家女儿出罗幕,静扫玉庭待花落。宝环纤手捧更飞,翠羽轻裾承不著。历历瑶琴舞金一作态陈,菲红拂黛怜玉人。东园桃李芳已歇,独有杨花娇暮春。

月宫词

宫中月明何所似,如积如流满田地。迥过前殿曾学眉,回照长门惯催泪。昭阳昨夜秋风来,绮阁金铺情一作清影开。藻井浮花共陵乱,玉阶零露相裴回。稍映明河泛仙驭,满窗犹在更衣处。管弦回烛无限情,环珮凭栏不能去。皎皎苍苍千里同,穿烟飘叶九门通。珠帘欲卷畏成水,瑶席初陈惊似空。复值君王事欢宴,宫女三千一时见。飞盖愁看素晕低,称觞愿踏清辉遍。江上无云夜可怜,冒沙披浪自婵娟。若共心赏风流夜,那比高高太液前。

赠从弟茂卿 时欲北游

吾从一作家骥足杨茂卿,性灵且奇才甚清。海内方微风雅道,邺中更有文章盟。扣寂由来

在渊思,搜奇本自通禅智。王维证时符水月,杜甫狂处遗天地。流水东西岐路分,幽州迢递旧来闻。若为向北驱疲马,山似寒空塞似云。

乌啼曲赠张评事

可怜杨叶复杨花,雪净烟深碧玉家。乌栖不定枝条弱,城头夜半声哑哑。浮萍流一作摇,一作栖荡门前水,任胃芙蓉莫堕沙。

端午日伏蒙内侍赐晨服

彩缕纤仍丽,凌风卷复开。方应五日至,应自九天来。在笥清光发,当轩暑气回。遥知及时节,刀尺火云催。

胡姬词

妍艳照江头,春风好客留。当垆知妾惯,送酒为郎羞。香渡传蕉扇,妆成上竹楼。数钱怜皓腕,非是不能留。

春日有赠

堤暖柳丝斜,风光属谢家。晚心应恋水,春恨定因花。步远怜芳草,归迟见绮霞。由来感情思,独自惜年华。

襄阳乐

闲随少年去,试上大堤游。画角栖乌起,清弦过客愁。碑沉楚山石,珠彻汉江秋。处处风情好,卢家更上楼。

关山月

苍茫临故关,迢递照秋山。万里平芜静,孤城落叶闲。露浓栖雁起,天远戍兵还。复映征西府,光深组练间。

长城闻笛

孤城笛满林,断续共霜砧。夜月降羌泪,秋风老将心。静过寒垒遍,暗入故关一作圆深。惆怅梅花落,山川不可寻。

春晚东归留赠李功曹

芳田岐路斜,脉脉惜年华。云路一作络青丝骑,香含翠幰车。歌声仍隔水,醉色未侵花。唯有怀乡客,东飞羡曙鸦。

送殷员外使北蕃

二轩将雨露,万里入烟沙。和气生中国,薰风属外家。塞芦随雁影,关柳拂驼花。努力黄云北,仙曹有雉车。

送许侍御充云南哀册使判官

万里永昌城,威仪奉圣明。冰心瘴江冷,霜宪漏天晴。荒外开亭候,云南降旆旌。他时功自许,绝域转哀荣。

秋日题陈宗儒圃亭,凄然感旧

曾随何水部,待月东亭宿。今日重凭栏,清风空在竹。前山依旧碧,闲草经秋绿。时物方宛然,蛛丝一何速。

和郑少师相公题慈恩寺禅院

旧寺长桐孙,朝天是圣恩。谢公诗更老,萧傅道方尊。白法知深得,苍生要重论。若为将此望,心地向空门。

同赵校书题普救寺

东门高处天,一望几悠然。白浪过城下,青山满寺前。尘光发驿道,岚色到人烟。气象须文字,逢君大雅篇。

春日与刘评事过故证一作澄上人院

曾共刘咨议,同时事道林。与君方掩泪,来客是知心。阶雪凌春积,钟烟向夕深。依然旧童子,相送出花阴。

春雪题兴善寺广宣上人竹院

皎洁青莲客,焚香对雪朝。竹风催一作吹淅沥,花雨让飘飖。触一作洒石和云积,萦池拂水消。只应将日月,颜色不相饶。

清明日后土祠送田彻一作澈

清明千万家,处处是年华。榆柳芳辰火,梧桐今日花。祭一作登祠结云绮,游陌拥香车。惆怅田郎去,原回烟树斜。

酬令狐员外直夜书怀见寄

　　花枝暖欲舒,粉署夜方初。世职推传盛,春刑是减余。芸香能护字,铅椠善呈书。此地从头白,经年望雉车。

题表丈三大夫书斋

　　盛府自莲花,群公是岁华。兰姿丈人圃,松色大夫家。素卷堆瑶席,朱弦映绛纱。诗题三百首,高韵照春霞。

春日送沈赞府归浔阳觐叔父

　　浔阳阮咸宅,九派竹林前。花屿高如浪,云峰远似天。江声在南巷一作港,海气入东田。才子今朝去,风涛思渺然。

与李文仲秀才同赋泛酒花诗

　　若道春无赖,飞花合逐风。巧知人意里,解入酒杯中。香湿胜含露,光摇似泛空。请君回首看一作醉眼,几片舞芳丛。

登宁州城楼

　　宋玉本悲秋,今朝更上楼。清波城下去,此意重悠悠。晚菊临杯思,寒山满郡愁。故关非内地,一为汉家羞。

同薛侍御登黎阳县楼眺黄河

　　倚槛恣流目,高城临大川。九回纡白浪,一半在青天。气肃晴空外,光翻晓日边。开襟值佳景,怀抱更悠然。

和权相公南园闲涉寄广宣上人

　　浩气抱天和,闲园载酒过。步因秋景旷,心向晚云多。翠玉思回凤,玄珠肯在鹅。问一作汤师登几地,空性奈诗何。

供奉定法师归安南

　　故乡南越外,万里白云峰。经论辞天去,香花入海逢。鹭涛清梵彻,蜃阁化城重。心到长安陌,交州后夜钟。

池上竹

　　一丛婵娟色,四面清冷波。气润晚烟重,光闲秋露多。翠筠入疏柳,清影拂圆荷。岁晏琅玕实,心期有凤过。

长安春游

　　凤城春报曲江头,上客年年是胜游。日暖云山当广陌,天清丝管在高楼。茏葱树色分仙阁,缥缈花香泛御沟。桂壁朱门新邸第,汉家恩泽问邓侯。

送定法师归蜀,法师即红楼院供奉广宣上人兄弟

　　凤城初日照红楼,禁寺公卿识惠休。诗引棣华沾一雨,经分贝叶向双流。孤猿学定前山夕,远雁伤离几地秋。空性碧云无处所,约公曾许剡溪游。

早朝

　　钟声一作传清禁才应彻,漏报仙闱俨已开。双阙薄烟笼菡萏,九成初日照蓬莱。朝时但向丹墀拜,仗下方从碧殿回。圣道逍遥更何事,愿将巴曲赞康哉。

赠张将军

　　关西诸将揖容光,独立营门一作前剑有霜。知爱鲁连归海上,肯令王翦在频一作平阳。天晴红帜当山满,日暮清笳入塞长。年少功高人最羡,汉家坛一作烟树月一作日苍苍。

和侯大夫秋原山观征人回

　　两河战罢万方清,原上军回识旧营。立马望云秋塞静,射雕临水晚天晴。戍闲部伍分岐路,地远家乡寄旆旌。圣代止戈资庙略,诸侯不复更长征。

送人过卫州

　　忆昔征南府内游,君家东阁最淹留。纵横联句长侵晓,次第看花直到秋。论旧举杯先下泪,伤离临水更登楼。相思前路几回首,满眼青山过卫州。

寄中书同年舍人

　　晴明紫阁最高峰,仙掖开帘范彦龙。五色

天书词焕烂,九华春殿语从容。彩毫应染炉烟细,清珮仍含玉漏重。二十年前同日喜,碧霄何路得相逢。

酬一作赠于驸马二首

绮陌尘香曙色分,碧山如画又逢君。蛟藏秋月一片水,骥锁晴空千尺云。戚里旧知何驸马,诗家今得鲍参军。阳和本是烟霄曲,须向花间次第闻。

芳时碧落心应断,今日清词事不同。瑶草秋残仙圃在,彩云天远凤楼空。晴花暖一作曾送金鹖影,凉叶寒一作还生玉簟风。长得闻诗欢自足,会看春露湿兰丛。

将归东都寄一作别令狐舍人

绿杨红杏满城春,一骑悠悠万井尘。岐路未关一作闲今日事,风光欲醉长年人。闲过绮陌寻高寺,强对一作到朱门谒近臣。多病晚来还有策,洛阳山色旧相亲。

寄江州白司马

江州司马平安否,惠远东林住得无。湓浦曾闻似衣带,庐峰见说胜香炉。题诗岁晏离鸿断,望阙天遥病鹤孤。莫谩拘一作勾牵雨花社,青云依旧是前途。

薛司空自青州归朝

天眷君陈久在东,归朝人看大司空。黄河岸畔长无事,沧海东边独有功。已变畏途成雅俗,仍过旧里揖秋风。一门累叶凌烟阁,次第仪形汉上公。

送章孝标校书归杭州因寄白舍人

曾过灵隐江边寺,独宿东楼看海门。潮色银河铺碧落,日光金柱出红盆。不妨公事资高卧,无限诗情要细论。若访郡人徐孺子,应须骑马到沙村。

述旧纪勋寄太原李光颜侍中二首

玉塞含凄见雁行,北垣新诏拜龙骧。弟兄间世真飞将,魏虎归时似故乡。鼓角因风飘朔气,旌旗映水发秋光。河源收地心犹壮,笑向天西万里霜。

倚天长剑截云孤,报国纵横见丈夫。五载登坛真宰相,六重分阃正司徒。曾闻转战平坚寇,共说题诗压腐儒。料敌知机在方寸,不劳心力讲阴符。

酬卢员外

谢傅旌旗控上游,卢郎樽俎借前筹。舜城风土临清庙,魏国山川在白楼。云寺当时接高步,水亭今日又同游。满筵旧府笙歌在,独有羊昙最泪一作后流。

古意赠王常侍

绣户纱窗北里深,香风暗动凤凰簪。组纫常在佳人手,刀尺空摇寒女心。欲学齐讴逐云管,还思楚练拂霜砧。东家少妇当机织,应念无衣雪满林。

送裴中丞出使

一清淮甸假朝纲,金印初迎细柳黄。辞阙天威和雨露,出关春色避风霜。龙韬何必陈三略,虎旅由来肃万方。宣谕生灵真重任,回轩应问石渠郎。

送绛州卢使君

应将清净结心期,又共阳和到郡时。绛老问年须算子,庚公逢月要题诗。朱栏迢递因高胜,粉堞清明欲下迟。他日征还作霖雨,不须求赛敬亭祠。

赠李傅

知因公望掩能文,誓激明诚在致君。曾罢双旌瞻白日,犹将一剑许黄云。摇窗竹色留僧语,入院松声共鹤闻。莫被此心生晚计,镇南人忆杜将军。

上裴中丞

六年西掖弘汤诰,三捷东堂总汉科。政引风霜成物色,语回天地到阳和。清威更助朝端重,圣泽曾随笔下多。应笑白髯扬执戟,可怜春日老如何。

和人与人分惠赐冰

天水藏来玉堕空,先颁密署几人同。映盘皎洁非资月—作关露,披—作当扇清凉不在风。莹质方从纶阁内,凝辉更向画堂—作锦帷中。丽词珍贶难双有,迢递金舆殿角东。

观打球有作

亲扫球场如砥平,龙骧骥马晓光晴。入门百拜瞻雄势,动地三军唱好声。玉勒回时沾赤汗,花发分处拂细缨。欲令四海氛烟静,仗底纤尘不敢生。

早春即事呈刘员外

明朝晴暖即相随,肯信春光被雨欺。且任文书堆案上,免令杯酒负花时。马蹄经历须应遍,莺语叮咛已怪迟。更待杂芳成艳锦,邺中争唱仲宣诗。

送司徒童子

卫多君子鲁多儒,七岁闻天笑舞雩。光彩春风初转蕙,性灵秋水不藏珠。两经在口知名小,百拜垂髫禀气殊。况复元侯旌尔善,桂林枝上得鹓雏。

寄昭应王丞

武皇金辂辗香尘,每岁朝元及此辰。光动泉心初浴日,气蒸山腹总成春。讴歌已入云韶曲,词赋方归侍从臣。瑞霭朝朝犹望幸,天教赤县有诗人。

酬崔博士

自知顽叟更何能,唯学雕虫谬见称。长被有情邀唱和,近来无力更只承。青松树杪三千一作千年鹤,白玉壶中一片冰。今日为君书壁右一作石,孤城莫怕世人憎。

酬裴舍人见寄

谁道重迁是旧班,自将霄汉比乡关。二妃楼下宜临水,五老祠西好看山。再葺吾庐心已足,每来公府路常闲。诗陪亚相逾三纪,石笋烟霞不共攀。

和刘员外陪韩仆射野亭公宴

好客风流玳瑁簪,重檐高幕晓沈沈。绮筵霜重旌旗满,玉帐天清丝管声。繁戏徒过鲁儒目,众欢方集汉郎心。寒笳一曲严城暮,云骑连嘶香外林。

酬崔驸马惠笺百张兼贻四韵

百张云样乱花开,七字文头艳锦回。浮碧空—作定从天上得,殷红应自日边来。捧持价重凌雪叶,封裹香深笑海苔。满箧清光应照眼,欲题凡韵辄装回—作风韵愧凡才。

赠史开封

天低荒草誓师坛,邓艾心知战地宽。鼓角回临霜野曙,旌旗高对雪峰寒。五营向水红尘起,一剑当风白日看。曾从伏波征绝域,碛西蕃部怯金鞍。

奉寄通州元九侍御

大明宫殿郁苍苍,紫禁龙楼直署香。九陌华轩争道路,一枝寒玉任烟霜。须听瑞雪传心语,莫—作却被啼猿续泪行。共说圣朝容直气,期君新岁奉恩光。

赠浑钜中允

公子髫年四海闻,城南侍猎雪雰雰。马盘旷野弦开月,雁落寒原箭在云。曾向天西穿虏阵,惯游花下领儒群。一枝琼萼朝光好,彩服飘飘从冠军。

重送胡大夫赴振武

向年擢桂儒生业,今日分茅圣主恩。旌旆仍将过乡路,轩车争看出都门。人间文武能双捷,天下安危待一论。布惠宣威大夫事,不妨诗思许琴尊。

送陈判官罢举赴江外

练思多时冰雪清,拂衣无语别书生。莫将

甲乙为前累,不废烟霄是此行。定爱红云燃楚色,应看白雨打江声。心期玉帐亲台位,魏勃因君说姓名。

奉和裴相公

竹寺题名一半空,衰荣三十六人中。在生本要求知己,垂老应怜值相公。敢望变和回旧律,任应时节到春风。若为问得苍苍意,造化无言自是功。

和大夫边春呈长安亲故

严城吹笛思寒梅,二月冰河一半开。紫陌诗情依旧在,黑山弓力畏春来。游人曲岸看花发,走马平沙猎雪回。旌旆朝天不知晚,将星高处近三台。

张郎中段员外初直翰林报寄长句

秋空如练瑞云明,天上人间莫问程。丹凤词头供二妙,金銮殿角直三清。方瞻北极临星月,犹向南班滞姓名。启沃朝朝深禁里,香炉烟外是公卿。

奉酬端公春雪见寄

造化多情状物亲,剪花铺玉万重新。闲飘上路呈丰岁,狂舞中庭学醉春。兴逸何妨寻剡客,唱高还有寄巴人。遥知独立芝兰阁,满眼清光压俗尘。

卢郎中拜陵遇雪蒙见召因寄

南宫使者有光辉,欲拜诸陵瑞雪飞。蘋叶已修青玉荐,柳花仍拂赤车衣。应同谷口寻春去,定似山阴带月归。寒冷出郊犹未得,羡公将事看芳菲。

冬夜陪丘侍御先辈听崔校书弹琴

雪满中庭月映林,谢家幽赏在瑶琴。楚妃波浪天南远,蔡女烟沙漠北深。顾盼何曾因误曲,殷勤终是感知音。若将雅调开诗兴,未抵丘迟一片心。

元日含元殿下立仗丹凤楼门下宣赦相公称贺四字一作上相公二首

天垂台耀扫欃枪,寿献香一作山祝圣明。丹凤楼一作阙前歌九奏,金鸡竿下鼓千声。衣冠南面薰风动,文字东方喜气生。从此登封资庙略,两河连海一时清。

临轩启扇似云收,率土朝天剧水流。瑞色含春当正殿,香烟捧日在高楼。三朝气爽迎恩泽,万岁声长绕冕旒。请问汉家功第一,麒麟阁上识邓侯。

元日观朝

北极长尊报圣期一作仰圣时,周家何用问元龟。天颜入曙千官拜一作喜,元日一作日色迎春万物知。阊阖回临黄道正,衣裳高对碧山垂。微臣愿献尧人祝,寿酒年年太液池。

题贾巡官林亭

白鸟闲栖亭树枝,绿樽仍对菊花篱。许询本爱交禅侣,陈寔由来是一作足好儿。明月出云秋馆思,远泉经雨夜窗知。门前长者无虚辙,一片寒光动水池。

和元员外题升平里新斋

自一作因知休沐诸幽胜,遂肯高斋枕广衢。旧地已开新玉圃,春山仍展绿云图。心源邀得闲诗证,肺气宜将慢酒扶。此外唯应任真宰,同尘敢一作最是道门枢。

送澹公归嵩山龙潭寺葬本师

野烟秋水苍茫远,禅境真机去住闲。双树为家思旧壑,千花成塔礼寒山。洞宫曾向龙边宿,云径应从鸟外还。莫恋本师金骨地,空门无处复无关。

邠州陪王郎中宴

西塞无尘多玉筵,魏貅鸳鸯俨相连。红茵照水开樽俎,翠幕当云发管弦。歌态晓临团扇静,舞容春映薄衫妍。鲁儒纵使他时有,不似欢娱及少年。

和令狐舍人酬峰上人题山栏孤竹

满院冰姿粉箨残,一茎青翠近帘端。离丛自欲亲香火,抱节何妨共岁寒。能让繁声任真籁,解将孤影对芳兰。范云许访西林寺,枝叶须和彩凤看。

寄赠田仓曹湾

芳兰媚庭除,灼灼红英舒。身为陋巷客,门有绛辕车。朝览夷吾传,暮习颍阳书。晞云高羽翼,待贾蕴璠玙。缨弁虽云阻,音尘岂复疏。若因风雨晦,应念寂寥居。

上刘侍中

命代生申甫,承家翊禹汤。庙谟膺间气,师律动清霜。钟鼎勋庸大,山河—作河山诚誓长。英姿凌虎视,逸步压龙骧。道协陶钧力,恩回日月光。一言弘社稷,九命备珪璋。政洽军逾肃,仁敷物已康。朱门重衮戟,丹诏半缣缃。位总云—作兴龙野,师临涿鹿乡。射雕天更碧,吹角塞仍黄。深入平夷落,横行辟汉疆。功垂贞石远,名映色丝香。断—作度碛瞻貔武,临池识凤凰。舞腰凝绮榭,歌响拂雕梁。杯净传鹦鹉,裘鲜照鹔鹴。吟诗白羽扉,校猎绿沈枪。风景佳人地,烟沙壮士场。幕中邀谢鉴—作监,麾下得周郎。珠影含空彻,琼枝映座芳。王浑知武子,陈寔奖元方。富贵春无限,欢娱夜未央。管弦随玉帐,尊俎奉金章。俗理宁因劝,边城讵假防。军容雄朔漠,公望冠岩廊。分野邻孤岛,京坻溢万厢。曙华分碣石,秋色入衡—作渔阳。城远迷玄兔,川明辩白狼。忠贤多感激,今古共苍茫。堤拥红蕖艳,桥分翠柳行。轩车纷自至,亭馆郁相当。珍簟回烦暑,层轩引早凉。听琴知思静,说剑觉神扬。佳景燕台上,清辉郑驿傍。鼓鼙—作钟喧北里,珪玉映东床。敢衔由之瑟,甘循赐也墙。官微思假路,战胜忝—作望升堂。欲奋三年—作千翼,频回一夕肠。消忧期酒圣,乘兴任诗狂。海内栽—作分桃李,天涯荷—作剪稻粱。升沈门下意—作客,谁道在苍苍。

赠侯侍御

步逸辞群迹,机真—作忘结远—作道心。敦诗扬大雅,映古酌高音。逃祸栖蜗舍,因醒解豸簪。紫兰秋露湿,黄鹤晚—作晓天阴。旧业—作叶余荒草,寒山出远林。月明多宿寺,世乱重悲琴。霄汉时应在,诗书道未沈。坐期闻阃霁,云暖一开襟。时朱泚阻兵。

怀德抒情寄上信州座主

五马江天郡,诸生泪共垂。宴余明主德,因在侍臣知。怅望缄双鲤,龙钟假一枝。玉峰遥寄梦,云海暗伤离。幢盖全家去,琴书首路随。沧州值康乐,明月向元规。鹓凤终凌汉,蛟龙会出池。蕙香因曙—作暖发,松色肯寒移。举世瞻风藻,当朝揖羽仪。加餐门下意,溪水绿逶迤。

送杜郎中使君赴虔州

迢递南康路,清辉得使君。虎符秋领俗,鹓署早辞群。地远仍连戍,城严本带军。傍江低槛月,当领满窗云。境胜间阁间—作闻,天清水陆分。和诗将惠政,颂述九衢闻。

别鹤词送令狐校书之桂府

海鹤一为别,高程方窅然。影摇江汉—作海路,思结潇湘天。皎然仰白日,真姿栖紫烟。含情九霄际,顾侣五云前。遐心属清都,凄响激朱弦。超遥闻—作摇间风雨,迢递各山川。东南信多水,会合当有年。雌—作雄飞唳冥冥,此意何由传。

夏日裴尹员外西斋看花

笑向东—作南来客,看花柱在前。始知清夏月,更胜艳阳天。露湿呈妆污,风吹畏火燃。葱茏和叶盛,烂漫压枝鲜。红彩当铃阁,清香到玉筵。蝶栖惊曙色,莺语滞—作㶷晴烟。得地殊堪赏,过时倍觉妍。芳菲迟最好,唯是谢家怜。

赠邻家老将

白首羽林郎,丁年戍朔方。阴天瞻碛落,秋日渡辽阳。大漠寒山黑,孤城夜月黄。十年依蓐食,万里带金疮。拂雪一作露陈师祭,卫风立教场。箭飞琼羽合,旗动火云张。虎翼分营势,鱼鳞拥阵行。誓心清塞色,斗血杂沙光。战地晴辉薄,军门晓气长。寇深争暗袭,关回勒春防。身贱竟何诉,天高徒自伤。功成封宠将,力尽到贫乡。雀老方悲海,鹰衰却念霜。空余孤剑在,开匣一沾裳。

和吕舍人喜张员外自北番回至境上,先寄二十韵

割爱天文动,敦和国步安。仙姿归旧好,戎意结新欢。并命瞻鹓鹭,同心揖蕙兰。玉箫临祖帐,金榜引征鞍。广陌双旌去,平沙万里看。海云侵鬓起,边月向眉残。突兀阴山迥,苍山朔野宽。毳庐同甲帐,韦橐比雕盘。义著亲胡俗,仪全识汉官。地邻冰鼠净,天映烛龙寒。节异苏卿执,弦殊蔡女一作蕃乐弹。碛分黄渺渺,塞一作寒极黑漫漫。欢味膻腥列,徵声侏僸攒。归期先雁候,登路剧鹏抟。上客离心远,西宫草诏弹。丽词传锦绮,珍价掩琅玕。百两开戎垒,千蹄入御栏。瑞光麟阁上,喜气凤城端。尚德曾辞剑,柔凶本舞干。茫茫斗星北,威服古来难。

春日奉献圣寿无疆词十首

文物京华盛,讴歌一作谣国步康。瑶池供寿酒,银汉丽宸章。灵雨一作雨露含双阙,雷霆肃万方。代推仙祚远,春共圣恩长。凤扆临花暖,龙垆旁日香。遥知千万岁,天意奉君王。

鸳鹭彤庭际,轩车绮陌前。九城多好色一作乐,万井半祥烟。人醉逢尧酒,莺歌答舜弦。花明御沟水,香暖禁城天。赐宴文逾盛,徵歌一作欢牧更妍。无穷艳阳月,长照一作奉太平年。

云陛临黄道,天门在碧虚。大明含睿藻,元气抱宸居。戈偃征苗后,诗传宴镐初。年华富仙苑,时哲满公车。化入絪缊大,恩垂涣汗余。悠然万方静,风俗揖华胥。

玉漏飘青琐,金铺丽紫宸。云山九门曙,天地一家春。瑞霭方呈赏,暄风本配仁。岩廊开凤翼,水殿压鳌身。文雅逢明代,欢娱及贱臣。年年未央阙,恩共物华新。

垂拱乾坤正,欢心品类同。紫烟含北极,玄泽付东风。珠缀留晴景,金茎直晓空。发生资盛德,交泰让全功。间气登三事,祥光启四聪。遐荒似川水,天外亦一作一朝宗。

代是文明昼,春当宴喜时。垆烟添柳重,宫漏出花迟。汉典方宽律,周官正采诗。碧宵传凤吹,红旭一作日在龙旗。造化膺神契,阳和沃圣思一作愆。无一作每因随百兽,率舞奉丹墀。

睿德符玄化,芳情翊太和。日轮皇鉴远,天仗圣朝多。曙色含金榜,晴光转玉珂。中宫陈广乐,元老进赓歌。莲叶看龟上,桐花识凤过。小臣空击壤,沧海是恩波。

物象朝高殿,簪裾溢上京。春当九衢好,天向万方明。乐报箫韶发,杯看沉澧生。芙蓉丹阙暖,杨柳玉楼晴。阊阖开中禁,衣裳俨太清。南山同圣寿,长对凤皇城。

日上苍龙阙,香含紫禁林。晴光五云叠,春色九重一作天深。赏叶元和德,文垂雅颂音。景云随御辇,颢气在宸襟。永保无疆寿,长怀不战心。圣朝多宠赐,琼树粉墙阴。

化洽生成遂,功宣动植知。瑞凝三秀草,春入万年枝。风披嘉言进,鸾行喜气随。仗临丹地近,衣对碧山垂。渥泽方柔远,聪明本听卑。愿同东观士一作事,长对一作睹汉威仪。

衔鱼翠鸟

有意莲叶间,瞥然下高树。擘破一作波得全一作金鱼,一点翠光去。

和郑相公寻一本此下有兴善寺三字宣上人不遇

方寻一作放心莲境去,又值竹房空。几韵飘

寒玉,余清不在风。

题范阳金台驿
六国唯求客,千金遂筑台。若令逢圣代,憔悴郭生回。

寄薛侍御
世上无穷事,生涯莫废诗。何曾好风月,不是忆君时。

赋得灞岸柳留辞郑员外
杨柳含烟灞岸春,年年攀折为行人。好风倘借低枝便,莫遣青丝扫路尘。

折杨柳一作和练秀才杨柳。一作戴叔伦诗
水边杨柳曲尘一作烟丝,立马烦君折一枝。惟有春风最相惜,殷勤更一作肯向手中吹。

雪中听筝
玉柱泠泠对寒雪,清商怨徵声何切。谁怜楚客向隅时,一片愁心与弦绝。

卢龙塞行送韦掌记二首
雨雪纷纷黑水外,行人共指卢龙塞。万里飞沙压鼓鼙,三军杀气凝旌旆。

陈琳书记本翩翩,料敌能兵夺酒泉。圣主好文兼好武,封侯莫比汉皇年。

题五老峰下费君书院
解向花间栽碧松,门前不负老人峰。已将心事随身隐,认得溪云第几重。

僧院听琴一作宿藏公院听齐孝若弹琴
禅思何妨在玉琴,真僧不见听时心。离声怨调秋堂夕,云向苍梧湘水深。

和武相公春晓闻莺
语恨飞迟天欲明,殷勤似诉有余情。仁风已及芳菲节,犹向花溪鸣一作听几声。

唐昌观玉蕊花
晴空素艳照霞新,香洒天风不到尘。持赠昔闻将白雪,蕊珠宫上玉花春。

山中主人
十里青山有一家,翠屏深处更添霞。若为说得溪中事,锦石和烟四面花。

太原赠李属侍御
路入桑乾塞雁飞,枣郎年少有光辉。春风走马三千里,不废看花君一作惹绣衣。

崔娘诗
清润潘郎玉不如,中庭蕙草雪消初。风流才子多春思,肠断萧娘一纸书。

题云师山房一作权德舆诗。又作戎昱诗
云公兰若深山里,月明松殿微风起。试问空门清净心,莲花不著秋潭水。

城东早春
诗家清一作新景在新春,绿柳才黄半未匀。若待上林花似锦,出门俱是看花人。

秋日登亭赠薛侍御
潦倒从军何取益,东西走马暂同游。梁王旧客皆能赋,今日因何独怨秋。

石水词二首
银罂深锁贮清光,无限来人不得尝。知共金丹争气力,一杯全胜五云浆。

山叟和云剧翠屏,煎时分日检仙经。天人持此扶衰病,胜得瑶池水一瓶。

答振武李逢吉判官
近来时辈都无兴,把酒皆言肺病同。唯有单于李评事,不将华发负春风。

宫燕词
毛衣似锦语如弦,日暖争高绮陌天。几处野花留不得,双双飞向御炉前。

赠崔驸马
百尺梧桐画阁齐,箫声落处翠云低。平阳

不惜黄金埒,细雨花骢踏作泥。

听李凭弹箜篌二首

听奏繁弦玉殿清,风传曲度禁林明。君王听乐梨园暖,翻到云门第几声。

花咽娇莺玉漱泉,名高半在御筵前。汉王欲助人间乐,从遣新声坠九天。

临水看花

一树红花映绿波,晴明骑马好经过。今朝几许风吹落,闻道萧郎最惜多。

观妓人入道二首

荀令歌钟北里亭,翠娥红粉敞云屏。舞衣施尽余香在,今日花前学诵经。

碧玉芳年事冠军,清歌空得隔花闻。春来削发芙蓉寺,蝉鬓临风堕绿云。

方城驿逢孟侍御

走马温汤直隼飞,相逢矍铄理征衣。军中得力儿男事,入驿从容见落晖。

题清凉寺

凭槛霏微松树烟,陶潜曾用道林钱。一声寒磬空心晓,花雨知从第几天。

酬令狐舍人

晓禁苍苍换直还,暂低鸾翼向人间。亦知受业公门事,数仞丘墙不见山。

和令狐郎中

题诗一代占清机,秉笔三年直紫微。自禀道情韶乱异,不同蘧玉学知非。

美人春怨

妾家巫峡阳,罗幌寝兰堂。晓日临窗久,春风引梦长。落钗仍挂鬓,微汗欲销黄。纵便朦胧觉,魂犹逐楚王。

艳女词

露井桃花发,双双燕并飞。美人姿态里,春色上罗衣。自爱频开镜,时羞欲掩扉。心知行路客,遥惹五香归。

名姝咏

阿娇年未多,体弱性能和。怕重愁拈镜,怜轻喜曳罗。临津双洛浦,对月两嫦娥。独有荆王殿,时时暮雨过。

送太和公主和蕃

北路古来难,年光独认寒。朔云侵鬓起,边月向眉残。芦井寻沙至,花门度碛看。薰风一万里,来处是长安。

秋日韦少府厅池上咏石

主人得幽石,日觉公堂清。一片池上色,孤峰云外情。旧溪红藓在,秋水绿痕生。何必澄湖彻,移来有令名。

失题

何事慰朝夕,不逾诗酒情。山河空道路,蕃汉共刀兵。礼乐新朝市,园林旧弟兄。向风一点泪,塞一作寒晚暮江平。

春日题龙门香山寺

众香天上梵王宫,钟磬寥寥半碧空。清景乍开松岭月,乱流长响石楼风。山河杏映春云外,城阙参差晓树中。欲尽出寻那可得,三千世界本无穷。

寄申州卢拱使君

领郡仍闻总虎貔,致身还是见男儿。小船隔水催桃叶,大鼓当风舞柘枝。酒坐微酣诸客倒,球场慢拨几人随。从来乐事憎诗苦,莫放窗中远岫知。

郊居秋日酬奚赞府见寄

繁菊照深居,芳香春不如。闻寻周处士,知伴庾尚书。日晚汀洲旷,天晴草木疏。闲言挥麈柄,清步掩蜗庐。野老能亲牧,高人念远渔。幽丛临古岸,轻叶度寒渠。暮色无狂蝶,秋华有嫩蔬。若为酬郢曲,从此愧璠玙。

圣恩洗雪镇州寄献裴相公

天借春光洗绿林,战尘收尽见花阴。好生本是君王德,忍死何妨壮士心。曾贺截云翻栅远,仍闻剧冻下营深。井陉昨日双旗入,萧相无言泪湿襟。

贺田仆射子弟荣拜金吾

五侯恩泽不同年,叔侄朱门穰稍连。凤沼九重相喜气,雁行一半入祥烟。街衢烛影侵寒月,文武珂声叠晓天。为数麒麟高阁上,谁家父子勒燕然。

和裴舍人观田尚书出猎

圣代司空比玉清,雄藩观猎见皇情。云禽已觉高无益,霜兔应知狡不成。飞鞚拥尘寒草尽,弯弓开月朔风生。今朝始贺将军贵,紫禁诗人看旆旌。

送李舍人归兰陵里

清词举世皆藏箧,美酒当山为满樽。三亩嫩蔬临绮陌,四行高树拥朱门。家贫境胜心无累,名重官闲口不论。惟有道情常自足,启期天地易知恩。

同太常尉迟博士阙下待漏

沈沈延阁抱丹墀,松色苔花颢露滋。爽气晓来青玉斝,薰风宿在翠花旗。方瞻御陌三条广,犹觉仙门一刻迟。此地含香从白首,冯唐何事怨明时。

见薛侍御戴不损裹帽子因赠

潘郎对青镜,乌帽似新裁。晓露鸦初洗,春荷叶半开。堪将护巾栉,不独隔尘埃。已见笼蝉翼,无因映鹿胎。何人呈巧思,好手自西来。有意怜衰丑,烦君致一枚。

胡二十拜户部兼判度支

清机果被公材挠,雄拜知承圣主恩。庙略已调天府实,国征方觉地官尊。徒言玉节将分阃,定是沙堤欲到门。为爱山前新卜第,不妨风月事琴樽。

元日呈李逢吉舍人

华夷文物贺新年,霜仗遥排凤阙前。一片彩霞迎曙日,万条红烛动春天。称伤山色和元气,端冕炉香叠瑞烟。共说正初当圣泽,试过西掖问群贤。

和杜中丞西禅院看花

一林堆锦映千灯,照眼牵情欲不胜。知倚晴明娇自足,解将颜色醉相仍。好风轻引香烟入,甘露才和粉艳凝。深处最怜莺蹂践,懒时先被蝶侵凌。对持真境应无取,分付空门又未能。迎日似翻红烧断,临流疑映绮霞层。幽含晚态怜丹桂,盛续春光识紫藤。每到花枝独惆怅,山东惟有杜中丞。

句

三刀梦益州,一箭取辽城。以下见《纪事》。

伊陟无闻祖,韦贤不到孙。

全唐诗卷三百三十四

令狐楚

令狐楚,字殼士,宜州华原人。贞元七年及第,由太原掌书记至判官。德宗好文,每省太原奏,必能辨楚所为,数称之,召授右拾遗。宪宗时,累擢职方员外郎、知制诰。皇甫镈荐为翰林学士,进中书舍人,出为华州刺史。镈既相,复荐楚为中书侍郎同平章事。穆宗即位,进门下侍郎,寻出为宣歙观察使,贬衡州刺史,再徙太子宾客,分司东都。长庆二年,擢陕虢观察使。敬宗立,拜楚为河南尹,迁宣武节度使,入为户部尚书,俄拜东都留守,徙天平节度使,召为吏部尚书,检校尚书右仆射,进拜左仆射,彭阳郡公。开成元年,上疏辞位,拜山南西道节度使。卒赠司空,谥曰文。集一百三十卷,歌诗一卷,今编诗一卷。

夏至日衡阳郡斋书怀

一来江城守,七见江月圆。齿发将六十,乡关越三千。褰帷罕游观,闭阁多沉眠。新节还复至,故交尽相捐。何时羾闾阖,上诉高高天。

八月十七日夜书怀

三五既不留,二八又还过。金蟾著未出,玉树悲稍破。谁向西园游,空归北堂卧。佳期信难得,永夕无可奈。抚枕独高歌,烦君为予和。

九日言怀

二九即重阳,天清野菊黄。近来逢此日,多是在他乡。晚色霞千片,秋声雁一行。不能高处望,恐断老人肠。

和寄窦七中丞

仙吏秦峨别,新诗鄂渚来。才推今北斗,职赋旧三台。雕镂心偏许,缄封手自开。何年相赠答,却得到中台。

立秋日悲怀

　　清晓上高台,秋风今日来。又添新节恨,犹抱故年哀。泪岂挥能尽,泉终闭不开。更伤春月过,私服示无缞。

秋怀寄钱侍郎

　　晚岁俱为郡,新秋各异乡。燕鸿一声叫,郢树尽青苍。山露侵衣润,江风卷簟凉。相思如汉水,日夜向浔阳。

立秋日

　　平日本多恨,新秋偏易悲。燕词如惜别,柳意已呈衰。事国终无补,还家未有期。心中旧气味,苦校去年时。

赠毛仙翁

　　宣州浑是上清宫,客有真人貌似童。绀发垂缨光髻髻醺上声,细髯缘颔绿茸茸。壶中药物梯霞诀,肘后方书缩地功。既许焚香为弟子,愿教年纪共椿同。

游义兴寺寄上李逢吉相公

　　柳营无事诣莲宫相公久住此寺,步步犹疑是梦中。劳役徒为万夫长,闲游曾与二人同。凤鸾一作皇飞去仙巢在,龙象潜来讲席空。松下花飞频伫立,一心千里忆梁公。

游晋祠上李逢吉相公

　　不立晋祠三十年,白头重到一凄然。泉声自昔锵寒玉,草色虽秋耀翠钿。少壮同游宁有数,尊荣再会便无缘。相思临水下双泪,寄入并汾向洛川。

节度宣武酬乐天梦得

　　蓬莱仙监乐天客曹郎刘为主客,曾柱高车客大梁。见拥旌旄治军旅,知亲笔砚事文章。愁看柳色悬离恨,忆递花枝助酒狂。洛下相逢肯相寄,南金璀错玉凄凉。

奉和严司空重阳日同崔常侍、崔郎及诸公登龙山落帽台佳宴

　　谢公秋思渺天涯,蜡屐登高为菊花。贵重近臣光绮席,笑怜从事落乌纱。萸房暗绽红珠朵,茗碗寒供白露芽。咏碎一作醉咏龙山归出号一作去晚,马奔流电妓奔车。

立春后言怀招汴州李匡衙推

　　闲斋夜击唾壶歌,试望夷门奈远何。每听塞笳离梦断,时窥清鉴旅愁多。初惊宵漏丁丁促,已觉春风习习和。海内故人君最老,花开鞭马更相过。

奉和仆射相公酬忠武李相公见寄之作

　　丽藻飞来自相庭,五文相错八音清。初瞻绮色连霞色,又听金声继玉声。才出山西文与武,欢从塞北弟兼兄。白头老尹三川上,双和阳春喜复惊。

郡斋左偏栽竹百余竿,炎凉已周,青翠不改,而为墙垣所蔽,有乖爱赏,假一作暇日命去斋居之东墙,由是俯临轩阶,低映帷户,日夕相对,颇有翛然之趣

　　斋居栽竹北窗边,素壁新开映一作见碧鲜。青蔼近当行药处,绿阴深到卧帷前。风惊晓叶如闻雨,月过春枝似带烟。老子忆山心暂缓,退公闲坐对婵娟。

省中直夜对雪寄李师素侍郎

　　密雪纷初降,重在杏未开。杂花飞烂漫,连蝶舞徘徊。洒散千株叶,销凝九陌埃。素华凝粉署,清气绕霜台。明觉侵窗积,寒知度塞来。谢家争拟絮,越岭误惊梅。暗魄微茫照,严飙次第催一作堆。稍封黄竹亚,先集紫兰摧。孙室临书幌,梁园泛酒杯。静怀琼树倚,醉忆玉山颓。翠陌饥乌噪,苍云远雁哀。此时方夜直,想望意悠哉。

南宫夜直宿,见李给事封题,其所下制敕知奏直在东省,因以诗寄

番直同遥夜,严扃限几重。青编书白雀_{其日敕,郴州奏白雀,宜付史馆},黄纸降苍龙。北极丝纶句,东垣翰墨踪。尚垂玄露点,犹湿紫泥封。炫眼凝仙独,驰心袅禁钟。定应形梦寐,暂似接音容。玉树春枝动,金樽腊酿浓。在朝君最旧,休浣许过从。

将赴洛下,旅次汉南,献上相公二十兄言怀八韵

台室名曾继,旌门节暂过。欢情老去少,苦事别离多。便为开樽俎,应怜出网罗。百忧今已失,一醉孰知他。帝德千年日,君恩万里波。许随黄绮辈,闲唱紫芝歌。龙衮期重补,梅羹伫再和。嵩丘来携手,君子意如何。

青云干吕

郁郁复纷纷,青霄干吕云。色令天下见,候向管中分。远覆无人境,遥彰有德君。瑞容惊不散,冥感信稀闻。湛露羞依草,南风耻带薰。恭惟汉武帝,余烈尚氛氲。

圣明乐

海浪恬月徼,边尘静异山。从今万里外,不复锁萧关。

春闺思

戴胜飞晴野,凌澌下浊河。春风楼上望,谁见泪痕多。

宫中乐五首

楚塞金陵靖一作静,巴山玉垒空。万方无一事,端拱大明宫。

雪霁长杨苑,冰开太液池。宫中行乐日,天下盛明时。

柳色烟相似,梨花雪不如。春风真一作空有意,一一丽皇居。

月上宫花静,烟含苑树深。银台门已闭,仙漏夜沉沉。

九重青琐闼,百尺碧云楼。明月秋风起,珠帘上玉钩。

春游曲一作游春词三首

晓游临碧殿,日上望春亭。芳树罗仙仗,晴山展翠屏。

一夜好风吹,新花一万枝。风前调玉管,花下簇金羁一作鸡。

阊阖春风起,蓬莱雪水一作水雪消。相将折杨柳,争取最长条。

远别离二首

杨柳黄金穗,梧桐碧玉枝。春来消息断,早晚是归期一作诗。

玳织鸳鸯履,金装翡翠篸。畏人相问著,不拟到城南。

闺人赠远一作长相思二首

君行登陇上,妾梦在闺中。玉箸千行落一作泪,银床一半空。

绮席一作几度春眠觉,纱窗晓望迷。朦胧残梦里,犹自在辽西。

从军词五首

荒鸡隔水啼,汗马逐风嘶。终日随征旆,何时罢鼓鼙。

孤心眠夜雪,满眼是秋沙。万里犹防塞,三年不见家。

却望冰河阔,前登雪岭高。征人几多在,又拟战临洮。

胡风千里惊,汉月五更明。纵有还家梦,犹闻出塞声。

暮雪连青海,阴霞覆白山。可怜班定远,生入玉门关。

思君恩
　　小苑莺歌歇，长门蝶舞多。眼看春又去，翠辇不经—作曾过。

王昭君
　　锦车天外去，毳幕雪中开。魏阙苍龙远，萧关赤雁哀。

发潭州寄李宁常侍
　　君今侍紫垣，我已堕青天。委废—作弃从兹日，旋归在几年。心为西靡树，眼是北流泉。更过长沙去，江风满驿船。

李相蓰后题断金集—作裴夷直诗
　　一览断金集，载悲埋玉人。牙弦千古绝，珠泪万行新。

年少行四首
　　少小边州—作城惯放狂，骣骑蕃马射黄羊。如今年老无筋力，犹—作独倚营门数雁行。

　　家本清河住五城，须凭弓箭得—作觅功名。等闲飞鞚秋原上，独向寒云试射声。

　　弓背霞明剑照霜，秋风走马出咸阳。未收天子河湟地，不拟回头望故乡。

　　霜—作雪满中庭—作庭中月满—作过楼，金樽玉柱对清秋。当年称意须行乐，不到天明不—作未肯休。

塞下曲二首
　　雪满衣裳冰满须，晓随飞将伐单于。平生意—作志气今何在，把得家书泪似珠。

　　边草萧条塞雁飞，征人南望泪—作尽沾衣。黄尘满面长须战，白发生头未得归。

游—作望春词
　　高楼晓—作喜见一花开，便觉春光四面来。暖日晴云知次第，东风不用更相催。

汉苑行—作望春词第二首
　　云霞五采浮天阙，梅柳千般—作枝夹御沟。不上黄花—作山南北—作乐游原上望，岂知春色满神—作皇州。

中元日赠张尊师
　　偶来人世值中元，不献玄都永日闲。寂寂焚香在仙观，知师遥礼玉京山。

赴东都别牡丹
　　十年不见小庭花，紫萼临开又别家。上马出门回首望，何时更得到京华。

寄礼部刘郎中
　　一别三年在上京，仙垣终日选群英。除书每下皆先看，唯有刘郎无姓名。

坐中闻思帝乡有感
　　年年不见帝乡春，白日寻思夜梦频。上酒忽闻吹此曲，坐中惆怅更何人。

春思寄梦得乐天
　　花满中庭酒满樽，平明独坐到黄昏。春来诗思偏何处，飞过函关入鼎门。

皇城中花园讥刘白赏春不及
　　五凤楼西花一园，低枝小树尽芳繁。洛阳才子何曾爱，下马贪趋广运门。

相思河
　　谁把相思号此河，塞垣车马往来多。只应自古征人泪，洒向空洲作碧波。

三月晦日会李员外，座中频以老大不醉见讥，因有此赠
　　三月唯残一日春，玉山倾倒白鸥驯。不辞便学山公醉，花下无人作主人。

赋山
　　白居易分司东洛，朝贤悉会兴化亭送别。酒酣，各请一字至七字诗，以题为韵。
　　山，耸峻，回环。沧海上，白云间。商老深寻，谢公远攀。古岩泉滴滴，幽谷鸟关关。树岛西连陇塞，猿声南彻荆蛮。世人只向簪裾

老,芳草空余麋鹿闲。

句

　　何日居三署,终年尾百僚。见《定命录》。

　　移石几回敲废印,开箱何处送新图。见《春明退朝录》。

唯应四仲祭,使者暂悲嗟。《宫人斜》。

偶逢蒲家郎,乃是葛仙客。行常乘青竹,饥即煮白石。腰间嫌大组,心内保尺宅。我愿从之游,深卜炼上液。见《锦绣万花谷》。

全唐诗卷三百三十五

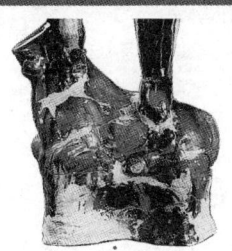

裴度

裴度,字中立,河东闻喜人。贞元中擢第,授河阴县尉,迁监察御史,出为河南府功曹,迁起居舍人。宪宗元和六年,以司封员外郎、知制诰,寻转本司郎中,使魏州,还拜中书舍人,改御史中丞,寻兼刑部侍郎。十六年,拜门下侍郎同中书门下平章事。于时讨蔡,度请身自督战,诏以度充淮西宣慰招讨处置使。蔡平,封晋国公,复知政事,为皇甫镈所构,出为太原尹、北都留守、河东节度使。穆宗长庆元年,河朔复乱,诏度以本官充镇州四面行营招讨使。元稹拜平章事,罢度兵权,充东都留守,寻以守司徒同平章事,复知政事,李逢吉沮之,出为山南西道节度使。敬宗宝历元年,度入觐京师。帝礼遇隆厚,数日宣制,复知政事。文宗立,加门下侍郎,集贤殿大学士,进阶特进,以病恳辞机务,诏加守司徒,兼侍中,充山南东道节度等使。太和八年,以本官判东都尚书省事,充东都留守,进位中书令,寻复兼太原尹、北都留守、河东节度使。度固辞,不允,至镇,病甚,乞还东都养病,诏许还京。卒,赠太傅。度状貌不逾中人,而风彩俊爽,占对雄辩,出入中外,经事四朝,以身系国之安危者二十年。集二卷,今编诗一卷。

享惠昭太子庙乐章 亚献终献

重轮始发祥,齿胄方兴学。冥然升紫府,铿尔荐清乐。奠斝致馨香,在庭纷羽籥。礼成神既醉,仿佛缑山鹤。

夏日对雨

登楼逃盛夏一作暑,万象正埃尘。对面雷嗔树,当街雨趁人。檐疏蛛网重,地湿燕泥新。吟罢清风起,荷香满四邻。

白二十二侍郎有双鹤留在洛下，予西园多野水长松，可以栖息，遂以诗请之

闻君有双鹤，羁旅洛城东。未放归仙去一作路，何如乞老翁。且将临野水，莫闭在樊笼。好是长鸣处，西园白露一作松径中。

窦七中丞见示初至夏口献元戎诗，辄戏和之

出佐青油幕，来吟白雪篇。须为九皋鹤，莫上五湖船。窦诗自称鹤，兼云治船装故也。故态君应在，新诗我亦便。闻鄂州初教成讴者甚工。元侯看再入，好被暂流连。

酬张秘书因寄马赠诗

满城驰逐皆求马，古寺闲行独与君。代步本惭非逸足，缘情何幸枉高文。若逢佳丽从一作须将换，莫共驽骀角出群。飞控著鞭能顾我，当时王粲亦从军。

真慧寺 五祖道场

遍寻真迹蹋莓苔，世事全抛不忍回。上界不知何处去，西天移向此间来。岩前芍药师亲种，岭上青松佛手栽。更有一般人不见，白莲花向半天开。

中书即事

有意效承平，无功答一作益圣明。灰心缘忍事，霜鬓为论兵。道直身还在，恩深命转轻。盐梅非拟议，葵藿是平生。白日长悬照，苍蝇谩发声。高阳旧田里一作地，终使谢归耕。

中和节诏赐公卿尺 贞元八年宏词

阳和行庆赐，尺度及群公一作工。荷宠承佳节，倾心立大中。短长思合制，远近贵攸同。共仰财成德，将酬分寸功。作程施有政，垂范播无穷。愿续南山寿，千春奉圣躬。

至日登乐游园

阴律随寒改，阳和应节生。祥云观魏阙，瑞气映秦城。验炭论时政，书云受岁盈。晷移长日至，雾敛远霄清。景暖仙梅动，风柔御柳倾。那堪封得意，空对物华情一作清。

奉酬中书相公至日圆丘摄事合于中书后阁宿斋移止于集贤院叙怀见寄之作

翼亮登三命赵公三拜中书侍郎平章事，谟猷本一心。致斋移秘府，祗事见冲襟。皓月当延阁，祥风自禁林。相庭方积玉，王度已如金。运偶唐虞盛，情同丙魏深。幽兰与白雪，何处寄庸音。

太原题厅壁

危事经非一，浮荣得是空。白头官舍里，今日又春风。

溪居

门径俯清溪，茅檐古木齐。红尘飘一作飞不到，时有水禽啼。

喜遇刘二十八 以下三首，本联句中语，洪迈取为绝句

病来佳兴少，老去旧游稀。笑语纵横作，杯觞络绎飞。

送刘

不归丹掖去，铜竹漫云云。惟喜因过我，须知未贺君。

再送

顷来多谑浪，此夕任喧纷。故态犹应在，行期未要闻。

凉风亭睡觉

饱食缓行新睡觉，一瓯新茗侍儿煎。脱巾斜倚绳床坐，风送水声来耳边。

雪中访诸公不相访

忆昨雨多泥又深，犹能携妓远过寻。满空乱雪花相似，何事居然无赏心。

傍水闲行

闲余何处觉身轻，暂脱朝衣傍水行。鸥鸟亦知人意静，故来相近不相惊。

句

两人同日事征西,今日君先奉紫泥。度与柳公绰同为西蜀武元衡判官,绰先入为吏部郎中,度有诗云云。

待平贼垒报天子,莫指仙山示武夫。征淮西过女几山下题。

野人不识中书令,唤作陶家与谢家。《题南庄》。

君若有心求逸足,我还留意在名姝。《答白居易求马》。

全唐诗卷三百三十六

韩愈

韩愈,字退之,南阳人。少孤,刻苦为学,尽通六经百家。贞元八年,擢进士第,才高,又好直言,累被黜贬。初为监察御史,上疏极论时事,贬阳山令。元和中,再为博士,改比部郎中、史馆修撰,转考功、知制诰,进中书舍人,又改庶子。裴度讨淮西,请为行军司马,以功迁刑部侍郎。谏迎佛骨,谪刺史潮州,移袁州。穆宗即位,召拜国子祭酒、兵部侍郎。使王廷凑归,转吏部,为时宰所构,罢为兵部侍郎,寻复吏部。卒,赠礼部尚书,谥曰文。愈自比孟轲,辟佛老异端,笃旧恤孤,好诱进后学,以之成名者甚众。文自魏晋来,拘偶对体日衰,至愈,一返之古。而为诗豪放,不避粗险,格之变亦自愈始焉。集四十卷,内诗十卷;外集遗文十卷,内诗十八篇。今合编为十卷。

元和圣德诗 并序

初宪宗即位,剑南刘辟自称留后以叛。元和元年正月,以高崇文为左神策行营节度使讨辟。九月,克成都。十月,辟伏诛。二年正月己丑,朝献于大清宫。庚寅,朝享于太庙。辛卯,祀昊天上帝于郊丘。还宫,大赦天下。

臣愈顿首再拜言:臣伏见皇帝陛下即位已来,诛流奸臣,朝廷清明,无有欺蔽。外斩杨惠琳、刘辟,以收夏蜀;东定青齐积年之叛,海内怖骇,不敢违越。郊天告庙,神灵欢喜,风雨晦明,无不从顺,太平之期,适当今日。臣蒙被恩泽,日与群臣序立紫宸殿陛下,亲望穆穆之光,而其职业,又在以经籍教导国子,诚宜率先作歌诗以称道盛德,不可以辞语浅薄不足以自效为解,辄依古作四言元和圣德诗一篇,凡千有二十四字。指事实录,具载明天子文武神圣,以警动百姓耳目,传示无极,其诗曰:

皇帝即阼,物无违拒。曰旸而旸,曰雨而雨。维是元年,有盗在夏。欲覆其州,以踵近武 一作共武。先是年德宗建中间,李希列、朱泚等反,至是杨惠琳、刘辟继踵而起,此叙惠琳据夏州,出师征讨有功,以为平刘辟发端。皇帝曰嘻,岂不在我。负鄙为艰,纵则不可。出师征之,其众十一一作千旅。时严绶在河东,表请讨惠琳,诏与天德军合击之。军其城下,告以福祸。腹败枝披,不敢保聚。掷首陴外,降幡夜坚。疆外之险,莫过蜀土。韦皋去镇,刘辟守后。血人于牙,不肯吐口。开库啗宋刻作啖士,曰随所取。汝张汝弓,汝鼓汝鼓。汝为表书,求我帅汝。事始上闻,在列咸怒。皇帝曰然,嗟远士女。苟附而安,则且付与。读命于庭,出节少府。朝发京师,夕至其部。辟喜谓党,汝振而伍。蜀可全有,此不当受。万牛脔炙一作肉,万瓮行酒。以锦缠股,以红帕首。有恽其凶,有饵其诱。其出穰穰,队以万数。遂劫东川,遂据城阻。皇帝曰嗟,其又可许。爰命崇文,分卒禁御。有安其驱,无暴我野。日行三十,徐壁其右。辟党聚谋,鹿头是守。崇文奉诏,进退规矩。战不贪杀,擒不滥数。四方节度,整兵顿马。上章请讨,俟命起坐。皇帝曰嘻,无汝烦苦。荆并洎梁,荆谓荆南节度使裴均,并谓河东节度使严绶,梁谓山南西道节度使严砺。在国门户。出师三千,各选尔丑。四军齐作,殷其如阜。或拔其角,或脱其距。长驱洋洋,无有龃龉。八月壬午,辟弃城走。载妻与姜,包裹稚乳。是日崇文,入处其宇。分散逐捕,搜原剔薮。辟穷见窘,无地自处。俯视大江,不见洲渚。遂自颠倒,若杵投臼。取之江中,枷脰械手。妇女累累,啼哭拜叩。来献阙下,以告庙社。周示城市,咸使观睹。解脱挛索,夹以砧斧。婉婉弱子,赤立伛偻。牵头曳足,先断腰膂。次及其徒,体骸撑拄。末乃取辟,骇汗如写。挥刀纷纭,争刌音忖,细切也脍脯。优赏将吏,扶珪缀组。帛堆其家,粟塞其庾。哀怜阵没,廪给孤寡。赠官封墓,周匝宏溥。经战伐地,宽免租簿。施令酬功,急疾如火。天地中间,莫不顺序。幽恒青魏,东尽海浦。南至徐蔡,区外杂房。怛威赧德,踧踖蹈舞。掉弃兵革,私习篡篡。来请来觐,十百其耦一作数。皇帝曰呼,伯父叔舅。各安尔位,训厥甿亩。正月元日,初见宗祖。躬执百礼,登降拜俯。荐于新宫,视瞻梁梠音吕,楣也。戚见容色,泪落入俎。侍祠之臣,助我恻楚。乃以上辛,于郊用牡。除于国南,鳞荀毛虞。庐幕周施,开揭磊砢。兽盾腾拏,圆坛帖妥。天兵四罗,旂常婀娜。驾龙十二,鱼鱼雅雅。宵升于丘,奠璧献斝。众乐惊作,轰豗融冶。紫焰嘘呵,高灵下堕。群星从坐,错落侈哆丁可切,又昌者切。日君月妃,焕赫婐㛂乌果切。㛂,五果切,身弱好也,谓月妃。渎鬼濛鸿,岳祇㟒峨。饫沃膻芗,产祥降嘏。凤皇应奏,舒翼自拊。赤麟黄龙,逶陀结纠。卿士庶人,黄童白叟。踊跃欢呀,失喜嚾欧。乾清坤夷,境落褰举。帝车回来,日正当午。幸丹凤门,大赦天下。涤濯瘢皵初两切,又此两切瓦石洗物,磨灭瑕垢。续功臣嗣,拔贤任考。孩养无告,仁滂施厚。皇帝神圣,通达今古。听聪视明,一似尧禹。生知法式,动得理所。天锡皇帝,为天下主。并包畜养,无异细钜。亿载万年,敢有违者。皇帝俭勤,盥濯陶瓦。斥遣浮华,好此绨纻。敕戒四方,侈则有咎。天锡皇帝,多麦与黍。无召水旱,耗于一作无耗雀鼠。亿载万年,有富无窭。皇帝正直,别白善否。擅命而狂,既剪既去。尽逐群奸,靡有遗侣。天锡皇帝,庞臣硕辅。博问遐观,以置左右。亿载万年,无敢余侮。皇帝大孝,慈祥悌友。怡怡愉愉,奉太皇后。浃于族亲,濡及九有。天锡皇帝,与天齐寿。登兹太平,无怠永久。亿载万年,为父为母。博士臣愈,职是训诂。作为歌诗,以配吉甫。

琴操十首

将归操

孔子之赵,闻杀鸣犊作。赵杀鸣犊,孔子临河,叹而作歌曰:秋之水兮风扬波,舟楫颠倒更相加,归来胡为斯。

秋之水兮,其色幽幽;我将济兮,不得其由。涉其浅兮,石啮我足;乘其深兮,龙入我舟。我济而悔兮,将安归尤。归兮归兮无与石斗兮,无应龙求。

猗兰操

孔子伤不逢时作。古琴操云：习习谷风，以阴以雨。之子于归，还送于野。何彼苍天，不得其所。逍遥九州，无有定处。世人暗蔽，不知贤者。年纪逝迈，一身将老。

兰之猗猗，扬扬其香。不采而佩，于兰何伤。今天之旋，其曷为然。我行四方，以日以年。雪霜贸贸音茂，荠麦之茂。子如不伤，我不尔觌。荠麦之茂，荠麦之有。君子之伤，君子之守。

龟山操

孔子以季桓子受齐女乐，谏不从，望龟山而作。龟山在太山博县。古琴操云：予欲望鲁兮，龟山蔽之。手无斧柯，奈龟山何。

龟之氛一作气兮，不能云一作为雨。龟之枿牙蔼切，亦作蘖兮，不中梁柱。龟之大兮，祇以奄鲁。知将隳兮，哀莫余伍。周公有鬼一作思兮，嗟余归辅。

越裳操

周公作。古琴操云：於戏嗟嗟，非旦之力，乃文王之德。

雨之施物以孳，我何意于彼为。自周之先，其艰其勤。以有疆宇，私我后人。我祖在上，四方在下。厥临孔威，敢戏以侮。孰荒于门，孰治于田。四海既均，越裳是臣。

拘幽操

文王羑里作。古琴操云：殷道溷溷，浸浊烦兮。朱紫相合，不别分兮。迷乱声色，信谗言兮。炎炎之虐，使我愁兮。幽闭牢阱，由其言兮。遘我四人，忧勤勤兮。

目窈窈一作掩掩兮，其凝其盲；耳肃肃兮，听不闻声。朝不一有见字日出兮，夜不见月与星。有知无知兮，为死为生。呜呼，臣罪当诛兮，天王圣明。

岐山操

周公为太王作。本词云：狄戎侵兮土地迁移，邦邑适于岐山。蒸民不忧兮，谁者知。嗟嗟奈何兮，予命遭斯。

我家于豳，自我先公。伊我承序，敢有不同。今狄之人，将土我疆。民为我战，谁使死伤。彼岐有岨，我往独处。尔一作人莫余追，无思我悲。

履霜操

尹吉甫子伯奇无罪，为后母谮而见逐，自伤作。本词云：朝履霜兮采晨寒，考不明其心兮信谗言。孤恩别离兮摧肺肝，何辜皇天兮遭斯愆。痛殁不同兮恩有偏，谁能流顾兮知我冤。

父兮儿寒，母兮儿饥。儿罪当笞，逐儿何为。儿在中野，以宿以处。四无人声，谁与儿语。儿寒何衣，儿饥何食。儿行于野，履霜以足。母生众儿，有母怜之。独无母怜，儿宁不悲。

雉朝飞操

牧犊一作沐渎子七十无妻，见雉双飞，感之而作。本词云：雉朝飞兮鸣相和，雌雄群游兮山之阿。我独何命兮未有家，时将暮兮可奈何，嗟嗟暮兮可奈何。

雉之飞，于朝日。群雌孤雄，意气横出。当东而西，当啄而飞。随飞随啄，群雌粥粥。嗟我虽人，曾不如彼雉鸡。生身七十年，无一妾与妃。一本无鸡字，下语妃音媲，与雉叶。

别鹄操

商陵穆子，娶妻五年无子。父母欲其改娶，其妻闻之，中夜悲啸，穆子感之而作。本词云：将乖比翼隔天端，山川悠远路漫漫，揽衾不寐食忘飧。

雄鹄乐府诗集作鹤，以下鹄俱作鹤衔枝来，雌鹄啄泥归。巢成不生子，大义当乖离。江汉水之大，鹄身鸟之微。更无相逢日，且可绕树相随飞。乐府作更无相逢日，安可相随飞。

残形操

曾子梦见一狸不见其首作。

有兽维狸兮，我梦得之。其身孔明兮，而头不知。吉凶何为兮，觉坐而思。巫咸上天兮，识者其谁。

南山诗

吾闻京城南，兹惟群山围。东西两际海，

巨细难悉究。山经及地志,茫昧非受授。团辞试提挈,挂一念万漏。欲休谅不能,粗叙所经觏。尝升崇丘望,戢戢见相凑。晴明出棱角,缕脉碎分绣。蒸岚相纠胡孔切洞,表里忽通透。无风自飘簸,融液煦柔茂。横云时平凝,点点露数岫。天空浮修眉,浓绿画新就。孤撑有巉绝,海浴褰鹏噣音昼。以上叙南山大概。春阳潜泪洳,濯濯吐深秀。岩峦虽嵂崒。软弱类含酎音宙。夏炎百木盛,荫郁增埋覆。神灵日歊音枵歘。云气争结构。秋霜喜刻轹,硉卓立癯瘦。参差相叠重,刚耿陵一作凌宇宙。冬行虽幽墨,冰雪工琢镂。新曦照危峨,亿丈恒高袤。明昏无停态,顷刻异状候。已上叙四时变态。西南雄太白,突起莫间箾。藩都配德运,分宅占丁戊音茂。逍遥越坤位,诋讦陷乾窦。空虚寒兢兢,风气较搜漱。朱维方烧日,阴霾纵腾糅。昆明大池北,去觌偶晴昼。绵联穷俯视,倒侧困清沤。微澜动水面,踊跃躁猱狖。惊呼惜破碎,仰喜呀不仆。已上言南山方隅连亘之所。前寻径杜墅,岔蔽毕原陋。崎岖上轩昂,始得观览富。行行将遂穷,岭陆烦互走。勃然思坼裂,拥掩难恕宥。巨灵与夸蛾,远贾期必售。还疑造物意,固护蓄精祐。力虽能排幹,雷电怯呵诟。攀缘脱手足,蹭蹬抵积甃。茫如试矫首,堛塞生怐音寇愗音茂。威容丧萧爽,近新迷远旧。拘官计日月,欲进不可又。因缘窥其湫南山有炭谷湫,凝湛闳阴兽。音嗅,或作兽。礼运,龙以为兽,谓湫中蚊也。鱼虾可俯掇,神物安敢寇。林柯有脱叶,欲堕鸟惊救。其湫叶落,恐污水,鸟即衔去,盖其神物之灵如此。争衔弯环飞,投弃急哺㝅。旋归道回睨,达枿壮复奏。吁嗟信奇怪,峙质能化贸。前年遭谴谪,探历得邂逅。初从蓝田入,顾盼劳颈脰。时天晦大雪,泪目苦矇瞀音茂。峻涂拖长冰,直上若悬溜。褰衣步推马,颠蹶退且复。苍黄忘遐眺,所瞩才左右。杉篁咤蒲苏,杲耀攒介胄。专心忆平道,脱险逾避臭。昨来逢清霁,宿愿忻始副。峥嵘跻冢顶,倏闪杂鼯鼬。前低划开阔,烂漫堆众皱。言豁然见前山之低,虽有高陵深谷,但如皱物,微有磨折之文耳。或连若

相从,或蹙若相斗。或妥若弭伏,或竦若惊雊。若散若瓦解,或赴若辐凑。或翩若船游,或决若马骤。或背若相恶,或向若相佑。或乱若抽笋,或嵲若注一作炷灸。或错若绘画,或缭若篆籀。或罗若星离,或蓊若云逗。或浮若波涛,或碎若锄耨。或如贲育伦秦勇士,赌胜勇前购。先强势已出,后钝嗔逗音斗谞音糅,不能言也。或如帝王尊,丛集朝贱幼。虽亲不褒狎,虽远不悖谬。或如临食案,肴核纷饤饾。又如游九原,坟墓包椁柩。或累若盆罂,或揭若甑同登豆一作桓。或覆若曝鳖,或颓若寝兽。或蜿若藏龙,或翼若搏鹫。或齐若友朋,或随若先后。或迸若流落,或顾若宿留。或戾若仇雠,或密若婚媾。或俨若峨冠,或翻若舞袖。或屹若战阵,或围若搜狩。或靡然东注,或偃然北首。或如火熺焰,或若气馈音分馏音溜,蒸饭也。或行而不辍,或遗而不收。或斜而不倚,或弛而不彀。或赤若秃鬝丘闲切,或燻若柴槱。或如龟拆兆,或若卦分繇。或前横若剥,或后断若姤。延延离又属,夬夬叛还遘。喁喁鱼闯萍,落落月经宿。间间树墙垣,巀嶭驾库厩。参参削剑戟,焕焕衔莹琇。敷敷花披萼,阗阗屋摧霤。悠悠舒而安,兀兀狂以狃。超超出犹奔,蠢蠢骇不懋。大哉立天地,经纪肖营腠。厥初孰开张,喫傆谁劝侑。创兹朴而巧,戮力忍劳疚。得非施斧斤,无乃假诅咒。鸿荒竟无传,功大莫酬僦。尝闻于祠官,芬苾降歆嗅宋刻作齅。裴然作歌诗,惟用赞报酭。

谢自然诗 果州谢真人上升在金泉山,贞元十年十一月十二日白昼轻举,郡守李坚以闻,有诏褒谕。

果州南充县,寒女谢自然。童騃无所识,但闻有神仙。轻生学其术,乃在金泉山。繁华荣慕绝,父母慈爱捐。凝心感魍魅,慌惚难具言。一朝坐空室,云雾生其间。如聆笙竽韵,来自冥冥天。白日变幽晦,萧萧风景寒。檐楹暂一作乍明灭,五色光属联。观者徒倾骇,踯躅讵敢前。须臾自轻举,飘若风中烟。茫茫入纮大,影响无由缘。里胥上其事,郡守惊且叹。

驱车领官吏,氓俗争相先。入门无所见,冠履同蜕蝉。皆云神仙事,灼灼信可传。余闻古夏后,象物知神奸。山林民可入,魍魉莫逢旃。逶迤不复振,后世恣欺漫。幽明纷杂乱,人鬼更相残。秦皇虽笃好,汉武洪其源。自从二主来,此祸竟连连。木石生怪变,狐狸骋妖患。莫能尽性命,安得更长延。人生处万类,知识最为贤。奈何不自信,反欲从物迁。往者不可悔,孤魂抱深冤。来者犹可诫,余言岂空文。人生有常理,男女各有伦。寒衣及饥食,在纺绩耕耘。下以保子孙,上以奉君亲。苟异于此道,皆为弃其身。噫乎彼寒女,永托异物群。感伤遂成诗,昧者宜书绅。

秋怀诗十一首

窗前两好树,众叶光薿薿音拟。秋风一拂披,策策鸣不已。微灯照空床,夜半偏入耳。愁忧无端来,感叹成坐起。天明视颜色,与故不相似。羲和驱日月,疾急不可恃。浮生虽多涂,趋死惟一轨。胡为浪自苦,得酒且欢喜。

白露下百草,萧兰共雕悴。青青四墙下,已复生满地。寒蝉暂寂寞,蟋蟀鸣自恣。运行无穷期,禀受气苦异。适时各得所,松柏不必贵。

彼时何卒卒,我志何曼曼音万。犀首空好饮,廉颇尚能饭。学堂日无事,驱马适所愿。茫茫出门路,欲去聊自劝一作叹。归还阅书史,文字浩千万。陈迹竟谁寻,贱嗜非贵献。丈夫意有在一作存,女子乃多怨。

秋气日恻恻,秋空日凌凌。上无枝上蜩,下无盘中蝇。岂不感时节,耳目去所憎。清晓卷书坐,南山见高棱。其下澄湫水,有蛟寒可罾。惜哉不得往,当谓吾无能。

离离挂空悲,戚戚抱虚警。露泫秋树高,虫吊寒夜永。敛退就新懦,趋营悼前猛。归愚识夷涂,汲古得修绠。名浮犹有耻,味薄真自幸。庶几遗悔尤,即此是幽屏。

今晨不成起,端坐尽日景。虫鸣室幽幽,月吐窗冏冏。丧怀若迷方,浮念剧含梗。尘埃慵伺候,文字浪驰骋。尚须勉其顽,王事有朝请。

秋夜不可晨,秋日苦易暗。我无汲汲志,何以有此憾。寒鸡空在栖,缺月烦屡瞰。有琴具徽弦,再鼓听愈淡。古声久埋灭,无由见真滥。低心逐时趋,苦勉只能暂。有如乘风船,一纵不可缆。不如觑文字,丹铅事点勘。岂必求赢余,所要石与甔都滥切。

卷卷落地叶,随风走前轩。鸣声若有意,颠倒相追奔。空堂黄昏暮,我坐默不言。童子自外至,吹灯当我前。问我我不应,馈我我不餐。退坐西壁下,读诗尽数编。作者非今士,相去时已千。其言有感触,使我复凄酸。顾谓汝童子,置书且安眠。丈夫属有念,事业无穷年。

霜风侵梧桐,众叶著树乾。空阶一片下,琤若摧琅玕。谓是夜气灭,望舒霣其团。青冥无依倚,飞辙危难安。惊起出户视,倚楹久汍澜。忧愁费晷景,日月如跳丸。迷复不计远,为君驻尘鞍。

暮暗来客去,群嚣各收声。悠悠偃宵寂,亹亹抱秋明。世累忽进虑,外忧遂侵诚。强怀张不满,弱念缺已盈。诘屈避语阱,冥茫触心兵。败虞千金弃,得比寸草荣。知耻足为勇,晏然谁汝令。

鲜鲜霜中菊,既晚何用好。扬扬弄芳蝶,尔生还不早。运穷两值遇,婉娈死相保。西风蛰龙蛇,众木日凋槁。由来命分尔,泯灭岂足道。

赴江陵途中,寄赠王二十补阙、李十一拾遗、李二十六员外翰林三学士德宗贞元二十年移江陵法曹参军,未几以四门博士召。三学士王涯、李建、李程也。

孤臣昔放逐,血泣追愆尤。汗漫不省识,恍如乘桴浮。或自疑上疏,上疏岂其由。是年京师旱,田亩少所收。上怜民无食,征赋半已休。有司恤经费,未免烦征求。富者既云急,贫者固已流。传闻闾里间,赤子弃渠沟。持男易斗粟,掉臂莫肯酬。我时出衢路,饿者何其稠。亲逢道边死，伫立久咿哦。归舍不能食，有如鱼中钩。适会除御史，诚当得言秋。拜疏移阁门，为忠宁自谋。上陈人疾苦，无令绝其喉。下陈畿甸内，根本理宜优。积雪验丰熟，幸宽待蚕麰。天子恻然感，司空叹绸缪。谓言即施设，乃反迁炎州。旧史言公自监察御史上章数千言，极论宫市，德宗怒，贬阳山令。新史亦云上疏论宫市。今诗自序其得罪之由，大抵言京师早饥，未尝力言宫市。惟皇甫湜神道碑云："关中早饥，先生力言天下根本，专政者恶之，出为阳山令。"湜当时从公游者，知公之不以论宫市出，审矣。同官尽才俊，偏善柳与刘。或虑语言泄，传之落冤雠。二子不宜尔，将疑断还不。中使临门遣，顷刻不得留。病妹卧床褥，分知隔明幽。悲啼乞就别，百请不颔头。弱妻抱稚子，出拜忘惭羞。俛俯不回顾，行行诣连州。朝为青云士，暮作白头一作首囚。商山季冬月，冰冻绝行辀。春风洞庭浪，出没惊孤舟。逾岭到所任，低颜奉君侯。酸寒何足道，随事生疮疣。远地触途异，吏民似猿猴。生狞多忿很，辞舌纷嘲啁。白日屋檐下，双鸣斗鵂鶹。有蛇类两首，有虫群飞游。穷冬或摇扇，盛夏或重裘。飓起最可畏，訇哮簸陵丘。雷霆助光怪，气象难比侔。疠疫忽潜遘，十家无一瘳。猜嫌动置毒，对案辄怀愁。前日遇恩赦，贞元二十一年正月乙巳，顺宗即位。二月甲子，大赦天下，愈量移江陵掾。私心喜还忧。果然又羁縶，不得归锄耰。此府雄且大，腾凌尽戈矛。栖栖法曹掾，何处事卑陬。生平企仁义，所学皆孔周。早知大理官，不列三后俦。何况亲犴音岸狱，敲搒发奸偷。悬知失事势，恐自罹置罘。湘水清且急，凉风日修修。胡为首归路，旅泊尚夷犹。昨者京使至，嗣皇传冕旒。赫然下明诏，首罪诛共咒古兜字。复闻颠夭辈谓杜黄裳、郑余庆之徒为相，峨冠进鸿畴。班行再肃穆，璜珮鸣琅璆。伫继贞观烈，边封脱兜鍪。三贤推侍从，卓荦倾枚邹。高议参造化，清文焕皇猷。协一作叶心辅齐圣，致理同毛牦。小雅咏鹿鸣一作鸣鹿，食苹贵呦呦。遗风邈不嗣，岂忆尝同裯。失志早衰换，前期拟蜉蝣。自从齿牙缺，始慕舌为柔。因疾鼻又塞，渐能等薰莸。深思罢官去，毕命依松楸。

空怀焉能果，但见岁已遒。殷汤罠禽兽，解网祝蛛蟊。雷焕掘宝剑，冤氛消斗牛。兹道诚可尚，谁能借前筹。殷勤答吾友，明月非暗投。

暮行河堤上

暮行河堤上，四顾不见人。衰草际黄云，感叹愁我神。夜归孤舟卧，展转空及晨。谋计竟何就，嗟嗟世与身。

夜歌

静夜有清光，闲堂仍独息。念身幸无恨，志气方自得。乐哉何所忧，所忧非我力。

重云李观疾赠之

天行失其度，阴气来干阳。重云闭白日，炎燠成寒凉。小人但咨怨，君子惟忧伤。饮食为减少，身体岂宁康。此志诚足贵，惧非职所当。藜羹尚如此，肉食安可尝。穷冬百草死，幽桂乃芬芳。且况天地间，大运自有常。劝君善饮食，鸾凤本高翔。

江汉答孟郊

江汉虽云广，乘舟渡无艰。流沙信难行，马足常往还。凄风结冲波，狐裘能御寒。终宵处幽室，华烛光烂烂。苟能行忠信，可以居夷蛮。嗟余与夫子，此义每所敦。何为复见赠，缱绻在不谖。

长安交游者赠孟郊

长安交游者，贫富各有徒。亲朋一作友相过一作遇时，亦各有以娱。陋室有文史，高门有笙竽。何能辨荣悴，且欲分贤愚。

岐山下二首

朱熹《考异》曰：诸本只作一首。方云自日暮边火惊以上为一篇。世有《灌畦暇语》一书，谓子齐初应举，韩公赏之，为作丹穴五色羽。子齐姓程，字昔范。尝著《中谟》三卷，见《因话录》。则下诗似当为别篇，第前诗题以岐山下，此必游凤翔日作。

谁谓我有耳，不闻凤皇鸣。朅来岐山下，日暮边鸿一作火惊。

丹穴五色羽,其名为凤皇。昔周有盛德,此鸟鸣高冈。和声随祥风,窅窕相飘扬。闻者亦何事,但知时俗康。自从公旦死,千载闷其光。吾君亦勤理,迟尔一来翔。